肯·福莱特 作品

Ken Follett

无尽世界

World
without
End - I

上海译文出版社

[英]肯·福莱特——著　胡允桓——译

图书在版编目(CIP)数据

无尽世界:全3册/(英)肯·福莱特(Ken Follett)著;胡允桓译.
—上海:上海译文出版社,2017.9
ISBN 978-7-5327-7534-7

Ⅰ.无… Ⅱ.①肯… ②胡… Ⅲ.长篇小说—英
国—现代 Ⅳ.I561.45

中国版本图书馆CIP数据核字(2017)第112263号

Ken Follett
WORLD WITHOUT END

图字:09-2008-453号

无尽世界 World without End	Ken Follett 肯·福莱特 著 胡允桓 译	出版统筹 赵武平 责任编辑 缪伶超 装帧设计 @broussaille私制

上海世纪出版股份有限公司
译文出版社出版
网址:www.yiwen.com.cn
上海世纪出版股份有限公司发行中心发行
200001 上海福建中路193号 www.ewen.co
上海市印刷四厂印刷

开本 890×1240 1/32 印张 40.5 插页 6 字数 757,000
2017年9月第1版 2017年9月第1次印刷

ISBN 978-7-5327-7534-7/I·4605
定价:158.00元(全三册)

献给芭芭拉

目录

历史的车轮滚滚向前

期盼了十八年，肯·福莱特终于为他的力作《圣殿春秋》写出了续集《无尽世界》。

肯·福莱特是英国一位“具有社会主义倾向”的严肃作家。从他的诸多著作中——这是判断及衡量一位作家世界观及创作思想的主要尺度，我们不难看出一条主线：在以唯物史观看待的历史真实画面的宏伟背景前，展现出一个个普通人的生动形象，通过他们看似平凡的作为，讴歌他们在推动人类历史前进的历程中的不朽功勋。

按照西方“学院派”的文学观点，福莱特的作品不算是“纯文学”，只能列入“通俗文学”一类。然而，小说，还有戏剧，这样的文学体裁，既然事实上是随着市民阶层的形成而发展起来的，从来就有别于文人诗歌的高雅，始终都是通俗易懂，受广大读者欢迎的。诚然，我们所说的“通俗”应该是雅俗共赏，即在人们喜闻乐见的故事背后，包含着某些发人深省的探索，给人以教益，是绝不等同于“庸俗”的。如果把高档次的通俗小说称为“严肃文学”，以与庸俗作品相区别和对照，恐怕并无不当。

在西方的文学论述中，有一种“知识的文学”和“力量的文学”的提法，就是说，一部优秀的作品要么给读者提供某些知识，要么给人以鼓舞的力量，总之是要让人们“开卷有益”。如果将这种理念用作严肃文学的标准，应该说还是恰当的。以此衡量福莱特的作品，称之为严肃文学，也就当之无愧了。

西方的历史小说，或者更宽泛些，以历史上的往事为题材的小说，是由苏格兰的伟大诗人和小说家瓦尔特·司各特首创的。他的主要写作手法是：在真实的历史背景的天幕前开辟一个广阔的活动舞台，由历史上某些曾经叱咤风云的真实人物在关键时刻登场来勾勒出历史进程的线索，而作家虚构的普通男女的丰满生动的形象，则充任这一场场、一幕幕波澜壮阔的活剧的主角，在他们的性格冲突中展开故事的情节，用来活灵活现地再现历史，并抒发作者的某些观点及情怀。自司各特始，众多的西方历史小说家便自觉或不自觉地遵循和效仿这一手法，用来创作历史作品，其中的佼佼者得以充实了人类的文学宝库，为我们提供了一部部影响广泛的佳作。福莱特的历史题材作品也应该跻身其中——所谓“大地的支柱”，其实质指的就是人民群众，他们也正是“无尽世界”的推动者。

奉献给读者的这部《无尽世界》的时代，是在一三二七至一三六一年之间，与其上卷《圣殿春秋》的故事，已经相隔了两百多个春秋；适逢欧洲基督教国家对位于亚洲西部的伊斯兰世界猖狂进攻的八次“十字军东征”（一二〇一至一二九一）之后，而在欧洲文艺复兴（约一三六〇至一六五〇年期间）之前。当时的欧洲尚属中世纪，政治、经济、文化的发展都相当落后，最大的城市巴黎也不过五万人口。这一时期发生在欧洲，尤其是英格兰的重大历史事件有：英法百年战争（一三三七至一四五三），肆虐于南欧及西欧的黑死病（十四世纪中），英格兰羊毛织染业的崛起，等等。概括起来，就是西欧各国疆域逐渐形成，王权开始巩固（贵族领主的统治转向君主的中央集权），手工业经济稳步发展，以富裕商人和手工业者为代表的市民阶层随之形成，从而出现了这一阶层同王权及教会分庭抗礼——首先从财政经济上要求话语权的局面。

小说开篇的一三二七年，在英格兰的历史上发生了一件大事：在位君主爱德华二世（一二八四至一三二七，一三〇一年成为第一位以王储身份领衔的威尔士亲王，一三〇七至一三二七年在位）被其王妃伊莎贝拉伙同其情夫罗杰·莫蒂默废黜，并遭监禁，生死不明。由于爱德华二世在位时曾经试图抵制伯爵的势力，王妃他们的这一阴谋得到了不少伯爵（包括本书中夏陵的罗兰）的暗中支持。伊莎贝拉王后一伙原想由罗杰·莫蒂默摄政，从而窃取大权，不料年仅十四五岁的爱德华三世（一三一二至一三七七，一三二七至一三七七年在位）登基后即亲政，不久便将罗杰处死，将王后软禁，只是出于自身王位的考虑，并没有对老王爱德华二世的下落予以追究。这位少年君主随后便在国内鼓励建立自治市，以增加国库/王室的税赋收入，并遏制教会统治的经济实力，以支撑他穷兵黩武的需要（彼时的苏格兰尚未与英格兰合并，双方的相互征战相当频繁）；对外则为夺得自认为合法的法兰西王位而发动了长达百年的英法战争。有关老王生死的秘密，遂成为本书的一条暗线。

与《圣殿春秋》一脉相承，《无尽世界》也以“凝固的交响乐”建筑的发展为明线。不过，随着技术的发展，大教堂的修建已由早年的哥特式的崛起演变为具有超大拱顶的宏伟的罗马式了。因此，书中的第一男主人公便是建筑匠师梅尔辛，其父杰拉德爵士是个式微的小贵族，已经落魄到既无权又无钱，沦为教堂食客的地步，但仍念念不忘其祖先是建筑匠师杰克和阿莲娜女士，因此也就是他们的儿子托马斯、曾经的夏陵伯爵的嫡系后裔。梅尔辛继承了祖上的职业智慧，成为出色的建筑匠师，他在桥梁、医院、教堂建筑设计和施工中的许多创举——包括发动群众加速工程进度，都给人们留下了深刻的印象。书中甚至说他参与了举世闻名的意大利佛罗伦萨百花圣母教堂的修建（依据史实，这座当年世界第一、如今排名全球第三的大教堂最初由坎比欧设计，并于一二九六年由他亲自监督开工，后由大画家乔托等人接手，但由于黑死病的威胁以及财政和技术上的原因，最终在布鲁内列斯基的创造性的施工下，克服了大拱顶的难题，方才于一四三六年竣工）。而他为王桥大教堂修建的高达三百零五英尺的彼时全英格兰最高大的塔楼更是贡献卓著。在作者的笔下，梅尔辛是一个“聪明但讲求实际”的心灵手巧的知识型人物，在他的面前，那些受业于牛津的死扣书本又夸夸其谈的教士，还有他那位不成器的师傅埃尔弗里克等人，都相形见绌。作为他这一重情多义的形象的反衬，是他的胞弟拉尔夫——一个“只要尊严不顾（骑士）荣誉”、睚眦必报、无恶不作的凶徒。兄弟俩从外貌到性格，都截然相反，但拉尔夫却晋升为伯爵，极具讽刺意味地反映了世道的黑暗与不公。

第一女主人公凯瑞丝益发光彩照人。她是一个有理想抱负、独立不羁的聪慧女性，颇有现代女权主义者的风范。早在少女时期，她就是她父亲羊毛商埃德蒙做生意的得力助手，掌握了阿拉伯数字及运算；后来又钻研出红绒布的染法，创出了“王桥红”的品牌；在临床医疗上，她向民间医生和异教的阿拉伯医术求教，与落后并自以为是的牛津毕业的教士医生坚决斗争，废弃了他们那套“体液”理论和只知放血、洗肠、泥罨（成分有动物粪便）的不科学疗法，在防止黑死病的扩散方面作出了令人钦佩的功绩，并总结临床经验，著书立说。她的敏锐的经济头脑后来又体现在管理女修道院的土地时采用货币地租等一系列尊重农民耕种自主权的带有前瞻性的新政上。她的标新立异，多次为她带来困境，甚至招致杀身之祸，但她始终不肯退却。即使她对婚姻的看法有失偏颇，险些断送了自己的幸福，却也折射出男女不平等的社会赘疣。这一切都表明，她是新兴市民阶层的杰出代表。或许是要向那个男尊女卑的社会宣战，或许是作者对女性情有独钟，书中的主要妇女形象，无论是机灵坚韧的贫苦小女子格温达、高雅倨傲的菲莉帕夫人、精明乖戾的彼得拉妮拉，老谋持重的塞西莉亚副院长嬷嬷，明察秋毫的民间医生“智者”（原文亦含有“巫婆”之意）玛蒂，个个都聪慧过人，连娇柔懦弱的蒂莉，喜欢卖俏的安妮特，长着天使般面孔的天真的修女梅尔，以及那些几笔带过的次要女性人物，无不各具特色，跃然纸上，令人过目难忘。

与男女主人公所代表的正面力量相对立的是那些“反派人物”。首先是教会中利欲熏心的戈德温及势利猥琐的菲利蒙，他们靠阴谋在教会中得以平步青云，那个令人生厌的托钵修士默多居然能够肆无忌惮地鱼肉乡里，而白头扫罗和托马斯修士这样的正派教士却始终受到压抑——这种种事实不言自明地揭示了教会的腐朽没落：上卷中菲利普副院长那种奋发进取、严守教规的精神已经不复存在。当然还有飞扬跋扈的英王爱德华三世和罗兰伯爵以及朗费罗律师乃至韦格利采邑的总管内森这样的王公贵族及其走卒。他们与教会明争暗斗，但在压榨普通百姓上，却是沆瀣一气。

福莱特在刻画人物上有一特色，即把他们的出身、经历等等，都作出了清楚的交代，从而为他们的思想及行为提供了可靠的心理依据。如以擅长抓住对方弱点为己所用的狡诈的菲利蒙就曾自白：“我们出身贫苦的人只能使点手腕来得到我们想要的东西。”

贯穿全书的三派势力之间种种争斗的事实证明，王桥这样一个七千人的城镇毕竟已经超过二白户拥有马拉大车，要想阻挡其发展是不可能的，尽管每前进一步，都要付出多么不屈不挠的斗争和坚忍不拔的努力。作家把目光聚焦在王桥这样一座英格兰的镇子，却以点带面，形象地图解了欧洲中世纪的的社会发展历程。

应该说，福莱特是个讲故事的能手，在这方面丝毫不比大仲马逊色，却比那位法国前辈更尊重真实的历史。书中牵连着主人公命运的一次次冲突，往往是功败垂成，进而又柳暗花明，一波未平，一波又起，令人难以释卷。而且作家也确实具备驾驭场面的能力，大至克雷西战役（史载，该战役为英法百年战争中的著名一战，是英军取得的为数不多的胜仗之一），小到梅尔辛发明的可以转动的吊车，无一不描写得绘声绘色，具体而微，令读者如身临其境，由此可见作家在积累素材上所下的功夫——比起那些把自己封闭在象牙之塔内，只知一味发泄自己内心感受的“纯文学”作家，不是要辛苦许多么？作为一部长达八九十万字的长篇巨著，本书的结构十分严谨，凡重大事件，前面必有似是轻描淡写的铺垫，之后也有郑重其事的交代。将大教堂的窃贼活活剥皮以儆他人一节，看似残忍，实则为后来戈德温和菲利蒙的盗窃行为埋下了伏笔，并进行了反讽。尤其突出的是，作者坚持客观叙述，各种场面都由书中当事人或旁观者的视角述说，既生动亲切，又避免了作者亲自出马的唐突和可能造成的主观倾向。甚至还有“他觉得自己分身了，仿佛他在从屋角盯着自己看”这样相当现代的叙事手法。至于戈德温违反教规所豢养的宠物——那只白尾尖的黑猫，取名“大主教”，更是兼有象征和讽刺的意味。

此外，本书作为“知识的文学”，还为我们提供了丰富的欧洲中世纪生活（人们的衣、食、住、行）的可靠资讯，如修道院内部的常规，宗教迷信的愚昧，家族对城镇的统治势力——王桥镇的埃德蒙家族的几位成员先后出任当地领主即修道院的副院长及教区公会的会长即市政参议一职，使我们得窥同时代的佛罗伦萨的美第奇家族之一斑，以职业或出生地或体貌特征（朗费罗即“长人”之意）指代某人——后来便发展为姓氏，如此等等，确实比任何历史教科书都要来得生动细腻。

诚然，历史小说不是也不可能等同于历史课本。首先，作家必不可免地要以现代人，至少是他本人的理念来审视历史。福莱特运用历史唯物主义的观点来认识和阐释那一时期的历史，但是并没有阉割和歪曲历史，无疑是正确的。其次，撰写历史题材的小说，一定都有借古讽今（讽喻而非讽刺）的动机和目的。请看，书中的那些人物，我们是否有似曾相识之感呢？书中的那些事件，如果抽象成真与伪、善与恶、美与丑、进步与落后、正派与阴险之间的斗争，不是时时就发生在我们的身边吗？而最重要的，是作者对人性的挖掘——这正是一部文学作品有无长久生命力的所在。固然，随着人类社会的发展，人们的价值观必然会发生某些变化，但人性中的那些美好和丑陋的东西，却是“秉性难移”的，无非是以不同的形态表现出来而已。福莱特按照弗洛伊德心理学的观点，抓住人们求生存（图发展）和情与性的本能，以鲜明的爱憎歌颂了人性之美，鞭笞了人性之丑，并为书末设下了类似“大团圆”的顺乎人心的结局。对于身处弱势群体而又是社会前进动力的普通百姓，无疑具有鼓舞作用。就此而论，本书也无愧于“力量的文学”。

胡允桓

二〇〇八年冬月于北京

第一部分

一三二七年十一月一日

一

格温达才八岁，可她并不害怕黑暗。

她睁开眼睛时什么也看不见，但这并不是让她害怕的原因。她知道她在哪里。她在王桥修道院，在一个人们称为医院的长长的石头屋子里，躺在铺在地上的干草垫上。她母亲躺在她身旁。格温达闻到了浓浓的乳汁味，知道妈妈正在喂那个还没起名字的新生婴儿。妈妈的旁边是爸爸，挨着爸爸的是格温达的哥哥，十二岁的菲利蒙。

医院里非常拥挤。尽管她看不见像挤在圈里的羊一样挨个儿躺在地上的其他家庭，却闻得见他们热烘烘的身体上散发出的汗臭味。天亮之后就是万圣节，今年的万圣节是个星期天，因此就更加是个圣日了。万圣节的前夜是段危险的时间，因为邪神们在肆无忌惮地四处游荡。成百上千的人们都像格温达家一样，从周围的村庄涌进了王桥，为的是在修道院这个神圣的地方度过万圣节前夜，并且在黎明时分参加万圣节礼拜。

格温达像所有敏感的人一样，害怕邪神，但更让她害怕的，是她在礼拜仪式上不得不做的事情。

她凝视着黑暗，竭力不去想那件让她害怕的事情。她知道对面的墙上有扇拱形的窗户，上面没有玻璃——只有最重要的建筑物才有玻璃窗——而是用一面亚麻布的窗帘挡住了秋天寒冷的空气。然而，她却连窗户应当有的一片模糊的灰色都看不见。这倒使她很高兴。她不希望黎明到来。

她什么也看不见，却能听见很多声音。随着熟睡的人们翻身或挪动，铺在地上的干草时时发出微微的声响。一个小孩子大哭了起来，好像是被噩梦惊醒了，但很快就被低低的抚慰声哄得安静了。不时有人说话，是断断续续的梦话。还有什么地方有两个人在做着父母也做却从来不说的事情，格温达管那事叫"吭哧"，因为她想不出别的词来了。

时间简直过得太快了，屋子里出现了一道光。长屋的东端，祭坛的后面，一个修士拿着一根蜡烛走进了大门。他把蜡烛放在祭坛上，借着烛火点着了火媒，然后沿着墙挨个儿地点燃了壁灯。每次他的火媒触到灯芯影影绰绰的头儿，他那长长的身影就总像是从墙上反射出来的一样。

越来越亮的光照亮了地上一排排隆起的身躯。有的人蜷缩在黄褐色的斗篷里，有的人则和旁边的人紧紧地挤在一起取暖。病人们占据了靠近祭坛的小床，那可是最能感受到灵光的地方。在屋子的西端，有一段楼梯通向楼上，那里有为来访的贵客准备的房间：夏陵的伯爵和家眷这时就在楼上。

修士在格温达面前俯下身来，去点她头顶上的灯。当他接触到格温达的目光时，他笑了笑。她在不断晃动的火苗中审视着他的脸，认出了是戈德温兄弟。他既年轻又英俊，昨天晚上还和菲利蒙亲切交谈过呢。

格温达的旁边是她们村的另一家人：塞缪尔夫妇和他们的两个儿子。他们是一家富裕的农户，有很大一片地。他们的小儿子伍尔夫里克是个烦人的六岁男孩儿，对他来说，世界上最好玩的事情莫过于拿橡果砸女孩子，然后跑开。

格温达的家不富裕。她父亲根本没有地。他给所有愿意雇他的人打短工。夏天时总是有活儿干，但秋收一结束，天气开始变冷后，家里就要经常挨饿了。

因此格温达不得不去偷。

她想象过被抓住的情景：一只有力的大手紧紧地抓着她的胳膊，她无助地扭动着，却根本挣脱不了；一个低沉而冷酷的声音说道，“哼，哼，一个小贼”；她想象过挨鞭打的疼痛和羞辱，还有最糟糕的，她的手被剁掉时的痛苦和悲伤。

她父亲就受过这样的刑罚。他左臂的头上就是一节吓人的、起皱的残肢。他用一只手过得很好——他能使用铁锹，能为马备鞍，甚至还能制作一张捕鸟的网——但每年春天他仍然总是最后一个受雇，而到了秋天又总是第一个被解雇。他永远不能离开村子到别处去找活儿，因为断臂标志着他是一个贼，没有人肯雇他。当他外出旅行时，他会在残肢上系一个塞满东西的手套，以免所有的陌生人都躲着他，但这也没法骗过人们太长时间。

格温达没有看到爸爸受刑——那事发生在她出生之前——但她经常想象那情景，现在她又忍不住想象同样的事情发生在她自己身上。她在脑海里仿佛看见了斧头的锋刃落向她的手腕，切入她的皮肤和骨头，将她的手从胳膊上剁下，以致它们再也没法重新接合起来。她不得不咬紧牙关免得尖叫出声。

人们纷纷站起身来，伸着懒腰，打着哈欠，擦着脸。格温达站起来抖了抖衣服。她穿的全都是她哥哥以前穿过的衣服：一件一直垂到膝盖的羊毛衫，外面罩着一件束腰外衣，束腰带是麻绳做的。她的鞋原先是有鞋带的，但鞋带孔磨豁了，鞋带丢了，她用干草编成绳子，把鞋系在脚上。她把头发塞进了松鼠尾巴做的帽子里，就算是穿好了衣服。

她抬眼看了看父亲，他悄悄地向她指了指过道对面的一家人：

一对中年夫妇和他们的两个儿子。那两个孩子只比格温达稍大一点儿。那个男人又瘦又小，下巴上长着鬈曲的红胡子。他正把剑往腰上扣，这说明他是个士兵或者骑士：平民百姓是不准佩剑的。他妻子是个瘦削的女人，生气勃勃，脾气火爆。格温达正打量着他们，戈德温兄弟恭敬地向他们点了点头，说道："早安，杰拉德老爷，莫德太太。"

格温达看出了是什么引起了她父亲的注意。杰拉德老爷的腰带上用皮绳系着一个钱包。钱包鼓鼓的，看上去足有好几百枚英国钱币，有小小的、薄薄的银便士、半便士和法寻[①]——够爸爸挣一年的，如果他能找到雇主的话。这些钱足以喂饱一家人，直到开春。钱包里没准还有一些外国金币，像佛罗伦萨的弗罗林或威尼斯的达克特什么的。

格温达有一把小刀子，装在羊毛织的鞘里，刀鞘用一根绳子挂在脖子上。锋利的刀刃能够迅速地割断皮绳，使那个鼓鼓的钱包落入她的小手中——除非杰拉德老爷感觉到有什么不对劲，在她得手之前抓住她……

戈德温兄弟抬高了声音，以便压住人们交谈的嗡嗡声。"看在教导我们行善的基督的分上，万圣节礼拜后将提供早餐，"他说道，"此外，院子里的水池中有干净的饮用水。请记住在室外的厕所方便，不要在室内小便！"

修士和修女们对洁净的要求极高。昨天晚上，戈德温抓住了一个正在角落里撒尿的六岁男孩儿，结果他们全家人都被赶出了修道院。除非他们能花一便士去住小旅馆，否则他们就只能在教堂北端门廊的石头地上，在十月夜晚的寒风中瑟瑟发抖了。动物也被禁止入内，所以格温达的只有三条腿的小狗"蹦蹦"也被赶了出去。她

① farthing，英国旧时值四分之一便士的硬币。

都不知道它是在哪里过的夜。

当所有的灯都点亮后，戈德温将大大的木门向外推开。夜晚的冷风灌了进来，刺得格温达的耳朵和鼻尖生疼。过夜的客人们纷纷拉紧了外衣，开始慢吞吞地向外走去。当杰拉德老爷一家动身后，爸爸和妈妈汇入了他们身后的人流，格温达和菲利蒙也跟了上去。

此前一直由菲利蒙下手来偷，但昨天他差点儿在王桥市场被逮住。他顺手从一个意大利商人的货摊上偷了一小罐很贵的油，结果他却把罐子掉在了地上，以致所有人都看见了。谢天谢地，罐子没碎。他不得不装作是不小心把它从货架上碰了下来。

直到不久前菲利蒙还像格温达一样，个头儿很小，不起眼儿，但去年他一下子长高了好几英寸，声音也粗了，他变得笨手笨脚、缓慢迟钝，好像还不适应他新长成的大个子。在偷油罐子失手之后，昨天晚上，爸爸宣布菲利蒙已经太大了，干不了重大的偷窃活儿了，以后这就是格温达的差事了。

这就是她夜里那么长时间睡不着觉的原因。

菲利蒙的真名叫霍尔格。十岁那年，他觉得自己将来应当去做一名修士，于是他对所有的人说他把名字改成了菲利蒙，这个名字听上去更有宗教意味。奇怪的是，大多数人都顺从了他的意愿，不过爸爸和妈妈仍叫他霍尔格。

他们走出了门，看到两列冻得发抖的修女举着火把，照亮了从医院通向王桥大教堂西大门的道路。火把的边缘有影子在闪动，就像是夜间的妖怪和小鬼正跳向人们看不到的地方，似乎它们只是因为修女们的圣洁，才不敢过来。

格温达猜想“蹦蹦”也许会在门外等着，但它没在那儿。它也许找到了什么暖和的地方睡觉去了。在走向教堂的路上，爸爸一直紧盯着要他们跟紧杰拉德老爷。有人从后面猛拽了一把格温达的头发，疼得她尖叫了一声，以为是什么妖怪，她回过头来一看，原来是她六岁的小邻居伍尔夫里克。他跳到了她够不着的地方，大笑起来。接着他父亲吼了一声：“放规矩点!”并在他头上拍了一巴掌，小男孩放声大哭起来。

宽敞的教堂高耸在拥挤的人群上方，黑糊糊的一大团，看不清轮廓。只有最底下的部分是清晰的，拱门和竖框被闪烁不定的火把映照成橙色和红色，很是醒目。队列快到教堂大门口时放慢了步伐，格温达看到一群镇上的居民从对面涌了过来。她心想，他们足有好几百人，也许是好几千，她不清楚一千人到底有多少，她数不到那么多。

人流一寸一寸地挪动着穿过门厅。摇曳不定的火把的光芒照耀在墙上的浮雕人物上，使它们像是在疯狂地起舞。最底下一层是魔鬼和妖怪。格温达害怕地凝视着恶龙和狮身鹰首兽，凝视着一只长着人头的熊，凝视着一条长着两个身子和一副口鼻的狗。有些魔鬼在和人搏斗，一个妖怪正把绞索套在一个男人的脖子上，一个长得像是狐狸的妖怪紧紧拽着一个女人的头发，一只长着手的鹰在用矛刺一个赤身裸体的男人。在这些画面上方，圣徒们在遮篷下站成了一排；在他们上方，使徒们端坐在宝座上。再往上，在正门的拱券上，圣彼得握着钥匙，圣保罗手持经卷，崇敬地仰望着耶稣基督。

格温达知道耶稣是在告诉她不要做坏事，否则她将遭受魔鬼的折磨，但是人类比魔鬼更让她害怕。如果她偷不到杰拉德老爷的钱包，她就会挨爸爸的鞭子。更糟糕的是，全家除了喝橡子汤，没有任何吃的。她和菲利蒙将一连好几个星期饿肚子。妈妈的奶会干枯，新生的婴儿会像前两个一样死掉。爸爸又会一连消失好几天，回来时除了带着一只干瘦的苍鹭或者一对松鼠，没有任何能下锅的东西。挨饿比挨鞭子更可怕——它痛苦的时间更长。

她很小的时候就学会了偷东西：从货架上偷走一只苹果、从邻居的鸡窝里偷走刚下的蛋、从酒馆的桌子下偷走醉汉不小心掉落的刀子。但偷钱就大不一样了。如果她在偷杰拉德老爷时被抓住，指望像她上次偷了一个好心肠的修女一双漂亮的皮鞋时那样放声大哭，然后被当作一个顽皮的孩子而饶过，是一点儿可能也没有的。割断一个骑士的钱包带，可不是孩童的小过失，而是真正的成人的罪行，她也将受到相应的惩罚。

她努力不去想这些。她个子很小，又机灵敏捷，她一定能像个小精灵一样，神不知鬼不觉地偷走那钱包——假如她能克制住颤抖的话。

宽阔的教堂里已是人如潮涌。在两旁的侧廊里，戴着兜头帽的修士们举着的火把，放射出闪烁不定的红光。中殿的柱子高耸入黑暗中。随着人流涌向圣坛，格温达紧跟着杰拉德老爷。这位红胡子的骑士和他瘦瘦的妻子都没有注意到她。他们的两个儿子对她的兴趣也不及对教堂的石墙。格温达的家人已经落在了后面，看不见了。

中殿很快就被人们挤满了。格温达从来没在一个地方见到过这么多人：简直比赶集日教堂绿地上的人都多。人们欢快地相互打着招呼，这个神圣的地方是不会有邪神的，他们感到很安全，于是所有的人交谈的声音便提高了许多，在耳边轰鸣。

接着钟声响了，人们安静了下来。

杰拉德老爷站在镇上的一家人旁边。那家人都穿着细布做的斗篷，因而可能是富裕的羊毛商。骑士的身旁站的是一个约摸十岁的小女孩儿。格温达站在骑士和女孩儿的身后。她竭力不引起人们的注意，但令她沮丧的是，那女孩儿看了她一眼，还冲她嫣然一笑，好像是在告诉她不用害怕了。

在人群的边缘，修士们一个接一个地熄灭了手中的火把，最后大教堂完全陷入了一片漆黑之中。

格温达心想：那个富家的女孩儿以后还会不会记得自己呢？她

可没有像别人一样，仅仅瞟上格温达一眼就不再看她。她打量了自己，心里想过自己，以为自己会害怕，还友好地微笑了一下。不过教堂里有好几百名儿童。在昏暗的光线下她不会对格温达的模样留下太清晰的印象的……她会吗？格温达竭力想把这份忧虑从头脑中驱走。

黑暗中什么也看不见，她悄无声息地迈步向前，溜进了两人中间，感觉到一边是女孩儿柔软的毛呢斗篷，一边是骑士旧外套粗硬的纤维。她已经进入了动手的位置。

她摸到挂在脖子上的绳子，从鞘里掏出了小刀。

一声可怕的尖叫打破了静寂。格温达一直在等着这叫声——妈妈早就告诉过她礼拜仪式上会发生什么情况——但她还是被吓了一跳。这声音好像是什么人在受刑。

接着是一阵刺耳的鼓声，仿佛有人在敲一块金属板。更多的杂音随之而起，有痛哭声、狂笑声、猎号声、劈啪声、各种动物的叫声，还有一口破钟的声音。在所有这些声音的共鸣下，一个孩子开始放声大哭，于是其他孩子也纷纷哭了起来。一些大人偷偷地笑了，但又惴惴不安。他们知道这些声响都是修士们装出来的，但这毕竟是可怕刺耳的声音。

现在还不是下手的时候，格温达心惊胆战地想着。这会儿所有的人都非常紧张、小心。任何触碰都会被骑士感觉到的。

那恐怖的响声越来越大，接着又有一种新的声音加入其中：音乐。音乐声起初非常轻柔，以致格温达都不敢肯定自己是否真的听到了它。随即乐声逐渐加大。修女们开始歌唱起来。格温达感到自己浑身的血液都沸腾了。那一刻在临近。她像个小精灵一样神不知鬼不觉地移动着。她转过身来，以便面对着杰拉德老爷。

她非常清楚他的装束。他穿着一件很重的毛呢长袍，腰间系着装有饰钉的宽皮带。他的钱包用一根皮绳系在皮带上。在长袍的外面，他还罩了件绣花的外套，很贵但也很旧。外套的前面有骨制的黄色纽扣。他并没有把纽扣全系上，也许是因为困倦，也许是因为从医院走到教堂并没有多远。

格温达尽可能轻地将一只小手放到了他的外套上。她想象着自己的手像一只蜘蛛，轻得他根本感觉不到。她将那蜘蛛一般的手伸过他的外套前襟，找到了开口处。她的手在他外套的下摆处，沿着他厚厚的皮带滑着，直到她摸到钱包。

随着音乐声越来越响，嘈杂声也在逐渐消退。从人群的前排传来了一阵敬畏的低语声。格温达什么也看不见，但她知道圣坛上点起了一盏灯，照亮了一个刚才火把熄灭时还没出现的圣骨盒——用象牙和黄金打造，雕刻精美，盛有阿道福斯圣徒遗骨的盒子。人群向前拥去，人人都想尽可能地离圣徒遗骸近一些。格温达感到自己被紧紧地夹在了杰拉德老爷和他前面的男人之间，她抬起了右手，用刀刃割向那钱包上的皮绳。

皮子很结实，她的第一刀没有把它割断。她发疯般地锯着，心里拼命地祈求着杰拉德老爷被圣坛的景象吸引住，而不要注意他鼻子底下正在发生的事情。她向上瞟了一眼，发现她只能勉强看到周围的人的轮廓：修士和修女们正在点蜡烛。亮光每一刻都在增大。她没有时间了。

她猛拽了一把刀子，感觉到皮绳断了。杰拉德老爷低低地咕哝了一声：他是察觉到了什么？还是仅仅在为圣坛的壮观景象而感慨？钱包坠落下来，落入了她手中。但是钱包实在太大了，她抓着它并不轻松。钱包在向下滑。有那么一瞬间，她觉得她抓不住了，钱包就要落在地上，落在那么多人乱糟糟的脚之间，她害怕极了。但她随即紧抓了一把，把它抓了回来。

她感到一阵狂喜，一阵宽慰：钱包到手了。

但她仍处于极度的危险中。她的心跳得那么响，她觉得恐怕所有人都能听得见。她赶紧转过身去，背对着骑士。在同一瞬间，她把重重的钱包塞到了她束腰外衣的前襟里面。她能感觉到，钱包卡在她的腰带上，使她身前的衣服鼓了起来，就像是老人的大肚子，会非常引人注目的。她把钱包移到了体侧，这样她的胳膊就能多少遮挡一些。如果灯亮了，人们仍能注意到的，但她再也没有什么地方可藏了。

她把刀插入了鞘中。现在她必须赶在杰拉德老爷发现丢了东西之前，赶紧逃跑——但是信徒们的拥挤，刚才虽然掩护了她在偷钱包时不被人注意，这时却在妨碍她逃脱了。她试图向后迈步，想在身后的人群中挤出一条缝来，但是所有的人都在往前拥，想看上一眼圣骨。她被紧紧地夹住，动弹不得，而且就在她刚刚偷过的人的身前。

一个声音在她耳边响起："你没事吧?"

是那个富家女孩儿。格温达克制住惊慌。她不想引起人们的注意。一个想帮忙的大孩子是她最不希望看到的。她什么也没说。

那女孩儿对周围的人喊道："小心点儿。你们挤着这小姑娘了。"

格温达差点儿叫出声来。这富家女孩儿的体贴会让格温达的手被剁掉的。

她不顾一切地想逃走，便将手放在了前面的人身上，用力一推，使自己向后倒退，结果只是引起了杰拉德老爷的注意。"你在底下什么也看不见，是吧?"她的受害人和善地说道，并且，让她惊恐万分的是，他把手伸到了她的胳膊下面，把她举了起来。

格温达一点儿办法也没有。他的手伸进了她的腋窝里，离钱包只有一寸。她的脸冲着前方，使杰拉德老爷只能看到她的后脑勺儿。她的眼光越过人群，向圣坛望去。修士和修女们正在点燃更多的蜡烛，并向死去已久的圣徒唱着歌。更远处，一道微弱的光亮从教堂东端一扇大大的圆花窗上照了进来：天已经破晓，正在将邪神赶走。嘈杂声这时已完全停止了，歌声则越来越响。一位高大、英俊的修士走到了圣坛前，格温达认识他。他是王桥修道院的副院长安东尼。他举起双手做出祈神赐福的手势，大声说道："现在，承蒙耶稣基督恩典，这个世界上邪恶和黑暗的势力，又一次被上帝的神圣教堂的和谐与光明的力量驱逐了。"

人群发出了一阵胜利的欢呼。人们开始放松下来。仪式的高潮已经过去了。格温达扭了扭身子，杰拉德老爷明白了她的意思，把她放了下来。格温达始终没有正脸对他，便从他身旁挤过，向人群的后方挤去。人们已不再热切地想看圣坛了，因此她得以从人丛中挤出一道缝来。越是往后，越是容易，最终她来到了教堂西大门，见到了她的家人。

爸爸满脸期盼地望着她，并且做好了一旦她失手就要发怒的准备。她从外衣里拽出了钱包，塞给了他，满心欢喜终于能够脱手了。他一把抓了过去，稍稍转身，偷偷地看看了里面。格温达看见他高兴得咧嘴笑了。然后他把钱包递给了妈妈。她迅速地把它塞进了裹着婴儿的毛毯里。

痛苦的煎熬结束了，但危险还没有过去。"一个富家女孩儿看见我了。"格温达说道。她自己都能听出自己的声音因为害怕而变得尖厉起来。

爸爸小小的黑眼睛愤怒地闪了闪。"她看见你做什么了吗?"

"没有，但她对别人说别挤着我，然后那骑士就把我举了起来，以便我看得更清楚些。"

妈妈低声叹了口气。

爸爸说："那么，那骑士看见你的脸了?"

"我尽量没让脸冲着他。"

爸爸说："但是，最好还是别让他再看见你了。咱们不回修士的医院了。咱们去找个小饭馆吃早饭。”

妈妈说：“咱们没法一整天都躲着呀。”

“用不着躲，咱们可以混进人群嘛。”

格温达开始放心了。爸爸似乎认为没有真正的危险。不管怎么说，让她宽慰的是，又该爸爸主事了，责任已经从自己身上移到了爸爸那里。

他又继续说道：“而且，我想吃面包和牛奶，不想喝修士们那稀乎乎的粥了。我再也受不了啦!”

他们走出了教堂。黎明的曙光已经出现，天空呈现出珍珠般的灰色。格温达想抓住妈妈的手，但婴儿开始啼哭起来，妈妈的注意力被吸引了过去。接着她看到一只三条腿的小狗，浑身白色，却长着一张黑脸，正以一种她所熟悉的偏向一边的跑姿跑进教堂。“蹦蹦!”她大叫一声，抱起狗，紧紧地拥在胸前。

二

梅尔辛十一岁，比他弟弟拉尔夫大一岁，但是，让他愤愤不平的是，拉尔夫比他高，也比他壮。

这便给他们的父母带来了麻烦。他们的父亲杰拉德老爷是个战士。每当梅尔辛举不起沉重的长矛，或者在还没有把树砍倒时就筋疲力尽，再或打架输了哭着跑回家，他都掩饰不住自己的失望。他们的母亲莫德太太使事情变得更糟，每当梅尔辛最需要她做的事情就是装作没看见时，她的过度关怀都使梅尔辛益发尴尬。每次父亲对拉尔夫的气力表现出骄傲，母亲就批评拉尔夫的蠢笨作为补偿。拉尔夫的脑子是有点儿慢，其实他也不想这样，絮絮叨叨的提醒只能激怒他，惹得他跑出去和别的孩子打架。

父母俩都因为万圣节早晨发生的事情而恼火。父亲根本就不想来王桥，他是被逼而来的。他欠修道院的钱，而且他还不起。母亲说修道院会把他的地收走的：他是王桥附近三座村庄的地主。父亲提醒她说自己是托马斯伯爵的直系后裔——就是在亨利二世国王谋杀贝克特大主教的那年即位的那位夏陵伯爵。而托马斯伯爵的父母是王桥大教堂的建筑匠师杰克和阿莲娜女伯爵——这是一对近乎传奇的夫妇，在漫长的冬夜，他们的故事和查理曼大帝①以及勇士罗兰②的英雄事迹，一起被人们传诵着。杰拉德老爷吼叫道，有这样的祖先，哪个修士也不敢没收他的土地，至少是那个老太太一般的副院长安东尼。他一开始咆哮，莫德的脸上便呈现出一副因厌倦而顺从的表情，她转过身去——然而梅尔辛听到她嘟囔了一句："阿莲娜夫人有个弟弟理查，除了会打仗，什么也不会。"

安东尼副院长也许是像个老太太，但至少在抱怨杰拉德老爷还不起债时，表现得男人气十足。他找了杰拉德的领主——现任夏陵伯爵，也是杰拉德的远房表兄。罗兰伯爵召杰拉德来王桥，打算和副院长一起商量个解决办法。因此父亲的情绪非常不好。

紧接着父亲就给偷了。

他是在万圣节礼拜结束后发现这一损失的。梅尔辛很陶醉于那戏剧般的场景：那一片漆黑，那奇异的声响，静悄悄地开始、渐次增大、最后竟充满了整个巨大教堂的音乐，还有最后那慢慢点燃的蜡烛。随着烛光亮起，他还注意到有人在黑暗中干了些小小的坏事，不过灯亮时就已被宽恕了：他看到两个修士匆匆忙忙地结束了接吻，还看到一个狡猾的商人把手从一个微笑的妇人丰满的胸脯上移开，而那妇人显然不是他的妻子。当他们回到医院时，梅尔辛仍

---

① Charlemagne（约742—814），法兰西国王，任内实际上将西欧的所有基督教国家都统一在一个超级国家内，公元八百年接受皇帝称号：神圣罗马帝国的查理一世和法兰西的查理一世。

② Roland，法国史诗《罗兰之歌》的主人公，查理曼大帝的外甥，以膂力、勇气及骑士精神而闻名。

沉浸在兴奋中。

他们正等着修女们提供早餐，厨房的一个伙计举着个托盘穿过屋子走上楼梯，托盘上有一大罐淡啤酒和一大盘热腾腾的咸牛肉。母亲愤愤地说道："我还以为你那个伯爵亲戚会邀请我们到他屋子里和他共进早餐呢。毕竟，你祖母和他祖母是姐妹。"

父亲回答说："你要是不愿意喝粥，我们可以去饭馆。"

梅尔辛的耳朵竖了起来。他喜欢饭馆的早餐，喜欢那新鲜的面包和咸咸的黄油。但母亲却说："我们吃不起。"

"我们吃得起。"父亲说着，手伸向了他的钱包。就是在这时，他发现钱包不见了。

起初他还在地上四处找了找，以为它有可能是掉落在哪里了。接着他就发现了皮绳末端的割痕，他愤怒地咆哮了起来。所有的人都看着他，只除了母亲。她转过脸去，梅尔辛听见她咕哝道："这是我们全部的钱呀。"

父亲怒视着医院里的其他客人。从他右太阳穴一直拉到左眼的那道伤疤，似乎也因为愤怒而变得颜色更深了。屋子里安静了下来，却充满了紧张气氛：一个愤怒的骑士是很危险的，哪怕显然是个穷困潦倒的骑士。

这时母亲开腔了："毫无疑问，你是在教堂里被偷的。"

梅尔辛心想她说的肯定没错。在黑暗中，人们不仅仅是接吻，更多的是偷窃。

父亲说："那也是伤天害理！"

"我估计这事是在你把那小姑娘举起来时发生的。"母亲继续说道。她的脸都变了形，好像是在硬吞下什么苦果。"小偷可能是从背后把手伸到了你的腰上。"

父亲吼道："我非把他找出来不可！"

那个叫做戈德温的年轻修士说道："我很遗憾发生了这样的事

情，杰拉德老爷。我马上去报告约翰治安官。他能看出镇上哪个穷人突然暴富了。”

这在梅尔辛看来希望非常渺茫。镇上有好几千居民，又有好几百外来者。治安官不可能监视所有的人。

但是父亲的情绪稍稍缓和了些。“该把那恶棍吊死！”他的声音不那么响了。

“此外，也许您和莫德太太，还有令郎，愿意赏光到祭坛前已经布置好的桌旁就座。”戈德温语气平和地说道。

父亲轻轻地哼了一声。梅尔辛知道他很满意得到了高于旁人的待遇。大多数客人都将席地而坐，在他们昨晚睡觉的地方喝粥。

发生打斗的可能已经消失了，梅尔辛稍稍感到些宽慰。但是，当他们四人就座之后，他又急切地想知道接下去会发生什么情况。他父亲是位勇士——人人都这么说。杰拉德骑士曾在自治桥为老王作战，就是在那里，一名来自兰开夏的叛匪用剑在他的前额上留下了那道伤疤。但他很不走运。有的骑士打仗归来，满载着战利品：或者是抢来的珠宝，或者是一大车贵重的佛兰德布匹和意大利绸缎，要不就是俘虏了一个贵族家庭深受爱戴的父亲，能因此得到上千镑的赎金。但杰拉德骑士似乎从来都收获不丰。可他还得买武器，买盔甲，买昂贵的战马，从而为国王效忠尽责。不知怎么的，他从土地上收来的租金从来不够用。于是他不顾母亲的反对，开始借债。

厨房的伙计们搬进来一口热气腾腾的大锅，先给杰拉德老爷一家上了粥。粥是用大麦熬的，加了香菜和盐调味。拉尔夫还没闹明白家里陷入了危机，眉飞色舞地谈起了万圣节礼拜仪式，但父母怒气冲冲地阴沉着脸，一言不发，他赶紧闭上了嘴。

粥喝完后，梅尔辛走向了祭坛。他把自己的弓箭藏在了祭坛后。人们要是想从祭坛那儿偷东西，还得先掂量一番。假如回报很诱人的话，他们也许能克服恐惧，但一张家制的弓能值多少钱？所以，弓肯定还在那儿。

这是一张让梅尔辛很感骄傲的弓。一个成人用尽气力，能拉开一张六英尺长的弓。梅尔辛的弓才四英尺长，而且很细，但在其他方面，它都和标准的长弓一模一样。英格兰人就是用这样的弓，射杀了无数的苏格兰山民、威尔士叛匪，还有披着铠甲的法国骑士。

父亲以前从来没对这张弓发表过意见，现在他却打量起来，好像头一回看到一样。他说："你从哪儿搞到这种木条的？它们很贵。"

"这根不贵——太短了。是一个弓匠给我的。"

父亲点了点头。"除了短之外，算是根不错的木条。是用紫杉的芯——边材和心材交会的地方做的。"他说着，指了指两种不同的颜色。

"我知道，"梅尔辛急切地说道，他很少有机会在父亲面前表现自己，"有弹性的边材做弓的前部最好，因为它容易弹回原来的形状。坚硬的心材做弯曲部的内侧最好，因为当弓向内弯时，会有回收的力量。"

"说得很对，"父亲说着，把弓递了回去，"但要记住，上等人不用这种武器。骑士的儿子是不能当弓箭手的。那是农夫的孩子干的事情。"

梅尔辛非常沮丧。"我连试都没试过呢！"

母亲插话了。"让他们玩吧，"她说，"他们还是孩子呢。"

"好吧，"父亲说道，他已经丧失了兴趣，"不知道那些修士会不会给我们拿罐淡啤酒来。"

"别做梦了，"母亲说道，"梅尔辛，照顾好你弟弟。"

父亲咕哝道："恐怕是弟弟照顾他。"

梅尔辛非常不快。父亲根本不了解会发生什么情况。梅尔辛能管好自己，但拉尔夫却总要跟人打架。然而，梅尔辛明白，在父亲这种情绪下，最好是别和他理论，于是他一声不吭地走出了医院。拉尔夫像尾巴一样跟着他。

十一月的天气，清冽而寒冷，天空中高高地堆着浅灰色的云。他们走出了教堂的院子，走上了主街，经过了鱼巷、皮革院、餐馆街，在山脚下过了横跨在河上的木桥，离开了老城，走向了被称为“新镇”的郊外。这里有一条排满木头房子的街，蜿蜒于牧场和花园之间。梅尔辛带路来到了一片叫做“情人地”的草地。镇上的治安官和他的助手们正在那里布置箭靶。根据国王的命令，所有男人在教堂礼拜之后，都必须参加射箭训练。

其实强制并无必要：在星期天早晨射上几箭，不是什么苦事，大约一百来名镇上的青年男子排成了长队，等着轮到自己施射。妇女们、儿童们，还有一些感到自己太老或认为射箭有损自己身份的男人，在两旁观看。有些人自带弓箭。也有很多人太穷，买不起弓箭，治安官约翰为他们准备了用白蜡木或榛木做的便宜的练习弓。

这一天简直像是盛大的节日。酿酒师迪克用马车拉着啤酒桶，大杯大杯地卖着淡啤酒。面包师贝蒂的四个青春年少的女儿，也用托盘托着加了香料的小面包，在人群中穿梭着叫卖。镇上的富人们都戴上了皮帽，穿上了新鞋。就连稍穷一点的女人也都束起了头发，并在斗篷的边上缀上了新穗带。

梅尔辛是唯一拿着弓箭的孩子，立刻招来了其他孩子的注意。他们把他和拉尔夫围了起来。男孩子们全都羡慕地问这问那。女孩子们性情不同，有人钦佩地看着，有人则露出了鄙夷的神色。其中一个小姑娘问道：“你是怎么知道制作弓的门道的？”

梅尔辛认出了她：在教堂里站得离他们不远。他心想，她大概比自己小一岁。她穿着连衣裙，外面罩着件手工很细、价钱很贵的毛呢斗篷。梅尔辛通常很讨厌与自己年龄相仿的女孩子：她们总是咯咯笑个不停，什么事也不当真。但这小姑娘不是那样，她是真正好奇地看着他和他的弓，这让他很喜欢。他说："我全是靠猜的。"

"你真聪明。这弓好用吗？"

"我还没试过呢。你叫什么？"

"凯瑞丝，我们家是羊毛商。你叫什么？"

"梅尔辛。我爸爸是杰拉德老爷。"梅尔辛按了一下斗篷上的钩扣，把手伸进兜头帽，掏出了一卷弓弦。

"你为什么要把弓弦藏在帽子里？"

"那样的话，如果下雨，它就不会被淋湿了。真正的弓箭手都是这么做的。"他将弓弦搭在弓身两端的槽口上，稍稍将弓弯曲，以便弓弦就位。

"你也要去射那些靶子吗？"

"对。"

另一个男孩儿说道："他们不会让你射的。"

梅尔辛看了他一眼。他约摸十二岁，又高又瘦，大手大脚。梅尔辛昨天晚上在修道院医院里见到过他和他的家人：他叫菲利蒙。他一直在围着修士们转，问他们各种问题，帮他们供应晚饭。梅尔辛对他说："他们当然会让我射的。为什么不呢？"

"因为你太小了。"

"那他们太傻了。"梅尔辛嘴里虽然这么说，心里却也没把握：因为大人们经常都是很傻的。不过菲利蒙自认高明的样子激怒了他，尤其是当他刚刚在凯瑞丝面前显摆过之后。

他离开了孩子们，走向了一群正等着射箭的男人。他认出了其中的一位：一个个头高得出奇、肩膀也很宽的小伙子，叫做马克·韦伯。马克注意到梅尔辛手里的弓，用一种缓慢而和善的口气问道："你是从哪儿弄到这弓的？"

"我自己做的，"梅尔辛骄傲地说道。

“你看看，埃尔弗里克，他这活儿做得还真不错呢。”马克对他身旁的人说道。

埃尔弗里克身材壮实，却是一副狡猾的表情。他随意瞟了一眼那弓，鄙夷地说道：“太小了。这弓射出的箭永远别想穿透法国骑士的铠甲。”

马克温和地说道：“恐怕是穿不透。但我估计这小伙子还得再等一两年，才轮得着和法国人交手呢。”

治安官约翰大声喊道：“一切准备就绪，现在开始。马克·韦伯，你第一个射。”那大个子走向了发射线。他挑选了一张结实的弓，试了试，毫不费力地就把厚厚的木头拽弯了。

治安官这时才注意到梅尔辛。“小孩子不能射。”他说道。

“为什么？”梅尔辛抗议道。

“别管为什么，只管走开。”

梅尔辛听到有些孩子在窃笑。他气愤地说道：“你不讲理！”

“我没必要跟小孩子讲理，”约翰说道，“好了，马克，你射吧。”

梅尔辛感到受了羞辱。那个油嘴滑舌的菲利蒙当着所有人的面证明是他梅尔辛错了。他转过脸去不再看箭靶。

“我跟你说过是这样的嘛。”菲利蒙说道。

“闭上嘴滚开！”

“你没法让我滚。”菲利蒙说道，他比梅尔辛要高出六英寸。

“但是，我能。”拉尔夫插话了。

梅尔辛叹了口气。拉尔夫一向愿意效劳，但他却看不出，假如他跟菲利蒙打斗的话，只会使梅尔辛看上去既像个胆小鬼又像个傻瓜蛋。

“不管怎么说，我该走了。”菲利蒙说道，“我要去给戈德温兄弟帮忙了。”说罢，他就走开了。

其余的孩子也开始散开，到别处找乐子去了。凯瑞丝对梅尔辛说："你可以到别的地方去试试这弓。"她显然也想看看梅尔辛会怎样使用它。

梅尔辛四下望了望。"但是到哪里去呢？"如果有人看见他在没人监督的情况下放箭，也许会把他的弓没收的。

"咱们可以到林子里去。"

梅尔辛大吃了一惊。孩子们是严禁进入森林的。森林里藏着逃犯，还住着偷东西的贼。小孩子会被他们剥去衣服，强迫为奴，甚至还有比这更严重的危险——父母们只会暗示而不肯明说。而且即使他们逃脱了这些威胁，也肯定会因破坏规矩而被父亲痛揍一顿的。

然而凯瑞丝似乎不怕，梅尔辛也不想表现得比她还胆小。更何况治安官生硬的拒绝正让他感到羞辱呢。"好吧，"他说，"不过咱们得确保不被别人看见。"

凯瑞丝有办法。"我知道一条小路。"

她向河边走去。梅尔辛和拉尔夫跟了上去。一只三条腿的小狗也尾随着他们。梅尔辛问凯瑞丝："你的狗叫什么名字？"

她说："这不是我的狗。不过我给了它一块发了霉的咸肉，结果我就甩不掉它了。"

他们沿着泥泞的河岸走着，经过了许多仓库、码头和船坞。梅尔辛偷偷地打量起这个不费吹灰之力就当上了领头人的小姑娘。她长着一张方脸，神色坚定，既算不上漂亮也算不上丑，一双蓝里泛绿、还有几粒褐色斑点的眼睛，闪现着一丝顽皮的光芒。她浅褐色的头发编成了两条辫子，这是当时富家女子的时尚。她的衣服很贵，但脚上却穿着实用的皮靴，而不是贵妇人们更喜欢的绣花布鞋。

她转身离开了河边，领着他们穿过了一个木材场。突然之间，他们就已经身处茂密的丛林中了。梅尔辛感到一阵紧张。现在他已经进了林子，这里的每一棵橡树后都可能藏着强盗。他为自己的冒失感到后悔，但如果后退，他又会感到耻辱。

他们继续前行，寻找着足够射箭的空地。突然，凯瑞丝用一种诡秘的语气说道："你们看见那片大灌木丛了吗？"

"看见了。"

"咱们一走过去，你们就跟我一起蹲下，别出声。"

"为什么？"

"待会儿就知道了。"

片刻之后梅尔辛、拉尔夫和凯瑞丝就蹲在了灌木丛后。那只三条腿的小狗也跟着他们蹲下，眼巴巴地盯着凯瑞丝。拉尔夫想问话，但凯瑞丝嘘了一声，制止了他。

一分钟后一个小女孩走了过来。凯瑞丝一跃而起抓住了她。那姑娘大声尖叫起来。

"安静点儿！"凯瑞丝说道，"咱们离大路不远，我们不想被人听见。你干吗跟着我们？"

"我的狗跟你们在一起，不肯回来了！"那女孩儿呜咽道。

"我认识你，今天早上我在教堂里看见你了，"凯瑞丝的语气缓和了下来，"好了，没什么可哭的了，我们不会伤害你的。你叫什么名字？"

"格温达。"

"那狗呢？"

"它叫'蹦蹦'。"格温达抱起了小狗，狗就舔起了她的眼泪。

"好了，现在它又归你了。不过你最好跟我们走，免得狗又跑了。再说，你一个人恐怕也找不着回镇子的路。"

他们继续前进。梅尔辛说道："猜一猜，什么东西有八只胳膊、十一条腿？"

“我猜不着。”拉尔夫马上说道。他一向如此。

“我知道，”凯瑞丝露齿一笑，“是我们。四个孩子和这条狗。”随后她大笑起来，“真有意思。”

梅尔辛很高兴。人们并不总能听明白他开的玩笑，女孩子们几乎从来听不明白。过了一会儿后，他听见格温达向拉尔夫解释道：“两只胳膊，两只胳膊，两只胳膊，两只胳膊，加起来是八只。两条腿……”

他们一个人也没看见，这样很好。那些在林子里有正当活计的人们——比如樵夫、烧炭人、熔铁匠，等等——为数不多，而且今天都不做活，因为在星期天观看一场贵族气派的射箭会可不是常有的事情。他们最有可能碰见的就是强盗。不过这种机会也很少。林子大得很，足足延伸了好几英里。梅尔辛从来没有走到过林子的尽头。

他们来到了一块开阔的空地。梅尔辛说：“这地方就行。”

大约五十英尺外，在空地的远端，有一棵树干粗大的橡树。梅尔辛像他看到过的大人们那样，侧身对着靶子。他掏出了他的三枝箭中的一枝，将有凹槽的末端搭在了弓弦上。制作箭丝毫不比制作弓容易。箭杆是白蜡木做的，有鹅毛做的尾翼。他弄不到铁的箭头，只好把木头的一端削尖，再用火烤，使之坚硬。他打量了一番那棵树，然后将弓弦拉开。这费了他很大力气。随即他将箭射出。

箭在离靶子还有很远的地方就落在了地上。小狗“蹦蹦”一蹦一跳地跑过空地去拾箭。

梅尔辛大吃了一惊。他本以为箭会像长了翅膀一样从空中飞过，然后嵌入树干中的。他明白弓弯得还不够。

这回他试着用右手握弓左手搭箭。他并不习惯这样，因为他既非惯用右手，也非惯用左手，而是两者兼而有之。第二枝箭搭上后，他使尽浑身气力将弓身前推弓弦后拽，这次弓弯得比上次要大得多。但箭还是差了一点点，没有碰到树。

射第三箭时，他将弓向上瞄准，希望箭能在空中划出一道弧线，从上向下地扎入树干中。但是这回弓又抬得过高了，箭飞进了枝叶中，带落了一大片褐色的干树叶，一起落在了地上。

梅尔辛非常尴尬。看来射箭远比他想象的要难。他心想：弓也许毫无问题，问题在于他射术不精，或者根本不懂射术。

凯瑞丝又一次没有注意到他的难堪。她说："让我射一次吧。"

"姑娘家不能射箭。"拉尔夫说道。他一把从梅尔辛手里抓过了弓，也像梅尔辛一样，侧身对着靶子，但他没有立刻就射，而是反复拉了几回弓，找了找感觉。他也像梅尔辛一样，发现这比他起初想象的要难得多，但拉了几回弓弦后，他似乎找到了窍门。

"蹦蹦"将三枝箭一齐叼到了格温达的脚边，小姑娘拾了起来，递给了拉尔夫。

拉尔夫瞄准时并没有拉弓，因而他在观察箭和树干时，胳膊上也没有感受到压力。梅尔辛意识到自己刚才也该这样做。为什么拉尔夫从来猜不出一个谜语，在这些事情上却能自然而然地想明白呢？拉尔夫拉开了弓，毫不费力且动作流畅，似乎大腿也发上了力。他将箭射出，正中橡树树干，箭头钻进了树木松软的外层，足足陷进去有一英寸多。拉尔夫得意地大笑起来。

"蹦蹦"又一蹦一跳地跑向了箭。但当它跑到树旁时，它停住了，满眼困惑。

拉尔夫又拉开了弓。梅尔辛看出了他的意图。"别——"他大喊了一声，但已经迟了。拉尔夫的箭射向了狗，正中它的后颈，并深深地陷了进去。"蹦蹦"向前一仆，倒在地上抽动了起来。

格温达尖叫起来。凯瑞丝也叫道："噢，不！"两个女孩儿跑向了狗。

拉尔夫咧嘴一笑。"怎么样？"他骄傲地问道。

“你射死了她的狗!”梅尔辛怒冲冲地说道。

“这有什么？那狗才三条腿。”

“那小女孩喜欢它，你这个白痴。你看她哭的。”

“你不过是嫉妒罢了，因为你射不了这么好。”拉尔夫的眼睛突然紧盯起什么。他动作麻利地又搭上了一枝箭，将弓划了道圆弧，当目标还在移动时便射出了箭。梅尔辛没有看出他在射什么，直到箭命中了目标。一只肥硕的野兔跳向了半空中，那根箭杆深深地扎进了它的后腿里。

梅尔辛掩饰不住自己的钦佩。即使是训练有素的人，也不是谁都能射中奔跑中的野兔的。拉尔夫真有天赋。梅尔辛的确嫉妒，尽管他永远不会承认这一点。他渴望做一名骑士，勇敢又强壮，像父亲一样为国王而战。但每当他在诸如射箭这样的事情上表现得无可救药时，他都万分沮丧。

拉尔夫拣起一块石头，敲碎了兔子的脑壳，结束了它痛苦的挣扎。

梅尔辛跪在了两个女孩儿和“蹦蹦”旁边。狗已经断了气。凯瑞丝轻轻地将箭从它的脖子上拔下，递给了梅尔辛。并没有大股的血涌出：“蹦蹦”死了。

有那么一阵子，他们谁都没说话。于是就在这寂静中，他们听见了一个人的叫声。

梅尔辛一跃而起，心怦怦直跳。他又听见了一个人的叫声，一个完全不同的声音，说明还不止一个人。两个声音都是既凶狠又愤怒，看来他们正在打斗。梅尔辛吓坏了，其他人也是一样。他们呆呆地僵立着，凝神听着，又听到了一种声响，是一个人在树林中拼命奔跑的声音。他不停地踩断掉落的树枝，撞倒低矮的小树，还践踏着地上的落叶。

他在向这边跑来。

凯瑞丝首先开了腔。“灌木丛。”她说着，指了指一大簇常绿矮树丛——梅尔辛心想，也许那就是拉尔夫射死的野兔栖身的地方。片刻之后，凯瑞丝就趴在地上，爬进了灌木丛。格温达紧跟着她，怀里还抱着“蹦蹦”的尸体。拉尔夫拣起了野兔，也跟了进去。梅尔辛本已跪下，却突然想起还有一枝箭插在树干上，会泄露了他们的秘密。他冲过空地，拔出了箭，又跑回来，一猫腰钻进了灌木丛中。

他们还没有看到那个人，就听到了他的喘息声。他一边跑，一边重重地喘着粗气，却是上气不接下气，说明他已经筋疲力尽了。喊声是追他的两个人发出的，他们在互相招呼：“这边来——他在那儿呢!”梅尔辛想起凯瑞丝说过这儿离大路不远。莫非这个逃跑的人是个遭到打劫的旅行者?

转眼之间他便出现在空地上。

他是个二十岁出头的骑士，腰带上既挂着长剑也挂着匕首。他穿得很好，上身是一件皮制的紧身短外衣，脚下蹬着头部翘起的长靴。他突然失足摔倒在地，打了个滚，又站了起来，背靠在橡树上，拼命地喘着气，同时拔出了武器。

梅尔辛瞥了一眼他的伙伴们。凯瑞丝吓得脸色苍白，紧咬着嘴唇。格温达死死地抱着她的小狗的尸体，仿佛这会使她安全些。拉尔夫看上去也很害怕，但还没被吓呆，他没忘了把箭从野兔的后腿上拔下，把那死去的小动物塞进了自己的前襟里。

有那么一瞬间，那骑士似乎在紧盯着灌木丛，梅尔辛惊恐地感到，他一定看到了躲藏其中的孩子们。或者，他也许注意到了他们在匆忙钻进灌木丛时碰断的树枝和压坏的树叶。梅尔辛还凭借眼角的余光，看到拉尔夫将一枝箭搭在了弓上。

紧接着追赶者就到了。他们是两个身强体壮的士兵，手握长剑，杀气腾腾。他们穿着非常显眼的有两种颜色的紧身短上衣，左边是黄色的，右边是绿色的。其中一个外面套着件便宜的绿毛线织的外衣，另一个披着件肮脏的黑斗篷。三个人都原地不动，气喘吁吁。梅尔辛坚信自己将眼睁睁地看着骑士被砍死，他的心头涌起了一阵冲动，眼泪就要夺眶而出了，他为此感到羞耻。接着，骑士突然掉转了剑头，剑柄朝外，把剑递出，这是投降的表示。

身披斗篷、年纪较大的那个士兵上前一步，伸出了左手，小心翼翼地接过了骑士交出的剑，递给了同伴，继而又接过了骑士的匕首。然后说道："托马斯·兰利，我想要的并不是你的武器。"

托马斯说："你认识我，可我却不认识你。"如果说他心里会有所恐惧的话，表面上他仍然很镇定。"从你们的衣服看，你们一定是王后的人。"

年长的士兵用剑头抵着托马斯的喉咙，推着他靠在树上。"你带着一封信。"

"是伯爵给郡守的指示，关于收税的事的。你当然可以读一读了。"这是句玩笑话。几乎可以肯定这个士兵是不识字的。梅尔辛心想，托马斯居然敢嘲弄随时可能杀他的人，真够有胆量的。

另一个士兵钻到了第一个士兵的剑下，抓住了系在托马斯腰带上的小皮包。他不耐烦地用自己的剑割断了腰带，将腰带扔到一边，打开了皮包，从里面掏出了一个显然是用涂了油的毛线做的小包，又从小包里拽出一个揉成了团又在外面封了蜡的纸卷。

难道这场打斗就是为了一封信？梅尔辛心想。如果是这样的话，纸卷里会写着什么呢？不大可能是关于收税的例行指示。里面一定藏着可怕的秘密。

骑士说："如果你们杀了我，藏在灌木丛里的人会为这次谋杀作证的。"

这场面凝固了一秒钟。披着黑斗篷的士兵仍用剑尖顶着托马斯的喉咙，竭力克制着回头看的诱惑，继续死死地盯着托马斯。那个穿绿外套的士兵犹豫了一下，回头望了望灌木丛。

就在这时，格温达尖叫了起来。

穿绿外套的士兵举起了剑，两大步就跨过了空地，奔向了灌木丛。格温达起身逃跑，撞翻了一大片枝叶。那士兵扑向了她，伸出手去抓她。

拉尔夫突然站起，举起了弓，以一个流畅的动作拉开，向那人射出一箭。箭正中他的眼睛，并深陷进去好几英寸。那士兵举起左手，好像要抓住那箭并拔出来，但他随即就浑身瘫软了，像一个倒落的谷物袋一样重重地摔在地上。梅尔辛都能感觉到大地的震颤。

拉尔夫冲出灌木丛，跟着格温达跑了。梅尔辛眼角的余光窥见凯瑞丝也追随他们而去。梅尔辛也想逃跑，但他的双脚似乎被牢牢地粘在了地上。

空地另一边传来了一声大喝，梅尔辛看到托马斯劈开了逼着他的剑，并不知从哪里又拔出了一把锋刃有人手一般长的小刀。但那个披着黑斗篷的士兵也很警觉，向后一跃，跳到了小刀够不着的地方，随即又举起剑，向骑士的脑袋上砍去。

托马斯闪开了，但还不够快。剑刃落在了他的左前臂上，劈开了他的皮上衣，切进了他的肉中。他疼得大叫了一声，但并没有倒下，而是以一种让人不可思议的迅捷，挥动右手将小刀扎进了他的对手的喉咙中。随即他将刀子横着一划，将那人的大半个脖子切开。

血像泉水一般从那人的喉咙里喷出。托马斯跌跌撞撞地向后一退，避开了飞溅的血水。穿黑斗篷的士兵倒在了地上，他的脑袋只是凭借一小条窄窄的脖子还挂在尸体上。

托马斯的刀从右手上掉落了，他一把捂住自己的左臂，然后坐在了地上，突然间显得虚弱无比。

只剩下梅尔辛和那受伤的骑士、两个死去的士兵，还有那只三条腿的小狗的尸体在一起了。他明白他本应和其他孩子一起逃走的，但好奇心吸引他留在了那里。他对自己说，托马斯已经对自己构不成威胁了。

那骑士眼光非常锐利。他喊道："你出来吧。我现在这副样子，你根本用不着害怕。"

梅尔辛犹犹豫豫地站起身，拨开枝叶走出了灌木丛。他穿过空地，在离坐在地上的骑士几英尺远的地方停住了脚步。

托马斯说："如果你父母知道你在林子里玩，会痛揍你一顿的。"

梅尔辛点了点头。

"如果你为我保密。我也为你保密。"

梅尔辛又点了点头。达成这样的协议，他没有吃任何亏。任何孩子都不愿意去说自己经历过这样的事情，那样会招来无尽的麻烦的。拉尔夫杀了一个王后的士兵，会怎么处置他呢？

托马斯说："你愿意帮我个忙吗？帮我把伤口包扎起来。"梅尔辛注意到，尽管发生了这样的事情，他说话仍然彬彬有礼。这位骑士的镇定自若实在令人钦佩。梅尔辛心想，自己长大了，也一定要这样。

终于，梅尔辛从自己发紧的喉咙里挤出了一个字："好。"

"如果你愿意的话，就把那根割断的腰带拣过来，把它裹在我胳膊上。"

梅尔辛照他说的做了。托马斯的内衣全都被血浸透了，他的胳膊就像屠夫案板上被切开的肉一样。梅尔辛感到一阵恶心，但他克制着自己，把腰带缠在托马斯的胳膊上，以便将伤口收紧，减缓血流的速度。他打了个结，托马斯又用自己的右手将结拽紧了些。

接着托马斯挣扎着站起了身。

他看了看死人，说道："我们没法掩埋他们。不等坑挖好，我就会因为流血过多而死的。”他瞅了一眼梅尔辛，补充了一句：“哪怕有你帮忙。”他思忖了片刻，又说道：“不过，我也不想让别人看见他们，比如一对想找个什么地方……单独在一起谈恋爱的人。咱们把尸体拖进你刚才藏身的那个灌木丛里吧。先拖穿绿衣服的。”

他们走到了尸体旁。

托马斯说：“咱们一人拽一条腿。”说罢，他用右手抓住了死人的左脚踝。梅尔辛用两只手抓住了尸体的右脚并高高抬起。他俩一起将尸体拖进了灌木丛，放在了“蹦蹦”身旁。

托马斯说：“这样就行了。”他的脸因为疼痛而变得苍白。过了一会儿后，他弯下腰去，从尸体的眼睛里拔出了箭。“是你的?”他扬起眉毛问道。

梅尔辛接过了箭，在地上擦了擦，想抹去沾在箭杆上的血和脑浆。

他们又以同样的方式把第二具尸体拖过了空地。那松松垮垮地连在尸体上的脑袋一直拖在后面。他们把它撂在了第一具尸体的旁边。

托马斯拣起了那两个人掉落在地上的剑，也扔进了灌木丛。然后他收拾起自己的武器。

“现在，我还想求你帮我个大忙。”他说着，递过了他的匕首，“你愿意帮我挖一个小坑吗?”

“愿意。”梅尔辛接过了匕首。

“就在这里，在橡树前面。”

“挖多大?”

托马斯拾起了原先系在他腰带上的皮包。“大到能把这个包藏上五十年。”

梅尔辛鼓足了勇气，问道：“为什么?”

“挖吧，我会尽量告诉你为什么的。”

梅尔辛在地上画了个方框，用匕首捣松了里面已冻硬的土，然后用双手将土捧了出来。

托马斯拣起纸卷，塞回毛线包中，又把毛线包塞进皮包里封好。“有人给了我一封信，要我交给夏陵伯爵，”他说道，“但信里隐藏着一个非常危险的秘密，我意识到送信人肯定会被杀死，以确保他永远不会说出这个秘密。所以我必须逃跑。我想躲到一个修道院里避难，做个修士。我打过不少仗，有很多罪孽需要忏悔。但我刚一失踪，给我信的人就开始到处找我——我很不幸，在布里斯托尔一家小酒馆里被他们发现了。”

“为什么王后的人也要追杀你？”

“她也想阻止这秘密泄露出去。”

当梅尔辛的坑挖到十八英寸深时，托马斯说：“可以了。”他把皮包塞了进去。

梅尔辛将土填回坑中，埋起了皮包，托马斯又用树枝和树叶盖住了新翻的土，直到它与周围的土地别无二致。

托马斯说：“如果你听说我死了，我希望你挖出这封信，把它交给一位教士。你愿意吗？”

“愿意。”

“但除非发生这种情况，否则你绝对不能对任何人说起这件事情。尽管他们知道我有这封信，但他们不知道它在哪里，那他们就不敢轻举妄动。而如果你泄露了这个秘密，就会有两件事情发生。首先，他们会杀了我。然后，他们会杀了你。”

梅尔辛吓呆了。就因为他帮别人挖了个坑，他就要承担这样大的风险，这似乎太不公平了。

托马斯说：“我很抱歉吓着了你。但是，你看，这事可不全怪我。毕竟，不是我叫你到这里来的。”

“是的。”梅尔辛满心后悔他真该听妈妈的话，不到林子里来。

“我要回到大路上去了。你干吗不顺着你来的路回去呢？我敢打赌，你的伙伴们一定在离这儿不远的地方等着你呢。”

梅尔辛转身走了。

“你叫什么名字？”骑士在他身后问道。

“梅尔辛，我是杰拉德老爷的儿子。”

“是吗？”托马斯说道，好像是认识他父亲，“好吧，就连他，也一个字别说。”

梅尔辛点了点头，走开了。

他走出五十码后，开始大口地呕吐起来，然后感觉好了一些。

正如托马斯所预料的，就在森林的边缘，离木材场不远的地方，另几个孩子在等着他。他们围住了他，抚摸着他，好像是想确认一下他一切都好。他们的表情宽慰了一些，但仍带着些羞愧，仿佛丢下他是他们的罪过似的。他们全都在发抖，就连拉尔夫也不例外。“那个人，”他说，“就是我射倒的那个人。他伤得重吗？”

“他死了。”梅尔辛说道。他把箭给拉尔夫看了看，那上面仍然沾着血污。

“是你把箭从他眼睛里拔出来的？”

梅尔辛很想说是自己拔的，但最终决定还是说实话。“是那个骑士拔的。”

“另一个士兵怎么着了？”

“骑士割断了他的喉咙。然后我们把他们的尸体藏在了灌木从里。”

“然后他就让你走了？”

“是的。”梅尔辛只字未提那封被埋起的信。

“咱们得保密，”凯瑞丝提议说，“要是有人知道了这事，那麻烦可就大了。”

拉尔夫说：“我决不会说出去的。”

“咱们应该起誓。”凯瑞丝说道。

他们围成了一圈。凯瑞丝首先伸出了胳膊，这样她的手就处在了中央。梅尔辛把手放在了她的手上，感到她的皮肤又温暖又柔软。拉尔夫搭上了他的手，格温达紧随其后，他们以耶稣的血起了誓。

然后他们就向镇子走去。

射箭训练已经结束了。就要到午饭时间了。他们过桥时，梅尔辛对拉尔夫说道：“等我长大了，我也要像那个骑士一样——他总是彬彬有礼的，无所畏惧，打起仗来也不怕死。”

拉尔夫说：“我也一样，不怕死。”

进入老城后，梅尔辛看到周围一切如故：婴儿的哭声、烤肉的香味、小饭馆外喝酒的男人……生活一切照常，竟让他产生了一种奇怪的感觉，觉得真是不可思议。

凯瑞丝在主街上的一座大宅子前停了下来，就在修道院大门的对面。她搂住格温达的肩膀说：“我家也有狗，刚生了一窝小崽，你愿意去看看吗?”

格温达仍然惊魂未定，眼泪还在眼眶里打着转，但她用力地点了点头：“好的，我愿意。”

梅尔辛心想，这主意又聪明又友善。那窝狗崽不仅会使这小女孩感到安慰，也会使她分心。等她回家后，她会津津乐道于那窝狗崽，就不大可能谈及森林里发生的事情了。

他们互相道了别，女孩儿们进了屋。梅尔辛发现自己竟然在想：什么时候能再见到凯瑞丝呢?

接着另一件烦心事又重新涌上了他的心头。他父亲该怎么应对债务呢？梅尔辛和拉尔夫转身进了教堂的院子。拉尔夫手里仍然拿着弓和那只死兔。院子里变得静悄悄的。

医院已经空了，只有几个病人还躺在里面。一个修女对他们说："你们的父亲在教堂里，和夏陵伯爵在一起。"

他们走进了大教堂。他们的父母都在前厅。母亲坐在一根柱子脚边，就是圆形的柱身和方形的底座交会处的突出部分。她的面容宁静而安详，在透过高大的窗户射入的清冷的天光映照下，她就像是和她的头倚靠着的柱子用同一种灰白的石头雕出来的一样。父亲站在她身旁，他宽阔的双肩耷拉着，一副屈从和认命的样子。罗兰伯爵面对着他们。他比父亲年纪大，但头发乌黑，生气勃勃，倒好像是年轻许多。安东尼副院长站在伯爵身旁。

两个孩子在门口逡巡着，不敢上前，但母亲向他们招了招手。"过来吧，"她说，"罗兰伯爵帮助我们和安东尼副院长达成了一项协议，解决了我们所有的问题。"

父亲咕哝了一句，好像他对伯爵的作为并不像母亲那样高兴似的。"修道院收走了我们的土地，"他说，"你们两个没有什么可继承的了。"

"我们将住在这里，住在王桥，"母亲继续欢快地说道，"我们将成为修道院的食客。"

梅尔辛问："什么叫食客？"

"就是说修士们为我们提供住房，供我们一日两餐，直到我们死。这难道不是个好主意吗？"

梅尔辛能看出她并不当真认为这是个好主意。她是强作欢颜的。父亲则显然为丧失了土地而感到羞耻。梅尔辛明白，这还不仅仅是一种不体面的暗示。

父亲对伯爵说："我的孩子们怎么办呢？"

罗兰伯爵转身打量了他俩一番。"这大个子看来前途无量啊，"他说，"这兔子是你杀死的，小伙子？"

"是的，爵爷。"拉尔夫骄傲地说道，"是我用箭射死的。"

"再过几年他可以到我这儿来做一名护卫，"伯爵爽快地说道，

“我们会把他培养成骑士的。”

父亲看上去很高兴。

梅尔辛则感到很尴尬。这般重大的决定竟然如此草率地作出。他很气愤，他的弟弟如此受宠，而对他却只字未提。“这不公平!”他大声喊道，“我也想当骑士!”

她母亲说：“不行!”

“但那弓是我做的!”

父亲恼怒地叹了口气，满脸的厌恶。

“这弓是你做的，是吗，小个子?”伯爵说道，他的脸上也浮现出不屑，“那么，你可以去给木匠当学徒嘛。”

三

凯瑞丝的家是一座豪华的木结构房子，地面铺着石板，还有一根石砌的烟囱。底层有三个房间：一间摆着大餐桌的大厅；一间可供爸爸单独谈生意的小会客室；后面还有一间厨房。凯瑞丝和格温达进来时，房子里充满了令人垂涎的煮火腿的香味。

凯瑞丝领着格温达穿过大厅，走上了里面的楼梯。

“小狗们在哪里?”格温达问道。

“我想先看看我妈妈，”凯瑞丝说道，“她病了。”

她们走进了前面的卧室，妈妈躺在一张雕花的木床上。她个子很小，非常虚弱：凯瑞丝都已经和她一样高了。妈妈的脸比平时更显苍白，她的头发没有扎起，所以粘在了她潮湿的面颊上。“您感觉怎么样?”凯瑞丝问道。

“有点虚，今天。”妈妈竭力想说话，却喘不过气来。

凯瑞丝感到了混杂着无助的焦虑，既熟悉又痛苦。她母亲已经病了一年了。开始是关节疼痛。很快嘴里出现了溃疡，继而不知为什么，身体上出现了很多肿块。她感到浑身无力，什么事情也做不了。上星期她又着了凉，现在正发着高烧，呼吸不畅。

“需要我做些什么吗？”凯瑞丝问道。

“不了，谢谢你。”

妈妈通常都是这样回答，但凯瑞丝每次听到这话，都因为自己的无能为力而想发疯。“要不要我去请塞西莉亚嬷嬷？”王桥女修道院的副院长是唯一能给妈妈带来些安慰的人。她有一种罂粟的萃取液，配上蜂蜜和热葡萄酒，能够暂时缓解人的疼痛。在凯瑞丝眼中，塞西莉亚嬷嬷简直比天使都好。

“不用了，宝贝，”妈妈说道，“万圣节仪式怎么样？”

凯瑞丝注意到妈妈的嘴唇有多么苍白。“很吓人。”她说。

妈妈停顿了一下，稍作休息，又说：“你今天上午都做什么了？”

“看射箭。”凯瑞丝屏住了呼吸，害怕妈妈猜出她像通常那样，藏有什么不可告人的小秘密。

但是妈妈打量起了格温达。“你的小朋友叫什么？”

“格温达。我带她来看小狗。”

“很好。”妈妈突然显得非常疲劳。她闭上眼睛，将头转到了一旁。

两个小姑娘蹑手蹑脚地退了出去。

格温达看上去很震惊。“她得的是什么病？”

“一种很熬人的病。”凯瑞丝不愿多谈。她母亲的病使她有了一种可怕的感觉：世事无常，什么情况都可能发生，世上根本无安全可言。这甚至比她们在森林里看到的打斗还要恐怖。只要她一思索可能发生的事情，想到她母亲有可能去世，她就会感到心慌，想要喊叫。

中间的卧室是夏天给意大利客人用的，就是从佛罗伦萨和普拉托来的和父亲做生意的羊毛商。现在空着。狗崽们在后面的卧室，也就是凯瑞丝和她姐姐艾丽丝的卧室。狗崽们生下来已有七个星期，随时都可以离开对它们越来越不耐烦的妈妈了。格温达欢快地叫了一声，就蹲在地上和它们玩了起来。

凯瑞丝挑出了其中最小的一只，一只活泼的小母狗，总是独自离群四处探索着世界。“这只是我要留下养的，”她说，“它叫‘小不点儿’。”她抱着小狗，感到一丝安慰，忘却了那些让她烦心的事情。

另外四只小狗都爬到了格温达身上，嗅着她，咬着她的衣服。她从中挑出了一只嘴巴和鼻子很长，两只眼睛快挤到了一起的丑陋的棕色狗，说：“我喜欢这只。”那小狗在她膝盖上蜷曲了起来。

凯瑞丝说：“你愿意养它吗？”

格温达的眼里涌出了泪水。“我来养它？”

“爸妈准许我们把小狗送人。”

“真的？”

“爸爸不想要更多的狗了。如果你喜欢它，你可以把它抱走。”

“噢，我愿意，”格温达悄声说道，“我愿意，把它给我吧。”

“你想给它起个什么名字呢？”

“想起个能让我想起‘蹦蹦’的名字。也许我该叫它‘跳跳’。”

“这名字不错。”凯瑞丝看到，“跳跳”已经在格温达的膝盖上睡着了。

两个姑娘静静地和小狗们坐在一起。凯瑞丝心里想着她们早上认识的男孩子，那个长着金褐色眼睛的红头发小个子，还有他高大、英俊的弟弟。是什么促使她把他们领进了森林？这并不是她头一次屈从于愚蠢的冲动了。每当什么有权威的人命令她不许做这不许做那时，这种情况就很容易发生。她的姑姑彼得拉妮拉是个很爱定规矩的人。“别喂那猫，不然我们就甩不掉它了。别在屋子里面玩球。别理那男孩儿，他们家是农夫。”限制凯瑞丝行为的规矩似乎总是会让她发疯。

但是她还从来没做过这么蠢的事情。她一想起来就浑身发抖。两个大人被杀死了。而且事情本来还可能更糟糕。四个孩子原本也会被杀死的。

她不知道他们为什么打斗，也不知道那两个士兵为什么要追那个骑士。显然这不是一桩寻常的抢劫。他们说到过一封信。但梅尔辛对此没再多说什么。也许他也不了解更多的情况了。这是大人们中又一件神秘的事情。

凯瑞丝喜欢梅尔辛。他那个讨厌的弟弟拉尔夫，就像王桥的其他男孩子一样，好吹牛，爱打架，又蠢又笨，而梅尔辛却与众不同。他从一开始就能激起她的兴趣。

凯瑞丝看着格温达，心想一天交了两个新朋友。这小姑娘长得不漂亮。在尖尖的鼻子上，两只深褐色的眼睛挤得太近了。凯瑞丝觉得她挑的那只小狗恰好有些像她本人，这倒真有意思。格温达的衣服很旧，在她之前一定有很多孩子穿过，所以几乎已经磨破了。格温达现在平静多了，已经不再是随时都有可能放声大哭的样子了。她也是受到了小狗们的安慰。

楼下大厅里传来了凯瑞丝熟悉的一脚重一脚轻的脚步声，随即一个声音咆哮起来：“看在圣徒的爱心分上，给我拿一壶啤酒来，我像一匹拉车的马一样，渴死了。”

“这是我父亲，”凯瑞丝说道，“来，去认识认识他。”看到格温达一副害怕的样子，她又补充道：“别怕，他一向这么喊叫，但实际上他很和善的。”

两个女孩子抱着各自的小狗下了楼梯。“我的仆人都跑到哪儿去了？”爸爸继续吼叫道，“难道都梦游去了？”他像往常一样，拖着畸形的右腿，踏着沉重的步伐，从厨房里走了出来，手里端着一个大木头杯子，啤酒的泡沫正往外溢。他用一种温柔得多的口气向凯瑞丝招呼道："你好，我的小毛毛。"然后他在桌子上首的一把大椅子上坐下，大口大口地畅饮了起来。"痛快!"他说着，用袖子擦了擦凌乱的胡子，这才注意到格温达。"还有个小丫头陪着我的小毛毛。"他问，"你叫什么名字?"

"格温达，我是韦格利村的，老爷。"她怯生生地答道。

"我给了她一只小狗，"凯瑞丝解释道。

"这是个好主意!"爸爸说道，"小狗需要人爱抚，再没有人比小姑娘更会宠爱狗了。"

凯瑞丝看到桌旁的凳子上有一件深红色的斗篷。这一定是进口的，因为英格兰的染匠染不出这样艳丽的红色。爸爸注意到她的目光，说："这是给你妈妈买的。她一直想要一件意大利的红外衣。我希望这能让她打起精神好起来，就能穿这件衣服了。"

凯瑞丝摸了摸那斗篷。毛线很柔软，织得也很密，只有意大利的匠人能做出这样的衣服。"太漂亮了。"她说。

彼得拉妮拉姑姑从街上走了进来。她和爸爸长得有点像，但更像她的另一个弟弟：王桥修道院的副院长安东尼。他俩都身材高大，仪表堂堂，而爸爸却是个横竖一般粗的矮个子，还跛着脚。

凯瑞丝不喜欢彼得拉妮拉。她的刻薄不亚于她的聪明，这样的大人最要命了：凯瑞丝永远别想跟她斗心眼。格温达察觉到了凯瑞丝的厌恶，也惴惴不安地看着新来者。只有爸爸很高兴见到她。"来啦，姐姐，"他说，"我的仆人都到哪儿去了?"

"我真不明白你怎么会认为我该知道这样的事情，我刚从大街另一头我自己的家里来，不过，埃德蒙，如果要我猜的话，你的厨师这会儿正在鸡舍，想找一个刚下的蛋给你做个布丁，你的女仆在楼上，正扶着你太太坐到床边的一个凳子上，她中午一般都会提出这个要求的。至于你的学徒嘛，我希望他们都在看护河边的仓库，以确保节日里饮酒作乐的人们万一在撒酒疯时点起火把，不会有火星飞到你的羊毛垛上。”

她总是这样说话。对于一个小小的问题都要唠唠叨叨地教训上一大通。她像往常一样盛气凌人，但爸爸不在乎，或者是假装不在乎。他说：“我的了不起的姐姐，只有你继承了我们父亲的聪明劲儿。”

彼得拉妮拉又转向了两个姑娘。“我们的父亲是建筑匠汤姆的后代。汤姆是王桥大教堂的建筑匠杰克的继父和师傅，”她说道，“父亲曾许愿把他的长子献给上帝，但是，不幸的是，他的第一个孩子是个女儿——就是我。他是用圣彼得拉妮拉的名字给我起的名——我想你们都知道，圣彼得拉妮拉是圣彼得的女儿——此后他一直祈祷下一胎生个男孩儿。但他的头一个儿子却天生残疾，他不想献给上帝一个有缺陷的礼物，于是就培养埃德蒙来继承他的羊毛生意。让人高兴的是，他的第三个孩子，就是我们的弟弟安东尼，是个品行端正、敬畏上帝的孩子。他从小就进了修道院，现在，让我们所有人都感到骄傲的是，他当上了副院长。”

假如她是个男人，她本该做个教士的，但既然她是个女人，就退而求其次，把她的儿子戈德温送进修道院做了修士。她像凯瑞丝做羊毛商的爷爷一样，把一个孩子献给了上帝。凯瑞丝经常为她的表兄戈德温感到难过，因为他有彼得拉妮拉这样一个妈妈。

彼得拉妮拉注意到了那件红斗篷，问道：“这是谁的？这可是最贵的意大利衣服了！”

“我给罗丝买的。”爸爸说。

彼得拉妮拉瞪了他一会儿。凯瑞丝明白她准是在想，给一个一年都没有离开过屋子的女人买这样一件外衣，可真是个傻瓜。她却只说了句：“你对她太好了。”这可能是赞扬，也可能不是。

父亲不在乎。他恳求道：“上楼去看看她吧。你会让她高兴起来的。”

凯瑞丝对此很怀疑，彼得拉妮拉却毫不怀疑，于是她走上了楼梯。

凯瑞丝的姐姐艾丽丝从街上走了进来。她比凯瑞丝大一岁，今年十一岁了。她瞪着格温达说道：“这是谁？”

“我的新朋友格温达，”凯瑞丝说道，“她来抱走一只小狗。”

“但她抱的是我想要的那只！”艾丽丝抗议道。

她以前可没这么说过。“哦——你根本没挑过！”凯瑞丝气愤地说道，“你只说过这只狗不好看。”

“为什么我们的小狗要给她？”

爸爸插话了：“好了，好了。我们的小狗已经太多了，我们要不了这么多。”

“凯瑞丝应该先问问我想要哪只！”

“是的，她该先问问你，”爸爸说道，尽管他完全明白艾丽丝是无理取闹，“以后别这样了，凯瑞丝。”

“是，爸爸。”

厨师拿着酒壶和杯子从厨房里走了进来。凯瑞丝从咿呀学语时就叫他塔蒂师傅，没人知道为什么，但这个名字却叫开了。爸爸说：“谢谢你，塔蒂。到桌旁坐吧，孩子们。”格温达迟疑了一下，不敢肯定自己是否受到了邀请，但凯瑞丝向她点了点头。她知道爸爸说的包括格温达——他一般都会要求身旁的所有人一起进餐的。

塔蒂给爸爸的杯子重新斟满了淡啤酒，又给艾丽丝、凯瑞丝和格温达倒上兑了水的啤酒。格温达津津有味地把自己杯中的啤酒一口喝光了，凯瑞丝猜她不经常有啤酒喝：穷人们都是喝用山楂子酿的果酒。

接着，厨师在每个人面前放了一块一英尺见方的厚厚的黑麦面包片。格温达拿起自己的那片就吃，凯瑞丝意识到她以前从来没在餐桌前吃过饭。“等一等。”她悄悄地说了一声，格温达又将面包片放下了。塔蒂用托盘盛着火腿，还端着一盘卷心菜又进来了。爸爸拿起了一把大大的刀子，把火腿切成了片，堆在了每个人的面包片上。格温达看到给了自己这么多的肉，不禁瞪大了眼睛。凯瑞丝用勺舀着卷心菜，盖在了火腿上。

这时女佣伊莲急匆匆地从楼梯上下来了。“太太又不好了，”她说，“彼得拉妮拉太太说我们该派人去把塞西莉亚嬷嬷请来。”

“那你就赶快去趟修道院，求她过来吧。”爸爸说道。

女佣匆匆地走了。

“吃吧，孩子们。”爸爸说着，用刀子叉起了一片热腾腾的火腿，但凯瑞丝看得出他现在一点儿胃口也没有了，他仿佛在望着远处的什么东西。

格温达吃了几片卷心菜，对凯瑞丝耳语道：“这真是天上的美食。”凯瑞丝尝了一口。卷心菜是用生姜烹制的。格温达大概从来没吃过生姜：只有富人才吃得起。

彼得拉妮拉下了楼，将几片火腿放在一个木盘里，给妈妈端了上去，但没过一会儿她又回来了，食物一动没动。她坐在桌旁自己吃了起来，厨师给她送上了一个大面包片。“我小时候，我们家是王桥唯一一户每天都能吃肉的人家，”她说，“只除了斋戒日——我父亲非常虔诚。他是镇上第一个直接同意大利人做生意的羊毛商。现在人人都在这样做了——不过我弟弟埃德蒙仍然是其中最重要的。”

凯瑞丝顿时没了食欲，她不得不把食物嚼上半天才能咽得下去。终于，塞西莉亚嬷嬷来了。她是个身材矮小却朝气蓬勃的女人，有一种令人放心的果断气质。和她一起来的还有朱莉安娜姐妹，一个头脑单纯、心地善良的修女。看着她们上了楼梯，身后还有一只叽叽喳喳叫着的麻雀带着一只雏雀蹒蹒跚跚地跟着，凯瑞丝的心情稍好了一点。她们会用玫瑰水给妈妈擦洗，为她降温，同时花的芳香也能振作起她的精神。

塔蒂端来了苹果和乳酪。爸爸心不在焉地用刀削着苹果皮。凯瑞丝想起自己更小的时候，爸爸经常把削好的苹果切成片喂给她吃，自己却吃削下的苹果皮。

朱莉安娜姐妹走下楼来，她那胖乎乎的脸上一副忧郁的神情。她说："副院长想要约瑟夫兄弟来看看罗丝太太。"约瑟夫是修道院的高级医师，曾在牛津受过名师的指点。"我去请他来。"朱莉安娜说着，穿过大门走到街上。

爸爸将削了皮的苹果放到桌上，一口未吃。

凯瑞丝问："会发生什么情况？"

"我不知道，毛毛。天会下雨吗？佛罗伦萨人会要多少包羊毛？羊会感染瘟疫吗？要出生的孩子是个女孩儿，还是个瘸腿的男孩儿？我们永远没法事先知道，是吧？这就是……"他把目光移开了，"这就是让我们难办的地方。"

他把苹果递给了凯瑞丝。凯瑞丝又递给了格温达。格温达连核带籽地整个儿吃了。

几分钟后，约瑟夫兄弟就来了，还带着一个年轻的助手，凯瑞丝知道他叫白头扫罗，因为他那剃成修士头后没剩下几根的淡黄色头发中，还掺杂着不少灰发。

塞西莉亚和朱莉安娜下楼来了，无疑是因为屋子太小，需要给两个男人腾出地方。塞西莉亚坐到桌旁，但什么也没吃。她脸庞不大，却特征鲜明：一个小巧的尖鼻子，一双明亮的大眼睛，还有一个像船头一样的下巴。她好奇地打量着格温达。"嘿，这个小姑娘是谁？她热爱基督和圣母吗？"她快活地问道。

"我叫格温达，我是凯瑞丝的朋友。"她不安地望了凯瑞丝一眼，害怕自称朋友太过冒昧。

凯瑞丝说："圣母马利亚能让我妈妈好起来吗？"

塞西莉亚扬起了眉毛。"这么直率的问题。我猜你是埃德蒙的女儿。"

"所有的人都向圣母祈祷，但不是所有的人都能过上好日子的。"凯瑞丝说。

"你知道为什么吗？"

"也许她根本帮不了任何人，只有有本事的人能过得好，而本事差的就不能了。"

"不，不，别说傻话了，"爸爸说道，"所有人都知道圣母帮了我们。"

"没关系，"塞西莉亚对他说道，"小孩子家问问题很正常——特别是那些聪明的孩子。凯瑞丝，圣人都是强大有力的，但有的人祈祷比别人更灵验。你明白吗？"

凯瑞丝不情愿地点了点头，觉得像是受了哄骗，并不十分信服。

"她一定要到我们的学校上学。"塞西莉亚说道。修女们为贵族和较富裕的镇民的女儿办了所学校。修士们则为男孩子办了另一所学校。

爸爸看上去很固执。"罗丝在教两个女儿识字，"他说，"凯瑞丝像我一样识数——她能在生意上帮我。"

"她应该学的比这要多。你总不会想让她像你的仆人一样度过余生吧？"

彼得拉妮拉插嘴了："她用不着学书本知识。她会嫁得很好。姐妹俩都会有成群的求婚者。商人的儿子，甚至骑士的儿子，都会非常乐意入赘这个家庭。但凯瑞丝是个任性的孩子：我们必须提防她委身于什么像吟游诗人那样一文不名的男孩子。"

凯瑞丝注意到彼得拉妮拉并不认为听话的艾丽丝会惹什么麻

烦，无论他们给她选中什么人，她大概都会嫁。

塞西莉亚说：“上帝也许会召唤凯瑞丝为他服务。”

爸爸没好气地说：“上帝已经从我们家里召唤了两个人——我弟弟和我外甥。我想他现在该满足了。”

塞西莉亚打量着凯瑞丝。“你怎么想呢？”她说，“你愿意做一个羊毛商，一个骑士的妻子，还是一名修女？”

做一名修女这主意吓坏了凯瑞丝。那样她就得每时每刻听从别人的命令。那就好比一辈子都做小孩子，而且还有一个彼得拉妮拉那样的妈妈。做骑士的妻子，或者其他什么人的妻子，似乎同样糟糕，因为女人必须服从于她们的丈夫。给爸爸帮忙，也许等他将来老了后再继承生意，相对来说是最不令人讨厌的选择，但也不是她的梦想。“这些我都不愿意做。”她说。

“那么有什么你愿意做的吗？”塞西莉亚问道。

当然有，尽管凯瑞丝从来没对旁人说过，实际上在此之前她也没完全想明白，但是此时此刻这雄心似乎完全树立了起来，她恍然大悟，这无疑是她命中注定的。“我要做一名医生。”她说道。

屋子里先是一阵沉寂，继而他们都大笑了起来。

凯瑞丝脸红了，不明白这有什么可笑的。

爸爸同情地对她说道：“只有男人才能当医生。难道你不知道吗，毛毛？”

凯瑞丝困惑起来，转向了塞西莉亚。“那么您是什么？”

“我不是医生，”塞西莉亚说道，“当然，我们修女也照料病人，但我们要遵从受过培训的人的指示。那些曾经师从名家的修士们懂得人的体液，懂得它们是怎样失去平衡从而导致疾病的，也懂得怎样使体液恢复适当的比例从而恢复健康。他们知道对患偏头疼、麻风病或呼吸困难的人该从哪根血管里放血；他们知道是该用拔火罐还是该灸灼，是该敷药还是该洗浴。”

“难道女人不能学这些吗?”

“也许能，但是上帝作出了不同的安排。”

每当大人们被追问到无路可退时，他们都要搬出这句老生常谈，凯瑞丝感到非常沮丧。但还没等她说出话来，扫罗兄弟就端着一碗血从楼上下来了。他穿过厨房去后院倒掉它。这情景让凯瑞丝想哭。所有的医生都采用放血疗法，因而她猜想这肯定有效，但是她仍不愿看到她母亲的生命力就这样被盛在碗里倒掉。

扫罗又回到了病人的房间里，但没过一会儿他和约瑟夫都下楼来了。“我已经竭尽了所能，”约瑟夫严肃地对爸爸说道，“而她忏悔了她的罪过。”

忏悔了她的罪过！凯瑞丝明白这意味着什么。她放声大哭起来。

爸爸从钱包里掏出了六枚银便士，递给了修士。“谢谢你，兄弟。”他说道。他的声音是沙哑的。

修士走后，两名修女又回到了楼上。

艾丽丝坐在爸爸的腿上，头紧靠着他的脖子。凯瑞丝哭泣着，抱紧了“小不点儿”。彼得拉妮拉吩咐塔蒂把桌子收拾干净。格温达瞪大眼睛看着这一切。他们静静地围坐在桌旁，等待着。

四

戈德温兄弟感到有些饿。他吃过午餐了，吃的是萝卜和咸鱼炖的汤，但并没有吃饱。修士们的午餐几乎总是鱼和淡啤酒，哪怕不是斋戒日。

当然，并非所有修士都是如此：安东尼副院长就开着小灶。他今天吃得尤其好，因为女修道院副院长塞西莉亚嬷嬷要来做客。她习惯于丰盛的伙食。修女们似乎总是比修士们有钱，她们隔三差五地就要杀头猪或宰只羊，吃肉时还要佐以加斯科涅葡萄酒。

督办副院长的晚宴是戈德温的差事。当他自己的肚子还在咕咕叫时这尤其是桩苦差事。他交代了修道院的厨师，检查了烤炉里的肥鹅和锅里咕嘟翻滚的苹果酱。他要管窖人从桶里打了一壶苹果汁，又从面包房要了一条黑麦面包——不过是陈面包，因为星期天面包房不起火。他从上锁的柜子里取出了银制的大盘子和高脚酒杯，布置在副院长客厅的桌上。

男修道院的副院长和女修道院的副院长每月共进一次午餐。男修道院和女修道院是各自独立的机构，有各自的住所，有不同的收入来源。两位副院长各自向王桥的主教负责。但他们共享大教堂和其他一些建筑，包括医院——修士做医生，修女做护士。因而总有一些事情需要商量，比如教堂的礼拜仪式、医院里的客人和病人、镇上的事务，等等。安东尼经常要求塞西莉亚支付严格地说本应均摊的费用——如会议厅的玻璃窗、医院的病房、大教堂内部壁画重绘的费用等——而她通常也会同意。

然而，今天的话题却很可能集中于政治。安东尼到格洛斯特去了两个星期，昨天刚刚回来，他在那里协助举办了爱德华二世国王的葬礼。这位国王一月份丢了王位，九月份丧了命。塞西莉亚嬷嬷很想听听围绕此事的闲言碎语，但又要装作不在乎。

戈德温的脑子里则萦绕着别的念头。他在思虑着自己的未来。自副院长回家后，他就一直在焦急地等待着合适的时机。他把自己要说的话排练了一遍又一遍，却始终没有找到和盘托出的机会。他希望今天下午能找到机会。

正当戈德温将一块乳酪和一碗梨摆放在餐具柜上时，安东尼走进了客厅。这位副院长就像是老了一号的戈德温。两人身材都很高大，五官都很端正，都长着浅棕色的头发，并且像他们的所有家人一样，有着泛着绿色又有几粒金色斑点的眼睛。安东尼站在了壁炉旁——这建筑很老，吹进来的穿堂风让人发僵。戈德温给他倒了杯苹果汁。“副院长神父，今天是我的生日，”他趁安东尼啜饮时说道，“我二十一岁了。”

“是啊，”安东尼说道，“今天是你的生日，我记得很清楚。我比你大十四岁。我的姐姐彼得拉妮拉生你时，就像一头肚子上中了箭的野猪一样嚎叫着。”他举起高脚杯一饮而尽，然后慈爱地看着戈德温，“现在你是个男子汉了。”

戈德温觉得时机到了。“我在修道院已经十年了。”他说。

“有那么长吗？”

“是的——先是在这里的学校上学，然后做见习修士，再做修士。”

“我的天哪。”

“我希望没给妈妈和您丢脸。”

“我们都为你而感到非常骄傲。”

“谢谢您。”戈德温咽了口唾沫，“现在我想到牛津去。”

很久以来，牛津城就是神学、医学和法学大师们荟萃的地方。很多教士和修士都到那里去学习，同教师和其他学生一起研讨。上个世纪，各领域的大师们被并入了一个团体，或者说是大学，经国王恩准，可以举办考试、授予学位。王桥修道院在那座城里有一个附属小修道院，叫做王桥学院，有八名修士在那里一边学习，一边敬神，一边克己自修。

“牛津！”安东尼说道，脸上浮现出一种忧虑和厌恶的表情，“为什么？”

“学习。修士就应该这样。”

“我从来没在牛津上过学——而我却当上了副院长。”

的确如此，但安东尼也因此与他的高级同僚们相形见绌。司铎、司库，以及修道院的若干其他官员，或者称执事，都是从牛津大学毕业的。所有的医生也是如此。他们才思敏捷，能言善辩，相形之下，安东尼有时则显得笨嘴拙舌，尤其是在每天一次的全体修士大会上。戈德温渴望拥有他从牛津毕业生们身上看到的高超的逻辑思维能力和自信带来的优越感。他不想像自己的舅舅一样。

但他却不能这样说。他只是说："我想学习。"

"但为什么非要学习异端邪说？"安东尼轻蔑地说道，"牛津的学生们总是质疑教会的教诲！"

"为的是更好地理解那些教诲。"

"毫无意义，而且非常危险。"

戈德温不明白安东尼为什么如此大惊小怪。副院长以前从未对异端邪说表现过忧虑，而且戈德温也丝毫无意挑战公认的教条。他皱起了眉头。"我想您和我母亲都对我寄予很大的期望，"他说，"您难道不希望我出类拔萃，做个执事，甚至有朝一日当上副院长吗？"

"当然，你最终会的。不过你不离开王桥，也能如愿。"

你不想让我进步太快，以免我超越你；你不想让我离开王桥，以免失去对我的控制，戈德温一闪念间这样想道。他后悔没有预料到这些障碍。"我不想学习神学。"他说。

"那么，你想学什么呢？"

"医学。这也是我们这里非常重要的一项工作。"

安东尼噘起嘴。戈德温在他母亲脸上也看到过这种不同意的表情。"修道院没钱供你，"安东尼说道，"你知道吗，单是一本书，就至少要花十四先令？"

戈德温大吃一惊。但他知道学生可以按页租书，所以这不成很大问题。"那么已经在那里的学生是怎么回事？"他问道，"是谁在供他们？"

"有两个人是家里在供，一个人是修女们在供。另外三个人是咱们修道院资助的，但我们再也负担不起更多的学生了。实际上，因为缺钱，学院里还有两个名额空着呢。”

戈德温知道修道院既有财政困难，同时却有着广大的财源：有数千英亩的耕地；有磨坊、鱼塘和森林；还有王桥市场的巨大收入。他万万没想到他的舅舅会因为钱而拒绝送他去牛津。他觉得遭到了背弃。安东尼既是他的导师，也是他的亲戚。他对戈德温总是比对其他年轻修士更加关照。然而，现在却是他，想拖住戈德温的后腿。

他分辩道：“医生能为修道院挣钱。而假如您不培养年轻人，总有一天老人会死的，那样修道院就会更穷。”

“上帝会赐给我们的。”

安东尼总是用这种令人恼火的陈词滥调来回答问题。多年以来，修道院从一年一度的羊毛集市上获得的收益一直在下降。镇民们不断敦促安东尼投资改善羊毛交易设施——如帐篷、货亭、厕所，甚至建一座交易楼——但他总以缺钱来拒绝。而当他哥哥埃德蒙对他说羊毛集市最终会衰亡时，他也是说：“上帝会赐给我们的。”

戈德温说：“那么，他也许会赐给我们钱，供我去牛津。”

“他也许会。”

戈德温感到痛心和失望。他有一种强烈的愿望，想离开故乡去呼吸呼吸别样的空气。当然，在王桥学院他也得遵守同样的修道院戒律——但是他却能远离他的舅舅和母亲，那前景实在是太诱人了。

他还没打算放弃争辩。“如果我去不了，我妈妈会非常失望的。”

安东尼露出了不安的表情。他可不想惹恼他那令人生畏的姐姐，“那就让她祈祷我们能找到那笔钱吧。”

“我也许能从别的地方搞到这笔钱。”戈德温随口说道。

“你有什么办法?”

他思索着答案，突然灵机一动。“我可以像您一样，去求塞西莉亚嬷嬷。”这倒可能。塞西莉亚让戈德温敬畏——她像彼得拉妮拉一样咄咄逼人——但她却很可能为他孩子气的魅力所感染。她也许会被说服，资助一个聪明的年轻修士的学业。

这主意让安东尼深感意外。戈德温能看出他在考虑反对意见。但刚才是他提出钱是主要障碍的，现在他很难改弦易辙了。

正当安东尼踌躇之际，塞西莉亚进来了。

她穿着一件用上好的毛线织成的厚厚的斗篷，这是她唯一娇纵自己的地方——她怕冷。与男修道院副院长寒暄之后，她转向了戈德温。“你舅妈罗丝病得很重，”她说道，声音抑扬顿挫，吐字十分清晰，“她可能挺不过今夜了。”

“愿上帝与她同在。”戈德温感到一阵怜惜。在一个人人都发号施令的家庭里，罗丝是唯一的听命者。荆棘丛中的花瓣似乎尤其脆弱。“这消息并不令人惊讶，”他又说道，“但我的表妹艾丽丝和凯瑞丝，会非常伤心的。”

“好在有你的妈妈可以安慰她们。”

“是的。”安慰人可不是彼得拉妮拉的强项，戈德温心想——她倒是善于刺激人挺起腰杆不要堕落——但他没有纠正女副院长的话，而是用高脚杯给她斟了杯苹果汁。“这里是不是有点冷，副院长嬷嬷?”

“简直要冻死人。”她毫不客气地说道。

“我来生火。”

安东尼狡猾地说道：“我外甥戈德温这么殷勤，是想让你出钱供他去牛津。”

戈德温愤怒地瞪了他一眼。他本打算精心策划一番说辞，再寻找一个最佳时机开口相求的。现在安东尼却在一个最无气氛的场合信口挑明了。

塞西莉亚说："我想我们供不起两个人。"

这回轮到安东尼吃惊了。"另外还有人求你出钱供他去牛津？"

"也许我不该说，"塞西莉亚答道，"我不想给任何人惹麻烦。"

"这无关紧要，"安东尼恼怒地说道，但他马上控制住自己的情绪，又说，"我们一向感激你的慷慨。"

戈德温往壁炉里又添了些柴火，就走了出去。副院长的房间在教堂的北侧，而修士们的房间，以及男修道院的所有其他建筑，都在教堂的南侧。戈德温浑身颤抖着穿过教堂的绿地，走向修士的厨房。

戈德温本以为安东尼会对牛津一事模棱两可，说等他再大一些再说，或者说等到那里现在的学生有一人毕业后——因为安东尼天生就是个含糊其辞的人。但他是安东尼宠爱的人，他坚信舅舅最终会支持他的。安东尼直率的反对让他深感震惊。

戈德温思忖着，还有谁会求女副院长资助呢？二十六名修士中，有六名与戈德温年龄相仿，他们都有可能。厨房里，管窖人的助手西奥多里克正在帮厨。他会不会是戈德温在资助问题上的竞争对手呢？戈德温注视着他将烤鹅放到了大盘子上，盘边还有一碗苹果酱。西奥多里克头脑聪明，善于学习。他有可能是竞争者。

戈德温接过盘子端回副院长的房间，一路上忧心忡忡。如果塞西莉亚决定资助西奥多里克，他真不知道自己该怎么办了。他没考虑过退而求其次的计划。

他想有朝一日做王桥修道院的副院长。他坚信自己会比安东尼做得好。而如果他做副院长很成功，就还有可能继续高升，做主教、大主教，也许还能当上王室官员或谋士。他倒没想明白假如自己有了这样的权力该做些什么，但他怀有强烈的飞黄腾达的雄心。

然而，晋升高阶只有两条道路。一是生为贵族，再则就是依靠教育。戈德温出身一个羊毛商家庭，他唯一的希望就是上大学。因此，他需要塞西莉亚的钱。

他把盘子放到桌上，听到塞西莉亚在说："但国王是怎么死的？"

"他摔了一跤。"安东尼说。

戈德温切开了烤鹅。"副院长嬷嬷，我可以给您切一块胸肉吗？"

"好的，请吧。摔了一跤？"她怀疑地说道，"看你说的，国王倒像是个步履蹒跚的老人。可他才四十三岁呀！"

"看守他的狱卒就是这么说的。"前国王被废黜后，一直被囚于伯克利城堡，距王桥有两三天的路程。

"啊，是的，看守他的狱卒，"塞西莉亚说道，"莫蒂默的人。"她厌恶马奇的伯爵罗杰·莫蒂默。他不仅领导了颠覆爱德华二世的叛乱，还勾引了国王的妻子伊莎贝拉王后。

他们开始吃了起来。戈德温寻思着会不会有什么东西剩下。

安东尼对塞西莉亚说："听你的话音，你好像怀疑这里面有什么阴谋。"

"当然不是——不过有人怀疑。人们议论说……"

"他是被谋杀的？我听说了。但我亲眼看过尸体，是赤裸的，上面没有暴力的痕迹。"

戈德温知道他不该插话，但他忍不住。"有传言说国王死的时候，伯克利村所有的人都听到了他的惨叫声。"

安东尼不满地白了他一眼。"每当有国王驾崩时，总有不少谣言。"

塞西莉亚说："这位国王还不仅仅是死了。此前他还被议会赶下了台——这可是历史上从没发生过的事情。"

安东尼压低了声音:“废黜他的理由很充分。据说他有淫乱之罪。”

他显得很神秘,但戈德温知道他在说什么。爱德华有“男宠”——他对一些青年男子似乎有着非同寻常的宠爱。先是彼得·加韦斯顿。国王给了他太多的权力和特权,结果招致了贵族的嫉妒和怨恨。最终他以叛逆罪被处死。但后来又有其他“男宠”。人们议论说,难怪王后要找情人。

“我无法相信这样的事情,”塞西莉亚说,她是个忠心耿耿的保皇派,“一定是森林里的强盗们编造了这样龌龊的邪行,一个有着王族血统的人不可能堕落到这地步的。还有鹅肉吗?”

“有。”戈德温掩饰住自己的失望说道。他把最后一块鹅肉切下,放到了女副院长的盘中。

安东尼说:“现在至少没有人能威胁新国王了。”爱德华二世和伊莎贝拉的儿子已被加冕为爱德华三世。

“他才十四岁,而且他是被莫蒂默扶上王位的,”塞西莉亚说,“谁才是真正的统治者?”

“贵族们都乐于保持稳定。”

“尤其是那些莫蒂默的亲信们。”

“例如夏陵的罗兰伯爵,你是这意思吗?”

“他这些天倒显得很是兴高采烈。”

“你不会是说……”

“他和国王‘摔的那一跤’有什么关联?当然不是。”女副院长吃下了最后一块肉,“这样的想法说出来是很危险的,哪怕是在朋友当中。”

“的确如此。”

这时有人敲门,白头扫罗走了进来。他和戈德温年龄相同。他会不会是竞争对手呢?他勤奋而能干,而且还有一大优势——他是夏陵伯爵的远亲。但戈德温怀疑他是否有去牛津的野心。他虔诚而腼腆。像他这样的人，谦卑并非美德，而是与生俱来的。但任何事情都有可能。

“医院里来了个骑士，带着剑伤。”扫罗说道。

“有意思，”安东尼说，“但恐怕还不至于惊人到需要打搅两位副院长的午餐吧。”

扫罗露出惶恐之色。“请原谅，副院长神父，”他结结巴巴地说道，“但是该怎么治疗，现在意见不一。”

安东尼叹了口气。“好吧，现在鹅也吃完了。”他说道，站起了身。

塞西莉亚和他一起走了出去，戈德温和扫罗在后面跟着。他们从北翼进入教堂，走过交叉甬道，又从南翼出去，穿过修士居住区，进了医院。受伤的骑士躺在离祭坛最近的床上，这符合他的身份。

安东尼副院长不由自主地轻轻惊叫了一声。那一瞬间他显露出震惊和恐慌。但他很快恢复了镇定，面无表情。

然而，这一切没能逃过塞西莉亚的眼睛。她问安东尼：“你认识这个人？”

“我想是的。他是托马斯·兰利先生，蒙茅斯伯爵的手下。”

他是个二十来岁的英俊小伙儿，长着宽宽的肩膀和长长的腿。他上身自腰部以上赤裸着，肌肉结实的躯体上横七竖八地分布着以前打仗留下的伤痕。他面色苍白，看上去精疲力竭。

“他在路上遭到袭击，”扫罗解释道，“他奋力打退了袭击他的人，但随后不得不跌跌撞撞地走了一英里多的路来到镇上。他失血很多。”

骑士的左前臂自肘部到腕部被切开了，伤口很齐，显然是利剑所为。

修道院的高级医师约瑟夫兄弟站在伤员身旁。约瑟夫三十来岁，身材矮小，长着个大鼻子，牙齿却参差不齐。他说："应当让伤口敞开着，涂上药膏，让脓流出来，这样坏血就会排出，伤口就会从内部愈合了。"

安东尼点了点头。"那么谁有不同意见?"

"理发师马修另有主张。"

马修是镇上的理发师兼外科医生。他一直谦恭地站在后面，这时他拿着他那装有昂贵、锋利的手术刀的皮箱走上前来。他身材瘦小，长着一双明亮的蓝眼睛，神情肃穆。

安东尼不认识马修。他问约瑟夫："他来这里做什么?"

"骑士认识他，叫人请他来的。"

"如果你愿意让人割你的肉，你还来修道院医院做什么?"

骑士苍白的脸上掠过了一道微笑的暗影，但他似乎已虚弱得连话都说不出来了。

马修以令人惊讶的自信开腔了，显然没有因安东尼的轻蔑而畏怯。"我在战场上见过许多这样的伤口，副院长神父，"他说道，"最好的治疗方法是最简单的：用热葡萄酒清洗伤口，再把伤口缝起来，用绷带包扎好。"他的语气并不像表情那样谦恭。

塞西莉亚嬷嬷插话了。"我不知道我们的两位年轻修士对这个问题有什么见解?"

安东尼看上去很不耐烦，但戈德温立刻明白了她的意思。这是一个测试。也许扫罗正是她要资助的竞争对手。

答案很容易，于是戈德温先说了："约瑟夫兄弟研究过古代名医的医案。他的见解一定是最高明的。我猜马修恐怕都不识字。"

"我识字，戈德温兄弟，"马修抗议道，"而且我也有一本书。"

安东尼大笑起来。一个理发师居然也看书，实在太可笑了，这简直像是马头上扣了顶帽子。"什么书?"

"伊斯兰大医学家阿维森纳[1]的《医典》。是从阿拉伯文译成拉丁文的。我全都读过，读得很细。"

"那么你的疗法也是阿维森纳提出的？"

"不是，但——"

"哼，那就是了。"

马修坚持道："但是我曾随军队行过军，我知道怎样处理伤口，怎样让它们愈合，比从书本上学到的多得多。"

塞西莉亚嬷嬷问道："扫罗，你的意见呢？"

戈德温心想扫罗肯定会作出同样的回答，那么这场测试就难分高下了。然而，尽管扫罗看上去又腼腆又紧张，他的回答却与戈德温截然相反。"理发师也许是对的，"他说道。戈德温满心欢喜。扫罗站到了错误的一方，"约瑟夫兄弟提出的疗法也许更适合于挤压或者锤击造成的伤，比如我们在建筑工地上常看到的那些伤，伤口周围的皮肉都被损坏了，如果过早地把伤口包扎起来，坏血就会留在体内。但这种砍伤，刀口四周很干净，包扎得越快，伤口愈合得也就越快。"

"胡说，"安东尼副院长说道，"一个小镇的理发师是正确的，而一个受过医学教育的修士却是错误的，这怎么可能？"

戈德温咧嘴笑了，一股胜利的喜悦使他激动得都快透不过气了。

门突然被一把推开，一个穿着教士袍的年轻人风风火火地闯了进来。戈德温认出这是夏陵的理查，罗兰伯爵的次子。他向男女副院长点了点头，但非常草率，显得有些失礼。他径直走到床边，向骑士问道："到底发生了什么事？"

托马斯有气无力地抬了抬手，示意理查靠近些。年轻的教士向

① Avicenna(980—1037)，波斯人，伊斯兰医学家、哲学家。

伤员俯下了身。托马斯对他耳语了几句。

理查神父猛一起身，好像大吃了一惊。“绝对不行!”他说。

托马斯又抬了抬手，于是这过程又重复了一遍：又是一阵耳语，又是一次愤怒的反应。这回理查说：“但是为什么呢?”

托马斯没有回答。

理查说：“你在要我们办一件我们力所不及的事情。”

托马斯坚定地点了点头，仿佛是在说：是的，正是如此。

“你让我们别无选择。”

托马斯无力地将他的头从一边扭到了另一边。

理查转向安东尼副院长，说：“托马斯先生想在这里做一名修士。”

屋子里的人都愣了一下。塞西莉亚首先反应过来。“可他是个杀过人的人!”

“好了，这种事情又不是第一次听说，”理查不耐烦地说道，“武士有时候会决定放弃行伍生涯，对自己的罪过寻求宽恕。”

“在他们老年时也许会，”塞西莉亚说，“但这个人还不到二十五岁。他是想逃避什么危险。”她强硬地盯着理查，“是谁想要他的命?”

“克制点你的好奇心吧，”理查粗鲁地说道，“他想做的是修士，而不是修女，所以你没必要多问。”他这样同女副院长说话，让屋里的人都很吃惊，但谁又奈何得了伯爵的儿子。他又转身对安东尼说：“你必须接收他。”

安东尼说：“修道院太穷了，没法再接收修士——除非有人愿意送一份礼物，来弥补开支……”

“我会安排的。”

“这礼物要足以满足需求……”

“我会安排的!”

“很好。”

塞西莉亚满腹狐疑。她问安东尼：“你对他的了解，比你刚才告诉我的要多吗?”

“我看不出有什么理由拒绝他。”

“你凭什么认为他是个真正的忏悔者?”

所有的人都看着托马斯。他的眼睛已经闭上了。

安东尼说：“像所有人一样，他必须在见习期证明他的诚心。”

她显然不满意，但安东尼就这一次没找她要钱，因此她也无话可说了。“我们还是先给他治伤吧。”她说。

扫罗说：“他拒绝约瑟夫兄弟的疗法，所以我们才去请副院长神父的。”

安东尼向伤员俯下身子，像是对一个聋子说话一样大声说道：“你必须照约瑟夫兄弟说的那样去治疗。他最高明。”

托马斯已失去了知觉。

安东尼转身对约瑟夫说：“他已经不再反对了。”

理发师马修说：“他会失去他的胳膊的!”

“你最好是离开这里。”安东尼对他说。

马修怒气冲冲地走了。

安东尼又对理查说：“也许你愿意到副院长的房间里喝杯苹果汁。”

“谢谢你。”

他们离开时，安东尼对戈德温说：“留在这里帮帮副院长嬷嬷。晚祷前来找我，告诉我骑士治得怎么样了。”

安东尼副院长通常并不过问具体病人的治疗情况，很显然他对这位骑士怀有特殊的兴趣。

戈德温注视着约瑟夫兄弟将药膏敷在已经昏迷的骑士的胳膊上。他觉得自己答对了问题，想必肯定能得到塞西莉亚的资助了，但他还想让她说得明白些。当约瑟夫兄弟敷完药，塞西莉亚用玫瑰水为托马斯擦洗前额时，他说："我希望您能考虑资助我。"

她目光锐利地看了他一眼。"我最好还是告诉你，现在我已经决定出钱给扫罗了。"

戈德温大吃了一惊。"但是是我答对了问题！"

"是吗？"

"您肯定也不同意理发师的意见吧？"

她扬起了眉毛。"戈德温兄弟，你没有权利质问我。"

"我很抱歉，"他连忙说道，"我只是不明白。"

"我知道。"

如果她不想说，再多问也无益。戈德温转身离开了，沮丧和失望使他脚下不稳。她到底把钱给扫罗了！难道因为他是伯爵的亲戚？戈德温不这么认为：她一向独断专行。他想，是扫罗众所周知的虔诚打破了平衡。但扫罗根本不是领导之材。出钱给他真是浪费。戈德温不知道该怎样把这个消息告诉妈妈。她会勃然大怒的——但她能怪谁呢？怪安东尼？怪戈德温自己？他想象着母亲大发雷霆的样子，一种熟悉的恐惧感紧紧地攫住了他。

他一想到妈妈，妈妈就来了。他看见她从远端的大门走进了医院。她是个身材高大、胸部高耸的女人。她注意到他的目光，就站在门口，等着他过去。戈德温走得很慢，心里盘算着该怎么说。

"你舅妈罗丝就要死了。"彼得拉妮拉一等他走近，就开口说道。

"愿上帝赐福于她的灵魂。塞西莉亚嬷嬷已经告诉我了。"

"你看上去很吃惊——但你知道她病得有多重呀。"

"我不是因为罗丝舅妈。我这里还有一个坏消息。"他吞吞吐吐地说道，"我去不了牛津了。安东尼舅舅不肯出钱，塞西莉亚嬷嬷也拒绝了我。"

她没有立刻发作，让戈德温深感欣慰。然而，她的嘴闭得紧紧的，使她的表情显得非常冷酷。“但是，为什么呢?”她问。

“舅舅没钱，而塞西莉亚嬷嬷决定出钱给扫罗。”

“白头扫罗？他能有什么出息。”

“嗯，至少他能当一名大夫。”

彼得拉妮拉紧盯着戈德温的眼睛，他一脸无奈。“我觉得这件事你处理得很糟，”彼得拉妮拉说，“你该事先跟我商量商量的。”

戈德温就怕她这么想。“您怎么能说是我没处理好呢?”他抗议道。

“你该让我先去跟安东尼谈。这样他就强硬不起来了。”

“但他仍然会说不。”

“而且在你去找塞西莉亚之前，应该先调查清楚是否还有人求她了。那样你就可以在求她之前，先破坏掉扫罗的计划。”

“我怎么才能做到呢?”

“所有的人都有弱点。你该找出扫罗的弱点，设法让塞西莉亚注意到他的弱点。然后，当塞西莉亚感到以前看到的是假象，现在看透了扫罗时，你再亲自去求她。”

他明白她这招是管用的。“我从来没想过。”他说着，低下了头。

彼得拉妮拉强压着怒火，又说：“做这些事情必须谋划，就像伯爵谋划战役一样。”

“我明白了，”戈德温说，他仍然不敢正视彼得拉妮拉的眼睛，“我决不会再犯同样的错误了。”

“但愿如此。”

他又抬头看着她。“下一步我该怎么办?”

“我不能就此罢休。”一种戈德温熟悉的坚定表情浮现在彼得拉妮拉脸上。“我来出钱。”她说。

戈德温的心头涌起了希望，但他想象不出他妈妈将怎样履行这样的诺言。“您哪里有钱？”他问道。

“我要卖掉自己的房子，搬到我弟弟埃德蒙家去住。”

“他会接纳您吗？”埃德蒙是个慷慨的人，但他有时候也会顶撞他姐姐。

“我想他会的。他马上就要成为鳏夫了，他需要一个管家。以前罗丝做这件事并不是很出色。”

戈德温摇了摇头。“可您还是需要钱的。”

“我还要钱做什么？埃德蒙会管我吃住，并负担我买日用品的小小开支。而我就帮他管理仆人，抚养女儿。我从你父亲那里继承的钱就归你用了。”

她的语气很坚定，但戈德温能够从她噘着的嘴看出她的懊恼。他知道这对她来说是多么大的牺牲。她一向为自己的独立而骄傲。她是镇上有头面的女人之一，是富家的女儿、镇上首屈一指的羊毛商的姐姐。她珍视这一地位。她喜欢宴请王桥有权势的男男女女，用最好的葡萄酒款待他们。现在她却要作为一个穷亲戚，投靠她弟弟，做一份管家的差事，一切都靠他供给。这真是一种可怕的落魄。“这牺牲太大了，”戈德温说，“您不能这样做。”

她的神情坚毅起来，肩膀稍稍晃了晃，好像就要承担起千钧重负。“噢，是的，我能。”她说。

五

格温达把一切都告诉了她父亲。

她曾以耶稣的血的名义起誓保守秘密，所以现在她要下地狱了，但相对于地狱，她更害怕她的父亲。

他先是问她从哪里弄来的小狗“跳跳”，继而她就不得不解释

“蹦蹦”是怎么死的，最终她只得将全部故事和盘托出。

让她惊奇的是，她并没有挨鞭子。实际上她爸爸似乎还很高兴。他要她带自己去搏杀发生的那片林中空地。再找到那地方并不容易，但她找到了，他们发现了那两个穿着黄绿两色制服的士兵的尸体。

爸爸先是打开了他们的钱包，里面各有二三十便士。更让他欣喜的是他们的剑，每把都值不少便士。他开始剥死人的衣服。这活儿用一只手干起来很不容易，因而他要格温达帮她。没有生命的尸体显得格外沉重，触碰起来也很异样。爸爸要她脱下他们身上穿的所有东西，甚至包括他们满是污泥的长袜和肮脏的内衣。

他把他们的武器裹在衣服里，使之看上去像是一捆破布。然后他和格温达一起将赤条条的尸体又拖回到灌木丛中。

在返回王桥的路上他的情绪很是高涨。他领着她来到离河不远的一条街——屠宰沟。他们走进了一家叫做“白马”的大而脏的客栈。他给格温达买了一杯淡啤酒，然后就和他称为“大卫伙计”的店主消失在了屋子背后。这是格温达一天之内第二次喝啤酒了。过了一会儿后，爸爸又出现了，手里没了那捆东西。

他们回到主街，在修道院一座门旁的贝尔客栈里找到妈妈、菲利蒙和小婴儿。爸爸向妈妈使了个眼色，给了她一大把钱，让她塞进了婴儿的毯子里。

这时下午已过了一半，大部分外来者都已离开镇上返回各自的村庄，但这时动身回韦格利村已太晚了，于是这家人决定在小客栈里过夜。爸爸一再说他们现在住得起店了，妈妈却胆怯地说：“别让别人看出你有钱了！”

格温达感到非常疲倦。她起得很早，又走了那么多路。她躺在一张长凳上，很快就睡着了。

是客栈大门被粗暴地踹开的那声巨响惊醒了她。她抬眼一望，惊愕地看到两个士兵闯了进来。起初她还以为是林中被杀的那两个人的鬼魂来了。这让她一阵惊恐。随即她看出这是两个不同的人，只是穿着同样的一侧黄一侧绿的军服。两人中较年轻的一个手里拿着一捆看上去很眼熟的破布。

年长的那个径直向爸爸问道："你是韦格利村的乔比，是吗？"

格温达顿时又害怕起来。这个人的语气中透着严重的威胁。他可不是装腔作势，而是坚决果断的，给格温达的印象是他将不择手段地达到目的。

"不是。你们认错人了。"爸爸答道。他撒起谎来像是条件反射。

他们根本没在意他的话。年轻的那个将那捆布放到桌上展开。里面是两件黄绿色紧身外衣包裹的两柄剑和两把匕首。他盯着爸爸说道："这些东西是从哪儿来的？"

"我从来没见过它们，我以十字架的名义起誓。"

他说没见过这些东西，实在是太蠢了，格温达恐惧地想着：他们肯定能逼他说出实话，就像他逼她说出实话一样。

那个年长的士兵说道："白马客栈的老板大卫，说他从韦格利的乔比那里买到这些东西的。"他的声音冷冰冰的，满含威胁。屋子里的其他客人都从椅子上站起身来，迅速地溜出了门外，只剩下了格温达一家人。

"乔比刚刚离开这里。"爸爸孤注一掷地说道。

那人点了点头。"带着他的老婆、两个孩子，还有一个婴儿？"

"是的。"

那人猛然起动，一只有力的大手一把抓住了爸爸的紧身外衣，把他推到了墙边。爸爸尖叫了一声，婴儿开始啼哭起来。格温达看到那人的右手上戴着厚厚的拳击手套，外面还覆着锁子甲。那人抽回手臂，一拳打在爸爸的肚子上。

妈妈大叫道："救命呀！杀人啦！"菲利蒙也大哭起来。

爸爸的脸因为疼痛而变得苍白，同时踉踉跄跄起来，但那人一把把他推到墙上，没让他倒下，随后又打了一拳，这回打在了脸上。鲜血从爸爸的鼻子和嘴巴里喷涌而出。

格温达也想尖叫，但她的嘴巴张得大大的，喉咙里却没有一丝声音出来。她本以为父亲是强大有力的——即使他有时候狡猾地装作弱者，装作懦夫，以博取同情、化解怒气——看到他如此无助，她实在是吓坏了。

客栈主人出现在通向后院的门口。他是个三十来岁的大个子男人。还有一个胖胖的小姑娘躲在他身后偷看着。"怎么回事？"他以一种威严的口气问道。

那士兵看都没看他一眼。"你少管闲事。"他说着，又是一拳打在爸爸肚子上。

爸爸吐出了血。

"住手。"店主人喊道。

士兵说："你以为你算老几？"

"我叫保罗·贝尔，这是我的房子。"

"哦，很好，保罗·贝尔，如果识相的话，管好你自己的事情吧。"

"你们以为穿上军装就可以为所欲为了？"保罗的口气里含着轻蔑。

"不错。"

"那么你们到底穿的是谁的制服？"

"王后的。"

保罗回头说道："贝茜，快去把约翰治安官找来。如果有人要在我的客栈里杀人，我得叫治安官来作证。"那小姑娘跑开了。

"这里没有人会被杀死，"那士兵说道，"乔比已经改变了主意。

他决定带我们去他劫掠了那两个死人的地方——是吧，乔比?”

爸爸说不出话来，但他点了点头。那人放开了他，他跪倒在地，大口地咳嗽和呕吐起来。

那人打量了一番这家其余的人。“还有那个目睹了打斗的孩子……”

格温达惊叫道：“别!”

那人满意地点了点头。“是这个丑丫头，没错。”

格温达跑到了母亲身旁。妈妈说：“马利亚，圣母啊，救救我的孩子吧。”

那人抓住了格温达的胳膊，粗暴地把她从妈妈身旁拽开。她大哭起来。那人恶狠狠地说道：“闭嘴，安静点儿，不然我叫你跟你那倒霉的爸爸一样。”

格温达使劲地咬紧牙关，停止了哭叫。

“起来吧，乔比。”那人一把把爸爸拽了起来，“打起精神来，你和我们一起骑马去。”

另一个人收拾起衣服和武器。

他们走出客栈时，妈妈发疯般地叫道：“全都照他们说的做吧!”

那两个士兵有马。格温达骑在那个年长的士兵前面。爸爸被放在了另一匹马同样的位置上。爸爸有气无力地呻吟着，因此只能由格温达带路。她今天已经去过那里两次了，所以清楚地记得路。骑着马要快多了，但当他们赶到那片空地时，天显然快黑了。

年轻的士兵揪着格温达和爸爸，年长的士兵把他们同伴的尸体从灌木丛中拖了出来。

“那个托马斯一定是个手段高强的家伙，他竟然把哈里和阿尔弗雷德全都给杀了，”那年长的士兵一边打量着尸体，一边沉思着说道。格温达明白了这两个人还不知道有其他孩子。她本来会承认她不是一个人来这儿的，其中一个人是拉尔夫射死的；但她吓得说不出话来。“他差点把阿尔弗雷德的头砍下来，”那士兵继续说道。他转过身来看着格温达，“他们说没说起过一封信？”

“我不知道！”格温达终于喊出了声。“我一直闭着眼睛，因为我吓坏了，我听不见他们在说什么！千真万确，如果我知道，我肯定会说的！”

“就算他俩先从他手中搞到了信，他把他们杀了后，也肯定把信拿回去了。”那士兵对同伴说。他看了看空地周围的树，仿佛信也可能藏在枯枝败叶之间。“信现在也许在他身上，在修道院里，我们要想抓他，就不可能不亵渎修道院的神圣。”

另一个说道：“至少我们可以准确地报告发生了什么事，并把尸体带回去举行个基督教的葬礼。”

这时突然一阵骚动。格温达的爸爸挣脱了那个士兵，冲过空地。那士兵起身去追，却被那个年长的士兵拦住了。“让他跑吧——现在杀他还有什么用？”

格温达开始抽泣起来。

“这孩子怎么办？”年轻的士兵问道。

格温达确信他们会杀了她。她泪眼模糊，什么也看不见。她哭得非常厉害，竟无法开口求饶。她就要死了，就要下地狱了。她毫无办法，只能等着那一刻来临。

“让她走吧，”年长的士兵说道，“我生下来可不是要杀小丫头的。”

年轻的士兵放开了她，还推了她一把，她一个趔趄，摔倒在地。等她站起身来，擦去眼泪，能看得清四周后，就踉踉跄跄地跑开了。

“滚吧，跑快点儿，”那士兵在她背后喊道，“今天算你走运！”

凯瑞丝睡不着。她从床上爬起来，走进妈妈的房间。爸爸坐在一条长凳上，凝视着床上一动不动的躯体。

妈妈的眼睛紧闭着，她的脸上汗津津的，在烛光下闪烁着。她似乎没有呼吸。凯瑞丝抓起她一只苍白的手：手冰凉得吓人。她把妈妈的手夹在自己的两手间，想让它暖和起来。

她问："他们为什么要放她的血？"

"他们认为有时候人患病是因为某种体液多了的缘故。他们希望血能把多余的体液带走。"

"可这并没有让她好起来呀。"

"没有。实际上，反而更糟了。"

凯瑞丝的眼里涌出了眼泪。"那您为什么要让他们那样做呢？"

"教士和修士研习过古代哲学家的著作。他们比我们懂得多。"

"我不信。"

"该信什么，不该信什么，是很难知道的，小毛毛。"

"如果我是医生，我只做能让人们好起来的事情。"

爸爸没听见。他更专注地看着妈妈。他俯身向前，手在毯子下滑动着，触摸到她左乳下的胸部。凯瑞丝能够看出精致的羊毛毯下他那只大手的形状。他的喉咙里低低地抽咽了一声。他的手紧紧地向下按着，并停留了好长一阵子。

他闭上了眼睛。

他的身子俯得更低了，直到跪在了床边。他宽宽的前额伏在了妈妈的腿上，手仍然抚在她胸上，好像在祈祷。

她意识到他在哭泣。这是她所见过的最可怕的事情，比在森林里看到杀人还要可怕。孩子们会哭，女人们会哭，懦弱无助的人们会哭，但爸爸从来不会哭。她感到仿佛天塌了下来。

她需要有人帮助。她放开了妈妈冰凉的手，眼看着它滑到毛毯上，一动不动了。她回到了自己的卧室，摇起了熟睡中的艾丽丝的肩膀。“快醒醒！”她说。

艾丽丝起初并不愿睁开眼睛。

“爸爸哭了！”凯瑞丝说道。

艾丽丝坐直了身子。“不可能。”她说。

“快起来吧！”

艾丽丝下了床。凯瑞丝拉起姐姐的手，一同走进了妈妈的房间。爸爸已经站了起来，低头看着枕头上那张宁静的脸。他的脸上满是泪水。艾丽丝惊讶地瞪着他。凯瑞丝小声说道：“你看。”

床的另一侧站着她们的姑姑彼得拉妮拉。

爸爸看见了站在门口的两个女孩子。他离开床边，走向了她们。他一只手揽住一个，把她们拢过来，紧紧地抱在怀里。“你们的妈妈和天使一起走了，”他静静地说道，“为她的灵魂祈祷吧。”

“勇敢些，姑娘们，”彼得拉妮拉说道，“从现在起，我就是你们的妈妈了。”

凯瑞丝从眼里擦去泪水，抬头看着她的姑姑。“噢，不，你不是。”她说道。

第二部分

一三三七年六月八日至十四日

六

梅尔辛二十一岁那年的圣灵降临节，一场倾盆大雨倾泻在王桥大教堂上。

豆大的雨点落在石板的屋顶上，不停地飞溅着。排水沟里的水全都溢了出来，像河流一般奔涌。屋角的怪兽滴水孔里射出的水如同喷泉。扶壁下大片大片的水形成涟漪。湍急的水流漫过拱顶，顺着柱子流下，浸湿了圣徒们的雕像。天空、巨大的教堂，以及围绕着教堂的城镇，都笼罩在灰蒙蒙的雾气中。

圣灵降临节是纪念圣灵降临于耶稣的门徒中的。时间是复活节后第七个星期日，一般在五月或六月，当时英格兰的绝大多数羊都刚刚剪过羊毛，因而这一天也总是王桥羊毛集市开幕的日子。

梅尔辛冒着大雨，蹚着水，前往教堂参加晨祷。他将自己的兜头帽紧紧向前拉着，遮住自己的眉毛，但仍无法阻止雨打湿他的脸。他必须穿过羊毛集市的市场。在教堂西边的绿地上，数以百计的商贩已经摆开了摊位，现在又不得不匆匆忙忙地用大片大片的油布或毡布遮蔽好。羊毛商是集市的主角，他们中既有走村串乡收集零散羊毛的小贩，也有像埃德蒙这样仓库里堆满了羊毛垛的大批发商。在他们周围还簇拥着一些次要的摊位，出售各种能卖钱的东西，如莱茵兰的甜葡萄酒、卢卡的镶金丝带、威尼斯的玻璃碗，还有从很多人连名字都不知道的东方各地贩来的生姜和辣椒。当然，还有普通的商人为来客和摊主提供日常必需的服务，如面包师、酿酒师、糖果商、算命的，还有妓女。

摊主们面对大雨表现得很是勇敢，他们相互开着玩笑，努力要营造出一种狂欢节的气氛，但这样的天气肯定会影响他们的利润。有些人无论风雨都得做生意，例如意大利和佛兰德的采购商，因为佛罗伦萨和布鲁日都有成千上万忙碌不停的纺织机等待着柔软的英格兰羊毛。但更多的顾客就不一定来了，他们会选择待在家里：骑士的妻子会认为她没有肉豆蔻、肉桂等香料也能过；富裕的农民会觉得他的旧外套还能再穿一冬；而某个律师则会断定他的情妇并不当真需要金镯子。

梅尔辛不想买任何东西。他没钱。他是个没有报酬的学徒，住在他的师傅建筑匠埃尔弗里克家里。他和这家人一起吃饭，在厨房的地板上过夜，穿埃尔弗里克的旧衣服，但他不拿工钱。在漫长的冬夜，他可以削刻一些精巧的小玩具卖上几便士——比如做一个有秘密隔层的珠宝匣，或者一只一按尾巴就能吐舌头的木头小公鸡——但到了夏天就一点空闲时间都没有了，手艺人得一天到晚地干活儿。

不过，他的学徒期就快要结束了。再过不到半年，到十二月一号，当他满二十一岁时，他就将成为王桥木匠行会的一名正式成员了。他简直急不可耐了。

教堂高大的西门敞开着，以便让数以千计的镇民和来客来做晨祷。梅尔辛走进教堂，抖掉了衣服上的雨水。石头地面上满是泥水，非常湿滑。在晴朗的日子里，教堂内部会有大束大束的阳光投射进来，十分明亮，但是今天室内却一片昏暗，褪了色的彩绘玻璃模糊不清，人们都瑟缩在黑乎乎、湿漉漉的衣服中。

这么多的雨水会流到哪里去呢？教堂四周并无大排水沟。成千上万加仑的雨水只能渗到地下去。难道它们会不断下渗，越渗越深，直到又成为雨下到地狱里去？不，大教堂是建在斜坡上的，水会从北向南渗到山下。大型石头建筑的地基，都是设计得可以让水穿过的，否则水积得太多就会有危险。所有的雨水最终会流入作为修道院南界的河流中。

梅尔辛想象着地下的水流，他的脚底似乎感觉到水汩汩地震颤着穿过地基和铺着石板的地面。

一只黑色的小狗蹦蹦跳跳着向他跑来，摇着尾巴欢快地朝他吠叫着。“你好，‘小不点儿’。”他说着，拍了拍它，然后抬起眼来寻找狗的女主人凯瑞丝。他的心跳加快了。

她穿着一件艳丽的深红色斗篷，是从她母亲那里继承来的。这是一片昏暗中的唯一一抹亮色。梅尔辛灿烂地微笑着，很高兴看到她。他不知道是什么让她看上去如此美丽。她长着一张圆圆的小脸，五官端正匀称。她的头发是浅棕色的，泛着绿色的眼睛有着几粒金色斑点。她和王桥上百名其他女孩子没什么太大不同。但她俏皮地歪戴着帽子，眼睛里透着嘲弄人的聪明劲儿。她一边看着他，一边顽皮地露齿微笑着，显现出一种隐隐约约但又非常诱人的愉悦。梅尔辛认识她已经十年了，但只是在最近几个月，他才意识到自己爱上了她。

她把他拽到一根柱子后，吻了他一下，她的舌尖轻轻地划过了他的嘴唇。

他们一有机会就接吻，无论是在教堂里，在市场上，还是在街上偶遇，但最销魂的还是在她家里，并且是除他俩之外再无别人时。他时时盼望着这样的时刻。每晚入睡前，他都一直在想着吻她，而天明一睁眼，这个念头又涌上心头。

他一星期去她家两三次。她父亲埃德蒙很喜欢他，尽管她姑姑彼得拉妮拉并不喜欢他。埃德蒙是个热情好客的人，经常邀梅尔辛留下来共进晚餐。梅尔辛知道会比埃尔弗里克家吃得好，总是欣然接受邀请。他会和凯瑞丝下象棋或跳棋，或者仅仅对坐聊天。他喜欢在凯瑞丝讲故事或解释什么事情时端详她，看着她用手在空中比划着，脸上扮出或逗乐或吓人的表情，表演着每一个想象中的角色。但是，大部分时间，他都在寻找着能够偷偷地吻她的机会。

他扫视了一圈教堂：没有人朝他们这边看。他的手悄悄地伸进了她的外套，透过她那柔软的亚麻布连衣裙抚摸着她。她的身体热乎乎的。他握住了她那又小又圆的乳房。他喜欢她的肌肤在他的指尖按压下凹下去的感觉。他从未看过她的裸体，却非常熟悉她的乳房。

在他的梦中，他们更进了一步。在梦境中，他们总是单独在某个地方，或者是森林中的一块空地，或者是城堡中一间大大的卧室，而且他俩都是赤身裸体的。然而奇怪的是，他的梦总是结束得早了那么一点点，正当他要进入她的身体时，他就会满怀沮丧地醒来。

总有一天，他想，总会有这么一天的。

他们还没有谈婚论嫁。学徒是不能结婚的，所以他必须等待。凯瑞丝肯定考虑过等他学徒期满后他们该怎么办，但她从来没说过。她似乎满足于得过且过。梅尔辛也有一种迷信的想法，害怕和她一起谈论未来。人们都说朝圣者不能花太多时间计划行程，那样就会了解到很多路途的艰险，从而打消朝圣的念头。

一个修女走了过去，梅尔辛歉疚地从凯瑞丝的胸部抽回了手。但修女并没有注意到他们。在教堂巨大的空间内，人们干着各种各样的事情。去年圣诞前夜的礼拜仪式上，梅尔辛就看到一对男女借着黑暗，靠在教堂南侧走廊的墙上做爱——不过他们因此而被驱逐了出去。梅尔辛不知道他能不能和凯瑞丝小心谨慎地嬉戏，直到晨祷结束。

但凯瑞丝另有主张。她说："咱们到前面去吧。"她拉着梅尔辛的手，领着他穿过人群。他认识这里的许多人，但不是全部：王桥是英格兰较大的城市之一，有大约七千多居民，谁也不可能认识所有的人。梅尔辛跟着凯瑞丝来到中殿和交叉甬道相交的地方。那里有一道木栅封住了通向教堂东端的去路。那边是高坛，是为教士们预留的。

梅尔辛发现他身旁站的是最重要的意大利商人博纳文图拉·卡罗利。他身材魁梧，穿着一件绣得色彩缤纷的厚毛线外衣。他本是佛罗伦萨人——他说那里是基督教世界最大的城市，面积比王桥大十倍还多——但他现在定居伦敦，经营着他的家族和英格兰羊毛商之间的大买卖。卡罗利家族富可敌国，他们甚至借钱给各国国王，但博纳文图拉本人却平易近人、和蔼可亲——不过人们说他谈起生意来也是个非常难缠的对手。

凯瑞丝非常随意地和博纳文图拉打了个招呼：他就借住她家。虽然从梅尔辛的年龄和他身上穿的显然是师傅传下来的旧衣服，一眼就能看出他不过是个学徒工，博纳文图拉还是和善地向他点了点头。

博纳文图拉正打量着教堂建筑。他语调轻松地说道："一连五年了，我年年来王桥，但直到今天我才注意到，交叉甬道的窗户比教堂其余部分的窗户要大。"他说的是法语，但夹杂着一些意大利托斯卡纳地区方言中的词。

梅尔辛听懂他的话并不费力。他已经成人了，像大部分英格兰骑士的儿子一样，他同父母讲诺曼法语，同伙伴们讲英语。他能猜出许多意大利语词汇的含义，因为他在修士办的学校里学过拉丁文。"我可以告诉你为什么窗户是这样设计的。"他说。

博纳文图拉扬起了眉毛，非常惊讶一个学徒竟然敢说自己懂得这样的事情。

“这座教堂是两百年前修建的，当时中殿和高坛上这些窄窄的尖头窗还是一种创造性的新设计，”梅尔辛继续说道，“继而，一百年后，主教把塔加高了，同时重建了交叉甬道，又装上了当时成为时尚的更大的窗户。”

博纳文图拉很感钦佩。“你怎么知道这些事情的？”

“修道院图书馆里有一本关于本修道院历史的书，叫做《蒂莫西书》，详细讲述了教堂建筑的情况。书的大部分是在伟大的菲利普副院长在世时写成的，不过后人也作了些补充。我小时候在修士的学校里读过它。”

博纳文图拉仔细打量了梅尔辛半天，好像是要记住他的面孔，然后他随口说道：“这是座很不错的建筑。”

“意大利的建筑很不同吗？”梅尔辛很喜欢谈论外国和外国人的生活，对他们的建筑尤其感兴趣。

博纳文图拉带着沉思的表情说道：“我想建筑的原理到处都是一样的。不过在英格兰，我从来没见过穹顶。”

“什么叫穹顶？”

“就是圆形的屋顶，像半个球一样。”

梅尔辛大为吃惊。“我从来没听说过这样的事情！穹顶是怎么建成的？”

博纳文图拉大笑起来。“年轻人，别忘了我是个羊毛商。我只消用手指捻一捻毛线，就能告诉你那羊毛是产于科茨沃尔德的绵羊还是林肯的绵羊，但我连个鸡窝怎么搭都不知道，更别提穹顶了。”

这时梅尔辛的师傅埃尔弗里克过来了。他是个有钱人，穿着昂贵的衣服，但这些衣服怎么看都和他不般配。他向来是个势利眼，因而根本没理睬凯瑞丝和梅尔辛，而是向博纳文图拉深鞠一躬，说道：“很荣幸尊驾再度光临敝城，老爷。”

梅尔辛走开了。

“你说世界上总共有多少种语言？”凯瑞丝问他。

她总是胡思乱想。梅尔辛不假思索地答道：“五种。”

“别这样，严肃点儿，”她说。“你看，有英语，有法语，有拉丁语，这就是三种。佛罗伦萨人和威尼斯人说的话也不同，尽管他们用同样的词汇。”

“你说得对，”梅尔辛说着，加入了这个游戏，“这就已经是五种语言了。此外还有佛兰芒语。”王桥很少有人能分得清来自佛兰德的那些纺织城——诸如伊珀尔、布鲁日、根特等的羊毛商的口音。

“还有丹麦语。”

“阿拉伯人也有自己的语言，他们写字时，用的字母跟我们都不一样。“

“塞西莉亚嬷嬷还说过，所有的野蛮人也都有自己的语言——像苏格兰语、威尔士语、爱尔兰语，也许还有其他语言——但根本没人知道怎么写下来。这就是十一种语言了。世界上也许还有什么我们根本没听说过的民族呢！”

梅尔辛微笑起来。凯瑞丝是他唯一能谈这样的话题的人。在他们年龄相仿的朋友中，没有人能理解想象陌生的民族和不同的生活方式是多么令人激动。她会漫无目的地提问：住在世界的边缘会是什么样子？教士对上帝的理解会不会错？你怎么知道你此时此刻不是在做梦？他们的思维会天马行空般地驰骋，竞相提出最离奇的想法。

教堂里嘈杂的人声突然静了下来，梅尔辛看到修士和修女们都坐下了。唱诗班指挥瞎子卡吕斯最后走了进来。尽管他什么也看不见，但他在教堂里和修道院内的建筑间行走却根本不需要帮助。他走得很慢，却像有视力的人一样自信，他熟悉这里的每一根柱子和每一块石板。他用他那浑厚的男中音唱出了一个音符，唱诗班便开始唱起了圣歌。

梅尔辛一向对神职人员心存怀疑。教士们拥有的权力并不总是与他们的知识相匹配——就像他的师傅埃尔弗里克一样。然而，他却喜欢到教堂来。礼拜仪式会让他想入非非、恍若梦中。那音乐、那建筑，还有那拉丁文的咒语，都让他着迷，他觉得自己仿佛是睁着眼睛在沉睡。他又一次产生了那种奇妙的幻觉，好像他能感觉到雨水汇成的激流在地下的深处奔涌。

他的目光漫无目的地端详着中殿的三个层面——拱廊、柱廊和侧廊的纵向天窗。他知道柱子都是通过把一块石头垒在另一块石头上建成的，但给人的印象却完全不同，至少一眼望去是如此。石块经过了雕刻，这样每根柱子都像是一束直上直下的杆。他自下而上地打量着十字交叉部四根巨形支柱中的一根，从那根柱子庞大的方形基座向上，看到其中的一根柱杆向北分岔，形成了跨越侧廊的一根拱。他的目光又到了廊台，另一根柱杆在那里分岔向西，形成了柱廊的拱，再向西到纵向天窗的起拱点，直到其余的柱杆向花枝一样散开，变成了上方拱顶的拱肋。他的目光从拱顶最高点的中央凸饰，循着拱肋一路向下，又到了十字交叉部对角的另一根支柱上。

他这样打量着，突然有奇怪的情况发生。他的视野似乎一时模糊了，好像交叉甬道的东侧在移动。

有一阵低低的隆隆声，非常之低，几乎听不见，但人们感到了脚下在颤动，仿佛附近有一棵大树倒下了。

歌声变得凌乱迟疑起来。

高坛的南墙上现出了一道裂缝，就在梅尔辛刚刚打量过的支柱旁边。

梅尔辛转向了凯瑞丝。他眼角的余光看到石块落向了教堂的十字交叉部和唱诗班。接着便是一片嘈杂的声音：女人的尖叫声，男人的呼喊声，还有石头砸在地板上震耳欲聋的碎裂声。这嘈杂声持续了很长一段时间。当一切又归于平静后，梅尔辛发现自己紧抱着凯瑞丝。他的左手搂着她的肩膀，把她拢向了自己，他的右手捂着自己的头，以作防护。他的身体则将她与一大片教堂的废墟隔开了。

居然没有人被砸死，这显然是个奇迹。

毁坏最严重的地方是圣坛的南廊，在礼拜仪式举行时那里没有人。参加礼拜的会众不被允许进入圣坛，而教士们当时全都集中在中心区，在召集唱诗班。有几名修士险些罹难，但最终还是逃脱了，这使人们更加坚信这是一场奇迹。还有几名修士被飞溅起来的碎石划伤或者砸伤。会众们则至多不过有少数人受了擦伤。很显然，他们都是受到了阿道福斯圣徒超自然的力量的保佑。阿道福斯圣徒的遗骨就被保存在高高的圣坛下面，人们传颂着很多关于他治病救人、起死回生的事迹。然而，人们也普遍认为上帝在向王桥的人们发出警告。但他警告的是什么事情，一时还不清楚。

一小时后，有四个人来检查毁损情况。他们是：凯瑞丝的表兄戈德温兄弟，他是修道院的司铎，负责管理教堂及其全部财物；戈德温手下掌管建筑维修的托马斯兄弟，也就是十年前的托马斯·兰利骑士；教堂维修承包人埃尔弗里克，一位技艺娴熟的木匠，也以建筑匠为业；还有梅尔辛作为埃尔弗里克的学徒随行。

教堂的东端被柱子分成四个部分，叫做隔间。塌方毁坏了离十字交叉部最近的两个隔间。南廊上方的石拱，在第一个隔间的部分彻底毁坏了，在第二个隔间的部分也严重受损。廊台裂开了许多缝。天窗上的一些石头竖框也坠落了下来。

埃尔弗里克说："灰泥不结实，导致了拱顶崩溃，随后又造成了高层的裂缝。"

梅尔辛觉得这个说法并不正确，但他也作不出别的解释。

梅尔辛厌恶他的师傅。他起初是埃尔弗里克的父亲乔基姆的学徒。乔基姆是个经验丰富的建筑匠，曾经在伦敦和巴黎建造过教堂和桥梁。老人很乐于向梅尔辛传授建筑匠的全部技艺——也就是人们所说的“诀窍”，大多都是建筑方面的数学公式，例如建筑物高度与地基深度的比例等。梅尔辛喜欢数字，如饥似渴地学习乔基姆教给他的所有知识。

后来乔基姆死了，埃尔弗里克接替了他。埃尔弗里克认为学徒首先应当学会的就是服从。梅尔辛感到很难接受，埃尔弗里克就用不给吃饱、减少衣服、派他到冰天雪地里去干活儿等办法来惩罚他。更糟糕的是，埃尔弗里克胖乎乎的女儿格丽塞尔达和梅尔辛年龄相同，却吃得饱饱的、穿得暖暖的。

三年前，埃尔弗里克的妻子死了之后，他又娶了凯瑞丝的姐姐艾丽丝。人们都认为两姐妹中艾丽丝更漂亮。的确她的长相更标致，但她缺乏凯瑞丝那股让人着迷的灵气，梅尔辛觉得她呆板愚钝。艾丽丝似乎始终像她妹妹一样喜欢梅尔辛，所以他曾希望她能使埃尔弗里克对自己好一些，可情况却恰恰相反，艾丽丝似乎认为和埃尔弗里克一道折磨他才是她做妻子的本分。

梅尔辛知道许多别的学徒也都受着这样的苦，他们都忍气吞声，因为从学徒做起，是进入一个收入不错的行业的必由之路。行会极其有效地阻止了一切自命不凡的闯入者。如果不加入一个行会，任何人也休想在一座城镇里找到活儿干。哪怕是一名教士、一名修士或者一位妇女想要纺点儿线或酿点儿酒去卖，都得先加入相关的行会。而城镇以外几乎找不到任何活计：农民们都是自己盖房子，自己缝衣服。

学徒期满后，大多数徒弟还会继续跟着师傅干，做按日计酬的工匠。其中的一部分最终会成为师傅的合伙人，并在师傅死后继承产业。但梅尔辛的人生道路绝不会是这样的。他对埃尔弗里克深恶痛绝。一旦他能离开时，他会立刻就走。

"咱们到上面去看看吧。"戈德温说。

他们一起向教堂的东端走去。埃尔弗里克说："戈德温兄弟，你从牛津学成归来，真让人高兴。但你一定非常留恋和那么多有学问的人在一起的日子吧。"

戈德温点了点头。"那些大师们的渊博知识的确惊人。"

"还有其他学生——我想，他们也一定都是些了不起的年轻人。不过，我们也听到些不好的传言。"

戈德温脸上现出了痛苦的表情。"有些传言恐怕是真的。当一名年轻教士或修士头一回离家远行时，他会受到诱惑的折磨。"

"然而——我们仍然很荣幸，王桥又多了一位上过大学的人，必将因此而受益。"

"你这样说太客气了。"

"噢，不过这是真的。"

梅尔辛真想说一句：求求你了，快闭嘴吧。然而这就是埃尔弗里克的为人之道。他是个糟糕的匠人，技艺不精，判断不准，却善于溜须拍马。梅尔辛一次又一次地领教过他的这一手段——因为埃尔弗里克对他有所求的人的谄媚，正如他对用不着的人的蛮横一样。

梅尔辛对戈德温的态度更感吃惊。难道一个受过教育的聪明人会看不穿埃尔弗里克？也许对于受恭维的人来说，这一点并不能一眼就看穿。

戈德温打开了一扇小门，领着大家走上了一条隐在墙内的窄窄的螺旋楼梯。梅尔辛非常兴奋。他很喜欢教堂里隐藏的秘道。他对这次蹊跷的塌方也很好奇，一心想找出原因来。

侧廊是从教堂主体部分的两侧向外突出的单层结构。顶部由石头拱肋构成。在拱的上方，一个倾斜的屋顶自侧廊的外缘向上，直到纵向天窗的底部。倾斜的屋顶下面是个三角形的空间，其底部就是侧廊拱顶的背面，也叫拱背。四个人爬到了拱背上，自上而下地察看毁损情况。

这地方靠教堂打开的窗户照明。托马斯很有预见性地带了盏油灯。梅尔辛从上往下看，首先注意到的是：各个隔间顶上的拱并非完全一样的。最东边的那条拱比其余的拱弧度要平，而旁边部分损坏了的拱，似乎又有所不同。

他们在拱背上，沿着拱最坚固的边缘部分走着，一直走到他们敢于到达的离塌方部分最近的地方。这处的拱与教堂其余部分一样，也是由石头和灰泥砌成的，只不过拱顶的石头很薄很轻。拱与其起拱点几乎是垂直的，不过随着向上伸展也在向内倾斜，直到与对面的石结构相交。

埃尔弗里克说："你们看，首先需要做的事情，显然是在侧廊头两个隔间的上方重新修拱。"

托马斯说："王桥已经有好长时间没人做过肋拱了。"他转向梅尔辛问道："你会做模架吗？"

梅尔辛明白他的意思。在拱的边缘，石结构基本上是竖直的，石头可以借助自身的重量维持在原位，但越往上去，随着弧度趋向水平，在灰泥未干之前，就需要一些支撑物来维护一切就位。显而易见的办法就是制作一个木头的框架，叫做模架或拱鹰架，来支撑上面的石头。

这对木工来说是个富于挑战性的工作，因为弧度必须恰到好处。多年来，托马斯一直在仔细监督梅尔辛和埃尔弗里克在教堂里做的活儿，他深知梅尔辛的手艺。然而，他没有同师傅商量而是直接问徒弟，却是个失策，埃尔弗里克立刻作出了反应。"在我的监督下，他能做，是的。"他说。

"我能做这样的模架，"梅尔辛说着，已在考虑模架怎样才能用脚手架和石匠们干活儿的平台支撑起来。“但是当年修这些拱时并没有用木头模架。”

“别胡说了，小子，”埃尔弗里克说道，“他们当然用了。你懂什么?”

梅尔辛知道同东家辩论是不明智的，但六个月后他同埃尔弗里克就将成为竞争对手了，他需要像戈德温兄弟这样的人了解他的能力。而且，他也被埃尔弗里克语气中的轻蔑刺痛了，心头涌起了一股不可遏制的冲动，要证明自己的师傅是错误的。“看看这些拱背，”他愤愤地说道，“盖完一个隔间后，工匠们肯定会用同一副模架去盖下一个。那样的话，所有的拱弧度都应该是一样的。然而，实际上这里的拱却并不一样。”

“显然他们没有重新使用模架。”埃尔弗里克生气地说道。

“他们为什么不呢?”梅尔辛继续说道，“他们肯定是想节省木料，更不用说还想省下付给熟练木工的工钱。”

“不管怎么说，修拱而不搭模架是不可能的。”

“是可能的，”梅尔辛说，“有一个办法——”

“够了，”埃尔弗里克说，“你到这儿是来学习的，不是来讲课的。”

戈德温插话了：“听他说说吧，埃尔弗里克。如果这小伙子说得对，能给修道院省一大笔钱呢。”他又看着梅尔辛说：“你有什么办法?”

梅尔辛这时有些后悔提起这个话题了。他随后会为此吃苦头的。但他现在已经没有退路了。如果他不往下说，他们会认为他并不知道有什么办法的。“修道院图书馆里有一本书提到过，其实办法很简单，”他说，“当石头砌好后，用一根绳子从上面吊住它。绳子的一端固定在墙上，另一端系在一个沉重的大木块上。绳子与石头的边缘呈直角，这样就能保证石头不会从灰泥床上滑脱，掉落到地上了。”

他说完后，出现了好一阵子寂静，所有人都陷入了沉思，努力在头脑中勾画着那会是怎样一幅景象。随之托马斯点了点头。“这办法行。”

埃尔弗里克看上去非常气愤。

戈德温则来了兴趣。“那是本什么书？”

“叫做《蒂莫西书》。”梅尔辛告诉了他。

“我知道那本书，不过没读过。很显然我该读读的。”戈德温又对其他人说道，“怎么样，我们在这里看得差不多了吧？”

埃尔弗里克和托马斯都点了点头。四个人离开拱顶时，埃尔弗里克对梅尔辛嘀咕道：“你不明白吗，你刚刚拒绝了一件能够干上好几个星期的活儿？我敢打赌，等你自立门户后，你就不会这样做了。”

梅尔辛倒没想到这一点。埃尔弗里克说得对：他证明了没必要做模架，也就把自己排除在了这项工程之外。但是埃尔弗里克的思维方式是极其错误的。只为自己有活儿干，就让别人花冤枉钱，是不公平的。梅尔辛不想靠欺骗别人活着。

他们走下螺旋楼梯，走进高坛。埃尔弗里克对戈德温说：“明天我来给你报价。”

“好的。”

埃尔弗里克又转向梅尔辛说：“你留在这里，数一数一个侧廊的拱需要多少石头。回去后向我报告。”

“是。”

埃尔弗里克和戈德温走了，托马斯又多留了一会儿。“我给你惹麻烦了。”他说。

“你本来是想让我表现一下的。”

修士耸了耸肩，用右臂打了个手势，表示“你还能怎么办”。

他的左臂没有了，十年前在梅尔辛亲眼看到的那场搏斗中他受了伤，伤口感染最终导致了截肢。

梅尔辛很少想起森林里那惊人的一幕——他已经习惯了托马斯穿着修士袍服的模样——但此刻他却回忆了起来：那两个士兵，藏在灌木丛中的孩子，弓和箭，还有那埋在地下的信。托马斯一向对他很友善，他猜想一定是因为那天发生的事情。“我从来没跟任何人提起过那封信。”他平静地说道。

“我知道，”托马斯答道，“假如你提起，你就没命了。”

大多数大城镇都是由商业公会管理的。这是一种由城镇的头面人物组成的组织。商业公会下面有无数的手工业行会，管理不同的行业，如：石匠、木匠、皮匠、织工、裁缝……也有教区公会，是围绕当地小教堂组成的较小组织，旨在为教士的袍服、教堂的装饰募款，也救济寡妇和孤儿。

大教堂所在的城镇则不同。王桥像圣奥尔本斯和贝里圣埃德蒙兹一样，是由修道院管理的。修道院几乎拥有城镇及城镇周围所有的土地。修道院总是不允许成立商业公会。然而，王桥最重要的工匠和商人都加入了阿道福斯圣徒教区公会。无疑，当这个组织在遥远的过去成立时，是一个为大教堂募款的敬神团体，但如今已是镇上最重要的组织了。这个教区公会为行业行为制定规矩，并选举一位会长和六名委员来监督执行。公会大厅里设有度量衡，为王桥的所有行业规定了诸如一包羊毛的重量、一卷布的宽度和一蒲式耳的容积等标准。然而，教区公会却不能像自治城镇那样组织法庭或执行判决——王桥修道院保留了这些权力。

圣灵降临节的下午，教区公会在大厅设宴款待最为尊贵的来访客商。羊毛商埃德蒙时任会长，凯瑞丝陪同他担当女主人，于是梅尔辛只能自娱自乐了。

幸运的是，埃尔弗里克和艾丽丝也去赴宴了，因而他能独自坐在厨房里，一边听着雨声，一边静静地思考。天气并不算冷，而且厨房里点着小火在做饭，红红的火光让人心情愉快。

他能听见埃尔弗里克的女儿格丽塞尔达在楼上的动静。这房子尽管比埃德蒙的要小，但很精致。楼下只有一个厅和一间厨房。沿楼梯而上，先是一个未封闭的平台，格丽塞尔达就睡在这里，还有一个封闭的卧室，供师傅和他的妻子使用。梅尔辛睡在厨房里。

三四年前，曾经一度，梅尔辛夜里备受煎熬，不停地幻想着爬上楼去，悄悄地溜进毯子下，紧挨着格丽塞尔达那热乎乎、圆滚滚的胴体。但她自认为高他一等，对待他就像是对待仆人，使他一点也鼓不起勇气来。

梅尔辛坐在长凳上，眼睛盯着火苗，脑海里勾画着他将为重修教堂塌拱的石匠们搭的木制脚手架。木头很贵，长树干更是稀有——林场主往往经不起利润的诱惑，不等树长大就砍了卖。因而建筑匠们总是想方设法地减少脚手架的木材用量。脚手架很少从地面搭起，一般都是从已有的墙上悬吊下来，以节省木材。

他正思索着，格丽塞尔达走进了厨房，从桶里舀了一杯淡啤酒。“你也来点儿?”她说。梅尔辛接受了，对她的殷勤感到很是诧异，但让他更加吃惊的是，她在他对面的长凳上坐下，喝了起来。

格丽塞尔达的情人瑟斯坦已经三个星期不见踪影了。无疑她现在很寂寞，这也是她想让梅尔辛陪陪她的缘故。啤酒暖了他的胃，也松弛了他的戒心。他没话找话地问道：“瑟斯坦出什么事了?”

她像匹撒欢的母马一样扬了扬头。“我跟他说我不想嫁给他。”

“为什么?”

“他太小了，配不上我。”

梅尔辛不信这理由。瑟斯坦十七岁，格丽塞尔达二十岁，但格丽塞尔达并不非常成熟。他想，更可能的原因是瑟斯坦地位太低下。他是几年前不知从哪里来到王桥的，他曾给镇上好几名工匠打过工，但本人却不懂什么技术。也许他就是厌烦了格丽塞尔达，或者是厌烦了王桥，径自离开了。

“他去哪里了?”

“我不知道，我才不管他去哪儿呢。我该嫁个和我年龄相当的人，嫁个有责任感的人——也许是一个有朝一日能继承我父亲产业的人。”

梅尔辛听着，觉得她像是在说自己。但他又想，这不可能，她一向看不起我。这时她从自己的长凳上站起身来，走到了他的长凳边，坐在了他的身旁。

“我父亲不喜欢你，”她说，“我一向这么认为。”

梅尔辛大吃一惊。“哦，这么长时间了，你才说这话——我住在这里，已经六年半了。”

“我很难跟我的家人对着干。”

“不过，他到底为什么那么讨厌我呢?”

“因为你觉得自己比他更高明，而且你掩饰不住。”

“也许我就是比他高明呢。”

“你看看，我说什么来着?”

他大笑起来。这还是她平生第一次把他逗笑。

她在长凳上又挪得近了些，这样她穿着毛线连衣裙的大腿就紧挨着他了。他穿着一直垂到大腿中部的旧亚麻衬衫，里面穿着所有男人都穿的内衣裤，但他却能隔着两人的衣服感觉到她热乎乎的身体。这是怎么回事?他不敢置信地看了看她。她有着光滑的黑发和褐色的眼睛。她丰满的面颊很是吸引人。她圆润的嘴唇让人真想亲上一口。

她说：“我喜欢在风雨交加的日子待在屋里。那感觉真是温馨舒适。”

他觉得自己的欲火被挑逗了起来，扭过头去不看她。他问自己，假如凯瑞丝这会儿闯了进来，她会怎么想？他竭力压抑着自己的欲望，却欲罢不能。

他回头看了一眼格丽塞尔达。她的嘴唇湿润，并且微微张开。她向他倾过身子。他吻了她。她立刻将舌头塞进了他的嘴里。这是个突如其来、令人惊讶的亲昵动作，让他浑身一阵颤栗。他也把舌头塞进了她嘴里。这感觉跟吻凯瑞丝可不一样……

这个念头让他一惊。他推开了格丽塞尔达，站起身来。

格丽塞尔达问道："你怎么了？"

梅尔辛不想说实话，便说："你好像从来不喜欢我。"

她面露怒容。"我告诉过你，我得跟我父亲站在一边。"

"你改变得太突然了。"

格丽塞尔达也站了起来，向梅尔辛贴了过来。梅尔辛后退着，直到身子靠在墙上。格丽塞尔达抓起他的手，压在自己胸上。她的乳房又圆又饱满，梅尔辛无法抵御抚摸那对乳房的诱惑。格丽塞尔达说："你以前有没有和女孩子——真的——做过？"

梅尔辛说不出话来，但他点了点头。

"你想没想过和我一起做？"

"想过。"他勉强发出了声音。

"如果你愿意，趁他们都不在，你现在可以和我一起做了。咱们上楼去，躺在我的床上。"

"不。"

格丽塞尔达用身子紧贴住他。"和你接吻把我的火全点了起来，我感到身体里滑溜溜的。"

他一把推开了她，用力比他打算的要猛，结果她向后倒去，肥厚的屁股坐在了地上。"别招我。"他说道。

梅尔辛并没有打定主意一定要这样做，但格丽塞尔达却认了真。“那就见鬼去吧。”她怒骂了一句，站起身来，咚咚咚地上楼去了。

梅尔辛呆立在原地，喘着粗气。他虽然已经拒绝了她，倒有些后悔了。

学徒工对年轻姑娘并不是很有吸引力。没有人愿意等上那么多年再出嫁。但梅尔辛还是追求过王桥的好几位少女。其中的一位凯特·布朗，是真心地喜欢他。去年夏天一个温暖的下午，他们在她父亲的花园里云雨了一番。随即她父亲猝死，母亲带着她们全家迁往了朴次茅斯。这是梅尔辛唯一一次做爱经历。现在他竟然拒绝了格丽塞尔达，难道他疯了吗？

他努力说服自己：刚才幸亏没有失足。格丽塞尔达是个水性杨花的女孩儿，并不真的喜欢自己。他该为自己拒绝了诱惑而感到骄傲。他没有像畜生般屈从本能，而是像男人一样打定了主意。

接着他就听见了格丽塞尔达的哭声。

她的哭声并不大，但他仍能听得清清楚楚。他踱向了后门。像镇上所有人家一样，埃尔弗里克的屋后也有一条狭长的空地，上面有厕所和垃圾堆。大多数人家都用这块地养鸡养猪，或者种些蔬菜水果，但埃尔弗里克的后院却用来储藏木料堆、石料堆、绳子卷、水桶、手推车和梯子。梅尔辛目视着雨点打在院子里，但格丽塞尔达的抽泣依然声声传进他的耳中。

他决定离开屋子，并且已经走到了前门口，却想不出能去哪里。凯瑞丝家这会儿只有彼得拉妮拉在家，而她并不喜欢梅尔辛。他想到去看他父母，但他们却是他在这种状态下最不想见到的人。他本该和他弟弟谈谈的，但拉尔夫要在本周稍晚些时候才会来王桥。除此以外，他还意识到，他必得穿上一件外套才能出门去——倒不是因为雨，他并不在乎被淋湿，而是因为他目前所穿的衣服遮掩不住他下体那怎么也不消退的凸起。

他努力在心中想着凯瑞丝。她这时一定正啜着葡萄酒，吃着烤牛肉和全麦面包，他想道。他还问自己，她这会儿会穿着什么呢？她最好的衣服是一件柔软的粉红色连衣裙，方形的领口展现了她那纤细的脖颈上白皙的皮肤。但格丽塞尔达的哭声不断地侵扰着他的思路。他想安慰她，告诉她自己很抱歉让她感到受伤。他想向她解释，说她是个很有魅力的姑娘，只不过他俩不合适。

他坐下了，又站了起来。听一个女子哭泣真是让人难受。当这样的哭声充满了屋子时，梅尔辛根本没法思考什么脚手架。他不能走，也不能留，更不能一动不动地坐着。

他上了楼。

格丽塞尔达脸朝下趴在塞满稻草的褥子上，那就是她的床。她的连衣裙在她圆润丰满的大腿周围褶皱着。她的腿背部的皮肤显得格外白，看上去非常柔嫩。

"我很抱歉。"他说。

"滚开。"

"别哭了。"

"我讨厌你。"

他跪下来拍了拍她的背。"我受不了坐在厨房里听你哭。"

格丽塞尔达一骨碌爬起来看着梅尔辛，脸上满是泪痕。"我又丑又胖，你讨厌我。"

"我不讨厌你。"梅尔辛用手背擦去了格丽塞尔达两颊的泪痕。

格丽塞尔达抓住梅尔辛的手腕拽向自己。"你不讨厌我，真的？"

"我不讨厌你。但是……"

格丽塞尔达用双手拢住了梅尔辛的头，将他拽倒，吻起了他。梅尔辛呻吟着，欲火比刚才燃烧得更加旺盛。他和她一起躺倒在草垫上，心里想着：我过一会儿就离开她。我只是要稍微安慰她一下，然后我就要站起来，下楼去。

她抓住了他的手，按在了自己的裙子上，恰在她的两腿之间。他感觉到了那粗硬的阴毛，以及阴毛下那柔嫩的皮肤，还有那湿漉漉的裂缝。他知道自己已经彻底失控了。他使劲地揉搓着她，然后手指滑进了她的体内。他感到自己仿佛要爆炸了。“我挺不住了。”他说。

“快。”她气喘吁吁地说道，一把掀起了自己的裙子，又扒下了梅尔辛的内裤。他扑到了她身上。

当她导引着他进入她的体内时，他感到自己完全不能自已了。事情还没完，懊悔便袭上心来。“噢，不。”他叫了起来。他刚刚推进了一下，爆炸便开始了，而且仅仅一瞬间便结束了。他俯倒在她身上，闭上了眼睛。“噢，上帝呀，”他说道，“我情愿去死。”

七

教区公会盛宴的第二天是星期一。早餐时，博纳文图拉·卡罗利宣布了他那惊人的决定。

当凯瑞丝在她父亲餐厅的橡木桌旁落座时，她感到不大舒服，稍许有些头痛和恶心。她吃了一小盘热腾腾的牛奶面包，想暖暖胃。她想起自己很喜欢昨天宴会上的葡萄酒，怀疑自己是不是喝多了。这难道就是男人和男孩们在自夸酒量有多么好时所嘲笑的宿醉吗？

父亲和博纳文图拉吃着冷羊肉，彼得拉妮拉姑妈则讲着故事。“我十五岁那年，和夏陵伯爵的侄儿订了婚，”她说，“人们都说这门亲事很般配：他父亲是个中等的骑士，我父亲是个富裕的羊毛商。接着在苏格兰的劳登山战役中，伯爵和他唯一的儿子都战死了。我的未婚夫罗兰继承了爵位，并且取消了婚约。他现在仍是伯爵。如果我在那场战役前就嫁了罗兰，现在我就是夏陵的伯爵夫人了。”她说着，将烤面包片浸入了淡啤酒中。

“也许那不是上帝的意愿。”博纳文图拉说道。他丢了一块骨头给“小不点儿”，那狗立刻扑了过去，就好像有一个星期没进食似的。接着博纳文图拉就对父亲说道：“我的朋友，在咱们谈今天的生意之前，有件事情我要先告诉你一下。”

凯瑞丝听他的语气，觉得一定不是什么好事。她父亲想必也有同样的直觉，他说：“听上去不大妙啊。”

“这几年我的买卖不断地在萎缩，”博纳文图拉继续说道，“每年我的家族卖出的布料都在减少，每年我从英格兰买的羊毛也在减少。”

“生意总是这样，”埃德蒙说道，“时而涨时而跌，没人知道为什么。”

“但是现在你们的国王又插了一杠子。”

的确如此。爱德华三世看中了羊毛业的滚滚利润，认为羊毛商该为国王多作些贡献。他增加了一项新税，每个羊毛袋收一镑。一袋羊毛的标准重量为三百六十四磅，大约能卖四镑；因此新税相当于羊毛价值的四分之一，这可是笔不小的数目。

博纳文图拉继续说道：“更糟糕的是，这样一来，从英格兰出口羊毛就变得非常困难了，我不得不掏大笔的钱来行贿。”

“禁止羊毛出口的禁令很快就会取消的，”埃德蒙说，“伦敦羊毛公司的商人正在和国王的官员谈判……”

“但愿如此，”博纳文图拉说，“不过，在这种形势下，我的家族认为我已经没有必要参加这个国家同一地区的两个不同的羊毛集市了。”

“说得对！”埃德蒙说，“那就来这里，忘掉夏陵集市吧。”

夏陵镇距王桥有两天的路程，和王桥面积差不多，尽管没有大教堂和修道院，却是郡守的城堡和郡法庭所在地。那里每年一度都要举办和王桥竞争的羊毛集市。

“这里恐怕已经没法满足我的需求了。你看，王桥羊毛集市像是在不断衰落。越来越多的卖主都到夏陵去了。那里的集市羊毛品种更多，质量也更好。”

凯瑞丝十分惊愕。这对她父亲来说将是灾难性的打击。她插嘴说：“卖主为什么选择夏陵呢?”

博纳文图拉耸了耸肩。“那里的商业公会把集市办得红红火火。在那里进城门不用排队；批发商能租到帐篷和货亭；那里还有个羊毛交易大厅，哪怕下这么大的雨，所有的人还都能做买卖……”

“这些我们也都能做到。”凯瑞丝说。

她父亲哼了一声。“要是能做到就好了。”

“为什么不能呢，爸爸?”

“夏陵是个独立的自治市镇，有国王颁发的特许证。商业公会有权为羊毛商的利益办事。王桥则属于修道院……”

彼得拉妮拉插话了：“看在上帝荣耀的分上。”

“毫无疑问，”埃德蒙说，“但是没有修道院的许可，我们的教区公会什么事也办不成——修道院的副院长们又都是些谨小慎微、因循守旧的人，我弟弟也不例外。结果就是大部分改善设施的计划都被否决了。”

博纳文图拉继续说道：“埃德蒙，正因为我们家族和你，以及在你之前和你父亲，都有着老交情，我们才一直来王桥的；但是在困难时期，我们没法感情用事了。”

“那么看在老交情的分上，让我再提个小小的请求，”埃德蒙说，“先不要下最后决断。不要有成见。”

聪明！凯瑞丝心想。她经常为她父亲在谈判中所表现出的精明而叹服。他没有争辩说博纳文图拉应该改变他的决定，因为那样只会让他更加固执己见。意大利人至多可能接受不做最后决断的建议。这没有让他作出任何承诺，却保留了回旋余地。

博纳文图拉感到这很难拒绝。“好吧，但是到什么时候呢？”

“我要争取改善集市的条件，特别是那座桥，”埃德蒙回答道，“如果我们能够在王桥提供比夏陵更好的设施，并且吸引来更多的卖主，你还会继续光顾，是吧？”

“那当然。”

“那么这就是我们必须做的事情了。”他站起身来，“我这就去找我的弟弟。凯瑞丝，跟我一起去。我们要让他看看桥边排的队。不，等一等，凯瑞丝，去把你那个聪明的建筑匠小伙子梅尔辛找来。我们也许需要他的专业知识。”

“他这会儿肯定正干活儿呢。”

彼得拉妮拉说：“你就跟他师傅说，会长要见这小伙子。”彼得拉妮拉对她弟弟当上了教区公会会长非常骄傲，她不放过任何提及此事的机会。

不过她说得对。这样一说，埃尔弗里克肯定会放梅尔辛走的。“好，我去找他。”凯瑞丝说道。

她披上了件带兜头帽的斗篷就出去了。雨还在下，但不像昨天那么大了。埃尔弗里克像镇上大多数有头脸的居民一样，住在从小桥一直延伸到修道院大门的主街上。宽阔的街道上挤满了小车和人流，踩着坑坑洼洼的路面和雨水汇成的泥汤，涌向集市。

像往常一样，她渴望见到梅尔辛。自十年前的万圣节那一天，他拿着自己做的弓出现在射箭练习场上后，她就一直喜欢他。他聪明又风趣。像她自己一样，他也知道这个世界远比大多数王桥居民所能想象的要大要迷人。但是六个月前，他们发现了还有比仅仅做朋友更有意思的事情。

在梅尔辛之前，凯瑞丝同其他男孩儿接过吻，不过不经常，何况她从未当真有什么感觉。和梅尔辛接吻则大为不同，既兴奋又刺激。他有一种顽皮的天性，使得他所做的一切都带有些小小的恶作剧味道。她也喜欢梅尔辛触碰她身体的感觉。她还希望更进一步——但她克制着自己不想那么多。“更进一步”意味着结婚，而妻子必须服从自己的丈夫，因为丈夫是一家之主——凯瑞丝讨厌这种说法。幸运的是，她还不用考虑这个问题，因为梅尔辛必须等到学徒期满才能结婚，那还是半年之后的事情呢。

凯瑞丝来到埃尔弗里克家，走进屋里。她的姐姐艾丽丝和继女格丽塞尔达一起坐在前屋的桌旁，正吃着涂有蜂蜜的面包。艾丽丝自从嫁给埃尔弗里克，三年以来变化了许多。她性情一向严苛，像彼得拉妮拉一样，在她丈夫的影响下，她又变得更加多疑、更加易怒，也更加吝啬。

但她今天兴致却很高。“坐下，妹妹，”她说，“面包是今天早上新烤出来的。”

“我不能坐，我是来找梅尔辛的。”

艾丽丝面露不悦。“这么早？”

“爸爸要见他。”凯瑞丝穿过厨房来到后门，望了望后院。雨打在建筑匠的杂物堆上，一派沉闷的景象。埃尔弗里克手下的一名工匠正把湿淋淋的石料装上手推车。这里没有梅尔辛的影子。凯瑞丝又回到了屋里。

艾丽丝说：“他大概在教堂里。他在做一扇门。”

凯瑞丝想起梅尔辛提到过这件事。教堂北廊的门腐朽了。梅尔辛正在做一扇替换的门。

格丽塞尔达补了一句：“他在刻童女呢。”她坏笑了一下，又把一块涂蜜面包塞进了嘴里。

这事情凯瑞丝也知道：旧的门上刻着耶稣在橄榄山上讲的聪明的童女和愚拙的童女的故事，梅尔辛得照着重刻一遍。但格丽塞尔达的坏笑有些令人不快的意味，凯瑞丝心想，好像她在嘲笑凯瑞丝本人就是个童女。

“我去教堂看看。”凯瑞丝说道。她草草地挥了下手就离开了。

她汇入了主街上的人流，缓缓地走进了教堂的院子。当她穿行于货摊之间时，她感到集市上笼罩着一股悲凉的气氛。这会是她的幻觉吗？仅仅是因为博纳文图拉说过那样的话吗？她觉得不是。她记得在她小时候，王桥羊毛集市要热闹得多，也拥挤得多。那时候，修道院院子里根本摆不下来参加集市的摊位，周围的街道上全都挤满了没领执照的摊位——通常都是一张小桌子，上面摆着些不值钱的玩意儿——此外还会有许多托着托盘叫卖的小贩、玩杂耍变戏法的人、算命的、卖唱艺人，还有招呼有罪的人忏悔的游方修士。而现在就连修道院院子里都还能再摆下些摊位。“博纳文图拉说得对，”她自言自语道，“集市的确在萎缩。”一个摊主奇怪地瞪了她一眼，她意识到自己把正在想的事情大声说出了口。这是个坏习惯：人们经常认为她是在和鬼魂说话。她一再叮嘱自己不要这样做，但总记不住，特别是当她忧心忡忡的时候。

她绕过大教堂，来到北侧。

梅尔辛正在门廊里干活儿。门廊是个宽敞的地方，人们常在这里开会。他把门笔直地立在一个结实的木头框架中固定住，然后在上面雕刻。在新作品的背后，腐朽破碎的旧门仍然在拱内。梅尔辛背对她而立，这样光便能越过他的脊背照在他面前的木头上。他没看见她，雨声又淹没了她的脚步声，于是她得以在他毫无察觉的情况下端详了他片刻。

他是个矮个子，比凯瑞丝本人高不了多少。他那瘦削但结实的躯体上支着个聪明的大脑袋。他的一双小手灵巧地挥来挥去，用一把锋利的刻刀在木板上雕出一道道优美的曲线来。他的皮肤很白，还长着一头浓密的红头发。“他可不够帅气。”当凯瑞丝承认自己爱上他时，艾丽丝曾经一噘嘴说道。的确，梅尔辛没有他弟弟拉尔夫那种会让人眼前一亮的英俊，但凯瑞丝觉得他的脸非比寻常：五官不够端正，又总带着一股嘲讽的神气，透着聪明和幽默，而他正是这样一个人。

“喂。”她招呼了一声，梅尔辛跳了起来。凯瑞丝忍不住大笑道：“你好像不大容易吓成这个样子呀。”

“你吓死我了。”他犹豫了一下，吻了她。他似乎有些狼狈，但当他全神贯注于工作时，这种情况时常发生。

她看了看梅尔辛正在雕刻的画面。门的两侧各有五个童女，五个聪明的童女正在享用婚宴，五个愚拙的童女则把她们的灯颠倒过来，让人们看里面没有灯油。梅尔辛模仿着旧门的图案，但有些细微的变化。童女们站成了行，五个在一边，五个在另一边，就像教堂的拱券上雕的一样。但是在新门上，她们却并非一模一样。梅尔辛给每个童女都赋予了个性特征。一个漂亮，另一个则长着卷曲的头发；一个在哭，另一个则顽皮地眨着眼睛。他把她们都刻活了，相形之下，旧门上的画面则显得呆板僵化，死气沉沉。“太美了，”凯瑞丝说道，“但我怀疑修士们会怎么想。”

“托马斯兄弟很喜欢。”梅尔辛答道。

“安东尼副院长呢?”

“他还没看，但他会接受的。他可不愿意付两次钱。”

的确如此，凯瑞丝心想。她叔叔安东尼不是个锐意求新的人，而且还吝啬小气。提到副院长，使她想起了自己的差事。“我父亲要你到桥那边去见他和副院长。”

“他说什么原因了吗?”

“我想他是要恳求安东尼建一座新桥。”

梅尔辛将工具装进了皮包中，迅速地清扫了一下地板，将锯末和刨花都扫出了门廊。然后他和凯瑞丝一起冒雨穿过了集市，沿着主街走到了木桥。凯瑞丝告诉了他博纳文图拉早餐时说过的话。像她一样，梅尔辛也觉得近年来的集市远不如幼年时记忆中那样红火了。

尽管如此，桥的那一头仍然排着一长队人和车，等着进入王桥镇。在桥的近端有一座小小的门房，一个修士坐在里面收费，凡带着货物打算进城卖的商人每人收一便士。桥很窄，所以谁也不可能不排队，于是本不需要交费的人——主要是本镇居民——也不得不排在队里。而且，桥面上的一些木板或变形或破裂，以致货车过桥时也格外缓慢。结果队列便在蜿蜒于郊外小茅屋间的小路上延伸了很长，一直消逝在迷茫的雨雾中。

而且桥也太短了。毫无疑问，桥的两端曾经都是建在干地上的。但也许是河面变宽了，或者更可能的是，几十年几百年车来人往，将河岸磨平了，因此现在人们在桥的两端都不得不趟过一段泥水。

凯瑞丝看到梅尔辛在审视桥的结构。她了解他的那种眼神：他在思考桥是怎样立起来的。她经常注意到他那样凝视着什么，通常是教堂，但有时也会是房屋，甚至是什么自然物，比如一棵茂密的荆棘树，或者一只正在翱翔的雀鹰。他会全神贯注，目光明亮而锐利，仿佛要将一道光射入黑暗中，看看那里究竟有什么。如果她问他，他就会说他想看透事物的本质。

凯瑞丝顺着梅尔辛的目光，也凝视着老桥，努力想象着他能从中窥出什么奥妙。桥长六十码，是她见过的最长的桥。桥面是由两排巨大的橡木桥墩支撑的，就像教堂中殿两侧对称的柱子。总共有五对桥墩。两端的桥墩在水较浅的地方，非常矮，但中央的三对桥墩则高于水面十五英尺。

每座桥墩都是由厚木板固定在一起的四根橡木柱组成的。传说国王曾经赐给王桥修道院二十四棵英格兰最好的橡树修建这中央的三对桥墩。桥墩的上方是两列平行的圆木。两列圆木之间又有较短的圆木连接，从而形成了桥面。桥面上方纵向铺着厚木板，形成了路面。桥的两旁是木制的栏杆，但不大结实。每过十几年，就会有一个醉酒的农民赶着马车越过栏杆，连人带马栽入河中淹死。

“你看什么呢？”凯瑞丝问梅尔辛。

“看那些裂缝。”

“我没看见有裂缝呀。”

“中央桥墩两侧都有木料裂开了。你可以看到埃尔弗里克用铁条加固了它们。”

他既然指明了，凯瑞丝也就注意到了那些将裂缝钉在一起的金属条。“你好像很担心？”她问道。

“首先，我不知道木料为什么会裂开。”

“这很重要吗？”

“当然。”

那天早上他不是很健谈。她正要问为什么，他便说道：“你父亲来了。”

凯瑞丝顺着主街望去。这两兄弟真是奇怪的一对。个子高高的安东尼十分仔细地提着他的修士袍的下摆，小心翼翼地躲避着水洼，因久居室内而形成的苍白的脸上一副不悦的表情。埃德蒙尽管年长，却更显精神饱满，他长着一副红脸膛和一把凌乱的长胡须，走起路来无所顾忌，一瘸一拐地径直踩在泥水里。他正情绪激昂地说着什么，两手一齐挥舞着，夸张地打着手势。每当凯瑞丝像陌生人那样远远地看着他时，心里都会油然涌起一阵爱意。

当他们走到桥边时，争吵已趋白热化，并且毫不停顿。“看看排的这队！”埃德蒙吼道，“成百成百的人没法到集市上做买卖，全都是因为过不了桥！而你都能肯定，他们利用排队的工夫，至少一半人都能找到买主或卖主，于是他们可以就地成交，然后回家，根本不用进城了。”

“那样做是非法的。”安东尼说。

“你可以过去跟他们那么说，如果你过得了桥的话。可你根本过不去，因为桥太窄了！听着，安东尼。如果意大利人不来了，羊毛集市也就完了。你我的兴旺全都寄托在集市——我们决不能坐视不管!”

“我们不能强迫博纳文图拉在这里做生意。”

“但我们可以把这里的集市办得比夏陵更有吸引力。我们必须宣布建设一项标志性的大工程。现在就宣布，这星期内就宣布。要让所有人都相信王桥羊毛集市绝不会完蛋。我们必须告诉他们，我们将拆掉旧桥，造一座宽一倍的新桥。”他连招呼都没打，就突然转向梅尔辛问道：“需要多长时间，小伙子?”

梅尔辛吓了一跳，但他答上了：“寻找树木是件难事。你必须找到非常长、并且已经风干的木材。接着必须把桥墩插入河床中——这也是个复杂的工程，因为需要在急流中作业。这之后就只剩下木工活儿了。可以在圣诞节前完工。”

安东尼说：“就算我们建了新桥，卡罗利家族也不见得就会改变计划的。”

“他们会的，”埃德蒙斩钉截铁地说道，“我保证。”

“不管怎么说，我没法修桥。我没钱。”

“你没法不修桥，”埃德蒙吼道，“你会毁了你自己，也毁了这镇子。”

“这不可能。我连到哪儿去弄修教堂南廊的钱都还不知道呢。”

“那你打算怎么办?”

“相信上帝。”

“只有那些既相信上帝又播下种子的人，才会有收获。然而你却不播种。”

安东尼被激怒了。“我知道很难让你明白，埃德蒙，但是王桥修道院不是商业机构。我们到这里是来崇拜上帝的，而不是来赚钱的。”

“如果你没饭吃，你也就没法崇拜上帝了。”

“上帝会赐给我们的。”

埃德蒙本来就长着红脸膛，因为气愤，变成了酱紫色。“你小时候，是父亲的产业供你吃，供你穿，供你上学。等你当了修士，是这个镇子的居民和周围乡村的农民通过缴地租，纳什一税，纳市场摊位费，纳过桥费，还有一大堆其他税款，才养活了你们。你一辈子都像是辛苦劳作的人背上的跳蚤一样活着。现在你居然敢来教训我们说上帝会赐给我们。”

“你这样说话很危险，简直是亵渎上帝。”

“别忘了我是看着你长大的，安东尼。你一向好逸恶劳。”埃德蒙的声音经常大得像咆哮，这会儿却降低了下来——凯瑞丝知道，这说明他真的是怒不可遏了，“一到该掏厕所的时候，你就躺在床上装病，这样第二天就不用去上学了。你是父亲献给上帝的礼物，什么东西都用最好的，却从来不用动手去挣。你吃最有营养的饭菜，睡最暖和的房间，穿最好的衣服——我是世界上唯一穿弟弟穿过的所有旧衣服的男孩子！”

“你没少跟我说这话。”

凯瑞丝一直等待着机会想缓和一下气氛，这时便插话了。“这个问题总有办法解决的。”

两人都看着她，很奇怪居然有人打断他们的话。

凯瑞丝继续说道：“比如，难道不能让镇上的人建一座桥吗？”

“别胡说了，”安东尼说，“镇子属于修道院。仆人是不能给主人装饰房子的。”

“但是如果他们请求你准许，你没有理由拒绝呀。”

安东尼没有立刻反驳，这等于是鼓励凯瑞丝继续往下说，然而埃德蒙却摇了摇头。“我想我恐怕没法说服他们出钱，”他说，“当然，这符合他们的长远利益，但是到了要人们出钱的时候，他们可都不愿意去考虑那么长远的事情。”

“嗬！”安东尼说，“可你还想让我去考虑长远的事情。”

“你研究的是永恒的生命问题，是吧？”埃德蒙回击道，“在所有的人当中，只有你应该能把眼光放到下星期以后的事情上。而且，你还从每个过桥人手里收一便士。只有你能把钱收回来，并且能通过改善设施而获益。”

凯瑞丝说：“但是安东尼叔叔是个精神方面的领路人，他觉得这不是他分内的事情。”

“可这镇子属于他！”爸爸抗议道，“他是唯一能做这件事情的人！”但紧跟着他又用探询的目光打量了一下凯瑞丝。他意识到她不会无缘无故地顶撞他的。“你到底有什么想法？”

“譬如说让镇上的人出钱修一座桥，然后用过桥费来偿还他们，怎么样？”

埃德蒙张开嘴想表示反对，但一时却想不出理由。

凯瑞丝又看了看安东尼。

安东尼说：“当修道院刚刚建立时，唯一的收入来源就是那座桥。我不能放弃这笔收入。”

“但是请想一想你会因此而得到多少，如果羊毛集市和每星期的集市恢复到当初的规模，就不仅有过桥费，还有摊位费，有你从所有交易中抽取的份额，更不用说人们给教堂的供奉了！”

埃德蒙补充道：“而且你们自己卖的东西，像羊毛、谷物、皮革、书籍、圣像……也都有利润。”

安东尼说：“你都计划好了，是吧？”他气咻咻地竖起一根手指头指着他哥哥，“你告诉你女儿该说什么，吩咐这小伙子该说什么。

梅尔辛根本想不出那样的计划，而凯瑞丝只是个女人。这全是你的主意。你挖空心思，就是想骗走我的过桥费。但是，你失败了。赞美上帝，我不是傻子!”他转身就走，这回大步踩在了水洼中，溅起阵阵泥浆。

埃德蒙说：“我真不明白我父亲怎么生出了这么个不通情理的东西。”他也跺着脚走开了。

凯瑞丝转向了梅尔辛。“唉，”她说，“你对这一切有什么想法?”

“我不知道。”梅尔辛扭头避开了她的目光，“我想我最好还是回去干活儿吧。”他也走了，都没吻她一下。

“见鬼!”等他已经听不到时，她说道，“他今天到底是怎么了?”

八

在羊毛集市举办的那个星期的星期二，夏陵的伯爵来到了王桥。他带着他的两个儿子和其他许多家族成员，还有一帮骑士和护卫。他的先遣人员清理了桥，在他到达前一个小时，任何人都不许过桥，以免他蒙受与一帮平民百姓一起排队之辱。他的扈从们穿着红黑两色拼成的制服，打着旗子耀武扬威地进了城，飞奔的马蹄溅得镇民们满身雨水和泥点。最近十年——先是在伊莎贝拉王后，继而在她儿子爱德华三世的浩荡皇恩下——罗兰伯爵很是兴旺发达。像所有既富且贵的人一样，他希望全世界的人都知道这一点。

他的扈从中就有杰拉德骑士的儿子、梅尔辛的弟弟拉尔夫。几乎在梅尔辛开始跟着埃尔弗里克的父亲学艺的同时，拉尔夫当上了罗兰伯爵的护卫，从此过上了幸福生活。他吃得好穿得暖，学会了骑马和格斗，大部分时间都花在了打猎和体育活动上。六年半来，没有人要他写一个字读一句话。当他骑着马跟随伯爵掠过羊毛集市上挤作一团的货摊时，人们都用羡慕和畏惧的目光看着他们。他觉得这些在泥水里刨便士的商贩们真是可怜。

伯爵在教堂北侧副院长的房前下了马。他的小儿子理查也在那里下了马。理查是王桥的主教，因而理论上这座教堂是属于他的。然而，主教宫却在郡府所在地夏陵镇，距此有两天的路程。这对主教很合适，因为他既有宗教责任也有政治责任。这对修士们也很合适，因为他们可不愿意受到严格的管制。

理查年仅二十八岁，但他父亲是国王的亲密盟友，这点比年龄要管用。

其余的扈从继续骑行到教堂院子的南端。伯爵的长子、卡斯特领主威廉吩咐护卫们将马牵入马厩。有六七名骑士进了医院。拉尔夫快步走到威廉的妻子菲莉帕夫人面前，扶她下马。她是个高大、漂亮的女人，两腿修长，乳峰高耸，拉尔夫明知无望，却仍然深深地暗恋着她。

把马安顿好后，拉尔夫便去看他的父母。他们住在镇子西南靠河边一座免租金的小房子里，那一带满是皮匠的作坊，臭气熏天。当他走近那座房子时，他再也神气不起来了，那身红黑制服反倒更使他无地自容。他庆幸菲莉帕夫人看不到他父母处于如此窘迫的境地。

他已经有一年没见过他们了。他们更显老了。母亲头上的白发更多了，父亲的眼神也不大好了。他们用修士们酿的苹果汁和母亲从林子里采来的野草莓招待他。父亲很欣赏他的制服。“伯爵让你当骑士了吗?”他急切地问道。

当上骑士是所有护卫的愿望，但拉尔夫的这个野心比谁都强烈。十年前，他父亲沦为修道院的食客后，始终没能消除内心的耻辱感。那一天，拉尔夫仿佛被一枝箭射穿了心。除非他能恢复家族的荣耀，否则这疼痛就永远无法消退。然而并非所有护卫都能当上骑士。但父亲却总是在说，对于拉尔夫来说这只是个时间问题。

“还没有，”拉尔夫说道，“但是用不了多久我们就要和法国人开战了，那样我的机会就来了。”他的语气尽量轻描淡写，不想表现出自己到战场上建功立业的渴望多么强烈。

但母亲露出了厌恶之色。“国王怎么总想打仗？”

父亲大笑道：“男人生来就是要打仗的。”

“不是的！”母亲断然说道，“我生拉尔夫的时候又疼又难受，那会儿我可没想着将来要法国人用刀砍下他的脑袋，或者用箭射穿他的心。”

父亲轻轻地用手拍了拍她，脸上现出不屑的表情，又向拉尔夫问道：“你为什么说就快要打仗了呢？”

“法国的腓力国王占领了加斯科涅。”

“啊。这我们可不能忍受。”

好几个世代以来，英国国王一直统治着法国西部的加斯科涅省。英国给了波尔多和巴约讷的商人贸易特权。他们同伦敦做的生意比同巴黎要多。然而，这一地区始终是麻烦不断。

拉尔夫说：“爱德华国王已经派使者去佛兰德寻求结盟了。”

“结盟是要花钱的。”

“这就是罗兰伯爵来王桥的原因。国王想向羊毛商们借钱。”

“借多少？”

“据说是在全国借二十万镑，作为预征的羊毛税。”

母亲凄楚地说道：“国王征税应该慎重一些，别把羊毛商们都逼死了。”

“商人们有的是钱，只要看看他们穿的衣服料子就知道了。”父亲的语气既痛苦又刻薄，拉尔夫注意到他穿着已经磨损的亚麻汗衫和旧鞋子。“不管怎么说，他们总希望我们阻止法国海军骚扰他们的生意吧？”多年以来，法国海军不断袭击英格兰南部海岸，劫掠港口城市，放火烧毁商船。

“法国人袭击我们，我们也袭击法国人，这有什么意思呢？”母亲说。

“妇道人家，知道什么？”父亲回答道。

“可我说的没错。”母亲马上反驳。

拉尔夫连忙岔开了话题：“我哥哥怎么样？”

“他是个不错的手艺人。”父亲说道。拉尔夫觉得，他就像是一个马贩子，在说着很适合妇人骑的还没长大的小马驹。

母亲说：“他迷上了羊毛商埃德蒙的小女儿。”

“凯瑞丝？”拉尔夫笑了，“梅尔辛一向喜欢她。我们从小一块儿玩。她又蛮横、又疯癫、又淘气，可梅尔辛从来不在乎。他会娶她吗？”

“我想会的，”母亲说，“等他学徒期满后。”

“他会很有钱的。”拉尔夫站起了身，“你们觉得他这会儿会在哪儿呢？”

“他在教堂北廊干活儿，”父亲说，“不过这会儿他可能正吃午饭呢。”

“我去找他。”拉尔夫吻过父母，就走了。

他返回修道院，漫步走过羊毛集市。雨已经停了，太阳不时从云层中露出脸来，照得水洼闪闪发光，也使货摊湿漉漉的顶篷水汽蒸腾。他看见了一个熟悉的侧影，让他的心跳顿时加快起来。那是菲莉帕夫人笔直的鼻子和坚实的下巴。她的年龄比拉尔夫大。他猜她大概有二十五岁。她站在一个货摊前，正在看一卷来自意大利的丝绸。她那夏天薄薄的裙子自然垂下，使她臀部的曲线很挑逗人，让拉尔夫心醉神迷。他深深地鞠了一躬，其实并无必要。

菲莉帕瞟了他一眼，马马虎虎地点了下头。

“这料子很漂亮。”他没话找话地说道。

“是的。”

这时，一个长着一头凌乱的胡萝卜色头发的矮个子出现了：是梅尔辛。拉尔夫很高兴看到他。“这是我哥哥，他可聪明了。”他对菲莉帕说。

梅尔辛对菲莉帕说：“你买浅绿色的吧——这和你眼睛的颜色很般配。”

拉尔夫使了个眼色。梅尔辛不该用这种同熟人讲话的语气和她说话。

然而，菲莉帕似乎并不在意。她用一种轻柔的语气嗔怪道：“如果我想听一个男孩子的意见，我会问我儿子的。”她说话时向他微笑了一下，简直有些挑逗的意味。

拉尔夫说：“这位是菲莉帕夫人，你这个傻瓜！我哥哥太失礼了，我替他道歉，夫人。”

“不过，他叫什么？”

“我叫梅尔辛·菲茨杰拉德，如果您在挑选丝绸时有什么疑问，我愿随时听您吩咐。”

不等他再说出其他傻话，拉尔夫赶紧抓住他的胳膊，把他拽走了。“我真不明白你怎么能这么说话！”他说，心里又恼怒又钦佩，“那颜色和她的眼睛很般配，是吗？如果我这么说话，她会拿鞭子抽我的。”他说得有些夸张，但菲莉帕对于无礼行为，通常都是反应强烈的。拉尔夫不知道她这样纵容梅尔辛，是该喜还是该忧。

“我就是这样，”梅尔辛说，“所有女人对我来说都是一场梦。”

拉尔夫听出他的语气中带着苦涩。“出什么事情了吗？”他说。“凯瑞丝怎么样？”

“我做了件蠢事，”梅尔辛回答道，“回头再告诉你。趁太阳出来了，先随便转转吧。”

拉尔夫注意到有一个金发中夹杂着白发的修士在一个摊位上卖奶酪。“看我的，”他向梅尔辛说了一声，就走到了摊位边说道，“这奶酪看上去真好吃，兄弟——这是哪里出产的?”

“这是我们林中圣约翰修道院做的。那是一个小修道院，或者说是王桥修道院的分院。我是那里的副院长——人们都叫我白头扫罗。”

“我看着这奶酪，肚子就饿了。真想买一些——但是伯爵一便士也不给我们这些护卫。”

修士从轮状的奶酪上切下了一小片递给了拉尔夫。“看在耶稣分上，尝一尝吧，不用给钱了。”

“谢谢你，扫罗兄弟。”

他们走开时，拉尔夫对梅尔辛咧嘴一笑，说道：“瞧，就像从小孩子手中拿走一个苹果一样容易。”

“他这样很可敬。”梅尔辛说。

“但他多傻呀，随便什么人编个伤心故事，就能骗走他的奶酪!”

“他也许认为，宁肯被戏弄，也不能让真正饿肚子的人挨饿。”

“你今天真别扭。你能放任自己冒犯一位贵妇人，而我从一个傻修士那里骗一块不花钱的奶酪吃，都不行吗?”

出乎他意料的是，梅尔辛竟然咧嘴一笑。“就像我们小时候一样，是吧?”

“没错!”拉尔夫不知该喜还是该怒了。还没等他想好，一个漂亮的少女端着一盘鸡蛋走到了他面前。她身材苗条，家织的连衣裙下有一对小小的乳房。拉尔夫心想，她的乳房会不会像鸡蛋一样又白又圆呢？他冲她微笑了一下。“多少钱?”他问道，尽管他根本不需要鸡蛋。

“一便士十二个。”

"鸡蛋好吗?"

姑娘指了指旁边的一个货摊。"都是这些母鸡下的。"

"这些母鸡是跟健康的公鸡交配的吗?"拉尔夫看到梅尔辛皱起了眉头，露出嘲弄和厌恶的表情。

但那姑娘却继续搭话了。"是的，老爷。"她说话时，脸上还带着微笑。

"母鸡很幸运，是吧?"

"我不知道。"

"你当然不知道啦。这些事情小姑娘家是不大懂的。"拉尔夫仔细打量着她。她长着一头金发和一只翘鼻子。他猜她大约十八岁。

她眨了眨眼说道:"别那样盯着我，好吗?"

货摊后的农民——无疑是姑娘的父亲——喊道:"安妮特，过来。"

"原来你叫安妮特。"拉尔夫说。

那姑娘没理睬她父亲的呼唤。

拉尔夫问道:"你父亲是谁?"

"韦格利村的珀金。"

"真的?我的朋友史蒂芬是韦格利村的领主。史蒂芬对你们好吗?"

"史蒂芬老爷既公正又好心。"她必恭必敬地说道。

她父亲又喊了起来。"安妮特，这儿有活儿要你干。"

拉尔夫明白珀金为什么一再想把她叫回去。他不在乎一个护卫想不想娶他女儿，尽管那是她提高社会地位的阶梯，但他担心拉尔夫只想玩弄她，然后再把她甩了。他的想法是正确的。

"别走，韦格利的安妮特。"拉尔夫说。

"除非你买我的东西。"

梅尔辛在旁边叹道:"两个人都够难缠的。"

拉尔夫说："你就不能放下鸡蛋跟我走吗？咱们可以沿着河边散散步嘛。"河与修道院的院子之间有一片宽阔的河岸。这个时节河岸上开满了野花，长满了灌木，情侣们通常都到那里谈情说爱。

但是安妮特并不那么容易上钩。"我父亲会不高兴的。"她说。

"别怕他。"一个农民是不大敢违逆一名护卫的，特别是当这名护卫还穿着一位势力强大的伯爵的制服的时候。对伯爵的手下动手就是对伯爵的侮辱。那个农民也许想说服他的女儿，但如果他想强行制止她，那就有危险了。

然而有人来给珀金帮忙了。一个年轻人的声音响了起来："喂，安妮特，一切都好吗？"

拉尔夫扭头看了看新来的人。他大约十六岁，却和拉尔夫差不多高，长着宽宽的肩膀和一双大手。他相当英俊，五官端正，简直像是教堂里的雕刻家雕出来的。他长着一头浓密的浅褐色头发，也开始长出同样颜色的胡须。

拉尔夫说："你他妈的是什么人？"

"我是韦格利村的伍尔夫里克，老爷。"伍尔夫里克必恭必敬地答道，但他丝毫没显出畏惧来。他转身对安妮特说道："我来帮你卖些鸡蛋。"

那小伙子肌肉结实的肩膀横在了拉尔夫和安妮特之间，显然是想保护那姑娘，并挡开拉尔夫。这是一种温和的冒犯，拉尔夫勃然大怒。"滚开，韦格利的伍尔夫里克，"他说，"这儿没你的事。"

伍尔夫里克又转过头来，平视着他。"我是这女人的未婚夫，老爷。"他说道，语气仍然是恭敬的，但表情也仍然毫无畏惧。

珀金也开口了。"这是真的，老爷——他们就要结婚了。"

"别跟我唠叨你们农民的风俗，"拉尔夫轻蔑地说道，"我才不在乎她是不是要嫁给一个傻瓜呢。"比他卑贱的人竟敢这样跟他说话，让他很是气愤。他们哪里有资格教训他该怎样做？

梅尔辛插话了。“走吧，拉尔夫，”他说，“我饿了。贝蒂面包师正卖热馅饼呢。”

“馅饼？”拉尔夫说，“可我对鸡蛋更感兴趣。”他从安妮特的盘子中捡起了一枚鸡蛋，挑逗般地抚弄了一番，然后把鸡蛋放下，伸手捏住了她的左乳。她的乳房很结实，也的确是鸡蛋型的。

“你干什么？”她愤怒地说道，却没有走开。

他轻轻地捏了捏，享受着那感觉。“检查一下你卖的东西。”

“把手拿开。”

“马上就好。”

伍尔夫里克一把推开了他。

拉尔夫大吃了一惊。他根本没料到会受到一个农民的袭击。他踉踉跄跄地后退了几步，又摇晃了几下，然后重重地摔倒在地上。他听见有人大笑，于是惊讶顿时变成了羞耻。他一跃而起，怒不可遏。

他没有佩剑，但腰带上挂着一把长长的匕首。然而，动用武器来对付一个手无寸铁的农民是不体面的，那样会被伯爵的骑士和其他护卫看不起的。他要用拳头来教训伍尔夫里克。

珀金从货摊后快步走出，连忙说道：“他太不小心了，老爷，不是故意的，这小伙子非常抱歉，我保证……”

然而，他的女儿却一点儿也没害怕。“看这些小伙子，看这些小伙子！”她好像是在用一种嘲弄和斥责的口气说话，但看上去却没有什么事比这更让她高兴的了。

拉尔夫没理睬他们。他向伍尔夫里克走近了一步，举起了右拳。紧接着，当伍尔夫里克举起双臂护住脸时，拉尔夫挥出左拳打在了那男孩儿的肚子上。

他的肚子不像他想象的那么松软。但伍尔夫里克仍然向前俯下了身子，脸孔痛苦地扭曲了，两只手都捂在了肚子上。拉尔夫于是又挥出右拳向他的脸上打去，拳头重重地落在了他的颊骨上。这一拳打得他手生疼，却让他心满意足。

然而让他惊奇的是，伍尔夫里克竟然还手了。

那个农家小伙儿没有倒在地上等着他用脚踢，而是积聚了肩头的全部力量挥出了右拳。拉尔夫的鼻子被打破了，他感到一阵疼痛，鲜血四溅。他愤怒地咆哮起来。

伍尔夫里克后退了一步，似乎明白了他闯下了怎样的大祸，他垂下两臂，然后举起了双手。

但这已经太晚了。拉尔夫双手并用，拳头像雨点般落在伍尔夫里克的脸上和身上。伍尔夫里克举起手臂抱着头，无力地躲避着。拉尔夫一边打，一边很奇怪这男孩子为什么不逃跑。他猜测他是想现在接受惩罚，以免日后再遭到更大的报复。他够有种，拉尔夫明白了，但这让他越发生气了。他越打越狠，一拳紧跟着一拳，心里既感到愤怒，又感到痛快。梅尔辛试图劝架。"看在基督的爱心分上，够了。"他说着，将手搭在了拉尔夫肩上，但拉尔夫甩开了他。

终于，伍尔夫里克垂下了双手，踉踉跄跄，晕头转向。他那英俊的脸上满是鲜血。他紧闭着双眼。最终，他摔倒在地上。拉尔夫开始用脚踹他。这时，一个身材魁梧、穿着皮裤的人出现了，并用威严的声音说道："够了，小拉尔夫，别把这小伙子打死了。"

拉尔夫认出这是镇上的治安官约翰，便愤怒地说："他袭击我!"

"好了，他现在躺在地上，闭着眼睛，已经没法再袭击你了，是吧，老爷?"约翰站到了拉尔夫面前，"我可不想劳验尸官的大驾。"

一群人围在了伍尔夫里克身旁：有珀金，有因为激动而满脸通红的安妮特，有菲莉帕夫人，还有几名旁观者。

拉尔夫已经没了刚才那种痛快的感觉，而他的鼻子却疼得越发厉害了。他只能用嘴呼吸，嘴里也尝到了血味。“这畜生打我的鼻子。”他说道，声音就像是患了重感冒。

“那他该受到惩罚。”约翰说。

两个跟伍尔夫里克长得很像的人出现了。拉尔夫猜是他的父亲和哥哥。他们把伍尔夫里克扶了起来，并怒视着拉尔夫。

珀金开腔了。他是个胖子，却长着一张精明的脸。“是这护卫先动的手。”他说。

拉尔夫说：“这农民故意推我！”

“护卫侮辱了伍尔夫里克的未婚妻。”

治安官说道：“不管护卫说了什么话，伍尔夫里克都应该明白，他不该对罗兰伯爵的手下动手的。我想伯爵一定希望重重地处罚他。”

伍尔夫里克的父亲开口了：“约翰治安官，难道有什么新法律说，穿制服的人可以为所欲为？”

这时已聚起的人群发出了一片低低的附和声。年轻的护卫们惹下了不少麻烦，但就因为穿着某位爵爷的制服，便经常能够逃脱惩罚。这使守法的商人和农民们深恶痛绝。

菲莉帕夫人插话了。“我是伯爵的儿媳。我看到了事情的全过程。”她说道。她的声音又低又悦耳，却带着贵族的威严。拉尔夫本希望她站在自己一边，但让他沮丧的是，她却这样说道：“我很抱歉地说，这全是拉尔夫的过错。他以最无耻的方式侮辱了这姑娘的身体。”

“谢谢你，夫人。”治安官约翰恭敬地说道。但他又压低声音同菲莉帕商量道：“但我想伯爵恐怕不会就这么放过这个农家小伙儿的。”

她会心地点了点头。“我们也不想让这事闹得沸沸扬扬。把这小伙子在仓库里关二十四小时吧。像他这年龄，这不会对他有什么伤害的，但所有的人都会知道，正义得到了伸张。伯爵会满意的——我去回他的话。”

约翰犹豫了。拉尔夫明白，除了他的主人——王桥修道院副院长之外，他不愿接受任何其他人的命令。但菲莉帕的主张无疑会让所有各方满意。拉尔夫本人恨不能让伍尔夫里克挨顿鞭子，但他已开始意识到自己在这件事中算不得英雄，如果再要求更严厉的惩罚，那他将更不光彩。过了一会儿后，约翰说道：“很好，菲莉帕夫人，如果你愿意承担责任的话。”

“我愿意。”

“好的。”约翰抓住伍尔夫里克的胳膊把他带走了。那小伙子恢复得很快，已经能够正常行走了。他的家人跟着去了。也许在他被关在仓库期间，他们会给他送吃送喝，并确保他不挨打。

梅尔辛问拉尔夫：“你感觉怎么样？”

拉尔夫觉得自己的脸中部已经肿得像个鼓起的气囊。他的视线也模糊了，他的声音像是从鼻子里发出来的，而且他很疼。“我很好，”他说，“没法更好了。”

“咱们去找个修士给你看看鼻子。”

“不了。”拉尔夫不怕打斗，却讨厌外科医生们做的事情，像什么放血、拔罐、灸灼之类的。“我只需要一瓶烈性葡萄酒就行了。带我到最近的酒馆去吧。”

“好吧。”梅尔辛说着，脚底下却没动。他奇怪地打量着拉尔夫。

拉尔夫说：“你到底怎么了？”

“你没变吧，拉尔夫？”

拉尔夫耸了耸肩。“有谁变了吗？”

九

戈德温完全被《蒂莫西书》迷住了。这是一本关于王桥修道院历史的书。像大多数这样的历史书一样，它从上帝创造天地讲起。但书的大部分内容记述的是菲利普副院长的时代，也就是两个世纪前，当大教堂刚刚修建时——现在被修士们认为是黄金时代的事件。书的作者蒂莫西兄弟称，传奇的菲利普副院长既是个严守戒律的人，也是个极富人情味的人。戈德温不大明白一个人怎么可能兼备这两种品质。

羊毛集市举办的那个星期的星期三，在午祷前的研习时间，戈德温坐在修道院图书馆的一张高凳上，那本书在他面前的斜面桌上打开着。这是修道院中他最喜欢的地方：一间宽敞的屋子，高高的窗户上射来明亮的光，一个上锁的柜子里有将近上百本书。这里通常很安静，但是今天他却能隐隐约约地听到从教堂远端传来的集市的喧嚣——有上千人在做买卖，有讨价还价声，有争吵声，有叫卖声，还有为斗鸡和熊狗相斗呐喊和喝彩的声音。

在书的后部，后世的作者记录了教堂建设者的后代，直至今日。让戈德温高兴，但坦率地说也非常惊奇的是，他母亲的说法得到了证实，她是建筑匠汤姆的后代，是通过汤姆的女儿玛莎传下来的。他不知道这个家族的哪些特性是从汤姆那里继承下来的。他猜测，一个石匠应当也是一个精明的生意人，而戈德温的外祖父和他的舅舅埃德蒙都有那种素质。他的表妹凯瑞丝也已经显示了同样的禀赋。也许汤姆像他们一样，也长着有黄色斑点的绿眼睛。

戈德温还读到了关于建筑匠汤姆的继子、王桥大教堂建筑匠杰克的事迹。他和阿莲娜太太结了婚，是历代夏陵伯爵的祖先。他是凯瑞丝的心上人梅尔辛·菲茨杰拉德的祖先。这也说得通：年轻的梅尔辛作为木匠，已经显示了无与伦比的天才。《蒂莫西书》甚至提到杰克长着一头红发，杰拉德老爷和梅尔辛都继承了这一点，尽管拉尔夫没有。

但最让他感兴趣的还是本书中关于妇女的一章。看来在菲利普副院长的时代，王桥并没有修女。妇女被严禁进入修道院建筑内部。作者引述菲利普的话说，一名修士为了内心的平静，如果可能的话，应当永远不看女性。菲利普反对将男女修道院合于一处，他说共用设施的好处远不及产生相互诱惑的机会这一坏处大。他还说，只要不是在只有一间房子的地方，修士和修女就应当尽可能严格地分离。

戈德温久已有之的想法找到了这样权威性的支持，他心里一阵激动。在牛津的王桥学院，他享受的是全部男性的环境。大学教师是男性，学生也是男性，无一例外。七年来他几乎没和女性说过话，如果他在城里走路时低着头，他甚至可以不看女性。然而回到王桥修道院后，看到修女的次数如此频繁，使他不免心烦意乱。尽管修女们有自己的修道院，有自己的餐厅、厨房和其他建筑，但他在教堂，在医院，以及在其他公共场合，经常能遇到她们。此时此刻，就有一个叫做梅尔的修女坐在距他几英尺的地方，查阅着一部绘画本的医药书。更糟糕的是遇见镇上的姑娘。她们穿着紧身的衣服，留着诱人的发型，因为一些日常琐事，例如给厨房送原料、到医院看病等等，时不时就要走进修道院院子。

戈德温心想，很显然修道院从菲利普时代的高标准上堕落了——这是他的舅舅安东尼管理懈怠的又一个例证。不过他本人也许可以因此而有所作为。

午祷的钟声响了，他合上了书。梅尔姐妹也合上了书，并冲他微笑了一下，她的嘴唇因此形成了一个甜美的弧形。戈德温赶紧扭开了头，匆匆走出了屋子。

天气正在好转，阳光在阵雨间不时地照射出来。教堂的彩绘玻璃也随着云朵不时飘过天空而时明时暗。戈德温的心情也同样地不平静。他在祈祷时走了神，不停地思忖着怎样最大限度地利用《蒂莫西书》复兴修道院。他决定在每天都举行的全体修士大会上提出这个议题。

他注意到，自上星期天的坍塌事件后，建筑匠们对高坛的修复非常迅速。碎石瓦砾已经清理干净了，塌方的区域用绳子隔离开了。交叉甬道里较轻较薄的石板堆得越来越高。当修士们唱起圣歌时，工匠们并没有停止工作——否则一天中的祈祷仪式如此频繁，修复工程会被严重耽误的。梅尔辛·菲茨杰拉德暂时放下了雕刻新门的活计，正在南廊用绳子、树枝和栏架制作一张“蜘蛛网”，以便石匠们修复拱顶时可以站在上面。负责监督工匠们的托马斯·兰利，正和埃尔弗里克一起站在南侧的交叉甬道中，用他唯一的手臂指点着坍塌的拱券，显然是在讨论梅尔辛的工作。

托马斯是个高效的监工。他坚决果断、一丝不苟。只要哪天早晨工匠们没有按时上工——这是件经常发生的恼人之事——托马斯就会去督促他们并查明原因。如果说他有什么缺点的话，那就是他太独断专行了：他很少向戈德温汇报工程进展并征求戈德温的意见，而是自作主张，就好像他自己可以做主而不是戈德温的下属。戈德温猜想托马斯是怀疑他的能力，这让他非常烦恼。戈德温比托马斯年龄要小，但相差不多，戈德温三十一岁，托马斯三十四岁。也许托马斯认为戈德温是因为彼得拉妮拉向安东尼施压的缘故，才得到提升的。不过，此外他没有表现出其他令人讨厌的特性。他只是自行其是。

正当戈德温一边观察着，一边心不在焉地口诵着祈祷文，托马斯和埃尔弗里克的谈话被打断了。卡斯特领主威廉昂首阔步地走进了教堂。他像他父亲一样身材高大，长着一脸黑胡须，据说脾气也同样暴躁，不过也有人说他多少被他的妻子菲莉帕软化了一些。他走到托马斯面前，挥手叫埃尔弗里克退下。托马斯面对着威廉，他的表情使戈德温想起他曾经是一名骑士，他第一次到王桥修道院是带着血淋淋的剑伤来的，而那剑伤最终导致了他的胳膊从肘部以下被截除。

戈德温很想听听威廉领主在说什么，但是却不能。威廉俯身向前，举着一根手指，说话咄咄逼人。托马斯毫不畏惧，也同样气势汹汹地回答着。戈德温突然想起，十年前托马斯来到这里的那天，也发生过一次同样激烈、火气十足的谈话。那一次，托马斯的争论对手是威廉的弟弟——当时是一名教士，现在已成为王桥主教的理查。尽管可能是胡思乱想，但戈德温觉得他们争吵的是同一件事。那会是什么事呢？难道一名修士和一个贵族家族之间真有什么问题，引发的怒火在十年之后仍不能熄灭吗？

威廉领主跺着脚走了，显然很是不满，托马斯又转身走向了埃尔弗里克。

十年前的争执将托马斯送进了王桥修道院。戈德温记得理查曾答应捐赠，以保证修道院收下托马斯。戈德温从没听说过他捐赠了什么。他很怀疑那个诺言是否兑现了。

这许多年来，修道院似乎没有人对托马斯以前的生活有多少了解。这很奇怪，修士们是经常闲聊的。他们人不多——目前是二十六人——住得又近，大家都相互打听各自的几乎一切。托马斯以前为哪位爵爷效劳？他住在哪里？骑士大多会拥有几个村庄，可以收地租，以保证他们能买得起马匹、盔甲和武器。托马斯有家小吗？如果有的话，他们现在怎样了？这些却都没有人知道。

除了身世是个秘密外，托马斯算得上一名好修士。他虔诚而勤劳，似乎修士生活远比骑士生涯更适合他。尽管他以前打仗杀人，却像许多修士一样，身上有些女人的气质。他同马赛厄斯兄弟关系非常密切。马赛厄斯比托马斯小几岁，是个性情温柔的男子。但如果他们有什么不洁之罪的话，他们也非常谨慎，因为没人能指责他们什么。

午祷快结束时，戈德温瞟了一眼黑洞洞的中殿，结果看到他母亲彼得拉妮拉像一根柱子一样笔直地站在那里，一束阳光照耀在她那鬓发斑白、却骄傲地昂着的头部。她独自一人。戈德温不知道她已经站在那里注视自己多久了。修道院不欢迎世俗的信徒参加平日的祈祷，戈德温猜测她是来找自己的。他心里像往常一样涌起了一股欣喜和担忧交织的感情。他知道母亲愿意为他做一切事情。她卖掉自己的房子，做了她弟弟埃德蒙的管家，这才使戈德温得以到牛津上学。每当他想起他那骄傲的母亲为此付出的牺牲，他就感激得想哭。然而每次看见母亲，他都忐忑不安，好像他又做了什么错事要遭到训斥了。

当修士和修女们鱼贯而出时，戈德温走出了队列，来到母亲面前。“早安，妈妈。”

她吻了吻他的额头。“你又瘦了，”她的语气中充满了母亲的心痛，“你难道吃不饱吗?”

“老是吃咸鱼、喝稀饭，不过管饱，”他说道。

“你有什么事那么激动?”她总能窥出他的心情。

他向母亲讲了《蒂莫西书》。“我要在全体修士大会上读一读这段。”他说。

“其他人会支持你吗?”

“西奥多里克和更年轻的修士会的。他们很多人都认为总是看到女人会让人心烦意乱。毕竟，他们都是自愿选择在全是男人的地方生活的。”

她点了点头。“这会使你成为领袖的。好极了。”

“而且，他们都因为我给他们热石头而喜欢我。”

“热石头?”

“我在冬天设立了一项新制度。在结霜的夜晚，当我们到教堂进行晨祷时，给每个修士都发一块用旧布裹着的热石头。这样他们的脚就不会生冻疮了。”

“真聪明。不过，在你行动之前，还是应该确认一下究竟有多少人支持你。”

“当然。不过这符合牛津老师的教导。”

“什么教导?”

“人类是很容易犯错误的，所以我们不能依赖自己的推理。我们不能指望了解世界——我们所能做的一切就是敬服上帝的创造。真正的知识只能来源于启示。我们不应质疑已被普遍接受的道理。”

母亲脸上露出了怀疑的神色，当有学问的人宣讲高深的哲学时，凡夫俗子们经常会这样。“主教和红衣主教们也是这样相信的吗?”

“是的。巴黎大学甚至都禁止亚里士多德和阿奎那的作品，因为它们是基于理性，而不是基于信仰的。”

“这种思维方式有助于你得到管事人的赏识吗?”

这才是她真正关心的事情。她想让自己的儿子当上副院长、主教、大主教，甚至红衣主教。戈德温也有同样的想法，但他希望自己不要像她那样世俗。“我相信是可以的。”他回答道。

“很好。不过我来找你不是为了这事。你舅舅埃德蒙刚刚遭受了一个沉重打击。意大利人威胁说要把生意迁到夏陵去。”

戈德温吓了一跳。“那我舅舅的生意就完了。”但他仍不明白她为什么要专门来找他说这件事。

“埃德蒙认为他能把意大利人争取回来，如果我们能改善羊毛集市的条件，特别是如果我们能拆掉旧桥，造一座更宽的新桥的话。”

“我猜安东尼舅舅拒绝了。”

“但埃德蒙还没灰心。”

“你想让我去跟安东尼谈谈。”

她摇了摇头。“你说服不了他。但是，如果有人在全体修士大会上提出这个建议，你应该支持他。”

“反对安东尼舅舅吗？”

“无论什么时候有守旧的卫道士反对一项合理的新建议，你都必须使自己成为改革派的领袖。”

戈德温钦佩地笑了笑。“妈妈，您怎么对政治这么擅长呢？”

“我来告诉你。”她扭过头，目光注视着教堂东端巨大的圆花窗户，思绪回到了从前。“当我父亲刚刚开始同意大利人做生意的时候，王桥有头脸的人物都把他当作一名暴发户。他们看不起他和他的家人，千方百计地阻挠他实施一切新主张。我母亲恰好在那时候去世了，而我已长成了一名青春少女，于是我成了他倾诉衷肠的知己，他什么都跟我说。”她的脸上一向是一副冷若冰霜的表情，这时却因痛苦和愤恨而变了形。她眯起了眼，翘起了嘴，两颊也因已经久违了的羞涩而绯红起来。“他下定决心，绝不放过这些人，直到他掌控教区公会。于是他着手行动，而我则辅佐他。”她深吸了一口气，好像又要为一次持久作战积蓄力量。“我们分化了统治集团，让他们相互争斗，然后时而与这一派结盟，时而又与那一派结盟，无情地瓦解我们的对手，又充分地利用我们的支持者，直到我们可以甩掉他们。总共用了十年时间，最终他成了教区公会的会长和首富。”

她以前也给戈德温讲述过他外祖父的故事，但从来没有这样直白过。“所以说您是他的助手，就像凯瑞丝是埃德蒙的助手一样。”

她干笑了两声。“是的。只不过当埃德蒙接手时，我们已经是镇上的头面人物了。我父亲和我爬上了山，而埃德蒙只需从山的另一侧走下去就可以了。”

他们的谈话被菲利蒙打断了。菲利蒙从回廊走进了教堂。他今年二十二岁，个子高高，脖子瘦长，内八字脚迈着小步，活像是一只鸟儿在走路。他手里拿着把扫帚。他被修道院雇为了清洁工。他看上去很激动。“我到处在找你，戈德温兄弟。”

尽管菲利蒙显然是有急事，彼得拉妮拉故意视而不见。“你好，菲利蒙，他们还没有收你做修士吗?”

“我筹不到必需的捐赠，彼得拉妮拉太太。我们家很穷。”

“但是修道院为一名虔诚的申请者免除捐赠，这样的事情也不是没有听说过。而你作为修道院的杂役，不管领不领报酬，都已经有很多年了。”

“戈德温兄弟为我说过情，可是有些年长的修士反对。”

戈德温插话道：“瞎子卡吕斯讨厌菲利蒙——我不知道为什么。”

彼得拉妮拉说：“我会去同我弟弟安东尼说说的。他该管管卡吕斯。你是我儿子的好朋友——我很希望你更进一步。”

“谢谢您，太太。”

“好吧，你显然是有什么不愿当着我面说的事急着跟戈德温说，那我走了。”她吻了吻戈德温，“记住我说的话。”

“我会的，妈妈。”

戈德温感到一阵宽慰，仿佛一团乌云已从头顶上飘过，将暴风雨带向了其他城镇。

彼得拉妮拉刚刚走到听不见的地方，菲利蒙就说道：“是理查主教!”

戈德温扬起了眉毛。菲利蒙总能发现别人的隐私。“你都看到什么了?”

“他在医院里，就是现在，在楼上的一间私人房间里，和他的堂妹玛杰丽在一起!”

玛杰丽是名十六岁的漂亮姑娘。她的父母——罗兰伯爵的弟弟和马尔伯爵夫人的妹妹——已经双双亡故了。是罗兰伯爵把她抚养大的。他做主把她嫁给了蒙茅斯伯爵的一个儿子。这桩政治婚姻大大地巩固了罗兰作为英格兰西南部贵族之首的地位。“他们在干什么?”戈德温问道,尽管他完全猜得到。

菲利蒙压低了声音。“他们在亲嘴!”

“你怎么知道的?”

“我带你去看。”

菲利蒙带路从南交叉甬道走出了教堂,穿过修士们的起居室,走上一段台阶,进入了修士们的卧室。这是间简陋的房子,有两排木头床架的床,每张床上都铺着干草垫。这间房子与医院共用一堵墙。菲利蒙走到一个装毯子的大柜子前,用力将柜子推开。柜子后面的墙上露出了一块松动的石头。戈德温顿时心生疑窦,菲利蒙是怎么发现这个窥视孔的?他猜想菲利蒙一定在墙的夹缝间藏过什么东西。菲利蒙小心翼翼地将石头抽出,没有发出任何声响,然后耳语道:“快看!”

戈德温犹豫了一下,低声问道:“你还在这里偷看过多少其他客人?”

“全部。”菲利蒙回答道,好像这是不言而喻的。

戈德温明白他将看到什么,而他并无此好。偷窥一位主教的不端行为也许对菲利蒙来说没什么,但在他看来却是卑鄙可耻的。然而,他的好奇心不停地驱动着他。最后他问自己,如果母亲在,会怎样建议呢?他立刻知道,她会要他去看的。

墙上的洞比人的视线要低。戈德温弯下腰来,窥视过去。

医院的楼上共有两间私人客房,这是其中的一间。屋子的一角立着张祈祷台,正对着一面绘有十字架的墙。屋里有两把安乐椅和几个凳子。当有许多贵客光临修道院时，男人住一间客房，女人住另一间。这显然是女人们住的那间，因为一张小桌上有一些明显是女人用的物件：梳子、发带和几只戈德温不知道作什么用的瓶瓶罐罐。

地上是两张干草垫。理查和玛杰丽躺在其中的一张上。他们远不止是在亲嘴。

理查主教是个很有魅力的男人，五官端正，长着一头波浪般起伏的卷发。玛杰丽约摸只有他一半年龄，是个苗条的姑娘，有着白皙的皮肤和乌黑的眉毛。他们并排躺着。理查吻着玛杰丽的脸，对她耳语着什么。他那饱满的嘴唇上漾着欢快的微笑。玛杰丽的连衣裙捋到腰间，白白的双腿美丽而修长。理查的一只手放在了她的两腿之间，娴熟而有节奏地移动着。尽管戈德温对女人毫无经验，他仍然明白理查在做着什么。玛杰丽用崇拜的眼光看着理查。她的嘴半张着，兴奋地娇喘着，脸上因激动而一片绯红。也许仅仅是偏见，但戈德温本能地感到理查只是视玛杰丽为一时的玩物，而玛杰丽却认为理查是她一生的挚爱。

戈德温注视着他们，感到一阵惊骇。突然，理查的手挪开了，戈德温看到了玛杰丽两腿间三角区域那粗粗的阴毛，在她白皙的皮肤衬托下显得格外地黑，就像她的眉毛一样。戈德温连忙把眼睛移开了。

“让我看看。”菲利蒙说道。

戈德温从墙边走开。这事情太可怕了，不过下一步他该怎么办呢——是否需要做些什么呢?

菲利蒙从小孔中望去，激动得气都喘不过来了。“我看见她的私处了!”他低声说道，“他在刮着那儿呢!”

“离开这里，”戈德温说道，“我们看得已经够多了——而且是太多了。”

菲利蒙迟疑了一下，他正看得入迷；随即，他不情愿地直起身，将松动的石头放回原处。“我们必须立刻揭露主教的通奸行为!”他说。

“闭上你的嘴，让我想想。”戈德温说道。如果他听了菲利蒙的主意，他就会和理查及其有权有势的家族结仇——那是毫无意义的。但是像这样的事情肯定是可以加以利用的。戈德温努力地像他母亲那样思考着。如果揭发理查的罪过没有任何好处，那么可不可以故意隐瞒它呢？理查也许会因为戈德温保守秘密而心存感激呢。

这样做更有成算。但是必须要让理查知道戈德温在保护他。

“跟我来。”戈德温对菲利蒙说道。

菲利蒙将柜子挪回了原位。戈德温不知道隔壁是否能听到木头摩擦地面的声响。他对此有所怀疑——而且，不管怎样，理查和玛杰丽肯定正专注于他们正在干的事情，不会注意到墙那边的动静的。

戈德温在前面带路，走下楼梯，穿过起居室。共有两条楼梯通向私人客房：一条是从医院的一层上去，另一条在建筑物的外面，可使贵客们进出时不必穿过普通人待的地方。戈德温匆匆地走上了外面的那条楼梯。

他在理查和玛杰丽所处的屋外停了一下，悄声对菲利蒙吩咐道：“跟我进去。什么也别做，什么也别说。我出来时也跟着我出来。”

菲利蒙放下了扫帚。

“不，”戈德温说，“拿着它。”

“好的。”

戈德温一把推开门，大步迈进。“把这间房子彻底打扫一下，”他大声说道，“每个角落都要扫到——噢！请原谅！我以为这屋里没人呢!”

在戈德温和菲利蒙从宿舍匆匆赶往医院的途中，这对情人又有所进展。理查这时已伏在玛杰丽身上。他那长长的教士袍已经从前面撩起。玛杰丽雪白又匀称的双腿高举在主教臀部两旁的空中。他们在做什么，没有人会误解。

理查停止了前冲动作，看着戈德温，表情中既有被打断的恼怒，也有负罪的惊骇。玛杰丽惊叫了一声，也紧盯着戈德温，目光中充满了恐惧。

戈德温刻意要将这一瞬拉长。“理查主教！”他说道，装出一副很尴尬的模样。他要让理查确知自己被认出了。“但是怎么……还有玛杰丽?”他又装作恍然大悟。“原谅我!”他转过身去，并向菲利蒙喊道：“出去！快!”菲利蒙连忙跑出门外，手里仍紧紧攥着扫帚。

戈德温紧随其后，但在门口又回了下头，以确保理查看清楚他。两个情人仍然保持着做爱的姿势，一动不动，但脸色却全变了。玛杰丽用手捂住了嘴。人们在做错事时受到惊吓，经常会摆出这样一种姿态。理查的表情则变成了紧张地动着脑筋的样子。他想说些什么，却一下子想不出有什么可说。戈德温决定不再折磨他们了。他觉得自己已经做了需要做的一切。

他走了出去，但就在他关上门之前，又一件可怕的事情使他停住了脚步。一个女人正在上楼。他感到一阵恐慌。这是伯爵的长媳菲莉帕。

他马上意识到如果还有其他人知道理查的罪过，这秘密也就丧失了价值。他必须向理查发出警告。“菲莉帕夫人!”他大声说道，“欢迎来到王桥修道院!”

他身后传来了一阵匆忙杂乱的声音。他眼角的余光看见理查一跃而起。

幸运的是，菲莉帕并没有径直向前，而是驻足与戈德温交谈起来。“也许你能帮助我。”戈德温心想，从她站立的地方，是看不大清屋子里的。“我的一只手镯不见了。这镯子并不贵重，是木雕的，但我很喜欢它。”

“怎么会有这样的事情?”戈德温同情地说道，“我会要求所有的修士和修女都来寻找它。”

菲利蒙说：“我没看见过。”

戈德温对菲莉帕说：“也许它从你的手腕上滑脱了。”

菲莉帕皱起了眉。“奇怪的是，自我来到这里后，实际上一直没戴它。我一到，就把它摘下来放到了桌上，但现在我却找不着它了。”

“也许它滚进了哪个黑暗角落。菲利蒙会注意寻找的。他负责打扫客房。”

菲莉帕看了看菲利蒙。“是的，大约一小时前，我离开时看见过你。你打扫屋子时没看见它吗?”

“我还没来得及打扫呢。我刚要打扫，玛杰丽小姐就进来了。”

戈德温说：“菲利蒙刚刚打扫完别处，正要回来打扫你的房间，但是玛杰丽小姐正在……”他看了看屋里，“……祈祷。”玛杰丽跪在祈祷台前，紧闭双眼。戈德温希望她是在祈求上帝宽恕她的罪过。理查站在玛杰丽身后，低着头，紧扣双手，嘴唇嚅动着，口中念念有词。

戈德温闪到一旁，让菲莉帕进屋。菲莉帕有些疑惑地看了她的小叔子一眼。“你好，理查，”她说，“你一般不在非礼拜日做祈祷呀。”

理查将食指竖在嘴唇上，做了个安静的手势，然后指了指跪在祈祷台前的玛杰丽。

菲莉帕爽直地说道：“玛杰丽愿意怎么祈祷都没关系，可这是女人的房间，我希望你出去。”

理查掩饰住自己的宽慰，走出了房间，将门在背后关上。

他和戈德温面对面地站在走廊里。戈德温能看出理查不知如何是好。他也许很想说："你怎么敢不敲门就闯进来？"但他的罪过太严重了，他鼓不起勇气来咆哮。然而，他又不能乞求戈德温保守秘密，那等于是承认自己受制于戈德温。于是便出现了一阵令人痛苦的尴尬。

理查正犹豫间，戈德温开口了："我对谁都不会说的。"

理查脸上露出了宽慰之色，他瞟了戈德温一眼。"那个人呢？"

"菲利蒙想做一名修士。他正在学习服从。"

"我很感激你。"

"一个人应当忏悔自己的罪过，而不是别人的。"

"但我仍然会记住你，你是……"

"戈德温，我是安东尼副院长的外甥，担任这里的司铎。"他希望理查能明白他有足够的能量制造出麻烦来。但是，为了缓和气氛，他又说道："许多年前，我母亲和你父亲订过婚，那时候你父亲还不是伯爵呢。"

"我听说过这事。"

戈德温心想：但你父亲抛弃了我母亲，就像你打算抛弃可怜的玛杰丽一样。然而他却友善地说道："我们本该是兄弟的。"

"是的。"

午餐的钟声响了。他们已摆脱了尴尬。三个人各奔东西了：理查去安东尼副院长的房间，戈德温去修士的餐厅，菲利蒙则去厨房帮厨。

戈德温在穿过修士的住处时仍然心事重重。亲眼所见的畜生行径使他心烦意乱，但他又觉得自己处理得很得当。最终，理查似乎信任他了。

在餐厅里，戈德温坐在西奥多里克身旁。西奥多里克比戈德温小几岁，是个聪明的修士。他没在牛津上过学，因此很景仰戈德温，但戈德温却平等地对待他，让他很是快慰。“我刚刚读到了一些你会感兴趣的东西。”戈德温说道。他概述了令人崇敬的菲利普副院长对于女人，特别是修女的态度。“正像你经常说的那样。”他最后说道。其实，西奥多里克从未就这个问题发表过意见，但每当戈德温抱怨安东尼副院长的懈怠时，他总是附和。

“当然。”西奥多里克说道。他长着一双蓝眼睛，白皙的皮肤因为兴奋而泛红。“经常因为女人而分心，我们怎么可能有纯洁的思想呢?”

“但是我们能做些什么呢?”

“我们必须向副院长力争。”

“你是说在全体修士大会上?”戈德温说道，仿佛这是西奥多里克的主张而不是他本人的，“不错，好主意。不过其他人会支持我们吗?”

“年轻修士们会的。”

戈德温心想，年轻人对于批评长者的意见，多多少少都会支持的。但他还知道，很多修士都像他一样，宁愿过一种没有女人，或至少是看不见女人的生活。“从现在起到全体修士大会召开，无论你跟谁谈过话，都告诉我一下他们怎么说。”他说。这将会鼓励西奥多里克四处煽动支持者。

午餐上来了，是咸鱼炖豆子。戈德温刚要吃，就被托钵修士默多拦住了。

托钵修士是生活在俗人中而不是隐修于修道院的修士。他们认为自己的克己要求比修道院里的修士更加严格。修道院里的修士虽然自诩安贫乐道，却住着豪华的房子，拥有大量的田产。托钵修士传统上都没有财产，甚至没有教堂——不过许多托钵修士在从虔诚的信徒那里接受了捐赠的土地和钱财后，往往就悄悄地放弃了这一信念。那些固守原先戒律的托钵修士靠乞食为生，在厨房地板上过夜。他们在市场和酒馆门外讲道，以获取几个便士。他们会毫不犹豫地向普通修士索取食物，随心所欲地留宿修道院。毫不奇怪的是，他们自认的优越感也很遭人憎恶。

托钵修士默多尤其让人厌恶，他又胖又脏又贪，经常喝得烂醉，还不时有人看见他和妓女鬼混。但他却是个口若悬河的演讲家，他那在神学上很可疑却有声有色的布道，经常能吸引好几百名听众。

现在他又不请自来，高声地祷告起来。“我们的圣父，将这些食物赐给我们污浊、堕落的躯体，像死狗的身上长满蛆一样，我们的躯体也充满邪恶……”

默多的祈祷词从来不短。戈德温长叹一声，放下了勺子。

全体修士大会上总要读一些经文——通常选自《圣本笃戒律》，有时也选自《圣经》，但偶尔也选自其他宗教书籍。当修士们在沿八边形会议室周边靠墙的石凳上就座后，戈德温找出了当天负责朗读的年轻修士，平静但坚决地告诉他，今天将由戈德温本人代为朗诵。于是，当读经的时间到了后，他便读出了《蒂莫西书》上那关键的一段。

他突然感到有些胆怯。他是一年前从牛津回来的，自那时起他就一直在悄悄地同人们谈论修道院的改革，但直到此时此刻，他都还没有公开对抗过安东尼。副院长身体虚弱，行事懈怠，理当给他一个当头棒喝，使他重新振作起来。而且圣本笃曾写道：“必须召集所有人参加修士大会，因为主经常要向年轻人揭示什么才是最好的。”戈德温在全体修士大会上发言，呼吁更严格地遵守修道院规章，本是天经地义。但他仍感到自己在冒险，后悔没有对使用《蒂莫西书》这一战术再多深思一番。

但现在后悔已经太晚了。他合上书后说道："我对我自己和我的兄弟们提出的问题是：在修士和女性隔离方面，我们是否从菲利普副院长制定的标准上堕落了？"在牛津的学生辩论中，他学会了尽可能地将自己的论点以提问的方式提出，从而不给对手以反驳机会。

首先起来反驳的是安东尼的副手——副院长助理瞎子卡吕斯。"有些修道院远离人类居住中心，或者在荒岛之上，或者在山峦之巅，或者在密林深处，"他故意用缓慢的语调说道，让戈德温很是不耐烦。"在这样的地方，兄弟们可以做到和世俗世界断绝一切联系，"他继续不慌不忙地说着，"然而王桥却从来不是这样。我们身处一个有七千人的大城市的中心。我们照料着基督教世界最大的教堂之一。我们中许多人都是医生，因为圣本笃说过：'必须对病人进行特殊的照顾，因此照料他们的一切行动都要像耶稣本人在场一样。'上帝没有赐给我们与世隔绝的奢侈。上帝赋予我们的是不同的使命。"

戈德温早就料到会有这样的话。卡吕斯连挪动一件家具都不肯，因为换了地方的家具有可能绊倒他。出于同样的担心，他反对一切变动，因为他不愿应对任何不熟悉的情况。

西奥多里克马上对卡吕斯作出了回答："越是这样，我们就越应该严格地遵守规矩，"他说道，"就好比一个住在酒馆隔壁的人，更应该小心不要酗酒。"

修士中传来一阵低低的附和声，他们都很欣赏这一机敏的回答。戈德温也赞许地点了点头。西奥多里克的小白脸因为兴奋而涨得通红。

受此鼓励，一个叫做朱雷的见习修士出声地耳语道："女人的确不会打扰卡吕斯兄弟，因为他看不见她们。"有几名修士笑了，但其他人都不满地摇了摇头。

戈德温感到一切进展顺利，他似乎正走在通向胜利的道路上。然而这时，安东尼副院长开腔了：“你到底想提什么建议呢，戈德温兄弟?”他没上过牛津，却明白要逼迫对手说出真实意图。

戈德温不情愿地摊牌了。“我们也许可以考虑恢复到菲利普副院长的时代。”

安东尼追问道：“你这样说究竟是什么意思？不要修女吗?”

“是的。”

“但是让她们去哪里呢?”

“女修道院可以搬到别的地方去，像王桥学院或者林中的圣约翰修道院一样，变成本院一座遥远的分院。”

众人都大吃一惊，纷纷议论起来，副院长努力想让大家安静下来，却是徒劳。最终一个声音压过了嘈杂声，是高级医师约瑟夫。他是个聪明人，但很自负，戈德温小心地提防着他。“没有修女，我们怎么开办医院?”他说道。他的牙齿不齐，以致说出话来含糊不清，像个醉鬼，却丝毫没有减弱他的威严。“她们管理药品，为病人换衣服，给不能自理的病人喂饭喂水，还给衰弱的老人梳头……”

西奥多里克说：“这些事情修士也都能做。”

“那么接生呢?”约瑟夫说道，“我们经常要接待难产的妇女，如果没有修女们实际……操作，修士能有什么办法?”

有好几个人表示了赞同，但戈德温也早料到了这个问题，于是他说：“把修女们迁到过去麻风病人住的房子怎么样?”麻风病人的住地在镇子南端河中的一座小岛上。过去那里曾住满了麻风病患者，但现在麻风病似乎已绝迹了，岛上只住着两个人，都已垂垂老矣。

机灵的卡思伯特兄弟说：“可别让我去跟塞西莉亚嬷嬷说，要把她迁到麻风病人住的地方去。”屋里响起了一阵笑声。

“女人应当听命于男人。”西奥多里克说。

安东尼副院长发话了：“塞西莉亚嬷嬷也的确听命于理查主教。他本该作出这样的决定的。”

“但老天会阻止他。”又一个声音说道。这是司库西米恩。他是个长脸的瘦子，反对一切花钱的主意。“如果没有修女，我们都活不下去。”他说。

戈德温吃了一惊。“为什么？”他问道。

“我们没钱，”西米恩马上答道，“当教堂需要维修时，你以为是谁在支付建筑匠们的工钱？不是我们——我们负担不起。是塞西莉亚嬷嬷在付钱。是她在为医院买药品，为缮写室买羊皮纸，为马厩买饲料。所有修士和修女共有的东西都是她在付钱。”

戈德温深为震惊。“怎么会是这样？我们为什么要依赖她们？”

西米恩耸了耸肩。“多年来，很多虔诚的妇女向女修道院捐赠了大量的土地和其他财产。”

戈德温敢肯定，这并不是全部原因。修士们也有庞大的资产。他们向王桥的几乎所有居民收房租和其他费用。他们也拥有成千上万亩的田产。关键是对财产管理的方式。但现在还无法探讨这个问题。他已经在辩论中失败了。就连西奥多里克也默然不语了。

安东尼洋洋得意地说道：“好吧，这真是一场妙趣横生的讨论。谢谢你提出这个问题，戈德温。现在，让我们祈祷吧。”

戈德温气得七窍生烟，根本无心祈祷。他简直是一无所获，他不明白自己究竟在哪里出了错。

修士鱼贯而出时，西奥多里克怯生生地看了戈德温一眼说：“我不知道修女们出了这么多钱。”

“我们都不知道。”戈德温答道。他突然意识到自己在瞪着西奥多里克，赶紧换了副脸色，说道：“不过你今天真棒——你的辩才比很多牛津的人都强。”

这话说得恰到好处，西奥多里克喜形于色。

这时该是修士们到图书馆阅读，或是在回廊里散步、冥思的时候了，但戈德温另有打算。午饭和修士大会时有一件事一直让他惦记着，只是因为有更重要的事，才被按下，现在该处理这件事了。他觉得自己知道菲莉帕夫人的手镯在哪里。

修道院里几乎没有藏东西的地方。修士们都是住在一起的，只有副院长才有自己单独的房子。就连上厕所时，大家都是并排坐在一个不断有水冲洗的槽上。修士是不允许有私人物品的，因此谁都没有柜子，甚至连个匣子都没有。

但是今天戈德温发现了一个藏东西的地方。

他上楼来到宿舍。屋里空无一人。他把装毯子的柜子从墙边挪开，抽出了那块松动的石头，但他没有透过小孔窥视，而是将手伸进了孔中摸索起来。他上下左右都摸了摸，在右边摸到了一个小小的缝隙。戈德温将手指探了进去，触到了一个既不是石头也不是灰泥的东西。他用手指扒了扒，将那东西掏了出来。

是一只雕有精美图案的木手镯。

戈德温将手镯拿到亮处。手镯是用某种硬木，也许是橡木做的。朝里的一面磨得很光滑，朝外的一面则刻着醒目的方块和斜线相互连接的图案。做工非常精致。戈德温能明白菲莉帕夫人为什么喜欢它。

他把手镯放回原位，又将松动的石头塞回墙中，把柜子也挪回了通常所在的地方。

菲利蒙要这东西做什么？他也许能卖一两个便士，但很危险，因为太容易被认出了。但他也肯定不会自己戴着。

戈德温离开宿舍，下了楼，来到回廊里，但他根本无心学习或冥思。他需要找人诉说一下今天的事情。他感到有必要去见见他母亲。

这个想法使他的心头掠过一丝恐惧。母亲也许会责怪他在全体修士大会上的失败。但他敢肯定她会赞扬他对理查主教的处理，他急于告诉她这件事。他决定去找她。

严格地说，这是不允许的。修士们不能随便上街。他们需要有理由，理论上讲，在离开修道院之前必须请求副院长批准。但实际上，修道院的执事们能找出无数的理由。修道院经常要与商人们交易，购买食品、衣服、鞋袜、纸张、蜡烛、马掌、园艺用具等日用品。修士们是地主，整座城市几乎都归其所有。所有无法亲自来医院的病人也都有可能请医生前去看病。因此经常在街上看见修士并不奇怪，而戈德温作为司铎，更没有人会问他到修道院外来做什么。

然而小心谨慎些总不为过。他在确信没人看到他后，便离开了修道院，穿过喧闹的集市，沿着主街快步地走向他舅舅埃德蒙的房子。

正如他所希望的，埃德蒙和凯瑞丝都出门忙生意去了，他母亲独自在家指挥着仆人们。“对于做母亲的来说这真是天赐的福分，”她说道，“一天之内能见到你两次！还能款待你吃些东西。”她给他倒了一大杯浓啤酒，还吩咐厨子端一盘冷牛肉来。“修士大会开得怎么样?”她问道。

他告诉了她详情。最后他说：“我操之过急了。”

她点了点头。“我父亲过去常说：除非结果已是板上钉钉，不然决不要开会。”

戈德温微微一笑。“我该记得的。”

“不过，我仍然认为事情并不算很糟。”

这话让戈德温放下心来。母亲不会发怒了。“但我在辩论中失败了。”他说。

“你也在年轻修士中奠定了改革派领袖的地位。”

“在我被人家嘲弄了以后，还可以这样说吗？”

“总比无所作为要好。”

戈德温不敢肯定母亲的这个看法是否正确，但像往常一样，即使他怀疑母亲的建议是否明智，也不会当面顶撞她，而是会稍后再仔细考虑。“还有一件非常奇怪的事情。”他说，接着便对她讲述了理查和玛杰丽的事情，只是省略了肉体方面的细节。

她大吃了一惊。“理查简直是疯了！”她说，“如果蒙茅斯伯爵发现了玛杰丽不是处女，婚礼会被取消的。罗兰伯爵一定会暴怒。理查也会被褫夺教职的。”

“但是很多主教都有情妇，难道不是吗？”

“这不一样。教士也许会有‘女管家’，有妻子之实，只是没有名分。主教也许会有好几个。但是让一位贵族妇女在婚前不久失身——即使是伯爵的儿子，也很难再从事教职了。”

“您觉得我该做些什么？”

“什么也别做。迄今为止，你的处置都完全得当。”她的语气中掩饰不住骄傲。接着她又说道：“总有一天这件事情会成为一件有力的武器的。只要记住就行。”

“还有一件事。我不知道菲利蒙是怎么发现那块松动的石头的。我觉得他起初是利用那里藏东西的。我猜得没错——我在那里找到了菲莉帕夫人丢的手镯。”

“有意思，”她说，“我有一种强烈的感觉，这个菲利蒙会对你非常有用的。你看，他什么都敢干。他无所顾忌，没有道德约束。我父亲就有一个这样的伙计，愿意替他干所有的脏活儿——像什么造谣、传播流言蜚语、挑起争斗，等等。这样的人也是无价之宝。”

“那么您认为我不该报告这件偷窃之事了？”

“当然不能报告了。如果你觉得这镯子很重要的话，就叫他自己还回去——他只消说自己是在扫地的时候拣到的就行。但是不要揭发他。我保证，你会因此而获利的。”

“那么我该保护他喽?”

“就好比你需要养一条疯狗来看门一样。他很危险，但值得养。”

一〇

星期四那天，梅尔辛完成了他刻的门。

他暂时干完了南廊的活儿。脚手架已经搭好，不需要他再为石匠们制作模架了，因为戈德温和托马斯已经决定为省钱而尝试梅尔辛所说的不用模架的办法了。于是他回到他正雕刻的门前，却发现这里剩下的事情也不多了。他用了一个小时修补了一个聪明的童女的头发，又用了一个小时修改了一个愚拙的童女的傻笑，但他不敢肯定自己是否改得更好了。他感到很难做决断，因为他的思绪不停地在凯瑞丝和格丽塞尔达之间游荡着。

整整一星期，他都不能鼓起勇气同凯瑞丝说话。他感到羞愧难当。每当他看到凯瑞丝，就会想起自己怎样拥抱了格丽塞尔达，怎样吻了她，怎样和她——一个自己并不喜欢，更不用说爱的女孩子——做了人类最能表现爱的行为。尽管以前他也曾时常甜蜜地憧憬着他和凯瑞丝那样做的时刻，但现在一想起这事，他的心里就充满了忧虑和恐惧。格丽塞尔达是无辜的——不，她也有错，但这并不是梅尔辛烦恼的原因。无论那是凯瑞丝之外的哪个女人，他都会有同样的感觉的。他和格丽塞尔达做了那事，就使那种行为完全丧失了爱的意义。现在他无法面对自己真心爱着的女人了。

他凝视着自己的作品，努力不去想凯瑞丝，而是思索着这扇门能否算完工了。就在这时，伊丽莎白·克拉克走进了北门廊。她是个面色苍白、身材瘦削的姑娘，但仍很漂亮。她今年二十五岁，长着一头美丽的鬈发。她的父亲是理查前任的王桥主教。像理查一样，他也住在夏陵的主教宫，但他经常来王桥，结果迷恋上贝尔客栈的一名女招待，于是生下了伊丽莎白。由于系非婚所生，伊丽莎白对自己的社会地位极其敏感，丝毫的冒犯都会惹得她勃然大怒。但梅尔辛喜欢她，因为她聪明，也因为在梅尔辛十八岁时，她吻了他，还让他摸了自己的乳房。她的乳房长在胸口的高处，还很平，像是用一个浅浅的杯子当模子铸成的，轻轻的触碰都会使她的乳头变硬。他们的罗曼史因为一件梅尔辛认为无伤大雅而伊丽莎白认为不可原谅的事情——梅尔辛开的一个关于好色的教士的玩笑——而结束了，但梅尔辛仍然喜欢她。

她拍了拍他的肩膀，然后看了看门，不禁将手捂在了嘴上，深吸了一口气。“她们简直活了!”她说。

梅尔辛激动得一阵颤抖。伊丽莎白可不会轻易赞扬人。但他仍然觉得应当谦虚一下。“我只不过是把每个人都刻得不一样。在旧门上，童女们都是一模一样的。”

“不止是这样。她们看上去就像是马上要走出来和我们说话一样。”

“谢谢你。”

“不过这扇门和教堂里的其他一切都很不一样，修士们会怎么说呢?”

“托马斯兄弟喜欢它。”

“司铎呢?”

“戈德温?我不知道他会怎么想。但如果有麻烦的话，我会向安东尼副院长申诉的——他肯定不想再打一扇门，付两份工钱。”

“不错，”她想了想，又说，“而且《圣经》上也没说她们都长得一模一样——只说其中的五个预先做了准备，另外五个直到最后一分钟还无所事事，结果误了宴会。但是埃尔弗里克会怎么看呢?”

"这门又不是给他刻的。"

"可他是你的师傅。"

"他只关心收钱。"

她并不信服。"问题是你的手艺比他好。这一点显而易见，这两年所有的人都看出来了。埃尔弗里克永远不会承认这一点，但这正是他恨你的原因。他也许会让你为这扇门而后悔的。"

"你总是看事物的阴暗面。"

"是吗？"她生气了，"好吧，咱们走着瞧，看我说得对不对。我倒巴不得我说错了。"她转身就走。

"伊丽莎白？"

"呃？"

"你觉得这门刻得好，我真的很高兴。"

她没回答，但看上去气消了些。她挥了挥手，就离开了。

梅尔辛决定就此收工。他用粗布把门包了起来。他必须让埃尔弗里克看看，现在正是时候：雨停了，至少是暂时停了。

他叫了一名工匠来帮忙抬门。建筑匠们有抬笨重物体的技巧。他们将两根结实的木棒平行放在地上，又将一些木板交叉搭在木棒上，使其中心形成了坚实的基础。他们用手将门抬到了木板上，然后一边一个站在了两根木棒之间，将木棒抬了起来。这种东西叫担架，也被用来送病人去医院。

即便如此，门仍然显得非常沉重，但梅尔辛已经习惯于抬重物了。埃尔弗里克从来不许他拿身材矮小当借口，结果就是使他变得出奇的强壮。

两人来到埃尔弗里克家，将门抬了进去。格丽塞尔达坐在厨房里。她比那天看上去又性感了许多——她那原本就很大的乳房似乎更大了。梅尔辛不愿与人龃龉，所以竭力想对她友善些。"你想看看我做的门吗？"他在从她身旁经过时说道。

“我为什么要看一扇门?”

“门上刻着画儿。是聪明的童女和愚拙的童女的故事。”

她绷着脸冷笑了一声。“别跟我提童女。”

两人将门抬进了院子。梅尔辛觉得女人真是捉摸不透。自他们做爱以后，格丽塞尔达就一直对他非常冷漠。如果她对梅尔辛的感受就是这样，那她为什么要做爱呢？她明确地说过她不想再做第二次了。梅尔辛本想告诉她自己也是这么认为——实际上他一想起将来也许还要做爱就感到恶心——但这话说出来会伤人，所以他什么也没说。

他们将担架放在地上，给梅尔辛帮忙的工匠就离开了。埃尔弗里克在院子里，他那肌肉结实的身躯伏向了一堆木料，正用一根数英尺长的方木棍敲打着每根木头，计算着能做成多少块木板。他的舌头在嘴里顶着腮帮，每当他动脑筋时，都会摆出这样一副表情。他瞪了梅尔辛一眼，又继续计算起来。于是梅尔辛什么也没说，只是将包着门的布展开，将门靠在一堆石块上立了起来。他对自己的这件作品感到格外骄傲。他是照传统的图案刻的，但也有一些令人惊叹的创新。他迫不及待地想将门安在教堂上。

“四十——七，”埃尔弗里克说道，然后转向了梅尔辛。

“我做好了这扇门，”梅尔辛骄傲地说道，“你觉得怎么样?”

埃尔弗里克打量了一番门。他长着个大鼻子，这时鼻孔却令人惊奇地颤动着。接着，在毫无预警的情况下，他挥起那根计算用的木棍打在了梅尔辛的脸上。那是根很硬的木棍，他出手又极狠。梅尔辛痛苦地尖叫了一声，踉跚着后退了两步，倒在了地上。

“你个下流坯!”埃尔弗里克吼道，“你毁了我女儿!”

梅尔辛急着想反驳，然而满嘴是血，发不出声音。

“你好大胆!”埃尔弗里克咆哮着。

这句话就像是个信号，艾丽丝从屋里现身了。“你这条毒蛇!”

她厉声喝道，“你钻进了我们家，糟蹋了我们的小姑娘！”

梅尔辛心想，他们假扮这一切都是自然发生的，但一定事先策划过。他啐出了嘴里的血，说道：“糟蹋？她根本不是处女！”

埃尔弗里克又挥动了他那临时凑合的大棒，梅尔辛滚向一旁，但棍子还是打在了他的肩上，一阵疼痛。

艾丽丝说：“你怎么能这样对待凯瑞丝？我可怜的妹妹——等她知道了这件事，她会心碎的。”

梅尔辛像被针刺了一下，立刻反问道：“你肯定要告诉她，是吗？你这母狗。”

“哼，你不可能悄悄地跟格丽塞尔达结婚。”艾丽丝说。

梅尔辛深感震惊。“结婚？我不会娶她的。她讨厌我！”

这时，格丽塞尔达出现了。“我当然不想嫁你，”她说，“可我不得不嫁。我怀孕了。”

梅尔辛瞪着她说：“不可能——我们只做了一次。”

埃尔弗里克冷笑了一声。“一次就够了，你个小白痴。”

“那我也不娶她。”

“你要是不娶她，我就解雇你。”

“你不能那样做。”

“为什么？”

“我不管。我反正不娶她。”

埃尔弗里克扔下棒子，捡起了一把斧头。

梅尔辛喊了声：“耶稣基督呀！”

艾丽丝上前一步。“埃尔弗里克，别杀人。”

“别拦着我，娘们儿。”埃尔弗里克说。

仍然躺在地上的梅尔辛迅速地闪开，害怕丢命。

埃尔弗里克的斧子劈下了，但不是劈向梅尔辛，而是劈向了他的门。

梅尔辛大叫道："别!"

锋利的斧刃劈进了一个长发童女的脸部，木头沿着纹理裂开了。

梅尔辛哀号道："住手!"

埃尔弗里克又举起了斧子，这回出手更狠。门被一劈两半了。

梅尔辛站起身来。他惊恐万分，感到自己眼里满含着泪水。"你没有权利这样做!"他本想大声吼叫，但声音出口却低得像是耳语。

埃尔弗里克又一次高高地举起了斧子，并转向了梅尔辛。"往后站，小兔崽子——别招惹我。"

梅尔辛看到埃尔弗里克的眼中射出了疯狂的光芒，只好后退了两步。

埃尔弗里克的斧头又一次劈在了门上。

梅尔辛呆呆地立着，木然地看着，泪水顺着他的脸奔流而下。

一一

"跳跳"和"小不点儿"两只狗热烈地亲昵着。它们是一窝生的，却毫不相像："跳跳"是一条棕色的小公狗，"小不点儿"则是一条黑色的小母狗。"跳跳"是典型的乡村狗，精瘦而多疑，而在城里长大的"小不点儿"则胖乎乎的，总是一副满足的样子。

自从凯瑞丝母亲去世的那天，格温达在羊毛商家凯瑞丝的卧室地板上那一窝杂种狗中挑出"跳跳"，已经过去十年了。自那以后，格温达和凯瑞丝就成了亲密的朋友。尽管她俩一年只能见两三次面，却无话不说。格温达觉得自己可以把一切秘密都告诉凯瑞丝，丝毫不必担心有任何信息会传到她父母或韦格利村的任何人耳中。她认为凯瑞丝也会有同样的想法：因为格温达根本不和王桥的其他女孩儿说话，绝无不慎泄密的危险。

格温达是在羊毛集市举办的那个星期的星期五来到王桥的。她的父亲乔比去了教堂前的集市，叫卖他在韦格利村附近的森林中诱捕的一些松鼠的皮。格温达则径直来到凯瑞丝家，两条狗也再度相会了。

像以往一样，她们谈起了男孩子。“梅尔辛的情绪很奇怪，”凯瑞丝说，“星期天时他还一切正常，还在教堂里吻了我——接着，到了星期一，他就连我的眼睛都不看了。”

“他一定是有什么事感到愧疚。”格温达立刻说道。

“可能跟伊丽莎白·克拉克有关。她总拿眼睛瞄着梅尔辛，尽管她是个冷漠的人，而且还比他大好几岁。”

“你和梅尔辛做过那事吗？”

“做什么事？”

“你知道……我小时候把那叫吭哧，因为大人们做那事时会发出那种声音。”

“哦，那事？没有，还没做过。”

“为什么还没有？”

“我不知道……”

“你不想吗？”

“想，但是……难道你不担心一辈子都听命于某个男人吗？”

格温达耸了耸肩。“我不喜欢那样，但是，另一方面，我也不用担心。”

“你怎么样？你做过那事吗？”

“恐怕算不上做过。好几年前，我答应了邻村的一个男孩儿，就想看看到底是怎么回事。就像喝过葡萄酒一样，有那么一种浑身热辣辣的感觉。就做了那么一次。不过，如果伍尔夫里克什么时候想做，我都会让他做的。”

“伍尔夫里克？我还没听说过这个名字呢！”

“我知道。我是说，我们从小就认识，那会儿他老爱揪我的头发，然后跑开。后来有一天，就在圣诞节后不久，我在他走进教堂时看到了他。我发现他已经长成了一个男人。嗯，不仅是个男人，而且是个真正的棒小伙儿。他头发上喷着香粉，脖子上围着一条深黄色的围巾，看上去真帅。”

“你爱上他了？”

格温达叹了口气。她不知道该怎样表达她的感觉。那不仅仅是爱。她对他朝思暮想，真不知道假如没有他，她该怎么活。她曾经幻想过绑架他，把他关在密林深处的小茅屋中，那样他就没法逃跑了。

“好了，不用说了，你脸上的表情已经回答了我的问题，”凯瑞丝说道，“他爱你吗？”

格温达摇了摇头。“他简直都不搭理我。我巴望着他能做些事表明他知道我是谁，哪怕是揪揪我的头发。可他跟珀金的女儿安妮特恋爱上了。安妮特是条自私的母狗，可伍尔夫里克偏偏仰慕她。他俩的父亲都是村上最富的人。安妮特的父亲养鸡、卖鸡，而伍尔夫里克的父亲有五十亩地。”

“你说得简直没希望了。”

“我不知道。什么叫没希望？安妮特也许会死。伍尔夫里克也许会突然明白过来他一直是爱我的。我父亲也许会成为伯爵，命令他娶我。”

凯瑞丝微笑起来。“你说得对。爱永远不会没希望的。我倒挺想看看这男孩子的。”

格温达站起身来。“我正等着你说这话呢。那就去找找他吧。”

她们走出了屋子，两条狗紧随在她们的脚跟后。这星期头几天狂袭了这座城市的暴雨已变成了零星小雨，但主街上仍然泥泞不堪。因为羊毛集市在举行，泥浆中又夹杂着各种牲畜的粪便、腐烂的蔬菜，以及数以千计的来客留下的各种各样的垃圾。

她们踩着泥水，躲着泥坑走着，凯瑞丝问起了格温达家里的情况。

“奶牛死了，”格温达说道，“爸爸需要再买一头，但我不知道他哪里有钱买。他只有几张松鼠皮可卖。”

“今年一头奶牛要卖十二先令呢，”凯瑞丝关切地说道，“也就是一百四十四银便士。”凯瑞丝总是靠心算，她从博纳文图拉·卡罗利那里学会了阿拉伯数字，她说这使得计算容易多了。

“过去的几个冬天，就是这头奶牛养活了我们，特别是那几个小孩子。”格温达太熟悉挨饿的滋味了。即使有那头奶牛产奶，妈妈还是有四个婴儿夭折了。难怪菲利蒙渴望做修士呢，她心想：每天都能吃饱，一顿不少，为此付出什么样的牺牲都值得。

凯瑞丝问：“你父亲会怎么办呢?”

“他会偷偷地做些什么的。偷一头奶牛可不容易——你没法把奶牛装进包里——但他肯定会施什么诡计的。”格温达嘴上说得很有信心，心里却没底。爸爸不诚实，但也不聪明。他会不择手段地再弄一头奶牛的，无论是合法的还是非法的手段，他都不会顾忌，但他也许会失败的。

她们穿过修道院的大门，走进了开阔的市场。经受了足足六天坏天气的折磨，商人们都浑身湿漉漉的，狼狈不堪。他们的货物都被雨淋湿了，但收获却很少。

格温达感到很尴尬。她和凯瑞丝几乎从未谈起过两家家境的巨大差异。格温达每次来，凯瑞丝都会悄悄地塞给她一件礼物让她带回家：或是一大块奶酪，或是一条熏鱼，或是一卷布，或是一罐蜂蜜。格温达会表示感谢——而且她总是发自内心地感激——但她也不会多说什么。当父亲怂恿她利用凯瑞丝的信任偷些什么时，她说要是那样的话她就没法再去了，而像现在这样，她一年有三四次都能给家里带回些东西。就连爸爸也觉得她说得有理。

格温达寻找着珀金卖鸡的摊位。安妮特很可能在那里，而无论安妮特在哪里，伍尔夫里克都不会离得太远。格温达猜得没错。她看到了肥胖而狡黠的珀金。他正点头哈腰、油腔滑调地逢迎着顾客们，而其他人要搭话，他都是三言两语就打发了。安妮特端着一盘鸡蛋，在一旁妖冶地微笑着。托盘顶住她的连衣裙，紧紧地绷起她的乳房。她那漂亮的头发有几缕从帽子里钻了出来，在她红润的脸颊和纤长的脖颈上飘荡着。伍尔夫里克跟在她的身旁，看上去像是一个迷了路的大天使误闯进了人间。

“那就是他，”格温达小声说道，“那个大个子——”

“我能看出他是哪个，”凯瑞丝说，“他可真是‘秀色可餐’呐。”

“你明白我的意思了吧。”

“不过他年龄有点儿小，是吧？”

“他十六岁。我十八岁。安妮特也是十八岁。”

“不错。”

“我知道你在想什么，”格温达说，“他太英俊了，我配不上他。”

“不——”

“英俊的男人永远不会爱上丑女人，是吧？”

“你并不丑——”

“我在镜子里看见过自己。”那是个可怕的回忆，格温达的脸上现出了痛苦的表情。“当我知道自己长什么样子后，我大哭了一场。我的鼻子太大，两只眼睛离得太近。我长得像我父亲。”

凯瑞丝反驳道：“你有一双美丽的浅褐色眼睛。还有一头茂密的秀发。”

“可是我配不上伍尔夫里克。”

伍尔夫里克侧身对着格温达和凯瑞丝。他的侧影就像雕塑一样优美。她俩默默地欣赏了好一阵子——他转过身来，格温达惊得倒吸了一口凉气。他的另一侧脸全然是另一番景象：青一块紫一块，一只眼睛还闭着。

格温达跑向了他。“你怎么了？”她惊叫道。

伍尔夫里克吓了一跳。“哦，你好，格温达。我跟人打了一架。”他半转过身去，显然有些难为情。

“跟谁打了一架？”

“伯爵的一个护卫。”

“你被打伤了！”

伍尔夫里克有些不耐烦了。“别担心。我没事。”

他当然不明白格温达为什么如此关切。他没准还以为她是在幸灾乐祸呢。于是凯瑞丝插话了。“哪个护卫？”她问道。

伍尔夫里克饶有兴趣地打量了她一番，从她的穿着上看出了她是个富家女子。“他叫拉尔夫·菲茨杰拉德。”

“噢——梅尔辛的弟弟！”凯瑞丝说，“他受伤了吗？”

“我打破了他的鼻子。”伍尔夫里克露出了骄傲之色。

“你挨罚了吗？”

“在仓库里关了一晚上。”

格温达痛苦地叫了一声：“你真可怜！”

“没什么。我哥哥护卫着我，没人敢再打我。”

“就算那样……”格温达吓坏了。在她看来，无论什么样的监禁，都是最可怕的刑罚。

安妮特打发了一个买主，加入了谈话。“哦，是你呀，格温达。”她冷冷地说道。伍尔夫里克也许没有意识到格温达的情感，安妮特可不同，她对待格温达的态度既有敌视也有蔑视。“伍尔夫里克打了一个调戏我的护卫，”她说道，掩饰不住内心的满足，“他就像一支歌谣里唱的骑士。”

格温达厉声说道：“我可不愿意他为了我的缘故把脸伤成那样。”

“幸运的是，那种情况不大可能发生，是吧？”安妮特得意地说道。

凯瑞丝说：“谁也说不清未来会怎样。”

安妮特被她的插话吓了一跳。她打量了凯瑞丝一番，显然很惊讶格温达的伙伴竟然穿着这么昂贵的衣服。

凯瑞丝抓住了格温达的胳膊。“很高兴认识你的韦格利乡亲，”她优雅地说了一句，“再见。”

她俩走开了。格温达咯咯笑着说：“你狠狠地镇住了安妮特。”

“她太讨厌了。就是她这种人败坏了女人的名声。”

“伍尔夫里克为她挨了揍，她还那么高兴！我恨不得挖了她的眼睛。”

凯瑞丝若有所思地说道：“他除了长相好外，究竟是个怎样的人呢？”

“他强壮、傲慢、讲义气——就像那些愿意为别人打架的人。但他心眼很好，他会长年累月、不知疲倦地为他们家奔忙，直到累死。”

凯瑞丝一言不发。

格温达说：“你不大喜欢他，是吗？”

“照你说的，他简直有点儿呆。”

“如果你是我父亲养大的，你就不会认为一个为家庭奔忙的人是呆子了。”

“我明白。”凯瑞丝攥了攥格温达的胳膊，“我觉得他对你来说的确很可爱——为了证明这一点，我要帮你得到他。”

格温达没有想到。“你有什么办法?”

“跟我来。”

她们离开了集市，走到了城北头。凯瑞丝将格温达领到圣马可教区教堂附近的一条小巷中。“一个聪明的女人住在这里。”她说道。她俩将狗留在外面，俯身钻进了矮矮的门。

这间位于楼下的狭窄的单间房子被一张帘子隔成了两半。前面的半间里有一把椅子和一个凳子。格温达心想，炉子一定在后半间，她不明白为什么有人总爱在厨房里藏东西。屋子很干净。屋里有一股强烈的气味，像是草味，又有些酸，算不上芳香，却也不难闻。凯瑞丝喊道：“玛蒂，我来了。”

过了一会儿，一个四十来岁的女人撩开帘子走了进来。她长着灰白的头发，皮肤因为长年在屋子里而显得苍白。她一看来的是凯瑞丝，就笑了笑，然后又仔细地审视了格温达一番，说道：“我看你的朋友正处于热恋中——但那小伙子却不大搭理她。”

格温达倒吸了一口凉气：“你怎么知道的?”

玛蒂重重地坐在了椅子上。她身材矮胖，有点儿喘不上气。“来这里的人主要是因为三个原因：疾病、仇恨和情爱。你看上去很健康，你这么年轻，还结不下什么仇敌，所以你一定是恋爱了。但那小伙子肯定对你很冷淡，不然你也用不着来找我了。”

格温达瞟了一眼凯瑞丝。凯瑞丝显得很高兴，说：“我跟你说过，她可聪明了。”两个姑娘坐在了长凳上，满怀期望地看着那妇人。

玛蒂继续说道：“他住得离你很近。你们也许就是一个村的，但他家比你家要富。”

“一点不错。”格温达大为惊讶。玛蒂无疑是猜的，但她竟猜得这么准，简直是能未卜先知。

“他长得英俊吗?”

“非常英俊。”

“但是他爱上了村里最漂亮的姑娘。”

“如果你认为那种姑娘算是漂亮的话。”

“那姑娘家也比你家富。”

“是的。”

玛蒂点了点头。“这种事情太常见了。我能帮助你。不过你得明白，我跟幽灵世界一点儿关系也没有。只有上帝才能创造奇迹。”

格温达糊涂了。所有人都知道，死人的鬼魂掌控着活人的祸福。如果你让鬼魂高兴，他们就会把兔子引进你设的圈套，会让你生下健康的宝宝，会让阳光照在你即将成熟的庄稼上。而如果你做了什么惹他们生气的事，他们就会让你的苹果生虫，让你的奶牛产下畸形的小崽，让你的丈夫阳痿。就连修道院里的医生都说，向圣徒祈祷比求他们的医药管用。

玛蒂继续说道：“不要绝望。我可以卖给你一剂能带来爱的药。”

“我很抱歉，我没有钱。”

“我知道。但你的朋友凯瑞丝特别喜欢你。她想让你幸福。她来这里时，已经准备好为那剂药付钱了。不过，你必须正确地使用药。你能跟那男孩子单独待一小时吗？”

“我会想出办法来的。”

“把药放进他喝的水里。用不了多久他就会欲火中烧。所以你必须单独和他在一起——如果他能看见其他女孩，他会转而迷上她的。因此一定要让他远离其他女人，而且你一定要对他非常甜蜜。他会认为你是世界上最可爱的女人的。要吻他，跟他说他很棒，而且——如果你想的话——跟他做爱。过一会儿后，他会睡着的。等他醒来时，他会记起他在你的怀抱中度过了他一生中最销魂的时光，他会渴望尽快再来一次的。”

“难道我不需要再来一剂药吗？”

“不需要。第二回，靠你的爱、你的欲望和你的温柔就足够了。女人能使任何男人感到极度快活，只要他给你机会。”

这正是格温达求之不得的，使得她心醉神迷。“我都等不及了。”

“那咱们现在就开始调药吧。”玛蒂从椅子上站起来。“你们可以到帘子里面来。”她说。格温达和凯瑞丝跟着她走了进去。“帘子只是给那些无知的人准备的。”

厨房的地板非常洁净，屋里有一个非常大的炉子，配备着很多蒸煮东西用的架子和钩子，远远比一个女人做饭所需要的多得多。屋里还有一张饱经烟熏火燎布满油渍污痕却擦得很干净的笨重桌子；一个排列着陶罐的架子；一个锁着的柜子，里面可能装着玛蒂的药中所需要的较珍贵的原料。墙上还挂着张大石板，上面潦草地刻着些字母和数字，大概是药方。“为什么你要把这些东西都藏在帘子后面？”格温达问道。

“一个男人如果制作药膏或药剂，他会被称为药师，而一个女人如果做同样的事情，就有被斥为女巫的危险。镇上有个女人叫疯子尼尔，到处喊叫说有鬼。托钵修士默多指控她是异端。尼尔是疯了，没错，但她并不害人。可默多还是坚持要求审判她。男人喜欢杀女人，默多就时不时地给他们找借口，事后向他们收钱，算作他们的施舍。这就是我总是跟人们说只有上帝能创造奇迹的原因。我并不能呼神弄鬼。我只能运用森林里的草药和我的观察力。”

玛蒂说话时，凯瑞丝在厨房里四处走动着，就像在自己家里一样。她把一只搅拌用的碗和一个小瓶子放在桌上。玛蒂给了她一把钥匙，让她打开柜子。“放一勺蒸馏过的葡萄酒，再滴三滴罂粟汁，”玛蒂说，“咱们得小心别放过量，不然药力太强，他会太早就睡着的。”

格温达大为惊讶。“凯瑞丝，你要来配药吗？”

“我有时候给玛蒂帮忙。但什么也别跟彼得拉妮拉说，她会反对的。”

“就是火烧着了她的头发，我都不会告诉她的。”凯瑞丝的姑姑不喜欢格温达，出于同样的原因，她也不大可能喜欢玛蒂：她们都出身低贱，这一点是彼得拉妮拉非常在意的。

可是为什么凯瑞丝这个富家女竟愿意跑到一个偏僻小巷来，在一个女制药师的厨房里给她打下手呢？凯瑞丝配药时，格温达突然想起她的这个朋友一向对疾病和治疗感兴趣。凯瑞丝还是个小孩子时，就想做医生，她不知道只有修士才被准许学医。格温达记得她母亲去世后，她曾说过：“可是人为什么会得病呢？”塞西莉亚嬷嬷告诉她那是因为人有罪；埃德蒙则说谁也不真正知道原因。他俩的回答都没能让凯瑞丝满足。也许她现在在玛蒂的厨房里，也仍然是在寻找那个问题的答案呢。

凯瑞丝把药液倒进了一个小瓶子里，用塞子塞上，又用绳子把塞子系紧，在绳子的末端打了个死结。然后她把瓶子递给了格温达。

格温达将瓶子塞进了系在她腰带上的皮包里。她不知道自己到底能有什么办法让伍尔夫里克单独和她待一个钟头。她刚才不假思索地说自己会想办法，但现在药已经到手了，她却发现自己可能毫无办法。单是和伍尔夫里克说几句话，他都会显得不耐烦。他希望所有的空闲时间都和安妮特在一起。格温达到底能找出什么需要和他单独在一起的理由呢？“我想带你去一个能掏野鸭蛋的地方。”但为什么她要带伍尔夫里克去，而不是带自己的父亲去？伍尔夫里克有些天真幼稚，却不傻：他一定会明白她别有用心的。

凯瑞丝给了玛蒂十二个银便士——相当于格温达爸爸两个月的佣金。格温达说：“谢谢你，凯瑞丝。我希望你能参加我的婚礼。”

凯瑞丝大笑起来。“这正是我所希望的——要有信心！”

她们告别了玛蒂，又回到羊毛集市。格温达决定先看看伍尔夫里克住在哪里。他们家很富，不会装穷，因而不会免费借宿修道院。他们也许住在某个旅馆里。她可以装作不经意地向他，或者向他的兄弟，打听旅馆价格等问题，仿佛她想知道镇上的众多旅馆中哪家最好似的。

一名修士从她身旁走过，格温达突然有些愧疚地意识到，她都没想着去看看她哥哥菲利蒙。爸爸不会去看他，因为父子反目已经多年了，但格温达仍然爱他。她知道哥哥阴险狡诈、心术不正，但他仍然呵护妹妹。他们一起度过了很多饥饿的严冬。她决定，待她找到伍尔夫里克后，就去看他。

但是还没等到她和凯瑞丝走到集市，她们就遇到了格温达的父亲。

乔比站在修道院大门旁，贝尔客栈外。和他在一起的是一个身穿黄色紧身外套、相貌凶狠的男人。他背上背着个包——手里还牵着头棕色的奶牛。

乔比挥手叫格温达过去。“我找到了一头奶牛。”他说。

格温达仔细地看了看。奶牛约摸两岁大，很瘦，看上去脾气不大好，但似乎还健康。“好像不错。”她说。

“这位是小贩西姆，”他说着，向穿黄外套的人打了个响指。像他这样的小贩走村串乡地卖一些小日用品——诸如针、扣子、小镜子、梳子什么的。他的奶牛也许是偷来的，但这对爸爸来说无所谓，只要价钱合适就行。

格温达问她父亲：“你从哪里弄到钱的？”

“说实在的，我还没付钱呢。”他回答道，脸上露出了诡诈的神情。

格温达预料到她父亲一定有什么阴谋。“那你打算怎么办？”

“这更像是一种交换。”

“你拿什么跟他换奶牛？”

“你。”爸爸说。

“别犯傻了。”她说，但随即她感到一个绳套从她头顶上落了下来，将她的身体箍紧，使她的双臂紧紧地贴在身体两侧。

她一时晕头转向。怎么会发生这样的事情？她奋力想挣脱，但西姆却将绳子越拽越紧。

“好了，别折腾了。”爸爸说。

她不相信他们是当真的。“你以为你在做什么事？”她满腹狐疑地说道，“你不能卖了我，你这个傻瓜！”

“西姆需要一个女人，而我需要一头奶牛，”爸爸说，“就这么简单。”

西姆第一次开腔了。“你的女儿，可真够丑的。”

“这太荒唐了！”格温达说。

西姆冲她笑了笑。“别担心，格温达，”他说，“只要你安分守己，照我说的去做，我会对你很好的。”

格温达明白了，他们是当真的。他们当真认为他们能够达成这笔交易。于是她感到像是有一根冰冷的针扎进了她的心窝。

凯瑞丝开口了。“这玩笑开得够大的了，”她的声音又响亮又清晰，“赶快放了格温达。”

西姆并没有被她命令的口吻所吓倒。“你算老几，敢在这儿发号施令？”

“我父亲是教区公会会长。”

“但你不是，”西姆说，“而且就算你是，你也管不着我和我的朋友乔比。”

“你不能拿奶牛交易这个女孩儿。”

“为什么不能？”西姆说，“这是我的奶牛，这女孩儿是他的女儿。”

他们越吵越高的声音吸引了过路的人们。他们纷纷驻足打量起这个被绳子捆绑的姑娘。有人问：“怎么回事？”另一个人答道：“他要卖了他女儿，买这头奶牛。”格温达看到她父亲的脸上现出了惊恐的神色。他本以为能悄无声息地完成这笔交易的——但他远没有聪明到能预见公众的反应。格温达意识到这些旁观者也许是她唯一的希望了。

凯瑞丝向一位从修道院大门里走出来的修士挥了挥手。“戈德温兄弟！”她叫道，“请过来解决一桩纠纷。”她以一种胜利的神情看着西姆。“修道院对羊毛集市上达成的所有买卖都有仲裁权，”她说，“戈德温兄弟是司铎。我想你该接受他的权威吧。”

戈德温说：“你好，凯瑞丝表妹。出什么事了？”

西姆不满地咕哝道：“他是你的表兄，是吗？”

戈德温冷冷地白了他一眼。“无论这里有什么争议，我都将努力作出公正的判决，作为一个上帝的人——我希望你能相信这一点。”

“很高兴听你这样说，老爷。”西姆说道，声音变得谄媚起来。

乔比也同样油腔滑调地说道：“我认识你，兄弟——我儿子菲利蒙在听你差遣。我知道你打心眼儿里对他好。”

“好了，这些就不必多说了，”戈德温说，“到底是怎么回事？”

凯瑞丝说：“乔比想卖了格温达买那头牛，你跟他说他不能那样做。”

乔比说：“她是我女儿，老爷，她十八岁了，还没出嫁，所以我有权处置她。”

戈德温说：“但是卖你的孩子仍然是一桩可耻的行为。”

乔比突然现出一副可怜相。“我也不想这样做，老爷，只是我家里还有三个小孩子，我没有地，没办法养活那几个孩子过冬，除非我有一头奶牛，而我们的老奶牛死了。”

越聚越多的人群中发出了一阵低低的同情声。人们都知道冬天难过，对于一个须养家糊口的人来说尤其如此。格温达开始绝望了。

西姆说道：“戈德温兄弟，你也许觉得这事可耻，但这算罪过吗？”他说话的语气就像是已经知道了答案，格温达心想他以前也许在别的地方也经历过同样的争论。

戈德温显然不情愿，但还是说道：“《圣经》似乎的确认可你卖自己的女儿为奴。在《出埃及记》第二十一章。”

“你们看看，怎么样！”乔比说道，“这是基督徒的行为！”

凯瑞丝愤怒了。“《出埃及记》！”她不屑地说道。

一个旁观者插话了。“我们不是以色列的孩子。”她说道。她是个矮矮胖胖的妇人，长着地包天的下颌，使得她的下巴很惹眼。她尽管衣着简朴，说起话来却斩钉截铁。格温达认出她是马克·韦伯的妻子玛奇。“现在奴隶制已经不存在了。”玛奇说道。

西姆说：“那么学徒制又怎么说呢？学徒们没有报酬，还要挨师傅的打骂。还有见习修士和见习修女，以及那些为了衣食而到贵族家里做用人的人们，又该怎么说呢？”

玛奇说：“他们的生活虽然有些苦，可他们不能被买卖——是吧，戈德温兄弟？”

“我没有说这样的交易是合法的，”戈德温答道，“我在牛津学习的是医学，而不是法律。但是从《圣经》或者教堂的教义中，我找不出能说这些人的行为是犯罪的理由。”他看着凯瑞丝，耸了耸肩，“对不起，表妹。”

玛奇·韦伯将双臂交叉在胸前。“好吧，贩子，你打算怎么把这姑娘带出镇子？”

“用绳子牵走，”他说，“就像我把奶牛牵进来的方式一样。”

“啊，不过你把奶牛牵进来时，用不着从我和这些人身旁经过。”

格温达的心头涌起了希望。她不知道旁观者中会有多少人支持她，但假如打起架来，他们更可能站在镇上的妇女玛奇一边，而不会帮助外来人西姆。

“我跟刁蛮的妇人打过交道，”西姆说道，嘴噘了起来，“还从来没有谁能给我惹出麻烦来。”

玛奇把手放在了绳子上。“也许你以前是太幸运了。”

西姆一把将绳子拽开。“别动我的东西，免得我伤着你。”

玛奇又故意把手放到了格温达的肩膀上。

西姆粗暴地推了玛奇一把，她向后踉跄了几步。人群中传出了一阵低低的抗议声。

一个旁观者说道：“如果你见过她丈夫，你就不敢这么干了。”

人们一阵大笑。格温达想起了玛奇的丈夫，那位性情温和的巨人。要是他这会儿能出现，该多好呀！

然而却是治安官约翰赶来了。几乎任何地方有人群聚集，他那训练有素的鼻子都能闻到。“不许推搡，”他说，“是你在惹事吗，贩子？”

格温达又燃起了希望。小贩们一向名声不好，而治安官一来就认为是西姆在制造麻烦。

西姆立刻换了副谄媚的嘴脸，简直比换顶帽子还快。“请原谅，治安官老爷，”他说，“但是如果一个人按照谈好的价格为他买的东西付清了账，就应当允许他带着他买的东西完好无损地离开王桥。”

“那当然。”约翰不得不表示同意。一个市镇必须维护其买卖公平的信誉。“不过你买了些什么？”

“这姑娘。”

“哦，”约翰似乎思考了片刻，“谁卖了她？”

“我，”乔比说道，“我是她父亲。”

西姆接着说道：“而这大下巴的女人威胁说要阻止我把这姑娘带走。”

“是这样的，”玛奇说，“因为我从来没听说过王桥市场买卖过妇女，这儿的其他人也没听说过。”

乔比说：“一个人愿意怎么处置自己的孩子，别人都管不着。”他乞求般地扫视了一番人群。“有人觉得不对吗？”

格温达知道没人会回答。有的人对自己的孩子很慈爱，有的人对自己的孩子很粗暴，但他们全都认为父亲对孩子有绝对的权力。她愤怒地大叫道：“如果你们也有像他这样的父亲，你们就不会站在这里装聋作哑了。你们有谁被自己的父母卖过？有谁在幼年手小得足够伸进别人的钱袋时，被父母逼着偷窃过？”

乔比有些慌了。“她在胡说八道，治安官老爷，”他说，“我的孩子都没有偷过东西。”

“别介意，”约翰说道，“所有人都听着。我要管管这事。谁要是不同意我的决定，可以去向副院长申诉。不管是谁，如果再有推搡动作，或者其他粗暴行为，我都将全部予以逮捕。我希望你们都听清楚了。”他威严地扫视了一遍人群。没有人说话：大家都急着想听他的决定。他继续说道：“我不知道有什么理由说这桩交易是非法的，因此小贩西姆可以带着这姑娘离开。”

乔比说：“你们看看我说什么来着，难道——”

“闭上你的臭嘴，乔比，你这傻瓜，”治安官说道，“西姆，现在你走吧，动作快点儿。玛奇·韦伯，假如你敢抬抬手，我就把你关进仓库里，你丈夫也别想阻拦我。羊毛商凯瑞丝，请你什么话也别说——如果你愿意，回家跟你父亲抱怨去。”

还没等约翰说完，西姆就使劲地拽了把绳子。格温达的身子向前一倾，她连忙把一只脚伸到身前，才没摔倒在地。接着，她就不得不跌跌撞撞、半走半跑地向前挪动了。她用眼角的余光看到凯瑞丝在她身旁走着。但治安官约翰一把抓住了她的胳膊，她回头抗议了一句，但没过多久她就从格温达的视野中消失了。

西姆在泥泞的主街上健步如飞。他紧紧地拽着绳子，使得格温达东倒西歪。当他们走到桥边时，她开始感到绝望了。她试着把绳子向后拉了一把，他的回应是格外使劲的一拽，使她摔倒在泥浆里。她的胳膊仍然被绑着，因而她没法用手保护自己，于是她平着仆倒在地上，胸部擦伤了，脸也浸入了烂泥中。她挣扎着站起身来，放弃了一切抵抗。她像头牲畜一样被绳子拴着，浑身沾满污泥，心里又羞又怕，踉踉跄跄地跟在她的新主人身后，穿过了桥梁，走上了通向森林的道路。

小贩西姆牵着格温达穿过城郊的新镇，来到了叫做“绞架路口”的十字路口。这里是对罪犯执行绞刑的地方。他走上了向南通向韦格利村的路。他把捆着格温达的绳子系在自己的手腕上，这样当他走神时，格温达也无法逃走了。格温达的小狗“跳跳”紧跟着他们，但西姆不断地向它扔着石头。当一块石头正中它的鼻子后，它最终夹着尾巴跑走了。

走了几英里后，太阳开始落山了。西姆拐进了森林中。格温达看不出路边有任何标记，但路径一定是西姆精心挑选过的，因为在林中走了几百步后，他们又走上了一条小路。格温达往下一看，地上清晰地有一串小小的蹄印。她认出那是鹿踩出来的。她猜想这条小路会通向水边。果不其然，他们来到了一条小溪旁。小溪两侧的植物都被踩进了泥中。

西姆跪在小溪旁，用手捧起清冽的水喝了几口。然后他将格温达的绳子向上提了提，套住了她的脖子，松开了她的手，把她推到了水边。

她在小溪里洗了洗手，又大口地痛饮起来。

“洗洗你的脸，”西姆命令道，“你长得可真够丑的。”

她照他吩咐的做了，满心忧虑，不明白他为什么在乎自己的长相。

小路从泉眼的另一端继续向前延伸着。他们沿着小路继续走去。格温达是个健壮的姑娘，走上一天路都没问题，但她现在既沮丧又悲伤又害怕，这使她感到精疲力竭。无论前面是什么遭遇在等着她，尽管十有八九比现在还糟，她仍然盼望着快些到达目的地，以便能坐下来休息休息。

夜色降临了。鹿走过的路在树间蜿蜒了几英里，渐渐地消逝在山脚下。西姆在一棵非常高大的橡树下停住了脚步，低低地吹了声口哨。

不一会儿，黑黢黢的林间突然闪出了一个人影，说道：“一切都好，西姆。”

“一切都好，杰德。”

“你带什么来了，水果馅饼吗?”

“有你一片，杰德，和其他人一样，只要你有六便士。”

格温达明白了西姆打算做什么。他要她卖淫。这对她来说不啻晴天霹雳，她踉跄了一下，跪倒在地上。

“六便士，是吗?”杰德的声音似乎是从很远的地方传来的，但格温达仍然能听出他兴奋得在颤抖。“她多大了?”

“她父亲说她十八岁了。”西姆拽了拽绳子，“站起来，你个懒母牛，我们还没到地方呢。”

格温达站起身来。她心想，这就是他要我洗脸的原因。明白了这一点，她禁不住哭了起来。

她一边跌跌撞撞地踩着西姆的脚印向前走着，一边绝望地哭着，最终来到一片中央燃着篝火的空地。她透过泪眼望去，看到十五到二十个人沿空地的边缘躺着，大多裹着毯子或斗篷。几乎所有借着火光看她的人都是男人，但她还是看到了一张表情冷漠、下巴光滑的白人女子的脸。那女人匆匆地看了她一眼，就又缩回了地上的一堆破布中。一只翻倒的葡萄酒桶和七零八落的木头杯子表明他们都已喝得酩酊大醉。

格温达明白了，西姆把她带到了一个贼窝。

她呻吟起来。西姆会逼她服侍其中的多少人呀？

她刚刚问了自己这个问题，就得到了答案：所有的人。

西姆拽着她穿过空地，来到一个背靠着树、上身挺直坐在地上的人面前。“一切都好，塔姆。”西姆说。

格温达立刻明白了这是什么人：英国最著名的匪首，名唤“隐身者塔姆”。他面貌很英俊，尽管因为喝了酒而变得通红。人们都说他出身高贵，不过他们总是这样说著名的强盗。格温达打量着他，为他的年轻而深感惊讶：他才二十五六岁。不过那时候任何人杀死强盗都是不犯法的，因而匪首一般都活不到年老。

塔姆说：“一切都好，西姆。”

“我拿阿尔文的牛换了这丫头。”

“不错。”塔姆的声音稍稍有些含糊。

“我们要向伙计们收费，每人六便士，不过你当然可以免费了。我想你很愿意第一个来吧。”

塔姆用发红的眼睛打量了她一番。也许是抱着希望吧，但格温达觉得从他的眼光中看到了一丝怜悯。他说：“不了，西姆，谢谢。你该怎么办就怎么办吧，让伙计们玩得高兴些。不过你也许愿意明天再说。我们从去王桥的几个修士那里抢来了一桶好葡萄酒，伙计们这会儿差不多都喝得烂醉如泥了。”

格温达的心中跳动着希望。也许对她的折磨会被推迟。

“我得跟阿尔文商量一下，”西姆有些疑虑地说道，“谢谢，塔姆。”他转过身去，牵着背后的格温达走了。

几码之外，一个宽肩膀的男人挣扎着站起身来。西姆说：“一切都好，阿尔文。”看来“一切都好”是这帮强盗的问候语和口令。

阿尔文正处于烂醉之后脾气暴躁的阶段。“你弄来什么东西了？”

“一个水灵灵的大姑娘。”

阿尔文用手托起了格温达的下巴。他捏得非常紧，其实毫无必要。他将她的脸扭向火光。格温达不得不直视着他的眼睛。阿尔文像隐身者塔姆一样，非常年轻，但也同样因放荡淫乱而气色不佳。他满嘴酒气地说道：“看在基督的分上，你拣了个丑丫头。”

格温达平生第一次因为别人说自己丑而感到高兴：阿尔文也许不想对她做任何事情了。

“我只能弄到我能弄到的，”西姆不耐烦地说道，“一个人如果有个漂亮的女儿，他不会只拿她换一头奶牛的，是吧？他会把她嫁给富裕的羊毛商的儿子。”

一想起她父亲，格温达就愤怒。他一定知道，起码会怀疑，可能发生这样的事情。他怎么能这样待她？

“好了，好了，这没关系，”阿尔文对西姆说道，“这么多人里才两个女人，伙计们都快受不了了。”

“塔姆说等到明天再说，因为他们今晚都喝得太多了——不过还是听你的。”

“塔姆说得对。有一半人都已经睡着了。”

格温达的恐惧消退了一些。一夜之间什么事情都可能发生。

“好吧，”西姆说，“反正我也累得半死了。”他看了格温达一眼，“躺下，你。”他从来不叫她的名字。

她躺下了。西姆用绳子将她的双脚捆在一起，又把她的双手绑在背后。然后他和阿尔文分别躺在了她的两侧。没过一会儿，两个男人就都睡着了。

格温达筋疲力尽，但她根本不想睡。双手被绑在背后，使她浑身上下都很难受。她试着在绳子里活动了一下手腕，但西姆把绳子拽得很紧，死结打得很牢。她所得到的一切就是皮肤磨破了，绳子磨得她的皮肉火辣辣地疼。

绝望转化为无助的愤怒。她想象着自己在向捕捉她的人复仇：他们都龟缩在她面前，而她拿着鞭子狠狠地抽打着他们。但这只是毫无意义的幻想。她又将思绪转到逃跑的实际办法上来。

首先她得让他们给她松绑。然后，她得能逃走。这些都实现了，她还得确保他们没法追上她并重新抓住她。

这简直不可能。

一二

格温达醒来时感到很冷。虽然时值仲夏，但夜晚仍然很凉，而她除了身上穿的薄薄的连衣裙，什么也没有盖。天色已经由黑变灰。她借着微弱的光看了看四周：所有的人都一动不动。

她想撒尿。她想过就尿在这里，尿湿自己的裙子。如果能让他们厌恶她，那才好呢。但几乎就在这个念头刚一出现的同时，她就立即打消了。那等于放弃努力，而她决不放弃。

但是她该怎么办呢？

阿尔文躺在她身旁，他仍然系在腰带上的刀鞘里有一把长长的匕首，这使格温达的脑海中闪出了一个主意。她不敢肯定自己到底有没有勇气把这个正在形成的计划执行到底，但她不肯多想自己有多害怕。她必须这样做。

尽管她的脚踝被绑在一起，她仍然能挪动腿。她踢了阿尔文一脚。他似乎毫无感觉。她又踢了一脚，他动了动。当她踢出第三脚后，他笔直地坐起了身。“是你在踢我吗？”他含糊地说了一句。

“我要撒尿。”她说。

“不能尿在空地上。这是塔姆定的规矩。要撒尿，往外走二十步；要拉屎，走五十步。”

“这么说，强盗也有规矩。”

阿尔文不解地瞪着格温达。他脸上讽刺的表情消失了。格温达意识到他不是个聪明人。这很好。但他强壮、凶残，她必须格外谨慎。

她说：“我被绑着，哪儿也去不了。”

他嘟囔了一句，解开了她脚踝上的绳子。

她计划的第一步实现了，但她却更加害怕了。

她挣扎着站起身来。她的腿被捆了一夜后，所有的肌肉都感到酸痛。她迈出了一步，趔趄了一下，又摔倒了。“我的手还被绑着，太不得劲了。”她说。

阿尔文没有理睬。

计划的第二步没有奏效。

她还必须再试。

她又站了起来，走进了树林中。阿尔文紧跟着她，用手指数着步子。他数到十后，又开始从头数起。当第二次数到十后，他说：“已经够远了。”

她无助地看着他。“我没法撩起我的裙子。”她说。

他会上当吗？

他默不做声地盯着她。格温达简直能听出他的头脑像水磨的轮子一样轰隆隆地运转着。他可以帮她撩起裙子让她尿，但那是母亲为蹒跚学步的幼童做的事情，对他来说是个羞辱。或者，他也可以松开她的双手。手脚都解放后，她也许会撒腿就跑。但她身材矮小、疲惫不堪，加之手脚麻木，根本不可能跑得过一个身高腿长、肌肉发达的壮汉。他一定在想，这并不很危险。

于是他解开了她手腕上的绳子。

她把头扭过去不看他，这样他就看不到她脸上胜利的表情了。

她揉了揉胳膊，使血液流通。她恨不得用手指抠出他的眼睛，但脸上却竭力装出一副甜蜜的微笑，说了声“谢谢你”，好像他做了件大善事。

他什么也没说，只是默默地站着，等着，注视着她。

当她撩起裙子蹲下时，本以为他会把头扭开，但他却把眼睛瞪得更大了。她迎着他的目光，不愿意在自己做着人类自然而然的事情时显出羞耻来。他的嘴微微地张开了，她觉察到他的呼吸更急促了。

现在该是计划最艰难的一部分了。

她慢慢地站起身来，在将裙子放下之前让他好好看了看。他舔了舔嘴唇，她明白他已经上钩了。

她走上前去，站在了他面前。“你愿意做我的保护人吗?”她用一种自己并不习惯的小女孩的声调说道。

他没有显示出怀疑的迹象。虽然一言未发，却用一只有力的大手抓住了她的乳房捏了捏。

她疼得吸了口气。“别这么使劲!”她抓住了他的手。“温柔些嘛。”她握着他的手在自己的乳房上移动着，轻轻地摩擦着乳头，使它挺了起来。“要是你温柔些，会更好的。”

他咕哝了一句，但继续轻轻地摩擦着。接着他用左手揪住了她的领口，拔出了匕首。匕首有一英尺长，头是尖的，刀刃闪闪发光，一看就是刚刚磨过不久。他显然是想割开她的连衣裙。这可不行——那样她以后就得赤身裸体了。

她轻轻地抓住他的手腕，并握住片刻。“你用不着拿刀子，”她说，“看。”她后退了一步，解开腰带，一把将裙子掀过头顶，脱了下来。这是她穿的唯一的一件衣服。

她将裙子摊在地上，躺了上去。她努力挤出了一副笑脸，但觉得肯定是一副怪相。接着她将两腿岔开了。

他只犹豫了一瞬间。

他右手依然拿着刀，左手撸下了自己的内裤，跪在她的两腿之间。他用匕首指着她的脸，说："敢不老实，我就划开你的脸。"

"你用不着这样。"她说。她绞尽脑汁地想着这样的男人喜欢听女人说什么。"我的又高又壮的保护人。"她说。

他对此没有反应。

他伏在她身上，下面胡乱地捅着。"别那么快嘛。"她说着，咬牙忍受着他笨拙的戳刺带来的疼痛。她将手伸到腿间，导引着他进入体内，然后将两腿抬起，以便他更容易地进入。

他用手撑着身子，俯在她上方。他将匕首放在她头旁的草地上，右手按在刀柄上，一边向她身体里捅着，一边呻吟着。她随着他的身体一起蠕动，装出心甘情愿的样子，注视着他的脸，强迫自己不去看旁边的匕首，以等待时机。她既害怕又厌恶，但她头脑中有一部分始终保持着冷静，并不停地算计着。

他闭上了眼睛，仰起了头，就像一头野兽在嗅着微风中的气味。他的胳膊伸得很直，以将自己撑得很高。她冒险看了一眼刀子。他的手稍稍挪开了一点儿，这时只抚住了刀柄的一部分。她现在就可以把刀子抓过来，但他的反应会有多快呢?

她又看了看他的脸。他龇牙咧嘴，神情越发专注了。他插入得越来越快，她则配合着他的动作。

让她惊愕的是，她感到一股暖流传遍了她的腰腹之间。她吓坏了。这个人是个杀人越货的强盗，比禽兽强不了多少，他还打算以六便士一次的价钱逼她卖淫呢。她做这件事是为了救自己的命，不是为了享乐！然而她下身仍然越来越湿润，而他也插入得越来越快。

她感觉到他的高潮就要来临了。如果现在不动手，就再也没有机会了。他像是投降一样呻吟了一下，于是她动手了。

她从他的手底下抓过了刀子。他脸上入迷的表情没有变化：他没有注意到她的动作。她怕他看到她在做什么，从而在最后一刻制止她，便从躺着的地方将上身挺起，毫不犹豫地将刀子向上刺去。他发觉了她的行动，睁开了眼睛，脸上现出了震惊和恐惧的表情。她奋力一刺，将刀子插进了他下巴正下方的喉咙中。她骂了一句，知道自己没有刺中脖子上最要害的部位：气管和颈动脉。他既疼且怒，大叫了起来，但他并没有丧失战斗力，她知道自己仍然处于死亡的边缘。

她想都没想，本能地做出了下一个动作。她用左臂击打了他的肘内侧。他支撑在地上的胳膊不得不弯曲，于是他不情愿地仆倒了。她使劲地推着长一英尺左右的匕首，而他浑身的重量都压在了刀刃上。随着刀子自下而上地进入他的头部，一股鲜血从他张开的嘴里喷出，向她的脸上飞来。她又是本能地将头向旁边一甩，但手依然在将刀子向上捅。有那么一瞬，刀子遇到了障碍，但很快就穿过了，直到他的眼珠似乎都要爆炸了，她看到刀尖从他的眼窝中露出头来，上面还带着鲜血和脑浆的沫子。他摔倒在她身上，死了，或者说就要死了。他沉重的躯体压得她喘不过气来，就像是被压在了一棵倒下的大树下。有好长一阵子，她都动弹不得。

让她极度厌恶的是，她感觉到他在自己体内射精了。

她心里充满了迷信的恐怖。他这个样子，比拿着刀子威胁她还要可怕。她在极度恐慌中，扭动着身子从他的身下钻了出来。

她摇摇晃晃地爬起身来，大口地喘着粗气。她胸前沾着他的血，腿上沾着他的精液。她战战兢兢地向强盗们的营地瞟了一眼。有没有人已经醒来，听见了阿尔文的叫喊声？即使他们都仍在沉睡，那一声有没有惊醒谁？

她浑身颤抖着将连衣裙从头顶套下，扣上了带扣。她有自己的钱包和小刀。刀子主要是吃东西用的。她的眼睛几乎不敢从阿尔文身上移开：她有一种可怕的感觉，也许他还没死。她觉得自己该补上一刀，却鼓不起勇气来。这时从空地方向传来了一个响声，吓得她一机灵。她必须赶紧逃跑了。她四下望了望，辨清了方向，然后一头向大路的方向冲去。

她突然想起，大橡树附近还有个哨兵，这让她又是一阵惊恐。她蹑手蹑脚地穿过树林，当接近那棵树时，小心翼翼地不弄出一点儿声响来。随即她看见了那哨兵——他叫杰德——正躺在地上睡得死沉。她踮起脚尖从他身旁走过，运用了全部的意志才克制住自己没有疯狂地奔跑起来。她终于没有惊动他。

她找到了那条鹿走过的小道，循着它来到小溪边。好像没有人在后面追她，于是她洗去了脸上和胸部的血迹，又捧起冰冷的水往私处撩了撩。她知道前方还有漫长的道路，又大口大口地痛饮了一番。

她慌乱的心情稍稍平静了些，又继续沿着鹿走过的小径走去，一边走一边聆听着。强盗们会用多久发现阿尔文呢？她连尸体都没有隐藏。等他们明白发生了什么事情后，他们肯定会追赶她，因为她是他们用一头奶牛换来的。那头奶牛值十二先令呢，是像她父亲那样的劳动者半年的收入。

她走到大路上。对于一个单身行走的女人来说，无遮无掩的大路像森林里的小道一样危险。隐身者塔姆那伙人并不是林中唯一的强盗，而且还有许多其他男人——护卫、农家男孩儿、小股的士兵——都有可能占一个无力抵抗的女人的便宜。但她首要的目标是逃离小贩西姆和他的同伙们，因此速度是至关重要的。

她该往什么方向去呢？如果她回家，去韦格利村，西姆也许会追到那里要她回去的——很难说她父亲会怎么处置。她需要信得过的朋友。凯瑞丝会帮助她的。

于是她奔向了王桥的方向。

天气很晴朗，但在下了好几天的雨后，道路很泥泞，步行也就越发困难。不久，她爬到了一座小山顶上。回头一望，她能沿着大路看到大约一英里开外。在她的视线尽头，她看到一个身影正大步流星地赶来。他穿着黄色的紧身短外套。

是小贩西姆。

她撒腿就跑。

疯子尼尔一案于星期六中午在教堂的北交叉甬道开庭。理查主教主持了教会法庭的审判。安东尼副院长坐在他右边，他的私人助理劳埃德副主教坐在他左边。劳埃德是个不苟言笑的黑头发教士，人们都说他实际上主持着主教的全部事务。

来旁听的镇民很多。对异端的审判可是场好戏，王桥有好多年没看到了。许多手艺人和雇工都在星期六中午收了工。教堂外面，羊毛集市也结束了，商人们正在拆除摊位，收拾没卖出去的货物。买主们也在为打道回府做准备，或者忙着安排将买到的东西搬上木筏，准备顺流而下到梅尔库姆海港。

凯瑞丝在等待审判开始时，心中忧郁地想念着格温达。她现在在做什么？小贩西姆会强迫她和他睡觉，这是肯定的——但也许还有更可怕的事情会降临到她头上。作为他的奴隶，他还会逼她做其他什么事情呢？凯瑞丝毫不怀疑格温达会想法逃跑——但她能成功吗？如果她失败的话，西姆会怎样处罚她呢？凯瑞丝明白，她也许永远不得而知了。

这真是奇怪的一个星期。博纳文图拉·卡罗利没有改变主意：至少在修道院改善羊毛集市的设施前，佛罗伦萨的羊毛采购商们不会再来王桥了。凯瑞丝的父亲和其他重要的羊毛商与罗兰伯爵一起闭门密谈了半个星期。梅尔辛继续处于一种奇怪的情绪中，吞吞吐吐、躲躲闪闪、表情阴郁。而天又开始下雨了。

尼尔被治安官约翰和托钵修士默多押进了教堂。她身上唯一的衣服是件无袖罩袍，虽然前襟扣着，却露出了她瘦骨嶙峋的双肩。她既没穿鞋也没戴帽，在两个男人的挟持下无力地挣扎着，但嘴里却大声地诅咒着。

当他们让她安静下来后，一队镇民走上前来，证实他们听到过她呼唤魔鬼。他们说的是实话。尼尔的确经常拿魔鬼来吓唬人——当有人拒绝施舍她时，当有人在街上挡住她的道时，当有人穿着好衣服时，或者当根本没有任何原因时。

所有证人都讲述了在听到她的诅咒后发生的一些不幸的事情。一位金匠的妻子丢失了一枚昂贵的胸针；一位旅店老板养的鸡全死了；一个寡妇屁股上生了个疖子——她的抱怨引发了哄堂大笑，但这却是极具说服力的证词，因为众所周知女巫有着歹毒的怪癖。

审判正进行中，梅尔辛出现在凯瑞丝身旁。“这些人的话真蠢，”凯瑞丝气愤地对他说，“有比他们多十倍的人可以作证说尼尔诅咒了他们，却什么事也没发生。”

梅尔辛耸了耸肩。“人们只相信他们想相信的事情。”

“普通人也许是这样。但主教和副院长应当更明白事理——他们都受过教育。”

“我有事要跟你说。”梅尔辛说道。

凯瑞丝来了精神。也许她就要知道他情绪消沉的原因了。她一直在斜视着他，这时便转过头来，结果看到他左侧脸上肿起了一大块。“你怎么了？”

人群中因为尼尔一句激动的插话而突然爆发出一阵大笑和吼叫，劳埃德副主教不得不反复高呼肃静。当梅尔辛的声音又能被听见时，他说：“别在这儿说。咱们找个安静点儿的地方吧。”

她几乎就要转身跟他走了，却突然改了主意。将近一个星期，他都对她冷冰冰的，让她迷惑，让她伤心。现在，他终于要说出他在想什么了——却指望她召之即来。凭什么要由他来定时间呢？他已经让自己等了五天——为什么不能让他等上一小时呢？“不，”她说，“现在不行。”

他显得很意外。“为什么？”

“因为我这会儿不方便，”她说，“我要听审判。”她扭过头去时，分明看见他脸上闪过一丝受伤的表情，她的确后悔太过冷酷了，但现在已经太晚了，她不打算道歉。

证人们都讲完了。理查主教问道：“妇人，你说过是魔鬼主宰着大地吗？”

凯瑞丝义愤填膺。邪教徒崇拜撒旦，是因为他们相信撒旦在统治大地，而上帝只掌管天国。疯子尼尔恐怕根本不知道这样复杂的教义。理查附和托钵修士默多的鬼话，实在有失体统。

尼尔大喊道：“去你妈的！”

人们都被这句侮辱主教的粗话逗乐了，爆发出一阵大笑。

理查说：“如果这就是她的辩词……”

劳埃德插话了。“别人可以替她辩护。”他说。他的语气是恭敬的，但他纠正了上司的错误，却显得轻描淡写。毫无疑问，懒惰的理查要依靠劳埃德来提醒他规矩。

理查扫视了一遍交叉甬道。“有人愿意替尼尔说话吗？”他喊道。

凯瑞丝等了等，但没有人自告奋勇。她不能容许这样的事情发生。必须有人站出来，指出整个审判过程的不合理来。见再没有人说话，凯瑞丝站了起来。“尼尔疯了。”她说道。

所有人都四下张望起来，想看看有谁这样傻，居然站在尼尔一边。很多人认出了凯瑞丝，发出了低低的嘀咕声——镇上的大多数人都认识凯瑞丝——但他们也没感到太过奇怪，凯瑞丝一向有爱标新立异的名声。

安东尼副院长倾了倾身子，对主教耳语了几句。理查说："羊毛商埃德蒙的女儿凯瑞丝告诉我们，这个被指控的女人疯了，而我们不需要她的指点，就已经得出了这样的结论。"

他这句冷冷的讽刺对凯瑞丝来说却如火上浇油。"尼尔根本不知道她在说什么！她呼唤魔鬼，也呼唤圣徒，还呼唤星星和月亮。这和狗叫一样毫无意义。如果你们要因此而绞死她的话，你们也应该绞死对国王嘶叫的马。"她掩饰不住声音中的鄙夷，尽管她明白同贵人说话时流露出蔑视是不明智的。

一些人低声表示了赞许。他们喜欢剑拔弩张的辩论。

理查说："但是你听见了人们作证说她的诅咒带来了危害。"

"昨天我丢了一便士，"凯瑞丝反驳道，"我煮了个鸡蛋，却发现它已经坏了。我父亲咳嗽了一夜。但没有人诅咒我们。糟糕的事情总是要发生的。"

许多人听了这话都摇起头来。人们大多认为所有的不幸无论大小，都与某些人在背后说坏话有关。凯瑞丝丧失了听众们的支持。

凯瑞丝的叔叔安东尼副院长了解她的观点，以前也同她辩论过。这时他向前倾了倾身子，说："你肯定不会认为上帝应当对疾病、不幸和损失负责吧？"

"不——"

"那么，谁该对此负责呢？"

凯瑞丝模仿着安东尼的那副娘娘腔说："你肯定不会认为生活中的所有不幸都该或者由上帝，或者由疯子尼尔负责吧？"

劳埃德严厉地说道："对副院长说话要放尊重些。"他不知道安东尼是凯瑞丝的叔叔。镇民们则哄堂大笑起来，他们都认识一本正经的副院长和他特立独行的侄女。

凯瑞丝最后说道："我认为尼尔是无害的。她疯了，没错，但她并不害人。"

托钵修士默多突然站起身来。"我的主教大人，王桥的镇民们，朋友们，"他用他那洪亮的嗓音说道，"魔鬼无处不在，总是引诱我们犯罪——比如撒谎、贪食、酗酒、吹嘘，还有纵欲。"人们喜欢听这些：默多对罪恶的描述让人们想象起那些人人喜欢的放纵之事，但他严厉的斥责却使大家都免除了负罪感。"可他并非无影无踪，"默多继续说道，声音因激动而高昂起来，"就像马会在泥地里留下蹄印，厨房里的老鼠会在黄油上留下肮脏的痕迹，淫棍会在少女的子宫里留下他邪恶的精液一样，魔鬼也一定会留下——他的印记！"

人们高呼着表示赞同。他们都明白他是什么意思，凯瑞丝也不例外。

"我们可以通过魔鬼留下的印记来识别他的仆人们。因为他吸吮他们的热血，就像孩子从母亲涨起的乳房吸吮甘甜的乳汁一样。而且，像孩子一样，他也需要一个乳头来吸吮——也就是第三个乳头！"

凯瑞丝注意到，默多吸引得听众们全神贯注。他的每一句话，在开始时都用的是低沉、平静的声音，随之音调越来越高，接连进出一个又一个激情洋溢的词语，直至高潮。听众们也给予了热情的回应，先是静静地听他说，最终则爆发出欢呼以示赞同。

"这种印记是黑色的，像乳头一样隆起，而且是从周围白皙的皮肤中突兀而起的。它有可能在人体的任何部分。有时是在女人柔软的乳沟，非自然的现象残忍地模仿了自然的现象。但魔鬼更喜欢将其隐藏在人体更隐秘的部位，例如：腹股沟、私处，特别是……"

理查主教大声说道："谢谢你，托钵修士默多，你不必再讲了。你希望检查这个女人的身体，找到魔鬼的印记。"

"是的，我的主教大人，因为——"

"很好，不必继续说了，你已经很好地陈述了自己的观点，"理查四下里望了望，"塞西莉亚嬷嬷来了吗？"

女副院长和朱莉安娜姐妹及一些高级修女坐在法庭侧面一条长凳上。疯子尼尔的裸体不能由男人来检查，所以必须由女人在密室检查然后来汇报。修女显然是恰当的人选。

凯瑞丝一点儿也不羡慕她们的这桩差事。镇上大多数居民都是每天洗脸洗手，每星期清洗一次身体上气味大的部位。全身的洗浴至多一年两次，虽说对健康有危险，却是非常必要的。然而，疯子尼尔似乎从来不洗浴。她的脸很脏，手也很脏，闻起来就像是个粪堆。

塞西莉亚站了起来。理查说："请把这个女人带到密室，脱去她的衣服，仔细检查她的身体，然后回来诚实地报告你发现了什么。"

修女们当即起立，向尼尔走去。塞西莉亚和善地对疯女人说着话，并轻轻地抓住了她的胳膊。但尼尔可不傻。她使劲挣扎着，将手臂甩向了空中。

这时，托钵修士默多喊道："我看见了！我看见了！"

四个修女奋力将尼尔抓牢。

托钵修士说："不用脱她的衣服了。只要看看她右胳膊下面就行。"当尼尔再度开始挣扎时，他大步走了过去，亲手抓住她的胳膊，高高地举过她的头顶。"在这里！"他说着，指了指她的腋窝。

人们向前涌去。有人大声喊道："我看见了！"其他人也跟着附和。然而除了正常的腋毛外，凯瑞丝什么也没看见，但她并不想凑上前去仔细看，像其他人那样侮辱尼尔。她毫不怀疑尼尔的那个部位有某种疤或痣。很多人皮肤上都有斑迹，尤其是年长者。

劳埃德副主教高呼维持秩序。治安官约翰用棍子打退了拥上前来的人群。当教堂里最终安静下来后，理查站了起来。“王桥的疯子尼尔，我判你犯有异端罪，”他说，“现在，你将被绑在牛车后，用鞭子抽打着游街，然后被带到叫做绞架路口的地方，在那里执行绞刑，直至死亡。”

人群中爆发出欢呼声。凯瑞丝厌恶地扭过头去。有这样的审判，任何妇女都难保安全。她的目光落在了一直在耐心等她的梅尔辛身上。“好吧，”她没好气地说道，“你想说什么？”

“外面雨已经停了，”他说，“咱们到河边走走吧。”

修道院养着一些矮种马，供高级修士和修女外出时骑乘，此外还养着一些壮实的马拉车干重活儿。这些马和有钱有势的访客骑来的马一起，都被安置在教堂大院南端的一排石头马厩内。附近的厨房菜圃就以马厩里的马粪作肥料。

拉尔夫和罗兰伯爵的其他扈从一起，在马厩所在的院子里等待着。他们的马都已经备好鞍，准备踏上两天的归程，返回夏陵附近罗兰的伯爵城堡。现在只等伯爵现身了。

拉尔夫拉着自己的马在和父母话别。这是一匹名叫“怪兽”的枣红马。“我不明白为什么史蒂芬当上了韦格利村的领主，而我什么也没有，”他说，“我们俩年龄一般大，而无论是骑马、挥矛还是击剑，他都不比我强。”

每次父子见面，杰拉德老爷都满怀希望地问起同样的问题，而拉尔夫则不得不令人失望地给予他同样的回答。如果不是他父亲迫切期望他提升的可怜心情，拉尔夫克服自己的失望还容易些。

“怪兽”是一匹幼马，是狩猎用的猎马：一名护卫是不配骑昂贵的战马的。但拉尔夫喜欢它。每当拉尔夫在狩猎中驱动它时，它都很听话。这时院子里的一切活动都让“怪兽”感到兴奋，它急不可耐地想要出发。拉尔夫凑近它的耳朵小声说道：“静一静，我可爱的小伙计，你马上就能撒腿飞奔了。”马听到他的话，安静了下来。

“要时时警醒，让伯爵高兴，”杰拉德说道，“这样当有职位空缺时，他就会想到你。”

拉尔夫心想，这些话说得没错，但真正的机会只能出自于战场。不过，现在战争比一个星期前更迫近了。拉尔夫没有参加伯爵和羊毛商们的会谈，但他猜想羊毛商们愿意借钱给爱德华国王。他们希望国王对法国采取一些断然行动，以报复法国对南部港口的袭击。

与此同时，拉尔夫渴望着在战场上出出风头，着手夺回十年前丧失的家族的荣誉——不仅为了他父亲，也为了他本人的荣耀。

“怪兽”又踩起蹄子甩起了头。为了让马安静下来，拉尔夫开始四下里遛马，他父亲陪着他一起走着。他母亲则站得远远的。拉尔夫被打破的鼻子让她心烦。

他和父亲一起走过菲莉帕夫人的身旁。她一只手紧紧地拽着一匹精神抖擞的骏马的缰绳，正和她丈夫威廉领主聊着天。她穿着紧身的衣服，很适合于长途骑行，但也使她丰满的胸部和修长的双腿更显突出。拉尔夫总在找借口同她搭讪，但这并没有给他带来好处：他只是她公公的扈从之一，她从来不搭理他，除非是不得不说话的时候。

拉尔夫看到，她正对着丈夫微笑，并用手背轻轻敲打着他的胸脯，假意在嗔怪他。拉尔夫心中充满了愤恨。为什么和她享受这份亲昵的不是他？毫无疑问，如果他像威廉一样，是四十多个村庄的领主，她也会愿意的。

拉尔夫感到自己对人生满怀抱负。但他什么时候才能真正建功立业呢？他和父亲走到了院子的尽头，又转身往回走。

他看到一个独臂的修士走出厨房，穿过了院子，不禁心中一怔，这个人怎么这般面熟？过了一会儿，他想起在哪里见过他了。这是托马斯·兰利，十年前在森林里杀死了两个士兵的骑士。自那天后拉尔夫就没再见过他，但他哥哥梅尔辛见过，因为这位骑士出身的修士现在掌管着修道院建筑的修缮事务。托马斯穿着褪了色的修士袍，而不再是骑士的华服，他的头也剃成了修士的光头。他的腰部比以前臃肿了，但仍然端着副战士的架势。

托马斯走过后，拉尔夫不经意地对威廉领主说道："这就是他——那个神秘的修士。"

威廉厉声问道："你说什么？"

"托马斯兄弟。他以前是个骑士，谁也不知道他为什么进了修道院。"

"你到底都知道些他的什么情况？"虽然拉尔夫没说任何冒犯的话，威廉的声音中却带着怒气。也许他这会儿情绪不佳，尽管有他美丽的妻子含情脉脉地对他微笑着。

拉尔夫后悔挑起了这番对话。"他来王桥的那天我在这里。"他说。他想起了那天下午孩子们发的誓，心中犹豫着。因为那个誓言，也因为威廉莫名的恼怒，拉尔夫没有将一切和盘托出。"他带着剑伤，流着血，踉踉跄跄地走了进来，"他继续说道，"一个男孩子是忘不了这样的事情的。"

菲莉帕说："真奇怪。"她看了看她丈夫，"你了解托马斯兄弟的情况吗？"

"当然不了解，"威廉不耐烦地说道，"我怎么会知道这样的事情？"

她耸了耸肩，把眼光移开了。

拉尔夫继续向前走，很高兴摆脱了这件事。"威廉老爷在撒谎，”他低声对父亲说道，“可我不知道为什么。”

“别再问有关那个修士的任何问题，”父亲急切地说道，“这显然是个碰不得的话题。”

罗兰伯爵终于现身了。安东尼副院长陪在他身旁。骑士们和护卫们都上了马。拉尔夫亲吻了父母，也翻身坐上了马鞍。“怪兽”急于出发，向旁边跨了一步。这一下扯得拉尔夫被打破的鼻子火辣辣地疼。他咬了咬牙：对此他没有任何办法，只能忍。

罗兰走向了他的马“胜利”——一匹眼睛上方有一块白的黑色牡马。但他没有翻身上马，而是牵着缰绳走着，继续同副院长谈着话。威廉喝道：“史蒂芬·韦格利骑士和拉尔夫·菲茨杰拉德，在前面开路，把桥清出来。”

拉尔夫和史蒂芬策马越过教堂的绿地。羊毛集市使绿地被践踏得一派凌乱，地上一片泥泞。有几个货摊还在继续做生意，但大部分都已经撤了，许多人已经离去。他俩穿过了修道院的大门。

在主街上，拉尔夫看到了打破他鼻子的那个男孩儿。他叫伍尔夫里克，来自史蒂芬的韦格利村。他那被拉尔夫反复捶打过的左脸青肿了起来。伍尔夫里克和他的父母兄弟一起站在贝尔客栈外。他们显然也要离开。

拉尔夫心想，你最好是祈祷别再让我看见你。

他竭力想憋出几句羞辱的话来，但一片嘈杂的人声让他分了心。

他和史蒂芬沿着主街向前骑去，他们的马在泥浆中灵巧地奔跑着。他们看到前面有一群人。在下坡到一半时，他们不得不停了下来。

街道被好几百人堵住了，有男人，有女人，也有孩子。他们叫喊着、大笑着，相互推搡着向前挤去。他们全都背对着拉尔夫。他的目光越过他们的头顶向前望去。

乱哄哄的人群前面是一辆牛拉的车。绑在车后的是一个半裸的女人。拉尔夫以前见过这样的场面：被鞭打着游街是一种常见的刑罚。那女人只穿着一条粗羊毛织的裙子，用一条带子系在腰间。当他能看得到她时，他看到她的脸很脏，她的头发乱蓬蓬的，所以起初他以为她很老。但随即他看见了她的乳房，才发现她原来只有二十来岁。

她的双手被绑在一起，并被同一根绳子拴在牛车的末端。她踉踉跄跄地在牛车后走着，时而摔倒在地，被绳子拖着在泥浆中翻滚，直到她挣扎着再度站起身来。镇上的治安官跟在她后面，用一条牛鞭——系在棍子末端的一截皮条——使劲地抽打着她赤裸的后背。

人群的最前头是一伙青年男子。他们奚落着、辱骂着、嘲笑着那女人，不停地向她掷泥巴和垃圾。她的反应让他们更加兴奋。她高声地叫骂着，还向每个走近她的人啐唾沫。

拉尔夫和史蒂芬策马冲进了人群。拉尔夫抬高了声音。“让开！让开！”他用尽最大的力气喊道，“给伯爵让开道！”

然而没有人在意他们。

修道院南墙外直到河边，是一个很陡的斜坡。这一带的河岸布满乱石，不适于平底船或木筏卸货，因而所有的码头都在河南岸更适宜泊船的郊外新镇。一年中的这个时候，静静的北岸上便长满了灌木和野花。梅尔辛和凯瑞丝坐在了水面上方一处低低的陡坡上。

河因为下雨而涨水了。梅尔辛注意到，河水比以前流得更快。他能看出是什么原因：河道比以前窄了。那是河岸的扩展造成的。在他小时候，南岸的大部分都是一片宽阔、泥泞的河滩，上面有很多沼泽。那时的河水非常平缓，还是个小男孩的他，能够平躺在水面上从河的一岸游到另一岸。但是为防洪而筑起了石墙的众多新码头，将同样的水量压缩在了更窄的水道中。河水飞快地奔流着，仿佛迫切地要钻过桥去。桥那边的河道重新变宽，河水缓缓地绕过了麻风病人岛。

“我干了件非常糟糕的事。”梅尔辛对凯瑞丝说。

不幸的是，她今天看上去格外动人。她穿着深红色亚麻布连衣裙，风姿绰约，容光焕发。她刚才一直在为审判疯子尼尔的事愤愤不平，但这时就只剩下忧虑了，这使她看上去楚楚可怜，让梅尔辛心如刀绞。她一定注意到了他一星期都不敢看她的眼睛。但他要告诉她的事情，恐怕比她所能想象的一切还要糟糕。

自从和格丽塞尔达、埃尔弗里克和艾丽丝争吵后，他一直没和任何人说起过此事。甚至没有人知道他的门被捣毁了。他很想找人倾诉，以卸下心头的包袱，但他忍下了。他不想告诉父母：母亲只会指责他，而父亲只会对他说要像个男人一样。他本可以同拉尔夫谈谈的，但拉尔夫同伍尔夫里克打架后，两人之间一时冷淡了：梅尔辛认为拉尔夫举止像个无赖，拉尔夫也明白这一点。

他害怕告诉凯瑞丝这一事实。有那么一阵子他问自己为什么。他并不惧怕她会做什么。她也许会表示出鄙夷——她倒是一向爱蔑视别人——但她不可能说出比他经常对自己说的更严厉的话了。

他意识到，他真正害怕的是伤害她。他能够忍受她的怒火，但他却无法面对她的痛苦。

她问：“你还爱我吗?”

他没有想到她会问这个问题，但他毫不犹豫地答道：“爱。”

“我也爱你。那么任何其他事情就都是我们可以共同解决的问题了。”

他但愿她说的是对的。他无比希望如此，以致泪水夺眶而出。他扭过脸去不让她看见。这时一群人乱哄哄地拥上桥头，他们的后面跟着一辆移动缓慢的牛车，他明白这一定是疯子尼尔在被鞭打着穿过镇子，前往新镇的绞架路口。桥上已经挤满了正在离去的商人和他们的货车，交通几乎凝滞了。

“怎么回事?”凯瑞丝问道，“你在哭吗?”

“我和格丽塞尔达睡了觉。”梅尔辛陡然说道。

凯瑞丝张大了嘴巴。“格丽塞尔达?”她不相信地说道。

“我羞愧死了。”

“我还以为会是伊丽莎白·克拉克呢。”

“她太高傲了，不会主动的。”

凯瑞丝的反应出乎他的意料。“哦，要是她主动提出，你也会跟她做那事喽?”

“我不是那个意思!”

“格丽塞尔达！天呐，我还以为我不会这么掉价呢。”

“她没法跟你比。”

“Lupa.”她说的是拉丁语“婊子”。

“我根本就不喜欢她。我恶心死了。”

“你以为这样会让我感觉好一点吗？你是想说如果你当时很享受，你就不会这么后悔了吗?”

“不是!”梅尔辛气急败坏。好像不管他说什么，凯瑞丝都铁了心要曲解一般。

“那到底是为什么?”

“她哭个不停。”

“噢，看在上帝的分上！如果所有姑娘都哭个不停，你都会那样做喽?”

“当然不是了！我就是想跟你解释一下，为什么我根本不想做，可这事还是发生了。”

她的奚落使得他越描越黑。“别说废话了，”她说，“如果你不想让这事发生，就不会发生的。”

“听我说，求求你了，”他沮丧地说道，“她求我，我说不。接着她就哭了，我用胳膊搂着她安慰她，然后……”

“噢，别跟我说这些恶心人的细节了——我不想听。”

他有些恼羞成怒了。他知道自己做错了事，预料到她会愤怒，但她的鄙夷刺痛了他。“好吧。”他说着，闭上了嘴。

但沉默并不是她想要的。她不满地瞪了他一会儿，又开口了：“你还有什么话说？”

他耸了耸肩。“我再说话还有什么用？不管我说什么，你都冷嘲热讽。”

“我不想听你那些一钱不值的借口。不过你好像还有什么事想告诉我——我能感觉到。”

他叹了口气。“她怀孕了。”

凯瑞丝的反应又一次出乎他的意料。她的怒气仿佛霎时消退了。她的脸刚才一直因气愤而紧绷着，这会儿似乎一下子松弛下来，只剩下了悲哀。“一个孩子，”她说，“格丽塞尔达要生下你的孩子了。”

“也许不会的，”他说，“有时候……”

凯瑞丝摇了摇头。“格丽塞尔达是个健康的姑娘，吃得又好。她没有理由流产。”

“我并不想这样。”他说道，然而他自己也不敢肯定他说的是真心话。

“那你想怎么办？”她说，“那是你的孩子。即使你讨厌孩子的妈妈，你也会喜欢孩子的。”

“我得跟她结婚。”

凯瑞丝倒吸了一口凉气。“结婚！那可是一辈子的事。”

“我生下了孩子，我就得养。”

“但你要跟格丽塞尔达过一辈子！”

“我知道。”

“你没必要那样，”她果决地说道，“你想一想。伊丽莎白·克拉克的父亲也没跟她母亲结婚。”

“他是主教。”

“还有屠宰沟的莫德·罗伯茨——她有三个孩子，可谁都知道孩子的父亲是屠夫爱德华。”

“他已经结婚了，和他的妻子另外还生了四个孩子呢。”

“我是说，出了这样的事并不一定非要结婚。你该怎么样还可以怎么样。”

“不，我不能。埃尔弗里克会把我赶出来的。”

她陷入了沉思。“这么说，你已经同埃尔弗里克谈过了?”

“谈过?”梅尔辛摸了摸自己青肿的脸，“我看他简直是想杀了我。”

“那他妻子——我的姐姐呢?”

“她冲着我直嚷嚷。”

“就是说她也知道了。”

“是的。她说我必须娶格丽塞尔达。总之，她从来不想让我和你在一起。我不知道为什么。”

凯瑞丝咕哝道:“她自己想要你。”

这话梅尔辛还是第一次听说。很难想象高傲的艾丽丝会倾慕一个卑微的学徒。“我一点儿也没看出来。”

“那只是因为你从来都不看她一眼。这让她很难过。她嫁给埃尔弗里克是很不情愿的。你伤透了我姐姐的心。现在你又要伤透我的心。”

梅尔辛把眼光移开了。他根本没想到自己竟会伤别人的心。事情怎么会变成这样?凯瑞丝渐渐地平静了下来。梅尔辛忧郁的目光沿着河面移到了桥上。

他看到人群停止了前进。一辆满载着羊毛包的沉重的牛车陷在了桥南端的泥里，大概是一只轮子折断了。牵着尼尔的牛车无法通过，只得停住了。两辆车的周围都挤满了人，有的人还爬到了羊毛包上想看得更清楚些。罗兰伯爵也正打算离开王桥。他骑着马，和扈从们一起在镇子那端的桥上。然而就连他们也难以让镇民们让出道来。梅尔辛看见他弟弟拉尔夫骑在他那匹黑鬃黑尾的枣红马上。安东尼副院长显然是来送伯爵的。眼看着伯爵的人马冲进了人群中，竭力想清开道路却无济于事，他绞扭着双手站在那里，显得焦急万分。

梅尔辛的直觉向他发出了警报。他确信一定有什么地方出了严重差错，但他一时还不明白究竟在哪里。他更仔细地观察起桥来。星期一时，他注意到上游那边纵向连接桥桩的巨大橡木出现了裂缝。裂缝处被钉上了铁条加以固定。这件活儿没让梅尔辛干，所以他以前也没太在意。如果裂缝是在桥柱之间的正中，他会认为那只是因为木料年久腐朽了。然而，裂缝却是在靠近压力本应较小的中央桥墩的地方。

自星期一后他就没想这事——他需要想的心事实在太多了——然而这时他恍然大悟了。中央的桥墩似乎不是在支撑着这些圆木，而是在向下拽它们。这说明有什么东西破坏了桥墩的基础——一想到这点，他立刻就明白了是怎么回事。一定是越来越湍急的水流冲走了桥墩底部河床的泥土。

他想起孩提时代光着脚在海滩上漫步时，自己曾站在海水的边缘，让涌上来的海水漫过双脚，他注意到退却的海水会将他脚指头下的沙子吸走。这样的现象一向会令他着迷。

如果他的想法是正确的，那么底下没有任何支撑物的中央桥墩，现在就是悬吊在桥上——因而也就是悬吊在裂缝上的。埃尔弗里克钉的铁条不仅无济于事，实际上反而使问题更严重了，因为它使得桥不能缓慢地趋向于新的稳定位置。

梅尔辛猜想中央这对桥墩中的另一座——也就是桥的远端、下游那边的那座——仍然支撑在地上。水流肯定是将其大部分力量倾泻在了上游的桥墩上，而对下游桥墩的冲击就减弱了。只有一座桥墩损坏了，似乎桥的其他部分仍然接合得很紧密，足以将桥支撑起——只要不再施加额外压力的话。

但是今天裂缝似乎比星期一更大了。原因不难猜测。成百上千的人拥到了桥上，桥的负重比平时大出了许多；更何况还有一辆负重累累的羊毛车，羊毛包上又坐了二三十人。

恐惧攫住了梅尔辛的心。他觉得桥不可能长久地承受这样的压力。

他隐隐约约地听见凯瑞丝在说话，但根本没听清她在说什么，直到她提高声音说道："你连听都不听！"

"马上就要出大事故了。"他说。

"你说什么？"

"我们必须叫所有人都下桥去。"

"你疯了？他们都在折磨疯子尼尔。就连罗兰伯爵都没法叫他们挪动一步。没人会听你的话的。"

"我觉得桥恐怕要塌。"

"噢，快看！"凯瑞丝指着前方说，"你能看见吗？有人从森林里跑出来，正沿着大路跑呢，就快到桥的南头了。"

梅尔辛不明白这有什么要紧，但还是顺着凯瑞丝手指的方向望去。的确，他看到一个年轻女子正在狂奔，头发全都飘散在背后。

凯瑞丝说："好像是格温达。"

在她的身后，一个身穿黄外套的男人紧追不舍。

格温达活到今天，还从来没感到这么累过。

她知道走远路最快的办法是跑二十步再走二十步。在半日之前，当她看见小贩西姆在她背后一英里后，她就开始这样做了。曾经一度，她看不见西姆了，但当背后的道路视野又开阔后，她看到西姆也是走跑交替着。一英里又一英里，一小时又一小时，他离她越来越近。到了将近半上午，她知道依这样的速度，不等她赶到王桥，西姆就会抓住她。

绝望之下，她钻进了森林。但她不敢离大路太远，以免迷路。终于，她听到了飞奔的脚步和沉重的喘息，透过灌木丛望去，她看到西姆从大路上跑了过去。她明白当他跑到一段能看到较远的路后，就会猜出她做了什么。果然，过了一会儿后，他回来了。

她不得不在森林中艰难前行，每隔几分钟便静静地立一会儿，四下倾听一番。在相当长的时间里，她躲开了西姆，她知道他会搜索道路两旁的森林，看看她是否在哪里躲藏。但她的前进速度也减慢了下来，因为夏天灌木茂密，她不得不披荆斩棘，还得不断地观察她是否偏离大路太远。

当她听到远处嘈杂的人声后，她明白自己已经离城市不远了，她就要彻底逃脱了。她走到了大路边，小心翼翼地透过灌木向外望了望。大路的两个方向都空荡荡的——在北边大约四百多码外，她能看见大教堂的塔楼。

她距目的地已经近在咫尺了。

她听到了一声熟悉的吠叫。她的小狗“跳跳”从路旁的灌木丛中蹿了出来。她弯下腰去拍了拍它，它便欢快地摇着尾巴，舔着她的手。格温达的眼泪夺眶而出。

她没有看见西姆，于是冒险走上了大路。她拖着疲惫不堪的身子，又恢复了跑二十步再走二十步，不过这回有“跳跳”欢快地在她旁边蹦跳着，以为是一种新游戏。她每次换步时，都要回头看看。当她第三次回头时，她看到了西姆。

他距她只有一百码左右。

绝望像汹涌的浪潮一样向格温达袭来。她真想倒在地上就死。但她已经到了城郊，桥离她只有四百码左右了，于是她强打精神跑了起来。

她想飞奔起来，但腿却不听使唤。至多只能做到跌跌撞撞地小跑。她的脚很疼。低头一看，鲜血正从她那双烂鞋的洞里往外渗。她转过了绞架路口，看到前面的桥上有一大群人。他们全都在看什么东西，没有人注意到她正在拼命逃跑，而小贩西姆在后面紧紧追赶。

除了那把吃东西用的小刀，她没有任何武器。而那把小刀切开一只烤好的野兔还行，却绝不可能让一个男人残废。她满心懊悔当初没有鼓起勇气从阿尔文头上拔出那把匕首带上。现在她实际上是手无寸铁。

她向前跑着，她的一边是一排矮小的房子——是住不起城里的穷人们的房子——另一边是一片叫做“情人地”的绿地，属于修道院。西姆已经离她很近了，她能听见他的呼吸声。他也和她一样上气不接下气。恐惧使她最后的能量都爆发了出来。“跳跳”吠叫着，但声音中更多的是害怕而不是挑战——它还没忘了击中它鼻子的那块石头。

靠近桥边是一片黏糊糊的泥沼，被靴子、马蹄和车轮搅和得一团狼藉。格温达趟进了烂泥中，极度期望泥沼给身体笨重的西姆带来的麻烦比对她自己要大。

她终于到了桥边。桥这一端的人群相对不那么稠密，她冲进了人群中。人们都在向另一边张望，一辆满载着羊毛包的车挡住了一辆牛车的去路。主街上凯瑞丝家的房子已经历历在目，她必须赶到那里。“让我过去!”她尖叫着，在人群中推搡着。似乎只有一个人听到了她的声音。那人扭过头来，她看出那是她哥哥菲利蒙。他惊恐地张开了嘴，想挤过来，但人群挡住了他，就像挡住了她本人一样。

格温达试图推开拉着羊毛车的几头牛，冲将过去，但其中的一头牛狠狠地甩了一下它那庞大的头，将她搡到一边。她失去了重心——就在这时，一只大手牢牢地抓住了她的胳膊，她知道自己再度落入了魔掌。

“到底把你抓住了，你这母狗。”西姆喘着粗气。他把她拽向自己，使尽浑身力气，重重地在她脸上扇了一巴掌。她已经无力抵抗了。“跳跳”猛咬着西姆的脚跟，但无济于事。“你再也别想跑了。”他说。

绝望吞没了格温达。所有的辛苦：引诱阿尔文，杀死他，长途跋涉的逃命，霎时全都落空了。她又回到了当初，又成了西姆的俘虏。

就在这时，桥似乎动了起来。

一三

梅尔辛看到桥弯曲了。

在中央桥墩的近端上方，整个桥面像一匹折断了脊梁的马一样陷了下去。正在折磨尼尔的人突然感到他们脚下的桥面变得不稳当起来。他们趔趄着，纷纷抓住身旁的人想站稳。这时一个人翻过桥栏杆仰面掉下河去，接着是另一个，继而又是一个。向尼尔发出的咆哮声和嘘声很快就被警告的呼喊和惊慌的尖叫淹没了。

梅尔辛说了声：“噢，可别！”

凯瑞丝尖叫道：“怎么回事？”

他想说，所有那些人们啊——那些陪伴我们长大的人们，那些对我们友善的女人们，那些我们憎恶的男人们，那些钦佩我们的孩子们；那些母亲和儿子们，那些叔叔和侄女们；那些凶残暴戾的雇主们、不共戴天的仇敌们，还有那些搅得我们心烦意乱的情人们——他们都要死了！可他一句话也说不出来。

有那么一瞬间——还不及喘一口气的工夫——梅尔辛希望桥的结构能在新的位置上稳定下来，但他的希望落空了。桥又一次下陷了。这一次，连接在一起的木头纷纷从连接点上裂开了。人们站立的纵向的木板从固定它们的木钉上弹了起来；支撑着桥面的横向短圆木从其托座中挣脱了出来。埃尔弗里克钉在裂缝上的铁条也与木头分离了。

桥的中央部分似乎向梅尔辛这一侧，也就是上游的一侧，倾斜了过来。羊毛车翻倒了，原先在羊毛包上站着或坐着的看客们都被甩入了河中。巨大的木头纷纷折断，飞向空中，凡被它们击中者均当即丧命。本不结实的栏杆断开了，牛车缓慢地滑向了桥的边缘，无助的挽牛们惊恐地哀号着。牛车缓缓地从空中落下，那情景真如噩梦一般，最终触及了水面，发出一声霹雳般的巨响。突然之间，有十几个人跳进或落入了河中，接着又是几十个人。后来掉下的人，还有或大或小散落的木头，纷纷砸在了先行落水的人们的头上。有人骑或无人骑的马也相继落入了水中，而车子又砸在了它们头上。

梅尔辛首先想到的是他的父母。但他们都没有出席对尼尔的审判，他们也不想观看对她的惩罚。他母亲认为到这样人庭广众的场合有失她的身份，他父亲对处死一个疯女人这样的事情也不感兴趣。所以，他们选择了去修道院同拉尔夫话别。

但是拉尔夫这时在桥上。

梅尔辛看到他弟弟正拼命地想控制住他的坐骑“怪兽”。“怪兽”后腿人立，正蹬踹着前腿。“拉尔夫！”他无助地叫喊着。这时“怪兽”身下的木头落入了水中。“不！”梅尔辛叫喊着，眼睁睁地看着骑手和马一起从他的视野中消失了。

梅尔辛的视线又闪到了桥的另一端凯瑞丝看到格温达的地方。他看到格温达正同一个身穿黄外套的男人搏斗着。紧接着桥的这一部分就垮塌了。桥崩溃的中部将两端也拽入了水中。

河里现在到处是挣扎的人、恐慌的马、断裂的木头、破碎的车辆，还有流着血的尸体。梅尔辛突然意识到凯瑞丝已不在他身旁了，她正翻过一块块岩石，趟过一片片泥潭，沿着河岸跑向大桥。她回头看了他一眼，喊道："快点儿！你还等什么？快来帮忙！"

拉尔夫心想，战场一定就是这个样子：惊叫声，爆裂声，倒下的人们，吓得发狂的马匹。他刚刚闪过这样的念头，身下的桥面就陷落了。

他感到一阵恐慌。他不明白发生了什么事情。桥本来在他的下方，就在他的马蹄下，现在却不见了，他和他的坐骑都给凌空抛下。接着他就感到两腿之间"怪兽"熟悉的身躯也没有了，他知道他俩已分开了。一瞬间后他触碰到了冰冷的河水。

他向下沉去，赶紧屏住了呼吸。恐慌已经消失了。他虽然仍很害怕，却冷静了下来。他小时候曾在海边玩过——他父亲的领地中有一座海滨村庄——他知道自己将会浮出水面，尽管似乎需要很长时间。他为长途出行而穿的衣服这时已浸透了，和他的剑一起，都大大地增加了他的重量。假如他穿着盔甲，他就会一沉到底，并且永远地留在那里了。但他的头最终露出了水面，他大口地呼吸起来。

他孩提时代时常游泳，但那是很多年前的事情了。然而现在，那时候学会的本领多多少少帮助了他，他得以保持头浮在水面上方。他开始破浪向北岸游去。在他的身旁，他认出了"怪兽"的黑鬃和枣红色的身躯。"怪兽"像他一样，也在向最近的河岸游去。

马的步态变了，拉尔夫明白它踩到了实地。他也让自己的双脚落到了河床上，结果发现自己也能站起来了。他趟过了浅滩。河底黏糊糊的泥浆似乎拼命想把马拽回河当中。“怪兽”奋力跃上了修道院墙下窄窄的一条河岸。拉尔夫也爬了上去。

他转身看了看。水中有好几百人，很多人在流血，很多人在惊叫，也有很多人死了。他看到离岸边不远的地方有一个身穿夏陵伯爵的红黑色制服的人，脸朝下漂浮着。他走回水中，抓住了那人的皮带，将他拖回岸上。

他把那人沉重的躯体翻了过来，结果心下一沉。那是他的朋友史蒂芬。他的脸上没有伤痕，但胸部深陷了下去。他大张着眼睛，却没有一点生命的迹象。他没有呼吸，躯体损坏得如此严重，拉尔夫都觉得没必要去探他的心跳了。拉尔夫心想，几分钟前我还在羡慕他，而现在我却成了幸运者。

他怀着一种难以言状的负疚感，合上了史蒂芬的眼睛。

他想到了自己的父母。仅仅几分钟前他刚刚在马厩的院子里和他们告了别。即使他们跟着他，这时也到不了桥边。所以他们一定是平安的。

菲莉帕夫人在哪里呢？拉尔夫的思绪回到了桥垮塌前的一刻。威廉领主和菲莉帕在伯爵队伍的后部，当时还没有上桥。

但是伯爵上了桥。

拉尔夫能够清晰地回忆起当时的场景。罗兰伯爵紧跟在他身后，不耐烦地驱动着他的坐骑“胜利”，穿行于拉尔夫骑着“怪兽”从人群中挤出的缝隙中。罗兰一定是在拉尔夫不远处落水的。

拉尔夫的耳畔又响起了父亲的话语：要时时警醒，让伯爵高兴。他激动地想到，也许这就是他苦苦等待的良机。他不必等着打仗，今天就可以一展身手了。他要去救罗兰——哪怕是只把“胜利”救上来。

这想法让他精神大振。他扫视了一遍河面。伯爵穿着非常醒目的紫色长袍，外面披着黑色丝绒斗篷。在河里密密麻麻的死人和活人中，很难找出单个的人来。但他随即看到了一匹眼睛上方有一块醒目白斑的黑色牡马。他的心跳加剧了：那是罗兰的坐骑。"胜利"正在破浪前游，但显然不能游成一条直线，它的一条或多条腿可能折断了。

在马的旁边漂浮着一个身穿紫色长袍的高大身躯。

拉尔夫的机会来了。

他脱去了外衣，那会妨碍他游泳。他只穿着内裤，重新投入水中，向伯爵游去。他不得不在众多的男人、女人和孩子们中闯出一条路来。许多还活着的人都不顾一切地伸出手来想抓住他，这延缓了他的行进。他无情地挥动着拳头，残忍地将他们打开。

他终于摸到了"胜利"。马的挣扎正在减弱。但它又挺了一会儿才开始下沉，然而，当它的头沉入了水中之后，它又开始挣扎起来。"没关系，伙计，没关系。"拉尔夫对着马耳朵说道，但他相信马肯定是要淹死了。

罗兰仰面朝天浮在水面上，紧闭双眼，已失去了知觉，也可能是死了。他的一只脚还绊在马镫里，这可能就是他没有沉入水底的原因。他的帽子不见了，头顶上一片血污。拉尔夫不明白人伤成了这样还怎么能活。但他仍然要救他。当你救的人是一位伯爵时，即使带回的是他的尸体，也肯定会得到重赏的。

他想把罗兰的脚从马镫里拽出来，却发现马镫的带子紧紧地缠绕在他的脚踝上。他伸手去拔刀，这才想起刀系在皮带上，而皮带和他的外衣一起都留在了岸上。但是伯爵也有武器。拉尔夫伸手在罗兰的刀鞘中摸出了匕首。

"胜利"的惊厥却使拉尔夫难以割断马镫带。每次他抓住马镫，还不等他的刀触及皮带，那垂死的马就又将马镫拽开了。在搏斗中他割伤了自己的手背。但最终他用双脚紧紧地顶住马身，稳住了身体，得以用刀割断了马镫带。

现在他必须把昏迷中的伯爵拖上岸了。拉尔夫水性并不是很好，而且他已经因筋疲力尽而大口喘着粗气。更糟糕的是，他无法用被打破的鼻子呼吸，因而嘴里不断灌进河水。他将身子伏在垂死的“胜利”身上，停顿了片刻，想缓过一口气。但是已经没有依附的伯爵的身体开始下沉了，拉尔夫明白不能再等了。

他用右手抓住罗兰的脚踝，开始向岸边游去。他发现当自己只能用一只手划水时，很难保持头部始终浮在水面上。他没有回头看罗兰：如果伯爵的脑袋沉到了水下，他拉尔夫一点儿办法也没有。几秒钟之后他就上气不接下气了，四肢也感到酸痛了。

他对此很不习惯。他年轻力壮，一天到晚都在打猎、舞矛和击剑。他能在骑上一整天马后，晚上依然赢得摔跤比赛。但是现在他的肌肉却似乎不听使唤了。因为要拼命昂着头，他的脖子感到生疼。他无法做到呼吸时不喝水，这使他时常哽塞和咳嗽。他拼命地划着左臂，也只能勉强保证自己浮在水面上。他使劲拽着伯爵庞大的身躯。罗兰因为衣服浸透了水而变得越发沉重起来。他接近河岸的速度极其缓慢，这让他痛苦不堪。

他终于游到了离岸不远的地方，可以脚踩到河床了。他依然拖着罗兰，大口喘着气，开始趟水上岸。当走到水只没过他膝盖的地方时，他转过身来，架起了伯爵，用胳膊托着他走过最后几步，上了岸。

他把罗兰放在地上，就瘫倒在他身旁，精疲力竭了。他鼓起最后一点力气，摸了摸伯爵的胸膛，还有强劲的心跳。

罗兰伯爵还活着。

桥的垮塌使格温达吓得麻木了。但仅仅一瞬间后，突然浸入冰冷的水中又使她清醒过来。

当她的头探出水面后，她发现周围全都是争吵和叫喊的人们。有的人抱住了断裂的木头漂浮起来，而其他人全都靠抱住别人而使自己浮出水面。那些被抱住的人发现自己在被往下拖，就挥拳猛打着想要挣脱。很多拳都没能打中目标，而被打的人也奋起还击。这情景就像是王桥午夜的酒馆外，假如不是不断有人死去，还真有些滑稽。

格温达喘了口气又沉到了水下。她不会游泳。

她又浮了上来。让她惊恐的是，小贩西姆就在她的眼前，水像喷泉一样从他嘴里喷出。他又开始向下沉去，很显然，他像格温达一样，也不会游泳。绝望之中，他一把抓住格温达的肩膀，想借她作个倚靠。格温达赶紧往下一沉。西姆发现她不足以帮自己浮上水面，便放了她。

格温达在水下屏住呼吸，竭力使自己冷静下来，她心想：我不能淹死，毕竟我已经闯过了这么多的难关。

当她又一次浮出水面时，她感到自己被一个沉重的躯体拱到了一边，她凭借眼角的余光看见，是在桥垮塌前一刻将她甩到一边的那头牛。它显然没有受伤，并且游得很有力。她伸出手，蹬着腿，奋力抓住了牛的角。她曾一度将牛头拽到了一边，但牛强悍的脖子马上向回一摆，又挺直了头。

格温达拼命地抓住牛角。

她的小狗“跳跳”出现在她身旁，毫不费劲地游动着，并冲她欢快地吠叫着。

牛向郊区那边的河岸游去。格温达死死抓着它的角，即使她感到胳膊都快要脱落了。

有人抓住了她，她回头一看，又是西姆。他想借她使自己浮起来，却把她向下拽去。她一只手抓着牛角，腾出另一只手推开了西姆。他向后一倒，头部恰好落在离格温达的脚不远的地方。格温达仔细地瞄了瞄，使出浑身力气一脚踹在他脸上。西姆惨叫了一声，但很快安静了下来，他的头沉到了水下。

牛发现自己已能踩到地面了，便步伐沉重地缓缓走出水来，呼哧呼哧地喷着鼻息，还溅起大片的水花。格温达一待自己能在河底立足，便放开了牛。

“跳跳”惊恐地叫了一声。格温达小心翼翼地四下张望了一番。西姆没有在岸上。她又扫视了一遍水面，在尸体和漂浮的木材中寻找着黄色短外套。

她看见了西姆。他紧抱着一块木板浮在水面上，两腿蹬着水，径直向她游来。

她没法跑，因为已经没有力气了，而且她的连衣裙也被河水浸透，变得沉重起来。河的这边无处可藏。桥既然塌了，她也没法过河去王桥了。

但她也不能再让他抓住自己。

她看到西姆在费力挣扎，这让她燃起了希望。如果他保持静止不动，木板会使他浮在水面上，但他却不停地踢腿扑腾着想上岸，这就使他变得不稳定起来。他会先将木板按下，来使身子向上，然后踢腿前进，然后头又埋入了水中。这个样子他也许永远休想上岸。

她觉得这一点是有把握的。

她迅速地四下望了望。河里到处漂着木头，从可承重的圆木到碎屑木片都有。她的目光落在了一根长一码左右的结实的木条上。她走进水中抓起了木条，然后趟水向她的主人迎去。

西姆停止了扑腾。在他的面前，是那个他想奴役的女人——怒气冲冲、神色坚定，还挥舞着一根可怕的棍子。在他的身后，等待他的是淹死。

他选择了前进。

格温达站在齐腰深的水中，严阵以待。

她看到西姆又停了下来，从他的动作判断，他在用脚探河底。

机不可失，时不再来。

格温达将棍子高高地举过头顶，迈步向前。西姆看出了她的意图，拼命扑腾着想逃离，但他已失去了平衡，既不能游泳也不能趟水，还无法躲闪。格温达用尽浑身气力，将棍子向他的头顶砸去。

西姆翻了翻眼珠，失去了知觉，又向水下沉去。

格温达伸手向前抓住了他的黄外套。她不想让他漂走——他没准还活着。她把他拽过来，双手抓住了他的头，使劲地按到了水下。

把一个人的躯体按在水下，比她想象的要困难得多，即使他已经失去了知觉。他那油乎乎的头发非常滑腻。她不得不把他的头夹在胳膊下，然后双脚离地，这样她的体重才能把他们两个人都拖入水下。

她开始感到自己也许已经胜利了。淹死一个男人需要多长时间？她不知道。西姆的肺里一定已经灌满了水。她到底什么时候可以撒手呢？

西姆突然抽动起来。她连忙夹紧了他的头。有那么一阵子，她费了很大力气才控制住他。她不敢确定西姆是苏醒过来了，还是仅仅是无意识的痉挛。他的抽搐非常强烈，但似乎是盲目的。格温达的脚又触到了地面，她顿时信心大增，把西姆夹得更紧了。

她四下望了望。没有人看他们，人人都在忙着自救。

又过了一会儿，西姆的抽动越来越微弱，很快就完全停止了。格温达慢慢地松开了手。西姆缓缓地沉入了水底。

他再也上不来了。

格温达气喘吁吁地趟水上岸，一屁股坐在了泥浆中。她摸了摸皮带上的皮包：皮包还在。强盗们没来得及抢走她的皮包，她得以带着它闯过了重重难关。皮包中珍藏着“智者”玛蒂制作的贵重的情药。但她打开皮包一看——却只剩下了几块碎陶片。小瓶子已经碎了。

她放声大哭起来。

凯瑞丝看到的第一个在有意识地做着什么事的人，是梅尔辛的弟弟拉尔夫。除了一条被水浸透的内裤外，他什么也没穿。除了先前被打伤的鼻子红肿着之外，他也没受任何伤。拉尔夫把夏陵伯爵拖出了水，把他放在了岸边一具穿着伯爵手下人制服的尸体旁边。伯爵的头部受了可怕的重伤，很可能是致命的。拉尔夫显然已累得筋疲力尽了，他也不知道下一步该怎么办。凯瑞丝考虑着该对他说些什么。

她四下看了看。河的这一边，只有一小条泥泞的河岸，其间还布满了乱石，根本没有太多地方来摆放死者和伤者，必须把他们转移到别处去。

在几码之外，有一溜石阶从河面通向修道院的一扇门。凯瑞丝有了主意。她指着那扇门对拉尔夫说：“把伯爵从那儿抬进修道院去。小心点儿把他放到教堂里，然后跑步去医院。告诉你看到的第一位修女，赶紧把塞西莉亚嬷嬷找来。”

拉尔夫似乎很高兴有人下命令，他立刻照她说的去执行了。

梅尔辛开始趟水下河，但凯瑞丝制止了他。“看看那群傻瓜们，”她说着，手指向了断桥靠城镇的那一端。有好几十人站在那里，呆愣愣地看着他们眼前的惨象。“把所有身强力壮的人叫到这儿来，”她继续说道，“他们可以把人们拽上岸，抬到教堂里去。”

梅尔辛犹豫了一下。“他们没法从那边过来。”

凯瑞丝明白他的意思。那些人必须从漂浮在水面上和沉在水底的桥的残骸之间涉水过来，那有可能造成更多的伤亡。但是主街上这一侧的房屋都有与修道院一墙之隔的花园。角落处车夫本的房子在墙上开了一扇小门，使他可以直接从花园来到河边。

梅尔辛也想到了这一点。他说："我带他们到本家里去，从他的院子穿过去。"

"好的。"

他翻过了乱石，推开那扇门，走了进去。

凯瑞丝又扫视起水面。一个大个子蹚着水走上了不远处的河岸，她认出那是菲利蒙。他大口地喘着粗气，问道："你看见格温达了吗?"

"看见了——就在桥塌下之前，"凯瑞丝答道，"小贩西姆在追她，她正跑呢。"

"我知道——但是她现在在哪里?"

"我没看见她。现在你最好是把水里的人都拽上岸来。"

"可我要找到我妹妹。"

"如果她还活着，她肯定就在那些需要救上岸来的人当中。"

"好吧。"菲利蒙又大步走回河里，蹚得水花四溅。

凯瑞丝万分焦急地想知道自己的家人都在哪里——但眼下要做的事情实在太多了。她发誓一旦有可能，就立刻去寻找父亲。

车夫本出现在他的门口。他是个运货马车夫，宽肩膀，细脖子，矮墩墩，一辈子更多的是靠卖力气而不是靠动脑筋过活。他几乎是连滚带爬地下到河岸上，但四下望了望，不知道该做些什么。

凯瑞丝的脚下躺着一名罗兰伯爵的扈从，穿着红黑两色的制服，显然已经死了。凯瑞丝说："本，把这个人扛到教堂里去。"

本的妻子莉比抱着个小孩子出来了。她比她丈夫要聪明一些。她问道："咱们是不是应该先救活着的人呀?"

"咱们必须把水里的人都拽上来，先不管是死是活——咱们也不能把尸体放在岸上，那会挡救援人的道儿的。把他扛到教堂去吧。”

莉比觉得她说得有理。“本，你最好照凯瑞丝说的办。”她说。

本毫不费力地扛起尸体走了。

凯瑞丝意识到如果用建筑匠们的担架来抬人，速度会快得多。修士们可以组织担架队。但修士们在哪里呢？她叫拉尔夫去报告塞西莉亚嬷嬷，但直到现在一个人都没来。受伤的人需要绷带、药膏和清洗液：所有的修士和修女都将派上用场。必须把理发师马修找来，会有很多骨折的人需要治疗。还有“智者”玛蒂，需要她的药剂缓解伤者的疼痛。凯瑞丝应当去报信，但在救援行动尚未有序地组织起来之前她又不愿离开河边。梅尔辛跑到哪儿去了？

一个女人正在往岸上爬。凯瑞丝走进水中把她拽了起来。是格丽塞尔达。她的湿衣服紧紧贴在身上，凯瑞丝能够看到她丰满的乳房和肿胀的大腿。凯瑞丝知道她怀孕了，便急切地问道：“你还好吗？”

“我觉得还好。”

“没流血吧？”

“没有。”

“谢天谢地。”凯瑞丝四下望了望，欣喜地看到梅尔辛带着一队人从车夫本的花园里出来了，其中有几个人穿着伯爵扈从的制服。她对梅尔辛喊道：“扶着格丽塞尔达的胳膊，搀她上台阶，到修道院里去。她需要坐下休息一会儿。”她又用安慰的口吻补充了一句，“不过，她一切都好。”

梅尔辛和格丽塞尔达都用异样的眼光看着她，她顿时明白了眼前的情形多么奇特。三个人呆立了片刻：一个将要做母亲的女人，她孩子的父亲，和爱着他的女人。

凯瑞丝率先醒悟过来，她随即转过身去，开始向人们发号施令。

格温达哭了一会儿，便停住了。并不是那破碎的瓶子让她这么伤心的：玛蒂可以再配一副情药，凯瑞丝也会再付钱的，只要她俩中有一个人还活着。她的眼泪是为过去一天一夜她所经历的一切而奔流的，从她父亲的背弃到她血流不止的双脚。

她一点儿也不后悔杀死了那两个人。西姆和阿尔文想让她做奴隶，要她卖淫。他们罪有应得。杀死他俩甚至都不算谋杀，因为铲除强盗是不犯法的。但她的双手仍然抖个不停。她为自己战胜敌人赢得自由而欣喜若狂，与此同时也为自己做过的事情厌恶恶心。她永远忘不了西姆临死前的那阵子抽搐。她也很害怕阿尔文的刀尖从他自己的眼眶里刺出的情景出现在她梦中。在如此强烈的悲喜交加之下，她抑制不住颤抖。

她努力不去想杀人的事情。在塌桥事件中还会有谁死去呢？她父母昨天就打算离开王桥了。可她哥哥菲利蒙呢？她最好的朋友凯瑞丝呢？还有她心爱的男人伍尔夫里克呢？

她向河对岸望去，结果立刻对凯瑞丝放了心。她和梅尔辛都在河那边。他们显然是在组织一帮人把河里的人们拽上岸。格温达感到一阵欣慰：至少她没有被彻底孤独地留在这个世界上。

但是菲利蒙怎么样了？他是桥塌之前她看到的最后一个人。他应当是在她不远处落水了，他们此后的遭遇应当是一样的，然而她现在却看不见他。

还有伍尔夫里克在哪里？她怀疑他是否有兴致去看一个巫婆被鞭打着游街，但他的确是计划今天和家人一起返回韦格利村的，很有可能——她心想，上帝呀，千万别这样——在桥坍塌的那一刻，他们正在过桥准备回家呢。她发疯似的扫视着河面，寻找着他那惹眼的黄褐色头发，心中祈祷着她但愿看见他正起劲地游向岸边，可别让她看见他脸朝上浮在水面上。然而她却根本看不见他。

她决定过河去。她不会游泳，但她心想，如果能有一块足够大的木头让她浮起来，她也许能蹬着腿游过河去。她看见了一块木板，便从水里拽了出来，向上游走了五十码左右，以避开那众多的尸体。然后她又重新下了水。“跳跳”毫不畏惧地跟着她。游过河比她想象的要费力得多，她的湿衣服也延缓了速度，但她最终游到了对岸。

她跑向了凯瑞丝。她俩紧紧地拥抱在一起。凯瑞丝问：“你怎么样?”

“我逃脱了。”

“西姆呢?”

“他是个强盗。”

“他现在在哪里?”

“他死了。”

凯瑞丝似乎吓了一跳。

格温达连忙说：“桥塌的时候淹死的。”她甚至都不愿意让她最好的朋友知道究竟。她又继续说道：“你看见我们家的人了吗?”

“你父母昨天就走了。我刚才看见菲利蒙了——他正到处找你呢。”

“谢天谢地！伍尔夫里克怎么样?”

“我不知道。从河里捞上来的人里没他。他的未婚妻昨天就走了，但他的父母和哥哥今天早上都在大教堂里，看审判疯子尼尔呢。”

“我要去找他。”

“祝你好运。”

格温达跑上修道院的台阶，穿过了绿地。一些摊主还在打包。刚刚有好几百人在一场事故中丧生，而他们居然还能兀自做自己的事情，这让她感到难以置信——但她很快明白了过来，他们可能还不知道发生了什么事情呢：桥是在几分钟前刚刚坍塌的，尽管感觉像是已过了好几小时了。

她出了修道院的门，来到主街上。伍尔夫里克和家人一直住在贝尔客栈。她跑了进去。

一个少年站在啤酒桶间，一副很害怕的样子。

格温达说："我找韦格利村的伍尔夫里克。"

"这儿一个人也没有，"男孩子说道，"我是学徒，他们让我看着啤酒。"

格温达猜想，已经有人招呼所有的人都去河边了。

她又跑了出去。就在她出门的一瞬间，伍尔夫里克出现了。

她顿时放下心来，竟一把抱住了他。"你还活着——谢天谢地！"她大叫了起来。

"有人说桥塌了，"他说，"是真的吗？"

"是真的——吓死人了。你们家别的人呢？"

"他们先走了一会儿。我留下来收几笔债。"他手里拿着一个小小的皮钱包。"但愿桥塌的时候他们没在上面。"

"我知道该怎么找他们，"格温达说，"跟我来。"

她拉起他的手。他没有把手抽回，跟着她进了修道院的院子。她还从来没有这么长时间地接触过他的身体。他的手很大，手指头因为干活而很粗糙，手掌却很柔软。尽管发生了这样悲惨的事情，她仍然感到他的手在给她的全身带来一股股暖流。

她拉着他走过绿地，进了大教堂。"他们正把人们从河里拽上来，送到这里来。"她解释道。

已经有二三十个人躺在了教堂中殿的石板地上，还有更多的人正不断被送进来。几名修女在照料伤员，周围高大的石柱更显出她们的娇小。那个通常领着唱诗班唱歌的瞎子修士似乎在指挥。"把死人放到北边，”格温达和伍尔夫里克走进中殿时，他正喊叫着，“把受伤的人放到南边。”

伍尔夫里克突然放声大哭，声音中既显示出惊愕，又包含着焦虑。格温达顺着他的眼光望去，看到他的哥哥大卫躺在受伤的人当中。他俩都跪在了大卫身边。大卫比伍尔夫里克大几岁，长着同样的大个子。他还有呼吸，眼睛也睁着，但他却似乎没有看见他俩。伍尔夫里克对他叫道：“戴夫[1]！”他声音虽低，但却很急，“戴夫，是我啊，我是伍尔夫里克。”

格温达感到有什么东西黏糊糊的，这才意识到原来大卫是躺在一摊鲜血中的。

伍尔夫里克说：“戴夫——妈和爸在哪里？”

大卫没有回答。

格温达向四周望了望，看见了伍尔夫里克的母亲。她躺在中殿的远端，在北廊里，也就是瞎子卡吕斯吩咐放死人的地方。“伍尔夫里克。”格温达平静地叫道。

“什么事？”

“你妈妈。”

他站起身看了看。“噢，不。”他叫道。

他们穿过了宽阔的中殿。伍尔夫里克的母亲躺在韦格利村的领主史蒂芬老爷身旁——现在他们平等了。她是个娇小玲珑的女人——居然生出了两个这么高大的儿子，可真让人诧异。她生前虽瘦却很结实，精力相当充沛，现在却像个脆弱的玩具娃娃，又苍白又瘦小。伍尔夫里克把手放在了她的胸膛上探探心跳。他的手刚往下一压，一股水便从她的嘴里涌出。

“她淹死了。”他小声说道。

---

① Dave，大卫(David)的昵称。

格温达用手臂搂住了他宽阔的肩膀，想用爱抚来安慰他，却不知道他注意到没有。

一个穿着红黑两色罗兰伯爵的制服的士兵扛着一个已无气息的大个子男人的躯体进来了。伍尔夫里克又倒吸了一口凉气：那是他的父亲。

格温达说："把他放在这儿，挨着他妻子。"

伍尔夫里克懵了。他默不做声，显然无法接受眼前的事实。格温达本人也茫然不知所措。在这样的情况下，她能对她心爱的男人说些什么呢？她想出的每一句话都显得很傻。她迫切地想安慰他，却不知道该怎么办。

伍尔夫里克呆呆地凝望着父母的尸体，格温达又把眼光移到了教堂另一端他哥哥身上。大卫躺在那里一动不动。她快步走到他身旁。他的眼睛茫然地瞪着，但他已没有呼吸了。她伸手摸了摸他的胸：没有心跳了。

伍尔夫里克怎么受得了啊？

她擦干了自己的眼泪，又回到伍尔夫里克身旁。隐瞒事实是毫无意义的。"大卫也死了。"她说。

伍尔夫里克脸上毫无表情，仿佛不明白她在说什么。格温达心中涌起了一个可怕的念头：莫非这突如其来的打击让伍尔夫里克精神错乱了。

但他最终开口了。"他们全都，"他低声说道，"三个人，全都死了。"他抬眼看了看格温达，她看到他眼里涌出了泪水。

她用胳膊搂住了他，感觉到他那庞大的身躯因为无助的抽泣而晃动着。她搂紧了他。"可怜的伍尔夫里克呀，"她说，"可怜的，亲爱的伍尔夫里克呀。"

"感谢上帝，我还有安妮特。"他说道。

一小时后，中殿的大部分地面上都已经摆满了死者和伤者的躯体。副院长助理瞎子卡吕斯站在他们当中，瘦脸的司库西米恩站在他身旁充当他的眼睛。卡吕斯主事，是因为安东尼副院长不见了。“西奥多里克兄弟，是你吗?”卡吕斯说道。显然是听出了这位刚刚走进来的白脸蓝眼修士的脚步声。“去把掘墓人找来。告诉他找六个身强力壮的人帮助他。我们需要至少一百多个新墓穴，这样的天气，埋葬尸体是耽搁不得的。”

“我这就去，兄弟。”西奥多里克说道。

卡吕斯尽管眼睛是瞎的，却把事情安排得井井有条，这给凯瑞丝留下了深刻印象。

凯瑞丝把梅尔辛留在了河边，他卓有成效地组织起了打捞工作。她又确认了修女和修士们都已得到通知，然后找来了理发师马修和“智者”玛蒂。最后她打探了自家人的情况。

桥坍塌时，只有安东尼叔叔和格丽塞尔达在桥上。她在教区公会大厅看到她父亲和博纳文图拉·卡罗利在一起。埃德蒙说：“这回他们不得不修一座新桥了!”说罢他就一瘸一拐地到河边帮着捞人去了。其他人也都安全：彼得拉妮拉姑姑在家里做饭；凯瑞丝的姐姐艾丽丝和埃尔弗里克在贝尔客栈；她表兄戈德温在大教堂里，正监督南侧圣坛的修复工程。

格丽塞尔达回家休息去了。安东尼仍然没有找到。凯瑞丝虽说不喜欢她的这个叔叔，但并不希望他死，每当一具新尸体被送进中殿，她都焦虑地望上一眼。

塞西莉亚嬷嬷和修女们在为伤者清洗伤口，用蜂蜜作抗菌药，再裹上绷带，还分发着恢复体力用的加了香料的热啤酒。战场上造就的医生——理发师马修手脚麻利，动作敏捷。他和过度肥胖、气喘吁吁的“智者”玛蒂相互配合。先是玛蒂给伤者服下镇静药，过上几分钟后马修再为他们接上骨折的胳膊和腿。

凯瑞丝又走到了南侧的交叉甬道。那里没有中殿里的喧哗、忙碌和血污，几名身为高级医师的修士簇拥在仍然昏迷不醒的夏陵伯爵周围。伯爵的湿衣服已经脱去，盖上了厚厚的毯子。“他还活着，”戈德温兄弟说，“但伤得很重。”他指了指伯爵的后脑，“他的部分头盖骨碎了。”

凯瑞丝从戈德温的肩膀上望过去。她能看到那头盖骨像一块破了的馅饼皮一样，沾满了血污。她还能从缝里看到灰色的物质。伤得这么重，怕是肯定没救了吧？

医师中最年长的约瑟夫兄弟也这么认为。他摩挲着自己的大鼻子，张开牙齿不全的嘴巴说道：“我们得把圣徒遗骸请来，”和往常一样，他说话含糊不清，像个醉鬼一样牙齿间发着咝咝声，“这是他起死回生的最大希望了。”

凯瑞丝一点儿也不相信一位逝去已久的圣徒的遗骨能治好一个活人破裂的头颅。但她什么话也没说，她明白自己的这种观点是极端孤立的，所以大多数时候她都三缄其口。

伯爵的两个儿子威廉领主和理查主教也站在一旁看着。头发乌黑、身材高大，一副战士体形的威廉，活脱脱是躺在桌子上昏迷不醒的这个人的年轻的翻版。理查则显得白白胖胖一些。梅尔辛的弟弟拉尔夫站在他们身旁。“是我把伯爵从水里拉上来的。”他说。凯瑞丝已经是第二次听他说这话了。

“好，干得不错。”威廉说。

威廉的妻子菲莉帕和凯瑞丝一样，也不满意约瑟夫兄弟的断言。“你们就没有一点儿办法救救伯爵了吗?”她说。

戈德温回答道：“祈祷就是最有效的救治。”

圣骨贮藏在高高的圣坛下的一个上了锁的小隔间内。戈德温和约瑟夫去取圣骨了。他们刚一出门，理发师马修便俯下身来，仔细察看了一番伯爵头部的伤口。“像他们那样永远别想治好伯爵，”他说，“即使有圣徒帮忙也不行。”

威廉厉声问道：“你这话是什么意思？”凯瑞丝心想他的口气简直和他父亲一模一样。

“像其他骨头一样，头盖骨也是骨头，”马修回答道，“骨头能自己愈合，但每块骨头都必须放在正确的位置上。不然就会长歪。”

“你觉得你比修士们还高明吗？”

“我的老爷，修士们知道怎样呼唤神灵的帮助，而我只会接合破裂的骨头。”

“你从哪儿学会这本事的？”

“我在国王的军队里当了很多年军医。和苏格兰人打仗时，我曾经和令尊伯爵老爷一起行过军。我以前也见过被打破的头。”

“你现在打算拿我父亲怎么办呢？”

凯瑞丝心想，马修在威廉咄咄逼人的追问下有些紧张，但他似乎对自己说的话很有把握。“我要把碎骨头从伯爵的脑袋里取出，清洗干净，然后再努力把它们重新拼好。”

凯瑞丝倒吸了一口凉气。她根本不敢想象做这么冒险的手术。马修哪里来的胆量出这样的主意？要是搞砸了可怎么办呀？

威廉问：“那样他就会好吗？”

“我不敢说，”马修答道，“有时候脑伤会产生奇怪的后果，会损伤人走路或者说话的功能。我只能把他的头盖骨拼好。如果你们想要奇迹，还是去求求圣徒吧。”

“这么说你不能保证成功喽？”

“只有上帝是万能的。人只能尽力而为，然后期望最好的结果。但我相信如果这伤再不处置，令尊就没救了。”

“但是约瑟夫和戈德温都读过古代医圣的书。”

“而我在战场上救治过伤员，有的死了，也有的痊愈了。到底听谁的，你看着办吧。”

威廉看了看他妻子。菲莉帕说："让理发师试试吧，再求阿道福斯圣徒帮帮他。"

威廉点了点头。"好吧，"他对马修说，"动手吧。"

"我想让伯爵躺在靠近窗户的地方，"马修语气坚决地说道，"光线好些，更容易看清伤口。"

威廉向两个见习修士打了个响指。"照他说的办。"他命令道。

马修又说："余下的，我只需要一碗热葡萄酒了。"

修士们从医院里抬来了一张搁板桌，放到了南侧交叉甬道的一张大窗户下。两名护卫把罗兰伯爵抬到了桌子上。

"请让他脸朝下。"马修说。

他们把伯爵翻了个个儿。

马修有一个皮包，里面装着理发师兼外科医生因之得名的那些锋利的工具。他首先拿出了一把剪子，俯下身去开始剪去伯爵伤口周围的头发。伯爵长着一头浓密的油性黑发。马修剪下了一绺绺卷发，扔在了地上。当伤口周围的一圈头发都被剪掉后，伤势就看得更清楚了。

戈德温兄弟拿着圣骨匣进来了。这是一个用黄金和象牙制成、雕刻得很精美的匣子，里面藏有阿道福斯圣徒的头盖骨，以及一条胳膊和一只手的骨头。他一看马修正在给罗兰伯爵做手术，便愤怒地问道："这是怎么回事？"

马修抬头看了一眼。"如果你愿意把圣骨放在伯爵的背上，尽可能离他的头近一些，我想圣徒会让我的手更稳当一些的。"

戈德温迟疑了一下，显然是为一个理发师竟然担此重任而感到气愤。

威廉领主说道："照他说的做吧，兄弟，不然我父亲如果死了，责任要算在你们头上。"

戈德温仍然没有听从，而是对站在几码之外的瞎子卡吕斯说道："卡吕斯兄弟，威廉老爷命令我——"

"我听见威廉老爷的话了，"卡吕斯打断了他的话，"你最好满足他的愿望。"

戈德温没想到他会这样回答，脸上显出愤怒又沮丧的神情。他把圣骨匣放到了罗兰伯爵宽阔的背上，但毫不掩饰自己的不悦。

马修又拿起了一只精致的小镊子，动作十分精巧地夹住一片碎骨看得见的边缘，提了起来，丝毫没有触及下面的灰色物质。凯瑞丝入神地看着。那片骨头正是头部的，上面还附着头皮和头发。马修轻轻地把骨头放进了那碗热葡萄酒中。

他如法炮制，又夹出了两片小碎骨。中殿那边传来的嘈杂声——伤者的呻吟和死者亲友们的哭泣——似乎都已消退，被这边遗忘了。观看马修手术的人都一声不响、一动不动地围着他和昏迷不醒的伯爵，站成了一圈。

接着，他处理起仍然与头盖骨的其余部分相连的碎骨片。每次他都是先把头发剪去，再用葡萄酒里浸过的亚麻布仔细地擦洗四周，然后用小镊子轻轻地将骨头按压在他认为原有的位置。

气氛如此紧张，凯瑞丝连大气都不敢出一口。她还从没有像此时此刻钦佩理发师马修一样钦佩过任何人。他这样勇敢无畏，这样技艺高超，这样信心十足。而他是在一位伯爵的头上做这样精细得令人难以置信的手术啊！如果出了差错，他们没准会吊死他的。然而他的手仍然像教堂正门上石头刻的天使的手一样平稳自如。

最后，他把浸在葡萄酒碗里的那三片分离的碎骨放回了原位，拼接在一起，就像是在修补一只破碎的花瓶。

他又把伤口周围的头皮抚平，迅捷、精巧地缝合起来。

现在，罗兰伯爵的头盖骨完整了。

"伯爵肯定会睡上一天一夜的，"他说，"等他醒来后，给他服下'智者'玛蒂的大剂量的催眠草药。然后他必须一动不动地再睡上四十天四十夜。如果有必要，用绳子把他固定住。”

随后他请求塞西莉亚嬷嬷把伯爵的头包扎起来。

戈德温离开大教堂，跑到了河边，灰心丧气，又怒气冲冲。实在是不成体统：卡吕斯让所有的人都为所欲为。安东尼副院长是个软弱的人，但比卡吕斯要强。必须把他找到。

河里的大部分人都已经被打捞上岸了。那些仅仅是鼻青脸肿、受到惊吓的人都已经自行离去。大部分死者和受重伤者都已被抬进大教堂。剩下的都是些被桥的残骸羁绊住的人。

安东尼也许死了，这一想法让戈德温既激动又害怕。他渴望修道院能有新人掌权：一个能严格地阐释《圣本笃戒律》，精细地管理财务的人。但与此同时，他又明白安东尼是他的庇护人，在新的副院长手下，他就不一定能继续晋升了。

梅尔辛征用了一只船。他和另外两个小伙子一起把船撑到河中央，桥的大部分残骸都漂浮在那里。三个人都只穿着内裤，正试图抬起一根沉重的圆木以解救什么人。梅尔辛个子矮小，但另两个都是彪形大汉，显然平时吃得都不错，戈德温猜想他俩都是伯爵的护卫。尽管三个人都身强力壮，但站在一只小小的手划船中，他们却很难对那些沉重的木头使上劲。

戈德温站在一群镇民当中，心里交织着恐惧和希望，看着两名护卫抬起一根沉重的圆木，梅尔辛从下面拽出一个人来。梅尔辛匆匆地检查一遍后，喊道：“玛格丽特·琼斯——死了。”

玛格丽特是个无足轻重的老太太。戈德温不耐烦地喊道：“你们看见安东尼副院长了吗？”

船上的人相互看了看，戈德温意识到自己太蛮横了。但是梅尔辛回答道：“我看见了一件修士袍。”

“那就是副院长！”戈德温叫道。安东尼是唯一还没有下落的修士。“他现在怎么样，你知道吗?”

梅尔辛从船的一侧俯下身去，显然这个样子没法凑近，于是他潜入水中。最终他喊道:“还有呼吸。”

戈德温既高兴又失望。他高喊道:“那就快把他拽出来，快点儿!”“求求你们了。”他又补了一句。

没有人回他的话，但他看见梅尔辛钻到了一块部分沉入了水中的木板下，随后向另两个人发出了命令。那俩人放开了他们正搬着的一根圆木的一头，让它慢慢地滑进了水中，然后走到小船船头，俯下身来抓住了梅尔辛头顶上的那块木板。梅尔辛似乎费力地在把安东尼的衣服从一堆纠缠在一起的木板和木块中拽出来。

戈德温眼巴巴地看着，为自己不能搭一把手加快救援进程而深感沮丧。他对两个旁观的人吩咐道:“到修道院里叫两个修士抬一副担架来，就说是戈德温派你们去的。”那两个人上了台阶，进了修道院。

梅尔辛终于把那个已无知觉的人从桥的残骸中奋力拽了出来。他把副院长拖到了船边，另两个人把他抬进船里。随后梅尔辛也爬上了船，他们一起把船向岸边撑来。

热心的人们七手八脚地把安东尼抬下了船，放在了修士们抬来的担架上。戈德温迅速地检查了一遍副院长的伤势。他还有呼吸，但他的脉搏很微弱。他两眼紧闭，脸色苍白得吓人。他的头部和胸部都只是有青肿，但他的骨盆好像碎了，而且他在流血。

修士们把他抬了起来。戈德温在前面开路，穿过了修道院的院子，进了大教堂。“让一让！让一让!”他喊叫着。他们把副院长抬过中殿，抬进了圣坛——教堂中最神圣的地方。戈德温吩咐修士们把副院长放在高坛前。安东尼浸透了的修士袍清晰地显出了他臀部和双腿的轮廓。他的下身扭曲得非常厉害，已完全变了形，只有上半身还能看出是个人。

没过多久，所有的修士都聚到了不省人事的副院长身旁。戈德温从罗兰伯爵那里拿回了圣骨匣，放到了安东尼的脚边。约瑟夫把一个珠宝做的十字架放在安东尼胸口上，把他的手合拢在十字架上。

塞西莉亚嬷嬷跪在了安东尼身旁。她用一块在有镇定作用的药水里浸过的布擦净了他的脸。她对约瑟夫说："他的很多骨头看来都碎了。你想让理发师马修来给他看看吗？"

约瑟夫默默地摇了摇头。

戈德温对此很欣慰。如果把理发师叫来，会玷污了圣所的。最好还是让上帝来作决定吧。

卡吕斯兄弟主持了最后的祈祷，然后带领修士们唱起了圣歌。

戈德温不知道该寄什么希望。多年来他一直盼望着结束安东尼副院长的管理，但在这最后时分，他却瞥见了可能取代安东尼的是什么：卡吕斯和西米恩的共治。他俩都是安东尼的心腹，比他好不到哪儿去。

突然，戈德温看见理发师马修站在人群的边缘，正越过修士们的肩头，审视着安东尼的下半身。戈德温正要愤怒地命令他离开圣坛，他却几乎让人难以觉察地摇了摇头，走开了。

安东尼睁开了眼睛。

约瑟夫兄弟大叫道："赞美上帝！"

副院长似乎想说些什么。仍跪在他身旁的塞西莉亚嬷嬷连忙俯下身去贴着他的脸，仔细地辨听着。戈德温看到安东尼的嘴唇动了动，希望自己也能听见。但没过多久，副院长就完全沉默了。

塞西莉亚似乎大吃了一惊。"是真的吗？"她问道。

所有的人都瞪大了眼睛。戈德温问："他说了些什么，塞西莉亚嬷嬷？"

她没有回答。

安东尼的眼睛闭上了。他似乎起了一些微妙的变化。他一动不动了。

戈德温俯下了身子。安东尼的呼吸没有了。戈德温又把手放到他的心脏处，没有探到心跳。他又抓起了安东尼的手腕，摸了摸脉：也没有跳动。

他站起身来。“安东尼副院长已经离开了这个世界，”他说，“愿上帝赐福于他的灵魂，欢迎他进入天国。”

全体修士齐声说道：“阿门。”

戈德温心想：这回不得不举行一次选举了。

第三部分

一三三七年六月至十二月

一四

王桥大教堂成了一处恐怖之地。受伤的人们痛苦地呻吟着，或者哭爹叫娘，或者喊着上帝或圣徒的名字，祈求救救他们。每隔几分钟，就会有寻找亲友的人发现要寻找的人已经死了，因为突如其来的震惊和悲伤而放声大哭或失声尖叫。躺在地上的人们，无论死活，都浑身是血，断骨七扭八歪，衣服破烂透湿。教堂的石板地因为血、水和河岸的泥浆交融而变得湿滑。

在一派恐怖景象当中，围绕着塞西莉亚嬷嬷，形成了一个小小的镇静而高效的圈子。她就像一只伶俐的小鸟，在躺在地上的人们之间穿梭着。一小群戴着兜头帽的修女跟随着她，其中就有她长期的助手、已被尊称为“老朱莉”的朱莉安娜姐妹。塞西莉亚嬷嬷一边检查着每一个伤员，一边发布着命令：清洗伤口、敷药膏、包扎伤口、喂草药。遇到较严重的伤势，她会差人去请“智者”玛蒂、理发师马修或者约瑟夫兄弟。她说的话总是既平静又清晰，她下的命令总是既简短又果断。她使大多数伤员的情绪都稳定了下来，也使他们的亲属放下了心、燃起了希望。

这情景让凯瑞丝既清晰又痛苦地回想起她母亲去世的那一天。那一天她也是既害怕又困惑，但这些情绪只是深藏在她的内心中。那一天塞西莉亚嬷嬷也像现在这样镇定自若。然而尽管有塞西莉亚救助，妈妈还是死了，就像今天许多受伤的人也会死去一样，不过人们会理性地面对死亡，会感到已经尽了一切努力。

当某个人得病时，有些人会去祈求圣母和圣徒，但那只会让凯瑞丝更加恐惧和不安，因为谁也不知道神灵们会不会施救，甚至都不知道他们听见了没有。塞西莉亚嬷嬷没有圣徒们的神通，这一点凯瑞丝十岁时就知道了，但是她那镇定、务实的气质还是让凯瑞丝既心生希望又感到无奈，不过最终会给她的心灵带来安宁。

现在凯瑞丝也成了塞西莉亚随从中的一员。她并没有真正下过决心，甚至连想都没想过。她听从现场最果断的人的命令，正如桥刚刚坍塌，人们都不知所措的时候，河边的人们都听从了她的命令一样。塞西莉亚麻利、实干的作风是富于感染力的，她周围的人都变得沉着冷静起来。凯瑞丝本人正端着一小碗醋，一名叫做梅尔的漂亮的见习修女正把一块碎布浸在醋中，擦洗着木材商的妻子苏珊娜·切普斯托脸上的血。

她们马不停蹄地一直干到深夜。幸亏夏天昼长，天黑之前所有浮在水面上的人都被捞上了岸——不过没人知道有多少淹死的人沉到了河底或者被冲到了下游。谁也没看见疯子尼尔的踪影，她肯定是被绑着她的牛车拖到了水下。令人不平的是，托钵修士默多却活着，除了脚崴了一下之外没有受任何伤，他一瘸一拐地进了贝尔客栈，正大嚼着热火腿、畅饮着浓啤酒给自己压惊呢。

天黑之后，对伤者的救治仍在烛光下进行着。一些修女精疲力竭，不得不休息了；还有一些修女被太多的惨状和死别压垮，总是听错命令或变得笨手笨脚，也不得不被打发走；但是凯瑞丝和一小伙骨干一直坚持了下来，直到再无事可做。当最后一条绷带打上最后一个结后，一定已经过了午夜，凯瑞丝蹒跚着走过绿地，回到了她父亲的家。

爸爸和彼得拉妮拉紧紧握着手坐在餐厅里，为弟弟安东尼的死悲痛欲绝。埃德蒙的眼睛里满含着泪水，彼得拉妮拉哭得非常伤心。凯瑞丝亲吻了他们俩，却想不出能说些什么。她知道自己一旦坐下，就会在椅子里睡着，所以硬撑着爬上了楼。她紧挨着格温达躺在床上。格温达像以往一样和她睡在一起，她也因精疲力竭而睡熟了，没有被搅醒。

凯瑞丝闭上了眼睛，她的身体疲惫不堪，她的心却因为悲伤而隐隐作痛。

在众多的死者中，她父亲只为一人悲痛，而她却能感受到他们全体的重量。她回想着那些躺在大教堂冰凉的石板地上的她的死去的朋友、邻居和相识的人们，想象着他们的父母、儿女、兄弟姐妹的哀伤，巨大的痛苦让她崩溃了。她在枕头里呜咽了起来。格温达没有说话，伸出胳膊搂住了她，把她紧紧抱住。没过多久，她终于被倦意袭倒，沉睡了过去。

天刚亮她就起床了。格温达仍在酣睡，她独自回到了大教堂，继续干活。受伤的人们大部分已被送回家。那些仍需留下观察的人——包括依然昏迷不醒的罗兰伯爵——则被转入了医院。死者的尸体被整齐地摆放在教堂东端的唱诗班席位处，等待下葬。

时间飞一般地流逝着，几乎没有片刻的工夫小憩。直到星期六下午很晚的时候，塞西莉亚嬷嬷告诉凯瑞丝该歇一歇了。她四下里望了望，意识到大部分工作都已经做完了，这才静下心来思索起未来。

直到那一刻之前，她一直无意识地以为正常的生活已经结束，她生活在一个恐怖和悲惨的新世界里。现在她意识到，像所有其他事情一样，这种状态也会过去。死去的人会下葬，受伤的人会痊愈，王桥也最终会挣扎着恢复正常。于是她想起了，就在桥垮塌的前一刻，还有一场悲剧在发生，同样极其残酷和令人心碎。

她在河边找到了梅尔辛。他正同埃尔弗里克和托马斯·兰利一起，指挥着五十多个志愿帮忙的人清理河道。梅尔辛和埃尔弗里克的龃龉在灾祸面前被搁置了起来。大部分散落的木头都被打捞上来，堆在了岸边。但是也有木头仍然相互连接在一起，其中有一大团钉在一起的木头漂浮在水面上，随波浪微微地上下起伏，却像一头被杀死的巨兽一样原地不动。

人们想把桥的残骸拆解为较小的部分，以便处理。这可是件危险的活儿，因为桥随时有可能进一步坍塌，造成这些帮忙的人的伤亡。他们用一根绳子拴住了已部分没入水中的桥的中央部分，一队人在岸上使劲拽着绳子。河中央有一只小船，梅尔辛和大个子马克·韦伯，还有一个划船人留在船上。当岸上的人们歇息时，船就划到残桥旁，马克在梅尔辛的指导下，用一把伐木用的大斧猛砍圆木。然后船再退到安全的距离外，埃尔弗里克一声令下，岸上的人们再合力拽绳子。

在凯瑞丝的注视下，桥的一块很大的部分被拆解了开来。所有的人都一齐欢呼，人们将这团纠缠在一起的木头拖上了岸。

一些帮忙的人的妻子拿着面包和啤酒来了。托马斯·兰利下令休息一会儿。人们纷纷坐下歇息，凯瑞丝找到了梅尔辛。“你不能和格丽塞尔达结婚。”她直截了当地说道。

这突然的直白并没有让梅尔辛吃惊。“我不知道该怎么办，”他说，“我一直在想这事。”

“你愿意和我一起走走吗?”

“好的。”

他们离开了河边的人群，走上了主街。在羊毛集市的喧嚣结束之后，王桥像个墓地一样沉静。所有的人都待在家里，或照料伤者，或哀悼死者。“城里没有几家没人死伤的，”她说，“当时桥上肯定有上千人，或者想离开，或者在折磨疯子尼尔。教堂里有一百多具尸体，我们救治了四百多个受伤的人。”

“还有五百多名幸运的人。”梅尔辛说。

“我们本来也有可能在桥上，或者离桥不远。你我现在都可能躺在唱诗席的地上，浑身冰冷，一动不动。但是我们都受到了上帝的馈赠——我们的余生。我们决不能因为一个错误而糟蹋这份大礼。”

“这不是一个错误，”梅尔辛厉声说道，“这是一个孩子——一个有灵魂的人。”

“你也是个有灵魂的人——而且还是个非同寻常的人。看看你刚才在干什么。有三个人在河上管事。一个是镇上最有钱的建筑匠。一个是修道院的执事。还有一个呢……才是一个学徒，还不满二十一岁。可镇上的人都听你的命令，就像他们愿意服从埃尔弗里克和托马斯一样。”

“这并不意味着我就能逃避自己的责任。”

他们拐进了修道院的院子。大教堂前的绿地被参加羊毛集市的人们践踏得一片狼藉，布满了车辙、泥沼和大大的水洼。凯瑞丝看到教堂西面三扇巨大的窗户上映照着朦胧的太阳和裂开的云层，一幅画面像圣坛背壁的装饰画一样被隔成了三份。晚祷的钟声也开始敲响了。

凯瑞丝说：“想一想吧，你总是说想去看一看巴黎和佛罗伦萨的建筑。你现在全都要放弃了吗？”

“我想是这样。一个男人不能抛弃他的妻子和孩了。”

“这么说你已经把她看作你的妻子了。”

他搂住了她。“我永远不会把她看作我妻子，”他痛苦地说道，“你知道我爱的是谁。”

这一回她想不出巧妙的回答了。她张开嘴巴想说话，却一个字也说不出。她感到喉咙像是哽塞住了。她赶紧眨了眨眼睛，以免眼泪流出，随即她又低下头去，以遮掩自己的情感。

他抓住了她的胳膊把她拉近。“你知道的，是吧？”

她强迫自己迎着他的目光。“是吗？”她的视线模糊了。

他吻着她的嘴唇。这次吻的感觉与她以前所经历的任何一次都不同。他的嘴唇移动得很轻柔，但一直顶着她的嘴唇，仿佛他是想永远记住这一刻，于是她恐慌地意识到，他是在想：这是他们最后一次接吻了。

她紧紧地抱住他，想让这一刻持续到永远，但他终于抽回了身，实在是太短暂了。

“我爱你，”他说，“但我要娶格丽塞尔达。”

生和死都还在继续。小孩子在出生，老人在死去。星期天，屠夫爱德华的妻子埃玛在妒火中烧之下，用他们家最大的一把切肉刀砍了她那淫乱的丈夫。星期一，贝丝·汉普顿的一只鸡不见了，后来被发现在格林尼·汉普森家厨房的锅里炖着，于是格林尼被治安官约翰剥光了衣服鞭打了一顿。星期二，豪威尔·泰勒在圣马可教堂的房顶上干活时，脚下一根腐朽的圆木松动了，他摔了下来，砸穿了天花板，落在下面的地上，当场死去。

到星期三时，除了两座主要桥墩的残桩外，桥的残骸已清理完毕，木头都堆在了岸上。河道开放了，平底船和木筏就可以满载着在羊毛集市上采购的羊毛及其他货物，离开王桥前往梅尔库姆港，再从那里运往佛兰德和意大利了。

凯瑞丝和埃德蒙到河边检查河道清理情况时，梅尔辛正用打捞上来的木头扎一只木筏，准备摆渡人们过河。“木筏比船要好，”他解释道，“牲畜可以自己上下，车子也可以直接推上来。”

埃德蒙表情忧郁地点了点头。“为了每星期的集市，也只好如此了。幸亏到下一届羊毛集市时，我们就能有一座新桥了。”

“我看还不行。”梅尔辛说。

“可你跟我说过，建一座新桥需要一年！”

“是的，那是说建一座木桥。可如果再建一座木桥，还会塌的。”

“为什么？”

“请跟我来。”梅尔辛把他们领到一堆木料前。他指着一组巨大的圆木说：“就是这些木头组成了桥墩——它们可能就是国王赐给修道院的那著名的二十四根英国最好的橡树。请看看它们的底部。”

凯瑞丝能看出这些巨大的圆木原本是被削尖的，只是由于长年在水下泡着，它们的轮廓已经没那么分明了。

梅尔辛说：“木桥没有基础。柱子就是插在河床里的。那样并不结实。”

“可这桥已经矗立了好几百年了！”埃德蒙愤愤地说道。每当他和人辩论时，他都像是要吵架。

梅尔辛已经习惯了，没有在意他的语调。“可它现在塌了，”他耐心地说道，“有些情况发生了变化。木桥墩原先是结实的，现在却不结实了。”

“什么情况能发生变化？河还是那条河嘛。”

“是这样的，先是你在岸上修了一座仓房和一个码头，还修了一道墙来保护你的财产。好几个别的商人也纷纷效仿。我小时候常在上面玩的河南岸原先的泥滩大部分都没了。于是河水就没法再泛上泥滩了。结果水流就比以前急了——特别是在下了像今年这么大的雨以后。”

“所以就必须建一座石桥了？”

“是的。”

埃德蒙抬起头来，看见埃尔弗里克也站在一旁听着。“梅尔辛说建一座石桥需要三年。”

埃尔弗里克点了点头。“三个建筑季。”

凯瑞丝知道，大多数建筑工程都需要在温暖的月份进行。梅尔辛曾向她解释过，当灰泥还没等抹匀就会凝固时，是不能建石墙的。

埃尔弗里克继续说道："一季打基础，一季搭桥拱，一季修桥面。每个阶段后，都必须让灰泥晾上三四个月，晾结实了，才能开始下一个阶段，在上面继续搭建。"

"三年没有桥呀。"埃德蒙忧郁地说道。

"四年，除非你能马上开工。"

"你最好是先为修道院估算一下费用。"

"我已经开始估算了，但这不是一下子就能成的。我还需要两三天时间。"

"你尽快吧。"

埃德蒙和凯瑞丝离开了河岸，走上了主街。埃德蒙情绪激动地迈着他那偏向一侧的步伐大步走着。尽管他的腿萎缩了，他却从来不让任何人扶他。为了保持平衡，他走路时像奔跑一样大幅度地摆动着手臂。镇上的人都知道要给他腾出足够的空间，特别是当他显得急匆匆时。"三年呐！"他一边走一边说着，"羊毛集市会受到沉重打击。我不知道我们多久才能恢复正常。三年呐！"

他们回到家时，看到凯瑞丝的姐姐艾丽丝也来了。她仿照菲莉帕夫人的发式精心地束起了头发，戴了顶帽子。她和彼得拉妮拉姑姑一起坐在桌旁。凯瑞丝从她们的表情上，一眼就看出她们一直在谈论自己。

彼得拉妮拉走进厨房，端出了啤酒、面包和新鲜黄油。她给埃德蒙的杯子倒满了酒。

彼得拉妮拉礼拜日那天大哭了一场，但自那以后她就很少再显出因失去了弟弟安东尼而痛苦的迹象。令人意外的是，一向不喜欢安东尼的埃德蒙，倒好像伤心得多：人们经常在无意中发现他的眼眶里涌起了泪花，尽管那泪花消失得也同样快。

埃德蒙满脑子都是关于桥的事情。艾丽丝本想质疑梅尔辛的判断，但埃德蒙不耐烦地打消了她这个念头。“这孩子是个天才，”他说，“他比很多建筑匠师都懂得多，可他还没出学徒期呢。”

凯瑞丝愤愤地说道：“可惜他还是要跟格丽塞尔达过一辈子了。”

艾丽丝起而为自己的继女辩护：“格丽塞尔达没有任何错。”

“不，她有错，”凯瑞丝说，“她根本就不爱梅尔辛。她引诱他，是因为她男朋友离开了镇子，就是这么回事。”

“梅尔辛是这么跟你说的？”艾丽丝嘲讽地笑道，“要是一个男人不想做那事，他就可以不做——记住我的话吧。”

埃德蒙咕哝了一句。“男人有可能经不起诱惑。”他说。

“哦，这么说，你站在凯瑞丝一边了，是吗，爸爸？”艾丽丝说，“我一点儿也不奇怪，你一向都是这样的。”

“这不是站在谁一边的问题，”埃德蒙回答道，“一个男人也许事先并不想做某件事，事后也会后悔，但在一闪念间他的意愿可能发生变化——特别是当一个女人要花招时。”

“要花招？你凭什么认为是格丽塞尔达主动投怀送抱呢？”

“我没这么说。但是我知道一开始是她在哭，梅尔辛想安慰她。”

是凯瑞丝告诉他这些的。

艾丽丝愤愤地说：“你总是袒护那个不听话的学徒。”

凯瑞丝正吃着涂了黄油的面包，但她一点儿胃口也没有。她说：“我猜他们会生出半打肥胖的孩子。梅尔辛会继承埃尔弗里克的产业，又像他岳父一样，成为镇上的一个业主，为商人盖房子，谄媚教士以换取合同。”

彼得拉妮拉说：“要是那样，不就求之不得了吗？他将成为镇上的头面人物之一。”

“他本来有更远大的前程的。”

“是吗，当真?”彼得拉妮拉故作惊讶地嘲讽道，“他爸爸不过是个落魄的骑士，连给他妻子买双一先令的鞋都买不起。你凭什么认为他前程远大?”

凯瑞丝被她的嘲讽深深地刺痛了。的确，梅尔辛的父母不过是穷食客，吃喝全靠修道院供给。对他来说，能继承一位富庶的建筑匠的产业的确意味着社会地位的提高。但她仍然认为他本应大有作为的。她说不清自己能为他勾画出什么样的前程。她只知道他与镇上所有的人都不同，她难以忍受他将成为一个普通人。

星期五那天，凯瑞丝带格温达去见“智者”玛蒂。

格温达还留在镇上，是因为伍尔夫里克也在，他要安排家人的下葬事宜。埃德蒙的女仆伊莲帮格温达烤干了衣服，凯瑞丝为她包扎了脚，还给了她一双旧鞋子。

凯瑞丝感到格温达没有把她森林历险的全部真相说出。她说西姆把她带到了强盗那里，她逃跑了。西姆一路追她，在桥塌的时候死了。治安官约翰对她的说法很满意：强盗是不法分子，因此西姆的遗产不用传承。格温达自由了。但是凯瑞丝相信，森林中一定还发生了些其他事情，一些格温达不愿说的事情。凯瑞丝没有逼迫她的朋友。有些真相最好是深埋起来。

这星期镇上人全在忙着办葬礼。由于死者都是非正常死亡，葬礼的仪式也大同小异。给死者擦洗遗体，给穷人缝尸布，给富人钉棺材，给所有的人挖墓穴，给教士付钱。并非所有的修士都能做教士，只有几个人有资格，于是他们排了班，一连几天，一天到晚，在大教堂的北侧为人们主持葬礼。王桥还有六座较小的教区教堂，那里的教士也都忙得不可开交。

格温达一直在帮着伍尔夫里克忙前忙后，做着传统上该由女人做的事情，擦洗遗体、缝尸布、挖空心思地安慰他。他有些魂不守舍。尽管他把葬礼的所有细节都安排得周到细致，却会一连好几个小时皱着眉头，摆出一副奇怪的表情，眼睛茫然地盯着前方，好像是在解什么巨大的谜。

到星期五那天，葬礼基本上都办完了，但是代理副院长卡吕斯却宣布星期日为所有遇难者的灵魂举办一场特殊的祷告，因此伍尔夫里克要等到星期一才能走了。格温达告诉凯瑞丝，他似乎对有一个同村的人陪伴他很是感激，但只有在谈起安妮特时他才会显出些生气来。于是凯瑞丝提出再为她买一剂情药。

她们在“智者”玛蒂的厨房里找到了她。她正在熬制药物。小小的屋子里弥漫着药草、食油和葡萄酒的味道。“我已经把我要在星期六和星期天用的所有东西全都用光了，”她说，“我得重新备货了。”

“不管怎么说，你一定赚了些钱。”格温达说。

“是的——如果我能把钱都收回来的话。”

凯瑞丝一惊。“怎么，还会有人对你赖账吗？”

“有的人。我一向都要在人们还没消痛时就提前收费。但如果他们一时没钱，也不能不给他们治呀。大多数人事后都会付账，但也有人不是。”

凯瑞丝为她的朋友愤愤不平。“他们怎么说？”

“各种各样的理由。付不起啦，药没起作用啦，服药前没经他本人同意啦，说什么的都有。不过别担心。世界上还是守信的人多，足够我维持下去了。你们想要什么？”

“格温达的情药在桥塌时丢了。”

“这好办。你干吗不自己给她配一副呢？”

凯瑞丝一边配药，一边问玛蒂：“有多少孕妇最后会流产呢？”

格温达知道她为什么问这问题。凯瑞丝把梅尔辛的窘况全都告诉了他。两个少女在一起的大部分时间都在谈论伍尔夫里克的冷漠和梅尔辛的高度责任感。凯瑞丝甚至动了自己买一副情药用在梅尔辛身上的念头，但最终还是作罢了。

玛蒂目光犀利地看了她一眼，只是含糊地答道："没人知道。很多时候，一个女人会一个月不来月经，而下个月又来了。她是怀了孕又流了产，还是因为什么其他原因，谁也说不清。"

"哦。"

"不过，如果这是你们俩担心的事情的话，我告诉你们，你们俩都没怀孕。"

格温达马上问道："你怎么知道的？"

"我只消看看你们就知道了。一个女人怀孕了，几乎马上就会起变化。不仅是她的肚子和乳房，她的脸色、步态、情绪，都会变化。这些事情，我比大多数人看得都准——所以人们叫我'智者'。那么是谁怀孕了？"

"埃尔弗里克的女儿，格丽塞尔达。"

"噢，是的，我早看出来了。她都怀孕三个月了。"

凯瑞丝大吃了一惊。"多长时间？"

"三个月，差不了太多。只要看看她就够了。她一向不瘦，但现在更是胖乎乎的了。那么你们为什么吃惊呢？我猜她怀的是梅尔辛的孩子，对吗？"

玛蒂总能猜到点子上。

格温达对凯瑞丝说："我记得你跟我说那事发生得不久。"

"梅尔辛没告诉我准确的时间，但给我的印象是不久之前，而且只发生过一次。现在看来，他跟她做那事，已经好几个月了！"

玛蒂皱起了眉。"他为什么要撒谎？"

"为了使他显得没那么坏？"格温达猜道。

“那样就好些吗？”

“男人的想法很奇怪。”

“我要去问问他，”凯瑞丝说，“现在就去。”她放下了瓶子和量勺。

格温达问：“那我的药怎么办？”

“我来帮你做完，”玛蒂说，“凯瑞丝已经等不及了。”

“谢谢你。”凯瑞丝说着，走了出去。

她径直来到河边，但这回梅尔辛却不在那里。她在埃尔弗里克家也没找到他。她想他一定是在石匠的阁楼里。

在大教堂的西面，石匠领班的工作间恰好占据了塔楼中的一座。凯瑞丝攀上塔楼扶壁中狭窄的螺旋梯，来到了这里。屋子很宽敞，高高的尖拱窗使光线非常充足。沿着其中的一堵墙，整齐地码放着大教堂初建时的石匠用过的雕刻模具。这些形状优美的模具精心地保存下来，就是为了维修时再用。

地面是供建筑匠师画图用的。地板上铺着一层灰泥，大教堂最早的石匠领班、建筑匠师杰克，就是用铁制的绘图仪在灰泥上画他的设计图的。刻划的痕迹起初是白色的，但随着时间的推移渐渐地消失了，于是就可以在旧的图上面画新的图。当设计图很多，已很难分清新旧时，就会在上面铺上新的灰泥，于是这一过程再重新开始。

羊皮纸，也就是修士们用来抄写《圣经》经文的薄薄的羊皮，用来画图就太贵了。在凯瑞丝的时代，一种新的书写媒质已经出现了，那就是纸，但纸是从阿拉伯人那里传来的，修士们视之为穆斯林异教徒的发明，因而拒绝使用。不管怎么说，纸得从意大利进口，并不比羊皮纸便宜。而且在地板上画图还有一大好处：木匠可以直接把木头放在地上的设计图上面，严格地按照建筑匠师所画的线条刻制模具。

梅尔辛跪在地上，正按照一幅设计图刻着一块橡木，但他不是在做模具。他在刻一只有十六个齿的齿轮。旁边的地上还有一只较小的齿轮，梅尔辛停了一会儿，把两只齿轮放在一起，看是否合适。凯瑞丝在水磨上见过这样的齿轮，它们把水车的轮叶和磨石连接起来。

他一定听见了她踏在石阶上的脚步声，但他太专注于自己的工作了，都没有抬头看上一眼。她注视了他片刻，气恼和爱意在心中激烈地搏斗着。这正是她所熟悉的他在全神贯注时的模样：他那矮小的身躯俯向他的作品，他那有力的手和灵巧的手指细致地做着修改，他的面孔纹丝不动，他的目光坚定不移。他就像一只正俯身畅饮着溪水的小鹿。凯瑞丝心想，当一个男人在做自己生来该做的事情时，就是这个样子。他正处于一种快乐中，但还不仅仅是快乐。他在完成自己的使命。

她突然喊出声来："你为什么要骗我？"

他的凿子脱落了。他痛得大叫一声，举起手指看了看。"天哪。"他说着，把手指塞进了嘴里。

"对不起，"凯瑞丝说。"你伤着了吗？"

"问题不大。我什么时候骗你了？"

"你给我的印象是格丽塞尔达只勾引了你一次。可实际上你们俩在一起鬼混，已经有好几个月了。"

"不，我们没有。"他吮吮着他流血的手指。

"她已经怀孕三个月了。"

"不可能，那事才发生了两个星期。"

"就是三个月，从她的体形就能看出来。"

"你能看出来？"

"是'智者'玛蒂告诉我的。你为什么骗我？"

他正视着她的眼睛。"可我没有骗你，"他说，"那事就发生在羊毛集市那个星期的星期天。是第一次，也是唯一的一次。”

“那么，才过了两个星期，她怎么就敢肯定自己怀孕了？”

“我不知道。不过，女人到底过多久才能知道自己怀孕了呢？”

“你不知道吗？”

“我从来没问过。不管怎么说，三个月前格丽塞尔达还和……”

“噢，天哪！”凯瑞丝说道。她的心头闪起了一束希望的火花。“她还和她以前的男朋友瑟斯坦在一起呢。”那火花已燃成了火焰。“那肯定是他的孩子。是瑟斯坦的孩子，不是你的。你不是孩子的父亲！”

“会是这样吗？”梅尔辛简直不敢相信。

“当然——这样一切都说得通了。如果她突然爱上了你，她会寻找一切机会和你在一起的。可你说她从来都不搭理你。”

“我想那是因为我不想娶她。”

“她从来就没喜欢过你。她只是需要给她的孩子找个父亲。瑟斯坦跑了——也许就是在她告诉他自己怀孕后，给吓跑的。而你恰好住在她们家，又傻得足以中她的圈套。噢，感谢上帝！”

“感谢‘智者’玛蒂。”梅尔辛说。

她看到了他的左手。血正从一根手指上涌出。“噢，我让你受伤了！”她叫了一声，抓起他的手，仔细检查着伤口。伤口不大，但很深。“我很抱歉。”

“没那么严重。”

“不，很严重。”她说道，不知道自己是在说伤口还是别的什么事情。她吻了吻他的手，她的嘴唇感觉到了他的热血。她把他的手指放进自己嘴里，把伤口吮干净。这动作如此亲昵，感觉简直像是性行为，她闭上了眼睛，心醉神迷。她咽了咽口水，品味着他的鲜血，激动得浑身颤抖起来。

桥塌之后一星期，梅尔辛扎起了一只木筏。

木筏是在星期六一早完工的，正好为一星期一次的王桥集市派上了用场。为此梅尔辛整个星期五晚上都在挑灯夜战，凯瑞丝猜想他恐怕还没有时间同格丽塞尔达谈话，告诉她自己已经知道了那孩子是瑟斯坦的。凯瑞丝和她父亲来到河边，想体验一下第一批赶集的人到来的感觉——他们来自周围村庄，有用篮子提着鸡蛋的妇女，用车拉着黄油和奶酪的农民，还有赶着羊群的牧羊人。

凯瑞丝很佩服梅尔辛的这件作品。木筏大得足以载下一辆马拉车，而不必让牲畜卸下辕。筏的四周还有一圈结实的木栏，可以防止羊跌下河去。河两岸都搭起了与水面齐平的木台，以便车辆上下。乘客需要付一便士，由修士收取——渡船像桥一样，也属于修道院。

最巧妙的是梅尔辛设计的使木筏从河的这一边到那一边的方式。一条长长的绳子从筏的南端伸出，一直伸过河，绕过一根柱子，再拉回此岸，绕过一个滚筒，再回到筏上，系在筏的北端。滚筒通过一组木齿轮与一个由牛拉动的转盘连接：凯瑞丝昨天看见过梅尔辛在刻那组齿轮。由一根杠杆改变齿轮的转动方向，这样滚筒就可以根据木筏是去还是回来改变方向了——没有必要改变牛踱步的路线，也不用让牛调头。

“这很简单。”当凯瑞丝为之惊叹时，梅尔辛说道——而她仔细看过后，觉得也确实简单。杠杆只是把一只大齿轮撬起，使两个较小的齿轮进入了它原先的位置，就改变了滚筒转动的方向。然而，王桥的人都从来没见过这样的东西。

整个上午，半个镇子的人都来观赏过梅尔辛令人惊奇的机械装置。凯瑞丝深深地为他感到骄傲。埃尔弗里克也站在一旁，向所有提问的人解释了机械原理，把梅尔辛的功劳记到了自己账上。

凯瑞丝想不通埃尔弗里克的脸皮怎么会这么厚。他捣毁了梅尔辛刻的门——假如不是发生了塌桥这么大的灾难，这一暴行会让全镇的人都感到惊骇和愤慨的。他用棍子打了梅尔辛，梅尔辛的脸现在还肿着。他合谋了企图让梅尔辛娶格丽塞尔达，生下别人的孩子的阴谋。梅尔辛继续与他合作，是因为觉得救灾重于他们的争执。但凯瑞丝不明白埃尔弗里克怎么还能昂得起头来。

木筏的设计很精彩——但却没有充分解决问题。

埃德蒙指出了这一点。在河对岸，来赶集的人们和车辆沿着郊区的道路一直排到了目力所及范围之外。

“如果用两头牛，会更快的。”梅尔辛说。

“会快上一倍吗？”

“不会，不会那么快的。我可以再造一条渡船。”

“那边已经有一条了。”埃德蒙说着，伸手一指。他说得没错：船夫伊恩正划着船在摆渡赶路的旅客。伊恩的船没法载车，他也拒绝牲畜上船，一次收费两便士。平日里他连糊口都难：他每天两次渡一名修士去麻风病人岛，此外就很难再有生意了。但今天，他那边也排起了队。

梅尔辛说：“是的，你说得对。归根到底，渡船是代替不了桥的。”

“这真是飞来横祸，”埃德蒙说，“博纳文图拉带来的消息已经够糟糕的了。但这——这足以毁了这镇子。”

“所以你必须建一座新桥。”

“不是我，是修道院。副院长死了，不知道他们什么时候能选出一个新的来。我们只能去逼代理副院长拿主意。我现在就去找卡吕斯。凯瑞丝，跟我一起去吧。”

他们走上主街，进了修道院。通常来访者必须先到医院，请杂役去通报他们想见哪位修士：但埃德蒙不是等闲人物，而且他很高傲，决不会这样去求人通报的。副院长是王桥的领主，但埃德蒙是教区公会会长，是使王桥有了今天这般规模的商人们的首领，在管理镇子方面，他一向视修道院副院长为合伙人，更何况过去十三年，副院长是他的弟弟。所以他径直来到了大教堂北侧副院长的住所。

这是一座木结构的房子，像埃德蒙家一样，一楼有一个门厅和一个客厅，二楼有两间卧室。没有厨房，因为副院长的膳食是由修道院厨房准备的。有很多主教和修道院副院长都住在宅邸里——王桥的主教就在夏陵有一处很不错的宅子——但王桥修道院副院长的住所却很简朴。不过，屋里的椅子很舒服，墙上也挂着些描绘《圣经》故事的挂毯，还有一座很大的壁炉，使得屋里在冬天很暖和。

凯瑞丝和埃德蒙来到时，上午正好过了一半，年轻的修士这时一般都在劳动，年长的修士则在阅读。埃德蒙和凯瑞丝在副院长住所的门厅里见到了瞎子卡吕斯。他正和司库西米恩密谈着什么。“我们必须谈谈建一座新桥的事了。”埃德蒙开门见山地说道。

“很好，埃德蒙。”卡吕斯说，他从声音听出了这是谁。凯瑞丝注意到，他的语调并不热情，心想他们是否来得不是时候呢。

埃德蒙对于气氛也像她一样敏感，但他一向咄咄逼人。他拉过一把椅子坐下，说：“你估计你们什么时候会选举一位新的副院长呢？”

“你也坐下吧，凯瑞丝。”卡吕斯说。凯瑞丝不明白他怎么知道自己也在这里的。“选举的日期还没定，”卡吕斯继续说道，“罗兰伯爵有权提名一位候选人，可他还没有恢复知觉呢。”

“我们等不及了。”埃德蒙说。凯瑞丝觉得他说话太唐突，但他一向如此，她也就没说什么。“我们必须马上开始建新桥，”她父亲继续说道，“木桥不行，得建一座石桥。那需要三年时间——如果我们再不开工，就得四年了。”

“石桥?”

“这是必须的。我一直在和埃尔弗里克和梅尔辛谈这件事。再建一座木桥，会像旧桥一样塌掉的。”

“可是费用!”

“大概是二百五十镑，要看怎么设计了。这是埃尔弗里克算的。”

西米恩兄弟说：“建一座木桥需要五十镑，可因为费用，安东尼副院长上星期还拒绝了。”

“可你们看看这结果吧！一百多个人死了，更多的人受了伤，损失了那么多牲畜和车辆，副院长死了，伯爵这会儿还在死神的门口徘徊呢。”

卡吕斯生硬地说道：“我希望你不是在责怪已故的安东尼副院长要对所有这一切负责。”

“我们不能还声称他的决策是正确的。”

“上帝已经为我们的罪过惩罚了我们。”

埃德蒙叹了口气。凯瑞丝也感到很沮丧。修士们无论什么时候做错了事，都会拉上帝来作托词。埃德蒙说：“我们凡人很难揣摩上帝的旨意。但有一件事我们却很清楚，如果没有桥，这镇子也就完了。我们已经输给夏陵了。如果不尽快建起一座石桥，用不了多久，王桥就会变成一个小村子的。”

“这也许就是上帝为我们安排的。”

埃德蒙开始气急败坏起来。“难道上帝会这么讨厌你们这些修士吗？相信我吧，如果羊毛集市和王桥市场完蛋了，这个有二十五名修士、四十名修女和五十个杂役的修道院也就没法存在了，医院、唱诗班和学校也没法存在了。就连大教堂都不可能有了。王桥的主教一向住在夏陵——如果那边财大气粗的商人们主动提出，拿出他们蒸蒸日上的市场的利润，在他们的镇子上给他建一座金碧辉煌的新大教堂，该怎么办呢？没了王桥市场，没了镇子，没了大教堂，没了修道院——难道这就是你们想要的？”

卡吕斯脸上露出了惊恐的神色。显然他没有想过：塌桥会真的从长远上影响修道院的地位。

但是西米恩说道：“如果修道院连座木桥都修不起，就更别提石桥了。”

“可你们必须修！”

“石匠们愿意免费干活儿吗？”

“当然不能。他们得养家糊口。但我们已经说过了，镇民们愿意筹钱借给修道院，将来以过桥费来还。”

“这样你们就剥夺了我们桥上的收入！”西米恩愤愤地说道，“你们又回到了那个骗局上，是吧？”

凯瑞丝插话了：“可你们现在根本收不到过桥费。”

“恰恰相反，我们收到了摆渡费。”

“你们能支付埃尔弗里克造木筏的钱了。”

“这比修桥的钱要少多了——即便如此，也已经让我们囊空如洗了。”

“你们永远也别指望收到很多钱——摆渡太慢了。”

“将来也许会有那么一天，修道院有能力修一座新桥。如果上帝愿意，他会告诉我们办法的。那时候我们就能继续收过桥费了。”

埃德蒙说：“上帝已经告诉了你们办法。他启示我女儿想出了这么一个以前从来没有人想到过的筹钱办法。”

卡吕斯一本正经地说道：“请让我们来判断上帝做了些什么。”

“很好，”埃德蒙站起身来，凯瑞丝也站了起来，“我很遗憾你们是这样的态度。这是王桥的灾难，是住在这里的所有人的灾难，包括修士。”

"我必须听从上帝的指示，而不是你的。"

埃德蒙和凯瑞丝转身就走。

"还有一句话，你愿意听吗?"卡吕斯说。

埃德蒙在门口转过身来。"当然。"

"非神职人员是不可以随随便便进修道院的房子的。下次如果你想见我，请先到医院，派一名见习修士或修道院雇的杂役来叫我出去，按规矩办。"

"我是教区公会会长!"埃德蒙抗议道，"我一向是直接来见副院长的。"

"毫无疑问，那是因为安东尼副院长是你的弟弟，他才不愿意按规矩办的。但现在情况不同了。"

凯瑞丝看了看她父亲的脸色。他在强压着怒火。"很好。"他紧绷着脸说道。

"愿上帝赐福于你。"

埃德蒙出去了。凯瑞丝紧跟着他。

他们一起穿过了泥泞的绿地，经过了少得可怜的一簇市场摊位。凯瑞丝体会到她父亲的责任有多么重。别人大多只操心养家糊口的事情，埃德蒙却要操心整个镇子的命运。她瞟了他一眼，看到他忧郁地皱着眉，一副痛苦的表情。埃德蒙不像卡吕斯，不会甩手不管，只说按上帝的旨意行事。他在绞尽脑汁地思索解决问题的办法。即使没有修道院的帮助，他也要竭尽全力做该做的事情，凯瑞丝心中油然对他涌起了一股热爱。他从来没抱怨过自己的责任，只要承担起来，决不推卸。想到这儿，她鼻子酸了。

他们离开了修道院的院子，穿过了主街。当来到自家门前时，凯瑞丝问道："咱们该怎么办?"

"事情明摆着呢，不是吗?"她父亲说道，"咱们决不能让卡吕斯选上副院长。"

一五

戈德温想当王桥修道院的副院长。他一心期盼着。他跃跃欲试地要改善修道院的财务，加强对其土地及其他财产的管理，以便修士们用不着再去找塞西莉亚嬷嬷找财路。他渴望着更严格地将修士与修女隔离，还要他们都不与镇上的人往来，以使他们可以呼吸纯净圣洁的空气。除去这些无可指摘的动机之外，也还有其他。他渴望权力与显赫的名声。入夜之后，他在想象中已经当上了副院长。

“把回廊中的杂物清理干净!”他会这样对一名修士说。

“是，副院长神父，马上就干。”

戈德温喜欢副院长神父那种叫法。

“日安，理查主教。”他会这么说，称不上谄媚，但彬彬有礼。

而理查主教也会像一位有地位的教士对另一位有身份教士的态度回答：“也祝你日安，戈德温副院长。”

“我相信一切还中你的意吧，主教大人?”他可能会说，这次是必恭必敬了，但仍是大人物的下级的口吻，并不像出自小人物之口。

“噢，是的，戈德温，你在这儿干得太出色了。”

“主教大人太客气了。”

也许有一天，当他和一位衣着华丽的有权势的人并肩在回廊中散步时，会说：“阁下能屈尊到我们这简陋的修道院来，真让我们蓬荜生辉。”

“谢谢你，戈德温神父，不过我来是为了求教的。”

他想得到这一职务——但他不清楚如何做到。他为这事思虑了整整一个星期，同时还得监督上百个人的埋葬和安排礼拜天的重大仪式，既是安东尼的丧礼，也是为王桥所有死者灵魂悼念。

与此同时，他对任何人绝口不提他的希望。只是在十天之前他才学会了直率的代价。他带着《蒂莫西书》去参加例会并引发了一场关于改革的强烈争论——一帮守旧派居然配合默契地反对他，仿佛他们曾经演练过似的，要把他像车轮下的青蛙似的轧扁。

他不会容许这种事情再次发生。

礼拜天上午，当修士们列队进入食堂吃早餐时，一名见习修士悄悄告诉戈德温，他母亲要在大教堂北廊里见他。他谨慎地溜了出去。

他悄悄地穿过回廊和教堂时，已经担忧了。他猜得出发生了什么事。昨天出的事让彼得拉妮拉心烦意乱。她睁眼躺了半夜思虑那事。这天早晨天一亮她就想好了一个行动计划——他也在其中。她一准是处于最不耐烦和盛气凌人的状态。她的计划大概不错——但即使不好，她也会坚持让他去执行。

她身穿一件湿斗篷——外面又下雨了——站在北廊的暗处。“我弟弟埃德蒙昨天来见瞎子卡吕斯了，”她说，“他告诉我，卡吕斯已经像是副院长一样行动了，推举不过是走走形式。”

在她的语气里有一种指责的调子，好像这是戈德温的过错。他辩解着回答：“在安东尼舅舅尸骨未寒时，守旧派就已倒向卡吕斯了。他们根本不听候选人要有对手的议论。”

“嗯，年轻人呢?”

“他们当然要我争一争。他们喜欢我就《蒂莫西书》起来反抗安东尼副院长的做法——虽说我被否决了。不过我什么都没说。”

“还有别的候选人吗?”

“托马斯·兰利是个外行。有些人不赞成他，因为他原来是个骑士，还杀过人，这都是他自己承认的。可是他挺能干，做起事来很讲效率，而且从来不欺负见习修士……”

他母亲一副沉思的模样。“他有什么经历？怎么当上修士的?”

戈德温的担忧有些缓和了。看来她不打算训斥他不行动了。

“托马斯只是说，他一向渴求圣洁的生活，当他带着创伤来到这里的时候，他决心再不离开了。”

“我记得这事，那是十年以前了。可我从来没听到他是怎么负的伤。”

“我也没听说过。他不喜欢谈论他过去的戎马生涯。”

“他进修道院是谁花的钱？”

“怪得很，我也不知道。”戈德温时常惊叹他母亲一针见血的提问本事。她可能专横跋扈，但他不得不佩服她。“可能是理查主教——我记得他承诺了日常赠品。但他本人不会有那么多钱的——他当时还不是主教呢，只是个教士。也许他在替罗兰伯爵发话。”

“弄清楚。”

戈德温迟疑了。他得把修道院图书馆中的全部证书查看一遍。而图书馆管理员奥古斯丁兄弟虽然不可能盘问他这个司铎，但别人会的。这样的话，戈德温就会陷于窘境，只好杜撰出一个花言巧语的故事来解释自己的作为，而如果那赠品是现金，不是土地或其他财产——虽不寻常，却有可能——他还得查明细账……

“怎么了？”他母亲厉声说。

“没什么。你说得不错。”他提醒自己她那指手画脚的态度是爱他的表现，或许那是她所知道的表达母爱的唯一方式呢。“总会有记录的。让我好好想想……”

“什么？”

“那样一种赠品总要大肆宣扬的。副院长在教堂里宣布，还要为捐赠人祈福，然后在布道时大讲，向修道院赠地的人会如何如何在天堂得到褒奖。可我不记得托马斯来的时候发生过那样的事情。”

“寻找证书还有更主要的原因。我认为托马斯是个带着秘密的人。而秘密终归是个弱点。”

“我要深入查一查。你认为我该对想让我参与推举的人说些什么呢?”

彼得拉妮拉狡猾地一笑。“我觉得你该对他们说，你无意做候选人。”

戈德温离开他母亲时，早餐已经结束。迟到者是不允许就餐的，这是多年来立下的规矩。但厨房总管雷纳德兄弟总能为他喜欢的人找到一份吃的。戈德温进了厨房，拿到了一块干酪和一块面包。他站着吃起来，在他身边，修道院的仆人们把早餐的碗从食堂里拿了回来，并洗刷着熬粥的铁锅。

他边吃边回味他母亲的忠告。他越想越觉得高明。他一旦声明他不参与推举，他说的别的话就会有旁观者评论的效果了。他可以操纵选举而不被怀疑有自私的动机。这样他就可以在最后时刻采取行动。他感到一股暖流：他衷心感激母亲不停思考的大脑的精明和她那颗从不气馁的心的忠诚。

西奥多里克兄弟看到他在那里。西奥多里克端正的面容因义愤而发红。“西米恩兄弟在早餐时对我们说，卡吕斯要当副院长了，”他说，“全都是要维持安东尼的明智统治的话。他是不会改变任何事情的!”

戈德温心想，这可够狡猾的。西米恩利用戈德温不在场的机会，说出这番权威性的话，戈德温要是在场，就会挑战的。他同意地说：“这不够光彩。”

“我问道，别的候选人会不会获准在早餐时候以同样的方式向修士们发表讲话。”

戈德温咧嘴一笑。“你真是好样的!”

“西米恩说，没必要有其他候选人了。‘我们不是在举行射箭比赛。’他说。照他的观点，已经作出了决定：安东尼副院长在指定卡吕斯做副院长助理时，就已经选定他做接班人了。”

“这完全是废话。”

“一点不错。修士们都气愤了。”

戈德温心想，这真是太好了。卡吕斯由于想剥夺他们的选举权，连他的支持者都得罪了。他自己拆了自己的墙脚。

西奥多里克继续说：“我觉得我们应该迫使卡吕斯退出竞选。”

戈德温本想说：你疯了吗？但他咬住了牙关，尽量做出一副像是在认真考虑西奥多里克的话的样子。“这是解决问题的最佳方案吗？”他问道，仿佛当真没有把握。

西奥多里克对这个问题感到奇怪。“你是什么意思？”

“你说兄弟们全都生了卡吕斯和西米恩的气。照这样下去，他们就不会选卡吕斯。但要是卡吕斯退出了，守旧派就会另外推出一个候选人。这一次他们可以挑一个好些的，可能是得人心的——比如说，约瑟夫兄弟。”

西奥多里克听了大惊。“我从来没这样去想问题。”

“也许我们该希望卡吕斯仍是守旧派的选择。人人都知道他反对任何改革。他当修士的理由就是：他很高兴每天都照样：他要走同样的小路，坐在同样的位子上，吃饭、祈祷、睡觉都在同样的地方。也许是因为他失明，不过我怀疑他就是不失明也会是这样子的。原因并不重要。他相信这里的一切都无需变化。如今，没有多少修士是那么满意的——这就使卡吕斯相对易于被击败。一个代表守旧派、却提出一些小改革的候选人反倒更可能取胜。”戈德温意识到，他已经忘记了要装出含糊其辞的样子，开始立规矩了。他赶紧收回来，补充说：“我不清楚——你是怎么想的？”

“我认为你是个天才。”西奥多里克说。

戈德温心想：我不是天才，但我学得快。

他来到医院，看到菲利蒙正在清扫楼上的私人客房。威廉老爷还在这里，照看他父亲，守候着他醒来或死去。菲莉帕夫人和他在一起。理查主教已经回到他在夏陵的宫殿，但说好今天要回来，主持大型葬仪礼拜。

戈德温把菲利蒙领到图书馆。菲利蒙不大识字，但取出那些证书，他还是有用的。

修道院存有一百多份证书。多数是土地转让契约。土地所有权主要在王桥附近，少数分散在英格兰的遥远地区和威尔士一带。其他证书则是授权修士修建他们的修道院，建造一座教堂，从夏陵伯爵领地的一处采石场免费采石，将修道院周围的土地分片划归为住宅区并加以出租，主持法庭，组织每周一次的集市，为渡河收款，举办一年一度的羊毛集市，把货物经河运送到梅尔库姆，而不必给付沿河所经的任何土地的领主税款。

这些文献都是用笔写在羊皮纸上的。羊皮纸是经过仔细清洗、刮擦、漂白的薄皮，再经伸展而形成可以书写的表面。长的羊皮纸被卷成卷，再用细皮绳捆扎好。羊皮纸文献都保存在带铁箍的箱子里。箱子上了锁，钥匙放在图书馆中一个小型的雕花盒内。

戈德温打开箱子时，失望地皱起了眉头。证书不是规整地码放着的，而是看不出次序地乱放在箱子里的。有些纸卷有破损，边缘也磨破了，而且全都积满了灰尘。文献应该按日期顺序排列，他心想，每个纸卷上都编号，号码的目次都列在箱盖内侧，这样就可以迅速找到某个所需的证书了。如果我当上了副院长……

菲利蒙一个个地取出那些证书，吹掉上面的浮尘，给戈德温一一摆放在桌子上。大多数人都不喜欢菲利蒙。有一两名老修士根本就不信任他，但戈德温却不这样：把你当作上帝的人，你是难以不信任他的。大多数修士只是习惯了有他这么一号人——他毕竟已在这里待了很长时间了。戈德温记得他还是个孩子的样子：高高的个子，笨手笨脚，总是在修道院里转悠，询问修士们哪个圣者最好祈求，他们是不是亲眼见过奇迹。

大多数证书都是在一张纸上抄成两份的。在两份中间用大号字母写成“骑缝证书”字样，然后把那张纸从中间用锯齿形分成两半，把“骑缝证书”字样也分开。双方各执该纸的一半，而按锯齿形切痕对接，便能证明两份文书都是真的。

有些纸上有洞，大概是活羊曾被寄生虫咬破皮过。还有些被咬啮过，大概是老鼠在某个时候留下的。

不消说，文献全是用拉丁文写就的。越是近期的越容易读懂，但那种旧式的手写体戈德温却难以分辨，他翻看着，直到找到了一个日期。他寻找的是十年前万圣节后不久写下的东西。

他检查了每一张纸，但什么也没发现。

最近的一张记录的是那之后数周的事情。罗兰伯爵应允杰拉德骑士将其土地的所有权转给修道院，以此换取了修道院免除他的债务，并供养他和夫人的余生。

戈德温还不算大失所望。恰恰相反，无论是托马斯没有通常的赠与就被接纳——这本身已经很奇怪了，抑或是那证书被保存在无法看到的别的地方，看来都像是彼得拉妮拉的直觉是对的，托马斯定有秘密在身。

一座修道院中没有很多私密之处。修士们不该有私人财产，也没有秘密。虽说一些富有的修道院为高级教士们修建了私人地下室，但在王桥，他们都睡在一个大房间里——唯有副院长是例外。几乎可以肯定地说，接纳托马斯的证书就在副院长的住所。

那地方此时住着卡吕斯。

这就使事情困难了。卡吕斯更不会让戈德温搜查那里的。搜查也难说是必要的；那里大概会有个盒子或提包，外表很一般，却藏有已故副院长安东尼的个人文献：从他当见习修士开始的笔记本，来自大主教的一封友情信函，一些布道词。卡吕斯可能在安东尼死后查看过这些东西，但他没理由允许戈德温再查一遍。

戈德温皱起眉头思考着。别人能查吗？埃德蒙或者彼得拉妮拉可以要求看看他们已故兄弟的物品，而卡吕斯断难拒绝这样一个要求，但他可以事先转移修道院的文件。对，这种搜查只能暗中进行。

铃响了，该进行第三次祈祷了，这是上午九点的必修。戈德温意识到，这是他有把握这时卡吕斯不在副院长住所而在大教堂礼拜的唯一时间。

他得逃过这次祈祷。他必须想出一个说得过去的托词，这并非易事——他是司铎，是绝不能逃避祈祷的人物。但再无他途了。

“我要你到教堂来找我。”他对菲利蒙说。

“好吧。”菲利蒙答应着，不过他面带难色：修道院的杂役在礼拜时是不准进入唱诗班席的。

“圣歌一唱完马上就来。在我耳根低语。你说什么都行，也别管我做什么，说下去就是了。”

菲利蒙愁得皱起了眉头，不过还是点头同意了。他肯为戈德温做任何事情。

戈德温离开了图书馆，走进了去往教堂的队伍。中殿中只有少数几个人：镇上的大多数人会在晚些时候来这里参加为坍桥的死难者举行的弥撒。修士们仍在唱诗班席上就位，仪式开始了。“噢，上帝，俯身来救援我吧。”戈德温随着别人一起说着。

他们唱完圣歌，开始了第一首赞美诗，这时菲利蒙出现了。全体修士都瞪着他，就如在熟悉的仪式中出现非常规的事情时人们都会做的那样。西米恩兄弟不满地拧起了眉头。指挥唱歌的卡吕斯感到了骚动，满脸困惑。菲利蒙来到戈德温的席位，弯下腰去。“保佑那个没抱着不敬神的意图走来的人。”他低语道。

戈德温装出吃惊的样子，又继续倾听，而菲利蒙则背诵着《诗篇》的第一章。过了一会儿，戈德温用力摇起头，像是拒绝什么要求。随后他又听了一阵子。他打算要想出一个精美的故事来解释他的哑剧。或许他可以说，他母亲坚持要马上跟他谈她兄弟安东尼副院长的葬礼事宜，而且还威胁说，要是菲利蒙不给戈德温送信，她就自己闯进唱诗班。彼得拉妮拉受到压抑的个性再加上家中的悲痛，使这个故事很可信。在菲利蒙结束了背诵之后，戈德温做出了听从的表情，起身随菲利蒙离开了唱诗席。

他们匆匆绕过大教堂，奔向副院长的住所。一个年轻的杂役在扫地。他不敢盘问一名修士。他可能会告诉卡吕斯，戈德温和菲利蒙来过这里——但也就为时过晚了。

戈德温觉得副院长的住所不够体面。比主街上埃德蒙舅舅的宅子还小。一位副院长应该像主教那样，有一栋和身份相称的宅邸。而这所房子毫无光辉可言。墙上挂着几块壁毯，描绘的是《圣经》中的场面，还起着挡风的作用。但总体的装饰都很乏味，缺乏想象力——与已故的安东尼的作风倒也相当。

他们把房间很快地搜索了一遍，不久就发现了他们要找的东西。在楼上的卧室里，祷告桌旁的一个柜子里，有一个大皮包，柔软的姜褐色的山羊皮做的，用红线精美地缝制而成。戈德温肯定，这一定是镇上一个皮匠送的虔诚的礼物。

在菲利蒙的密切注视下，他打开了皮包。

里面有三十张左右的羊皮纸，平摊而放，每张之间都夹着亚麻布加以保护。戈德温迅速地翻找着。

有几张上写着《诗篇》的研究笔记：安东尼大概什么时候想过写一部评论集，不过这事后来被搁置了。最意想不到的是用拉丁文写的一首爱情诗，题为《碧眼》，是写给一个长着碧眼的男人的。安东尼舅舅和他家所有的人一样长着一双有金色斑点的碧眼。

戈德温想不出是谁写的这首诗。多数妇女的拉丁文达不到能写诗的程度。曾经有个修女爱恋安东尼吗？或者这首诗出自一个男人之手？羊皮纸已陈旧发黄：果真是爱情逸事的话，也发生在安东尼的青年时代。但他一直保存着这首诗。或许他并不像戈德温想象的那样乏味。

菲利蒙问："那是什么？"

戈德温感到负疚。他偷窥了他舅舅一生中最隐蔽的角落，他悔不该这样做。"没什么，"他说，"只是一首诗。"他拿起了下一张纸——算是探到金子了。

那是日期标在十年前圣诞节的一份证明。涉及诺福克郡林恩附近的五百英亩土地的所有权。主人于近期亡故。该契约将此无主之产转让给王桥修道院，并且详细开列了耕种该处土地的佃户应交付修道院的年金——粮食、毛皮、小牛和家鸡。其中指定了充当管家的农人，负责每年向修道院交纳产品。还确定了用来代替实际产品的现金支付额——这种做法如今已经盛行，尤其是在那些土地远离其主人住地的地方。

这是一个典型的证书。每年收获之后，十多个类似居住点的代表就来修道院交纳他们的贡赋。住在近处的，秋初就来了；余下的在整个冬天都会陆续到来，只有极少数离得太远的要到圣诞节之后才到。

这份契约还开列了就修道院接受托马斯·兰利骑士为修士一事所出的礼物。这也是例行公事。

但这篇文献有一个特点是非同一般的。签署人竟然是伊莎贝拉王后。

这倒有意思了。伊莎贝拉是爱德华二世国王不忠实的王后。她背叛了她的国王夫婿，并扶她十四岁的儿子即位。被废黜的国王死后不久，安东尼副院长出席了在格洛斯特为他举行的葬礼。托马斯就是那前后到王桥来的。

有几年，王后及其情夫罗杰·莫蒂默统治着英格兰；不久之后，爱德华三世尽管还年轻，却亲政了。新王如今已二十四岁，牢牢地掌握着政权。莫蒂默已死，现年四十二岁的伊莎贝拉在诺福克郡内离林恩不远的高地城堡中过着奢华的退隐生活。

“就是它了!”戈德温对菲利蒙说，“是伊莎贝拉王后安排了托马斯当修士。”

菲利蒙皱起了眉头。“可是为什么呢?”

菲利蒙虽然没受过教育，却十分精明。“真的，为什么呢?”戈德温答道。“估摸她想奖励他，或封上他的嘴，或者兼而有之。而这正发生在她宫廷政变之时。”

“他一定为她出了力。”

戈德温点了点头。“他携带着一条消息，或者打开了城堡的大门，或者向她泄露了国王的计划，或者助她得到了某个重要的伯爵的支持。可是为什么要保密呢?”

“不是秘密了，”菲利蒙说，“司库一准知道这事。在林恩也是尽人皆知。管家到这里来时一定要跟一些人说起的。”

“但没人知道这整个安排是为托马斯作出的——除非他们看到了这份证书。”

“看来这就是秘密了——伊莎贝拉王后为了托马斯的缘故，送上了这份礼品。”

“一点不错。”戈德温把文件收拾好，仔细地仍在羊皮纸中间夹上亚麻布，还把皮包放回柜子。

菲利蒙问：“可是这为什么是秘密呢?这样的安排中并没有什么不老实或不允许的呀——这种事总在发生嘛。”

“我也不知道这事为什么要保密，也许用不着我们知道吧。人们想隐藏真相这一事实本身对我们而言可能就足够了。咱们走吧。”

戈德温心满意足了。托马斯有个秘密，而戈德温却知道了。这就给了戈德温力量。此时他感到信心十足，可以冒险把托马斯推出来当副院长的候选人了。他也感到了一丝忧虑：托马斯可不是笨蛋。

他们回到大教堂。第三次祈祷的仪式几分钟之后就结束了。戈德温着手为大型葬仪布置教堂。按照他的吩咐，六名修士抬起安东尼的棺材，放在神坛前的一个台子上，然后用蜡烛把棺材围起来。镇上人开始在中殿中聚集。戈德温向他的表妹点头致意。凯瑞丝在她平素的头饰上蒙了黑纱。跟着他就看到了托马斯，正在一名见习修士的帮助下抬进来一把华丽的大椅子。那是主教的座椅，即主教座，使教堂具有了特殊的大教堂地位。

戈德温触了一下托马斯的胳膊。"让菲利蒙干吧。"

托马斯生气了，认为戈德温提供帮助是因为他缺了一臂。"我能行。"

"我知道你能。我想跟你说句话。"

托马斯要年长些——他三十四岁，而戈德温三十一岁——但在修士们的席列上，戈德温要高于他。尽管如此，戈德温总有点怕托马斯。这位后来者通常对这位司铎表现出得体的遵从，而戈德温也觉得他得到了托马斯认为他应得的尊敬，仅此而已。虽然托马斯在各方面都遵守《圣本笃戒律》，然而他却给修道院带来一种他始终未曾失去的独立不羁的作风。

要想欺骗托马斯谈何容易——但这恰恰是戈德温要做的。

托马斯让菲利蒙接替他抬着座椅的一侧。戈德温把他领到甬道里。"他们都在议论你可能是下一位副院长的人选。"戈德温说。

"他们对你也说着同样的话，"托马斯回敬道。

"我会拒绝的。"

托马斯扬起了眉毛。"你出乎我所料，兄弟。"

"两条理由，"戈德温说，"第一，我认为你会做得更出色。"

托马斯益发惊讶了。他大概没想到戈德温竟会如此谦恭。他当然没错：戈德温在撒谎。

“第二，”戈德温继续说，“你更可能获胜。”这时戈德温倒是在说实话，“年轻人喜欢我，可你在任何年龄的人当中都有人缘。”

托马斯那张英俊的面孔堆满了疑惑。他在等着下面的话茬儿。

“我想帮你一把，”戈德温说，“我相信重要的是要有一个会改革修道院和改善其财务的副院长。”

“我认为我能做到这些。可你想从支持我当中得到什么回报呢？”

戈德温深知什么要求都不提并不是最佳办法。托马斯是不会相信那一套的。他编出了一个言之成理的谎言。“我愿意当你的助手。”

托马斯点点头，但并没有当即同意。“你打算怎么帮我？”

“首先，让你赢得镇上人的支持。”

“只因为羊毛商埃德蒙是你舅舅吗？”

“没那么简单。镇上人操心的是桥。卡吕斯绝对不肯说什么时候他要动手修桥。他们竭力不让他当副院长。要是我告诉埃德蒙，你一当选就会动工修桥，全镇人都会作你后盾的。”

“这并不能让我赢得许多修士的选票的。”

“那不一定。别忘了，修士们的选择要经主教认可的。大多数主教会谨慎地听取当地人的意见——而理查是最怕惹事的了。要是镇上人都出来支持你，事情就不一样了。”

戈德温看得出来，托马斯并不信任他。这入选者端详着他，戈德温感到一大颗汗珠顺着他的脊梁骨向下淌着，但他在对方的逼视下只好保持着不动声色的样子。不过托马斯在听他的观点。“毫无疑问，我们需要一座新桥，”他说，“卡吕斯支吾搪塞是很愚蠢的。”

“因此你无论如何要承诺你打算做的事。”

“你的话很有说服力。”

戈德温举起双手做了个辩解的姿势。“我并不想这样。你应该做你认为是上帝意志的事情。”

托马斯面带狐疑。他并不相信戈德温这么无动于衷。但他还是说：“好吧。”然后又补充说：“我要为此祈祷。”

戈德温感到今天他从托马斯嘴里再也得不到更强的赞同了，若是再勉为其难说不定还适得其反呢。“我也会的。”他说完就转身走了。

托马斯答应了一定就会做的，会为此祈祷。他没什么个人欲望。如果他认为是上帝的意旨，他就会当副院长，若不是呢，他就不当。戈德温一时间拿他再没办法了。

此刻围着安东尼的棺材已经点燃了一圈烛光。中殿里挤满了镇上的人和邻近村子里的农人。戈德温在人群中搜寻着凯瑞丝的面孔，刚才他还看见过呢。他发现她在南交叉甬道处，观看梅尔辛设在甬道中的脚手架。他对凯瑞丝的童年有着充满柔情的忆念，当时他是她无所不知的成年表兄。

自坍桥以来她一直面色忧郁，他注意到的，但今天她似乎兴致好了些。他很高兴：他抓住了她的弱点。他碰了碰她的肘部。“你的样子很开心。”

“是啊，”她嫣然一笑，“一个浪漫的心结刚刚解开。不过你不会懂的。”

“当然不懂了。”他心想，你根本不知道，在修士当中有多少浪漫心结呢。但他什么也没说。世俗的人最好不要知道发生在修道院中的罪孽。他说：“你父亲应该和理查主教谈重新建桥的事。”

“真的？”她怀疑地说。她小时候曾对他有过英雄崇拜的感觉。但如今她对他不那么敬畏了。“这是什么意思？又不是他的桥。”

“修士们选副院长要经主教的认可。理查可以让人们知道，他不会赞成拒绝重建桥梁的人的。有些修士可能会受到触动，但其余的会说，选一个不会被批准的人是毫无意义的。”

“我懂了。你当真认为我父亲能帮上忙?”

“绝对的。”

“那我就提提看。”

“谢谢你啦。”

铃声响起。戈德温溜进了教堂，又站进了在唱诗席上列队的修士中间。这时是正午。

他这一上午干得不错。

一六

伍尔夫里克和格温达星期一一早就离开了王桥，走在返回他们的韦格利村的长路上。

凯瑞丝和梅尔辛目送着他们乘着梅尔辛的新渡船过了河。梅尔辛为新船的成功满心欢喜。他知道，那些木制的船具很快就会磨损的。铁制的要好得多，可是……

凯瑞丝另有所思。“格温达完全沉溺在爱情里了。”她叹了口气。

“她跟伍尔夫里克根本不可能。”梅尔辛说。

“你哪里知道啊。她可是个有主意的姑娘。看看她是怎么逃出小贩西姆的手的吧。”

“可伍尔夫里克和那个安妮特订了婚——她可是好看多了。”

“在罗曼史中，好看可不是一切。”

“为了这一点，我每天都在祷告上帝。”

她开怀大笑了。“我爱你那好玩儿的面孔。”

“可伍尔夫里克为了安妮特和我弟弟干了一架。他一定是爱她的。”

“格温达弄到了催爱的药。”

梅尔辛不赞成地看了她一眼。“这么说，你认为一个姑娘可以诱使一个爱着别人的男人娶她了?”

她一时说不出话来了。她喉部柔嫩的皮肤变成了粉红色。“我从来没这样想过这件事，”她说，“这当真是一码事吗?”

“类似吧。”

“可是她并没有强迫他——她只是想让他爱上她。”

“她应该不用药去努力做到这一点。”

“如今我为帮她这个忙感到不好意思。”

“太晚了。”伍尔夫里克和格温达已经在对岸下了渡船。他们转过身来挥了挥手，然后就沿着大路穿过了树丛，那条狗“跳跳”跟在身后。

梅尔辛和凯瑞丝沿主街往回走。凯瑞丝说：“你还没跟格丽塞尔达谈呢。”

“我打算现在就去。我说不上我到底是盼着去谈呢，还是害怕去谈。”

“你没什么可怕的。是她说了谎话。”

“那倒是。”他摸了摸自己的脸。那块青肿差不多消下去了。“我只是希望她父亲不要再动粗了。”

“你要我和你一起去吗?”

他巴不得有她支持呢，但他摇了摇头。“我把事情弄得一团糟了，还是由我自己来清理吧。”

他们在埃尔弗里克的家门外停下了脚步。凯瑞丝说：“祝你好运。”

“谢谢。”梅尔辛匆匆吻了她的嘴唇，抑制住再吻她的诱惑，迈步走了进去。

埃尔弗里克正坐在桌边吃着面包和奶酪。面前还摆着一杯淡啤酒。在他身后，梅尔辛能够看到艾丽丝和女仆在厨房里。没有格丽塞尔达的身影。

埃尔弗里克问："你到哪儿去了？"

梅尔辛打定主意，既然没什么可怕的，干脆就表现得无所畏惧。他不睬埃尔弗里克的问话。"格丽塞尔达在哪儿？"

"还躺在床上呢。"

梅尔辛朝着梯子上边高喊："格丽塞尔达，我想跟你谈一谈。"

埃尔弗里克说："没时间谈了。我们这会儿有活儿要干呢。"

梅尔辛还是不理他。"格丽塞尔达！你最好现在就起来。"

"呸！"埃尔弗里克说，"你以为你算老几，在这儿发号施令？"

"你想要我娶她，是不？"

"那又怎么样？"

"那她最好习惯听她丈夫的吩咐办事。"他又提高了嗓门，"现在就下楼来，要不你就只好从别人嘴里听到我要说的话了。"

她在楼梯顶上露面了。"我就来！"她烦躁地说，"有什么大惊小怪的？"

梅尔辛等到她下来，然后说："我已经找出来谁是那胎儿的父亲了。"

她的眼中闪过畏惧。"别犯傻，那是你。"

"不，是瑟斯坦！"

"我从来没和瑟斯坦睡过觉！"她看着她父亲，"说真的，我没有。"

埃尔弗里克说："她不说假话。"

艾丽丝从厨房出来了。"没错。"她说。

梅尔辛说："我和格丽塞尔达睡觉是在羊毛集市那个星期的礼拜天——十五天之前。格丽塞尔达怀孕已经三个月了。"

"我没有！"

梅尔辛紧盯着艾丽丝。“你知道的，不是吗?”

艾丽丝躲开了他的逼视。梅尔辛继续说：“可你撒了谎——甚至对凯瑞丝，你的亲妹妹。”

埃尔弗里克说：“你不会知道她怀孕有多久了。”

“看看她嘛，”梅尔辛回答，“你看得出她的肚子鼓起来了。不算太大，可是鼓了。”

“你怎么懂这种事情?你还是个小子呢。”

“不错——你们都靠着我的无知，是不是?差一点你们就成功了。”

埃尔弗里克摇着一根指头。“你和格丽塞尔达睡了觉，现如今你就得娶她。”

“噢，不，我不会娶她的。她并不爱我。她和我睡觉是为了在瑟斯坦跑掉之后为她的胎儿找个父亲。我知道我做了错事，但我不想娶了她，在后半辈子一直惩罚自己。”

埃尔弗里克站了起来。“你得娶她，你知道的。”

“不。”

“你非娶她不可。”

“不。”

埃尔弗里克涨红了脸，他叫道：“你必须娶她!”

梅尔辛说：“你想让我不停地说不要说多久?”

埃尔弗里克看出来他是当真的。“这样的话，你被解雇了，”他说，“滚出我家去，再也别回来了。”

梅尔辛正盼着这一招呢，这让他如释重负。这意味着争吵结束了。“好的。”他想从埃尔弗里克身边走过去。

埃尔弗里克挡住了他的路。“你觉得你想往哪儿去?”

“到厨房去取我的东西。”

“你指的是你的工具?”

“是的。”

“那不是你的。是我花钱买的。”

“学徒总是拿走工具的，在结束他的……”梅尔辛语塞了。

“你的学徒期还没满呢，所以你别想拿走工具。”

梅尔辛没料到这一招。“我已经干了六年半了！”

“你按规定要学七年。”

没有工具，梅尔辛就无法谋生了。“这是不公平的。我要向木工行会申诉。”

“我盼着你去呢，”埃尔弗里克得意洋洋地说，“你争辩说一个学徒因为和他师傅的女儿睡觉被解雇，倒应该得到一套免费工具的奖励，这听起来倒蛮有意思呢。行会里的木匠都有徒弟，而且多数还有女儿。他们会把你扔出去，屁股着地。”

梅尔辛意识到他说的没错。

艾丽丝说：“瞧吧，你如今可是真惹上麻烦了，是不是啊？”

“没错，”梅尔辛说，“不过不管出了什么事，也比我跟格丽塞尔达和她的家人一起过日子要强。”

那天时近正午，梅尔辛前往圣马可教堂参加豪威尔·泰勒的葬礼，因为他希望那儿有人会给他一份工作。

梅尔辛抬头观看木制天花板——那座教堂没有石头穹顶——能够看到在深漆的木头上，有一个人形的洞，是豪威尔死时样子的无情的明证。那上面的一切全都腐朽了，参加葬礼的建筑匠都内行地议论着；但他们都是在事故之后才说这类话的，可惜他们的洞察力来得太晚，没能挽救豪威尔一命。现在已经弄清，屋顶已经朽得无法修补，而应彻底更换，从图纸开始重建了。这就意味着要关闭教堂。

圣马可是座穷教堂。教堂的捐赠很可怜，名下的一个十英里外的农场，由教士的兄弟经营，也就勉强可以养活全家。教士乔夫罗伊神父只能从镇子较穷的北部他那教区八九百名教民中拿到一些收入。那些实际上并不贫穷的人也都装穷，因此他们缴纳的什一税也就少得可怜。他靠为他们做洗礼、主持婚礼和丧葬为生，收费大大低于大教堂的修士。他那教区的教民都结婚很早，育有许多子女，去世也都年轻，因此，他的活计倒很多，后来日子过得也就不错了。但如果关闭了教堂，他的收入就会枯竭——也就没钱给建筑工付工钱了。

结果便是屋顶的工作半途而废了。

镇上所有的建筑匠都来到葬礼上，其中也就有埃尔弗里克。梅尔辛站在教堂里，想做出一副满不在乎的样子，可这又谈何容易：大多数人都知道他被解雇一事。他受到了不公平的待遇，可话说回来，他毕竟不是无瑕可指的。

豪威尔有个年轻的妻子，与凯瑞丝过从甚密，这时凯瑞丝陪着那寡妇和其他遗属走了进来。梅尔辛移到凯瑞丝身边，告诉了她他跟埃尔弗里克闹出的事。

乔夫罗伊神父身穿旧袍主持祈祷。梅尔辛还在想着屋顶的问题。在他看来，应该有一种办法拆除屋顶又不必关闭教堂。当年久失修，木头朽到经不起工匠的体重时，标准的方法是围着教堂搭起脚手架，把木头敲落到中殿里。这样，教堂就呈一种敞开的状态，直到新屋顶竣工并铺好瓦片。但可以用教堂厚实的侧墙为支撑，造一个可以旋转的吊车，把屋顶的梁木逐个吊起来，而不用把木头推倒，然后摆过墙壁，放到墓地中。这样，木制天花板可以原封不动地保留着，在屋顶重建后再加以替换。

在墓园里，他一个个地观察那些人，不知哪一个最可能雇用他。他决定试探一下比尔·瓦特金——镇上第二大建筑匠，对埃尔弗里克一向不服气。比尔长着秃头顶，周边留着黑发，天生的修士发式。他在王桥承建了大多数民宅。和埃尔弗里克一样，他也雇用一名石匠和一名木匠，几个壮工和一两个学徒。

豪威尔不算富裕，他的遗体只穿着寿衣，没用棺材，就下葬了。

乔夫罗伊神父告辞之后，梅尔辛走近了比尔·瓦特金。“日安，瓦特金师傅。”他郑重地说。

比尔的反应并不热烈。“啊，年轻的梅尔辛吗？”

“我已经离开了埃尔弗里克的队伍了。”

“我知道，”比尔说，“而且我也知道原因。”

“你听到的只是埃尔弗里克的一面之词。”

“我想听的都已听到了。”

梅尔辛明白，埃尔弗里克祈祷之前和进行之中已经到处和人讲了。他敢肯定，格丽塞尔达想利用梅尔辛充当瑟斯坦的孩子的父亲这一事实，埃尔弗里克在说时一定会隐瞒。但他认为寻找借口对自己无益，最好还是承认错误。“我认识到我做错了，我很后悔，可我还是个好木匠啊。”

比尔同意地点点头。“新渡船证明了这一点。”

梅尔辛得到了鼓励。“你肯雇我吗？”

“当什么？”

“当木匠啊。你说了我是个好木匠。”

“可你的工具在哪儿呢？”

“埃尔弗里克不会给我的。”

“他做得对啊——因为你还没结束你的学徒期呢。”

“那就再让我当上六个月的学徒。”

“我还得给你一套工具，最后什么都得不到？我做不到那么大方。”工具很贵，因为钢和铁都费钱。

“我可以当个壮工，省下钱来给自己买工具。”这要花很长时间，但他已无路可走了。

“不行。”

“为什么不行呢？”

“因为我也有个女儿。”

这太难以容忍了。“你明知道，我对姑娘们不是威胁。”

“你给学徒们树立了榜样。你要是躲过了这一关，怎么能阻止别人也来碰运气？”

“这可太不公平了！”

比尔耸了耸肩。“你可能会这么想。但去问问镇上别的木匠师傅吧。我认为你会发现他们和我想的是一样的。”

“可我该怎么办呢？”

“我不知道。你在和她胡来之前就应该想到的。”

“你失掉一个好木匠不可惜吗？”

比尔又耸了耸肩。“我们剩下的人有的是活儿可干呢。”

梅尔辛转身走开了。这就是行会的麻烦了。他痛苦地想：不管出于好的还是坏的理由，排除异己符合他们的利益。缺少木匠只会提高他们的工钱。他们用不着急着去主持公道。

豪威尔的寡妇在她母亲的陪伴下离开了。凯瑞丝从同情人的身份中解放出来，便来到梅尔辛的跟前。“你怎么满脸不高兴呢？”她说，“你并不太认识豪威尔啊。”

“恐怕我得离开王桥了，”他说。

她脸色刷地变白了。“你到底为什么要离开呢？”

他把比尔·瓦特金的话告诉了她。“唉，你看，在王桥没人肯雇我，而且因为我没工具，也不能单干。我可以和我的父母一起住，但我不能从他们嘴里分食物。因此我得到没人知道格丽塞尔达的事情的地方去找工作。同时，也许我能省下足够的钱买一把锤子和一把凿子，然后到另一个镇子去，争取得到木匠行会的接纳。”

在他向凯瑞丝解释这些的时候，他开始认识到局面的一片凄惨。他像是初遇似的端详着她那熟悉的容貌，也再一次为她那闪光的碧眼、小巧分明的鼻子和下颏坚定的突起而着迷。他认识到，她的嘴与面部的其余部分不大相称：太大，而且嘴唇过于饱满。她的嘴与她整个面相的规律不相协调，犹如性感的本质扰乱了她严谨的头脑一样。那是一张为性而生的嘴，想到他可能要走，再也不能吻那张嘴，他心中充满了绝望。

凯瑞丝生气了。“这不公平！他们没有权利。”

“我也这么认为。可是看来我却无能为力。我只能接受了。”

“等一等。咱们来想想看。你可以和你的父母住在一起，到我家吃饭。”

“我可不愿像我父亲那样仰人鼻息。”

“你用不着嘛。你可以买下豪威尔·泰勒的工具——他的寡妻刚刚告诉我，她要价一镑。”

“我是分文没有。”

“找我父亲借好了。他一向喜欢你，我敢说他一定会答应的。”

“可是雇用不在行会的人是不合规矩的。”

“规矩可以打破嘛。镇上一定有人迫不及待地要跟行会对抗呢。”

梅尔辛意识到，他已经被那些老人压垮了精神，他由衷地感激凯瑞丝拒不接受失败的劲头。她当然是对的：他应该待在王桥，向这一不公正的规矩开战。而且他也知道谁最迫切地需要他的才干。“乔夫罗伊神父。”他说。

“他有那么迫切吗？为什么呢？”

梅尔辛把教堂屋顶的事解释了一遍。

“咱们这就去找他。”凯瑞丝说。

教士住在教堂旁边的一栋小房子里。他俩看到他正在准备午饭：咸鱼炖青菜。乔夫罗伊三十来岁，身材像个士兵，高个儿宽肩头。他的样子有些粗鲁，但人人都知道他处处替穷人着想。

梅尔辛说："我能在不关闭教堂的条件下修好屋顶。"

乔夫罗伊样子很警觉。"这话像是对祈祷者许愿。"

"我要做一个吊车，把屋顶的木头抬起来，放到墓地里。"

"埃尔弗里克解雇了你。"那教士向凯瑞丝的方向投去尴尬的一瞥。

她说："我知道事情的原委，神父。"

梅尔辛说："他开除我是因为我不肯娶他的女儿。但她怀的孩子不是我的。"

乔夫罗伊点点头。"这么说你是受到了不公平的对待了。我能相信这事。我对行会不大以为然——他们的决定很少不是自私的。不过，你还没有满师呢。"

"木匠行会有哪个人能不关闭教堂来修复屋顶呢？"

"我听说你连干活的工具都没有。"

"这事由我去解决好了。"

乔夫罗伊若有所思。"你想要多少工钱？"

梅尔辛伸长了脖子。"一天四便士，外加材料费。"

"那可是熟练木匠的工钱。"

"要是我没有合格木匠的技能，你就解雇我。"

"你可够骄傲的。"

"我只是在说我能做到的事。"

"自鸣得意算不上这世上最坏的罪孽。只要我的教堂不关门，我是付得起一天四便士的工钱的。你要花多长时间造好吊车？"

"最多两个星期。"

"我要到吊车肯定能用的时候才付给你钱。"

梅尔辛吸了口气。他会一文不名，但他能对付。他可以和父母住，在羊毛商埃德蒙的餐桌上吃饭。他能熬过去的。“你花钱去买材料，把我的工钱存到第一根木梁移动并安全地放到地面上的时候。”

乔夫罗伊迟疑了。“我会遭非议的……不过我也别无选择了。”他伸出了右手。

梅尔辛和他握了手。

一七

从王桥到韦格利——有二十英里的路程，要足足走一天——一路上，格温达始终在希望有机会用一下她的春药。可惜她失望了。

倒不是伍尔夫里克小心提防。恰恰相反，他很坦率友好。他谈起他的家人，跟她说每天早晨他醒来意识到他们的死不是梦时，他如何落泪。他考虑周到，不时问她是不是累了，要不要休息。他告诉她，土地是靠得住的，一个人可以一辈子拥有，再传给后人，而且当他耕作土地——除草、围篱或清除石子时，他是在完成使命。

他甚至还拍拍“跳跳”。

那天快过完的时候，她比以往更爱恋他了。不幸的是，他对她流露的感情只是同伴式的关照，而不是超越那一点的动情。与小贩西姆在树林里时，她曾满心希望那些男人不要像野兽，而此时她倒愿意伍尔夫里克身上更多点野性了。整整一天，她都没做出什么举动引起他的兴致。她仿佛只是偶然地让他看到了她那浑圆有力的大腿。当地形起伏时，她借故喘着粗气，突出她的胸脯。一有机会，她就蹭蹭他，碰碰他的胳膊，或者把一只手放到他的肩头。这一切都毫无成效。她知道自己不算漂亮，但她身上有一种东西时常使男人盯着她看和喘着粗气——但这对伍尔夫里克都不起作用。

他们在中午时分停下来休息，吃了随身携带的面包和干酪；他们从一条清溪中用手捧着喝水，她没机会给他吃药。

尽管如此，她仍然感到幸福。这一整天她都有他陪在身边。她可以看着他，跟他谈话，逗他大笑，对他表示同情，偶尔还能碰一下他。她哄骗自己，只要她喜欢，她能随便在任何时候亲吻他，但当下她不想这么做。简直就像结了婚似的。可那种感觉很快就过去了。

他们在傍晚回到韦格利。村子矗立在一处高岗之上，四面八方的山坡上布满农田，天气总是多风。在活跃喧闹的王桥待了两个星期之后，这块熟悉的地方显得又小又静，只有沿着通向领主宅第和教堂的大路边上散布着一些简陋的住房。那栋宅第和王桥商人的住宅一样大，卧室都在楼上。教士的住所也是一处精致的房子，有几处农家还算盖得牢固。但大多数农舍不过是两室的陋屋：一间通常用来养家畜，另一间则充当厨房和全家的卧室。只有教堂是石砌的。

比较牢固的房子要首推伍尔夫里克一家。房子的门窗紧闭，一副凄凉的样子。他走过去来到第二家大房子，那里住着安妮特和她的父母。他随便对格温达挥了挥手，算是道别，转身就走了进去，脸上还早早堆起了笑容。

她感到失落的刺痛，仿佛刚从一个快活的梦境中醒来。她吞下了不快，抬腿穿过田地。六月初的雨水对庄稼大有好处，小麦和大麦都长得绿油油的，但现在需要日照来灌浆了。村妇们沿着一畦畦的谷物移动，深弯着腰在拔草。一些人向她挥手。

格温达走近家门时，心中升起既忧又怒的感情。自从那天她父亲用她向小贩西姆换了一头奶牛以来，她还没见过她父母。几乎可以肯定，她爸以为她还和西姆在一起呢。她这一露面会吓他们一跳的。他看到她会说什么呢？而面对着辜负了她的信任的父亲，她又打算说什么呢？

她有把握，她母亲对卖女儿的事一无所知。爸大概会跟妈编些格温达跟一个小子私奔的故事。妈会气得发疯的。

她挺高兴看到了几个小弟妹——凯西、琼妮和埃里克。她这时才意识到她有多么思念他们。

在一片一百英亩土地的尽头，半掩在林边树木中的，就是她的家。比起农人的陋屋更加窄小，只有一个房间，夜里连奶牛都得挤在一起。是用枝条编成墙涂上泥巴造的：地面上伸出树枝，细杈像篮筐一样编在一起，用草泥和牛粪混起来堵死缝隙。草顶上有一个洞，让地中间生的烟从那里冒出去。这样的房子只能维持几年，就又得重建了。此时在格温达的眼里，屋子比以往更不像样子。她决心不在这种地方过一辈子：每隔一两年就生下一个婴儿，多数再因饥饿死去。她不会像她母亲一样过日子的。那样活着还不如死了好呢。

她离家还有一百码远的时候，看到她父亲向她走来。他提着一个大罐子，大概是要到安妮特母亲佩姬·珀金那位村里的酿酒师手里买些淡啤酒。每年这个时候，爸总有些钱，因为地里有许多活要雇他干。

起初他并没看见她。

她打量着他走在田间窄道上的瘦削身材。他穿着一件长及膝盖的罩衫，戴一顶破帽子，脚上是用草系着的自制便鞋。他尽量迈着既偷偷摸摸又潇洒自由的步子：他总是像个神色紧张的陌生人假装是在自己家的样子。他的大鼻子两边是一双靠得很近的眼睛，宽大的下颌向上突出，因此他的面相就如一个大三角形：格温达知道自己长得像他。他用眼角瞥着穿过地里的妇女，仿佛他并不想让她们知道他在观察她们。

他走到跟前，才从他低垂的眼皮下向上朝她投来他那鬼鬼祟祟的一瞥。他马上目光又向下，然后再抬起。她扬起下巴颏，傲慢地瞪了一眼。

他脸上掠过惊诧的神色。“是你？”他说，“出什么事了？”

“小贩西姆不是白铁匠，他是个强盗。”

“他现在在哪儿？”

“在地狱里，爸，你可以在那里见他。”

“你把他杀了？”

“不是。”她早已想好不说出实情，“上帝杀死了他。王桥的大桥坍塌时，西姆正在过桥。上帝为他的罪孽惩罚了他。他还没惩罚你吗？”

“上帝宽恕好基督徒。”

“你要对我说的就这些吗？——上帝宽恕好基督徒？”

“你是怎么跑出来的？”

“用我的智慧。”

他脸上掠过一个狡猾的表情。“你是个好姑娘，”他说。

她怀疑地瞪着他。“你这会儿又想什么鬼点子了？”

“你是个好姑娘，”他重复了一遍，“现在进屋去见你母亲吧。你今天的晚饭会喝上一杯淡啤酒的。”他说完就继续走他的路了。

格温达皱起了眉头。爸看来不怕妈知道实情以后会说些什么。也许他以为格温达出于羞耻心不会告诉她。哼，他想错了。

凯西和琼妮在屋外的地上玩儿。她们看到格温达，就跳起身，朝她跑来。她们又跳又叫，高兴极了。格温达搂住两个妹妹，想起曾以为再也看不到她们了；就是在那时，她为把长刀捅进阿尔文的脑袋而狂喜了。

她进到屋里，妈坐在一个板凳上，给小埃里克喂奶，帮他抱稳奶杯，以免泼洒。她看到格温达时，高兴得叫了起来。她放下奶杯，站起身，拥抱了她。格温达哭了出来。

她一哭，可就止不住了。她哭是因为西姆拴着她，带她出了城，还因为他让阿尔文操她，为了桥塌时死的一切人，也因为伍尔夫里克爱着安妮特。

等她的抽泣过去，可以开始讲话了，她说："妈，爸把我卖了。他卖掉我换了头奶牛，而我不得不去和强盗在一起。"

"这太不对了。"她母亲说。

"比不对更糟糕呢！他太恶毒、邪恶了——他是个魔鬼。"

妈从拥抱中抽出身来。"别这么说。"

"这是真的！"

"他是你父亲。"

"做父亲的是不会把孩子当牲口卖的。我没有父亲。"

"他养了你十八年啊！"

格温达不解地瞪着眼。"你怎么能这么狠心？他把我卖给了强盗！"

"可他给我们换来了奶牛。所以才有奶喂埃里克，哪怕我的奶干了。你这不是回来了吗？"

格温达吃惊了。"你在替他辩解！"

"他是我拥有的一切呀，格温达，他不是王子。他甚至都不算个农夫。他是个没有土地的短工。可他在差不多二十五年里为这个家尽了一切努力。他能工作时就干活儿，不得已时还得偷。他养活了你，还有你哥，运气好的话，他还要为凯西、琼妮和埃里克做同样的事。不管他有什么毛病，没有他我们的日子会更难。所以就别叫他魔鬼了吧。"

格温达说不出话来了。她本来难以接受她父亲出卖了她的念头。此刻她必须面对这一现实：她母亲也一样坏。她感到了茫然。就像桥在她脚下摇晃似的：她难以理解，她正在经历着什么。

他父亲提着那一罐淡啤酒进了家。他像是没注意到那种气氛。

他从壁炉架上取下三个木杯。“好啦，”他高高兴兴地说，“咱们来为咱们的大丫头回来干一杯。”

格温达走了一整天之后，又饿又渴。她接过杯子大口喝着。但她懂得她父亲此时的心情。“你有什么打算？”她问。

“嗯，”他说，“下星期就是夏陵集市了，是吧？”

“那又怎么样？”

“嗯……我们可以再来一次。”

她简直不敢相信听到的话。“再来一次什么？”

“我卖掉你，你跟着买主走，然后再逃掉，跑回家，你蛮不赖嘛。”

“蛮不赖？”

“我们已经有了一头值十二先令的奶牛！唉，差不多我要干上半年的活儿才能赚十二先令呢。”

“以后呢？以后怎么办？”

“啊，还有别的集市嘛——温切斯特、格洛斯特，我也说不上来还有多少了。”他又从淡啤酒罐里倒满了她的杯子。“怎么——这可比当年你去偷杰拉德骑士的钱包强多了！”

她没有喝酒。她嘴里有一股苦涩，如同刚吃了什么腐败的东西。她想和他争论。难听的话，气恼的诅咒，已经来到了她的唇边——但她没有说出口。她的感受已经不止是气愤了。吵架又有什么用？她再也不能相信她父亲了。而且由于妈不肯背弃他，格温达对她也不信任了。

“我该怎么办？”她说了出来，但她并不想从屋里任何人的嘴里得到回答。这问题是问她自己的。在这个家里，她已经成了一个商品，在市集上出售。她要是不打算接受这个，她能做什么呢？

她可以走。

她吃惊地意识到：这座房子已经不再是她的家了。这一打击动摇了她存在的基础。从她记事以前起，她就住在这儿。如今她在这里感觉不到安全了。她将离开。

不是下个星期，她心里明白，甚至不是明天早晨——她必须现在就走。

她没地方可去，但这没什么两样。待在这里，吃着他父亲放在桌上的面包，就无异于向他的权威屈服。她就得接受他对她的估价，作为一个商品去出售。她后悔不该喝了那第一杯淡啤酒。她唯一的机会是当场拒绝他，并走出他的房子。

格温达看了看她母亲。“你错了，”她说，“他就是个魔鬼。那些老故事说得对：和魔鬼做交易，你会比你想的还要付出得多。”

妈躲开了她的目光。

格温达站起了身。重新斟满的杯子还在她手中。她把杯子一歪，把啤酒倒在了地上。“跳跳”马上舔了个干净。

她父亲气愤地说：“我为这一罐淡啤酒花了四分之一便士呢！”

“再见。”格温达说着，便走出门去。

一八

在接下来的礼拜天，格温达出席了庭审听证，那将决定她所爱的男人的命运。

采邑法庭于礼拜后在教堂中开庭。通过这种形式，村子采取集体行动。提到法庭上的一些问题是有争议的——关于地界的辩论，盗窃和强奸的指控，债务的争吵——但更经常的是作出专断的决定，诸如何时开始用共有的八牛队耕种。

理论上说，采邑的领主高踞于佃户之上来审判，但由来自法国的入侵者差不多在三个世纪之前带到英格兰的诺曼法，强制领主们必须追随其先辈的习惯；而为了弄清有什么习惯，他们只好正式请教村中的十二位德高望重的人，也就是陪审团。因此，在实践中，审理程序往往成为领主和村民间的谈判。

就在这个礼拜天，韦格利却没有领主。史蒂芬骑士死于塌桥事故。格温达把这一消息带到了村中。她还报告说，有权任命史蒂芬继任者的罗兰伯爵也受了重伤。在她离开王桥的前一天，伯爵才刚刚恢复了知觉——人虽然醒了，却发着高烧，说不出一句完整的话。因此一时还无法指望韦格利会有个新领主。

这也不算什么异常情况。领主们经常不在：在战场，在议会，在诉讼，或者去随侍伯爵或国王了。罗兰伯爵常指定一个代理人，通常都是他的某个儿子——但在目前的状况下，他却无法指定代理人了。由于没有领主，执行官只好勉为其难地尽力解决土地所有权的案子了。

执行官或总管的工作，在理论上，就是执行领主的决定，但这不可避免地赋予了他高踞乡亲之上的某种程度的权力。至于权力到底有多大，就全靠领主的个人好恶了：有些控制很严，另一些则很宽松。史蒂芬骑士一向从宽，但罗兰伯爵则是出了名的严控不放。

总管内森一直是史蒂芬骑士及其前任亨利骑士的执行官，而且不管下一任是谁，他还很可能会留任。他瘦小枯干，还是个驼背，但精力充沛。他精明又贪婪，一有机会就向村民索贿，周密地把他那有限的权力发挥到极致。

格温达不喜欢内森。她反对的倒不是他的贪婪：那是一切执行官的通病。但内森其人的性格扭曲，和他的肢体缺憾一样，令人不快。他父亲曾是夏陵伯爵的执行官，但内森没有继承到那样的高位，他抱怨是由于他驼背，最终只落得在韦格利这小村子中当了个小官。他似乎对一切年轻力壮、相貌英俊的人恨之入骨。他空闲的时候喜欢和安妮特的父亲珀金喝上一杯——自然是珀金出酒钱啦。

今天法庭上的问题是如何处理伍尔夫里克家的土地归属。

那是一大片土地。农人并不平等，他们的土地也不均衡。标准的是一威尔格，在英格兰的这一带，就是三十英亩。从理论上说，一威尔格就是一个人能耕种的土地面积，通常也就足以养活一家人了。然而，韦格利的大多数人都只有半威尔格，也就是十五英亩，或者多少也差不许多。他们只好另寻办法来支持他们的家庭：在林中设网捕鸟，在流经“溪地”的河中下网捞鱼，用廉价的皮革下脚料编织皮带或便鞋，为王桥的商人用纱织布，或者到树林中偷猎国王的鹿。少数人的土地多于一威尔格。珀金就有一百英亩。这样的富裕农人需要帮手来耕种他们的土地，帮手来自他们自己的儿子、亲戚，或者雇用格温达父亲这样的短工。

一个佃户死后，他的土地可以由他的寡妻、子嗣或嫁出去的女儿来继承。不管是哪种情况，这种传承要由领主颁发执照，还要缴纳称作遗产税的高额税。在正常情况下，塞缪尔的土地会自动地由他的两个儿子继承，也就没必要通过法庭听证了。兄弟俩只消凑足并缴纳遗产税，然后或者把土地均分或者一起耕种，并为他们的母亲作出安排，也就没事了。可是塞缪尔的一个儿子和他一起死了，这就使问题复杂化了。

村里所有的成年人大体上都出席了庭审。格温达今天更是兴致勃勃。伍尔夫里克的前途将会一锤定音，而他打算和另一个女人共度未来的事实，并没有使格温达对这件事的关注稍减。她有时会想，她或许巴不得他和安妮特的日子过得凄凄惨惨，但她做不到。她只想他能幸福。

礼拜结束后，从领主宅第搬来了一把大木椅和两条板凳。内森坐到椅子上，陪审团则在板凳上就座。其余的人就都站着。

伍尔夫里克说得很简单。“我父亲有韦格利领主的九十英亩地，”他说，“五十英亩在他之前就由他父亲拥有了，四十英亩是十年前死去的他的叔父的。由于我母亲和我兄弟已经亡故，我又没有姐妹，所以我是唯一的继承人。”

“你多大了？”内森问。

“十六岁。”

“那你还算不上一个男人呢。”

看来内森打算把事情搅得难办了。格温达知道原因。他想索贿。可伍尔夫里克没钱。

“年龄不是一切，”伍尔夫里克说，“我比多数人都又高又壮呢。”

一个叫亚伦·阿普尔特里的陪审员说：“大卫·乔恩斯继承他父亲遗产时十八岁。”

内森说：“十八不是十六。我想不起允许十六岁的孩子继承遗产的先例。”

大卫·乔恩斯不是陪审团成员，他就站在格温达身边。“我也没有九十英亩地。”他说，引起一阵笑声。大卫和多数人一样，只有半威尔格土地。

另一个陪审员发言了：“九十英亩地对一个大人都太多了，何况对一个孩子。喂，到目前还是三个人耕种呢。”说话的是比利·霍华德，二十五岁上下，曾追求过安妮特，没有成功——这可能是他支持内森给伍尔夫里克下绊的原因。“我有四十英亩，还得在收获季节雇工呢。”

好几个人点头赞同。格温达开始悲观了。这对伍尔夫里克不利。

“我可以找人帮忙。”伍尔夫里克说。

内森说：“你有钱付工钱吗？”

伍尔夫里克有些发窘，格温达的一颗心飞向了他。“我父亲的钱包在桥塌时丢了，我的钱又花在丧葬上了，”他说，“可是我能给雇工分点收下来的粮食。”

内森摇起头。“村里所有的人都已经在自己的土地上成天干活了，而那些没地的人也已经被雇走了。没有谁愿意放弃付现金的活计，去换取只能拿到没保障的粮食的短工的。”

“我会收获庄稼的，”伍尔夫里克满怀激情地表达着决心，“需要的话，我可以日夜连轴转。我会向你证明一切：我能干好。”

格温达对他那张英俊的面孔仰慕之极，真想跳起来喊出她对他的支持。但男人们都摇头了。大家都知道，一个人不可能靠自己的力量收获九十英亩的庄稼。

内森转向珀金。“他和你女儿订了婚。你能帮他什么忙吗？”

珀金思虑起来。“也许你可以把那块地暂时转给我。我可以缴遗产税。以后，等他娶了安妮特，再把土地收回去。”

“不行！”伍尔夫里克当即反对。

格温达知道他为什么如此反对这个主意。珀金最大的特点就是狡诈。从现在到成婚，他会在醒着没睡的时间，分分秒秒地都要琢磨出个办法把伍尔夫里克的土地据为己有。

内森问伍尔夫里克：“既然你没钱，你又怎么缴遗产税呢？”

“我把庄稼收回来，我就有钱了。”

“就算你打下了庄稼，还不一定够税钱呢。你父亲为他父亲的地缴了三镑，为他叔父的地缴了两镑呢。”

格温达喘不过气来了。五镑可是一大笔财富呐。看来伍尔夫里克是凑不起这笔款子了。说不定要把他家的老底都花掉呢。

内森继续说：“再者，遗产税通常都是继承人取得遗产之前——而不是收获之后——就要缴的。”

亚伦·阿普尔特里说：“在这种情况下，内森，你可以宽大为怀嘛。”

“我行吗？一位领主可以这么做，因为土地是他的，他有权宜的范围。可要是一个执行官宽大为怀，他是在放弃别人的钱。”

“可是无论如何，我们只需要一个调解。在韦格利新的领主认可之前，一切都不是最后定案。不管新领主是谁吧。”

格温达想，严格地说，这倒是真的；但实际上，一位新领主不大可能否定父产子继的案例。

伍尔夫里克说：“老爷，我父亲的遗产税没有五镑那么多。”

“我们可以查一查账。”内森回答得太快了，格温达猜想，他大概是等着伍尔夫里克对这个数目质疑呢。她想起来了，内森时常在听证中间制造某种停顿。她估摸是给当事人一个机会向他行贿。他大概以为伍尔夫里克藏着钱呢。

两位陪审员从教堂的法衣室内搬来一个装有采邑文献的箱子，里面有采邑法庭判决的记录，是写在卷成卷的长长的羊皮纸上。内特能读会写——一名执行官要有文化，以便为领主记账。他在箱子里翻找到那份相关的记录。

格温达觉得伍尔夫里克把事情办砸了。他靠直率的讲话和明显的真诚是不够的。内森最想要的是收取领主的遗产税。珀金一心要为他自己把土地弄到手。比利·霍华德仅仅是出于怨恨想把伍尔夫里克击败。而伍尔夫里克却没钱行贿。

他也不懂花招。他相信只要把案情说清楚就能得到正义。他根本不懂把握局面。

她或许能帮他一把。乔比家的孩子能够长大就不可能不懂要花招的事。

伍尔夫里克在他的辩诉中没有求助于村民的自身利益。她要为他这么做。她转向站在她身边的大卫·乔恩斯。“我真纳闷你们男人一点不为这事操心。”她说。

他警觉地看了她一眼。“你想要达到什么目的，丫头?”

“尽管这里有突然死亡的原因，但这是个子承父产的问题。要是你们听凭内森在这案子上找茬，他就会在一切遗产上下手了。他总能为继承问题编出些理由的。你难道就不怕他会干涉你自己儿子的权利吗？”

大卫面露忧虑。“你这话可能有点道理，姑娘。”他说，然后就转过脸去跟他另一侧的乡亲议论起来。

格温达还觉得，伍尔夫里克今天要求有个最终裁决是个错误，最好是只要求个临时判决，那样的话，陪审员们会更便于采纳的。她走过去和伍尔夫里克说话，而他正同珀金和安妮特争论着。格温达走近时，珀金满脸狐疑，安妮特则鼻孔朝天，不过伍尔夫里克倒是和平素一样彬彬有礼。“喂，我的同路伙伴，”他说，“我听说你离开了你父亲的家。”

“他吓唬我说要卖掉我。”

“又要卖第二次？”

“我能逃跑多少次，就卖多少次。他觉得他找到了不见底的钱包。”

“你在哪儿住着呢？”

“赫伯茨寡妇收留了我。我在给总管干活，在领主的地里。从日出到日落，一天一便士——内森要让他的雇工筋疲力尽地回家。你认为他会把你想要的给你吗？”

伍尔夫里克做了个鬼脸。“他像是不情愿。”

“一个女人会用完全不同的法子办这事。”

他显出惊疑的样子。“怎么办？”

安妮特瞪着她，但格温达不去理睬她的目光。“一个女人不会要求裁决的，尤其是人人都知道今天的判决不是最终的。她不会对可能轻易说不的。”

伍尔夫里克动着脑筋。“那她会怎么办呢？”

“她只要现在暂时继续耕种那块地。她会让有约束力的决定等到新的领主指定后再说。她懂得，在这期间大家都习惯了她拥有那块地，这样当新领主露面时，他的认可也就像是约定俗成了。她就不给别人留下争论余地地得到了她想要的东西。”

伍尔夫里克还没有想透彻。“嗯……”

“这不是你想要的，但今天你充其量只能得到这么多。内森怎么会拒绝你呢？他可没人手把庄稼收割回来啊。”

伍尔夫里克点着头。他在思考着可能性。“大家会看到我收庄稼，也就习惯了这念头。以后嘛，再否认我的继承权就看着不公了。而且我也付得起遗产税了，至少是其中的一部分。”

“那样你就比目前大大地接近你的目标了。”

“谢谢你。你聪明极了。”他触了下她的胳膊，然后转过去面对着安妮特。她悄声对他说了句很尖锐的话。她父亲满脸不高兴。

格温达走开了。她心想，甭跟我说聪明。要告诉我，我……什么？漂亮？绝不是。你生命之爱？那是安妮特。一个真正的朋友？见鬼去吧。这么说我想要什么？我何必这么不顾一切地帮助你？

她自己也没有答案。

她注意到，大卫·乔恩斯正热烈地跟那个叫亚伦·阿普尔特里的说话。

内森挥舞着采邑的那卷文献。“伍尔夫里克的父亲塞缪尔，出资三十先令继承了他父亲的遗产，又出资一镑继承了他叔父的土地。”一先令是十二便士。那时没有先令的硬币，但大家都照样这么说。二十先令是一镑。内森宣读的总数恰好是他原先说的一半。

大卫·乔恩斯说话了。“一个人的土地应该传给他的儿子，”他说，“不管我们的新领主是谁，我们不想给他那种印象：他能随便拿走应属继承人的产业。”

一片赞同的低低的说话声。

伍尔夫里克迈步向前。“总管，我知道你今天无法作出最后的决定，我宁愿等到新领主指定后再说。我只要求让我继续耕种那块地。我会把庄稼打下来的，我发誓。不过就是我收不成，你也没有损失。而如果我成功了，你也没向我承诺过什么。新领主来的时候，我就听凭他开恩了。”

内森一副困窘的样子。格温达明知，他本来指望从这案子中想办法捞钱的。也许他想从伍尔夫里克未来的岳父珀金手里得到一笔贿赂。她盯着内森的面孔，看着他努力想着办法拒绝伍尔夫里克更卑微的要求。就在他犹豫不决的时候，有一两个村民开始嘀咕了，他意识到，他要是表示不同意，对他自己绝无益处。“好啊，”他故作大度地说，其实并不令人信服，“陪审团怎么说？”

亚伦·阿普尔特里和别的陪审员简短地商议了一下，然后说：“伍尔夫里克的要求不高，而且合理。他应该继续占有他父亲的土地，直到韦格利的新领主任命了为止。”

格温达长出了一口气。

内森说：“谢谢你们，陪审员们。”

听证结束了，人们开始回家吃饭。大多数村民一周吃得起一次肉，一般都挑在星期天。连乔比和埃恩娜通常都能对付出一顿炖松鼠或豪猪，而且一年这个时分会有许多野兔可抓。赫伯茨寡妇在火上的锅里煮着一块羊颈肉。

格温达在他们离开教堂时遇到了伍尔夫里克的目光。“干得好，”他们一边一起走，她一边说，“他没法拒绝你，哪怕他一心想那样。”

“那是你的主意，”他佩服地说，“你完全清楚我该说什么话。我不知道该怎样感谢你。”

她强制着没有告诉他。他们穿过墓地。她说：“你怎么收庄稼呢？”

“我不知道。”

“你干吗不让我来帮你干活儿呢？”

“我没钱。”

“我不在乎，我只挣够吃的就行。”

他在门口站住脚，转过身，胆怯地看了她一眼。“不，格温达，我看那不是个好计划。安妮特不会喜欢的，坦率地说，她是对的。”

格温达觉得自己脸红了。他的话是不容怀疑的。如果他因为她可能太懦弱或别的原因拒绝了她，就没必要那样直视着她，或者提及他未婚妻的名字了。他知道，她羞于承认她爱恋着他，而他拒绝了她的帮助，就是因为他不想鼓励她这无望的感情。“好吧，”她眼睛垂下，低声说，“你怎么说都行。”

他热情地笑了笑。“不过我还是感谢你主动要帮忙。”

她没有回答，过了一会儿，他转身走开了。

一九

天还没亮，格温达就起床了。

她睡在赫伯茨寡妇家地上铺的草上。她睡着时，脑子不知怎么地还知道时间，在天亮前叫醒了她。格温达打开毯子，站起身时，睡在她旁边的寡妇并没有动静。她摸索着向前走，打开后门，迈进院子。“跳跳”摇着尾巴跟着她。

她站在那里停了一会儿。如同韦格利常有的那样，外面吹着一股清新的微风。天空已经不是漆黑一团了，她可以影影绰绰地看到一些模糊的轮廓：鸭舍、茅厕、梨树。她无法看见相邻的住宅，那里就是伍尔夫里克的家；但她听到了拴在小羊圈外的他那条狗的低哼，她咕哝了一句让它安静的话，它就认出了她的声音，放心地不叫了。

这是个宁静的时刻——近来，她在一天里有了太多这种时刻了。她长这么大，一直都生活在挤满了婴儿和小孩的一间小屋子里，随时都会有至少一个孩子要吃的，因为碰疼了而哭闹，因为不听话而叫喊，或者是无缘无故地生气而尖叫。她绝对想不到她会怀念那种环境。可是和这位安详的寡妇住在一起，女主人要么是亲切和蔼地聊天，要么是沉默寡言地让你舒舒服服，她倒反而留恋起家来。有时候，格温达竟期盼着幼儿的啼哭，想抱起来哄一哄。

她找到了旧木盆，洗了手和脸，随后便回到屋里。她在黑暗中摸到了桌子，打开面包盒，从存了一星期的长面包上切下了厚厚的一片，跟着就出了门，边走边吃。

村子里一片静谧：她是第一个起床的。农人们日出而作，日落而息，在一年的这个季节里，白昼长得令人厌倦。他们珍惜每一分钟的休息时间。只有格温达才利用清晨及日出之间和黄昏及天黑之间的时光。

当她把农舍甩在身后，迈步穿过田野时，天破晓了。韦格利有三处耕地："百亩"、"溪地"和"长田"。以三年为一周期，每块耕地上轮作着不同的庄稼。最贵的粮食小麦和黑麦在第一年播种；然后是次要的庄稼，如燕麦、大麦、豌豆和大豆，在第二年种植；第三年则休耕不种。今年，"百亩"那儿种的是小麦和黑麦，"溪地"种的是各种二类作物，"长田"则休耕。每块耕地又划分成一英亩大小的一畦；每家佃户的土地由许多畦组成，散布在三处耕地中。

格温达来到"百亩"处，开始在伍尔夫里克的畦里除草，拔掉麦垅间生生不已的断尾草、金盏花和狗茴香。她在他的地里干活，帮他一点忙，不管他知道不知道，她都很高兴。她每弯一次腰，都省掉他弯一次腰的力气；她每拔起一根草，都在让他的庄稼长得更好。就像给他送礼。她一边干活，一边想着他，在心里勾画着他的笑容，聆听着他的话音——那种还带着孩子气的急切的男人的低沉的嗓音。她触摸着他那些小麦的绿株，想象着她在捋着他的头发。

她拔草直到日出，然后转移到领主的土地——也就是由他或他的雇农耕种的地亩——干挣钱的活儿。虽然史蒂芬老爷已经亡故，他的庄稼可还要收割；他的继任者会严格要求得到和原先一样的数量。太阳西落时，格温达挣到了她一天的面包，就来到伍尔夫里克的另一块土地上，在那里一直干到天黑——若是有月亮，还要干得更长。

她对伍尔夫里克一句话也没说。不过，在一个人口不过两百的村子里，没什么事情可以长期隐瞒的。赫伯茨寡妇就曾带着温馨的好奇询问过她她想得到什么。“他打算娶珀金家的姑娘。这你知道——那是阻挡不住的。”

“我只想让他成功，”格温达回答道，“他理当成功。他是个诚实的人，心地善良，而且他愿意工作，直到他干不成为止。我想让他幸福，哪怕他娶了那个妖女。”

今天领主土地的农工们都在“溪地”，收获老爷的早豌豆和大豆，而伍尔夫里克就在近旁，挖一条排水沟：六月初的大雨后，地里积了水。格温达看着他干活：他只穿着内裤和靴子，他的宽背俯在铁锨上。他像磨盘一样不知疲倦地挖着。只有他皮肤上闪亮的汗珠暴露了他有多么卖力。中午时分，安妮特来到他跟前，她头上扎了个绿色的缎带，显得很漂亮，她提着一罐淡啤酒和裹在一块粗麻里的面包和奶酪。

内森总管摇响了铃。大家都停止了工作，退到耕地北端的一排树下。内森分发着苹果酒、面包和洋葱给农工们：午饭是算在报酬里面的。格温达背靠着一棵鹅耳枥树坐下来，打量着伍尔夫里克和安妮特，她那种专注劲，如同一个死刑犯看着木工做绞架。

起初，安妮特还是她那副调情的老样子：侧歪着头，眨着眼，为伍尔夫里克说的什么话假装惩罚地拍打着他。随后她正经起来，不停地跟他说着，而他像是争辩着自己的无辜。他俩都瞥着格温达，她猜想他们在说她。她估摸安妮特发现了她一早一晚在伍尔夫里克的地里干活。后来安妮特赌着气走了，伍尔夫里克独自沉思着吃完了午饭。

饭后，大家都在一小时午饭的剩余时间休息着。年纪大些的人都摊开四肢躺在地上睡觉，而年轻的则聊天。伍尔夫里克来到格温达坐的地方，蹲在她身边。“你在我地里除草？”他说。

格温达没想抱歉。“我估摸安妮特骂你了。”

“她不想让你为我干活儿。”

“她想让我干什么，把草再插回地里去吗？”

他四下打量了一下，压低了声音，不想让别人听见——尽管人人都肯定猜得到，他和格温达在谈论着另一个人。“我知道你是好意，我也领情了，可这惹是生非了。”

她和他离得这么近，心里挺舒服。他身上有泥土和汗水的气味。“你需要帮助，”她说，“而安妮特没有太大用处。”

“请你别批评她。实际上，根本就别提她。”

“好吧，可你一个人收不成庄稼。”

他叹了口气。“要是太阳总晒着就好了。”他自然地抬头看了看天，完全是农人的反应。天上布满了浓云。所有的粮食作物都在湿冷的天气中挣扎。

“让我给你干活儿吧，”格温达请求着，“告诉安妮特，你需要我。男人就应该是他妻子的主人，而不是反过来。”

“我会考虑这件事的。”他说。

但第二天，他雇了个短工。

那人是个过路的，在黄昏时出现了。村民们在夕阳下围着他，听他讲他的故事。他名叫格拉姆，来自索尔兹伯里。他说，他家房子烧塌时，妻子和孩子们都死了。他一路来到王桥，希望能在修道院什么地方找点活儿干。他兄弟是那里的一名修士。

格温达说："说不定我认识他呢。我哥哥菲利蒙在修道院干了好几年了。你兄弟叫什么名字？"

"约翰。"有两名修士都叫约翰，但没等格温达问哪个才是格拉姆的兄弟，他接着说："我出发的时候，带了点钱好沿路买吃的。后来我让强盗抢了，如今是身无分文了。"

人们纷纷对那人表示同情。伍尔夫里克请他睡在家里。第二天是星期六，他开始为伍尔夫里克干活儿，说好管吃管住，外加一份打下的庄稼，作为报酬。

星期六一整天，格拉姆都干得十分卖力。伍尔夫里克正浅耕他在"长田"的休耕地，锄去蓟草。那是两个人合作的活计：格拉姆牵马，马要站住，就鞭赶它向前，而伍尔夫里克则扶犁。礼拜天他们休息了。

礼拜天在教堂里，格温达看到凯西、琼妮和埃里克时，一下子哭了出来。她从未想到自己会这样想念他们。整个礼拜时间，她都拉着埃里克。后来她母亲对她说了些难听的话。"你为那个伍尔夫里克伤透了心。给他除草不能让他爱上你。他被那个不顶用的安妮特弄得神魂颠倒。"

"我知道，"格温达说，"反正我就想帮他。"

"你得离开这村子。这里没你的事了。"

她知道她母亲说得对。"我会的，"她说，"我会在他们婚礼后的那天走掉。"

妈压低了声音。"你要是还待在这儿，当心你父亲。他没放弃再赚十二先令的念头。"

"你是什么意思？"格温达问。

妈只是一个劲儿地摇头。

"他现在卖不成我，"格温达说，"我离开了他家。他没管我的吃住。我在给韦格利的领主干活。我不再是爸囤积的货物了。"

“还是小心点好。”妈说，再也没别的话了。

在教堂外，过路的格拉姆跟格温达攀谈起来，打听她的事，还提议饭后一起散步。她猜到他“散步”的意思，当面回绝了，但后来她看到他和大卫·乔恩斯的女儿、黄头发的乔安娜在一起。乔安娜只有十五岁，傻乎乎地中了一个过路人几句甜言蜜语的圈套。

星期一天刚蒙蒙亮，太阳还没出来时，格温达在伍尔夫里克“百亩”的地里拔草，这时伍尔夫里克穿过田地朝她跑来，一副气急败坏的样子。

她不顾他的想法，每天一早一晚继续在他的地里干活，看来把他逼急了。他会做什么呢——揍她一顿？她向他如此挑战之后，他大概可以泰然地对她动武——人们会说她自找，而现如今她离开了父母的家，也没人肯维护她了。她感到害怕。她亲眼见过伍尔夫里克打断了拉尔夫·菲茨杰拉德的鼻子。

她跟着就告诉自己别犯傻。虽说他打过好多架，但她从来没听说他打过妇女或孩子。不过，他那气势汹汹的样子还是让她发抖。

可根本不是那么回事。他刚一跑到听得见的距离，就喊道：“你见到格拉姆了吗？”

“没有啊，怎么的了？”

他来到跟前站住了，气喘吁吁地说：“你在这儿多久了？”

“我天亮前就起床了。”

伍尔夫里克垂下了肩膀。“这么说，他要是走的这条路，这会儿已经追不上了。”

“出什么事了？”

“他跑了——骑我的马跑了。”

原来伍尔夫里克是为这个生气。马可是值钱的东西——只有像他父亲那样富裕的农人才养得起。格温达回忆起，她刚一说她可能认识他兄弟，他多么快地马上转移了话题。当然，他根本就没有什么兄弟在修道院，他也没在火中死了老婆孩子。他是个骗子，骗取了村民们的信任，目的就是要偷东西。“我们多傻呀，还信了他的鬼话。”她说。

“我还把他领到家里，我最傻了，”伍尔夫里克苦涩地说，“他待这么长时间，就是为了让马熟悉他，就肯跟他走了。他走的时候，狗也没叫。”

格温达为伍尔夫里克心疼了，在最需要的时候丢了马。“我觉得他走的不是这条路，”她思索着说，“他不可能走在我前面——夜里太黑了。而要是他在我后面，我会看见他的。”出进村子只有一条路，到领主宅第就是尽头了。但地里有许多小路。“他大概走了‘溪地’和‘长田’之间的那条路——那是进入森林的捷径。”

“马在树林里跑不快的。我还可以追上他。”伍尔夫里克转身沿原路跑了回去。

“祝你好运。”格温达在他身后喊着，他挥手表示听见了，但没有回头。

可是，他没交上好运。

当天黄昏，当格温达扛着一袋豌豆从“溪地”向领主的谷仓走去时，她经过“长田”，又看见了伍尔夫里克。他在用铁锹翻那块休耕地。他显然没有追上格拉姆，也没牵回失去的马。

她放下口袋，走进地里去跟他说话。“你不能这么干，”她说，“你在这儿有三十英亩地，你已经耕了多少，十英亩？没人能耕二十英亩的！”

他没有正视她的目光。他还继续翻着地，脸色铁青。“我不能耕地了，”他说，“我没马了。”

“你套上犁吧，”她说，“你很壮，又是轻犁——而且你只是除蓟草。”

“我没人扶犁。”

“有，你有。”

他瞪着她。

“我来扶吧。”她说。

他摇了摇头。

她说：“你已经没了家人，如今又丢了马。你靠自己一人没法干。你没别的路了。你得让我帮你。”

他把目光移开，越过田地，望向村子，她知道他在想着安妮特。

“我要为明早的第一件事做好准备。”格温达说。

他的目光又回到她身上，脸上流露出动情的神色。他在热爱土地和取悦安妮特的愿望之间徘徊。

“我要来敲你的门，”格温达说，“我们来一起耕地。”她转身走开，然后停下脚步，回头看着。

他没说好。

可也没说不。

他们耕了两天地，然后堆干草，然后又拣春天的蔬菜。

如今格温达挣不到钱付赫伯茨寡妇的吃住费了，她得另找地方睡觉，于是就搬到了伍尔夫里克的牛棚里。她解释了原因，他没有反对。

第一天过后，安妮特中午不再给伍尔夫里克送饭了，于是格温达就为他俩从他的碗橱里准备食物了：面包，一罐淡啤酒，煮鸡蛋或者冷咸肉，春洋葱或甜菜。伍尔夫里克依旧不置可否地接受了这种交换。

她依然带着那份春药。小陶瓶装在皮口袋里，系着一根绳吊在她脖子上，就垂在她的乳沟里，别人看不见。她可以在午饭时候把药掺到他的淡啤酒里，但在地里，又是光天化日之下，她没法利用药力的效果。

每天晚上，他都到珀金家去，同安妮特和她的家人一起吃晚饭，格温达就独自闷坐在厨房里。他回来时往往满脸忧郁，但他什么也不跟格温达说，所以她估摸他一定是已经否定了安妮特的反对意见。他不再吃喝就上了床，因此她没法下药。

在格拉姆跑掉后的那个星期六，格温达用咸猪肉煮青菜，给自己做了一顿晚饭。伍尔夫里克家里存着四个成人吃的东西，所以食物多得很。尽管已经进了七月，晚上还很凉，她吃完之后又向厨房的火里添了一块木柴，坐在跟前看着那柴烧起来，想着短短的几个星期之前她过的那种简朴单调的生活，奇怪那样的日子怎么会和王桥的桥一起，彻底地垮塌了呢。

门开了，她以为是伍尔夫里克回来了。她总是他一回来就退到牛棚去，但她很享受睡前两人交换的几句友好的话。她热切地抬起头，期待着看到他那张英俊的面孔，却受到了意外的惊吓。

那不是伍尔夫里克，却是她父亲。

跟他一起来的，是个长相粗鲁的陌生人。

她满心畏惧地一跃而起。“你想干吗?”

“跳跳”发出了一声敌对的吠叫，但马上就吓得躲开了乔比。

乔比说：“好啦，我的小姑娘，用不着害怕嘛，我是你爸啊。”

她沮丧地想起她母亲在教堂里含糊其辞的警告。“他是什么人?”她指着那陌生人说。

“这位是从阿秉顿来的乔纳，一个皮革商。”

格温达难过地想，乔纳可能当过一段商人，他甚至可能是来自阿秉顿，但他的靴子是破旧的，他的衣服是肮脏的，而他那蓬乱的头发和胡须表明，他已经有几年没进过城里的理发店了。

格温达表现出了比她感到的更大的勇气，说：“从我这儿滚开。”

“我跟你说过她好斗嘛，”乔比对乔纳说，“不过她是个好姑娘，而且壮实。”

乔纳这才第一次开口。“甭担心，”他说。他舔着嘴唇打量着格温达，而她真希望身上比这件薄羊毛裙穿得更多些。“我这辈子已经驯服过好几匹小母马了。”他补了一句。

格温达毫不怀疑，她父亲已经照他威胁过的，又把她卖了。她原本以为离开他的家能保证她的安全。村民们恐怕不会容忍有人诱拐受他们雇用的一个短工吧？可是现在天已经黑了，在这件事惊动人们之前，她可能就被远远地带走了。

没人能帮助她。

然而，她是不会束手就擒的。

她无奈地四下张望，想找一件武器。她几分钟之前投进火里的那根木柴，一头已经燃着，不过它足有十八英寸长，而且另一头还在火外，吸引了她的目光。她迅速弯下腰，一把抓在手里。

“好啦，用不着那玩意儿，”乔比说，“你不想伤着你老爸吧，嗯？”他向前靠近了一些。

一腔怒火燃遍她全身。他打算卖掉她，居然还敢称自己老爸！她猛然间就是想伤着他。她气得尖叫着，向他扑去，把燃着的木柴捅向他的脸。

他向后跳开，但她气得发疯了，继续向前逼近。“跳跳”也怒气冲冲地吠叫着。乔比抬起胳膊保护自己，想挡开那根燃着的木柴，但她身强力壮。他挥舞的双臂挡不住她的冲击，她把木柴烧红的那头直戳向他的脸。柴火烧焦了他的面颊，疼得他直叫。他脏兮兮的胡子烧着了，散发出皮肤焦糊的恶心气味。

这时格温达被人从身后抓住了。乔纳的一双胳膊搂住了她，把她的双臂箍在了体侧。她扔掉了燃烧的木柴。火苗当即从地上的草堆蹿起。“跳跳”让火吓得跑出了屋子。格温达在乔纳的怀里挣扎着，扭动着，从一边甩向另一边，可乔纳却出奇地有劲。他把她脚离地举了起来。

门洞中出现了一个高大的身影。格温达只看到了轮廓，跟着就又不见了。格温达感到自己被摔到了地上。一时间她晕了过去。待她恢复了知觉，乔纳正跪在她身上，想用绳子捆住她双手。

那高个子身影又出现了，格温达认出是伍尔夫里克。这次他提着一只大橡木桶。他利落地把一桶水泼到燃着的草上，把火扑灭了。随后他换了下手，抱起桶，在跪着的乔纳的头上狠狠砸了一下。

乔纳攥着格温达的手松开了。她分开双腕，感到绳索松了。伍尔夫里克抡起水桶，更重地又砸了乔纳一下。乔纳闭上眼，倒在了地上。

乔比用衣袖捂住胡子，把火熄灭，随后跪倒在地，极其痛苦地呻吟着。

伍尔夫里克拽着乔纳上衣的前襟把那昏厥的家伙提了起来。“他到底是谁？”

“他叫乔纳。我父亲想把我卖给他。”

伍尔夫里克抓住那人的皮带拎起来，把他抬到前门，扔到了外面的大路上。

乔比呻吟着。“救救我，我的脸烧伤了。”

“救你？”伍尔夫里克说，“你放火烧我的家，还攻击我的短工，你还想要我救你？快滚！”

乔比爬起身，可怜地呻吟着，跌跌撞撞地出了前门。格温达摸了摸胸口，没有什么感觉。她本来可能会留给他的那一点点爱今夜全被毁掉了。在他从门洞出去时，她希望他永远别再和她说话了。

珀金举着一只灯心草做的火把，来到后门。“出什么事了？”他问，“我觉得听到了一声尖叫。”格温达看到安妮特在他身后踟蹰着。

伍尔夫里克回答了问题。“乔比带着一个恶棍来到了这里。他们想把格温达带走。”

珀金咕哝着：“看来你已经把问题处理了。”

“毫不费力。”伍尔夫里克意识到手里还提着水桶，这才放到地上。

安妮特说：“你受伤了吗？”

“一点没有。”

“你需要什么吗？”

“我只想睡觉。”

珀金和安妮特听出了暗示，就走开了。别人似乎都没听到这一场骚乱。伍尔夫里克关上了门。

他借着火光瞅着格温达。“你觉得怎么样？”

“发抖。”她坐在板凳上，双肘靠到厨房的桌子上。

他走到橱柜跟前。“喝一点葡萄酒来镇定一下。”他取出一个小桶，放在桌子上，又从架子上拿来两个杯子。

格温达突然一惊。这是不是她的机会呢？她竭力让自己振作起来。她得迅速行动了。

伍尔夫里克往杯子里倒了酒，然后把小桶放回橱柜。

格温达只有一两秒钟的时间。就在他转身的时候，她把手伸到胸口，拽出用皮条吊在脖子上的小口袋。她从口袋中摸出了小瓶子。她的一只手颤抖着打开瓶塞，把药倒进了他的杯子。

就在她把小口袋塞回衣领时，他转过了身。她拍拍自己，好像只是在拽衣服。他是个典型的男人，根本注意不到有什么不对头的地方，隔着桌子坐到了她对面。

她拿起杯子，举着向他祝酒。“你救了我，”她说，“谢谢你。”

“你的手在抖，”他说，“你受了惊吓。”

他俩都喝了一口酒。

格温达不知道那药力要多久才能生效。

伍尔夫里克说："你帮我在地里干活，也救了我。谢谢你。"

他俩又喝了一口酒。

"我不知道还有没有更坏的事情，"格温达说，"像我有这样一个父亲，或者像你，连父亲都没有了。"

"我为你难过，"伍尔夫里克若有所思地说，"我至少还有对父母的美好记忆。"他喝光了杯中酒。"我平常很少喝葡萄酒——我不喜欢那种醉醺醺的感觉——但今天蛮好。"

她仔细地盯着他看。"智者"玛蒂说过，他会动情的。格温达寻找着这种迹象。没错，他很快就开始斜睨着她，像是头一次见到。过了一会儿，他说："你知道吧，你长着这么好的脸蛋，里面含着那么多善良。"

这时她该运用她女性的手段来诱惑他了。可她惊慌地意识到，她还没这样做过。像安妮特那样的妇女时时都在卖弄。然而，当她想到安妮特做过的举动——忸怩地笑着，摸摸自己的头发，眨着眼睫毛时，她连让自己试试看都做不到。她只是感到傻乎乎的。

"你心眼好，"她说，想靠谈话来争取时间，"可是你的脸还露出了别的意思。"

"什么呢?"

"力量。是那种并非来自肌肉而是来自意志的力量。"

"今晚我觉得特有劲。"他咧嘴笑了笑，"你说过没人能挖超过二十英亩地——可这会儿我觉得我就能。"

她把她的手放到他在桌子上的手上。"好好歇一歇，"她说，"还有的是挖地的时间。"

他看着在他的大手上的她的小手。"我们的肤色不一样，"他说，仿佛发现了一个惊人的事实，"瞧，你的手是棕色的，而我的是粉色的。”

“不同的肤色，不同的发色，不同的眼睛颜色。我不知道咱们的孩子会是什么样呢?”

他对这想法笑了笑。随后他明白了她这话里有毛病，就变了表情。他的面孔一下子严肃起来。若是她不这么在意他对她的感情，这种变化也就一笑置之了。他一本正经地说：“我们不会有孩子的。”他把手抽了回去。

“咱们别去想那个了。”她无奈地说。

“你是不是有时候希望……”他追问着。

“什么?”

“你是不是有时候希望这世界跟现在不一样?”

她站起身，绕过桌子走过来，紧挨着他坐下。“别希望了，”她说，“就我们俩，又是夜里了。你想做什么都随你便。”她直视着他的眼睛，“随便你怎样。”

他也盯着她。她看到了他脸上思慕的样子，她随着一阵胜利的惊喜，意识到他想要她。还得再加点药让他发作起来，但这是确定无疑的。此时此刻，他在这世界上不求其他，一心只想和她做爱。

可他还是没有动。

她拉起他的一只手。她把那只手拽到她的嘴唇上时，他没有抵挡。她握着那些粗大的手指，然后把手掌压到她的嘴上。她亲吻着他的手，还用舌尖舔着。然后她把他那只手按到她的乳房上。

他的手紧拢着她的乳房，显得乳房很小。他的嘴张开着，她看得出他在喘着粗气。她把她的头向后仰着，等着他来吻，但他什么也没做。

她站起身，迅速把衣裙从头顶上脱下，并扔到地上。在火光中，她浑身赤裸地站在他面前。他大睁着眼睛盯着她，嘴也张开了，仿佛目睹了一个奇迹。

她又拉起他的一只手。这一次，她让那大手触到她大腿间柔软的部位，让手掩住三角区那儿的阴毛。她下身已经湿极了。他的手指一下子就滑了过去，她不由得兴奋地哼了一声。

但他没有主动地做什么，她明白他因犹豫不决而麻木了。他想要她，但他并没忘记安妮特。格温达可以在一夜中把他像木偶般地动来动去，甚至还可以同他那呆滞的躯体行房，可是终归改变不了什么。她需要他主动。

她向前俯身，依旧握着他的手抵在她的阴部。“亲亲我。”她说。她把她的脸凑近他的脸。“吻吧。”她说。她离他的嘴只有一英寸。她不会再凑近了：应该由他来弥合这距离。

他突然动了一下。

他抽出了他的手，躲开她，并且站起了身。“这是错的。”他说。

而她知道她已经失去了机会。

泪水流到了她眼里。她从地上拣起了她的衣服，遮在了胸前，挡住了她的赤身裸体。

“对不起，”他说，“我不该做任何这样的事。我误导了你。我太残忍了。”

她心想，不，你没有。是我太残忍了。我误导了你。可是你太坚定了。你太忠诚了。你太好了，我配不上你。

但她什么也没说。

他的目光坚定地躲着她。“你该到牛棚去了，”他说，“去睡吧。我们到早上就感觉不一样了。到那时候就都好了。”

她从后门跑了出去，都没费事穿上衣服。月光泻地，可是没人看见她，而她也什么都不在乎了。她跟着就钻进了牛棚。

在那木头房子的一头，是一个堆干净草的高台。那里就是每夜她当床的地方。她爬上梯子，一头躺倒，难过得都不介意尖利的草扎着她赤裸的皮肤了。她又失望又羞耻地哭了。

她最终平静下来之后，站起身来，穿上衣裙，然后裹上一条毯子。她这么做的时候，觉得听到了外面的脚步声。她从粗陋的篱笆墙的一个缝隙向外张望。

月亮几乎是圆的，她能够看得清清楚楚。外面是伍尔夫里克。他朝牛棚的门口走来。格温达的心跳加快了。或许还没有完全过去。但他在门外迟疑着，然后走开了。他回到他屋里，在厨房门口转过身，回到牛棚，又转身回去。

她看着他踱来踱去。她的心怦怦直跳，但她没有动。她尽了自己的所能鼓励他。他该采取最后一步的。

他在厨房门口停下了。他的身体被月光投射出影子，从头到脚勾出一条银线。她清楚地看到他穿着内裤。她知道他打算做什么：她曾见过她哥哥做过同样的事情。她听到伍尔夫里克开始滑稽的自娱动作时发出的呻吟声。她盯着他在月光下美好的身影，浪费着他的欲望，她感到她的心仿佛要碎了。

二〇

戈德温在阿道福斯圣徒诞辰前的礼拜天，针对瞎子卡吕斯采取了行动。

每年的这个礼拜天，王桥大教堂都要举行特殊的礼拜活动。由副院长抬着圣者的骨殖绕着教堂行进，后面尾随着列队的修士。他们为丰收的气候做着祈祷。

像往常一样，由戈德温为教堂做礼拜的准备工作——摆放蜡烛，准备燃香和移动家具——协助他的是菲利蒙这样的见习修士和雇工。阿道福斯圣徒的诞辰还需要再设一道祭坛，那是按照要求安置在能在教堂里四下挪动的一座平台上的一张雕刻精美的木桌。戈德温把这座祭坛放在交叉甬道的东端，上面摆放一对镀银的烛台。他一边做着，一边在心里焦灼地思考着自己的地位。

眼下他已经说服托马斯参选副院长，他的下一步就是清除反对派。卡吕斯只能算是一个轻松的目标——但在某种程度上，那也是个不利因素，因为戈德温并不想显得无情无义。

他在祭坛的中央摆上了一个圣骨盒十字架，那是一个以十字架原物的木头做芯的镶了珠宝的金十字架。这个基督遇难的原物木料是一千年前由君士坦丁大帝之母海伦娜奇迹般地发现的，该木料的碎片分散在全欧的各座教堂之中。

戈德温在祭坛上布置装饰品时，看到塞西莉亚就在跟前，连忙停下工作和她搭话。“我知道罗兰伯爵头脑已恢复了清醒，”他说，“赞美上帝。”

“阿门，”她说，“他的高烧持续了这么长时间，我们都为他的性命担忧呢。他的头盖骨破裂之后，准是有什么古怪念头钻进了他的脑子。他说的话全都不着边际。可是，今天早晨他醒来后，说话就正常了。”

“你救活了他。”

“上帝救活了他。”

“不过，他还是感激你的。”

她微微一笑。“你还年轻，戈德温兄弟。你将来就会明白，有权势的人是从来不表示感激的。无论我们给了他们什么，他们都坦然接受。”

她的这种指教态度使戈德温不悦，但他把恼怒藏在内心。“无论如何，我们现在终于能够选举副院长了。”

“谁会胜出呢？”

“有十名修士坚决承诺要选卡吕斯，只有七人支持托马斯。加上候选人自己的选票，得有十票左右。另有六个人还没打定主意。”

“所以选谁都可能。”

“但卡吕斯现在领先。要是有了你的支持，塞西莉亚嬷嬷，托马斯也能成。”

“我没有选举权。”

“可是你有影响力啊。如果你肯说，修道院需要更严格的控制和改革措施，而且你觉得托马斯更可能贯彻这一纲领，一些动摇派就会摆向他的。”

“我不该偏向一方。”

“也许是的。可是你可以说，除非他们能够更好地理财，否则你将不再继续资助修士们。这又有什么不妥呢?”

她那双明眸愉悦地闪亮了：她可不是那么轻易被说服的。“那简直是明确地支持托马斯了。”

“是啊。”

“我严守中立。我将高兴地和修士们选出的任何人合作。这是我最后的表态，兄弟。”

他毕恭毕敬地鞠了一躬。“我当然尊重你的决定啦。”

她点点头，走开了。

戈德温满心喜悦。他从来没指望她认可托马斯。她是保守的。人人都揣测她倾向卡吕斯，但戈德温如今可以传出话去，说选哪个候选人她都满意。这样，他就颠覆了她对卡吕斯的暗中支持。她听到他如何利用她的话时，甚至可能发火，但她无法收回她确保中立的声明。

他自忖，我多聪明啊，我真够当副院长的资格。

把塞西莉亚中立化是有益的，但还不足以击垮卡吕斯。戈德温还需要给修士们生动地演示一下，卡吕斯会多么不适合领导他们。他迫不及待地希望今天就有机会。

卡吕斯和西米恩此时就在教堂，演习礼拜的仪式。卡吕斯是代理副院长，因此他得率领队列，捧着装有圣者骨殖的镶象牙的金质圣骨盒。西米恩作为司库和卡吕斯的挚友，要陪他走完那段路程，戈德温能看出卡吕斯在数着步点，以便到时能自己走。当卡吕斯尽管失明，仍能自信地走动的时候，教众会印象深刻，这简直如同一个小奇迹。

队列总是从教堂的东端开始，那里高高的祭坛上存放着遗物。副院长要打开柜橱的锁，取出圣骨匣。他要托着圣骨匣沿着唱诗班席的北通道，绕过北交叉甬道，走到中殿的北甬道，穿过西端，再回到中殿的中央，进入交叉点。他要在那里爬上两级台阶，把圣骨匣放到第二座祭坛，就是戈德温刚刚布置就绪的那个。整个礼拜过程中，圣骨都要保持在那里，供教众瞻仰。

戈德温环顾教堂，目光落在教堂南甬道正在修缮的地方，便走进去看进展如何。梅尔辛被埃尔弗里克解雇之后，就再不参与这里的工作，但他那惊人的简单方法仍被继续采用。这种方法不用昂贵的木框架在砌灰时支撑新的石件，每块石材只靠一根简单的绳子固定在位：绕过石材的长边，并用一块石头平衡。这种办法不能用在拱肋上，那是由又长又窄的石头一块块相拥而构成的，因此要为那些构件做出模壳。不过，梅尔辛还是为修道院省掉了一笔木工费用。

戈德温承认梅尔辛的才干，但跟他在一起仍感到不自在，而愿意与埃尔弗里克合作。埃尔弗里克始终都是个驯顺工具，这一点很可靠，从来不会惹是生非；而梅尔辛太喜欢特立独行了。

卡吕斯和西米恩走了。教堂为礼拜做好了准备。戈德温把一直帮忙的人都打发走了，只留下了还在交叉点扫地的菲利蒙。

一时之间，大教堂里已经空空荡荡，只剩下他们两个人了。这就是戈德温的机会了。原先想好一半的计划这时已在他脑子里成熟了。他还有些犹豫，因为这要冒极大的风险。但他仍决定赌一把。

他把菲利蒙叫过来。“现在，”他说，“赶快——把平台向前挪动一码。”

很多时候，大教堂对于戈德温不过是个工作的场所。这是一块要利用的空间，一座该修理的建筑，一处收入的来源，同时也是一个财务负担。不过赶上这种机会，就要重现雄伟辉煌了。烛光跳动，光影在金色的烛台上闪烁，身穿袍服的修士和修女们在古老的石柱间滑动，唱诗班的合唱声直抵高高的穹顶。难怪数万名镇上人在驻足观看时全都屏气凝神了。

卡吕斯率领着队列。在修士和修女唱歌之际，他开启了高高祭坛下的隔断——靠摸索——取出了镶象牙的金质圣骨匣。他高举着圣骨匣，开始了环绕教堂的游行。他白胡须，瞎眼睛，俨然一个圣洁的无辜者的形象。

他会跌入戈德温的圈套吗？如此简单——看来也太轻而易举了。在卡吕斯身后几步远的戈德温咬着嘴唇，竭力保持镇静。

教众们诚惶诚恐。戈德温始终想不通，这些芸芸众生何以如此心甘情愿地任人摆布。他们看不到圣骨，就算看得到，也无法与其他的人骨加以区分。然而，由于装饰豪华的匣子，震撼人心的美妙颂歌，修士和修女们的统一袍服，以及使他们全都相形见绌的高耸的建筑，他们都感受到了某种神圣的存在。

戈德温紧盯着卡吕斯。当他到达北甬道最西端的正中时，他猛地向左一转，西米恩站在一旁，随时准备在他判断有误时纠正他，其实没有必要。好啊：卡吕斯越自信，在那关键时刻绊倒的可能性就越大。

卡吕斯计算着步子，分毫不差地大步走到中殿的中央，再转过身，一直向祭坛走去。在暗示之下，歌声停止，队列在肃穆静谧的气氛中继续前进。

戈德温心想，这有点像半夜摸黑去找厕所。卡吕斯大半生来一年都要多次走这条路。他此刻正在作为队列的领头人走这条路，未免让他紧张。但他外表很平静，只有嘴唇的轻微翕动泄露了他在计数。但戈德温确知他的计数会出错。他会不会当众出丑呢？还是他会逃过这一劫呢？

在圣骨经过时，教众们都畏惧地后退。他们知道，触碰一下那精美的小匣子会产生奇迹，但他们同样相信，对圣骨的任何不敬都会招致灾难性后果。死者的灵魂无处不在，监视着等待最后审判日的人们；而那些曾经度过神圣一生的人享有无边的权力奖励或惩罚生者。

戈德温心中闪过一个念头：阿道福斯圣徒会因即将在王桥大教堂发生的事故而对他不满。他一时因恐惧而战栗了。随后他说服自己，他的作为是为了存放圣骨的修道院的利益，而且能够洞察人生的全知的圣者会理解，这是为了有个最好的结果。

卡吕斯在走近祭坛时，放慢了脚步，但步幅仍保持着丈量的长度。戈德温屏住了呼吸。卡吕斯在迈出按照他的计数该跨的一步时，似乎有些迟疑，使他离安置祭坛的平台就差一点了。戈德温听天由命地盯着，唯恐最后时刻在计划安排上会有什么变化。

随后，卡吕斯又信心十足地向前走了。

他的一只脚比预计的早一码碰到了平台的边缘。由于四下一片寂静，他的便鞋踢到空木板的声音就分外响亮。他又惊又怕，不由自主地发出一声惊呼。他的动作带着他向前走。

戈德温的心被一股胜利的冲动提了起来——但只维持了片刻，灾难就降临了。

西米恩伸手去抓卡吕斯的胳膊，但为时已晚。圣骨匣从卡吕斯的双手中飞了出去。教众们异口同声地发出了惊骇的喘气声。那珍贵的匣子撞到石头地面上，摔开了，把圣骨撒了一地。卡吕斯摔在沉重的木雕祭坛上，把祭坛推得掉下了平台，上面的装饰品和蜡烛滚到了地上。

戈德温吓坏了。这比他设想的严重多了。

圣者的头骨滚过地板，停在了戈德温的脚下。

他的计划成功了——但效果太好了。他本想让卡吕斯摔倒，露出无能为力的样子，但他没想让神圣的遗骸遭到亵渎。他惊恐地瞪着地上的头骨，那上面空空的眼窝似乎指责地回望着他。什么可怕的惩罚会降临到他头上呢？

他这辈子还能偿还这样的罪过吗？

由于他是等待着这一事故的，他的惊恐要比别人稍微轻些，所以他是第一个重新镇定下来的。他站在骨殖的旁边，向空中伸出双臂，用压倒骚乱的声音高叫："大家——全都跪下！我们要祈祷！"

前边的人跪下了，其余的人迅速地照做了。戈德温开始了他熟悉的祷词，修士和修女们随声一起祈祷。在充满教堂的齐诵声中，他整理了似乎尚未毁损的遗骸。随后，他以演戏般的缓慢动作，用双手捧起头骨。他由于迷信的恐惧而颤抖，但还是勉强拢住了双手。他嘴里诵念着拉丁语的祷词，把头骨捧到匣子边，放了进去。

他看到卡吕斯在挣扎着站起身，他指着两个修女。"快扶副院长助理到医院去，"他说，"西米恩兄弟，塞西莉亚嬷嬷，你们和他一起去好吗？"

他又拣起一块骨头。他吓坏了，心知为了这件事他比卡吕斯更该受责；但他的动机是纯正的，他仍希望安慰圣者。与此同时，他清楚他的行动在所有在场的人眼中应该是好的：他在紧急关头担起了责任，像是个真正的领导者。

然而，这种畏惧的时刻不该持续得太久。他得把骨骸收拢得更快些。"托马斯兄弟，"他说，"西奥多里克兄弟。过来帮我一下。"菲利蒙向前迈了一步，但戈德温挥手让他退后：他不是修士，只有为上帝服务的人才能触碰骨骸。

卡吕斯在西米恩和塞西莉亚的搀扶下，一瘸一拐地走出了教堂，留下戈德温成为这一场合不容置疑的主人。

戈德温叫来菲利蒙和另一名雇工奥托，嘱咐他们去扶正祭坛。他俩把祭坛在平台上摆放端正，奥托拣起了烛台，菲利蒙拣起了镶珠宝的十字架。他们毕恭毕敬地把它们一一放到祭坛上，然后收拾好散落的蜡烛。

全部的骨头都拣了起来。戈德温想扣上那匣子的盖，但扣上之后不能严丝合缝。他尽量收拾好一些，就庄严地把匣子放到了祭坛上。

戈德温刚好想起来，他该让托马斯而不是他自己出面，临时充当修道院的领导人。他拣起西米恩捧着的书，交给了托马斯。托马斯用不着指点该做什么。他打开了书，找到了该用的那一页，读起了那一节。修士和修女们列队站在祭坛各一侧，这时托马斯领着他们唱起了颂歌。

他们总算把礼拜做完了。

戈德温一走出教堂，马上就又战栗了。这几乎酿成了一场灾难，但他似乎侥幸成功了。

当队列走到回廊解散的时候，修士们全都激动地纷纷议论起来。戈德温靠着一根柱子，竭力恢复镇静。他聆听着修士们的议论。有人觉得遗骨的散落是上帝不想让卡吕斯当副院长的迹象——这种反应正是戈德温预期的。但让他沮丧的是，大多数人表达了对卡吕斯的同情。这可不是戈德温所想要的。他意识到他大概得给卡吕斯一点恩惠，同情地扯扯他的后腿了。

他打起精神，匆匆赶往医院。他要在卡吕斯情绪消沉，还没听到修士们理解的风声之前，到达那里。

副院长助理坐在床上，吊着一条胳膊，头上缠着绷带。他脸色苍白，神情恍惚，每隔几分钟，面部肌肉就会神经质地抖动一下。西米恩坐在他身边。

西米恩恶狠狠地瞪了戈德温一眼。“我想你该高兴了。”他说。

戈德温不理睬他。“卡吕斯兄弟，圣者的遗骨已经在赞美诗和祷词声中恢复了原位，你听了一定高兴的。这次悲剧事件，圣者会原谅我们大家的。”

卡吕斯摇了摇头。“没有事故，”他说，“一切都是上帝的安排。”

戈德温又升起了希望。这样就好。

西米恩的情绪也沿着同一条线进行着，他想拦一下卡吕斯。“先别忙着说什么，兄弟。”

“这是个迹象，”卡吕斯说，“上帝在告诉我们，他不想让我当副院长。”

这正是戈德温之所愿。

西米恩说：“废话。”他从床边的桌上拿起一个杯子。戈德温猜想里面盛的是温葡萄酒和蜂蜜，是塞西莉亚嬷嬷为多数病患开的药方。西米恩把杯子递到卡吕斯手里。“喝吧。”

卡吕斯喝了，但他还在谈着原先的话题：“忽视这样的预兆是个罪过。”

“预兆不那么容易解释。”西米恩争辩说。

“或许不，但即使你是对的，兄弟们会选举一个连捧着圣者的遗骸都会摔跤的副院长吗？”

戈德温说：“事实上，一些修士恰恰可能因为怜悯而倾向你，而不是排斥你。”

西米恩向他投来困惑的一瞥，不知他葫芦里卖的什么药。

西米恩的怀疑是有道理的。戈德温在扮演负责指出候选者缺点的教吏的角色，因为他想从卡吕斯口中得到的不仅是模糊生疑的说法。他可能就此明确讲出退出的想法吗？

如他所希望的，卡吕斯和他争论了起来。“一个人被推为副院长，是因为兄弟们尊敬他，而且相信他能明智地领导他们——而不是出于可怜。”他说这番话时，是对自己的终身残疾有苦涩的认识的。

“我认为是这样的。”戈德温装出满不情愿的样子试探着，仿佛这样的承认从他嘴里说出来并非他所愿。他大着胆子，又补充说：“不过，也许西米恩是对的，你应该推迟任何最后的决定，直到你康复。”

“我和平时一样健康，”卡吕斯反驳说，拒绝在年轻的戈德温面前承认虚弱，“什么都不会改变的。明天我还会和今天一样摸索前进。我不会参选副院长的。”

这正是戈德温期待的话。他猛地站起身鞠了一躬，如同表示感谢，其实是要藏起他的面孔，生怕会暴露他的胜利感。“你和以往一样清醒，卡吕斯兄弟，”他说，“我要把你的意愿转告给其余的修士。”

西米恩张开嘴要抗辩，但他被刚从楼梯上进到房间里的塞西莉亚嬷嬷抢先制止了。她神情有些慌张。“罗兰伯爵要求见见副院长助理，”她说，“他威胁说他要下床，可他不该动，因为他的头骨可能还没有痊愈。可卡吕斯也不能动啊。”

戈德温看着西米恩。“我们去吧。”他说。

他们一起上了楼梯。

戈德温感觉良好。卡吕斯甚至不知道他着了道。他自愿从竞选中退出了，这样就只剩下了托马斯。而戈德温随时都可以把托马斯抹掉。

他的计划惊人地成功——到目前为止。

罗兰伯爵仰卧在床上，头上缠着厚厚的绷带，但他的威严照样不减。理发师应该来过了，因为他的脸已经刮过，而他的黑发——就未被绷带缠住的部分来看——已经整齐地修了边。他穿着一件紫色的短上衣和一条新裤子，两条裤腿时髦地染成两种颜色：一条红，一条黄。尽管人还躺在床上，他仍扎着腰带，别着匕首，脚上还穿着皮短靴。他的长子威廉及其妻子菲莉帕站在床边。他的年轻秘书杰罗姆神父，身穿教士袍服，坐在近旁的写字台旁，准备好笔和封蜡。

口谕简单明确：伯爵已恢复掌权。

“副院长助理来了吗?”他用清晰洪亮的声音问。

戈德温比西米恩反应要快，他抢先作了回答：“副院长助理卡吕斯摔了一跤，他本人也躺在这医院里，爵爷，”他说，“我是司铎戈德温，和我一起的是司库西米恩。我们为你奇迹般的康复感谢上帝，因为他导引着为你治病的修士医生的手。”

“是那个理发匠修复了我破裂的脑袋，”罗兰说，“感谢他吧。”

因为伯爵仰卧在床，眼睛对着天花板，戈德温看不清他的脸；但他有一种印象，伯爵的表情茫然得奇怪，他不知道这次受伤是不是留下了永远的后遗症。他问：“你所需要的一切使你舒适的东西都齐备了吗?”

“要是不齐备，你很快就知道了。现在，都听着，我的侄女玛杰丽就要嫁给蒙茅斯伯爵的次子罗杰了。我估计你们都知道这事。”

“知道。”戈德温突然闪过一道记忆：玛杰丽曾经就仰卧在这个房间内，她的两条白腿举在空中，与她的堂兄理查——王桥的主教私通。

“婚礼由于我的受伤而不宜地推迟了。”

戈德温回忆，这不是实情。塌桥只是一个月前的事。实情大概是伯爵需要证实伤势没有削弱他，他依旧有权势值得与蒙茅斯伯爵结盟。

罗兰继续说：“婚礼将在三个星期之后在王桥大教堂举行。”

严格地说，伯爵应该提出请求，而不是下达命令，而当选的副院长会对他这种颐指气使的态度感到怒气冲天的。不过当然啦，现在还没有副院长。无论如何，戈德温也想不出罗兰的希望实现不了的理由。“好极了，我的爵爷，”他说，“我会做好必要的准备的。”

“我想要新的副院长届时主持礼拜。”罗兰继续说。

西米恩惊讶地哼了一声。

戈德温迅速地盘算着，这么匆忙倒十分符合他的计划。“好极了，”他答道，“有两名候选人，但副院长助理卡吕斯今天撤下了他的名字，就只剩下托马斯兄弟，一个新人了。我们可以照你的意愿尽快选举。”他简直不敢相信他的好运。

西米恩知道，他脸上是失败的模样。“等一下。”他说。

但罗兰根本不听。“我不要托马斯。”他说。

戈德温没料到这一点。

西米恩暗笑，对这最后一分钟的缓解感到高兴。

戈德温一惊，说道：“可是，我的爵爷——”

罗兰不准他插嘴。“把我的侄子白头扫罗从林中圣约翰修道院召来。”他说。

戈德温心中充满了预感。扫罗和他是同代人。在当见习修士时，他们曾是朋友。他们曾经一起去了牛津——但在那里他们分道扬镳了，扫罗变得更加虔诚，而戈德温却益发世俗了。扫罗如今是圣约翰那座附属修道院出色的副院长。他对修士的人品持之甚严，而且他从来不肯出风头。但他聪颖、虔诚，为大家所拥戴。

“尽快把他召来，”罗兰说，“我将任命他为王桥的下一任副院长。”

二一

梅尔辛坐在王桥北端的圣马可教堂的屋顶上。他从那儿能够看到全镇。在东南方，一道河湾将修道院揽在其臂弯之内。镇子的四分之一被修道院的建筑物及其周围的墓场、市场、果园和菜园等空地所占据，大教堂高耸于其中，如同荨麻地里的一棵橡树。他还能看到修道院的雇工在菜圃中摘菜，从马厩中出粪，从车上卸下木桶。

镇中心是富人区，尤其是从河边蜿蜒而上的主街，数百年前的第一批修士当是从这里爬坡上来的。以色彩艳丽、质地优良的毛纺外衣为标志的好几位富商高视阔步地沿街行走，商人们总是在奔波忙碌。另一条宽阔的通衢是高街，从西到东贯穿全镇中间，在修道院的西北角附近，与主街呈直角相交。他还在那同一个角落里看到了教区公会大厅宽大的屋顶，那是镇上除修道院之外的最大建筑物。

主街上与贝尔客栈相邻、与凯瑞丝的家对门的，是高于多数其他建筑的修道院大门。在贝尔客栈门外，梅尔辛看到有一群人围着托钵修士默多。这个托钵修士似乎不受任何特殊的修道规章的约束，在塌桥之后就一直待在王桥。丧失了亲人和受到惊吓的人们尤其容易被他那些充满激情的路边布道打动，他收到大量的银质半便士和四分之一便士。梅尔辛认为他是个骗子，他的神圣的气愤是假装的，他的眼泪掩盖了他那玩世不恭的贪婪——不过梅尔辛的看法只是少数人的观点。

在主街的尽头，大桥的残桩仍然戳在水面上，旁边由梅尔辛打造的渡船正载着一辆装树干的大车过河。西南方是工业区，宽阔场地上的一栋栋大房子里是屠宰场、鞣皮场、酿酒坊、面包房，以及形形色色的作坊——那种气味和肮脏是镇上有头有脸的居民所不能容忍的，然而这一带却创造了大量财富。河流在这里变宽了，中间的麻风病人岛把河水分成了两岔。梅尔辛看到了船夫伊恩划着他的小筏子向岛上而去，他的乘客是一名修士，大概是给岛上剩下的一个麻风病人送吃的。河的南岸排列着船坞和库房，其中好几处都正在从筏子和驳船上向下卸货。再往外是新镇的郊区，一排排的茅舍夹在果园、草场和花园之间，那几处地方是修道院的雇工为修士和修女生产食品的地方。

圣马可教堂所在的镇子的北端是贫民区，教堂周围拥挤着雇工、寡妇、失意者和老人的住处。这是个穷教堂——梅尔辛却在这里交了好运。

四个星期之前，走投无路的乔夫罗伊神父雇用了梅尔辛造一台吊车，修复教堂的屋顶。凯瑞丝说服了埃德蒙借钱给梅尔辛买工具。梅尔辛用一天半便士的工钱雇了一个十四岁的男孩吉米帮工。今天，吊车完工了。

不知怎么的，梅尔辛要试用一种新机械的消息不胫而走。大家都对他的渡船赞叹不已，一心想看一看他现在又有了什么新玩意儿。墓地里已聚集了一小群人，多数都是些闲人，不过也有乔夫罗伊、埃德蒙和凯瑞丝，以及镇上的一些建筑工匠，最著名的就是埃尔弗里克。若是梅尔辛今天失败了，那就是在他的朋友和对手面前的失败。

这还不算是最坏的。这项工作免除了他外出求职之需。但那种命运仍然悬在他的头上。若是吊车用不成，人们就会得出结论：雇用梅尔辛带来了厄运。他们会说，神灵不愿他留在镇上。他就得在更大的压力下出走。他只好对王桥——也对凯瑞丝告别。

在过去的这四个星期里，他锯木成型并拼装出他的吊车，在这期间他才第一次认真想到会失去她。这使他情绪低沉。他认识到她是他在这世上的一切欢乐。如果天气好，他想和她一起在阳光下散步；如果他看到什么美丽的东西，他就想展示给她看；如果他听到了什么有趣的事情，他的第一个念头就是告诉她，看到她的笑靥。他的工作给了他愉快，尤其在他想出了解决难题的妙法的时候；但那是一种冷漠的头脑中的满足，他深知，没有凯瑞丝，他的生活将是漫长的冬季。

他站起身。是他把本事付诸实施的时候了。

他造的是一架有创新的普通吊车。同一切吊车一样，有一根穿过一组滑轮的绳索。在教堂的墙头、屋顶的边缘处，梅尔辛制作了一个绞架似的木结构，伸出一根长臂横过屋顶。那根绳索拉出来直抵长臂的顶端。在绳索的另一端，也就是墓场的地面上，是一个脚踏轮，由那个叫吉米的男孩启动时把绳索绕在上面。这一切都是标准的。创新之处是在绞架上装了一个转轴，使长臂可以摆动。

为使自己不致遭受豪威尔·泰勒的厄运，梅尔辛在两腋处扎了一根皮带，拴在一块牢靠的石头的顶部：他若是跌下来，不致摔得太远。经过这一番保护之后，他把一块木板从屋顶上移开，把吊车的绳索捆到一根木头上。这时他向下面的吉米叫道："转动轮子！"

他随后屏住了呼吸。他有把握吊车会工作的——理应如此，但这毕竟是个高度紧张的时刻。

在地面上那台巨大的脚踏轮里面的吉米开始走动。轮盘只能向一个方向运转。它要把一个制动器压到一个不对称的齿上：每个齿的一侧都有轻微的角度，这样制动器就沿坡渐渐移动了；但另一侧是垂直的，因此任何反向运动都会当即受到遏制。

轮子转了，屋顶的木头升起了。

当那根木头离开屋顶结构之时，梅尔辛高喊："停！"

吉米停止了踩踏，制动器咬紧了，那根木头悬在了空中，轻轻地摆动着。到此为止，一切正常。下一步是可能出毛病的地方。

梅尔辛转动吊车，使其长臂开始摆动。他屏住呼吸，不错眼珠地盯着。随着所载重物移动了位置，结构上承住了新的张力。吊车的木头吱嘎作响。长臂摆了半圈，把那根木头从原地经屋顶上方吊到了草场上的新地点。人群中异口同声地发出了惊叹的低声议论：

他们从来没见过一个可以转动的吊车。

“把它放下来!”梅尔辛高呼。

吉米打开了制动器，让那重物晃晃悠悠地向下落，随着转盘转动和绳索松开，木头降下了一英尺。

大家都默默地瞅着。当木头挨到地面时，人们发出了一轮欢呼。

吉米把木头从绳子上解开。

梅尔辛让自己享受了一分钟的胜利的喜悦。这架新吊车成功了。

他从梯子上下来。人群欢呼雀跃。凯瑞丝亲吻了他。乔夫罗伊神父跟他握手。“太神了,”那教士说，“我从来没见过像这样的东西。”

“谁都没见过,”梅尔辛骄傲地说，“这是我的发明。”

另有好几个人来恭贺他。人人都为成为这一场面的第一批见证人而高兴——只有埃尔弗里克除外，他站在人群背后，满脸铁青。

梅尔辛没去招呼他。他对乔夫罗伊神父说：“咱们的协议说好了，机器成功了，你要付我钱的。”

“欣然同意,”乔夫罗伊说，“到现在为止，我欠你八先令，我为你拆除其余的木头和重建屋顶付款越快，我才越高兴呢。”他打开腰包，取出捆在一包里的一些硬币。

埃尔弗里克大声说：“等一等!”

大家都看着他。

“你不能给这孩子开工钱，乔夫罗伊神父,”他说，“他还不是个合格的木匠呢。”

梅尔辛自忖，这种事绝不应该发生。他已经把工作做了——现在要不付工钱可是为时已晚，但埃尔弗里克根本不讲公道。

“废话!”乔夫罗伊说，“他已经做出了镇上别的木匠干不了的活儿。”

“那也一样，他还没入行会呢。”

“我倒是想加入，可你不准。”

“那是行规。”

乔夫罗伊说：“我说这不公平——镇上的许多人都会同意的。他已经当了六年半学徒，除了管饭和睡在厨房地板上，没有拿过工钱，人人都知道他已经干了好几年合格木匠的活儿了。你不该连工具都不给就赶他出来。”

聚在周围的人都低声表示赞同。大家普遍认为，埃尔弗里克做得有点太过分了。

埃尔弗里克说：“为了尊重你，神父，我要说，那是行会，而不是你，要决定的。”

“那好吧，”乔夫罗伊抱起双臂，“你要我别给梅尔辛工钱——哪怕他是镇上唯一能够给我修教堂而不用关闭教堂的人。我才不听你的呢。”他把钱递给梅尔辛，“现在你可以把这案子告到法庭了。”

“修道院的法庭。”埃尔弗里克气得五官倾斜，“一个人有冤情要告教士，在由修士掌管的法庭上，他能得到公平的听证吗?”

人群中对此发出了些同情的声音。他们知道太多的由修道院法庭偏袒教士的案例了。

但乔夫罗伊回敬地喊道：“在一个由师傅们把持的行会里，一个学徒能够得到公平的听证吗?”

人群对此哈哈大笑了：他们赞成教士的论点。

埃尔弗里克一副斗输的模样。不管在什么法庭，他都可以赢得他和梅尔辛之间的争议，但他却无法轻易地压倒一名教士。他愤愤地说：“学徒不听师傅的，教士还支持学徒，这可是镇子倒霉的日子。”但他感到了他已经失败了，就转身走了。

梅尔辛掂了掂手里硬币的分量：八先令，或者九十六银便士，合五分之二镑。他知道他得数一数，但他太高兴了，不想费事了。他终于挣到了他的第一笔工钱。

他转向埃德蒙。“这是还你的钱。”他说。

“现在只给我五先令好了，余下的以后再说，”埃德蒙慷慨地说，“你自己要存些钱——你应该有自己的钱。”

梅尔辛笑了。这样他就有三先令可以花了——他长这么大还没有过这么多钱。他都不知道该怎么办了。也许他可以给他母亲买一只鸡。

这是正午时分，人群开始散去，回家去吃午饭。梅尔辛与凯瑞丝和埃德蒙一起走着。他觉得自己的前途有了保障。他已经证明了自己是个木匠，如今有了乔夫罗伊神父创下的先例，再有人雇他时就不会犹豫了。他能挣钱吃饭了。他可以有自己的家了。

他可以成婚了。

彼得拉妮拉在等候他们。在梅尔辛给埃德蒙数出五先令的时候，她在桌上摆了一碟香喷喷的香草烤鱼。为了庆贺梅尔辛的成功，埃德蒙把莱茵白葡萄酒斟满了每个人的杯子。

但埃德蒙不是老停在过去的人。“我们应该动手建新桥了，”他迫不及待地说，“白白地过了五个星期，什么都没干！”

彼得拉妮拉说：“我听说伯爵的健康迅速复原了，或许修士们不久就要选举了。我应该问一问戈德温——可从昨天瞎子卡吕斯在礼拜时摔倒起，我一直还没见到他。”

“我想有一个现成的建桥设计，”埃德蒙说，“这样的话，新任副院长选举后就可以立即开工了。”

梅尔辛的耳朵竖起来了。“你有什么想法吗？”

“我们知道得造一座石桥。我想把桥造得能让两辆车通过那么宽。”

梅尔辛点点头。“那样，两端就都要是缓坡，人们下桥时就会脚踩干地，而不致陷到泥岸上。”

“对啊——太高明了。”

凯瑞丝说：“可你怎么在河中间建起石桥呢？”

埃德蒙说：“我没主意，但应该是可能的。石桥多得很嘛。”

梅尔辛说：“我听人说过这种事。你得建一个叫做围堰的特殊结构，让水不流到施工的地方。这很简单，但人们说你要切实保证不漏水。”

戈德温忧心忡忡地走了进来。他是不该在镇上进行社交拜访的——按理说，他只能在有特殊差事时才能离开修道院。梅尔辛想不出发生了什么事。

“卡吕斯把他的名字从选举中撤出了。”他说。

“好消息！”埃德蒙说，“来一杯这种酒。”

“先别忙庆祝。”戈德温说。

“为什么不呢？这样就剩下托马斯是唯一的候选人了——而托马斯是想建桥的。我们的问题解决了。”

“托马斯不再是唯一的候选人了。伯爵提名了白头扫罗。”

“噢。”埃德蒙思虑着，“有那么糟吗？”

“有。扫罗人缘好，而且在林中圣约翰的副院长任上表现出了能力。要是他接受了提名，他很可能得到原先支持卡吕斯的人的选票——这就意味着他能获胜。这样，扫罗作为伯爵的侄子和推荐对象，很可能会按他的提名人的要求办事——而伯爵可能反对修建新桥，因为那样会从夏陵市场夺走生意。”

埃德蒙面带忧容。“我们还可以做什么呢？”

“我希望这样：得有人到圣约翰修道院去把这条消息告诉扫罗，并把他带到王桥。我已经自愿担当这一任务，我希望能有什么办法让我能说服他拒绝提名。”

彼得拉妮拉说话了。“这可能解决不了问题。”她说。梅尔辛认真地听她讲着。他并不喜欢她，但她很聪明。她继续说："伯爵会另提一个候选人的。他提的候选人都可能反对建桥的。"

戈德温点头同意。"这样，就算我能让扫罗不参加竞选，我们一定要有把握，伯爵的第二个选择是不可能当选的。"

"你想的是谁?"他母亲问。

"托钵修士默多。"

"高明。"

凯瑞丝说："他可够呛!"

"一点不错，"戈德温说，"一个贪婪、醉酒的寄生虫，一个自以为是的惹祸坯。修士们是绝不会选他的。所以我们要让他当伯爵推出的候选人。"

梅尔辛认识到，戈德温跟他母亲一样，有这种搞阴谋的天才。

彼得拉妮拉说："我们该怎么办呢?"

"首先，我们需要说服默多接受提名。"

"这并不难。只消告诉他有个机会就成。他挺愿意当副院长的。"

"同意。可我不能做这件事。默多会当场怀疑我的动机的。人人都知道我支持托马斯。"

"我来跟他说，"彼得拉妮拉说，"我要告诉他，你和我意见不一，而我不想要托马斯。我会说，伯爵在寻找候选人，而默多是合适的人选。他在镇上为大家所欢迎，尤其在穷人和被忽略的人当中，他们都误把他当成是他们当中的一员。他只需要明确表示他愿意当伯爵的马前卒，就能得到提名。"

"好啊。"戈德温站起身来，"默多向罗兰伯爵提出来时，我要尽量在场。"他吻了他母亲的面颊，就走了出去。

鱼全吃光了。梅尔辛吃着他盘中多汁的面包。埃德蒙让他再喝些甜酒，但他拒绝了：他担心要是喝太多，下午也许会从圣马可教堂的屋顶上摔下来。彼得拉妮拉进了厨房，埃德蒙回到小客厅去午睡。屋里就剩梅尔辛和凯瑞丝了。

他移过去坐到她身边，吻了她。

她说："我真为你骄傲。"

他脸上放光。他也为自己骄傲。他又吻了她，这次是又长又湿润的亲吻，下面挺了起来。他隔着她的亚麻裙袍，摸着她的一只乳房，用指尖轻轻捏着她的乳头。

她摸着他那挺起的家伙，咯咯笑了。"你想要我帮你一把吗？"她悄声说。

她有时在傍晚时这么做，那是在她父亲和彼得拉妮拉睡下以后，她和梅尔辛单独待在宅子的底层的时候。但这是在光天化日之下，而且随时都可能有人走进来。"不！"他说。

"我可以干得快一点。"她握得更紧了。

"我太窘了。"他站起身，挪到了桌子的对面。

"我很遗憾。"

"嗯，也许不久我们就可以不必这样做了。"

"做什么？"

"偷偷摸摸，还担心有人走进来。"

她显得受了伤害。"你不喜欢吗？"

"当然喜欢！可最好是只有我们俩的时候。我可以弄到一所房子，如今我已经挣钱了。"

"你才拿到一次工钱。"

"这倒是的……但你一下子像是悲观了。我说了什么错话吗？"

"没有，可是……你为什么想改变事情的现状呢？"

他被这问题问住了。"我只是想有更多这样的机会，在私底下。"

她像是在挑战。"现在我就很高兴。"

“那就好，我也一样……不过什么事都不会一成不变的。”

“为什么呢？”

他觉得他像是在给一个孩子讲道理。“因为我们不能将来一直和父母一起生活，在没人看到时偷偷摸摸地亲吻。我们得有自己的家，像两口子那样过日子，每天夜里都同床共枕，过真正的夫妻生活，而不是彼此释放一下，还要养活一个家。”

“为什么？”她说。

“我也不知道为什么，”他恼怒地说，“事情就是这样，而且我也不打算再多作解释了，因为我觉得你是打定主意不想弄明白了；或者，至少是装作不懂的样子。”

“好吧。”

“再说，我也得回去干活了。”

“那就走吧。”

这简直莫名其妙。在最近这半年来，他一直为不能娶凯瑞丝而感到沮丧，他原以为她也一样呢。现在看来她并非如此。真的，她不同意他的设想。但是，她当真认为他俩能够一直这样继续这种不明不白的苟且关系吗？

他瞅着她，想弄明白她的表情，却只看到了阴沉沉的固执。他转过身来，走出门口。

他在外面的街上迟疑了一会儿。或许他该回屋去，让她说出她的所思所想。但想到她的脸色，他就知道这时候让她做什么都不合适。于是他继续向前，到圣马可教堂去，一路心里想着：这么美好的一天怎么会变得这么糟糕了呢？

二二

戈德温在王桥大教堂里为那场大型的婚礼做着准备。教堂要以最美的外观示人。除去蒙茅斯伯爵和夏陵伯爵，还有好几位男爵和数百名骑士将要出席。破碎的石板要替换，开裂的砌石要修补，破损的模块要重雕，墙壁要粉刷，立柱要涂漆——一切都要洗刷一新。

“我还想把高坛南甬道的修理完工呢。”戈德温在他们走过教堂时对埃尔弗里克说。

“我没把握说那可能——”

“必须完成。在如此重要的婚礼期间，我们不能还在高坛上竖着脚手架。”他看到菲利蒙正从交叉甬道的南门朝他焦急地挥着手。“抱歉了。”

“我还没找到人手呢!”埃尔弗里克在他身后叫着。

“你不该这么急着解雇他们。”戈德温回过头来说。

菲利蒙样子很激动。“托钵修士默多要求见伯爵。”他说。

“好!”彼得拉妮拉昨晚和那个托钵修士谈了话。看到默多还在一层的大房间里等候，戈德温松了口气。那个肥胖的托钵修士打扮得挺神气：脸和手洗得干干净净，留着的一圈头发都梳得整整齐齐，袍服上最难看的污渍也刷洗掉了。他还是不像个副院长，但总算像个修士了。

戈德温不看他一眼，径直上了台阶。伯爵病房外面站立着护卫，他看到了伯爵的扈从之一，梅尔辛的弟弟拉尔夫。拉尔夫很英俊，只是鼻子打断了，是最近受的伤。扈从们时时都会断骨的。“喂，拉尔夫，”戈德温友好地打着招呼，“你的鼻子怎么了?”

“我跟一个农夫恶棍干了一架。”

“你得把鼻子好好整治一下。那个托钵修士到这儿来过了吗?”

“来过了。他们让他候着。”

“伯爵那儿有谁?”

“菲莉帕夫人和那教士，杰罗姆神父。”

“问一下他们肯不肯见我。”

“菲莉帕夫人说，伯爵不要见任何人。”

戈德温对拉尔夫做了个男人间的怪相。“她不过是个女人。”

拉尔夫也做了怪相作答，然后打开门，把头伸进里边。“戈德温兄弟，教堂司铎。”他通报说。

一阵停顿之后，菲莉帕夫人走出来，并在身后把门关上。“我告诉过你，来客免进，”她生气地说，“罗兰伯爵没法得到需要的休息。”

拉尔夫说：“我知道，夫人，可是戈德温兄弟没有要紧的事是不会打扰伯爵的。”

拉尔夫语气中的某些东西引得戈德温看了他一眼。虽说拉尔夫的言词很寻常，但他脸上却是爱慕的表情。随后戈德温便注意到，菲莉帕有多么妖媚。她穿着一件深红色的裙袍，腰上系着腰带，细羊毛的衣料紧贴她的胸部和臀部。戈德温心想，她看上去就像个代表诱惑的雕像，他又一次希望，他能够找到一种办法禁止妇女到修道院。一名扈从恋上已婚妇女已经够糟的了，而一个修士若是动了同样的念头就该是灾祸了。

“我为有事打扰伯爵而抱歉，”戈德温说，“不过楼下有一个托钵修士等着要见他。”

“我知道　　是默多。他的事情这么紧急吗？”

“恰恰相反。不过我需要让伯爵事先有数。”

“这么说你知道那个托钵修士要说什么了？”

“我相信我知道。”

“好吧，我觉得要是你们两个同时面见伯爵大概最好。”

戈德温说：“可是——”随后便装出不再争辩的样子。

菲莉帕看着拉尔夫。“请把那托钵修士叫上来。”

拉尔夫召来了默多，菲莉帕引着他和戈德温进入屋里。罗兰伯爵还在床上，和先前一样穿戴齐整，不过这次是坐起身的，缠着绷带的头部用羽毛枕头垫着。“这是怎么回事？”他用他惯常的坏脾气发话说，“例行的教士会议吗？你们这两个修士想要什么？”

戈德温从塌桥以来第一次正面看到他的面容，此时惊奇地发现，他的整个右脸都麻痹了：眼皮垂着，颧部几乎僵死，嘴也歪了。令人吃惊的是，那张脸的左侧却依旧活动如常。罗兰说话时，额头左侧蹙起，左眼大睁，似乎散发着权威的光芒，强有力的语言只从他嘴的左边说出。戈德温的医学知识被引动了。他知道，头部受伤可能产生预料不到的后果，但他从未听说过这种特殊的表现。

“别呆望着我，”伯爵不耐烦地说，“你们俩像是盯着篱笆的一对奶牛。说说你们的事吧。”

戈德温振作了一下。接下来的几分钟，他要如履薄冰般地小心翼翼。他明知道罗兰会拒绝默多提名做副院长的申请。但他依旧想在罗兰的头脑里植入默多是白头扫罗的可能替补的概念。因此，戈德温的任务就是强化默多的申请。他要以顺情说好话的反论来反对默多，从而向罗兰表明，默多不会得到修士的支持——因为罗兰想要一个只为他个人服务的副院长。但另一方面，戈德温又不能过于强烈地反对，因为他不想让伯爵意识到，默多实际上是个真正指望不得的候选人。这可是条曲折难行的小路。

默多用他那响亮的布道似的嗓门率先开口了。“我的爵爷，我来是求您考虑让我担任王桥修道院副院长的职位。我相信——”

“为了圣者的爱，用不着这么大声。”罗兰制止说。

默多降低了嗓门。“我的爵爷，我相信我——”

“你为什么想当副院长？”罗兰又一次打断了他，“我认为一个托钵修士是不需要教堂的——从定义上讲。”这种是旧时的观念。托钵修士原先是没有产业的游荡者，但如今一些兄弟和传统意义上的修士一样富有了。罗兰清楚这一点，只是要挑衅罢了。

默多给出了标准的答案。“我相信上帝接受两种形式的奉献。”

“这么说你要换袍服了。”

“我在想，上帝赐给我的天赋能够在一座修道院中得到更好的运用，对，我很高兴接受《圣本笃戒律》。”

“可是我为什么要考虑你呢?”

“我也是个受委教士。”

“这样的人并不缺。”

“我在王桥及周围的乡间等地有一批追随者，如若允许我斗胆狂言，我是这一带最有影响力的上帝的仆人。”

杰罗姆神父这时首次发言。他是个自信的青年，生就一张知识型的面孔，戈德温感觉到他野心勃勃。“的确，”他说道，“这位托钵修士非常受欢迎。”

他当然不是在修士中广受欢迎的——但罗兰和杰罗姆都不清楚这一点，而戈德温并不想马上向他们点破。

默多也没有自知之明。他鞠了一躬，并油滑地说：“我从内心感激您，杰罗姆神父。”

戈德温说：“他在无知民众中很受欢迎。”

“如同我们的救世主一样。”默多高声应和。

“修士应该过贫困和自我克制的生活。”戈德温说。

罗兰插话说：“托钵修士的衣袍看着够穷的了。至于自我克制嘛，依我看，王桥的修士们比许多农人吃得要好呢。”

“有人看到托钵修士默多在酒馆喝酒!”戈德温争辩说。

默多说：“《圣本笃戒律》允许修士喝葡萄酒。”

“那只是在他们患病，或者在地里干活时。”

“我在地里布道。”

戈德温注意到，默多在辩论中是个令人生畏的高手。他庆幸自己本来就没想在这场争辩中取胜。他转向罗兰。“作为这里的司铎，我只能说我强烈劝告爵爷您不要提名默多做王桥副院长。”

“知道了。”罗兰冷冷地说。

菲莉帕用稍感吃惊的眼神看了戈德温一下。他意识到他的让步有点太轻易了。但罗兰并没有注意到：他并不纠缠细节。

默多还没有讲完。“王桥的副院长当然要服务于上帝；但是在一切世俗的事务中，他应该由国王，以及国王的伯爵和男爵指引。”

这话说得再清楚不过了，戈德温心想。默多完全可以明说：“我会成为您的人的。”这是个无耻的声明。修士们会惊恐的。就算他们当中原本有人支持默多做候选人的话，这一下也会全抹掉了。

戈德温没作评论，但罗兰却征询地看着他。“还有什么要说的吗，司铎？”

“我肯定，这位托钵修士的话并非指的是王桥修道院应该听命于夏陵伯爵，无论在世俗或非世俗的任何事务上——是不是这样，默多？”

“我已经说过了我说过的话。”默多用他那布道的嗓门回答道。

“够了，”罗兰说，对这场游戏已经厌烦了，“你们，你们俩都在白费口舌。我要提名白头扫罗。你们退下去吧。”

林中圣约翰是缩微的王桥修道院。教堂不大，石筑的唱诗班席和宿舍也一样小；其余的建筑都是简陋的木架结构。这里有八名修士而没有修女。除去祈祷和静思的生活，他们生产了自己的大部分食品，他们制作的山羊奶酪，在整个英格兰西南部享有盛誉。

戈德温和菲利蒙两天来一直在骑行，当大路从林中钻出，他们看到中间矗立着教堂的一片开阔又清爽的地面时，已经是黄昏时分了。戈德温当即悟到，他的担心是有道理的，有关白头扫罗身为副院长在这里的良好业绩的报告，若是需要评论的话，只能说是太低调了。这里的一切看起来都井然有序：篱笆修剪得很整齐，沟渠挖得笔直，果园中的树木都以等距离栽种，成熟庄稼的田地里不见杂草。他感到可以肯定祈祷一定准时并郑重地进行。他只能希望，扫罗显而易见的领导才能不要造就野心。

他们沿田野小路骑行时，菲利蒙说道："伯爵为什么如此力主他的表亲当王桥的副院长呢？"

"和他要他的次子当王桥的主教是同一个道理，"戈德温答说，"主教和副院长都是掌权的。伯爵要确信，在他的地盘里任何有影响的人物只能是盟友而不是敌人。"

"他们会为什么事争论呢？"

戈德温很感兴趣地看到，年轻的菲利蒙开始对权力政治的博弈感兴趣了。"土地、赋税、权利、优惠……比如，副院长想在王桥建一座新桥，给羊毛集市带来更多的生意；而伯爵可能反对这一计划，原因就是会把生意从他自己在夏陵的市场拿走。"

"可是我真不明白，副院长怎么能和伯爵对着干。副院长又没有一兵一卒……"

"一个教职人员可以影响人民群众。如果他在布道中反对伯爵，或者请求圣者降灾给伯爵，人们就会开始相信，伯爵遭神谴了。之后，他们就会削减他的权力，不信任他，希望他的一切设想都泡汤。一个贵族要反对一个铁了心的教士是很难的。看看亨利二世国王在谋杀了托马斯·贝克特之后的遭遇吧。"

他们骑行进入了仓前空地就下了马。两匹马立即在水槽里饮水。四下只有一个修士，袍服撩起来系在腰间，在马厩后面的猪圈里掏粪。他肯定是个年轻人，只有年轻人才干这种活呢。戈德温招呼他。"嘿，叫你哪，小伙子，过来帮我们照看一下马。"

"就来！"那修士回应着。他又用耙子刮了几下，把猪圈清理完毕，把工具倚到马厩的墙上，就朝来人走过来。戈德温正要叫他靠近些，便认出了扫罗的金色圈发。

戈德温不以为然了。一位副院长不该清猪圈的。出风头式的谦卑终归还是出风头。不过，在这种情况下，扫罗那种谦顺的性格倒是正中戈德温的下怀。

他冲着扫罗友好地笑了笑。“喂，兄弟。我可没想吩咐副院长给我的马卸鞍。”

“有什么不可以？”扫罗说，“总得有人干这活儿嘛，而且你已经跑了一天的路了。”扫罗把两匹马牵进了马厩。“兄弟们都在地里呢，”他大声说，“不过他们很快就会回来做晚祷的。”他说着从马厩里走了出来，“到厨房来吧。”

他们从来不是亲密的朋友。戈德温不由得感觉扫罗的虔诚对他是个批评。扫罗从来没有什么不友好的表现，但他以不声不响的决心行事就是不一样。戈德温不得不小心别动气。他已经感到压力够大的了。

戈德温和菲利蒙随着扫罗穿过院子，进入了一座屋顶很高的平房。虽然是用木头建造的，却有石头砌的壁炉和烟囱。他们感激地坐到一张擦洗得十分干净的桌旁的一条粗糙的板凳上。扫罗从一个大桶里舀了两大杯淡啤酒。

他坐到他们的对面。菲利蒙解渴地饮着，而戈德温只小口啜着。扫罗没给他们拿吃的，戈德温猜想，要到晚祷之后才能吃了。说实在的，他已经饿极了。

这是又一个微妙的时刻，他忧虑地回想着。他已经反对过默多的提名，但没能阻止罗兰。此刻他必须请扫罗明确表示，他不可能接受提名的。他知道他打算说些什么，但他必须说得得体。若是他迈错了一步，扫罗就会心生疑虑，之后就什么都会发生了。

扫罗没容他继续思前想后。“什么风把你吹来啦，兄弟？”他问。

“罗兰伯爵已经恢复了理智。”

“我感谢上帝。”

“这就意味着我们可以举行副院长的选举了。”

“好啊。我们不该在很长时间里没有副院长的。”

“可是该由谁来当呢？”

扫罗避开了这个问题。“提出哪些人名了吗？”

“托马斯兄弟，后来录取的。”

“他倒是个好管家。没别人了吗？”

戈德温说了半句真话：“还没有正式提出的。”

“卡吕斯怎么样了？我到王桥参加安东尼副院长的葬礼时，副院长助理是候选人的首选。”

“他觉得他不能做这工作。”

“因为他的失明吗？”

“也许吧。”扫罗还不知道卡吕斯在阿道福斯圣徒诞辰的礼拜仪式中绊倒的事。戈德温决定不告诉他。“无论如何，他已经为此思考和祈祷过了，并且作出了他的决定。”

“伯爵没有提名吗？”

“他在考虑这个问题。”戈德温迟疑了。“所以我们才来到这里。伯爵在考虑……提名你。”这倒不是真的谎言，戈德温对自己说；只是一个误导的强调。

“我很荣幸。”

戈德温端详着他。“还不算完全出乎意外吧，是不是？”

扫罗脸红了。“请原谅我。伟大的菲利普先是在圣约翰这里负责，然后成为王桥的副院长，别人也都照着这条路走。这并不是说，当然，我就和他们一样称职了。但是我承认，这种念头曾经掠过我的脑海。”

“没什么可羞耻的。你怎么觉得会被提名呢？”

“我怎么觉得的？”扫罗似乎有些迷惑了，“为什么问这个呢？

如果伯爵愿意，他就会提名我；而如果我的兄弟们想要我，他们就会投我的票；我就会认为我得到了上帝的召唤。我怎么觉得是没关系的。”

这可不是戈德温想要的答案。他需要扫罗自己打定主意。谈及上帝的意愿只会适得其反。“并不这么简单，”他说，“你用不着接受这个提名。因此伯爵才派我来这里。”

“询问他可以在哪里下命令，不像是罗兰的做派。”

戈德温几乎畏缩了。他对自己说，千万别忘记扫罗有多么精明。他马上变卦了。“是的，确实。不过，如果你认为你可能拒绝，他就要尽快知道，以便再提名别人。”这倒可能是真的，尽管罗兰没说过这样的话。

“我没意识到会这么进行。”

戈德温心想，并不是这么进行的。但是他说：“上次就是这样，安东尼副院长当选时，你我还都是见习修士，所以我们不知道事情的进展。”

“是啊。”

“你觉得你有能力担任王桥副院长吗？”

“当然没有。”

“啊。”戈德温装出失望的样子，虽然他始终相信，以扫罗的谦逊会作出这种回答的。

“然而……”

“怎么？”

“有上帝的帮助，谁知道会实现什么呢？”

“太对了。”戈德温隐藏起他的烦恼。这种谦恭的回答只是一种客套。实情是扫罗认为他能胜任这一工作。“当然，你今晚应该反思并祈祷这件事。”

“我肯定不会想其他的。”他们听到远处传来了说话声，“兄弟们干完活儿回来了。”

“我们明天上午还可以再谈，”戈德温说，“要是你决定了当候选人，就得和我们一起回王桥。”

“好极了。”

戈德温担心，存在着扫罗接受提名的严重危险。但他还有一支箭要射出。“在你祈祷时，你还要记住另外的事，”他说，“一位贵族绝不会白白送上一份礼物的。”

扫罗看着有些忧虑了。“你是什么意思呢？”

“伯爵和男爵们分发头衔、土地、地位、独占权——但这些东西总是有价钱的。”

“那么在这种情况下呢？”

“要是你当选了，罗兰就会期望你付出回报。你反正是他的表亲；你为你的职务欠了他一笔。你会成为他在教士例会上的喉舌，一定要使修道院的行为不违背他的利益。”

“他会不会把这个当作提名的明确条件呢？”

“明确？不。但是，当你和我一起回王桥时，他会询问你，而那些问题必然会使你暴露你的意图。如果你坚持要做一个独立的副院长，对你的表亲和提名人没有表现出特殊的眷顾，他就会另提他人了。”

“我倒没想到这一层。”

“当然啦，你可以干脆给他愿意听的回答，随后在选举之后再改主意。”

“但那样就不诚实了。”

“有人会这么看。”

“上帝会这么认为的。”

“这就是你今夜要祈祷的了。”

一群年轻的修士走进了厨房，他们在地里弄了满身泥，高声谈论着；扫罗起身为他们倒啤酒，但满脸仍是忧虑之色。他带着这种脸色和他们走进祭坛上方绘有《最后审判日》壁画的小教堂去做晚祷。他的这种忧虑之色一直持续到晚餐终于被端上桌，戈德温的饥饿被修士们制作的美味的奶酪消解了。

当天夜里，戈德温虽有两天的鞍马劳顿，浑身生疼，依旧难以成眠。他在扫罗面前设下了一个道德上的两难处境。虽然本意并非如此，大多数修士在和罗兰谈话时还是宁愿隐藏自己的立场，说出承诺最大程度顺从的话。但扫罗不在此列。他是被道德规范驱使的。他会找到一条出路摆脱两难的困境并接受提名吗？戈德温看不出他能找得到。

当修士们在第一道曙光降临就起床准备晨祷时，扫罗依旧满脸忧虑。

早餐后，他告诉戈德温，他不能接受提名。

戈德温还是不习惯罗兰伯爵的那副面孔。看起来怪怪的。伯爵如今戴了一顶帽子，遮住头上的绷带；此举虽想让他的样子更正常些，但帽子却突出了他右脸的麻痹状况。罗兰像是比以往脾气更坏了，戈德温推测他依旧受着头痛的折磨。

“我的表亲扫罗呢？”戈德温刚一进屋，他马上就问。

“还在圣约翰，大人。我给他传达了您的口信——”

“口信？那是命令！”

菲莉帕站在他床边，轻声说：“别激动，爵爷——您知道那对您身体不好。”

戈德温说：“扫罗兄弟简单地说，他不能接受提名。”

“见鬼，为什么不？”

“他思考和祈祷过——”

“他当然得祈祷了，修士就得祈祷嘛。他拿出什么理由来不听我的呢？”

“他觉得自己不能胜任这一挑战性的角色。”

“废话。什么挑战？又没让他率领一千名骑士投入战斗——只是确保一小伙修士在一天规定的时间里按时唱唱圣歌罢了。”

这是无稽之谈，因此戈德温只鞠了一躬，什么也没说。

伯爵的腔调突然一变。“我刚刚知道你是谁。你是彼得拉妮拉的儿子，对吧？”

“是的，爵爷。”戈德温心想，就是你抛弃的那个女子彼得拉妮拉。

“她狡猾成性，我敢打赌你也一样。我怎么知道，你没劝扫罗不接受呢？你想让托马斯·兰利当副院长，是不是？”

戈德温心想，我的计划要比那个兜的圈子大得多呢，你这蠢材。他说：“扫罗确实问过我，您提名他可能要什么回报。”

“啊，现在我们总算说到正点上了。你怎么对他说的？”

“我跟他说，您会希望他要听取他的表亲，他的提名人和他的伯爵的意见。”

“而他却是个猪脑子，不肯接受，我估计。没错。这就把事情定了。我将提名那个肥胖的托钵修士。现在，走吧，别让我看见你了。”

戈德温在鞠躬出屋时，不得不掩饰他的得意。他计划的倒数第二步已经完满地实现了。罗兰伯爵丝毫没有怀疑，他是如何插了一手，让伯爵提名了戈德温认为最没希望的候选人。

现在该走最后一步了。

他离开了医院，走进了回廊。这正好是正午时分第六次祈祷之前的研修时刻，或是阅读，或是静思。戈德温一眼瞥见了他的年轻的同盟西奥多里克，就把头一摆，召他过来。

他低声说道：“罗兰伯爵已经提名托钵修士默多当副院长了。”

西奥多里克大声说："什么?"

"嘘。"

"这不可能。"

"当然是啦。"

"没人会投他的票的。"

"所以我才高兴嘛。"

西奥多里克脸上出现了理解的光彩。"噢……我明白了。这对我们就是好消息喽，真的。"

戈德温不明白，他何以总要解释这类事情，哪怕是对聪明人。除去他和他母亲，没人看得到表象以下。"去跟大家说——悄悄地。用不着流露你的激愤。他们不用鼓励就会义愤填膺的。"

"我要不要说这对托马斯有利呢?"

"绝对不要。"

"好吧，"西奥多里克说，"我明白了。"

他虽然并未明白，但戈德温觉得他还是会听命的，这一点大可放心。

戈德温离开他进去找菲利蒙。他发现他正在打扫食堂。"你知道默多在哪儿吗?"他问道。

"大概在厨房吧。"

"找到他并告诉他，当全体修士在教堂里做第六次祈祷时，到副院长住所去跟你会面。我可不想让任何人看见你跟他在那儿。"

"好吧。我该跟他说些什么呢?"

"你首先要说：'默多兄弟，我告诉你这事，可千万不能让别人知道。'清楚了吗?"

"我告诉你这件事，可千万不能让别人知道。没问题。"

"然后给他看我们找到的证书。你记得在什么地方吧?——在祷告台旁边的卧室里，那里的柜子里有一个姜黄色的皮包。"

“就这些?”

“指出托马斯带到修道院来的土地原本属于伊莎贝拉王后，而这一事实已经保密了十年。”

菲利蒙一脸费解的样子。“可我们并不知道托马斯要保密的是什么呀。”

“是的。但保密总有其理由。”

“你是不是以为，默多会设法使用这条消息反对托马斯呢?”

“当然啦。”

“默多会怎么做呢?”

“我不知道，但不管怎样，肯定对托马斯没有好处。”

菲利蒙皱起了眉头。“我还以为我们是要支持托马斯呢。”

戈德温微微一笑。“这是人人都这么想的吧。”

做祈祷的铃声响了。

菲利蒙去找默多了，戈德温和别的修士一起进了教堂。他和别人站到一起后便说：“噢，上帝啊，向我伸出援手吧。”在这种场合，他祈祷得异常热切。尽管他向菲利蒙表现出信心，但他知道自己在赌博。他把一切全都押到托马斯的秘密上了，但他不知道，当他把牌翻过来时，牌面会是什么。

不过，他显然已经成功地在修士中间掀起了风浪。他们都不安地议论着，卡吕斯在颂诗中只好两次要大家安静。他们一般都不喜欢托钵修士，因为这种人在世俗财产的问题上都表现出一种道德上的优越感，同时却又要依赖他们斥责的东西生存。而且他们尤其讨厌默多那种傲慢、贪婪和醉酒的样子。他们选谁都行，只是绝不要他。

他们祈祷后离开教堂时，西米恩对戈德温说话了。“我们不能要这个托钵修士。”他说。

“我同意。”

“卡吕斯和我不会再提别的人。要是修士们意见分歧，伯爵就能提出他的候选人作为必需的妥协。我们应该消除分歧，一致支持托马斯。如果我们向外界显示出联合一致的阵线，伯爵也就难以反对我们了。”

戈德温停下脚步，转脸对着西米恩。“谢谢你，兄弟。”他说，强迫自己做出卑躬的样子，隐藏起内心的狂喜。

“我们是为修道院的利益这么做的。”

“我知道。但我赞赏你的大度精神。”

西米恩点点头，走开了。

戈德温嗅到了胜利。

修士们走进食堂吃午餐。默多也加入其中。他时而错过祈祷，但绝不误吃饭。一切修道院都有一条普遍的规定：餐桌上欢迎任何修士或托钵修士——尽管有默多这样的极少数人只想不劳而食。戈德温端详着他的脸。那托钵修士神采奕奕，仿佛有什么消息要和大家分享。不过，在就餐过程中，他一直控制着自己，没有开口讲话，只是听着一个见习修士朗读。

这次挑选的段落是苏珊娜和长者的故事，戈德温不以为然：那故事太色情，不宜在这个独身者的群体中朗读。可是今天，连两个淫荡的长者试图勒诈一名妇女与他们发生关系的故事，都未能抓住修士的注意力。他们彼此间悄声耳语，斜眼睨着默多。

吃完饭的时候，故事读到了预言者但以理通过分别盘问那两个长者并揭示他们彼此矛盾的说法，从而使苏珊娜免遭死刑，修士们都准备离开了。就在这时，默多跟托马斯说话了。

“你来这里的时候，托马斯兄弟，是带着剑伤的，我相信。”

他的声音大得足以让人人都听见，别的修士也就都站住脚，聆听着。

托马斯面无表情地看着他。“是啊。”

“那处剑伤最终使你失去了你的左臂。我不清楚，你那次伤是不是在为伊莎贝拉王后出力时受的？”

托马斯面色苍白了。“我已经在王桥当了十年修士了。以前的日子都忘了。”

默多若无其事地继续说着。“我这么问是因为你进入修道院时随身带来的那块土地。是诺福克的一个非常丰产的小村子。五百英亩。离林恩不远——王后就住在那里。”

戈德温装作气愤的样子，插话说：“一个外来人怎么会知晓我们的产业？”

“噢，我读过证书了，”默多说，“这种事情不是秘密。”

戈德温看着并肩而坐的卡吕斯和西米恩。两个人都面露惊讶的神色。作为副院长助理和司库，他们已经知道此事。他们奇怪的是，默多何以窥见了那文件。西米恩刚要开口说话。

默多说：“或者，这至少不该算作秘密吧。”

西米恩又闭上了嘴。他若是强要知道默多是如何发现的，他自己就要面对他们为什么要保守这一秘密的问题。

默多继续说着：“而且林恩的那处农场赠给修道院是以……”他顿了顿，以期收到戏剧效果，“伊莎贝拉王后的名义。”他说完了。

戈德温四下打量。修士们一片惊愕，只有卡吕斯和西米恩两人脸色铁青。

托钵修士默多隔着桌子俯身向前。午饭时吃的绿色植物从他的牙缝里露了出来。“我再问一遍，”他咄咄逼人地说，“你那剑伤是不是在为伊莎贝拉王后出力时受的？”

托马斯说：“人人都知道我在当修士以前干过什么。我原先是骑士，打过仗，杀过人。我忏悔了，并得到了赦免。”

“一个修士可以把他的过去抛在身后——但王桥的副院长却肩

负更沉重的负担。人们会问他杀了谁，为什么，而且——更重要的——得到了什么奖赏。”

托马斯回瞪着默多，但没有做声。戈德温想琢磨托马斯的面孔。那表情像是在某种强烈的感情中僵住了——可那是什么呢？没有负罪甚至尴尬的迹象：不管那是什么秘密，托马斯没觉得他干过什么可耻的事。那模样也不是气恼。默多那轻蔑的口吻可能会激起许多人做出暴烈的举动，但托马斯一点不像是要爆发的样子。没有，托马斯似乎正在经受的是不同的感情：冷漠多于困窘，沉默多于气愤。戈德温终于明白了：那是畏惧。托马斯害怕了。怕默多？不像。不，他怕的是可能因为默多而发生什么事，由于默多发现了秘密而造成的后果。

默多依旧像一条抢骨头的狗。“要是你不在这间屋子这儿回答问题，还有地方问你呢。”

戈德温算计着，托马斯到这时就要供出真情了。他并非毫无失算。托马斯是条硬汉。十年来他都表现得安详、耐心、处事泰然。当戈德温要他出来当副院长时，他准是判断到，过去已经被埋葬了。他此时应该认识到他错了。可是他对这一认识该如何反应呢？他会看到自己的错处而逃避吗？还是咬紧牙关挺过去呢？戈德温咬着下嘴唇等待着。

托马斯终于开口了。“我认为这问题还有地方要问，这一点上你说得没错，”他说，“或者至少，我相信你会尽你所能做出一切，来证实你的预料的，不管多么无情无义或者危险万分。”

“我不知道你是不是在暗示——”

“你不必再多说了！”托马斯说着，猛地站起身。默多畏缩了。托马斯高大的身材，当兵的块头，再加上突然提高了嗓门，达到了让那托钵修士哑口无言的难得的效果。

“我从来不回答有关我以往的问题。”托马斯说道。他的声音又平静了，房间里每一个修士都愣在那里默不做声，伸长了耳朵在倾听。“今后也不会。”他指着默多，“可是这个……懒虫……让我清醒了，我要是当了你们的副院长，这类问题就永无止息了。一名修士可以把他的过去牢守在心，可副院长就不同了，现在我是看明白了。一位副院长可能有敌人，任何秘密都是弱点。之后，当然，由于领导人易受攻击，机构本身就受到了威胁。我的头脑本该引导我得到托钵修士默多的怨恨引导他得到的结论——一个不想回答有关他过去的问题的人不能做副院长。因此——”

年轻的西奥多里克说：“别！”

“因此我现在放弃在即将到来的选举中的候选人资格。”

戈德温满意地舒出了一口长气。他的目的达到了。

托马斯坐下了；默多一副洋洋得意的模样；其余的人一时都想说话。

卡吕斯敲着桌子，大家慢慢地安静了下来。他说：“托钵修士默多，既然你没有选举权，我必须要你现在就离开我们。”

默多满脸得意地缓缓走了出去。

他离开之后，卡吕斯说：“这是一场大灾难——默多成了唯一的候选人了！”

西奥多里克说：“不能准许托马斯退出。”

“但是他已经退出了！”

西米恩说：“应该另找一个候选人。”

“对，”卡吕斯说，“我提名西米恩。”

“不！”西奥多里克说。

“我来说两句，”西米恩说，“我们应该从我们中间挑一个最有把握团结兄弟们反对默多的人。这个人不该是我。我知道我在年轻人当中没有足够的支持。我觉得我们都清楚谁能够从各方面都能聚集起后援。”

他转过脸来，看着戈德温。

"对!"西奥多里克说，"戈德温!"

年轻的修士们欢呼着，年老的都是一副听之任之的样子。戈德温摇着头，仿佛连呼应他们都不情愿。他们开始敲桌子并唱颂着他的名字："戈德——温！戈德——温!"

最后他站起身来。他心里得意洋洋，但他一直板着面孔。他举起双手要大家安静。随后，当室内一片静穆时，他谦逊地低声说："我会遵从我的兄弟们的意愿的。"

屋里爆发出欢呼声。

二三

戈德温推迟了选举。罗兰伯爵会对结果生气的，戈德温想尽量在婚礼之前少给他留点时间对决定加以反击。

实情是戈德温吓坏了。他要起而反对的，是王国内最有权势的一个人。统共才有十三个伯爵，再加上不足四十位男爵，二十一名主教，以及一小伙其他人，他们治理着英格兰。当国王召开议会时，他们是老爷，是贵族集团，与之相对的是平民，由骑士、绅士和商人组成。夏陵伯爵在他那一层人中，是一个更有权势和前途的人物。而戈德温兄弟，寡妇彼得拉妮拉的三十一岁的儿子，不过是王桥修道院的司铎，如今要与伯爵分庭抗礼——而且更危险的是，他居然赢了。

因此，他慌乱得发抖了——但在婚礼的前六天，罗兰一跺脚，说了声："明天!"

出席婚礼的客人已经到了。蒙茅斯伯爵已经搬进医院，占用了罗兰病室隔壁的私室。威廉老爷和菲莉帕夫人只好迁到贝尔客栈。理查主教与卡吕斯共用副院长居所。少数男爵和骑士，带着他们的妻子儿女、扈从、仆人和马匹住满了小店。全镇的消费激增，在阴雨使羊毛集市泡汤而获利令人失望之后，这倒是亟需的。

选举的当天早晨，戈德温和西米恩来到金库，那是图书馆近旁，有沉重的橡木大门但没有窗子的小房间。为特殊仪式使用的珍贵饰品都保存在这儿，锁在一个有铁箍的柜橱里。西米恩身为司库，掌管着钥匙。

选举的结果预先已定，或者说，除去罗兰伯爵之外，尽人都作如是想。没人怀疑戈德温那只隐藏不露的手了。当托马斯出口发问，托钵修士如何得到伊莎贝拉的证书时，戈德温经历了紧张的时刻。“他不会偶然发现的——从未有人见过他在图书馆阅读，何况那文书并没有和其他证书保存在一起呢，”托马斯曾经对戈德温说，“准是有人跟他讲了这事。是谁呢？只有卡吕斯和西米恩了解内情。他们为什么要把秘密泄露出去呢？他们并不想帮助默多啊。”戈德温当时一语未发，而托马斯依旧困惑不解。

戈德温和西米恩把那柜橱拖到图书馆的亮处。大教堂的珍宝包在一块蓝布里，并衬着层层的皮子加以保护。他们在匣子里找着，西米恩打开了几件，赞赏着并检查有没有损坏。有一件几英寸宽的象牙板，雕刻精巧，显出阿道福斯圣徒受难情景的十字架，圣者在那上面请求上帝为一切尊崇他的记忆的人赐以健康和长寿。还有数不清的烛台和十字架，都是金银制品，多数还都镶着珠宝。在从图书馆高大的窗户投下的强光中，宝石熠熠闪亮，黄金隐隐发光。这些东西是几个世纪以来，由虔诚的教徒赠给修道院的，凑到一起的价值令人敬畏：大多数人在同一处地方看到的财宝要数这里最多。

戈德温是来找一根仪式的权杖，或称“牧羊杖”的物件：一根包金的木杖，带有一个精心镶嵌了珠宝的握处。在选举程序的最后仪式，这根权杖要郑重地交到新的副院长手中。权杖在柜橱的最下面，已经有十三年没用了。戈德温抽出来时，西米恩发出一声惊呼。

戈德温赶紧抬头盯着看。西米恩正握着一根带底座的十字架，打算把它放在一座祭坛上。“怎么回事？”戈德温问。

西米恩给他看了十字架的背后，指给他看十字架正下方的一个浅浅的杯状的瘪坑。戈德温当即看出来一颗红宝石不见了。“准是掉下来了。”他说。他环顾图书馆：只有他们两人。

他俩都担忧了。他们一个是司库，一个是司铎，共同负有责任。任何损失都会问责他们。

他们一起检查了柜橱里的每一件物品。他们解开了每一个包袱，抖落着每一块蓝布。他们察看了所有的皮子。他们狂乱地摸索着空匣子和周围的地面。到处也不见那块红宝石的踪影。

西米恩说：“这个十字架最后是什么时候用的？”

“在阿道福斯圣徒的纪念典礼上，当时卡吕斯绊倒了。他把这十字架撞到了桌子上。”

“也许红宝石是当时掉的。可是怎么可能没人注意到呢？”

“宝石在十字架的背面。可是肯定有人会在地上看到吧？”

“谁收起的十字架？”

“我不记得了，”戈德温马上答道，“当时是一团乱。”其实他记得一清二楚。

那是菲利蒙。

戈德温还能勾勒出那场景。菲利蒙和奥托一起收拾祭坛，把它在平台上放端正。随后奥托拿起烛台，而菲利蒙拿着十字架。

戈德温越来越觉得堵心，他回想起菲莉帕夫人手镯的丢失。难道是菲利蒙又行窃了？他战栗地想着这会如何影响着他。人人都知道，菲利蒙是戈德温非正式的侍者。如此可怕的罪孽——从圣饰上盗窃珠宝——会给与作恶相关的每个人带来耻辱的。这会轻易地颠覆选举的。

西米恩显然没有记清那个场面，他毫无疑问地接受了戈德温假装无法记起谁收拾的十字架了。但修士中肯定会有人记得见到十字架在菲利蒙手中的。戈德温要马上把这事处理好，要赶在怀疑可能落到菲利蒙身上之前。但他首先要让西米恩不要挡路。

“我们将在教堂里寻找那块红宝石。”西米恩说。

“但那次活动是在两个星期之前啊，”戈德温反对说，“一块红宝石不可能在地上那么长时间不被人注意啊。”

“是不大可能，可我们得查找一下。”

戈德温看出来他得跟西米恩一起去了，只好等待机会从他身边走开去找菲利蒙。“当然。”他说。

他们把装饰品放到一边，锁上了金库。离开图书馆时，戈德温说：“我提议我们在确定那块宝石遗失之前，什么也别说。早早地让我们蒙羞是没道理的。”

“同意。”

他们匆匆绕过回廊，进入了教堂。他们站在交叉甬道的中心，扫视着周围的地面。一个月以前，一块红宝石可能藏在教堂地面上的什么地方的念头是更说得过去的；但近来，地面上的石板刚刚整修一新，裂口和缝隙已经没有了。一块红宝石应该显而易见。

西米恩说：“这会儿我想起来，不是菲利蒙收拾的十字架吗？”

戈德温盯着西米恩的面孔。这话里有指责的意思吗？他判断不出。“可能是菲利蒙吧。”戈德温说。这时他想起走开的机会了。“我去找他，”他建议说，“或许他能确切地回忆他当时站在什么地方。”

“好主意。我在这儿等着。”西米恩跪下来，开始用双手拍打着地面，仿佛用手摸比用眼看更容易找到红宝石似的。

戈德温匆匆出去了。他首先来到了宿舍。放毯子的柜子还在原地。他把柜子从墙边移开，找到那块松动的石头，把它移开。他把手伸进菲利蒙藏过菲莉帕手镯的秘洞里。

他发现那里什么也没有。

他骂了一句。事情没有那么容易。

他在修道院各建筑物之间四处走着寻找菲利蒙，他边走边想：我要把他从修道院开除出去。要是他偷了这块红宝石，我可不能再给他打掩护了。他已经暴露了。

随后他在一阵惊怵中意识到，他不能解雇菲利蒙——现在不能，说不定永远不能呢。是菲利蒙告诉了默多伊莎贝拉的证书一事。要是被解雇了，菲利蒙就能够承认他干过的事，而且是在戈德温的指使下干的。人们会相信他的话。戈德温回想起托马斯苦苦思索着，谁告诉了默多那个秘密和为什么要这么做。菲利蒙的揭露会因为回答了这两个问题而被相信。

这样见不得人的勾当，会引起一场轩然大波的。即使此事在选举之后暴露出来，也会损害戈德温的权威并削弱他领导修士们的能力。这一不祥的事实让他清醒地认识到：为了保护自己，现在他必须保护菲利蒙。

他找到了正在医院扫地的菲利蒙。他招呼他出来，领他绕到厨房的背后，那里不大容易被别人发现。

他直盯着菲利蒙的眼睛，说："一块红宝石丢了。"

菲利蒙把目光移到一旁。"太可怕了。"

"卡吕斯摔倒时，从祭坛的十字架上撞下掉到地上的。"

菲利蒙做出一副无辜的模样。"怎么就丢了呢？"

"十字架碰到地面时，红宝石可能震了下来。但现在没在地面上——我刚刚找过。有人看到了——并且收了起来。"

"肯定没有。"

戈德温对菲利蒙假装没事的样子很生气。"你这蠢材，大家都看到是你收拾的十字架！"

菲利蒙的嗓门已经变成尖叫了。“我对这件事一点都不知道!”

“别费时间跟我撒谎了！我们得把这件事处理好。我会因为你而在选举中失败的。”戈德温把菲利蒙推到屋后的墙根，抵在那里。“那东西在哪儿?”

出乎他意料的是，菲利蒙哭了起来。

“为了对圣者的爱，”戈德温厌恶地说，“别说废话了——你可是个成年人了!”

菲利蒙依旧抽抽泣泣。“对不起，”他说，“对不起。”

“要是你还不停止——”戈德温控制着自己。训斥菲利蒙将一无所获。这个人也确实可怜。他便更温和地说：“镇定一点。红宝石在哪儿?”

“我藏起来了。”

“是啊……”

“在食堂的烟囱里。”

戈德温马上转身，朝厨房走去。“圣母马利亚救救我们，东西可能掉到火里了!”

菲利蒙跟在他身后，泪水已经干了。“八月份是不生火的。天冷以前我会挪地方的。”

他们进了厨房。在这间长屋子的一头，是个宽大的壁炉。菲利蒙把一只胳膊向上伸到烟囱里摸索了一阵子。随后他拿出了一块麻雀蛋大小的红宝石，上面蒙着烟灰。他用袖子把它揩拭干净了。

戈德温接了过去。“现在跟我来。”他说。

“我们该怎么办呢?”

“西米恩将会找到它。”

他们向教堂走去。西米恩仍跪在地上，用手四下摸着。“听着，”戈德温对菲利蒙说，“尽量准确地回忆起你在收起十字架时在什么位置。”

西米恩望着菲利蒙，面部露出激动的样子，和蔼地对他说：“别怕，孩子，你没做错什么。”

菲利蒙在交叉甬道的东侧，紧靠通向唱诗班席的台阶。“我觉得是在这儿。”他说。

戈德温爬上两级台阶，看看唱诗班的座位下，假装找着。他偷偷地把那块红宝石放在一排排的座位下面靠近近端的一处地方，随便一眼是看不到的。随后，像是对最可能寻找到的地方改了主意，他来到了唱诗班席的南侧。“来这里找找这下边，菲利蒙。”他说。

如他所愿，西米恩这时到了北侧，跪下去查找座位底下，一边寻看还一边喃喃祷告着。

戈德温希望西米恩能够一下子就看到红宝石。他假装查看着南甬道，其实是等着西米恩找到那东西。他开始想，西米恩的视力准是有毛病了。他满可以走到那儿去，亲自“找到”红宝石。这时，西米恩终于叫了：“噢！在这儿！”

戈德温假装激动的样子。“你找到了？”

“找到了！哈利路亚！”

“在哪儿？”

“在这儿——唱诗班座位下边！”

“赞美上帝。”戈德温说。

戈德温告诫自己不要畏惧罗兰伯爵。在他爬上医院的石阶，向客房走去时，他问自己伯爵可能会对他怎么样。即使罗兰已经能够下床并抽出佩剑，也不会蠢到在修道院的围墙内刺向一名修士——连国王也难以逃脱那样的罪责。

拉尔夫·菲茨杰拉德宣召后，他就进了房间。

伯爵的两个儿子分立床的两侧：高个子的威廉，穿着士兵的棕色紧身裤和沾泥的靴子，他的头发已经从额头谢去了。理查则身穿主教的紫袍，他那益发圆鼓鼓的身材表明他骄奢淫逸的本性和纵情享乐的手段。威廉年届三旬，比戈德温小一岁；他有他父亲的意志力量，但有时却受到他妻子菲莉帕的影响而不那么强硬。理查二十八岁，大概继承了其先母的个性，因为他鲜有伯爵那种强加于人的气势和力量。

“喂，修士?”伯爵靠他嘴的左侧说，“你们那个小小的选举进行了吗?”

戈德温一时对这种无礼的称呼满心不痛快。他心中发誓说，有一天罗兰会称他“副院长神父”的。义愤给了他所需要的勇气，对伯爵讲了那消息。“我们已经选过了，爵爷，”他说，“我很荣幸地通知您，王桥的修士们已经选我担任他们的副院长。”

“什么?”伯爵吼道，“你?”

戈德温以一种谦恭的感情鞠了一躬。“谁都没有我这么吃惊了。”

“你还不过是个男孩!”

这种侮辱刺激了戈德温当即反驳。“我比您的儿子，王桥主教要年长呢。”

“你得了多少票?”

“二十五张。”

“托钵修士默多呢?”

“一票没有。修士们一致——”

“一票没有?”罗兰怒吼道。“这里一定有阴谋——这是背叛!”

“选举是严格按照规定进行的。”

“我才不管你们那套狗屁规定呢。我不会被一伙女里女气的修士这么轻慢的。”

“我是我的兄弟们的选择，爵爷。就职典礼将在这个星期六，在婚礼之前举行。”

“修士们的选择要得到王桥主教的认可。我可以告诉你，他不会批准你的，回去重选，这次要选出我想要的结果。”

“好极了，罗兰伯爵。”戈德温向门口走去。他手里还有好几张牌呢，但他不想把这些牌一下子全摊到桌上。他转过身来对理查说：“主教大人，你想跟我谈这件事时，可以在副院长的住所找到我。”

他走出屋门。在他关门的时候，罗兰喊道：“你还不是副院长呢！”

戈德温颤抖了。罗兰是令人生畏的，尤其在他发火的时候，而且他时常火气冲天。但戈德温站稳了他的脚跟。彼得拉妮拉会为他骄傲的。

他双腿颤抖着下了楼梯，一路向副院长住所走去。卡吕斯已经搬了出去。十五年来，戈德温将第一次有他自己的卧室。他的愉悦只稍稍因为不得不和主教同住而打了折扣，谁让主教在来访时按传统要住在那里呢。从技术上说，主教是王桥男修道院的正式院长，虽说其权力有限，地位却是高于副院长的。理查白天很少待在那里，只在每夜回来，睡在最好的卧室里。

戈德温进了一层的大厅，坐到大椅子上候着。不用多久，理查主教就会出现的，他父亲那番灼人的教诲还在他的耳朵处烧灼着。理查是个既有钱又有势的人，但不像伯爵那样令人胆战心惊。无论如何，这都是一名勇敢的修士公然对抗他的主教的行为。不过，戈德温在这种面对面的抗争中有一个有利条件，因为他掌握着理查丢人的事，那和藏在衣袖里的利刃一样管用。

理查在几分钟后就匆忙赶来了，他满脸自信，但戈德温知道那是装出来的。“我要跟你做一笔交易，”他开门见山地说，“你可以在默多手下当一名副院长助理。你将负责修道院的日常管理。反正默多也不想当个管理者——他只想要个名义。你实际掌管全部权力，不过我父亲就会满意了。”

“让我把事情弄清楚，”戈德温说，“默多同意让我当他的助理。然后我们告诉全体修士，他是你会批准的唯一一个人。而你认为他们会接受这一结果。”

“他们别无选择！”

“我还另有一个建议。告诉伯爵，修士们只要我而不同意别人——而且我要在婚礼前得到批准，不然的话，修士们就不会参加婚典。修女们也会拒绝。”戈德温并不知道修士们愿不愿意走这条路——更不用说塞西莉亚嬷嬷和修女们——但他已走到这一步，也就不管不顾了。

“他们不敢！”

“我怕他们敢呢。”

理查的样子慌乱了。“我父亲可不是好惹的！”

戈德温哈哈大笑了。“那种可能很小。不过我希望他可以不得不理智些。”

“他会说婚礼反正得进行。我是主教，我能主持这对新人的婚礼，我不需要修士们帮忙。”

“当然啦。不过就没有唱歌、没有蜡烛、没有赞美诗、没有香火——只有你和劳埃德副主教。”

“他们还是照旧可以成婚。”

“蒙茅斯伯爵对他儿子如此不像样的婚礼会有何感受呢？”

“他会气愤异常，但他只好接受。结盟是件重要的事。”

戈德温心想，这倒是对的，他感到了失败临头的一股冷风。

到了抽出他袖中利刃的时候了。

“你还欠我一个人情呢。”他说。

起初，理查装作不明白他在说什么的样子。“是吗？”

“我隐藏着你犯下的一桩罪孽。别假装忘记了，事情只在两三个月之前。”

“啊，对了，你很大度。”

“我看到，亲眼看到，你和玛杰丽在客房的床上。”

“嘘，看在怜悯的分上！”

“如今是你偿还我人情的机会了。和你父亲通融一下。要他让步。就说婚礼更重要。坚持要认可我。”

理查现出了无可奈何的表情。他被两股敌对的势力压垮了。“我不能！”他说，声音里充满了痛苦，“我父亲不会不应战的。你知道他是什么样的人。”

“试试看吧。”

“我已经试过了！我迫使他同意了你做到副院长助理。”

戈德温怀疑罗兰会同意这类事情。几乎可以肯定是理查编造的，因为他明知这种承诺是很容易不作数的。戈德温照样说：“我为此感谢你。”然后又补上一句：“但那还不够。”

“好好考虑一下吧，”理查请求道，“我就要求这一条了。”

“我会考虑的。而且我建议你要你父亲也考虑一下。”

“噢，上帝，”理查咕哝着，“这将是一场灾难！”

婚礼定在星期天。星期六第六次祈祷时，戈德温吩咐排演一次，从新副院长就职典礼开始，持续到婚礼仪式。户外又是阴霾的天气，天空积满了低低的灰云，带着浓浓的雨意，而大教堂里也是一片阴沉。排演之后，当修士和修女们列队去就餐，见习修士们开始整理教堂时，卡吕斯和西米恩来到戈德温跟前，两人神情庄重。

“我觉得进行得很顺利，你们说呢？”戈德温心情愉悦地说。

西米恩说：“当真会有为你举行的就职典礼吗？”

“绝对的。”

“我们听说，伯爵已经命令重新选举了。”

“你们认为他有权这么做吗?”

“当然没有,”西米恩说,“他有提名权,仅此而已。但他说理查主教不会批准你当副院长。”

“理查跟你们这么说的吗?”

“不是亲口所说,没有。”

“我觉得也不会。相信我吧,主教会批准我的。”戈德温听着自己的声音真诚又自信,心中希望他的感情与之匹配。

卡吕斯焦虑地说:“你是不是告诉理查说,修士们会拒绝参加婚礼?”

“我说了。”

“那可太冒险了。我们在这里可不是对抗贵族意志的。”

戈德温本来就预料到,卡吕斯在遇到严重反对的第一个迹象时就会怯懦的。幸亏他没有测试修士们决心的计划。“我们用不着那样,放心吧。只不过是虚声恫吓而已。但是别告诉主教我这么说的。”

“这么说你不打算要修士们抵制婚礼喽?”

“不。”

西米恩说:“你在玩着一个危险的游戏。”

“也许吧——但我相信,除去我之外没人会有危险。”

“你甚至都不想当副院长。你就不该同意给你提名。你只是在别人都不成的时候才接受的。”

“我不想当副院长,”戈德温撒谎说,“可夏陵伯爵不该获准为我们挑人的,而这是比我个人的感情更为重要的。”

西米恩敬佩地看着他。“你是非常高尚的。”

“和你一样,兄弟,我只是在努力照上帝的意旨办事。”

“愿上帝为你的努力祝福。”

两位老修士离开了他。由于要他俩相信了他的行为是无私的,他感到了一阵良心的刺痛。他们把他看作了某种殉道者了。但他扪心自问，他只是在尽力按上帝的旨意办事这一点倒是真的。

他环顾四周：教堂已经恢复原样。他正要到副院长住所用餐时，他的表妹凯瑞丝出现了，她那蓝色衣裙在灰色教堂的黯淡色彩中，令人眼前一亮。“你明天要就职吗？”她问。

他微微一笑。“人人都在问同一个问题。回答是‘是的’。”

“我们听说伯爵在准备干上一仗。”

“他是要输掉的。”

她那双碧眼的犀利目光洞察似的瞪着他。“从你小时候，我就了解你，我看得出你什么时候在撒谎。”

“我没有在撒谎。”

“你装的样子比你的实际感觉要更有把握。”

“那并不是罪孽。”

“我父亲在为桥的事担心。托钵修士默多比起白头扫罗更乐于服从伯爵的意志。”

“默多不会做王桥的副院长的。”

“可你们要重选呢。”

戈德温被她的敏锐搅得心烦。“我不知道该怎么跟你说，”他急促地说，“我当选了，而且我也打算接受那个职务了。罗兰伯爵想阻止我，但他没这个权力，我正在千方百计地跟他斗。我害怕吗？怕。可我仍打算打败他。”

她撇嘴一笑。“这才是我想听的。”她拍了下他的肩膀，“走，去见你妈妈去。她在你的住所等着你呢。我来就是要告诉你这个。”她说完，就转身走了。

戈德温从北交叉甬道走了出去。凯瑞丝很聪明，他既佩服又恼怒地想着。她哄骗着他把对局势的估计全盘托给了她，他对谁讲话都没这么直截了当过。

但他很高兴有机会跟他母亲谈一谈。别人都怀疑他赢得这场斗争的能力。她却是有信心的——也许还能提出一些战略观点呢。

他看到彼得拉妮拉在厅堂里，坐在桌旁。桌上摆着供两个人吃的面包、淡啤酒和一大盘咸鱼。他亲吻了她的前额，问候过后，就坐下来用餐。他让自己享受了一会儿胜利的愉快。“我说，”他说道，“我现在至少是当选副院长了，现在我们就在副院长的住所用餐呢。”

“可是罗兰还在和你斗呢，”她说。

“比我设想的还要艰苦。毕竟，他拥有提名权，尽管不是挑选权。就他的地位所选的人通常都会落选，从来都是这样。”

“大多数伯爵会接受这一点，但他不会，”彼得拉妮拉说，“他给人的感觉是他比他见过的一切人都优越。”她的语气中有一种苦涩，戈德温猜想，那是从三十多年前他们夭折的订婚中生发出来的。她怀着报复的心理微微一笑。“他很快就会醒悟，他多么低估了我们。”

“他知道我是你的儿子。”

“这么说，那也是一个因素，你大概让他想起了当初对我的不光彩做法。这就足以让他恨你了。”

“这是可耻的。”戈德温压低了嗓音，以防万一有仆人在门外听到，“到现在为止，你的计划都完美地实现了。我先从竞争中抽身，再让别人声名扫地，太高明了。”

“也许吧。但我们也可能就要失去一切了。你还对主教说了什么吗?”

“没有。我提醒他我们知道玛杰丽的事。他吓慌了，但看来还没有到跟他父亲对着干的地步。”

“他会的。要是这事给捅出来，他是得不到原谅的。他会像杰拉德老爷那样，以一个潦倒的骑士终此一生，在那个水平上，只能靠救济过活了。他意识到这一点了吗?”

“也许他认为我没勇气把我知道的公之于众吧。”

“那你就得去伯爵那儿说这事了。”

“天啊！他会气炸了的！”

“镇静点。”

她总是说这种事。因此他才抱着这样的心情盼望着和她会面的。她总是要他比他所想的要再大胆一些，冒更大的风险。但他从来无法拒绝她。

她继续说：“如果玛杰丽不是处女的事暴露了，这场婚姻也就吹了。罗兰不想那样。他宁肯接受不那么糟糕的事，让你当副院长。”

“但在他的余生中始终会与我为敌的。”

“不管发生什么事，他总会那样子的。”

戈德温心想，这算是个小小的安慰吧；但他没有争辩，因为他看得出，他母亲是对的。

有人敲门，菲莉帕夫人走了进来。

戈德温和彼得拉妮拉站起了身。

“我要和你谈谈。”菲莉帕对戈德温说。

他说：“我可以介绍我母亲彼得拉妮拉吗？”

彼得拉妮拉行了屈膝礼，然后说：“我还是走吧。你来这里显然是要做中间人的，夫人。”

菲莉帕兴致勃勃地看了她一眼。“既然你知道的那么多，你当然就知道有重要性的一切。也许你可以留下来。”

两个妇女面对面地站着，戈德温注意到她们很相像：同样的身高，同样的优雅身材，同样的专横气势。菲莉帕当然年纪要轻，也就是二十多岁吧；她有一种不显山露水的权威，还有一些幽默感，与之对比，彼得拉妮拉的决心就绷得太紧了——或许是因为菲莉帕有丈夫，而彼得拉妮拉则是寡居。但菲莉帕是个意志坚定的女人，通过一个男人——威廉老爷——行使权力，戈德温如今意识到，彼得拉妮拉也要通过一个男人——就是他自己——施展影响。

“咱们坐下来吧。”菲莉帕说。

彼得拉妮拉说：“伯爵已经同意了你要提议的事情了吗？”

“没有。”菲莉帕双手做出了一个无可奈何的姿势，“罗兰太骄傲了，不可能事先同意某件可能随后被另一方批驳的事情。如果我能让戈德温同意我要提出的建议，那么我就有机会说服罗兰妥协。”

“我也这么想过。”

戈德温说：“你要不要吃点东西，夫人？”

菲莉帕不耐烦地挥了下手，拒绝了这番好意。“现在的局面是，大家都要成为输家，”她开始说，“婚礼要举行，可是没有适当的壮观的仪式；因此罗兰与蒙茅斯伯爵的联盟从一开始就受了挫。主教不会批准你戈德温担任副院长，这样，大主教就要出面解决这一争端；他会取消你和默多两人的候选资格，另举新人，大概是他想摆脱的一个他班子里的成员。谁也得不到想要的。我说得对吗？”

她把这个问题对着彼得拉妮拉提出来，而彼得拉妮拉则含糊其辞地哼了一声。

“所以嘛，何不提前采用大主教的妥协方案呢？”菲莉帕接着说，“现在就提出第三个候选人。只是，”——她用一根指头点着戈德温——“这个候选人由你来提出——并且他承诺任命你为副院长助理。”

戈德温考虑着。这样可以把他从与伯爵白眼相向的对立和威胁要揭发他儿子行为的需要中解脱出来。但这样的妥协会使他在副院长助理的位置上不知要委屈多少年——之后，当新的副院长死后，他还要把这场战斗从头开始。尽管他心怀惧怵，但他还是要拒绝。

他瞥了一眼他母亲。她让人难以觉察地摇了下头。她也不同意这个方案。

“我很抱歉，”戈德温对菲莉帕说，“修士们已经选定了，结果应该成立。”

菲莉帕站起身。“既然这样，我应该口头告诉你我来这里的正式理由。明天上午，伯爵会从他的病榻上起身。他希望来视察一下大教堂，落实一下在时间还充裕的情况下已为婚礼做好了准备。你要在八点钟在教堂中迎接他。全体修士和修女都要穿好袍服，各就各位，教堂也要照常布置妥当。”

戈德温鞠躬表示明白，她随后就走了。

在约好的时间，戈德温站在光秃秃、静悄悄的教堂里。

他独自一人：没有一个修士或修女陪着他。除去固定的唱诗班长凳，看不到任何摆设。没有蜡烛，没有十字架，没有圣餐杯，没有鲜花。这个夏季许多天里蒙蒙太阳透过雨云间歇地照射下来，此时它把微弱、冰凉的光线照进了中殿。戈德温的双手在背后紧握在一起，以防发抖。

伯爵踩着钟点，走了进来。

和他在一起的，有威廉老爷、菲莉帕夫人、理查主教、理查的助手劳埃德副主教和伯爵的书记杰罗姆神父。戈德温本想有一批随从围绕着自己，但修士们没人清楚他这一招有多危险，而若是他们已经获悉，他们也不会有此胆量作他的后盾；因此他决定单独面对伯爵。

罗兰头上的绷带已经除掉。他缓慢而稳健地走着。戈德温心想，经过许多星期的卧床，他一定会感到两腿发抖，但看来他决心不表现出来。除去他那半边脸的面瘫，他的样子很正常。今天他向外界传达的信息将是：他已完全康复并回到负起责任的岗位。而戈德温正在威胁着要毁掉他的设想。

其余的人都用怀疑的目光看着空空荡荡的教堂，但伯爵却毫不惊诧。“你是个自负的修士。”他对戈德温说，还像原先一样，话是从左侧的嘴里说出来的。

戈德温已经在各方面都冒着险，再挑战一下也没有更多的损失了，所以他说：“您是个固执的伯爵。”

罗兰把手按到剑柄上。“为了这个我就该给你穿个窟窿。”

“请吧。”戈德温把双臂在体侧伸开，等着受刑，“在这座大教堂里杀害王桥修道院的副院长，就像亨利国王的骑士们在坎特伯雷杀害托马斯·贝克特大主教。把我送上天堂吧，你自己则要永堕地狱。”

菲莉帕被戈德温的大不敬惊得深吸了一口气。威廉动了一下，似乎要制止戈德温再说下去。罗兰用手势示意他不要轻举妄动，然后对戈德温说：“你的主教命令你把教堂准备好举办婚礼。修士们难道没有发誓服从吗？”

“玛杰丽女士不能在这里成婚。”

“为什么不能——因为你想当副院长吗？”

“因为她不是贞女。”

菲莉帕的手一下捂住了嘴。理查哼了一声。威廉拔出了剑。罗兰说：“这是背叛！”

戈德温说：“收起你的剑，威廉老爷——你用这种方法恢复不了她的处女膜。”

罗兰说：“你怎么会知道这种事，修士？”

“这座修道院中有两个人目睹了那一勾当，事情就发生在医院的一间密室，也就是大人您下榻的那个房间。”

“我不相信你的话。”

“蒙茅斯伯爵会相信的。”

“你不敢告诉他的。”

“我必须向他解释，他的儿子为什么不能在王桥大教堂迎娶玛杰丽——除非她忏悔了她的罪孽并接受了赦免。”

“你对这一诽谤没有证据。”

“我有两名证人。不过，问问那姑娘吧。我相信她会承认的。我猜想，她对得到她女贞的情人的爱，胜过她叔父所选择的政治联姻。”戈德温又一次让自己处于险境。但他在理查亲吻玛杰丽时，曾经看见过她的面孔，当时他就确知她在热恋之中。不得已而嫁给蒙茅斯伯爵之子应该让她心碎了。若是她的恋情像戈德温猜想的那样奔放，让这样一位年轻女性把谎话说得那么天衣无缝，恐怕是很难的。

罗兰那半张还能动的脸气得抽搐了起来。“你宣称犯下这等罪过的那个人是谁？因为，要是你能证明你的说法，我发誓要把那恶棍绞死。而要是不属实，你就要上绞架。所以嘛，把他叫来，我们看看他有何话说。”

“他已经在这儿了。”

罗兰将信将疑地看着他身边的四个男人——他的两个儿子威廉和理查，还有两名教士劳埃德和杰罗姆。

戈德温盯着理查。

罗兰随着戈德温的目光的方向看过去。一时之间，大家都看着理查了。

戈德温屏住了呼吸。理查会说什么呢？他会大叫大嚷吗？他会指责戈德温撒谎吗？他会在一怒之下攻击揭发他的人吗？

但他脸上露出的是服输而不是气愤，过了一会儿，他低下头说：“这样不好。这该死的修士是对的——她经不住盘问的。”

罗兰伯爵面色煞白。“是你干的？”他说。这一次他没有高叫，但反倒让他的样子更可怕。“那个我许配给一个伯爵之子的姑娘——你干了她？”

理查没有回答，只是垂下眼睛看着地面。

“你这蠢货，”伯爵说，“你这叛逆。你——”

菲莉帕拦住了他。“还有谁知道?”

这一下使指责停止了。大家全都看着她。

“婚礼或许可以照常举行,”她说,“感谢上帝,蒙茅斯伯爵不在这儿。”她看着戈德温。“除去现在在这里的人,还有谁知道,还有修道院里目睹了那事的两个人呢?”

戈德温尽量平静下他那颗狂跳的心。他距成功只有咫尺之遥了,他似乎已经尝到了成功的滋味。“没有别人知道,夫人。”他说。

“在伯爵这边的我们全体,都会保守秘密,”她说,“你的人呢?”

“他们会服从他们的当选副院长,”他说,稍稍强调了一下“当选”一词。

菲莉帕转过脸去对着罗兰。“这样看,婚礼能举行了。”

戈德温补充说:“只要就职典礼先举行。”

大家都看着伯爵。

他向前迈了一步,突然扇了理查一巴掌。那是由一个懂得怎样把全身的力气都使出来的士兵打出的有力的一击。虽然他用的是手掌,理查还是摔倒在地。

理查躺着不动,满脸惊恐,嘴里流出了鲜血。

罗兰伯爵脸色苍白,直冒虚汗:那一巴掌用尽了他的体能储备,现在眼看着站不稳了。好几秒的寂静过去了。他似乎恢复了力气。他轻蔑地瞪了一眼畏缩在地面上的那个穿紫袍的身形,转身走出教堂,步伐缓慢而稳健。

二四

凯瑞丝和至少半数的镇上人一起,站在王桥大教堂前面的绿地上，等候着新娘和新郎从教堂的西大门出来。

凯瑞丝也说不清自己为什么在这儿。自从那天梅尔辛完成了他的吊车，他俩进行了那场探讨他们前途的谈话之后，她就对婚姻有了反感。尽管他说的每件事都合情合理，她还是对他有气。他当然想有自己的住房并且和她在里面同居；他当然想每夜和她同床共枕并且生养他们的子女。这是人人都想的——每一个人，似乎凯瑞丝要除外。

而事实上，她在一定程度上也想有那一切。她愿意每天晚上都躺在他身边，随时都可随心所欲地伸出双臂搂住他那瘦削的身体，在她清晨醒来时，在她的肌肤上感受他那双灵巧的双手，生一个他的缩影，成为他俩疼爱和关心的对象。但她不喜欢伴随婚姻而来的那些事情。她想要的是一个爱人而不是主人；她想和他共同生活，却不想把她的生命奉献给他。而她生梅尔辛的气，就因为他强使她面对两难的境地。他俩为什么不能像以前那样继续过下去呢？

三个星期了，她很难跟他说上话。她假装得了热伤风，事实上她嘴唇上生了一个疮，一碰就疼，使她有借口不去亲吻他。他依旧在她家吃饭，和她父亲谈笑甚欢；但在埃德蒙和彼得拉妮拉入睡之后，他就不再多待了。

现在凯瑞丝的疮已经好了，她的气恼也消失了。她仍然不想成为梅尔辛的财产，但她希望他会重新吻她。然而，此刻他却不在她身边。他在远处的人群中间，和贝茜·贝尔聊着天。贝茜是贝尔客栈老板的女儿，长得小巧玲珑，曲线优美，她那露齿一笑，男人称作活泼好看，而女人则认为是尖酸刻薄。梅尔辛说了什么，她哈哈大笑起来。凯瑞丝移开了目光。

教堂的木制大门敞开了。人群中腾起一片欢呼，新娘走出来了。玛杰丽是个十六岁的漂亮姑娘，身穿白裙，发中插花。新郎随着她出来，他是个脸色凝重的高个子，大约比她大十岁。

他俩的样子都痛苦之极。

他们彼此并不了解。到这个星期为止，他们只见过一面，那是在半年之前，两位伯爵安排这场婚姻的时候。有传闻说玛杰丽另有所爱，但是绝对不存在她违抗罗兰伯爵的问题。她的新婚丈夫有一副勤奋好学的风范，仿佛他更喜欢待在图书馆的什么地方，研读一部几何学书籍。他们的共同生活会是什么样子呢？难以想象他们会彼此之间产生凯瑞丝和梅尔辛所享有的那种情感。

凯瑞丝看到梅尔辛穿过人群向她走来，她突然被自己是身在福中不知福的念头所刺激。不是伯爵的侄女有多幸运啊！没人会强迫她按照安排去成亲。她有嫁给她所爱恋的人的自由——而她却尽其所能去找理由不去嫁他。

她用拥抱和亲嘴来向他致意。他稍显诧异，但没说什么。有些男人会为她心情的变化而不安，但梅尔辛是块镇定自若的基石，难以动摇。

他们站在一起，观看着罗兰伯爵走出教堂，他身后是蒙茅斯伯爵和夫人，理查主教和戈德温副院长。凯瑞丝注意到她表哥戈德温的样子既兴高采烈又善解人意——简直就像他是新郎。原因无疑是他刚刚就职副院长。

一伙骑士扈从出现了，夏陵的人穿着罗兰的红与黑的制服，而蒙茅斯的人则是黄与绿的制服。队伍朝公会大厅走去。罗兰伯爵在那里为出席婚礼的来宾摆下了盛宴。埃德蒙要参加，凯瑞丝设法逃避了，由彼得拉妮拉陪伴他。

当婚礼的人员离开教堂地界之时，下起了不大的阵雨。凯瑞丝和梅尔辛在大教堂的外廊中避雨。“跟我到唱诗班席去，”梅尔辛说，“我想看看埃尔弗里克的修缮工作。”

参加婚礼的宾客还在离开教堂。梅尔辛和凯瑞丝逆着人流，挤到中殿，然后来到唱诗班席的南甬道。教堂的这一区域是留给教士的，他们会不同意凯瑞丝待在那里，但修士和修女都已离开了。凯瑞丝环顾四周，没人看见她，只有一个陌生的妇女，她三十岁上下，一头红发，衣着华丽，大概是个宾客，显然在等人。

梅尔辛伸长脖子抬头看着甬道上方的拱顶。修缮工程尚未完成：一小部分拱顶仍旧敞开着，一块刷着白漆的帆布在空隙上扯开，因此不经意看去还以为天花板竣工了呢。

“他的活儿干得很出色，”梅尔辛说，“不知道能保持多久。”

“为什么不会无限期地保持呢？”

“因为我们不知道拱顶碎裂的原因。这种情况不会无缘无故发生的——这不是上帝所为，也不管教士们会说些什么。引起石头部件坍塌的原因不管是什么，有了一次，大概就有第二次。”

“能不能找出原因来呢？”

“那可不容易。埃尔弗里克肯定找不出。也许我能。”

“可是你已被解雇了。”

“没错。”他仰着头，在那儿站了几分钟，然后说：“我想从上面看看。我要进到阁楼里。”

“我要跟你一起去。”

他俩四下张望，附近没人，只有那位红发女宾还在南交叉甬道中踯躅。梅尔辛领着凯瑞丝来到通向一部螺旋形窄梯的小门。她随着他向上爬，不知修士们若是晓得了一名妇女来探测他们的秘密通道会作何感想。楼梯一直伸进南甬道上方的顶楼。

凯瑞丝觉得从另一侧观看拱顶很有意思。“你在看的部位叫作拱背。”梅尔辛说。她喜欢他给她介绍建筑学知识的这种随意方式，因为他假定她感兴趣，而且知道她会明白。他从来不拿不懂技术的妇女开愚蠢的玩笑。

他沿着窄窄的通道向前走，然后躺下来仔细检查新的石料。她调皮地躺在他身边，还用一条胳膊搂住他，就像他们在床上。梅尔辛摸了摸新石板间的灰缝，然后用舌头舔着指尖。“干得挺快的。”他说。

“我敢说，裂口处如果湿漉漉的就危险了。”

他看着她。“我要让你的裂口处湿漉漉的。”

“你已经做到了。”

他亲吻着她。她闭上眼睛享受着。

过了一会儿，她说：“咱们回我家吧。我们可以单独享受一下——我爸爸和姑妈俩人都在婚宴上呢。”

他们正要起身，却听到了说话声。一男一女来到了就在修缮工程正下方的南甬道。他们的话音没有被遮着天花板上的洞的帆布阻隔多少。“你儿子如今十三岁了，”那女人说，“他想当一名骑士。”

“所有的男孩都这样。”传来了回答声。

梅尔辛耳语说：“别动——他们会听见我们的。”

凯瑞丝判断那女声就来自参加婚礼的女宾。男声听着耳熟，而且她觉得说话人是个修士——可修士不可能有儿子啊。

“你女儿也十二了。她会长得很漂亮的。”

“就像她母亲。”

“有一点像。”停了一阵子，然后那妇女继续说，“我不能待太久——伯爵夫人会找我的。”

这样看来她是属于蒙茅斯伯爵夫人的随从人员。凯瑞丝猜想，她可能是个近侍，她似乎是在把孩子的消息告诉多年来未见的父亲。会是谁呢？

他说：“你为什么想见我呢，劳琳？”

“就是想看看你。你丢了一条胳膊，我很难过。”

凯瑞丝深吸了一口气，然后捂住了嘴，不想让别人听见。只有一个修士丢了一条胳膊：托马斯。这名字一反映到脑海中，她就明白那声音是他了。他可能有过妻子吗？还有一对子女？凯瑞丝看看梅尔辛，见到他脸上蒙着一层疑云。

“你怎么跟孩子们说我呢?”托马斯问道。

“我说他们的父亲已经去世，”劳琳声音嘶哑地回答。随后就哭了起来。“你为什么要那么做呢?”

“我别无选择。我要是不跑到这儿来，就要被杀死了。即使现在，我几乎从不出这个圈子。”

“为什么有人要杀害你呢?”

“为了保守一个秘密。”

“你要是真死了，我的日子还好过些。既然是寡妇，我就可以改嫁，找个能当我孩子的父亲的人。可是现在这样，我要担起做妻子和母亲的重负，却又没人帮我……没人在夜里搂着我。”

“我还活着，我很抱歉。”

“噢，我不是那个意思。我不愿意你死。我曾经爱过你啊。”

“我也爱过你，就像我这样的男人能够做到的那样深深地爱着你。”

凯瑞丝皱起了眉头。他说“我这样的男人”是什么意思呢?他是那种爱恋别的男人的人吗?修士们常常都是同性恋的。

不管他是什么意思，劳琳像是理解了，因为她轻柔地说：“我知道你爱过我。”

随后是一阵长时间的沉默。凯瑞丝深知，她和梅尔辛是不该偷听这种亲密的谈话的——但现在已经来不及现身了。

劳琳说：“你高兴吗?”

“高兴。我生来就不该是丈夫或者骑士的。我每天都为孩子们——也为你祈祷。我祈求上帝从我手上洗掉我杀死的一切人的血迹。这是我始终想过的生活。”

“既然这样，我祝福你过得好吧。”

“你真够大度的。”

"你大概再也看不到我了。"

"我知道。"

"吻吻我，道再见吧。"

又是一阵长时间的寂静，随后，轻轻的脚步声走远了。凯瑞丝依旧躺着，几乎不敢喘气。又停顿了一会儿，她听到托马斯哭了。他的抽泣声是捂住的，但像是发自内心深处。她听到他走远的脚步声。

她和梅尔辛终于可以动弹了。他俩站起身沿阁楼下到螺旋形楼梯。他们走过大教堂的中殿时，谁也没有说话。凯瑞丝觉得她像是盯视着一幅悲剧味道十足的绘画，画中的人物凝固在这一时的戏剧姿势中了，他们的过去和未来只能猜测了。

如同一幅绘画一样，那场面在不同的人心中激发了不同的情感，梅尔辛的反应和她的并不一样。当他们走进潮湿的夏日午后的户外时，他说："多么凄惨的故事啊。"

"让我生气，"凯瑞丝说，"那个女人让托马斯给毁了。"

"你难以责怪他。他得保自己的命啊。"

"可现在她的生命就算完了。她没有丈夫，却不能再婚。她还得独自养活两个孩子。托马斯至少还有修道院。"

"她有伯爵夫人的宫廷。"

"这两处地方怎能相比?"凯瑞丝气恼地说，"她大概是那家的远房亲戚，被人家发善心照顾着，要她做些仆人的事情，帮助伯爵夫人收拾头发和挑选衣服。她别无选择——只好受制于人。"

"他也是的。你听到他说，他不能出那个圈子一步。"

"但托马斯有个职务，他是管修士入院的，他有权作出决定，他有事情可做。"

"劳琳有她的孩子。"

"没错！那男人负责方圆几英里之内最重要的建筑物，而那女人却让她的子女缠住了。”

“伊莎贝拉王后有四个孩子，有一度她曾是整个欧洲最有权势的人之一。”

“但是她首先必须得摆脱她的丈夫。”

他们默默无言地向前走着，出了修道院的地界，进入主街，在凯瑞丝家的门前站住了脚。她意识到这是又一次争吵，而且话题和上次一样：婚姻。

梅尔辛说：“我打算到贝尔客栈去吃饭。”

那是贝茜父亲的店。“好吧。”凯瑞丝泄气地说。

梅尔辛走开时，她在身后冲他叫着：“劳琳要是从来没结婚的话，日子会过得更好的。”

他回过头来说：“她还能干什么呢?”

这倒是个问题，凯瑞丝一边往家里走，一边沮丧地想着。一个女人还能干什么呢?

屋里空荡冷寂。埃德蒙和彼得拉妮拉在宴会上，仆人们下午放了假。只有那条叫“小不点儿”的狗懒洋洋地摆着尾巴欢迎凯瑞丝。凯瑞丝心不在焉地拍着狗的黑脑袋，随后便坐在厅堂的桌边，闷想着心事。

基督教世界里一切年轻女性都一心只想嫁给她心爱的男人——为什么凯瑞丝对这样的前景如此畏惧呢?她这种非同一般的感情是从哪里来的呢?当然不是来自她的母亲。罗丝只想做埃德蒙的贤妻。她笃信男人们所说的女人低劣的观点。她那种从属地位让凯瑞丝觉得难堪，虽然埃德蒙从来没有抱怨过，但凯瑞丝怀疑，他已经厌烦了。凯瑞丝倒是对她那位蛮横又不可爱的姑母彼得拉妮拉比对她那百依百顺的母亲更尊重几分。

即使彼得拉妮拉也靠男人来规范她的生活。多年来，她都在努力推动她父亲攀爬社会阶梯，直到他成为王桥的教区公会会长。她最强烈的情感一再受挫：对罗兰伯爵，因为他抛弃了她，对她丈夫，因为他死去了。作为寡母，她把自己全部奉献给了戈德温的前程。

伊莎贝拉王后也很类似。她废黜了自己的丈夫爱德华二世；结果却是，她的情人罗杰·莫蒂默有效地统治了英格兰，直到她的儿子长大成人，有了自信，才赶走了他。

凯瑞丝该不该那样做——靠男人们来过日子呢？她父亲想让她跟他一起做羊毛生意。要不她也能掌管梅尔辛的业务，帮他确保他那些建教堂、修桥梁的合同，扩大他的生意，直到他成为英格兰最富有和最重要的建筑匠师。

一声敲门声把她从思虑中惊醒，塞西莉亚嬷嬷那鸟一般的身影快步走了进来。

“下午好！”凯瑞丝惊讶地问候着，“我正在扪心自问，是不是所有的妇女都注定要靠男人度过一生——而你在这儿，显然是个反面的例证。”

“你说的不见得对，”塞西莉亚友好地笑了笑，说，“我靠耶稣基督生活，他就是男人，虽说他也是神。”

凯瑞丝不知道这算不算数。她打开了橱柜，取出了一小桶葡萄佳酿。“你要不要来一杯我父亲的莱茵白葡萄酒？”

“只来一点，再兑些水。”

凯瑞丝斟了两个半杯酒，然后从一只罐子里倒出水加成满杯。“你知道我父亲和姑母在婚宴上。”

“知道。我是来看你的。”

凯瑞丝猜得不错。女修道院副院长没有目的从不在镇上闲逛进行社交拜访。

塞西莉亚吮了一口酒，然后接着说：“我一直在想着你的事，还有塌桥那天你的作为。”

“我是不是做错什么事了?”

“恰恰相反。你把一切都做得十分完善。你对伤者既体贴又坚定，而你在服从我的命令的同时还发挥了你的主动性。我的印象很深刻。”

“谢谢你。”

“而且看起来……你不仅享受那些事，真的，而且至少在那工作中感到了满足。”

“人们灰心丧气，而我们给他们带来了宽慰——还有什么比这更满足的吗?”

“我也有同感，所以我才当了修女。”

凯瑞丝看出来她要向哪里引了。“我可不能把一辈子消磨在修道院里。”

“你在照看病人时表现出来的天生的能力，只是我注意到的一部分。当人们抬着伤者和死者第一次走进大教堂时，我问过是谁告诉他们该做什么的。回答是羊毛商凯瑞丝。”

“这是显而易见该做的。”

“是啊——对你是这样。”塞西莉亚热切地俯身向前，“组织能力的天赋只给予极少数人。我知道——我有这种天赋，我也在别人身上看到了。当我们周围的人不知所措或者惊慌万分或者吓得不知如何是好时，是你和我担起了责任。”

凯瑞丝觉得这倒是实情。“我琢磨是吧。”她不大情愿地承认。

“我已经观察你有十年了——从你母亲过世的时候起。”

“你在她灰心丧气时给了她慰藉。”

“我当时，只是和你聊了聊，就知道，你会长成一个非同一般的女性的。当你在修女班上学的时候，我的这种感觉更坚定了。你如今二十岁了。你该考虑考虑你要如何度此一生了。我相信，上帝已经为你准备好了。”

“你怎么知道上帝想的是什么呢?”

塞西莉亚嗔怒了。“要是这镇上别的人问我这样的问题，我会要他们跪下来祈求宽恕的。但你是真心诚意的，所以我就回答你。我知道上帝所想，因为我接受他的教会的教导。而我坚信，他想要你做一名修女。”

“我身上的男人气太重了。”

“我年轻时也始终有这个问题——不过，我可以向你保证，这个问题是随着岁月而消失的。”

“我不能靠人指点来生活。”

“别做女修道者。”

“那又是什么呢?”

“女修道者是那些不接受规矩而且认为她们的誓言只是暂时的修女。她们居住在一起，种地放牛，并且拒绝由男人来治理。”

凯瑞丝一向有兴趣听取蔑视规矩的妇女的事。“可以在哪里找到她们呢?”

“大部分都在荷兰。她们有一位领袖，名叫玛格丽特·波列特，她写了一本书，题为《简朴灵魂之鉴》。”

“我很想读一读。”

“不可能的。女修道者被教会指斥为自由精神的异端——所谓自由精神，就是相信我们能够在这个世界上获得精神完善。”

“精神完善?那是什么意思?就是一个短语嘛。”

“要是你决心对上帝封闭你的头脑，你就永远无法理解了。”

“很抱歉，塞西莉亚嬷嬷，可是每当我听说上帝也就是一个人这类事情时，我就想：人是难免犯错误的，因此，真理就会是不同的。”

“小心啊，”塞西莉亚严正地说，“别让你好辩论的热情把你引向渎神。”

“对不起，嬷嬷。”凯瑞丝知道，塞西莉亚乐意和她争论，但总会到一定时候这位女修道院的副院长就会停止争论开始祈祷，而凯瑞丝只好改变态度。这使她有一种受欺骗的感觉。

塞西莉亚站起身。“我知道我无法说服你违背自己的意愿，但我想让你知道我的思路倾向。除去进我们的修道院，把你的生命奉献给治病的神圣事业，你不可能做得更好了。谢谢你的美酒。”

塞西莉亚往外走的时候，凯瑞丝说：“玛格丽特·波列特怎么样了？她还活着吗？”

“死了，”女副院长说，“她在火刑柱上被烧死了。”她走到街上，在身后关上了门。

凯瑞丝瞅着关上的门。一个女人的生活就是一间关上门的房子：她不能当学徒，她不能在大学读书，她不能当教士或医生，或者参与射箭或用剑战斗，她只要结婚就无法不把自己从属于丈夫的专制之下。

她不知道梅尔辛这会儿在做什么。贝茜是不是正坐在贝尔客栈他的桌边，看着他喝她父亲最好的淡啤酒，冲他嫣然地笑着，把她衣裙的前襟拽得紧紧的，让他能看清楚她长着多么秀美的乳房呢？他是不是被迷得神魂颠倒，还逗得她开怀大笑？她是不是张开嘴，让他看到她平整的牙齿，她是不是向后仰着头，让他欣赏她洁白的颈部的柔软肌肤？他是不是在和她父亲保罗·贝尔聊天，就他的生意问些既尊重又有趣的问题，让保罗事后会对他女儿说，梅尔辛是个出色的、优雅的青年呢？梅尔辛会不会喝得微醺，用一条胳膊搂住贝茜的腰，把一只手放到她的臀部，然后狡猾地把指尖一点点地摸向她两腿间已经渴望他触碰的敏感部位——就像他曾对凯瑞丝做过的那样呢？

泪水涌进了她的眼睛。她觉得自己是个傻瓜。她拥有了镇上最优秀的男人，此刻却把他拱手让给一个吧女。她何必要对自己做这种事情呢？

就在这时，他走了进来。

她透过满眼泪水看着他。她眼前的形象一片模糊，已经看不清他的表情了。他来是为了重新修好，还是背叛了她，在几大杯淡啤酒下肚提起勇气之后来发泄他的怒气的呢？

她站了起来，一时之间她感到惊讶，只见他在身后关上门，慢慢走近，站在她面前。随后他说："不管你说什么或做什么，我依旧爱着你。"

她张开双臂搂住他，哇的一声哭了出来。

他摩挲着她的头发，什么也没说，这样才正好。

过了一会儿，他们开始亲吻。她感到一种熟悉的但强于以往的饥饿：她想让他的手抚摸她的全身，他的舌头伸进她的嘴里，他的手指捅进她的身体。她有一种不同的感觉，想找一种新方式表达他俩的爱。"咱们把衣服脱掉吧。"她说。他们以前从来没这样干过。

他高兴得笑眯眯的。"好啊，可是万一有人进来了怎么办？"

"他们的宴会得几个小时呢。再说，我们可以到楼上去嘛。"

他们来到她的卧室。她甩掉了脚上的鞋。她刹那间感到害羞了。他看到她赤身裸体会怎么想？她知道他是一点一点地爱上她的身体的：她的乳房，她的大腿，她的颈项，她的阴部——他在亲吻和抚爱她时，总要告诉她，她的身体有多美。可是他现在会不会注意到她的臀部太宽，她的双腿还有点短，她的乳房太小呢？

他似乎没有这些挑剔。他扔掉衬衫，退下他的内裤，并不忸怩地站在她面前。他的身材瘦小但很结实，像是充满受压抑的精力，如同一头年轻的雄鹿。她第一次注意到他下体的阴毛是秋叶的颜色。他的家伙迫切地挺起着。她的欲望克服了她的羞怯，她迅速把衣裙拽过头顶。

他凝视着她赤裸的躯体，但她已不再感到困窘——他的目光如同亲密的抚弄一样燃起了她的欲火。“你真美。”他说。

“你也是。”

他们并排躺在她当床的填草的褥子上。在他们亲吻和抚爱的过程中，她意识到，今天还靠他俩以往的亲昵做法是无法得到满足了。“我想要好好地做一次。”她说。

“你指的是从头到尾?”

怀孕的念头浮上了她的脑海，但她很快就把它推了回去。她已经浑身燥热，顾不上后果了。“就是的。”她悄声说。

“我也是。”

他趴到了她上边。她长这么大，始终想不出这一时刻会是什么样子。她抬眼向上看着他的面孔。他那种专注的神情让她爱之不尽，他在干活儿时用一双巧手娴熟地把木料加工成型，就是这种神情。他的指尖轻柔地分开她的阴唇。她已经湿滑，渴望着要他了。

他问:“你想好了?”

她又一次按下怀孕的担心。“想好了。”

他进去时，她感到了片刻的恐惧。她不自主地夹紧了，他犹豫了一下，觉得她的身体在拒绝他。“没事。”她说，“你可以再使点劲往里插。不会伤害我的。”其实她错了，在他插的时候，突然疼得要命。她不禁叫了出来。

“对不起。”他耳语说。

“稍等一下。”她说。

他们躺着不动。他亲吻着她的眼皮、前额和鼻尖。她摩挲着他的面孔，看着他的金褐色的眼睛。随后那疼劲过去了，情欲恢复了，她开始动作起来，为她心爱的男人第一次深深进入她的身体而感到兴奋。她激动地看着他那种专注的快乐。他唇上带着一丝浅笑盯视着她，他眼中深藏着饥饿，他的动作加快了。

“我停不下来了。”他喘着粗气说。

“别停下来，别停。”

她紧紧盯着他看。没过多久，他就被欢愉完全控制住了。他的双眼紧闭，嘴巴微张，全身像弓弦似的绷得紧紧的。她觉得他在她里边痉挛，他在射精，而且她认为她生活中从未想到过这样的幸福。过了一会儿，她自己也狂喜得抖动起来了。她以前也有过激动，但没有这么强烈有力，于是她闭上眼睛，不再动作，把他的身体紧紧拉着抵到自己身上，听凭浑身像风中树一样颤抖。

过后，他们依旧躺了很长时间。他把头埋在她的颈窝，她的肌肤感受着他急剧的喘气。她捋着他的后背。他身上已经汗湿了。她的心跳逐渐变缓，一阵深深的满足感如同夏日傍晚的余晖，悄悄掠过她周身。

“啊，”她过了一会儿说，“人们说东道西的原来就是这么回事。”

二五

戈德温被确认为王桥修道院副院长的次日，羊毛商埃德蒙一大早就来到梅尔辛父母的住处。

梅尔辛简直都忘了埃德蒙是个多么重要的人物了，因为埃德蒙把他当作一家人来对待；但杰拉德和莫德的举止像是接待一位不期而至的皇家巡视大员。他们为埃德蒙看到他们家如此破败而感到难堪。家中只有一间斗室，梅尔辛和父母都睡在地上铺的草垫上。室内有一个壁炉和一张桌子，屋后有一个小院。

所幸，全家人太阳一出就都起来了，梳洗穿衣并整理过房间。但是当埃德蒙一脚高一脚低地咚咚响着踏入屋里时，梅尔辛的母亲还是掸着一条凳子，拍着她的头发，把后门关上又打开，还往炉中添了一根柴。他的父亲连连鞠躬，套上一件外衣，给埃德蒙倒了一杯淡啤酒。

“不啦，谢谢你，杰拉德老爷，”埃德蒙说，显然他清楚这家人没有多余的东西。“不过，要是可以，我倒想要你们一小碗粥，莫德夫人。”每个家庭都在火上热着一锅加了骨头、苹果核、豌豆荚和别的零碎的燕麦粥，整天都用文火熬着。另外再加些盐和药草提味儿，做成的汤味道永远都不会一样。这是最便宜的饭食。

莫德高高兴兴地把粥舀到一个碗里，放到桌上，还摆上勺子和一盘面包。

梅尔辛还沉浸在头一天下午的快乐感觉中。那是一种微醺的感觉。他入睡时想着凯瑞丝的裸体，醒来时面带微笑，但他马上想起了为格丽塞尔达的事曾面对埃尔弗里克。一种不真实的本能告诉他，埃德蒙会大叫大嚷，“你欺负了我女儿!”然后用一根木柴打到他的脸上。

这是刹那间的幻象，埃德蒙一坐到桌边，马上就消失了。他拿起勺子，还没开始吃，先对梅尔辛说：“现在我们又有了副院长，我想尽快把新桥修建起来。”

“好啊。”梅尔辛说。

埃德蒙咽下了一勺粥，咂了咂嘴。“这是我喝过的最好的粥，莫德夫人。”梅尔辛的母亲听了很高兴。

梅尔辛很感激埃德蒙对他父母说些动听的话。他们对自己落魄的境地深以为耻，镇上的教区公会会长在他家吃饭，还叫他们杰拉德老爷和莫德夫人，无异于在他们的伤口上敷了止痛药膏。

这时他父亲说：“说起来，我还没娶她呢，埃德蒙——你听说过吗?”

梅尔辛肯定埃德蒙原先听说过这回事，但他答道：“好老天啊，没有——是怎么档子事啊?”

“我在复活节礼拜日那天，在教堂里看到了她，当时就爱上了她。在王桥大教堂里总有上千人吧，她可是在场的最漂亮的女人。”

“我说，杰拉德，用不着夸张嘛。”莫德干脆地说。

“随后她就消失在人群里了，一下子找不到了！我不知道她的名字。我跟人们打听，那个长着一头金发的漂亮姑娘是谁，他们说，所有的姑娘都是漂亮的金发碧眼的。”

莫德说：“我在礼拜之后就匆匆离开了。我们待在神圣灌木旅馆，我母亲身体不太好，所以我要赶回去照看她。”

杰拉德说：“我找遍了全镇，可找不到她。复活节之后，大家都回家了。我住在夏陵，而她在卡斯特罕姆，不过我当时并不知道。我以为我再也见不到她了。我想象着她说不定是个天使，到地面上来确认人人都参加了礼拜。”

她说：“杰拉德，请你别说了。”

“我像是丢了魂。我对别的女人提不起兴趣。我想这一辈子就在渴望王桥的天使中度过了。就这样过了两年。后来我在温切斯特的马上比武大会上见到了她。”

她说：“这个一点不认识的人来到我跟前说：‘是你呀——过了这么长时间了！你要在又一次消失之前嫁给我。’我觉得他简直疯了。”

“够奇特的。”埃德蒙说。

梅尔辛觉得，埃德蒙的好意给拖得够远了。“反正，”他说，“我已经在大教堂的石匠楼厢的描图地面上画了一些设计图。”

埃德蒙点点头。“是一座宽得可以通两辆车的石桥吗?”

“照您的要求——并且两端都有斜坡。而且我还找到了一个办法，可以节省大约三分之一的开销。”

“这太惊人了！怎么办到的?”

“等您一吃完，我就给您看。”

埃德蒙舀起最后一勺粥，站起身来。“我吃完了。咱们走吧。”

他转向杰拉德，微倾着头，浅浅地鞠了个躬，“感谢你们的盛情。”

“您肯赏光到来，是我们的荣幸，会长。”

梅尔辛和埃德蒙出了屋门，走进霏霏细雨之中。梅尔辛没有带埃德蒙去大教堂，而是径直来到河边。埃德蒙跛脚迈步的样子顿时就显出来了，随时都有路人用友好的问候或尊敬的鞠躬向他致意。

梅尔辛突然感到了紧张。他已为建桥的设计思考了好几个月了。当他在圣马可教堂监督木工们拆毁旧屋顶、搭建新屋顶时，他就已经在仔细琢磨建桥的更大挑战了。现在，他的想法就要第一次接受别人的审查了。

然而，埃德蒙对梅尔辛的计划有多么根本性的创意毫无概念。

泥泞的街道穿过住房和作坊，逶迤向下。在两个世纪的和平生活中，城墙已经失修坍塌，在某些地方，全部残存部分都成了土堆，如今构成了花园的围墙。河边是要大量用水的行业，尤其是染毛和鞣革两种。

梅尔辛和埃德蒙爬上了在散发出强烈血腥味的屠宰场和锤头敲击铁块成形的铁匠铺之间的泥泞的滩岸。在他们的正前方，隔着一条狭窄的水道，就是麻风病人岛。埃德蒙说：“我们为什么到这儿来？桥在上游四分之一英里的地方呢。”

“不错，”梅尔辛说。他吸了一口气，继续说：“我认为我们应当把新桥建在这儿。”

“一座通向小岛的桥？”

“另一座从岛上通向远岸。用两座小桥取代一座大桥。这样就便宜多了。

“可是人们就得步行穿过小岛才能从这座桥到那座桥。”

“为什么不可以呢？”

“因为那是麻风病人的移居点！”

“那儿只剩下一个麻风病人了。可以把他迁到别的地方。那种病看来已经消失了。”

埃德蒙沉思起来。“这样，所有到王桥来的人都要先到我们现在站的地方。”

“我们得修一条街道，拆掉一些建筑——但耗费比起建桥省下的钱要少。”

“而另一端呢……”

“那是属于修道院的一片牧场。我在圣马可的屋顶上边时，看到了整个布局。所以我才想到了这一点。”

埃德蒙得到了深刻的印象。“这是很聪明的。我想不通当初为什么不把桥建在这里。”

“第一座桥是几百年前竖起来的。当时河道可能和现在不同。在几百年时间里，河岸准是改变了位置。岛与牧场之间的河道曾经比现在要宽。因此在这里建桥就没有优越性可言了。”

埃德蒙打量着对岸，梅尔辛追随着他的目光。麻风病人移民区是一片散乱的行将坍塌的木头房子，延伸有三四英亩。岛上多石，不宜耕种，上边有些树木和灌木、草丛。那里野兔出没，镇上人却因迷信它们是死去的麻风病人的魂灵而不肯吃。有一阵子，被放逐到这里的病人养过鸡和猪。如今修道院只供养最后留下来的住民就简单多了。“你说得不错，”埃德蒙说道，“镇上已经有十年不见新的麻风病例了。”

“我从来没见过一个麻风病人，”梅尔辛说，“我小时候听过人们谈论‘麻风病’。我当时想象岛上住着长花斑的狮子呢。”

埃德蒙哈哈大笑。他转过身来背对着河，环顾着四周的建筑物。“要做一些解释工作，”他自言自语地说，“得让要拆迁掉住房的人相信，他们迁进新的更好的住房是走运的，而他们的邻居却没有这样的机会。而这座岛子要用圣水清洗一次，让人们相信这里是安全的。不过这些我们都能办到。”

“我已经为两座带尖顶、像大教堂一样的桥画好了图，”梅尔辛说，“应该是很漂亮的。”

“给我看看。”

他们离开了河边，爬坡上去，穿过镇子，前往修道院。在一层就像湿柴冒出的烟似的低云笼罩下，大教堂滴着雨水。梅尔辛渴望着再看到他的草图——他已经有一星期左右没有上过阁楼了——并且给埃德蒙解释清楚。他对于水流冲毁旧桥的情景和如何保护新桥不致遭到同样的命运，已经想过许多。

他领着埃德蒙穿过北廊，爬上螺旋形楼梯。他脚下的湿鞋在磨损的石阶上直打滑。埃德蒙精神十足地拖着他那条萎缩的腿跟在他身后。

石匠的楼厢里点着好几盏灯。起初梅尔辛还挺高兴，因为这样，他们就能更清楚地看他的图了。随后他看见埃尔弗里克正在描图地面上工作。

他登时就感到气馁了。他同师傅之间的敌对情绪，和原先一样大。埃尔弗里克没法阻止镇上的人雇用梅尔辛，便继续阻挠梅尔辛加入木匠行会的申请——使梅尔辛处于不正常的地位：既不合法又被接受。埃尔弗里克的态度既不讲道理又居心叵测。

埃尔弗里克待在这儿会给梅尔辛同埃德蒙的谈话煞风景。梅尔辛嘱咐自己别太敏感。为什么不会是埃尔弗里克给弄得不自在呢？

他为埃德蒙开着门，然后两人一起走过房间来到描图地面。这时他大吃一惊。

埃尔弗里克正俯身在描图地面上，用一只圆规在一层新灰泥上画着圈。他已经在地面上又涂了一层，把梅尔辛的图完全抹掉了。

梅尔辛难以置信地问：“你这是干吗？”

埃尔弗里克轻蔑地看了他一眼，一语不发地接着画他的图。

“他把我的图都抹掉了，”梅尔辛对埃德蒙说。

“你怎么解释，我说？”埃德蒙质问道。

埃尔弗里克没法不理睬他的岳父。“没什么可解释的，”他说，“描图地面隔一段时间就得更新一次。”

“可是你遮住了重要的设计！”

“是吗？副院长没吩咐这小子画什么图，而且这小子也没要求准许他用这描图地面。”

埃德蒙从来都是沾火就着，而埃尔弗里克的冷漠傲慢已经深深地激怒了他。“别装糊涂，”他说，“我要梅尔辛为新桥准备的设计图。”

“很抱歉，但是只有副院长才有权这么做。”

“混蛋，公会可是出钱的。”

“是贷款，要还的。”

“可依旧给了我们在设计上的发言权。”

“是吗？你得去跟副院长谈这个了。不过，我认为他不会对你挑个没经验的学徒工做设计人感到满意的。”

梅尔辛在看着埃尔弗里克在新涂层中正画着的图。“我猜想这就是你的桥梁设计图吧。”他说。

“戈德温副院长吩咐我来造桥。”埃尔弗里克说。

埃德蒙吃了一惊。“没有问我们一声？”

埃尔弗里克愤愤地说：“那又有什么——你难道不想让你自己的女婿揽这活儿吗？”

“圆拱，”梅尔辛说着，还在琢磨埃尔弗里克的图样，“还有狭窄的通道。你打算建多少桥墩？”

埃尔弗里克本不情愿回答，但埃德蒙正瞪着他等他说话。“七个。”他说。

“木桥才只有五个桥墩！”梅尔辛说，“为什么桥墩这么粗，而通道这么窄？”

"要承受石铺路面的重量。"

"你用不着粗桥墩来承重的。看看这座大教堂——它的立柱支撑着屋顶的全部重量，可它们都很细长，空间很宽。"

埃尔弗里克冷笑一声。"没人会赶着大车走过教堂的屋顶的。"

"这是实情，可是——"梅尔辛不说下去了。落在大教堂宽阔的屋顶上的雨水可能比一辆装载石头的牛车还要重，可他为什么要给埃尔弗里克解释这些呢？教育一个不称职的建筑匠师可不是他的责任。埃尔弗里克的设计是拙劣的，但梅尔辛并不想帮他改进，他想要以自己的设计取而代之，所以他闭上了嘴。

埃德蒙也意识到他在白费力气。"这个决定不会由你们两个来作的。"他说完，便迈着重重的步伐走开了。

约翰治安官的女婴在大教堂里由戈德温副院长施洗礼。他之所以能够享有这份荣誉，是因为他是修道院的重要雇员。镇上的头面人物都出席了。虽说约翰既不富有也没有重要关系——他父亲曾在修道院的马厩中干活，但彼得拉妮拉说，有身份的人应该认真对他表示友好和支持。凯瑞丝觉得他们对约翰屈尊，是因为他们需要他来保护他们的财产。

天又下雨了，围在洗礼盘旁边的人，比起正被圣水洒着的婴儿，身上还要湿。凯瑞丝看着那个任人摆布的小婴儿，心中翻腾着莫名其妙的感情。自从和梅尔辛同床共枕以来，她一味让自己不去想怀孕的事，但她仍旧在看到这婴儿时感到一种温暖的保护欲望。

她随亚伯拉罕的侄女，取名杰西卡。

凯瑞丝的表兄戈德温从来一沾婴儿就不自在，因此，那简短的仪式刚一结束，他立刻调头走了。但彼得拉妮拉拽住了他的本笃式长袍。"这座桥的事怎么样了？"她问。

她是低声说的，但凯瑞丝还是听见了，并打定主意继续听到底。

戈德温说："我已经要埃尔弗里克准备图纸和估计费用了。"

"好的。我们要把这件事限制在由自家人办。"

"埃尔弗里克是修道院的建筑匠师。"

"别人可能想插手呢。"

"我要确定由谁来建桥。"

凯瑞丝气恼之极，便插了嘴。"你怎么敢？"她冲着彼得拉妮说。

"我没跟你说话。"她姑母说。

凯瑞丝不予理睬。"梅尔辛的设计为什么不予考虑？"

"因为他不是咱家的人。"

"他实际上和我们住在一起！"

"可是你还没嫁他呢。要是嫁了，可能就不一样了。"

凯瑞丝知道在这一点上自己理屈，于是她就变了根据。"你们总是对梅尔辛有偏见，"她说，"但人人都知道，他是比埃尔弗里克高明的建筑匠师。"

她姐姐艾丽丝听到这里，也加入了争论。"埃尔弗里克教会了梅尔辛一切，如今梅尔辛倒装起样子，像是他更懂行呢！"

凯瑞丝深知，这话不老实，所以感到很生气。"谁造的渡船？"她提高声音说，"谁修复了圣马可教堂的屋顶？"

"埃尔弗里克造渡船的时候，梅尔辛跟着他干活。却没人请埃尔弗里克干圣马可的活儿。"

"因为人家知道，他没本事解决那儿的问题！"

戈德温打断了她们的争论。"好啦！"他把双手举起在身前保护似的说，"我知道你们是我家的人，可是我是副院长，这里是大教堂。我不准女人们在大庭广众之下夸夸其谈。"

埃德蒙加入了这个圈子。"这也是我要想说的。压低点嗓门吧。”

艾丽丝指责说：“你得支持你的女婿。”

凯瑞丝觉得，艾丽丝越来越像彼得拉妮拉了，尽管她只有二十一岁，而彼得拉妮拉要年长一倍还要多，艾丽丝有着同样的钱袋口般的对谁都不买账的表情。她也长得越来越粗壮了，她的胸脯撑满她衣裙的前襟，就像风鼓起了帆。

埃德蒙严厉地看着艾丽丝。“这项决定是不能以家庭关系为基础作出的，”他说，“埃尔弗里克娶了我女儿这件事，无助于他在建桥上占上风。”

凯瑞丝清楚，他对这件事有坚定的立场。他相信，做生意总要跟最可靠的供货商，总要雇最能干的人干活，而不要顾及友情或亲情。“需要一帮忠实的助手来围着的人，并不真正相信自己，”他常常这样说，“要是连他自己都不相信自己，我为什么要相信他呢?”

彼得拉妮拉说：“这么说，该怎么来选择呢?”她向他投去精明的一瞥。“你显然已经胸有成竹了。”

“修道院和公会将考虑埃尔弗里克和梅尔辛的设计——别的人也可提出方案，”埃德蒙决断地说，“一切设计都要画出图样并估出预算。花费应由其他建筑匠师独立审核。”

艾丽丝嘀咕着：“我从来没听说过这么办事的。简直像射箭比赛了。埃尔弗里克是修道院的匠师；理应由他来做这件事。”

她父亲不理睬她。“最后，设计者要在教区公会的会议上接受镇上有头面的市民的诘问。而随后，”——他看着戈德温，而戈德温装作对这种把决定进程从他手中拿走的方式并不大惊小怪的样子——“而随后，戈德温副院长就可以作出决定了。”

会议在主街的公会大厅里举行。这座建筑物下面是石头砌的，上面则是木头建筑，屋顶铺了瓦，还竖着两个石砌烟囱。地下室中设有一个大型厨房，以为宴会准备食物，另有一间牢房和一间治安官的办公室。主层和教堂一样宽敞：一百英尺长，三十英尺宽。一端是一座小教堂。因为开间太宽，而且跨越三十英尺的屋顶所需的木料长度既难找又费钱，主厅就由支撑托梁的一排木柱隔开了。

这些建筑物看起来不事铺张招摇，建筑材料用的是最简陋的住宅用的那种，毫不哗众取宠。但正如埃德蒙常说的，是这里的人挣的钱为大教堂的石灰石及彩色玻璃的宏伟付的款。而公会大厅以其朴实的方式令人舒适。墙上有挂毯，窗上镶玻璃，两座巨型壁炉在冬天保持房间温暖。生意兴隆时，这里供应的食物连皇室都会觉得可口。

教区公会已经成立了几百年了，当时王桥还是个小镇。几名商人聚在一起，凑钱为大教堂购买装饰品。但当有钱人成天吃喝时，他们必然要讨论共同关心的问题，集资很快就成了仅次于政治的大事。从一开始，公会就由羊毛商所把持，因此，大厅的一端就竖着一台巨型的天平和一个标准的羊毛袋——三百六十四磅。随着王桥的扩展，其他行业也组织了行会，代表匠人们——木匠、石匠、酿酒商、金匠——但其领导人也属于教区公会，使之仍然保持着首要地位。与统治大多数英格兰市镇的公会商人相比，这里只是权势较小的形式，而且被镇上的地主王桥修道院处处设障。

梅尔辛从来没参加过在这里举行的会议或盛宴，但曾多次为更普通的事务来到里边。他喜欢伸长脖子仰面研究屋顶木结构的复杂几何学，那真是一门课程，讲解了宽阔的屋顶的重量如何经漏斗形的汇集落到几根细木柱之上。大多数构件都作用分明，但有一两根木头在他看来有些多余，甚或有损，把重量转移到了薄弱区域。那是因为没人当真知晓使建筑物矗立的道理。建筑匠师靠本能和经验行事，有时会出错。

这天晚上，梅尔辛处于高度忧虑状态，唯恐别人未能真正欣赏木工业作业。公会就要对他的桥梁设计进行论断了。他的方案远比埃尔弗里克的高明——可是他们看得出来吗?

埃尔弗里克充分利用了描图地面。梅尔辛本来该请戈德温准许他也使用的,可是他担心埃尔弗里克还会进一步破坏,因此就想了个替代办法。他把一大张羊皮纸撑在一个木框上,用笔墨在上面画出了他的设计。今晚这办法反倒有利了,因为他把他的设计随身带到了公会大厅,这样,成员们就会在眼前看到,而埃尔弗里克的设计只能凭他们的记忆了。

他把他的装框的设计图放在大厅前面一个他为此目的做的一个三腿架上。人们到来时,都过来看一看,尽管几天来他们全都看过至少一次。他们还曾经爬上螺旋楼梯到楼厢去看埃尔弗里克的图样。梅尔辛觉得大多数人都会推崇他的设计,但也有人对支持一个毛头小伙子与一个经验老到的匠人唱对台戏表现出谨慎的态度。许多人都把意见闷在心中不说。

大厅里挤满了男人和少数的妇女后,嘈杂声提高了。他们为了到公会来还打扮了一番,就像去教堂似的,尽管夏日天气暖和,男人们还是换上了昂贵的羊毛外衣,妇女则佩戴了精美的头饰。尽管大家都把妇女的不足信和总体的劣势挂在嘴头,但实际上镇上最富有和最重要的居民中有好几位都是女性。塞西莉亚嬷嬷此时端坐在前排,陪着她的是她的私人助理,一名叫作老朱莉的修女。凯瑞丝就坐在这里——人人都知道她是埃德蒙的右手。在她坐到梅尔辛身边时,他感到一阵情欲的慌乱,她的大腿就温暖地挨着他的大腿。在镇上做生意的人都属于一个行会——不在会的人只有在赶集的日子才能做买卖。连修士和教士要是想做生意——他们往往要做的——都不得不入会。一个男人死后,通常由其遗孀继续开业。面包师贝蒂是镇上生意最好的面包师;开店的萨拉是“神圣灌木”旅馆的店主。不让这样的妇女挣钱谋生是困难和残酷的,把她们包括在行会里则要容易得多。

这类会议通常都由埃德蒙主持，他坐在前面一个高台上的一把大木椅上。不过，今天在台上放了两把椅子。埃德蒙坐了一把，戈德温副院长到来时，埃德蒙邀请他坐了另一把。戈德温由全体高级修士陪同，梅尔辛高兴地看到托马斯也在其中。菲利蒙也在随从之列，他枯瘦而尴尬，梅尔辛一时想不出，戈德温到底为什么带他来。

戈德温的样子很痛苦。埃德蒙宣布开会后，很谨慎地通告，副院长负责建桥一事，设计的最终选择由他来定夺。但是尽人皆知，事实上，埃德蒙通过召开这次会议，就已经把决定权从戈德温的手中拿过来了。假如今晚有明确的一致意见的话，戈德温是难以反对商人们表达出来的意愿的，因为这毕竟是商业而不是宗教问题。埃德蒙要戈德温带领祷告，戈德温听从了，但他明白，他已经失去先机，所以他那样子就像有臭气刺鼻。

埃德蒙站起身，说："这两个设计已经由埃尔弗里克和梅尔辛做了估算，他们用的是同样的计算方法。"

埃尔弗里克插话说："我们当然用一样的——他跟我学的嘛。"从老人们当中爆出了一阵笑声。

这是实情。有现成的公式计算每一平方英尺墙壁、每一立方码填料、每英尺屋顶伸展，以及诸如拱梁和穹顶这类更精细的工程的造价。所有的建筑匠师都用同样的方法，只是各人稍有改变而已。桥梁的计算比较复杂，但比起建造这样一座教堂还是要容易些。

埃德蒙继续说："每个人都审查了另一方的计算，所以就没有争论的余地了。"

屠夫爱德华高叫："不错——所有的匠师都以同样的数量提高要价！"这话引起了哄堂大笑。爱德华在男人中有人缘是因为他脑子快，在妇女中有人缘是因为他的长相和那双勾人魂魄的褐色眼睛。但他在他妻子面前却得不到好感，她了解他的不忠，最近还用他的一把屠刀砍过他；他的左臂上还缠着绷带。

“埃尔弗里克要花费二百八十五镑，”埃德蒙待笑声平息下去之后说，“梅尔辛的是三百零七镑。相差是二十二镑，你们当中的多数人比我算得要快。”人们听后一阵窃笑：埃德蒙常常被人取笑，因为由他女儿替他计算。他仍使用老的拉丁数字，因为他还不习惯使用使计算便捷得多的阿拉伯数字。

一个新的声音说：“二十二镑是不少钱呢。”说话的是比尔·瓦特金，就是拒绝雇用梅尔辛的那个建筑匠师，他由于秃顶，倒有点像修士。

酿酒师迪克说：“是的，可是梅尔辛的桥要宽一倍呢。理应花两倍的钱才是——但是没有，因为是更巧妙的设计。”迪克喜欢他自己的产品，结果就喝出了一个突出的大圆肚子，像个孕妇。

比尔又应道：“一年里有多少天我们需要一座宽得能容两辆车的桥呢？”

“每个赶集的日子和整个羊毛集市的一周。”

“不是这么回事，”比尔说，“只有早晨的一小时和下午的一小时。”

“在这之前我刚刚为一车大麦等了两小时。”

“你应该想到在不忙的日子运进你的大麦。”

“我每天都要运进大麦。”迪克是全县最大的酿酒商。他有一口巨大的铜锅，能盛五百加仑，结果他的作坊就叫“铜锅”了。

埃德蒙打断了这一争吵。“有些生意人前往没有桥也不排队的夏陵。另一些人趁着排队的时间做生意，不用进城就可以回家，还给自己省下了过桥费和市场税。这是一种阻碍，而且是非法的，可我们从来没有成功地制止过这种活动。这样就出现了人们如何看待王桥的问题。眼下我们这个镇子的桥垮塌了。要是我们想把我们失去的生意全吸引回来，我们就要改变现状。我希望大家因为镇上有全英格兰最好的桥而知名。”

埃德蒙有极大的影响力，梅尔辛开始嗅到胜利了。

面包师贝蒂是个胖得出奇的四十岁女人，这时她站起来，指点着梅尔辛图样上的什么地方。“这是什么？就在桥栏中间、桥墩上面的地方，”她说，“这里有一小块突出的东西伸出在水面上，像是个观景台。这是干吗用的，钓鱼吗？”别人都笑了。

“是一处行人让路的地方，”梅尔辛回答说，“如果你正走在桥上，夏陵伯爵突然骑马过来，还带着二十名马上骑士，你就可以给他们让路。”

屠夫爱德华说：“我希望那地方要宽敞得能容下贝蒂。”

大家全都笑了，但贝蒂坚持提问：“为什么桥下的桥墩尖尖的，一路插到水里？埃尔弗里克的桥墩就不是尖的。”

“为了让水中的碎物转向。看看随便哪座桥吧——你就会发现桥墩不是被撞得掉渣了，就是开裂了。你们觉得是什么原因造成这样的损坏呢？就是大块的木头——树干或是坍塌的建筑物上的木件——就是你们看到的顺水漂下来的东西，撞到桥墩的。”

“要不就是船夫伊恩，喝醉酒的时候。”爱德华说。

“船只或者漂浮物，对我这种尖桥墩损害要小。而埃尔弗里克的方案则要受到全力冲撞。”

埃尔弗里克说：“我的墙牢固得不会被碎木头撞塌。”

“恰恰相反，”梅尔辛说，“你的桥洞比我的要窄，因此水流会更湍急地把漂浮物引过来，用更大的力量冲撞桥墩，造成更严重的损害。”

他从埃尔弗里克的脸上看出，这个年纪大的人根本就没想到这一点。但听众不是匠师——他们如何能判断哪一个正确呢？

在每个桥墩的底部，梅尔辛画出了一堆粗石，匠师们都管这叫作防冲乱石，可以避免水流在下面破坏桥墩，那正是许多老木桥的遭遇。但没人向他们问及防冲乱石的事，他也就没有就此解释。

贝蒂的问题还没问完。“你的桥干吗这么长啊？埃尔弗里克的桥从水边开始。你的却伸到岸上好几码。这不是不必要的开销吗？”

“我的桥在两端都有斜坡，”梅尔辛解释说，“这样，你下了桥就站到干地上，而不是踩到泥滩里。牛车也就不会陷到岸上，把桥堵上一小时了。”

“铺一条路要更节省呢。”埃尔弗里克说。

埃尔弗里克说话已经没了底气了。这时比尔·瓦特金站了起来。“谁是谁非，我已经拿不准了，”他说，“他们俩争论时，就难以打定主意了。我还是建筑匠师呢——外行的人就更难了。”人们低声议论，表示同意。比尔接着说：“所以我认为我们应该看看人，而不是他们的设计。”

梅尔辛一直担心这个。他越听心里越没底了。

“这两个人，你们对哪个更了解？”比尔说，“哪个你们可以依靠？埃尔弗里克在这镇上当匠师，从小伙子到成年人，前后有二十年了。我们可以看看他建的住房，还都挺立着嘛。我们还可以看看他为大教堂做的修缮。另一方面，是这位梅尔辛——一个聪明的小伙子，这我们都知道，不过有点莽撞，而且始终还没学徒期满呢。没有多少事情可以表明，他能胜任王桥从建造大教堂以来从来没有过的最大的建筑工程。我知道我该信任谁。”他说完就坐下了。

有好几个人出声表示赞同。他们不会判断设计——他们要论人行事。这种不公平简直让人发疯。

这时托马斯兄弟发言了。“王桥有谁曾经参与过涉及水下建筑的工程吗？”

梅尔辛知道答案是没有。他感到希望又升起了。这可以帮他渡过难关。

托马斯接着说："我愿意听听两位打算怎样处理这个问题。"

梅尔辛已想好了解决办法——但他担心，若是他发言，埃尔弗里克干脆就会附和他。他紧闭嘴唇，希望托马斯——总是帮他忙的——会得到这个暗示。

托马斯看清了梅尔辛的眼神，便说："埃尔弗里克，你打算怎么办?"

"答案比你想的要简单，"埃尔弗里克说，"你只要把松散的碎石投进河里准备建桥墩的地方。这些石块沉到河底。你投下更多的石头，直到桥墩露出水面。然后你就在那个基础上建起你的桥墩。"

不出梅尔辛所料，埃尔弗里克给出的是最粗糙的解决方案。这时梅尔辛说话了："埃尔弗里克的方法中有两处缺欠。一处是，一堆散石在水下不会比在地面上更稳定。时间一久，就摇晃坍塌，这种情况一出现，桥就要沉了。如果你只想让桥延续几年，那还可以。但我认为我们应该建造更长久使用的桥。"

他听到低声的附和议论。

"第二个问题是桥墩的形状。应该自然地在水下向外呈缓坡状，以限制船只的通过，尤其在河水浅的时候。而埃尔弗里克的桥拱已经太窄了。"

埃尔弗里克气冲冲地说："你又想怎么办呢?"

梅尔辛勉强一笑。这就是他想听到的——埃尔弗里克承认他不晓得更好的答案。"我来告诉你吧，"他说。他心想，我要让大家都看到：我懂的比这个把我的雕花门劈了的白痴要多。他环顾四周，大家都在聆听。他们的决议就悬在他接下来要说什么了。

他深吸了一口气。"首先，我要用一个尖头木桩打进河床里。然后我在它旁边再砸进一个，让两个木桩靠在一起；然后又是一个。这样，我就打下了一圈木桩，围住河中我想做桥墩的地方。"

"一圈木桩?"埃尔弗里克嘲笑着说，"那是绝对拦不住水的。"

提出这个问题的托马斯兄弟说："请听他说下去。他刚才也好好听了你说嘛。"

梅尔辛说："接下来，我要在第一圈里再打一圈木桩，中间距离在半英尺。"他感到他已经把听众的注意力吸引过来了。

"还是挡不住水啊。"埃尔弗里克说。

埃德蒙说："闭嘴，埃尔弗里克，这很有意思呢。"

梅尔辛继续说："然后我就把灰浆倒进两圈木桩中间的缝隙里。这种混合物因为重量沉，就把水排出去了。还能把木桩间的缝隙堵死，使那圈木桩不透水。这叫作围堰。"

房间里一片安静。

"最后，我用桶把水从里面戽出来，露出河床，筑成石头和灰浆的基础。"

埃尔弗里克目瞪口呆了。埃德蒙和戈德温两人则注视着梅尔辛。

托马斯说："谢谢二位。我替自己说一句，这样再做决定就容易多了。"

"是啊，"埃德蒙说，"我也觉得好办了。"

凯瑞丝很奇怪，戈德温居然想让埃尔弗里克设计这座桥。她明白，埃尔弗里克似乎是个保险的选择——但戈德温是个改革派，不是保守派，她还以为他会对梅尔辛的聪明的崭新设计显示热情呢。结果他却胆小地中意谨慎的方案。

所幸，埃德蒙能够智胜戈德温，如今王桥就要有一座让两辆车同时通过的牢固又美观的大桥了。但戈德温急于指定那个毫无想象力的马屁精而不肯启用有才华的大胆的人，对未来是个不祥之兆。

而戈德温从来就是个输不起的人。他小时候，彼得拉妮拉教他下棋，故意让他赢以鼓励他，他还向他舅舅挑战；但输了两盘之后，他就哭丧着脸，再也不下棋了。她能想得出来，在公会大厅会议之后，他就是怀着同样的心情。并不一定是他对埃尔弗里克的设计特别倾心，而是他无疑对手中失去了决定权心怀不满。第二天，当她和她父亲前往副院长的住所时，她预感到了麻烦。

戈德温冷冷地问候了他们，并没有拿出茶点招待。埃德蒙像往常一样，装作没注意这些小事。“我想让梅尔辛立即着手建桥，”他在厅里的桌边一坐下就说，“我已经筹集了相当于梅尔辛预算全额的资金——”

“谁出的？”戈德温打断了他的话。

“镇上最富有的商人。”

戈德温依旧用询问的目光看着埃德蒙。

埃德蒙耸了耸肩，说：“面包师贝蒂出了五十镑，酿酒师迪克出了八十，我自己出了七十，还有十一个人，每人出了十镑。”

“我不知道咱们的市民这么富有，”戈德温说。他似乎既吃惊又嫉妒。“上帝真是仁慈啊。”

埃德蒙补充说：“仁慈是对人们终生勤奋和忧虑的报偿。”

“没错。”

“所以我必须让他们放心，钱一定会归还。桥建成后，过桥费要缴给教区公会，用来偿还贷款——但是行人过桥时谁来收费呢？我认为应该是公会的一个仆人。”

“我从来没同意过这样做。”戈德温说。

“我知道，所以我才现在就提出来。”

“我是说，我从来没同意过把过路费缴给教区公会。”

“什么？”

凯瑞丝又惊又怒地瞪着戈德温。他当然同意过——他在说些什么？他曾经当面对她和埃德蒙说过，而且向他们确认托马斯兄弟——

“噢，”她说，“你答应过，如果托马斯当选副院长，他就会修桥。后来，托马斯撤出了，你成了候选人，我们还以为……”

“你们以为，”戈德温说。他嘴角露出得意的笑意。

埃德蒙几乎控制不住自己了。“这可不是公平交易，戈德温！”他用憋屈的嗓音说，“你懂得什么叫理解！”

“我不知道这种事，而且你该叫我副院长神父。”

埃德蒙的嗓门亮了。“这样，我们就又回到三月前与安东尼副院长商谈的起点了！只是如今我们现在根本没有了桥而不是当时那座不合用的桥。别以为你分文不花就能把桥建起来。镇民可以把他们一生的积蓄借给修道院，保障就是从过桥费中收回，但他们不会把钱白白扔掉的……副院长神父。”

“那他们可以凑合着没有桥吧。我才刚刚当上副院长——我怎么能够把几百年来属于我们修道院的权利拱手相让呢？”

“但这只是暂时的！”埃德温怒气冲冲地嚷道，“要是你不肯建桥，谁也不会从过桥费中得到进款，因为根本就没有该死的桥！”

凯瑞丝也愤怒了，但她咬紧牙关，想琢磨出戈德温到底要达到什么目的。他在为昨天晚上的事报复，但他真的就是为了这个吗？“你想要什么？”她冲着他说。

埃德蒙对这个问题面露惊诧，但他没说什么：他带凯瑞丝出席会议的原因，就是她往往能够看到他忽略的事情，而且会问出他没想到的问题。

“我不明白你的意思。”戈德温回答。

“你让人吃惊，”她说，“你抓住了我们错误的立足点。好嘛。我们承认，我们对没有保证的事情做了假定。可是你的目的何在呢？就为了使我们感到自己愚蠢吗？”

“是你们要求这次会面的，不是我。”

埃德蒙爆发了：“你这是用什么态度跟你舅舅和表妹谈话？”

“先等一下，爸爸。”凯瑞丝说。她可以肯定，戈德温有着不可告人的如意算盘，只是不想承认罢了。她心想，好吧，我就要猜猜看了。“让我想一想。”她说。戈德温仍旧愿意建桥——他不得不如此，否则于理不通。有关出让修道院古老权利的说法不过是托辞，那种目空一切的漫谈，是牛津的一切学子都要学的。他是不是想让埃德蒙屈服，同意埃尔弗里克的设计呢？她觉得不是。戈德温显然对埃德蒙超过他直接吁请镇民心怀不满，但他应该看到，梅尔辛几乎用同样的钱要修宽出一倍的桥。那么看来，他还要怎样呢？

或许他只是想要更有利的交易。

她揣摩，他一直密切注视着修道院的财务。他多年来舒舒服服地指责安东尼管理不善，如今却面临着他自己要做出更好的业绩的现实。或许并不像他想象的那样轻而易举。或许他不像自己原先以为的那样精于钱财和管理。在绝望之中，他就要有这座桥和过桥费。但是他认为怎样才能办到呢？

她说：“我们能给你提供些什么才能让你改变主意呢？”

“你们建桥，但不由你们收过桥费。”他脱口答道。

原来这就是他的如意算盘。她心想，戈德温，你总是这样鬼鬼祟祟的。

她灵机一动，便说：“我们谈论的是多少钱？”

戈德温满脸狐疑。“你为什么要知道呢？”

埃德蒙说：“我们可以算出来嘛。不要把镇上的人计算在内，他们是不用交过桥费的，每个赶集的日子，大约有一百人过桥，牛车要付两便士。当然，现在有了摆渡，总数要少一些。”

凯瑞丝说：“就算一星期一百二十便士，或者十先令吧，一年就有二十六镑。”

埃德蒙说：“那么，在羊毛集市那一星期里，第一天大概有一千人，以后每天还另有二百人。”

“那就两千二百人，再加上车辆，就算两千四百便士吧，等于十镑。一年总共三十六镑。”凯瑞丝看着戈德温，“大概差不多吧？”

“没错，”他勉强地承认着。

“这么说，你想从我们手里每年要三十六镑。”

“对。”

“休想！”埃德蒙说。

“没必要，”凯瑞丝说，“假如修道院要批给教区公会在桥上的租借权——”她边想边站起身，然后补充说，“再加上桥两端的占地和中间的小岛——一年三十六镑，永不变更。”她知道，桥一建成，那片地就无法估价了。“你想要的就是这些吧，副院长神父？”

“是的。”

戈德温想得明白，他用不值分文的东西白白得到一年三十六镑的收入。他却不知道，在桥头的一块地要收取多少租金。世上最糟糕的谈判人就是自以为是，凯瑞丝想。

埃德蒙说：“可是公会如何收回建桥花费呢？”

“按照梅尔辛的设计，过桥的人和车数量会增多。理论上可以多出一倍。超出三十六镑之外的收入全都归公会。然后我们就可以在桥两端盖起服务旅客的房子——客栈、马厩、饭馆。这都是可以赚钱的——我们可以收取一笔不错的租金。”

“我不知道，”埃德蒙说，“我看是够冒险的。”

一时之间，凯瑞丝生她父亲的气了。她好不容易得到了一个聪明的解决方案，他倒像是在吹毛求疵了。随后她意识到他是有意为之。她能明白他眼睛里的热切，那是没有掩饰的。他喜欢这个主意，但不想让戈德温发现他是多么跃跃欲试。他隐藏起他的感情，唯恐这位副院长会想法再讨价还价。这是他们父女以前在谈羊毛生意时就玩过的把戏。

凯瑞丝弄清楚他的意图后，长时间地装作分担他的疑惧的样子。“我知道这是冒险，”她无精打采地说，“我们可能丧失一切的。可是我们还有别的路可走吗？我们已经退到背抵着墙了。要是我们不建桥，我们就做不成生意了。”

埃德蒙将信将疑地摇着头。“无论如何，我没法代表公会同意这个条件。我只好去和投钱的人谈话。我说不准他们会怎样回答。”他盯着戈德温的眼睛，“不过，这要是你最好的条件的话，我只好尽力去说服他们了。”

凯瑞丝想起来了，戈德温其实并没有提出条件，但他已经忘掉了。“就这样吧。”他坚决地说。

这次算抓住你了，凯瑞丝得意地想着。

“你可真够精明的。”梅尔辛说。

他躺在凯瑞丝的两腿中间，头枕着她的大腿，摆弄着她的阴毛。他们刚刚做完爱，是两人的第二次，他感到比第一次更欢乐。他们在满意的情侣间的美好白日梦中打着瞌睡，她跟他讲了和戈德温谈判的事。他感受极深。

凯瑞丝说：“最棒的是，他满以为他赢得了条件苛刻的交易。而事实上，大桥及周围土地的永久租用权才是无价的生意。”

“他要是在经营修道院的钱财上不比你叔叔安东尼强，同样是抬不起头来的。”

他俩所待的地方是在树林里的一块空地，隐藏在黑莓丛中，还有一排高大的山毛榉为他们遮荫，一条溪水流过石头，形成一个水潭。这地方几百年来大概一直被情人利用。他们脱光衣服，先在潭中洗澡，然后在草岸上做爱。在林中悄悄走过的人，都会绕过树丛，因此不可能发现他们，除非是采摘黑莓的儿童——凯瑞丝告诉梅尔辛，她最初就是这样发现这块空地的。

这时他随便问了一句：“你怎么会想要那岛的？”

“我也说不准。那里显然没有桥两端的土地值钱，而且也不宜耕种，但还是能开发的。实情是，我猜想他不会反对，所以就加进去了。”

“有一天你会接手你父亲的羊毛生意吗?”

“不会。”

“这么肯定？为什么?”

“国王对羊毛交易收税太容易了。他刚刚给每袋羊毛加了一镑的附加税——那是在现有的三分之二镑上面附加的。羊毛价格如今高得让意大利人从别的国家找货源了，比如西班牙。这行生意太多地仰仗君主开恩了。”

“这毕竟还是一种生计嘛。你想干什么别的呢?”梅尔辛在把谈话向婚姻上靠拢，这个话题是她从来闭口不谈的。

“我也不清楚。”她嫣然一笑，“我十岁那年，想过当医生。我当时想，要是我懂医术，就能救我母亲的命了。他们都笑话我。我并不知道，只有男人才能当医生。”

“你可以当个智慧的女人，像玛蒂一样。”

“那会让家里人震惊的。想想看，彼得拉妮拉会怎么说！塞西莉亚嬷嬷认为我注定要当修女。”

他哈哈大笑。“要是她看到你现在的样子!”他吻着她大腿柔软的内侧。

“她大概想做你正在做的事情，”凯瑞丝说，“你知道人们是怎么说修女的吗。”

“她怎么会觉得你想进女修道院呢?”

“是因为在桥塌了以后我们做的事情。我帮忙照顾了伤员。她说我有这方面的天赋。”

“你是有。连我都看得出来。”

“我只是做了塞西莉亚吩咐的事。”

“但是你跟人们谈话之后，他们马上就觉得好多了。而后，你总是听他们想说的话，然后你才告诉他们该做什么。”

她抚摸着他的下颏。“我不会当修女的。我太爱你了。”

她那三角区的阴毛呈红褐色，发着金色的光泽。“你这儿有一颗小痣，”他说，“就在这儿，在这裂口的左边，紧挨着。”

“我知道。从我是小女孩时就有了。我原先还觉得挺难看的。我长了毛以后挺高兴的，因为我以为我丈夫看不见它了。我从来没想过会有谁像你这样看得这么仔细。”

“托钵修士默多会叫你女巫的——你最好别让他看见。”

“不会的，哪怕世界上就剩他一个男人。”

“这是可以救你，使你不致有亵渎言行的瑕疵。”

“你在说些什么？”

“在阿拉伯世界里，每一件艺术品都留有一点小毛病，就不会和天神的完美竞争了。”

“你怎么知道这个的？”

“一个佛罗伦萨人告诉我的。听我说，你认为教区公会想要那座岛吗？”

“你为什么问这个？”

“因为我想拥有它。”

“四英亩的石头和野兔。何必呢？”

“我想筑一座码头和匠师的院子。从水路运来的石头和木料可以直接运抵我的码头。等桥修好了，我就在岛上盖一栋房子。”

“好主意。但他们不会白给你的。”

“要是算成建桥工钱的一部分呢？比如说，我可以在两年之内拿一半工钱。”

“你一天是四便士……所以这岛的价钱刚过五镑。我估摸公会会巴不得为那块不毛之地得到这笔钱的。”

“你认为这是个好主意？”

“我觉得你应该在那儿盖房子出租，桥一建好，人们出进那岛就方便多了。”

“是啊，”梅尔辛沉思着说，“我最好跟你父亲谈谈这件事。”

二六

当罗兰伯爵的全体扈从经过一天的狩猎，在傍晚回到伯爵城堡，个个都兴高采烈时，拉尔夫·菲茨杰拉德很开心。

他们穿过吊桥时如同一支入侵的大军，骑士、护卫和猎犬纷纷扰扰。天上下着霏霏细雨，凉爽地迎接着人和犬马，他们虽然又热又累，但心满意足。他们猎到了好几只夏天膘肥的雌鹿，是可以饱餐一顿了，此外还有一只又大又老的雄鹿，肉太老，只能让狗吃，捉它是为了它那对雄伟的鹿角。

他们在8字形城壕的低圈内的城堡外院下了马。拉尔夫给“怪兽”卸了鞍，在它耳边低声喃喃了几句感谢的话，喂了它一根胡萝卜，还把它交给了一名马夫去洗刷。厨房的僮仆们把血淋淋的鹿尸拖走了。这帮男人们叫嚷着回忆起白天的事件，吹的吹，笑的笑，嘲弄的嘲弄，讲的都是难忘的跳跃，危险的落马和千钧一发的逃命。拉尔夫的鼻孔里充满了他喜爱的气味：出汗的马匹、湿润的猎犬、皮毛和血腥混杂在一起。

拉尔夫发现自己就在卡斯特的威廉老爷——伯爵的长子的身边。“痛痛快快的一天狩猎。”他说。

“太棒了。”威廉表示同意。他摘下帽子，搔着他的秃顶。“不过，我还是为失去布鲁诺难过。”

布鲁诺是众猎犬中的领袖，它早几分钟就投入了杀场。当那头雄鹿已经筋疲力尽，再也跑不远，转过头来面对猎犬时，它那耸起的双肩布满了鲜血，布鲁诺跳起来去咬它的喉头——但是，那鹿拼尽最后的力气来抵抗，头一低，肌肉饱满的颈部一摆，鹿角的尖端就插进了那条狗柔软的肚皮。这一下耗尽了那头鹿的最后一点力气，片刻之后，其他猎犬就把鹿撕碎了；但是，当布鲁诺拼死之时，它的脏腑都挂在了鹿角之上，就像一团绳子，威廉只好结束它的痛苦，用一柄长匕首划断它的喉咙。“它是一条勇敢的狗。”拉尔夫说着，把一只手放在威廉的肩头，表示同情。

“像是一头狮子。”威廉同意地说。

就在这一时刻，拉尔夫决定谈谈他的前程。这可是最好的时机了。他成为罗兰的人已有七年；他强壮勇敢；而且在桥塌了之后还救了他主子一命——可依旧未得到晋升，仍然是个护卫。他们还能对他要求些什么呢？

昨天他在从王桥到夏陵时路边的一家酒馆里，与他哥哥巧遇。梅尔辛是在去修道院采石场的路上，有一肚子新闻。他就要修建全英格兰最美的桥了。他会名利双收。他们的父母激动不已。这就让拉尔夫益发困窘了。

此时，他和威廉老爷谈话，想不出一条简明的途径引出脑子里想的主题，干脆就单刀直入。“自从我在王桥救了你父亲的性命以来，已经过了三个月了。”

“好几个人都自称有那份荣幸。”威廉说。他脸上掠过的严峻表情，使拉尔夫强烈地联想起罗兰。

“是我把他从水中拽上来的。”

“而理发师马修修补了他的头，修女们给他换绷带，修士们为他祈祷。还是上帝救了他的命。”

“阿门，”拉尔夫说，“反正，我希望有点好报。”

“我父亲可不是那么容易取悦的人。”

威廉的弟弟理查刚好站在近旁，他热得满脸通红，满头大汗，听到了这番话。“那和《圣经》一样正确。”他说。

“别抱怨，”威廉说，“我们父亲的强硬才使我们强大呢。”

“就我记忆所及，才使我们遭罪呢。”

威廉转身走了，大概不想在下属面前争论这些吧。

马匹都牵进马厩之后，人们散乱地穿过院子，经过厨房、营房和祈祷室，向通往一座小型内院的第二座吊桥走去，那里是8字形城壕的顶端。伯爵在这里住在传统的城堡中，一层是库房，上面是一座大厅，再向上的一层小楼是伯爵的私人卧室。城堡周围的高树上栖息着白嘴鸦，它们像卫兵似的在雉堞上高视阔步，呱呱地发泄着不满。罗兰脱下了肮脏的猎装，换上了紫袍，坐在大厅里。拉尔夫站在伯爵身边，决定一有机会就提出他的晋升问题。

罗兰心情甚好地和威廉的妻子菲莉帕夫人争论着——她是为数不多的能够与他意见不一又不受惩罚的人中的一个。他们正在谈着城堡。

“我认为一百年来城堡没什么变化。”菲莉帕说。

“那是因为设计得很好，”罗兰说，还是用着嘴的左边，“敌人花费了大部分兵力进入了低院，却面对着一场全新的战斗来到达城堡。”

“一点不错!”菲莉帕说，“这是为防御而不是为舒适修建的。可是最近一次英格兰这一带的城堡遭到进攻是什么时候呢？反正在我出生之前。”

“我也没出生呢。”他动了动半边脸算是笑了，“大概是因为我们的守卫固若金汤吧。”

“有一位主教在途经的路上抛撒橡实，防止狮子的攻击，”菲莉帕说道，“当人们告诉他，整个英格兰也没有狮子时，他说：‘比我想的还要有效。’”

罗兰放声笑了。

菲莉帕补充道："大多数贵族如今都住在更舒适的家里了。"

拉尔夫不求奢侈，但他在意菲莉帕。在她说话时，他盯着她妖媚的身材，她可没注意他。他幻想着她仰卧在他身下，扭动着她赤裸的身子，兴奋或者痛苦地或者二者兼而有之地哼叫着。他要是当上了骑士，就要有这样一个女人。

"您应该拆掉这座老城堡，盖一栋时髦的住宅，"她对她公公说，"就是那种装着大窗户和许多壁炉的房子。您可以在底层设一座大厅，一头分住着家里人，这样我们就都有私室，可以在我们来拜望您的时候住下，另一头是厨房，食物端到桌上时，还是热的。"

拉尔夫突然意识到，他可以对这场谈话作些贡献。"我知道谁能为您设计这样的住宅。"他说。

他们惊讶地转过脸来看着他。一个护卫怎么会懂得设计住宅呢？"谁？"菲莉帕问。

"我哥哥梅尔辛。"

她陷入了沉思。"就是那个告诉我要买绿色丝绸和我眼睛相配的长着可笑脸蛋的男孩？"

"他可没有不敬的意思。"

"我不清楚他有没有那个意思。他是个建筑匠师吗？"

"他是最棒的呢，"拉尔夫骄傲地说，"他在王桥制造了新式摆渡，后来他又想出怎样修复圣马可教堂的屋顶，那是别人都干不出来的，现在他已受命建造英格兰最漂亮的大桥。"

"我倒是不觉得奇怪。"她说。

"什么桥？"罗兰说。

"王桥的新桥。那桥有尖拱，像教堂一样，宽度足可以走两辆车！"

"我对这事一无所知。"罗兰说。

拉尔夫看出来伯爵不高兴了。是什么事惹他心烦了？"那桥总该重建的，是吧？”拉尔夫说。

“我说不准，”罗兰答道，“这年头，像王桥和夏陵这样两个靠得挺近的市场，难以有足够的生意了。不过，即使我们应该接受王桥市场，也并不是说我们就得接受修道院明目张胆地从夏陵偷走顾客的意图。”理查主教早已进来了，这时罗兰转过脸对着他说：“你没告诉我王桥建新桥的事。”

“因为我也不知道。”理查回答说。

“你理应知道，你是主教嘛。”

理查听到这一责难脸红了。“自从两个世纪以前斯蒂芬国王和莫德女王之间的内战以来，王桥的主教一直住在夏陵城里或附近。修士们，还有大多数主教，都求之不得这样呢。”

“那也挡不住你把耳朵贴在地面上啊。你应该对那里发生的事有所了解嘛。”

“既然我不了解，也许您能好心地告诉我，您听到的消息。”

罗兰对他的那种冷酷傲慢置之不理。“那座桥要宽到容得下两辆车，会把生意从我的夏陵市场抢走呢。”

“对这种事我无能为力。”

“为什么不成？你在职权上是修道院正院长。修士们理应照你的吩咐去做事。”

“可惜他们不听话。”

“要是我们把他们的匠师弄走，他们就听话了。拉尔夫，你能劝服你哥哥放弃那工程吗？”

“我可以试试。”

“给他提出一个更好的前程。告诉他，我想让他在伯爵城堡这儿给我盖一座新宫殿。”

拉尔夫对从伯爵那儿得到一项特殊使命喜出望外，但他也底气不足。他从未能够劝说梅尔辛干什么——恰恰总是反过来，哥哥说服他。“好吧。”他说。

“没有他，他们还能接着干吗?”

“他到手这份工作是因为在王桥没人懂得如何在水下施工。”

理查说：“在英格兰，他显然不是唯一能够设计桥梁的人。”

威廉说：“不过，调开他们的匠师肯定会拖延他们。明年大概都开不了工。”

“那就值得一干。”罗兰决断地说。一种恨意出现在他那能动的半边脸上，他补充说：“那个不知天高地厚的副院长必须要就范。”

拉尔夫发现，杰拉德和莫德的生活有了变化。他母亲穿了一件新的绿色衣裙去教堂，他父亲也穿上了皮鞋。回到家，火上烤着一只填了苹果的鹅，使小屋里充满了令人馋涎欲滴的香味，桌子上摆着一条最昂贵的那种白面包。

拉尔夫很快就得知，钱是梅尔辛给的。“他在圣马可干活时，一天能挣四便士，”莫德骄傲地说，“他还在为酿酒师迪克造一栋新住宅。还要准备造新桥呢。”

梅尔辛在他父亲切剖那只鹅的时候，解释了他在建桥中拿了较低工钱的原因，是由于他得到了麻风病人岛抵付部分工资。最后一名麻风病人年纪大了又卧床不起，已经搬到河对岸修士果园中的一间小屋里。

拉尔夫感到他母亲显而易见的高兴劲在他嘴里留下了一种酸涩的滋味。自从他还是个孩子的时候起，他就相信，全家的命运把握在他手里。他在十四岁就被打发到夏陵伯爵家中，即使当时，他就知道，要靠他当上骑士，也许是男爵，甚至伯爵，才能一雪他父亲的耻辱。与他相比，梅尔辛开始了木匠的学徒生涯，走上了一条只能让父亲的社会地位益发下坡的道路。匠师们是从来当不上骑士的。

还能有些慰藉的是，他们的父亲对梅尔辛的成功感受不深。在莫德唠叨建筑工程时，杰拉德露出了不耐烦的迹象。“我的长子似乎继承了匠师杰克的血脉，那是我唯一的出身低贱的祖先，”他说，口气中含着惊异而不是自豪，“我说，拉尔夫，告诉我们你在罗兰伯爵的宫廷里进展如何。”

不幸的是，到目前为止，拉尔夫莫名其妙地没有晋升到贵族阶层，而梅尔辛却给父母买了新衣服和昂贵的饭菜。拉尔夫知道，他只该感念，兄弟俩中有一个已经成功，哪怕父母依旧卑微，至少生活舒适了。但是，尽管他的脑子告诉他应该欣慰，他的心中却翻腾着不快。

现在他将劝说哥哥放弃建桥了。拿梅尔辛难办的是，他看什么都不那么简单。他和拉尔夫厮混了七年的那些骑士和护卫不同。那些都是武夫。在他们的天地里，忠心是明确的，勇敢是美德，任务都是生死攸关，从来不需要什么深思。但梅尔辛凡事都要想一想。他只要扮演查考的角色，就不可能不提出改变规则的建议。

他在向父母解释，他为何要接受四英亩的乱石荒地作为他建桥的部分工钱。“谁都以为那里是座荒岛，土地就不值一文，”他说，“他们没看到的是，桥一建成，那岛就成了城市的一部分。镇上人走过桥就像是在主街上一样。而四英亩的城里土地就非常有价值了。如果我在岛上盖起房子，租金就是一笔钱呢。”

杰拉德说：“你还要苦等几年才到那一天呢。”

“我已经从那儿得到收入了。贾克·切波斯托夫租了半英亩地用作木料场。他从威尔士运来木材。”

“干吗要从威尔士运来呢？”杰拉德问道，“新森林要近得多嘛——那儿的木材也要便宜些。”

“理应如此，可是沙夫茨堡伯爵在他的领地内每个河口和桥梁都要收费或收税。”

这是熟知的头痛事。许多领主都想出办法对过境的货物收税。

他们开始吃饭后，拉尔夫对梅尔辛说："我给你带来了另一个机会的消息。伯爵想在伯爵城堡建一座新宫殿。"

梅尔辛面露疑色。"他打发你来要我设计？"

"我提议用你。菲莉帕夫人责怪他城堡多么老气，我就说我知道合适的人选来商谈。"

莫德冲动了。"这不是太棒了吗？"

梅尔辛仍然将信将疑。"伯爵说了想用我？"

"是啊。"

"奇怪。几个月以前我找不到活儿干，现在要干的又太多了。而且伯爵城堡在两天的路程之外。我想不出，我怎么能同时在那边造宫殿又在这边建桥梁。"

"噢，你得放弃建桥。"拉尔夫说。

"什么？"

"为伯爵工作自然要优先于其余的一切了。"

"我不敢说这是对的。"

"照我的意思，接手吧。"

"他是这么说的吗？"

"是的，事实上，他就是这么说的。"

他们的父亲插进来了。"这可是了不得的机遇，梅尔辛，"他说，"为一位伯爵建造宫殿！"

"当然是啦，"梅尔辛回答说，"可对这镇子来说，桥至少是同样重要的。"

"别犯傻了，"他父亲说。

"我尽量不犯傻就是，"梅尔辛反讽地说。

"夏陵伯爵是这片土地上的一个大人物。王桥的副院长比起来就不算什么了。"

拉尔夫切下一大块鹅腿，放进嘴里，但他难以下咽。他本来就担心这个。梅尔辛太难缠了。他也不会听命于父亲的。他从小就不听话。

拉尔夫感到技穷了。“听着，”他说，“伯爵不愿意建起新桥。他认为那样会抢走夏陵的生意。”

“啊哈，”杰拉德说，“你可别想跟伯爵犯上，梅尔辛。”

“事情的背后就是这样吗，拉尔夫？”梅尔辛问道，“罗兰给我这份工作就是为了阻止建桥吗？”

“还不止为这条理由。”

“但这是一个条件。如果我愿意造他的宫殿，我就得放弃建桥。”

杰拉德恼怒地说：“你没有选择的余地，梅尔辛！伯爵不请求，只命令。”

拉尔夫本想告诉他，以权势为基础的论点，不是说服梅尔辛的途径。

梅尔辛说：“我觉得他没法命令王桥的副院长，我是受副院长委任建这座桥的。”

“可是他能命令你。”

“能吗？他又不是我的领主。”

“别犯傻了，孩子。你跟一位伯爵对着干，是赢不了的。”

“依我看，罗兰不是和我争吵，父亲。这是伯爵和副院长之争。罗兰想利用我，就像猎人利用狗一样，可我觉得我最好还是置身事外。”

“我认为你应该照伯爵说的办。别忘了，他也是你的亲戚。”

梅尔辛试着用不同的论点。“你会不会觉得这对戈德温副院长是一种背叛呢？”

杰拉德发出一种难听的声音。“我们该对修道院尽什么忠呢？

是那些修士迫使我们成了赤贫。”

“而你的邻里呢？王桥镇上的居民，你在他们当中已经生活了十年啦，他们怎么办？他们需要这座桥——这是他们的生命线。”

“我们是贵族，”他父亲说，“我们没必要卷进仅仅是商人的需要中去。”

梅尔辛点点头。“你可以这么想，但仅仅作为木匠，我不能和你想法一致。”

“这不仅关乎你！”拉尔夫爆发了。他明白他需要挑明了。“伯爵给了我这份差事。我要是办成了，他可能会让我当骑士，至少也当个小地主。要是成不了，我还得接着当护卫。”

莫德说：“我们都得尽力讨伯爵的欢心，这一点太重要了。”

梅尔辛感到为难了。他从来都愿意和他父亲对着干，但他不肯和母亲争论。“我已经同意建桥了，”他说，“这镇子指望着我呢。我不能放手。”

“你当然能啦。”莫德说。

“我不想闹个不可靠的名声。”

“你要是优先为伯爵干活，人人都会理解的。”

“他们可能会理解，但他们不会为此尊重我。”

“你应该把家庭放在第一位。”

“我为这座桥斗争过，妈妈，”梅尔辛固执地说，“我做出了漂亮的设计，我说服了全镇对我信任。没有别人能够造这桥——他们不会按照正确的方案施工。”

“你要是回绝了伯爵，会影响拉尔夫一辈子的！”她说，“你难道看不明白吗？”

“他的一辈子不应该依赖这种事。”

“可就是这样。你愿意只是为了一座桥，牺牲自己的亲弟弟吗？”

梅尔辛说："我想，这和我要他别去打仗好挽救人们的性命，是一个道理。"

杰拉德说："好啦，我说，你不能把木匠和战士相比。"

拉尔夫心想，这就不圆滑了。这表明杰拉德偏爱小儿子。拉尔夫看得出，梅尔辛感到刺痛了。他哥哥的脸憋得通红，还紧咬嘴唇，仿佛要遏制自己不要作出吵嘴的回答。

沉默片刻之后，梅尔辛用平和的口吻说话了，拉尔夫明白这个迹象表明，他已经铁下了一条心。"我没要求做木匠，"他说，"跟拉尔夫一样，我也想当骑士。如今我懂了，那是个愚蠢的期望。反正，是你们决定了我成为今天这样子的。事实证明，我善于做木匠。我打算成就你们强迫我的事。有一天，我愿建造英格兰最高大的建筑。这是你们逼我的——所以你们最好学会承受我这条路。"

拉尔夫带着坏消息回伯爵城堡之前，搜索枯肠想找出个反败为胜的办法。既然他未能说服他哥哥放弃建桥，他还有没有别的途径可以把那项工程取消或推迟呢？

他可以肯定，跟戈德温副院长或者羊毛商埃德蒙谈是毫无意义的。他们在建桥上甚至比梅尔辛还坚决，而且他们也不会被一个小小的护卫说服的。伯爵能做什么呢？他可能派出一支骑士部队去杀死建桥工人，但那样一来非但不能解决问题，还可能会把事情越闹越大。

是梅尔辛启发了他这个主意。他提到贾克·切波斯托夫那个木材商在使用麻风病人岛做贮存地，从威尔士购买树木以避开沙夫茨堡伯爵征税。

"我哥哥觉得他得接受王桥副院长的权势。"拉尔夫一回去就对罗兰伯爵说。还不等伯爵发火，他便补充说："但是可能有个更好的办法来延缓建桥。修道院的采石场在伯爵您的领地的腹心地带，在夏陵和伯爵城堡之间。”

“可那儿属于修士啊，”罗兰低吼道，“几个世纪之前，国王就把那儿赐给了修道院。我们没法阻拦他们采石。”

“不过，您可以收税嘛，”拉尔夫说。他觉得愧疚：他在破坏他哥哥心爱的工程。但只能这样，他平息了一下自己的良心。“他们会通过您的领地来运石料。那些沉重的车辆会压坏您的大路，搅扰您的河口。他们理应付款。”

“他们会像猪一般地尖叫，还会告到国王那儿。”

“随他们去嘛，”拉尔夫说，听起来比他感觉的还要理直气壮，“那是要花时间的。今年的建筑季节只剩两个月了——在头场霜前，他们只好停工。走运的话，您可以把建桥的开工时间拖到明年了。”

罗兰狠狠地瞪了拉尔夫一眼。“我可能小看了你，”他说，“也许你还擅长干些比把淹在水里的伯爵拉出河更多的事情。”

拉尔夫掩饰了一个得意的微笑。“谢谢您，爵爷。”

“可我们该怎么加税呢？通常都是在十字路口或者河口这类每辆大车必经之路上设关卡。”

“既然我们只对封锁石料感兴趣，我们可以干脆在采石场外面驻扎上军队。”

“好极了，”伯爵说，“你可以率领他们。”

两天之后，拉尔夫带着四名武装骑兵和两个牵着携带帐篷和一周食物驮马的侍童，接近了采石场。到此为止，他对自己还是满意的。他被给予了一个不可能完成的任务，而且使事情有了转机。伯爵认为他不止有能力下河救人。事情见到了起色。

他为自己对梅尔辛的行为深感内疚。他大半夜都睁眼想着他们儿时在一起的经历。他总是很敬重这位聪明的哥哥。他们时常打架，拉尔夫赢的时候比输的时候心里更难受。那时候，事后他们总是和好如初。但长大成人后的争斗更难以忘怀。

对于即将面临的与修士们的采石工的对垒，他并不怎么担心。对一组军人来说，那算不上什么挑衅。跟他一起来的没有骑士——这种糙活有失他们的尊严——但他有个人人皆知的硬汉约瑟夫·伍德斯托克以及其他三个人。反正，事情过后他会为达到他的目的而高兴的。

此时天刚亮。头天夜里，他们在离采石场几英里的树林里宿营。拉尔夫计划及时赶到那里，找上午第一辆要走的大车的岔子。

马匹在被牛蹄踩成泥浆和被重载的大车的轮子压成深辙的大路上轻快地走着。太阳升到了撕破雨云露出蓝色的天空中。拉尔夫一伙人兴致勃勃，期待向手无寸铁的人们施展他们的权势，而对自己又不会有什么风险。

拉尔夫嗅到了烧木头的气味，随后就看到树上冒出好几处火。过了一会儿，大路扩展成一片泥泞的空地，紧邻着他从未见过的最大的一个地坑：足有一百码宽，至少有四分之一英里那么长。一道泥泞的斜坡向下通到采石工的帐篷和木屋，那些人正围着火做早饭。有几个已经在工地的远处开始干活了。拉尔夫能够听到锤子把楔子砸进石头裂缝，从巨石中分出大块石材的闷声闷响。

采石场距王桥有一天的路程，所以大部分车辆都在晚上到达而在次日上午离开。拉尔夫看见好几辆大车分散在采石场里，有些正往车上装石料，有一辆已经沿着开挖点间的车道缓缓驶向出口的斜坡。

采石场里的人们受到马蹄声的惊扰，抬头向上看，但没人走近。工人们从来不急于和当兵的交谈。拉尔夫耐心地等候着。看来从采石场出来只有一条路，就是通到他脚下的那条泥泞的长坡。

第一辆车颠簸摇晃着慢慢上了坡道，赶车人用一条长鞭催着牛前进，牛带着不吭声的怨气一步一步地爬着坡。车板上排着四块巨石，都是经采石工粗削并刻上记号的。每个工人的开采量先后在采石场和工地计算出来，按石料发工钱。

那辆大车来到跟前时，拉尔夫认出赶车人是王桥居民，车夫本。他的样子和他的牛相像，粗脖子，宽肩膀。他的脸上是类似木然敌对的表情。拉尔夫猜测，他可能会惹麻烦。不过，他是可以压服的。

本赶着他的牛车向堵住大路的一排骑兵走来。他没有远远地把车停下，而是让车越走越近。这些马匹并非训练有素的战马而是每天干活的役用马，它们都紧张地喷着响鼻，向后倒退。牛也随着自己的意停了下来。

本叫道："你这个蛮不讲理的笨蛋。"这态度激怒了拉尔夫。

本说："你凭什么拦我的路？"

"收税。"

"没有税的。"

"载着石头走过夏陵伯爵的领地，每辆车你该交一便士。"

"我没钱。"

"那你就去找点钱来。"

"你要拦我的路吗？"

这蠢货并没有像他应该的那样吓坏了，这反倒激怒了拉尔夫。"别打算盘问我，"拉尔夫说，"把石头放在这儿，等有人付了税再说。"

本回瞪了他很长时间，拉尔夫强烈地感觉到，这人可能在琢磨，要不要把他从马上揍下来。"可是我没钱。"最后他只说了这句话。

拉尔夫想用剑把他刺个透心，但他压住了火气。"别装得比实际还傻，"他轻蔑地说，"去告诉采石工的头儿，伯爵的人不让你走。"

本又瞪了他一会儿，把局面掂量一番；随后，他二话没说，把车子留在原地，转身走回坡道去了。

拉尔夫怒气冲冲地等着，眼睛瞪着牛。

本进了中途的一间木屋。几分钟后，他由一个穿着褐色紧身衣的瘦削男人陪着，走了出来。起初，拉尔夫推测这第二个人是采石工的头目。然而，那身材看着很熟悉，等到两个人走到近前，拉尔夫才认出来，那是他哥哥梅尔辛。

“噢，不好。”他叫出了声。

他对此毫无准备。他看着梅尔辛走上长长的坡道，心中被羞耻折磨着。他知道他在这儿是对哥哥的背叛，但他没想到梅尔辛会在这儿目睹这一切。

“喂，拉尔夫，”梅尔辛走上前来说，“本说你不让他过。”

拉尔夫无精打采地回忆起，梅尔辛在争论中总能胜他一筹。他决定做出公事公办的样子，只要他只是重复命令，就不大会陷入困境。他干巴巴地说：“伯爵决定实施他的权利，对使用他的大路运输石头的人收税。”

梅尔辛不理他这话。“你不想下马跟你哥哥说话吗？”

拉尔夫宁可骑在马上，但他无法拒绝看似友好的要求，所以还是下马了。这时他觉得像是已经落了下风了。

“从这里运石头是没税的。”梅尔辛说。

“现在有了。”

“修士们在这里采石有几百年了。王桥大教堂就是用这儿的石头盖的。从来没有税。”

“大概是伯爵看在教堂的面子上免除了吧，”拉尔夫临时想着说，“但他不会为建桥开恩的。”

“他不过是不愿意镇子有座桥罢了。道理就在这儿。他先是打发你来贿赂我，随后，在那个办法失败之后，就又想出个收税的新招。”梅尔辛若有所思地看着拉尔夫，“这是你的主意，是吧？”

拉尔夫心里别扭。他怎么会猜到的？“不是！”他说，但他觉得自己脸都红了。

“我从你脸上看得出来，就是这么回事。我敢肯定，在我说起贾克·切波斯托夫从威尔士运木材以逃避沙夫茨堡伯爵征税的事情之后，是我给你提了醒。”

拉尔夫越来越感到愚蠢和气恼。“这其中没有关联。”他笨拙地说。

“你指责我把建桥看得比弟弟重要，但是你却乐意为了你的伯爵，毁掉我的希望。”

“是谁的主意无关紧要，反正伯爵决定对石头征税了。”

“但是他没有这权利。”

车夫本一直认真听着这番对话，他站在梅尔辛身边，叉开两腿，手撑在后胯上。这时他对梅尔辛说：“你是说这些人没权利拦住我吧？”

“我就是这么说的。”梅尔辛回答道。

拉尔夫本来能够告诉梅尔辛，把这样一个人当作有知识的来对待，是个错误。本这时把梅尔辛的话当作答应他离开了。他朝着牛肩甩了一鞭。那牲口缩进木轭中，拽紧了车子。

拉尔夫气汹汹地喊：“站住！”

本又抽了牛一鞭，叫道：“驾！”

那牛更用力地一拉，车子猛地向前一蹿，惊了那几匹马。约瑟夫·伍德斯托克的坐骑一声长嘶，眼睛转着，扬起了前蹄。

约瑟夫拉住缰绳，把马控住了，跟着就从鞍袋里拽出一根长木棍。“听我的，你给我别动。”他对本说。他催马向前，把木棍挥出。

本躲过这一击，攥住那木棍，往怀里一拉。

约瑟夫已经从鞍上探身向前了。这猛地一拽让他失去了平衡，从马上摔了下来。

梅尔辛叫道："噢，别!"

拉尔夫知道梅尔辛为什么吃了惊。一名战士是受不了这种羞辱的。这会儿已经避免不了打斗了。但拉尔夫本人倒没什么可抱歉的。他哥哥没能利用他们应有的防卫来对付伯爵的人，这会儿他要看到后果了。

本用两只手紧握着约瑟夫的棍棒。约瑟夫一跃站起了身。他看到本挥舞着大棒，他就去掏他的匕首。但本比他要快——那车夫准是打过仗，拉尔夫醒悟过来了。本甩开大棒，砸到了约瑟夫的头顶上。约瑟夫倒在地上，一动不动了。

拉尔夫怒吼了一声。他抽出剑就冲向车夫。

梅尔辛高叫："别!"

拉尔夫把剑刺入本的胸口，在他的肋骨间使足力气戳进去。剑穿过本厚实的胸部，从另一侧伸了出来。本向后倒下，拉尔夫拔出了剑。血从车夫身上如泉涌出。拉尔夫感到了胜利的满足。车夫本再也讲不成道理了。

他跪在约瑟夫身边。那人的眼睛还瞪着，但已经看不见了。他的心不跳了。他死了。

在一定程度上这倒好了。一切解释都简单化了。车夫本杀死了伯爵的一个人，他也为此付出了生命。谁都从中看不出任何不公——尤其是伯爵，他对冒犯他权威的人是从不容情的。

梅尔辛不是这样看的。他的面孔扭曲着，像是痛苦极了。"你干了什么事?"他不敢相信地说，"车夫本有一个两岁的儿子！他们叫他本尼!"

"看来，那寡妇最好再找个丈夫了，"拉尔夫说，"这次，她该找个知道自己是老几的男人。"

二七

收成很不好。八月里阳光太少，庄稼到九月才勉强成熟。在韦格利村中，人人垂头丧气。没有了素常收获季节的欣喜：跳舞，饮酒，突发的浪漫行为。湿庄稼大概是要发霉的。春天以前，很多村民恐怕要忍饥挨饿了。

伍尔夫里克在倾盆大雨中收割他麦秆精湿的大麦，格温达则跟在他身后捆扎。九月的第一个晴天，他们开始收割最值钱的小麦，希望好天气能够延续到庄稼晾晒一干。

有些时候，格温达意识到，伍尔夫里克憋了满肚子气。全家人突然死光刺激了他。由于他丧失了理智，一遇机会就会责怪别人，但塌桥只是个零星事件，是邪恶精灵的一次行动，或者是上帝的一次惩罚；因此，除去干活，他的情感无从发泄。她本人则是为爱情所驱使，这也就够强有力的了。

他们在破晓之前就来到了地里，直到天黑得看不见了才收工。每天晚上，格温达都腰酸背疼地上床入睡，而一听到伍尔夫里克在天亮前敲响厨房的门就醒来。可他们仍然落在别人后面。

她逐渐体会到了村民们对她和伍尔夫里克态度的变化。她有生以来，都因为是名声不好的乔比的女儿而被人看不起；妇女们更是由于看清了她要从安妮特手里抢走伍尔夫里克而对她嗤之以鼻。对伍尔夫里克，人们无可挑剔，只是有人认为他一心想继承那么大一片耕地是贪心和不务实。然而，人们却无法对他们收获庄稼的苦干视而不见。一个小伙子和一个姑娘在尽力干着三个男人的活计，而且干得比别人预期的要出色。男人开始用钦佩的目光看着伍尔夫里克，而妇女们则对格温达报以同情。

到最后，村民们都聚到他们周围加以援助。那位教士，加斯帕德神父也对他们在礼拜天继续干活而睁一只眼闭一只眼。安妮特一家收完他们的庄稼之后，她父亲珀金和她哥哥罗勃都和格温达一起在伍尔夫里克的地里干活，连格温达的母亲埃恩娜都露面了。当他们把最后的麦穗用车拉到伍尔夫里克的仓房时，都想起了传统的收获兴致，大家跟在大车后面边走边唱古老的歌曲。

安妮特也在场，不过她违背了那句谚语：要是你想跳丰收舞，就得先跟在犁后干活。她走在伍尔夫里克身边，作为公认的他的未婚妻，她有这个权利。格温达从后面望着她，酸溜溜地注意到她如何扭动着臀部，歪一歪头，还对他讲的每一件事都可爱地大笑着。他怎么会这么傻就不能自拔呢？难道他没注意安妮特从来没在他地里干过活儿吗？

婚礼的日子还没有定下来。珀金除去精明可以说一无所长。遗产的问题一天不解决，他是不会把女儿交出去的。

伍尔夫里克已经证明了他种地的能力。如今没人会怀疑这一点了。他的年纪似乎已经不成问题。唯一遗留的障碍就是继承税了。他能存够钱缴遗产税吗？这取决于他的庄稼能换取多少现金。今年是歉收，不过，如果坏天气波及的地域大，小麦的价格就可能会看涨。在正常的情况下，一户富裕的农家会有钱存下来给继承人；但伍尔夫里克家的储蓄都在王桥沉入了河底。因此，什么都定不下来。而格温达依旧做着美梦，觉得伍尔夫里克会继承那片土地，而且也许会把他的爱转移到她身上。什么事都是可能的。

他们卸下大车把庄稼入库的时候，内森总管来了。这位驼背管家处于高度激动的状态。“赶快到教堂去，”他说，“所有的人！马上把手里的活儿停下来。”

伍尔夫里克说：“我可不想把我的庄稼留在外面——可能要下雨呢。”

格温达说：“我们先把车拖进去吧。有什么急事啊，内特？”

总管已经赶到下一家去了。“新东家来了!”他说。

“等等!”伍尔夫里克追着他说,“你会向他谈我继承的事吗?”

大家全都站住不动,观望着,等着答案。

内森不情愿地转过身来,面对着伍尔夫里克。由于伍尔夫里克比他足足高出一英尺,他只好仰着头。“我不知道。”他慢慢地说。

“我已经证明了我能耕种那块地——你看得见的。到仓房里看看嘛!”

“你干得蛮好,没问题。可你能缴遗产税吗?”

“那要看小麦的价格了。”

安妮特开口了。“爸?”她说。

格温达不知道下一步会是什么。

珀金露出迟疑的样子。

安妮特又催促了他。“你记得你答应过我的事情吧。”

“是啊,我记得。”珀金终于说话了。

“那就告诉内特吧。”

珀金转脸对着总管。“要是新东家愿意要伍尔夫里克继承的话,我将担保遗产税。”

格温达赶紧用手捂住嘴。

内森说:“你替他付款?那是两镑十先令呢。”

“要是他钱不够,我可以把他需要的借给他。当然,他俩得先结婚。”

内森压低了声音。“还有……?”

珀金说了些什么,嗓门太低,格温达听不清,但她猜得出是什么事。珀金要给内森一份贿赂,大概是税金的十分之一,也就是五先令。

“好极了,”内森说,“我要提出这事。现在赶紧到教堂去吧,马上!”他跑开了。

伍尔夫里克咧嘴大笑，还吻了安妮特。大家都跟他握手祝贺。

格温达心里难过。她的希望落空了。安妮特太有心计了。她劝说他父亲借钱给伍尔夫里克。他可以继承他的土地了——而且他要娶安妮特了。

格温达强使自己帮忙把车推进仓房。随后便跟在那对幸福情侣的身后，穿过林子到教堂去。一切全过去了。一个不了解这个村子和村民的新东家，在这样的问题上是不大可能反对总管的建议的。内森肆无忌惮地谈贿金的事，表明了他的信心。

这里边当然也有她的过错。她累折了腰让伍尔夫里克收割了庄稼，幻想着终有一天他会明白，她比起安妮特来会是个强上百倍的妻子。整整一个漫长的夏天，她都在掘自己的坟墓——她从墓园走进教堂时，心里这样想着。但她还要一如既往。她看到他孤军奋战内心无法忍受。她自忖，无论发生了什么事，他总会知道，我是那个和他一起奋争的人。这就算是小小的慰藉吧。

大多数村民已经聚在教堂。他们用不着内森一催再催，他们都急切地要成为第一批向新东家致敬的人，而且他们也好奇地想看看他是个什么样子的人：是小还是老，是丑还是俊，脾气是好还是坏，头脑是聪明还是愚钝，还有——最重要的——心眼是狠还是善。因为他只要当一天东家，也许会当几年或者十年，他身上的一切都会影响他们的生活。要是他讲道理，就可以大有作为，使韦格利成为一个幸福繁荣的村庄。要是他是个笨蛋，他们就会遭遇不明智的决定和不公正的治理，压迫人的赋税和严厉的制裁。而他的第一个决定，就是让不让伍尔夫里克继承土地。

低声议论平息下去了，传来了马铃声。格温达听到了内森的低声谄媚的话音，随后是一位老爷的透着权势的腔调——她猜想，是个大汉子，自信，但是年轻。大家都盯着教堂的门口。门一下子敞开了。

格温达惊得吸了一大口气。

那个迈着大步昂然而入的人不超过二十岁。他服饰华美，披着昂贵的毛织战袍，佩着长剑和匕首。他身材高大，表情傲慢。他似乎对担任韦格利的地主很是自得，尽管在他那高傲的表情中流露着一丝不安全感。他有一头波浪般的黑发和一张英俊的面孔，可惜被一个豁鼻子破了相。

他是拉尔夫·菲茨杰拉德。

拉尔夫的第一次采邑法庭在随后的礼拜天进行。

在休息时，伍尔夫里克情绪消沉。格温达每看他一眼，就想哭泣，他在周围走动时，眼睛看着地面，宽阔的双肩耷拉着。整整一个夏季，他似乎都不知疲惫，在地里干活，简直就像一匹靠得住、任劳任怨的耕马；可现在他面带倦容了。他做到了一个男人能做的一切，可是他的命运却给交到了一个痛恨他的人的手中。

她本想说些有指望的话，以便让他打起精神，然而事实上她和他有着一样的悲观心绪。老爷们往往都心胸褊狭，睚眦必报，拉尔夫身上更没什么东西可以鼓励她指望他会宽宏大量。他还是个孩子的时候，就愚蠢又残忍。她永远不会忘记他用梅尔辛的弓箭杀死她的小狗的那一天。

没有迹象表明他从那时起有了什么改进。他带着他的扈从，一个叫作阿兰·弗恩希尔的肌肉结实的青年，住进了采邑的宅邸，他们二人喝着葡萄美酒，吃着鸡肉，还带着他们那个阶层的人典型的漫不经心的劲头捏女仆的乳房。

内森总管的态度证实了她的担心。管家没有费神去商讨加价的贿赂——一个确切的迹象表明他明知要败诉了。

安妮特似乎对伍尔夫里克的前景也怀着无奈的观点。格温达看出了她这种明显的变化。她不再那么活泼地歪歪头，走路时也不再那样扭动臀部，她那滴水般清脆的笑声也不经常听得到了。格温达希望伍尔夫里克看不到安妮特身上的这种差别：他自己就够愁的了。但她似乎看到，晚上他在珀金家不待到那么晚了，而且回到家里也沉默寡言。

礼拜天上午，她惊讶地得知，伍尔夫里克还抱着渺茫的希望。礼拜结束后，加斯帕德神父把位置让给了拉尔夫老爷，她看到伍尔夫里克双眼紧闭，嘴唇微翕，大概在向他最崇敬的圣母马利亚祷告。

全体村民当然都在教堂，包括乔比和埃恩娜在内。格温达没和她父亲站在一起。她平日里有时和母亲搭两句话，都是她父亲不在跟前的时候。乔比的面颊上有一块红疤，那是她用着火的木柴烫的。他从来不敢看她的目光。她仍然怕他，但她觉察到他现在也怕她了。

拉尔夫坐在那把大木椅上，用牛羊市场上一个买主的满意目光扫了他的治下一眼。这一天的法庭程序包含一系列的通告。内森宣布了收割领主土地的安排，下周的哪一天，哪些村民要在领主的土地上服徭役。没有请大家讨论。显然，拉尔夫无意受舆论支配。

还有内森每周都要处理的一些其他琐事：到星期一晚上要拣完“百亩”那儿的麦穗，以便从星期二一早就可以在那里放牧家畜，吃植株的根了，星期三开始“长地”那儿的秋耕。平时，对这些安排还有些细小的争议，都有那些爱抬杠的村民找茬提出不同的建议，可是今天他们全都沉默无语，等着摸清东家的脉络。

到了该作决定的时候，反倒出奇的低调。内森像是继续陈述另一项工作计划似的说道：“伍尔夫里克不准继承他父亲的土地，因为他只有十六岁。”

格温达抬头望着拉尔夫。他正在抑制住一次得意的狞笑。他的一只手去摸脸——她认为是下意识的——他触到了他的破相的鼻子。

内森继续说："拉尔夫会考虑如何处置那些地，以后再给出他的明断。"

伍尔夫里克哼了一声，响声之大，人人都听见了。他早就料到这样的决定了，但这样的证实仍让他痛苦难忍。她瞅着他转过身，背对着教堂里的人群，遮着脸，抵到墙上，像是防止自己摔倒。

"今天的事就到此为止了。"内森说。

拉尔夫站起身来。他缓步走过甬道，眼睛不停地瞥向心乱神迷的伍尔夫里克。格温达揣度，要是他的第一本能就是擅权报复的话，他是个什么样的老爷呢？内森跟在拉尔夫后面，眼睛看着地面：他明知干了一件不公的事。他们离开教堂之后，人们纷纷议论起来。格温达跟谁也没说话，只是盯着伍尔夫里克。

他从面对墙转过身来，满脸都是悲苦。他的目光扫过人群，找到了安妮特。她一副气愤的样子。格温达等着她的目光与伍尔夫里克相遇，但她像是决心不去看他。格温达想不出她脑海里考虑着什么。

安妮特高昂着头朝门口走去。她父亲珀金和全家人跟在她身后。难道她连一句话都不跟伍尔夫里克说吗？

他大概也想到了这一点，因为他跟上了她。"安妮特！"他说，"等一等。"

周围一下子安静了。

安妮特转过身来。伍尔夫里克站在她面前。"我们还是要结婚的，是吗？"他说。格温达听到他声调里那种低声下气的乞求便退缩了。安妮特瞪着他，显然要说什么，但好长时间都没有开口，而伍尔夫里克又说话了。"老爷们需要好手给他种地。也许拉尔夫会给我一小块地——"

"你打破了他的鼻子，"她不容情地说，"他永远都不会给你什么了。"

格温达回想起来，当两个男人为她打架时，她有多么开心。

伍尔夫里克说：“那我就当雇工。我身强力壮，不愁没有活儿干的。”

“可你会受穷一辈子。你要给我的就是这个吗?”

“我们要在一起——就像我们梦想的，那天在林子里，你告诉我你爱我，还记得吗?”

“我要是嫁给一个没地的雇农，我得过什么日子呢?”安妮特愤愤地质问，“我来告诉你。”她举起一条胳膊指着格温达的母亲埃恩娜——她正和乔比及三个小家伙站在一起，“我就要像她一样了：愁得哭丧着脸，瘦得像扫帚把。”

乔比受到这话的刺激。他冲安妮特挥着他的残臂。“你当心你的嘴，你这高傲的轻佻妞。”

珀金迈步挡在女儿面前，双手做了个拍掌的姿势。“原谅她吧，乔比，她过分冲动了，她没有恶意的。”

伍尔夫里克说：“对乔比不要那么不尊重，不过我可跟他不一样，安妮特。”

“可你就是!”她说，“你没有地。他就是因为没地才穷的，你也会为此受穷的，你的孩子会挨饿，你的老婆会邋里邋遢。”

这倒是真的。在艰难岁月里，无地的人是最先倒霉的。辞退雇工是最便捷的省钱办法。无论如何，格温达都觉得难以相信一个女人会拒绝和伍尔夫里克过日子的机会。

可是看来这正是安妮特正在做的。

伍尔夫里克也是这样想的。他直截了当地问：“你还爱我吗?”

他已经失去了一切尊严，样子十分凄苦；可是，恰恰在这种时刻，格温达对他的情感比先前更深了。

“我不能靠爱来吃饭。”安妮特说着，便走出了教堂。

两个星期之后，她嫁给了比利·霍华德。

格温达去参加了婚礼，村里人全去了，除了伍尔夫里克。尽管收成不好，婚宴还是够丰盛的。通过这场婚姻，两家地最多的人连在一起了：珀金的一百英亩和比利的四十英亩。珀金还进一步要求拉尔夫把伍尔夫里克家的地给他。若是拉尔夫同意了，安妮特的孩子就将继承全村的几乎一半土地。但拉尔夫去了王桥，只答应他一回来马上就拿出决定。

珀金开了一桶他妻子的最烈的啤酒，还杀了一头奶牛。格温达尽情地又吃又喝。她的前途未卜，她无法拒绝好吃好喝。

她和两个小妹妹凯西和琼妮一起玩，抛接着一只木球，随后她又把婴儿弟弟埃里克放在膝头，给他唱歌。过了一会儿，她母亲坐到她身旁，问她："现在你怎么办？"

格温达内心里并没有完全跟埃恩娜和好。她们也说话，妈问些关心的问题。格温达依旧为她母亲原谅乔比而不痛快，但她还是回答了问题："我要住在伍尔夫里克的仓房里，能住多久就住多久，"她说，"也许我能无限期地住在那儿。"

"要是伍尔夫里克搬走了——比如说，离开了村子呢？"

"我不知道。"

眼下，伍尔夫里克还在地里干活儿，在本是他家的土地上，犁除庄稼茬，耙着休耕地，格温达还在帮着他。他们在下一季收获中没有了份，所以内森按日计价付给他们工钱。内森倒是热衷于让他们留下，不然土地很快就要退化了。他们要一直干到拉尔夫宣布谁是新的租佃人。到那时，他们就要等人家来雇用了。

"伍尔夫里克这会儿在哪儿？"埃恩娜问道。

"我估摸他是不会来庆祝婚礼的。"

"他觉得你怎么样？"

格温达坦率地看了她母亲一眼。"他告诉我，我是他从来没有过的最好的朋友。”

“这是什么意思呢？”

“我也不知道。反正不是‘我爱你’的意思，是吧？”

“不是，”她母亲说，“不是，不是那个意思。”

格温达听到了音乐声，亚伦·阿普尔特里在演奏风笛，正高高低低地试着音，准备吹奏出曲调。她看到珀金从他家中出来，腰带上拴着两只小鼓。跳舞就要开始了。

她没有心情跳舞。她本来可以和那些老妇人交谈的，但她们只会问和她母亲同样的问题，而她却不想把那天剩下的时间用来解释她的预测。她回想起上一次村中的婚礼，伍尔夫里克在微醺之中，大步跳着转圈，尽管钟爱着安妮特，却和所有的妇女拥抱。没有了他，对格温达而言，就没有了欢乐。她把埃里克还给她母亲便溜走了。她的狗“跳跳”仍待在那儿，它知道，这样的聚会会提供掉下和扔下的食物的大餐。

她来到伍尔夫里克的家，多么希望他在，可惜屋里空荡荡的。那是一栋梁柱结构的牢固的木头房子，只是没有烟囱——那是富裕人家才有的奢侈品。她查看了底层的房间和楼上的卧室。到处都像他母亲健在时那样整齐清洁，那是因为他只占用一个房间。他吃睡都在厨房。那地方很冷清，不像个家。那是一个没有家庭的家。

她来到仓房，里面装满了作冬季饲料的成捆的干草和等待扬场的大麦和小麦。她从梯子爬到高处，躺在草垛上。过了一会儿她就睡着了。

她醒来时，天已经黑了。她不知道是几点钟。她走到外边去看天。几缕云朵后面的月亮低低的。她估摸也就是入夜后的一两个小时。她站在仓房门口，还没太醒明白，这时她听到了哭泣声。

她马上明白了那是伍尔夫里克。她以前听他哭过一次，那是他看到他父母和兄弟的遗体躺在王桥大教堂的地面上的时候。他哭的时候使劲抽泣着，像是撕心裂肺。听到他如此悲恸，她自己的眼泪也流了下来。

过了一会儿，她走进了房子。

她借助月光可以看到他。他趴在麦草上，背部随着抽噎而起伏。他准是听到了她抬起门闩的声音，但他方寸已乱，顾不上去想，也没抬头看。

格温达跪在他身边，轻柔地抚摸着他浓密的头发。他没作出任何反应。她很少触碰他，捋着他的头发有一种说不出的愉悦。她的摩挲似乎安抚了他，因为他的哭泣渐渐止息了。

过了一会，她大着胆子躺到了他身边。她原以为他会推开她的，但他没有。他转过脸来对着她，眼睛仍旧闭着。她用衣袖轻拭他的脸，抹去他的泪水。她离他这么近而且还得以做出这亲昵的小动作让她很激动。她渴望亲吻他闭着的眼睛，但她怕那会过分唐突，所以就控制着自己。

几分钟之后，她意识到他已睡着了。

她很高兴。这表明与她在一起他感到多么舒服，还意味着她可以留在他身边，至少到他睡醒为止。

那是秋天，夜间很冷。在伍尔夫里克的呼吸逐渐缓慢平稳之后，她悄悄起身从墙壁的钉子上取下毛毯。她用毛毯把他盖严。他没受惊动地继续酣睡。

尽管空气清冷，她还是从头脱掉裙袍，赤裸着躺在他身边，拽好毯子，把两人盖住。

她靠近他，把面颊贴到他胸前。她能够听到他的心跳，感到他呼出的气息掠过她的头顶。他的高大的身躯温暖了她。月亮这时落了下去，屋里变得一片漆黑。她觉得自己可以这样待上一辈子。

她没有睡觉。她无意浪费如此宝贵的时刻的任何片刻。她珍惜着每一分钟，知道这样的时光可能再不会有了。她小心翼翼地触碰着他，唯恐把他惊醒。隔着他薄薄的羊毛衫，她的指尖探索着他的胸肌和背肌，他的肋骨和臀部，他的肩头和肘顶。

他在睡眠中动了好几次。他转身仰卧着，这时她就把头靠在他的肩上，一条手臂搭在他平坦的肚皮上。后来他转过身去，这次她紧紧靠着他，让自己贴着他那弯成S形的身体：把乳房抵在他的宽背上，下身挨着他的臀部，膝盖顶着他的膝弯。后来他又翻身过来对着她，一条胳膊甩过来搂住她的双肩，一条腿压住她的两条大腿。他的腿沉得压着她生疼，但她品味着这种疼痛，证明自己不是在做梦。

不过，他倒是做梦了。半夜时分，他突然亲吻了她，把舌头伸进了她的嘴里，还用一只手握住她的一个乳房。在他笨拙地抚摸着她的时候，她感到他挺起了。一时之间，她感到稀里糊涂。他可以随便拿她怎么办，但他居然一点不懂温柔，这可不像他。她把一只手伸下去握住他的那东西，它已经从他内裤的开口中顶出来了。随后，还是同样突然地，他又转身仰卧，呼吸恢复了节奏，这时她才醒悟，他一直都没醒，只是在梦中接触了她。他无疑是梦到了安妮特，意识到这一点，她后悔莫及。

她没有睡觉，但她做着清醒的梦。她幻想着他把她介绍给一个生人，说："这是我妻子格温达。"她看到自己怀孕了，但还在地里干活，并且在中午昏倒了；在她的想象之中，他抱起她回家，用凉水给她洗脸。她看到他成了老人，和他俩的孙辈嬉戏，沉溺在他们当中，给他们苹果和蜂蜜吃。

孙子女？她悲苦地想。从他让她搂着他哭着入睡起，还要花费多少力气才能建起那样一座大厦啊。

当她如此想的时候，天已经快破晓了，她待在天堂里的时间很快就要过去了，他已开始动弹。他的呼吸变得不那么均匀了。他滚成仰面的姿势。她的一条胳膊落到他胸口上，她就让它留在那儿，把手伸到他的臂下。过了一会儿，她觉得他醒了，正在想事。她躺着不动，唯恐她一说话或一动，会打破这美好的时刻。

他终于转过身来对着她了。他用一条胳膊搂着她，她感到他的手掌在她后背光溜的皮肤上。他在那儿摩挲着她，但她不清楚这一抚摩的含义：他似乎在探索，惊讶地发现她是赤裸着身体的。他的手向上摸到她的后颈，又一路下去摸到她的屁股沟。

他总算开口了。仿佛担心被人偷听似的，他悄声说："她嫁给了他。"

格温达也耳语作答："是的。"

"她的爱很容易动摇。"

"真正的爱是绝不会动摇的。"

他的手还停留在她的臀部，越来越疯狂地接近了她想让他摸的地方。

他说："我该不该从此再不爱她？"

格温达拿起他的手，移动着。"她有两只乳房，就像这里。"她说，还在低声耳语。她不知道为什么要这样：本能引导着她，她不管是好是坏，都跟着本能走。

他低声喘着气，她感到他的手轻柔地握拢了一只乳房，然后是另一只。

"她这儿长着毛，像这里。"她说，又移动起他的手。他的呼吸急促起来。她把他的手留在那儿，开始探索他羊毛衫下的躯体，发现他勃起了。她抓住他，说："她的手感觉就像这样。"他开始有节奏地扭动起臀部。

她突然觉得害怕，担心这样的动作还没有充分做足就要过去了。她并不想那样。此时此刻，要么是一切，要么就是什么都没有。她轻轻地推着他仰面躺着，自己迅速坐起来，劈开他的双腿。"她那里边又热又湿。"她说着，便俯身趴到他身上。虽然她有过一次，但与这次毫不相同，她觉得都充满了，可还嫌不够。她在他臀部上翘时，抵着他向下动，然后在他收回时她再向上。她低下头凑到他脸上，亲吻着他长着浅髭的嘴。

他用双手捧着她的头，回吻着她。

“她爱你，”格温达悄声告诉他，“她太爱你了。”

他激动地叫出了声，她上下摇动着，像野马一样颠着臀部，直到她感到他到了她体内，他最后叫了一声，然后说：“噢，我也爱你！我爱，安妮特！”

二八

伍尔夫里克又入睡了，但格温达却睁眼躺着。她太激动了，难以成眠。她赢得了他的爱——她知道这一点。她有点假装是安妮特其实无关紧要。他如饥似渴地和她做爱，而且事后又这样甜蜜和感激地亲吻她，使她感到他永远是她的了。

当她的心跳不再那么剧烈，她的头脑冷静下来之后，她想到了他的继承权问题。她不甘心就此罢休，尤其是现在。外面已经露出曙光，她理了理思路为了不要忘掉。伍尔夫里克醒来时，她说：“我要去王桥。”

他很奇怪。“干吗?”

“去想想办法看看你还能不能继承。”

“怎么办?”

“我不知道。不过拉尔夫还没有把地给别人呢，所以还有机会。而且你该理所当然地得到那土地——你这么努力干活，又吃了那样的苦。”

“你打算怎么办?”

“我要去见我哥哥菲利蒙。他比我们更懂这种事。他该知道我们需要做什么。”

伍尔夫里克奇怪地看着她。

她说：“怎么了?”

他说：“你当真爱我，是吗?”

她充满了幸福地莞尔一笑，说：“咱们再来一次吧，好吗?”

第二天上午，她已经来到王桥修道院，坐在菜地旁边的石凳上，等候菲利蒙了。从韦格利来的长途跋涉中，她的头脑中掠过礼拜天夜里的每一秒钟，回味着肉体的快感，冥想着说过的话。伍尔夫里克还是没说他爱她，却说了：“你真爱我。”而且他看来很高兴她爱他，尽管对她激情的力量有些迷惑。

她渴望着把他生来的权利争取回来。她的那种心情简直和渴望他一样了。她想要为他们俩要回土地。即使他像她父亲一样是个无地的雇工，她也要抓住这机会嫁给他；但她想为他们俩创造更好的条件，她打定主意要得到土地。

当菲利蒙从修道院来到菜园和她会面时，她当即看到他穿的是见习修士的袍服。“霍尔格!”她叫道，在惊奇之中用了他的真名，“你是见习修士了——这可是你一直向往的!”

他得意地微笑着，宽厚地不去在意她用了他的旧名字。“这是戈德温当上副院长之后的最先的行动之一，”他说，“他是个十分杰出的人。为他服务真是荣幸。”他在她身边坐到石凳上。那是个和煦的秋日，多云但干爽。

“你的课程上得怎么样了?”

“很慢。长大以后再学读书写字挺难的。”他做了个怪样，“年轻人的进步比较快。但我现在能用拉丁文抄写主祷文了。”

她很羡慕他。她连自己的名字还不会写呢。“那可太妙了!”她说。她哥哥已经上路去实现他人生的梦想，成为了修士。也许见习修士的地位可以改善毫无价值的感觉，她觉得一定是这么回事，这也解释了他有时欺诈狡猾的原因。

“你怎么样了?”他说,“你到王桥来干吗?”

“你知道拉尔夫·菲茨杰拉德已经当上韦格利的领主了吗?”

“知道。他就在这镇上,待在贝尔客栈,尽情作乐呢。”

“他已经拒绝让伍尔夫里克继承他父亲的土地了。”她跟菲利蒙讲了事情的经过,“我想知道这决定是不是还有争论的余地。”

菲利蒙摇着头。“简短的回答是否定的。当然,伍尔夫里克可以向伯爵申诉,要求他推翻拉尔夫的决定,但除非伯爵有个人的筹码,他是不会干预的。即使他认为这决定不公——这是显而易见的——他也不会破坏一个新任命的人的权威。可这与你有什么相干?我以为伍尔夫里克要娶安妮特呢。”

“拉尔夫宣布了他的决定之后,安妮特就甩了伍尔夫里克,嫁给比利·霍华德了。”

“如今你有机会跟伍尔夫里克了。”

“我想是吧。”她觉得自己脸红了。

“你怎么知道呢?”他滑头地问。

“我利用了他,”她承认道,“在他为婚礼意乱神迷的时候,我上了他的床。”

“别担心。我们出身贫苦的人只能使点手腕来得到我们想要的东西。顾虑重重是有特权的人才会的。”

她其实并不想听他这么讲话。有时候他似乎认为,有了他们困苦的童年,如何行事都是可以原谅的。但是她太失望了,顾不上多操那些心。“我当真无能为力了吗?”

“噢,我没那么说。我只是说,这事再难以争论了。不过,可以把拉尔夫说得改变主意。”

“我是说不服他的,我敢说。”

“我不知道。你干吗不去见见戈德温的表妹凯瑞丝呢?你们俩从小就是好朋友。她会尽力帮助你的。而她又和拉尔夫的哥哥梅尔辛过从甚密。说不定他能想出什么办法来呢。”

只要有希望就聊胜于无。格温达站起身要走。“我马上就去见她。”她俯身要和哥哥吻别，随后才想起他如今不准进行这样的接触了。于是她只拍了一下他的手，看起来已经很不一般了。

“我会为你祈祷的。”他说。

凯瑞丝的家和修道院对门。格温达走进去时，厨房里没人，但她听到客厅里有说话声，埃德蒙通常都在那里谈生意。厨师塔蒂告诉她，凯瑞丝和她父亲在一起。格温达坐下来等，无聊地踏着脚，但没过多久，门就开了。

埃德蒙由一个她不认识的人陪着走了出来。那人身材高大，扁平的鼻子使那张脸有一种目空一切的模样。他身穿一件教士的黑袍，但没戴十字架或其他神圣的象征物。埃德蒙和蔼地向格温达点点头，向那陌生人说：“我陪你走回修道院去吧。”

凯瑞丝在两个男人身后走出了客厅，她拥抱了格温达。“那人是谁?”那人一出门，格温达马上就问。

“他名叫格利高里·朗费罗。他是戈德温副院长聘请的律师。”

“雇他干吗?”

“罗兰伯爵阻止了修道院从自己的采石场采石料。他要每辆车取一便士的税。戈德温要向国王申诉。”

“你也卷进去了?”

“格利高里认为，我们可以抗辩说，没有桥，这镇子就没法缴税了。这是说服国王的最好办法，他说。所以我父亲要和戈德温一起去王家法庭听证。”

“你也去吗?”

“去。不过告诉我你来这儿干吗?”

“我和伍尔夫里克睡过了。”

凯瑞丝笑了。“真的？总算成了？是怎么回事？”

“妙极了。他睡觉的时候我一整宿都躺在他身边，等他醒来，我……就劝服了他。”

“再多讲些，我想听听细节。”

格温达给凯瑞丝原原本本地讲了。最后，尽管她迫不及待地要说出她到来的真正目的，她还是说道：“但我有一种感觉，你也有同样的新闻。”

凯瑞丝点点头。“我和梅尔辛睡过了。我告诉他我不想结婚，他就去见那头肥母猪贝茜·贝尔，我想到她冲着他挺着乳头，简直气急败坏了——后来他回来了，我可以和他干那事了，真高兴死了。”

“你喜欢那事吗？”

“喜欢。那是从来没有过的最美的事情呢。而且越来越美。我们只要有机会就干。”

“你要是怀了孕可怎么办呢？”

“我甚至连想也没想过呢。真怀了孕我也不在乎。有一次——”她压低了声音，“有一次，我们在林子的一个池塘里洗澡，洗完之后他舔了我……那下边。”

“噢，真恶心！是什么感觉？”

“棒极了，他也喜欢那样。”

“你没舔他？”

“舔了。”

“可是他……”

凯瑞丝点点头。“在我嘴里。”

“不难闻吗？”

凯瑞丝耸耸肩。“味道挺有趣的……可是那感觉可激动了。而且他特别享受。”

格温达既惊奇又感兴趣。或许她也该对伍尔夫里克这样做。她知道有一处地方他们可以洗澡，那是林中的一条小溪，远离任何一条大路……

凯瑞丝说："你跑那么远路到这儿来，不会只跟我说伍尔夫里克的事吧。"

"不止。是关于他的继承权的事。"格温达解释了拉尔夫的决定，"菲利蒙认为梅尔辛也许能劝说拉尔夫改变主意。"

凯瑞丝悲观地摇起头。"我怀疑。他们刚吵过架。"

"噢，糟了！"

"是拉尔夫拦住大车不让离开采石场。不巧的是，当时梅尔辛刚好在那儿。他们干了一架。车夫本杀死了伯爵的一名扈从，拉尔夫又杀了本。"

格温达深叹一口气。"莉比的小孩子才两岁啊！"

"如今小本尼没有父亲了。"

格温达为莉比也为她自己难过。"这么说哥哥的影响没有用了。"

"无论如何咱们还是去见见梅尔辛吧。他今天在麻风病人岛干活儿。"

她们出门沿主街来到河边。格温达垂头丧气。人人都相信她机会不大。太不公平了。

她们找到船夫伊恩把她们摆渡到岛上。凯瑞丝解释说，老桥将由两座新桥来取代，这岛就是两桥间的踏脚石。

她们找到梅尔辛时，他正和他的男孩助手，十四岁的吉米安排新桥的桥台。他的量尺是一根两人高的铁钎，他正在把尖头的一端敲进多石的地面，标出挖地基的地点。

格温达看着凯瑞丝和梅尔辛接吻的方式。很不一样。他俩彼此的身体有一种看来很新颖的亲昵味道。与格温达对伍尔夫里克的感受堪有一比。他的身体不仅吸引人，而且让她的身体得到享受。那似乎是属于她的，她自身才有的方式。

她和凯瑞丝看着梅尔辛把活儿——在两根桩子间系一条双股绳——干完。随后他告诉吉米把工具收拾起来。

格温达说：“我看，没有石头你就干不成了。”

“还有些准备工作可做。不过我已经把所有的石匠都派到采石场去了。他们在那里加工石料而不在这儿的工地上干了。我们在建一个石料堆。”

“这样，在王家法庭的官司一打赢，就能马上动工建桥了。”

“我希望如此吧。那还要看官司要打多久——再加上天气的因素。我们不能在严冬里施工，以免灰浆上冻。现在已经是十月了。我们通常都在十一月中停工。”他抬头看看天。“今年可能要干得长一点——雨云保持了地面的温暖。”

格温达把她的想法告诉了他。

“我恨不得能帮助你呢，”梅尔辛说，“伍尔夫里克是个正派人，那场打斗完全是拉尔夫的错。可是我已经和我弟弟吵翻了。我得先跟他和好，然后才谈得上求他帮忙。而我无法原谅他杀害了车夫本的罪行。”

这已经是连续第三次的否定回答了，格温达心情十分郁闷，也许这是一个愚蠢的差事。

凯瑞丝说：“你只好自己来试一试了。”

“是啊，我会的。”格温达果断地说。现在该停止求人帮忙，而要开始靠自己了——这其实是她一辈子要走的路。“拉尔夫这会儿就在这镇上，是吧？”

“是的，”梅尔辛说，“他来告诉我们的父母关于他提升的好消息。他们是全郡唯一为他庆祝的人。”

“可他没有和他们待在一起啊。”

“他如今了不起了，不能住在那样的地方了。他在贝尔客栈。”

“要劝他，最好的办法是什么呢?”

梅尔辛思考了一阵儿。“拉尔夫感受到了我们父亲的耻辱——一名骑士降到吃修道院救济的地步。他要做看来能够提高他的社会地位的任何事。”

格温达在船夫伊恩把他们一行人渡回城里的路上想着这件事。她该如何提出要求让拉尔夫提高他的立足点呢？她和大家走上主街时，已是正午时分。梅尔辛到凯瑞丝家去吃饭，凯瑞丝请格温达也去，但她急于去见拉尔夫，就去了贝尔客栈。

一个侍童告诉她，拉尔夫在楼上最后面的房间里。大多数客人都住在大宿舍里：拉尔夫强调他新晋的地位，要占一整个房间——格温达心酸地想，费用可是歉收的韦格利农人支付啊。

她敲了门，就走了进去。

拉尔夫和他的扈从阿兰·弗恩希尔待在屋里，阿兰是个宽肩膀、小脑瓜的十八岁上下的青年。在他俩中间的桌上摆着一罐淡啤酒、一长条面包和一块冒着热气的牛排。他们正要结束午餐，看来对他们过的日子相当满足，格温达心想。她希望他们没有喝得太醉：醉醺醺的男人是不能和女人谈话的；他们只会说些下流话并且对各人的小聪明开怀大笑。

拉尔夫睨着她：房间里光线不足。“你是我的一个佃户吧，是吗?”

“不是，老爷，我倒愿意是呢。我叫格温达，我父亲叫乔比，是个无地的雇农。”

“你从村里跑那么远到这儿来干吗？又不是赶集的日子。”

她往前迈了一步，以便把他的脸看得清楚些。“老爷，我来为已故的塞缪尔的儿子伍尔夫里克求情。我知道有一次他对你表现得不够尊重，可是从那时起，他经受了约伯的折磨。他的父母和兄弟在塌桥时死了，家里的全部钱财都丢了，如今，他的未婚妻嫁给了别人。我希望你会感到上帝已经为他对你做下的错事严厉地惩罚了他，是你显示仁慈的时候了。”她想起梅尔辛的忠告，又补充说：“真正贵族的仁慈特性。”

他打了个饱嗝，叹息了一声。“伍尔夫里克能不能继承，干你什么事呢？”

“我爱他，老爷。如今他被安妮特甩了，我希望他能娶我——当然要得到你开恩允准。”

“走近点。”他说。

她走到房间中央，站在他面前。

他的目光把她从头到脚打量了一通。“你不算漂亮妞，”他说，“可你身上还有那么点味道。你是处女吗？”

“老爷——我……我……”

“显然不是啦，”他放声大笑，“你跟伍尔夫里克睡过觉吗？”

“没有！”

“撒谎。”他自鸣得意地狞笑着，“好吧，要是我让伍尔夫里克最后得到了他父亲的土地，又怎么样呢？我也许会的。那又怎么样？”

“你会被韦格利和全世界都称作一位真正的贵族。”

“我才不管什么全世界呢。不过你会感激我吗？”

格温达有一种可怕的感觉：她明白这是要往哪儿引导了。“当然啦，感激不尽呢。”

“你要怎么表示呢？”

她向门边退去。“只要不是羞耻，让我做什么都行。”

“你愿意脱掉衣裙吗？”

她的心往下一沉。“不，老爷。”

“啊，那就别这么正经了。”

她到了门口，而且摸到了门把手，但她没有出去。“你要我做……什么，老爷?”

“我想看看你赤裸的样子。然后再做决定。”

“在这儿?”

“对。”

她看了阿兰一眼。“当着他的面?”

“对。”

向这两个男人露出自己的身体看来不算什么——与赢回伍尔夫里克的继承权相比，这代价还值。

她麻利地解下腰带，从头上脱掉衣裙。她一手提着衣服，另一只手还握着门把手，挑战地瞪着拉尔夫。他贪馋地看着她的身体，又得意地狞笑着瞥了一眼他的同伴，格温达看出来，这是显示他权势的一种手段。

拉尔夫说：“一只丑母牛，可两只奶还不赖——嘿，阿兰?”

阿兰应道：“我不会爬上她身子逗你一乐的。”

拉尔夫哈哈大笑。

格温达说：“现在你可以同意我的请求了吗?”

拉尔夫把一只手放到他的裤裆，开始捋自己。“跟我躺着，”他说，“上床去。”

“不。”

“来吧——你已经跟伍尔夫里克干过了，你不是处女了。”

“不。”

“想想那块土地吧——九十英亩呢，他父亲的全部所有。”

她想着。要是她同意了，伍尔夫里克就会满足心愿——而他俩在生活中就会有许多指望。如果她拒绝下去，伍尔夫里克就会像乔比一样成为无地的雇工，一辈子苦苦挣扎着来养活孩子，而且往往会失败。

她心里还在翻腾。拉尔夫是个令人不快的男人，心胸狭窄，报复心强，是个恶霸——一点不像他哥哥。虽说他生得高大英俊也无法弥补。和一个她如此厌恶的人躺在一起太恶心了。

而她昨天才刚刚和伍尔夫里克干那事，这使她想到要和拉尔夫发生关系就更反感了。在她和伍尔夫里克幸福地亲昵了一夜之后，再跟另一个男人干同样的事将是可怕的背叛。

她告诉自己：别犯傻了。为了五分钟的不愉快，你要让自己受一辈子苦吗？她想到了她母亲和死去的那些婴儿。她回忆起她和菲利蒙被迫去偷窃的事。向拉尔夫出卖一次肉体，仅仅几分钟，不是要强过让她未来的孩子们终生受穷吗？

她犹豫不决时，拉尔夫不动声色。他够狡猾的：他说出的任何话只能加强她的憎恶。保持沉默才对他最为有利。

“求你了，”格温达终于开口了，“别让我这么做了。”

“啊，”他说，“这就告诉我，你愿意了。”

“这是罪孽。”她绝望地说。她并不时常把罪孽挂在嘴边，但她觉得这是可能打动他的一次机会。“你提出来是罪孽，我答应了也是罪孽。”

“罪孽是可以得到宽恕的。”

“你哥哥会怎样看你？”

这让他一时语塞了。一时间他像是迟疑了。

“求你了。”她说，“就让伍尔夫里克继承吧。”

他的面孔又板了起来。“我已经作出了决定。我不打算更改——除非你能说服我。而说求我是没用的。”他的眼睛里闪着色迷迷的光，而且喘气也有些急促了，他的嘴张开着，髭后的嘴唇湿润了。

她把衣服撂到了地上，向床边走去。

“跪在垫子上，”拉尔夫说，“不，别面对着我。”

她照他说的做了。

“最好从这边看，”他说，阿兰高声大笑。格温达不知道阿兰会不会留在屋里看着，但这时拉尔夫发话了：“你出去。”跟着门就一响又关上了。

拉尔夫在格温达身后跪在了床上。她闭上眼睛，祈祷着宽恕。她感到他的粗大手指在摸着她。她听到他啐了一口，然后便用一只湿手抹着她。过了一会儿，他进了她里边。她耻辱地呻吟着。

拉尔夫误解了那声音，说：“你喜欢，是吧？”

她不知道这要延续多长。他开始有节奏地动着。为了减轻那种不舒服，她只好随他动着。他得意地笑着，以为他激起了她的性欲。她最大的担心是这会毁掉她全部的做爱体验。将来，当她和伍尔夫里克一起睡的时候，她会想到这一时刻吗？

这时，让她恐惧的是，一股温暖的快感开始传遍她的下身。她觉得自己的脸羞红了。尽管她有强烈的抵触情绪，她的肉体却背叛了她，她里面渗出了湿润的液体，让他的插入减少了摩擦。他觉出了这变化，就加快了动作。她厌恶自己，便停止了配合他的节奏；但他抓着她的臀部，收收送送地，她无助地抵抗着。她难过地想起，那次在树林里跟阿尔文时，她的肉体也曾同样地伤害了她。当时和现在一样，她曾想要她的肉体如木雕泥塑一般麻木；可是两次，她的肉体都违背她意志地呼应了。

她那次用阿尔文自己的刀杀死了他。

即使她想这么做，她也杀不了拉尔夫，因为他在她身后。她看不到他，对自己的肉体也控制不了。她在他的掌握之中。当她感到他在接近高潮时，心中窃喜。马上就要过去了。她感到她自己的下体有一种响应的压力。她竭力要自己的肉体麻木，头脑茫然：要是她也达到了高潮，可就太丢脸了。她感到拉尔夫射到了她体内，她颤抖起来，不是出于欢乐，而是出于厌恶。

他满意地叹息一声，抽出来，仰卧在床。

她起身迅速地穿上了衣裙。

“比我预想的要好。”他说，像是对她客气地赞扬。

她走出去，砰地关上了门。

下一个礼拜天，去教堂之前，内森总管来到伍尔夫里克的家。

格温达和伍尔夫里克正坐在厨房。他们刚吃完早餐，清扫过房间，此时伍尔夫里克在缝一条皮裤，而格温达用绳子编带子。他们靠近窗户坐着，那儿的光线亮些——天又下雨了。

格温达假装还住在仓房，这样就不会触犯加斯帕德神父了，但实际上每夜她都和伍尔夫里克在一起。他不提结婚的事，让她很失望。不过，他们多多少少像夫妻一样过着日子。有意成婚的人，一旦能够应付规矩礼法，常常都是这样做的。贵族和绅士没有这种通融，但在农人中，人们通常不在乎那些。

如她所担心的，她与他做爱时感到很奇特，她越想把拉尔夫排出脑海，他越是要闯进来。所幸，伍尔夫里克始终没注意到她的情绪。他和她做爱时投入了极大的热情，感到了充分的欢乐，几乎把她负罪的良知淹没了——但毕竟不够彻底。

不过她想到他终会继承他家的土地时，还是感到了慰藉。这就弥补了一切。她当然不能告诉他这件事，因为那样就需要解释是什么原因使拉尔夫改变了主意。她跟他讲了和菲利蒙、凯瑞丝及梅尔辛的谈话，也告诉了他她遇到拉尔夫的部分情节，只说他答应再考虑考虑。因此，伍尔夫里克虽然没感到胜利，倒还抱着希望。

“到领主宅邸去，马上，你们俩都要去。”内森说，把他那湿漉漉的头伸进门来。

格温达说：“拉尔夫老爷要干吗呀？”

“要是你对提出的事情不感兴趣，你是不是就不想去了？”内森反问着，“甭问愚蠢的问题，去就是了。”

她在头上围了块毯子，就向宅邸走去。她还是没有一件披风。伍尔夫里克卖掉粮食后就有钱了，是可以给她买一件的，但他得存着缴遗产税。

他们冒雨匆匆赶往领主的宅邸。那是一栋小型的贵族城堡，有一座大厅，厅里有一张长桌。二层不大，叫作太阳屋，是领主的私人房间。这里如今显出住着男人却没有女主人的迹象：墙上没有挂壁毯，地上的干草发出刺鼻的气味，狗冲着新来的人乱叫，老鼠啃着橱柜里的面包干。

拉尔夫坐在长桌的尽头，右手是阿兰——他冲着格温达怪笑，她尽力不去理睬。不一会儿，内森过来了。跟在他身后的是狡猾肥胖的珀金，一边搓着手，一边谄媚地点头哈腰，他的头发油腻腻的，看着像是戴了一顶皮制小帽。跟珀金在一起的，是他的新女婿比利·霍华德。比利向伍尔夫里克投来得意的一瞥；他心里想着：我把你的姑娘弄到手啦，现在我就要把你的土地弄到手了。他将要受一个打击。

内森坐在拉尔夫的左侧。其余的人都站着。

格温达一直在期盼这一刻。这是对她作出牺牲的回报。她急切地设想着，当伍尔夫里克终于得以继承时脸上会是什么表情。他会喜出望外，她也会乐不可支。他们的前途有了保障，或者至少在天气难测和粮价不稳的世界上有了保障的可能。

拉尔夫说：“三个星期以前，我说过塞缪尔的儿子伍尔夫里克不能继承他父亲的土地，因为他太年轻。”他一字一顿地说得很慢。格温达心想，他喜欢这样：坐在长桌的头上，宣布成命，人人都得吊着胃口听他讲话。“伍尔夫里克从那时起一直在地里干活，同时我也在考虑谁应该继承老塞缪尔。”他顿了顿，然后说，“但我已经渐渐怀疑起我对伍尔夫里克的回绝了。”

珀金吃了一惊。他一直对获胜把握十足，这话出乎他的意料。

比利·霍华德说：“这是怎么回事？我还以为内特——”这时珀金用臂肘捅了他一下，他便住了口。

格温达禁不住浮起了胜利的微笑。

拉尔夫说：“伍尔夫里克虽然年轻，却显示他很能干。”

珀金瞪了内森一眼。格温达猜想，准是内森答应了把土地给珀金。说不定贿金已经付过了。

内森的吃惊程度不亚于珀金。他微张着嘴盯着拉尔夫看了一阵子，转脸对珀金做了个受阻的表情，然后疑心重重地看着格温达。

拉尔夫补充说：“他在这方面得到了格温达的大力支持，她的力量和忠诚给我印象很深。”

内森瞪着她，转动脑筋。她知道他在想什么。他明白了，她插了一手，但他不知道她如何让拉尔夫改变了主张。他甚至可能猜到了实情。就算他猜到了，她也不在乎，只要伍尔夫里克蒙在鼓里就成。

内森像是突然间作出了决定。他站起身，把驼背的身体隔着桌角向拉尔夫凑过去。他对拉尔夫低声耳语。格温达听不见他说些什么。

“真的？”拉尔夫用正常的调门说，“多少？”

内森转向珀金，对他嘀咕着。

格温达说：“等一等！这么嘀嘀咕咕干吗？”

珀金面带怒色，不情愿地说：“好吧，就这样。”

“什么好吧？”格温达担心地问。

“翻一番？”内森说。

珀金点点头。

格温达有了一种恐惧的感觉。

内森出声说道：“珀金提出要付遗产税加倍的钱，也就是五镑。”

拉尔夫说：“那就不一样了。”

格温达叫道：“不行！”

伍尔夫里克第一次开口了。“遗产税是按习惯定的，在采邑的记事上写着呢，”他用他那正变声的嗓音缓缓说道，“这没什么可商量的。”

内森马上接口：“遗产税是可以改变的嘛。《末日审判书》上并没写着哟。”

拉尔夫说：“你们俩是律师吗？要不是，就闭嘴。遗产就是两镑十先令。其他的转手费用与你无关。”

格温达害怕地意识到，拉尔夫已经在背弃诺言的边缘了。她用低声斥责的嗓音，缓慢而清晰地说：“你答应过我的。”

“我为什么要那么做呢？”拉尔夫说。

这是一个她无法回答的问题。“因为我求过你。”她无力地答道。

“我当时说我要重新考虑。可我没作承诺。”

她无力使他说话算话。一切努力全化为乌有：长途跋涉到王桥，在他和阿兰面前忍受着赤身裸体的侮辱求告，她在拉尔夫床上不顾羞耻的行为。她背叛了伍尔夫里克，可他还是继承不到土地。她伸出一根手指对着拉尔夫，痛苦地说：“上帝会罚你入地狱的，拉尔夫·菲茨杰拉德。”

他面色苍白了。尽人皆知，一个真正受到冤枉的女人的诅咒是有力的。“小心点你说的话，”他答道，“我们对念咒的女巫是要惩罚的。”

格温达退了回去。没有哪个女人对这样的威胁会镇定自若的。指控一个人使用巫术轻而易举，而且难以辩驳。但她仍禁不住说：“今生逃过正义的人会在下世遭报应的。”

拉尔夫不去理会，他转向珀金。“钱在哪儿?”

珀金还没有富到可以向人们炫耀他放钱的地方。“我马上就去取，老爷。”他说。

伍尔夫里克说：“走吧，格温达。这地方是不会对我们发慈悲的。”

格温达强忍着没流下泪水。气愤已让位给悲痛。他们尽了一切努力，还是打了败仗。她转过身去，低头隐藏着自己的感情。

珀金说：“等一等，伍尔夫里克。你需要有人雇用——而我需要人手。给我干活吧。我付给你一天一便士的工钱。”

伍尔夫里克脸红了，给他的活计是在他家原先拥有的土地做雇工，让他蒙羞。

珀金补充说：“格温达，我也雇你。你们俩都年轻肯干。”

格温达看出来，他并无恶意。他就是一门心思追求他个人的利益，他急于雇两个年轻的壮劳力帮他耕种他并购过来的土地。他并不在意，甚或不清楚，对伍尔夫里克这是最大的羞辱。

珀金说：“那就是你们俩一月一先令。你们能挣不少呢。”

伍尔夫里克满脸痛苦。“在我家拥有了几十年的土地上干活挣钱吗?”他说，“绝不。”他转身离开了宅邸。

格温达紧随着他，心想：现在我们该怎么办?

二九

西敏寺大厅极其雄伟，要大于一些大教堂。其长度和高度令人叹为观止，高高的天花板由双排的高大支柱支撑着。在西敏寺宫中，这里是最重要的房间。

罗兰伯爵在这里完全有归家之感，而戈德温却觉得愤愤不满。伯爵和他的儿子威廉穿着时髦的衣服——裤腿一条红，一条黑，大摇大摆地在周围走动。伯爵们彼此熟识，大多数男爵也互不陌生，他们拍着朋友的肩膀，互相打趣，以他们自己的方式笑骂着。戈德温想提醒他们，在这个房间里进行的审判活动，有权判处他们任何人的死刑，哪怕他们是贵族。

他和他的随从都很安静，只在他们自己人中间谈话，而且声音压得很低。他不得不承认，这并非出于敬意，而是因为紧张。戈德温、埃德蒙和凯瑞丝在这儿都很不自在。此前他们谁也没到过伦敦。他们唯一的相识是博纳文图拉·卡罗利，而他又不在。他们不认识周边的道路，他们的衣服都是旧式的，他们带来的钱——原以为够多的了——也就要花完了。

埃德蒙一向无所畏惧，而凯瑞丝像是六神无主——仿佛她脑子里还有更重要的事，尽管这不大可能——但戈德温却是忧心忡忡。他是个刚当选的副院长，却要向这片国土上一位最大的贵族挑战。问题关乎镇子的前途。没有桥，王桥就要衰亡。目前是英格兰最大城镇之一的王桥跳动着的心脏的修道院，就会蜕化为一个小村落的孤独的据点，只剩下少数修士在摇摇欲坠的大教堂空荡回响的境况中虔诚祷告。戈德温争当副院长，可不是要看着这里衰败为尘土。

因为这么些危险，他想要控制事件的发展，他自信聪明过人，当他在王桥时就是这么想的。但在这里，却感到势得其反，心中没底让他垂头丧气。

他的慰藉是格利高里·朗费罗。他是戈德温大学时代的朋友。他的奇特思维很适合干法律这一行。他对王家法庭了若指掌。他的果敢进取引导着戈德温穿过了法律的迷宫。他把修道院的申诉递交给国会，这种事对他早已是轻车熟路了。不消说，国会不经辩论就转给了国王的枢密院，那是要由大法官监督的。大法官的律师班底——他们都是格利高里的朋友或相识——会把案情提供给国王的高等法院，他们处理的争议案件都是国王感兴趣的；但格利高里又一次预见到，他们认为，如此区区小事不宜惊动国王，而是把案子交给了民事法庭。

这一切进行了整整六个星期。此时已至十一月末，天气渐冷了。建筑季节临近尾声。

今天，他们终于站到了威尔伯特·威特菲尔德爵士面前，他是一位经验老到的法官，据说被国王所喜欢。威尔伯特爵士是北方一位男爵的次子，其长兄继承了爵位和地产，而威尔伯特就受训为教士，研习法律，来到伦敦，在王家法庭中得到宠信。格利高里警告说，他会倾向于一位伯爵而反对教士；但他会把国王的利益凌驾于一切之上。

法官坐在殿中东墙前的一把高座上，在遥望绿地和泰晤士河的窗户之间。他前面是坐在长桌前的两名书记。当事人都没有座位。

"阁下，夏陵伯爵派兵封锁了王桥修道院所属的采石场，"威尔伯特爵士刚一看他，格利高里马上说，他的声音由于激动气愤而颤抖，"位于伯爵领地内的采石场，在二百年前就由国王亨利一世赐给了修道院。一份证书的抄件已经送交法庭。"

威尔伯特爵士鹤发童颜，模样很英俊，只是在开口讲话时露出了蛀牙。"证书就在我面前。"他说。

罗兰伯爵不等邀请径自开了腔。"赐给修士们采石场是让他们能够建造大教堂。"他用让人听着不耐烦的慢吞吞的语气说。

格利高里马上接口："但证书上并没有限制采石场用于其他目的。"

"现在他们想建一座桥。"罗兰说道。

"以便替代那座在圣灵降临节坍塌的桥——那座桥本身是几百年前建的，木料还是国王赏的呢！"格利高里说话的口气像是伯爵的每一个字眼都让他义愤填膺。

“重建一座原先存在的桥是毋须获准的，”威尔伯特爵士简明地说，“这证书上确实写着国王希望鼓励大教堂的修建，但并没有说，他们在教堂竣工之后，他们的权利就要收回，也没说禁止他们使用石料于其他目的。”

戈德温开心了。法官似乎马上就看到了修道院一方的申辩。

格利高里做了个摊开双手，手心向上的姿势，仿佛法官讲的是昭然若揭的明理。“确实，阁下，这正是历任王桥修道院副院长们和夏陵伯爵们三百年来的共识。”

戈德温知道，这并非完全属实。对于证书，在菲利普副院长时期就有过争议。不过，威尔伯特爵士不知内情，罗兰伯爵也不了解。

罗兰态度高傲，像是与律师们争论有失他的体统，但这容易造成误解：以为他牢牢把握着论点。“证书并没有说，修道院可以逃脱税收。”

格利高里说：“如此说来，伯爵为什么此前从未征过这样的税呢?”

罗兰的答复是现成的。“先前的伯爵宽免了这笔税，作为对大教堂的赞助。那是一种虔诚的行为。但虔诚不会强迫我给一座桥捐助。可是教士们却拒不纳税。”

争论在刹那间却摆向了另一边。戈德温心想，变得好快啊；这跟修士们的例行会议的争论可不一样，那可能会延续几小时的。

格利高里说：“伯爵的人不准从采石场向外运石料，还杀了一个可怜的车夫。”

威尔伯特爵士说：“如此看来，最好将争议尽快解决。就伯爵有权在通过他境内，使用属于他的道路、桥梁和口岸收税一举，不管他此前是否强制执行过，修道院有什么要说的?”

“石料并非经过其采邑，而是产于那里，这相当于对修士收石料之税，是与亨利一世的证书相违背的。”

戈德温沮丧地看到法官似乎对此没有反应。

然而，格利高里还没有说完。“而且历代国王赐予了王桥一座桥梁和一处采石场是有其充分理由的：他们想让修道院和镇子昌盛。而镇教区公会会长就在这里证明，王桥无桥就无法繁荣。”

埃德蒙迈步向前。他那蓬乱的头发和土气的服饰，与周围贵族的锦衣绣袍相比，使他看上去就像个乡巴佬；但他与戈德温不同，毫无畏缩之意。“我是个羊毛商，阁下，”他说，“没有桥，就没有生意。而没有生意，王桥就无法给国王缴税。”

威尔伯特爵士俯身向前。“镇子在最近一次什一税中缴了多少？”

他指的是由国会一次次征收的个人动产税，十分之一或十五分之一。当然，谁也没缴过十分之一——人人少报他们的财产——因此，每个镇或郡所缴数额就变成固定的了，其负担分配的多少还算合理，穷人和贫苦农民根本不缴。

埃德蒙正等着这个问题呢，当即回答说：“一千零十一镑，阁下。”

“塌桥损失的后果呢？”

“如今，我估计什一税不会多于三百镑。但我们镇上的人还在继续做生意，指望着有一天桥能修好。要是这一指望今天在法庭中泡了汤，每年一届的羊毛集市和每周一次的赶集几乎就没有了，从中提取的什一税就要跌落到五十镑以下了。”

“从国王需要的规模来讲，就几近于零了。”法官说。他并没有说出他们尽知的事实：由于过去几周国王刚刚对法兰西宣战，他亟需用钱。

罗兰见缝插针。“这次听证是关于国王财政的吗？”他话中带刺地说。

威尔伯特爵士当然是吓唬不住的，哪怕是出自一位伯爵之口呢。“这是王家法庭，”他和蔼地说，“你指望什么呢?”

“公正。”罗兰回答说。

“你会得到的。”法官没说出来的含义是：不管你喜欢与否。“羊毛商埃德蒙，离你们那里最近的备用市场是哪里?”

“夏陵。”

“啊。这么说你失去的生意会转移到伯爵的镇上。”

“不是，阁下。有些会转移，但更多的就不复存在了。王桥的许多商人无法到夏陵去。”

法官转向罗兰。“夏陵缴的什一税是多少?”

罗兰简短地询问了一下他的秘书杰罗姆神父，然后说：“六百二十镑。”

“加上夏陵市场增加的生意，你能缴一千六百二十镑吗?”

“当然不能。”伯爵愤愤地说。

法官依旧用他平和的语气讲话。“这样，你反对建桥就会造成国王的巨大损失喽。”

“我有我的权力。”罗兰阴沉着脸说。

“而国王有他的权力。你有什么办法可以补偿国库每年一千镑左右的损失吗?”

“可以通过随国王在法兰西作战来补偿——这是羊毛商和修士们永远做不到的!”

“那倒是，”威尔伯特爵士说，“但你们骑士需要付钱的。”

“这就不讲道理了。”罗兰说。他明白他在争议中就要失败了。戈德温尽量不露出获胜的样子。

法官不喜欢把他的审理过程称作不讲道理。他狠狠瞪了罗兰一眼。“当你派你的武装士兵去封锁修道院的采石场时，我敢肯定，你无意损害国王的利益。”他有所期待地顿了一下。

罗兰觉察到这是个陷阱，但他只能给出一个回答。“当然无意。”

“现在对于本法庭，对于你，事情已经澄清：修建新桥对达成国王的目的多么攸关，也能惠及王桥的修道院与该镇的一切，我估计你会同意重开采石场了吧。”

戈德温悟到了威尔伯特爵士是机智的。他在迫使罗兰同意他的裁决，而且今后也难以亲自向国王申诉。

过了很长一段停顿，罗兰说：“是的。”

“还有免税通过你的采邑运送石料。”

罗兰知道他已输了官司。他的声音怀着气恼，又说道：“是的。”

“本案就此结束，”法官说，“下一案。”

这是一场伟大的胜利，可惜来得太迟了。

十一月已经转入十二月。通常，建筑工程到这时就停工了。由于多雨，这一年的霜期会来得迟些，但即使如此，最多也只剩下了两周左右。梅尔辛有好几百吨石料堆在采石场，已经切割成型，就等着铺砌了。然而，需要几个月才能把它们全部运到王桥。罗兰伯爵虽然在法庭上输了官司，但他几乎已经成功地把建桥工程推迟了一年。

凯瑞丝和埃德蒙及戈德温情绪消沉地返回了王桥。她在河流的郊区一侧勒住马，看到梅尔辛已经建起了他的围堰。在流经麻风病人岛两侧的水道中，木桩的顶端已经伸出水面，形成两三英尺高的大圆圈。她记得他曾在公会大厅中解释过，他如何计划把木桩打进河床，形成两圈，然后再在圈间填以灰浆，构成不漏水的封闭圈。围堰内的水就此可以戽出，工匠们就可在河床上打桥基了。

梅尔辛的一名工匠，石匠哈罗德刚好在他们摆渡的船上，凯瑞丝便问他，围堰中水是否已经抽干。“还没呢，”他说，“师傅说要留到我们准备动工建桥时再说。”

凯瑞丝高兴地注意到，梅尔辛尽管年轻，但现在已被称作师傅了。“为什么呢？”她说，“我原以为我们想在万事俱备时马上开工呢。”

“他说，围堰里没水时，水加在堰上的力量就更大了。”

凯瑞丝不明白梅尔辛怎么会懂得这些事。他跟他的第一位师傅乔基姆也就是埃尔弗里克的父亲，学到了入门的本事。他总是和来到镇上的生人，尤其是在佛罗伦萨和罗马见识过高大建筑的那些人，谈得很多。而且他还读了《蒂莫西书》中有关建造大教堂的全部记载。但是，他似乎还有这方面超众的天赋。她永远都想不到一座空心的围堰不如实心的牢固。

虽然他们进城时很低调，但还是想马上把这好消息告诉梅尔辛，看看他还能不能在建筑季节结束之前做些什么。他们只是把马匹交给厩童时耽搁了一会儿，马上就去找他了。他们发现他在位于大教堂西北塔楼上的匠人楼厢里，靠好几盏油灯照明，在描图地面上画着一座女儿墙的设计图。

他从图上抬起头来，看到了他们几个的面容，咧嘴笑了。“我们赢了？”他说。

“我们赢了。”埃德蒙说。

“感谢格利高里·朗费罗。”戈德温补充说，“他花了我们不少钱，可是值了。”

梅尔辛拥抱了两个男人——他至少在这时忘记了和戈德温的争吵。他深情地亲吻了凯瑞丝。“我想你，”他喃喃地说，“都八个星期了！我还觉得你像是永远不回来了。”

她没有回答。她有些重要的事要跟他讲，但她想私下里再说。

她父亲没注意到她一语未发。“好啦，梅尔辛，你可以马上动手造桥了。”

“好的。”

戈德温说：“明天你就可以从采石场运石头回来了——但我担心离冬霜太近，干不了多少啦。”

“我已经想过这事了。”梅尔辛说。他瞥了一眼窗户。才是下午，但十二月的白昼已经黑得像傍晚了。“可能还有点办法吧。”

埃德蒙马上来了热情。“好啊，说出来，孩子！你有什么主意？”

梅尔辛转向副院长。“你能不能对自愿把石料从采石场运回的人颁发一道免罪令？”免罪令是宽恕罪孽的特殊法令。如同赠送钱财一样，可以用来偿付以往的欠债，或者为未来的负债树立信誉。

“我能，”戈德温说，“你是怎么想的？”

梅尔辛转向埃德蒙。“在王桥，有多少人拥有大车？”

“我来想想看，”埃德蒙皱起眉头说，“每一位殷实的商人都有一辆……这样算来，至少总有二百多辆吧。”

“假如我们今晚在镇上转一圈，要求他们所有的人明天都赶上车到采石场去拉石料。”

埃德蒙瞪着梅尔辛，脸上渐渐展开了笑容。“好啊，”他高兴地说，“这倒是个主意！”

“我们要告诉每一个人，别人也都去，”梅尔辛接着说，“就像过节一样。他们的家人可以一起去，他们可以带上吃的和啤酒。要是每个人在两天之内拉回一车石料和碎石，我们就足可以建起桥墩了。”

这太棒了，凯瑞丝不敢相信地想着。这就是他的特点，总能想出别人想不出的主意。可是这能做到吗？

“天气怎么样呢？”戈德温问。

“下雨是遭农人诅咒的，但也推迟了严寒。我想，我们还有一两星期的时间。”

埃德蒙激动了，用他那种一瘸一拐的步子在楼厢上来回踱着。“要是你能在接下来的几天时间造好桥墩……”

“明年年底我们就能建好桥体了。”

“下一年我们就能用桥了吗？”

“不成……不过等一下。我们可以铺设临时的木头桥面，赶得上羊毛集市的。”

“这么说，我们要在后年才有可用的桥梁——只错过一次羊毛集市！”

“我们得在羊毛集市之后完成石铺路面，那么在第三年就会牢固得可以正常使用了。”

“该死，我们就这么干吧！”埃德蒙激动地说。

戈德温慎重地说：“你还要把围堰里的水戽干呢。”

梅尔辛点点头。“这是桩苦活。按照我原来的计划，准备要干两个星期的。不过我还想出了一个主意。先不提它，咱们先把车子组织起来再说。”

他们全都朝门口走去，由于热情满怀而相互友好。在戈德温和埃德蒙走下狭窄的螺旋楼梯之时，凯瑞丝拉住梅尔辛的袖子，把他拽了回来。他还以为她想亲吻，便用双臂搂住她，但她把他推开了。“我有消息。”她说。

“还有？”

“我怀孕了。”

她注视着他的面孔。他起初一惊，红褐色的眉毛扬了起来。随后便眨着眼睛，把头歪向一侧，还耸了耸肩，仿佛是说：这没什么可惊奇的。他笑了，只是有些苦笑，随后便是开怀大笑了。最后，他神采奕奕地说：“太妙了。”

她一时恼恨起他的愚蠢。“不，不是那么回事！”

“为什么不是?”

“因为我不想一辈子做任何人的奴隶，哪怕是我孩子的。”

“奴隶？每一位母亲都是奴隶了?”

“不错！你怎么可能不知道我那种感觉呢?”

他的样子既困惑又痛苦，她虽然也有些想回心转意，但她的气恼憋得太久了。“应该说，我确实知道，”他说，“可是你当时和我睡了，所以我还以为……”他犹豫了，“你一定知道可能——一定会发生的，只是迟早的问题。”

“我当然知道，可我的表现像是不知道。”

“是啊，我能理解。”

“噢，别这么一说就理解。你这么懦弱。”

他的脸僵住了。过了好长一会儿，他才说：“那好吧，我不再这么一下就理解了。就算你只通报我好了。你有什么打算呢?”

“我没有打算，你这傻瓜。我只知道我不想要孩子。”

“这么说你没打算了，我是笨蛋，我是懦夫。你要我做什么?”

“没有！”

“那你在这儿干吗?”

“别这么讲逻辑吧！”

他叹息了一声。“我打算不再做你要我做的那种人，因为你不讲理。”他在屋里转着，吹灭了灯。“我很高兴我们有了个孩子，我愿意我们结婚，并且一起照看孩子——也许你现在这种情绪只是暂时的。”他把他的绘图工具放进一个皮口袋，往肩上一甩。“但眼下，你这么气呼呼的，我宁可不跟你说上一句话。再说，我还有工作要做。”他走到门口，然后停住脚步。“另一方面，我们应该亲吻一下，不再生气了。”

“滚！”她叫道。

他低头钻出矮门，消失在楼梯井里。

凯瑞丝哭了起来。

梅尔辛不知道王桥的人会不会为这事集合起来。他们都有工作和自己操心的事：他们会把靠集体努力修桥看得更重要吗？他心里没底。他从阅读《蒂莫西书》得知，在紧急关头，菲利普副院长往往靠号召普通百姓群起努力而奏效。但梅尔辛不是菲利普。他无权领导人们。他只不过是一个木匠。

他们制订了一份有车人的名单，并按街道分组。埃德蒙聚集十个最重要的镇民，戈德温挑出了十名高级修士，他们配成十对。梅尔辛与托马斯兄弟搭配为一组。

他们敲的第一家门是车夫莉比的。她雇了人继续她丈夫本的行当。“你可以把我的两辆车全用上，”她说，“连同赶车人一起。只要能给那该死的伯爵眼上扎上一针，什么事我都肯干。”

但他们找的第二家却遭到拒绝。“我身体不舒服，”染匠彼得说，他有一辆车，运送他染的黄、绿和红色的毛织布匹。“没法走远路。”

梅尔辛觉得，他看上去一点病都没有；他大概是害怕碰上伯爵的人。梅尔辛有把握，不会发生冲突的；但他理解这种畏惧。要是所有的人都是这么害怕可怎么办？

他们叫的第三家是石匠哈罗德家，这名青年匠师巴望建桥的活计有好几年了。他当即同意了。“贾克·切波斯托夫也愿意去的，”他说，“我来落实一下。”哈罗德和贾克是一对好友。

之后，几乎每家都答应了。

用不着跟他们讲桥有多重要——有车的人都是商户，这是显而易见的——何况他们还有赎罪券这一附带刺激呢。但是更重要的因素似乎是意外的欢庆承诺。大多数人都说：“某某人是不是要去？”

当他们听说他们的朋友和邻居都自愿参加了，他们就不想落后了。

他们叫完了名单上的人以后，梅尔辛便离开了托马斯，来到渡口。他们要连夜把车渡过河去，以便太阳一出就启程。摆渡船一次只能载一辆车——二百辆车需要好几个小时呢。当然啦，所以才需要一座桥梁。

一头牛在转动大轮子，车子已经在渡河了。河对岸，车主把牲口放到牧场上吃草，然后再乘渡船回来，回家睡觉。埃德蒙已经找了治安官约翰和他的六七名助手在新城值夜，看守车辆和牛马。

半夜过了一小时左右，梅尔辛上床时，摆渡还在运行。他躺下想了一会儿凯瑞丝。她的说变就变的任性，其实正是他所爱的一部分，但有时她让人无法容忍。她是王桥最聪慧的人，但也是时时难以理喻的人。

不过，他最恨的是被称作弱者。他不敢说会不会原谅凯瑞丝这样嘲弄他。罗兰伯爵曾在十年前羞辱过他，说他当不了护卫，只适合学徒做木匠。但他并非弱者。他与埃尔弗里克的暴虐对抗，他在桥梁设计上击败了戈德温副院长，而且他将要拯救全镇。他心想，我也许身材不高，但上帝作证，我是强者。

但他还是不知道怎样应付凯瑞丝，他在忧愁中入睡了。

第一道天光一出现，埃德蒙就叫醒了他。到这时，王桥的所有车辆都已经渡到了对岸，凌乱地穿过新城的郊区一直排进树林中半英里。还要再过两三个小时才能把人摆渡过去。有效地组织一支朝圣式的队伍令梅尔辛激情满怀，一时不去想凯瑞丝和她怀孕的问题。对岸的牧场上不久就成了一片高高兴兴又乱乱哄哄的景色：好几十人牵着他们的马和牛到车辆前套好，再赶到路上。酿酒师迪克带来了一大桶淡啤酒，在那儿分发——“鼓励一下这次远征。”他说——结果是喜忧参半：有些人接受了过分的鼓励，躺倒了。

一群看热闹的人聚在城市这一侧的河岸边瞧着。当成排的大车终于启程时，一片欢呼声腾起。

但石料只是问题的一部分。

梅尔辛把注意力转向下一步挑战。若是他在石料从采石场一运回马上就开始砌石的话，他只好用两天而不是两周来戽干围堰里的水。在欢呼声平息下去之后，他提高嗓门，对人群讲话了。激动刚停，人们开始琢磨下一步时，正是吸引他们兴趣的时刻。

“我需要留最强壮的男人在城里！”他高叫。人们安静了下来，好奇地听下去。“王桥有壮劳力吗？”这是一种号召的做法：活儿很重，但只要壮劳力，也抛出了挑战，让青年人难以拒绝。“在明天晚上大车从采石场返回之前，我们必须把围堰里的水淘干。这将是你们从没干过的最苦的差事——所以体弱的不成，请吧。”他这样讲着的时候，在人群中看到了凯瑞丝，并且对上了目光，他看到她向后缩了：她记得她对他使用了那字眼，她知道那字眼伤害了他。“哪位妇女认为可与男人相当的，也可以参加，”他继续说，“我需要你们带上一个水桶，尽快与我在麻风病人岛对岸会合。记住——只要壮劳力！”

他不清楚是否赢得了人心。他讲完之后，便看到了马克·韦伯的高大身材，在人群中推挤着向他走来。“马克，你要鼓励他们吗？”他焦灼地问。

马克是个文质彬彬的大汉，在镇上颇有人缘。尽管他很穷，却很有影响力，尤其在青年当中。“我要确保小伙子们都参加。”他说。

“谢谢你。”

随后，梅尔辛看到了船夫伊恩。“我希望可以的话，要整天用你呢，”他说，“把人们渡到围堰，再渡回来。你的活儿可以挣工钱，也可以拿到赎罪券——任凭你挑。”伊恩特别喜爱他的小姨子，大概愿意要赎罪券，或者用来赎过去的罪，或为他希望即将犯下的罪备用。

梅尔辛穿过街道一路来到他准备过桥的河岸边。围堰能在两天内淘干吗？他确实不知道。他不晓得每个围堰中有多少加仑的水。是成千？还是上十万？应该有个计算方法。古希腊哲学家大约想出了办法，但即使有，也不会在修道院的学校里教授的。要想弄明白，按照戈德温的说法，他大概得去牛津，那里的教学全世界都有名。

他在河边等着，不知道有谁会来。

第一个到的是玛格·罗宾斯，她是一个粮食商的强壮的女儿，由于长年累月地搬粮食口袋，练出了大块头的肌肉。“我能赛过镇上大多数男人。”她说，梅尔辛对此毫不怀疑。

梅尔辛一凑齐十个带桶的人，就让伊恩把他们和他摇到两座围堰近处的一个。

在围堰的圈里，他已刚好在水面之上建好了一个壁架，牢固得可以容几个人站在上面。从壁架上有四架梯子直通到河床。在围堰中心，漂在水面上的是一个大筏子。在筏子和壁架之间有一个大约两英尺空隙，筏子由伸出来几乎抵到围堰内壁的辐棍稳定在中央的位置上，并且防止向任何方向多移动上几英寸。

“你们两人一组，”他告诉他们，“一个人站在筏子上，另一个站在壁架上。筏子上的人盛满水，递给壁架上的人，由他把水越过堰边倒进河里。再把空桶传回去，盛满水再提上来。”

玛格·罗宾斯说：“堰里的水面下降后怎么办？我们就互相够不着了。”

“想得好，玛格。你最好当我的女工头，在这里负责。互相够不着时，就三个人一组，有一个人站在梯子上就得了。”

她马上就明白了。“然后再四人一组，俩人站在梯子上……”

“没错。不过到那时候，我们就得让第一拨人休息，换上生力军了。”

“明白。”

“开始吧。我再带另外十个人来——我们还有的是地方可以容下干活儿的人呢。”

玛格转身走开。“大家都挑好自己的对子！”她招呼着。

自愿来干活儿的人开始用桶舀水了。他听到玛格说：“咱们有节奏地干。舀、举、传、倒！一、二、三、四。我们唱支歌来保持节奏怎么样？”她用有力的低音高声唱起，“噢，从前有个标致的骑士……”

他们熟悉这首歌，便一起唱出第二行：“他的刀刃又直又过硬，噢！”

梅尔辛瞅着。没过多久，人人都是水淋淋的了。他看不出水面有明显的下降。这是个长时间的活儿。

他爬过堰边，进了伊恩的船。

到他抵达岸边时，那里已聚集三十多个带着桶的自愿干活儿的人。

他让他们在第二座围堰处淘水，由马克·韦伯当工头，然后在两处围堰都增加了一倍人手，开始以生力军替换干累了的人们。船夫伊恩已经筋疲力尽，就把桨递给了他儿子。堰内的水一英寸一英寸地下降，慢得让人不耐烦。随着水面下降，淘水的活儿也进展得越来越慢了，因为盛水桶要举到堰边，距离越来越大了。

玛格是第一个发现，一个人无法一只手提着装满水的桶，另一手拿着空桶，还能在梯子上站稳的人。她发明了一条龙的传桶线，装满水的桶从一架梯子向上运，而空桶则从另一架梯子向下传。马克在他那座围堰处也采用了同样的传运办法。

志愿者工作一小时，休息一小时，但梅尔辛没有停歇。他在组织队伍，监督志愿者上下围堰，替换损坏的水桶。大多数男人都在休息时喝淡啤酒，结果下午发生了好几起事故，把桶坠落或者是人摔下梯子。塞西莉亚嬷嬷前来照料伤者，“智者”玛蒂和凯瑞丝也给她帮忙。

光线黯淡得太快了，他们只好收工。但两座围堰里的水都剩不足一半了。梅尔辛要求大家次日一早再来，就回家了。他刚喝了几勺他母亲做的汤，就趴在桌上睡着了，很长时间之后才醒，便裹上毯子躺到干草上继续睡。当第二天一早睡醒时，他的第一个念头是不放心：今天那些志愿者还会露面吗？

第一道曙光出现时，他就心怀忐忑地匆匆赶到河边。马克·韦伯和玛格·罗宾斯已经到了，马克穿过一个门洞边走边吃面包，玛格正系着一双高靴，指望脚不要泡湿。又过了半小时还不见别的人影，梅尔辛开始盘算，没有人手他该怎么办。这时，一些年轻人带着早饭来了，随后是见习修士，然后是一大群人。

船夫伊恩到了，梅尔辛要他把玛格和一些志愿者摇过河，他们又干起活儿来了。

今天的工作更难了。昨日一天的劳碌，大家都已肌肉酸痛。每一桶水还要举高十英尺以上。但水底已经可见。水面继续下落，志愿者开始瞥得见河床了。

下午过了一半，从采石场回来的头一批大车到了。梅尔辛指挥车主把石料卸在牧场上，再乘摆渡过河回镇。没过多久，玛格那座围堰里，筏子就撞上了河底。

还有的是活要干呢。最后的水淘出以后，要把筏子拆开，把一根根木头举上梯子，再提到堰外。这时露出了几十条鱼，在堰底的泥塘里扑腾，要把它们捞上来，分给志愿者。这事结束之后，梅尔辛站到壁架上，疲惫而兴奋地向下望着二十英尺深处河床面上的泥浆。

明天他就要投下几吨碎石到两处围堰里，再用灰浆浇铸，就形成了庞大而牢固的基础了。

之后，他就要开始造桥了。

伍尔夫里克情绪消沉。

他几乎没吃什么，还忘记了洗漱。他在天亮时自动起床，天黑时又躺下去，但他白天没有干活儿，夜间也没和格温达做爱。当她问他是怎么回事时，他就会说："我也不知道，真的。"他对一切问题都给出没内容的回答，要不就是哼哼唧唧。

反正地里也没什么活儿可干了。这种冬闲季节，村民们都是坐在壁炉旁边，缝皮鞋，刻橡木锨，吃咸猪肉、软苹果和腌在醋里的白菜。格温达倒不担心他们如何养活自己：伍尔夫里克还有卖粮剩下的钱。她一心焦虑的是他。

伍尔夫里克生来就会干活儿。有些村民不时抱怨，只有在休息日里才高兴，但他不是那样。土地、庄稼、牲口和天气，是他关注的事情。礼拜天他总是坐立不安，直到他找到了不受禁的事情做，而在节日里，他就会绕开规矩做尽一切能做的事情。

她深知她得把他带回到他的正常心态之中。不然的话，他真会害上什么病而卧床的。何况他的钱不可能用不完。他俩迟早总要干活儿。

然而，直到两个月过后她把握十足了，才把她的新闻告诉他。

那是十二月份的一天早上，她说："我有件事要告诉你。"

他哼了一声。他正坐在厨房的桌边，削一根木棍，他并没有从这种闲散的活计中抬头看一眼。

她把手伸过桌子，握住他的手腕，不让他再削下去。"伍尔夫里克，请你看我一眼好吗？"

他面带乖戾的表情抬起头来，被人这样吩咐着，他心怀不满，但已经冷漠到不屑顶撞她了。

"这事很重要。"她说。

他无言地看着她。

"我就要有小孩了。"她说。

他的表情依旧，但他放下了刀子和木棍。

她回视了他好长时间。"你听明白了吗？"她说。

他点了点头。"一个小孩。"他说。

"对。我们就要有一个小孩了。"

"什么时候？"

她微微一笑。这是两个月来他问的头一个问题。"明年夏天，收获季之前。"

"孩子要好好照看，"他说，"你也要。"

"是啊。"

"我得干活儿。"他又满面愁容了。

她屏住呼吸。下面是什么呢？

他叹了口气，然后一咬牙。"我得去找珀金，"他说，"他冬耕需要人手。"

"还要施肥呢，"她快活地说，"我要跟你一起去。他说的要雇我们俩呢。"

"好吧。"他还在瞪着她。"一个孩子，"他说，仿佛是个奇迹，"我不知道，是男孩还是女孩。"

她起身绕过桌子，走到板凳前，坐在他身边。"你愿意要什么？"

"一个小姑娘吧。我家里全是小子。"

"我想要个男孩，一个缩小版的你。"

"我们还可能有双胞胎呢。"

"一样一个。"

他伸出手臂搂住她。"我们应该请加斯帕德神父为我们正式举行婚礼。”

格温达心满意足地叹了口气，把头靠在了他肩上。“是啊，”她说，“我们应该结婚了。”

梅尔辛就在圣诞节之前，从他父母家中搬了出来。他在如今属于他的麻风病人岛为自己盖了一处一室的住宅。他说他要看管存在岛上的越堆越多的值钱的建筑材料：木料、石材、石灰、绳索和铁制工具。

与此同时，他也不再去凯瑞丝家吃饭了。

十二月底的倒数第二天，她去见了“智者”玛蒂。

“不用跟我说你来这儿干吗，”玛蒂说，“过了三个月了？”

凯瑞丝点点头，回避着她的目光。她扫视着放着瓶瓶罐罐的小厨房。玛蒂正用一只小铁锅加热着什么东西，发出一种辛辣的气味，刺激得凯瑞丝想打喷嚏。

“我不想要孩子。”凯瑞丝说。

“但愿每次我听到这种话时，我都有一只鸡。”

“我是不是太邪恶了？”

玛蒂耸耸肩。“我配药，不管裁决。人们知道对与错之间的区别——而要是不懂，那就是教士的工作了。”

凯瑞丝失望了。她本想能得到同情的。她又冷静了一下，说：“你有药方能够打胎吗？”

“我有……”玛蒂的样子不自在起来。

“有难处吗？”

“打胎就是毒害你自身。有些姑娘喝下一加仑的烈酒。我用几种有毒性的草药配成药剂。有时管用，有时不管用。但总让你觉得可怕。”

“有危险吗？我会死吗？”

"是的，不过不像生小孩那样有风险。"

"那我就吃。"

玛蒂把锅从火上拿下，放到一块石板上冷却。她转到她那疤痕累累的工作台处，从橱柜里取出一只小陶碗，向里面倒了少量的不同药粉。

凯瑞丝说："怎么回事？你说你不作评价，可是你看起来并不赞成。"

玛蒂点点头。"你说得不错。我当然也作评价；谁都作的。"

"你在评价我。"

"我在想，梅尔辛是个好男人，而且你爱他，但你似乎跟他在一起没找到幸福。这让我很难过。"

"你觉得我应该像别的女人一样，让自己匍匐在某个男人的脚下？"

"那样似乎让她们幸福。但我选择了一种不同的生活方式。我估摸你也是。"

"你幸福吗？"

"我生来就不幸福。但我帮助人们，我挣钱过日子，而且我是自由的。"她把兑好的药倒进一个杯子，加了些葡萄酒，搅拌一阵，把药粉溶化。"你吃早餐了吗？"

"只喝了些牛奶。"

她向杯子里滴了一些蜂蜜。"喝下这个，不要吃午饭了——你只会把它全吐出来。"

凯瑞丝端起杯子，迟疑了一下，然后一口喝干。"谢谢你。"那药有一股要命的苦味，只被蜂蜜的甜味部分地遮住了。

"到明天早晨就全过去了——无论什么结果。"

凯瑞丝付了钱，就离去了。她走在回家的路上，感到一种既得意又哀伤的莫名其妙的复杂心情。经过这几个星期的忧虑，终于痛下决心，她的情绪不再低迷了；但她也感到一丝失落，好像她在跟什么人道别——或许是梅尔辛吧。她不知道他俩的分手是不是一时的。她能够平静地思考未来了，因为她还在跟他赌气，但是她深知她会思念他。他最终会另找一个爱人的——或许是贝茜·贝尔吧——但凯瑞丝确知她自己是不会那么做的。她绝对不会像爱恋梅尔辛那样再去爱别人了。

她进家之后，屋里烤猪肉的香味让她恶心，就又出门去了。她不想在主街上和别的妇女闲扯，或者在公会大厅同男人谈生意，所以就溜达进了修道院。厚实的羊毛斗篷裹着她可以保暖，她就坐在墓园中的一块石碑上，望着大教堂的北墙，对石雕造型的完美和飞架扶壁的优雅，惊异不已。

没过多久她就发病了。

她冲着一座坟墓呕吐，但她胃中空空，除去酸水什么也没有。她的头开始疼起来。她想躺倒，但由于厨房里的气味又不想回家。她决定去修道院的医院，修女们会让她躺上一会儿的。她离开了墓园，穿过大教堂前的绿地，走进了医院。她突然间渴得要命。

她受到矮胖的老朱莉的笑脸迎接。“噢，朱莉安娜姐妹，”凯瑞丝感激地说，“请你给我倒一杯水好吗？”修道院有用管子从上游接来的水，清冽而安全，可以饮用。

“你病了吗，孩子？”老朱莉焦虑地说。

“有点恶心。要是可以的话，我就躺上一会儿。”

“当然啦。我去叫塞西莉亚嬷嬷。”

凯瑞丝躺在了整齐地排列在地板上的一排草荐中的一张上。过了一会儿，她感到好了一些，随后头疼得更厉害了。朱莉提着一只罐子和一只杯子转了回来，后面跟着塞西莉亚嬷嬷。凯瑞丝喝了些水，吐了出来，又喝了些。

塞西莉亚问了她一些问题，然后说：“你吃了些腐败的东西。

你需要清洗一下。”

凯瑞丝难受极了，回答不了。塞西莉亚走开，过了一会儿，拿着一个瓶子和一把匙子返回来。她喂了凯瑞丝一匙糖浆似的药，味道有点像丁香。

凯瑞丝闭上眼躺下，盼望着痛苦赶快消失。过了一会儿，她受到了胃痉挛的折磨，接着是控制不住的腹泻。她模糊地猜测，是那糖浆造成的。一个小时后，腹泻止住了。朱莉脱下她的衣服，为她擦身，给她穿上一件修女的袍服，换下她自己脏污的衣裙，并把她安顿在一床干净的草荐上。她躺下去，闭上眼，浑身乏力。

戈德温副院长来看她，说她得放血。另一名修士来做了这件事。他让她坐起来，伸出一条胳膊，把肘部架到一个盆上。然后他取出一把利刃，在她的臂弯处的静脉上划开一道口子。她几乎没注意到切口的疼痛或缓缓的血流。过了一会儿，那修士在刀口处涂了些药膏，告诉她把那里掐紧。他把那盆血拿走了。

她迷迷糊糊地意识到来看望她的人：她父亲、彼得拉妮拉、梅尔辛。老朱莉不时地把水杯凑到她唇边，她每次都喝，因为她喝得没够。在某一刻她注意到了蜡烛，知道已经入夜了。最后她昏昏入睡，做着流血的恶梦。她每次醒来，朱莉都喂她水喝。

她终于在天亮时醒了。疼痛消失了，只剩下木然的头痛。她意识到的另一件事是有人在擦洗她的大腿。她用臂肘撑起了上身。

一名长着天使般面容的见习修女蹲在褥垫旁边。凯瑞丝的衣服撩到了腰际，那修女正用一块蘸了温水的布为她揩拭。过了一会儿，她想起了这姑娘的名字。“梅尔。”她说。

“是我。”见习修女面带笑靥地回答。

在她那块布往一个盆里拧干时，凯瑞丝惊惧地看到那是红的。“血！”她害怕地说。

“别担心，”梅尔修女说，“这只是你的月经血。很浓的，但挺正常。”

凯瑞丝看到她的衣服和褥垫上都浸透了血。

她躺了回去，眼望着天花板。泪水涌到了她的眼里，但她不清楚她是为解脱还是为伤心才落泪。

她流产了。

肯·福莱特 作品

Ken Follett

无尽世界

World without End - II

上海译文出版社

[英]肯·福莱特——著 胡允桓——译

第四部分

一三三八年六月至一三三九年

三〇

一三三八年六月，天气干燥而晴朗，但羊毛集市却是一场大灾难——往大处说就是对于王桥，往小处说则是对埃德蒙这位羊毛商。到那一周的中间，凯瑞丝就知道她父亲已经破产了。

镇上的人早已预料到生意艰难，也尽可能做了准备。他们吩咐梅尔辛做了三个大木筏，可以撑过河去，对渡船和伊恩的小船是个补充。梅尔辛本来还可以多造几个木筏的，可是岸上没地方放。修道院的地面一天以前才开放，而渡船整宿都打着火把运行。他们说服了戈德温允许王桥的店主们过河到郊区一侧，向排队过河的人卖东西，指望着酿酒师迪克的淡啤酒和面包师贝蒂的小面包会解等候的人一时的饥渴。

这还不够。

到市场来的人比以往要少，可是排队等候的情况却从来没这么糟过。新增的木筏不敷使用，即使如此，两岸仍拥挤不堪，车子时时陷进泥里，要靠几头牛一起才能拖出来。更麻烦的是，木筏不便调转，发生了两次碰撞，把乘筏的人掀到了水里，所幸还没有淹死人。

有些商人早已料到这些问题，干脆躲得远远的。另一些人看到排着的长队，也调头回去了。在那些情愿等上半天进城的人中间，有些人只成交了一些微不足道的生意，待上一两天之后就离开了。到星期三，渡船载的人当中，出城比进城的要多了。

那天早晨，凯瑞丝和埃德蒙同伦敦来的查洛姆一起，巡视了一次建桥的工程。查洛姆不像博纳文图拉·卡罗利那样是个大主顾，但这一年也就数他了，因此父女俩一直围着他转。他又高又壮，穿着一件昂贵的鲜红色意大利呢料外衣。

他们借用了梅尔辛的木筏。筏子上的甲板高出一块，还镶嵌了一个吊车，做装卸建筑材料之用。他的年轻助手吉米，把他们撑进了河中。

梅尔辛去年十二月建起的水中桥墩还都有围堰围着。他已向埃德蒙和凯瑞丝解释过，他要把这些沉箱留在原地，到桥差不多竣工时再拆，以保护桥墩，不致受到他自己的工匠们失手损坏。到他拆掉这些围堰时，就会在围堰的位置上堆一堆散放的大石块，叫作防冲乱石，他说会保护桥墩不被水流冲毁。

巨大的石柱此刻已树般地矗立着，把拱梁伸向靠近岸边的浅水中筑就的较小的桥墩。这些桥墩上也伸出了拱梁，一边连向中间的桥墩，另一边连向岸上的桥台。十几名石匠在精心制作的脚手架上忙碌着，脚手架紧裹着石头桥墩，如同峭壁上的海鸥的鸟巢。

埃德蒙一行人在麻风病人岛上了岸，看到梅尔辛正同托马斯兄弟一起监督着石匠们建造一个桥墩，桥将从那里跨越河的北边支流。修道院依旧拥有和控制着这座桥，尽管地面已经租借给教区公会，而建桥的费用是从镇上个人手中贷款而来。托马斯时常在工地上。修道院的戈德温对这项工程有一种拥有者的兴趣，尤其是对桥的外观，显然觉得这对他将是某种纪念碑式的建筑。

梅尔辛抬头用他那双金褐色的眼睛看了看客人，凯瑞丝的心似乎加快了跳动。这些日子，她难得见到他，而且他俩谈话也总是关于公事；但她在他面前仍然觉得有点不自在。她得尽力让呼吸正常，用假装漫不经心的样子迎着他的目光，并把她说话的速度放慢到正常节奏。

他们始终没有弥合他们的矛盾。她没有跟他讲过她流产的事，因此他并不清楚，她的怀孕是自然结束了还是怎么的。他俩谁也不提这件事。从那次之后，他曾有两次来找她谈话，求她跟他重新开始。两次谈话中，她都告诉他，她绝不会再爱别的男人，但她也不打算把一辈子用来当某个人的妻子，当另一个人的母亲。“那你要怎么过这一辈子呢？”他曾这样问，她干脆回答说，她不知道。

梅尔辛不再像先前那样顽皮了。他的须发都修剪得整整齐齐——如今他是理发师马修的常客。他穿的是褐色的长及膝盖的束腰外衣，像个石匠了，而且还披了件镶皮的黄色斗篷，表示他的师傅身份，头上戴的是里面有羽毛的帽子，显得他的个子高大了些。

埃尔弗里克对梅尔辛的敌意依旧，反对他打扮得像个师傅，理由是他不是任何公会的成员。梅尔辛的回答是他就是师傅，问题只在于他要被接受入会。这件事情还有待解决。

梅尔辛还只有二十一岁。查洛姆打量着他，说：“他够年轻的！”

凯瑞丝还嘴说：“他不到十七岁就是镇上最好的匠师了。”

梅尔辛跟托马斯又说了几句话，就走了过来。“桥墩的基础要打得深，造得沉。”他说，算是对他正在承建的庞大的石头工程的解释。

查洛姆说：“为什么呢，小伙子？”

梅尔辛已经习惯了被人降尊纡贵地对待，对此处之泰然。他微微一笑，说道：“我来给你演示一下。把你的双脚尽量分开来站着，就像这样。”梅尔辛比划着，而查洛姆——犹豫片刻之后——便学着他的样子。“你的双脚感觉就像是还要往两边滑，是不是？”

“不错。”

“一座桥的两端就像你的双脚一样要向外撇。这就对桥体加上了一个拉力，如同你的腹股沟感到抻得慌一样。”梅尔辛站直身体，把他自己穿着靴子的一只脚用力地踩到了查洛姆穿的软皮鞋上。“现在你的脚不能动了，你腹股沟上的抻劲放松了，对吧？”

“对。”

“桥墩和我的脚有同样的功能：起着拽紧你的脚和放松拉力的作用。”

“真有意思。”查洛姆边站直身体边若有所思地说，凯瑞丝心知，他在告诉自己不可小看了梅尔辛。

“我来领你们转着看看。”梅尔辛说。

过去这六个月，这座小岛已经变得面目一新了。原先的那种麻风病人隔离区已消失不见。许多石头地面如今都建成了仓房：一排排整齐的石头，一桶桶的石灰，一垛垛的木料和一盘盘的绳索。这地方似有老鼠出没——不过如今已在和工匠们争地盘了。有一座铁匠工场，一名铁匠正在修理旧工具和打造新工具；还有好几处石匠的住所；以及梅尔辛的新房子：虽然不大，但建造得很精心，而且布局非常漂亮。木匠、割石工和灰泥搅拌工都不停地干着活，不断地给脚手架上的人们供应着材料。

“在这儿干活儿的人似乎比往常的要多。”凯瑞丝在梅尔辛的耳边嘀咕着。

他咧嘴一笑，“我在看得见的高处安排了尽量多的人手，”他平静地回答说，“我想让来访的客人注意到，我们在建造新桥时干得有多快。我想让他们相信，明年的市场就会恢复正常了。”

在岛的两端，远离这对双子桥的地方，是梅尔辛租给王桥商人的地面上的货场和仓库。虽然他的租金要低于城墙之内的地方，但和他每年付出的土地租用费相比，梅尔辛已经赚了很大一笔钱了。

他也经常见到伊丽莎白·克拉克。凯瑞丝认为她是个冷面女巫，但她是镇上有头脑挑战梅尔辛的唯一的另外一个女人。她有从她主教父亲那里继承来的一小箱子书，梅尔辛晚上就待在她家读书。是不是进行了别的事，凯瑞丝就不得而知了。

走完一圈之后，埃德蒙带着查洛姆渡河返回，但凯瑞丝留在后边和梅尔辛谈话。“好主顾?”他们目送筏子撑开后，他说道。

“我们只卖给了他两袋廉价羊毛，比我们进价还低呢。”一袋装三百六十四磅重的羊毛，都是洗净、晾干的。这一年，廉价羊毛一袋卖三十六先令，优质的卖两倍的那个价钱。

“为什么?”

“在价格下跌时，现金比羊毛更好。”

“可你们肯定预料到市场不景气了。”

“我们也没想到竟然会这么糟。”

“我很诧异。过去，你父亲总有一种异乎寻常的能力预见走向。”

凯瑞丝迟疑了片刻。“是需求低迷和没有一座桥共同造成的。”其实，她也很惊讶。她曾眼见着她父亲照往常一样的数量购进羊毛，不顾前景不妙，而且也想不通，他为什么不保险点，减少购买量。

“我估摸着你们是要把多余的拿到夏陵集市去卖。”梅尔辛说道。

“这是罗兰伯爵希望大家做的。麻烦在于，我们不是那里的常客。当地人会挤占最好的生意。在王桥也是一样：我父亲和别的两三个人跟最大的买主们成交，剩下的小业主和外地人只好去拣零头了。我敢说夏陵的商人也是如出一辙。我们可以在那里卖出几袋，但要全部出手就没真正的机会了。”

“你们怎么办呢?”

“所以我才来找你谈嘛。我们得停下建桥的工程了。”

他瞪了她一眼。“不成。”他平静地说。

“我很抱歉，可我父亲没有钱了。他把钱全都买了羊毛，可他卖不掉了。”

梅尔辛像是挨了一巴掌。过了一阵子他才说：“我们只好另找途径了！”

她的心飞出去，到了他那儿，可她想不出什么有希望的话好说。“我父亲在这座桥上投入了七十镑。他已经兑现了一半。剩下的嘛，恐怕是在他仓库里的那些羊毛的袋里了。”

“他不可能一文不名嘛。”

“已经差不多了。答应出资建桥的好几个人也是这种情况。”

“我可以放慢点进度，”梅尔辛无奈地说，“解雇一些工匠，停掉材料的库存。”

“那样一来，到明年集市时你的桥就建不成了，我们的境遇就更坏了。”

“总比彻底放弃要强。”

“是啊，是这样的，”她说，“不过先什么也别做。等羊毛集市一完，我们再想办法。我只是想让你心中有数。”

梅尔辛依旧面色苍白。“我懂了。”

木筏回来了，吉米等着渡她上岸。凯瑞丝走上筏子时，漫不经心地说了一句：“伊丽莎白·克拉克怎么样了？”

梅尔辛做出了一副对这句话吃惊的样子。“我觉得她还好吧。”他说。

“你好像常跟她见面。”

“不怎么特别。我们一直都是朋友。”

“是啊，当然啦，”凯瑞丝说，心想这不一定是真的。梅尔辛去年的大部分时间完全忽略了伊丽莎白，而他和凯瑞丝却一起消磨了许多时光。既然反驳他不够雅量，她也就不再多说了。

她挥手作别，吉米把筏子撑离岸边。梅尔辛在设法制造一种印象：他和伊丽莎白并非情人关系。这或许是实情，又或许他是感到尴尬而无法向凯瑞丝承认他另有所爱。她说不准。有一件事她是有把握的：伊丽莎白方面是在付出感情的。凯瑞丝只从伊丽莎白看他的目光中就可以判断。伊丽莎白也许算个冰美人，她对梅尔辛可是满腔热情。

木筏碰到了对岸。凯瑞丝迈步下筏，走上山去，进入了市中心。

梅尔辛被她的消息深深地震撼了。凯瑞丝回想起他脸上的震惊和沮丧表情时，简直要哭了。当她拒绝重圆他们的爱情时，他就是这副样子。

她依旧不知道自己打算如何过此一生。她总在设想，不管她迈出了怎么样的一步，她都会住在一所靠挣钱的生意支付的舒适的房子里。如今，连那块根基都在她脚下动摇了。她想在头脑里理出个头绪来。她父亲平静得出奇，仿佛还不了解他的损失有多大；但她深知，必须要采取一些行动了。

走在主街上，她经过了埃尔弗里克的女儿格丽塞尔达的身边。格丽塞尔达抱着她那半岁的婴儿。那是个男孩，她给他起名叫梅尔辛，作为对那个没娶她的梅尔辛永远的责备。格丽塞尔达依旧装出一副无辜的受害者的模样。如今人人都承认了，梅尔辛并不是孩子他爸，虽说还有些镇上人依旧认为他无论如何也该娶她——谁让他跟她睡过呢。

凯瑞丝回到家中时，她父亲正好出门。她惊讶地瞪着他。他只穿着内衣：一件长内衣，一条内裤和一双长袜。“你的衣服呢？”她问。

他低头看了看自己，发出了一声难听的惊叫。“我有点心不在焉了。”他说着就转回门里去了。

她想，他准是脱掉外衣去了厕所，随后就忘记再穿上了。这只是因为他的年纪吗？他才四十八，再说，看来比仅仅是忘性大还要严重呢。她觉得不安了。

他返回来时已经穿戴如常了，父女俩一起穿过主街，进入了修道院的地界。埃德蒙说："你告诉梅尔辛钱的事了吗？"

"说了。他大吃了一惊。"

"他说什么了？"

"他可以放慢进度，少花些钱。"

"可那样的话，我们到明年就不会有现成的桥了。"

"不过，他说，总比把桥建到半途而废要强啊。"

他们来到了出售孵蛋鸡的珀金·韦格利的摊位处。他那个爱卖弄风情的女儿安妮特，脖子上搭着一根皮带，上面挂着咸鸡蛋的托盘。凯瑞丝看到柜台后边是她的朋友格温达，眼下她为珀金干活呢。格温达有了八个月的身孕，乳房沉甸甸的，肚皮隆起，一只手撑在后腰上，一副背痛的准妈妈的传统姿态。

凯瑞丝计算着，自己要是没服玛蒂的药的话，现在该怀孕八个月了。在流产之后，她的乳房流出了奶水，她不由得想到这是她身体对她的行为的责难。她忍受着后悔的痛苦，不过每当她从逻辑上考虑这件事时，她深知，若是她有时间再重新来过的话，她还会照样做的。

格温达看到了凯瑞丝的眼神，会心地一笑。不管事情有多古怪吧，格温达已经如愿以偿：伍尔夫里克成了她的丈夫。他此时就在那儿，壮得像匹马，比先前英俊了一倍，把一捆板条箱装到车板上。凯瑞丝为格温达感到一阵激动。"你今天觉得怎么样？"她问。

"我的后背疼了一上午了。"

"唉，没多久了。"

“我琢磨还有两三个星期吧。”

埃德蒙问：“这是谁，我亲爱的?”

“你不记得格温达了吗?”凯瑞丝说道，“过去这十年里，她至少每年到咱家做一次客!”

埃德蒙笑了。“我没认出你来，格温达——准是因为你怀孕了。不过，你看着挺好的。”

他们继续向前走。伍尔夫里克没有得到遗产，凯瑞丝知道：格温达在这项任务上是失败了。凯瑞丝没有十分把握的是，去年九月间，格温达去求拉尔夫的时候是如何进展的，可似乎是拉尔夫作出了善意的承诺，后来却变卦了。反正，如今格温达痛恨拉尔夫，那种情绪简直吓人。

附近是一排摊位，本地的布商在出售褐色的土布，那种织得很松的东西，是除去有钱人之外都要买来自家缝做衣服用的。他们像是生意不错，与羊毛商大不一样。原毛是一种批发生意——缺了几个大买主就能使整个市场一蹶不振。土布可是零售生意。任何人都需要，谁都得买。或许在时日艰难时，生意会差一些，但人人都需要穿衣啊。

凯瑞丝心底生成了一个模糊的念头。商人们卖不出羊毛时，有时就织成绒，然后再卖，但那样太费工，而且褐色土绒布也没多少利。大家都想买便宜货，销售商就要维持廉价。

她以新目光看待这些布摊了。她说：“我不知道什么最赚钱。”土布每码十二便士。你要再花上六便士才能买到在水中锤击后变厚实的上品，而要是再染上天然的褐色之外的颜色，就要花钱更多。染匠彼得的摊位上有绿色、黄色和粉色的布，要两先令(二十四便士)一码，尽管色泽并不很鲜亮。

她转脸对着父亲，准备把刚才的想法跟他讲讲；可是还没等她开口，就出了些事引开了她的注意力。

身在羊毛集市，勾起了拉尔夫对一年前同样的一幕不愉快的回忆，还摸了摸打歪了的鼻子。那是怎么发生的来着？起因就是他毫无伤害地调戏了那个农家女安妮特，随后是给了她那个蠢情人客客气气的一个教训；但不知怎么的，结局却以拉尔夫受辱而告终。

他一边走近珀金的摊位，一边用回忆一年来发生的事情安慰自己。在桥塌了之后，他救了罗兰伯爵一命；他用采石场上自己的果敢博得了伯爵的欢心；并且终于被封为了领主，尽管领地不过是韦格利那么一个小村子。他杀过一个人——车夫本，虽说只是个拉车的，因此也没什么荣誉可言，不过不管怎么说，他已经证明了他能杀人。

他甚至还和他哥哥言归于好了。是他们的母亲强制的：她在圣诞节那天邀他们兄弟俩共同进餐，一定要他们握手。他们的父亲曾经说过，他们服侍的主人是冤家对头，这是不幸的，但各为其主，也要尽心尽力，就像士兵们在内战中被迫站在了对立面。拉尔夫很高兴，他觉得梅尔辛也有同感。

他用否定伍尔夫里克的继承权的做法，痛痛快快地报复了一下他和他那姑娘。那个引人注目的安妮特如今嫁给了比利·霍华德，而伍尔夫里克只好娶了那个不好看但很热情的格温达。

可惜，伍尔夫里克看来并没有垮掉。他似乎在村里趾高气扬地走着，仿佛那儿的领主是他而不是拉尔夫。他的邻居都喜欢他，他那怀孕的妻子更是崇拜他。尽管拉尔夫让他吃了苦头，伍尔夫里克反倒以英雄的姿态出现了。大概是因为他妻子太硬气了。

拉尔夫恨不得告诉伍尔夫里克，格温达在贝尔客栈找过他的事。“我睡你老婆了，”他想说，“而且她很喜欢。”这样就可以把伍尔夫里克脸上的得意劲一扫而光了。可是那样的话，伍尔夫里克就会知道拉尔夫答应过的事，然后又不知羞耻地食言了——那只能使伍尔夫里克又产生优越感。拉尔夫想到若是伍尔夫里克和别人发现了他的食言，他们就会轻视他，不由得打了个冷战。尤其是他哥哥梅尔辛，更会为此而怨恨他。不成，他和格温达的胡来一定要保密。

他们都在摊位上。珀金是第一个看到拉尔夫走近的，就像往常一样巴结着向他的地主致意。“日安，拉尔夫老爷，”他边鞠躬边说；他的妻子佩姬，也在丈夫身后屈膝行礼。格温达也在那儿，像是背疼似的搔着。跟着拉尔夫看见了拿着一托盘鸡蛋的安妮特。她看到了他在盯着她，便假作正经地垂下了眼皮。他想再摸摸她的乳房。干吗不呢？他心想——我是她的主子嘛。这时他看到了伍尔夫里克，就在摊位的后边。这小子正往车上装木板箱，可这会儿他站在那儿一动不动地瞅着拉尔夫。他故意装出面无表情，但他的目光却冷静而稳定地瞪着。他那副模样说不上傲慢，但在拉尔夫眼里绝对是威胁。若是说上一句：碰碰她试试看，我就宰了你，就再清楚不过了。

拉尔夫心想，我也许该试一下。让他跟我动手好了。我就用剑把他穿透。我会占尽理的，一位老爷出于自卫反击一个恨得发了疯的农夫。他眼睛看着伍尔夫里克的凝视，举起一只手去摸弄安妮特的乳房——这时格温达发出一声痛苦的尖叫，众人的眼睛都转过去看她了。

三一

凯瑞丝听到一声痛苦的叫喊，辨出了那是格温达的声音。她感到一阵恐惧的悸动。出什么事了。她三步并作两步地赶到了珀金的摊位。

格温达坐在一个凳子上，脸色苍白，面孔在疼痛中扭曲得变了形，一只手又搭在后臀了。她的衣裙都湿了。

珀金的妻子佩姬连忙说："她的羊水已经破了。她就要生了。"

"还早吧。"凯瑞丝焦虑地说。

"婴儿反正就要降生了。"

"这样太危险了。"凯瑞丝作出了决定。"咱们把她送医院去吧。"妇女通常是不会到医院去生孩子的，但如果凯瑞丝坚持，医院会接受格温达的。早产的婴儿可能很脆弱，这是人人都知道的。

伍尔夫里克过来了。凯瑞丝看到他样子那么年轻，着实吃了一惊。他才十七岁，可是就要为人父了。

格温达说："我觉得有点抖。过一会儿就会好的。"

"我来扛着你。"伍尔夫里克说着，毫不费力就抱起了她。

"跟我来。"凯瑞丝说。她走在他前面，穿过摊位，嘴里嚷着："让开点，请——让开点！"他们很快就到了医院。

医院的门大敞着。在里边过夜的客人一个小时之前就已经轻手轻脚地走了，他们的草垫此时已在一面墙跟前高高地摞起。好几个杂役和见习修士正精力充沛地用拖把和水桶冲洗着地面。凯瑞丝招呼着离得最近的一个人，那名清洁工是个中年妇女，赤着一双脚。"去把老朱莉叫来，快——告诉她是凯瑞丝让你去的。"

凯瑞丝找到一张还算干净的草垫，铺在靠近祭坛的地上。她也不清楚祭坛能够多么有效地帮助病人，但她是照习俗办事。伍尔夫里克把格温达放到床上，那种小心翼翼的样子简直就像她是玻璃做的。她仰卧在床，双膝抬起，两腿分开。

过了一会儿，老朱莉就到了。凯瑞丝想到，自己长这么大是多么经常地得到这位修女的抚慰，她大概还没到四十岁，但似乎已经一把年纪了。"这位是格温达·韦格利，"凯瑞丝说。"她可能还好，可婴儿要早产好几个星期呢，我觉得还是小心点把她送到这里才对。反正我们就在外边。"

“做得对，”朱莉说着，轻轻推开凯瑞丝，自己跪到了床边，“你觉得怎么样，亲爱的？”她对格温达说。

趁着朱莉低声与格温达交谈，凯瑞丝看了看伍尔夫里克。他那张年轻英俊的面孔由于焦急都变了模样。凯瑞丝知道，他从来没打算娶格温达——他一直想要安妮特。然而，他此刻对她如此关切，仿佛已经爱她多年了。

格温达疼得叫出了声。“好啦，好啦。”朱莉说。她跪在格温达的双脚之间，抬头看着她的衣裙。“小家伙很快就要出来了。”她说。

又来了一个修女，凯瑞丝认出来是梅尔，一个长着天使般面相的见习修女。她说：“我要不要去把塞西莉亚嬷嬷请来？”

“用不着麻烦她了，”朱莉说，“你就去贮藏间，给我把顶上有‘出生’字样的木箱拿来好了。”

梅尔连忙走了。

格温达说：“噢，天啊，真够疼的。”

“接着使劲。”朱莉说。

伍尔夫里克说：“看在老天的分上，出什么毛病了吗？”

“什么毛病都没出，”朱莉说，“这很正常。女人生孩子就是这样。你大概是家里最小的孩子。不然的话，你会见过你母亲这样子的。”

凯瑞丝也是她家的老小。她知道生孩子很痛苦，但她还从来没有亲眼见过。她看到生产这么困难，真是惊讶万分。

梅尔回来了，她把那只木箱放到朱莉旁边的地面上。

格温达不再呻吟了。她闭上了眼睛，那样子就像是她一直在睡觉。又过了一会儿，她又叫起来了。

朱莉对伍尔夫里克说：“坐在她身边，握着她的手。”他马上听从了。

朱莉依旧抬眼看着格温达的衣裙。“现在别使劲了，”过了一阵她说，“急促地呼吸。”她喘着粗气作示范。格温达照做了，像是一时之间缓解了她的痛楚。随后她又叫了出来。

凯瑞丝简直受不了啦。这样若是正常的话，难产该是什么样子呢？她失去了时间观念：一切都发生得过快了，而格温达受的煎熬像是无尽无休。凯瑞丝有一种无能为力的感觉，她憎恨这种感觉，她母亲死时，她就曾被这种感觉所控制。她想帮忙，可不知道该做什么，她急得直咬嘴唇，后来都尝到血的滋味了。

朱莉说：“小家伙出来了。”她伸手到格温达的两腿之间。衣裙已经掀到了一边，凯瑞丝突然间清楚地看到了婴儿的小脑瓜，脸朝下，头上是湿漉漉的头发，从一个看似不可能撑得这么大的开口中出来了。“上帝帮助我们，莫怪要疼了！”她害怕地说。

朱莉用左手托住婴儿的头。婴儿慢慢地侧过身，这时他的小肩膀也出来了。皮肤上沾着血和一些别的液体，滑溜溜的。“现在放松一下吧，”朱莉说，“就要完事了。小家伙蛮漂亮的。”

漂亮？凯瑞丝心想。在她看来简直可怕。

婴儿的躯体出来时，肚脐上连着一根油花花的一动一动的蓝色脐带。随后，他的腿和脚一下子就出来了。朱莉用双手捧起了婴儿。个头很小，脑瓜比朱莉的手掌大不了多少。

有点不对头了。凯瑞丝意识到婴儿没有呼吸。

朱莉把婴儿的脸凑近她自己的脸，冲他的小鼻孔里吹气。

婴儿突然张开嘴，喘了一口气，哭了出来。

“感谢上帝。”朱莉说。

她用袍袖抹着婴儿的脸，温柔地清理着耳朵、眼睛、鼻孔和嘴巴。然后，她把新生儿抱在胸前，闭上了眼睛；此刻，凯瑞丝看到了一种终生的自我克制。那片刻一过，朱莉就把婴儿放到了格温达的胸口。

格温达低头看着。“是男孩还是女孩?”

凯瑞丝意识到，他们谁都没去看。朱莉俯身下去，分开了婴儿的两膝。“男孩。”她说。

蓝色的脐带不再一动一动地抖了，渐渐变成了白色。朱莉从木箱中取出两根短绳，勒住了脐带。跟着，她取出一把锋利的小刀，在两个结中间切断了脐带。

梅尔从她手中接过小刀，又递过一条从木箱取出的小毯子。朱莉从格温达怀里接过婴儿，用毯子包好，又递了回去。梅尔找到一些枕头，给格温达垫上。格温达把衬衫从脖颈处拉下，露出一只胀鼓鼓的乳房。她把乳头塞进婴儿的嘴里，他就开始吮吸了。过了一会儿，他像是要睡了。

脐带的另一端还吊在格温达的下身。几分钟之后，脐带动了起来，一片殷红的东西滑了出来，是胎盘。血浸透了垫子。朱莉把那胎盘抽出来，递给梅尔，并且说：“把这东西烧了。”

朱莉检查了格温达骨盆附近，皱起了眉头。凯瑞丝随着她的目光，看到血还在流。朱莉从格温达的身上擦去污渍，但那股红色的细流马上又出现了。

梅尔回来时，朱莉又吩咐：“请把塞西莉亚嬷嬷请来，马上。”

伍尔夫里克问：“有问题了吗?”

“这会不应该再流血了。”朱莉答道。

空气中突然出现了紧张气氛。伍尔夫里克吓坏了。婴儿哭了，格温达又把乳头塞给他。他吸了几口就又睡着了。朱莉的眼睛一直盯着门口。

塞西莉亚终于出现了。她看了一眼格温达，问：“胎盘出来了吗?”

“几分钟之前。”

“你把婴儿放到胸前了?”

“一切断脐带马上就放了。”

“我要请个医生来。”塞西莉亚快步走了出去。

她走出去了几分钟。她回来时，手里拿着一个小玻璃瓶，里面装着淡黄色的液体。“戈德温副院长开了这剂药。”她说。

凯瑞丝被激怒了。“他难道不想检查一下格温达吗?”

“当然不啦，”塞西莉亚干脆地说，“他既是教士，又是修士。这样的人是不看妇女的私处的。”

“Podex。”凯瑞丝轻蔑地用拉丁文说出了“混蛋”。

塞西莉亚装作没听见。她跪在温格达身边。“喝下这个，亲爱的。”

格温达喝下了药水，可还是流血不止。她面色苍白，那样子比刚刚生产后还虚弱。婴儿在她胸口上睡得很甜，可别人都吓坏了。伍尔夫里克不停地站起又坐下。朱莉从格温达的大腿上抹掉血，像是要哭的样子。格温达要喝的，梅尔取来一杯淡啤酒。

凯瑞丝把朱莉拉到一旁，悄声说：“她出血都快死了!”

“我们已经尽力而为了。”朱莉说。

“你以前见过这样的病例吗?”

“见过三例。”

“结果呢?”

“女人都死了。”

凯瑞丝绝望地低声哼了一下。“总该有些事情是我们能做的!”

“她现在在上帝的手心里呢。你可以祷告。”

“那不是我说的要做的事情。”

“说话小心点。”

凯瑞丝马上就感到有罪了。她不想和朱莉这样善良的人顶嘴。“对不起，姐妹。我没想否认祷告的力量。”

“我该希望你不是那意思。”

“可我还不想把格温达留在上帝的手心里。”

“那又能做什么呢?”

“你等着瞧吧。”凯瑞丝匆匆出了医院。

她不耐烦地推开集市里面溜达的顾客。她简直想不通，当一场生死大战就在几码之外进行时，这些人居然还在有买有卖。以前她也好多次听说过要做妈妈的人早产了，但她都没有停下正在做的事情，只是希望那女人好起来，活下去。

她从修道院的地界出来，进了镇子，在街上一路跑着，来到“智者”玛蒂的家。她敲了敲门，就推开进去了。她松了口气，玛蒂在家。

“格温达刚刚生了孩子。”她说。

“出什么事了吗?”玛蒂当即问道。

“婴儿蛮好，可格温达仍在出血。”

“胎盘出来了吗?”

“出来了。”

“要止住出血。”

“你能帮她吗?”

“也许吧。我试试看。”

“求求你快点!”

玛蒂把壶从火上取下，穿上鞋，她俩跟着就出发了，玛蒂在身后锁上了门。

凯瑞丝激动万分地说：“我发誓，我绝不要孩子。”

她们冲向修道院，跑进了医院。凯瑞丝嗅到了强烈的血腥味。

玛蒂小心地和老朱莉打着招呼。“下午好，朱莉安娜姐妹。”

“好啊，玛蒂。”朱莉面露失望，“你相信你能帮这女人吗？连圣洁的副院长的药水都没有生效呢。”

“要是你为我和这病人祈祷，姐妹，谁知道会出现什么情况呢?”

这是一种外交辞令的回答，朱莉平静了。

玛蒂跪在母子身边。格温达的脸色正在越来越苍白。她的眼睛闭着。婴儿瞎找着乳头，但格温达像是疲乏得没法帮助他了。

玛蒂说：“她应该不断地喝水——但不要喝烈性的饮料。请给她弄来一罐温水，里面兑一小杯葡萄酒。然后再问问厨师，他有没有清汤，温的，不要太烫。”

梅尔用征询的目光看着朱莉，朱莉犹豫了片刻，然后说：“去吧——可是别跟任何人讲你是照玛蒂的吩咐做的。”那见习修女匆匆走了。

玛蒂把格温达的衣裙尽量往上拉，露出了她的腹部。几个小时前还绷得紧紧的肚皮，现在已经松弛打蔫了。玛蒂抓住松松的皮肉，把手指轻柔但用力地压进格温达的肚皮。格温达哼哼着，但那是不舒服而不是痛苦的声音。

玛蒂说：“子宫是柔软的，收缩不回去，所以才出血。”

伍尔夫里克饱含着泪水，说：“你能为她做些什么吗?”

“我不敢说。”玛蒂开始按摩，她的手指显然是通过格温达的皮肉挤压她的子宫。“有时候这样有助于子宫收缩。”她说道。

大家都静静地瞅着，凯瑞丝更是大气不敢出。

梅尔拿着兑了酒的水回来了。“请喂她喝一些。”玛蒂这样说着，手中并没有停止按摩。梅尔端着一只杯子，送到格温达的唇边，她解渴地喝着。“别喝太多。”玛带警告着。梅尔把杯子拿开了。

玛蒂继续按摩着，不时瞥一眼格温达的骨盆。朱莉动着嘴唇，默默地祈祷着。流血不见稍缓。

玛蒂满脸忧虑，换了一下姿势。她把左手放在格温达肚皮上，刚好在肚脐下方，然后又把右手放到左手上。她向下压着，慢慢地加着力量。凯瑞丝担心这会伤着病人，但格温达似乎处于半清醒状态。玛蒂又朝格温达更低地俯下身去，直到像是把她全身的重量都压到双手上了。

朱莉说："她不再出血了!"

玛蒂没有改换姿势。"你们谁帮着数到五百?"

"我来。"凯瑞丝说。

"请数得慢一点。"

凯瑞丝开始出声计数。朱莉又从格温达身上抹去血渍，这次再没有新的血流出来了。她开始出声祈祷。"我主耶稣基督的圣母……"

大家都凝神敛气，一动不动，如同一尊尊泥胎木雕：床上躺着产妇和婴儿，那位女智者往下压着产妇的肚子；丈夫，祈祷的修女，凯瑞丝数着："一百一十一，一百一十二……"

尽管她自己和朱莉都在出声，凯瑞丝还是听得见外面集市的动静：那是几百人同时说话的嘈杂声。下压的吃力开始在玛蒂的脸上显现出来，但她没有移动身体。伍尔夫里克轻声抽泣着，泪水淌过他那晒得红红的面颊。

凯瑞丝数到五百时，玛蒂缓缓地把身体移开格温达的腹部。大家都看着她的阴部，唯恐又有血涌出。

没有出血。

玛蒂舒心地长叹了一声。伍尔夫里克露出了笑容。朱莉说："感谢上帝!"

玛蒂说："请再给她一点喝的。"

梅尔又把一满杯水凑到格温达的唇端。格温达睁开了眼睛，把水全喝光了。

"你现在没事了。"玛蒂说。

格温达轻声说："谢谢你。"然后便闭上了眼睛。

玛蒂看着梅尔。“也许你得跑一趟，看看那汤了，”她说，“这女人得恢复些力气，不然的话，她的奶就要干了。”

梅尔点点头，走开了。

婴儿哭了起来。格温达似乎又活了过来。她把婴儿挪到另一边的乳房处，帮他找到乳头。随后她抬头看着伍尔夫里克，微笑了。

朱莉说：“多俊的小家伙啊。”

凯瑞丝又看了看婴儿。她这是第一次把他当成人看。他会长成什么样呢——像伍尔夫里克一样强壮淳朴，还是像他外祖父乔比一样懦弱又不真诚呢？她想，他谁也不像。“他长得像谁？”她问。

朱莉说：“他有他母亲的颜色。”

这是真的，凯瑞丝心想。婴儿长着黑发和浅黄的皮肤，而伍尔夫里克却是白皮肤和深金色的头发。婴儿的脸让她想起了什么人，过了一会儿她才反应过来是梅尔辛。她脑海中闪过了一个蠢念头，她马上打消了。不过，像就是像嘛。“你知道他让我想起了谁？”她说。

她突然看到了格温达的眼神。她的眼睛大睁着，脸上掠过一丝惊恐的表情，她的头勉强可见地摇了一下。那只是一瞬间的事，但传达出来的意思是无误的：闭嘴！凯瑞丝咬紧了牙关。

“谁啊？”朱莉傻乎乎地问。

凯瑞丝迟疑着，搜肠刮肚地想着该说些什么。最后她灵机一动。“菲利蒙，格温达的哥哥。”她这样说。

“当然啦，”朱莉说，“该有个人去叫他来，看看他的新外甥。”

凯瑞丝慌了神。这么说，婴儿不是伍尔夫里克的？那又是谁的呢？当然不可能是梅尔辛的。他可能和格温达睡过觉——他当然经不起诱惑——但他事后绝不会向凯瑞丝保密的。若不是梅尔辛……

凯瑞丝被一个可怕的念头镇住了。格温达为了伍尔夫里克继承权的事去求拉尔夫的那天出了什么事了？这婴儿会是拉尔夫的吗？

想起来太可怕了。

她看着格温达，再瞅瞅婴儿，然后瞧着伍尔夫里克。伍尔夫里克高兴地笑着，可脸上依旧挂着泪水。他一点没起疑心。

朱莉说：“你们想好了孩子的名字了吗?”

“噢，对了，”伍尔夫里克说，“我想叫他塞缪尔。”

格温达点点头，垂下眼睛看着婴儿的脸。“塞缪尔，”她说，“萨米。萨姆。”

“随我父亲的名字叫。”伍尔夫里克高兴地说。

三二

安东尼死后一年，王桥修道院变了个样，戈德温在羊毛集市过后的礼拜天站在大教堂里满意地思忖着。

主要的变化是把修士和修女隔开了。他们不再在修道院的回廊、图书馆或手稿室中混杂相处了。即使在这座教堂中，一道新雕成的橡木屏风也沿唱诗席的中间延伸开来，以防他们在礼拜时互相观看。只有在医院里，他们有时候才不得不混在一起。

戈德温副院长在布道中说，一年前的塌桥事件是上帝对修士和修女管理粗疏以及镇上罪孽的惩罚。修道院纯净的勃勃生机和镇上人的虔诚和恭谨，将会引导所有的人生活得更好，在今世乃至身后。他觉得进展相当不错。

后来，他和司库西米恩兄弟在副院长居所中一起就餐。菲利蒙给他们端上来了炖鳗鱼和苹果汁。“我想盖一座新的副院长寓所。”戈德温说。

西米恩的瘦长脸似乎拉得更长了。“有什么特殊理由吗?”

“我敢说，在基督教世界里我是唯一的一位还住在像鞣皮匠的家一样的房子里的副院长。想一想过去一年间来这里做客的人吧——夏陵伯爵，王桥主教，蒙茅斯伯爵——这所房子不配这样的客人。对我们和我们的管理印象不好。我们需要一座气派的建筑来反映王桥修道院的声誉。”

“你想要一座宫殿。”西米恩说。

戈德温从西米恩的语气里觉察出一种不赞成的调子，仿佛戈德温的目标是炫耀自己而不是修道院。“你要是愿意，就叫宫殿也罢，”他生硬地说，“为什么不可以呢？主教和副院长住宫殿。不是为了他们自己的舒适，而是为客人，也为建筑物所代表的机构的名声着想。”

“当然啦，”西米恩说，不再沿着那条思路争论下去，“可你修不起呀。”

戈德温皱起了眉头。理论上，他鼓励高级修士和他争论，但实际上他恼火受到反对。“这就可笑了，”他说，“王桥是全国最富有的一座修道院。”

“人们总是这么说。而且我们也确实拥有巨大的资源。但羊毛的价格今年跌落了，这已经是连续的第五年了。我们的收入在萎缩。”

菲利蒙突然插嘴说：“他们说，意大利商人在西班牙买羊毛。”

菲利蒙在变化。自从实现了他的野心，当上见习修士以来，他已经不再有笨小子的模样，自信大增，乃至在副院长和司库的谈话中插话——并且还说出了有意思的信息。

“可能吧，”西米恩说，“何况，羊毛集市也小了，因为没有桥，所以在税款和过桥费上收入大不如前了。”

戈德温说，“可我们还拥有好几千亩农田呢。”

“我们的农田大部分都在国土的这一带。去年雨太多，收获不好。我们许多佃户都是挣扎着，勉强过活。他们饿着肚子，就不好逼他们交租了——”

“无论如何，他们还是得照样交租，”戈德温说。“修士们也饿肚子了嘛。”

菲利蒙又说话了。“要是村里的管家说，一个佃户拖欠租金，或者那块土地没租出去，因此也就没有租子可收，你还真没办法去查，他说的是不是实话。管家会收佃户的贿赂的。”

戈德温感到灰心。在过去这一年里，他经历过无数次这样的谈话，他曾决心对修道院的财务加紧控制，但每当他要改变时就会陷入重重障碍之中。“你有什么建议吗?”他心烦意乱地对菲利蒙发问。

“派一个巡视员到各村走上一圈。让他对管家们去说，让他去看土地，让他走进说是挨饿的佃户的家里去瞅瞅。”

“既然管家能受贿，巡视员也一样。”

“巡视员要是修士就不一样了。我们要钱有什么用?”

戈德温想起了菲利蒙当年想偷东西的事情。的确，修士们个人要钱没用，至少在理论上是如此，但这并不意味着他们不会腐败。然而，由副院长派来的巡视员的一次造访，会让管家警觉起来。“这是个好主意，”戈德温说，“你愿意当这个巡视员吗?”

“不胜荣幸。”

“那就这么定了。”戈德温回过头去面对西米恩。“即使如此，我们还有大笔收入嘛。”

“还有大笔耗费呢，”西米恩回答，“我们要给我们的主教付津贴。我们有二十五名修士、七个见习修士，还有十九个修道院的食客，要管他们的吃、穿、住。我们还雇了三十个人当清扫工、厨师、马夫，等等。我们在蜡烛上要花一笔巨资。修士们的袍服——”

“好啦，我已经了解你的要点了，”戈德温不耐烦地说，“可我还是想盖一座宫殿。”

“那你往哪儿去找这笔钱呢？”

戈德温叹了口气。“到头来，我们还是靠老办法。我要问问塞西莉亚嬷嬷。”

他几分钟之后就见到她了。通常都是他请她到他这儿来，表明在教会中男性的优越；但在这个场合下，他觉得还是讨她高兴为佳。

女副院长的住所和男副院长的一模一样，只是有一种不同的感觉。里面有靠垫和小地毯，桌上的罐里养着花，墙上的刺绣内容是《圣经》故事和经文，壁炉前还睡着一只猫。塞西莉亚刚刚享受过烤羊肉和深色红酒。戈德温进门时，她戴上了面纱，这是照戈德温引进的规矩做的，因为有时候，修士不得不和修女谈话。

他发现难以看透塞西莉亚，不管她戴不戴面纱。她曾经郑重地欢迎他当选副院长，还毫无异议地执行他的有关修士和修女分隔的严格规定，在有效管理医院方面只偶尔提出一些实用的观点。她从来没有反对过他，但他觉得她并非当真站在他一边。他似乎再也不能吸引她。他年轻的时候，总能让她笑得像个姑娘。如今她不再那么容易受感动了——或许是他技穷了。

与一个戴面纱的女人低声倾谈是很难的，于是他就单刀直入地切入正题。“我认为我们应该建两座新房子，供招待贵族和上等客人之用，”他说，“一座男用，一座女用。名称就叫副院长和女副院长寓所，但其主要目的是以宾客习惯的方式来接待来访的人。”

“这主意倒很有意思。”塞西莉亚说。与往常一样，她虽然依从了，却毫无热情。

“我们应该有气势恢宏的石头建筑，”戈德温接着说，“你毕竟在这里担任女修道院的副院长有十多年了——你是全国资格最老的修女之一。”

“我们要宾客印象深刻的，不是靠我们的财富，而是靠修道院的圣洁和修士、修女们的虔诚，这是不消说的。”她说。

“确实如此——不过建筑物是那些精神的象征，犹如大教堂象征着上帝的崇高庄严。”

“你认为新房子该在哪里选址呢?”

戈德温心想，这很好——她已经进入细节讨论了。“靠近现有的旧寓所。”

“那么说，你的靠近教堂的东端，紧挨着牧师会住房，而我的就在这里，鱼塘旁边。”

戈德温脑子里闪过一个想法：她可能在揶揄他。他看不到她的面部表情。他心想，妇女戴上面纱有其不利的一面。“你可以另选新址。”他说。

“是啊，可能吧。”

一阵短时间的沉默。戈德温此时发现难以切入钱的问题。他想不得不修改关于面纱的规定了——或许把女副院长当作例外。这样子谈判实在太困难了。

他又被迫单刀直入了。“不幸的是，我在建筑经费上无能为力。修道院太穷了。”

“你指的是女副院长寓所的修建费?”她说，“我本来就没指望过。”

“不，实际上，我指的是男副院长寓所的修建费。”

“噢，这么说你是想让女修道院为我的寓所也为你的寓所付费喽。”

“恐怕我不得不求你出钱了，是的。我希望你别在意。”

“嗯，如果是为了王桥修道院的声望嘛……”

“我早就知道你会这么考虑的。”

“让我想想看……眼下我正在为修女们修建新的回廊，因为我们不能再用修士的了。”

戈德温没有说话。他很恼火塞西莉亚雇用了梅尔辛设计新回廊，而没有雇更便宜的埃尔弗里克，这是一种浪费的奢侈；不过现在不是说这种话的时候。

塞西莉亚继续说：“等那里完工之后，我还要建修女的图书馆并且采购一些书籍，因为我们不能再用你们的了。”

戈德温颇不耐烦地用足尖点着地。这似乎并不相关嘛。

“之后我们还要建一条通向教堂的有顶的走廊，因为我们现在用的是修士们用的另一条路，遇到坏天气，我们就没有遮挡了。”

“十分合理。”戈德温评论说，其实他想说的是：别犹豫了！

“所以嘛，”她以一种决断的态度说，“我觉得我们在三年之内无法考虑这一建议。”

“三年？我想现在就动手！”

“噢，我认为我们不能这么想。”

“为什么不能呢？”

“我们有修建预算的，这你知道。”

“可是，这件事不是更重要吗？”

“我们要照预算办事。”

“为什么？”

“这样我们在财务上就会有强大实力而且能独立自主，”她说，随后她有针对性地补充了一句，“我不喜欢求告别人。”

戈德温不知道说什么才好了。更糟糕的是，他有一种可怕的感觉：她正在面纱背后嘲笑他呢。他可容不得别人嘲笑他。他猛地站起身。“谢谢你，塞西莉亚嬷嬷，”他冷冷地说，“我们改日再谈这件事吧。”

“好吧，”她说，“以三年为期吧。我专候了。”

这时他敢肯定她在笑了。他转过身，尽快地走了出去。

回到他自己的住所之后，他就一屁股坐进一把椅子，怒火冲天。“我痛恨那女人。”他对仍在那里的菲利蒙说。

“她拒绝了?”

“她说她会在三年之后予以考虑。”

“这比光说个‘不’字还要糟，”菲利蒙说，“这是个三年之期的‘不’。”

“我们总逃不脱她的手心，因为她有钱。”

“我听到上年纪的人在一起谈话，”菲利蒙说，显然有点离题，“没想到能学到那么多东西。”

“你想说什么?”

“修道院最初修建磨坊和漂染坊、挖掘鱼塘、圈起野兔围场时，副院长们都立下规矩，镇上人必须要用修士的设备，而且要付费。他们不准在家磨自己的粮食，不准自行踩踏漂洗，他们不能有自家的鱼塘和围场——他们只准买我们的。这条规矩确保了修道院收回成本。”

“可是这规定不是已经没用了吗?”

“是改了。由于不再禁止，人们只要付罚金，就获准使用他们自己的设备。这样，那条规定就在安东尼副院长主事期间废除了。”

“如今各家都有一台手推磨了。”

“而且所有的鱼贩子都有了鱼塘，有六七个围场，染匠们让他们的妻儿踩踏来漂洗自己的布匹，而不把布带到修道院的漂洗房来了。”

戈德温兴奋起来了。“如果所有的人都要为使用自己的设备这一特权付罚金的话……”

“那就是很大的一笔钱了。”

“他们会像猪一样尖叫的。”戈德温皱起了眉头，“我们能证明我们的说法吗?”

“有很多人还记得罚金的事呢。但这事一定写在修道院记事的什么地方了——大概在《蒂莫西书》里面。”

“你最好找出来罚金到底是多少。如果我们要以援引先例为由的话，我们最好要站得住脚。”

“不知我能不能提个建议……”

“当然能啦。”

“您可以在礼拜天上午在大教堂的布道坛上宣布新制度。这就可以强调是上帝的旨意。”

“好主意，”戈德温说，“这正是我要做的。”

三三

“我已经有了解决的办法了。”凯瑞丝对她父亲说。

他靠在桌子头上一把大木椅上，脸上露出一丝微笑。她熟悉那种神色：有怀疑，但愿意一听。“说下去。”他说。

她有些紧张。她有把握她的主意会奏效——挽救她父亲的财产和梅尔辛的桥梁——不过，她能说服埃德蒙吗？“我们拿出多余的羊毛，织成绒布，染好颜色。”她简洁地说。她屏住气，等待他的反应。

“羊毛商在时运不济时常常这么做，”他说，“可你要告诉我，为什么你觉得可行。要花费多少呢？”

“清洗、纺线和织布，一袋羊毛要四先令。”

“能织成多少布呢？”

“一袋劣质羊毛，你买进时花三十六先令，加工成布要再花四先令，能织出四十八码布。”

“你要卖多少钱……？”

“没染色的褐色坯布是一先令一码，所以四十八先令——比我们付出的要多出八先令。”

“考虑到我们投入的工，这赚得不多。”

“可这不是最好的赚头。”

“说下去。”

“织工们出售他们的褐色坯布，因为他们急于用钱。但如果你再出二十先令漂洗、加密，然后染色和最后精加工，你就可以卖上两倍的价钱——一码两先令，整匹就要卖到九十六先令——比你付出的要多三十六先令！”

埃德蒙露出将信将疑的神色。“要是这么容易，为什么没有更多的人去做呢？”

“因为他们没有钱投资。”

“我也没钱！”

“你从伦敦的查洛姆那儿拿到了三镑。”

“那我就没钱买明年的羊毛了。”

“照这样的价格，你已经从生意里赚多了。”

他笑了。“以圣者的名义，你是对的。好极了，就从一些便宜货开始试一下吧。我有五袋德文郡的粗羊毛，是意大利人从来不要的。我把其中一袋给你，看看你能不能照你说的办。”

两周之后，凯瑞丝看到马克·韦伯正在砸碎他的手推磨。

她看到一个穷人毁掉一件有价值的设备，十分震惊——以致一时之间忘记了自己的难处。

手推磨由两块石盘组成，每一块都有一面稍稍凿粗过。小些的放在大些的上面粗面对粗面，完美地嵌入一个线槽。一个突出的木把手让上面的一块石盘转动，而下面的则保持静止。放在两块磨盘中间的粮食穗很快就磨成了粉。

王桥的多数下层居民都有一台手推磨。特别穷的人置办不起，而富有的又不需要——他们会买已经由磨坊主磨好的面粉。但是对于韦伯这样的家庭，他们要把挣来的每一个便士都用在喂饱孩子上，一台手推磨是天赐的省钱之道。

马克把他的手推磨放在他的小屋门前的地上。他找人借来一只长把铁锤。他的孩子中有两个在旁观：一个穿着破衣裙的瘦女孩子和一个蹒跚学步的光屁股的男孩。他把铁锤举过头顶，抡出一道长长的弧线。那光景真值得一看：他是王桥块头最高大的汉子，肩膀像拉车的马似的。石头给砸得如同蛋壳一般散成了碎片。

凯瑞丝说："你到底要干什么？"

"我们得到修道院的水磨那儿去磨面了，一袋粮食要花二十四便士呢。"马克答道。

他似乎对这件事很漠然，可她却吃了一惊。"我还以为这新规矩只用于没有准许证的风磨和水磨呢。"

"明天我得和约翰治安官去转转，搜查人们的家里，把非法的手推磨砸碎。我没法说我自己就有一个。所以我要当街砸磨，让人人都看得见。"

"我没想到戈德温打算从穷人嘴里拿走面包。"凯瑞丝咬牙切齿地说。

"我们还算幸运，我们还有些织布的活儿可干——谢谢你了。"

凯瑞丝的脑筋回到了她自己的生意上。"你的活儿干得怎么样？"

"干完了。"

"挺快的嘛！"

"在冬天用的时间多些。可是在夏天，白天有十六个小时，我一天能织六码，当然有玛奇帮忙。"

"真棒！"

"进屋来，我给你看看。"

他的妻子玛奇站在这一间房子的后面的炉火边，怀里抱着一个婴儿，身边还站着一个腼腆的男孩。玛奇比她丈夫要矮一英尺多，不过她的身材很结实。她胸围很大，后臀突出，让凯瑞丝联想起一只肥鸽。她那向前翘的下巴赋予她一种咄咄逼人的架势，不过这倒不完全没道理。她虽然好斗，心肠却好，凯瑞丝挺喜欢她的。她请她这位客人来上一杯苹果汁，凯瑞丝没要，因为这家买不起那种饮料。

马克的织机是个木头架子，一码多见方，竖在地上，占掉了大部分的居住空间。织机背后紧靠后门是一张带两条板凳的桌子。显然，他们全家都得围着织机睡在地上。

“我织窄打布，”马克解释说，“窄打布就是一码宽、十二码长的一匹布。我织不了宽幅的，因为屋里摆不下这么宽的织机。”四卷褐色的坯布靠墙堆着。“一袋羊毛可以织出四匹窄打布。”他说。

凯瑞丝早些时候给他带来了一标准袋的粗羊毛。玛奇安排好把那些羊毛经过清洗、拣选，纺成了线。纺线的活儿是镇上的贫穷妇女干的，而清洗和拣选则是由他们的孩子动手。

凯瑞丝摸了摸布面。她很激动：她已经实现了她计划的第一步。“为什么织得这么松呢？”她问。

马克气恼了。“松？我的坯布是全王桥织得最紧密的！”

“我知道——我没有批评的意思。只是意大利的呢绒完全不同——那可也是用我的羊毛织的。”

“一部分靠织工的力气，要看他下层板条挤压羊毛时使了多大的劲。”

“我不相信意大利的织工全都比你还壮。”

“那就是他们的机器了。织机越好，就织得越密。”

“我担心的就是这个。”言外之意是凯瑞丝没法跟高质量的意大利毛织品竞争，除非她买意大利织机，而这似乎不可能。

她告诉自己；一时一个问题。她给马克付工钱，数出了四先令，他还要把其中的差不多一半付给纺线的妇女。凯瑞丝理论上赚了八先令。八先令在修桥工程上是顶不了多少用的。照这种速度，要花几年才能织完他父亲全部的剩余羊毛。“有没有什么办法可以生产得快些呢?”她问马克。

玛奇答话了。“在王桥还有别的织工，但大多数都要给现成的布商干活。不过，我可以给你在镇子外面再给你找些人。那些大点的村子往往有个家里有织机的织工。通常他都给村民用他们自纺的纱织成布。只要价钱好，这些人很容易干别的活儿的。”

凯瑞丝掩饰起自己的忧虑。“好吧，”她说，“我会告诉你的。这会儿，你肯把这些布替我送到染匠彼得那儿吗?”

“当然。我这就去。”

凯瑞丝一路深思着，回家吃饭。要真正另辟蹊径，她就得把她父亲大部分的余款都花掉。要是干砸了，他们的日子就更糟了。何去何留呢?她的计划是有些铤而走险，可是别人还根本没有任何计划呢。

她回到家中，彼得拉妮拉正端出炖羊肉。埃德蒙坐在餐桌一端。羊毛集市上生意的下跌对他的影响看来比凯瑞丝的预期还要严重。他平素里那种勃勃生气被压抑了，常常露出忧心忡忡的神色，如果还算不上垂头丧气的话。凯瑞丝很为他担心。

“我刚看见马克·韦伯砸掉了他的手推磨，”她边落座边说，“这样做不是没脑子吗?”

彼得拉妮拉把头一扬。“戈德温完全有权这么做。”她说。

“那种权力早都过时了——已经有好多年没执行了。还有哪里的修道院做这种事?”

“在圣奥尔本斯。”彼得拉妮拉得意洋洋地说。

埃德蒙说：“我听说过圣奥尔本斯。那儿镇上的人不时地动乱，反对修道院。”

“王桥修道院有权收回花在建造磨坊上的钱，”彼得拉妮拉争辩说，“就像你，埃德蒙，想收回你投在建桥上的钱一样。要是有人另建一座桥，你会怎么想？”

埃德蒙没有回答她，于是凯瑞丝便应了声。“那全要看这事会多快地出现，”她说，“修道院的那些磨坊是几百年前造的，围场和鱼塘也是。没有谁永远有权阻止镇子的发展。”

“修道院有权收款。”她顽固地说。

“哼，要是他这样一意孤行，就从谁手里都收不到款子了。人们会搬到夏陵去住。那儿可是准许有手推磨的。”

“你难道不懂得修道院的需要是神圣的？”彼得拉妮拉气愤地说，“修士们是为上帝服务的！与这个相比，镇上人的生命又算得了什么。”

“你儿子戈德温相信的就是这个吗？”

“当然啦。”

“我担心的就是这个。”

“你不相信修道院的工作是神圣的？”

凯瑞丝无言以对，所以干脆就耸耸肩，而彼得拉妮拉则一副获胜的神气。

饭食很好，可凯瑞丝心情紧张，吃不下许多。别人都吃完之后，她说道：“我得去见见染匠彼得。”

彼得拉妮拉反对说：“你还打算花更多的钱吗？你已经给了马克·韦伯你父亲的四先令了。”

“不错——可是那些布比羊毛要多值十二先令，这样我还赚了八先令呢。”

“不对，你还没赚到手，”彼得拉妮拉说，“你的布还没卖出去呢。”

彼得拉妮拉表述的疑虑，凯瑞丝在悲观的时候，也曾有过同样的担心，但此刻她只能硬着头皮说："我一定会卖掉的，虽说——尤其要是染成红色的话。"

"染色和漂洗这四窄打，彼得要收多少钱呢？"

"二十先令——不过红布要比褐色的坯布值两倍的价儿，所以我们又可以再赚二十八先令。"

"那是卖掉的话。要是卖不出去呢？"

"我一定卖得掉。"

她父亲插嘴了。"让她去吧，"他对彼得拉妮拉说，"我已经跟她说了，她这次可以试一试。"

矗立在一座山顶上的夏陵城堡也是郡守的住所。山脚下竖着绞刑架。每逢有绞刑时，囚犯就从城堡用车押到下边，在教堂前绞死。

竖绞架的广场也是集市所在地。夏陵集市就设在这里，在公会大厅和叫作羊毛交易所的大型木头建筑之间。主教的官邸和许多小旅馆也在广场周围。

今年由于王桥的麻烦，这里的摊位多于以往，集市一直伸展到市场之外的街道上。埃德蒙用十辆车运来了四十袋羊毛，如果需要，在本周之内还可以从王桥多运来一些。

让凯瑞丝堵心的是，没有需要了。他在第一天卖掉了十袋，然后直到集市结束都再没成交，他只好把价格压到低于进价才又卖出去十袋。她记忆中从来没见他情绪这么低落过。

她把她那四匹暗红色的绒布放到了他的摊位上，整整一个星期，她一码一码地卖掉了四匹中的三匹。"瞧瞧这样的生意吧，"她在集市的最后一天对她父亲说，"以前，你有一袋卖不出去的羊毛和四先令。现在，你有了三十六先令和一匹布。"

但她的快活只是为了他好。她其实深深地感到沮丧。她曾经大胆地吹嘘过她能够卖掉布匹。结果不是全盘失败，但也算不上胜利。要是她无法以高出成本的价格卖出布去，那她就没有解决掉问题。她该怎么办呢？她离开摊位去调查其他的布贩。

最好的绒布一如既往来自意大利。凯瑞丝在洛罗·菲奥伦蒂诺的摊位前停下了脚步。像洛罗这样的布商不是羊毛的买主，虽说他们常常与买羊毛的人密切合作。凯瑞丝知道，洛罗把在英国收到的货款交给博纳文图拉，让他用来付给英国商人买生羊毛。之后，等羊毛运到佛罗伦萨，博纳文图拉家族就卖掉羊毛，用进款还给洛罗一家。这样一来，他们就都避开了运输金银币穿过欧洲的风险。

洛罗的摊位上只有两卷布，但颜色却比任何本地产品鲜亮得多。“你就带来这么些吗？”凯瑞丝问他。

“当然不止啦，其余的我都卖掉喽。”

她吃了一惊。“别的人可都赶上了坏集市。”

他耸了耸肩。“最好的布总是卖得出。”

凯瑞丝的头脑里形成了一个主意。“这猩红色的卖多少钱？”

“每码只卖七先令，女士。”

这可是坯布价格的七倍。“可谁能买得起呢？”

“主教买了我的许多红色的，菲莉帕夫人买了些蓝的和绿的，镇上酿酒师和面包师的几个女儿，一些四周村子里的老爷和太太们……即使在艰难时期，还是有人有钱。这块银红色的穿在你身上漂亮极了。”他麻利地从那捆里打开一块，披到凯瑞丝的肩上。“神了。看看大家已经在怎么打量你了吧。”

她莞尔一笑。“我看出来你为什么卖掉这么多了。”她把那块布拿在手里。织得很紧密。她已经有了一件她母亲传下来的猩红色的意大利货了。那是她最喜欢的裙袍。“你们用什么染料染成这种红色的？”

“茜草，和大家一样的。”

“可是怎么会这么鲜亮呢?”

“这没什么秘密。他们用明矾。可以使色彩亮丽还能融进布里，所以不会退色。一件这种颜色的斗篷，穿在你身上，会妙不可言的，永远都让你高兴。”

“明矾，”她重复了一句，“英国染匠为什么不用呢?”

“那东西很贵。从土耳其进口的。这种奢侈品仅供特殊的女性使用。”

“蓝色的呢?”

“像你的眼睛。”

她的眼睛是绿的，但她没有纠正他。“这颜色可够深的。”

“英国染匠用菘蓝，可我们从孟加拉进口靛青。摩尔商人把那染料从印度带到埃及，然后我们的意大利商人在亚历山大港买下。”他满脸笑容，“想想一路行程有多远吧——为你出众的美貌锦上添花。”

“是啊，”凯瑞丝说，“好好想想这件事吧。”

染匠彼得在河边的作坊是和埃德蒙的住所一样大的房子，不过是用石头造的，而且没装内壁和地板——只是个外壳。两口大铁锅架在大火上。每口锅旁都有一个升降架，就像梅尔辛用在建筑工程上的那种。在这里的是用来抬起大袋的羊毛或绒布，再降到染缸里面。地面上总是湿漉漉的，空气中是浓浓的蒸气。学徒们却赤着脚干活，因为屋里的热气，都只穿内衣，他们个个汗流满面，头发上水淋淋的。有一股辣味直冲凯瑞丝的喉咙根。

她把她没卖出的布给彼得看。“我想要意大利绒布那种亮丽的猩红色，”她说，“那种最好卖。”

彼得是个忧郁的人，总是一副受伤害的样子，你对他说什么都没用。这时他闷闷不乐地点点头，仿佛承认了一次合理的批评。

“我们就用黄草再染一次。”

“再用些明矾，固定颜色并且再亮丽些。”

“我们不用明矾。从来也没有。我不知道谁用过。”

凯瑞丝在心里骂了一声。她没想到要考察这件事。她原以为一个染匠会对染色的一切都知道。“你不能试一试吗？”

“我没有那东西。”

凯瑞丝叹了口气。彼得似乎是那种把什么都看作不可能的匠人，除非他们以前干过。“要是我能给你弄来一些呢？”

“从哪儿弄？”

“我想，从温切斯特或者伦敦。也许从麦尔考姆吧。”那是最近的一个大港。全欧洲的船都要到麦尔考姆。

“就算我有，我也不知道怎么用。”

“你不能弄明白吗？”

“找谁呢？”

“就让我试着找找看吧。”

他悲观地摇了摇头。“我不知道……”

她不想跟他争论：他是镇上唯一的大规模染匠。“我们是车到山前必有路，”她用安慰的口气说，“现在我不再占用你的时间讨论这事了。我要先去看看我能不能找到些明矾。”

她离开了他那儿。镇上谁会知道明矾的信息呢？她如今后悔没有多问洛罗·菲奥伦蒂诺一些问题。修士们会了解些这类事情的，可是他们不再准许与妇女说话了。她决定去见“智者”玛蒂。玛蒂一直都在掺和莫名其妙的混合物——说不定其中就有明矾。更重要的，她若是不知道，就会承认自己无知，不像修士或药剂师，会假造一些东西以免被人认为愚蠢。

玛蒂的头一句话是：“你父亲怎么样？”

“看来他从这次羊毛集市的失败中受到了震动。”凯瑞丝说。这是玛蒂的特点，总要了解一下她在关心什么。“他变得爱忘事了。仿佛变老了。”

“多关心他吧，”玛蒂说，“他可是个好人。”

“我知道。”凯瑞丝不晓得玛蒂要干什么。

“彼得拉妮拉是头以自我为中心的母牛。”

“我也知道。”

玛蒂在用一只杵研着钵里的什么东西。她把钵推给凯瑞丝。“要是你帮我研这个，我就给你倒一杯酒。”

“谢谢你。”凯瑞丝开始研起来。

玛蒂从一个石罐里给两只木杯倒了黄葡萄酒。“你来这儿干吗？你又没病。”

“你知道明矾是什么吗？”

“知道。我们用少量的明矾作出血药，有助于伤口愈合。那玩意还可以止泻。但量多就有毒了。跟许多毒药一样，让人呕吐。去年我给你配的药里就有明矾。”

“那是什么东西呢，一种草药吗？”

“不是，是一种土。摩尔人在土耳其和非洲开采这种矿。鞣皮匠有时用来对皮革预处理。我估摸你想用来染布。”

“是啊。”跟往常一样，玛蒂的猜测十有九中，有点神奇。

“起媒染剂的作用——有助于染料进入毛料。”

“你从哪儿弄到的呢？”

“我在麦尔考姆买的。”玛蒂说。

凯瑞丝用两天的行程来到麦尔考姆，她以前到过这里多次，都是由她父亲的一个伙计陪着当私人保镖。她在码头区找到了一个商人，卖香料、笼鸟、乐器和从世界边远地区贩来的各种稀奇古怪的东西。他卖给她从法国栽种的茜草根中提到的红色染料和据他说是来自埃塞俄比亚的一种叫作螺旋土的明矾。他给她开价七先令一小桶茜红，一镑一袋明矾，她一点不知道她付的价钱是否公平。他把全部存货都卖给了她，并答应下次有意大利船进港时再进些货。她问他要用多少染料和明矾，可惜他不知道。

她回家之后，就用一个饭锅动手染她没卖出去的绒布。彼得拉妮拉受不了那气味，于是凯瑞丝就把火架在后院。她知道她得把布放到染料的溶液里再加热，染匠彼得告诉了她染料溶液的正确强度。可是，没人知道她需要多少明矾以及如何使用。

她开始了一个试验和出错的沮丧过程。她试过先把布泡进明矾水然后再染；试过把明矾和染料同时使用；还试过把染过的布再放进明矾溶液里加热。她还试过用与染料等量的明矾，后来又加量，又减量。依照玛蒂的建议，她还用别的配料做试验：栎五倍子、白垩、石灰水、醋、尿。

她的时间紧迫。在所有的城镇里，除去公会成员，谁都不准买卖布匹——只有集市不在此列，那时候平素的规矩都不算数了。而一切集市都赶在夏季。最后一个是圣贾尔斯集市，位于温切斯特以东的低地里，时间是九月十二日，也就是圣贾尔斯节。现在已经是七月中了，她还有八个星期的时间。

她一大早就开始干活，一直工作到天黑之后很久。不停地翻布，还要举起来下锅出锅，累得她腰酸背痛。由于不断地浸在有刺激性的化学药品中，她的双手又红又疼，她的头发也有味了。然而，尽管沮丧，她偶尔也感到幸福，有时还在干活时哼着甚至唱着歌，那些歌都是老调子，儿时学的歌词都记不清了。邻居们在他们自己的后院里隔着篱笆莫名其妙地观望着她。

她脑子里不时地出现那种想法：这就是我的命吗？她曾不止一次地说，她并不知道该对她的生活做些什么。不过她可能没有什么自由的选择。她不会获准当一名医生；做羊毛商不像是个好主意；

她也不想让自己成为丈夫和孩子的奴隶——而她做梦也没想过她最终会当上染匠。她想到这里，心里明知这并不是她想做的事情。不过既然已经开始了，她就决心要成功——但她并非命该如此。

最初，她只能把布染成褐色或浅粉色。当她开始接近正经的猩红色时，却发现晾在太阳下或是一下水就退色了，这简直要把她逼疯了。她试着染上两次，可效果只能保持一时。彼得很晚才告诉她，要是她用织前的纱，或者用粗羊毛，一定要泡透才能染好；这样去做，色样倒是对了，可还是容易掉色。

“学染色只有一条路，那就是跟个师傅。”彼得这样说了多次。凯瑞丝意识到，大家都这么认为。戈德温副院长靠研读几百年前的老书学医，连病人都不见面就开药方。埃尔弗里克因为梅尔辛以新风格雕了童女的寓言便惩罚了他。彼得甚至从来没尝试过把布染成猩红色。只有玛蒂把她的决定建立在自知之明的基础之上，而不是听信某些德高望重的权威的指点。

一天傍晚，凯瑞丝的姐姐艾丽丝站在一边，抱着双臂，噘着嘴唇，看着她。随着院子的四角逐渐笼进黑暗，凯瑞丝烧着的火映红了艾丽丝失望的面孔。“你把咱爸的多少钱都花在这件蠢事上了？”她发问。

凯瑞丝算起加法。“七先令买了茜红，一镑买了明矾，十二先令买了布——总共三十九先令。”

“上帝拯救我们！”艾丽丝吓了一跳。

凯瑞丝本人也吃了一惊。这笔钱比王桥大多数人一年的工资还要多。“这钱不少，可我要赚回来更多。”她说。

艾丽丝气恼。“你没权利这样花他的钱。”

“没有权利？”凯瑞丝说，“我得到了他的准许——我还需要别的吗？”

“他已显出老相了。他的判断力不如以前了。”

凯瑞丝装作不晓得这一点。“他的判断力是好的，比你强多了。”

“你在耗费咱们的遗产！”

“你是为这个烦心吗？别担心，我在给你挣钱。”

“我不想冒险。”

“你是没冒险，可他在冒险。”

“他不会把应该归我们的钱扔掉的！”

“把这话说给他听吧。”

艾丽丝铩羽而归了，但凯瑞丝并不像她装出的那样信心十足。她也许一直就没弄对。那以后她和她父亲该怎么办呢？

她最终发现了正确的配方，其实极其简单：每三盎司羊毛要用一盎司茜红和两盎司明矾。她先在明矾溶液中煮羊毛，然后把茜红加到锅里就不要再煮溶液了。多余的成分是石灰水。她难以相信这个结果。比她所希望的还要成功。那红色很鲜亮，几乎和意大利的一样。她担心会退色，让她再次失望；但经过晾干、再洗和漂洗之后，颜色保持不变。

她把配方交给了彼得，在她的严密监督下，他把她剩下的全部明矾在他的大锅里染了十二码最优质的毛绒。经过漂洗之后，凯瑞丝花钱请一位精整工用一个起绒草刺果(一种野花的多刺的头部)摘掉松出的线头，并修整了一些小瑕疵。

她带着一大包完美亮红的绒布来到了圣贾尔斯集市。

她刚一打开布卷，就有一个操着伦敦口音的男人跟她招呼了。“卖多少钱？”他问道。

她打量了一下他。他的衣服贵重而不炫耀，她猜想他很富有但不是贵族。她竭力掩饰着颤抖的声音，说：“一码七先令，是最好的——”

“不，我问的是整匹布多少钱。”

"一共十二码，应该合八十四先令。"

他用食指和拇指捻着布面。"不如意大利绒布织得细密，但也算不坏了。我给你二十七金弗罗林。"

佛罗伦萨的金币很通行，因为彼时英格兰还没有自己的金币。一弗罗林约值三先令，三十六个英格兰银便士。这个伦敦人提出要买她这整匹布，比她按码零售的价只少了三先令。但她注意到他在讨价还价上并不特别认真——不然的话，他出价会更低的。"不成，"她开口说，对自己的鲁莽有些吃惊，"我要全价。"

"好吧。"他马上说，坚定了她直觉的判断。她大气不敢出地盯着他掏出钱包。转眼间她手里已经攥着二十八枚金弗罗林了。

她仔细检查着一枚金币。比一枚银便士稍大些。一面是施洗者圣约翰，他是佛罗伦萨城的保护神，另一面是佛罗伦萨的花卉。她把金币放到一架天平上，与她父亲为此目的保存着的一枚新铸的弗罗林相比。这枚金币是好的。

"谢谢你。"她说，难以相信自己的成功。

"我是伦敦奇普塞的哈里·默萨，"他说，"我父亲是英格兰最大的布商。等你有了更多的这种猩红色的布，就到伦敦来吧。你带来多少，我们就买多少。"

"咱们把这些羊毛全织了！"她回家后对她父亲说，"你还剩下四十袋羊毛呢。我们要全部做成红绒布。"

"这可是笔大生意，"他思虑着说。

凯瑞丝把握十足，她的计划能够实现。"有的是织工，他们全都穷得很。彼得也不是王桥唯一的染匠，我们可以教会别人使用明矾。"

"秘密一旦泄露出去，别人就会仿造了。"

她知道他想到隐患是对的，不过她已经急不可耐了。"让他们去仿造吧，”她说，“他们也可以赚钱嘛。”

他不想招惹是非。“要是有好多布要卖的话，价钱就要降下来了。”

“在这样的生意赚不到钱之前，还有一条长路要走呢。”

他点点头。“倒也是。可你能在王桥和夏陵卖掉那么多吗？这儿可没那么多有钱人。”

“那我就拿到伦敦去卖。”

“好吧。”他笑了，“你决心很大。这是个好计划——不过，哪怕是个坏计划，你也要尽力干好。”

她马上来到马克·韦伯家里，安排他着手织另一袋羊毛。她还吩咐玛奇用埃德蒙的一辆牛车装上四袋羊毛，在四下的村子里找织工。

但凯瑞丝家里另外的人却不高兴了。第二天，艾丽丝来家吃饭。大家入座以后，彼得拉妮拉对埃德蒙说：“艾丽丝和我觉得，你应该重新考虑你制作布的项目。”

凯瑞丝想让他告诉她，已经作出决定，再想走回头路为时已晚。没想到他却和蔼地说：“真的？给我说说理由。”

“你在拿你赚来的每个便士冒险，这就是理由！”

“现在大量的羊毛已经在冒险了，”他说，“我有一整仓库的羊毛卖不出去呢。”

“可你会把一个坏局面弄得更糟的。”

“我已决定抓住这机会。”

艾丽丝插话说：“这对我不公平！”

“为什么？”

“凯瑞丝在花我的遗产！”

父亲的脸色一沉。“我还没死呢。”他说。

彼得拉妮拉辨出他不高的话音中的愠怒，闭上了嘴；但艾丽丝没注意到他生了多大的气，还在唠叨。“我们得想想将来，”她说，“凯瑞丝凭什么耗费我生来的权利？”

“因为那还不属于你，说不定永远都不会属于你了。”

“你不能就这样把应该归我的钱扔掉了。”

“我不要别人告诉我该拿我的钱怎么办——尤其用不着我的孩子对我指手画脚。”他说，声音之严厉，连艾丽丝也听出来了。

她用更平和的语气说：“我可没想惹你生气。”

他哼了一声。她虽然算不上在道歉，但他从来不会长时间发脾气。“咱们吃饭吧，再也别提那件事了。”他说。凯瑞丝心知，她的计划又熬过了一天。

饭后，她去见染匠彼得，跟他打了招呼，大量活计就要临到他头上了。“这事干不成。”他说。

这出乎她意料。他总是阴沉着脸，但他还是有求必应的。“别担心，不会都让你一个人染的，”她说，“我要把活儿分给别人一些。”

“不是染的问题，”他说，“是漂洗跟不上。”

“为什么？”

“我们不许自己漂洗。戈德温副院长立了一条新规矩。我们必须用修道院的漂坊。”

“那样的话，我们就用好了。”

“那就太慢了。机器很老，还不时停机。修了一次又一次，所以木头是新旧混杂，就没法有条理地工作了。还不如一个人在一缸水里踩得快呢。再说只有一个漂坊，勉强能应付王桥的织工和染匠平常的活计。”

这可真是疯狂。她的全盘计划肯定不能因为她表哥戈德温的愚蠢控制而废于一旦。她气忿地说：“不过，要是那漂坊没法工作，副院长总该允许我们用脚踩布了吧！”

彼得耸了耸肩。“跟他去说吧。”

“我一定去说!”

她大步流星地向修道院走去，但在到达之前，她又转念一想：副院长居所的厅堂是用来会见镇上人的，无论如何一个女人没经约好就单独进去也是非同一般的，何况戈德温对这类事越来越敏感了呢。更主要的，直接的面对面不一定是改变他的主意的最好办法。她明白了，她得把这事再想周全一点才能奏效。她回到家，和她父亲一起坐在客厅里。

“年轻的戈德温在这事上站得不稳，”埃德蒙马上就说了，“从来就没有用漂坊还要收费的。据说，漂坊是由镇上一个叫杰克的匠师为伟大的菲利普副院长造的；杰克死后，菲利普就给了镇子永久使用那漂坊的权利。”

“人们为什么不再用了呢?”

“年久失修了，我觉得有一个谁来付维修费的争议。争来争去从未解决，人们就退回去自己踩布了。”

“噢，这么说他无权收费，更无权强迫人们使用了!”

“是这样。”

埃德蒙给副院长捎去口信，询问什么时候戈德温方便可以一见，回话说他现在就有空，于是埃德蒙和凯瑞丝就穿过大街，到副院长居所去了。

戈德温这一年来变化很大，凯瑞丝心想。孩子气的急切已经一扫而光。他似乎很警觉，像是等着他们发难。她开始怀疑，他究竟有没有当副院长的人格力量。

菲利蒙和他在一起，一如既往地热情地搬椅子，倒饮料，但他的神态中有一股新的自信，一种让人知道他属于这里的表情。

“好嘛，菲利蒙，你如今当上舅舅了，”凯瑞丝说，“你觉得你的新外甥萨姆怎么样?”

“我是个见习修士，”他谨小慎微地说，“我们割舍了一切世俗的关系。”

凯瑞丝耸了耸肩。她知道他喜欢他妹妹格温达，但既然他想装出另一副样子，她就不强辩了。

埃德蒙生硬地把问题摆给了戈德温。“若是王桥的羊毛商没法改善他们的收益的话，修桥的工程就不得不停下来了。所幸，我们找到了新的财源。凯瑞丝发现了如何生产高质量红布的途径。这笔新生意成功的路上只有一件事挡着：漂坊。”

“怎么？”戈德温说，“红布可以在漂坊漂嘛。”

“其实不成。老得没法用了。只能凑合对付一下现有的绒布生产。没有再多余的能力了。要么你造一座新漂坊——”

“不可能，”戈德温打断说，“我没有做那种事的闲钱。”

“那好，”埃德蒙说。“你就得允准人们用老办法漂布，把布放进一缸水里，用脚来踩。”

戈德温脸上掠过的神情对凯瑞丝来说太熟悉了。那是混杂着愤愤不满、挫伤尊严和冥顽不灵的表情。在孩提时代，每当他遭到反对时，就是这副样子。这意味着他想对别的孩子恃强凌弱，或者，若是做不到，就一跺脚回家去。想自行其是只是一部分。凯瑞丝认为，他似乎一遇到不同意见就感到受了侮辱，仿佛别人认为他不对的念头，太伤害他，让他无法容忍。不管怎样解释吧，她深知她一看到他这种表情，他就要蛮不讲理了。

“我早知道你会跟我对着干的，”他对埃德蒙气冲冲地说，“你好像以为修道院的存在是为王桥谋利益。你要从另外一个角度来认识这个问题。”

埃德蒙当即就火了。“你难道不明白我们互相依存吗？我们原以为你懂得这种相互关系呢——所以我们才帮你当选的。”

“我是修士们而不是商人们选出来的。这镇子可能要依赖修道院，而且在有镇子之前就有修道院了，我们可以用不着你们而照样存在。”

“也许你能存在吧，但那是作为一座孤零零的哨卡，而不是作为一座繁忙城市的活跳跳的心脏。”

凯瑞丝插话说：“你应该愿意王桥繁荣，戈德温——你干吗要跑到伦敦去反对罗兰伯爵呢？”

“我到宫廷去捍卫修道院自古以来的权利——就像我此时此刻要做的一样。”

埃德蒙气恼地说：“这是背叛！我们支持你当副院长，是因为你让我们相信你会造一座桥！”

“我不欠你们的，”戈德温回答说，“我母亲卖掉她的房子送我读大学——我的有钱的舅舅当时在哪儿？”

凯瑞丝没想到戈德温还在对十年前的事情耿耿于怀。

埃德蒙的表情变得冷酷而充满敌意。“我认为你没权利强迫人们使用那漂坊，”他说。

戈德温和菲利蒙交换了一下眼色，凯瑞丝意识到他们对此心知肚明。戈德温说道：“可能有过那么一段时间，修道院慷慨地允许镇上人免费使用漂坊。”

“那是菲利普副院长给全城的实惠。”

“我对此一无所知。”

“在你们的纪事里应该有一份文献。”

戈德温发怒了。“镇上人听凭漂坊年久失修，因此，修道院只好出钱修复。这就足以废除任何实惠了。”

埃德蒙说得不错，凯瑞丝意识到：戈德温站得不稳。他明知菲利普副院长的馈赠，但他一心想置若罔闻。

埃德蒙又努力了一下。“我们肯定能在你我之间解决这个问题吧？”

“我不会收回成命的，”戈德温说，“那会让我显得懦弱。”

这才是真正让他心烦之处，凯瑞丝恍然大悟。他害怕镇上人会因为他变了主意而不尊重他。他的固执其实恰恰来自一种怯懦。

埃德蒙说：“我们谁也不想惹麻烦，费事再去拜访一次宫廷。”

戈德温气得毛发直立了。“你是不是在用宫廷威胁我？”

“我在努力避免那样做。不过……”

凯瑞丝闭上眼睛，默祷两个男人不要把争论推到这边缘。她的祈祷没得到回答。

“不过怎样？”戈德温挑衅地说。

埃德蒙叹了口气。“不过嘛，要是你强迫镇上使用漂坊，还禁止在家中漂洗，我就向国王起诉。”

“那就请便吧。”戈德温说。

三四

那头鹿是雌性的幼鹿，大概一两岁，腰腿健壮，柔软的毛皮下是丰美的肌肉。它站在一块林中空地的远端，从一片灌木的枝叶中把长长的脖子伸向一块萋萋的草地。拉尔夫·菲茨杰拉德和阿兰·弗恩希尔骑在马上，他们坐骑的蹄子陷在湿漉漉的毯子般的秋天落叶里，他们的狗都是经过训练的，此时无声无息。由于这一点，或许也由于那头小鹿正全神贯注地要去吃草，它并没有听到他们在接近，直到为时已晚。

拉尔夫第一个发现小鹿，他指着空地对面。阿兰紧紧握着他的长弓，左手拽着马缰。依靠长期练习的速度，他在转瞬间已经把箭搭在了弦上，射了出去。

两条狗慢了一些。只是在它们听到了弦响和箭飞过空中时的嗖嗖声时，才反应过来。那条叫“大麦”的母狗一时僵在原地，抬起头，竖起耳朵；它的幼犬叫“刀刃”，如今长得形体超过了母亲，发出了一声低低的惊叫。

那支箭有一码长，尾端装着天鹅羽，箭镞是两英寸的纯铁，上面有一个套管，牢牢地套在箭杆上。那是一支猎箭，前端尖利；而作战用的箭则是方尖，以便可以在穿透铠甲时不弯。

阿兰那一箭射得很好，但不够完美。箭射中了鹿的颈下。它四腿腾空——大概是受那突然又痛楚的一扎给惊的。它的头抬得高出了灌木丛。一时之间，拉尔夫以为它要倒地死掉了，但片刻之后，它又跃起跑开了。箭还插在它的颈部，但从伤口中只是渗出而没有冒出血，看来箭是射进了肌肉里，而没有伤及大血管。

两条狗一跃向前，如同也受到了弓矢的惊动；两匹马不用催动也紧跟上去。拉尔夫骑着他最心爱的猎马“怪兽”。他感到了狂奔的兴奋，这正是他的主要生活内容。一种神经上的激动，一种脖颈上的收紧，一种难以抑制的冲动想要厉声高叫；一种如同性兴奋一般的紧张刺激，他简直说不清两者间的差别了。

像拉尔夫这样的人是为战斗而生存的。国王和男爵封他们为地主和骑士，赐与他们村庄和土地要他们治理，为的就是一件事：他们可以为自己提供马匹、扈从、武器和盔甲，在国王需要时组织一支队伍。但战争并非每年都有。有时候两三年过去了，也就是在边境上有些对付反叛的威尔士人或野蛮的苏格兰人一些治安上的小行动。而骑士们在无仗可打的间歇中总得做些事情。他们得保持身体健壮和骑术娴熟，还有——或许是最重要的——嗜血的欲望。战士们总得杀戮，当渴求作战时就会大显身手。

狩猎便是出路。所有的贵族，上起国王，下至拉尔夫这样的地主，一有机会就要狩猎，常常是一周几次。他们热爱狩猎，而狩猎则确保他们身强体健，只要征召，就能立即投入战斗。拉尔夫在他对伯爵城堡的频繁拜访中，同罗兰伯爵一起狩猎，也常陪同威廉老爷在卡斯特罕姆狩猎。当他在自己的韦格利村中时，就带着他的扈从阿兰在附近的林中狩猎。他们通常杀的是野猪——虽说那种野兽的肉并不多，但猎捕起来很刺激，因为它们抵抗得很凶。拉尔夫也去猎狐，极少的时候也猎狼。不过鹿是最好的：灵活、敏捷，还能带回去上百磅的好肉。

此刻拉尔夫因他身下的“怪兽”的感受，它的体重和力量，它肌肉的有力活动和它四蹄踏地的节奏，而兴奋不已。那头鹿消失在树丛中，但“大麦”知道它跑到了哪里，马则跟着狗跑。拉尔夫右手握着长矛，随时准备投掷，长矛是用白蜡木作杆，前面装着淬过火的铁尖。在“怪兽”突然转向和纵跳时，拉尔夫就要随着它伏身躲过低垂的树枝并左右摇晃着，他的靴子紧套在蹬中，双膝用力，骑在鞍上十分轻松。

在低层的树丛中，马没有鹿那么灵巧，就落在了后面；但狗却有优势，拉尔夫听到了它们迫近目标时兴奋的吠声。随后，狗突然不叫了，不久拉尔夫就弄明白了原因：那头鹿冲出树林，跑到一条小径上，把狗甩到了后边。不过，在这种地方，马却发挥了长处，很快就越过了狗，开始逼近那头鹿。

拉尔夫看出来，鹿正在丧失力气。他看到了它臀部的血，估计有一条狗咬过它。它的步子散乱了，仍在挣扎着逃跑。鹿是短跑能手，善于突然起步飞跑，但无法长时间保持其初始速度。

拉尔夫在接近猎物时，血脉贲张。他握紧了长矛。要使极大的力气才能把矛尖插进一头大动物的粗壮的身体：皮很坚韧，肌肉紧密，骨骼坚硬。脖颈是最柔软的目标，但要设法避开筋腱，刺中静脉。你得把握好精准的时刻，全力迅速投出一枪。

那头鹿看到两匹马几乎要追到它跟前，便猛地一转，冲进了灌木丛中。这让它得到几秒钟的缓冲。鹿不停歇地跃过低矮的树丛，马却要磕磕碰碰地穿行，速度就慢了下来。不过，狗又追了上来，拉尔夫看到，那头鹿跑不太远了。

通常的猎法是狗在猎物上咬出越来越多的伤口，让它越跑越慢，直到马追上来，猎手能够完成那致命的一击。然而，就在这当儿，却发生了意外。

就在狗和马几乎追到鹿的时候，鹿向旁边一躲。幼犬“刀刃”靠更多的激情而不是感觉，已经冲到了“怪兽”的前边。拉尔夫的坐骑跑得太快收不住步子，更来不及躲闪那条狗，就用强有力的前腿踢中了狗。那条狗是条高大的猛犬，足有七八十磅重，这么一冲撞就造成了马失前蹄。

拉尔夫给抛了起来。就在他空中飞行的瞬间，松开了手中的长矛。那一刹那他最怕的是马会压到他身上。但就在他落地的那一片刻，“怪兽”不知怎么又恢复了平衡。

拉尔夫摔到了荆棘丛中。他的面孔和双手被刮擦得生疼，不过树枝在他摔落时挡了一下，尽管如此，他还是火冒三丈了。

阿兰勒住了马。“大麦”本来在追着那头鹿，但不久就返回了：显然鹿是跑掉了。拉尔夫挣扎着骂骂咧咧地站起来。阿兰拽住了“怪兽”，下了马，把两匹马都控制住。

“刀刃”一动不动地躺在枯叶上，嘴里淌着鲜血。它被“怪兽”的铁马掌踢中了头部。“大麦”走到它跟前，嗅着，还用鼻子拱着，舔着它脸上的血，然后露出一副无可奈何的样子，走开了。阿兰用靴尖碰了碰那条狗。没有反应。“刀刃”没了呼吸。“死了。”阿兰说。

“这条蠢狗他妈的该死。”拉尔夫说。

他们牵着马穿过树林，想找个地方休息。过了一会儿，拉尔夫听到了流水声。他循声来到一条湍急的溪流跟前。他认出了水流的走向：他们其实没有离开韦格利的田地多远。“咱们去吃点东西吧。”他说。阿兰拴好了两匹马，然后从他的鞍袋里取出了一个塞着口的罐子，两只木杯和一帆布袋的食物。

“大麦”到溪边解渴地饮着冷水。拉尔夫坐到岸上，后背靠着一棵树。阿兰坐在他身边，递给他一杯淡啤酒和一块干酪。拉尔夫接过了酒，但没要那吃的。

阿兰知道他的主人心情不佳，在拉尔夫喝的时候，他一语不发，又默默地从罐中给拉尔夫的木杯中重新斟满酒。在沉寂中，他俩都听到了女人的说话声。阿兰看到拉尔夫眉毛一扬。“大麦”哼了一声。拉尔夫站起来，要那狗别做声，蹑手蹑脚地朝那声音的方向走去。阿兰跟在他身后。

在溪水下游几码的地方，拉尔夫站住了，透过树丛向外看。一小伙村妇在溪边洗衣服，那里的水快速地流过一堆突出的石头。这是十月份的潮湿日子，凉爽但不寒冷，她们的袖子高高卷起，衬裙撩到大腿处，以免打湿。

拉尔夫逐个端详着她们。这里有格温达，前臂和小腿肌肉饱满，背上捆着她的婴儿——如今已经四个月了。他认出了珀金的妻子佩姬，正用一块石头刮擦着她丈夫的内衣。拉尔夫自己的仆妇维拉也在那儿，她是个三十岁上下的冷酷面孔的女人，他拍她屁股的时候她那副板着的脸使他再也不去碰她了。他听到的话音是寡妇休伯特的，她太爱说话了，无疑是因为她单身寡居。她站在溪水中，向其余的人吆喝着，隔着一段距离聊着闲天。

那儿还有安妮特。

她站在一块石头上，正洗着一件小裙袍，弯着腰把衣物浸到溪里，然后站直身子揉搓。她那双修长的白腿迷人地遮在起皱的衣裙里。她每一弯腰，领口就敞开，露出她的小乳房，像结在树上的果实一样诱人。她金黄色的头发稍让水沾湿了，她那张漂亮的脸蛋上有一种悻悻的表情，像是她生来就不该干这种活计。

拉尔夫猜想，她们已经在那里待了一段时间了，若不是寡妇休伯特提高了嗓门叫喊，他可能还不会知道她们在那儿呢。他蹲下身子，跪在一丛灌木边，透过没叶的细枝向外偷窥。阿兰蹲在了他身边。

拉尔夫喜欢偷看妇女。他少年时就常常这样。女人们搔着身体，劈开双腿躺在地上，还说些若是知道有男人在听绝不会说的话。事实上她们的行动像男人一样。

他大饱眼福地看着他村里的这些毫无戒备的女人们，竖起耳朵听她们在聊些什么。他观察格温达，看着她矮小结实的身躯，让他记起了她赤裸着跪在床上，历历在目地想着他拽着她的臀部拉向自己的种种感觉。他回忆起她的态度是如何变化的。起初她冷漠无情，竭力掩饰着她对自己所作所为的憎恶；后来他看到了一个缓慢的变化。她颈上的皮肤泛红了，她的胸口泄露了她激动的喘气，她还低下头，闭上眼，让他觉得她既羞耻又愉快。这样的回想使他呼吸急促，额头上还冒出了一层虚汗，虽说十月的空气十分凉爽。他不知道还有没有机会再和格温达躺在一起。

太快了，妇女们准备走了。她们叠起湿衣物，码放在篮子里，或者卷成一卷顶在头上，然后准备沿溪边的小路走开。这时安妮特和她母亲争了起来。安妮特刚洗完一半她带来的东西。她提议把那一半脏的拿回家，而佩姬似乎认为她应该留下来洗完。最后，佩姬气咻咻地走了，安妮特却阴沉着脸留了下来。

拉尔夫简直难以相信自己的运气。

他低声对阿兰说："我们可以拿她找找乐子了。溜着绕过去，切断她的退路。"

阿兰的身影消失了。

拉尔夫看着安妮特马马虎虎地把没洗的东西泡进溪水，然后坐在岸边恶狠狠地盯着流水。他判断别的妇女已经走出了听得见的范围，而且阿兰应该已经到位时，就站起身，向前走去。

安妮特听到了他穿过矮树丛的声音，抬头一看，当下大吃一惊。他得意地看着她脸上的表情从奇怪、吃惊到害怕的变化，因为她意识到自己单独和他在林中相遇。她一跃而起，但这时他已经来到她身边，轻柔而坚决地握住了她的一只手臂。“你好，安妮特，”他说，“你在这儿干吗呢……就你一个人？”

她回头去看——他猜她是希望他还有别人陪伴，可以限制他，但当她看到只有“大麦”时，她脸上的表情当即慌了神。“我要回家了，”她说，“我母亲刚走。”

“别跑嘛，”他说，“你这样子真迷人，头发湿湿的，还光着膝盖。”

她连忙把衣裙向下拉。他用那只空着的手托起她的下颏，让她看着他。“笑一笑怎么样？”他说，“别这样担惊受怕的。我不会伤害你的——我是你的老爷嘛。”

她强笑了一下。“我有点发慌，”她说，“你吓了我一跳。”她竭力露出一点她惯有的媚态。“也许你肯送我回家，”她假笑着说，“一个女孩家在林子里是需要保护的。”

“噢，我会保护你的。我会比那个傻乎乎的伍尔夫里克或者你丈夫把你照看得更好的。”他把那只手从她的下颏撤下来，握住了她的乳房。和他记忆中的一样，还是那样小而坚实，他松开她的胳膊，这样就可以用双手各握一个乳房了。

但他刚一松手，她就跑了。他哈哈笑着看她沿小路跑进树间。一会儿他就听到了她惊恐的尖叫。他待在原地，阿兰把她带了回来，她的一条胳膊扭到背后，所以胸脯就迷人地挺了出来。

拉尔夫抽出了刀子，那是一把刀刃足有一英尺长的利刃。“把衣服脱下来。”他说。

阿兰放开了她，但她没有马上照做。“求求你，老爷，”她说，“我一向对你尊敬——”

“把衣服脱下来，不然我就给你面颊一刀，让你永远留着伤疤。”

对一个讲虚荣的女人来说，这一威胁挑得很准，她马上就听从了。她在把原色的褐色毛衣裙扒过头上时，开始哭了。起初她把皱巴巴的衣袍遮在身前，掩着自己的裸体，但阿兰把衣服从她手中一把抓走，扔到了一边。

拉尔夫盯着她的裸体端详着。她低垂着眼睛站在那儿，脸上挂着泪水。她窄小的臀部上有一丛深金色的阴毛。“伍尔夫里克从来没看过你这样子吧，嗯？”拉尔夫问道。

她头也不抬地摇着头否认。

他把一只手伸进她的腿裆。“他碰过你这儿吗？”

她说：“求你了，老爷，我是结了婚的女人——”

“那更好——你不会失掉处女的童贞了，没什么可担心的了。躺下吧。”

她想躲开他，却撞上了阿兰，那家伙熟练地把她一绊，她就仰面倒地了。拉尔夫紧抓住她的两只脚踝，这样她就站不起来了，但她仍绝望地扭动着。“按住她。”拉尔夫对阿兰说。

阿兰把她的头强往下按，然后用两膝压住她的两条上臂，两只手按住她的双肩。

拉尔夫掏出了他的家伙，摩擦着让它更硬些。然后他就跪在了安妮特的双腿中间。

她开始尖叫，但没人听得见。

三五

幸亏格温达是事后第一批看到安妮特的人之一。

格温达和佩姬把洗好的衣物拿回家，晾在珀金家厨房的灶火周围。格温达仍在珀金家帮工，不过如今在秋季，地里活儿较少，她就帮佩姬做些家中的杂活。她们处理完刚洗的衣物之后，就动手为珀金、罗勃、比利·霍华德和伍尔夫里克准备午饭。一个小时之后，佩姬说："安妮特会出什么事呢？"

"我去看看。"格温达先察看了一下她的婴儿。萨米躺在一个编织的童床内，身上裹着一床旧的褐色毛毯，他那警觉的黑眼睛盯着火上冒出的烟柱卷曲着盘桓在天花板下，格温达亲了亲他的前额，就去找安妮特了。

她穿过风中的田野返回原路。拉尔夫老爷和阿兰·弗恩希尔急驰着越过她，朝村里而去，他们白天的打猎显然中断了。格温达走进树林，沿着短径前往妇女们洗衣服的地点。她还没走到，就迎面遇到了安妮特。

"你没事吧？"格温达说，"你母亲惦记着呢。"

"我挺好。"安妮特回答。

格温达看出来有些不对头。"出什么事了？"

"没事。"安妮特回避着她的目光，"什么事都没出，别烦我。"

格温达在安妮特面前站住不动，上上下下地打量着她。她的面容无误地告诉格温达出了灾祸。初看上去她身体上没有受到伤害——尽管她身体的大部分裹在长长的毛料衣袍之内——但随后格温达就看到了她的衣裙上有深色的污渍，看着像血迹。

格温达想起来拉尔夫和阿兰急驰而过。"拉尔夫老爷对你怎么了？"

"我要回家。"安妮特想推开格温达。格温达抓住她的胳膊拉住她。她并没有使劲攥，但安妮特却疼得哭了，她的手滑向她的上臂。

"你受伤了！"格温达惊叫。

安妮特的眼泪夺眶而出。

格温达用一条胳膊搂住安妮特的肩膀。“回家去，”她说，“跟你母亲说说。”

安妮特摇着头。“我不会告诉任何人的。”她说。

格温达心想，已经来不及了。

格温达陪着安妮特回到珀金的房子，一路上脑子里揣摩着各种可能性。安妮特明显地受到了什么袭击。虽说附近没有什么大路，她也可能受到了一两个过路人的攻击。强盗总是有的，但已经好长时间没见过韦格利附近有他们出没了。不，最可疑的是拉尔夫和阿兰。

佩姬很麻利。她让安妮特坐到一条板凳上，把她的衣裙从肩部脱下。两条上臂都露出了青肿。“有人按倒你了。”佩姬生气地说。

安妮特没有回答。

佩姬继续追问。“我说对了吧？回答我，孩子，不然你的麻烦就更大了。是不是有人把你按到地上了？”

安妮特了点了点头。

“多少男人？来，说出来。”

安妮特没有开口，但是伸出了两根指头。

佩姬气得满脸通红。“他们强奸了你？”

安妮特点了头。

“他们是谁？”

安妮特摇起头。

格温达知道她为什么不肯说了。一个佃户要控告老爷的罪行是危险的。她对佩姬说：“我看到拉尔夫和阿兰骑着马走开了。”

佩姬问安妮特：“是他们——拉尔夫和阿兰干的吗？”

安妮特点着头。

佩姬的声音压低到近乎耳语。“我琢磨阿兰按住你，拉尔夫干的那事。”

安妮特又点着头。

佩姬弄清了真相，就软了。她伸出两只手臂搂住女儿，抱着。“你这可怜的孩子，”她说，“我可怜的宝贝儿。”

安妮特抽泣了起来。

格温格离开了房子。

男人们不久就会回来吃午饭了，他们很快就会发现拉尔夫强奸了安妮特。安妮特的父亲、哥哥、丈夫，以及先前的情人会气得发疯的。珀金年事已高，不会做任何蠢事了，罗勃会听珀金的吩咐行事，而比利·霍华德又没有足够的勇气去惹麻烦——只有伍尔夫里克会不管不顾的。他会杀死拉尔夫。

那他就要被绞死了。

格温达要改变事件的进程；不然的话，她就会失去丈夫。她急匆匆地穿过村子，跟谁也不搭话，一路来到采邑的宅邸。她本希望有人告诉她，拉尔夫和阿兰已经吃完午饭又出去了；但时间太早，使她沮丧的是，他俩还都在家。

她在房后的马厩中找到了他们，他俩正在察看一匹蹄子受到感染的马。通常她在拉尔夫或阿兰面前会很不自在，因为她肯定只要他们看到她，就会想起在王桥贝尔客栈的床上她赤裸着身体跪着的一幕。但今天，那念头几乎没进入她的脑子。她好歹得让他们离开村子——马上就走，赶在伍尔夫里克得知他们干下的罪孽之前。她该怎么说呢？

一时之间她竟然哑口无言了。然后在绝望之中她开了口：“老爷，罗兰伯爵传来了一个口信。”

拉尔夫觉得诧异。“是什么时候？”

“一小时之前。”

拉尔夫看着他的扈从，阿兰正抬起马的一个蹄子检查。那人说：“没人来过这里。”

自然啦，口信会带到采邑的宅邸，告诉老爷的仆人。拉尔夫问格温达："口信为什么告诉了你？"

她无奈地只好顺口编造。"我刚好在村外的大路上遇见他。他要找拉尔夫老爷，我告诉他，你们外出打猎了，你会回来吃午饭——可他不肯等待。"

这样的举动对传令人来说有些不同寻常，他们通常都要吃喝一顿，歇歇马匹。拉尔夫问："他干吗这么匆匆忙忙的？"

格温达只好临时编造出借口，说："你得在日落之前赶到牛港……我哪儿有这么大胆子盘问他啊。"

拉尔夫哼了一声。最后的话倒是言之成理：一名来自罗兰伯爵的传令人是不可能听凭一个农妇问这问那的。"你怎么不早告诉我这个？"

"我穿过田野去找你，可你没看见我就急着跑过去了。"

"噢，我觉得我还是看见了你。无论——那口信是怎么说的？"

"罗兰伯爵召你尽快到伯爵的城堡去。"她喘过一口气，又加了一些难以置信的话。"传令人让我告诉你，别等到吃完午饭，要骑上备用的马，立刻就去。"这很难让人相信，但她急于要拉尔夫赶在伍尔夫里克出现之前马上走开。

"真的？他没说为什么要我这么急地赶去吗？"

"没说。"

"嗯。"拉尔夫一副思考的模样，一时间什么也没说。

格温达急切地说："这么说，你马上就去喽？"

他瞪了她一眼。"那就不关你的事了。"

"我只是不想落下话说，我没把要紧的事说清楚。"

"噢，是吗？哼，我才不在乎你想还是不想呢。走吧。"

格温达只好走了。

她回到了珀金的家中。她进门时刚赶上男人们从地里回来。萨姆安安静静、高高兴兴地躺在他的小床里。安妮特还坐在原处，衣裙拉下来露出胳膊上的青肿。佩姬指责地问：“你跑哪儿去啦？”

格温达没有回答，佩姬的注意力转到了珀金身上。他一进门就说：“这是怎么回事？安妮特怎么了？”

佩姬说：“她独自在树林的时候，不幸遇到了拉尔夫和阿兰。”

珀金脸色气得阴沉了。“为什么她独自一人呢？”

“都怪我，”佩姬说，跟着就哭了，“只是她洗衣服太懒，总是这样，我让她待在那儿洗完，这时别的女人都回家了，准是在这时候那两个畜生来的。”

“我们刚刚看到他们骑马穿过布鲁克菲尔德，”珀金说，“他们大概刚从那地方回来。”他的样子很害怕。“这太危险了，”他说，“这种事可以毁掉一家子人的。”

“可我们没干错事啊！”佩姬争辩说。

“拉尔夫的罪孽会使他因为我们无辜而恨我们的。”

这可能是真的，格温达明白了。珀金很精明，虽然表面上他一副谄媚相。

安妮特的丈夫比利·霍华德一边往里走，一边在衬衫上抹着手上的泥。她哥哥罗勃紧跟在后边。比利看着他妻子，说：“你怎么了？”

佩姬替她答话说：“是拉尔夫和阿兰干的。”

比利瞪着他妻子。“他们对你怎么着了？”

安妮特垂下眼睛，什么也没说。

“我要杀掉他们两个，”比利气狠狠地说，这显然是空威胁一场：比利是个举止温和的人，身材瘦削，从来没听说他和人打过架，哪怕喝醉酒之后。

伍尔夫里克是最后一个进门的。太晚喽，格温达意识到安妮特的模样多么动人。她长着长长的脖颈和好看的肩膀，乳房尖尖地挺起。那些难看的青肿只能反衬出她别的动人之处。伍尔夫里克看着她，毫不掩饰他的崇拜之情。过了片刻之后，他注意到那些难看的青肿，便皱起了眉头。

比利问道："他们强奸了你吗？"

格温达正瞅着伍尔夫里克。随后他看出了这场面的意味，他的表情是震惊和沮丧，他的白皮肤激动得泛红了。

比利问："他们干了没有，女人？"

格温达感到对不可爱的安妮特的一阵怜悯。为什么人人都觉得有权盛气凌人地逼问她？

终于，安妮特用默默地点头回答了比利的问题。

伍尔夫里克的面孔气得黑紫。"谁？"他咆哮着问。

比利说："这事和你无关，伍尔夫里克。回家去吧。"

珀金颤抖着说："我不想惹麻烦。我们不该因为这事而毁了我们。"

比利生气地看着他的岳父。"你在说什么？我们什么也别做吗？"

"要是我们与拉尔夫老爷为敌，我们就要在后半生中吃尽苦头了。"

"可他强奸了安妮特！"

伍尔夫里克不相信地说："拉尔夫干了这事？"

珀金说："上帝会惩罚他的。"

"我也会的，以基督的名义。"伍尔夫里克说。

格温达说："求你了，伍尔夫里克，别！"

伍尔夫里克朝门口走去。

格温达去追他，简直快吓疯了，她拽住了他的胳膊。从她告诉拉尔夫那条假口信，才过去几分钟。就算拉尔夫信以为真，她也不清楚他对那急迫性会多么认真对待。他极有可能还没离开村子呢。

“别去采邑宅邸，”她求着伍尔夫里克，“求你了。”

他粗暴地甩开她。“滚开，别缠我。”他说。

“看看你的小宝贝吧！”她哭着指向小床里的萨姆，“你想撇下他让他当个没父亲的孤儿吗？”

伍尔夫里克走了出去。

格温达跟了出去，随后是别的男人们。伍尔夫里克像个复仇天使似的穿过林子，拳头紧握在体侧，两眼直勾勾地瞪着前方，面孔扭成了气愤的龇牙咧嘴的模样。回家吃午饭路上的其他村民跟他打招呼，他也不理。有些人跟在他身后。在前往采邑宅邸的路上，他已经聚集起一小伙人。内森总管从他家跑出来问格温达出了什么事，但她只能说出一句：“拦住他，谁来拦住他，求你们啦！”这是徒劳的：哪怕有人大胆一试，也没人能阻止伍尔夫里克。

他把采邑宅邸的前门一把推开，大步流星地往里走。格温达紧随其后，人群在他们身后一拥而进。管家维拉气恼地说：“你们应该敲门！”

“你的主人在哪儿？”伍尔夫里克问。

维拉看见伍尔夫里克的表情便害怕了。“他去了马厩，”她说，“他要去伯爵城堡。”

伍尔夫里克一把推开她，便走进了厨房。他和格温达迈出后门时，看到拉尔夫和阿兰正在上马。格温达几乎要叫出来了——他们刚刚早了一步！

伍尔夫里克向前一跃。格温达在绝望之中伸出一只脚，勾住了伍尔夫里克的脚踝。

伍尔夫里克一个马趴，摔在了泥里。

拉尔夫没看他俩。他踢了一下马，便小跑出了院子。阿兰看见了他们，明白了事态不妙，便想避开麻烦，赶紧跟上了拉尔夫。他们离开院子之后，阿兰便催马快跑起来，超过了拉尔夫，而拉尔夫的坐骑则急切地加快了速度。

伍尔夫里克一跃而起，嘴里骂骂咧咧追赶他们。格温达跑在他身后。伍尔夫里克追不上马，但格温达害怕拉尔夫会回头看，勒住马弄明白怎么会这么一团乱。

但那两个人正得意地骑在新换的精力充沛的马匹上，没有向后看，他们沿着车道出了村子。顷刻间便消失不见了。

伍尔夫里克颓然跪在了泥里。

格温达赶上他，拉着他的胳膊扶他站起身。他用力把她一推，她趔趄了几步，险些摔倒。她惊呆了：对她这么粗暴完全不是他的性格。

“你绊倒了我。”他一边自己站起来一边说。

“我救了你一命。”她说。

他眼里冒着怒火瞪着她，说：“我永远不会原谅你。”

拉尔夫到达伯爵城堡时，才知道罗兰根本没有派人去叫他，更没有紧急赶来一说。雉堞上的卫兵着实嘲笑了他一番。

阿兰猜出了一种解释。“这和安妮特有关，”他说，“就在我们出发时，我看到伍尔夫里克从采邑宅邸的后门出来了。我当时没多想，说不定他是要向你我找碴的。”

“我敢打赌他就是的。”拉尔夫说。他摸了摸腰上挎的长刀。“你该告诉我就好了——我倒愿意有个借口把我的刀子捅进他的肚皮呢。”

“而且毫无疑问格温达知道这件事，所以她才编造出了那个传令人——根本就不存在。这狡猾的小妖精。”

她该受到惩罚，但可能会很难。她大概会说这么做是为了大家都好，而拉尔夫很难争辩说她阻止丈夫攻击采邑的老爷有错。更糟的是，若是他被她欺骗一事闹得满城风雨，反倒会引起众人注意到她以智胜他这一事实。不，不能用正常的惩办手段——不过他可以找个非正式办法来惩处她。

趁着他在伯爵城堡，他抓住机会和伯爵及其扈从们一道去打猎，一时也就忘了安妮特——直到第二天结束时罗兰叫他到其私人居室。只有伯爵的教士杰罗姆神父在他身边。罗兰没有要拉尔夫坐下。“韦格利的教士在这儿。”他说。

拉尔夫吃了一惊。“加斯帕德神父？在伯爵城堡？”

罗兰不屑于回答这种反问。“他申诉说你强奸了一个叫安妮特的女人，她丈夫叫比利·霍华德，是你的一个佃户。”

拉尔夫的心向下一沉。他没想到这些农人居然有胆量向伯爵告状。一名佃户要到法庭上去控告地主是十分困难的。可是他们真够狡猾的，韦格利有人聪明地劝说牧师来申诉。

拉尔夫装出一副满不在乎的神情。“废话，”他说，“好吧，我跟她睡了，可是她心甘情愿。”他冲着罗兰扮了个男人对男人的鬼脸。“还不止心甘情愿呢。”

罗兰的脸浮现出厌恶的表情，转过身去对杰罗姆神父投过询问的眼神。

杰罗姆是个受过教育的雄心勃勃的青年，拉尔夫最不喜欢这种人。他带着一种轻蔑的神色，说：“那姑娘就在这儿。我应该称她女人，尽管她只有十九岁。她胳膊上有大片的青肿，还有一件沾满血渍的衣裙。她说你在林子里遇上了她，你的扈从跪在她身上按住她。而一个叫作伍尔夫里克的男人也在这儿，说是看见你们从现场骑马跑了。”

拉尔夫猜准是伍尔夫里克说服了加斯帕德来到伯爵城堡的。“这不属实。”他说，尽量在声音里加进气愤的腔调。

杰罗姆满脸狐疑。“她为什么要说谎呢？”

“可能有人看见了我们，并且告诉了她丈夫。他把她打得青肿，我想。她哭叫着说是强奸，以便让他住手不再打她。随后她把鸡血涂到衣裙上。”

罗兰叹了口气。“这有点蠢，是吧，拉尔夫?”

拉尔夫不清楚他的意思所指。难道他希望他的下属都像那些该死的修士一样为人行事吗?

罗兰接着说：“我接到警告说你就是这样。我儿媳总是说你会给我找麻烦的。”

“菲莉帕?”

“你该叫菲莉帕夫人。”

拉尔夫这才恍然大悟，他不相信地说：“是因为这个，在我救了你之后你才没有提拔我——因为一个女人反对我吗?要是你让女孩子们替你挑人，你会有怎样一支军队呢?”

“你说得当然对，所以我最终还是没按照她的判断去做。女人们永远不明白的是，一个没有什么脾气的男人会一事无成，只配耕地。我们不能把软骨头投入战场。但是她警告我你会惹麻烦这一点没错。我不想在和平年代让该死的教士跟我唠叨佃户的妻子遭到强奸的事。别再这么干了。我不管你是不是和农妇睡觉。即使你到了和男人睡觉的分上，我也不管。但如果你搞了别人的妻子，不管是否情愿，你就准备用某种方式补偿那丈夫吧。大多数农人是可以收买的。只是别让这种事成了我的问题。”

“是的，爵爷。”

杰罗姆问：“我该拿加斯帕德怎么办?”

“让我想想，”罗兰思考着说，“韦格利在我的领地的边缘，离我儿子威廉的采邑不远，是吧?”

“是。”拉尔夫说。

“你遇到那姑娘时离边界有多远?”

“一英里吧。我们就在韦格利村外。”

“没关系。”他转过脸去对着杰罗姆，“人人都知道这不过是借口，但是告诉加斯帕德神父，事情发生在威廉领主的地界，所以我无法裁决。”

“好极了，爵爷。”

拉尔夫说：“他们要是到威廉那儿去怎么办？”

“我不信他们会去。但如果他们坚持，你就得和威廉达成某种安排。农人们最终会厌倦诉讼的。”

拉尔夫点点头，放下了心。刚才那阵子，他为一个可怕的想法所扰，他作出了可怕的错误判断，最终可能要为强奸安妮特赔一笔钱。可最终，如他预期的那样，他逃过了这一劫。

“谢谢，爵爷。”他说。

他不知道他哥哥会对此怎么说。这念头使他满心羞耻。不过梅尔辛永远不会知道。

“我们应该到威廉老爷那儿去申诉。”大家回到韦格利村时，伍尔夫里克这样说。

全村人集合在教堂商讨此事。加斯帕德神父和采邑总管内森也在场，可是不知怎么的，伍尔夫里克倒像是个领头的，尽管他年纪轻轻。他走到了前面，把格温达和婴儿萨米留在人群中。

格温达在祈祷他们决定把这事放下不管了。倒不是她想让拉尔夫逍遥法外——恰恰相反，她巴不得看着他给活活煮死呢。她曾亲手杀死了两个男人，只因为他们威胁着要强奸她，在整个商讨过程中，她不时地想起这件往事，还不由得打着寒战。但她不愿意伍尔夫里克充当带头人。一方面由于他是为对安妮特的那种难以释怀的感情之火所驱使，这使格温达伤感痛心。但更重要的是，她为他担惊受怕。他和拉尔夫之间的敌意已经使伍尔夫里克丧失了遗产。拉尔夫还会有什么别的手段报复呢？

珀金说："我是受害者的父亲，我不想再为这事惹麻烦了。投诉一个老爷的行为是十分危险的。他总会找碴惩罚投诉人的，不管是对是错。咱们放弃了吧。"

"太迟了，"伍尔夫里克说，"我们已经投诉了，至少我们的神父已经这样做了。如今退缩就什么都得不到了。"

"我们已经走得够远了，"珀金争辩说，"拉尔夫已经在他的伯爵面前受窘了。他如今懂得了他不能为所欲为了。"

"恰恰相反，"伍尔夫里克说，"他觉得他逃过了这件事。我担心他还会再干的。村里的女人没了安全。"

格温达原先已经跟伍尔夫里克讲过了珀金刚才的这番话。伍尔夫里克当时没有回答她。自从她在采邑宅邸的后门口把他绊倒以来，他难得跟她搭上一句话。起初，她还对自己说，他仅仅因为感到愚笨而脸上挂不住。到他从伯爵城堡回来的时候，她也曾期待着他会把那事忘掉。可是她错了。足足有一个星期，无论在床上还是在别处，他都不正眼看她；他跟她说话也就是片言只字或哼哼唧唧。这让她情绪低沉。

内森总管说："你永远胜不过拉尔夫。佃户是斗不过地主的。"

"我倒不这么看，"伍尔夫里克说，"人人都有敌人。我们不见得是仅有的几个愿意看到拉尔夫受到控制的人。也许我们永远都看不到他被法庭宣告有罪——但是，如果我们要他再做这类事前有所顾忌，我们就得把最大的麻烦和难堪加给他。"

好几个村民都点头同意，但没人发言支持伍尔夫里克，格温达开始希望他会在辩论中失败。然而，她丈夫偏偏决心已下，这时他转向教士。"你怎么看呢，加斯帕德神父？"

加斯帕德年纪轻轻，贫苦而诚挚的他毫不畏惧贵族。他没有野心——他并不想当主教和进入统治阶层——因此他觉得没必要去取悦贵族。他说："安妮特遭到了粗暴的虐待，我们村的和平遭到了罪恶的破坏，拉尔夫老爷犯下了恶毒、卑劣的罪行，他将忏悔和改正。为了受害者的缘故，为了咱们自己的尊严，为了把拉尔夫老爷从地狱之火中拯救出来，我们应该去见威廉老爷。”

一片同意的嘀咕声。

伍尔夫里克看了看并肩而坐的比利·霍华德和安妮特。格温达觉得，人们最终大概会按照安妮特和比利的愿望行事。“我不想惹麻烦，”比利说，“但我们应该把我们已经开了头的事情做到底，为了村中所有妇女的安全着想。”

安妮特的目光没有从地板上抬起来，但她点头表示同意，格温达灰心地意识到：伍尔夫里克取得了胜利。

“好啊，你得到了想要的结果。”他们离开教堂时，她对他说。

他嗯了一声。

她紧接着说下去：“这样一来，我想你会为了比利·霍华德妻子的名誉继续拿你的生命冒险，而不肯跟你自家妻子说话喽。”

他没有吱声。萨米觉出了这种敌意，哇的一声哭了起来。

格温达感到了绝望。她上天下地好不容易得到了自己所爱的男人，嫁给了他，生下了他的孩子，如今他却拿她当敌人对待。她父亲从来没有对她母亲这样——如今乔比的做派成了众人的楷模。可惜她拿他没办法。她试过动用萨米，用一条手臂抱着他，用另一只手去摸伍尔夫里克，想靠把她和他喜爱的小儿子联系起来赢回他的爱；可他干脆躲开，对母子俩都拒绝了。她甚至求救于性生活，夜里把她的乳房抵到他的背上，再用一只手摩挲他的肚皮，摸他的下身，可是仍不管用——她原该晓得的，只要回忆一下去年夏天安妮特嫁给比利之前，他是如何拒绝她的就行了。

这时她在沮丧之中哭了出来：“你这是怎么的了？我只是想救你一命！”

“你不该那样做。”他说。

“要是我让你杀死拉尔夫，你就会受绞刑的！”

“可你没权利。”

“我有没有权利又有什么关系？”

“这是你父亲的哲学，是不是？”

她吃了一惊。“你这是什么意思？”

“你父亲相信，他有没有权利做什么事并没有关系。只要有利可图，他就去做。比如卖掉你来养活家人。”

“他们卖掉我去遭奸淫！我绊倒你是为了让你免受绞刑。这根本就是两码事。”

“只要你继续对自己这么讲，你就永远理解不了他或者我。”

她明白了，靠证明他错了的办法是赢不回他的感情的。“好吧……算我不理解好了。”

“你夺走了我作出自己决定的权利。你用你父亲对待你的办法来对待我，当作一件东西而不是人那样去控制。我是对是错并没关系。有关系的是该由我而不是你去决定。但是你看不明白这一点，正像你父亲卖掉你时看不出他从你那里夺走了什么一样。”

她依旧认为这两件事完全不同，但她没有去争论那点，因为她开始明白了是什么惹他生气了。他热衷的是他的独立——这是她同样强调的，因为有同样的感受。而她剥夺他的正是这个。她声音颤抖地说：“我……我觉得我懂了。”

“是吗？”

“反正，我要尽量再不做那样的事了。”

“那好。”

她仅仅有一半相信自己错了，但她一心要结束他俩之间的不快，所以她说：“我很抱歉。”

“好吧。”

他没有多说，但是她感觉他的心可能正在软下来。“你知道，我不想让你到威廉老爷那里去指控拉尔夫——不过，你要是打定主意要去，我不会拦你的。”

“我很高兴。”

“事实上，”她说，“说不定我还能帮你一把呢。”

“噢?”他说，“怎么帮?”

三六

威廉老爷和菲莉帕夫人在卡斯特罕姆的住处原先是个城堡，虽说已成废墟，当作了奶牛场，仍有圆形的带雉堞的石头残迹。院墙完好无损，但城壕已经干涸，还有些水洼的地面种上了蔬菜和果树。原先设有吊桥的地方，如今只剩下一条坡道，一直通到大门。

格温达抱着萨米，同加斯帕德神父、比利·霍华德、安妮特和伍尔夫里克，从拱形大门下穿过。一个青年士兵懒洋洋地靠着一条板凳，算是岗哨，但他看到了教士的长袍，就没有盘问他们。这种宽松的气氛给了格温达勇气。她希望菲莉帕能够单独听她申诉。

他们从正门进入住宅，来到了一座传统的大厅，高高的窗户和教堂的一样，这里像是占据整座住宅的一半空间。其余的大概就是私人房间了，都是时髦式样，强调的是贵族之家的隐私，淡化了军事防御的功能。

一个身穿紧身短上衣的中年人坐在桌旁，正计算着计数符木上的刻痕。他抬眼看到他们，结束了他的计算，在一块上做了笔记，然后才说：“日安，各位生客。”

“日安，管家老爷，”加斯帕德说着，估摸着那人的地位，“我们来见威廉老爷。”

“他晚饭时会回来，神父，”那管家彬彬有礼地说，“我可以斗胆一问，你与他有什么公事吗?”

加斯帕德开始解释，格温达借机从后边溜出去，到了室外。

她绕过住宅来到家务区。那里有一排木头房子，她猜是厨房。门口的凳子上坐着一个侍女，眼前是一口袋白菜，她正在一大盆水中清洗。那侍女很年轻，慈爱地看着萨米。“他多大了?”她问。

“四个月，快五个月了。他叫塞缪尔，我们叫他萨米，或者萨姆。”

婴儿朝那姑娘笑着，姑娘说：“啊。”

格温达说：“我不过是个普通妇女，和你一样，不过我有话要跟菲莉帕夫人说。”

那姑娘皱起了眉头，样子很犯难。“我只是个厨房使女。”她说。

“但你有时能见到她，你可以替我跟她说句话。”

她回头去看，像是担心有人听见。“我不愿意做这样的事。”

格温达意识到这可能比她设想的要难。“你能不能为我给她捎句话呢?”她说.

那侍女摇摇头。

这时，一个声音从里面传了出来。“谁想给我捎话啊?”

格温达紧张起来，不知她是否惹下了麻烦。她朝厨房门口望过去。

跟着，菲莉帕夫人迈步出来了。

她不算十分美丽，当然也不迷人，但她还算好看，她长着一个直直的鼻子和一个有力的下颏，她那双碧眼大而清澈。她没有笑容，事实上还微微蹙额，然而她的脸上有着友好和善解人意的样子。

格温达回答了她的问题。“我是从韦格利来的格温达，夫人。”

“韦格利。”菲莉帕眉头皱得更紧了，“你有什么话要对我说吗?”

“关于拉尔夫老爷的事。”

“我就想到可能是的。好吧，进屋来，用厨房的火暖暖这小家伙。”

许多贵妇拒绝和格温达这样的下等人说话，但格温达猜想，菲莉帕那令人生畏的外表下有着博大的胸怀。她跟着菲莉帕走了进去。萨米开始烦躁起来，格温达把乳头塞给他。

“你可以坐下嘛。”菲莉帕说。

这就益发不同寻常了。佃户和夫人说话时，一般只能站着。菲莉帕所以这么善心是因为这婴儿，格温达心想。

“好了，说吧，”菲莉帕说，“拉尔夫干了什么？”

“您可能还记得，夫人，去年在王桥羊毛集市的那场斗殴吧？”

“我当然记得。拉尔夫摸了一个乡下姑娘。她那年轻英俊的未婚夫打破了他的鼻子。当然，那小伙子不该打人，可拉尔夫是个畜生。”

“他确实是。上个星期他在树林里遇到了那个姑娘，安妮特。他的扈从按着她，拉尔夫就强奸了她。”

“噢，上帝拯救我们。”菲莉帕满脸难过，“拉尔夫是个野兽，一只猪，一只野猪。我早就知道绝不该封他为地主的。我跟我公公说过不要晋升他。”

“可惜伯爵没有接受您的忠告。”

“我想那未婚夫要求正义了。”

格温达迟疑了。她不知要讲多少那些复杂的故事。但她意识到若是吞吞吐吐就会铸下大错。“安妮特结婚了，夫人，不过嫁了另一个人。”

“这么说又是哪个走运的女孩嫁了英俊先生呢？”

“说来凑巧，伍尔夫里克娶了我。”

“道喜啦。”

“不过伍尔夫里克在这儿，和安妮特的丈夫一起来作证人。”

菲莉帕紧紧盯了格温达一眼，像是要评论一番，但随即改了主意。“那你到这里来干吗呢？韦格利不在我丈夫的领地之内啊。”

“事情发生在林子里，伯爵说那里属于威廉老爷的地界，所以他不能裁决。”

“那是借口。罗兰能裁决任何事，只要他愿意。他只是不想处罚他新近提拔的人罢了。”

“反正我们村的教士在这里对威廉老爷讲述事情的真相呢。”

“那你想要我做什么呢？”

“您是个女性，您理解的。您知道男人是如何为强奸找借口的。他们说姑娘在勾引，或者做些什么挑逗的举动。”

“是啊。”

“要是拉尔夫逃过了这次，他就可能再干——也许是对我呢。”

“噢，天啊，”菲莉帕说，“你该看看他是怎么瞅我的——就像一条狗盯着池塘里的一只鹅。”

这一下鼓励了格温达。“也许您能让威廉老爷明白，不让拉尔夫逃脱过去有多重要。”

菲莉帕点点头。“我认为我能做到。”

萨米不再吸奶，睡着了。格温达站起身。“谢谢您啦，夫人。”

“你来找我，我很高兴。”菲莉帕说道。

威廉老爷第二天上午召见了他们。他们在大厅里见了面。格温达高兴地看到菲莉帕夫人坐在他身旁。她给了格温达一个友善的眼色，格温达希望这意味着她已经和她丈夫讲过了。

威廉个子高高的，头发黑黑的，长得像他的伯爵父亲，不过他就要谢顶了，深色胡须和眉毛上的额头显出一种更深思熟虑的权威模样，与他的名声相称。他验看了沾了血渍的衣裙，又看了看安妮特的青肿伤，现在比原来的紫红更乌青了。无论如何，这些都给菲莉帕夫人的脸上带来了愠怒的表情。格温达猜测，比起严重的伤痕，想象中一个强壮的扈从跪在姑娘胳膊上按倒她，由另一个人强奸的狰狞画面，更令人憎恶作案人。

“好吧，到此你一切都做得正确，”威廉对安妮特说，“你当即跑到最近的村庄，把伤给那里名声好的男人们看，还指名道姓地说出了攻击你的人。现在你要给夏陵郡法院的和平法庭提供一份起诉书。”

她露出了忧虑的神色。“那是什么意思？”

“就是用拉丁文写一份控告书。”

“我连英文都不会写，老爷，更甭说拉丁文了。”

“加斯帕德神父可以替你写。法庭会把起诉书交到指定的陪审团面前，你再告诉他们出的事。你能做到吗？他们可能会问一些令人难堪的细节。”

安妮特坚定地点了头。

“若是他们相信了你，他们就命令治安官在一个月以后把拉尔夫老爷召到法院来审判。之后你需要两个担保人，就是保证能出一笔钱确保你到时出庭的人。”

“可谁会做我的担保人呢？”

“加斯帕德神父算一个，我愿意做另一个。我会出钱的。”

“谢谢，老爷！”

“谢谢我的夫人吧，她说服了我，我不准在我的领地上有人用强奸的行为破坏国王的和平。”

安妮特向菲莉帕投去感激的目光。

格温达看着伍尔夫里克。她事先和她丈夫说了她和老爷夫人的谈话。此时他和她目光相遇，给了她一个难以觉察的点头赞许。他知道是她促成了这一结果。

威廉继续说道："在审判中，你要把你的事情再说一遍。你的朋友们都要当庭作证：格温达要说，她看到你穿着带血渍的衣裙走出树林；加斯帕德神父要说，你告诉了他出的什么事；伍尔夫里克要说，他看到了拉尔夫和阿兰骑马驰离现场。"

他们都郑重地点头。

"还有一件事，这类事一旦着手，就不能停下来。撤回申诉是一种冒犯，你将受到严惩——还不要说拉尔夫会对你们如何报复了。"

安妮特说："我不会改变主意的。但拉尔夫会怎么样呢？该怎么惩办他呢？"

"噢，对于强奸只有一种惩处，"威廉老爷说，"他将被绞死。"

他们都睡在城堡的大厅里，和威廉的仆人、扈从和狗一起，身上裹上大氅，蜷缩在地板的灯心草地毯上。在硕大壁炉中的余火的昏暗光亮中，格温达犹犹豫豫地向她丈夫伸出手去，温存地放在他的胳膊上，抚摩着他外衣的羊毛。自从强奸那事以来，他们一直没有做爱，而且她也没把握他愿不愿要她。她因为绊倒他而把他气坏了：他会不会感到她和菲莉帕夫人的谈话弥补了前嫌呢？

他马上作出了回应，把她拉到他怀里吻着她的嘴唇。她感念地舒了心，投入他的怀抱。他们彼此亲热了一阵。格温达幸福得快要哭了。

她等着他翻过来上她的身，但他没那样做。她看得出来他想来着，因为她激情洋溢，他的阳具在她手里硬挺着；大概他犹豫着没做是因为周围有那么多人。人们确实在这样的大厅里做爱；这是很普通的，谁都不会注意的。不过伍尔夫里克觉得难为情。

然而，格温达打定主意要确证他们爱情的修复，过了一会儿，她就爬到他身上，把她的大氅盖住他们两人。就在他俩开始一起动作时，她看到一个少年在几码之外，瞪大眼睛盯着他们。大人们当然都礼貌地看着别处，但他处在那个年龄，性具有强烈吸引力的神秘性，他显然无法把目光转移。格温达感到幸福至极，根本不管不顾了。她遇到他的目光，便对他莞尔一笑，但身体没停止动作。他惊得张开嘴，被极度的尴尬攫住了。他一副控制的样子，转过身去，用手臂遮住眼睛。

格温达把大氅拉起来蒙住她和伍尔夫里克的头，把脸埋在他的颈窝里，让自己尽享欢愉。

三七

凯瑞丝第二次到王家法庭去时感到信心十足。西敏寺大厅宽敞的内部不再让她觉得惶恐不安，聚在法官座席周围的大批有钱有势的人也不再使她相形见绌。她曾经来过这里，一年前似乎十分陌生的一切，以及那些袍服，如今已为她所熟知。她甚至还穿了一件伦敦式样的衣裙：右边是绿色，左边是蓝色。她欣赏地端详着周围的一切，从人们的面孔琢磨他们的生活：是趾高气扬还是灰心丧气，是困惑不解还是诡计多端。她从那些人大睁着眼环顾一切和他们那种忐忑的神情看出来他们是初到首都，就高兴地因为自己的见识而有一种优越感。

若说她有什么疑虑的话，都是围绕着她的律师弗朗西斯·布克曼的。他年轻而消息灵通，并且——她觉得像大多数律师一样——似乎十分自信。他身材矮小，一头沙色头发，动作麻利，总是随时准备争辩。他让她想起落在窗台栏杆上的厚脸皮的鸟：不停地啄食面包屑，还恶狠狠地赶走对手。他早已告知众人，他们的案子是无可辩驳的。

戈德温当然有格利高里·朗费罗。格利高里打赢了那场对罗兰伯爵的官司，戈德温自然要他再次代表修道院。他已经证明了他的能力，而布克曼还是个无名之辈。不过，凯瑞丝已有应急的武器，对戈德温会有震慑作用。

戈德温没有觉得他坑害了凯瑞丝、她父亲和王桥全城。他总是以改革者自居，对安东尼副院长的烂摊子不耐烦，同情镇上的需要，热衷于修士们乃至商人们的福祉。后来，在任副院长的一年期间，他转了个一百八十度，变得比安东尼还要保守，却表现得恬不知耻。凯瑞丝每逢想到这些，就气得面红耳赤。

他无权强迫镇上人使用漂坊。他另外的强制做法——禁止使用手推磨，对私人鱼塘和围场罚款——尽管极其严厉，在从严格意义上却也说得上正确。但漂坊应该自由使用，戈德温自己也明白。凯瑞丝不知道，他是否认定，只要是为了上帝而做，任何欺诈都可以得到原宥。可以肯定地说，为上帝工作的人应该比普通的凡夫俗子更一丝不苟地真诚，而不是相反。

他们在法庭周围转悠，等待他们的案件审理时，她把这个观点告诉她父亲。他说："我从来不相信任何在神坛上宣称自己道德高尚的人。那种高尚情怀的人总可以找到借口来违背自己的规矩。我宁肯和一个每天都觉得自己是罪人的人做生意，他们可能认为从长远来看对他们有利，就讲实话，并且信守承诺。他们不大可能在这方面有所改变的。"

每逢这种时刻，爸爸就是他自己的老模样了，凯瑞丝从而意识到，他的变化有多大。近来，他很少表现出精明强干、头脑灵活了。更经常的是，他容易忘事而且心烦意乱。凯瑞丝怀疑，这种趋势在她注意到之前几个月就有了，大概应该归咎于他未能预见到羊毛市场垮台的灾难性失误。

等了几天之后，他们被召到威尔伯特·威特菲尔德爵士面前。这位满口蛀牙、面色绯红的法官一年前主审过修道院诉罗兰伯爵的案子。随着这位法官在背靠东墙的审判席上就座，凯瑞丝的信心就消退下去了。一个人竟然有如此权力，这是十分骇人的。若是他作出了错误的决定，凯瑞丝的布匹制造新企业就会被扼杀，他父亲就会破产，也就没人能出资修建新桥了。

随后，她的律师开始发言，她才感到好了一些。弗朗西斯从漂坊的历史讲起，讲了那是传奇的杰克匠师如何创建的第一座，菲利普副院长又如何赋予了镇上人无偿使用的权利。

他沉着应对了戈德温的反证，抢先解除了这位副院长的武装。“确实，漂坊年久失修，运转缓慢，还时常停转，”他说，“可是副院长怎能争辩说人们已经对其无权了呢？漂坊是修道院的财产，因此副院长就该随时维修。他未能尽职这一事实并不能使事情有什么不同。人们无权维修漂坊，他们自然地就没义务这么做。菲利普副院长的恩典是无条件的。”

在这一点上，弗朗西斯拿出了他的秘密武器。“如若修道院试图宣称那种恩典是有条件的，我提请法庭读一下菲利普副院长遗嘱的这份抄件。”

戈德温吃了一惊，他曾装作遗嘱已经遗失。但托马斯·兰利同意为梅尔辛帮忙找一找；他居然把它偷出了图书馆一天，使埃德蒙有充分时间加以复制。

凯瑞丝不由得高兴地看着戈德温发现他的欺骗手段被拆穿时那种又惊又气的脸色。他向前迈了一步，忿然说道：“这是怎么弄到手的？”

这个问题露出了破绽。他没有问：“在哪儿找到的？”——要真是遗失了的话，这才是合乎逻辑的询问。

格利高里·朗费罗满脸不高兴，向他挥手，示意他别开口；戈德温闭上嘴，后退回去，意识到他把自己给泄露了——但显然为时已晚，凯瑞丝心想。法官应该看得明白，戈德温发火的唯一理由就是他深知那文件有利于镇上人，才尽力把它压下去。

弗朗西斯会随之应声而起的——凯瑞丝觉得这是个很好的机会，因为戈德温的口是心非在法官的头脑里还新鲜，这时不利于格利高里为此案作辩护。

但格利高里的招法使他们所有的人大吃一惊。

他向前迈步，对法官说："阁下，王桥不是个特许的自治市。"他点到为止，仿佛他只有这么多话可说了。

从严格意义上说是这么回事。大多数城镇都有颁给它们的国王特许证书，允许他们不受当地的伯爵或男爵约束而拥有贸易和主办市场的自由权。那些城镇的居民是自由民，只对国王一人效忠。然而，少数镇子，如王桥，仍是领主——通常是主教或副院长的财产：圣奥尔本斯和贝里圣埃德蒙兹就是实例。它们的地位不够清楚。

法官说："那就不一样喽。只有自由民可以向王家法庭投诉。你们对此还有何可说，弗朗西斯·布克曼？你的当事人是佃户身份吧？"

弗朗西斯转脸对着埃德蒙。他低声催促说："镇上人以前到王家法庭来投诉过吗？"

"没有。修道院——"

"教区公会也没有吗？连你之前的时候？"

"没有这样的记录——"

"这样我们就无法援例争论了。倒霉。"弗朗西斯又回过头去面对法官。转眼间，他的面容从忧虑变成了自信，说起话来就如屈尊去处理什么鸡毛蒜皮的小事。"阁下，镇上人是自由的，他们享有自由民的使用权。"

格利高里马上说："并没有自由民权利的统一模式。在不同地方意味着不同情况。"

法官说："有书面的习惯陈述吗？"

弗朗西斯看着埃德蒙，老人摇了摇头。"没有一个副院长曾经同意过把这种事写下来。"他咕哝着说。

弗朗西斯又转过去面对法官。"没有书面陈述，阁下，但显然——"

"这样，本法庭就要确定你们是不是自由民。"法官说。

埃德蒙直接对法官讲话了。"阁下，居民有买卖他们住宅的自由权。"这是不会给予佃户的重要权利，佃户则要他们地主的允许。

格利高里说："但你们有封建义务。你们得使用修道院的磨坊和鱼塘。"

威尔伯特爵士说："别谈鱼塘了。关键的因素是居民与王家法律体系的关系。镇子是否自由接纳国王的治安官？"

格利高里就此作出答复。"不，他得获准才能进入镇子。"

埃德蒙愤愤地说："那是修道院的决定，不是我们的！"

威尔伯特爵士说道："好极了。居民们是否会充任王家陪审团，抑或有权豁免？"

埃德蒙迟疑了。戈德温一副兴高采烈的神气。充任陪审团是个耽搁时间的杂差，只要可能，人人都巴不得避免。停了一阵之后，埃德蒙说："我们要求豁免。"

"这样，问题就定下来了，"法官说，"若是基于你是佃户的前提而拒绝那项职责，你就不能越过你的领主向国王的法庭申诉。"

格利高里胜利地说："有鉴于此，我请求您对镇上人的投诉不予受理。"

"就这样裁决。"法官说。

弗朗西斯满脸不平之色。"阁下，我可以说话吗？"

"当然不能，"法官说。

"可是阁下——"

“再说一句我就认定你蔑视法庭。”

弗朗西斯闭上了嘴，低下了头。

威尔伯特爵士说：“下一个案子。”

另一名律师开始陈述。

凯瑞丝茫然了。

弗朗西斯用抗议的口吻对她和她父亲说：“你们早该告诉我，你们是佃户！”

“我们不是。”

“法官刚刚裁决说你们是。我没能赢得官司是因为信息不全。”

她决定不和他争执。他是那种不肯认错的青年人。

戈德温自鸣得意到了顶点。他边走开，却禁不住最后再说句尖刻话。他朝埃德蒙和凯瑞丝摇着一根手指。“我希望，你们今后会明白屈从于上帝的意见才是明智的。”他一本正经地说。

凯瑞丝说了声“噢，讨厌”，就转过了身。

她对她父亲说：“这下我们就彻底无权了！我们证明了我们有权免费使用漂坊，但戈德温仍能收回这一权利！”

“看来是这样。”他说。

她转向弗朗西斯。“总有些我们能做的事。”她气恼地说。

“好吧，”他说，“你能够把王桥变成一个正经八百的自治市，有皇家特许证给你们权利和自由。然后你们就可以到王家法庭来了。”

凯瑞丝看到了一缕希望之光。“我们该如何着手呢？”

“向国王申请。”

“他会批准吗？”

“如果你争辩说，你需要这个才能缴税，他当然会听取。”

“那我们就试试看吧。”

埃德蒙警告说：“戈德温会怒火冲天的。”

“由他去吧。”凯瑞丝撇着嘴说。

“别小看这一挑战，”她父亲坚持着，“你知道他不讲情面，哪怕是为小事争吵。这样的事会导致全面战争的。”

“打就打吧，”凯瑞丝凄凉地说，“全面战争。”

“噢，拉尔夫，你怎么能干这种事？”他母亲说。

梅尔辛在父母家昏暗的灯光下端详着他弟弟的脸。拉尔夫似在矢口否认和自我辩解之间摇摆不定。

最后，拉尔夫说：“她让我上的身。”

莫德与其说生气还不如说丧气。“可是，拉尔夫，她是别人的妻子啊！”

“一个农人的老婆。”

“就算这样。”

“甭担心，妈，他们绝不会为了佃户的一句话而认定老爷有罪的。”

梅尔辛不这么有把握。拉尔夫是小地主，看来他招致了卡斯特的威廉的反感。判断不出这场审讯会是个什么结果。

他们的父亲严厉地说：“就算他们不判你有罪——我祈求如此——也要想想这件事的丢人现眼吧！你是一个骑士的儿子——你怎么会忘记了这一点呢？”

梅尔辛又怕又烦，但并不吃惊。拉尔夫的本性中始终都有暴力的特点。在他俩小时候，他总是准备打架，而梅尔辛常常用一句劝慰的话或玩笑化解冲突，把他从互殴中拉走。这种耸人听闻的强奸若不是他弟弟犯下的，他宁愿看着那人被绞死。

拉尔夫不时地瞥上梅尔辛一眼。他担心梅尔辛不赞成——说不定比他母亲态度还坏呢。他一向仰仗他哥哥。梅尔辛只巴望有什么办法能把拉尔夫锁起来以防他动手打人，因为如今他不再有梅尔辛在身边让他别惹麻烦了。

和他们方寸已乱的父母讨论的结果是再看一段时间再说，但这时有人敲响简陋的房门，凯瑞丝走了进来。她向杰拉德和莫德含笑招呼，但一看到拉尔夫，脸色立刻变了。

梅尔辛猜想她找他有事。他站起身："我还不知道你从伦敦回来了呢。"他说。

"刚到家，"她回答说，"我们说几句话行吗？"

他拉过一件斗篷披到肩上，和她走出门外，进入寒冷的十月天晦暗的光线中。自从她终止了他们的爱情以来，已经有一年了。他知道她在医院里结束了怀孕，而且他猜想她是故意流产的。在随后的几周里，他曾两次请她回到他身边，但都被她拒绝了。这可真让人猜详不透：他感觉到她依旧爱他，但她态度坚决。他已经放弃了希望，心想到时自会不再哀伤。可到目前为止，还没有做到。他一看到她，心跳仍会加速，而且和她谈话比做任何事情都让他更高兴。

他们走到主街上，然后拐进贝尔客栈中。时近黄昏，里面很安静。他们要了热的香料酒。

"我们输了官司。"凯瑞丝说。

梅尔辛一惊。"这怎么可能呢？你握有菲利普副院长的遗嘱——"

"没有用。"她极度失望，梅尔辛看得出。她解释说："戈德温那个精明的律师争辩说，干桥人是修道院的佃户，而佃户是无权到王家法庭投诉的。法官没有受理此案。"

梅尔辛很气愤。"这太愚蠢了。这就意味着修道院可以为所欲为，不顾法律和特许令——"

"我知道。"

梅尔辛意识到她之所以没耐心是因为他的这番话她已经对她自

己说过多次了。他按下怒火，想要务实一点。“你打算怎么办呢？”

“申请自治特许令。这样就可以把镇子从修道院的控制下解放出来。我们的律师认为我们有一个优势。跟你说，他认为我们会在漂坊一案中胜诉。然而，国王亟需为这场与法国的战争凑钱。他需要繁荣的镇子给他缴税。”

“要拿到特许令得多久呢？”

“那就是坏消息了——至少一年，或许更长。”

“而在这期间，你就没法生产红布了。”

“用那座老掉牙的漂坊是不成的。”

“这样我们就得把建桥的工程停下了。”

“我看不出还有别的办法。”

“该死。”真是没道理。本来，恢复镇子的繁荣指日可待，而一个人的顽固就让它半途而废了。“我们原先都把戈德温看错了。”梅尔辛说。

“别提醒我了。”

“我们得摆脱他的控制。”

“我知道。”

“但从现在起不能等一年。”

“我恨不得有条路呢。”

梅尔辛动起了脑筋，同时也在端详凯瑞丝。她身穿一件在伦敦买的新衣裙，按照当前的时尚一衣两色，这为她增添了顽皮的模样，即使如此，她仍然严肃忧虑。那种深绿和淡蓝色仿佛使她的眼睛放光，使她的皮肤闪亮。简直是时时如此。他应该和她深谈一下与桥相关的一些问题——他们很少谈及其他——可突然间他意识到她有多可爱。

即使在他如此魂不守舍时，他解决问题的那部分脑筋仍想出了一个主意。“我们自己建一座漂坊。”

凯瑞丝摇起头。“那是违规的。戈德温会吩咐约翰治安官把它拆掉的。”

“要是建在镇外呢?”

“你是说在树林里?那也违法。你身后有国王的护林官呢。”护林官是森林的执行官。

“那就不在树林里。在别处。”

“你在哪儿建，都要有某个地主的准许。”

“我弟弟就是一个地主嘛。”

听到提起拉尔夫，凯瑞丝的脸上掠过一丝不屑，随后她把梅尔辛的话从头至尾又考虑了一遍之后，她的表情变了。“在韦格利建一座漂坊?”

“为什么不呢?”

“那儿有急流能推动漂坊的水轮吗?”

“我相信有——但即使没有，也可以像渡船一样由牛来推动嘛。”

“拉尔夫会听你的吗?”

“当然。他是我弟弟。只要我开口，他就会答应的。”

“戈德温会气疯的。”

“拉尔夫才不在乎戈德温呢。”

凯瑞丝兴致勃勃，梅尔辛看得出来;可她对他的感情呢?她高兴是因为他们解决了问题，而且急于智胜戈德温，可是除此之外，他琢磨不透她的想法。

“在我们高兴之前先把这事考虑周到些吧，”她说，“戈德温会定下规矩，说布匹不能拿出王桥去漂。很多镇子都有这类法律。”

“没有公会的合作，他很难强制推行这样的规定。何况，即使他这么做，你也可以绕过去。反正大多数布匹都是村里织的吧，是不是?”

“是的。”

“那就别把布运进城。从织工那里直接运到韦格利。在那儿染，在新漂坊里漂，然后运到伦敦。戈德温就没权管了。”

“建一座漂坊要多长时间？”

梅尔辛考虑着。“木结构可以在一两天内就搭起来。机器也是木制的，不过要多花些时间，因为需要精确的尺寸。凑集人手和材料费的时间最多。我可以在圣诞节之后一周内完工。”

“这可太棒了，”她说，“就这么干了。”

伊丽莎白滚动着骰子，把她最后算出的结果推到板上的庄家的位置。“我赢了！”她说，“这是三赔五。交钱吧。”

梅尔辛递给她一个银便士。只有两个人在玩骨牌时能赢他：伊丽莎白和凯瑞丝。他不在乎输钱。他高兴的是棋逢对手。

他向左一靠，啜饮着他的梨酒。这是一月份的一个寒冷的星期六午后，天已经黑了。伊丽莎白的母亲在壁炉附近的一把椅子上打盹，张着嘴轻声地打着鼾。她在贝尔客栈工作，但逢到梅尔辛来见她女儿时，就总待在家里。他倒愿意这样。这就意味着他绝不必去想要不要吻伊丽莎白。这是个他不想面对的问题。他倒愿意吻她。他记得触到她冷冷的嘴唇和坚挺的平平的乳房时的感觉。但那样就意味着承认了他跟凯瑞丝的爱情了结了。他还没想好这样。

“韦格利的新漂坊怎么样啦？”伊丽莎白说。

“完工了，正在转呢，”梅尔辛得意地说，“凯瑞丝已经在那儿漂了一星期的布了。”

伊丽莎白扬起了眉毛。“她自己？”

“不，说是这么说，事实上，马克·韦伯在管理漂坊，不过他在训练一些村民，准备接管。”

“马克要是成为凯瑞丝的副手，对他是蛮不错的。他这辈子一直受穷——这可是个好机会。”

“凯瑞丝的新生意对我们大家都有好处。这意味着我能把桥造完了。”

“她是个聪明姑娘，”伊丽莎白用平和的语气说，“可戈德温会说什么呢?”

“没说。我还不清楚他知不知道呢。”

“反正他会知道的。”

“我不相信他能有什么好做的。”

“他是个自负的男人。要是你智胜了他，他绝不会原谅你的。”

“我能经受得住。”

“桥怎么样了?”

“尽管问题很多，但工程只比计划慢了两三个星期。我不得不花钱来赶进度，不过我们能够——靠一个临时的木头路基——在下一次羊毛集市时用上这座桥啦。”

“你和凯瑞丝两人一起挽救了镇子。”

“还没有呢——不过一定会的。”

有人敲门，伊丽莎白的母亲一下子惊醒了。“这会儿会是谁呢?”她说，“外边已经黑了。”

是埃德蒙的一个小学徒。“教区公会在开会，想要梅尔辛师傅去。”

“干吗呢?”梅尔辛问他。

“埃德蒙让告诉你，教区公会在开会，想要你去。”那孩子说。他显然背下了口信，其余的就一概不知了。

“我估摸是与桥相关的事，”梅尔辛对伊丽莎白说，“他们为花销担忧呢。”他拿起他的斗篷，“谢谢你的酒——还有游戏。”

“你什么时候高兴，我都可以陪你玩。”她说。

他在那学徒身边走着，一同前往主街上的公会大厅。公会正在开会商量正事，而不是办宴会。差不多二十位王桥的最重要人物都坐在搁板桌旁，有人饮着淡啤酒或葡萄酒，一边低声交谈着。梅尔辛感到了一种紧张和气愤的空气，他一下子就明白了。

埃德蒙坐在桌子的顶端。戈德温副院长坐在他身旁。副院长并不是公会成员，他的出席暗示，梅尔辛推测得没错，会议就是与修桥有关。然而，管事的托马斯不在，菲利蒙倒在场。这事有点蹊跷。

梅尔辛最近和戈德温有一次小争吵。他的合同是一年，每天两便士，外加麻风病人岛的租金。这个合同该续订了，戈德温提议继续付他一天两便士。梅尔辛坚持四便士，最终戈德温让步了。他是不是对公会申诉了呢？

埃德蒙以他特有的简洁开了腔。“我们叫你来是因为戈德温副院长希望解雇你负责建桥的匠师的职务。”

梅尔辛感觉像是脸上挨了一巴掌。他没料到会有这种事。“什么？”他说，“可我是戈德温聘用的！”

戈德温说：“因此我有权解雇你。”

“可是凭什么呢？”

“工程落后于计划，而且超出了预算。”

“落后于速度是因为伯爵关闭了采石场——而超出预算是因为我要花钱赶工。”

“借口。”

“一个车夫的死也是我编造的吗？”

戈德温反唇相讥：“是被你自己的弟弟杀的！”

“那又有什么关系呢？”

戈德温不理睬这个问题。“一个因强奸受审的人！”他找补了一句。

“你不能因为他弟弟的行为而解雇一个匠师。”

“你算老几，对我能做什么要指手画脚？”

“我是你的桥梁的建筑师！”这时梅尔辛想到他作为匠师的工作已经完成了。他设计了最复杂的部分，并且做了木头模板来指导石匠。他建成了围堰，还没另一个人会呢。而且他还构建了水面上漂流的吊车，用来把沉重的石头运到河中的位置。如今换成谁都能完工了，他满心不痛快地看到了这一点。

“没有人为你的合同续订担保。”戈德温说。

这倒是真的。梅尔辛环顾房间寻找支持。谁都不肯正视他的目光。他们已经为此和戈德温争论过了，他已解释了，尽管他是绝对的少数。这一切是怎么发生的呢？并不是因为桥的工期慢了和预算超支了——拖延不是梅尔辛的过失，而且无论如何他都在赶进度。真正的原因是什么呢？他一提出这个问题，答案马上就出现在他脑海里。“这是因为在韦格利的漂坊！”他说。

戈德温板着脸说：“这两件事并不必然相关。”

埃德蒙平静而清晰地说：“撒谎的修士。”

菲利蒙才第一次开口。“留神些，会长！”他说。

埃德蒙仍旧直言不讳。“梅尔辛和凯瑞丝智胜了你，是吧，戈德温？他们在韦格利的漂坊是完全合法的。你由于自己的贪婪和顽固给自己带来了失败。这是你的报复。”

埃德蒙说的没错。梅尔辛作为建筑师是无人能及的。戈德温明知道这一点，但显然他不管不顾了。“你想雇谁来替代我？”梅尔辛问。随后他自己回答了这个问题。“我估计是埃尔弗里克。”

“那还有待确定。”

埃德蒙说：“又撒了一个谎。”

菲利蒙又发言了，他的声音更颤抖了。“你这么讲话，会被送上教会法庭的！”

梅尔辛在想这是不是整出戏里的又一幕而已，是戈德温重新谈他的合同的一种方式。他对埃德蒙说：“教区公会在这件事上同意了副院长的提议了吗?”

戈德温说：“轮不到他们同意或不同意!”

梅尔辛不理睬他，期待地看着埃德蒙。

埃德蒙面带羞惭。“我无法否认，副院长有这权力。公会的人用借贷的办法资助建桥，但副院长是全镇的领主。这是从一开始就同意的。”

梅尔辛转向戈德温。“你还有什么话跟我说吗，副院长老爷?”他等着，内心中希望戈德温会提出他真正的要求。

但戈德温咬死了说：“没有了。”

“那就祝你夜安吧。”

他又等了一秒钟。没人说话。那沉默告诉他，一切都已结束。

他离开了房间。

在房子之外，他深深地吸了口寒夜的空气。他简直难以相信发生的事情。他不再是建桥的匠师了。

他在黑暗的街上走着。这是一个晴朗之夜，他可以靠星光认路。他走过伊丽莎白的家：他不想和她说话。他在凯瑞丝住所的外面踟蹰着，也走开了，一路走到水边。他的小划艇对着麻风病人岛。他上了船，独自向对岸划去。

他回到家中以后，在外面停顿了片刻，抬头看着星空，把泪水强忍下去。事实上，到最后他并没有智胜戈德温——而是相反。他低估了那位副院长动手惩罚反对他的人的力度。梅尔辛自以为聪明，可戈德温更胜一筹，或者至少更心狠手辣。他准备在必要时摧毁这个镇子和修道院，以报复对他自尊的伤害。那会给他带来一场胜利。

梅尔辛进屋去，躺下了——孤独而颓败。

三八

受审的前一夜，拉尔夫一宿都没有闭眼。

他曾见过许多人被绞死。每年都有二三十个男人和几个妇女乘着治安官的车子从夏陵城堡里的监狱下山来到市场广场，竖着的绞架就等在那里。这是很普通的事情，但那些人留在了拉尔夫的记忆中，这天夜里就回来折磨他了。

有些人死得很快，他们脖子被绞索拉断了，这样的情况并不多。大多数人是慢慢勒死的。他们蹬着腿挣扎，无声地大张着嘴，无力地叫喊。他们大小便失禁。他记起有一个老妇人被判为女巫：把她从绞架上放下来时，她把舌头咬断，一口吐了出来，围在绞架周围的人纷纷后退，唯恐沾上飞过空中落到泥地的那一团血肉。

人人都对拉尔夫讲，他不会被绞死的，但他都无法把那想法逐出脑海。人们说，罗兰伯爵不会允许他的地主由于佃户的一句话就被处决。然而，伯爵至今没有任何插手的行动。

预审的陪审团把控告拉尔夫的起诉书退给了夏陵的和平法庭。这样的陪审团都主要由效忠于罗兰伯爵的郡内骑士组成——不过，尽管如此，他们还是要按韦格利农人的证据行事。这些男人——陪审团中当然没有妇女——在指控他们当中的一员时并没有畏缩。事实上，陪审团通过他们的提问表明了对拉尔夫所作所为的厌恶，事后还有好几个人拒绝和他握手。

拉尔夫曾设想过，把安妮特在韦格利监禁起来，让她没法去夏陵，也就在正式审问时无法再次作证了。然而，当他去她家抓她时，却发现她已经出发了。她准是预料到他的行动，提前离开，使他未能得逞。

今天，另一个陪审团将要听取此案，但让拉尔夫沮丧的是，其中至少有四个人曾经出席过预审。既然双方的证据很可能一模一样，他看不出这伙人怎么能够得出不同的裁决，除非他们受到了什么压力——现在也已来不及了。

第一道曙光出现时，他就起床了，并且下楼来到夏陵市场广场上设的法庭客栈的底层。他看到一个打着哆嗦的男孩在打破后院井中的冰层，就要他把面包和淡啤酒取来。随后他到公共宿舍，叫醒他哥哥梅尔辛。

他们一起坐在冷冷的客厅里，那儿还散发着头天夜里的酒水的陈味，拉尔夫说："我害怕他们会绞死我。"

"我也这样担心。"梅尔辛说。

"我不知道该怎么办。"那男孩拿来两大杯淡啤酒和半条面包。拉尔夫用颤抖的手拿起酒杯，喝了一大口。

梅尔辛机械地吃了些面包，皱着眉头，从眼角向上望着：他在动脑筋时常常是这种姿态。"我能想到的唯一办法是设法劝说安妮特撤诉并达成一个解决办法。你将给她些补偿。"

拉尔夫摇摇头。"她不能反悔——那是不准许的。她会为这样做受罚的。"

"我知道。但她可以有意给出无力的证明，留下可疑的余地。我相信人们常常是这样做的。"

拉尔夫心里又燃起了希望的火花。"我不知道她会不会同意。"

侍童抱着一抱木头进来，跪在壁炉跟前点火。

梅尔辛思考着说："你能给安妮特多少钱?"

"我有二十枚弗罗林。"值三镑英格兰银便士。

梅尔辛用一只手搔着他那一头乱糟糟的红发。"不算多。"

"这对一个农家女孩来说就不少了。再说，他家在农户中算是富裕的了。"

"韦格利给你赚不了多少钱吗?"

“我得买铠甲。你当上了地主就得随时准备上战场。”

“我能借给你钱。”

“你有多少?”

“十三镑。”

拉尔夫惊讶得一时忘了他的困境。“你怎么赚来这么多?”

梅尔辛有些不悦。“我努力干活，工钱不错。”

“可你的那份建桥匠师的工给辞退了。”

“活计多得很。而且我还出租麻风病人岛的土地呢。”

拉尔夫愤愤不平地说:“这么说一个木匠比一个地主还有钱!”

“事到如今，还算你走运呢。你觉得安妮特会要多少?”

拉尔夫想到了一个阻碍，情绪又低落了下来。“不是她，而是伍尔夫里克。他是领头的。”

“当然。”梅尔辛修漂坊时在韦格利待了好长时间，了解伍尔夫里克只是被安妮特抛弃之后才娶的格温达。“那咱们就和他谈谈。”

拉尔夫认为这样做无济于事，不过他也没有损失。

他们出屋来到昏灰的天空下，把斗篷在肩上拉紧，以抵挡二月份的寒风。他们穿过市场进了贝尔客栈——韦格利的乡亲们都待在那儿，据拉尔夫估计，是由威廉老爷出的钱，没有他的协助，他们不会着手这场诉讼的。但拉尔夫毫不怀疑，一定是威廉那个骄奢专横的夫人菲莉帕，她像是恨拉尔夫，即使——或许因为——如此，他还是觉得她迷人，有诱惑力。

伍尔夫里克已经起来了，他们看见他正在喝咸肉粥，他看到拉尔夫，脸色便阴沉下来，当即从座位上站起身。

拉尔夫手按剑柄，准备当场马上动手，但梅尔辛连忙上前一步，双手张开在他面前，做出劝和的姿势。“我是以朋友身份来的，伍尔夫里克，”他说，“别动火，不然你就要判刑送命而不是我弟弟了。”

伍尔夫里克依旧垂手握拳，站在那里。拉尔夫很失望：他心悬的痛苦本可靠斗殴来发泄的。

伍尔夫里克把一块咸肉皮吐到地上，咽下一口唾沫，然后说：“既然不是找碴，你想干什么呢?”

“商量出一个解决办法。拉尔夫情愿赔付安妮特十镑，补偿他的行为。”

拉尔夫被这数目一惊。梅尔辛得掏大部分的——但他没露出犹豫的样子。

伍尔夫里克说：“安妮特不能撤诉——那是不允许的。”

“可是她能改变一下证言。如果她说起初她同意了，后来才变了主意，但已来不及了，陪审团就不会认定拉尔夫有罪了。”

拉尔夫盯着伍尔夫里克的脸，急切地盼望他露出愿意的神色，但他的表情始终是冷冰冰的，他说：“这么说，你们是想向她行贿，要她作伪证了?”

拉尔夫开始绝望了。他看得出伍尔夫里克并不想要安妮特得钱。他的目的是报仇，而不是赔偿。他要的是绞刑。

梅尔辛合理地说：“我打算给她另一种正义。”

“你是想把你弟弟从绞架上救下来。”

“你难道不会这么做吗?你也有过兄弟嘛。”拉尔夫想起来，伍尔夫里克的哥哥和他的父母一起在塌桥时死了。梅尔辛继续说：“你不会设法救他一命吗——哪怕他做了错事?”

伍尔夫里克听到这番诉诸亲情的话有些惊讶。显然他从来没想过拉尔夫也是有亲人疼爱的人。但他片刻就镇定了，并且说：“我哥哥大卫绝不会有拉尔夫那样的行为。”

“当然啦，”梅尔辛顺着他说，“反正，你不能责怪我想办法救拉尔夫一命，尤其在不对安妮特不公的前提下。”

拉尔夫佩服他哥哥的这种安抚式的谈话。他想，梅尔辛都能把鸟从树上引下来呢。

但伍尔夫里克却不是那么容易劝说的。“村民们再也不想看到拉尔夫了。他们担心他还会这么干。”

梅尔辛避开这个。“也许你能把我们出钱的事告诉安妮特。这事肯定该由她决定。”

伍尔夫里克思考着。“我们怎么有把握你会付那笔钱呢?”

拉尔夫的心跳了。伍尔夫里克动摇了。

梅尔辛答道:“我们会在审判前把钱交给羊毛商凯瑞丝。她会在拉尔夫宣告无罪后把钱给到安妮特手里。你信任凯瑞丝,我们也信任她。”

伍尔夫里克点点头。“你说得对,这不该由我决定。我会转告她。”他上楼去了。

梅尔辛长出了一口气。“老天,他可是在气头上呢。”

“不过,你说得他回心转意了。”拉尔夫佩服地说。

“他只同意了传个话。”

他们坐在伍尔夫里克腾空的桌边。一名侍童问他们想不想要早点,但两人都没要。大厅里坐满了客人,叫着要火腿、干酪和淡啤酒。客栈里住满了来法庭的人。除非有很好的托辞,全郡所有的骑士都必须到场,县里的大多数其余的头面人物也得来:高级教士,富裕商人和所有年收入在四十镑以上的人。威廉爵士、戈德温副院长、羊毛商埃德蒙全都包括在内。拉尔夫和梅尔辛的父亲杰拉德骑士,在他家道中落之前是这里的常客。他们要自愿当陪审团和处理其他事务,诸如缴税或选举国会议员。此外,还有一群被告、受害者、证人和保人。法庭给一个镇上的客栈带来很多生意。

伍尔夫里克让他们兄弟俩一直等着。拉尔夫说:“你觉得他们在楼上谈得怎么样?”

梅尔辛说:“安妮特可能愿意拿那笔钱。她父亲会支持她这样做的，没准她丈夫比利·霍华德也会的。但伍尔夫里克是那种只想讲实情胜过金钱的人。他妻子格温达会出于忠诚而支持他，而加斯帕德神父也会坚持照原则办事。最重要的，他们将听威廉爵士的意见；他又会照菲莉帕夫人的意愿行事。她恨你，由于某种原因。但另一方面，妇女更喜欢和解而不是冲突。”

“所以事情还在两可之间。”

“一点不错。”

小店的顾客们用完了早餐，开始往外走，一个个穿过广场前往法庭客栈，会议将在那里召开。很快就会来不及了。

伍尔夫里克终于露面了。“她说不。”他干脆地说，说完转身就走。

“等一下!”梅尔辛说。

伍尔夫里克不予理睬，又消失在楼上了。

拉尔夫咒骂着。刚才他还希望有所转机，如今他只有听凭陪审团发落了。

他听到外面有一只手铃摇得响成一片。一名治安官的助理召集全体有关人员到法庭去。梅尔辛站起身，拉尔夫随着人群往里走。

他们走到法庭的背后，进入宽敞的法庭后室。在最远端，法官席安置在一处高台上。这种席位虽然通常都叫作“板凳”，但实际上是如同宝座一般的雕花木椅。法官还没有就座，但他的书记员已坐在了台前的一张桌旁，阅读着一卷文件。一侧摆放着两条长凳供陪审团使用。房间里再没有别的座位了：大家都随意找地方站着。由法官的权力维护的程序是当庭宣判行为不端的人：经由法官本人证实的罪行就没必要再审了，拉尔夫瞅见了阿兰·弗恩希尔站在他的身边，一副畏惧的样子，没有说话。

拉尔夫开始琢磨他根本不该到这儿来。他完全可以找个借口：生病啦，弄错日期啦，马在路上跛啦。但那样也只能为他推迟一时。治安官终归会来的，还要带着武装助理，将他逮捕；而若是他逃避他们，就会被宣布为逃犯。

不过，那也比绞死要强。他想不好他该不该这时就跑。他大概得打出小酒馆。但他靠两条腿没法跑得太远。镇上的人会出动一半追赶他，而如果他们没追到他，治安官的助手也会骑马赶来。他的逃跑就会被视为承认有罪。事到如今，他仍有一线机会被宣判无罪。安妮特说不定胆怯得说不清楚证言。也许关键证人不会出庭，罗兰伯爵可能在最后一分钟出面干涉。

法庭中挤满了人：安妮特、村民们、威廉爵士和菲莉帕夫人、羊毛商埃德蒙和凯瑞丝、戈德温副院长和他的瘦削的助手菲利蒙。书记员敲着桌子要求肃静，法官从一道侧门走了进来。是盖·德·布瓦斯，一个大地主。他长着秃头和大肚子。他是伯爵的老战友，这或许对拉尔夫有利；但是，在天平的另一侧，他又是菲莉帕夫人的叔叔，她可能在他耳根悄悄说过些恶意的话。他是那种红脸膛的人，早餐要吃咸牛排和喝烈啤酒的。他坐下了，放着响屁，满意地哼了一声，开口说："好吧，咱们开始吧。"

罗兰伯爵没有出席。

拉尔夫的案子是第一例：是大家，包括法官在内，最感兴趣的。起诉书读过之后，安妮特被叫来作证。

拉尔夫发现要集中精神极其困难。他以前当然都听过这一切，但他应该聚精会神地听取安妮特今天所讲的事实有什么出入，有什么没把握、犹豫或编造的迹象。可他只觉得要听天由命。他的敌人已全力出击。他的最有权势的朋友罗兰伯爵没有前来。只有他哥哥站在身边，而梅尔辛为了帮助他已经尽了最大努力又没有成功。拉尔夫命运已定。

证人一个接一个作证：格温达、伍尔夫里克、佩姬、加斯帕德。拉尔夫原以为他能随意摆布这些人，可不知怎么的，他们却征服了他，陪审团发言人赫伯特·蒙顿爵士是拒绝和拉尔夫握手的人之一，他所提的问题似乎是要强调罪行的可怕：痛苦有多深？流了多少血？她是否在哭？

轮到拉尔夫说话时，他讲的故事早在预审时就没被陪审团相信，而且他讲话时声音很小，并且还一直发抖。阿兰·弗恩希尔比他强些，坚决地说安妮特急于和拉尔夫睡觉，这对情人要求他在他们在溪边尽欢时躲开。但陪审团不信他的话：拉尔夫可以从他们的脸色上看出来。他开始感到几乎被这程序厌烦了，巴不得快点结束，他的命运到时就定了。

在阿兰退回来时，拉尔夫意识到一个新身影就在他肩旁，一个声音低低地说："听我的。"

拉尔夫回过头去，看到了伯爵的书记杰罗姆神父，脑海中闪过一个念头：这样一个法庭对教士是无能为力的，哪怕他们犯了罪。

法官转向陪审团，征询他们的裁决。

杰罗姆神父耳语说："你们的马匹就在外面等着，备好了鞍，马上可以走。"

拉尔夫僵住了。他没听错吧？他转过头来，问："什么？"

"骑上跑。"

拉尔夫看看身后。有上百个人堵住了门口的路，许多人还有武器呢。"这办不到。"

"用侧门，"杰罗姆说着，头向法官进来的门稍稍一偏。拉尔夫马上看到，只有韦格利的人站在他和侧门之间。

陪审团的发言人赫伯特爵士站起身，一副神气十足的模样。

拉尔夫与站在身边的阿兰·弗恩希尔交换了一下眼色，阿兰已经听到了一切，满脸期待。

"现在走！"杰罗姆悄声说。

拉尔夫的手按到他的剑上。

“我们认定韦格利的拉尔夫地主犯有强奸罪。”发言人说。

拉尔夫抽出了剑，一边挥舞着，一边冲向门口。

有一刹那间的惊惶中的静默，随后大家就一起叫嚷起来。但拉尔夫是当场唯一拔剑在手的人，他知道还要待一会儿别人的剑才能出鞘。

只有伍尔夫里克无所畏惧地迈步拦他，而且面不改色、神情坚定。拉尔夫举剑对准伍尔夫里克的脑壳正中，用尽全力向下砍去，一心想把他劈成两半。但伍尔夫里克灵巧地向后侧一闪。可剑尖还是划过他的左脸，从太阳穴到下颏开了个口子。伍尔夫里克在突然和极度痛苦中大喊一声，用双手捂住了脸；拉尔夫乘机越过他而去。

他把门大敞开，迈步出去，回过头来。阿兰·弗恩希尔冲过了他身边，陪审团的发言人紧随阿兰，举着已拔出的剑。拉尔夫经历了片刻的得意。事情就这样解决了——靠的是打斗，而不是商量。无论成败，他乐于如此。

随着一声兴奋的高叫，他刺向了赫伯特爵士。他的剑尖刺中了发言人的前胸，穿透了他的皮上衣；但那人离得太远，那一剑无法穿进肋骨，只是扎着皮肤，擦过骨头。反正赫伯特大叫了一声——更多的是由于害怕而不是由于痛苦——就跌跌撞撞地退后几步，与身后的几个人撞到了一起。拉尔夫把门扇向他们甩过去。

他发现身处一条穿过房子的通道，一头的门通向市场广场，另一头通向马厩院子。马匹在哪里？杰罗姆只说在外边。阿兰已经奔向后门，于是拉尔夫就紧随其后。他们冲进院子，他们身后的一片喧闹声告诉他，法庭的门已经打开，人群在追着他们。

院子里不见他们马匹的踪影。

拉尔夫从拱门下跑到前门。

那是这世上他最想见到的景象：他的战马“怪兽”备着鞍子正

用前蹄刨地，旁边是阿兰那匹两岁口的“羽箭”，两匹马都由一个赤脚厩童牵着，那孩子塞了满嘴面包。

拉尔夫抓住缰绳便翻身上了马。阿兰也照样上了马。就在乱糟糟的人群穿过拱门时，他们已经狠踢着马匹启动了。那厩童吓得慌忙跨步闪开了路。两匹马向前一蹿，跑了出去。

人群中有人投出一把刀。有四分之一英寸扎进了“怪兽”的侧肋，然后就掉在了地上，反倒起到了催马快跑的作用。

他们沿着街道急驰，把前面的不管是男女老幼还是牲畜都赶得四散奔跑着让路。他们冲过城墙上的一道门，进入了城郊，那里是住房与花园及果园交织的一片地带。拉尔夫回过头去，已经看不到有人追来了。

治安官的手下当然会来寻他们，但他们先得找到马匹并且备上鞍。拉尔夫和阿兰已经驶离市场广场有一英里之遥了，而他们的坐骑毫无疲惫之态。拉尔夫喜气洋洋。五分钟以前，他还在等着挨绞呢。现在他已经自由啦！

大路分岔了。忙乱之中，拉尔夫转向了左边。穿过一英里的田野之后，他就看见林地了。一到那里，他就离开大路，消失了踪影。

可在这之后又该怎么办呢？

三九

“罗兰伯爵真聪明，”梅尔辛对伊丽莎白·克拉克说，“他让法官把审判几乎进行到底了。他既没有向法官行贿，也没有影响陪审团或恐吓证人，他还避免了和他儿子威廉爵士的一场争吵。但是他还是逃过了他的部下被绞的耻辱。”

“你弟弟现在在哪儿呢？”她问。

“不知道。从那天起，我就没跟他说过话，甚至连面也没见过。”

他们在礼拜天下午坐在伊丽莎白的厨房里。她给他做了午饭：煮火腿加上炖苹果和冬天的绿菜，还有她母亲买回来的也许是从她上班的客栈中偷回来的一罐葡萄酒。

伊丽莎白说：“现在会怎么样呢？”

“死刑判决还是在他头上。他不能回韦格利，或者来王桥这儿了，一露面就会被捕的。这样，他就宣布自己成了逃犯，只好当强盗了。”

“他没办法了吗？”

“他能从国王那里得到赦免——但那要花很多钱，远远超过他或我能出得起的。”

“你对他是怎么看的呢？”

梅尔辛畏缩了。“唉，他的行为该判刑，这是不消说的。但无论如何，我都不希望把绞刑加到他头上。我只希望他不管在哪儿，都好好活着。”

在过去这几天里，他已经讲了好多遍拉尔夫受审的事了，但伊丽莎白还是问了许多精明的问题。她既有头脑又有同情心。他认为，每礼拜天下午这样消磨并不是苦差。

她母亲塞尔莉跟往常一样在壁炉旁打盹，但这时她睁开眼，说：“我的天！我忘了馅饼了。”她站起身，拍了拍乱糟糟的灰发。“我答应了贝蒂面包师给鞣皮公会做一个火腿鸡蛋馅饼的。他们明天要在贝尔客栈举行大斋节[①]前的聚餐呢。”她把一条毛毯往肩上一围，就出去了。

屋里只剩下他们俩可是不寻常的，梅尔辛觉得有点窘，但伊丽

① Lent，复活节前为期四十天的斋戒及忏悔，以纪念耶稣在荒野禁食。

莎白似乎倒一下子放松了。她说：“你现在不去修桥了，自己打算做什么呢？”

“我在给酿酒师迪克盖住宅，还有些别的活计。迪克要退休了，把生意交给了他儿子，但他说他只要住在科珀，就没法不干活，所以他就想在老城墙外有一栋带花园的房子。”

“噢——是情人地外面那处工地吗？”

“就是。那将是王桥最大的住宅了。”

“酿酒师是从来不缺钱的。”

“你愿意去看看吗？”

“工地？”

“住宅，还没盖完，但已竖起四壁，加上了屋顶。”

“现在去？”

“离天黑还有一小时呢。”

她迟疑着，仿佛还另有打算；但随后她说：“我愿意去。”

他们穿上带兜头帽的厚斗篷，就出去了。这是三月份的第一天。阵阵小雪追随着他们沿着主街走去。他们乘上渡船向郊外而去。

虽然羊毛交易起起伏伏，但镇子每年都扩大一点，修道院把它越来越多的牧场和果园变成供出租的住宅区。梅尔辛猜想，自他十二年前还是个孩子初来王桥以来，足足增加了五十栋住宅。

酿酒师迪克的新家是离开大路一些距离的两层建筑。由于还没有装门窗，所以墙上的空隙临时用篱笆遮蔽着，木头框架中填满了苇帘。前门就这样堵着，但梅尔辛领着伊丽莎白来到背后，那里有一个上了锁的木门。

梅尔辛的十六岁的助手吉米正在厨房里，守着那里以防盗贼。这孩子很迷信，总是在身上画十字或者从肩膀上向后撒盐。他坐在一个大壁炉的火跟前的板凳上，满脸忧心忡忡的样子。“你好，师傅，”他说，“你既然来了，我可以去取晚饭了吧？旋工劳尔应该送饭来的，可是到现在还没露面。”

“天黑以前一定要赶回来。”

“谢谢您。”他连忙走了。

梅尔辛迈步穿过门洞，进到宅子里面。“楼下有四个房间。”他边说边指给她看。

她觉得不可思议。“他们用这么多房间干什么？”

“厨房、客厅、餐厅和大厅。”还没造楼梯，但梅尔辛爬着一张梯子到了上层，伊丽莎白跟了上来。“四间卧室。”她上来之后他说。

“谁住在这儿呢？”

“迪克和他妻子，他儿子丹尼和妻子，还有女儿，她大概不会一辈子不嫁吧。”

王桥的大多数家庭都住在一间屋里，全都一个挨一个地睡在地板上：父母、子女、孙子女和儿媳、女婿。伊丽莎白说：“这地方的房间比宫殿还多！”

这话倒是不错。一位拥有大批扈从的贵族可能就住在两个房间里：一间他和妻子用的卧室，以及一个供众人住的大厅。但梅尔辛如今已经为王桥的富裕商人设计了好几处住宅，他们奢侈的要求就是私蔽。他认为这是新趋势。

“我估摸着窗子上要装玻璃吧。”伊丽莎白说。

“是啊。”这又是一种时尚。梅尔辛还记得王桥没有玻璃匠的时期，只有每年来上一两次的巡回工。如今城里有了常住的玻璃匠了。

他们回到了底层。伊丽莎白坐在吉米在炉火前的板凳上，烤着两只手。梅尔辛坐在她身旁。“有朝一日，我要给自己盖一栋这样的宅子，”他说，“要建在一座大花园里，要有许多果树。”

出乎他的意料，她把头靠在了他的肩上，“多美的梦啊。”她说。

他俩都盯着火看。她的头发扎得梅尔辛的面颊直痒。过了一会儿，她把一只手放到他膝头，在一片静寂中，他能听见她的和自己的喘息声和木柴的噼啪声。

“在你的梦里，谁在那栋房子里？”她问。

“我不知道。”

“男人就是这样。我看不到我的家宅，可我知道里边有谁：一个丈夫，几个婴儿，我母亲，一位年长的公公或婆婆，三个仆人。”

“男人和女人的梦想不一样。”

她仰起头，看着他，触摸着他的脸。“你把这些人都凑到一起时，你才有了生活。”她亲吻了他的嘴唇。

他闭上了眼睛。他记起了几年前她嘴唇的轻柔的触碰。她的嘴只在他的唇上逗留了一下，她就收回去了。

他觉得自己奇怪地分身了，仿佛他在从屋角盯着自己看。他不知道自己是如何感受的。他瞅着她，又一次看出来她有多么可爱。他问自己她身上有什么东西这么吸引人，并且马上意识到，一切都十分和谐，犹如一座漂亮的教堂的各个部分。她的嘴唇、她的下颏、她的颧骨和她的前额，全部如他刻画的一样——若他是创造女人的上帝的话。

她用平静的碧眼回眸望着他。“抚摸我吧。”她说着，便解开了她的斗篷。

他用一只手轻柔地握住她的一个乳房。他记得曾经这样做过。她的乳房竖起，紧贴在胸口上。他刚一摸，她的乳头当即硬了，暴露了她不动声色的举止。

“我愿意在你梦想的住宅里。”她说着，又亲吻了他。

她并非靠一时冲动行事的；伊丽莎白从来不那样。她一直在想这事。虽说他每次都是无心地去看望她，高兴和她在一起，而没有往远处想，但她一直想象他俩的共同生活。或许她甚至安排了这种场面。这样就解释了她母亲找了个馅饼的借口把他们单独留下了。他提议来看酿酒师迪克的房子，几乎毁了她的计划，但她也随机应变地同意了。

这样不动感情的接近是没有什么错误可言的。她是一个理智的人。这也正是他喜欢她的一个原因。他知道，激情照样在表面之下燃烧。

看来错的恰恰是他本人缺乏感情。他不会冷静理智地对待女性——恰恰相反。当他感受到爱时，就会被爱攫住，让他既觉得愤愤不满，又觉得温情似火烧身。此刻他感觉受到了关注、宠幸而周身发痒，不过他还不致控制不住自己。

她觉察到了他的吻半心半意，就缩了回去。他看出她脸上那一丝隐隐的激情正在受到极力压抑，但他知道在那面具背后是畏惧。她天生如此沉静，应该花了她好大力气才这样主动，她害怕遭到拒绝。

她从他身边撤开，站了起来，拽高了衣裙。她生就一双线条优美的长腿，上面布着几乎看不出的金色细毛。虽然她身材修长苗条，但臀部宽得恰到好处，尽显女性的曲线。他禁不住凝视着她阴部的三角区。她的阴毛金黄得让他能够看透，直到浅浅突出的阴唇和中间微妙的线条。

他抬头看她的脸，从中看出了绝望。她已经尽了一切努力，看出来全都是徒劳。

梅尔辛说："我很抱歉。"

她放下了衣裙。

"听着，"他说，"我觉得——"

她打断了他的话。"别说了，"她的欲望正在变成怒气，"你现在说什么都是瞎话。”

她说得没错。他一直想编造些抚慰的半真半假的话：他身体不大好，或吉米随时都会回来。但她不想得到安慰。她已经失败了，无力的借口只能让她更感到别人在降尊纡贵。

她盯视着他，她美丽的面孔上摆下了难过和气愤的战场。沮丧的泪水涌到她的眼中。“为什么不？”她叫道；但当他张开嘴要回答时，她又说：“别回答！那不是真话！”这一次她又说对了。

她转身要走，又回过头来。“是凯瑞丝，”她说，脸激动地抽动着，“那妖精对你施了魔咒。她不会嫁给你，可别人也没法拥有你了。她太恶毒了！”

她终于走开了。她把门甩开，迈步走了出去。他听到她抽泣了一会，然后就走了。

梅尔辛瞪着火。“噢，该死！”他说。

“有些事我需要向你解释一下。”一个星期后，在他俩离开大教堂时，梅尔辛对埃德蒙说。

埃德蒙的脸上现出一种和蔼愉快的神情，这是梅尔辛看惯了的。那种神情似乎在说：我比你年长三十岁，你应该聆听我的话，而不是给我上课；但我喜欢年轻人的热情。何况，我还没老到学不进东西。“好吧，”他说，“不过，到贝尔店里去说吧。我想喝一杯葡萄酒呢。”

他们进了酒馆，在紧靠壁炉的地方坐下。伊丽莎白的母亲给他们端来了酒，但她鼻孔朝天，没有和他们搭话。埃德蒙说：“塞尔莉是在跟你还是跟我生气？”

“管它呢，”梅尔辛说，“你在海边站过吗？赤脚踩在沙子上，感受海水漫过脚趾的滋味？”

“当然啦。儿童都在水里玩过。连我是男孩时也这么干过。”

“你还记得海浪涌上退下，把沙子从你脚边淘走，形成一条小溪的情景吗？”

“记得，那是很久以前了，不过我觉得我明白你的意思了。”

“这就是旧木桥那儿发生的情况。流动的河水从中心的桥墩下淘走了泥沙。”

“你怎么知道的？”

“从桥塌之前木墩上的裂缝样子知道的。”

“你的意思是？”

“河流没有变。肯定还会像以前一样把新桥毁掉——除非我们预先防止。”

“怎么防？”

“按照我的设计，我在新桥的每个桥墩周围都堆上了大块的散石。它们会阻挡水流，减弱其作用。这就是用松散的线绳逗痒和用编紧的绳索鞭打之间的区别。”

“你怎么知道的？”

“我跟博纳文图拉打听的，那是在桥刚塌之后他回伦敦之前。他说他在意大利见过在桥墩周围堆石头的做法，他始终不明白有什么用。”

“太妙了。你跟我讲这个是为了一般的开窍呢，还是有什么特殊的目的呢？”

“像戈德温和埃尔弗里克那样的人不明白这个道理，就算我告诉他们，他们也不会听取。就是为了防止埃尔弗里克那笨脑子听后也不肯完全照我的设计去施工，我才想要镇上至少有一个人明白堆石头的原因。”

“但有一个人嘛——你不就是吗？”

“我要离开王桥了。”

这使他吃了一惊。“离开？”他说，“你？”

这时，凯瑞丝出现了。“别在这儿待太久了，”她对她父亲说，“彼得拉妮拉姑妈正在做饭呢。你要不要和我们一起吃饭，梅尔辛?”

埃德蒙说：“梅尔辛要离开王桥了。”

凯瑞丝面色苍白了。

梅尔辛看到她的反应，心中感到一阵满意。她曾拒绝过他，但听说他要离开镇子就沮丧了。他当即为这种毫无价值的情绪感到羞耻。他对她的深爱使他不想让她难过。不过，若是她听到这消息却无动于衷，他的感觉会更不好的。

“为什么?”她说。

“这里已经没我的事了。我要再建造什么呢?我不能再在桥上干活了。这座镇子已经有了一座大教堂。我不想在余生中除去给商人盖住宅什么也做不成。”

她用平静的声音说：“你要去哪儿呢?”

“佛罗伦萨。我一直都想看看意大利的建筑。我要找博纳文图拉·卡罗利给我写一封介绍信。说不定我还会跟他的一批托运货物一起走呢。”

“可你在王桥这里还有产业呢。”

“我正想跟你说这事呢。你肯为我管理吗?你可以替我收取租金，拿到回扣，并把余钱交给博纳文图拉。他可以用信把钱转到佛罗伦萨。”

“我不想要该死的回扣。”她生气地说。

梅尔辛耸耸肩。“这是工作，应该拿报酬的。”

“你在这事上怎么这样冷漠呢?”她说。她的声音很尖，招得贝尔客栈厅堂内好几个人都抬头来看。她并不在意：“你会离开你所有的朋友!”

“我并不冷漠。朋友是伟大的。但我要结婚。”

埃德蒙插话说："王桥有的是姑娘愿意嫁你。你不算英俊，但你很成功，这可比好看的模样更有价值。"

梅尔辛苦笑了一下。埃德蒙能够唐突得让人哭笑不得。凯瑞丝也继承了这种品性。"有一段时间我觉得我可以娶伊丽莎白·克拉克。"他说。

埃德蒙说："我也这么想过。"

凯瑞丝说："她是个高傲的人。"

"不，她不是的。但当她问我时，我却退却了。"

凯瑞丝说："噢——所以最近她脾气才这么坏。"

埃德蒙说："而且她母亲也不正眼看梅尔辛了。"

"你为什么拒绝她呢？"凯瑞丝问。

"在王桥只有一个女人我能娶——但她不想做任何人的妻子。"

"可她不想失去你。"

梅尔辛生气了。"我该怎么办？"他说。他的声音很高，周围的人都止住谈话来听。"戈德温解聘了我，你又回绝了我，我弟弟成了逃犯。以上帝的名义，我何必留在这儿呢？"

"我不想让你走。"她说。

"这不够！"他嚷嚷起来了。

厅堂里这时静了下来。在场的人都认识他们：店主保罗·贝尔，他的卷头发的女儿贝茜；灰白头发的吧台女塞尔莉——伊丽莎白的母亲；曾经拒绝雇用梅尔辛的比尔·瓦特金；名声扫地的奸夫屠夫爱德华；梅尔辛的房客贾克·切波斯托夫；托钵修士默多，理发师马修和马克·韦伯。他们都清楚梅尔辛和凯瑞丝的情史，所以对这争吵兴致勃勃。

梅尔辛满不在乎。他们要听就听吧。他气恼地说："我可不想这辈子就晃来晃去地围着你转，像你那条狗'小不点儿'似的，等候你的关照。我要当的是你的丈夫，我可不愿做你的宠物。"

“那好吧。”她小声说。

她突然改变了腔调让他吃了一惊，他还弄不明白她的意思。“好什么呀?”

“好吧，我就嫁给你。”

一时间他惊得说不出话来。随后他满腹狐疑地问：“你这话可当真?”

她终于抬头看着他，含羞一笑：“是的，我当真，”她说，“你向我求婚就是了。”

“好吧。”他深吸了一口气，“你肯嫁给我吗?”

“是的，我愿意。”她说。

埃德蒙大叫：“好啊!”

酒馆里所有的人都一起鼓掌欢呼。

梅尔辛和凯瑞丝笑了起来。“你真的愿意?”他说。

“是的。”

他们亲吻了，然后他用双臂搂住她，使足了劲拥抱了她。他松开她之时，看到她哭了。

“为我订婚上酒，”他高叫着，“来一桶，就是说——给每人一杯，让大家都来为我们的健康干杯!”

“马上就来。”店主说，大家又一次欢呼。

一星期之后，伊丽莎白·克拉克成了见习修女。

四〇

拉尔夫和阿兰苦不堪言。他们吃的是野味，喝的是冷水。拉尔夫发现梦中所见的食品都是他平素里不屑一顾的：洋葱、苹果、鸡蛋、牛奶。他们每天夜里都换一个地方睡觉，总是要点上火。他们俩都有一件挺好的斗篷，但在露宿时就不够保暖了，每天清晨都是打着冷战冻醒的。他们在大路上遇到任何软弱的人都要打劫，但大多数赃物要么不值钱要么没用处：破衣服啦，牲口饲料啦，还有钱，在森林里钱是买不到东西的。

有一次他们偷到了一大桶葡萄酒。他们把桶滚了一百码进了林子，尽量喝了个痛快，倒头便睡了。等他们醒来，还在宿醉未醒乱发脾气，却发现没法把还剩下四分之三酒液的桶带走，只好扔在了原地。

拉尔夫怀念着他旧日的生活：宅邸的大房子，呼呼烧着的壁炉，仆人，正餐。不过在现实的当前，他知道他也不想过那种日子了。那样的生活也枯燥无聊。大概正是因为这个他才强奸了那姑娘。他需要刺激。

在林中生活了一个月之后，拉尔夫决定他们得组织起来。他们需要一处基地，能够在那里盖起某种住房并且存贮食物。而且他们还要有计划地掠夺，这样就可以弄到对他们真正有用的东西，比如保暖的衣服和新鲜的食物。

在他逐渐认识到这些问题的时候，他们已经游荡到离王桥几英里的一处山林中。拉尔夫回忆起，那片在冬天光秃秃的荒芜的山坡，在夏天是被牧人用来放牧的草场，牧民们在山窝里搭建些简陋的石头住所。他和梅尔辛儿时外出打猎时曾经发现过这些破房子，在里面点起火烧他们自己用箭射杀的野兔和石鸡。他回想起，即使在当时，他也渴望狩猎：追逐并射杀一只吓慌了的活物，用刀子或棍棒结束掉它们的生命——一种来自执掌生杀大权的迷人的感觉。

在新的季节牧草丰盛之前，没人会来这里。传统的日子是圣灵降临节，那天也是羊毛集市开张的日子，从现在起还有两个月呢。拉尔夫选了一座看着还坚固的草屋，他们就在里边安了家。那屋子没有门和窗，只有一处低矮的入口，但屋顶上有一个洞，可以向外冒烟，他们就点起火，一个月来第一次暖暖和和地睡了一觉。

靠近王桥，给了拉尔夫又一个妙招。他想好，抢劫的时间是趁人们去市场的路上。他们都携带着干酪、一壶壶的苹果酒、蜂蜜、燕麦饼：村民们自制又为镇上人所需的各色各样的东西——当然也为强盗们需要啦。

王桥的市场是在一个礼拜天。拉尔夫已经忘记了星期几了，但他从一个游方修士的嘴里打听了出来，然后才抢了他三先令和一只鹅。在下一个礼拜天，他和阿兰在距通王桥的大路不远处宿营，在火边睁着眼守候了一夜。天亮后便来到路边，躺倒静等。

过来的第一伙人是用车运饲料的。王桥有几百匹马可草又少，因此镇上时常都需要供应干草。不过这对拉尔夫没用："怪兽"和"羽箭"在林子里有的是草，吃不完。

拉尔夫倒是不烦守候，准备伏击犹如观看一个女人脱掉衣服，等的时间越长，就越刺激。

不久他们听到了唱歌的声音。拉尔夫额后的头发立起来了：听着像是天使的声音。清晨有些雾蒙蒙的，他第一眼看到那些唱歌的人时，她们头上仿佛围着光晕。阿兰显然和拉尔夫的感受一样，甚至还畏惧得抽泣了一下。但那只不过是冬日的淡光在行路人身后照出的雾气罢了。她们都是农妇，每人提着一篮鸡蛋——不大值得一劫。拉尔夫让她们走过，没有暴露自己。

太阳升得高了一些。拉尔夫担心起来，不久大路上就会满是赶集的人，再下手抢劫可就难了。这时走来一家人：一对三十多岁的夫妻，带着一男一女两个小孩。他们看上去有些面熟，无疑在他住在那儿的年月里，曾经在王桥的市场上见过他们。他们带着各种东西。那丈夫背着一个沉重的篮子，里面装着蔬菜；那妻子挑着一根长棍，上面捆吊着好几只活鸡；男孩子扛着一条粗重的火腿；女孩提着一个瓦罐，大概盛的是咸黄油。拉尔夫想到火腿，嘴里冒出了口水。

他胸中升起了激动，向阿兰点了下头。

当那一家人走到和他平行时，拉尔夫和阿兰冲出了灌木丛。

女人尖叫，男孩吓得呼喊起来。

男人想放下篮子，但没等篮子离开肩膀，拉尔夫已经刺中了他，剑从那人的腹部刺进，向上挑到肋骨。那人极度痛苦的厉声尖叫很快就由于剑尖穿透心脏而终止了。

阿兰则冲向那妇女，砍断了她脖子的大部分，血从重创的颈部喷出，突然形成一股红流。

拉尔夫在亢奋之中又转向男孩。那孩子反应迅速：他已经放下火腿，抽出了刀子。拉尔夫的剑还在向下挥舞时，那男孩已经逼近并捅着了他。那种未经训练的进攻，使的力量蛮大，却造不成什么伤害。那一刀错过了拉尔夫的胸口，刀尖在他右上臂划破了皮肉，突发的疼痛使他丢下了手中的剑。那男孩转身就跑，奔向了王桥的方向。

拉尔夫看着阿兰。阿兰在转向女孩之前，先结束了那母亲的生命，这么一耽搁，几乎让他丧了命。拉尔夫看到那女孩把黄油罐扔向阿兰，不知是扔得太准还是误打误撞，罐子刚好击中阿兰的后脑，他扑地跌倒，如同中了战斧。

她随后便跟着哥哥跑了。

拉尔夫弯腰用左手拾起他的剑，拔腿追去。

兄妹俩年轻快捷，但他身高腿长，没几步就追上了他们。男孩回头看到拉尔夫跑近了。让拉尔夫吃惊的是，男孩居然站住脚，转过身，朝他迎面跑来，手中举着刀子，高声叫喊着。

拉尔夫收住脚步，举起了剑。男孩向他跑来——然后在他够不到的距离上站住了。拉尔夫向前迈步冲刺，其实是佯攻。男孩躲过了那一剑；想趁拉尔夫立脚不稳，跑到近处来刺他。这恰恰是拉尔夫期待的。他敏捷地向后一退，站稳脚跟，把剑准确地刺进男孩的喉咙，直到剑尖从颈后穿出。

男孩倒地死了，拉尔夫抽出剑，对那精确有效的致命一击深为庆幸。

他抬头望去，女孩已跑得不见踪影。他马上明白了他是无法徒步追上她的；等到他拉来他的马，她早跑到王桥了。

他转身往回看，吃惊地发现阿兰已挣扎着站了起来。“我还以为她杀死你了呢。”拉尔夫说。他在死去的男孩的紧身衣上擦干净他的剑，装入鞘中，用左手压紧右臂的伤口，想止住血。

“我的头疼得要命，”阿兰回答说，“你把他们杀光了吗？”

“女孩子跑掉了。”

“你觉得她认识我们吗？”

“她也许认得我。我以前见过这家人。”

“这么说，我们现在是杀人犯了。”

拉尔夫耸耸肩。“绞死也比饿死强。”他看了看那三具尸体，“已经是这么回事了，咱们把这些农人拖下大路，别等再有人来。”

他用左手拖着那男人到了路边。阿兰提起尸首扔进灌木丛。又照样处理那妇女和男孩。拉尔夫确信尸体不会被过路人看见。大路上的血已经渗进土里，变黑了。

拉尔夫从那妇女的衣裙上割下一条带子，扎住他臂部的伤口。刀口还疼，但流血已经少了。他感到些许的失意，这是每次战斗后总有的，如同性发泄后一样。

阿兰开始收拾抢来的赃物。“收获不错，”他说，“火腿、鸡、黄油……”他看着男人背的篮子里边，“……还有洋葱！当然是去年的，不过还好着呢。”

“老洋葱也比没有强啊。这是我母亲说的。”

就在拉尔夫弯腰去捡砸到阿兰的黄油罐时，他觉出来有一个锋利的铁尖扎到他屁股上。阿兰在他前面收拢那些捆着的鸡。拉尔夫说："谁……？"

一个粗哑的嗓音说："别动。"

拉尔夫从来没有服从过这样的指令。他向前一跃，避开了那声音，转过身来。六七个人不知从哪里钻了出来。他惊慌不已，但还是镇静下来，用左手抽出了剑。离他最近的那人——大概就是刚才戳他的——挥剑来打，而其余的人则去抢赃物，有的去伸手抓鸡，有的去抢火腿。阿兰剑光闪闪护着那几只鸡，而拉尔夫和那个主要对手开了打。他意识到这是另一伙强盗在打劫他。他义愤填膺：他为这些东西杀了人，他们却要从他手中抢走！他没觉得害怕，只感到愤怒。他勇气十足地进攻他的对手，尽管他迫不得已用左手使剑。这时一个权威的声音高声喊道："放下兵刃，你们这帮傻瓜。"

新来的人全都站住不动了。拉尔夫持剑摆出随时战斗的姿势，唯恐其中有诈，而目光则扫向了那高叫的人。他看到一个二十多岁的英俊青年，身上有一股高贵的气质。他穿的衣服看来很昂贵，却脏得很：一件意大利猩红斗篷上面沾满细枝碎叶，一件华丽的花缎上衣上留着一些像是食物的污渍，脚上那双贵重的栗色皮靴上净是刮痕和泥迹。

"从强盗手里抢东西倒让我挺开心，"那个后来的人说，"你看，这可不算犯罪。"

拉尔夫明知自己处于包围之中，仍然十分好奇。"你是那位人称'隐身者塔姆'的人吗？"他问。

"我还小的时候就有'隐身者塔姆'的故事了，"那人回答说，"不过不时地一再有人出来扮演那个角色，就像在神奇剧中总有个化身妖魔的修士一样。"

"你不像是普通的强盗。"

"你也不像，我猜你是拉尔夫·菲茨杰拉德。"

拉尔夫点了点头。

“我听说了你逃跑的事，我一直在想什么时候能碰上你呢。”塔姆来回看着大路，“我们遇上你也是碰巧。你怎么挑中了这处地点?”

“首先我挑了日子和时间：礼拜天，这个时候正赶上农人们拿着他们生产的东西去王桥赶集，他们要经过这条大路。”

“好啊，好啊。我逍遥法外过了有十年了，我从来没想到要这么干。或许我们应该联手。你能别举着剑吗?”

拉尔夫犹豫了，但塔姆是没有武器的，因此他看不出有什么不利之处。反正，他和阿兰人数上大大处于劣势，最好还是别打为妙。他慢慢地把剑收入了鞘中。

“这就好嘛。”塔姆伸出一条胳膊搂着拉尔夫的肩膀，拉尔夫意识到他们身高一样。没有几个人有拉尔夫这么高的身材的。塔姆和他一起走进树林，说道：“别人会拿来那些东西的。走这条路，我们有好多话要谈呢，你和我!”

埃德蒙敲击着桌子。“我召集这次教区公会的紧急会议是要讨论强盗的问题，”他说，“不过，由于我年事日高，懒于做事，我已请我的女儿来总结局势。”

凯瑞丝如今已是教区公会成员，因为她作为红布制造商有成功的业绩。这一新兴行业挽救了她父亲的财产。王桥的许多其他居民也由此致富，最著名的就是韦伯一家。她父亲也得以实现他贷款修桥的承诺，而在总体好转之后，好几位商人也做出了同样的举动。修桥工程迅速地进行着——不幸的是，如今由埃尔弗里克而不是梅尔辛监管了。

近日来，她父亲很少有主动创意了。先前那个思维敏锐的他正在衰竭。她为他担心，却又无能为力。她觉得母亲生病期间那种强烈的感情又回到了她身上。为什么没法帮助他呢？谁都不知道出了什么毛病；甚至没人能够叫得出他病的名称。他们都说是年纪大了，可他还不到五十岁呢！

她祈祷着他能活着看到她的婚礼。她打算在羊毛集市之后的那个礼拜天在王桥大教堂和梅尔辛成婚，现在只有一月之期了。镇上的教区公会会长的女儿结婚可是件大事。公会大厅里将举办宴会招待镇上的头面人物，在情人地的野餐更有好几百名宾客。有些天，他父亲会花上几小时计划菜谱和招待事宜，可是却忘了他说过的每一件事，不得不在第二天从头做起。

她把这些想法逐出脑海，把注意力转移到一个她更希望办好的问题上。“在上个月，强盗的攻击大大增加了，”她说，“主要发生在礼拜日，受害者一般都是带着东西来王桥的人。”

她被埃尔弗里克打断了。“那是你未婚夫的弟弟干的！”他说，“跟梅尔辛去说吧，别找我们。”

凯瑞丝压下一股怒火。她姐姐的丈夫从来不放过一个中伤她的机会。她痛苦地觉察到拉尔夫很可能卷入了其中。这也是梅尔辛难受的原因。埃尔弗里克话中有刺。

酿酒师迪克说：“我认为是‘隐身者塔姆’干的。”

“也许两个人都在里边，”凯瑞丝说，“我相信，受过一些军事训练的拉尔夫·菲茨杰拉德可能加入了现有的匪帮，从而使他们组织得更好，行动更有效了。”

胖胖的面包师贝蒂是镇上最成功的面包师，她说：“不管是谁，都成了这镇上的祸害。没人再来赶集了！”

这话有点夸张，但每周一次的集市，来的人骤然减少了，其恶果已被镇上所有的商家感受到了，从面包房到妓院概莫能外。“不过还没糟到那地步，”凯瑞丝说，“再过四个星期就是羊毛集市了。在座的好几位都对新桥投入了大量的资金，桥马上就要建好投入使用了，暂时铺的木头路面，好赶上开幕。我们中间大多数人都指望着靠一年一度的集市来繁荣呢。我本人就有满满一仓库值钱的红布要卖。若是弄到来王桥的人都可能遭到强盗的抢劫，我们就会没有主顾了。”

其实她内心比表现出来的更忧虑。她和她父亲都没有现金了。他们的资金不是投入了建桥，就是拴牢在生羊毛和红绒布上了。羊毛集市是他们收回现金的机会。若是来的人少得可怜，他们就会深陷困境。别的不说，谁来给婚礼掏钱呢？

她并不是唯一忧心忡忡的人。银匠里克是首饰行会的会长，他说：“这可是连续第三个坏年头了。”他是个一本正经、吹毛求疵的人，总是穿戴得整齐体面。“这样会毁掉我们行里的一些人的，”他继续说，“一年的一半生意都要在羊毛集市上做呢。”

埃德蒙说：“会毁掉这座镇子的。我们不能让这种情况发生。”

好几个人都加入进来。非正式主持会议的凯瑞丝听凭他们去嘟囔。一种加剧的紧迫感将使他们更容易接受她准备提出的根治方案。

埃尔弗里克说：“夏陵的郡守应该有所作为嘛，要是他不能维护和平，凭什么给他工资？”

凯瑞丝说：“他没法搜查整座森林。他没有足够的人手。”

“罗兰伯爵有啊。”

这是很有希望的想法，不过凯瑞丝仍让讨论继续下去，这样，等她拿出方案时，他们就会明白再无他法了。

埃德蒙对埃尔弗里克说：“伯爵不会帮我们忙的——我已经求过他了。”

实际上是凯瑞丝替埃德蒙写那封给罗兰的信的，她说：“拉尔夫原是伯爵的人，如今仍是。你们注意到了吧，强盗并不攻击去夏陵市场的人。”

埃尔弗里克气恼地说："韦格利的那些农人就不该起诉伯爵的一个乡绅——他们以为自己是老几啊？"

凯瑞丝正要义愤地反驳他，但面包师贝蒂抢在她前面说话了。"噢，照你们这么说，老爷就可以随便强奸任何人了？"

埃德蒙插话说："那是另一个问题。"他说得很干脆，显示了一些他旧日的权威。"事情是：拉尔夫在掠夺我们，我们该怎么办？治安官帮不了我们，而伯爵又不肯帮我们。"

银匠里克说："威廉爵士怎么样？他可是站在韦格利村民一边的——是他的过失造成拉尔夫成了强盗的。"

"我也求过他了，"埃德蒙说，"他说我们不在他的领地之内。"

里克说："修道院当地主的麻烦就在这儿了——当你需要保护时，修道院有什么用？"

凯瑞丝说："这是我们向国王申请自治特许令的又一个理由。那样我们就受到王家保护了。"

埃尔弗里克说："我们已经有了我们的治安官，他在干吗？"

马克·韦伯发言了。他是治安官的助手之一。"我们准备好，需要什么就做什么，"他说，"只要给我们发句话。"

凯瑞丝说："没人怀疑你们的勇敢。但你们的职责是应对镇子里那些制造事端的人。治安官约翰不具备追捕强盗的专长。"

马克因为在韦格利管理凯瑞丝的漂坊而和她很接近，他也表达了些义愤："是啊，那谁来干呢？"

凯瑞丝一直在把讨论引向这个问题。"事实上，有一个有经验的战士愿意帮助我们，"她说，"我冒昧地请他今晚来到这里，他正等在祈祷室呢。"她提高了嗓门。"托马斯，请你来参加会议好吗？"

托马斯·兰利从大厅尽头的小祈祷室里走了出来。

银匠里克怀疑地说："一个修士？"

"在他当修士以前，他是个战士，"凯瑞丝解释说，"他就是这样丢掉一条胳膊的。”

埃尔弗里克粗暴地说：“在他受到邀请之前，应该征得公会成员的同意。”凯瑞丝高兴地看到，没人去在意他的话，他们一心关注的是托马斯会说些什么。

“你们要成立一支民兵团，”托马斯开口了，“都算在一起，也就有二三十个强盗组成的团伙。这并不算多。镇上的大多数人都会使长弓，这要感谢礼拜天清早的训练课。你们有一百个人，只要做好准备又指挥得当，可以轻而易举地战胜那帮强盗。”

“这样都挺好，”银匠里克说，“可我们得找到他们。”

“当然啦，”托马斯说，“不过我有把握，王桥肯定有人知道他们的藏身之地。”

梅尔辛曾请木材商贾克·切波斯托夫从威尔士给他带来一块石板——他能找到的最大的了。贾克刚刚从他第二次寻找木材的外出中归来，带回了一块大约四英尺见方的薄薄的灰色威尔士石板。梅尔辛把这块石板镶到一个木框里，用来画他的设计图。

这天晚上，当凯瑞丝在教区公会的时候，梅尔辛正待在麻风病人岛上自己的家里，绘制该岛的地图。把岛的一部分租出去做码头和仓库是他最起码的打算。他设想出从一座桥到另一座桥之间横跨全岛的一条街上全是客栈和店铺。他要亲手建造这些房子，然后出租给王桥的商家使用。他激情满怀地预见着镇子的远景，想象着所需的街道和建筑。修道院要是有个较好的领导的话，这本是他们该做的事。

在规划之内的有他和凯瑞丝的新家。他们新婚时，这个小家会是十分舒适的，但他们终归需要更多的面积，尤其是有了孩子之后。他在南部的岸边划出了一块地方，他们可以在那里得到河上吹来的新鲜空气。岛上的大部分地面都是石头，但他想象中的那块地的特点却是一片片可耕地，他可以在那里种些果树。在他规划新住宅时，他津津有味地想象着他们俩肩并肩地共同生活，日复一日地永不分离。

他的梦想被一声敲门打断了。他吃了一惊。通常是没人在夜晚到岛上来的——凯瑞丝除外，但她是不用敲门的。“谁啊?”他紧张地问。

托马斯·兰利走了进来。

“修士们在这种时刻都该就寝了。”梅尔辛说。

“戈德温不知道我在这儿。”托马斯看着石板说，“你用左手画图?”

“左手或者右手，没什么两样。你想来一杯葡萄酒吗?”

“不啦，谢谢。过几个小时我就该起来做晨祷了，所以我不想昏昏欲睡。”

梅尔辛喜欢托马斯。自从十二年前那一天他答应，万一托马斯死掉，他就要某一个教士到埋信的地方去的时候起，他俩就被拴到一起了。后来，他们在整修大教堂时又一起合作，托马斯在发指令时始终清楚明确，对学徒们也彬彬有礼。他对待自己的宗教的感召十分真诚，却又毫不傲慢：梅尔辛想，为上帝工作的人都该这样才是。

他招呼托马斯坐到壁炉边的一把椅子上。“我能帮你什么忙吗?”

“是关于你弟弟的事。对他的行径应该加以制止了。”

梅尔辛缩了一下，仿佛被猛然刺痛了。“要是我能做些什么，我愿意。可我一直没见到他，就算我见到了，我也没把握他会听我的。有一段时间，他在心目中把我当引导人，但我看那样的日子已经过去了。”

“我刚从教区公会的一次会议上归来。他们要我组织一支民兵团。”

“别指望我参加。”

“不，我来不是为了那个目的。”托马斯苦笑了一下，“你虽然有许多惊人的天赋，但其中却不包含军事技能。”

梅尔辛无奈地点点头。“谢谢。”

“不过有些事情你可以帮我做，只要你愿意。”

梅尔辛感到忐忑了。“好吧，说吧。”

“强盗们肯定在离王桥不远的什么地方有一处藏身之地。我想要你想一想你弟弟可能藏在哪里。可能是你们兄弟俩都知道的一处地方——或许是一个山洞或者是林中一个护林官废弃的小屋。”

梅尔辛犹豫了。

托马斯说：“我知道你痛恨出卖他。可是想想他攻击的第一个家庭吧：一个本本分分、勤勤恳恳的农人，他漂亮的妻子和一个十四岁的男孩，还有一个小女孩。如今一家三口都已死掉，小女孩成了孤儿。哪怕你爱你的弟弟，你也得帮我们把他抓获。”

“我懂。”

“你能想出来他可能在哪儿吗？”

梅尔辛还没想好回答这个问题。“你们是要活捉他吗？”

“我要是能够的话。”

梅尔辛摇摇头。“这还不够。我要的是保证。”

托马斯半天没有说话。最后他才说：“好吧。我要抓活的。我还不知道怎么办，但我会想出办法的。我答应你。”

“谢谢你。”梅尔辛停了下来。他知道他该这么做，但他心中在对抗。过了一会儿，他强使自己开了口。“在我大概十三岁的时候，我们常跟大些的男孩去打猎。我们会在外面待上一整天，打到什么就烧熟了吃。有时候我们去到白垩山那么远的地方，遇到整个夏天都在那边放羊的家庭。牧羊女都很轻松随便——有些还让你吻她们呢。”他短促地一笑。“冬天，他们就不在那里了，我们就用他们的茅屋遮风避寒。那可能就是拉尔夫藏匿的地方了。”

“谢谢你。”托马斯说着，站起了身。

“别忘了你答应的事。”

“一定不忘。”

“十二年前你就信任我帮你保守一件秘密。”

“我知道。”

“我可没出卖你。”

“这我清楚。”

“现在轮到我信任你了。”梅尔辛知道，他的话可以作两种解释：作为一种交换的请求，或者作为一种隐藏的威胁。这就成了。让托马斯随他意思去理解吧。

托马斯伸出了他的一只手，梅尔辛与他击了掌。“我说话算数。”托马斯说。说完就走了。

拉尔夫和塔姆并肩骑马上山，后面跟着骑马的阿兰·弗恩希尔以及其余步行的强盗。拉尔夫感觉很好：这是又一次成功的礼拜天上午的活计。春天已经到来，农人们开始把新季节的产品带到市场。强盗们搬运着六七只羊羔、一罐蜂蜜，堵着塞子的一瓶奶酪，几只皮瓶的葡萄酒。和往常一样，强盗们只受了些轻伤，是受害者中的莽汉给他们留下的刀伤和青紫淤血。

拉尔夫和塔姆搭帮结伙极为成功。两个多小时的轻松战斗的收获，可以让他们过上一周的奢侈生活。余下的时间，他们就可白天打猎，夜晚喝酒了。没有那些乡巴佬佃户为地界纠纷来烦恼他们或用租金来欺骗他们。他们只缺女人，今天总算补了缺：他们抓了一对体态丰满的姐妹，大概是十三和十四岁吧。

他唯一的遗憾是他从未为国王战斗过。这是他从孩提时代以来的壮志，至今仍难割舍。当强盗太容易了。杀死手无寸铁的农夫使他感觉不到有什么骄傲可言。他心中期盼的是光荣。他从来没有对自己或者对别人证明过，他身上有着真正骑士的灵魂。

然而，他不能任凭这种念头使他萎靡不振。当他爬上隐蔽着他们藏身处的高原牧场的山坡时，他期待着今晚的一场大餐。他们要在炙叉上烤一只羊羔，喝上拌了蜂蜜的奶酪。至于女孩子嘛……拉尔夫决定让她俩并排躺着，这样每个姑娘就可以看到她的姐妹被一个个男人糟蹋。想到这里，他的心跳加快了。

他们来到了石头住处在望的地方。拉尔夫心想，他们不能长久地利用这个地方了。草已经长起来，牧人们很快就要回来了。今年的复活节来得早，五朔节一过就是圣灵降临节了。强盗们要另找基地了。

在他们距离最近的茅屋有五十码的地方时，他惊讶地看到有人从里面走了出来。

他和塔姆都勒住了马，其余的强盗聚在他们周围，手中都握紧了武器。

那人向他们走来，拉尔夫看出是个修士。拉尔夫身边的塔姆说："怎么，以上天的名义？"

修士长袍的一只袖子是空的，拉尔夫认出他是从王桥来的托马斯兄弟。托马斯朝着他们走来，仿佛是在大街上与他们邂逅。"你好，拉尔夫，"他说，"还记得我吗？"

塔姆跟拉尔夫说："你认识这个人？"

托马斯来到拉尔夫马匹的右侧，伸出他健全的右手和他握手。他到底来这里做什么？从另一方面来说，他一个独臂的修士又能有什么危害呢？拉尔夫迷惑不解地伸手向下，握住了那只递过来的手。托马斯那只手向上一滑，抓住了拉尔夫的右肘。

拉尔夫用眼角的余光瞥见在石头茅屋附近有人影在动。他抬头望去，看见一个人从最近的小屋的门口走了出来，紧跟着是第二个人，然后又出来三个；随后他看见他们从所有的茅屋中一拥而出——他们个个手持长弓，箭已搭在弦上。他明白他和他的一伙人遭到了埋伏——就在这时，抓住他的臂肘的手一紧，再猛地一举，他就给拽到了马下。

强盗们一声呼啸。拉尔夫仰面跌倒在地上。他那匹“怪兽”受惊之下，闪到了一旁。拉尔夫想站起身，托马斯像一棵树似的倒在他身上，把他压在地上动弹不得，他俩一上一下活像一对情侣。“躺着别动，你不会被杀死的。”他对拉尔夫耳语说。

这时拉尔夫听到同时从长弓上射出的十几支箭嗖嗖而至，如同随着闪电雷鸣骤起的风。那声响之大，他判断是有上百名弓箭手。他们显然都挤在强盗的住处里。托马斯抓住拉尔夫的胳膊就是让他们出来射箭的信号。

他想把托马斯掀下身去，随后又改了主意。他听得到强盗们被箭射中时的嚎叫。他被压在地上看不到什么，但他的一些人已经抽出了剑。然而，他们离弓箭手太远了：若是他们向敌人冲去，不等他们挥剑战斗，就会中箭倒下了。这是一场屠杀，而不是战斗。马蹄敲打着地面，拉尔夫不知道塔姆是向弓箭手冲去还是调头逃跑了。

一时的一团混乱没有持续多久。他觉得出来，没过几分钟，强盗们就全都向后跑了。

托马斯从他身上起来，从他的本笃修士袍下抽出一把长匕首，说：“别妄想拔剑。”

拉尔夫站起身。他看了看那些弓箭手，认出了其中的许多人：胖胖的酿酒师迪克、好色的屠夫爱德华、爱吃喝的保罗·贝尔、坏脾气的比尔·瓦特金——以及王桥的遵纪守法的居民们，什么人都有。他已经被各行业匠人们活捉了。但这还不是最惊人的。

他莫名其妙地看着托马斯。“你救了我一命，修士。”他说。

“只是因为你哥哥要求我的，”托马斯回答得很干脆，“要是按我的意思，不等你摔倒在地上就已经没命了。”

王桥的监狱设在公会大厅的地下室里。一圈石头墙，地面肮脏，而且没有窗户。里面没有生火，冬天偶尔有囚犯冻死的事情；但如今已是五月了，而且拉尔夫还有一件羊毛斗篷可以盖着过夜。他还有几件家具——一把椅子，一条板凳和一张小桌——由梅尔辛出钱向治安官约翰租来的。在集市期间，约翰和他的助手们坐在那里等候应召去解决纠纷。

阿兰·弗恩希尔和拉尔夫关在一个号子里。王桥的一名弓箭手的一枝箭射中了他的大腿，使他翻身落马，虽说伤势不重，他也跑不动了。不过，“隐身者塔姆”还是逃掉了。

今天是他们关在这里的最后一天了。郡守定于中午把他们押解到夏陵。他们已经被缺席宣判死刑：因为强奸了安妮特，因为他们在法官的眼皮底下犯下的罪行——伤了陪审团的发言人及伍尔夫里克，然后从法庭上逃跑。等他们到了夏陵，就要被绞死。

午前一小时，拉尔夫的父母给他送来了午饭：热火腿、新面包和一罐烈啤酒。梅尔辛和他们一起来了，拉尔夫揣摩这是道别。

他父亲证实了这一点。“我们不会随你去夏陵的。”他说。

他母亲补充说：“我们不想眼睁睁看着你——”她说不下去了，但他明白她要说什么。他们不会一路到夏陵去看他受绞刑。

拉尔夫喝了啤酒，吃的东西却难以下咽。他就要上绞架了，食物似乎没有意义。反正，他没有胃口。阿兰大嚼了一顿：他像是没感到等待他的命运。

全家人尴尬地静坐着。虽然这是他们团聚的最后时刻，可谁也不知道该说些什么。莫德默默地抽泣着，杰拉德满脸怒气，而梅尔辛则用双手捧着低垂的头坐在一旁。阿兰·弗恩希尔只是一副不耐烦的神色。

拉尔夫有个问题要问他哥哥。其实他并不大情愿问他，可是此刻他意识到这是他最后的机会了。“托马斯兄弟把我拽下马，保护我没被箭射中，我感谢他救了我一命。”他说。他看着哥哥，继续说道：“托马斯说他是因为你才这么做的，梅尔辛。”

梅尔辛只点了点头。

“你要求他的吗？”

“是的。”

“这么说你知道要发生的事情了。”

“是的。”

“这么说……托马斯怎么知道到哪儿找我呢？”

梅尔辛没有回答。

拉尔夫说：“你告诉他的，是吧？”

他们的父亲震惊了。“梅尔辛！”他说，“你怎么能？”

阿兰·弗恩希尔说：“你这个叛徒！”

梅尔辛对拉尔夫说：“你杀了好几个人！无辜的农人和他们的妻子儿女！必须制止你了！”

拉尔夫并没有生气，这倒连他自己都没想到。他感到一种窒息的惊怵。他咽了口气，然后说道：“可你为什么要托马斯饶我一命呢？是不是因为你更愿意我被绞死呢？”

莫德说：“拉尔夫，别。”跟着就低声哭了。

“我也说不清楚，”梅尔辛说，“大概我就是想让你再多活些时候。”

“可你确实出卖了我。”拉尔夫发现他马上就要崩溃了。他的眼中似乎饱含着泪水，他的脑袋感受到压力。“你出卖了我。”他重复着说。

梅尔辛站起身，愤愤地说："天啊，你活该!"

莫德说："别打架。"

拉尔夫伤心地摇着头。"我们不会打架的，"他说，"那种日子已经过去了。"

门打开了，治安官约翰走了进来。"郡守在外面呢。"他宣告说。

莫德伸出双臂搂住拉尔夫，边哭泣边拥抱着他。过了一会儿，杰拉德轻轻地拉开了她。

约翰走了出去，拉尔夫跟在后面。他奇怪既没有绑他，也没有锁他。他曾经逃跑过一次——难道他们不怕他故伎重演吗？他走过治安官的办公室，来到门外。他的家人跟在后面。

早些时候大概下过雨，因为此时明媚的阳光照在湿漉漉的街道上，拉尔夫不得不眯起眼睛抵挡光线。他习惯了光亮之后，看到了他自己的马"怪兽"已经备好鞍。他的心一下子高兴起来。他拉住缰绳，对着马耳说："你从来不会出卖我的，伙计，是吧，嗯？"那马喷着响鼻、踏着地，兴奋地让主人骑到它背上。

郡守和好几名助手守候在那里，全副武装地骑在马上：他们要让拉尔夫骑马去夏陵，但他们绝没有冒险。他明白，这次休想再跑了。

这时他又张望了一下。郡守是在这儿，但其他的马上武士并不是他的部下。他们是罗兰伯爵的人。而且还有伯爵本人，他黑发黑须骑在一匹灰色战马上。他在这儿干吗？

伯爵没有下马，只是俯身递给治安官约翰一卷羊皮纸。"要是识字的话，就读一下吧，"罗兰说，像往常一样只从嘴的一边吐字，"这是国王的旨意。县里的全部囚犯都获得赦免及自由——条件是他们要随我加入国王的军队。"

杰拉德高呼："万岁!"莫德哭出了声。梅尔辛隔着治安官的肩膀阅读着圣旨。

拉尔夫看着阿兰，阿兰问："那说的什么？"

"说的是我们自由了！"拉尔夫说。

治安官约翰说："是的，要是我没读错的话。"他看着郡守，"你肯定这一点吗？"

"我肯定，"郡守说。

"那就没什么说的了。这两个人可以自由地和伯爵去了。"治安官卷起了羊皮纸。

拉尔夫看着他哥哥。梅尔辛在流泪。那是高兴的泪水还是沮丧的泪水呢？

他没时间去多想了。"来吧，"罗兰不耐烦地说，"我们已经办完手续了，咱们上路吧。国王在法国——我们还要走很长的路程呢！"他调转马头，沿主街跑去。

拉尔夫踢了一下"怪兽"的两肋，那马迫不及待地一阵小跑，追随伯爵而去。

四一

"你赢不了的，"格利高里·朗费罗对坐在副院长居所厅堂中大椅子上的戈德温副院长说，"国王就要颁发自治特许书给王桥了。"

戈德温瞪了他一眼。就是这位律师帮他在王家法庭上打赢了两场官司：一场赢了伯爵，另一场赢了镇教区公会会长。要是这样一个能人都宣布了失败，那肯定就是不可避免的了。

这是不能容忍的。若是王桥成了王家的自治市，修道院就要倾圮了。几百年来，修道院都治理着这座镇子。在戈德温的眼中，镇子的存在就是为修道院服务的，而修道院则是为上帝服务的。如今，修道院不过是为钱服务的商人们治下的镇子的一个部分。《生命之书》上将会记下，让这件事发生的副院长是戈德温。

他垂头丧气地说："你敢肯定吗？"

"我总是很肯定的。"格利高里说。

戈德温给激怒了。格利高里这种趾高气扬的态度在蔑视他的对手时倒是蛮得当的，可是当他转过来这样对待你时，就惹人气恼了。戈德温气狠狠地说："你一路大老远的跑到王桥来，就为的是告诉我，你不能按我的要求办了？"

"还有，收我的费用。"格利高里满不在乎地说。

戈德温恨不得把这个身穿伦敦服装的人扔到鱼塘里去。

那是圣灵降临节周末的星期六，也就是羊毛集市开幕的前一天。外面，在大教堂西侧的绿地上，数以百计的商人在搭建他们的摊位，他们彼此间的交谈和呼唤构成的声浪一直传到副院长居所的厅堂这儿，此时戈德温和格利高里正对坐在餐桌的两侧。

菲利蒙坐在侧面的条凳上，对格利高里说："或许你能对副院长大人说说你是如何得出这一悲观结论的？"他已经练就了一种听起来半谄媚半轻蔑的口气。戈德温不能说他很喜欢这样。

格利高里对那口气没有反应。"当然，"他说，"国王在法国。"

戈德温说："他已经在那儿待了几乎一年了，但也没发生什么大事。"

"你今年冬天就会听到行动了。"

"为什么？"

"你大概听说了法国人袭击了我们的南方港口。"

"听说了，"菲利蒙说，"他们说法国的水兵在坎特伯雷强奸了我们的修女。"

"我们总是宣称敌军强奸了修女，"格利高里用一种降尊纡贵的口吻说，"这就激励了普通百姓支持战争。不过他们确实烧了朴次茅斯。这就对造船业造成了严重的损失。你可能注意到了你们收购羊毛的价格下跌了。”

“我们当然注意到了。”

“部分原因在于向佛兰德的海运困难了。而你购买波尔多葡萄酒的价格，出于同样的理由，也上升了。”

戈德温心想，照旧价格我们已经买不起酒了；但他没这样说。

格利高里继续说：“这些袭击看来不过是前奏。法国人在集结一支入侵的舰队。我们的间谍说，他们已然在兹文河口停泊了二百多艘舰船了。”

戈德温注意到格利高里讲到了“我们的间谍”，那口吻像他是政府的一部分。事实上他不过是在转述一些道听途说的消息。然而，听起来还是令人信服的。“可是，和法国人的战争与王桥是否成为自治市又有什么关系呢？”

“税收啊。国王需要钱。教区公会争辩说，要是商人们从修道院的控制中解放出来，这个镇子就会更繁荣，因此也就能缴更多的税。”

“而国王相信了？”

“此前就已经证明了。所以国王才创建了自由市。自由市制造了贸易，而贸易则产生了税收。”

又是钱，戈德温厌恶地思忖。“我们就无能为力了吗？”

“在伦敦是不成了。我建议你把注意力集中在王桥这一头上。你能劝说教区公会收回申请吗？那位老会长怎么样？能向他行贿吗？”

“我舅舅埃德蒙吗？他现在健康不佳，而且在迅速地衰弱下去。不过他的女儿，我表妹凯瑞丝倒是这件事背后的推动力量。”

“啊，对了，我想起她在法庭上的样子了，相当自负，我觉得。”

这是锅笑壶黑，你自己也好不到哪儿去，戈德温心里厌恶地想。“她是个女巫。”他说。

“是吗？那倒有用了。”

“我这是比喻。”

菲利蒙说：“事实上，副院长大人，可是有传闻。”

格利高里扬起了眉毛。“有意思！”

菲利蒙接着说：“她是一个叫作玛蒂的女巫的至交，那女人配些药骗镇上的人。”

戈德温准备对这种巫术的说法嗤之以鼻，但他随即决定闭口不谈。只要能打掉自治特许的念头，那武器一准是上帝送来的。或许凯瑞丝确实使用巫术，他想：谁知道呢？

格利高里说：“我看出你在犹豫。当然，如果你喜欢你表妹的话……”

“我们小的时候我喜欢过她，”戈德温说着，心中感到一阵对旧日天真无邪的悔意，“但我要遗憾地说，她没有长成一个敬畏上帝的女人。”

“既然是这样……”

“我该调查一下这件事。”戈德温说。

格利高里说：“我能提个建议吗？”

戈德温已经听够了格利高里的建议了，不过他没勇气这么说。“当然啦。”他用稍稍夸张的口吻说。

“调查异端可能……很肮脏。你可不能让你的手沾上土。而且人们会对同一位副院长谈话而紧张的。把这件任务交给一个不那么吓人的人。比如说，这位年轻的见习修士。”他指指菲利蒙，那人高兴得眉飞色舞，“他的态度让我觉得……很机灵。”

戈德温回想起来，正是菲利蒙发现了理查主教的弱点——他和玛杰丽的私情。他当然是干脏活的合适人选啦。“好吧，”他说，“看看你能发现什么，菲利蒙。”

“谢谢您，副院长大人，”菲利蒙说，“没有别的事让我更乐于干的了。”

礼拜天上午，人们还在拥进王桥。凯瑞丝站在一旁观看着人流走过梅尔辛修建的两座宽大的桥梁，他们有的步行，有的骑马，有的赶着两轮或四轮的马车或者牛车，车上满载着为集市所需的货物。那景象让她心情愉悦。没有盛大的通车典礼——两桥并未彻底竣工，不过由于铺了临时木头桥面已经可用——但人们照样争相通告：桥已通行，路上也没了强盗。连博纳文图拉·卡罗利都来了。

梅尔辛曾经提出了收取过桥费的不同办法，教区公会热切地采纳了。他们在麻风病人岛的大路和两桥之间设立了临时岗亭，共驻有十个人收费，取代了造成堵塞的桥头单一收费亭。大多数人都交上一便士而不必逗留。“连排队的现象都没有。”凯瑞丝出声地自言自语。

那天风和日丽，没有下雨的迹象。集市会是一场胜利。

随后，再过一个星期，她就要嫁给梅尔辛了。

她依旧心怀疑虑。失去了独立成为他人财产的念头，还在继续恐吓着她，哪怕她明知梅尔辛不是那种对妻子恃强凌弱的人。偶尔她也会承认这种感情——比如说，跟格温达或者跟“智者”玛蒂——她们就说她的思维像个男人。唉，由它去吧，她就是这么想的。

但若是失去他看来会益发黯淡。除去并没有激励她的织布业之外，她还会留下什么呢？当他终于宣布他要离开镇子的想法时，前景刹那间像是一片空白。当时她意识到，比起嫁给他，唯一更糟的结局可能就是不嫁给他了。

至少，在她情绪好的时候她就是这样告诉自己的。有时候，她在半夜醒来时，会看到自己在最后时刻又反悔了，常常是在婚礼进行当中，拒绝婚誓，冲出教堂，引起全体教众的惊愕。

在此刻的白昼阳光下，一切都进展得如此顺利，她觉得那些想法都是荒唐的。她要嫁给梅尔辛，幸福地生活。

她离开了河岸，穿过镇子，走向大教堂，那里已经挤满了等待晨祷的信众。她记起了梅尔辛在一根支柱背后触摸她的情景。她对他俩早年关系中的毫无顾忌的激情很是留恋：那种长时间的探讨式的谈话和一次次的偷吻。

她看到他在前排信众附近，正在琢磨唱诗席的南甬道，两年前，那地方就在他们的眼前垮塌了。她回想起和梅尔辛一起爬到拱顶上的空处，偷听到了托马斯兄弟和他的疏远了的妻子之间可怕的交流，那番谈话凝聚了她的全部恐惧并使她拒绝了梅尔辛。她把那念头排除出脑海。“这次修复看来撑住了。”她猜测着他的想法说。

他面露疑虑。“两年对于大教堂的寿命来说只是一段短暂的时间。”

“并没有恶化的迹象啊。”

“这才使问题难办了。一处看不见的弱点可以在几年之间坚持着不被怀疑，直到有什么东西垮下来。”

“也许没有弱点呢。”

“应该有，”他稍有些不耐烦地说，“两年前那次坍塌是有理由的。我们从来都没找到原因，也就一直没有补救。要是没有补救，终归还是弱点。”

“也许会自动得到纠正。”

她只是要争辩一下，他却认真对待了。“建筑物通常不会自己修补自己的——不过你说得有道理，这是可能的。比如说，说不定有什么从封闭的滴水口渗出的水，变成了一种没什么妨害的通道。”

修士们开始列队边走边唱地进来，信众安静了下来。修女们则从另一个入口出现。一个见习修女抬眼观看，那是从兜头帽边露出的一张美丽而苍白的面孔。她就是伊丽莎白·克拉克。她看到了梅尔辛和凯瑞丝站在一起，眼中突然露出的怨恨让凯瑞丝身体一颤。随后伊丽莎白就低下头，背影消失在她那身和别人千篇一律的袍服中。

“她恨你。”梅尔辛说。

“她认为是我制止了你娶她。”

“她想得没错。”

“不对，她想错了——你可以想娶谁就娶谁!”

“可我只想要你。”

“你要弄了伊丽莎白。”

“她会这么想，”梅尔辛歉疚地说，“而我只是爱和她聊天。尤其是在你变得冷若冰霜之后。”

她觉得不自在了。“我知道。可伊丽莎白觉得受了骗。她看我的眼神让我紧张。”

“别怕。她如今是修女了。她不会伤害你的。”

有一阵子他俩都沉默着并肩而立，肩膀亲密地紧挨着，一起看着仪式进行。理查主教坐在东端的席位上主持晨祷。凯瑞丝知道，梅尔辛喜欢这类事情。过后他就会感觉良好，而且还会说，这就是到教堂去的好处。凯瑞丝去教堂是因为若是不去就会引人瞩目，但她对教堂那一套心存疑虑。她信仰上帝，但她不确定，上帝是否把他的希冀单单揭示给了她表兄戈德温这样的人。比如说，一个天神为什么要祈祷呢？国王和伯爵需要别人崇拜，而且地位越显赫，就越需要别人尊崇。在她看来，一个全能的上帝应该不在意王桥的民众用何种方式赞颂他，就像她不在意林中的鹿怕不怕她是一样的。她偶尔把这些想法讲出来，但没人拿她的话当真。

她的思绪飘向了未来。各种迹象都不错，国王会颁给王桥自治特许令的。她父亲只要能够康复，大概会成为第一任市长。她的布匹生意将会持续增长。马克·韦伯会致富。随着日益繁荣，教区公会就能修建一个羊毛交易厅，这样，即使天气恶劣时，大家也能舒舒服服地做生意了。梅尔辛可以设计这座建筑。连修道院也会中兴，哪怕戈德温不会感谢她。

晨祷到了尾声。修士和修女们开始鱼贯而出。一名见习修士走出行列，进到信众当中。他就是菲利蒙。凯瑞丝没想到，他竟然朝她走来。“我可以说句话吗？”他说。

她控制不住自己没有打战。格温达的哥哥身上有些让人恶心的东西。“什么事？”她只是出于礼貌才回答他。

“我想向你讨教，真的，”他说，竭力做出一副迷人的笑脸，“你认识‘智者’玛蒂吧？”

“认识。”

“你觉得她的方法怎么样？”

她使劲瞪了他一眼。他这么做为的什么？她决定无论如何也要捍卫玛蒂。“她当然从来没有钻研过古代典籍。尽管如此，她的治疗——有时还胜过修士。我认为这是因为她把她的疗法建立在先前成功的基础上，而不是靠什么体液的理论。”

站在附近的人们好奇地听着，一些人这时不请自来地加入了谈话。

“她给了我家的诺拉一剂药，让她退了烧。”玛奇·韦伯说。

治安官约翰说：“我的胳膊断了的时候，她的药止住了痛，而理发师马修把骨头接好了。”

菲利蒙说：“她在配药时嘴里念的什么咒语？”

“没有咒语！”凯瑞丝气恼地说，“她告诉人们吃药时要祈祷，因为只有上帝才能治好病——她总这么说。”

“她会不会是女巫呢？”

“不！这种念头太可笑了。”

“只是有人向教会法庭投诉了。”

凯瑞丝身上一冷。“谁告的?”

“我不能说。但我受命调查。”

凯瑞丝觉得这事有点蹊跷。玛蒂的敌人可能是谁呢?她对菲利蒙说:“好嘛,在所有的人当中你了解玛蒂的作用——她在你妹妹生萨姆时救了她一命。多亏了玛蒂,要不格温达就会出血过多而死掉的。”

“好像是这么回事。”

“好像?格温达活得好好的,对吧?”

“是的,当然啦,所以你敢说玛蒂没有召唤魔鬼?”

凯瑞丝注意到他问这个问题时稍稍提高了调门,仿佛他想让周围的人一定要都能听到。她有点困惑,但她自己的回答毫不怀疑。“我当然敢说啦!你要是想听,我可以发个誓。”

“不必要啦,”菲利蒙顺势说,“谢谢你的忠告。”他像是鞠躬似的低了下头,就溜开了。

凯瑞丝和梅尔辛朝出口走去。“真是废话!”凯瑞丝说,“玛蒂会是女巫!”

梅尔辛满脸费解的样子。“你认为菲利蒙想要与她作对的证据,是吗?”

“是的。”

“那他为什么来找你?他能猜得出,你在所有的人当中是最会否认这种起诉的。他为什么会热衷于澄清她的名声呢?”

“我不知道。”

他们穿过了西大门,来到外面的绿地上。阳光照射在堆满五光十色货物的成百个摊位上。“说来没什么道理,”梅尔辛说,“可这事让我心烦。”

“为什么?”

"就像南侧弱点的原因。你要是看不出来，就可能会不为人见地慢慢地暗中害你——而且直到周围的一切全都垮掉之前，你并不知晓。"

凯瑞丝市场摊位上的猩红绒布不如洛罗·菲奥伦蒂诺卖的红布好，虽说你要对羊毛有犀利的目光才能看出其中的差别。织得不那么紧密，因为意大利的织机要更优越些。颜色同样亮丽，但就整捆的长度来看，就不那么完美了，无疑是因为意大利的染匠技术更娴熟。结果，她开始就比洛罗的便宜了十分之一。

尽管如此，这毕竟是王桥集市上从来没见过的最好的英格兰红绒布了，因此生意很兴隆。马克和玛奇按码零售，为个体顾客量着剪着，而凯瑞丝则应付批发的买主，和来自温切斯特、格洛斯特，甚至伦敦的布商为一捆或六捆布的降价商讨着。到星期一的中午时分，她知道在周末之前她就会卖光了。

当生意走缓准备吃饭休息时，她到市场四下漫步。她有一种十分满意的感觉。她战胜了逆境，梅尔辛也一样。她在珀金的摊位前停下来，和韦格利的乡亲聊天。连格温达也胜利了。她就在这儿，嫁给了伍尔夫里克——本来是不可能的事——那儿地上还坐着她的婴儿萨米，已经一岁了，胖乎乎的，玩得正高兴。安妮特像往常一样卖着托盘里的鸡蛋。拉尔夫已经到法国去为国王作战，也许永远回不来了。

再往远处，她看到了格温达的父亲乔比，出售着他的松鼠皮。他是个心肠恶毒的人。不过他似乎失去了伤害格温达的力量。

凯瑞丝在她自己父亲的摊位前站住脚。她曾劝说他今年买进少量的羊毛。在法英双方互相袭击对方港口和烧毁船只的时候，国际羊毛市场不可能兴旺。"生意怎么样?"她问他。

"很稳定，"他说，"我觉得我判断得没错。"他忘了那原本是她的判断而不是他的，才得出为了谨慎从事的结论。不过这样就好。

他们的厨师塔蒂给埃德蒙送饭来了：一锅炖羊肉，一条面包和一罐淡啤酒。重要的是看着丰盛而并不过分。多年以前，埃德蒙就曾对凯瑞丝解释：虽说顾客需要相信他们在购买一个成功的商家的东西，但他们绝不高兴为某个财源滚滚而来的人再增添财富。

“你饿吗？”他问她。

“饿极了。”

他伸手去拿那锅炖肉。只见他踉跄了一下，发出又像呻吟又像叫喊的一声怪叫，就倒在了地上。

厨师尖叫了一声。

凯瑞丝高喊：“爸！”但她知道他不会回答她了。她看出来，他这么沉重地像一袋洋葱似的忽然倒地，已经失去了知觉。她强使自己没有尖叫。她跪在他身边。他还活着，粗声地喘着气。她握住他的手腕，试着脉搏：强而缓。他的面孔泛红。平时就是红红的，现在就更红了。

塔蒂说：“这是怎么了？怎么了？”

凯瑞丝强制自己平静地说话。“他中风了。”她说，“把马克·韦伯找来。他能把父亲抬到医院。”

厨师跑走了。邻近摊位的人围拢过来。酿酒师迪克出现了，他说：“可怜的埃德蒙——我能帮什么忙？”

迪克年纪太大，身体又肿，抬不起埃德蒙。凯瑞丝说：“马克就要来送他到医院去了。”她的泪水流了下来。“我希望他没事。”她说。

马克来了。他轻松地举起埃德蒙，用他那强劲的双臂轻柔地抱起他，边向医院走去，边对人群叫着：“闪开点！让让路，劳驾了！病人，病人。”

凯瑞丝心慌意乱地跟着走。泪水使她几乎看不清路，她就紧随着马克宽阔的后背。他们来到医院，径直进去。凯瑞丝谢天谢地地看到了老朱莉的那张熟悉的小圆脸。“快叫塞西莉亚嬷嬷来，越快越好!”凯瑞丝对她说。那个老修女匆匆走了，马克把埃德蒙放到圣坛近旁的一个地铺上。

埃德蒙依旧昏迷不醒，双目紧闭，粗声喘着气。凯瑞丝摸摸他的额头：既不热也不冷。这是怎么造成的呢？来得太突然了。刚刚还在正常地讲话，紧跟着就倒地不省人事了。怎么会发生这种事呢？

塞西莉亚嬷嬷来了。她那种忙碌的效率让人放心。她跪在地铺旁边，摸着埃德蒙的心脏，再摸他的脉搏。她听着他的呼吸，又触触他的面孔。“给他拿枕头和毯子来，”她对朱莉说，“然后再叫个修士医生来。”

她站起身，看着凯瑞丝。“他中风了，”她说，“他可以康复的。我们只能让他舒服。医生可能主张放血，但除此之外唯一的办法就是祈祷了。”

这对凯瑞丝还不够好。“我要去请玛蒂。”她说。

她跑出房子，一路穿过集市，想起一年前她曾做过完全一样的事，在格温达失血致命时跑去请玛蒂。这次是救她父亲，她感到了不一样的极度痛苦。她曾经为格温达担心至极，但此刻像是这个世界要坍塌了。担心她父亲可能会一命呜呼，使她有了那种在梦境中会有的恐惧：梦中她发现自己在王桥大教堂的屋顶上，除去向下跳，再也无路可走。

拼尽全力的沿街跑动使她心情平静了一些，等来到玛蒂的住所时，她已经控制住了自己的感情。玛蒂会有办法的。她会说：“我以前见过这种症状，我知道接着会发生什么情况，这种治疗会有益的。”

凯瑞丝使劲砸门。没有听到马上回应，她连忙试着门闩，发现是开着的。她冲进室内，嘴里说着：“玛蒂，你得立刻到医院去，是我父亲病了！”

前室是空的。凯瑞丝拉开遮挡厨房的帘子。玛蒂并不在那儿。凯瑞丝高声说：“噢，在这种时候，你为什么偏偏不在家呢?”她四下张望寻找玛蒂可能到什么地方去的踪迹。这时她才注意到屋里看着已经空空的了。所有的小瓶小罐都已搬走，只留下了空架格。玛蒂用来研磨配药的钵和杵都没有了，溶煮用的小锅没有了，切草药的刀也没有了。凯瑞丝回到了房子的前半部分，发现玛蒂的私人用品也消失了：她的针线盒，她的精致的木制酒杯，她挂在墙上当装饰的绣花围巾，她珍惜的雕刻骨梳。

玛蒂打点了一切，走掉了。

凯瑞丝能够猜到原因。玛蒂准是听到了昨天菲利蒙在教堂里的问话。按照传统，教会法庭在羊毛集市那一星期的星期六开庭。就在两年之前，修士们借此机会以荒谬的异教罪名对疯子尼尔进行了审判。

玛蒂当然不是异教徒，但恰如许多老妇人听说的那样，这一点很难证实。她曾经推算过她从审判中活命的机会，结果令人骇怕。她跟什么人都没打招呼，就收拾起她的东西，离开了镇子。大概她遇上了一个卖完东西回家的农人，劝说他把她带上牛车。凯瑞丝想象着她天刚亮就走了，她的箱子就在她身边，放在牛车上，她的斗篷的兜头帽向前拉着，遮住她的脸。哪怕她去了什么地方都没人猜得出来。

“我该怎么办呢?”凯瑞丝对着空屋子说。玛蒂比王桥的任何人都更懂得如何帮助病人。她在埃德蒙躺在医院里昏迷不醒的这种时刻走掉，真是再糟不过了。凯瑞丝感到绝望了。

她坐到玛蒂的椅子上，仍然因为跑了一路而喘着气。她想跑回医院去，但那样做毫无意义。她没法帮助她父亲了。谁也不能了。

她心想，这镇上应该有个治病的人；一个不靠祈祷和圣水或者放血，而是使用已经证明行之有效的简单疗法治病的人。这时，她坐在玛蒂的空屋子里，意识到有一个人可以补上这个空缺，一个了解玛蒂的方法而且相信她的疗效的人。那人就是凯瑞丝自己。

这念头如同使人一时眼前昏黑的灵光突然在她心头闪过，她呆呆地坐在那里一动不动，她完全被其含义攫住了。她知道玛蒂处方的主要成分：一种止痛的，一种造成呕吐的，一种洗伤口的，一种退烧的。她知道一切普通草药的用途：莳萝治消化不良，茴香治发烧，芸香治肚胀，水田芥治不育。她还知道玛蒂从来不用的处方：用粪做的泥罨敷剂，含有金银的药物，用写在羔皮纸上的韵文缠在疼痛的部位。

她在这方面有一种天赋。塞西莉亚嬷嬷曾经这样说过，实际上还求过凯瑞丝当修女。哼，她可不打算进修道院，但或许她可以取代玛蒂的位子。为什么不呢？布匹生意可以交给马克·韦伯去管理——何况他已经在做大部分工作了。

她还要找出别的聪明妇女——在夏陵，在温切斯特，或许在伦敦——并且询问她们的方法，有什么成功的和有什么失败的。男人们对他们的手艺都讳莫如深——他们管他们的诀窍叫作“神秘”，好像在鞣制皮革或打造马掌上有什么超自然的东西——但妇女通常都愿意彼此之间分享知识。

她甚至还可以阅读修士们的一些古老典籍，其中说不定还有真理呢。或许塞西莉亚赞赏她的天赋会帮她从教士的迷信崇拜的谷壳中筛选出实用疗法的种子呢。

她起身离开了那栋房子。她慢慢地往回走，不敢去想在医院里会看到什么情况。她此刻觉得像个听天由命的人了。她父亲要么会恢复健康，要么不成。她能做的只能是实现她的决心，这样，有朝一日她热爱的人生病时，她就会知道如何尽可能地帮助他们了。

她在穿过集市走向修道院的路上流下了泪水。当她走进医院时，简直不敢看她父亲。她走近了人们围住的地铺，那些人是塞西莉亚嬷嬷、老朱莉、约瑟夫兄弟、马克·韦伯、彼得拉妮拉、艾丽丝、埃尔弗里克。

她心想着该是怎么回事，怎么回事。她碰了碰她姐姐艾丽丝的肩膀，艾丽丝往侧面一闪，让出了位置。凯瑞丝终于看到了她父亲。

他还活着而且清醒了，只是样子苍白而疲惫。他的眼睛睁着，紧盯着她，勉强笑了一下。“恐怕我把你吓坏了，”他说，“对不起，亲爱的。”

“噢，谢天谢地。”凯瑞丝说完就哭了。

星期三上午，梅尔辛满脸惊愕地来到凯瑞丝的摊位跟前。“面包师贝蒂刚刚问了我一个怪问题，”他说，“她想知道是谁在会长的推选中反对埃尔弗里克。”

“什么推选？”凯瑞丝问，“我父亲是会长嘛……噢。”她恍然悟到出什么事了。埃尔弗里克在四处对人说，埃德蒙年事已高又体弱多病，无法尽职了，镇上需要一个新人了。他还自我举荐当候选人。“我们应该马上告诉我父亲。”

凯瑞丝和梅尔辛离开集市，横穿主街来到家中。埃德蒙昨天就离开医院了，他说——对极了——修士们除去给他放血什么也不能给他做，可一放血他觉得更糟了。他是被抬回家的，底层的客厅中已经给他安置好了一张床。

这天早晨，他斜靠在临时床榻的一摞枕头上。他的样子极其虚弱，凯瑞丝迟疑着是不是该用那消息打搅他，但梅尔辛坐在了他身边，把事情照实说了。

“埃尔弗里克是对的，”梅尔辛讲完之后，埃德蒙说道，“看看我这样子。我简直都坐不直了。教区公会需要坚强的领导。那不是一个病人干得了的。”

“可是你不久就会好起来的。”凯瑞丝叫着。

“也许吧。但我越来越老了。你们应该注意到我已经变得多么没法集中精力。我忘事。而且我还对生羊毛市场的下跌的反应要命地迟钝——去年我赔了许多钱。感谢上帝，我们依靠猩红绒布才又振兴家业——但那是你，凯瑞丝，办成的，而不是我。”

她当然了解这一切，不过，她依旧愤愤不平。“你打算让埃尔弗里克接手吗?”

“当然不啦。他是个祸精。他对戈德温太言听计从了。即使我们成了自治市，我们也需要一个能和修道院分庭抗礼的会长。”

“还有谁能做这件事呢?”

“和酿酒师迪克谈谈吧。他是镇上最富有的人之一，而会长应该有钱，有其他商人的尊重。迪克不怕戈德温或任何修士。他会是个出色的领导人的。”

凯瑞丝发现自己不情愿照他说的去做，那简直就像承认了他就要离世了。在她的记忆中，她父亲从来就是会长。她不想让她的世界有所改变。

梅尔辛理解她的不甘心，但仍催促她行动。“我们得接受这一现实，”他说，“要是我们忽略了正在发生的事情，最终就会让埃尔弗里克得逞。他是个祸害——他甚至可能撤回自治特许的申请呢。”

这下让她定下了决心，“你讲得对，”她说，“咱们去找迪克。”

酿酒师迪克在集市的不同地点有好几辆大车。每辆车上都载着一个大桶。他的儿女、孙儿女和儿媳、女婿们，都在尽快地卖着大桶里的淡啤酒。凯瑞丝和梅尔辛看到他正在喝一大罐自酿的酒做着示范，同时盯着他的家人为他挣钱。他俩把他叫到一边，向他解释了事情的原委。

迪克对凯瑞丝说："你父亲去世后，我估摸他的财产应该由你和你姐姐均分吧？"

"是的。"埃德蒙已经告诉了凯瑞丝，这是他遗嘱的内容。

"当艾丽丝继承到的遗产加到埃尔弗里克现有的财富中时，他就非常富有了。"

凯瑞丝明白了，她从猩红绒布中挣到的钱，有一半要分到她姐姐手中。她原先还没想过这个，因为她没想过她父亲去世的事。这事让她突然一惊。钱对她没什么重要的，但她不想帮埃尔弗里克成为会长。"这不仅仅是个谁最富有的问题，"她说，"我们需要一个肯为商人挺身而出的人。"

"那你还得推出一个候选对手。"迪克说。

"你肯站出来吗？"她直截了当地问。

他摇摇头。"别费事劝说我了。这个星期末，我就要让我的大儿子接手了。我打算用喝啤酒而不是酿啤酒来度过我的晚年。"他从他的连盖单柄大酒杯中鲸吸了一阵，还满意地打了个嗝。

凯瑞丝感到她必须接受这一点：他像是打定了主意。她说："你看我们该去找谁呢？"

"只有一个真正的可能性，"他说，"你。"

凯瑞丝大吃一惊。"我！为什么？"

"你是争取自治特许运动的背后推动力量。你未婚夫修的桥挽救了羊毛集市，而你的布匹生意也在很大程度上在羊毛生意不景气之后恢复了镇子的繁荣。你是现任会长的孩子，虽说这种职务不是世袭的，人们还是认为领导生养领导。他们没错。自从你父亲的权力开始不中用以来，你实际上已经在一年的大部分时间里，起着会长的作用了。"

"这镇上有过女会长的先例吗？"

“就我所知还没有过。也没有一个你这样年轻的人。这两条都会构成对你严重的不利。我并没有说你会获胜。我只是在告诉你，没有别人在战胜埃尔弗里克上有更大的可能性了。”

凯瑞丝稍稍有些晕眩的感觉。这可能吗？她能胜任这一工作吗？她要做医生的誓言怎么办呢？镇上当真没有比她更强的人当会长吗？“马克·韦伯怎么样？”她问。

“他是不错，尤其是身边有个精明的妻子。但这镇上的人依旧认为马克是个穷织工。”

“他现在发财了。”

“那是由于你的猩红绒布。但人们对新赚到的钱心中没底。他们就会说马克是个暴发的织工。他们需要的是来自基础良好家庭的会长——一个父亲就富有，最好是祖父就富有的人。”

凯瑞丝想击败埃尔弗里克，但她对自己的能力没信心。她想到了她父亲的耐心和精明，他的乐天态度，他的无穷的精力。她有任何一种这样的品质吗？她看着梅尔辛。

他说：“你会成为这镇上前所未有的最好的会长的。”

他的毫不犹豫的信心使她打定了主意。“好吧，”她说，“我来干。”

戈德温在集市的星期五那天邀请埃尔弗里克与他共同进餐。他吩咐了一顿奢侈的午餐：姜和蜜炖天鹅。菲利蒙随伺在侧，并和他们一起用餐。

市民们决定推举一位新会长，在极短的时间内就产生了两名主要竞争对手的候选人：埃尔弗里克和凯瑞丝。

戈德温并不喜欢埃尔弗里克，不过他还有用。他不是个特别出色的建筑师，但他曾成功地巴结了安东尼副院长，从而赢得了大教堂修葺的合同。当戈德温就职时，他在埃尔弗里克身上看到了巴结谄媚的奴性，就保留下来了这种关系。埃尔弗里克人缘并不好，但他要么雇用要么转包了镇上的大多数建筑工匠和材料，众人也就反过来巴结他，指望有活可干。他们赢得了他的信任后，就都愿意他继续留在可以为他们创利的岗位上。这就给了他一个权力的基础。

“我不喜欢不确定性。”戈德温说。

埃尔弗里克尝了块天鹅，哼哼唧唧地赞赏了两句。“您指的是哪方面？”

“推举新会长的事。”

“从本质上说，推举就是不确定的——除非只有一个候选人。”

“那正是我所推崇的。”

“我也一样，只要候选人是我就行。”

“我正在提这样一个建议。”

埃尔弗里克从盘子上抬起头来。“真的？”

“告诉我，埃尔弗里克——你想当会长，到底有多迫切？”

埃尔弗里克吞下嘴里的食物。“我想得到这个职务，”他说，嗓音有些嘶哑，赶紧猛灌了一口葡萄酒。“我也该得到这个职务，”他接着说，一种义愤之气溜进了他的声腔，“我比任何人都不差，不是吗？我为什么不能当会长？”

“你还会继续自治特许的申请吗？”

埃尔弗里克盯了他一眼。他深思着说：“您是不是要我撤消申请？”

“要是你当选了，就是的。”

“那您会不会帮我当选呢？”

“会的。”

“怎么帮呢？”

“撤掉你的候选对手。”

埃尔弗里克面露疑色。“我看不出您怎么能够做到这一点。”

戈德温向菲利蒙点了下头，菲利蒙便说：“我相信凯瑞丝是个异教徒。”

埃尔弗里克放下了餐刀。“您打算把凯瑞丝当女巫来审判?”

“这事可不能告诉任何人，”菲利蒙说，“要是她提前听到了，她可能就逃走了。”

“像‘智者’玛蒂一样。”

“我已经让一些镇上人相信，玛蒂已经被抓住了，星期六在教会法庭上要审的是她。不过，到最后一刻，是另一个人被指控。”

埃尔弗里克点点头。“而且，由于是教会法庭，也就自然用不着起诉书或陪审团了。”他转向戈德温，“您就是法官。”

“不幸的是，我不是，”戈德温说，“理查主教会主持审判。所以我们要证明我们的观点。”

“您有什么证据吗?”埃尔弗里克怀疑地说。

戈德温答道：“有一些，不过我们希望更多些。要是被指控的人是个没有亲友的老妇人，如疯子尼尔那样，我们已经有的证据就会更多。可是凯瑞丝是大家所熟知的，又来自一个富裕并且有影响力的家庭，这些我就用不着跟你说了。”

菲利蒙插话说：“我们十分幸运的是，她父亲已经病重得下不了床啦——上帝这样安排，他就无法为她辩护了。”

戈德温点点头。“然而，她有许多朋友。所以我们的证据必须有力。”

“你们想好的有什么?”埃尔弗里克问。

菲利蒙回答说：“要是有她家的一个人出面说，她曾经召唤过魔鬼，或者把一个十字架倒着放，或者在一间空屋子里对某个精灵说话，那可就大有帮助了。”

一时间，埃尔弗里克像是没有听明白；后来他恍然大悟。

“噢！”他说，“你指的是我？”

“回答之前先好好想想。”

“您在要求我帮您把我的小姨子送上宗教绞架啊。”

戈德温说：“你的小姨子；我的表妹。没错。”

“好吧，我在想。”

戈德温在埃尔弗里克的脸上看到了野心、贪婪和虚荣，他也惊诧，上帝居然利用人的弱点来为他的神圣目的服务。他猜得出埃尔弗里克在想些什么。会长的职务对于像埃德蒙这样不谋私利的人是个负担，因为他要行使职权为镇上的商人们谋利益；但对于唯利是图的人，这个职务却为自我扩张和私利提供了无限的机遇。

菲利蒙用平稳、肯定的语气继续说：“要是你从来没见过什么可疑的情况，当然，这事也就到此为止了。但我请你仔细动脑筋回忆一下。”

戈德温再一次注意到，菲利蒙在这两年当中学到了多少东西。那个笨手笨脚的修道院佣仆已经消失了。他说起话来俨然一位副主教。

“可能会有些事情，一时看来完全无害，但对于你今天被告知的事情来说，可能就投射出罪孽的阴影，用成熟的反思再看，你可能就会感到这些事情并不像初次出现时那样无辜了。”

“我懂你的意思啦，兄弟，”埃尔弗里克说。

有很长一段沉默。他们谁也没吃东西。戈德温耐心地等候埃尔弗里克的决定。

菲利蒙说：“当然，要是凯瑞丝一死，埃德蒙的全部家产就会留给另一个女儿艾丽丝……你妻子了。”

“是啊，”埃尔弗里克说，“我想过那一点了。”

“啊？”菲利蒙说，“你还能想出什么事情来帮助我们吗？”

“噢，有，”埃尔弗里克终于说，“我能想出不少呢。”

四二

凯瑞丝无法找出“智者”玛蒂的真实下落。有人说她被捕了，关进了修道院的一个地下室里。别人则认为，她会被缺席审判。第三种看法则宣称，完全是另一个人会经受异教徒罪名的审判。戈德温拒绝回答凯瑞丝的询问，而其余的修士说他们一无所知。

凯瑞丝星期六一早去了大教堂，打定主意不管玛蒂到不到场都要为她辩护，也要为其他遭到这种荒谬指控的可怜的老妇人挺身而出。修士和教士们为什么对妇女恨之入骨？他们崇拜他们的圣母，却把其他女性个个都看作魔鬼的化身。他们这是怎么了？

在世俗法庭上，会有一个起诉的陪审团和一个预审听证会，那样，凯瑞丝就能提前发现指控玛蒂的可能是什么证据。但教会有其自己的规矩。

不管他们如何断定，凯瑞丝都会明晰地高声宣布：玛蒂是个地道的医生，她用草药和片剂治病，并告诉人们要向上帝祈祷以求平安。许多接受过玛蒂救治的镇上人当中，肯定会有一些为她说话的。

凯瑞丝和梅尔辛一起站在北交叉甬道，想起了两年前那个星期六，当时疯子尼尔受到了审判。凯瑞丝告诉法庭，尼尔疯疯癫癫但不会加害于人。结果是一场徒劳。

今天和当年一样，大教堂里挤满了大群的镇上居民和访客，他们都希望看到一场好戏：起诉、抗辩、争论、发狂、咒骂，还有一名妇女一路挨着鞭打穿过街道，然后在宗教绞架上被绞死的景观。托钵修士默多来了。他总是在耸人听闻的审判中露面。他们为他提供了一个他最擅长的表现的机会：煽起信众的狂热情绪。

他们等着教士出场时，凯瑞丝开始了遐想。明天，就在这座教堂里，她将嫁给梅尔辛。面包师贝蒂和她的四个女儿已经为婚宴忙着制作面包和糕点了。明天晚上，凯瑞丝和梅尔辛就要在麻风病人岛上他的住宅里同眠共枕了。

她已经不再为结婚忧虑了。她作出了决定，就要承担后果。事实上，她感到非常幸福。有时候她纳闷自己之前何以会这么担惊受怕。梅尔辛不会让任何人做他的奴隶的——这不合他的本性。他甚至对他的童仆吉米都关怀备至。

最主要的，她热爱他们亲密的性关系。那是她经历过的最美好的事情了。她最为期盼的是他们有自己的家，自己的床，可以随心所欲地，在上床时和醒来时，在半夜甚至在正午，共享鱼水之欢。

终于，在理查主教和他的助手劳埃德副主教的率领下，修士和修女们步入了大厅。他们就座之后，副院长戈德温起身说道："我们今天在这里审判犯有异教徒罪名的凯瑞丝，羊毛商埃德蒙的女儿。"

人群透不过气来了。

梅尔辛高叫："不成!"

大家都转过脸来望着凯瑞丝。她吓得直恶心。她一直没猜到这个，就如同黑暗里挨了一拳。她发狂地说："凭什么?"没人回答她。

她记起来她父亲警告过她，戈德温会采用极端的手段来应对自治特许的威胁。"你知道他不讲情面，哪怕是为小事争吵，"埃德蒙曾经说，"这样的事会导致全面战争的。"凯瑞丝此时一震，想起了她当时的答复："打就打吧——全面战争。"

即使如此，若是她父亲身体健康的话，戈德温成功的机会也会微乎其微。埃德蒙会把戈德温打得没有还手之力，可能会把他彻底打垮呢。可凯瑞丝孤军奋战就是另一种局面了。她没有她父亲那种力量，那种权势或群众支持——目前还没有。没有他，她变得脆弱了。

她注意到她姑母彼得拉妮拉也在人群中。她是为数不多的不看着凯瑞丝的人之一。她怎么会默默地站在那里呢？她当然总的说来会支持她的儿子戈德温——但她一定会尽力阻止他把凯瑞丝判处死刑吧？她曾经说过她想像母亲一样对待凯瑞丝。她还记得这话吗？不知为什么，凯瑞丝觉得她不会记得了。她对她儿子太尽心尽力了。所以她才不敢正视凯瑞丝的眼睛。她已经打定主意不挡戈德温的路。

菲利蒙站起身。“我的主教大人。”他很正式地对着法官开了口。但他马上就面向了人群。“大家都知道，‘智者’玛蒂那女人逃走了，因为所犯罪孽深重，不敢受审。凯瑞丝好几年来时时造访玛蒂的住所。仅仅几天之前，她还在这座大教堂里面对证人们，为那女人辩护。”

看来这就是菲利蒙向她询及玛蒂的原因了，凯瑞丝恍然大悟。她看到了梅尔辛的目光。他一直忧心忡忡，因为他弄不清菲利蒙到底要达到什么目的。他的担心是有理由的。现在他们都清楚了。

与此同时，她的部分思绪对菲利蒙的转变感到惊讶。那个笨手笨脚、不开心的男孩，如今成了充满自信、伶牙俐齿的男人，站在主教、副院长和镇上人面前，满腔怨恨，如同一条就要出击的蛇。

菲利蒙说：“她不惜发誓说，玛蒂不是女巫。她为什么要这样做呢？除非是为了掩盖她自己的罪孽。”

梅尔辛高叫：“因为她无辜，玛蒂也无罪，你这个信口胡言的伪君子！”

他可能是把满腔怒火都发泄了出来，别人也同时高喊，他那番侮辱性的言词没人评论就过去了。

菲利蒙继续说：“最近，凯瑞丝神奇地把羊毛染得和意大利的猩红一模一样，这是王桥的染匠们从来做不到的。这是怎么成功的呢？靠的是一种魔咒！”

凯瑞丝听到马克·韦伯的男低音嗓子咕哝说：“这是瞎话！”

“她当然不能在光天化日之下这么做啦。她在家中后院里黑夜点起一把火，这是住在附近的人都看到的。”

凯瑞丝已经预见到，菲利蒙倒是蛮勤奋刻苦的，他事先已经探访了邻居。

“她还唱起奇特的韵文。为什么？”凯瑞丝曾经在煮染料和浸绒布时为了解除烦闷自言自语地唱过歌，但菲利蒙却有本事把无辜的琐事变成邪恶的证据。这时他把嗓门压到一种惊怵的低语，说：“因为她在召唤黑王子的私密援助……”他随即把嗓音提到叫嚷，“……撒旦啊！”

人群吓得呻吟起来。

“那些绒布是撒旦的猩红！”

凯瑞丝看了看梅尔辛。他已惊得目瞪口呆了。“那些蠢货开始相信他了！”他说。

凯瑞丝的勇气开始恢复了。“别没信心，”她说，“我还没说话呢。”

他握住她的手。

“这还不是她用过的唯一符咒，”菲利蒙用更普通的嗓音继续说，“‘智者’玛蒂还制造情药。”他用非难的目光看着人群，“现场可能就有歹毒的姑娘们服用过玛蒂的魔力去迷惑男人。”

凯瑞丝心想，其中就有你自己的妹妹。菲利蒙知道那件事吗？他说：“这位见习修女会作证。”

伊丽莎白·克拉克站起身来。她用平和的语调说话，眼睛低垂着，一副修女的谦卑样子。“我是起了誓说这番话的，因为我希望得到拯救，”她开口说，“我想和梅尔辛建筑匠师订婚。”

梅尔辛喊出来：“撒谎！”

“我们恋爱并且非常幸福，”伊白莎白接着说，“他突然变了心。他对我像是陌生人。他变冷淡了。”

菲利蒙问她：“你注意到什么不寻常的事了吗，姐妹？”

“是的，兄弟。我看到他左手握着一把刀。”

人群透不过气了。这是众所周知的中了魔法的征候——尽管就凯瑞丝所知，梅尔辛是左右手都能用的。

伊丽莎白说：“随后他就宣布他要娶凯瑞丝。”

凯瑞丝想，这太惊人了，实情怎么会稍加歪曲，听起来就像是罪孽了。她清楚当时的情况。梅尔辛和伊丽莎白一直是朋友，直到伊丽莎白明确地说，她想比朋友更进一步，正是在这时候，他告诉她无法分享她的感情，所以就分手了。当然，魔咒的杜撰给这个故事增辉添色了。

伊丽莎白可能自认为她说的是实情。不过菲利蒙明知这是假话。而菲利蒙不过是戈德温的工具。戈德温怎么能让自己的良心接受这样的恶毒手段呢？他是不是在对自己说，只要有利于修道院，怎么做都是没错的呢？

伊丽莎白结束了她的话：“我再也不会爱另一个男人了。所以我才决定把自己的一生奉献给上帝。”说完她就坐下了。

凯瑞丝意识到，这是十分有利的证词，她的伤心如同冬天的天空一样阴沉了。伊丽莎白成了修女这一事实，使她的证言增加了可信度。她上演的是一种温情的讹诈：我已经作出了如此的牺牲，你们还能不相信我吗？

镇上的人这时更静默了。这可不是给一个疯疯癫癫的老妇人定罪的那种欢闹的场面。他们正在观看的是一个镇上同胞为生命的战斗。

菲利蒙说：“指责最有力的，我的主教大人，是最后的证人，这个犯妇家中的亲密成员：她的姐夫埃尔弗里克建筑匠师。”

凯瑞丝透不过气了。她已经遭到她的表兄戈德温、她最好的朋友的哥哥菲利蒙和伊丽莎白的指控——但现在才是最坏的。由她的姐夫指责她，是令人瞠目的背叛。肯定再没人会尊重埃尔弗里克了。

埃尔弗里克站了起来。他脸上的那种对抗的表情告诉凯瑞丝，他自惭形秽了。“我是起了誓说这番话的，因为我希望得到拯救。”他开口说。

凯瑞丝四下张望找她的姐姐艾丽丝，但没见到她。要是她在这儿，她一定会阻止埃尔弗里克的，埃尔弗里克准是找了什么借口，吩咐她留在了家里。她可能对此一无所知。

埃尔弗里克说：“凯瑞丝在空屋子里与看不见的精灵说话。”

“是精灵吗？”菲利蒙在一旁提醒。

“恐怕是的。”

从人群中传出一阵恐怖的嘟囔声。

凯瑞丝知道自己时常自言自语。她一向认为这是个无害的，最多是有点令人尴尬的习惯。她父亲说，所有想象力丰富的人都会这样。此时却用来指控她了。她咽下了一声抗议。最好是让这场诉讼按程序进行下去，然后再对指控一一批驳。

“她什么时候这样做的？”菲利蒙问埃尔弗里克。

“在她觉得独自一人的时候。”

“她说些什么呢？”

“词句难以听清。她可能在说一种外国话。”

人群对此也有反应：女巫和她们的熟人据说有她们自己的语言，别人是听不懂的。

“她像是说什么呢？”

“从她的语调判断，她是在求人帮助，祈求好运，诅咒造成她不幸的人，这类话吧。”

梅尔辛高叫："这不是证言！"大家都向他望过来，他补充说，"他已经承认他听不懂那些话——他只是在捏造！"

从普通百姓那里发出了支持的声浪，但不是凯瑞丝所喜欢的那样气愤的高声。

理查主教第一次开了腔。"请安静，"他说，"干扰进程的要由治安官逐出。请说下去吧，菲利蒙兄弟，不过不要请证人在承认不知实情时杜撰证据。"

凯瑞丝想，这至少算是一碗水端平了。理查和他的家人在为玛杰丽的婚礼争吵之后，对戈德温没了好感。另一方面，身任教职的理查常住的镇子不在修道院的控制之下。或许他在这件事情上至少能保持中立。她的希望又增加了一些。

菲利蒙对埃尔弗里克说："你认为和她谈话的熟人以什么方式帮助了她吗？"

"肯定的，"埃尔弗里克答道，"凯瑞丝的朋友，她喜欢的那些人，是走运的。梅尔辛尽管始终没有学木匠满师，却成了成功的建筑匠师。马克·韦伯是个穷汉，但现在富裕了。凯瑞丝的朋友格温达嫁给了伍尔夫里克，虽说伍尔夫里克原先和别人订了婚。要不是有非自然力的帮助，这些事情是怎么成功的呢？"

"谢谢你。"

埃尔弗里克坐下了。

在菲利蒙总结他的证明时，凯瑞丝按捺下一股恐惧的感情。她想从脑海里抹掉疯子尼尔在车后遭鞭打的情景。她竭力集中注意力去思考她应该说些什么来为自己辩护。她可以嘲笑涉及她的一切说法，但那不一定充分。她需要解释人们为什么在她身上撒谎，并指出他们的动机。

当菲利蒙说完之后，戈德温问她是不是有话要说。她用一种听起来比她的感觉还要自信的高声回答道："我当然有。"她穿过人群走到前面：她不愿意让起诉她的人独霸权威的位置。她从容地拖延了一会儿，让他们都等着她。她踏上圣坛，正视着理查。“主教大人，我发誓说这番话，因为我希望得到拯救……”她转向人群接着说，“我要说的是我注意到菲利蒙并没有发誓。”

戈德温打断说：“他是个修士，不需要发誓。”

凯瑞丝提高了嗓音。“这对他是好事，不然的话，他就会因为他今天说的谎话在地狱中遭到火焚！”

她心想，我得了一分，而她的希望又增加了一筹。

她面对着人群发言。虽然判决将由主教作出，但他会深受镇上人的反应的影响。他不是那种原则性极强的人。

“‘智者’玛蒂医好了这镇上的好多人，”她这样开始发言，“就在两年前的今天，旧桥坍塌的时候，她是最先救护伤者的人之一，与塞西莉亚和修女们并肩工作。今天我环顾教堂，看到了许多在那个可怕的时刻受过她护理而获益的人。有谁在那天听到她召唤魔鬼了？要是有的话，请现在就出来讲话。”

她停顿了一下，让沉默本身给她的听众增加印象。

她指着玛奇·韦伯。“玛蒂给了你一剂药让你的孩子退烧。她怎么跟你说的？”

玛奇有点惊惧。被点名作证为一个女巫开罪，谁都不会舒服的。但玛奇欠凯瑞丝太多了。她挺直了肩膀，一副挑战的神情，说：“玛蒂对我说：‘祈祷上帝吧，只有他才能治好病。’”

凯瑞丝又指着治安官。“约翰，理发师马修给你接骨时，她给你止痛。她怎么跟你说的？”

约翰习惯了站在执法的一方，他也面露不安，但他用有力的声音说出了实情。“她说：‘祈祷上帝吧，只有他才能治好病。’”

凯瑞丝转向人群。“人人都知道玛蒂不是女巫。菲利蒙兄弟会说，既然是这样，她为什么逃走呢？这是很容易回答的问题。她担心谎言会中伤她——就像他们编造了话害我一样。在座的妇女们，有谁要是被诬陷为异教徒，会有信心向一个教士和修士的法庭证明你的无辜吗？”她的目光巡视四周，一一落在镇上知名的妇女们身上：车夫莉比，开小店的萨拉，苏珊娜·切普斯托。

“我为什么要在夜晚配染料？”她接着说，“因为白天太短！和你们许多人一样，我父亲去年没能卖掉他的全部羊毛，我想把未经加工的羊毛变成有市场的东西。配方很难弄出来，可我试成了，通过许多小时的日以继夜的努力——不过并没有撒旦的帮助。”她停下来换了口气。

她重新开始讲的时候，换了一种不同的声腔，更顽皮一些。“我被指控迷住了梅尔辛。我不得不承认，这对我是个很有力的起诉。瞧瞧伊丽莎白姐妹吧。请站起来，姐妹。”

伊丽莎白不情愿地站了起来。

“她长得很美，是吧？”凯瑞丝说，“她也很聪明。而且还是一位主教的女儿。噢，原谅我，主教大人，我没有不尊敬的意思。”

人群为这样无顾忌的说法窃笑了。戈德温满脸怒气，但理查主教憋住了没笑。

“伊丽莎白姐妹不明白为什么某个男人会喜欢我胜过喜欢她。其实我也不懂。真是说不出道理，尽管我长相平常，可梅尔辛偏偏爱我。我解释不了。”这时有了更多的咯咯笑声。“伊丽莎白这么生气，我很难过。要是我们生活在《旧约》的时代，梅尔辛就可以有两个妻子，大家都会很幸福的。”听到这里人们放声大笑了。她等着笑声平息下去，然后正色说：“我最感到难过的是，一位失望的女性很平常的嫉妒心竟然在一个见习修士信口胡言的嘴里成为口实，用在严肃如异教徒的指控中。”

菲利蒙站起来抗议对他信口胡言的指责，但理查主教向他挥了挥手，说：“让她讲话，让她讲话。”

凯瑞丝认为她已经把伊丽莎白的事情澄清了，就继续讲下去。“我承认在我独自一人时有时会用一些粗俗的字眼——尤其是在我犯下错误的时候。但是你们可以问一问我姐夫为什么会指证我，还告诉你们，我低声自言自语是召唤妖魔精灵。恐怕我能回答这个问题。”她顿了顿，然后郑重地说，“我父亲病了。要是他有个三长两短，他的财产就要由我和姐姐均分。但是，如果我先死了，我姐姐就会得到全部。而我姐姐是埃尔弗里克的妻子。”

她停下来，探询地看着人群。“你们吃惊吗？”她说，“连我都吃惊。可是为了比这少的钱杀人的事是有的。”

她走开两步，像是讲完了，菲利蒙从板凳上站了起来。凯瑞丝转过身来，用拉丁语对他说：“Caputtuum in anoest。”

修士们放声大笑，菲利蒙面红耳赤。

凯瑞丝转向埃尔弗里克。“你听不懂，是吧？埃尔弗里克？”

“是的。”他愠怒地说。

“正因为这个你可能会认为我在使用什么罪恶的巫术语言。”她又转过头来对着菲利蒙，“兄弟，你知道我用的是什么语言，是吧？”

“拉丁语。”菲利蒙回答。

“也许你愿意把我刚才对你讲的话告诉大家。”

菲利蒙用求告的目光看着主教。但理查觉得很开心，就说：“回答这问题嘛。”

菲利蒙满脸困惑地服从了。“她说的是‘你把你的脑袋放到你的屁股上了’。”

镇上人哄堂大笑，凯瑞丝走回到她的地方。

嘈杂声平息下去了，菲利蒙开始讲话，但理查打断了他。“我不需要听你再讲什么了，”他说，“你提出有力的例证控告她，她却给出了活力四射的辩护。别人对这一诉讼还有什么要说的吗？”

“我有，主教大人。”托钵修士默多走上前来。镇上的人有的欢呼，有的嘟囔：默多引起了截然相反的反应。“异教徒是一种邪恶，”他这样开始，他的声调成了洪亮的布道口吻，“腐蚀着男男女女的灵魂——”

“谢谢你，兄弟，不过我知道异教徒的所作所为，”理查说，“你还有别的话要说吗？要是没有——”

“就这些了，”默多答道，“我同意，并且重申——”

“若是先前已经说过——”

“——您自己的评论：这是大案，辩护也有力。”

“在这种情况下——”

“我有个办法要提出。”

“好吧，默多兄弟，是什么？用最简洁的话说吧。”

“要检查她的魔鬼印痕。”

凯瑞丝的心像是要停止跳动了。

“当然啦，”主教说，“我好像记得在早些时候的审判中你提过同样的建议。”

“是这样的，大人，因为魔鬼用他自己特殊的口喙贪婪地吸他助手的热血，就像新生婴儿吸吮丰满的乳房——”

“好啦，谢谢你，托钵修士，没必要再进一步讲细节了。塞西莉亚嬷嬷，请你和另外两位修女把被告妇女带到一处地方去检验，好吗？”

凯瑞丝看着梅尔辛。他吓得脸色煞白。他俩想到一处去了。

凯瑞丝有一颗痣。

那痣很小，但修女们不会找不到的——而且就在他们认为魔鬼最感兴趣的那种地方：在她阴门的左侧，就在裂口旁边。痣呈深棕色，周围金红色的阴毛挡不住的。梅尔辛第一次注意到时，曾经对她开玩笑说：“托钵修士默多会叫你女巫的——你可千万别让他看见。”而凯瑞丝却笑着说：“即使他是世上最后一个男人。”

他们怎么会用这种满不在乎的态度说这件事呢？此时她可要为这颗痣被判死刑了。

她绝望地四下张望。她若是跑的话，周围有几百人，一些人会拦住她的。她看到梅尔辛的手放到腰带上别的刀子上；但即使那把刀子是一支长剑，他又是个伟大的战士的话——他当然不是——他也不可能在人群中杀出一条血路。

塞西莉亚嬷嬷来到她跟前，拉起她的一只手。

凯瑞丝决定，她一到外边，马上就逃跑。只要横穿回廊，她就很容易冲出去获得自由了。

这时戈德温发话了：“治安官，叫上你的一个助手，押解这女人到检验的地方去，在门外守着到检验完毕。”

塞西莉亚控制不住凯瑞丝，但两个男人能够。

约翰看着马克·韦伯，在助手中他总是第一人选。凯瑞丝感到尚有一丝希望：马克是她的忠实的朋友。但治安官显然也想到了这一点，因为他从马克转过来指着铁匠克里斯托弗。

塞西莉亚轻轻地拉着凯瑞丝的手。

凯瑞丝梦游似的听凭人家拽着她走出了教堂。他们出的北门，塞西莉亚和凯瑞丝身后跟着梅尔姐妹和老朱莉，紧随其后的是治安官约翰和铁匠克里斯托弗。他们横穿回廊，进入修女区，一来到她们的住处，两个男人就待在门外。

塞西莉亚关上了门。

“不用检验我了，”凯瑞丝干巴巴地说，“我有个记号。”

“我们知道，”塞西莉亚说。

凯瑞丝皱起眉：“怎么知道的？”

“我们给你净过身子。”她指着梅尔和朱莉，“我们三个。你在两年前圣诞节时在医院。你吃了什么东西中了毒。”

塞西莉亚不知道，或者假装没有猜到：凯瑞丝吃了药为了结束怀孕。

她接着说："你又吐又泻，满地都是，下边还流血。得给你洗好几次呢。我们全都看到那颗痣了。"

绝望如不可遏止的潮水一般流过凯瑞丝全身。她闭上了眼。"这样你们就可以判我死刑了，"她说话的声音低得像耳语。

"不一定，"塞西莉亚说，"还有另一条路。"

梅尔辛方寸已乱。凯瑞丝被拘押了。她会被判处死刑，而他却无能为力。即使他是拉尔夫，肩宽体壮，手中有剑，又酷爱打斗，也无法解救她。他心怀畏惧地盯着她将要出现的门洞。他知道凯瑞丝那颗痣的位置，那些修女肯定会看到的——那种地方是她们看得最仔细之处。

他被人群中升起的激动的唧唧喳喳的嘈杂声包围着。人们为即将重新启动的审判争论着，有人支持也有人反对凯瑞丝，但他似乎身陷旋涡之中，难以听清别人说的是些什么。在他的耳朵里，人们的纷纷议论听着就像有一百张鼓在乱敲乱打。

他在盯着戈德温，不知道那家伙在想些什么。梅尔辛能够理解其他人——伊丽莎白被嫉妒吞噬了，埃尔弗里克被贪婪所攫获，而菲利蒙则纯粹是用心歹毒——但副院长却让他难以捉摸。戈德温是和他表妹凯瑞丝一起长大的，明知她不是巫婆。然而他却准备好看着她死掉。他怎么干得出这种恶毒的事呢？他为自己找了什么样的借口？他是不是告诉自己，这一切都是为了上帝的荣光？戈德温有一度像是个循循善诱的正人君子，是对安东尼副院长狭隘的保守主义的一服解毒剂，但结果却比安东尼还要糟糕：为了谋求同样的陈腐的目的更不择手段。

梅尔辛心想：要是凯瑞丝死了，我就要杀掉戈德温。

他的父母来到他跟前。在审判的全过程中，他们始终都在大教堂里。他的父亲说了些什么，但梅尔辛没能明白。“什么?”他说。

这时，北门打开了，人群一下子静了下来。塞西莉亚嬷嬷独自一人走了进来，随手关上了身后的大门。人们好奇地低声议论着。现在有了什么结果了。

塞西莉亚走到了主教座位的跟前。

理查问道：“怎么，副院长嬷嬷？你要向法庭报告什么呢?”

塞西莉亚缓缓说道：“凯瑞丝已经忏悔——”

人群中发出惊诧的一阵吼声。

塞西莉亚提高声音说：“……忏悔了她的罪孽。”

大家又安静下来。这话是什么意思呢?

“她已接受了赦免——”

“从谁那里得到的?”戈德温打断了她的话，“一名修女是不能给予赦免的!”

“从乔夫罗伊神父那里。”

梅尔辛认识乔夫罗伊。他是圣马可教堂的教士，梅尔辛曾为那座教堂修过屋顶。乔夫罗伊不喜欢戈德温。

可事情的原委是怎样的呢？大家都等着塞西莉亚的解释。

她说道：“凯瑞丝请求在这座修道院中当一名见习修女——”

她又一次被聚集在这里的镇上人吃惊的叫喊声所打断。

她用压倒他们叫嚷的声音说：“——而且我接受了她!”

庭中一片吼叫。梅尔辛看得见戈德温在扯着嗓子高叫，但他的话语被淹没了。伊丽莎白勃然大怒；菲利蒙怀着毒恨瞪着塞西莉亚；埃尔弗里克满脸困惑；理查感到开心。梅尔辛自己的脑海中翻腾着其中的含义。主教会接受吗？这是否意味着审判结束了呢？凯瑞丝已经得免一死了吗?

混乱终于平息了。他刚能听到，戈德温就气得面色发白地说话了："她是不是承认了她是异教徒？"

"忏悔是一种神圣的信任，"塞西莉亚沉着冷静地回答，"我不知道她对那位神父说了些什么，而即使我知道，我也不能告诉你或任何人。"

"她有没有撒旦的痕迹？"

"我们没有检验她。"这一答复在闪烁其辞，梅尔辛明白，但塞西莉亚很快就补充说，"她既然已得到赦免，也就无需检验了。"

"这是不可接受的！"戈德温怒吼道。他已经放下了菲利蒙是起诉人的矫饰。"女修道院的副院长不能这样打乱法庭的进程。"

理查主教说，"谢谢你，副院长神父——"

"法庭的秩序应该执行！"

理查提高了嗓音。"这是可以的！"

戈德温已经张开嘴要进一步抗议，随后又变了主意。

理查说道："我不必再听取更多的争论了。我已经作出了我的决定，现在我就来宣布我的判决。"

一片沉寂。

"凯瑞丝请求获准进入女修道院是件有意思的事。她若是个女巫，她就无法在神圣的氛围中做任何有害之举。魔鬼是进不到这里的。另一方面，她若不是女巫，我们就会从指责一名无辜女性的错误中解救出来。或许女修道院不一定是凯瑞丝生活方式的选择，但她的慰藉将存在于奉献给服务上帝之中。这样，两相权衡，我认为这是一个令人满意的解决办法。"

戈德温说："她要是离开女修道院呢？"

"说得好，"主教说道，"所以我要正式宣判她死刑，但只要她仍是修女，这一判决就要缓期执行。若是她放弃了她的誓言，该判决便要执行。"

梅尔辛在绝望中自忖，就是这样了；一个死刑判决；他听凭悲愤的泪水夺眶而出。

理查站起了身。戈德温说："休庭！"主教离去，后面跟着列队而行的修士和修女。

梅尔辛心神恍惚地走着。他母亲用宽慰的口气和他说着话，但他没有理睬她。他让人群裹挟着出了大教堂的西门来到绿地。商贩们正在打点没销出去的货物并拆卸着他们的摊位：羊毛集市要再等明年了。他意识到，戈德温是如愿以偿了，随着埃德蒙的卧病不起和凯瑞丝被排除出去，埃尔弗里克就会成为会长，而对自治特许的申请也将撤回。

他望着修道院的灰色石墙：凯瑞丝就在里面的什么地方。他转向那条路，横穿人流，朝医院走去。

那地方空无一人。那里已被打扫干净，过夜的客人使用过的草荐已经整齐地码放在墙根。东端的圣坛上燃着一支蜡烛。梅尔辛缓缓地从这头走到那头，不知道下一步该做什么。

他想起《蒂莫西书》中提到，他的祖上建筑师杰克曾经短期当过见习修士。该书作者暗示，杰克是不情愿被召进去的，而且很难适应修道院的纪律；反正，他在蒂莫西讳莫如深的特定环境中突然中止了他的见习修士生涯。

但理查主教已经声明，凯瑞丝一旦离开女修道院，就要被处以死刑。

一名年轻修女走了进来。她认出梅尔辛后满脸惊恐。"你想干吗？"她说。

"我得和凯瑞丝说说话。"

"我去问问吧。"她说完就匆匆出去了。

梅尔辛看着圣坛，十字架和墙上的三扇屏，画的是医院的保护圣者、匈牙利的伊丽莎白。第一扇上画着的圣者原是一位公主，头戴王冠，正在给穷人喂饭；第二扇画着她修建她的医院；第三扇图示了她在斗篷下携带的食物变成玫瑰花的奇迹。凯瑞丝在这种地方该做些什么呢？她是怀疑主义者，对教会教导的一切都不轻信。她不相信一位公主能把面包变成玫瑰。“他们怎么知道的?”她会对大家都无异议地接受的故事——亚当和夏娃、诺亚方舟、大卫和歌利亚，乃至耶稣降生说这样的话。她在这里不啻是笼中困兽。

他得和她谈谈，弄清她的想法。她一定有什么他猜不出的安排。他不耐烦地等着那修女回来。她并没有返回，倒是老朱莉出现了。“感谢上天!”他说，“朱莉，我得见见凯瑞丝，赶快!”

“很抱歉，年轻的梅尔辛，”她说，“凯瑞丝不想见你。”

“别开玩笑了，”他说，“我们已经订婚了——我们原订明天就结婚的。她得见我!”

“她现在是见习修女了。她不会结婚的。”

梅尔辛提高了声音。“果真如此的话，你难道不觉得她要亲口告诉我吗?”

“我不该说的。她知道你在这儿，可她不肯见你。”

“我不信你。”梅尔辛推开老修女，穿过她进来的那道门。他发现门后是一个小门厅。他此前从未到过这里：没什么男人进过修道院的修女区。他穿过另一道门，来到了修女的回廊。好几名修女都在那里，有的在阅读，有的在周围边散步边思考，有的悄声交谈。

他沿着连拱廊奔跑。一名修女看到他的身影，尖叫起来。他不顾忌她。他看到一段楼梯，便跑上去，进了第一个房间。他发现自己来到了一处宿舍。有两排草席，上面整齐地叠放着毛毯。那里没人。他沿走廊走了几步，试着打开另一扇门。门锁着。“凯瑞丝!”他叫道，“你在这里边吗？跟我说话啊!”他用一只拳头使劲砸门。他擦着指关节处的皮肤，那里开始流血了，但他觉不出痛来。“让我进去!”他叫着，“让我进去!”

他身后一个声音说道：“我来让你进去吧。”

他转过身来看到是塞西莉亚嬷嬷。

她从腰带上拿出一把钥匙，平静地打开了房间的锁。梅尔辛一把推开门。门后是一间小屋，只有一个窗户，沿墙一周是摆满了卷卷布匹的架子。

“这里是我们保存冬季袍服的地方，”塞西莉亚说，“这是间贮藏室。”

“她在哪儿?”梅尔辛高喊。

“她在的那个房间按她自己的要求锁上了。你找不到那间屋子，就算你找到了，你也进不去。她不会见你的。”

“我怎么能知道她还活着呢?”梅尔辛听到自己的嗓音由于激动而喑哑了，他并不在意。

“你了解我，”塞西莉亚说，“她活着。”她看了看他的手。“你把自己弄伤了，”她同情地说，“跟我来，我给你的伤口敷些药膏。”

他看了看自己的手，又看了看她。“你是个魔鬼。”他说。

他从她身边跑开，沿来路出去，返回医院，经过满脸惊惧的朱莉，出门来到户外。他在大教堂前面集市收摊的混乱中夺路而行，出现在主街上。他想到要和埃德蒙谈一谈，又决定不谈为妙：别人会告诉凯瑞丝病魔缠身的父亲这一可怕消息的。他能信任谁呢？他想到了马克·韦伯。

马克一家已经搬进了主街上的一座大房子里：底层是石头砌的布匹储藏室。如今他们的厨房中没有织机了：所有的织布的活计都由他组织的其他人干了。马克和玛奇正表情凝重地坐在一条板凳上。梅尔辛走进去的时候，马克一跃而起。“你见到她了吗?”他大声问。

“她们不让我见。”

“这是不讲理!”马克说，“她们没有权力不让她见本来要嫁的男人!”

“修女们说，她不想见我。”

“我不相信她们。”

“我也不信。我进去找她，可找不到。那里有许多锁了门的房间。”

“她一定在里面的什么地方。”

“我知道。你愿不愿意带上槌子和我一起回去，帮我砸开每扇门，直到我们找到她？”

马克显得很不自在。他虽然强壮有力，但他痛恨暴力。

梅尔辛说：“我得找到她——她可能已经死了！”

马克还没回答，玛奇就说：“我倒有个好主意。”

两个男人看着她。

“我到女修道院去，”玛奇说，“修女们不会为了一个女人大惊小怪的。也许她们会劝说凯瑞丝跟我见面的。”

马克点着头。“至少我们会知道她还活着。”

梅尔辛说：“可是……我要知道的更多。她在想什么？她是不是要等到这场风波平息了，然后逃跑？我要不要设法把她从那里救出来？要不，我就一直干等下去——要是那样的话，要等多久呢？一个月？一年？七年？”

“要是她们让我进去，我会问她的。”玛奇站起身，“你在这儿等着。”

“不，我要和你去，”梅尔辛说，“我在外面等着。”

“既然这样，马克，你干吗不一起去，陪陪梅尔辛呢？”

她的意思是，让梅尔辛别惹事，但他没反对。他来求他们帮忙。有两个信得过的人在他身边，他感激不尽呢。

他们匆匆赶回修道院大院。马克和梅尔辛在医院外面候着，玛奇便进去了。梅尔辛看到了凯瑞丝的老狗“小不点儿”卧在门口，等着她再露面。

玛奇进去半小时之后，梅尔辛说："我觉得她们准是让她进去了，不然的话这会儿她该回来了。"

"我们等等看吧。"马克说。

他们望着最后一批商贩打点好物品走了，把大教堂的绿地搅成了一片泥浆。梅尔辛来回踱着，马克则端坐在那里如同力士参孙的雕像。一个小时又一个小时。梅尔辛虽然心如火焚，却高兴有这样的拖延，因为几乎可以肯定，玛奇在和凯瑞丝谈话。

太阳已经落下镇子的西边，玛奇终于出来了。她的表情庄重，脸上挂着泪水。"凯瑞丝活着，"她说，"她的一切都好，身体、精神都没毛病。她的头脑也正常。"

"她怎么说的?"梅尔辛急不可耐地问。

"我来一五一十地告诉你。来，咱们到花园里坐下。"

他们到了菜畦，坐到了石凳上，眼睛望着落日。玛奇的沉着让梅尔辛有些不快。他巴不得她会气得吐口水呢。她的态度告诉他消息不妙。他感到了无望。他说："她是当真不想见我吗?"

玛奇叹了口气："是的。"

"可为什么呢?"

"我问她这个。她说那会让她伤心透顶的。"

梅尔辛哭了出来。

玛奇用低沉又清晰的声音说下去："塞西莉亚嬷嬷留下我俩单独谈，所以我们可以畅所欲言，不必担心有人听见。凯瑞丝相信，戈德温和菲利蒙一心要除掉她，就是因为白由市特许的申请。她在女修道院里是安全的，但要是她一离开，他们就会找到她，杀死她。"

"她可以逃出来，我能带她去伦敦!"梅尔辛说，"戈德温休想在那里找到我们!"

玛奇点点头。"我也跟她这么说了。我们商量了好长时间。她觉得你们俩后半生会像逃犯一样了。她不肯拖累你。你的命运应该是成为你这一代最伟大的建筑匠师。你会出名的。可是，要是她和你在一起，你只好永远隐瞒你的真实身份而且还要在光天化日下东躲西藏。”

“我不在乎那样!”

“她跟我说你会这样讲的。但她相信你实际会在乎的，更主要的是，她认为你应该出名。反正这么说吧，她在乎这个。她不会夺走你的前途，哪怕你让她这么做。”

“她可以亲口对我说这番话的!”

“她怕你会说服她回心转意。”

梅尔辛知道玛奇说的是实情。塞西莉亚说的也是真话。凯瑞丝不愿见他。他感到伤心得透不过气来了。他咽下一口气，用袖子抹去脸上的泪水，勉强开了口：“可她要怎么办呢?”

“充分利用现在的情况。好好当一个修女。”

“她痛恨教会呢!”

“我知道她从来对教士不大尊敬。在这座镇子上，这没什么可惊奇的。但她相信她能在将生命奉献给治愈她的男女乡亲中找到某些安慰。”

梅尔辛想着这种情况。马克和玛奇默默地看着他。他能够想象凯瑞丝在医院中工作着，照看着病人。可她会在花费半个夜晚的时间唱颂歌和做祈祷中如何感受呢?“她会杀死她自己的。”他停顿了好长时间之后说。

“我不这么看，”玛奇蛮有信心地说，“她伤心至极，但我看不出她会走那条路的。”

“她会杀死另一个人的。”

“那倒更可能。”

“照这么说，”梅尔辛不情愿地慢慢说，“她可能找到一种幸福。”

玛奇什么也没说。梅尔辛目光严峻地看着她。她点了点头。

他意识到，这是可怕的事实。凯瑞丝可能会幸福的。她失去了她的家、她的自由和她的未婚夫；但她最终还可能是幸福的。

再也无话可说。

梅尔辛站起身。“感谢你们做我的朋友。”他说完，转身就要走。

马克问：“你到哪儿去？”

梅尔辛站住脚，转过身。他的脑海里转动着一个念头，他在等着那念头清晰起来。待到那念头明晰之后，他自己都感到惊诧了。但他立即看清，这念头是正确的，不仅正确，而且完美。

他抹去脸上的泪水，在夕阳的红光中，看着马克和玛奇。

“我要去佛罗伦萨，”他说，“再见吧。”

第五部分

一三四六年三月至一三四八年十二月

四三

凯瑞丝修女离开女修道院，步履轻快地走进医院。床上躺着三位病人。老朱莉如今老态龙钟，无法照料病员或爬上楼回修女宿舍了。酿酒师迪克之子丹尼的媳妇贝拉刚从难产中康复。银匠家十三岁的利基断了臂骨由理发师马修给接上了。另有两个人坐在一边的板凳上聊天：一名见习修女叫内莉，还有修道院的仆人鲍勃。

凯瑞丝用老练的目光环顾了一下房间。在每张床边都有一张脏兮兮的饭桌。就餐时间早已过去了。“鲍勃！”她说。他一跃而起。“把这些盘子收走。这里是修道院，清洁卫生是一定要保持的。赶快干吧！”

“对不起，修女。”他说。

“内莉，你带老朱莉去厕所了吗？”

“还没呢，姐妹。”

“她饭后总要去的。我母亲原先就这样。赶快带她去，免得出事。”

内莉伸手搀扶着老修女起身。

凯瑞丝一直在培养自己的耐心，但是当了七年修女，她依旧不那么成功，而且由于要一次次地反复吩咐而感到灰心。鲍勃明知道，就餐完毕他就该马上清扫——凯瑞丝已经给他讲过多次了。内莉也清楚朱莉的需要。可是他俩都坐在板凳上闲聊，直到凯瑞丝突然到来巡视，才惊散他们。

她拿起洗手用的脸盆，穿过房间，把水泼到外面。一个她不认识的男人正在外墙边解手。她估摸他是个过路人，想找张床休息。“下次要用马厩后的厕所。”她厉声说。

那人手里握着他那家伙，斜睨了她一眼。“你是什么人?”他侮慢地说。

“我是这所医院的负责人，你要是今晚想在这里过夜的话，你的举止就该检点些。”

“噢!”他说，“那就是管事的一级喽?”他利用这时间甩净滴答下来的尿。

“把你那可怜的家伙收起来吧，不然的话，就不准你在这镇上过夜，更不消说在修道院里求宿了。”凯瑞丝把那盆水朝他裤裆泼过去。他吃惊地向后一跳，一条裤腿湿了。

她回到医院里，接满一盆泉水。有一条地下水管贯穿修道院，从镇的上游引来清水，供应修道院、厨房和医院。另有一条支线把这股地下水流用来冲刷厕所。有一天，凯瑞丝想挨着医院另建一间新厕所，这样，像朱莉这样的年老体弱的病人就不必走那么远了。

那陌生人跟着她走了进来。“把你的手洗洗。”她边说边把盆递了过去。

他迟疑一下，然后接过了盆。

她打量着他。他与她年龄相仿，二十九岁的样子。“你是什么人?”她问。

“赫里福德的吉尔伯特，一个朝圣的人，”他说，“我来瞻仰阿道福斯圣徒的遗骨。”

“如此说来，欢迎你在医院这儿过一夜，不过你对我说话要放尊重些——对这里别的人也一样，不然就别住。”

“是，姐妹。”

凯瑞丝回到了修道院。这是春季里一个风和日丽的日子，阳光照射在院子光滑的石头地面上。在西边的走道处，梅尔姐妹正在教女子学校的学生们一支新圣歌，凯瑞丝驻足观看。人们都说梅尔生就一副天使的模样：皮肤晶莹，眼睛明亮，嘴形似弓。说起来，这座学校也是凯瑞丝的职责所在——她是兼职校长，负责从外界进入女修道院的人。她自己就曾在此受教，那是将近二十年前的事了。

目前有十名学生，年龄从九到十五岁。有些人是王桥商人的女儿；其余的则是贵族家的孩子。那首赞美上帝的圣歌接近结束了，一个女孩问道：“梅尔姐妹，既然上帝这么好，为什么要让我的父母死掉?”

这是孩子气的以个人方式提出的经典问题，是动脑筋的少年迟早要问的：坏事怎么会发生？凯瑞丝本人就问过这样的问题。她蛮有兴趣地看着那个发问的人。她是蒂莉·夏陵，罗兰伯爵十二岁的侄女，那副顽皮的样子很招凯瑞丝喜欢。蒂莉的母亲在生下她之后大出血而死，而她父亲不久后又在狩猎时摔断了脖子，所以她是在伯爵家养大的。

梅尔对上帝的神秘行事方式给出了温和的答案。蒂莉显然并不满意，但也说不清她的疑虑，就闭口不语了。凯瑞丝肯定地知道，这个问题还会被提出来的。

梅尔又带她们唱起那支圣歌，随后便走过来跟凯瑞丝说话。

“一个聪明姑娘。”凯瑞丝说。

“是班上最出色的。在一两年之内，她就会跟我激烈争论了。”

“她让我想起了一个人，”凯瑞丝皱起眉头说，“我在竭力记起她母亲……”

梅尔轻轻触了一下凯瑞丝的胳膊。在修女之间是禁止亲密的举动的，但凯瑞丝在这类事情上并不严格。“她让你想起了你自己。”

梅尔说。

凯瑞丝笑了。“我可从来没这么漂亮过。”

但梅尔是对的：凯瑞丝还是孩子的时候，就已经问一些有疑虑的问题了，在她成为见习修女之后，在每一堂神学课上都要发动一场争论。没过一周，塞西莉亚嬷嬷只好命令她上课时不许说话了。后来，凯瑞丝开始违反女修道院的规矩，要是纠正她，她就会质询这些纪律背后的原则。她再次被责令不许说话。

不久，塞西莉亚嬷嬷给她提出了一个条件。凯瑞丝可以在医院里度过她的大部分时间——那是她认为属于修女的一部分工作——并且在需要的时候可以不参加礼拜。作为交换，凯瑞丝必须停止藐视纪律，而且要把她的神学观念埋藏于心。凯瑞丝违心地、郁闷地同意了，但塞西莉亚心知肚明，她的安排得以付诸实施，而且现在已经执行，因为凯瑞丝如今把她的大部分时间都用来管理医院了。她缺席了半数以上的礼拜，而且在言行上鲜有公开的破坏之处。

梅尔微笑着。“你现在挺好看的，”她说，“尤其在你笑的时候。”

凯瑞丝一时被梅尔的蓝眼睛迷住了。跟着她听到了一个孩子的尖叫。

她转身走开。那尖叫声不是来自修道院的那伙学生，而是来自医院。她匆忙穿过小小的厅堂。铁匠克里斯托弗正抱着一个大约八岁的小女孩走进医院。凯瑞丝认出来那是他的女儿米妮，就是她在疼得直叫。

“把她放到床垫上。”凯瑞丝说。

克里斯托弗放下了孩子。

“怎么回事？”

克里斯托弗本是条强壮汉子，这时却惊慌失措，用异常的扯破嗓子的声音讲着：“她在我的作坊里绊了一跤，摔倒时胳膊碰上了烧红的铁块。赶紧给她想点办法，修女，她疼得要命呢!”

凯瑞丝摸了摸孩子的脸蛋。“好啦，好啦，米妮，我们很快就让你不疼啦。”她想，罂粟籽药力太猛，说不好会把小孩子弄死的。她需要一种平和的药。“内莉，到我的药房去，取一个标有‘大麻精’的罐子。快走，但是别跑——你要绊倒了药罐，要花好几个小时才能再配制一批呢。”内莉赶紧去了。

凯瑞丝察看了米妮的胳膊。烫伤很严重，还好只限于胳膊，没有危险到人们在家中失火时那种全面烧伤的程度。但有些布满前臂的大面积的肿泡，在中间部位，皮肤烧光，露出皮下烧焦的嫩肉。

凯瑞丝抬头寻找帮手，一眼看到了梅尔。“请到厨房去，弄上半品脱的葡萄酒和同等数量的橄榄油，放在两个罐子里。两样东西都要加温，但不要太烫。”梅尔去了。

凯瑞丝对那孩子说：“米妮，尽量忍着别叫。我知道挺疼，可你要听我的话。我正在让人给你拿药来。药会止痛的。”哭叫声减退了些，开始变成抽泣了。

内莉拿着大麻精来了。凯瑞丝倒了些在一个匙子里，再把匙子塞进米妮张开的嘴里，捏住她的鼻子。那孩子吞了下去。她又尖叫起来，但过了一会儿就开始安静了。

“给我一条干净毛巾。”凯瑞丝对内莉说。她们在医院要用很多毛巾，按照凯瑞丝的吩咐，祭坛背后的橱柜里，总是装满了干净毛巾。

梅尔从厨房拿着油和酒回来了。凯瑞丝在米妮床垫旁的地板上放了一条毛巾，把烧伤的胳膊在毛巾上方移动着。“感觉怎么样?”她问。

“疼。”米妮抽咽着说。

凯瑞丝满意地点点头。病人第一次说出了清晰的话。最坏的状态已经过去。

随着大麻精的效用，米妮露出瞌睡的样子。凯瑞丝说：“我要在你的胳膊上涂些东西，让你感觉更好些。尽量别动，好吗?”

米妮点点头。

凯瑞丝把少量温酒倒在米妮的手腕上，那里的伤最轻。那孩子抖缩了一下，但没有把胳膊抽回去。凯瑞丝心中有了底，就把罐子慢慢地向上移，把酒洒到烫得最重的地方消毒。随后，她用橄榄油照样敷了一遍，既可减轻伤痛，又可保护嫩肉不致在空气中受感染。最后，她取过一条新毛巾，把胳膊那儿轻轻包住，以免苍蝇落上。

米妮呻吟着，但已渐渐入睡了。凯瑞丝焦虑地看着她的面容。她的脸蛋绯红，绷得紧紧的。这样就好，若是她变得苍白，就表明药力太强了。

凯瑞丝在用药上始终很紧张。剂量稍变，药效也就不同，而她又没有精确的测量方法。弱了，药力无效；强了，又有危险。她尤其害怕给孩子用药过量，尽管家长总是给她施压，要她用猛药，因为他们看着孩子痛苦实在难过。

这时，约瑟夫兄弟进来了。他如今老了——应该快六十了——他的满口牙齿都掉光了，但他仍是修道院里最好的修士医生。铁匠克里斯托弗马上一跃而起。“噢，约瑟夫兄弟，感谢上帝，你来了，”他说，“我的小女孩烫坏了。”

“咱们来看一看。”约瑟夫说。

凯瑞丝往后退下，掩藏着她的恼怒。人人都相信修士是主管的医生，能够近乎奇迹地治病，而修女只配喂病人吃喝和做做清洁卫生。凯瑞丝早就不与这种态度争斗了，但这仍惹她恼火。

约瑟夫解下毛巾，观察着病人的伤臂。他用手指戳了戳烧伤的皮肉。米妮在药力催眠的状态下呜咽着。“烫得很重，但没有生命危险。”他说。他转脸对着凯瑞丝。“用三成鸡油、三成羊粪和一成白铅配成泥罨，敷在伤口上。会让脓早点出来。”

“是的，兄弟。”凯瑞丝对这种泥罨的疗效将信将疑。她早已注意到，修士们认为出了脓就是治愈的迹象，其实许多外伤没有出脓也愈合了。据她的经验，在这种药膏下面伤口有时会腐烂。但修士们不同意——只有托马斯兄弟例外，他相信，差不多二十年前，由于安东尼副院长给他敷了泥罨，他才失去了一条胳膊。然而，这正是凯瑞丝不得不让步的另一场战斗。修士的技术有希波克拉底[1]和盖伦[2]所写的古代医学著作充当权威，人人都同意他们正确无误。

约瑟夫走了。凯瑞丝证实了米妮不再痛苦而她父亲也安心了。“她醒来时会口渴。一定要让她多喝——冲淡的淡啤酒或加水的葡萄酒。”

她不急于配泥罨。她要给上帝容留几个小时让伤口自愈，然后再采用约瑟夫的疗法。修士医生再来检查病人的可能性很小。她打发内莉到大教堂西边的绿地上去拣羊粪；然后她就到自己的药房去了。

她的配药房紧挨着修士的图书馆。可惜，她没有和图书馆匹配的大窗户。这房间又小又黑。不过，房间里有一张工作台，几个架子可以给她放瓶瓶罐罐，还有一个小壁炉加热药剂。

在一个橱柜里，她存放着一个小笔记本。羊皮纸很贵，成叠的统一尺寸的纸张只能用来抄写《圣经》。不过，她已经搜集了不同规格的边角料，缝在了一起。她给每一个极度痛苦的病人做了记录。她记下日期、病人的名字、症状和采取的治疗手段；过后，她还要补充上效果，总要准确地记下病人经过多少小时或日子之后病情是见好了还是恶化了。她时常翻阅以往的病例，以巩固记忆，看看不

---

① Hippocrates（约前440—前377），古希腊医师，被尊为“医学之父”。

② Galen of Pergamon（129—199），古罗马医师、哲学家、语言学家，古代科学史上仅次于希波克拉底的重要医学家。

同的疗法各有什么效果。

当她写下米妮的年龄时，忽然想到，若是她没有服“智者”玛蒂的药，她自己的孩子今年也该八岁了。她毫无根据地觉得，她那个胎儿准是个女孩。她不知道，要是她自己的女儿出了事故，她会作何反应。她能不能如此冷静地处理这种紧急情况呢？她会不会像铁匠克里斯托弗一样吓得几乎神经错乱呢？

她刚刚记完这一病例，晚祷的钟声响了，她就去做礼拜了。之后是修女的晚餐时间。然后她们就寝，在凌晨三点的晨祷之前睡上一会儿。

凯瑞丝没有上床，而是回到她的药房去配泥罨。她倒不在乎羊粪——在医院工作的人都见过比这还糟的东西。但她想不通，约瑟夫怎么能想得出这是敷在烧伤的皮肉上的好东西。

现在她在天亮之前不可能给那孩子上这种药了。米妮是个健康孩子：到那时她的恢复会大大提前的。

她在工作的时候，梅尔进来了。

凯瑞丝好奇地看着她。“你干吗不待在床上？”

梅尔挨着她站在工作台边。“我来帮你。”

“配泥罨用不着两个人。娜达莉姐妹怎么说的？”娜达莉是女副院长助理，主管纪律，没有她的允准，谁也不能在夜间离开宿舍。

“她睡得死着呢。你当真认为你不漂亮吗？”

“你从床上爬起来就为问明我这个？”

“梅尔辛一定觉得你美。”

凯瑞丝面带笑靥。“是的，他是这么看的。”

“你想他吗？”

凯瑞丝配完了泥罨，转身到一个盆里去洗手。“我每天都想着他，”她说，“如今他已经是佛罗伦萨最富有的建筑师了。”

“你怎么知道的？”

“每次羊毛集市我都能从博纳文图拉·卡罗利嘴里听到他的消息。”

“梅尔辛能听到你的消息吗?”

“什么消息? 这里的事没什么可说的。我是个修女。”

“你思念他吗?”

凯瑞丝转过脸去，瞪了梅尔一眼。“修女是不准思念男人的。”

“但思念女人可以，”梅尔说着，凑上前来亲吻了凯瑞丝的嘴唇。

凯瑞丝大吃一惊，一时间僵在了那里。梅尔依旧不放口地亲吻着。女性的嘴唇是柔软的，和梅尔辛的不一样。凯瑞丝震惊了，不过没有骇怕。已经七年没人亲吻过她了，她突然醒悟到，她有多么思念这一吻。

在静谧之中，隔壁的图书馆里发出了很响的声音。

梅尔负罪般地跃开了。“那是什么响声?”

“听起来像是一个盆子掉在了地上。”

“会是谁呢?”

凯瑞丝皱起了眉头。“半夜这般时分，图书馆里是不该有人的。修士和修女都上床了。”

梅尔吓坏了。“我们该怎么办?”

“我们最好过去瞧瞧。”

她们离开了药房。虽然图书馆就在隔壁，但她们得走过修女的回廊，再进入修士的回廊，才能到图书馆的门口。那是没有星光的黑夜，但她俩都已住在这里多年，摸黑也能找到路。她们来到目的地的时候，看到高窗里有闪亮的光。通常在夜里要上锁的门，半开着。

凯瑞丝把门推开。

有好一会儿，她都不知道自己要看什么。她看到了一个柜橱的门敞开着，桌上有一个匣子，旁边是一支蜡烛，映出一个人的背影。过了片刻，她想起来，那柜橱是藏宝之处，里面存放的是证书和其他值钱的东西，那匣子里盛的是大教堂遇到特殊活动才动用的镶有珠宝的金银饰品。那人影正在从匣子里把东西取出来放到一只袋子里。

那人影一抬头，凯瑞丝认出了那张面孔。是赫里福德的吉尔伯特，当天早些时候才来的朝圣人。他不但不是朝圣人，甚至不是来自赫里福德的。他是个窃贼。

他们互相盯视了一会儿，谁也没动弹。

这时，梅尔尖叫了一声。

吉尔伯特吹灭了蜡烛。

凯瑞丝把门关紧，以便耽搁他一些时间。然后她就拽着梅尔沿回廊飞奔，又躲起来喘口气。

她们待的地方是通向修士宿舍的楼梯底部，梅尔的尖叫准是惊动了宿舍里的男人，不过他们一时反应不过来。"告诉修士们出了什么事了！"凯瑞丝冲着梅尔高叫，"快跑着去，快！"梅尔快步冲上了楼梯。

凯瑞丝听到了吱嘎一声，推测是图书馆的门打开了。她想要听踩在回廊石板地上的脚步声，但吉尔伯特大概是个惯窃，因为他走路没有声音。她屏住呼吸再去听。这时楼上传来一阵骚动。

那窃贼大概意识到了，他只有片刻可以逃脱，因为这时他拔腿跑开了，这下凯瑞丝听到了他的脚步。

她并不太关注大教堂珍贵的饰物，因为她相信这些金银珠宝更能取悦主教和副院长而不是上帝；但她恼恨吉尔伯特，而且她不愿意他盗窃了修道院而致富。于是她就从藏身之地迈步出来了。

她看不见，但毫无疑问，那猛跑的脚步是向她而来的。她伸出双臂护住自己，他一头撞到了她身上。她身体摇晃了一下，但抓住了他的衣服，结果两人都摔到了地上。他那装十字架和圣餐杯的口袋掉在石板地上砰的一响。

摔倒的疼痛更激怒了凯瑞丝，她松开他的衣服，朝她觉得是他脸的地方抓去。她碰到了他的皮肉，便用指甲深深地抓着。他痛得一声吼叫，她感到指甲下边流出了血。

但他更身强力壮。他紧紧拽住她，一下把她摔倒，顺势压在她身上。修士楼梯的上方亮起了灯光，她一下子看到了吉尔伯特——他当然也看到了她。他双腿叉开，跨在她身上，挥拳揍她的脸，先是用右拳，然后用左拳，再换成右拳。她痛得高声喊叫。

灯光更多了。修士们跌跌撞撞地冲下楼梯。凯瑞丝听到梅尔尖叫："别碰她，你这恶魔！"吉尔伯特跳起身来，去抓他的口袋，但为时已晚：梅尔突然向他飞来一件钝物。他头上挨了一记，就转身去还手，却被潮水般涌来的修士们扑倒了。

凯瑞丝爬起身来。梅尔来到她跟前，两人拥抱在一起。

梅尔问："你做了什么？"

"先绊了他一个跟头，又抓破了他的脸。你拿什么砸的他？"

"从宿舍墙上取下来的木头十字架。"

"好啦，"凯瑞丝说，"用不着再容忍他了。"

四四

吉尔伯特·赫里福德在教会法庭受到审判，被认定有罪，并由戈德温副院长判为按抢劫教堂罪量刑：活剥皮。即在他完全有意识的情况下，剥下他的皮，最终流血致死。

在剥皮那天，戈德温同塞西莉亚嬷嬷举行每周例行的会面。他们各自的助手也要出席：副院长助理菲利蒙和女副院长助理娜达莉。戈德温在副院长大厅里等候修女们到来时，对菲利蒙说："我们应该尽量说服她们修建一座新的库房。我们不能再在图书馆中的柜子里保存我们珍贵的物品了。”

菲利蒙深思着说：“是一座共有的建筑吗？”

“只能如此了。我们花不起那份钱。”

戈德温想到他年轻时要改善修道院的财务，使之重新富有的抱负，追悔莫及。他未能成功，而且不明白其究竟。他一直强硬，曾迫使镇上人有偿使用修道院的磨坊、鱼塘和猎物，但他们似乎找到了绕过他规定的方法——比如在邻村修建磨坊。他曾对在修道院的林地中偷猎或非法伐树的男女处以苛刑。他也曾抵制一些讨好他的人想诱使他用建磨坊的办法花掉修道院的钱，或者靠向烧炭人和炼铁匠发执照来浪费修道院的林木。他自信他的办法是正确的，却没有像他觉得应该的那样增加收入。

“所以你要找塞西莉亚要钱了，”菲利蒙若有所思地说，“把我们的钱财和修女们的存放在同一处地方可能有好处。”

戈德温看出来了，菲利蒙的坏主意在把他引向何处。“不过我们不会对塞西莉亚这么说。”

“当然不啦。”

“好吧，我就这么提议吧。”

“在我们等候……”

“嗯？”

“长镇村那儿有个问题你需要知道。”

戈德温点点头。长镇村是要对修道院效忠和缴封建贡赋的十多个村庄之一。

菲利蒙解释说：“这事和玛丽-林恩寡妇的所有土地有关。她丈夫死后，她同意一个邻人耕种她的土地，那人叫约翰·诺特。如今那寡妇再嫁了，想收回土地，由她现在的丈夫耕种。”

戈德温摸不着头脑了。这纯粹是农民的争议，琐碎之极，不值得他插手。“那村长怎么说？”

“他说，土地应该归还给寡妇，原先的安排始终就是临时性的嘛。”

“这么说，就该是这样了。”

“还有些复杂的情况。伊丽莎白姐妹有一个同母兄弟和两个同母姐妹在长镇村居住。”

“啊。”戈德温大概猜到了菲利蒙的关注必有其理由。伊丽莎白姐妹原名是伊丽莎白·克拉克，是修女中的执事，负责营建。她年轻又聪明，会进一步提升，可能是个有价值的盟友。

“除去她在贝尔客栈工作的母亲，他们是她仅有的亲人了，”菲利蒙接着说，“伊丽莎白对她的农民家人很有感情，他们反过来也把她当作家中的圣女来敬重。他们每到王桥来，都要给女修道院带来礼物——水果、蜂蜜、鸡蛋之类的东西。”

“那么……”

“约翰·诺特正是伊丽莎白姐妹的同母兄弟。”

“伊丽莎白要求你过问了吗？”

“是啊。她还要我别把这一要求告诉塞西莉亚嬷嬷。”

戈德温深知，这类事正是菲利蒙爱管的。他乐意被人看作有权势的人，可以在争议中利用其影响力偏袒其中的一方。这类事成了他的本性，永远满足不了。而且他对任何秘密都感兴趣。伊丽莎白叮嘱他不要让她的上峰知道她的要求一事，更让菲利蒙欣喜。这就是说，他掌握了她羞于为人知的秘密。他将会如同守财奴藏金一样深藏这份情报。

“你想怎么办？”戈德温问道。

“这当然要由你来说啦，但我建议让约翰·诺特保有那片土地。伊丽莎白就欠了咱们的情，这一条有朝一日就会派上用场。”

“这对那寡妇可就太狠了点。”戈德温不安地说。

“我同意。可这会从修道院的利益上取得平衡的。”

“上帝的工作当然更重要了。好吧。就这么告诉那村去吧。”

“寡妇会在来世得到回报的。”

“这倒是。”曾经有过一段时间戈德温对菲利蒙这种见不得人的诡计有所迟疑，但那是好久以前的事了。事实证明，菲利蒙太有用了——堪与戈德温的母亲彼得拉妮拉相比，能够预知几年后的事情。

有敲门的声音，恰是彼得拉妮拉走了进来。

她如今住在紧邻主街的蜡烛院中一所舒适的小房子里。她弟弟埃德蒙留给了她一笔慷慨的遗赠，足够她度过余生。她已五十八岁，高高的身材已经弓腰驼背，体质也弱不禁风了，走路时虽离不开拐杖，但头脑依旧清晰如前。和往常一样，戈德温既高兴见到她，又担心自己可能做了什么让她不痛快的事。

彼得拉妮拉如今是一家之主了。安东尼死于塌桥事件，埃德蒙也于七年前故去，因此她成了那一辈人中硕果仅存的人物了。她毫不犹豫地对戈德温指手画脚。她对侄女艾丽丝也是一样。艾丽丝的丈夫埃尔弗里克已经是教区公会会长了，但她对他同样颐指气使。她的权威甚至延伸到了继侄孙女格丽塞尔达，还威吓着格丽塞尔达八岁的儿子小梅尔辛。她对事情的判断依旧一如既往地言之成理，所以大多数时候大家对她俯首听命。若是出于某种原因，她没有主动指示，他们通常也都会请示她。戈德温说不清，如若没有她，他们该怎么办。在鲜见的几次他们没有听从她的吩咐时，他们都竭力隐藏真相。只有凯瑞丝跟她针锋相对。“你怎么敢对我指手画脚？”她不止一次地驳斥彼得拉妮拉，“你本该让他们杀了我的。”

彼得拉妮拉坐下来，打量着房间。“这地方可不算好。”她说。

她往往让人摸不着头脑，反正她这么说话时，戈德温也照例随口反问。“你这话是什么意思？”

“你应该有处更好的住所。”

“我知道。”早在八年之前，戈德温就曾试图说服塞西莉亚嬷嬷出钱建一座新居。她当时曾允诺三年以后把钱给他，待到三年已过，她却说她改了主意。他觉得肯定是因为他对凯瑞丝下手太狠。在那次异教审讯之后，他再无力对塞西莉亚施展魅力了，要想让她出钱也就困难了。

彼得拉妮拉说：“你需要有一座宅第来接待主教和大主教，男爵和伯爵。”

“这年月，我们没有许多这样的客人了。罗兰伯爵和理查主教过去几年里大多在法兰西。”爱德华国王于一三三九年入侵法兰西东北部，并且整个一三四〇年都待在了那里；后来在一三四二年，他又移师到法兰西西北部，转战于布列塔尼。一三四五年，英军在葡萄酒产区加斯科涅的西南部打了一仗。如今爱德华回到了英格兰，又在聚集另一支侵略军了。

“罗兰和理查并不是唯一的贵族。”彼得拉妮拉发火道。

“别人从不光顾这里。”

她的声音严厉起来了。“说不定就是因为你不能按照他们期待的规格招待他们。你需要一座宴会厅，一处私人祈祷室和几间宽敞的卧室。”

他揣度，她大概一夜没合眼净想这事了。这就是她的做派：她在深思熟虑之后，就把主意像箭似的成串射了出来。他不清楚是什么引起了她这次的抱怨。“那种规模听起来过分奢侈了。”他这样说着，拖延着时间。

“你难道不明白？”她厉声说，“修道院的影响已经低于应有的水准，就是因为你见不到这个国家里的权势人物。你要是有了漂亮的宫殿，他们就会来了。”

她可能是对的。像达勒姆和圣奥尔本斯那样的修道院都在抱怨他们理应招待的贵族和皇室访客的人数大减呢。

她继续说下去："昨天是我父亲的忌辰。"戈德温心想，这就是引发的原因了：她在追忆外祖父光辉的一生。"你在这儿当副院长都快九年了，"她说，"我不想你就此止步。大主教们和国王应该考虑给你个主教职位，主持达勒姆那样的大修道院，或者出任教皇那里的差事。"

戈德温始终设想，王桥是他晋升的跳板，但他如今意识到，他的抱负已经付诸东流。他当选副院长似乎只是片刻之前的事，他觉得就像刚刚登上这一高位。但她说得对，时间已经过去了八年多了。

"他们为什么没想到提升你到更重要的位置上呢？"她反诘道，"因为他们根本不知道有你这么一号人！你是一座大修道院的副院长，但你并没有对人讲起这事。没有展示你的豪华！建一座宫殿。邀请坎特伯雷大主教做你的第一位客人。把祈祷室献给他最敬重的圣者。告诉国王你已造好一间皇家卧室，希望他御驾光临。"

"稍等一下，一次一件事，"戈德温争辩道，"我倒想建一座宫殿呢，可我没钱啊。"

"那就去弄钱嘛。"她说。

他正想问她怎么弄，但这时女修道院的两位负责人走了进来。彼得拉妮拉和塞西莉亚谨慎地相互致意后，彼得拉妮拉就离开了。

塞西莉亚嬷嬷和娜达莉姐妹就座了。塞西莉亚如今已经五十一岁，头发中已有灰绺，视力也衰退了。她依旧像一只忙碌的鸟一样在她的院内到处巡视，把长喙伸进每个房间，对修女、见习修女和仆人们发号施令；但岁月使她老成，还要走很长一段路才能避免一场冲突。

塞西莉亚拿着一卷东西。"女修道院得到了一笔捐赠，"她边说边坐得舒服些，"来自桑伯里一名虔诚的妇女。"

戈德温说：“有多少?”

“一百五十镑金币。”

戈德温惊呆了。这可是个大数目，足够修造一座普通的宫殿了。“是女修道院接受呢——还是男修道院?”

“女修道院，”她坚定地说，“这卷羊皮纸就是她遗嘱的我们那份副本。”

“她何以留给你们这么多钱呢?”

“显然是因为她在从伦敦回家的路上病倒了的时候，我们护理了她。”

娜达莉说话了。她比塞西莉亚还要大几岁，是个脾气温和的圆脸妇女。“我们的问题是，该在哪里保存这笔钱呢?”

戈德温看了看菲利蒙。娜达莉给了他们要引出的话题的一个开口。“你们眼下拿那钱怎么办的?”

“放在副院长的卧室，要进到那里只能穿过修女们的宿舍。”

戈德温像是头一次想到似的，说：“或许我们应该把这笔捐赠花一点在建个新库房上。”

“我觉得这很必要，”塞西莉亚说，“一座简朴的石砌建筑，不要窗子，只要一扇结实的橡木大门。”

“建起来不用很长时间的，”戈德温说，“而且只消花上五到十镑。”

“为了安全起见，我们认为应该建成大教堂的一部分。”

“啊。”原来是因为这个修女们才和戈德温讨论这项计划。她们若是在她们女修道院的辖区内修建是没必要和他商议的，但教堂是修士和修女们共有的。他说：“可以在北十字通道和唱诗班席的角落里，抵着大教堂的墙向上修，但只能从教堂里边进去。”

“对——这也正是我的想法。”

“你要是愿意，我今天就和埃尔弗里克谈，要他给我们评估一下。”

“请吧。”

戈德温很高兴从塞西莉亚的意外之财中分上一杯羹，但他并不满足。在和他的母亲谈话之后，他渴望着伸手再多拿一些。他巴不得把那笔钱全弄到手呢。可是怎么才能办到呢？

大教堂的钟声响了，他们四人纷纷起身，走了出去。

那个罪犯在大教堂两端的外侧。他赤裸着全身，手脚紧紧地被捆在像门那样垂直竖着的木柱上。有一百名左右的镇民站在那里观看行刑。普通的修士和修女没有得到邀请，让他们看这样血淋淋的剥皮被认为是不妥的。

刽子手是鞣皮匠威尔，他有五十岁上下，由于他的行业，皮肤呈棕色。他套着一件干净的帆布围裙，站在一张小桌旁边，上面放着他的几把刀。他正在磨石上磨着一把刀，钢刀在磨石上发出的嘶啦声让戈德温心惊胆战。

戈德温说了几句祷词，结束时临时用英语即席提出，窃贼之死通过警示犯有同样罪行的人来祭献上帝。随后他向鞣皮匠威尔点了点头。

凯瑞丝对于和修士的共有新金库深感不安。她纠缠着贝丝，对她们钱财的安全提出许多问题，最后，贝丝只好带她去看那地方。

这时戈德温和菲利蒙正在大教堂里，像是碰巧似的，他们看见了这两位修女，便尾随着她们。

他们穿过唱诗班席南墙中的一座新拱门，进入了一个小厅堂，站在了一个令人望而生畏的饰有大头钉的门前。贝丝掏出了一把大个的铁钥匙。她和大多数修女一样，是位谦恭的女性。“这就是我们的金库，”她对凯瑞丝说，“我们随时都能进去。”

“我也该这么认为，我们出的钱嘛。”

她们走进了一个小房间。屋里有一张账桌，上面有一摞羊皮纸卷，还有两三条凳子和一个带铁箍的柜子。

“这柜子尺寸很大，不能从门口搬出去。”贝丝说明。

凯瑞丝问：“那你们又是怎么把它搬进来的呢？”

戈德温回答说：“零碎搬进来的。再由木匠在这里拼装起来。”

凯瑞丝冷冷地看了戈德温一眼。这个人曾想杀死她。自从审理巫术案以来，她都厌恶地看着他，而且只要可能，就要避免和他说话。这时她断然说道：“修女们需要一把开柜的钥匙。”

“没必要吧，”戈德温当即回答，“里面装着大教堂镶珠宝的饰物，由管圣器的司铎照管，从来都是由修士担任的。”

凯瑞丝说：“给我看看。”

她看得出来，他被她的语气触怒了，有心拒绝她，但他想表现出坦然无愧的姿态，所以就同意了。他从腰包里取出一把钥匙，打开了柜子。与大教堂饰物在一起的，还有几十卷羊皮纸，修道院的证书。

“这么说，不仅有饰物嘛。”凯瑞丝说，她的怀疑得到了证实。

“还有记录。”

“也包括修女们的证书。”她坚持说。

“对。”

“既然这样，我们就该有一把钥匙。”

“我的想法是，我们把所有的证书誊录下来，把抄件保存在图书馆，这样珍贵的原件就能锁在这里保存了。”

贝丝不喜欢争吵，就紧张地插嘴说：“这主意听起来很合理，凯瑞丝姐妹。”

凯瑞丝勉强地说：“只要修女们始终有某种办法能够接触她们的文献就成。”证书其实是次要的问题。她不理睬戈德温，而是直接对贝丝说：“更重要的是，我们在哪里存放那些钱呢？”

贝丝说：“在地面中隐藏的拱室中。一共有四个——两个给修士用，两个给修女。你要是仔细观察，就能看到松动的石头。”

凯瑞丝琢磨着地面，过了一会儿，她说：“你要是不告诉我，我还真注意不到呢，不过现在我能看出来了。能加锁吗?”

“我觉得能，”戈德温说，“但那样一来，所在的位置就显而易见了。也就失去藏在地面石板下的意义了。”

“但照这样，修士和修女就可以接触彼此的钱了。”

菲利蒙开口了。他非难地看着凯瑞丝，说：“你到这儿来干吗?你是客房长——与金库没有关系嘛。”

凯瑞丝对菲利蒙的态度只有厌恶。她觉得他就不是个地道的人。他似乎分不清是非，既无原则又无顾忌。她鄙视戈德温的为人恶毒，做邪恶的事情时他心中是明白的，而她认为菲利蒙更像个恶魔，一条疯狗或一头野猪。“我的眼睛明察秋毫。”她告诉他。

“你挺多疑的。”他怨气十足地说。

凯瑞丝冷冷地大笑。“从你嘴里说出来，菲利蒙，倒是蛮有讽刺意味的。”

他装出受到伤害的样子。“我不明白你打算说什么。”

贝丝又说话了，竭力打圆场。“我只是想带凯瑞丝来看看，因为她问了我没想到的问题。”

凯瑞丝说：“比如说，我们怎么才能有把握，让修士们不会取出修女们的钱呢?”

“我来给你看看。”贝丝说。墙上一只勾子上挂着一根结实的橡木长棍。她用它作撬棍，撬起了一块地板石。底下是一个洞，藏着一只箍铁皮的柜子。“我们有一只带锁的匣子，可以刚好放进这样的拱室中，”她说。她伸手进去，拿出了那个匣子。

凯瑞丝检查了一下。那匣子看来做得很结实。顶盖装着合页，扣子由铁制的环箍扣锁加了保险。“我们在哪儿弄到的锁?”她问。

“铁匠克里斯托弗做的。”

这样就好。克里斯托弗是个信誉卓著的王桥居民，他不会把复制的钥匙卖给窃贼来毁掉自己的名声的。

凯瑞丝对这种安置挑不出毛病。她的忧虑或许是多余的。她转过身要走。

埃尔弗里克出现了，还有一个提着一只口袋的学徒跟着。“把这个警告挂起来没事吧？”埃尔弗里克问。

菲利蒙答道：“没事，请动手吧。”

埃尔弗里克的助手从他的口袋里取出了像一大块皮革似的东西。

贝丝问：“那是什么？”

菲利蒙说：“等一下你就明白了。”

那名学徒举着那东西抵在门上。

“我一直在等着这东西干透，”菲利蒙说，“这是吉尔伯特·赫里福德的人皮。”

贝丝吓得叫出了声。

凯瑞丝说：“太恶心了。”

那张人皮已经发黄，头发从头皮上向下掉，但还可以看出面貌：耳朵、两个眼洞和一张嘴的口子，像是狞笑。

“这就可以把盗贼吓跑了。”菲利蒙满意地说。

埃尔弗里克取出一把锤子，动手把人皮钉在金库的门上。

两位修女走了。戈德温和菲利蒙等着埃尔弗里克干完那项可憎的任务，然后他俩就回到了金库里边。

戈德温说：“我认为，我们现在就安全了。”

菲利蒙点点头：“凯瑞丝是个多疑的女人，但她的一切问题都得到了满意的回答。”

“这么说……”

菲利蒙关上门，上了锁。然后他抬起修女的两个拱室之一上面的石板，把柜子取了出来。

“贝丝姐妹在修女区的某处地方存放着少量的现金，供平日之需，”他向戈德温解释，“她来这儿只是为存或取大笔的款子。她总去另一个拱室，那里存的主要是银便士。她几乎从来不开这个放这笔捐资的柜子。”

他把匣子转过来，看着背面的合页。合页由四根钉子固定在木头上。他从衣兜里取出一只扁扁的钢凿和一把钳子。戈德温想不出他从哪儿弄来的这些工具，但没有打听。有时候，最好还是别知道太多细节。

菲利蒙把钢凿的薄刃插进合页的边下，用力撬着。合页从木头上稍稍松动了，他再向里伸进凿子。他耐心而精巧地干着，小心地不让损伤随便一眼就看出来。合页的平面渐渐松动了，钉子随之突了出来。当钉子突出到足够长度，他就用钳子夹住钉头，把钉子一个个拔了出来。这时他就取下合页，掀起了匣盖。

“这就是桑伯里那个虔诚的妇女捐的钱了。”

戈德温往匣子里看着。那些钱全是威尼斯金币。金币的一面是威尼斯的总督跪在圣马可面前的形象，另一面是被群星簇拥的圣母马利亚，表示她在天上。金币是可以用来与佛罗伦萨的金币交换的，大小、重量和含金量都一样。一枚金币值三先令，或三十六个英格兰银便士。英格兰此时已经有了自己的金币，是爱德华国王——以及贵族、半贵族、四分之一贵族——的发明，不过刚刚流通了不足两年，还没有取代外国金币。

戈德温取出了五十枚威尼斯金币，价值七镑十先令。菲利蒙合上匣盖，用一块薄皮裹住每一根钉子，钉回去时不致松动，然后装好合页。他把匣子放回拱室，放下石板，扣严洞孔。

“她们迟早一定会注意到丢了钱的。”他说。

“也许好几年都发现不了呢，”戈德温说，“事到临头时，我们再考虑怎么办。”

他们走了出去，戈德温锁好了门。

戈德温说：“把埃尔弗里克找来，和我在墓园见面。”

菲利蒙走了。戈德温来到了副院长现有住所外面的墓园东端。那是五月中多风的一天，清新的风卷起他衣服的下摆裹住他的双腿。一只迷途的山羊在墓碑间吃草。戈德温沉思地瞅着那只羊。

他明知，他在冒着风险，会和修女们大吵一架的。他相信她们在一年之内或者更长的时间里不会发现她们丢了钱的，但他并不敢肯定。当她们果真发现时，就要付出可怕的代价了。可话说回来，她们又能怎么样呢？他跟吉尔伯特·赫里福德不同，他偷钱不是为了自己。他只是拿了一位虔诚妇女的捐资用于神圣的目的。

他把自己的忧虑置之度外。他母亲是对的：要是他还打算有新的前程，就需要给他这个王桥副院长的角色增辉添色。

当菲利蒙带着埃尔弗里克回来的时候，戈德温说：“我想在这儿建一座副院长的寝室，就在现有住所的东边。”

埃尔弗里克点点头。“如果要我说的话，这是极好的选址，副院长老爷——靠近修士会议厅和大教堂的东端，但又与市场有墓园相隔，因此你会有安静的私人空间。”

“我想在楼下有一座大餐厅供宴会之用，”戈德温继续说，“大约要一百英尺长。一定要建成令人起敬、难以忘怀的厅堂，用来招待贵族，甚或王室成员。”

“好极了。”

“底层东头是一个小型教堂。”

“可是离大教堂才走不了几步啊。”

“贵宾们并不想总在百姓跟前露面。要是他们愿意，就能私下里做礼拜。”

“楼上呢?”

“当然是副院长的房间啦，要留有放圣坛和写字台的地方。另外要为宾客设三个大房间。”

“真棒。”

“这要花多少钱呢?”

“要一百多镑——也许二百镑。我要画一张图，然后给你报个准价。”

“不要超过一百五十镑。我就能出这么多了。”

就算埃尔弗里克奇怪戈德温突然间从哪儿弄来了一百五十镑，他也没问出来。“我最好尽快把石料备齐，”他说，“你能不能给我些钱作启动资金?”

“你要多少呢——五镑?”

“最好十镑。”

“我给你七镑十先令，是威尼斯金币。”戈德温说着，递过去五十枚金币，就是从修女们存钱中取出来的那些。

过了三天，在五月七日饭后礼拜之后，修士和修女们在大教堂外面列队时，伊丽莎白姐妹跟戈德温说话了。

修女和修士是不准彼此闲谈的，所以她得编个借口。刚好那天有条狗进了中殿，还在礼拜时吠叫。总有狗进到教堂里来，惹点小麻烦，不过通常没人理会。然而，这一回伊丽莎白离队把狗轰开。她必须穿过修士的队伍，她把握着时间刚好走在戈德温的前面。她抱歉地对他一笑，说：“我请你原谅，副院长神父。”然后她压低声音又说，“跟我在图书馆会面，装作碰巧。”她追着狗，把它赶出了西门。

戈德温心怀鬼胎取路来到图书馆，坐下来阅读《圣本笃戒律》。没过多久，伊丽莎白出现了，并且取出了《马修福音》。在戈德温掌管了副院长的大权后，修女们修建了自己的图书馆，以便加强男性和女性隔离的措施；但在她们把她们的书全都从修士的图书馆搬走之后，这里便凋零了，戈德温只好把决定改回。修女的图书馆如今在寒天用作教室。

伊丽莎白背对着戈德温而坐，这样，即使有人进来，也不会有他们在策划阴谋的印象，不过她坐得很近，使他可以清楚地听到她的话。“有些事我觉得需要告诉你，”她说，“凯瑞丝姐妹不喜欢把修女的钱存在新金库里。”

“这我已知道了。”戈德温说。

“她已说服贝丝姐妹清点那笔钱，以证实依旧一文不少地收在那里。我认为你可能愿意知道这件事，万一你要是已经……从中借了些。”

戈德温的心咯噔一下。审查一次就会发现存金少了五十枚威尼斯金币。而且他还要用其余的建造他的宅第呢。他没料到会如此之快。他诅咒着凯瑞丝。她怎么会猜到他如此秘密的勾当的呢？

“什么时候？”他说，声音中有些哽塞。

“今天。我不知道在什么时候——随时都可能。但凯瑞丝十分强调不要跟你提前打招呼。”

他打算把那些金币再补回去，而且要快。“多谢你，”他说，“我感谢你告诉我这件事。”

“因为你对我在长镇村的家人表现出了好意。”她说；说完就起身走了出去。

戈德温紧跟着她也走了。伊丽莎白觉得欠了他的情，真是莫大的幸运。菲利蒙惯使阴谋诡计的本能不可估量。就在这一念头闪过脑海之际，他看到菲利蒙正在回廊里。“拿上那些工具，跟我在金库会合！”他悄声说，随后就离开了修道院。

他匆匆穿过绿地，走上了主街。埃尔弗里克的妻子艾丽丝继承了羊毛商埃德蒙的住宅——镇上最大的住宅之一——和凯瑞丝在染布中赚到的全部钱财。埃尔弗里克如今过着极其奢侈的生活。

戈德温敲了敲门就进了厅堂。艾丽丝坐在桌旁，桌上摆着午餐的残羹剩饭。和她在一起的是她的继女格丽塞尔达及其儿子小梅尔辛。如今没人相信梅尔辛·菲茨杰拉德是这小男孩的父亲了——小孩的模样完全像格丽塞尔达那跑掉的男友瑟斯坦。格丽塞尔达已经嫁给了她父亲的一名雇工，石匠哈罗德。客气的人称这个八岁的男孩梅尔辛·哈罗德森[1]，其余的人则叫他野种梅尔辛。

艾丽丝看到戈德温，赶紧从座位上起身。"啊，副院长表哥，你光临寒舍，让我们蓬荜生辉！要不要来一点葡萄酒？"

戈德温顾不上她这番客套的殷勤。"埃尔弗里克在哪里？"

"他在楼上，趁回去干活儿之前午睡一小会儿。在客厅里就座吧，我去叫他。"

"请你赶快。"戈德温走进了隔壁的房间。屋里有两把安乐椅，但他只是踱来踱去。

埃尔弗里克揉着眼睛，走了进来。"很抱歉，"他说，"我刚刚在——"

"我三天前给你的那五十枚威尼斯金币，"戈德温说，"我要收回。"

埃尔弗里克吃了一惊。"可那钱是买石头的。"

"我当然知道是干什么用的！我现在就要收回。"

"我已经花掉了一些给车夫，把石料从采石场运回来。"

"多少？"

"大概一半吧。"

"好吧，你从自己的钱里把那份补足，行吗？"

---

① Haroldson，即"哈罗德之子"（son of Harold）。

“你不想要宅第了？”

“我当然想要，但我得要回那钱，别废话，把钱还给我就是了。”

“我已经买下的石头怎么办？”

“先存着好了。你还会再拿到钱的，我只在这几天里需要那笔钱。赶紧！”

“好吧，在这儿等一等，要是你愿意的话。”

“我哪儿都不会去的。”

埃尔弗里克出去了。戈德温想不出他把钱收在哪里了。通常的藏钱之处是在壁炉的炉石之下。身为建筑匠师，埃尔弗里克可能有一个更机密的藏钱处。别管他藏在什么地方，反正他没过多久就回来了。

他数出了五十枚金币，放进戈德温的手里。

戈德温说：“我给你的是威尼斯金币——这里边可有些是佛罗伦萨金币。”佛罗伦萨金币有同样的大小，但铸有不同的图案：一面是洗礼者约翰，另一面是一朵花。

“我没有同样的金币了！我告诉了你，我已经花掉了一些。两种金币的价值是一样的，对吧？”

是这样的。修女们会注意到两者的区别吗？

戈德温把钱塞进他的腰包里，二话没说就离开了。

他急忙赶回大教堂，发现菲利蒙已经在金库了。“修女们就要进行一次清点了，”他上气不接下气地解释着，“我已经从埃尔弗里克那儿把钱取回来了。把匣子打开，赶快。”

菲利蒙打开了石地板下的拱室，取出匣子，卸下钉子。他抬起了匣盖。

戈德温把金币逐个验看了一遍。全都是威尼斯金币。

已经没有别的办法了。他在金币中往下掏着，把他的佛罗伦萨金币放到最底下。“盖上盖，放回去。”他说。

菲利蒙照做了。

戈德温感到了片刻的宽心。他的罪行部分地得到了掩饰。至少目前不那么显而易见了。

“她来计数的时候，我要待在这儿，”他对菲利蒙说，“我在担心，她会不会注意到，在她的威尼斯金币中混进了一些佛罗伦萨金币。”

“你知道她们打算什么时候来吗?”

“不知道。”

“我要安排一个见习修士打扫唱诗班席。贝丝露面时，他可以来找我们。”菲利蒙有一伙对他敬佩的见习修士，巴不得照他的吩咐干事。

然而，见习修士已经不需要了。就在他俩刚要离开金库时，贝丝姐妹和凯瑞丝姐妹到了。

戈德温假装正在谈论账目的事。“我们必须去查一查早一些的账卷了，兄弟，”他对菲利蒙说。“噢，日安，姐妹们。”

凯瑞丝打开了修女的两间拱室，取出了两个匣子。

“我能给你帮点什么忙吗?”戈德温说。

凯瑞丝没有理睬他。

贝丝说：“我们只是查看一些东西，谢谢你，副院长神父。我们用不了很久的。”

“请便，请便。”他笑吟吟地说，其实他的心在胸口里怦怦直跳。

凯瑞丝烦躁地说：“为我们的到来没什么可抱歉的，贝丝姐妹。这是我们的金库，我们的钱。”

戈德温随手翻开了一卷账，他和菲利蒙假装研究着。贝丝和凯瑞丝数着第一个匣子中的银币：四分之一便士的，八分之一便士的，一便士的，以及几枚卢森堡币——制作粗糙的非纯银伪币，用来作零钱的。还有一些混杂的金币：佛罗伦萨金币，威尼斯金币，以及类似的金币——来自热那亚和那不勒斯的——外加一些稍大的法兰西和英格兰金币。贝丝对照着一个小笔记本，核对总数。清点完毕之后，她说："一点没错。"

她俩把所有的银币都收回匣子中，锁好，再放回到地下的拱室中。

她们开始清点另一个匣子中的金币，十个一堆地放好。她们拿到匣底的时候，贝丝皱起眉头，发出了困惑的"咦"声。

"怎么回事?"凯瑞丝说。

戈德温感到了愧疚的心惊胆战。

贝丝说："这个匣子里盛的只是桑伯里那位虔诚妇女的捐赠。我是单独收放在里边的。"

"嗯……?"

"她丈夫跟威尼斯做生意。我敢说，全部捐赠都是威尼斯金币。可这里还有一些佛罗伦萨金币呢。"

戈德温和菲利蒙僵僵地听着。

"这就怪了。"凯瑞丝说。

"也许是我弄错了。"

"这事有点可疑。"

"也不一定吧，"贝丝说，"窃贼是不会往你的金库里放钱的，是吧?"

"不错，不会放的。"凯瑞丝不得已地说。

她们清点完毕了。总共有一百摞十枚一堆的，总值是一百五十镑。"这是我账上记的准确数目。"贝丝说。

"这么说所有的钱分文不差。"凯瑞丝说。

贝丝说："我跟你说过的嘛。"

四五

凯瑞丝花了许多时间思考梅尔姐妹的举动。

她曾经为那一吻吃了一惊，但更令她惊异的是她自己对那一吻的反应：她觉得很让她激动。直到目前，她也没觉得自己对梅尔或其他女性有什么吸引力。事实上，世上只有一个人使她渴望着被他触摸，被他亲吻和进入，那个人就是梅尔辛。在女修道院里，她已学会了没有身体接触的生活。唯一性感地触摸她的那只手，却是她自己的，在宿舍的黑暗中当她想起她被追求的日子时，就把脸埋在枕头里，以免别的修女听到她的喘息。

梅尔并没有让她感受到由梅尔辛在她心里激起的那种情欲的快感。但梅尔辛远在千里之外，而且那是七年之前了。她喜欢梅尔，可能与她那天使般的面孔、她那蓝色的明眸有关，是对她在医院和学校里的温情脉脉的呼应吧。

梅尔跟凯瑞丝说话总是甜蜜蜜的，没人看着的时候，就碰碰她的胳膊或肩膀，有一次还摸了她的脸蛋。凯瑞丝没有断然拒绝她，但她控制着自己没有作出呼应。倒不是因为她觉得那是一种罪孽。她肯定地感到，上帝极其明智，不会制定规矩不准妇女无害地自娱或互娱。但她担心会使梅尔感到失望。本能告诉她，梅尔的感情既强烈又专注，而她自己却不那么肯定。凯瑞丝心想，她是爱上我了，可我并没有爱恋她。要是我再吻她，她就会希望我们俩成为终身的心灵伴侣，而我没法向她承诺这一点。

因此，她什么也没表示，直到羊毛集市那个星期。

王桥集市已经从一三三八年的衰退后复苏了。生羊毛的交易依旧受到国王的干扰，而且意大利人只是隔一年才来一次，所幸织染业作出了补偿。这个镇依然没有达到应有的繁荣，由于戈德温副院长禁止私人磨坊，已经把那个行业从城里逐到周围的乡村，不过，大部分绒布都在市场上出售，实际上“王桥红”的品牌已经为人所知。梅尔辛的大桥由埃尔弗里克接替完成，人们赶着他们的驮马和大车，通过宽阔的双车道进入城里。

因此，在集市正式开幕之前的星期六夜间，连医院里都住满了客人。

而其中一个客人生病了。

他名叫厨师莫尔德温，他的职业就是用面粉和肉末或鱼末制成咸味的小丸子，放在黄油里迅速煎熟，六个卖四分之一便士。他到后不久，就染上了突然的剧烈腹痛，随后便是上吐下泻。凯瑞丝除去给他一张靠门的床外，就无能为力了。

她早就想给医院修一个自用的厕所，以便监督其清洁卫生。但这只是她所希望的改进之一。她需要一间紧挨医院的药房，一个她可以用来配药和记录的宽敞、明亮的房间。她还在设想给病人更多的私密的途径。目前，房间里的每个人都可以看到妇女临产，男人发病，小孩呕吐。她认为，处于心境恶劣的人们应该有他们独自的小房间，就像在一座大型教堂中有侧面的小祈祷室一样。但她不清楚如何才能达到这一切：医院地方有限啊。她曾经和建筑匠师杰列米阿——多年前，他曾是梅尔辛的徒弟吉米——讨论过多次，但他还没有拿出一个令人满意的方案。

次日上午，又有三个人出现了和厨师莫尔德温相同的症状。

凯瑞丝为客人们提供了早餐，并且劝说他们出医院去了市场。只有病人获准留下来。医院的地面比平素要脏，她就扫擦一净。然后她到大教堂做礼拜。

理查主教没有出席。他追随着国王，准备再次入侵法兰西——他一向认为他的主教职位主要是支撑他的贵族生活方式的手段。在他缺席期间，教区由副主教劳埃德管理：收取什一税和租金，给儿童施洗礼，有效地指导礼拜活动（坚持不懈然而却也刻板乏味）——这一特点，是在他做冗长的布道时表现出来的：为什么上帝比钱财更重要，这种怪论是在论述开办英格兰的商业大集市时发表的。

然而，大家都精神抖擞，一如往常的第一天集市。羊毛集市对于镇上居民和周围村庄的农人来说，是一年中的最重要的日子。人们在集市上赚了钱，又在客栈赌输。壮实的村姑听凭油滑的城里小子诱惑自己。富裕农民在镇上的妓女身上花钱，要她们做他们不敢让自己老婆干的勾当。通常还有杀人凶手，而且不止一个。

凯瑞丝在礼拜的人群中瞥见了衣着奢华的博纳文图拉·卡罗利的沉重身躯，她的心颤了。他可能有梅尔辛的消息呢。她心不在焉地应付着礼拜，嘴里咕哝着赞美诗。在出门的时候，她总算让博纳文图拉看到了她。他对她微微一笑。她用一个歪头的动作暗示他，她想一会儿和他会面。她不敢说，他是不是领会了这一信息。

她还是去了医院——那是修道院中修女唯一可以同外来的男性见面的地方——没过多久博纳文图拉也进来了。他穿着一件昂贵的蓝外衣和一双尖头鞋。他说："上次我见到你的时候，你才刚刚被理查主教认可为修女。"

"我现在是客房长了。"她说。

"祝贺你！我从来没想到你在修道生活中会有如此进展。"博纳文图拉从她小时候就认识她了。

"我也没想到。"她笑了。

"修道院看来干得不错。"

"你根据什么这样说？"

"我看到戈德温在建新宅第。"

"是啊。"

"他准是发财了。"

"我想是吧。你怎么样？生意好吗？"

"我们有些问题。英法之间的战争阻断了运输，而你们的爱德华国王的赋税，使英格兰的羊毛比西班牙产的要贵。不过质量要好。"

他们总要抱怨赋税。凯瑞丝引到了她真正感兴趣的问题上。"有什么梅尔辛的消息吗?"

"唉，还真有，"博纳文图拉说；尽管他的举止一如既往地彬彬有礼，她却觉察到了一丝迟疑。"梅尔辛结婚了。"

凯瑞丝觉得像是挨了一拳。她从未预料过这种事，甚至连想也没想过。梅尔辛怎么会做这种事呢？他是……他们是……

当然，他没有理由不结婚。她不止一次地回绝了他，最后一次，她以进入女修道院而彻底与他决绝。值得一提的只是他已经等待了这么久了。她没有权利感到受了伤害。

她强笑了一下。"太好了！"她说，"请转达我对他的恭喜。那姑娘是什么人?"

博纳文图拉装作没注意到她的沮丧。"她叫西尔维娅，"他说，那种轻描淡写的态度犹如在传播什么无害的流言，"她是城里最杰出的一位市民亚历山德罗·克里斯蒂的次女，亚历山德罗是做东方香料生意的，拥有好几艘商船呢。"

"多大岁数了?"

他诡笑了一下。"亚历山德罗？他应该和我年纪相仿……"

"别拿我开心！"她对博纳文图拉把语气弄得轻松而心怀感激。"西尔维娅多大了?"

"二十三岁。"

"比我小六岁。"

"一个漂亮姑娘……"

她意识到了还没说出口的是什么样的资质条件。"可是……?"

他歪了下头表示歉意。"她有个利嘴伶牙的名声。当然，人们就是好说长道短……不过，大概这正是她这么大还没出嫁的原因了——佛罗伦萨的姑娘们一般都在十八岁以前就出嫁了。”

“我敢说这是真的，”凯瑞丝说，“梅尔辛在王桥喜欢的唯一两个姑娘是我和伊丽莎白·克拉克，我们俩都够厉害的。”

博纳文图拉放声大笑。“不是这么回事，不是这么回事。”

“什么时候办的婚礼？”

“两年前。就在我上次见你之后不久。”

凯瑞丝明白了，梅尔辛一直未娶，直到她被批准为修女为止。他一定是通过博纳文图拉听说，她已经迈出了最后一步。她想到，他在异域他乡抱着希望苦守了四年多；她那高高兴兴的脆弱的表面，开始破裂了。

博纳文图拉说：“他们有了个孩子，一个叫作洛拉的小女婴。”

这就太过分了。七年前凯瑞丝感到的一切哀痛——她原以为那痛苦已经一去不复返了——一下子涌上心头。她意识到，她在一三三九年时并没有真正失去他。他多年来始终对她的忆念忠贞不渝。但她现在失去了他，最终地、永远地失去了他。

她像是发病一样浑身一震，而且她也清楚，她无法坚持太久了。她颤栗着说：“见到你又听到这消息真是太高兴了，可我得回去工作了。”

他露出关切的神情。“我希望没有让你太伤心。我原以为你愿意知道呢。”

“别对我太心善了——我受不了这个。”她转过身就匆匆走开了。

她在从医院进回廊的路上，一直低着头，藏着脸。她想找个可以独自待着的地方，就跑上楼梯，进了宿舍。白天宿舍里是没人的。她在穿过空荡荡的房间时开始抽泣。尽头是塞西莉亚嬷嬷的寝室。未经邀请，谁也不准走进那里，但凯瑞丝不顾一切地闯了进去，把门在身后砰地关上。她趴倒在塞西莉亚的床上，连她的修女帽落下去都顾不上了。她把脸埋在草垫上失声恸哭。

过了一会儿，她感到有一只手放到了她的头上，抚摩着她剪得短短的头发。她没听到有人进来。她也不管那人是谁。反正她在缓慢地逐渐地受到安抚。她的抽泣不那么强烈了，她的泪水干了，她那场情感的风暴开始平息。她翻身爬起，抬头看着安慰她的人。是梅尔。

凯瑞丝说："梅尔辛结婚了——还生了个小女孩。"她又哭了起来。

梅尔躺到床上，把凯瑞丝的头搂在怀里。凯瑞丝把脸埋进梅尔柔软的乳房中，听凭那毛织袍服浸透她的泪水。"好啦，好啦。"梅尔说。

过了一会儿，凯瑞丝平静了下来。她已经心衰泪竭，感受不到哀伤了。她想到梅尔辛抱着一个黑发的意大利婴儿，看到了他是多么幸福。她为他的幸福而高兴，她漂进了精疲力竭的睡梦之中。

从厨师莫尔德温开始的病症，如同夏日的烈火一般传遍了羊毛集市的人群。星期一，从医院跳到了客栈，然后在星期二又从外来客人传到了镇上居民。凯瑞丝在她的本子上记下了其症征：开始是胃疼，很快就转为上吐下泻，持续发病在一昼夜至两昼夜之间。对成年人危害不大，但老年人和婴儿会因此致死。

星期三，疫症传到女子学校的修女和儿童那儿。梅尔和蒂莉都受到了感染。凯瑞丝在贝尔客栈找到了博纳文图拉，忧心忡忡地问他，意大利医生对这种疫病有没有什么治疗方法。"没有药方，"他说，"反正没有一种是管用的，尽管医生几乎总在开出什么药方，只是让人们掏更多的钱罢了。但一些阿拉伯医生相信，这种病是可以防止传染的。"

"噢，真的?"凯瑞丝很感兴趣。商人们说，穆斯林医生比他们的基督教同行高明，不过教士医生对此极力否认。"怎么办的?"

"他们认为，这种病是病人看你而传染的。视觉效应是由眼睛里发出的光束触到东西，我们就看到了——很像伸出一根手指去感觉什么东西是不是温的、干的或硬的。但眼中的光束也会射出疾病。因此，只要不和病人待在同一个房间，就能避免害病。"

凯瑞丝并不相信，疾病可以由目光来散发。倘若那是真的，大教堂中一次重要礼拜之后，教众中每一个人都会患上主教的病了。而若是国王病了，他就会感染看到他的周围的人。这是肯定要引起一些人注意的。

然而，不要和病人同住一室的说法似乎令人信服。就在这医院里，莫尔德温的病似乎从患者传到了近旁的人：病人的妻子和家人是最先得病的，随后便是邻床住的人。

她还观察到，某些类型的疾病——胃绞痛，咳嗽和感冒，以及各种疱疹——似乎常在集市和市场期间发作；看来，这种病显然是通过某种方式，从一个人传给另一个人的。

星期三晚饭时分，医院中的半数客人都已患上这种病；随后到了星期四上午，所有的客人都病了。好几名修道院的仆人也病倒了，所以凯瑞丝缺少了做清洁的人手。

塞西莉亚嬷嬷看到了早餐时刻的混乱，便提议关闭医院。

凯瑞丝对什么主意都加以考虑。她对自己无力战胜疫病，对她医院中的脏乱，感到意志消沉。"可是让人们睡哪儿呢?"她说。

"把他们送到客栈去。"

"客栈也有同样的问题。我们可以把他们安置在大教堂里。"

塞西莉亚摇起头。"在唱诗班席有礼拜活动时，戈德温是不会让农民们在中殿里呕吐的。"

"不管他们睡在什么地方，我们都得把病人和健康人隔离开来。

按照博纳文图拉的说法，这是阻止疫病蔓延的办法。”

“有道理。”

凯瑞丝又想起一个新招，虽然她先前没有想到，但那件事似乎一下子显而易见了。“也许我们不该只是改善医院，”她说，“也许我们该建一所新医院，专收病人，而把原有的留给朝圣者和其他健康的客人。”

塞西莉亚思虑着。“会花很多钱的。”

“我们有一百五十镑呢。”凯瑞丝的想象力开始活跃了，“新医院应该包含一个新药房。我们还可以有单独的房间给慢性病人。”

“弄清需要多少钱。你可以去问问埃尔弗里克。”

凯瑞丝恼恨埃尔弗里克。早在他作伪证陷害她之前，她就不喜欢他。她不想由他来建她的新医院。“埃尔弗里克正忙着建戈德温的新宅第呢，”她说，“我宁可找杰列米阿商量。”

“随便你。”

凯瑞丝对塞西莉亚涌起一阵温情。虽说她是个原则性很强的人，在纪律上严格要求，但她总给手下留出余地，让她们自行决定。她一向都很理解凯瑞丝的内心冲突。塞西莉亚并没有设法压抑凯瑞丝的那些激情，而是加以利用。她分配给凯瑞丝工作，让她投入其中，并为她的叛逆能量提供宣泄的途径。凯瑞丝自忖，此时我显然不能应付我面临的危机，但我的上司却平静地告诉我，要用一个新的长期项目努力向前。“谢谢你，塞西莉亚嬷嬷。”她说。

那天下午，她和杰列米阿一起绕过修道院的地界，并向他解释她的希望。他还像先前一样迷信，把日常琐事也要看成是圣哲和魔鬼的作为。然而，他毕竟是个充满想象力的建筑匠师，对新观念很开放：他是跟梅尔辛学的嘛。他们很快就定下了新医院的地址：紧靠现有的厨房区的南缘。这里远离其余的建筑物，所以病人与健康人接触少，而食物又不必运得太远，况且依旧可以很方便地从女修道院走到新建筑去。新医院有药房、新厕所，楼上则是单独的房间，杰列米阿认为要花费大约一百镑——那笔捐赠的大部分。

凯瑞丝和塞西莉亚嬷嬷讨论选址一事。那块地既不属于修士，也不属于修女，于是她们去找戈德温商谈。

她们发现他正在他自己的建筑项目，就是那座新宅第的工地。外墙已经竖起，屋顶也装上了。凯瑞丝已经有几个星期没来看这工地了，她对其规模大为吃惊——和她的新医院一样大。她明白了博纳文图拉之所以称之为印象难忘了：那餐厅就比修女的食堂都大。工地上拥挤着工匠，仿佛戈德温要急于完工。石匠在铺设构成几何图案的彩色石板地面，好几名木匠在制作门，一位玻璃匠师在砌炉子，准备为窗户装玻璃。戈德温在大笔花钱。

他和菲利蒙正在把新建筑指给主教的代理——副主教劳埃德看。修女们走近时，戈德温停下了介绍。塞西莉亚说："别让我们打扰了你们——不过，等你们完了事，你到医院外面和我见面好吗？我有些东西要给你看。"

"没问题。"戈德温说。

凯瑞丝和塞西莉亚穿过大教堂前的市场向回走。星期五是羊毛集市的成交日，这一天，商人们减价出售他们剩余的货物，以免再把货运回去。凯瑞丝看到了马克·韦伯，他如今脸也圆了，肚子也大了，穿的是他自己的亮红色外衣。他的四个孩子在摊位上帮着他。凯瑞丝特别喜欢朵拉，现在十五岁了，她有她母亲那种活跃的自信，只是身材要苗条。

"看来你生意不错。"凯瑞丝微笑着对马克说。

"财富应该归你，"他回答，"你发明那种染法。我不过是照你说的做罢了。我简直觉得像我欺负了你。"

"这是你勤奋的报酬。"她说。她并不计较马克和玛奇运用她的发明干得这样出色。虽然她始终享受做生意的挑战，但她从没有金钱欲——或许她生长在她父亲的富裕家庭，始终认定这是理所当然。无论出于什么原因吧，她对韦伯一家挣下了本来该属于她的钱财，无怨无悔。在修道院不名一文的生活看来挺适合她。她看到韦伯家的孩子们成长健康，衣着光鲜，心中激动不已。她记得以前他们全家六口不得不在一个单间房屋的地板上寻找睡觉的空间，因为房间的大部分都被一台织机占满了。

她和塞西莉亚来到修道院地界的南端。马厩周围的土地看上去就像是一个农场。那里有几处小房子：一间鸽舍，一座鸡棚和一处放工具的棚子。鸡在土里刨食，猪在厨房的垃圾中拱着。凯瑞丝恨不得马上就把这儿归整一下。

戈德温和菲利蒙很快就来到她们跟前，劳埃德紧随在后。塞西莉亚指着靠近厨房的那片地，说："我打算建一座新医院，就建在这儿。你觉得怎么样?"

"一座新医院?"戈德温问，"为什么?"

凯瑞丝认为他样子有些忧虑，让她不解。

塞西莉亚说："我们想给病人一座医院，与供健康的来客用的客房隔开。"

"这是多么非同寻常的主意啊。"

"这是因为由厨师莫尔德温引起的胃病。这是一个致命的特殊病例，但是市场上常常出现疾病，而传染如此之快的原因可能就是我们把病人和健康人吃、睡、便都混在一起了。"

戈德温露出了怒气。"唔!"他说，"这么说，修女们如今成了医生了，是吧?"

凯瑞丝皱起了眉头。这种轻蔑不是戈德温的作风。他用魅力来谋求出路，尤其是和塞西莉亚这样有权势的人谈事的时候。如此发泄不满是在掩饰什么隐情。

"当然不是，"塞西莉亚说，"不过我们都懂得一些疾病是从一个患者传给另一个人的——这是显而易见的。”

凯瑞丝插嘴说：“穆斯林医生相信，疾病是由看病人的眼睛而传播的。”

“噢，他们这么说？这倒有趣！”戈德温带着强烈的讽刺口吻说，“我们这些在大学里学了七年医学的人，总是很高兴能够听听刚结束见习期的年轻修女讲疾病的课呢。”

凯瑞丝丝毫不受恫吓。她不打算对一个想谋害她而撒谎的伪君子表示尊重。她说：“要是你不相信病能传染，何不在今夜到医院来，和上百个上吐下泻的病人睡在一起，来证明你的真诚呢？”

塞西莉亚说：“凯瑞丝姐妹！这就够了。”她转过去面对着戈德温说，“请原谅她吧，副院长神父。我本意并不想让你来同一位修女讨论疾病的事。我只想弄清你不反对我选择的地址。”

“反正你们不能现在就建，”戈德温说，“埃尔弗里克正忙着盖宅第呢。”

凯瑞丝说：“我们不想要埃尔弗里克——我们要用杰列米阿。”

塞西莉亚转过脸来对着她。“凯瑞丝，别说了！记着你的地位。别再打断我和副院长神父的谈话了。”

凯瑞丝意识到，她不是在帮塞西莉亚，于是便——违心地——低下头，说：“对不起，副院长嬷嬷。”

塞西莉亚对戈德温说：“问题不在于我们什么时候修建，而在于在什么地方修建。”

“恐怕我不赞成这个。”他态度生硬地说。

“你愿意这新建筑在什么地点呢？”

“我认为你们根本没必要建一座新医院。”

“请原谅，但我是负责女修道院的，”塞西莉亚板起面孔说，“你用不着告诉我，我该怎么花我们的钱。不过，我们在兴建新房子之前，通常都是互相通气的——虽然应该指出，当你策划你的宅第时，你忘记了这一小小的礼数。然而，我还是和你来商量——只是就建筑物的地点问题。”她看着劳埃德，“我相信副主教在这一点上会同意我的。”

“应该有协议。”劳埃德含糊其辞地说。

凯瑞丝困惑地皱起了眉头。戈德温在计较什么呢？他正在大教堂北侧建他的宅第。若是修女们在南端建一座新房，对他有什么妨碍呢？这地方修士们几乎不来的，他在担心什么呢？

戈德温说：“我现在告诉你们，我既不同意这地址，也不同意这建筑，所以这事就到此为止了！”

凯瑞丝在灵机一动中突然看出了戈德温如此表现的原因。她震惊之下脱口而出：“你偷了我们的钱！”

塞西莉亚说：“凯瑞丝！我告诉过你——”

“他偷了桑伯里那妇女的捐赠！”凯瑞丝愤怒之中打断了塞西莉亚的话，“就是靠了那笔钱造起他的宅第，没错。现在他竭力阻止我们建医院，因为他知道，我们会去金库，并发现我们的钱不见了！”她感到自己都快气炸了。

戈德温说：“别瞎说。”

作为应答，其实这是回避正面回答，凯瑞丝知道，她已触及了要害。她越肯定就越气愤。“来证明吧！”她高叫道。她迫使自己更平静地谈话。“我们现在就到金库去，查看一下拱室。你不会反对吧，嗯，副院长神父？”

菲利蒙赶紧插话：“这完全是一种不体面的做法，不该要副院长屈从于这种要求。”

凯瑞丝不理睬他。“在修女的储蓄中应该有一百五十镑金币。”

“不用说了。”

凯瑞丝说：“好吧，既然已经提出了责问，修女们显然无论如何都要查一下拱室了。”她看了看塞西莉亚，嬷嬷点头表示同意。

“嗯，要是副院长不想出面，副主教肯定会乐于去现场做证人了。”

劳埃德的表情像是他宁愿不卷入这场纠纷，但他又难以拒绝出任仲裁的角色，于是便咕哝说：“要是我能帮助双方，当然……”

凯瑞丝迅速动着脑筋。“你是怎么打开匣子的？”她说，“铁匠克里斯托弗制作的锁，他这人诚实正直，不会给你复制一把钥匙，帮你偷我们的钱的。你们一定是撬开了匣子，随后再设法恢复其原状。你们是怎么拆下合页的？”她看到戈德温不自主地瞥了他的助理一眼。“啊，”凯瑞丝胜券在握地说，“所以嘛，是菲利蒙取下了合页。但是副院长拿了钱，交给了埃尔弗里克。”

塞西莉亚说：“推测到此为止吧。咱们就来办这件事。我们全都去金库，打开匣子，这样就算是个了结了。”

戈德温说：“那不是偷窃。”

大家都瞪着他。震惊之下一片沉寂。

塞西莉亚说：“你现在承认了！”

“那不是偷窃，”戈德温又重复了一遍，“那笔钱用于修道院的利益和上帝的荣光。”

凯瑞丝说：“并没什么两样。那不是你的钱！”

“是上帝的钱。”戈德温一口咬定说。

塞西莉亚说：“那是留给女修道院的。你明明知道。你看过遗嘱的。”

“我根本不知道遗嘱的事。”

“你当然知道。我给了你，要作一份抄件……”塞西莉亚穷追不舍。

戈德温又说了一遍：“我根本不知道什么遗嘱的事。”

凯瑞丝说：“他毁掉了遗嘱。他说过他要作一份抄件，把原件放进匣子，存在金库……但他把原件毁了。”

塞西莉亚张着嘴盯视着戈德温。“我早该想到的，”她说，“在你打算对凯瑞丝下手之后——我就不该再信任你了。可我以为你的灵魂还可能会得到拯救。我铸下了大错。”

凯瑞丝说：“所幸，在交出遗嘱之前，我们自己作了一份抄件。”她在绝望中信口捏造了这件事。

戈德温说：“显然是伪造。”

凯瑞丝说：“首先，那笔钱要是你的，你就没必要撬开匣子去拿。所以，咱们还是去看看吧。总会把事情弄个水落石出的。”

菲利蒙说：“合页受损的事实不能证明什么。”

“看来我是对的！”凯瑞丝说，“可你是怎么知道合页的事的呢？自从清点以来，贝丝姐妹再没有开过拱室，而且当时那匣子还是好好的。要是你知道匣子被人动过，那就是你自己把匣子从拱室中挪了出来。”

菲利蒙样子惊慌，但没有回答。

塞西莉亚转脸对着劳埃德。“副主教，你是主教的代表。我认为你有责任命令副院长把钱还给修女们。”

劳埃德面露难色。他对戈德温说：“那笔钱还有剩余吗？”

凯瑞丝怒气冲冲地说：“你抓住窃贼的时候，你是不问他能不能把他的不义之财补上的！”

戈德温说：“一大半已经花在宅第上了。”

“建造应该立即停止，”凯瑞丝说，“工人们今天就要遣散，把建成的拆毁，把材料卖掉。你要一分不少地把钱全部归退。你不能还现金的部分，要在拆完宅第之后，用土地或其他财产补齐。”

“我拒绝。”戈德温说。

塞西莉亚再次对劳埃德发话。“副主教，请尽你的职责。你不能允许主教的一个下属窃取另一个下属，哪怕双方都在做上帝的事情。”

劳埃德说：“我本人无法对这样的纠纷加以仲裁。问题太过严重了。”

凯瑞丝对劳埃德的懦弱又气恼又沮丧，一时竟说不出话来了。

塞西莉亚抗争说：“可是你应该仲裁!”

他看来陷入了困境，但他固执地摇着头说：“指控盗窃钱财、毁掉遗嘱、罪涉伪造……这都得由主教本人裁决!”

塞西莉亚说：“可是理查主教在去法兰西的途中——而且没人知道他什么时候才会回来。可就在此时此刻，戈德温正在花掉偷去的钱!”

“恐怕我无能为力，”劳埃德说，“你们应该向理查控告。”

“那好吧。”凯瑞丝说。她话中的口气使别人全都看着她。“既然这样，就只有一件事可做了。我们去找我们的主教好了。”

四六

一三四六年七月，爱德华三世国王在朴次茅斯聚集起英格兰规模空前的攻击舰队，足有一千艘。逆风拖延了这支庞大的舰队，但他们终于在七月十二日扬帆启航，目的地则属机密。

凯瑞丝和梅尔两天后到达朴次茅斯，刚好错过了随国王出航的理查主教。

她俩决定追随大军前往法兰西。

当初哪怕是前往朴次茅斯的行程得到赞同都不容易。塞西莉亚嬷嬷曾在会议室邀请修女们讨论这一提议，会上有些人认为，凯瑞丝出行在道德和身体上都有危险。不过，修女们也确实离开过她们的女修道院，不仅是为了朝圣，也为了生意之故，去过伦敦、坎特伯雷和罗马。何况王桥的修女姐妹们还想把她们被窃的钱讨回来呢。

然而，凯瑞丝没有把握她能否获准渡过英吉利海峡。所幸，她无法去请示。

她和梅尔即使知道国王的去向，也不能马上追随大军，因为英格兰南岸的每一艘能够航海的船只，都被征作入侵之用了。于是，她们只好在朴次茅斯城外的一座女修道院中心烦意乱地等候消息。

凯瑞丝后来得知，爱德华国王及其大军，在巴夫勒尔附近的法兰西北部海岸的圣瓦斯特－拉拉乌格的广阔海滩上登陆。可是舰队并没有当即返航，而是沿海岸向东前进了两个星期，追随着入侵大军直达卡昂。他们在那里把战利品装进船舱：珠宝，值钱的布匹和金银盘碟，都是爱德华的军队从诺曼底的富裕市民手中掠夺来的。这时这些船才返回。

第一批返航的船只中有一艘叫“优雅号”的供应船——一艘有浑圆的船艏和船尾的结构宽敞的货船。船长是个长着皮革面色的老练水手，名叫罗洛，他满口都是对国王的赞誉之词，他的船只和船员都没有拿到应有的报酬，不过他本人却从掠夺中得到了很大的一份。“我所见过的最庞大的军队。”罗洛津津有味地说。他认为至少有一万五千人，大约一半是弓箭手，马匹也在五千左右。“你们得停下你们的活儿去追上他们，”他说，“我可以把你们送到卡昂，那是我最后见到他们的地方，你们在那儿可以得知他们的去向。不管他们朝哪个方向走，都要先于你们一星期的路程。”

凯瑞丝和梅尔同罗洛谈妥了船费，就带着两匹健驹“小黑”和“印记”登上了“优雅号”。凯瑞丝分析，她们不可能比军马还快，但军队要时时停下来作战，这样她们就可能追上了。

她们抵达法兰西一侧并驶入奥恩河的入海口之时，是八月份一个阳光明媚的清晨，凯瑞丝嗅着微风，注意到了陈灰的不愉快气味。她浏览着河两岸的风光，看到农田成了一片焦土，像是庄稼被烧毁了。“标准的行径，”罗洛说，“军队带不走的一概摧毁，不然就便宜了敌人。”当她们接近卡昂时，经过了好几条烧毁船只的残骸，大概就是出于这同一原因遭焚的。

“谁也不晓得国王的计划，”罗洛告诉她们，“他可能南行向巴黎挺进，或许挥师东北去加来，以期在那里与他的佛兰德盟友会师。不过你们能追随他的踪迹。只要路两边都是焦土就没错。”

她们上岸之前，罗洛给了她们一只火腿。“谢谢你了，我们在鞍袋里带了些熏鱼和干酪，”凯瑞丝跟他说，“而且我们还有钱——可以买我们需要的东西。”

“钱可能对你们没什么用，”船长回答说，“可能没有东西可买。军队就像一群蝗虫，把所到之处劫掠一空。拿上火腿吧。”

“你心眼真好。再见。”

“愿意的话，为我祈祷吧，姐妹。我活这么大，犯下了些重罪呢。”

卡昂是个有好几千户人家的城镇。像王桥一样，其旧城和新城两部分，由一条河隔开，这条叫奥登的河上面跨着一座圣彼得大桥。靠近桥的河岸上，几个渔民在卖鱼。凯瑞丝询问一条鲤鱼的价格。她发现答话难懂：渔民说的是她从未听过的法兰西的一种方言。她终于弄明白了他在说些什么时，那价格让她张口结舌。她明白了，食物奇缺，所以比珠宝还珍贵。她对罗洛的慷慨感激不尽。

她俩决定，若是有人问起，她们就说是爱尔兰的修女，前往罗马。此时，她俩骑马离开河岸时，凯瑞丝紧张地嘀咕，不知本地人会不会从她的口音听出来她是英格兰人。

其实她们看不到几个本地人。倒地的门扇和破损的百叶窗露出了空无一人的家宅。四下里死一般的沉寂——没有小贩叫卖他们的货物，没有儿童的吵嚷，没有教堂的钟声。唯一可做的事情就是埋葬。仗刚在一个星期前打完，但一小伙面目狰狞的男人，还在从房子里抬出尸体，装上大车。看上去就好像是英格兰军队屠戮了男女和儿童。她俩经过了一座教堂，墓地里已挖好了一个大坑，她们看到死尸被抛进群葬墓，既没有棺材，也没有裹尸布，一名教士不停地低诵着安魂的祷文。那股恶臭难以名状。

一个穿着体面的男人向她们鞠躬致意，问她们是否需要帮助。他那彬彬有礼的举止表明，他是个头面人物，要确保来访的宗教人士平安。凯瑞丝谢绝了他的主动帮助，注意到他的诺曼法语和英格兰贵族讲的毫无二致。她想，或许下层人都有不同的地方话，而统治阶层则用国际口音来讲话。

两名修女取道出城向东的大路，为离开那些鬼魂出没的街道感到高兴。城外也是一片荒芜。凯瑞丝的舌间始终都有灰烬的苦味。路两旁的许多田地和果园都经火烧过。每隔几英里，她们就要经过一个烧成灰堆的村庄。村民们不是在军队到来之前就出逃了，就是死于战火之中；四下里看不到生命的迹象：只有鸟，偶尔有一只被军队劫后残存的猪或鸡，有时有疯疯癫癫地在瓦砾堆中嗅来嗅去的一条狗，想在变冷的灰烬堆中找到主人的气味。

她们最近的目的地是距卡昂半日骑程的一座女修道院。只要可能，她们就会在宗教住地——女修道院、修道院或医院投宿，如同她们从王桥到朴次茅斯一路上过夜的办法一样。她们知道从卡昂到巴黎间五十一个这类机构的名称和地址。在她们匆忙地追寻着爱德华国王的焦黑的踪迹的一路上，如果能找到这样的所在，她们的食宿就会免费，而且也安全地避开盗贼——犹如塞西莉亚嬷嬷要补充叮嘱的，也就避开了像烈酒和男伴诸如此类的尘世诱惑。

塞西莉亚的直觉十分敏锐，却没有察觉到在凯瑞丝和梅尔之间存在着另一种不同的诱惑。因此，凯瑞丝起初拒绝了梅尔要陪她上路的要求。她一心要加速行程，并不想陷入——或者拒绝激情的纠缠而使她的使命变得复杂起来。另一方面，她需要陪她的人智勇双全。现在她对自己的选择感到高兴：在所有的修女中，梅尔是唯一一个有勇气在法兰西境内追踪英格兰军队的人。

她本来打算在她们出发前和梅尔开诚布公地谈一次，说明在她们外出时，不该有身体上的爱抚。别的且不说，若是被人发现，她们就会陷入可怕的麻烦。可是她始终未得到机会坦诚地一谈。因此，她们来到法兰西之后，这个问题依旧悬而未决，就像有一个看不见的第三者，一直骑着一匹无声无息的马，行进在她俩之间。

正午时分，她们在一座树林边的一条溪水旁停了下来，那里有一片未烧过的草地可以牧马。凯瑞丝从罗洛送的火腿上切下几片，梅尔从她们的鞍袋中取出了在朴次茅斯买到的一长条陈面包。她们喝了溪水，不过带点灰渣味。

凯瑞丝按捺下立即上路的急切心情，让马在一天里最炎热的时刻休息休息。就在她们准备出发的时候，她吃惊地看到有人在盯着她。她一手拿着火腿，一手握刀，僵在了那儿。

梅尔说："怎么了？"紧跟着，她循着凯瑞丝的目光望过去，就明白了。

几码之外，在树荫里站着两个男人，正瞪着她们。他们的样子很年轻，但也说不准，因为他们的脸污黑，他们的衣服很脏。

过了一会儿，凯瑞丝用诺曼法语对他们开口说："上帝保佑你们，我的孩子们。"

他们没有作答。凯瑞丝推测，他们不知如何是好。他们在考虑什么可能性呢？抢劫？强奸？他们有一种掠夺成性的样子。

她心中害怕了，但她让自己冷静地思考。不管他们要干什么，她估摸他们一定是饿了。她对梅尔说："赶快，给我两块那种面包。"

梅尔从那条大面包上切下了厚厚的两块。凯瑞丝也从火腿上切下了相应的两片。她把火腿放到面包上，然后对梅尔说："给他们一人一份。"

梅尔露出了畏惧的样子，但她迈着稳健的步伐，走过草地，把食物送给了他们。

他俩一把抓过去，狼吞虎咽起来。凯瑞丝感谢她的运气，她没猜错。

她迅速地把火腿装进她的鞍袋，把刀子别在腰上，然后爬上“小黑”。梅尔也照着样子，收好面包，跨上“印记”。凯瑞丝觉得骑在马上要安全多了。

那两人中个子高的一个，动作很快地朝她们走来。凯瑞丝本想一踢马就赶紧走开，但她已来不及了；这时那人伸手握住了她的马缰。他满嘴塞着食物就开了腔。“谢谢你。”他带着浓重的当地口音说。

凯瑞丝说：“感谢上帝吧，不必谢我。是他派我来帮助你们的。他在盯着你。他看得见一切的。”

“你袋子里还有吃的。”

“上帝会告诉我要给谁。”

一阵停顿，这时那人想了想，然后说道：“把你的祝福给予我吧。”

凯瑞丝不情愿按照传统的祝福姿势伸出她的右手——那样右手就离腰带上的刀太远了。那只是一种每个男女都会带的短刃的餐刀，但足以在握她马缰的手背上划个口子，让他松手。

这时她灵机一动。“好极了，”她说，“跪下去。”

那人迟疑着。

“你应该跪下来接受我的祝福。”她悄悄提高声音说。

那人缓缓地跪了下去，一只手仍拿着吃的。

凯瑞丝把目光转向他的同伴。过了片刻，第二个人也跪了下去。

凯瑞丝为他俩祝了福，然后一踢“小黑”就迅速急驰而去。过了一会儿她回头去看，梅尔紧随着她，那两个饥饿的男人站在原地傻瞪着她们。

当天下午她们骑行的路上，凯瑞丝忧虑地把事情回想了一遍。阳光欢快地照着，如同地狱里的一个晴好天气。在一些地方，一股股浓烟从林中空地或闷烧的仓房中升起。她逐渐明白，乡下并不完全荒无人烟。她看到一名孕妇在逃过英军纵火的地里收割豆子；两个儿童惊惧的面孔从一座大宅熏黑的石头间向外张望；几小伙男人，通常都是掠过林地边缘的，此时却警觉而带有搜索目的地走动着。这些人让她担惊受怕。他们面带饥色，而饥饿的男人是危险的。她不知道应不应该停止为速度犯愁，转而为安全担心。

要找到她计划中要留宿的修道院也比凯瑞丝设想的困难得多。她事先没有想到，英格兰的军队在其所过之处，留下了如此惨遭蹂躏的荒芜景象。她原以为周围会有农人为她指路。即使在平时，要从那些从来没到过比最近的集市乡镇远的地方的人们嘴里打听到路程的消息，都是很困难的。何况现在她要找人问个话，对方都要害怕得躲躲闪闪，或者怒目而视，似要饿虎扑食。

从太阳的位置判断，她在向东行进，从晒干的泥地中深陷的车辙来看，她是在主路上。今晚的目的地是以位于其中心的女修道院命名的村落苏厄尔医院。随着夕阳西斜，落于前方的身影渐长，她也越来越心焦地四下张望，想找一个她可以问路的人。

孩子们在她们走近时都吓得跑开了。凯瑞丝还没有绝望到要冒险靠近形容饥饿的男人的地步。她指望着能遇上一位妇女。四处都不见有年轻妇女，凯瑞丝有一种关乎她们命运的惨淡的担忧：她们可能落入了英格兰强盗的魔掌之中。她偶尔能看到在远处有几个孤独的身影在收割没烧毁的庄稼；但她不肯离开大路太远。

她们终于找到了一个满脸皱纹的老妇人，她坐在一座结实的石头住房旁边的一棵苹果树下，啃着一个还没熟就从树上生掰下来的小苹果。她满脸惊恐。凯瑞丝下了马，尽量做出和蔼的样子。那老妇人一个劲儿要把她那一点可怜的食物藏进衣裙的褶子中，她看来是没力气跑开了。

凯瑞丝客客气气地跟她打招呼。“晚安，老妈妈。我能问一下，这条路能把我们带到苏厄尔医院吗？”

老妇人像是恢复了镇定，很理智地作出了回答。她指着她们正走着的方向，说：“穿过这个树林，再翻过那座山。”

凯瑞丝看到她没了牙齿。只靠牙床来啃生苹果简直不可能了，她心怀怜悯地想道。“有多远呢？”她问。

“很长的路。”

在她那把年纪，什么距离都是长的。“我们在天黑以前能赶到吗？”

“骑马嘛，还成。”

“谢谢你，老妈妈。”

“我有过一个女儿，”老妇人说，“还有过两个外孙。一个十四，一个十六。都是好孩子。”

“真为你难过。”

“那些英格兰人，”老妇人说，“但愿他们都在地狱挨火烧。”

显然，她没把凯瑞丝和梅尔当成英格兰人，这就回答了凯瑞丝的问题：当地人分不清陌生人的国别。“两个男孩都叫什么？”

“吉尔斯和让。”

“我要为吉尔斯和让的灵魂祈祷。”

“你有面包吗？”

凯瑞丝环顾四周，看准没有别人跳出来趁火打劫，只有她们仨人。她向梅尔点头示意，梅尔就从她的鞍袋里取出剩余的面包，送给了老妇人。

那老妇从她手里抓过面包，立刻送进嘴里，用牙床啃起来。

凯瑞丝和梅尔骑马走开了。

梅尔说："要是我们不停地把吃的送人，我们就要挨饿了。"

"我知道，"凯瑞丝说，"可你怎么好拒绝呢？"

"我们要是死了，就完成不了我们的使命了。"

"可我们终归是修女啊，"凯瑞丝严肃地说，"我们应该帮助有需要的人，至于我们什么时候该死，还是让上帝去决定吧。"

梅尔感到惊异。"我以前从来没听过你说这种话。"

"我父亲讨厌那些进行道德说教的人。他常说，道德适合我们的时候，我们都是好样的：可那是不作数的。只有在你一心要做错事的时候——当你要靠不光彩的交易挣钱的时候，或者亲吻你邻居的妻子可爱的嘴唇的时候，或者靠说谎来摆脱可怕的困境的时候——那才是你需要守规矩的时候。他会说，你的道德就像一把剑，除非你要来试验一下，你是不该挥舞它的。这并不是说，他深谙剑的一切。"

梅尔一时沉默不语了。她可能在回味凯瑞丝说的话，或许是她干脆放弃了争论，凯瑞丝说不准。

谈到埃德蒙，总是让凯瑞丝意识到她有多么思念他。她母亲去世之后，他就成了她生活中的主心骨。他总是在那儿，具体地说，就是站在她身边，在她需要同情和理解，或者精明的忠告或准确的消息时，他随时都会给予：他对世事了解太透彻了。如今，当她转而向他求助时，那地方却是空荡荡的。

她们穿过一块林地，然后爬上一个高地，一切都如那老妇人所指点的。她们俯视一道浅谷时，看到了又一座焚毁的村庄，与先前所见的一样，但有一组石头建筑，看着像一座小修道院。"这里应该就是苏厄尔医院了，"凯瑞丝说，"感谢上帝。"

在她走近时才意识到，她已经多么习惯女修道院的生活了。当她们策马下山时，她发现自己竟然期盼着典礼仪式的洗手，默默地就餐，天黑就上床，甚至午夜三点晨祷时那种睡眼惺忪的宁静。经过这样一天的经历，那些灰色石墙的安全感真诱人极了，她踢着疲惫的“小黑”一路小跑起来。

那地方毫无动静，但这并没什么可奇怪的：那是村落中的一栋小房子，你不能指望那里有王桥那样大型修道院里所见的熙熙攘攘。不过，在一天的这种时刻，总会有准备晚餐的一缕炊烟从厨房升起吧。然而，当她走近时，便看到了更不祥的兆头，一种沮丧感渐渐吞噬了她。最近的一处看似教堂的建筑，已经没了屋顶。窗户成了空空的框子，既没有百叶窗，也没有玻璃。一些石墙发黑，像是烟熏的。

那地方一片死寂：没有钟声，没有马夫或厨师助手的喧闹。这里一派荒凉，凯瑞丝在勒马走进去时，失望地明白了。这里和村中一切别的建筑一样遭到了火焚。大多数石墙还挺立着，但木制屋顶已经坍下，门及其他木件全都烧光了，玻璃窗都烧散了架。

梅尔不敢相信地说：“他们居然烧了女修道院？”

凯瑞丝的惊愕不在她之下。她曾经相信，入侵的大军对宗教建筑会秋毫无犯的。人们都说，这是铁的规定。一个士兵若敢破坏一处圣地，指挥官会毫不犹豫地将他处以死刑的，她对此曾毫不怀疑地接受过。“骑士品质也不过如此。”她说。

她们下马步行，绕过烧焦的梁柱和烫脚的碎石，小心翼翼地迈步走向生活区。她们走近厨房门时，梅尔发出一声惊叫，说：“噢，上帝，那是什么？”

凯瑞丝知道答案。“那是一名死去的修女。”躺在地上的尸体是赤裸的，但剪着修女的平头。那尸体不知怎么没有被火烧到。那修女死了有大约一个星期了。鸟儿已经啄去了她的双眼，部分脸蛋也被某个食腐尸的野兽啃过了。

她的双乳也被刀子割掉了。

梅尔惊慌地说：“是英格兰人干的吗？”

“唉，反正不是法国人。”

“我们的士兵中有外国人和他们并肩作战，是吧？威尔士人，日耳曼人，什么的。也许是他们干的。”

“他们都听命于我们的国王，”凯瑞丝极不赞成地说，“是他把他们带到这里来的。他们做什么他是要负责的。”

她们看着骇人的景象。就在她们正看着的时候，一只老鼠从尸体的嘴里爬了出来。梅尔尖叫一声，转过身去。

凯瑞丝搂住她。“镇定些，”她坚定地说，一边抚摩着梅尔的后背安慰她。“好啦，”过了一会儿她说，“咱们离开这儿吧。”

她们回到了马匹旁边。凯瑞丝遏制下一股要埋葬那死去的修女的冲动：她们再耽搁下去，天黑便走不了了。可是她们该到哪儿去呢？她们原计划在这里过夜的。“我们回到苹果树下的老妇人那儿去吧，”她说，“自我们离开卡昂以来，她的家是我们所见到的唯一完整的房子了。”她焦虑地瞥了一眼落日。“要是我们催马疾行，在天黑透以前，我们还能赶到那里。”

她们催促着疲惫的坐骑向前赶，沿来路往回走。就在她们前方，太阳一下子就落到了地平线之下。她们回到苹果树旁的房子时，最后一道夕阳已经黯淡了。

老妇人见到她们很高兴，希望一起吃她们刚才留下的干粮，她们便在黑暗中吃了晚饭。老妇人叫让娜。屋里没火，但天气暖和，三个女人就裹起毯子，挨着睡下了。凯瑞丝和梅尔信不过女主人，便手里抓着装了她们食物的鞍袋。

凯瑞丝睁眼躺了一会儿。她很高兴在朴次茅斯拖了那么久之后又上路了，而且在过去的两天里前进了不少路程。若是她能找到理查主教，她觉得他肯定会迫使戈德温偿还修女们的钱。他不算是正人君子，但他心胸豁达，会以他那种漫不经心的方式公平地主持正义。戈德温即使在巫术审判中也未能为所欲为。她觉得有把握说服理查给她一封信，命令戈德温出售修道院的财产，还清偷去的现金。

但是她担心她和梅尔的安全。她那种士兵不骚扰修女的假定是大错特错了：她们在苏厄尔医院目睹的一切已经再清楚不过了。她和梅尔需要化装一下。

她在第一道曙光中醒来时，对让娜说："你的外孙——你还有他们的衣服吗？"

老妇人打开了一只木箱。"随便拿吧，"她说，"我也没人可给了。"她提起一只桶，便出门打水去了。

凯瑞丝开始在箱子里翻找着衣服。让娜并没有要钱。她猜想，死了这么多人之后，衣物不值几个钱了。

梅尔说："你要干吗？"

"修女不安全，"凯瑞丝说，"我们要装成一个小地主——布列塔尼朗尚的皮埃尔老爷的跟班。皮埃尔的名字很普通，而且有很多地方都叫朗尚。咱们的老爷被英格兰人抓了去，咱们的女主人打发我们去找他，谈判赎金的事。"

"好极了。"梅尔热切地说。

"吉尔斯和让是十四和十六岁，走运得很，他们的衣服合我们的身。"

凯瑞丝挑了一件束腰外衣，一双护腿和一件带兜头帽的斗篷，都是未经染过的暗褐色毛织品。梅尔找到一件类似的绿色外衣，还是短袖的，另有一件衬衫。妇女通常不穿内衣，倒是男人要穿。所幸让娜珍重地把死去的家人的亚麻衣物都洗净了。凯瑞丝和梅尔可以依旧穿自己的鞋：修女务实的鞋子和男人穿的没什么两样。

"我们要穿起来吗？"梅尔说。

她们脱下了修女的袍服。凯瑞丝从来没见过梅尔不穿衣服，忍不住偷觑了一眼。她这同伴的赤裸身躯让她透不过气来。梅尔的皮肤像是粉色的珍珠一样闪亮。她的乳房丰满，姑娘式的乳头淡淡的，她还长着浅色的浓密阴毛。凯瑞丝突然意识到她自己的身体可没这么美。她调过脸去，迅速把挑好的衣服穿起来。

她把那件束腰外衣从头上套下去，那衣服和女式的很像，只是下及膝盖而不是垂到脚踝。她套上亚麻裤子和护腿，然后再穿上她的鞋子，扎好腰带。

梅尔说："我这打扮怎么样？"

凯瑞丝打量着她。梅尔在她的金色短发上扣了一顶帽子，还向一侧歪着一个角度。她在怪笑。"你看上去挺高兴的！"凯瑞丝惊讶地说。

"我一向喜欢男孩的衣服。"她在那间小屋大摇大摆地走来走去。"他们就是这样走路的，"她说，"总是要迈着用不着的大步子。"她学得很逼真，凯瑞丝哈哈大笑起来。

凯瑞丝忽然想到一件事情。"我们要不要站着小便呢？"

"我能成，但得不穿内裤——尿不准地方的。"

凯瑞丝咯咯笑着。"我们不能不穿裤子的——一阵疾风会露出我们的……伪装的。"

梅尔笑了。随后她开始打量凯瑞丝，那目光很古怪，但不完全陌生，她就这样上上下下地看着，遇到了凯瑞丝的目光，便盯着看了。

"你在干什么？"凯瑞丝说。

"这是男人看女人的方式，好像我们属于他们。可是要当心——要是你这样看一个男人，他可就想生事了。"

"这比我想的可要难呢。"

"你太漂亮啦，"梅尔说，"你得有一张脏脸。"她走到壁炉跟前，用煤烟把一只手涂黑，然后抹到凯瑞丝的脸上。她的触碰如同爱抚。凯瑞丝心想，我的脸蛋算不上漂亮；没人这样评论过——梅尔辛当然要除外……

“太多了，”梅尔过了一会儿说，用另一只手擦掉一些，“这样好多了。”她抹着凯瑞丝的手，说：“现在给我抹吧。”

凯瑞丝在梅尔的下颏和颈部淡淡地抹了一些煤烟，像是她有些浅髭。这么近地盯着她的脸看，又轻柔地触摸她的肌肤，显得很亲密。她把梅尔的前额和双颊弄脏。梅尔看上去像个俊俏的小伙子——可她不像女人了。

她们互相端详着。梅尔嘴唇红红的弧线上泛起了一丝笑意。凯瑞丝有一种预感，像是就要发生什么重大事情。这时一个声音响起：“修女们哪儿去了？”

她俩负疚地转过身去。让娜提着沉重的一桶净水站在门口，样子很害怕。“你们把那两个修女怎么样了？”她问。

凯瑞丝和梅尔爆出了笑声，随后让娜也认出了她们。“你们怎么变成了这模样！”她惊叫。

她们喝了些水，凯瑞丝拿出来剩下的熏鱼，大家分着吃了当早餐。她们边吃边想，让娜认不出她们，倒是个好迹象。若是她们谨慎些，说不定她们可以这样走掉的。

她们向让娜告了辞，就上马走了。她们在登上苏厄尔医院前的高岗时，太阳已经升上头顶，向女修道院投下一道红光，使那片废墟看上去像是还在火中。凯瑞丝和梅尔疾驰过那村子，尽量不去想那躺在瓦砾堆中残破的修女尸体，向着太阳升起的方向骑去。

四七

八月二十二日星期二那天，英格兰军队开始溃逃。

拉尔夫·菲茨杰拉德不清楚这是怎么发生的。他们曾从西到东横扫诺曼底，一路烧杀抢劫，无人能敌。拉尔夫得心应手。在行军时，士兵可以看到什么拿什么——食品、珠宝、女人——并且杀死阻挡他们的任何男人。日子就是该这么过。

国王是拉尔夫心仪的人。爱德华三世喜欢打仗。他不打仗的时候，就把大部分时间花在精心安排的比赛上，那是一种耗资巨大的假想战斗，参赛的骑士大军都穿着专门设计的军装。在战场上，他随时都会不惜生命危险，亲率一支突击部队，就像王桥的商人一样，从不停止为获利铤而走险。老成的骑士和伯爵对他的残忍评头品足，还抗议过类似在卡昂连续奸淫妇女的事件，但爱德华依然故我。当他听到卡昂的一些市民向掠夺他们家宅的士兵投掷石头时，他曾下令将该城的人斩尽杀绝，只是在哈考特的高德夫雷爵士和其他人的有力抗争下才收回成命。

当英军来到塞纳河时，形势开始急转直下。在鲁昂他们发现桥已被毁，对岸的镇子严密设防，法兰西国王腓力六世率大军亲临前线。

英军进军上游，想寻找地方渡河，但他们发现腓力已先期到达，一座又一座的桥，不是严密防守就是拆毁一空。他们一直来到距离巴黎仅有二十英里的普瓦西，拉尔夫还以为他们肯定会进攻首都了——但年长的人却审慎地摇着头，说是根本不可能。巴黎是一座有五万居民的城市，他们如今一定听到了卡昂的消息，因此，知道无法指望幸免，便准备血战到死。

拉尔夫问，既然国王无意进攻巴黎，那他的计划又是什么呢？谁也不知道，拉尔夫怀疑，爱德华除去大肆劫掠之外，其实也没有计划。

普瓦西镇已经撤离，英军的工兵得以重修大桥——同时击退法军的进攻——所以大军终于渡过了河。

此时已经弄清，腓力业已集结了一支人数远远多于英军的大军，爱德华遂决定突击北上，以期与从东北方入侵的一支盎格鲁-

佛兰芒军队会师。

腓力在后面穷追不舍。

今天，英军在另一条大河索姆河的南岸宿营，法军则将塞纳河上的防御手段故伎重施。突击和侦察部队报告：每一座桥梁都已拆毁，每一座沿河城镇都已重兵布防。更不祥的消息是，一支英军小分队已经看到对岸飘扬着腓力最著名和骇人的联盟——波希米亚盲王约翰的旗帜。

爱德华出兵之时总兵力达到一万五千人。经过六个星期的战斗，其中的许多人倒下了，另外一些人开了小差，携带着满鞍袋的金子，取道回家。拉尔夫估算，大约还剩下一万人。间谍的报告表明，在上游几英里处的亚眠，腓力如今拥有六万步兵和一万二千骑马的骑士，在人数上大占优势。自从第一次涉足诺曼底以来，拉尔夫从来没这样忧心过。英军陷入了困境。

第二天，他们沿河而下，来到阿布维尔，那里是索姆河变成三角洲入海口之前最后一座桥梁的所在地；但镇上的居民多年来花钱加固了城墙，英军看出那里牢不可破。镇上的人把握十足，甚至派出一支骑士大军出击英军的先头部队，经过一场小规模的激战，当地人才龟缩回他们的城墙之内。

当腓力的军队离开亚眠，从南向北前进时，爱德华发现自己处于三面包围的顶端：右翼是河口，左翼是大海，背后是法军，准备对野蛮的入侵者进行一场喋血大战。

那天下午，罗兰伯爵来见拉尔夫了。

拉尔夫已在罗兰的麾下战斗了七年。伯爵不再把他看作不谙世事的男孩子。罗兰依旧给人一种印象，他不大喜欢拉尔夫，不过倒是尊重他，总是把他放到战线上的薄弱环节上，让他率队突围或组织袭击。拉尔夫的左手失去了三个指头，而且自从一三四二年在南特郊外被一名法军士兵的长矛柄击碎胫骨以来，他走起路来都是一瘸一拐的。然而，国王还是没有封拉尔夫为骑士，这种忽略使拉尔夫愤愤不满。尽管有积累下的赃物——大多由伦敦的一位金匠负责保管——拉尔夫尚未满足。他知道，他父亲也同样不会满意。拉尔夫像杰拉德一样，是为荣誉而不是金钱而战的；可是征战多年，他在贵族的台阶上还没有攀上一步。

罗兰到来的时候，拉尔夫正坐在由军队把成熟的小麦踏成碎屑的地里。他和阿兰·弗恩希尔同六七名战友吃着一顿乏味的午餐，洋葱豌豆汤；食物奇缺，而且肉也吃光了。拉尔夫和众人一样，因不断的行军而疲惫不堪，因反复遇到断桥和严密防守的城镇而士气消沉，而且还为法军一旦追上的情景担惊受怕。

罗兰如今已是老人了，他的须发皆灰，但他依旧挺胸走路，带着权威的口气讲话。他学会了保持面无表情，这样，别人就难以发现他的右脸麻痹了。他说："索姆河口的潮水定时涨落。在低潮时，有些地方水会很浅。但河底是厚泥，无法涉河。"

"这么说我们就不能渡河了。"拉尔夫说。但他清楚，罗兰来这里不光是给他坏消息的，他的精神一振，乐观起来。

"可能有一个渡口——那里的河床比较实在，"罗兰继续说，"真有的话，法军会知道的。"

"你想让我弄清楚？"

"尽快吧。在下一个战场上会有些囚犯。"

拉尔夫摇着头。"在法兰西，随处都有当兵的过来，恐怕到别的国家也一样。只有当地人会知道情报。"

"我不管你跟谁打探。傍晚时到国王的营帐去报告就是了。"罗兰说完就走了。

拉尔夫喝光碗里的水，一跃而起，他为有些攻击性的事情可做而雀跃。"上好马鞍，小伙子们。"他说。

他还骑着"怪兽"。说来奇怪，他这匹爱马居然活过了七年，

“怪兽”比战马多少小一点，但比多数骑士挑中的军马精神要强。它如今饱经战阵，钉了铁掌的四蹄给拉尔夫增加了混战中的武器。拉尔夫对这匹坐骑的喜爱超过了对他多数战友的感情。事实上，他备感亲切的唯一活物便是他哥哥梅尔辛。他们已经七年未见——也许永远见不到了，因为哥哥去了佛罗伦萨。

他们向东北方向，朝着河口奔去。拉尔夫估摸，在半日行程之内的每个农人都会认识那渡口的——只要真有。他们该时常使用那个渡口，过河去买卖家畜、出席亲戚的婚丧礼仪、赶集和参加宗教节庆。他们当然不肯把这条情报告诉入侵的英格兰人——但他知道该怎么办。

他们离开大军，驰进一片还没因为数千大军的到来而遭受劫难的土地，羊在草地上放牧，庄稼在地里成熟。他们来到一个村庄，从那里可以眺望远方的河口。他们策马小跑，沿着草径进入了村落。牧民们的一室或两室的茅舍，使拉尔夫想起了韦格利。不出他所料，农人们四散而逃，妇女们抱着婴儿和孩童，大多数男人都手握斧头或镰刀。

在过去的几周内，拉尔夫和他的伙伴已经上演过二三十次这种戏剧了。他们是搜集情报的专家。通常，军队的头目都想知道当地人的存货藏在什么地方。机智的农人听说英军到来时，都把牛羊赶进树林，把成袋的面粉藏进地窖，把成捆的干草放到教堂的钟楼上。他们明知道若是暴露了他们藏食物的地点，就会饿死，但他们迟早会说出来。还有的时候，军队需要指路，前往重要的镇子、有战略地位的桥梁、一座设防的教堂。农人通常对这种询问答得很爽快，但必须弄清他们是不是在撒谎，因为他们当中的精明人可能会欺骗入侵的军队，而且知道士兵们不可能回过头来惩治他们。

拉尔夫和他的部下追逐着在园子和田野里逃跑的农人，不去管那些男人，而是集中在妇女和儿童身上。拉尔夫明了，只要抓住他们，做丈夫和父亲的自会回来。

他抓住了一个大约十三岁的女孩。他在她身边骑行了片刻，盯着她那惊恐的表情。她长着黑头发、深皮肤，模样一般，年纪虽然不大，却长就了浑圆的女性身材——正是他喜欢的那种类型。她让他想起了格温达。如果环境稍有不同，他就会享受她的肉体，在过去的几个星期里，他已经有过好几个类似的女孩了。

但是今天，他另有要优先考虑的事。他调过“怪兽”，拦住她的去路。她想躲开他，却自己绊倒了，摔在了一块菜地里。拉尔夫跳下马来，在她爬起来时抓住了她。她尖叫着，还抓他的脸，于是他就给了她肚子一拳，让她别出声。随后他抓住了她的长发。他牵着马，把她拖回村子。她磕磕绊绊地跌倒在地，但他继续向前走，拽着她的长发往前拖；她挣扎着站起身，疼得直哭。在那之后，就再没跌倒了。

他们在木头小教堂里会合。八名英军士兵抓了四个妇女，四个孩子和两个怀抱的婴儿。他们让这些人坐在圣坛前的地面上。过了一会儿，一个男人跑了进来，用当地的法语唠叨着，求告着。跟着又进来了四个人。

拉尔夫高兴了。

他站在只是漆成的白色木桌充当的圣坛旁边。“安静点！”他高叫着，同时挥着剑。人们全都噤声不语了。他指着一个小伙子。“你，”他说，“你是干什么的？”

“一个皮匠，老爷。求你别伤害我老婆孩子，她们没对你们做错事啊。”

他又指着另一个男人。“你呢？”

他抓的那姑娘喘起粗气，拉尔夫推断出他们是一家子；他猜是父女关系。

“就是个放牛的，老爷。”

“放牛的？”这太好了，“你多久赶着牛过一次河？”

“一年一两次吧，老爷，我去赶集的时候。”

“渡口在哪里？”

他迟疑着。“渡口？没有渡口。我们得在阿布维尔过桥。”

“你敢肯定？”

“是的，老爷。”

他巡视了一圈。“所有的人——这是真的吗？”

他们点了头。

拉尔夫琢磨着。他们害怕了——吓坏了——但仍可能在撒谎。“要是我找来教士，他拿来《圣经》，你们会以你们永生的灵魂起誓，在河口这儿没有渡口吗？”

“会的，老爷。”

但那样太费时间了。拉尔夫看着她抓来的那个女孩子。“过来。”

她往后缩了一步。

那放牛的扑通跪下了。“求你们，老爷，别伤害一个无辜的孩子吧，她才十三岁——”

阿兰·费恩希尔提起那女孩，好像她是一袋洋葱，把她扔给了拉尔夫，拉尔夫接住她，拽紧了。“你们在跟我撒谎，你们所有的人，我肯定有渡口。我只是想确切地知道在哪儿。”

“好吧，”放牛人说，“我来告诉你们，但放下那孩子。”

“渡口在哪儿？”

“从阿布维尔向下一英里的地方。”

“那个村子叫什么？”

放牛人被这问题一时懵住了，随后才说：“没有村子，但你可以看见对岸有个客栈。”

他在说谎。他没出过远门，所以他没意识到，渡口附近总有一个村子。

拉尔夫抓过那女孩的一只手放在圣坛上。他抽出了刀子。他用一个飞快的动作，剁下了她的一根手指。他那把厚刃刀很容易切断她的小骨头。那女孩疼得直叫，鲜血涌出，把圣坛的白漆喷上了一层红色。所有的农人都惊呼起来。放牛人气呼呼地往前迈了一步，但被阿兰·弗恩希尔的剑尖抵住了。

拉尔夫仍有一只手抓着那女孩，用刀尖挑起那根惨不忍睹的指头。

“你就是魔鬼本人。”放牛人说，气得直抖。

“我不是。”拉尔夫以前听过别人这样骂他，但还是刺激了他。“我在拯救几千名男人的性命，”他说，“要是再逼我，我就一个接一个地砍掉她剩下的手指。”

“别，别!”

“那就告诉我，渡口到底在哪儿。”他挥着刀子。

放牛人高叫：“布朗谢塔克，那地方叫布朗谢塔克，请你放了她吧!”

“布朗谢塔克?”拉尔夫说，他装出怀疑的样子，但实际上这地名倒像是真的。这是个不熟悉的字眼，但听起来仿佛是个白色平台，一个吓坏了的人当场编不出来这种玩艺。

“是啊，老爷，人们这么叫，是因为河底的白色石头可以让人踩着走过泥泞。”他已经吓慌了神，泪水流下他的面颊，所以他大概是说了实话，拉尔夫满意地盘算着。放牛人又唠叨着说：“人们说，那些石头是早年间由罗马人放下去的，请放了我的小女孩吧。”

“在什么地方?”

“从阿布维尔向下游十英里。”

“不是一英里?”

“我这次说的是实话，老爷，我希望得救!”

“那村子叫什么?”

“塞因维尔。”

“那渡口是常年能过，还是只在低潮时候?”

“只在低潮时候，老爷，尤其是赶着牲口或大车的时候。”

“你知道潮水?”

“知道。”

“现在，我只有一个问题要问你了，这可是个非常重要的问题。要是我怀疑你对我撒谎，我就砍掉她的整只手。”女孩尖叫起来。拉尔夫说：“你知道我说话是当真的，懂吗?”

“懂，老爷，我全告诉你!”

“明天什么时候是低潮?”

放牛人脸上掠过一道惊恐。“啊—啊—让我来推算一下!”那人太难受了，脑子运转不灵了。

那皮匠说：“我来告诉你。我兄弟昨天刚过的河，所以我知道。明天的低潮时间是在上午的中间，正午前两个小时。”

“对!”放牛人说，“这就对了！我正要算呢。上午中间或稍迟一点。再一次是在晚上。”

拉尔夫一直握着那女孩流血的手。“你敢肯定?”

“噢，老爷，就像我的名字那样千真万确，我发誓!”

那人这会儿大概都不知道自己的名字了，因为他已吓得六神无主。拉尔夫看着那个皮匠。他的脸上没有欺骗的迹象，他的表情中也没有挑战或急于讨好的流露；他只是有点愧疚，仿佛他是被迫的，违背了他的意志，做出了错事。拉尔夫狂喜地想着，这次是真的了；我办成了。

他说：“布朗谢塔克。从阿布维尔向下游十英里，在塞因维尔村。河底上垫的白石头。低潮在明天半上午的时候。”

“没错，老爷。”

拉尔夫松开那女孩的手腕，她哭泣着跑向她的父亲，放牛人用双臂搂住了她。拉尔夫低头看着白色圣坛桌上的那摊血。对一个小姑娘来说，是够多的。“好吧，汉子们，”他说，“我们在这儿的事干完了。”

号声在第一道曙光时叫醒了拉尔夫。已经来不及点火或吃早餐了：队伍马上要拆掉营帐了。到半上午时，一万人的队伍要行军六英里，多数人是步行。

威尔士亲王[①]的部队率先出发，接着是国王的队伍，然后是辎重队，最后是殿后的队伍。侦察兵已被派出，弄清法军还有多远。拉尔夫在前锋的队列中，追随着十六岁的亲王，亲王和他父亲有着同样的名字：爱德华。

他们希望在渡口涉过索姆河来使法兰西人大吃一惊。昨夜里国王说：“干得好，拉尔夫·菲茨杰拉德。”拉尔夫早已知晓，这种话没什么意思，他曾经为爱德华国王、罗兰伯爵及其他贵族完成了众多有用或勇敢的任务，但他仍未被封为骑士。在今天这场合，他感到有些怨恨。今天他的生命和以往一样都处于危险之中，他为自己找到了一条逃跑之路实在高兴，已经不在意别人是否把拯救了全军的功劳归于他了。

在他们行进之中，十多名指挥官和副指挥官不停地巡逻：率队走向正确的方向，保持队形完整，维系队伍之间的距离，聚拢掉队的散兵。指挥官都是贵族，这样才有权威下命令。爱德华国王对于有序的行军十分认真。

他们向北行进。地面缓缓地上坡，到了一处可以遥望河口的闪光的高岗。从那里下坡，穿过一片庄稼地。当他们走过村庄时，指

① 英王的太子按例均封为威尔士亲王。

挥官们都确保没有抢劫现象，因为他们不想携带多余的行李渡河。他们还控制着不准放火烧庄稼，担心浓烟将他们的确切位置暴露给敌人。

当先头部队到达塞因维尔时，太阳刚要升起。村庄坐落在一处陡岸上，高出水面三十英尺。拉尔夫从岸边望过去，是一片令人生畏的障碍：河水和泥滩足有一英里半那么宽。他能够看到河底白花花的石头，标出了渡河线路。河口对岸是一座青山。当太阳从他右面升起时，他看到对岸的堤坡有金属的闪光和颜色的晃动。他的心一下子沉下去了。

越来越亮的阳光证实了他的疑虑：敌人正在守候着他们。法兰西人当然知道渡口的所在，一位明智的指挥官预见到了英格兰人可能会找到渡口。双方都准备着出奇制胜。

拉尔夫看着水面。河水向西流去，露出潮水渐退的势头；但人要涉水过河还是太深。他们只好等待。

英军继续在岸边集结，每时每刻都有上百人到来。若是国王这会儿打算让队伍调头返回，混乱将是一场梦魇。

一名侦察兵回来了，拉尔夫听着他向威尔士亲王陈述消息。腓力国王的军队已经从阿布维尔出发，向河的这一岸推进。

那名侦察兵又受命去确定法军移师的速度。

拉尔夫心怀恐惧地想，已经无路可退了；英格兰人只有过河一条路了。

他打量着对岸，想估计一下北岸驻有多少法军。他想，不止一千吧。但更大的危险来自从阿布维尔跟踪而至的几万大军。拉尔夫从与法军的多次遭遇中体会到，他们是十分勇敢的——有时是蛮干——却纪律松弛。他们行军时没有队形，他们不服从命令，在守候才更加明智时偏要进攻，以显示勇气。但是他们如果能够克服散漫的习惯，并于几小时后赶到这里的话，他们就会在爱德华国王的队伍半渡之时抓住战机。英军遭到两岸夹击，就会被消灭光。

过去六个星期中他们犯下的罪行，是无法指望宽恕的。

拉尔夫想到了铠甲。他有一身精美的铠甲，是七年前在康布雷从一名法军尸体上扒下来的，可惜放在了辎重队的一辆车上了。再者，他没有把握能够穿着那样的拖累趟过一英里半宽的河水和泥滩。他此时头戴钢盔，身穿短款的披肩锁子甲，行军时他只能如此了。这是不得已的办法。别的人也都穿着类似的护具。大多数步兵却把头盔吊在腰带上，在与敌人近距离交锋前才戴上；没有人在行军时穿全套铠甲的。

太阳在东方高高升起。水面下降到只齐膝盖深了。从国王的随从中赶来的贵族传令开始渡河。罗兰伯爵的儿子，卡斯特的威廉，带来了给拉尔夫小队的指令。“弓箭手走在前面，一接近对岸，马上放箭。”威廉告诉他们。拉尔夫冷冷地看着他。拉尔夫没有忘记威廉曾经为了在过去六周中半数英军都曾干过的类似行为要把他绞死。“等你们上岸之后，弓箭手分散到左右两翼，让骑士和士兵通过。”拉尔夫心想，这事听着简单；命令总是这样。但这将是一场血战，敌军在对岸的陡坡上布下了完美的阵地，瞄准正在挣扎着渡河而毫无抵抗力的英军士兵。

休·迭斯潘萨的人马，扛着他的醒目的白底黑图号旗，担任前锋。他的弓箭手趟进了河里，把弓举在水面之上，骑兵和步兵随后纷纷下水。罗兰的队伍紧随其后，拉尔夫和阿兰很快就骑马过河了。

一英里半的路程走起来不算远，但拉尔夫此刻才认识到，趟起水来，哪怕对马匹，也是长路了。水深不定：一些地方，他们走在水面上的松软的泥地上，另一些地方，水要没到步兵的腰部，很快就人困马乏了。八月份的太阳照在他们当顶，而他们精湿的双脚冻得发麻。整个涉渡期间，他们只要向前望，就能越来越清楚地看到，敌人正在北岸守候他们。

拉尔夫打量着对方的军力，心里益发惊惶了。沿岸的第一线布防中，有弩矢手。他知道他们不是法军而是意大利雇佣军，通常管他们叫热那亚人，其实来自意大利各地。弩矢发射起来速度低于长弓，但热那亚人会有充裕的时间趁他们的目标在水中跌跌撞撞时，重新装填。在弩矢手身后的绿色高坡上，站着步兵和骑在马上的骑兵，随时准备冲锋。

拉尔夫回头望去，看到他身后有上千的英军在渡河。调头再次成为不可取的选择；事实上，后续部队还在向前挤压着前锋部队。

此时，他已经能够看清敌人的队伍了。沿河岸排开的是重型木盾，由弩矢手使用。只要英军一进入射程，热那亚人就会开始射击。

隔着三百码的距离，目标看不太清楚，他们的箭还未击中目标便纷纷落地。无论如何，总有少数的人和马被击中。伤者倒下，顺水漂流，直至淹死。受伤的马匹则在水中翻腾，鲜血染红了河水。拉尔夫的心怦怦直跳。

随着英军接近河岸，热那亚人的命中率提高了，弩矢以更大的力量中的。弓弩一排排射得不快，但射出的钢尖铁箭力量极大。拉尔夫周围已是人仰马翻。有些中矢的当即阵亡。空气中充满了可怕战斗的嘈杂声：致人死命的箭矢的飞鸣，伤者的咒骂，痛极的马匹的尖嘶。

英军阵容前列的弓手向敌人反击了。六英尺的长弓下端拖在水里，他们只好把弓举成一个不熟悉的角度，加之他们脚下的河床湿滑，但他们都尽力而为。

弩矢能够在近距离射穿甲片，但没有一名英军身披重甲。除去头盔，他们几乎毫无保护地暴露在致人死命的箭阵之下。

拉尔夫要是能够，早就调头跑了。然而，他身后是上万的人和五千匹马在向前追迫，他如果回撤，就会被踩倒，淹死。他别无选择，只能低头伏在“怪兽”的颈部，催马前进。

英军前锋部队中活下来的弓箭手终于抵达水浅之处，开始更有效地发挥长弓的战斗力了。他们射出弧线，越过木盾的上端。英军的长弓只要一开始射箭，就可一口气连射十二支。箭杆是木制的——通常都是桉木——但箭镞则是钢的，当箭如雨下时，还是很有杀伤力的。敌方发出的箭矢突然减少了。一些木盾也倒了。热那亚人被逼后退，英军开始上岸。

弓箭手一在坚实的地面上站稳脚跟，立即向左右展开，把河滩腾出来给骑兵——他们从浅水扑向敌人的防线，发起了冲锋。还在涉水的拉尔夫久经战阵，深知法军此时的战术是：守住防线，由弓弩手继续杀戮上岸的和水中的英军。但骑士条令不准许法兰西贵族躲在出身低层的弓弩手背后，于是他们硬冲出阵地，与英格兰骑兵厮杀在一起——这样就失去了他们据守阵地的大部分优势，拉尔夫感到了一丝希望。

热那亚人后退了，河滩上一片混战。拉尔夫的心因畏惧和兴奋而狂跳不已。法军仍有居高临下俯冲的优势，而且他们都顶盔披甲：他们把休·迭斯潘萨的人马成批地屠戮。冲锋的先头部队在浅滩中溅起水花，挥刀砍倒还未上岸的人。

罗兰伯爵的弓手就在拉尔夫和阿兰眼前登上岸边。活下来的人抢占了滩头，向两翼分开。拉尔夫感到英军末日已到，自己定死无疑，但除去向前已无路可走，突然间他就冲杀起来了：头还俯在“怪兽”的颈部，剑举在空中，向着法军的阵线直冲过去。他避开了横下挥来的一剑，就踏上了干岸。他徒劳地向一个钢盔劈去，这时“怪兽”一头撞上另一匹马。法兰西人那匹马高大但年轻，它蹄子一绊，把骑者摔到了泥地里。拉尔夫调转“怪兽”，回过头来准备再次冲锋。

他的剑对付重甲难有作为，但他身材高大，坐骑又亢奋异常，他只希望能够把敌兵从马上击倒在地。他又冲上去了。战斗到了这个当口，他已无所畏惧了。相反，他被一种昂扬的斗志所支使，一心要杀死尽可能多的敌人。双方一交手，时间就凝固了，他只是打了又打。后来，战斗接近尾声，要是他还活着，他会惊愕地发现，太阳已经西落，整整一天就这样过去了。这时他向敌人一次又一次冲去，躲闪着他们的剑锋，一有机会就刺出一剑；由于这是你死我活的战斗，绝不可放松速度的。

在一个时刻——可能只过了一会儿，或许过了小半天——他不敢相信地意识到，英军不再被杀戮了。事实上，他们似乎占了上风，赢得了希望。他从混战中抽身出来，停下来喘口气，清点着战场。

河滩上铺满了死尸，英法双方大体持平，拉尔夫才看出法军冲锋的愚蠢之处。双方的骑兵一交手，热那亚的弓弩手就停止了发射，唯恐会伤到自己人，这样，敌人就再也无法像瓮中捉鳖一样射杀英军了。从那一刻起，英军就成群结队地涉过河口，他们保持着同样的序列，弓箭手向左右两翼展开，骑兵和步兵无情地向前推进，以致法军数量上的唯一优势反倒被淹没了。拉尔夫回望水中，看到潮水此时已经回涨，因此，还在河中的英军拼命向前，顾不上岸上等待着他们的是何等命运了。

就在他喘过气的时候，法军意志崩溃了。他们被迫撤离河滩，向山上跑去，他们被敌人踏出涨潮的河水的气势所压倒，开始退却了。英军则向前紧逼，难以相信自己的好运；恰如时常发生的那样，退却在刹那间变成了溃逃，人人都自顾自了。

拉尔夫回头望过河口。辎重队行进到了河中间，马和牛拉着沉重的大车涉过渡口，赶车人发狂似的挥鞭赶车，与潮水争抢时间。这时对岸出现了零星的战斗。腓力国王的前锋部队大概已经赶到，和少数掉队的英军交上了手，拉尔夫觉得，在日光中他认出了波希米亚轻骑兵的旗幡。可惜他们为时已晚。

他在马鞍上瘫软了，由于松了一口气而突然全身乏力了。战斗结束了。出乎一切预料，英军不可思议地突出了法军的包围圈。

今天，他们算是平安了。

四八

凯瑞丝和梅尔在八月二十五日到达了阿布维尔的近郊，却沮丧地发现法军已然在那里驻扎了。数万名步兵和弓箭手在镇子周围的田野里宿营。她们在路上听到的不仅是方言法语，而且有遥远地方的语言：佛兰芒语、波希米亚语、意大利语、萨瓦①语、马略卡②语。

法兰西人和他们的盟友——同凯瑞丝及梅尔一样——都在追赶英格兰的爱德华国王及其军队。凯瑞丝想不出，她和梅尔如何才能赶在法军前面。

她们在黄昏时分穿过城门进入镇子时，街道上挤满了法兰西的贵族。即使在伦敦，凯瑞丝也未曾见过如此昂贵的服装、精美的武器、高大的马匹和崭新的靴鞋的展示。简直像是全法兰西的贵族全都聚集在此了。镇上的客店主、面包师、沿街卖艺的和妓女们，都忙不迭地满足他们的客人的需要。每一座客栈都挤满了伯爵，每一栋房子里都有骑士睡在地上。

圣彼得修道院列在凯瑞丝和梅尔事先计划要投宿的宗教住地的名单上。但即使她们依旧是修女装束，也难以进入客房区了：法兰

---

① Savoy，位于法国东南部，曾是萨伏依公国所在地，一度属意大利。
② Majorca，位于西班牙东部。

西国王在此驻跸，他的随从人员把所有的地方都占满了。这两位如今化装成朗尚的克里斯托弗和米歇尔的王桥修女，被指点到大修道院的教堂去，那里中殿冰冷的石头地面上有数百名国王的扈从、跟班和其他仆役下榻过夜。然而，负责的指挥官告诉她们，那里已经没有地方，她们只能像地位低下的所有人一样，在田野里露宿了。

北十字甬道是救治伤员的医院。在她俩向外走的时候，凯瑞丝停下脚步看一名外科医生给一个呻吟的士兵缝合面颊上的一道深口。那位外科医生动作麻利又熟练，他做完之后，凯瑞丝佩服地说："你做得棒极了。"

"谢谢你。"他说。他瞥了她一眼，又补充说："你怎么懂这一行，小伙子?"

她之所以懂得，是因为她曾看过理发师马修做外科手术，但她必须马上编个故事，于是她便说："在朗尚，我父亲给老爷做外科医生。"

"现在你和你的老爷在一起吗?"

"他被英军俘虏了，夫人打发我和我兄弟去谈他赎金的事。"

"嗯。你最好还是直接到伦敦去吧。就算他现在没到那里，不久就会的。不过，既然你来到这里，可以帮帮我，借此弄到一张床过夜。"

"乐于从命。"

"你见过你父亲用温酒洗伤口吗?"

凯瑞丝就是在睡梦中也会洗伤口。没过多久，她和梅尔就干起了她们拿手的活计：看护病人。大多数伤号都是前一天在索姆河上一处渡口的战斗中受的伤。受伤的贵族已经得到优先救治，此时那位外科医生在围着普通士兵忙碌了。他已经手不停歇地工作了好几个小时。漫长的夏日傍晚只剩下了夕阳的微光，蜡烛被拿来了。最后，所有的断骨已经接好，重伤的已经截肢，伤口也已缝合；那位外科医生马丁·希鲁尔让，带她俩去食堂吃晚餐。

他们受到了和国王的随从一样的款待，吃的是洋葱炖羊肉。她们已经有一星期没尝到肉的滋味了。她们甚至还喝到了美味的红葡萄酒。梅尔津津有味地喝着。凯瑞丝很高兴她们有机会补充体力，但仍为追上英军一事忧心忡忡。

一名和她们同桌的骑士说道："你们注意到没有，就在隔壁，修道院的食堂里，有四位国王和两位大主教在吃晚餐？"他掰着指头数出他们的名字："法兰西、波希米亚、罗马和马略卡的国王，以及鲁昂和桑斯的大主教。"

凯瑞丝决定去看上一看。她从一扇像是通向厨房的门走了出去。她看见仆人们端着盛得满满的大浅盘进入了另一个房间，便从门缝中偷觑。

围坐在桌旁的显然都是上流人物——桌上摆满了烤鹅、大块的牛排和羊排，丰盛的布丁，堆得高高的蜜饯水果。坐在首席的大概是腓力国王，五十三岁，金黄色胡须中夹杂着一些灰色的杂毛。他身边是一个长得像他的青年，正在讲话。"英格兰人不是贵族，"他说，面孔气得绯红，"他们就像窃贼，夜里偷盗，完事就跑掉。"

马丁出现在凯瑞丝的背后，在她耳畔咕哝说："那就是我的主子——查理，阿朗松伯爵，国王的弟弟。"

一个新的声音说："我不同意。"凯瑞丝马上看出来，说话的人是瞎子，就得出结论：他准是波希米亚国王约翰。"英军不可能跑得很久。他们缺少食物，而且疲惫不堪。"

查理说："爱德华想和已经从佛兰德入侵法国东北部的盎格鲁-佛兰芒军队会师。"

约翰摇起了头。"我们今天听说，英军已经撤退了。我认为爱德华不得不站住脚作战。而且，从他的角度来说，速战速决才好。因为随着时日的推移，他的队伍士气只会越来越低落。"

查理激动地说："这样我们明天就能追上他们，由于他们在诺曼底的所作所为，每个人都该杀无赦——骑士、贵族，甚至爱德华本人!"

腓力国王用一只手按住查理的胳膊，让他别说话。"我的兄弟的愤怒是可以理解的，"他说，"英军的暴行令人发指。但是要记住：当我们与敌人遭遇时，最重要的事情是把我们之间可能存在的任何分歧都放在一边——忘掉我们的争吵与猜忌——彼此信任，至少在作战过程中不要分裂。我们在数量上超过了英军，我们消灭掉他们并不困难——但我们一定要像一支军队那样共同作战。让我们为团结干杯。"

凯瑞丝在谨慎地后撤时认定，这样的祝酒倒是蛮有意思。显而易见，这位国王不能理所当然地相信，他的联军会像一支队伍那样行动。但从这些谈话中让她忧虑的是，很可能又快作战了，说不定就在明天。她和梅尔务必多加小心，不要卷进去。

他们返回食堂时，马丁谦和地说："跟国王一样，你也有个不听话的弟弟。"

凯瑞丝看到梅尔已经要醉了。她扮演男孩子的角色有些过分了：劈开两腿坐着，两肘撑到桌子上。"以圣者的名义，这酒真不错，可是让我像魔鬼一样放屁，"这位穿男装的容貌姣好的修女说道，"为这臭味抱歉啦，小伙子们。"她又斟满了她的酒杯，一饮而尽。

男人们纵情地笑着她，为一个男孩第一次醉酒的样子感到开心，无疑是想起了自己以往的尴尬事。

凯瑞丝拽住她的胳膊。"你该上床了，小弟弟，"她说，"我们走吧。"

梅尔乖乖地走了。"我哥哥的做派就像个老妇人，"她跟同桌的人说，"可是他爱我——是不是啊，克里斯托弗？"

“是啊，米歇尔，我爱你。”凯瑞丝说，男人们又是一通哄堂大笑。

梅尔紧紧地抓着她。凯瑞丝搀扶她回到教堂，找到中殿中她们留下毯子的地点。她帮梅尔躺下，用毯子给她盖上。

“吻我一下，祝我夜安吧。克里斯托弗。”梅尔说。

凯瑞丝吻了她的唇，然后说：“你喝醉了。睡吧。我们明天一大早就要出发呢。”

凯瑞丝躺在那里，醒了好一会儿，心里惦记着事。她觉得自己的运气真是糟透了。她和梅尔眼看着就要追上英军和理查主教了——却几乎就在同时，法军也追了上来。她完全可以远离战场。可是，另一方面，若是她和梅尔一直跟在法军屁股后面，她们也就永远无法追上英军了。

左右权衡，她认为她最好一早就出发，设法赶到法军前面。这么庞大的一支军队不可能动作很快的——只是编好行军序列就很需要些时候。她和梅尔要是麻利的话，她们是可能赶在前面的。这有些冒险——可是自从离开朴次茅斯以来，不是一路都在冒险嘛。

她渐渐入睡了，在凌晨三点做晨祷的钟声响起时醒了过来。她叫起梅尔，梅尔抱怨头疼时她也不予同情。修士们在教堂里唱颂诗时，凯瑞丝和梅尔到了马厩，找到了她们的马匹。天空晴朗，她们能够看到满天星光。

镇上的面包师们彻夜都在工作，所以她俩能够买到几条大面包供路上食用。但城门还关着：她们只好心烦意乱地等着天亮，在清冷的空气中浑身抖颤着，吃着新买来的面包。

大约四点半的时候，她们终于离开了阿布维尔，沿着索姆河右岸向西北前进，据说那是英军要走的方向。

她们刚走出四分之一英里，城头上就响起了起床号。和凯瑞丝一样，腓力国王也决定早早出发。田野中的士兵开始活动起来。指挥官们大概昨天晚上就得到了命令，因为他们似乎对该做什么心中有数，没过多久，一部分军队就在大路上和凯瑞丝及梅尔交会了。

凯瑞丝依旧希望能在这些队伍之前赶上英军。法军显然要在投入战斗之前停下来重新编队。这就会使凯瑞丝和梅尔有时间赶上自己的同胞，且找到战场之外的某个安全地方。她开始琢磨，她出来干这件差事实在愚蠢。由于对战争一无所知，她就无法设想困难和危险。但现在已后悔莫及。而她们到此为止尚未受到伤害。

行进在大路上的士兵不是法军而是意大利人。他们携带着钢弩和箭袋。他们很友好，凯瑞丝用混杂着诺曼法语、拉丁语和她从博纳文图拉·卡罗利那里学来的意大利语同他们聊天。他们告诉她，在战斗中，他们总是构成第一线，从沉重的木盾后面发射箭矢，那些盾牌此刻就在他们后面一段距离的车辆上。他们抱怨着他们的早餐吃得太匆忙，看不起法国骑士易冲动和爱吵架，对他们自己的头领奥托内·多里亚却佩服得五体投地——他就在前面几码的地方。

太阳爬上天空，大家都感到很热。因为那些弓弩手知道他们今天可能要作战，就穿戴起沉重的绗缝的衲袄和护膝，拿着铁盔和弓箭。接近正午时分，梅尔宣称，若是再不休息，她就要晕倒了。凯瑞丝也感到疲惫不堪——她俩从天刚亮就一直骑马到现在——而且她们知道她们的马匹同样需要休息。因此，她只好放弃原先的意图，被迫停了下来，让成千的弓弩手越过她们而去。

凯瑞丝和梅尔在索姆河中饮马，自己又吃了些面包。她们重新出发后，发现已经和法国的骑兵和战士同行了。凯瑞丝认出了腓力那位脾气暴躁的兄弟查理骑行在队伍前面。她的前后左右都是法军，只有随着前进，希望能有机会跑到前面去，此外便无计可施了。

刚刚过午，就下来了一道命令。英军并非如先前所相信的那样是在从这里向西，而是向北；且法兰西国王已经命令其军队向那个方向调转——不是依编队次序，而是同时向北。凯瑞丝和梅尔周围的人，在查理伯爵的率领下，离开河道大路，踏上一条田间小路。凯瑞丝心往下一沉，只好跟着改道。

一个熟悉的声音招呼着她，原来是马丁·希鲁尔让来到了身边。“这是一场混乱，”他阴沉着脸说，“行军序列完全给打乱了。”

一小伙骑着快马的人越过田野出现了，并向查理伯爵敬礼。“侦察兵。”马丁说着，就到前面去听他们说些什么。凯瑞丝和梅尔的坐骑出于扎堆的本性，也跟了上去。

“英军已经停下了，”她们听到，“他们在克雷西附近的一道高岗上筑起了防御工事。”

马丁说：“那是亨利·勒·穆瓦涅，波希米亚国王的老战友。”

查理听到这消息很高兴。“那我们今天就有仗打了！”他说，他周围的骑士们都喧闹地欢呼着。

亨利谨慎地举起一只手。“我们正在建议，全体部队停下来，重新组合。”他说。

“现在停下来？”查理吼着，“就在英格兰人终于愿意站住脚跟我们打一仗的时候？咱们向他们冲杀过去就是了。”

“我们的人和马需要休息，”亨利平静地说，“国王远在后队。给他个机会让他赶上来并且看看战场。他今天可以部署明天的进攻，到那时候士兵们也就恢复精力了。”

“让部署见鬼去吧，英军只有几千人。我们会荡平他们的。”

亨利做了个无可奈何的姿势。“不是我要指挥你，殿下。但是我要请示你哥哥国王陛下来下达命令。”

“请示他！请示他！”查理说着，就骑马前行了。

马丁对凯瑞丝说：“我不明白我的主人干吗这么大脾气。”

凯瑞丝想了想说：“我琢磨他是想证明，他有足够的勇气来统治，哪怕由于出生的偶然，他没能当上国王。”

马丁目光犀利地打量着她。“你虽然只是个孩子，可真够聪明的。”

凯瑞丝避开他的目光，心中牢记着她的伪装身份。马丁的语气里并没有敌意，但他已经起疑心了。作为一名外科医生，他应该熟知男女之间骨骼结构上的微妙差别，他可能已经注意到了朗尚兄弟俩克里斯托弗和米歇尔有些不正常。所幸，他没有追着不放。

天空开始蒙上云朵，但空气依旧温暖湿润。左方出现了一片林地，马丁告诉凯瑞丝这是克雷西的森林。他们可能离英军不远了——但凯瑞丝此刻想不好她如何才能离开法军并加入英军，而不致被任何一方杀死。

由于有了森林，行军的左路拥挤起来，因此，凯瑞丝骑行的大路被队伍堵塞了，不同的队伍都无奈地混在了一起。

传令兵们带着国王的新命令来到队伍跟前：部队受命停止前进，就地宿营。凯瑞丝的希望升起来了：这下她会有机会赶到法军前边去了。查理和一名传令兵之间意见不和，马丁就到查理身边去聆听。他返回时满脸难以置信的神色。“查理伯爵拒绝服从命令！”他说。

“为什么？”凯瑞丝情绪低沉地问。

“他认为他哥哥过于谨慎了。他，查理，可不会胆小到面对如此的弱敌还止步不前的。”

“我认为在战场上人人都得服从国王。”

“是应该啊。但对于法兰西的贵族来说，骑士准则是胜过一切的。他们宁死也不做懦夫。”

队伍不顾命令继续前进。“我真高兴有你俩在这儿，”马丁说，“我又需要你们帮忙了。不管打胜还是打败，到日落时伤员少不了。”

凯瑞丝意识到她不能跑了。而且她也不想跑了。事实上她有一种奇怪的急切感。若是这些男人气概十足的人以剑和矢相互伤害，她至少可以帮助那些伤者。

不久，弓弩手的头领奥托内·多里亚骑马穿过人群赶了回来——一路推推搡搡的，不无困难——跟阿朗松的查理说话。“让你的人停止前进！”他对伯爵高叫。

查理当即驳斥。“你怎么敢给我下命令！”

“命令是国王下的！我们得停止前进——可是我的部下没法停步，因为你的人在后面推进！”

“那就让他们继续前进吧。”

“我们已经进入了敌人的视界之内。如果我们再向前进，我们就得交战了。”

“打就打呗。”

“但是士兵们已经走了一整天了。他们饥渴疲惫。而且我的弓弩手还没拿到大盾。”

“你们难道胆小得没有盾牌就不能打仗了?”

“你管我的人叫胆小鬼吗?”

“要是他们不作战，就是的。”

奥托内一时没有吭声。然后他低声开了口，凯瑞丝只能勉强听到他的话。“你是个蠢材，阿朗松。到天黑你就要进地狱了。”说完就调转马头，走开了。

凯瑞丝感到脸上有水，她抬头看天。开始下雨了。

四九

那是一阵暴雨，很快就雨过天晴了，拉尔夫低头望着谷底，看到敌人已经到达，不由得感到一阵恐惧。

英军占据着一条从西南到东北的山冈。他们背后，西北方是一片树林。在面前，山坡在两侧缓缓下降。他们的右侧俯瞰着克雷西昂蓬蒂约，坐落在玛耶河谷之中。

法军从南方接近上来。

拉尔夫位于右翼，和他在一起的是年轻的威尔士亲王麾下的罗兰伯爵的人马。他们采取已证明对付苏格兰人十分有效的耙形阵容向前推进。左右两翼，弓弩手呈三角阵形，如同耙的两齿。两齿之间远远布置在后面的是下了马的骑兵和步兵。这是个大胆的发明，很多骑士对此依然抵制：他们喜欢他们的坐骑，觉得不骑马容易受伤。但王命不可违：所有的人一概要步战。他们在骑兵前方的北面挖下了陷阱——一英尺深、一英尺宽的地坑——专门对付法军的战马。

在拉尔夫的右侧山冈的尽头处，有个新鲜东西：三台叫作射石炮的新机器，用火药发射圆形石弹。这些大炮从诺曼底一路拖到这里，还没有上过阵，谁也不知道能不能起作用。今天，爱德华国王要使出全部的看家招数，因为敌军在数量上的优势在四对一或七对一之间。

在英军的左翼，北安普敦伯爵的人马摆下了同样的耙形阵容。在第一条防线之后，由国王亲率的第三营作为预备队。在国王身后是两道退却阵地。辎重车队构成了第一道，围成一条弧线将非战斗人员——厨师、工程师和维修人——及马匹围在圈内。第二道就是树林本身，那里作为一条通道，可以让剩余的英军逃跑，而法军的骑兵却难以追赶。

他们从大清早就到了这里，除去洋葱豌豆汤没有其他食物。拉尔夫穿着他的铠甲，在热天中汗流浃背，因此有了那阵暴雨倒还清爽许多。暴雨也使上坡路泥泞了，那是法军冲锋的必由之路，要想接近英军阵地可就湿滑不堪了。

拉尔夫猜得出法军的战法。热那亚的弓弩手会在重盾后发射，遏制英军防线。然后，经过他们的足够的杀射之后，弓弩手就让开中路，由骑在战马上的骑兵冲锋。

对于那种冲锋倒是没什么可怕的。这种“纯法兰西式疯狂”，已经是法兰西贵族的最后一招。他们的骑士准则使他们不顾个人安危。那些高头大马上乘着全副武装的骑士，看上去不啻是些铁人，能够轻易地掠过弓箭手、盾牌、刀剑和步兵。

当然，他们也并非无往不胜。冲锋可能受阻，尤其在有利于防守的地形上——就像这里这样。然而，法军是不容易气馁的：他们会再次冲锋。何况他们具备巨大的数量优势，因此拉尔夫看不出英军如何能够抵挡他们。

他心惊胆战，但他并不后悔身处军旅之中。七年来，他过着始终向往的战斗生活，其中强者为王，弱者如草芥。他现年二十九岁，行伍之中很难活到老年。他曾经犯下过弥天大罪，但都得到了赦免，其中最近的一次便是今天上午被夏陵主教赦免。主教这时站在他的伯爵父亲身旁，手握着一柄样子狰狞的权杖——神职人员是不该流血的，他们认可这一规矩的奇特做法是在战场上只使用钝器。

身穿白袍的弓弩手到达了山坡脚下。英军的弓弩手本来都坐着休息，箭矢都插在跟前的地上，此刻纷纷站立起来，上紧弓弦。拉尔夫推测，他们的大多数人同他的感觉一样，既因长时间的守候终于过去而舒了一口气，又因想到厄运可能临头而畏惧。

拉尔夫认为时间很充裕。他能看到热那亚人手里并没有他们作战要素之一的木制大盾。他有把握，盾没送到之前，战斗不会开始。

在弓弩手身后，数以千计的骑兵从南面涌入山谷，在弓弩手背后向左右两翼展开。太阳又出来了，照亮了他们旗号的鲜明色彩和军马的披挂。拉尔夫认出了腓力国王的兄弟——阿朗松伯爵查理的军服。

弓弩手在山坡脚下停止了前进。他们的人数足有几千。仿佛是听到了一声信号，他们全都骇人地呐喊起来。有的人还跳跃着。军号吹响了。

这是他们呐喊的方式，意在吓唬敌人，这一招对某些敌人管用，但英军都由身经百战的士兵组成，在长达六周的战斗之后，不是这样的呐喊能够震慑得住的。他们无动于衷地等着瞧。

随后，完全出乎拉尔夫所料，那些热那亚人举起钢弓发射起弩箭了。

他们这是在做什么？他们没有盾牌啊。

那声响突然又恐怖起来：五千支铁箭在空中飞鸣。但这些弓弩手完全没了章法。他们大概是忽略了他们在向山上射箭这一事实；而且英军防线背后的午后骄阳一定晃得他们花了眼。不管是什么原因，他们的弩矢全都无所作为地在近处落了地。

这时从英军第一道防线的中间发出了火光和雷鸣般的轰响。拉尔夫吃惊地看到从新机器所在的地方升起了硝烟。那声响震耳欲聋，当他再向敌群看去时，发现实际伤亡不大。不过，许多弓弩手惊恐得停止了将箭矢重新上弦。

就在这时，威尔士亲王高声下达要他的弓箭手射箭的命令。

两千名弓箭手站起身来。他们知道距离太远，不能用与地面平行的直线射箭，便瞄向空中，靠直觉让箭矢飞出一道浅浅的弧形轨道。所有的长弓同时拉弯，如同田里的麦叶受到一阵夏风的劲吹；随后箭便同时射出，其镝鸣之声如同教堂响钟。箭矢飞行的速度快过最迅疾的飞鸟，先是腾空升起，继而转向，如同冰雹一般落到弓弩手头上。

敌军的队形十分密集，热那亚人的衲袄只有些许的保护作用。他们没有盾牌遮护，是极容易受伤的。数百名弓弩手就此倒地，或死或伤。

但这只是开始。

就在活着的弓弩手正在搭箭上弦之时，英军发射了一排又一排箭矢。一名弓箭手只消眨眼之间就可从地上拣起一支箭，搭上弦，拉开弓，瞄好准，射出去，再拣起下一支箭。有经验的娴熟弓箭手把这一套连续动作做得可以更快。不出一分钟的时间，两万支箭飞向了毫无保护的弓弩手。

这是一场屠杀，其后果是必然的：热那亚人纷纷调头逃跑了。

在他们跑出射箭范围之后，英军停止了发射，欢笑着这场意外的胜利，嘲弄着他们的敌人。那些弓弩手又遭遇了一场灾难。法兰西骑兵此时已经向前运动。逃窜的弓弩手的密集人群当头遭到了成群结队的骑兵逼近的冲锋。一时之间乱作一团。

拉尔夫惊讶地看到敌人在自相残杀。骑兵们抽出剑，开始向弓弩手劈杀，弓弩手则向骑兵射去箭矢，再拔刀奋战。法兰西骑兵本来该设法停止这场杀戮的，但就拉尔夫所见，那些身穿最昂贵铠甲，骑着最高大战马的骑士，却冲在战斗的第一线，以空前未有的怒火进攻自己人。

骑兵们把弓弩手赶回了山坡，直到再次落入长弓的射箭范围。威尔士亲王又一次下令要英军的弓箭手放箭。这一次箭阵射向了弓弩手，也射向了骑兵。拉尔夫在七年的阵仗中还没见过这种场面。成百的敌军死伤倒地，而英军连个被擦伤的士兵都没有。

最后，法兰西骑兵撤退了，残余的弓弩手四散奔逃。在英军阵地前的山坡上，留下了许多尸体。威尔士和康沃尔的刀手，从英军阵地跑到战场上，结束了受伤法军的性命，搜集折损的箭矢给弓箭手再用，无疑也劫掠了那些尸体。与此同时，少年运输兵从供应车辆上取来一束束的新箭，送到英军阵地上。

有一段战斗间隙，但并没有持续多久。

法军骑兵重新集结，由新到的成百上千的生力军予以加强。拉尔夫向他们望去，可以看到阿朗松的旗号中又增添了佛兰德斯和诺曼底的旗号。阿朗松宫廷的大旗走在最前面，军号随之吹起，骑兵们开始运动。

拉尔夫拉下他的面部护具，拔出了他的剑。他想起了他的母亲。他知道她每次到教堂去都要为他祈祷，他一时间感到对她的温暖的感念之情。随后他便注视着敌人。

庞大的马匹加上身负重铠的骑兵，起动时很慢。落日的余晖在法军盔甲上反射着，旌旗在晚风中猎猎飘扬。马蹄的敲地声越来越响，冲锋逐渐提速了。骑兵吆喝着鼓励他们的坐骑，也相互激励着斗志，挥舞着他们的剑和矛。他们如同涌向海滩的浪头，随着他们的逼近，似乎队形越来越大，速度也越来越快了。拉尔夫口中发干，心跳如擂鼓。

法军进入了弓箭的射程，亲王再一次下令放箭。箭矢又一次升上天，如致命的雨一般落下。

冲锋的骑兵全身披甲，只有碰巧的一箭会射进甲片之间的缝隙。但他们的坐骑只有防护面具和锁子颈罩。因此马匹才是弱点。当箭射穿它们的肩胛或腰臀时，有的当场毙命，有的受伤倒地，有的则调头想逃。马匹的痛苦嘶叫响彻云霄。马匹间的冲撞造成了更多的骑兵跌落在地，混在热那亚弓弩手的尸体之中。跟在后边的骑兵由于速度太快，已经勒不住马，便继而人仰马翻。

不过，骑兵总数在数千，仍在继续涌来。

弓手的射程缩短了，他们便把射箭的轨迹调平。当敌军的冲锋到一百码开外时，他们把尖头箭换成了狼牙箭，以便穿透铠甲。这一下他们就可以射杀骑兵了，当然射中马匹同样奏效。

地面上已经被雨水淋湿了，这时冲锋的骑兵又遭遇英军事先挖好的陷坑。马匹的运动使它们难有几匹能够进入一英尺的坑里而不被绊倒的，随着许多马匹倒下，许多骑兵就被摔到地面，落在其他骑兵的道路上。

后来的骑兵竭力避开了箭手，于是，一如英军所料，冲锋部队成漏斗状进入了一个狭窄的屠场，遭到左右两侧的射击。

这是英军战法的要点。到这时候，要求英军骑兵下马的聪慧之处就显现出来了。若是他们还在马上，就难以遏制住冲锋的迫切——那样一来，弓箭手就只好停止放箭，以免伤到自己人。但是，由于骑兵和步兵都待在自己的阵地上，敌人就可以成批地遭到射杀，而英军自己则无一伤亡。

这当然还不够。法军人数众多而且英勇异常。他们仍在继续冲锋，终于抵达了两群弓箭手构成的叉形中间、下马的骑兵和步兵的阵地跟前，真正的厮杀开始了。

敌军的马匹踏过英军最前面的阵地，但却受阻于泥泞的上坡，在密集排列的英军防线前停了下来。拉尔夫突然陷入了重围，拼死躲避着骑兵向下的劈刺，挥剑向他们马匹的腿部砍去，想用这种最简便可行的办法砍断马匹的筋腱，使其致残。战斗十分激烈：英军没有转圜的余地，而法军也明白，他们若是一退，就还要骑马穿过那致命的箭阵。

拉尔夫周围的人纷纷倒下，被剑和战斧砍倒，然后又被战马的铁蹄有力地踩踏着。他看到罗兰伯爵在一支法军的剑下倒地。罗兰之子理查主教，挥舞着权杖保护着他倒下的父亲，但一匹战马把理查顶到一旁，伯爵被践踏了。

英军被迫后退，拉尔夫意识到法军有一个目标：威尔士亲王。

拉尔夫对那个享尽特权的十六岁的王位继承人并无感情，但他清楚，若是亲王被俘或被杀，对英军的士气将是沉重打击。拉尔夫向后移动，来到亲王左侧，与亲王周围加强的战斗人员保护圈的几个人会合。但法军加强了攻击力，而且他们还在马上。

此时，拉尔夫发现他在与亲王并肩作战，拉尔夫是靠他四等分的战袍而认出他的：蓝底上的百合花纹饰和红底上的狮形纹饰。不久，一名法军骑兵向亲王挥起战斧，亲王倒在了地上。

这是个糟糕的时刻。

拉尔夫跃身冲向那名敌军，把长剑刺进那人的腋窝，那里刚好是铠甲的接口处。他心满意足地感到剑尖穿透了肌肤，看到伤口涌出了血流。

还有一个人跨在倒地的亲王的身上，用双手挥舞长剑不分人马地砍去。拉尔夫认出那是亲王的旗手理查·费茨西蒙，他把号旗抛在了仰卧的主人的身上。一时之间，理查和拉尔夫狂杀着保护国王之子，而且不知道他是死是活。

这时援军到了。阿伦德尔伯爵带着大队人马出现了，他们可都是生力军。新来的人精力饱满地投入战斗，扭转了战局。法军开始退却了。

威尔士亲王跪了起来。拉尔夫掀起护面，扶着亲王站起身。那男孩似乎受了伤，但并不严重，于是拉尔夫转身去继续战斗。

不久，法军便崩溃了。尽管他们战法混乱，但凭借勇气几乎突破了英军的战阵——所幸未获成功。现在他们溃逃了，在穿越弓箭的交叉箭阵中倒下了更多的人，在血染的小坡上跌跌撞撞地返回了他们自己的阵地；英军中升腾起一片欢呼声，他们虽然疲惫，但毕竟胜利了。

威尔士部队再次投入战场，切断了法军伤员的喉咙，并搜集了数以千计的箭矢。弓箭手也拣回了用过的箭，放回箭袋。厨师们从后面带着一桶桶啤酒和葡萄酒到来，外科医生也跑上前来看护受伤的贵族。

拉尔夫看到卡斯特的威廉向罗兰伯爵俯下身去。罗兰还在喘息，但眼睛闭着，样子像是垂死了。

拉尔夫在地上抹了抹他那血淋淋的长剑，然后掀起护面，足足喝了一罐淡啤酒。威尔士亲王走过来问："你叫什么名字？"

"韦格利的拉尔夫·菲茨杰拉德，殿下。"

"你作战很勇敢。若是国王听到了我的意见，你明天就会是拉尔夫爵士了。"

拉尔夫高兴得脸上放光。"谢谢你，殿下。"

亲王优雅地点了下头，走开了。

五〇

凯瑞丝从河谷的对岸观望着初期的战场。她看到了热那亚弓弩手试图逃跑，结果却被自己的骑兵砍杀。随后她又看到了第一次大冲锋，由阿朗松的查理的号旗率领着数千骑兵和步兵。

她从来没见过打仗，感到实在太恶心了。几百名骑兵倒在英军的箭矢下，继而被庞大的战马的铁蹄践踏。她身在远处，无法用目光追随近身搏斗，但她看得到长剑闪烁，战士倒地，她真想放声大哭。身为修女，她曾亲见过重伤——从脚手架上跌下，被利器伤了自己，在狩猎事故中受伤——她总是感受到那种痛苦：失去一只手、断掉一条腿、伤及头脑的残疾。人们彼此间有意地造成这样的伤害，激起了她的厌恶。

在很长的一段时间里，谁胜谁负都有可能。若是她待在家里，听到远方传来的消息，她或许会希望英军获得一场胜利；但是在近两周来她所目睹的一切之后，她感到了一种对双方都很厌恶的中立。她无法确定哪一个英军士兵杀了农民，烧了庄稼，但对她而言，这已无关紧要，反正是英军在诺曼底犯下了这些滔天罪行。当然，他们会说，法兰西人是活该倒霉，谁让他们烧了朴次茅斯呢，不过这是一种愚蠢的思维方式——愚蠢得导致了如今这种令人发指的场面。

法军撤退了，她估计他们会重新集结，等候国王到来之后部署新的作战计划。他们在数量上依旧占有压倒性优势，她可以看出：河谷中有数万人马，而且还有军队继续到来。

但法军并未重新集结。相反，所有新到的部队都直接投入了进攻，傻乎乎地冲向了英军阵地所在的山坡。第二次和随后的几次冲锋比第一次还要糟糕。一些人甚至在到达英军防线之前就已被弓箭手射杀；余下的则被步兵击退。山冈下的坡道因数以百计的人马涌出的鲜血而闪着红光。

在第一次冲锋之后，凯瑞丝只是偶尔瞥一眼战场。她忙着护理那些侥幸得以离开战场的伤员，顾不上多看了。马丁·希鲁尔让已经看出来，她是和他一样好的外科医生。他让她随便使用他的工具，便让她和梅尔独立工作了。她们连续不停地洗着，缝着，包扎着。

从前线传来消息，一些地位显赫的伤员送回来了。阿朗松的查理是第一名职位较高的倒霉蛋。凯瑞丝不由得认为他活该遭此厄运。她曾目睹了他愚蠢的热情和目无纪律。几小时之后，报告了波希米亚国王约翰已经不治，她真想不通，是何等的疯狂驱使一个盲人投入战斗。

“以上帝的名义，他们为什么不停止战斗呢?”马丁给她端来一杯淡啤酒提精神时，她问他。

“畏惧，”他回答，“他们害怕丢人。没有打一下就撤离战场是可耻的。他们宁可去死。”

“他们好多人都认为这是理所当然。”凯瑞丝阴沉着脸说，她喝光那杯淡啤酒，就又回去干活了。回想起来，她对人体的知识和理解有了长足的进步。她看到了一个活人体内的所有部分：开裂的头颅下的脑子，喉咙中的气管，划开的胳膊的肌肉，撕破的胸腔里的心和肺，大小肠的粘连，臀部、膝盖和脚踝的骨骼关节。她在战场上一个小时的发现比起在修道院医院里一年的发现还要多。她这才恍然大悟，理发师马修何以会如此博学。难怪他那么自信呢。

战场上的大屠杀持续到夜幕降临。英军点起了火把，担心夜幕掩盖下的偷袭。凯瑞丝其实可以告诉英军：他们平安无事了。法军已经上路回撤。她能够听到招呼那些在战场上搜寻倒地的战友的士兵的声音。及时到来的国王参加了最后一次的徒劳冲锋，便离开了。之后，撤退便成了普遍行为了。

河上飘来了浓雾，填满了河谷，使远处的火光模糊不清。凯瑞丝和梅尔又一次靠火光一直工作到入夜，给伤员敷药包扎。所有能够走路或跛行的都尽快离开了，尽量让自己远离英军，指望得以逃避次日难免的嗜血和歼灭性的行动。凯瑞丝和梅尔对伤者尽了一切努力之后，便悄悄溜走了。

这是她们的机会。

她们找到了自己的马匹，便靠火把的亮光牵着它们向前走。她们来到谷底，发现那里是一个无人之地。她们靠浓雾和黑夜的遮掩，脱下男孩的装束。一时之间，她们变得十分脆弱：在战场的中间的两个赤身裸体的妇女是最易受到攻击的。但没人看得见她们，她们很快就从头上套下了她们的修女袍服。她们把她们的男装打进行李，以防再有需要：回家还有好长一段路程呢。

凯瑞丝决定扔掉火把，万一哪个英军弓箭手脑子一热向火光射箭并随后盘问呢。她俩拉着手向前走，唯恐失散，另一只手仍牵着马。她们面前一团漆黑：浓雾已经遮住了所有的月光和星光。她们一路上坡向英军的阵地走去。空气中弥漫着一股类似屠宰场的味道。这么多人和马的尸体布满了地面，她们简直绕都绕不开了。她们只好咬紧牙关踩到尸体上去。不久她们的鞋子就沾满了血和泥的混合物。

地面上的尸体逐渐稀少，很快就没有了。凯瑞丝在接近英军时才开始有了长长舒一口气的感觉。她和梅尔经过几百英里的长途跋涉，两周来吃尽了苦头，甚至冒了生命危险，为的不就是这一刻嘛。她几乎已经忘记了戈德温副院长从修女的金库中盗窃了一百五十镑的蛮横行为——那才是这次行程的起因啊。在经历了这一切流血的战争之后，那简直显得不那么重要了。不过，她还是要向理查主教申诉，为女修道院赢得公正。

当凯瑞丝在曙光中越过河谷向对面眺望时，才发现那路程比她原先想象的要长。她紧张地猜想，她是不是弄错了方向。也许她走错了路，竟然越过了英军。说不定军队如今在她身后呢。她竖起耳朵想听到什么声音——上万人马不会悄无声息的，哪怕大多数人已陷入酣睡状态——但连声响都被浓雾闷住了。

她坚持认为，既然爱德华国王把他的军队部署在最高处的地面上，只要她在爬坡向上走，就一定是越走越接近他的。但是这种盲目劲儿，还是让她内心紧张。要是有一道悬崖，她肯定也会跨步迈进去的。

清晨的曙光把雾气染成了珍珠色，这时她终于听到了说话声。她站住了脚。那是一个男声在低声咕哝什么。梅尔紧张地攥紧了她的手。另一个男人也说话了。她分辨不清那是什么语言。她担心自己会走了一大圈，又回到了法军的一方。

她朝那声音转过去，依旧握着梅尔的手。透过灰色的雾霭，红色的火光依稀可见，她使满心欢喜地朝那个方向走去。随着她越走越近，那谈话的声音也就越来越清晰了，原来他们讲的是英语，这让她大大地松了口气。过了不久，她就看清了一伙人围着一堆火。好几个人裹着毯子躺着睡觉，有三个人盘着腿，坐得直直的，眼睛看着火苗在聊天。又过了一会儿，凯瑞丝看到一个人站在一边，向白雾中张望，大概是在放哨，虽然他并没有尽责，都没发现她在走近。

为了引起他们的注意，凯瑞丝压低声音说："上帝祝福你们，英格兰人。"

她惊动了他们。一个人吓得叫出了声。哨兵迟迟地问道："谁在那儿？"

"两个从王桥修道院来的修女。"凯瑞丝说，那些人惊惧地瞪着她，她意识到他们可能以为她是个幽灵呢。"别担心，我们是有血有肉的人，还有这两匹实实在在的马。"

"你刚才说王桥？"一个人惊愕地说。"我认识你，"他说着，便站起身，"我以前见过你。"

凯瑞丝也认出了他。"卡斯特的威廉老爷。"她说。

"我如今是夏陵伯爵了，"他说，"我父亲不久前因伤过世了。"

"愿他的灵魂安息吧。我们来这里是要见你弟弟理查主教，他是我们的院长。"

"你们来晚了，"威廉说，"我弟弟也死了。"

上午过了些时候，雾退去了，整个战场就像是阳光下的屠宰场，威廉伯爵带着凯瑞丝和梅尔去见爱德华国王。

人人都对两位修女追随着英军走过整个诺曼底的故事惊叹不已，昨天还面对死亡的士兵们对她们的冒险经历更是着迷。威廉告诉凯瑞丝，国王会想听她亲口讲讲这故事。

爱德华三世已经当了十九年国王，其实不过只有三十三岁。他身高肩宽，仪表堂堂，面孔岂止是英俊，还生就一副威严的模样：大鼻子、高颧骨，浓密的长发刚开始从高高的额头上退去。凯瑞丝明白了，为什么人们都称他"狮子"。

他坐在他的营帐前面的一个凳子上，穿着时髦的双色裤，戴着有扇形边缘的便帽。他没有穿铠甲，也没有佩武器：法军已经溃逃，何况他还派出了一支复仇心切的队伍去搜寻和杀死掉队的法军呢。一小伙伯爵围着他站立。

凯瑞丝叙述她和梅尔在一片废墟的诺曼底找寻食物和住所时，她不知道国王是不是从她的艰苦经历中感到了批评。然而，他似乎没有去想人民的苦难要他反思。他对她的英勇行为听得津津有味，如同在听人讲海难中勇敢者劫后余生的故事。

她讲完后告诉他，经历这一场历程，却得知理查主教已死，她原指望由他来伸张正义的，如今只感到失望。“我请求陛下命令王桥的修道院副院长把他窃取的钱财归还给修女。”

爱德华苦笑了一下。“你是个勇敢的妇女，但你一点不懂政治，”他降尊纡贵地说，“国王是不能卷入这类教会内部的争论的，否则我们就要听所有的主教拍我们的门诉苦了。”

凯瑞丝思虑着，可能是这样，但这并不妨碍国王在符合他自己的目的时干预教会。不过，她并没有说话。

爱德华继续说：“而且那样会对你的事不利。教会就会不服，我的国土上的每一个宗教人士都会反对我们的统治，而不论其功过。”

她判断，这话可能有些道理。但国王绝不像他装的那样无权过问。“我知道陛下会记住受冤的王桥修女们，”她说，“你任命王桥的新主教时，请把我们的事情告诉他。”

“当然。”国王说，凯瑞丝已经感到他会忘到脑后的。

这次接见眼看就要结束了，这时威廉却说：“陛下，既然你已经仁慈地将我晋升到先父的伯爵地位，就有个问题：谁来接任卡斯特领主呢？”

“啊，对了。吾子威尔士亲王提议了拉尔夫·菲茨杰拉德爵士，他因救下了亲王性命，已于昨日被封为骑士了。”

凯瑞丝嘟囔着："噢，可别!"

国王并没有听见她的话，但威廉听到了，他显然也有同感。他掩饰不住他的义愤，便说："拉尔夫是个强盗，犯有众多的抢劫、谋杀和强奸罪，直到他因为参加陛下的大军才获得王家赦免。"

国王并没有像凯瑞丝预期的那样被这番话所打动。他说："不管那些吧，无论如何，拉尔夫至今已和我们一起打了七年仗。他已经赢得了第二次机会。"

"这倒属实，"威廉以外交口吻说，"但是，由于以往他给我们惹的麻烦，我倒愿意看到他安安静静地过上一两年，然后再授予他贵族称号。"

"好吧，你就是他的监管嘛，所以你就得对付他，"爱德华恩准说，"我们不会不顾你的意愿把他强加于你的。不过，亲王很急切地要给他一些更多的奖励。"国王想了片刻，然后说："你是不是有个堂妹待嫁呢?"

"是的，她叫玛蒂尔达，"威廉说，"我们都叫她蒂莉。"

凯瑞丝认识蒂莉。她在修女学校。

"这就对了，"爱德华说，"你父亲罗兰是她的监护人。她父亲在夏陵附近有三座村庄。"

"陛下对细节有极好的记忆力。"

"把玛蒂尔达小姐嫁给拉尔夫，并且把她父亲的三座村庄赐予他。"国王说。

凯瑞丝大吃一惊。"可她才十二岁!"她脱口说出。

威廉对她说："嘘!"

爱德华国王冷冷地瞥了她一眼。"贵族家的孩子应该成长很快的，姐妹。菲莉帕王后嫁给我时才十四岁。"

凯瑞丝明知她该闭嘴，但她做不到。要是她生下和梅尔辛有的那个孩子的话，蒂莉只比她那女儿大四岁。"十二岁和十四岁可是有很大差异呢。”她绝望地说。

年轻的国王面如严霜了。“在国王面前，人们只有在问到时才准发表意见。而国王几乎从不征询妇女们的意见。”

凯瑞丝知道她的方针错了。刚才她反对这一婚姻的基点没有更多地放在拉尔夫的人品上，而是放在了蒂莉的年龄上。“我认识蒂莉，”她说，“你不能把她嫁给残忍的拉尔夫。”

梅尔惊惧地耳语说：“凯瑞丝！别忘了你在和谁说话！”

爱德华看着威廉。“把她带走吧，夏陵，别等她说出什么不可饶恕的话。”

威廉拽住凯瑞丝的胳膊，坚定地把她从国王眼前拖走。梅尔紧随在后。在他们身后，凯瑞丝听到国王说：“这下我明白了她是怎么在诺曼底活下来的了——当地人该是被她吓坏了。”国王周围的贵族哄堂大笑。

“你准是疯了！”威廉悄声说。

“我疯了？”凯瑞丝说。此时他们已经来到国王听不到的地方，她便提高了声音。“在过去的六个星期里，国王造成了数以千计的男女老幼的死亡，还烧毁了他们的庄稼和住房。而我却在尽力拯救一个十二岁的女孩不要嫁给一个杀人魔王。再跟我说一遍，威廉大人，我们俩哪一个是疯子？”

五一

一三四七那一年，韦格利的农民遭遇了歉收。村民们像以往这种时候一样：减少吃的东西，推迟帽子与腰带的购买，挤在一起睡觉来保暖。老寡妇赫伯茨早于预料地死了；简妮·琼斯死于咳嗽，若是在好年景，她完全可以挺过来的；而乔安娜·大卫的新生婴儿没能活到他的周岁，其实他原来是有一线生机的。

格温达忧虑地瞅着她的两个小儿子。八岁的萨姆对他的年龄来说长得高大健壮：人们都说他有伍尔夫里克的身板，不过格温达知道，他实际上像他的亲生父亲拉尔夫·菲茨杰拉德。即使如此，到了十二月，萨姆也明显地瘦了。大卫是照伍尔夫里克在塌桥中死去的兄弟取名的，现在六岁。他长得像格温达，又小又黑。营养不良的饮食使他的体质衰弱了，整整一个秋天，他都病患不断：先是感冒，后是皮疹，跟着又咳嗽。

然而，她跟伍尔夫里克在珀金的地里播完冬小麦的种子时，还照旧把两个孩子带在身边。刺骨的寒风掠过空旷的田野。她往犁沟里撒种，萨姆和大卫就轰走那些大胆的鸟——它们想趁伍尔夫里克还没有把土翻过来盖住种子之前抢着啄食。两个孩子又跑又跳又喊，格温达简直不敢相信，这两个功能齐全的小人儿竟然是从她体内生出的。他们追完鸟又做起竞赛的游戏，她看着他们想象力的奇特，心花怒放。他们本来是她身体的一部分，如今却有她所不知的奇思异想。

他们活蹦乱跳，弄得满脚都是泥。一条湍急的溪流紧靠这一大片土地的边界，对岸则矗立着九年前由梅尔辛修建的漂坊水磨。从那里传来的木锤的沉重敲打声，伴随着他们干着农活。磨坊由两个性情古怪的兄弟杰克和伊莱管理——他们都没有娶妻，也没有土地——还有一个学徒是他们的侄子。他们是村里唯一没有因歉收而倒霉的人：马克·韦伯整个冬天都照数发给他们工钱。

这是仲冬的一个短暂的白昼。格温达全家撒完种的时候，灰色的天空刚刚暗下来，远处的树林中聚集着雾蒙蒙的落日余晖。他们全都累了。

还剩下了半口袋种子，因此要送回珀金家中。他们快走到的时候，看到珀金本人从对面走来。他走在一辆大车旁边，车上坐着他的女儿安妮特。他们到王桥去出售珀金树上结下的最后一批苹果和梨。

安妮特保持着少女的身材，虽说如今她已经二十八岁并且生有一个孩子。为了显示她的青春气息，她穿了一件过于短小的衣裙，头发还迷人地蓬松着。格温达心想，她这样子有点冒傻气。她的这种看法为村中所有妇女所共有，而男人则没一个有这样的判断。

格温达惊讶地看到，珀金的大车上仍满载着水果。“怎么回事？”她问。

珀金的脸阴沉沉的。“王桥的百姓和我们一样，这个冬天很难熬，”他说，“他们没有钱买苹果。这么多苹果，我们只好酿苹果酒了。”

这可是坏消息。格温达从来没见过珀金从市场上回来剩这么多没卖出去的东西。

安妮特看上去无忧无虑。她把一只手伸给伍尔夫里克，让他帮她下车。她站到地面上时，脚步不稳，向他倒过去，用一只手按住他的胸脯：“哎哟！”她叫着，在站稳后向他嫣然一笑。伍尔夫里克兴奋得脸都红了。

格温达心想，你这瞎了眼的白痴。

他们一起进了门。珀金坐到了桌边，他妻子佩姬给他端来了一碗浓汤。他从餐桌上的大面包上切下了厚厚的一片。佩姬接下来又给家里的其他人盛了汤：安妮特、她丈夫比利·霍华德、安妮特的兄弟罗勃和罗勃的妻子。她也把一些汤给了安妮特四岁的女儿阿玛贝尔和罗勃的两个小男孩。然后她才请伍尔夫里克和他一家坐下。

格温达饥渴地用勺子舀着喝光了汤。这汤比她做的要浓：佩姬在汤里加了陈面包，而在格温达的家中，面包从来不会放到发陈。佩姬家中有几杯淡啤酒，而格温达和伍尔夫里克根本买不起：热情好客到了苦日子也就谈不上了。

珀金时常和他的顾客说笑打趣，但平素却是个不苟言笑的人，他家中的气氛也总是多少有些阴沉。他伤心地谈起王桥市场。大多数做买卖的都经历了难熬的一天。唯一做成了生意的人是那些出售必需品的，诸如粮食、肉类和食盐的人。如今已经出名的王桥猩红绒布也是无人问津。

佩姬点亮了一盏灯。格温达想回家了，但她和伍尔夫里克在等着领工钱。两个儿子开始淘气，在屋里跑来跑去，撞到大人身上。“你们该上床了。”格温达说，其实不见得。

伍尔夫里克终于开了口：“你把我们的工钱给了我们吧，珀金，我们这就走。”

“我一点钱都没有。”珀金说。

格温达瞪着他。她和伍尔夫里克给他干活的九年中，他还从来没有说过这类话。

伍尔夫里克说：“我们得领到我们的工钱。我们得吃饭啊。”

“你们不是喝过一些浓汤了吗，是吧？”珀金说。

格温达发怒了。“我们干活是要挣钱，不是为了一口汤！”

“哎，我一点钱也没有啊，”珀金重复说，“我到市场上去卖我的苹果，可是没人买，这样我们的苹果就多得吃不了啦，却没有钱。”

格温达震惊得一时不知说什么了。她从来没想到珀金会赖着不给他们工钱。她意识到她对此无能为力，便感到一阵惧怕。

伍尔夫里克慢吞吞地说：“那该怎么办呢？我们要不要到‘长地’去把种子从地里再刨出来？”

“这一周的工钱我得欠着你们的，”珀金说，“等情况好转以后我再给。”

“那下周呢？”

“下周我还是没钱——你认为钱该从哪里来呢？”

格温达说：“我们要到马克·韦伯那儿去，说不定他能雇我们当漂染工呢。”

珀金摇起头。“我昨天在王桥跟他聊天，问他能不能雇用你。他说不行。他没有卖出去足够数量的布。他还得继续雇用杰克和伊莱还有那个男孩，把布存下来等着市场回升，可他无力雇用多余的人手了。”

伍尔夫里克没了主意。“我们该怎么活呢？你的春耕打算怎么办？”

“你们可以为吃喝干活，”珀金提议说。

伍尔夫里克看着格温达。她压下了反唇相讥的念头。她和家人正处于深深的困境之中，这不是自相埋怨的时候。她脑子飞快地转着。他们别无选择：要么吃饭，要么挨饿。“我们就干活吃饭，而你欠着我们工钱。”她说。

珀金摇起头。“你的建议可能是公平的——”

“就是公平的！”

“好吧，是公平的，可是我照样办不到。我不知道我什么时候有钱。唉，到圣灵降临节我就欠你们一镑了！你们可以为吃饭干活，要不就什么也别干。”

“你得管我们四口人的饭。”

“可以。”

“可是只有伍尔夫里克一个人干活。”

“我不清楚——”

“一个家庭需要的不光是吃饭。孩子们要穿衣服。男人要穿靴子。如果你不给我工钱，我就得找别的办法来满足这些需要。”

“怎么做？”

“我说不上。”她顿了顿。事实上她还没有主意。她强压下慌乱的情绪。“我可以请教我父亲看看有什么办法。”

佩姬插话说：“我要是你，我就不这么做——乔比会教你去偷。”

格温达被刺痛了。佩姬她有什么权利采取如此高傲的态度？乔比绝不会雇了人到周末时却对人家说没法开工钱。但她强咽下那口气，和蔼地说："他养了我十八个冬天，虽说最后把我出卖给了强盗。"

佩姬歪了下头，突然收拾起桌上的碗碟了。

伍尔夫里克说："咱们走吧。"

格温达没有起身。不管她占了什么上风，现在必须有个胜局。她一离开这房子，珀金就会认为已经谈妥了协定，而且不会再谈了。她苦苦思索着。她想起了佩姬如何只把淡啤酒分给她自家的人，便说："你可不许用陈鱼和掺水的淡啤酒糊弄我们。你给我们的吃喝要和给你自己和你一家人的完全一样——肉、面包、淡啤酒，不管是什么。"

佩姬发出了不赞成的声音。看来，她本来想的正是格温达担心的。

格温达补充说："就是这些，如果你想要伍尔夫里克同你和罗勃干同样的活计。"他们都知道，伍尔夫里克比罗勃干得多，更是珀金的两倍。

"好吧。"珀金说。

"这仅仅限于非常时期的安排。只要你一有了钱，你就要按老规矩给我们工钱——每人每天一便士。"

"好吧。"

有一阵短暂的沉默。伍尔夫里克随后说："就这样了？"

"我看就这样了，"格温达说，"你和珀金为这个条件握握手吧。"

他俩握了手。

格温达和伍尔夫里克带上孩子走了。这时天已完全黑了。云层遮住了星光，他们只好靠着百叶窗和门缝中透出的点点光亮往家走。所幸他们从珀金家到他们自己家已经走过上千遍了。

伍尔夫里克点着了灯，烧起了火，格温达则安排孩子上床。虽然楼上有卧室——他们依旧住在伍尔夫里克父亲原先的大房子里——然而为了暖和，他们全都睡在厨房里。

格温达在把孩子们安置在壁炉边并给他们裹上毯子时，感到心酸。她长大以后就决心不像她母亲那样在时时缺这少那和犯愁中过日子。她期盼着独立自主：一块土地，一个勤劳的丈夫，一个讲理的东家。伍尔夫里克渴望着拿回他父亲原先的土地。他们的这些希望全都破灭了。她是个贫民，丈夫是个无地的雇农，而他们的东家甚至不能付给他一天一便士的工钱。她这种结局和她母亲简直一模一样，她这么思虑着，觉得心酸得欲哭无泪了。

伍尔夫里克从一个架子上取下一个陶罐，往一只木碗里倒了淡啤酒。"开开心吧，"格温达酸酸地说，"这一阵子你就不必自己买淡啤酒了。"

伍尔夫里克拉家常似的说："说来奇怪，珀金居然会没钱。他是全村最富的——不算内森总管。"

"珀金当然有钱，"格温达说："在他家壁炉的下面有一罐银便士呢。我见过的。"

"那他凭什么不给我的工钱呢？"

"他舍不得动他的储蓄呗。"

伍尔夫里克吃了一惊。"这就是说，只要他愿意，是付得起我们的工钱的？"

"当然啦。"

"那我何必要干活吃饭呢？"

格温达不耐烦地咕哝了一声。伍尔夫里克领悟得太慢了。"因为不这样我们就没活儿干。"

伍尔夫里克觉得他们受了骗。"我们应该坚持要他付工钱。"

"那你为什么不坚持呢？"

“我不知道壁炉下有一罐便士的事。”

“看在上帝的分儿上，你当真认为，一个像珀金那样的有钱人会因为没卖出去一车苹果就穷了吗？自从他十年前把你父亲的田亩弄到手以来，他就一直是韦格利村里土地最多的人。他当然有存钱啦！”

“是啊，我明白了。”

他喝光淡啤酒的当儿，她一直盯着炉火，随后他们就上床了。他用双臂搂住她，她把头靠在他胸前，但她不想做爱。她气愤难平。她告诉自己不该把气撒到她丈夫身上：是珀金而不是伍尔夫里克让他们如此潦倒。但她也确实生伍尔夫里克的气——他可真气人。她感到他渐渐地入睡了，她才意识到，她的气愤并非因为工钱。这种不幸是不时地会降临到每一个人头上的，就像天气不好和大麦发霉一样。

那又是怎么回事呢？

他想起了安妮特下车时摔到伍尔夫里克身上的样子。她一想起安妮特的媚笑，还有伍尔夫里克兴奋得脸都红了的情景，她真想扇他一耳光。她心想，我生你的气，是因为那个不值分文、头脑空空的骚娘们还能让你这么痴呆。

圣诞节前的那个礼拜天，礼拜过后在教堂里举行了一次采邑法庭活动。天气严寒，村民们都裹着外衣或毯子，扎堆站着。内森总管在主持。采邑的地主拉尔夫·菲茨杰拉德已经多年没在韦格利露面了。格温达心想，这样更好。何况，如今他是拉尔夫爵士，他的采邑中另有了三座村庄，因此对牛群和牧场兴趣不大了。

阿尔弗里德·肖特豪斯这个星期死了。他是无嗣的鳏夫，却有十英亩土地。“他没有自然继承人，”内森总管说，“珀金愿意接手他的土地。”

格温达吃了一惊。珀金怎么能想到再弄些土地呢？她惊讶之下没有当即作出反应，而吹风笛的亚伦·阿普尔特里第一个发言了。“阿尔弗里德从夏天以来身体一直不好，”他说，“没有秋耕，也没有播种冬小麦。这些活都得干。珀金的两只手是忙不过来的。”

内森咄咄逼人地说：“你自己是不是想要这块地？”

亚伦摇摇头。“再过上几年，等到我的儿子们长到可以帮忙的时候，我会对这样的机会试一试的，”他说，“现在我还干不成。”

“我能干好。”珀金说。

格温达皱起了眉头。内森显然是想要珀金占有那土地。不消说，准是有了贿赂的承诺。她早就知道，珀金有钱。但她对揭发珀金的两面派不感兴趣，她盘算的是，怎么把这一局面转向对自己有利的方向，从而让她家摆脱贫困。

内森说：“你可以再雇一个人嘛，珀金。”

“等一等，”格温达说，“珀金对现有的雇工都付不起工钱呢。他怎么能要更多的地呢？”

珀金大惊失色，但他难以抵赖格温达所说的事情，只好保持沉默。

内森说：“好吧，还有谁能对付那块地？”

格温达应声说道：“我们来种。”

内森面露惊惶。

她马上补充说：“伍尔夫里克干活是为了吃饭。我又没活干。我们需要土地。”

她注意到好几个人都点着头。村里人都不喜欢珀金的行为。大家都害怕有朝一日他们会遇到相同的局面。

内森看出来他的打算有泡汤的危险。“你们交不起启用的费用。”他说。

“我们可以一次交上一点。”

内森摇着头。“我想要一个能够马上交钱的佃户。”他环顾了一圈聚集在这里的村民。然而，没有一个人主动上前。“大卫·琼斯呢?”

大卫是个中年人，他的儿子们都各有自己的土地。“要是一年以前我就说要了，”他说，“但收获季节的雨把我打退了。”

这样一块十英亩的富余出来的土地，若是在平时，早就有雄心勃勃的村民争着抢着要了，但这是个糟糕的年景。格温达和伍尔夫里克却不同。一来，伍尔夫里克一直在期盼着有他自己的地。对阿尔弗里德的土地，伍尔夫里克并没有生来就有的权利，但总还是聊胜于无吧。再者，格温达和伍尔夫里克已经走投无路了。

亚伦·阿普尔特里说：“给伍尔夫里克吧，内森。他干活勤快，他会及时把地耕完的。再说，他和他妻子也该有点好运气了——他们已经够倒霉的了。”

内森满脸怒容，但是从农人中发出了大声赞同的咕哝。伍尔夫里克和格温达虽然贫苦，但很受尊重。

这是个难得的异口同声的场面，可能会让格温达和她的一家从此踏上好日子的大道，这种初显的可能性让她感到越来越激动。

但内森依旧面带迟疑的神色。“拉尔夫爵士痛恨伍尔夫里克。”他说。

伍尔夫里克的一只手去摸自己的面颊，他触到了拉尔夫的剑留下的创痕。

“这我知道，”格温达说，“可拉尔夫不在这里。”

五二

罗兰伯爵在克雷西战役次日死去之后，好几个人都升了职。他的长子威廉成了伯爵，成为夏陵郡的领主，可以直接对国王负责了。威廉的一个表弟爱德华·柯特豪斯爵士当上了卡斯特的地主，作为伯爵的承租人，接管了那些采邑的四十座村子，并且搬进了威廉和菲莉帕在卡斯特罕姆的旧宅。而拉尔夫·菲茨杰拉德爵士则成了天奇的领主。

在随后的一年半中，他们谁都没有回家。他们都忙于追随国王杀害法兰西人民。之后，于一三四七年，战争形成了僵持状态。英军夺取并占据了有价值的港口城市加来，但除此之外，十年征战没有什么结果——当然，大量的掠夺要除外。

一三四八年一月，拉尔夫接管了他的新领地。天奇是个有上百家农户的大村落，庄园包括附近的两个小村庄。他仍保有韦格利村，到那里需要骑马走半天时间。

拉尔夫骑马走过天奇时，感到一阵得意。他一直期盼着这一时刻。佃农们向他鞠躬，他们的小孩子都直愣愣地瞅着他。他是这里每一个人的主子，也是每一件东西的所有者。

宅第设在一座院子里。拉尔夫骑行而进，尾随着一辆装满来自法兰西的战利品的大车，他当即看出，防护墙早已年久失修，坍塌一片。他想不好要不要加以修复。诺曼底人总的来说忽略了他们的防御。这就使爱德华三世相对容易地横扫而过。另一方面，类似的对英格兰南部的入侵，如今却不大可能。战争初期，法兰西舰队之大部已在斯鲁伊斯港被消灭，从那时起，英格兰人便控制了分隔两国的海上通道。除去自由海盗的小规模偷袭之外，斯鲁伊斯海战之后的所有战斗都是在法兰西的领土上进行的。权衡起来，重修院墙似乎没有多大价值。

好几个马夫走来，牵走了马匹。拉尔夫留阿兰·弗恩希尔监督卸车，自己则走向他的新住所。他有些跛，那条伤腿经过长时间骑行之后，总会作痛。天奇厅是一座石砌的领主宅第。他满意地注意到，这里颇有气势，只是尚需修理——这没什么奇怪的，因为自从玛蒂尔达小姐的父亲去世以来，这里一直无人居住。然而，房子的设计却很现代。在旧式住宅里，主人的私人房间都是事后添加在最重要的大厅的尽头的，但拉尔夫从外面就看出来，家居部分占据了整座建筑物的一半。

他走进大厅，却发现威廉伯爵待在那里，心中顿感不悦。

在大厅的尽头是一把用乌木做的大椅子，上面精心雕刻着权力的象征：椅背和扶手上是天使和狮子，椅腿上是蛇和妖魔。这把椅子显然是领主的座椅，但现在却是威廉坐在上面。

拉尔夫的大部分兴致一下子云飞雾散了。他充任新采邑的领主却要受到上司的监视，让他高兴不起来，犹如同一个女人上床，而她丈夫却在门外监听。

他掩饰起自己的不快，正正经经向威廉伯爵致意。伯爵向他介绍了站在身旁的一个人。"这是丹尼尔，当总管二十年了，在蒂莉还小的时候，代表我父亲，把这儿治理得井井有条。"

拉尔夫僵僵的，算是认识了这位总管。威廉意思很清楚：他想要拉尔夫继续留用丹尼尔任职。但丹尼尔原是罗兰伯爵的人，如今则是威廉伯爵的人。拉尔夫无意由伯爵的人来替他管家。他的总管应该只忠于他本人。

威廉期待着拉尔夫说两句有关丹尼尔的话。然而，拉尔夫并不打算讨论这件事。放在十年以前，他会当时就跳着脚争吵一番，但他在追随国王的这段时间里，学到了不少东西。他没有必要由伯爵批准他挑选的总管，因此也就不会谋求这种批准。在威廉离开之前，他什么也不想说，然后他再告诉丹尼尔已经另有安排。

威廉和拉尔夫都一语不发地僵持了几分钟，然后才打破了沉默。大厅的家居一端的一扇大门打开了，菲莉帕夫人高大优雅的身影走了进来。拉尔夫已经多年没见过她了，他感到如同挨了一拳似的一惊，青春热情全都回到了身上，一时竟呼吸不畅了。她老了一些——他猜想她该四十岁了——但风韵依旧。她或许比他印象中的要稍稍发福，她的臀部更浑圆，她的乳房更丰满，但这只会增加她的诱惑力。她走起路来仍旧像位女王。她的出现一如既往地使他怨恨地自问：他何以不能有这样一位夫人。

过去，她干脆不会屈尊注意到他的存在，但今天，她笑容可掬地和他握了手，并且说："你认识丹尼尔了吗？"

她也想让他继续任用伯爵的家臣——所以她才彬彬有礼。他暗中打定主意，这就更有理由摆脱那人了。"我刚刚才到。"他含糊其辞地说。

菲莉帕解释了他们在此的原因。"我们想趁你与年轻的蒂莉相会时在场——她是我们家族的成员啊。"

拉尔夫已经吩咐王桥修道院的修女们把他的未婚妻今天送到这里与他见面。那些爱管闲事的修女们准是把这事禀报了威廉伯爵。"玛蒂尔达小姐是由罗兰伯爵监护的，愿他的灵魂安息吧。"拉尔夫说，强调随着罗兰之死，这种监护关系就结束了。

"是啊——我本来希望国王会把监护权移交给我丈夫，他是罗兰的继承人嘛。"菲莉帕显然乐于那样。

"可是他没有，"拉尔夫说，"他把她赐给我成婚。"虽然还没有举行婚礼，那姑娘当时就成了拉尔夫分内要监护的人。严格地说，威廉和菲莉帕今天没必要像是蒂莉的父母似的不请自来。但威廉是拉尔夫的上司，因此可以在高兴的时候想来就来。

拉尔夫无意和威廉争论。威廉可以轻而易举地让拉尔夫的日子不好过。另一方面，这位新伯爵在这里也把手伸得太长了——或许是在他妻子的压力之下吧。但拉尔夫是不会听那一套的。过去的七年已经给予了他捍卫自己应有的独立的信心。

无论如何，他还是很享受与菲莉帕对话的。这给了他直视她的机会。他把目光落在她下颏的果断线条和丰满的嘴唇上。尽管她无比高傲，还是不得不同他周旋。这是他跟她从未有过的最长的一次交谈。

“蒂莉还很小。”菲莉帕说。

“今年她就十四了，”拉尔夫说，“我们的王后就是在这个年龄嫁给我们的国王的——这是在克雷西战役之后，国王亲口对我和威廉伯爵指出的。”

“刚刚作战结束不一定是决定一个少女命运的最佳时刻。”菲莉帕把声音放低了一些说。

拉尔夫不想就此罢休。“谈到我本人，我觉得必须服从国王陛下的旨意。”

“我们都这样。”她咕哝着说。

拉尔夫感到他已经镇住了她。这是一种性欲的感觉，仿佛他已经睡了她。他心满意足地转向丹尼尔。“我的未婚妻要在午餐前到达，”他说，“一定要为我备好一桌宴席。”

菲莉帕说：“我已经关照过了。”

拉尔夫慢慢地扭回头，目光再次落到她身上。她竟然到他的厨房里下起命令，实在是超越了礼数的界线。

她明白这个，脸有些红了。“我事先不知道你什么时候会到。”她说。

拉尔夫没有说话。她是不会道歉的，但他迫使她自我解释就已经满足了——那是她这样一位高傲的女性的屈尊。

没过多久，外面传来了马嘶，跟着，拉尔夫的父母进来了。他已有几年没见到他们，赶紧走过去跟他们拥抱。

他们都已年过五旬，但在他看来，他母亲显老得快一些。她头发已白，脸上有了皱纹。她已稍显老妇的弓腰驼背。他父亲似乎更有活力。一方面是由于此刻的激动：他得意得面放红光，握住拉尔夫的手像是从井里向上抽水。他的红胡须没有发灰，他的瘦削身材仍然显得动作麻利。他俩都穿着新衣服——拉尔夫已经送去了钱。杰拉德爵士穿的是一件厚实的毛制外套，而莫德夫人则套着一件毛皮大衣。

拉尔夫朝着丹尼尔打了个响指。“拿葡萄酒来。”他说。总管的样子一时间像是要分辩，这是在拿他当仆妇看待；随后他咽下了傲气，匆匆去了厨房。

拉尔夫说：“威廉伯爵，菲莉帕夫人，请允许我介绍一下我父亲杰拉德爵士和我母亲莫德夫人。”

他担心威廉和菲莉帕会看不起他的父母，但他们礼数周到地见了面。

杰拉德对威廉说：“我和你父亲是老战友，愿他安息。事实上，威廉伯爵，从你小时候我就认识你，不过你可能不记得我了。”

拉尔夫唯恐他父亲大谈他的光荣历史。那样只会突出他已经落魄得有多快。

但威廉似乎并没注意。“啊，你知道吗，我实际上还真记得。”他说。他大概只是顺情说好话罢了，但杰拉德却很高兴。“当然，”威廉补充说，“我记得你是个大个子，至少有七英尺高。”

杰拉德其实个子不高，但他开心地笑了。

莫德四下打量了一番，说：“嘿，这房子真不错，拉尔夫。”

“我想用从法兰西带回来的所有珍宝把这里好好装饰一下，”他说，“可是我刚到这儿。”

个厨房侍女用托盘端来一罐葡萄酒和几只杯子，他们都喝酒助兴。拉尔夫注意到，那是上好的波尔多葡萄酒，清澈甘美。起初他想，这都多亏丹尼尔保证了这里的供应；随后便反应过来，这里多年来没人饮用这种佳酿——当然，只有丹尼尔。

他问他母亲：“有我哥哥梅尔辛的消息吗？”

“他干得很不错，”她骄傲地说，“结了婚，有了个女儿，而且很富有。他正在给博纳文图拉·卡罗利一家修建一座大宅第。”

“可是他们还没让他当上伯爵，是吧?”拉尔夫本想开个玩笑，但他在指明，梅尔辛尽管这么成功，却没有得到一个贵族头衔；倒是他拉尔夫，把家庭带回到贵族阶层，成全了他们父亲的希望。

“还没有。”他父亲快活地说，仿佛梅尔辛当真有可能当上意大利的伯爵似的；这让拉尔夫感到不痛快，不过一会儿就过去了。

他母亲说：“我们能看看我们的房间吗?”

拉尔夫迟疑了。她说的“我们的房间”是什么意思?他的父母可能以为他们就要在这里住下来了的念头，掠过他的脑海。他不能让他们住在这里：那样的话，他们就会让他想起他们家那些羞辱的岁月。再者，他们还会束缚他的生活方式。可另一方面，他此刻认识到：一位贵族让他的父母作为修道院的食客住在单间的房子里同样不光彩。

他要再好好想一想。于是他当场回答说：“我自己还没来得及看一眼居住区呢。我希望我能让你们舒舒服服地过上几宿。”

“几宿?”他母亲迅即说道，“你是不是打算把我们送回王桥那间小破屋去?”

拉尔夫听到她当着威廉和菲莉帕的面提这事感到很受伤害。“我觉得这里没有你们住的地方。”

“你要是还没看过那些房间，怎么知道的呢?”

丹尼尔插话了。“从韦格利来了个村民，拉尔夫老爷——他叫珀金。他打算向你致意，并商量一桩紧急事情。”

在一般情况下，拉尔夫会因为多嘴让这人走开的，但在这个场合，他反倒为可以岔开话题而心存感激了。“把那些房间看一看，母亲，”他说，“我去应付一下那个农民。”

威廉和菲莉帕随着他的父母去查看家居部分，丹尼尔把珀金带到桌边。珀金像往常一样一副谄媚相。“看到老爷平安无事，毫发无损地从对法战争中回来，我真是高兴呢。”他说。

拉尔夫看了看自己的左手，三个指头已经没了。“是啊，就算毫发无损吧。”他说。

“韦格利的全体村民都为你的伤感到难过呢，老爷，可是得到了回报！骑士身份，又多了三个村子，还要娶玛蒂尔达小姐！”

“谢谢你的好话，你要讨论的急事是什么？”

“老爷，几句话就可以说清楚。阿尔弗里德·肖特豪斯死了，没有天生子嗣继承他那十英亩土地，虽说经过了今年八月的暴风雨，日子很不好过，我还是提出来要接过那块地——”

“甭管天气的事。”

“当然，简而言之，内森总管作了个决定，我觉得你不会同意的。”

拉尔夫感到不耐烦了。他实在不想操心哪个农民种阿尔弗里德那十英亩地。“不管内森怎么决定——”

“他把那块地给了伍尔夫里克。”

“啊。”

“有些村民说，伍尔夫里克没有地，理应给他；但他交不起入门费，而且——”

“你用不着说服我，”拉尔夫说，“我不会允许那个捣蛋鬼在我的领地上拥有土地的。”

“谢谢你，老爷。我要不要告诉内森总管，你愿意由我来拥有那十英亩地？”

“好吧。”拉尔夫说。他看到伯爵和伯爵夫人从私宅部分走出来，他的父母跟在后边。“我会在两个星期之内到那里去亲自落实这件事。”他挥手让珀金退下去。

就在这时，玛蒂尔达小姐到了。

她由一边一个修女陪着，走进了大厅。其中一个修女是梅尔辛旧日的女友凯瑞丝——她曾告诉国王：蒂莉太小，不能成婚。另一侧的是随凯瑞丝到过克雷西的那名修女，她长着天使般的面孔，名字拉尔夫不知道。在她们身后，大概是当她们保镖的独臂修士托马斯兄弟，他在九年前曾智擒拉尔夫。

走在中间的是蒂莉。拉尔夫当即明白了，修女们何以要反对她成婚。她的脸上是一副童稚无邪的样子。她的鼻子上长着雀斑，两颗门牙之间还有一个缝隙。她用惊惧的目光环顾四周。凯瑞丝给她穿上了一件普通的修女白袍，戴了一顶简单的帽子，更增加了她的几分稚气，但那袍服仍没有遮住里面的女性躯体的曲线。凯瑞丝显然想让蒂莉显得太小不能成婚。可惜这一意图在拉尔夫眼里适得其反。

拉尔夫在随国王征战中学到了一招，那就是在许多情况下，一个人要率先讲话来显示其地位。于是他高声说："过来，蒂莉。"

那少女向前迈步，来到他跟前。护送她的人迟疑了一下，还是待在了原地。

"我是你丈夫，"拉尔夫对她说，"我是拉尔夫·菲茨杰拉德爵士，是天奇的领主。"

她面带惊恐地说："我很高兴与你见面，老爷。"

"如今这里就是你的家了，如同你小时候，你父亲是这儿的老爷的时候一样。你现在是天奇夫人了，跟你母亲当年一样。回到你的家宅你高兴吗?"

"高兴，老爷。"她看上去一点也不高兴。

"我敢说，修女们一定已经告诉你了，你要当一个顺从的妻子，尽一切努力让你丈夫满意，因为你的丈夫就是你的老爷和主人。"

"是的，老爷。"

"这儿是我的父母，现在他们也是你的父母了。"

她向杰拉德和莫德行了小小的屈膝礼。

拉尔夫说："到这儿来。"他伸出了双手。

蒂莉呆板地伸出了双手，这时她看到了他缺了手指的左手。她发出了一声厌恶的叫声，马上缩了回去。

一句气恼的咒骂涌到了拉尔夫的嘴边，但他咽了下去。他费了好大的劲才轻声说出了话。"别怕我这只伤手，"他说，"你应该为此骄傲。我是在为国王服役时失去三根手指的。"他仍期待地伸出双臂。

她努了把力，拉住了他的双手。

"现在你可以吻我了，蒂莉。"

他坐在椅子上，她站在他面前。她向前弯下身子，把面颊凑上去。他把他那只伤手放到她的脑后，扭过她的脸，然后吻了她的嘴唇。他觉察到她的慌乱，猜想她还从来没被男人亲吻过。他让自己的嘴唇一直贴在她的嘴上，一来因为她的嘴着实甜蜜，一来他也想让那些看的人恼火。随后，他慢慢想好，就把他那只完好的右手按在她的胸前，摸着她的乳房。那双乳房鼓鼓的，圆圆的，她不算是孩子了。

他放开她，满意地出了口气。"我们应该早早结婚。"他说。他转脸面对着凯瑞丝，凯瑞丝明显地在压下怒火。"从礼拜天起的四个星期后，就在王桥大教堂。"他说。他望着菲莉帕，却对威廉说话："由于我们是奉爱德华国王之命成婚，如果你肯赏光出席，威廉伯爵，我将不胜荣幸。"

威廉稍稍点了下头。

凯瑞丝这时才第一次开口。"拉尔夫爵士，王桥修道院副院长向你致意，他说他将十分荣幸地主持结婚典礼，当然，除非新主教要亲自主持。"

拉尔夫礼貌地点了点头。

她接着补充说："但我们这些负责照顾这孩子的人相信，她依旧太小，无法和她丈夫过夫妻生活。”

菲莉帕说：“我赞成。”

拉尔夫的父亲说话了。“你知道的，儿子，我等待了多年才与你母亲成婚。”

拉尔夫不想再从头听那旧话重谈。“我和你不一样，父亲，我是奉王命娶玛蒂尔达小姐。”

他母亲说：“也许你该等一等，儿子。”

“我已经等了一年多了！国王把她许给我时，她是十二岁。”

凯瑞丝说：“举行一切应有的仪式与这孩子结婚，对——不过，之后让她回到女修道院待上一年。让她充分发育成妇人。然后再把她带回你家。”

拉尔夫轻蔑地哼了一声。“我可能在一年之内死掉呢，尤其要是国王决定再回法兰西去的话。再说，菲茨杰拉德家需要继承人呢。”

“她还是个孩子——”

拉尔夫打断了她的话，提高声音说：“她不是孩子了——瞧瞧她嘛！那件蠢笨的修女袍服也没能遮掩她的乳房。”

“少年的发胖——”

“她长出阴毛了吗？”拉尔夫逼问。

蒂莉对他粗鲁的直言喘着粗气，她的双颊当即羞红了。

凯瑞丝迟疑着。

拉尔夫说：“也许让我母亲代表我检查一下她，再告诉我。”

凯瑞丝摇起头。“不必了，蒂莉长着妇女有而小孩没有的毛。”

“我完全清楚。我看见过——”拉尔夫收住了话头，意识到他不想让在场的所有的人都知道，他在什么情况下看到的蒂莉这年龄的女孩的裸体的。“从她的身材，我就猜出来了。”他修正说，回避着他母亲的眼睛。

一个勉强能听到的请求语气进入了凯瑞丝的声音。“可是，拉尔夫，她还是个孩子的头脑啊。”

拉尔夫心想，我才不在乎她的头脑呢，但他没有这样说。“她还有四个星期学会她不懂的东西。”他说。他给了凯瑞丝一个会意的眼色。“我有把握你能教她一切。”

凯瑞丝脸红了。修女们当然是不该懂得男女亲昵之事的，可她本来是他哥哥的女友啊。

他母亲说：“也许，调和一下——”

“你根本不懂，母亲，是吗?”他粗暴地打断她，说，“没有谁真正关心她的年龄。要是我打算娶的是王桥一个屠夫的女儿，就算她九岁，他们也不会在乎的。是因为蒂莉的贵族出身，你难道没看出来吗？他们认为他们比我们高贵!”他明知道他在高声叫嚷，而且能够看出周围每个人吃惊的表情，但他不在乎。“他们不愿意让夏陵伯爵的一个堂妹嫁给一个穷困骑士的儿子。他们想推迟这场婚姻，是指望在成婚之前我死在战场上。”他抹了下嘴唇。“但这个穷困骑士的儿子在克雷西的战场上打了仗，救下了威尔士亲王的性命。这才让国王另眼相看。”他依次瞅着他们每一个人：高傲的威廉，轻蔑的菲莉帕，愤怒的凯瑞丝，还有他那惊讶的父母。“所以你们就得承认这些事实：拉尔夫·菲茨杰拉德是骑士和领主，是国王的战友；他要娶伯爵堂妹玛蒂尔达小姐为妻——不管你们喜欢不喜欢!”

好长一段时间，人们都惊得发不出声。最后，拉尔夫转向丹尼尔。“你现在可以上菜了。”他说。

五三

一三四八年春天，梅尔辛似乎从一个梦魇中醒来，却记不大清是怎么回事了。他感到惊惧与虚弱。他睁开眼，看到的是明亮的阳光透过半开的百叶窗形成的一条条光柱照亮的房间。他看到了高高的天花板、白墙和红瓦。空气很温和。现实缓缓地回归了。他是在佛罗伦萨家中的卧室里。他一直在生病。

最初回想到的是他身患的疾病。开始是疱疹，黑紫色的脓包出现在他胸口上，继而在两条胳膊上，随即是全身。不久之后，就在腋下发展成肿块。他发烧，在床上遍身汗湿，扭着被子折腾。他呕吐，咯血。他当时觉得就要死了。最糟不过的是口渴难忍，恨不得张着嘴一下子扎进阿尔诺河里。

他不是唯一患病的人。数万名意大利人都患上了这种瘟疫[①]。在他的建筑工地上半数的工人都不见了，他家中的仆人大半也是一样的遭遇。几乎所有患病的人都不出五天就死了。他们都把这叫大死症。

可是他还活着。

他病中有一种模糊的感觉，像是作出了一项重大决定，但他记不清了。他集中精力苦苦思索，可越想，记忆就越含混，直到全部消失。

他在床上坐了起来。一时之间他感到四肢无力，头晕目眩。他穿着一件干净的亚麻睡衣，他想不出是谁给他穿上的。过了一会儿，他站起了身。

他的住宅有四层，外面还有一个院子，是他自己设计和建造的。住宅的外立面是平的，而不是传统的突出的楼层，其建筑特色是圆形窗拱和传统立柱。邻居们都称之为小型宫殿。这还是七年前的事。好几位生意兴隆的佛罗伦萨商人请他为他们建这种小型宫殿，他在这里的生涯就此起步。

佛罗伦萨是个共和国，没有亲王或公爵统治，而是由一伙争吵

---

① 即十四世纪蔓延于亚欧两洲的鼠疫“黑死病”。

不休的商人家族的精英来治理。城市里有几千名织工，但赚钱的却是商人。他们花钱建造大型住宅，成为年轻有为的建筑师兴旺发达的理想之地。

他来到卧室门口叫他的妻子。“西尔维娅！你在哪儿?”时过九年，如今他自然讲的是托斯卡纳的方言。

这时他才想起来，西尔维娅也病了。他们那个三岁的女儿也未能幸免。她名叫劳拉，不过都按她那孩童式的发音，叫她洛拉。他的心被一阵恐惧揪住了。西尔维娅还活着吗？洛拉呢？

家里静静的。他突然意识到，城里整个都是一片死寂。阳光斜射进房间的角度告诉他已经是正上午了。他该听到城里小贩的叫卖声，马蹄的嘚嘚声，木制车轮的隆隆声和无数人喃喃说话的背景声——可是什么声音都没有。

他走上楼去。由于身体虚弱，他使一点力就气喘吁吁。他推开婴儿室的门。房间里空荡荡的。他惊出一身冷汗。这里有洛拉的小床、一个装她衣物的小柜橱、一盒子玩具、一张小桌和两把小椅子。随后他听到一声响动。洛拉就在角落里，身着一件干净的衣裙，坐在地板上玩一个有活动腿的小木马。梅尔辛发出了闷声闷气的舒心的叫喊。她听到了他的声音，抬头看着。“爸爸。”她平静地叫了一声。

梅尔辛把她举起来，抱在怀里。“你活着。”他用英语说。

隔壁房间传来响声，玛丽亚走了进来。她是洛拉的保姆，五十多岁，头发灰白。“老爷!”她说，“你起来啦——好些了吗?”

“你的女主人在哪儿?”他问。

玛丽亚的脸沉了下来。“对不起，老爷，”她说，“太太死了。”

洛拉说：“妈妈走了。”

梅尔辛如同挨了一击似的惊住了。他一阵晕眩，赶紧把洛拉交给玛丽亚。他缓慢又小心地转过身，走出了房间，然后下楼，来到主层。他盯着那张长桌，几把空椅子，地板上的毯子和墙上的图画。看着像是别人的家。

他站在一幅圣母马利亚及其母亲的画像前。意大利画家比英格兰或其他地方的画家出色，这位画家把西尔维娅的面貌赋予了圣安娜①。她是个骄傲的美人儿，有着无瑕的橄榄色皮肤和高贵的五官，但画家观察到了那双高傲的棕色眼睛中隐忍着的性欲。

西尔维娅不在人世了，这简直不可思议。他回想起她苗条的身材，记忆起他如何一次次地惊叹她的完美的乳房。他曾经如此贴胸交股过的那个躯体，如今却在一处地下了。当他想象着的时候，终于泪水盈眶，难过得抽泣了起来。

她的坟墓在哪里？他在悲痛中想着。他记起在佛罗伦萨已经停止了葬礼：人们都不敢离家出门了。他们干脆把尸体拖出门外，抛在街上。城里的盗贼、乞丐和醉汉开始从事一种新职业，他们被叫作抬尸人，他们收取昂贵的费用把尸体抬走，扔到群墓中。梅尔辛可能永远无法晓得西尔维娅躺在何处了。

他们结婚四年了。看着她那幅身穿圣安娜传统的红色服装的画像，梅尔辛由衷地感到痛苦，并自问他是否真正爱她。他很喜欢她，但那并不是舍弃一切的爱。她有一种独立精神和一口俐齿伶牙，而尽管她父亲十分富有，他却是佛罗伦萨唯一敢于向她求婚的男人。反过来，她也全身心地回报了他。但她准确地判断着他爱的质量。"你在想什么呢？"她有时会这样问，他只好支吾其词，因为他在思念王桥。不久她又换了问法："你在想谁呢？"他从来没说过凯瑞丝的名字，但西尔维娅说："我能从你脸上的表情看出来，那准是个女人。"最后她开始谈起"你的英格兰姑娘"。她会说："你在想起你的英格兰姑娘。"而她总是说到了点子上。但她似乎认可

---

① Saint Anne，即圣母马利亚的母亲。

了这一点。梅尔辛对她忠实不渝，而且还疼爱着洛拉。

过了一会儿，玛丽亚给他端来了汤和面包。“今天星期几?”他问她。

“星期二。”

“我在床上躺了多少天?”

“两个星期。你病得很重。”

他奇怪自己何以能活下来。有些人根本就没染上病，仿佛他们有天生的抵抗力；可是那些得了病的差不多都死掉了。然而极少数康复的人却特别幸运，因为他们再不会第二次得这种病了。

他吃过东西，感到有力气多了。他要再造他的生活，他这样想着。他怀疑在他生病期间，就已经作出过一次决定了，但他再一次被从他掌握中溜走的记忆的丝线惹得干着急。

他的第一件事是弄清家里人还活下来几个。

他端着盘子进了厨房，玛丽亚正在喂洛拉蘸了羊奶的面包。他问她：“西尔维娅的父母怎么样了?还活着吗?”

“我不知道，”她说，“我没听说。我出门只为了买吃的。”

“我最好去看看。”

他穿好衣服，走下楼去。房子的底层是一间作坊，屋后的院子用来存放木材和石料。里里外外都没人干活。

他离开了家门。周围的房子大多数是石砌的，有些十分宏伟：王桥的住房没法与之相比。王桥最富的是羊毛商埃德蒙，住的也是木头房子。而在佛罗伦萨这里，只有穷人才住那种房子。

街上很荒凉。这幅景象是他从来没见过的，原先哪怕是半夜也还有过往的人。其结果是令人惴惴不安，他不清楚究竟死了多少人：三分之一的居民?一半?他们的灵魂是不是还在小巷和暗角里徘徊，嫉妒地瞅着侥幸活下来的人?

克里斯蒂家在邻街。梅尔辛的岳父亚历山德罗·克里斯蒂是他在佛罗伦萨最早也是最好的朋友。亚历山德罗是博纳文图拉·卡罗利的同学，他给了梅尔辛第一件委托：修造一个简单的仓库。他当然是洛拉的外祖父啦。

亚历山德罗的家锁着门。这就有些不寻常了。梅尔辛拍着木门，等待着。最后由伊莎贝塔开了门，这位矮胖的妇女是亚历山德罗家的洗衣妇。她惊愕地瞪着他。“你还活着！”她说。

“你好，贝塔，”他说，“我很高兴你也活着。”

她转身向屋里喊着：“是英格兰老爷！”

他曾告诉他们，他不是老爷，但仆妇们都不相信。他迈步走了进去。“亚历山德罗？”他问。

她摇着头，哭了起来。

“你家太太呢？”

“他俩都死了。”

楼梯从门厅通到主屋。梅尔辛慢慢向上走去，对自己依旧这么虚弱感到吃惊。在主厅里他坐下来喘口气。亚历山德罗一向富有，房间成了地毯和壁挂、绘画和珠宝装饰品以及书籍的展览室。

“这儿还有谁？”他问伊莎贝塔。

“只有莉娜和她的孩子们，”莉娜是个亚细亚的奴仆，虽然不寻常，但在富裕的佛罗伦萨家庭绝非绝无仅有。她和亚历山德罗生有一男一女两个小孩子，他待他们如同他的合法子嗣；事实上，西尔维娅曾经酸溜溜地说，他给他们的比给她和她兄弟的还要多。在世故的佛罗伦萨人看来，这种安排有些古怪倒不令人反感。

梅尔辛说：“詹尼先生怎么样了？”詹尼是西尔维娅的兄弟。

“死了。他妻子也死了。婴儿在这儿跟着我呢。”

“亲爱的上帝啊。”

贝塔试探着问：“你家呢，老爷？”

“我妻子死了。”

"我很难过。"

"可洛拉还活着。"

"感谢上帝!"

"玛丽亚在照顾她。"

"玛丽亚是个好人。你想吃点什么吗?"

梅尔辛点点头，她便走开了。

莉娜的孩子们走来瞪着他看：一个七岁的黑眼睛男孩，模样像亚历山德罗，另一个四岁的漂亮小女孩，长着她母亲的亚细亚的眼睛。这时莉娜走了进来，她是个二十出头的美貌女子，皮肤金黄，颧骨高耸。她给他端来一银杯深红色的托斯卡纳葡萄酒，还有一托盘杏仁和橄榄。

她说:"你愿意来这里住吗，老爷?"

梅尔辛一惊。"我没想住这儿——怎么?"

"如今这房子是你的了。"她挥了下手，指的是克里斯蒂家的财产，"所有的都是你的。"

梅尔辛意识到她是对的。他是亚历山德罗·克里斯蒂家唯一活下来的成年人。这就使他成了继承人——以及洛拉外加三个孩子的监护人。

"一切。"莉娜又说了一遍，直视着他。

梅尔辛与她坦诚的目光相遇，明白她把自己也奉上了。

他掂量着前景。房子很漂亮。这里是莉娜孩子的家，对洛拉也是熟悉的地方，甚至对詹尼的婴儿也一样：所有的孩子在这儿都会很幸福。他已经继承了足够的钱财可以安享余生。莉娜是个智慧又练达的女子，他已经完全能够想象和她亲密的乐趣。

她琢磨着他的思绪。她拉起他的一只手按到自己的胸脯上。透过薄薄的毛料裙袍，她的乳房摸起来柔软而温暖。

但这不是他所向往的。他把莉娜的一只手拉过来，亲吻了它。

“我会供养你和孩子们的，”他说，“不用担心。”

“谢谢你，老爷。”她说，但她样子很失望，她眼睛里有一种东西告诉梅尔辛，她的主动并不单单是务实。她真心实意地希望，他对她远不止是个新主人。但这也恰恰是问题的部分所在，他无法设想与他拥有的奴仆发生性关系。这样的念头让他反感到极度厌恶的地步。

他啜饮着葡萄酒，感到体力恢复了不少。若是他不被奢侈的生活和肉体的满足所吸引，那他到底想要什么呢？他的家几乎不复存在：只留下了洛拉。但他仍有他的工作。在这座城市的里里外外还有他设计的三处工程在施工。他不打算放弃他所热爱的工作。他从众多人的死亡中逃过一劫，可不是要当闲人的。他忆起要建英格兰最高建筑物的青春抱负。他要重整旗鼓。他要投身于他的建筑工程，从失去西尔维娅的悲痛中振作起来。

他起身准备离开。莉娜伸出双臂搂住了他。“谢谢你，”她说，“谢谢你说要照料我的孩子。”

他轻拍着她的后背。“他们是亚历山德罗的子孙。”他说。在佛罗伦萨，奴隶的孩子不再被奴役。“他们长大了会富有的。”他轻柔地分开她的胳膊，走下楼去。

所有的住宅都锁门闭户了。在某处门阶上，他看到有裹着尸衣的东西，估摸是死尸。街上行人稀少，而且大多是穷人。那种凄凉令人惧悚。佛罗伦萨是基督教世界里最大的城市，也是喧嚣的商贾云集的大都会，每天都生产着数千码的优质羊毛布料，在那里的市场上，只凭来自安特卫普的一封信或某位亲王的口头承诺，就可付出大宗款项。在这些寂静空荡的街道上行走，如同看到一匹伤马倒地不起：巨大的力量瞬间化为乌有。他没遇到一个他熟识的圈子里的人。他揣摩，他的朋友们——那些还有一息尚存的——都闭门不出了。

他先到了附近的一处广场，在这座古罗马时代留下的城市中，他正在为城市修建一座喷泉。他已经设计出了一个精妙的体系，在佛罗伦萨漫长而干燥的夏季，对几乎全部的水实现再循环。

但当他来到那广场时，马上就发现没有一个人在工地干活儿。在他病倒之前，地下水管已敷好并回填完毕，而且环池台阶的底座的第一道石料也已砌就。然而石件上那种积满灰尘的没人光顾的样子告诉他，已经多日没人干活了。更糟的是，一个木板上堆的小山形的灰浆已经干硬成一堆固体，他抬脚一踢，就扬起一股尘土。地面上甚至还散放着一些工具。没被人偷走也算是奇迹了。

喷泉会是令人叹为观止的。在梅尔辛的作坊里，城里最杰出的石匠正在雕刻或者说已经在雕刻那个中心部件。梅尔辛因被迫停工而感到失望。不会所有的匠师都死光了吧？或许他们在观望，梅尔辛会不会康复。

这在他的三项工程中虽然名声最大，却是最小的。他离开广场，向北走去，打算看看另一处工地。但他一路走，却忧心忡忡。他还没遇到一个了解情况的人足以给他更多的展望。城市政府剩下什么了？这场疫病是正在缓解还是益发严重了？意大利其余地方又怎么样了？

他告诉自己，一次就做一件事吧。

他在为博纳文图拉的哥哥朱列莫·卡罗利建造住宅。那是一座地道的大宅第：高大的双正面住宅，周围设有宽大的台阶——比某些街巷还要宽。底层的墙壁已经竖起。其表面向外倾斜，那种稍稍的突出给人一种城堡的印象；上面是有三叶草装饰的优美的尖拱双面采光窗。设计表明，主人家既有权势又有修养，这正是卡罗利一家要显示的。

脚手架已经搭到了二层楼，但没人工作。应该有五名石匠砌石料的。现场唯一的一个人是位上了年纪的安全员，他就住在背后的一座木屋内。梅尔辛找到了正在火上炖鸡的他。这蠢材竟然使用昂贵的大理石条砌他的炉子。“人都跑哪儿去了?”梅尔辛出其不意地发问。

那安全员一跃而起。“卡罗利先生死了，他儿子阿戈斯蒂诺不肯付工钱，所以人们都走了，当然是那些活下来的人。”

这可是个打击。卡罗利一家是佛罗伦萨最富的人家之一。若是他们觉得不再付得起建筑费，这危机就确实严重了。

“这么说阿戈斯蒂诺还活着了?”

“是的，师傅，今天早晨我还看到他呢。”

梅尔辛认识年轻的阿戈斯蒂诺。他不如他父亲或博纳文图拉叔父精明，所以花起钱来极其谨慎保守。他在对家庭财务确实从疫病的恶果中复苏有把握之前，是不会重新开工的。

然而，梅尔辛对他的第三项也是最大的工程会继续进行感到信心十足。他接受了城里商人十分青睐的一个托钵修士的订单，要修建一座教堂。地点设在河的南边，所以他就走过新桥。

这座桥两年前刚刚竣工。事实上，梅尔辛曾在首席设计师画家塔代奥·加迪手下，参与了部分工作。该桥要在冬雪融化时经得起湍急的水流，梅尔辛正是在桥墩的设计上出了一把力。如今在他过桥时却沮丧地看到，桥上的全部小型金匠店铺都关闭了——这又是个不祥之兆。

百花圣母教堂是他迄今为止最富雄心的工程。这座教堂很大，更像是一座大教堂——那些托钵修士都很富有——当然还远比不上王桥的大教堂。意大利也有哥特式大教堂，米兰那座是其中最大的，但具有现代头脑的意大利人不喜欢法兰西和英格兰的建筑：他们认为硕大的窗户和飞拱是外国的崇拜物。在天气阴沉的西北欧颇有道理的对采光的着迷，在阳光明媚的意大利却有悖常情，因为人们要找的是阴凉。意大利人崇尚古罗马的传统建筑，遗址废墟比比皆是。他们偏好三角山墙和围拱，而抵制以不同色彩的石材构成装饰性图案的华丽的外部雕饰。

但梅尔辛打算以这座教堂震惊佛罗伦萨人。他的计划是一系列的方形，每个上面都有一个穹顶——五个一排，十字交叉甬道的每一侧各有两个。他还在英格兰时就听说过穹顶，但直到参观锡耶纳大教堂之前却从未得见。在佛罗伦萨还没有实例。长廊是一排圆窗。这座教堂没有采用高耸入云的窄柱，而是本身周而复始的圆形，以不脱离地面的自足的外观取代对上天的渴望，体现了佛罗伦萨的商人特色。

他看到脚手架上没有石匠，没有搬运料石的壮工，没有用大型搅拌器和灰浆的妇女，只感到失望而没有惊讶。这处工地和前两处一样杳无人迹。不过，他觉得还有信心在这里重新动工。宗教的秩序有其自身的生命，有异于个人。他在周围转了一圈，便进了修道院。

里面鸦雀无声。修道院当然理应如此，但这种静谧却让他毛骨悚然。他从前厅进入了休息室。这里通常有一个修士兄弟值班，在接待来访者的间隙中研读《圣经》，但今天房间里却不见人影。梅尔辛怀着忐忑的心情穿过另一道门，来到了回廊。四方形院落中一片荒芜。“喂！”他大声叫道，“这儿有人吗？”他的话音在石砌连拱廊中回响。

他四下搜寻。所有的托钵修士全都不在了。在厨房里，他发现了三个人坐在桌旁，吃着火腿，喝着红酒。他们身穿昂贵的商人服装，但须发蓬乱，双手脏污：原来是身穿死人袍服的穷汉。他走进去时，他们神色既愧疚又挑衅。他说：“修士兄弟们呢？”

“全都死光了。”其中一个人说。

“全部？”

“一个没剩。他们看护病人，你知道，结果自己就染上了病。”

梅尔辛看出来，那人喝醉了。但是他像是讲的实情。这三个人可真够舒服的：坐在修道院里，吃着托钵修士的东西，还喝着他们的葡萄酒。他们显然知道，这里没人会出头反对。

梅尔辛返回新教堂的工地。唱诗班席和交叉甬道的墙都已竖起，长廊上的圆窗也已可见。他坐在交叉甬道中间的石料堆当中，观看着他的作品。这项工程要搁置多久呢？要是所有的托钵修士全死了，谁来凑钱呢？就他所知，他们还不是更大的出资人。主教可能要接手，甚至还会是教会。其中有些法律纠葛可能需要几年才能解决。

今天上午，他已决心以投入工作来医治西尔维娅之死所造成的伤痛。眼下已经清楚，至少在目前，他是无事可干的。自从他着手修复王桥的圣马可教堂的屋顶以来，他始终至少有一项工程在进行。如今一项工程都没有，他感到了失落，这使他极度痛苦。

他一从床上爬起来，就发现他的整个生活全都坍塌了。他一时暴富的现实只能加强那种梦魇感。他生活中仅剩的只有洛拉了。

他甚至不清楚下一步到哪里去。他最终是要回家的，可他不能整天待在家里逗他的三岁女儿和跟玛丽亚闲谈啊。于是他还待在原地，坐在准备做柱子的一块雕好的圆形石头上，望着未来的中殿。

当下午的太阳带走它最后一丝弧线时，他开始想到自己生病的事。他当时一心以为自己要死了。幸存者之少使他没指望自己能有幸活下来。在他比较清醒的时刻，他曾回顾自己的一生，仿佛生命已到尽头。他知道，他已渐趋某种大彻大悟的境界，但痊愈以来，他又想不起来那是怎么回事了。此时，在这座未完工的教堂的静谧中，他回忆起他曾得出结论，他在生活中犯下了一个大错。但那是什么呢？他和埃尔弗里克吵过架，他和格丽塞尔达发生过关系，他拒绝了伊丽莎白·克拉克……那些做法都惹出了麻烦，但没有一个算得上终生失误。

他病时躺在床上，出汗、咳嗽、口渴难忍，他几乎都想死了；但那也不是什么了不起的错误。有一种力量让他活了下来——如今又回到了他身上。

他要再见到凯瑞丝。

这就是他要活下去的理由。

他在谵妄中曾经看到她的面容，并且为自己可能死在离她远及数千英里的异国他乡而悲伤落泪。他的终生大错就是离开了她。

随着他最终回想起那梦幻般的记忆，并且领悟到这一启示的迷乱的真理，他心中充满了一种奇妙的幸福感。

他反思起来，这事没什么现实意义。她已进了女修道院。她曾拒绝见他并解释得很清楚。但他的灵魂没有那么理性，它告诉他，他应该在她身旁。

他不清楚，他坐在一座几乎毁于瘟疫的城市中的一个建到一半的教堂里的时候，她此刻在做着什么。他最后一次听到的消息是她被主教委予了圣职。该决定是不可挽回的——所以他们都说：凯瑞丝从来不接受别人告诉她的那些规矩。而另一方面，她一旦有了自己的决定，通常也是无法改变她的想法的。无疑，她一定全力投入她的新生活了。

其实这并没有什么不同。他还是想要再见见她。不去见她就会铸成他终生的第二次大错。

而且现在他已经自由了。他与佛罗伦萨的系带都已断掉。他的妻子死了，除去三个孩子，他的全部姻亲也都死光了。他在这里的唯一的家人，就是他的女儿洛拉，而他是要带上她的。她还这么小，他觉得她几乎注意不到家人已死。

这是一步重大的行动，他这样告诉自己。他首先要证实亚历山德罗的遗嘱，为孩子们作出安排——阿戈斯蒂诺·卡罗利可以在这方面助他一臂之力。然后他要把他的财产都换成金子，再安排好运到英格兰。若是卡罗利家族的国际联络网络还能起作用的话，这件事也可以由他们来办。最犯难的是，他要从佛罗伦萨经过上千英里的行程，穿越欧洲，抵达王桥。而这一切都要在毫不了解当他终于到达时凯瑞丝会如何接待的情况下去完成的。

显然，这是需要长期缜密思考的决定。

他在几分钟之内就打定了主意。

他就要回家了。

五四

梅尔辛和来自佛罗伦萨和卢卡的十来个商人搭伴，离开了意大利。他们从热那亚乘船驶抵法兰西的古老港口马赛。他们从那里走陆路到达阿维尼翁，那是欧洲最奢侈的教廷的近四十多年来在位教皇的家乡——也是梅尔辛所知的最小的城市。他们在那里跟上了一大群教士和返回北方的朝圣者，一路同行。

人人都结队而行，而且队伍越大越好。商人们都携带着现金和贵重的贸易商品，而且还有武装人员保护，抵御不法之徒。他们很高兴路上有伴：教士的袍服和朝圣者的徽记可以阻止强盗，哪怕像梅尔辛这样的普通旅客也增加了人数，壮大了声势。

梅尔辛已经将他的大部分财产托付给佛罗伦萨的卡罗利家族。他们在英格兰的家人会给他付现金。卡罗利一家一直经营这种国际汇兑，实际上，梅尔辛九年前就利用他们的服务把他的一小笔财产从王桥转到了佛罗伦萨。他也同样清楚，这一体系并非万无一失——这样的家族有时会破产，尤其在他们把钱贷给国王和亲王这类不可信的人的时候。所以他把一大笔佛罗伦萨金币缝进了内衣。

洛拉一路上很高兴。由于是一行人中唯一的小孩子，大家都对她倍加关照。白天长时间骑行在马背上，梅尔辛让她坐在他身前，他用两手握着缰绳，双臂护着她挺安全的。他给她唱歌，反复背诵童谣，讲故事，还讲沿途看到的东西——树啦，磨坊啦，桥啦，教堂啦。他说的这些，她大概有一半不明白，但他的话音就让她始终高高兴兴。

他从来没有和女儿一起度过这么多时间。父女俩整天，每天，一周接一周地形影不离。他希望这样的亲热可以部分弥补她的丧母之痛。这对他当然也一样：要是没有女儿，他会万分孤独的。她不再提起妈妈了，可时不时地会搂住他的脖子，无助地贴着他，像是生怕他离开。

只有当他站在巴黎市外六十英里处沙特尔那座宏伟的大教堂前的时候，才感到怨悔。大教堂的西端有两座高塔。北边的一座尚未完工，但南边的那座足有三百五十英尺高。这勾起他曾经立志要修造这样的建筑物的宏愿。在王桥，他不大可能实现那个抱负了。

他在巴黎盘桓了两个星期。瘟疫还没传到这里，他很舒心地观察着一座大城市的日常生活：人们走来走去，交易买卖，而不是门阶上躺着死尸的那种空荡荡的街道。他的精神振奋起来了，只有这时他才意识到，他抛在身后的佛罗伦萨，曾经多么可怕地打击了他。他观看着巴黎的大教堂和宫殿，对感兴趣的地方画出细部的草图。他有一个小笔记本，是用意大利刚刚普及的新型材料——纸订起来的。

离开巴黎后，他搭上了返回瑟堡的一家贵族。人们听到洛拉说话，都以为梅尔辛是意大利人呢，而他也没纠正他们，因为在法兰西北部，人们对英格兰人怀着深仇大恨。跟随着那家贵族及其扈从，梅尔辛悠然地穿过诺曼底：洛拉坐在他怀里，一根缰绳牵着跟在后面的驮马，东张西望着差不多两年前爱德华国王入侵后幸存的教堂和修道院。

他本来可以走得快些的，但他告诉自己，他在充分利用这可能不会再有的机会，观察各色各样的建筑。然而，当他扪心自问时，就不得不承认，他对到达王桥后可能见到的情况惴惴不安。

他要回家去见凯瑞丝，但她或许与他九年前撇下的那个凯瑞丝已经判若两人了。她在身心两方面都会变化的。一些修女因为生活中唯一的欢乐就是食物而长出一身肥肉。凯瑞丝则更有可能由于迷恋于自我克制而饿着自己，变得精瘦了。不过如今她可能入了宗教的道，成天祈祷，并为想象中的罪孽自鞭。说不定她已不在人世了呢。

这些都是他最发狂的梦魇。在他的内心里，他知道她不会胖得不像样或迷恋于宗教。而如果她死了，他也会听到的，她父亲埃德蒙去世，他就听说了嘛。她还会是那个同样的凯瑞丝，小巧匀称，敏锐聪慧，有条有理，坚定不移。但他认真关注的是，她会怎样接待他。时隔九年之后，她会对他有什么感觉呢？由于她的过去已经遥远得不值一提，就像，比如说吧，他对格丽塞尔达一样，从而对他无动于衷呢？或许她仍然在内心深处渴盼着他呢？他想不清楚，这也正是他焦虑的真正原因。

他们渡海到达朴次茅斯，并和一队商旅同行。他们在穆德福德渡口脱离了那伙人——那伙人去了夏陵，而梅尔辛和洛拉则骑马涉过浅河，踏上了王桥的大路。梅尔辛心感遗憾，因为看不到去王桥的路上有印迹。他不知道有多少商人由于没认识到王桥更近而直奔夏陵了。

那是夏季一个和暖的日子，当他们到看得见目的地的地方时，太阳晒着大地。他看到的第一个东西便是大教堂的塔尖高耸于树上。梅尔辛心想，至少那塔还没倒：埃尔弗里克的修复维持了十一年。遗憾的是，从穆德福德路口看不到那座塔——这可会使来王桥镇的人数大不相同的。

他们走近的时候，他开始受到激动和畏惧的奇怪的混杂感情的折磨，并害怕这会让他胃里上下翻腾。一时之间，他担心自己会下马呕吐了。他竭力镇定自己。会发生什么事呢？即使凯瑞丝对他不理不睬，他也不会死嘛。

他看到新城的郊外竖起了好几栋新房。他为酿酒师迪克修建的辉煌的新宅，已经不在王桥的外缘上了，因为镇子的扩展早已越过了那里。

当他看到他的桥梁时，一时忘记了他的忧虑。大桥从河边呈精美的弧线升起，优雅地落在河心岛上。在岛的另一端，大桥再次跃起，跨过第二条河道。桥的白石在阳光中熠熠闪光。人与车正在双向过桥。这景象使他自豪得心潮澎湃。那正是他当年所希望的一切：美丽、实用而坚固。他心想，是我做的，而且很好。

但再向近处走，他却大吃一惊。最近一处墩距靠近中央桥墩的石拱已经损毁。他看出了石件上的裂缝，裂处用铁箍修补，那种笨拙的手段一看就知是埃尔弗里克的特点。他感到沮丧。把难看的铁箍固定在石件上的钉子向下淌着褐色的锈迹。这景象将他带回到十一年前，埃尔弗里克修复旧木桥的时刻。他认为，人人都可能犯错误，但不能从错误中汲取教训的人只能重犯同样的错误。"十足的蠢货。"他脱口说道。

"十足的蠢货。"洛拉学舌说。她在学英语。

他催马上桥。路基完成得很妥善。他看了很高兴，而且他对护栏的设计也很满意：带有雕刻的拱顶石的牢固的栏杆让人想起大教堂的模式。

麻风病人岛依旧遍地跑着野兔。梅尔辛仍然持有岛上的租用权。在他外出的时期，马克·韦伯一直替他收租，并且每年交付修道院一笔微不足道的租用费，再减掉商定的收租劳务费，按年通过卡罗利家族把余额交到佛罗伦萨的梅尔辛手中。经过一减再减，余额只是一笔小款，但每年都稍有增长。

梅尔辛在岛上的住房像是有人居住：百叶窗开着，门阶打扫过。他早先安排吉米住在这儿。那孩子如今该长大成人了，他揣摸着。

在第二处墩距的近端，一个梅尔辛没认出的老人坐在太阳下收取过路费。梅尔辛给了他一便士。那人死盯着他看，仿佛在努力回忆先前在哪里见过他，但他没有说话。

这镇子在他眼里既陌生又熟悉。因为地方还是这个地方，而变化则如奇迹震撼着梅尔辛，犹如一夜之间发生的：一排茅屋被拆除，代之以精美的住宅；原先由一个富有的寡妇所有的阴沉沉的大宅如今成了忙碌的客栈；一座枯井被填平了；一所灰宅子涂成了白色。

他来到主街上与修道院大门紧邻的贝尔客栈。那里没什么变化：一个位置这样好的酒馆也许能开上好几百年呢。他把马和行李交给了一名马夫，就拉着洛拉的手走了进去。

贝尔客栈像各地的酒馆一样：一间宽大的前室里摆着粗糙的桌凳，后面的地方是摆放啤酒桶和红酒桶的架子和制作食品的厨房。由于这里生意兴隆又有利可图，地面上铺的草倒是常换，墙壁也是粉刷一新，到了冬天，大壁炉里的火烧得很旺。眼下，在盛夏酷暑中，所有的窗户一概敞开，和煦的微风吹过前室。

过了一会儿，贝茜·贝尔从后面走了出来。九年前她还是个卷毛丫头；如今已成了丰满的妇人。她打量了一下他，没有认出来，但他看出她很赞赏他的衣服，把他当成富裕的顾客了。“日安，旅客，”她说，“我们能做点什么让您和您的孩子感到舒适吗？”

梅尔辛咧嘴一笑。“我愿意用一下你们的单间，好吗，贝茜。”

他一开口，她就认出了他。“我的天！”她叫道，“是造桥的梅尔辛！”他伸手要和她握，但她张开双臂搂住他，紧紧地拥抱着。她一向对他另眼相看。她放开他，端详着他的面孔。“你长出了这么一副胡子！不然的话，我早就认出你了。这是你的小女孩吗？”

“她叫洛拉。”

“嘿，多漂亮的小家伙！她母亲准是个美人！”

梅尔辛说：“我妻子已经死了。”

“太伤心了。不过洛拉还小，会忘记的。我丈夫也死了。”

“我不知道你结婚了。”

“我在你走后遇见了他。从格洛斯特来的理查·布朗。一年前我失去了他。”

“听到这个我很难过。”

“我父亲到坎特伯雷去朝圣了，因此，这会儿就靠我自己来经营这客栈了。”

“我一向喜欢你父亲。”

“他也喜欢你。他总爱和有点气概的男人打交道。他对我的理查从来不热情。”

“啊。”梅尔辛感到谈话过于迅速地就如此亲切了，“有什么我父母的消息吗？”

“他们不在王桥这儿了。他们住在你弟弟在天奇的新家。”

梅尔辛从博纳文图拉嘴里听说了，拉尔夫成了天奇的领主。“我父亲该心满意足了。”

“像孔雀一样骄傲呢。”她莞尔一笑，然后露出关切的神情，“你准是又饿又累了。我要吩咐伙计们把你的行李拿到楼上去，然后我就给你端来一人罐淡啤酒和一些浓汤。”她转身进了后室。

“太周到了，可是……”

贝茜在门口停下了脚步。

“你要是给洛拉一些汤，我就太感激了。我还有些事要做。”

贝茜点点头。“当然。”她弯腰凑近洛拉，“你愿意跟贝茜阿姨来吗？我想你能吃一块面包。你喜欢新面包吗？”

梅尔辛把她的问话译成意大利语，洛拉愉快地点着头。

贝茜看着梅尔辛。“去看凯瑞丝姐妹，对吧?”

他莫名其妙地感到愧疚。“是的，”他说，“这么说，她还在这儿?”

“噢，是啊。她如今是女修道院的客房长了。她有一天会当上女副院长的，不然才怪呢。”她拉起洛拉的手，领着她进了后室。“祝你好运。”她回过头来大声说。

梅尔辛走了出去。贝茜可能有些令人窒息，但确是情真意切，他一回来就受到如此热情的欢迎，着实温暖了他的心。他进入了修道院的地面。他停步打量着大教堂高耸的西前部，如今已有近二百年之久了，但仍一如既往地令人肃然起敬。

他注意到教堂北面的墓地之外，有一座新建筑。那是一座中型的宅第，有一个庄严的入口和一个二层楼。这栋房子建在靠近原有的副院长的木造居所之处，看来大概是取代了原有的简朴建筑，用作戈德温的住所了。他纳闷戈德温从哪儿弄来的钱。

他向近处凑了凑。这座宅第很宏大，但梅尔辛并不喜欢那设计。没有一处标准与隐隐耸立的大教堂以任何方式相呼应。细部粗制滥造。华而不实的门框上梁遮挡了一部分二层的楼窗。而最糟的是，这座宅第建得与教堂不在一个轴线上，以怪里怪气的角度立在那里。

这无疑是埃尔弗里克的作品。

一只肥猫坐在门阶上晒太阳。那只猫周身漆黑，但尾尖都是白的。它不怀好意地瞄着梅尔辛。

他转过身，慢步向医院走去。大教堂的绿地静寂无人：今天不是集市日。激动和畏惧又在他胸中升起。他随时都可能遇到凯瑞丝。他来到门口，走了进去。那间长室比他记忆中要看着更明亮，嗅着更清楚：一切都显得很洁净。地面的垫子上躺着几个人，多是长者。在唱诗班席处，一名年轻的见习修女正在朗读祷文。他等着她念完。他的焦躁心情使他觉得自己比躺在床上的病人病得更重。他奔波了上千英里，为的就是这一刻。难道白跑了一趟吗?

那修女终于最后一次道出了“阿门”并转过身来。他并不认识她。她向他走近，礼貌地说：“愿上帝为你赐福，陌生人。”

梅尔辛深吸了一口气。“我是来见凯瑞丝姐妹的。”他说。

修女们的例会此时正在食堂进行。以前，她们是和修士共用大教堂东北角的那座精致的八边形会所的，令人痛心的是，修士和修女间的互不信任已经严重到使修女们不想冒修士们故意偷听的风险了。所以她们就在她们就餐的空荡的长室内开会了。

女修道院的执事们都坐在一张桌子的背后，中间是塞西莉亚。现在没有副院长助理：五十七岁的娜达莉几周前去世了，而塞西莉亚还没有找人顶替她。塞西莉亚的右侧是司库贝丝和她的司事伊丽莎白，即先前的伊丽莎白·克拉克。塞西莉亚的左侧是负责一切供应的司膳玛格丽特和她的助手客房长凯瑞丝。三十名修女坐在成排的板凳上，面对这些高级执事。

在祈祷和诵读之后，塞西莉亚嬷嬷发表了声明。“我们收到了来自我们主教的一封信，对我们控告戈德温副院长盗用我们的钱财一事作了回复。”她说。修女们当即低声议论起来。

该回复迟迟未到。爱德华国王几乎拖了一年才找人接任理查主教。威廉伯爵竭力为他父亲那位能干的代管神父杰罗姆疏通，但爱德华最终选定了蒙斯的亨利——王妃的来自北法兰西埃诺的一名亲戚。亨利主教先来到英格兰出席典礼，然后到罗马去经教皇确认，返回后便在夏陵的宫中住下，之后才对塞西莉亚的正式控告信作出回复。

塞西莉亚继续说：“主教不拟对盗窃采取任何行动，说是该事件发生在理查主教任职期间，过去的就过去吧。”

修女们气哼哼的。她们曾耐心地认可了这种拖拉，因为她们坚信正义最终会得到伸张。这样的驳回使她们震惊了。

凯瑞丝事先已经读到了回信，所以不像别的修女那样惊诧。新主教不想上任伊始就与王桥的副院长发生牴牾，这是毫不足奇的。这封回信告诉她，亨利是个务实的统领，而不是个讲原则的人。他在这方面与成功地玩弄宗教政治的大多数人毫无二致。

然而，她虽然没感到奇怪，却绝没有减少她的失望情绪。这一决定意味着，在可预见的未来，她只好放弃建造将病员与健康的来客加以隔离的新医院的梦想了。她叮嘱自己切莫悲伤：修道院没有这等讲究已经存在了数百年，再等上十年或者更长的时间又有何妨。另一方面，她也十分愤怒地看到疾病的迅速蔓延，如前年由厨师莫尔德温传到羊毛集市上的那种呕吐症状。没有人确切地懂得这种病症是如何传播的——由看望病人，由接触病人或者只是由于同居一室——但毫无疑问，许多疾病确是由一名患者传给了另一名，而接近就是一个因素。然而，她眼下必得忘掉这一切。

一阵不满的嘀咕声从坐在板凳上的修女们中传来。梅尔的嗓音压倒众人，她说：“那些修士们这次该得意死了。”

凯瑞丝觉得，她说得对。戈德温和菲利蒙光天化日下抢劫却逍遥法外。他们总是争辩说，修士们动用修女们的钱财不是盗窃，因为终归都是为了上帝的荣光；如今他们会认为主教已维护了他们。这是一次苦涩的失败，尤其对于凯瑞丝和梅尔更是如此。

但塞西莉亚嬷嬷并不想浪费时间去后悔。“这并不是我们任何人的过错，或许只有我要除外，”她说，“我们就是太轻信了。”

凯瑞丝心想，你信任戈德温，我可不信，但她紧闭了嘴唇。她等着听塞西莉亚接下来会说些什么。她知道女副院长准备改组女修道院的领导班子，但没人晓得作出了什么决定。

“然而，我们今后必须多加小心。我们要建自己的金库，不准修士们接近；事实上，我希望他们根本不知道金库设在什么地方。贝丝姐妹将从司库的职务上退休，我们对她长期忠于职守表示感谢，伊丽莎白姐妹将接替她的位置。我对伊丽莎白绝对信得过。”

凯瑞丝想控制她的面容，以免别人看到她的厌恶之情。伊丽莎白曾指认凯瑞丝是女巫。这事已过了九年，塞西莉亚已经原谅了伊丽莎白，但凯瑞丝绝不会的。不过，这并非凯瑞丝对她反感的唯一理由。伊丽莎白性格乖戾扭曲，她的怨恨妨碍了她的判断。依凯瑞丝之见，这种人是绝对信不得的：他们总是以偏见为基础来作出他们的决定。

塞西莉亚继续说：“玛格丽特姐妹请求准许她卸掉她的职责，由凯瑞丝姐妹接任司膳一职。”

凯瑞丝感到失望。她本来希望被任命为塞西莉亚的副院长助理的。她强作笑颜，装出高兴的样子，但她难以做到。塞西莉亚显然不想任命一位助理了。她会有两个对立的下属：凯瑞丝和伊丽莎白，让她俩去斗个结果出来吧。凯瑞丝看到了伊丽莎白的眼睛，在她的目光中只有压抑下去的痛恨。

塞西莉亚接着说：“在凯瑞丝的监督下，梅尔将担任客房长。”

梅尔兴奋得脸上放光。她很高兴得到提升，更为将在凯瑞丝手下工作而庆幸。凯瑞丝也喜欢这一决定。梅尔鲜明地分享着她的情绪和她对教士那种放血之类的治疗手段的不满。

凯瑞丝没有满足她的希望，但在塞西莉亚宣布一些次要任命时竭力面带笑容。会议结束后，她来到塞西莉亚跟前，表示感谢。

“别以为这样决定轻而易举，”女副院长说道，“伊丽莎白有头脑也有决心，在你不安心的地方，她却能坚持。但你是有想象力的，能够发挥众人所长。你们俩我都需要。”

凯瑞丝没法与塞西莉亚争论对她的分析。凯瑞丝无奈地想道，她确实了解我；如今我父亲已经去世，梅尔辛又走了，在这世界上她对我最了解了。她感到一阵温情涌上心头。塞西莉亚像是一只母鸡，总在走动，总在忙着，照看她的小雏鸡。“我要尽我的一切力量不辜负你的期望。”凯瑞丝发誓说。

她离开了那房间。她需要检查一下老朱莉。无论她如何叮嘱那些年轻的修女，没有一个照她的方式照顾朱莉的。她们似乎认定，一个无助的老人，是不需要舒舒服服地过下去的。只有凯瑞丝要确保朱莉在冷天要有毯子，渴的时候要有东西喝，在她白天几次习惯需要去厕所的时候，给她帮忙。凯瑞丝决定给她喝一些泡了草药的热水，老修女看来对此很高兴。她到她的药房，把一小锅水放到火上烧开。

梅尔进了屋，顺手关上了门。“这是不是挺棒的?”她说，“我们还可以在一起工作了!”她张开双臂搂住凯瑞丝，亲吻了她的嘴唇。

凯瑞丝抱着她，然后从她的拥抱中撤出身来。“不要这样吻我。”她说。

“因为我爱你。”

“我也爱你，但不是这种方式。”

这是实情。凯瑞丝十分喜欢梅尔。她们在法兰西一起冒生命危险时，曾经亲密无间。凯瑞丝甚至发现自己被梅尔的美貌所吸引。一天夜里在加来的一家客栈里，她俩住进一间可以锁门的屋子，凯瑞丝终于屈从于梅尔的求爱。梅尔把凯瑞丝身上一切最私密的地方都爱抚和亲吻遍了，凯瑞丝也对梅尔照样做了。梅尔当时说这是她有生以来最幸福的一天。可惜，凯瑞丝并没有同样的感受。对她来说，这种经历是快活的，但并不刺激，也不想再来了。

“那好吧，”梅尔说，“只要你爱我，哪怕只是一点点，我也幸福。你不会变卦吧，嗯?”

凯瑞丝把开水沏到草药上。“到了你和朱莉一样老的时候，我保证我会给你喝这种药水，让你保持健康。”

泪水涌进梅尔的眼眶。“这是从来没人跟我说过的最美好的话呢。”

凯瑞丝并没想把这当作永恒的爱的誓言。“别这么伤感。”她温柔地说。她把沏药的水冲进一只木杯中。“咱们去看看朱莉。”

她们穿过回廊，进入了医院。一个留着一丛红胡须的男人正站在祭坛跟前。“上帝赐福你，陌生人。”凯瑞丝说。这人有几分面熟。他没有回答她的致意，而是用金褐色的眼睛紧盯着她。这时她认出了他。她手中的杯子掉在了地上。“噢，上帝!”她说，“是你!”

她看到他之前那短短的瞬间是微妙的，梅尔辛知道，无论还会发生什么事，他会终生将其珍藏在心。他如饥似渴地紧盯着那张他阔别九年的面孔，并以炎热之日投入冰冷河流的震撼回忆起，这张面孔对他曾经多么亲切。她简直一点没变：他的担心毫无道理。她甚至看着都没老。他算了算，她现在该有三十岁了，但仍像二十岁时一样苗条和活泼。她以一种勃勃生气，端着盛满药的木杯，迈着轻快的步伐，走进了医院；随后她看到了他，停住脚步，把杯子掉在了地上。

他冲她傻笑着，心中感到了幸福。

“你在这儿!”她说，“我还以为你在佛罗伦萨呢!”

她看着地上的汤水。和她一起的修女说：“别管这个了，我会清扫的。快去跟他说话吧。”梅尔辛注意到，这位修女模样姣好，眼中含泪，但他太激动了，没去过多注意。

凯瑞丝说：“你什么时候回来的?”

“刚刚一小时之前。你看来挺好的。”

“而你的样子……真像条男子汉了。”

梅尔辛笑了。

她说：“什么风把你吹回来啦?”

“说来话长，”他答道，“但我乐意告诉你。”

“我们出去吧。”她轻轻地触了触他的胳膊，带他出了房子。修女们是不准触碰他人，也不准和男人私下谈话的，但于她，规矩总是可以权宜从事的。他很高兴，九年来她并没有变得循规蹈矩。

梅尔辛指着菜圃边上的板凳，说：“九年前你进修道院的那天，我就跟马克和玛奇坐在那里。玛奇告诉我，你拒绝见我。”

她点点头。“那是我一生中最难过的一天——但我深知，见了你只会更难受。”

“我也有同感，只是我要见你，不管那会让我多悲伤。”

她正视了他一下，她那闪金光的碧眼仍像先前一样率真。“听起来有点像责怪。”

“也许是吧。我当时很生你的气。不管你决定做什么，我认为你都该给我一个解释。”他没想到这次谈话会走上这条路，但他发现他已控制不住自己。

她毫无歉意。“其实相当简单。我简直无法忍受和你生生别离。若是当时非逼着我和你说话，我觉得我宁可杀死自己。”

他吃了一惊。九年了，他一直以为分手那天她太自私。如今看来，当时这么要求她，倒是他自己太自私了。他现在回想起来，她一向有这种本领，让他改变他的态度。那种改变的过程并不舒服，可谁让她总是有理呢。

他们没有坐到板凳上，而是转身穿过了大教堂的绿地。天空蒙上了云彩，遮住了太阳。“意大利发生了可怕的瘟疫，”他说，“他们称为大死症。”

“我听说了，”她说，“在法兰西南部也有了，是吗？听起来怪吓人的。”

“我患上了那种病。我康复了，这是很不寻常的。我妻子西尔维娅死了。”

她面露惊异。“我很难过，”她说，“你一定伤心透顶了。”

“她们家都死光了，我的雇主也一个没剩。看来是回家的好时机了。你呢？”

“我刚被任命做司膳。”她面带得意地说。

在梅尔辛看来，这是小事一桩，尤其在他目睹了成批的死亡之后。然而，这种事在修女生涯中是重要的。他抬头望着大教堂。“佛罗伦萨有一座宏伟的大教堂，”他说，“用彩色石头拼成各种图案。但我更推崇这一座：雕出的造型、色调完全一样。”在他琢磨那座灰色天空衬托下的灰色石头砌就的塔楼时，天上下起了雨。

他们走进教堂避雨。中殿里散乱地站着十来个人：来镇上观看建筑的游客，祈祷的虔诚的本地信徒，两三个见习修士在清扫。“我记得在那上边，在柱子后摸过你。”梅尔辛笑着说。

“我也记得。”她说，但她没有迎着他的目光。

“我还像那天一样对你怀着同样的感情。这是我回家来的真实原因。”

她转过身来望着他，目光中带着愠怒。“可你结了婚。”

“而你当了修女。”

“可是，你要是爱我，怎么可能娶她——西尔维娅呢？”

“我原以为我可以忘掉你的。可是我从来都忘不掉。后来，在我觉得我要死了的时候，我永远都不会忘记你了。”

她的气恼来得疾，去得也快，泪水涌到了她的眼里。“我知道。”她说着，把目光移开了。

“你也有同样的感受。”

“我从来没变过。”

“你尝试过吗？”

她迎着他的目光。“有一个修女……”

“就是在医院跟你在一起的那个漂亮的？”

“你怎么猜到的？”

“她看到我就哭了。我还摸不着头脑呢。”

凯瑞丝满脸愧疚，梅尔辛揣摩，她一定像他在西尔维娅说“你在想着你的英格兰姑娘”时的感觉是一样的。

“梅尔对我很亲，”凯瑞丝说，“她还爱着我。不过……”

“但你没有忘记我。”

“没有。”

梅尔辛有了胜利感，但他尽力不流露出来。“这么说，”他说，“你就该放弃你的誓言，离开女修道院，跟我结婚。”

“离开女修道院？”

“你首先需要从女巫罪名中得到赦免，这我明白，但我敢说这事办得到——我们要贿赂主教、大主教，必要时直至教皇。我拿得出钱——”

她没把握会不会像他想的那么轻而易举。但这还不是她的主要问题。“我并不是不动心，”她说，“但我向塞西莉亚承诺过，我不会辜负她对我的信任……我得协助梅尔接任客房长一职……我们要建一个新金库……而且我是唯一能够把老朱莉照顾妥善的人……”

他简直迷糊了。“这一切都这么重要吗？”

“当然重要啦！”她气愤愤地说。

“我原以为女修道院只是老妇人祈祷的地方呢。”

“治疗病人，救济穷人，经营几千英亩的土地。至少跟修建桥梁和教堂同样重要。”

他没料到这一点。她一向对宗教规章抱怀疑态度。她被迫进入女修道院，因为那是她挽救自己生命的唯一途径。可如今她似乎变得热爱对她的惩罚了。“你像是一个不情愿离开牢房的囚犯，哪怕牢门大敞四开也不跑。”他说。

“门并没有大敞四开。我得放弃我的誓言。塞西莉亚嬷嬷——”

“我们会把这一切问题都解决掉的。咱们马上就着手好了。”

她露出哀伤的样子。“我没把握。”

他看得出，她在受着折磨。这出乎他意料。“这是你吗？”他难以置信地说，“你一向痛恨你在修道院里看到的伪君子和假道学。懒惰，贪婪，欺诈，暴虐——”

“对戈德温和菲利蒙来说，这还是真的。”

“那就一走了之。”

“做什么呢？”

“当然是嫁给我啦。”

“就这些？”

他又一次张口结舌了。“我想的就是这些。”

“不，不止这些。你想设计宫殿和城堡，你想修造英格兰最高的建筑物。”

“要是你需要有个人去照顾……”

“什么？”

“我有个小女孩。她名叫洛拉，三岁。”

这似乎让凯瑞丝打定了主意。她叹了口气。“我是一个有三十五名修女、十名见习修女和二十五个雇工，有学校、医院和药房的女修道院的一名高级管理人员——而你要我抛弃这一切，去当一个我从未见过的小女孩的保姆。”

他不再争论。“我只知道我爱你，想和你在一起生活。”

她干笑着。“要是你只说这个而不提别的，你也许会说服我的。”

“我昏了头了，”他说，“你是不是拒绝了我呢？”

"我也不知道。"她说。

五五

梅尔辛大半夜都睁眼醒着。他已经习惯了在客栈投宿，而洛拉在睡梦中的响声只会给他安慰；但今天这一夜他都在不停地想着凯瑞丝。她对他回来的反应令他吃惊。他如今才认识到，她从来没有理智地思考过，当他重新出现时，她会如何感受。他曾经沉溺于不真实的梦魇：她可能会发生什么样的变化，而在他心中，他曾希冀着一次重新欢聚。她当然没有忘记他；但他可以揣度出来，她不会花费九年的岁月为他郁郁寡欢：她不是那种人。

反正他根本没猜到，她会如此献身于一个修女的工作。她对教会一向多少都抱有敌意。既然用任何方式批评宗教都如此危险，她完全可以隐藏起她怀疑的真正深度——哪怕对他也不讲呢。因此，看到她不情愿离开女修道院，实在是大吃一惊。他事先曾担心理查主教下的死刑判决，也忧虑她要放弃誓言能否获准，但他万没想到她会感到修道院的生活如此充实，竟然迟疑着不想离开，成为他的妻子了。

他因她而痛苦。他巴不得这样说："我千里迢迢地回来请你嫁给我——你怎么能说不一定呢?"他还想到很多可以说的刻薄话。或许他当时没想出那么多话倒是好事。他俩的谈话结束时她请他给她时间从他突然归来的意外中镇定一下，想想她该怎么办。他答应了——他别无选择嘛——结果却让他极度痛苦地心存悬念，简直像是钉上了十字架。

他终于迷迷糊糊地睡着了。

洛拉像往常一样早早地把他弄醒了，他们下楼到休息室去喝粥。他遏制下自己的冲动，没有直接去医院和凯瑞丝再次谈话。她要求给她时间，急于纠缠她也于事无补。在他看来，可能还有许多令他惊奇的事呢，他最好还是先弄清这么多年来王桥发生的事情吧。于是在早餐之后，他就去见马克·韦伯了。

韦伯一家住在主街上的一栋大宅子里，那是凯瑞丝让他们开始绒布生意不久之后就买下的。梅尔辛还记得这夫妻俩和他的四个孩子住在比马克用的一台织机大不了多少的一间屋子里的日子。他的新房子有一个宽敞的石砌底层，充当贮藏室和铺面。居住区在木建的二层。梅尔辛看到玛奇在店里检查刚从他们设在镇外的一处染坊运来的一车红色绒布。她已年近四十，黑发中有了绺绺灰色。她本来就不高，如今成了胸高臀肥的胖妇人。她让梅尔辛联想到肥鸽，不过由于她突出的下颏和果断的举止，更像是一只咄咄逼人的鸽子。

和她在一起的，是两名青年：一个十七岁上下的漂亮姑娘和一个比她大上两三岁的身材高大匀称的小伙子。梅尔辛想起她的两个大孩子——穿着破烂衣裙的瘦弱女孩朵拉和一个害羞的男孩约翰——意识到就是这两个，如今长大了。此时，约翰正毫不费力地举起一匹匹沉重的布，而朵拉则用小棍划着道道记着数。这让梅尔辛觉得自己老了。他心想，我才三十二岁；但一看到约翰，就显得老了。

玛奇见到他时，惊喜得叫出了声。她拥抱了他，亲吻着他蓄须的面颊，然后又对洛拉唠叨了一阵。“我本来想让她来这儿和你的孩子们一起玩儿呢，”梅尔辛苦笑着说，“当然他们已经太大了。”

“丹尼斯和诺亚在修道院读书，”她说，“他们是十三和十一岁。不过朵拉会哄洛拉的——她喜欢小孩。”

那姑娘领过去洛拉。“隔壁的猫咪有几只小猫，”她说，“你想过去看看吗?”

洛拉回答时说了一大串意大利语，朵拉认为是同意了，就领上她走了。

玛奇让约翰继续卸车，自己则带梅尔辛上了楼。“马克到梅尔库姆去了，”她说，“我们把我们的一些布出口到布列塔尼和加斯科涅。他应该会在两天内回来。”

梅尔辛坐在她的客厅里，接受了一杯淡啤酒。“王桥像是很繁荣。”他说。

“羊毛生意下滑了，”她说，“是因为战争税。什么东西都要经一小伙大商人来卖，国王还要拿上一份。王桥这儿还有一些经纪人——彼得拉妮拉接手了埃德蒙留下的生意——不过和原先大不一样了。所幸，成品布的交易增长起来，最终在这镇里顶上了位置。”

“戈德温还当副院长吗？”

“还当，不幸啊。”

“他还在制造麻烦吗？”

“他保守得要命。他反对任何变化，禁止一切进步。比如说，马克建议在星期六也和礼拜天一样开放集市，试上一试。”

“戈德温能用什么理由反对呢？”

“他说，这样就让人们赶集而不去教堂了，那就糟了。”

“有些人也可以在星期六去教堂嘛。”

“戈德温的杯子总是半空的，而不是半满的。①”

“教区公会肯定反对他了？”

“并不经常。埃尔弗里克如今是会长了。他和艾丽丝几乎把埃德蒙留下的全都弄到手了。”

“会长不一定是镇上最有钱的人嘛。”

“但往往都是。别忘了，埃尔弗里克雇用了好多工匠——木匠、石匠、泥水匠、搭脚手架的——而且还从建筑材料商人们的手中买

---

① 在英语中，这是形容悲观看法的比喻。

东西。镇上有的是人多少都要支持他。”

“而埃尔弗里克一向靠拢戈德温。”

“没错。他把修道院的所有修建工程都拿到手了——这也就等于是一切公共工程。”

“可他是个本事不济的建筑匠师啊!”

“奇怪，是吧?”玛奇若有所思地说，“你会认为戈德温要找本领最棒的人来干。可他不，对他来说，全看谁最顺从，谁最毫无疑问地服从他的想法。”

梅尔辛感到有些不痛快。一切都没变：他的对手都还大权在握。这可能证明了他难以重操旧业。“看来，这儿没有对我是好的消息。”他站起身，“我最好去看一眼我的小岛。”

“我肯定，马克一从梅尔库姆回来，就要去找你的。”

梅尔辛到隔壁去叫洛拉，可看到她玩得那么开心，他就把她留给朵拉，穿城向河边走去。他又对他那座桥的裂缝看了看，其实他也用不着多看了：原因显而易见。他便向麻风病人岛走去。那里还是老样子：岛的西端有几处码头和货仓，而在东端，紧挨着从一个桥孔通向另一个桥孔的路边，就是他租给吉米的那处住房。

他刚把这座小岛拿到手的时候，曾经计划大大开发一下，在他外出的这些年里，当然是没有什么成绩。如今他想他能够有新作品了。他步量了一下地面，大体测算着未来的建筑和街道，直到午餐时刻到了。

他接了洛拉，返回贝尔客栈。贝茜给他端来了可口的加了大麦的炖猪肉。店里阒无他人，贝茜就和他们一起吃饭，还拿来了一罐她最好的红葡萄酒。他们吃完饭后，她又给他倒了一杯酒，他就给她讲起了他的想法。“从一座桥到另一座桥横穿小岛的大路是建造商店的理想地段。”他说。

“还有客栈呢，”她指出，“这地方和冬青丛是镇上生意最忙的客栈，就是因为紧靠着大教堂。人们来来往往的地方最适合开客栈了。”

“我要是在麻风病人岛盖一家客栈，你就能来经营了。”

她直盯着他看。“我们可以一起来经营。”

他对她微微一笑。他吃喝着她的好饭好酒；随便哪个男人都乐意和她滚到床上，享受她那柔软圆润的肉体，但他可不成。“我非常喜欢我妻子西尔维娅，”他说，“不过，我们结婚这么多年，我一直在思念凯瑞丝。而且西尔维娅也知道。”

贝茜移开了目光。“这太伤心了。”

“我知道。所以我再也不会对别的女人这样了。除去凯瑞丝，我谁也不娶了。我称不上好男人，但我总没那么坏吧。”

“凯瑞丝可能永远都不会嫁你的。”

“我知道。”

她站起身，收起他们的碗碟。“你是个好男人，”她说，“太好了。”她转身回了厨房。

梅尔辛把洛拉放到床上午睡，然后坐在店门前的一条板凳上，眺望着山坡下的麻风病人岛，一边在一块大石板上画着草图，一边享受着九月份的阳光。其实他也没干成多少事情，因为每一个走过的人都想请他去家中做客，并打听他这九年里都做了些什么。

将近黄昏的时候，他看到了马克·韦伯的高大身影赶着一辆装着一只桶的大车走上山来。马克一向是个大块头，但梅尔辛此刻观察到，他已经是又高又大的胖子了。

梅尔辛握着他的那只巨手。“我到梅尔库姆去了，”马克说，“每隔几个星期就去一次。”

“桶里装的什么？”

“刚运下船的波尔多葡萄酒——那条船还带来了消息。你知道吗，琼公主正在去西班牙的路上？”

“知道。”欧洲每一个消息灵通的人都知道，爱德华国王的十五岁女儿要嫁给卡斯蒂利亚王室继承人佩德罗王子。这场婚姻会加强英格兰和伊比利亚半岛上最大的王国之间的联盟，确保爱德华能够集中精力继续其对法兰西的无休止的战争，而免除来自南方的后顾之忧。

“唉，”马克说，“琼死于波尔多的瘟疫了。”

梅尔辛大受震惊：一方面由于爱德华在法兰西的地位突然变得摇摇欲坠，但更主要的还是由于瘟疫传播得如此之远。“他们在波尔多害上了瘟疫？”

“法兰西的水手告诉我，满街都堆着尸体。”

梅尔辛感到了心神不安。他原以为他已经把大死症抛在了身后。但愿不会传到英格兰这么远的地方吧？他本人并不惧怕这种传染病：谁都不会得第二次的，因此他会平安无恙，而洛拉属于那种由于某种原因而没受感染的人。但他为其他的人担心——尤其是凯瑞丝。

马克心里还装着别的事。“你回来的时候刚好。一些年轻的商人对埃尔弗里克当会长已经忍无可忍了。在很多时候他只是戈德温的应声虫。我准备跟他对着干一下。你是能有影响的人。今天晚上有一次教区公会的会议——来参加吧，我们马上就接受你入会。”

“我没有学徒期满会有麻烦吗？”

“你在这儿和国外建成了那么多工程嘛，如今很难找你的岔子了。”

“好吧。”梅尔辛要是想开发这座小岛，是需要成为公会一员的。人们总要找出理由来反对新的建筑物，而且他本人需得到支持。但对于入会一事，他并不像马克那样信心十足。

马克把他的酒桶送回家，梅尔辛则进屋去给洛拉开饭。日落时分，马克来到贝尔客栈，梅尔辛与他在温和的午后转为凉爽的傍晚时，一起走上主街。

多年前，梅尔辛站在公会大厅向教区公会陈述他的桥梁设计时，在他眼里，这里像是一座精美的建筑。但在他见识了意大利的大型公共建筑之后，如今再看这座大厅，就显得笨拙破败了。他不知道像博纳文图拉·卡罗利和洛罗·菲奥伦蒂诺那样的人该如何看待这座建筑：粗糙的石砌底层有监狱和厨房，其主厅中有一排柱子一直延伸到中间，以支撑屋顶，十分碍眼。

马克把他介绍给在他外出期间来到王桥或发迹起来的几个人。不过，大多数面孔都是熟悉的，只是比先前老了些。梅尔辛向这两天里还没遇到的几个熟人致意。其中就有埃尔弗里克，他炫耀地身穿一件夹银丝的彩缎外衣。他没有表示惊讶——显然已经有人告诉他梅尔辛回来的消息了——但以毫不掩饰的敌意瞪着他。

出席的还有戈德温副院长和他的助理菲利蒙。梅尔辛注意到，四十二岁的戈德温长得更像他舅舅安东尼了：嘴角的线条下垂着，总是显得怨气十足。他做出一副和蔼可亲的模样，可能哄骗得了那些不了解他的人。菲利蒙也变了。他不再那么低声下气。他散发着兴旺商人的那股劲头，一副志得意满的神气——不过梅尔辛觉得他依旧能够看到，在这种外表之下，是对如今仍不得不摇尾乞怜的焦虑和自我愤恨。菲利蒙握着他的手，如同碰到了一条蛇。旧日的仇恨竟然如此长久不衰，实在让人沮丧。

一位英俊的黑发青年看到梅尔辛时在身上画着十字，原来他便是梅尔辛原先的徒弟吉米，现在人们都叫他杰列米阿建筑匠师了。梅尔辛欣喜地看到，他干得不错，已经加入教区公会了。不过，他看上去还和以往一样迷信。

马克向跟他搭讪的每一个人都提起琼公主的新闻。梅尔辛回答了有关瘟疫的一两个令人焦虑的问题，但王桥的商人们更关心的是与卡斯蒂利亚联盟的崩溃会拖长对法战争，那对生意显然是不利的。

埃尔弗里克坐到硕大的羊毛口袋天平前面的大椅子上，宣布开会。马克当即提议接受梅尔辛为会员。

埃尔弗里克果然表示反对。“他没有学徒期满，所以从来不是公会的一员。”

“你的意思是他不肯娶你的女儿。”一个人说道，众人哄堂大笑。梅尔辛过了一会儿才认出来讲话的人是比尔·瓦特金，那个盖住宅的，围着他谢了顶的那圈黑发，如今已变灰了。

“因为他算不上及格的工匠。”埃尔弗里克顽固地坚持着。

“你怎么能这么说？”马克反驳道，“他已建过住宅、教堂、宫殿——”

“还有我们的大桥，才过八年就裂了。”

“那是你造的，埃尔弗里克。”

“我分毫不差地按照梅尔辛的图纸造的。显然，桥孔不够牢固，承受不了路面及过往车辆的重压，我装的铁撑也挡不住裂缝越来越大。因此，我建议加固中心券两侧的拱架，两座桥都要这样做，用第二道石料，加粗一倍。我原想今晚来谈这个问题的，因此我已经准备好了预算开支。”

埃尔弗里克就在动手策划这场抨击的时候，听到了梅尔辛回到镇上的消息。他一向与梅尔辛为敌，至今未变。然而，他未能弄懂那座桥的症结，这恰恰给了梅尔辛一个机会。

他低声对杰列米阿说：“你肯帮我一个忙吗？”

“你为我做了一切，当然没说的。”

“马上跑到修道院，要求紧急面见凯瑞丝姐妹，要她找出我为这座桥做的原始设计。那张图纸应该在修道院的图书馆里。立即把图纸带回这儿来。”

杰列米阿溜出了屋子。

埃尔弗里克接着说："我应该通报各位同仁，我已经和戈德温副院长讲了，他说修道院无力支付修桥费。我们得像当初集资建桥一样来集资修桥，然后再从过桥费中回收。"

人们纷纷议论起来。随后是每位公会成员应该出资多少的长时间的吵嚷。梅尔辛感到了房间里对他的敌意在增长。这无疑是埃尔弗里克故意掀起的。梅尔辛死盯着门洞，等待着杰列米阿重新露面。

比尔·瓦特金说："要是梅尔辛的设计有毛病，也许该由他出这笔修桥费。"

梅尔辛再也无法对这场讨论置身度外了。他不顾一切地说："我同意。"

人们惊呆了，屋内一片沉寂。

"要是我的设计造成了裂缝，我就自己出资来修桥。"他满不在乎地继续说。造桥是很费钱的：如果他在这事上错了，他会花掉一半他的家财的。

比尔说："我敢说，这话很漂亮嘛。"

梅尔辛说："可是我还有话要说，首先当然要得到诸位的允许。"他瞅着埃尔弗里克。

埃尔弗里克迟疑着，显然在努力想出个拒绝的理由；但比尔说："让他说嘛。"众人交口赞成。

埃尔弗里克无可奈何地点了点头。

"谢谢，"梅尔辛说，"拱券若是无力，裂缝会以特有的模式出现。券顶的石头会向下压，所以下缘就会呈八字形开裂，裂缝在拱腹的顶部——也就是内侧的上端出现。"

"这是真的，"比尔·瓦特金说，"我曾经多次看到过那种裂缝。通常并无大碍。"

梅尔辛继续说："这不是你们见到的这座桥的那种裂缝。与埃尔弗里克所说的相反，这些拱券强度是足够的：拱券的厚度是其基础部分直径的十二分之一，在各国这都是标准的比例。”

房间里的建筑匠师纷纷点头。他们都知道这个比例。

“顶部完好无损。不过，在中间桥墩两侧拱券的起拱点处都有了横向的裂痕。”

比尔又说话了。“在分成四部分的拱顶中，有时会看到那种现象。”

“这座桥却不是那种情况，”梅尔辛指出，“这些拱顶都是简单的。”

“那是什么原因造成的呢?”

“埃尔弗里克没有照我的原设计施工。”

埃尔弗里克说：“我照做的!”

“我特别要求在桥墩的两端要用一堆松散的大石头。”

“一堆石头?”埃尔弗里克嘲讽地说，“而你还说就是靠这个撑起的桥?”

“不错，就是这样。”梅尔辛说。他看得出来，哪怕是在场的建筑匠师们也都附和埃尔弗里克的怀疑。但他们不懂建桥，由于桥是建在水中的，因此和任何其他建筑都不同。“石头堆是设计中的根本。”

“图纸中根本没有。”

“埃尔弗里克，你愿不愿意把我的设计拿出来给大家看看，来证明你的观点?”

“画图的地面早就抹掉了。”

“我在羊皮纸上画了一张图。应该存在修道院的图书馆里的。”

埃尔弗里克看着戈德温。此刻，他们两人之间的同谋关系已经昭然若揭，梅尔辛希望众会员都会一目了然。戈德温说：“羊皮纸很贵。那张设计图早已被刮掉重新使用了。”

梅尔辛点了点头，似是信了戈德温的托词。这会儿杰列米阿依旧不见踪影。梅尔辛也许不得不在没有原图相助的情况下争取赢得辩论了。“那些石头本来可以防止如今出现裂缝的问题的。”他说。

菲利蒙插嘴说：“你当然会这么说啦，是吗？可是我们何必要相信你呢？你不过是空口说白话来反驳埃尔弗里克罢了。”

梅尔辛明白，他只能硬着头皮孤注一掷了，他心想，成败在此一举。“我要告诉你们问题的所在，并且在光天化日之下向你们证明，要是明天一大早你们肯到河边和我会面的话。”

埃尔弗里克的脸色表明，他想拒绝这次挑战，但比尔·瓦特金说：“这很公平合理！我们就到现场去好了。”

“比尔，你能不能带上两个善于游泳和潜水的机灵孩子？”

“这好办。”

埃尔弗里克已经控制不住会场了，于是戈德温只好亲自出马，充当傀儡的主人了。“你打算要什么把戏？”他气愤地说。

但为时已晚。别人这时都已经好奇了。“就让他证明一下嘛，”比尔说，“他要是耍花招，我们都会很快就清楚的。”

就在这时，杰列米阿进来了。梅尔辛高兴地看到，他手里端着一个木框，上面展现着一大张羊皮纸。埃尔弗里克瞪着杰列米阿，傻了眼。

戈德温面色苍白，问道：“谁给了你这个？”

“一个泄露了秘密的问题，”梅尔辛评论着，“副院长大人不问这图纸说明了什么，也不问来自何处——仿佛他早已知道了。他只是不晓得谁把图纸交出来的。”

比尔说：“别管那些了。杰列米阿，给我们看看图纸吧。”

杰列米阿站在大天平的前面，把图纸木框转着方向，让大家都能看到。就在桥墩的底部画着梅尔辛所提到的石头堆。

梅尔辛站起身来。“明天早晨，我会解释石堆如何起作用。”

季节已经由夏入秋，一大早的河边颇有凉意。消息已经传开，说是有一出戏要上演，除去教区公会成员，还有两三百人等着看梅尔辛和埃尔弗里克之间的这场对决。连凯瑞丝都来了。这已不再仅仅是个工程问题上的争论了，梅尔辛心中有数。他是代表年轻一代向旧有的权威发起挑战，而大家对此也心知肚明。

比尔·瓦特金带来了两个十二三岁的男孩，脱得只穿着小裤衩，冷得直打战。他们是马克·韦伯的两个小儿子丹尼斯和诺亚。十三岁的丹尼斯矮小敦实，身材像他母亲。他长着一头红褐色的头发，就像秋季里树叶的那种颜色。比他小两岁的诺亚，个子比较高，大概能长成马克那样的大块头。梅尔辛是靠丹尼斯那头短短的红发来分辨这哥俩的。他不知道丹尼斯会不会像他在这个年龄时那样尴尬：因为有个比自己又高又壮的弟弟。

梅尔辛想到，埃尔弗里克可能会反对马克的儿子当潜水员，理由是小哥俩可能事先得到父亲的嘱咐，告诉他们说什么。不过，埃尔弗里克什么也没说。马克一向为人坦诚，谁都不会怀疑他藏藏掖掖，大概埃尔弗里克深知这一点——或者更有可能的是，戈德温明白这一点。

梅尔辛告诉两个孩子做什么。“游到中心的桥墩，然后潜水下去。你们会发现桥墩往下很长一段都是光滑的。然后就到了底部，有一大堆石头靠灰浆固定在一起。你们到了河床后，就去摸摸基础的下边。你们大概看不到东西——水里泥沙太多。但是，把气憋得尽量长久些，把基础周围彻底查一查。然后就浮上水面，原原本本地把你们发现的情况告诉我们。”

他俩跳进水里，游了出去。梅尔辛对聚在现场的镇民们说：“这条河的河床不是石头而是泥沙。水流在桥墩周围形成旋涡，把泥沙从柱子下面冲出来，留下了只有水的凹陷。这种情况在老的木桥时就发生过。橡木桥墩根本就没有在河床上安稳，而是靠桥面悬在那里。所以桥就塌了。为了防止新桥出现同样的情况，我专门设计在桥墩基脚周围堆上大块的粗石。这样的石堆能阻挡水流，使水流散乱并减弱。然而，由于没有堆这些石头，桥墩就遭到了破坏。桥墩不再支撑桥面，而是从上面往下悬着——所以就在桥墩和桥券衔接的地方有了裂缝。”

埃尔弗里克怀疑地哼了几声，但其他匠师都兴致盎然。两个男孩游到河中间，扶着中央的桥墩，深吸了一口气，就潜下水去不见了。

梅尔辛说：“等他俩回来，就会告诉我们，桥墩没有落在河床上，而是悬在凹陷之上，凹陷中积满了水，大得足足容得下一个男子爬进去。”

他希望他是对的。

两个男孩在水下待了让人心悬的很长时间。梅尔辛觉得自己透不过气来，就好像他跟他们一样在水下。终于一颗湿漉漉的红发脑袋露出了水面，然后是一个褐发头颅。他们彼此点了下头，仿佛在落实他俩观察到的是完全一样的情况。随后他们就向岸边划水而来。

梅尔辛对自己的判断并没有十足的把握，但他想不出别的理由解释那些裂缝。但他感到有必要做出一副极度自信的样子。若是他此时证明有误，就会看着更愚蠢了。

两个男孩游到岸边，趟水上来，一边喘着气。玛奇递给他们两条毯子，他们便裹到了发抖的肩膀上。梅尔辛等他们调匀了呼吸，才说：“怎么样？你们发现了什么情况？”

“什么也没有。”老大丹尼斯说。

“这话是什么意思？”

“在柱墩根上，什么也没有。”

埃尔弗里克满脸得意相。“你是说，只有河床的淤泥。”

“不是!”丹尼斯说，“没有泥——只有水。”

诺亚插嘴说：“有一个洞，可以爬进去——一下子就能爬进去呢！那个大柱子就悬在水里，下面什么都没有。”

梅尔辛竭力不露出松了一口气的表情。

埃尔弗里克怒气冲冲地说：“还是没有权威的根据说，一堆松散的石头会解决这个问题。”可这时没人听他这一套了。在众人眼里，梅尔辛已经证明了他的观点。大家围拢他，评论着，询问着。过了一会儿，埃尔弗里克独自走开了。

梅尔辛感到一阵怜悯的痛楚。随后就想起，他当学徒的时候，埃尔弗里克如何用一段木头打他的脸；他的怜悯升腾在清晨冷冽的空气中了。

五六

第二天上午，一名修士到贝尔客栈来见梅尔辛。他把兜头帽拉下来之后，梅尔辛并没在第一眼认出他。随后他看到那修士的左臂齐肘部截掉了，才反应过来原来是托马斯兄弟：如今他已年逾四旬，胡须灰白，眼角和嘴角都有了深深的皱纹。事隔多年之后，他的秘密是否依旧对他很危险呢？梅尔辛心中纳闷。时至今日，若是真相一旦揭露出来，托马斯是否仍有性命之虞呢？

但是托马斯不是来谈这件事的。“你在桥的事情上是对的。”他说。

梅尔辛点点头，这其中的满足是苦涩的。他本来就是正确的，但戈德温副院长当年却解雇了他，结果便是他的桥永远不会完美了。“我当时就想解释粗石的重要性，”他说，“但我知道埃尔弗里克和戈德温绝不会听我说的。于是我就告诉了羊毛商埃德蒙，后来他却死了。”

“你要是告诉我就好了。”

“是啊。”

“跟我去一趟教堂吧，”托马斯说，“你既然能从几处裂缝中发现那么重大的问题，能成的话，我倒愿意给你看些东西。”

他带着梅尔辛来到教堂的南交叉甬道。在这里以及圣坛的南通道，埃尔弗里克按照十一年前坍塌的部分重新修复了拱顶。梅尔辛当即看出了托马斯忧虑之所在：裂缝重新出现了。

“你说过，裂缝还会回来的。”托马斯说。

“是啊，除非你发现了问题的根本原因。”

“你是对的。埃尔弗里克又一次错了。”

梅尔辛感到一阵激动。若是塔楼需要重修的话——“你明白了，可是戈德温呢？”

托马斯没有回答这一问题。“你认为根本原因可能在哪儿呢？”

梅尔辛集中思绪在这个迫切的问题上。多年来他曾反复想过这个问题。“这不是最初的塔楼了，是吗？”他说，“按照《蒂莫西书》的记载，塔楼重建过，而且比原先的高了。”

“大概是一百年前了，对——那会儿的生羊毛生意正在兴旺起来。你是不是觉得修得太高了？”

“那要看地基了。”大教堂的地势向南是个缓坡，一路下到河边，这可能是一个因素。他走过十字甬道，从塔楼下来到北交叉甬道。他站在十字甬道东北角的庞大主柱的脚下，抬眼望着头上伸出的拱券——跨过圣坛的北通道一直架到墙上。

“我担心的是南甬道，”托马斯有点急躁地说，“这地方没问题。”

梅尔辛向上指着。“拱券的下侧——拱腹处——有一道裂缝就在顶部，”他说，“这种情况在桥上也会发生，就是在桥墩基础不当的时候，就会开始向两边呈八字形倾斜。”

“你在说些什么——塔楼在从北交叉甬道向外移动吗？”

梅尔辛穿过十字甬道往回走，望着南侧成对称的拱券。“这个拱券也开裂了，不过是在上侧——拱背处，你看到了吧？上面的墙也开裂了。”

“裂缝不算很大。”

“却提醒了我们正在发生什么情况。在北侧，拱券受到了拉力；而在南侧，却受到了挤压。这说明塔楼在向南移动。”

托马斯谨慎地抬头看着。“看着还挺直的嘛。”

“你用眼睛是看不出来的。可要是你向上爬进塔楼，从十字甬道的一个柱顶上向下吊一根铅锤，就在拱券的起拱点下方，等到垂线触到地面，你就会看到垂线会距柱子向南飘移好几英寸。而且，随着塔楼倾斜，就离开了圣坛的墙壁，最严重的损坏就在这里显露出来了。”

“该怎么办呢？”

梅尔辛本想说：你得委任我建一座新塔楼。但这么说还为时过早。“在进行任何修建之前，先要做更多的调查，”他抑制着自己的激动说，“我们已经确定，裂缝是由于塔楼移动才出现的——可是为什么会移动呢？”

“我们怎样才能弄清呢？”

“挖一个洞。”梅尔辛说。

最后，由杰列米阿挖了那个洞。托马斯不想直接雇用梅尔辛。他说，实际上难以让戈德温出钱来做这项调查，他好像从来没有富余的钱。但他不能把这活计交给埃尔弗里克，那人会说没什么可调查的。折中方案就找上了梅尔辛原先的徒弟。

杰列米阿已经从师傅那里学到了不少东西，而且喜欢麻利地干活。第一天，他掀起了南交叉甬道地面上铺的石头。次日，他的人就动手掘开了十字甬道东南的巨大块壁周围的地面。

随着洞穴越挖越深，杰列米阿做了一架木吊车，把土提升出洞。到了第二个星期，他只好做了一部木梯，支在洞壁上，以便工人能下到洞底。

与此同时，教区公会给了梅尔辛修复桥梁的合同。埃尔弗里克当然反对这一决定，但他已没有地位宣称，他是接这项工作的最佳人选，所以也就不费事去争论了。

梅尔辛以饱满的精力和惊人的速度投入了工作。他在两座有毛病的桥墩周围筑起围堰，抽光里面的积水，把桥墩下的空洞填满碎石和灰浆，随后，他要在桥墩周围堆上大块的粗石——这原是他当年从一开始就设计下的。最后，他要拆掉埃尔弗里克装的难看的铁锔子，用灰浆填满裂缝。只要修复后的基础牢固，裂缝就不会再出现了。

但他一心想干的活儿是重建塔楼。

这事谈何容易。他要使修道院和教区公会接受他的方案，而这两个地方当前正由两个最坏的对手戈德温和埃尔弗里克所把持。

第一步，梅尔辛鼓励马克自荐竞选会长，以取代埃尔弗里克。会长选举于每年的十一月一日万圣节那天举行。实际上，大多数会长都在无人反对的情况下连选连任，直至退休或死去。然而，其中无疑是允许竞争的。先前羊毛商埃德蒙还在职时，埃尔弗里克本人其实就曾自我提名过。

马克不需费太大的事。他已在步步为营地结束埃尔弗里克的统治了。埃尔弗里克对戈德温唯命是从，再盘踞教区公会根本没理由了。全镇事实上由修道院治理，而修道院却褊狭、保守，对新观念拒之门外，而且无视镇上人的利益。

于是两名候选人便紧锣密鼓地争取支持。埃尔弗里克有他的追随者，主要是他雇用的人和购买材料的供货商。但他在桥梁的争论上丢大了脸，连站在他一边的人都抬不起头来。反之，马克的支持者却热情洋溢。

梅尔辛每天都到大教堂，去检查大立柱的基础，因为这些基础随着杰列米阿的挖掘而暴露出来。这些基础和教堂其余部分用的是同样的石头，是铺在灰浆层上的，但边缘砌得不够仔细，因为是看不到的。每一层都比上面一层要宽大一些，总体呈金字塔状。随着挖掘的深入，他检查着每一层的弱点，倒是没发现什么。但他坚信他最终会找到问题的。

梅尔辛没把他的想法告诉任何一个人。若是他的怀疑属实，十三世纪的塔楼对十二世纪的地基过于沉重，解决的办法便是根本性的：塔楼只能推倒重建。而新塔楼一定要建成全英格兰最高的……

十月中的一天，凯瑞丝出现在挖掘现场。那是在清晨，冬日的阳光透过东面的大窗户射了进来。她站在洞区，头上裹着兜头帽，如同一圈光环。梅尔辛的心跳加剧了。或许她要给他一个答复呢。他急切地爬上了梯子。

她的美丽一如既往，虽说在强烈的阳光下，他看不出九年的岁月在她脸上留下什么不同。她的肌肤不再那么润泽，而且嘴角上如今也有了极细小的皱纹。但她那双碧眼依旧闪现着机警，那是他爱恋不舍的。

他俩一起走过中殿的南通道，在立柱附近停下了脚步，那地方总让他想起他曾经如何在那儿触摸过她。“看见你真高兴，”他说，“你总是躲着。”

“我是修女，理应躲在一边。”

“但是你在思考放弃你的誓言一事。”

“我还没有作出决定。”

他一下子便垂头丧气了。“你需要多久呢？”

“我也不知道。”

他把目光移开了。他不想让她看到她的迟疑不决使他受到多大伤害。他什么也没说。他本想告诉她，她不讲道理，可那有什么用呢?

“我估摸你会找时间去天奇看望你的父母的。”她说。

他点点头。“很快吧——他们会乐意见见洛拉的。”他也热切地想见他们，之所以拖延下来，是因为他深深陷在桥梁和塔楼的工作中了。

“那样的话，我希望你跟你弟弟谈谈韦格利的伍尔夫里克的事情。”

梅尔辛想谈的是他自己和凯瑞丝的事，而不是伍尔夫里克和格温达的事。他的反应很冷淡。“你想让我跟拉尔夫说什么?”

“伍尔夫里克干活挣不到钱——只能换点吃的——因为拉尔夫连一小块地都不肯给他。”

梅尔辛耸了耸肩。“伍尔夫里克打破了拉尔夫的鼻子。”他觉察到谈话开始陷入了一场争吵，他便自问他何以会生气。凯瑞丝已有几个星期没和他讲话了，如今却为了格温达的缘故打破了沉默。他意识到，他是在为格温达在她心目中的地位而怨恨。他告诫自己，这种情绪是不值得的；可他甩不掉。

凯瑞丝心烦得脸都红了。“打架的事都过去十二年了！难道拉尔夫还不该停止惩罚他吗?”

梅尔辛已经忘记了他和凯瑞丝间往年的意见不一的所在，但此时他才意识到这种摩擦似曾相识。他避重就轻地说：“他当然应该停止了——这是我的看法。但是拉尔夫的看法才是算数的。”

“那就看看你能不能改变他的看法了。”她说。

他不满意她这种咄咄逼人的态度。“我对你唯命是从。”他用玩笑的口吻说。

“干吗话里带刺呢?”

“因为我当然没有对你唯命是从，可你倒像是觉得我是那样的。

而我却感到那样跟着你走有点犯傻。”

“噢，看在老天的分上，”她说，“我这个要求伤害了你吗？”

出于某种原因，他觉得她肯定是打定主意回绝他并且要在女修道院待下去了。他竭力控制自己的情绪。“我们如果是夫妻，你要我做什么都成。而在你继续保留回绝我的选择的前提下，你这么做似乎就有点蛮横了。”他明知自己的话显得自夸，可就是停不下来。若是他暴露了他的真实感情的话，他会放声大哭的。

她义愤填膺，根本没注意到他的沮丧。“可这甚至不是为了我自己！”她反驳说。

“我明白这是你的慷慨大度使你这样要求我，可我还是觉得你在利用我。”

“那好吧，你就别做了。”

“我当然会做的。”他突然控制不住自己了。他转身从她身边走开。他因某种莫名其妙的激动而颤抖。他大步走过大教堂的通道，竭力控制着自己。他来到了开挖的地点，心想这样很愚蠢。他转身回望，但凯瑞丝已没了人影。

他站在洞口向下看，一边等候着内心的风暴平息下来。

过了一会儿他才意识到，挖掘工作已经到了关键阶段。在他下方三十英尺处，已经挖过了灰浆的地基，下面的东西露了出来。他眼下对凯瑞丝既然无能为力，不如集中精力在工作上。他深吸了一口气，咽下去，走下了梯子。

这是个要紧的节骨眼。他因凯瑞丝而引起的沮丧，随着他观察着人们进一步向下深挖而缓解了。一铲又一铲的沉重的泥沙被挖出并运走。梅尔辛研究着地基下暴露出的地层：像是沙子和小石子的混合物。人们一边挖走泥浆，沙子立即流进挖出的洞洼。

梅尔辛命令他们住手。

他跪下去，抓起一把泥沙，和周围的土质全然不同。根本不是这里的自然土壤，因此应该是修建时填到那里的。他心中升起发现的激情，完全压倒了关乎凯瑞丝的哀伤。“杰列米阿！”他叫道，“看看你能不能找到托马斯兄弟——越快越好。”

他吩咐工人继续挖掘，但挖的洞要窄些：到了这一点，挖掘可能对结构造成危险。过了一会儿，杰列米阿和托马斯回来了，他们三人便一起观察着工人向下深挖。最后，沙层终止了，下边露出的地层是天然的泥土。

“我不明白那些沙子是怎么回事。”托马斯说。

“我倒是想通了。”梅尔辛说。他尽量不露出得意的神情。他在多年前就已预见到，埃尔弗里克的修补工程，在没弄清问题的根本之前，是不会奏效的，他的见解不错——但要是说什么“我跟你们说过嘛”，显然绝不明智。

托马斯和杰列米阿期待地望着他。

他解释道：“挖掘地基深洞时，要用碎石灰浆铺底，然后才在上面垒石头。只要地基和上面的建筑成比例，便是一个完美的系统。”

托马斯不耐烦地说：“我们俩都明白这个。”

“这里的情况是，一座高得多的塔楼竖在了超乎其设计要求的地基上。多余的重量经过一百多年的作用，把那层碎石灰浆的铺底压成沙子了。沙子没有黏合力，在重压之下就散到周围的土壤里，于是造成了上面的石料下沉。在南侧的后果更严重，就是因为那是个天然的下坡。”他对自己这番推断深感满意。

那两个人陷入了思索。托马斯说：“我看我们得加固这地基。”

杰列米阿摇着头说：“我们在石料下面加固之前，得先清理这些沙子，那就让地基没了支撑。塔楼就会坍倒。”

托马斯感到困惑了。“那我们能怎么办呢？”

他俩都瞅着梅尔辛。他说：“在十字甬道上面建一个临时的顶篷，竖起脚手架，把塔楼一块块石头地拆下。然后再加固地基。”

“那样的话，我们就得建一座新塔楼了。”

这正是梅尔辛想要的，但他没这样说。托马斯可能会猜疑，他的判断有他个人渴望的色彩。“恐怕得这样了。”他假装遗憾地说。

“戈德温副院长不会愿意的。”

“我知道，”梅尔辛说，“但我看他别无选择。”

次日，梅尔辛把洛拉安置在他身前的马鞍上，便骑马离开了王桥。当他们在林中穿行时，他满脑子想的都是他和凯瑞丝的意义重大的交换意见。他知道自己不够大度。在他设法赢回她的爱的时候，这是多么愚蠢啊。他中了什么魔了？凯瑞丝的要求完全合乎情理嘛。他何以不肯为他要娶的女人作出小小的奉献呢？

但她并没有同意嫁给他。她仍保有回绝他的权利。这是他气恼的根源。她在不承担责任的条件下，却在行使一个未婚妻的特权。

他如今明白了，他以此为由来反对真够小心眼的。他真蠢，把本来是愉快的亲密时刻，搅成了一场口角。

另一方面，他沮丧的内在原因实在昭然若揭。凯瑞丝要他等多久才能作出答复？他又准备等多久？他不愿去多想这些。

无论如何，若是他能够劝阻拉尔夫停止迫害可怜的伍尔夫里克，只会对他有好处。

天奇在郡境的另一头，梅尔辛中途在风中的韦格利过了一夜。他发现在多雨的夏季和连续第二年的歉收之后，格温达和伍尔夫里克十分羸瘦。伍尔夫里克的伤疤似乎在凹陷的面颊上更为突出了。他们的两个小儿子面色苍白，拖着鼻涕，唇上生疮。

梅尔辛给了他们一条羊腿、一小桶葡萄酒和一枚佛罗伦萨金币，假说金币是凯瑞丝捎来的礼物。格温达在火上炖着羊腿。她满脸怒火，诉说着对他们的各种不公，唾沫飞溅，如同那翻滚着的炖肉。“珀金几乎占有了全村土地的一半！”她说，“他能耕种过来全仗着有伍尔夫里克给他一个顶仨地干。可他还不知足，让我们穷成这样。”

“拉尔夫还这么记仇，我真不好意思。”梅尔辛说。

“是拉尔夫挑起了那场斗殴！”格温达说，“连菲莉帕夫人都这么说。”

“旧怨啦。”伍尔夫里克达观地说。

“我要让他看明事理，”梅尔辛说，“要是他肯听我的，你们想要他做些什么？”

“啊，”伍尔夫里克说，他的眼睛里有一种深邃的目光，这在他可不寻常，“每个礼拜天我祈祷的就是要回我父亲耕种的土地。”

“那是绝不可能的，”格温达当即说，“珀金的地位太牢固了。就算他死了，他还有一个儿子和一个出了嫁的女儿等着继承呢，加上两个孙辈一天天长大。可我们只想有一块我们自己的土地。过去这十一年里，伍尔夫里克拼命干活，养活着那些人的孩子。是他凭力气得点好处的时候了。”

“我要告诉我弟弟，他已经惩罚你够长的了。”梅尔辛说。

第二天，他带着洛拉从韦格利骑马前往天奇。梅尔辛更决心要为伍尔夫里克出一把力。倒不是他想取悦凯瑞丝，而是对他发脾气的态度的补偿。他还感到伤心和气愤：像伍尔夫里克和格温达这样真诚勤劳的人居然由于拉尔夫的报复而忍饥受穷，孩子则病弱不堪。

他的父母住在村中的一所宅子里，并没住在天奇大厅里。梅尔辛惊讶地看到他母亲多么老态龙钟，尽管她在看到洛拉时抖起了精神。他父亲的样子要好一些。“拉尔夫对我们很不错的。”杰拉德用一种维护的口吻说，却只能让梅尔辛往反面想。那栋房子看着倒挺好，可他们当然愿意和拉尔夫一起住在大厅里。梅尔辛推测，拉尔夫不想让他母亲目睹他的一切行为。

他们带他四下看了看那所宅子，杰拉德向梅尔辛打听王桥的事情。“尽管受国王对法作战的影响，镇子还算繁荣。”梅尔辛回答说。

“啊——不过爱德华应该为他生来的权利而战，”他父亲说，“毕竟他是法兰西王位的合法继承人。”

“我看那不过是一场梦，父亲，”梅尔辛说，“不管国王入侵多少次，法兰西贵族也不会接受一个英格兰人当他们的国王。国王若是没有伯爵们的支持，是没法统治的。”

“可是我们应该制止法兰西人对我们南方海港的袭扰啊。”

“自从八年前我们摧毁了法兰西舰队的斯鲁伊斯战役以来，那就不是主要问题了。反正，烧光农民的庄稼是不会制止海盗的——甚至会增加他们的人数。”

“苏格兰人不断入侵我们北方的郡县，法兰西人却支持他们。”

“你难道不认为国王若是在英格兰北方对付苏格兰人的骚扰，要比在法兰西北方作战强吗？”

杰拉德说不出话来了。大概他从来没想过战争的智慧问题。“我说，拉尔夫被封为骑士了，”他说，“他还给你们的母亲从加来带回一支银烛台呢。”

梅尔辛心想，这倒说到点子上了。这场战争的真正原因在于掠夺和荣耀。

他们一起向领主的宅第走去。拉尔夫带着阿兰·弗恩希尔外出狩猎了。在那座宽敞的大厅里，有一把木雕大椅，显然是主人的座席。梅尔辛看到了他觉得是年轻女仆的人，怀着沉重的身孕，当介绍说她是拉尔夫的妻子蒂莉时，他惊愕不已。她随即到厨房取葡萄酒去了。

“她多大岁数？”她走开后，梅尔辛问他母亲。

“十四。”

女孩子在十四岁时怀孕倒不是没听到过，但梅尔辛依旧觉得这不是体面人家的作为。如此早孕通常出现在王室，就他们而言，有一个生育后嗣的政治重压，还有就是在无知的最底层农民当中，他们只知早婚早育。而中产阶层则保持着较高标准。“她有点太小了，是吗？”他悄声说。

莫德答道：“我们都要拉尔夫再等等，可是他不听。”显然她也不赞成。

蒂莉带着一名仆人回来了，仆人拿着一罐葡萄酒和一碟苹果。梅尔辛自忖，她可能挺好看，可是一脸疲惫相。他父亲强作快活地招呼她：“打起精神来，蒂莉！你丈夫很快就会回来了——你不想拉着长脸迎接他吧。”

“怀孕让我厌倦透了，”她说，“我只想把孩子早早生下来算了。”

“用不了多久啦，”莫德说，“我看也就是三四个星期吧。”

“好像是没有尽头。”

他们听到了门外有马声。莫德说：“听着像拉尔夫。”

梅尔辛等候九年未见的弟弟时，一如既往地怀着混杂的感情。他对拉尔夫的手足之情总是被拉尔夫邪恶勾当的传闻所玷污。强奸安妮特只是开始。在拉尔夫当强盗的日子里，杀害过无辜的男女老幼。梅尔辛在行经诺曼底时听说了爱德华国王的军队犯下的滔天罪行，虽说他并不清楚拉尔夫到底干了什么，但要指望拉尔夫清白得没有烧杀奸掠的放荡行为就太傻了。可拉尔夫毕竟是他的弟弟。

梅尔辛敢肯定，拉尔夫同样有着混杂的感情。他可能还没原谅梅尔辛说出了他当强盗的藏身之地。而且，虽说梅尔辛要托马斯兄弟答应不杀死拉尔夫，但他明知道，拉尔夫一旦被捉，就要被绞死的。在王桥公会大厅地下室的狱室中，拉尔夫对梅尔辛说的最后一句话是："你出卖了我。"

拉尔夫和阿兰一起走进门，狩猎活动让他们沾满了泥土。梅尔辛看到他走路跛着脚大吃一惊。拉尔夫过了一会儿才认出梅尔辛。随后他便咧嘴大笑。"我的老哥！"他开心地说。这是个旧日的玩笑：梅尔辛年长，却始终个子小。

兄弟俩拥抱了。梅尔辛感到一阵温暖压倒了一切。他心想，经历了战争和疫病，他俩至少还都活着。他们当年分手时，他真不敢说他们还会相聚。

拉尔夫一屁股坐进那把大椅子。"拿些啤酒来，我们渴死了！"他对蒂莉说。

梅尔辛判断，他是不会有自责的。

他打量着他弟弟。拉尔夫自从一三三九年得到豁免奔赴战场那一天以来，变化很大。他失去了左手的几根手指，估计是在战斗中受的伤。他有了一种放荡的模样：由于酗酒，面部青筋暴露，皮肤干燥掉皮。"你们打猎进行得怎么样？"梅尔辛问。

"我们带回来一只奶牛一样肥的獐子，"他带着满意的神情回答，"你可以吃獐肝当晚饭了。"

梅尔辛询问他在国王的军队中打仗的事，拉尔夫讲了一些战争中的亮点。他们的父亲豪情满怀。"一个英格兰的骑士胜过十个法兰西骑士！"他说，"克雷西一役就是证明。"

拉尔夫的反应出人意料的很有节制。"依我看，一个英格兰骑士与一个法兰西骑士没有什么太大的差别，"他说，"只是法兰西人还没有弄明白我们组成的耙形阵容：在下了马的骑兵和步兵的两侧布置好了箭手。他们依旧对我们采取自杀式的冲锋，而且在很长时间内还会继续这样作战。但他们总有一天会想明白，到那时他们就会改变他们的战法。与此同时，我们在防御时几乎不可战胜。可惜，耙形战阵与进攻无关，所以我们最终也没有大胜。"

梅尔辛没想到他弟弟已经变得如此成熟。战争赋予了他深度和细腻，这是他原先不具备的。

轮到梅尔辛，他便谈起了佛罗伦萨：该城难以想象的规模，商人的财富，教堂和宫殿。拉尔夫对青年女奴的事特别着迷。

夜幕降临了，仆人们拿来了灯烛，随后又端来了晚饭。拉尔夫喝了好多葡萄酒。梅尔辛注意到，他很少和蒂莉说话。这或许并不值得大惊小怪。拉尔夫是个三十一岁的军人，成年后的大部分岁月都在军队中度过，而蒂莉却是个十四岁的女孩，一直在女修道院接受教育。他俩又有什么可谈的呢？

夜晚，杰拉德和莫德回了他们自己的住所，蒂莉也上了床，梅尔辛扯起了凯瑞丝要他谈的话题。他比原先感到更乐观了。拉尔夫表现出了成年人的气概。他原谅了梅尔辛一三三九年的做法，而他对英法两军战法的冷静分析，更是明显地摆脱了部落式的骑士精神的局限。

梅尔辛说："我来这里的路上，在韦格利过了一夜。"

"我知道那里的漂染磨坊还是很忙。"

"红绒布已经成了王桥的大生意。"

拉尔夫耸了耸肩。"马克·韦伯按时交租。"贵族谈生意是有失尊严的。

"我住在格温达和伍尔夫里克那儿，"梅尔辛接着说，"你知道，格温达和凯瑞丝从小就是朋友。"

"我记得我们一起在林子里遇上了托马斯·兰利爵士的那一天。"

梅尔辛迅速地瞥了一眼阿兰·弗恩希尔。他们都照儿时的誓言守口如瓶，没有对任何人说过那件事。梅尔辛想继续保密，因为他感到对托马斯仍然重要，尽管他并不清楚其原因。但阿兰并没有反应：他喝了太多的葡萄酒，对暗示充耳不闻。

梅尔辛迅速地接着说："凯瑞丝要我跟你谈谈伍尔夫里克。她认为你为那次打斗已经把他惩罚够了。我也这么看。"

"他打破了我的鼻子！"

"记得吧？我就在场。你并非完全没错。"梅尔辛想轻描淡写，"你确实摸了他的未婚妻嘛。她叫什么来着？"

"安妮特。"

"要是她的奶头抵不上一只破了相的鼻子，只能怪你自己。"

阿兰哈哈大笑，但拉尔夫并不开心。"伍尔夫里克差点把我送上绞架——在安妮特假装被我强奸之后，挑动了威廉爵士。"

"可是你并没有被绞死啊。而你从法庭逃跑时却用剑砍破了伍尔夫里克的面颊。那伤口真吓人——都露出后牙了。他那伤疤要留一辈子了。"

"好嘛。"

"你足足惩罚了伍尔夫里克十一年。他的妻子瘦得皮包骨，孩子也都害着病。你难道还嫌不够吗，拉尔夫？"

"不。"

"怎么讲？"

"还不够。"

"为什么？"梅尔辛灰心地叫道，"我不理解你。"

"我要继续惩治伍尔夫里克，处处限制他，羞辱他和他的女人们。"

梅尔辛为拉尔夫的直言不讳大惊失色。"看在老天的分上，你图的什么呢？"

"我通常不回答这个问题。我已经学会了表白自己不会带来任何好处。可你是我哥哥，而且从小时候起我就一直需要你的认可。"

梅尔辛意识到，拉尔夫其实并没变，只是到目前为止他在一定程度上有了自知之明，这是他年轻时从未有过的。

“道理很简单，”拉尔夫继续说，“伍尔夫里克不怕我。当年在羊毛集市上他不怕，哪怕我对他做了这一切之后，至今仍然不怕。所以我还要让他接着受罪。”

梅尔辛吓了一跳。“那可是终身判决啊。”

“到了他看我的时候，我在他的目光中看到了畏惧的那一天，他就可以要什么有什么了。”

“这对你有那么要紧吗？”梅尔辛怀疑地问，“你要人们都怕你？”

“这是世上最要紧的事情。”拉尔夫说。

五七

梅尔辛的归来，震动了全镇。凯瑞丝以惊愕和敬佩的心情观察着。开始是在教区公会上他战胜了埃尔弗里克。人们认识到，由于埃尔弗里克的不称职，镇子可能会失去那座大桥，从而让他们从麻木中惊醒。但是人人都知道，埃尔弗里克只是戈德温的一个工具，于是修道院便成了他们怨恨的最终焦点。

而且人们对修道院的态度也在改变，有了一种对抗的情绪。凯瑞丝感到乐观。马克·韦伯有大好时机在十一月一日的选举中获胜，当上会长。果真如此，戈德温副院长就再也无法为所欲为了，或许这镇子可以重获生机：星期六的集市，新的磨坊，商人们可以信赖的独立法庭。

但更多的时间她都花在思考她本人的地位上了。梅尔辛的归来是一次动摇了她生活基础的地震。她的第一反应是对抛弃她九年来工作的一切成就的畏惧；她在女修道院领导层中的地位；慈母般的塞西莉亚，激情满怀的梅尔和饱受晚年折磨的老朱莉；而最大的莫过于她的医院：与以前相比，医院已变得清洁得多，有效得多，也更受欢迎了。

但随着白昼变短，天气渐冷，以及梅尔辛修复了大桥并开始按照他的创意在麻风病人岛新建筑的街道上奠基，凯瑞丝继续做修女的决心变弱了。她早已不顾忌的修道院的清规戒律又开始惹她动怒了。梅尔的钟情，原本是令人愉快的浪漫的消遣，如今却惹人心烦了。她开始考虑：作为梅尔辛的妻子，她会过什么样的日子。

她想了很多洛拉的事，她与梅尔辛有过的那个孩子的事。洛拉长着黑头发、黑眼睛，大概像她的意大利母亲。凯瑞丝的女儿应该有她家的碧眼。一想到要放弃一切去呵护另一个女人的女儿，就在理论上让她畏首畏尾，但她一和那小姑娘见面，心就软了下来。

她当然不能在修道院里和任何人讲这些。塞西莉亚嬷嬷一定会要她坚守誓约；梅尔会求她留下来。这样她只好日夜苦思，备受折磨。

她与梅尔辛为伍尔夫里克的那场争吵让她失望透顶。在他离她而去之后，她曾回到她的药房大哭一场。事情何以如此艰难？她想的一切不过是做正确的事嘛。

梅尔辛去天奇的期间，她向玛奇·韦伯吐露了苦衷。

梅尔辛走后两天，玛奇天刚亮就来到了医院，这时凯瑞丝和梅尔正在做着日常的准备。“我担心我的马克。”她说。

梅尔对凯瑞丝说：“我昨天去看了他。他到了梅尔库姆，回来就发烧，胃绞痛。我没跟你说，因为看上去不严重。”

“这会儿他咳嗽中带血了。”玛奇说。

“我去一趟。”凯瑞丝说。韦伯家是老朋友了，她愿意亲自出诊。她拿起装有一些常规药物的箱子，就和玛奇赶往主街上的她家。

居住区在店铺的楼上。马克的三个儿子焦虑地在餐厅中走来走去。玛奇把凯瑞丝引进一间气味恶劣的卧室。凯瑞丝对病人房间的气味已经习惯，那是一种混杂着汗水、呕吐物和大小便的臭味。马克躺在一张草垫上，周身冒汗。他的大肚皮向上突起，像是怀了孕。他们的女儿朵拉站在床边。

凯瑞丝跪在马克身边，询问："你感觉怎样?"

"难受，"马克声音嘶哑地说，"我能喝点什么吗?"

朵拉递给凯瑞丝一杯葡萄酒，凯瑞丝端着杯子凑到马克的唇边。她觉得奇怪，一个大块头男人竟然如此无能为力。马克一向似是刀枪不入，如今实在令人难以承受，就如同看到一株你一生都看着的老橡树突然被雷电击倒。

她摸了摸他的前额。他在发烧，难怪他渴呢。"他想喝多少就让他喝吧，"她说，"啤酒比较清淡，比葡萄酒好。"

她没告诉玛奇，她对马克的疾病心中没底而且十分担忧。发烧和反胃倒是常见，但咯血是个危险的迹象。

她从药箱里取出了一小瓶玫瑰水，用一小块绒布蘸着，擦拭他的面颊和颈部。他当即感到舒服了。这种水可以让他稍稍清凉一点，而且那香气也压住了屋里的恶臭。"我要从我的药房里给你一些这种玫瑰水，"她对玛奇说，"是医生为脑炎开的方子。发烧是又热又湿，而玫瑰是又冷又干，修士们这样讲。不管有什么道理吧，反正会让他舒服些。"

"谢谢你。"

但凯瑞丝心中有数，这方子对咯血毫无疗效。修士医生会诊断为血液过多，建议放血，但他们简直把放血看作万能药方，凯瑞丝不信这个。

她给马克擦到喉头时，注意到了玛奇没有提及的症状。在马克的颈部和前胸有紫黑色斑点的皮疹。

这是一种她前所未见的疾病，使她深为困惑，但她并没有告诉玛奇。"跟我回去一趟，我给你些玫瑰水。"

她们出门走向医院时，太阳正在升起。“你一向对我家很好，”玛奇说，“我们原本是镇上最穷的人，直到你办起了漂染红布的生意。”

“是你们的勤奋才使得生意有成。”

玛奇点了点头。她当然知道她是怎么干活的。“反正，没有你，就不会有这一切了。”

凯瑞丝一时冲动，决定带玛奇穿过修女区到她的药房去，以便在那里讲些悄悄话。世俗人等一般是不准入内的，但也有例外，何况凯瑞丝如今的高位足以决定，什么时候可以打破规矩。

狭窄的斗室中只有她们俩。凯瑞丝把玫瑰水盛满一个陶罐，找玛奇要了六便士。随后她说：“我在考虑放弃誓言。”

玛奇毫不奇怪地点点头。“大家都在纳闷，你打算怎么做。”

凯瑞丝没想到，镇上人已经猜到她的心思了。“他们怎么知道的?”

“这并不需要多高明的洞察力。你进修道院只是为了逃避巫术的死刑。经过你在这里多年的工作，你该得到赦免了。你和梅尔辛恋爱，而且始终看着都这么彼此般配。如今他回来了。你至少该考虑嫁给他了。”

“我只是不清楚我的为人妻的日子会是什么样子。”

玛奇耸了耸肩。“大概跟我的差不多吧。马克和我一起经营生意。我还得安排家务——做丈夫的都是不干这事的——其实也不难，尤其是你有钱雇得起仆人的时候。而照顾孩子也总是你的而不是他的职责。可是我干得挺好，你也会的。”

“你并没把这事说得令人激动。”

她笑了。“我琢磨你已经知道了美好的方面：感受爱慕；知道世上有一个人总是站在你一边；每晚上床，有个强壮温厚的他要和你亲热……对我来说，这就是幸福。”

玛奇质朴的语言给出了一幅生动的图画，凯瑞丝突然充满了一种渴望，几乎难以忍受了。她觉得难以继续在这冷漠、艰苦、无爱的修道院中生活了，在这里，最大的罪孽便是触摸另一个人的肉体。若是梅尔辛此时此刻走进这房间，她就会扯掉他的衣服，当时拉他躺到地上的。

她看到玛奇满脸笑容地盯着她，琢磨她的思绪，她当即脸红了。

“这样挺好的，”玛奇说，“我明白。”她把六枚银便士放在条凳上，拿起了那陶罐。“我最好回家照看我的男人吧。”

凯瑞丝恢复了镇静。“尽量让他舒服些，要是有什么变化，马上就来叫我。”

“谢谢你，姐妹，”玛奇说，“我真不知道，没有你我们该怎么办。”

在返回王桥的路上，梅尔辛陷入了沉思。连洛拉那机灵又没有含义的学舌都没有让他摆脱。拉尔夫学会了不少东西，但内心深处并没有改变。他依旧是个残暴的人。他毫不关心他的幼妻，他难以容忍他的父母，他的报复心强到发狂的地步。他当上了老爷得意洋洋，却没觉得对他治下的农民有关心的职责。他把周围的一切，其中包括人，都视为让他得到满足的东西。

然而，梅尔辛对王桥感到乐观。一切迹象都表明，马克会在万圣节那天成为会长，这将是兴旺的转机。

梅尔辛在十月底的那天，也就是万圣节前夜，回到了王桥。这一天赶上了星期五，所以没有邪恶的精灵之夜在星期六降临时那么多人拥过来，就像梅尔辛十一岁遇到了十岁的凯瑞丝那一年那样。但人们照旧紧张万分，人人都打算在夜幕降临时早早上床。

在主街上，他看到了马克·韦伯的大儿子约翰。“我父亲进了医院，”那孩子说，“他发烧了。”

“他病得可真不是时候。”梅尔辛说。

“这是邪星高照的日子。”

“我指的不是这日子。他明天得出席教区公会的大会。他不在场是没法选会长的。”

“我看明天他是不会参加任何会议的。”

这可令人忧心。梅尔辛把马送到贝尔客栈，把洛拉留给贝茜照看。

他一进到修道院的地界，就撞见了戈德温和他母亲。他猜测这母子俩刚一起吃过饭，此时戈德温正送她到大门口。他们深陷在焦虑的谈话中，梅尔辛估摸他们在担忧他们的臣子埃尔弗里克会丢掉会长职务。他们看到他时猛地站住了脚。彼得拉妮拉油滑地说：“听说马克不舒服，我很难过。”

梅尔辛不得不礼貌从事，便回答道：“只是发了烧。”

“我们要祈祷，祝他尽早康复。”

“多谢啦。”

梅尔辛进了医院。他发现玛奇心慌意乱。“他一直在咯血，”她说，“我没法给他解渴。”她举着一杯淡啤酒，凑到马克的嘴边。

马克的面部和双臂上有紫色的皮疹。他在发汗，鼻子在出血。

梅尔辛说：“今天不大好吗，马克？”

马克似乎没瞧见他，但还是嘶哑地说：“我渴极了。”玛奇又把杯子递给他。她说：“不管他喝多少，还是一直渴。”她说话时有一种惊慌失措的语气，她那声腔是梅尔辛从来没听过的。

梅尔辛充满了恐惧。马克时常去梅尔库姆，他在那儿跟来自瘟疫肆虐的波尔多的水手谈过话。

这时候，第二天的教区公会大会已经是马克，也是梅尔辛最不放在心上的事了。

梅尔辛的第一个冲动是想向每个人大声宣告这条消息：他们身处致命的危险之中了。但他强使自己闭上了嘴。人们不会听信一个惊恐万状的人的话的，何况他还没有十足把握呢。还有一线生机，马克的疾病不是他惧怕的那种。等他肯定之后，他会单独找到凯瑞丝，和她平静有序地述说一切。但这要尽快。

凯瑞丝在用一种香气四溢的液体给马克洗脸。她的脸上是马克熟悉的板着的表情：她在掩饰她的感情。她显然已经对马克病情的严重性有了些认识。

马克正紧紧抓着像是一片羊皮纸的东西。梅尔辛猜测上面写的是一篇祷词或一节《圣经》，也许是一段魔咒。那恐怕是玛奇的主意——凯瑞丝是不信这种文字疗法的。

戈德温副院长来到了医院，身后一如既往地尾随着菲利蒙。“从床边闪开！”菲利蒙马上说道，“这人要是看不到圣坛，如何能病好呢？”

梅尔辛和两位妇女后退了一步，戈德温向病人俯下身去。他摸了摸马克的前额和脖颈，然后又试了试他的脉搏。“给我看看尿样，”他说。

修士医生们都大量存放着病人的尿样。为此目的，医院备有叫作尿壶的特制玻璃瓶。凯瑞丝给了戈德温一个瓶子。不用专家，谁都看得出，马克的尿样中带血。

戈德温把瓶子还给她。“这个人患的是过热血症，”他说，“要给他放血然后再喂他些酸苹果和羊肚。”

梅尔辛从他在佛罗伦萨的瘟疫经历中知道，戈德温是一派胡言，但他未加评论。依他之见，用不多久就不必怀疑马克的病患了。皮疹、咯血、口渴：这都是他自己在佛罗伦萨有过的症状，就是这种病害死了西尔维娅和她的全家。这就是意大利人说的大死症。

瘟疫已经来到了王桥。

当万圣夜的夜幕降临时，马克·韦伯的呼吸益发困难了。凯瑞丝眼瞅着他渐渐衰竭。她又感到了在她无力帮助一名病人时攫住她的那种愤怒。马克进入了一种无从救助的无意识状态：眼睛紧闭，毫无知觉，只是盗汗和喘气。在梅尔辛平和的建议下，凯瑞丝探手去摸马克的腋窝，在那儿摸到了灼人的大肿块。她没问梅尔辛这症状意味着什么：她会在事后再问的。修女们祈祷着，唱着圣歌，而玛奇和她的四个孩子站成一圈，个个心慌意乱，无力回天。

最后，马克抽搐了起来，血从口中猛地喷出，随之便向后一挺，躺倒不动，停止了呼吸。

朵拉嚎啕大哭。三个儿子神情迷乱，竭力抑制着与男子汉不相称的泪水。玛奇痛哭失声。"他是世上的第一好人，"她对凯瑞丝说，"上帝为什么要把他召走啊？"

凯瑞丝不得不压下她自己的哀伤。她失去的不能与他们的相比。她想不通上帝何以时常拉走好人，而留下坏人活着继续干坏事。在这样一种时刻，仁慈的上帝俯视每一个人的整套观念似乎难以置信了。教士们说，疾病是对罪孽的惩罚。马克和玛奇相互爱恋，他们照顾自己的孩子，他们努力工作：为什么要遭到惩罚呢？

这些宗教问题是没有答案的，但凯瑞丝有些紧急的务实咨询要进行。她对马克的病患深为忧虑，她猜想梅尔辛对此有所了解。她把泪水咽了回去。

她先把玛奇和孩子们送回家去休息，并吩咐修女们整理尸体准备葬礼。然后她对梅尔辛说："我想和你谈谈。"

"我也正想和你谈呢。"他说。

她注意到他神色惊惧。这在他脸上是罕见的。她的畏惧加深了。“到教堂来吧，”她说，“在那儿可以私密地谈。”

冬日的寒风掠过大教堂的绿地。夜空晴朗，他们看得到繁星点点。在教堂东端的圣坛，修士们正在为万圣节的清晨祈祷做着准备。凯瑞丝和梅尔辛站在中殿的西北隅，远离众修士，这样就不会被人偷听到了。凯瑞丝周身颤栗，便把袍服紧紧裹了裹。她说：“你知道夺去马克生命的是什么病吗？”

梅尔辛断续地吸了一口气。“是瘟疫，”他说，“意大利人叫大死症。”

她点点头。这正是她所担心的。不过她还要继续询问他。“你怎么知道的？”

“马克去了梅尔库姆，和来自波尔多的水手谈过话，而波尔多街上的死尸成堆。”

她点点头。“他刚回来。”但她宁肯不信梅尔辛的判断，“不过，你能肯定这是瘟疫吗？”

“症状是一样的：发烧，黑紫疹，咯血，腋下肿块，尤其是口渴。以基督的名义起誓，我记得清清楚楚。我是少数幸存者之一。在五天之内，有时还不到五天，所有的患者差不多都死了。”

她感到仿佛世界末日已经到来。她听到过从意大利和法兰西南部传来的可怕消息：整家整家的人死个精光，没有掩埋的尸体在空荡荡的宫殿中腐烂，流浪的孤儿满街啼嚎，在成为鬼魂世界的村庄中牲畜由于无人照管而奄奄待毙。难道这一切要在王桥发生吗？“意大利的医生们怎么医治的？”

“祈祷，唱圣歌，放血，开出他们最珍视的秘方，要的价能发财。他们尽其所能，却徒劳无功。”

他们靠得很近地站着，低声交谈。她能够靠远处修士的烛光看清他的面容。他则以奇特的专注盯视着她。她看得出，他深受触动，但似乎不是对马克的哀痛占据着他。他的注意力集中在她身上。

她问："与我们英格兰的医生相比，意大利的医生怎么样?"

"在穆斯林之后，意大利的医生被公认为是世界上最有见识的。他们甚至解剖尸体以深入了解疾病。但他们没有治愈一例瘟疫的患者。"

凯瑞丝不肯接受这种全然无望的态度。"我们不可能完全束手无策的。"

"不对。我们就是无法治愈这种疾病，不过有些人认为是可以避免生病的。"

凯瑞丝热切地问："怎么办?"

"这种病像是由一个人传给另一个人的。"

她点点头。"很多病都是这样。"

"通常，家中有一人得了这种病，全家人就都得病。接触是关键因素。"

"这话在理。有人说看着病人就会得病。"

"在佛罗伦萨，修女们劝说我们尽量待在家里，还要避免公众集会、赶集，以及公会和议会会议。"

"教堂祈祷呢?"

"她们没提这个，不过好多人都待家里，也不去教堂了。"

这与凯瑞丝思索了几年的想法不谋而合。她觉得又重新燃起了希望：她的办法或许能避开瘟疫。"修女自己、医生，还有那些遇到和接触病人的人们怎么办呢?"

"教士们拒绝听耳语式的忏悔，这样他们就不必离教徒太近。修女们戴着亚麻布面罩，遮住口鼻，以免吸到同样的空气。有的人每次接触病人后都用醋洗手。教士医生说，这些办法没用，不过他们大都还是离开了城里。"

“这些预防措施管用吗？”

“很难说。在瘟疫猖獗之前，这些措施都没有采用。何况也没有系统化——只是各人自行其是。”

“反正我们得努一把力。”

他点了点头。过了一会儿，他说：“不过，有一种预防措施是保险的。”

“是什么？”

“跑开。”

她领悟了，这是他一直等着说的。

他继续说：“那种说法是：‘早走，走远，长躲。’凡是这么做的人都躲过了疾病。”

“我们不能走。”

“为什么？”

“别犯傻了。王桥有六七千人——他们不可能全都离开镇子。他们该去哪儿呢？”

“我讲的不是他们——只是你。听着，你可能没从马克身上传上瘟疫。玛奇和孩子们几乎肯定传上了，因为你接近他的时间较短。要是你还没事，我们就可以跑开。我们——你、我和洛拉——今天就能走。”

凯瑞丝被他估计此时病已传播开来的说法吓了一跳。难道她已命中注定？“那……那到哪儿去呢？”

“到威尔士或爱尔兰去。我们得找个偏僻村庄，那种一两年之内都见不到陌生人的地方。”

“你已经得过这种病了。你跟我说过不会第二次得这种病的。”

“绝对不会。而且有些人根本就害不上这种病的。洛拉就是一例。既然她没从她母亲那里感染，也就不大会从别人身上感染了。”

“这么说，为什么你要到威尔士去？”

他只是专注地凝视着她，她意识到她在他身上觉察到的畏惧是为了她。他害怕她会死。泪水涌进了她的眼中。她记起了玛奇说过的话："知道世上有个人总会在你一边。"梅尔辛想照看她，不管她做什么。她想到了可怜的玛奇，由于失去了总在她一边的人而痛不欲生。她凯瑞丝如何会想到回绝梅尔辛呢?

但她还是婉拒了。"我不能离开王桥，"她说，"别的时候都可以，可现在不成。要是有人病了，他们还指望我呢。瘟疫一发作，我就是他们要求救的人。要是我跑了……唉，我也不知道该如何解释这一切了。"

"我觉得能够理解，"梅尔辛说，"那样你就会像第一支箭刚一射出就脱逃的士兵一样了。你会觉得自己是个懦夫。"

"对——而且像个骗子，在这么多年当修女，口口声声说我为服务他人而活之后啊。"

"我知道你会这样感受的，"梅尔辛说，"可是我还是得试一试。"而随着他补充说话时的伤心语气，她的心简直都要碎了："而且我估摸这意味着在可预见的未来，你不会背弃你的誓言了。"

"不错。医院是人们寻求帮助的地方。我得待在修道院里，尽职尽责。我得做个修女。"

"那好吧。"

"别太难过了。"

他伤心地苦笑着说："我又怎么能不难过呢?"

"你说过佛罗伦萨的半数居民都害病死了。"

"差不多吧。"

"这么说，至少还有一半人没有害病。"

"就像洛拉。谁都不知道原因。也许他们有某种特殊的力量。或许这种病乱传，就像射向敌阵的箭矢，射死了一些人，也漏掉了一些人。”

“两种可能都有吧，我逃过这种疾病还是大有机会的。”

“是两种机会中的一种。”

“就像硬币的两面。”

“正面或反面，”他说，“活或者死。”

五八

成百的人来参加了马克·韦伯的葬礼。他曾经是镇上的重要市民之一，但还不仅如此。来自周遭村庄的贫苦织工们到了，其中一些人徒步走了几小时。梅尔辛回想起，他一直受到非比寻常的拥戴。他那巨人般的身躯和慷慨的秉性相结合，形成了魅力。

天下着雨。富人和穷人都光着头，他们站在墓地周围，全都淋湿了。冷雨和热泪交织在送葬人的脸上。玛奇一边一个搂着两个幼子丹尼斯和诺亚的肩膀站着。他们的两侧是大儿子约翰和女儿朵拉，他们都比母亲高得多，仿佛是中间三个人的父母。

梅尔辛悲痛地心想，玛奇或者她的哪个孩子会在随后死去。

六名壮汉吃力地哼哼着，把超大型的棺材降到坟墓里。玛奇孤凄地抽泣，修士们唱着最后的圣歌。随后，掘墓人开始把打湿了的土铲回墓穴，人群逐渐散开。

托马斯兄弟走近梅尔辛，他把兜头帽拉起来防雨。“修道院没钱重修塔楼，”他说，“戈德温已经指派埃尔弗里克拆掉旧塔楼，并且给十字甬道加上屋顶。”

梅尔辛把他对瘟疫联想的思绪转移过来。“戈德温拿什么给埃尔弗里克付工钱呢?”

“修女们掏了钱。”

“我认为她们痛恨戈德温呢。”

“伊丽莎白姐妹是司库。戈德温小心地善待作为修道院佃户的她的家人。大多数修女确实都恨他，这是事实——可她们需要有教堂啊。”

梅尔辛并没有放弃重建一座更高的塔楼的希望。“要是我能弄到钱，修道院会修建一座新塔楼吗？”

托马斯耸耸肩。“难说。”

当天下午，埃尔弗里克重新当选为教区公会的会长。会后，梅尔辛找到了比尔·瓦特金，他是镇上仅次于埃尔弗里克的最大的匠师，“塔楼的地基得到修复后，甚至可以建得更高呢。”他说。

“没理由办不到，”比尔同意说，“但盖高了又怎么样？”

“那样就可以从穆德福德路口远远地看到。许多行路人——朝圣者、商人，等等——错过了通王桥的大路，到夏陵去了。这使镇上减少了许多顾客。”

“戈德温会说他没钱。”

“这样设想一下，”梅尔辛说，“假如新塔楼能够用建桥的办法集资呢？镇上的商人可以拿出钱来，再用过桥费偿还。”

比尔搔着他那修女似的灰发的侧边。这是个不寻常的主意。“可是塔楼与桥没有关系呀。”

“这有关系？”

“我看没有。”

“过桥费不过是偿还贷款的一种保障。”

比尔考虑着他个人的利益。“我会不会从中得到一份工呢？”

“那是个大工程——镇上的每一个匠师都会摊上一份的。”

“那倒是管用的。”

“好吧。听着，要是我设计了一座大型塔楼，你肯不肯在这里——教区公会的下一次会议上支持我呢？”

比尔面露疑色。“公会成员不大可能赞成奢侈的事。”

“我认为并不需要奢侈，只是高大而已。要是我们给十字甬道加上穹顶，我可以不用拱架就完成。”

“穹顶？这倒是个新主意。”

“我在意大利见过穹顶。”

“我看得出这会省很多钱。”

“而塔楼的顶部可以用尖细的木质塔尖，既省钱又美观。”

“你已经把这一切都想妥了，是吧？”

“还说不上。但自从我从佛罗伦萨回来，就一直在心底盘算这事。”

“好吧，我听着蛮好——对生意有好处，对镇子有好处。”

“还对我们不朽的灵魂有好处。”

“我要尽力帮你促成这件事。”

“谢谢你。”

梅尔辛在进行他的日常工作——修桥和在麻风病人岛上盖房的同时，仔细考虑着塔楼的设计。这有助于他转移凯瑞丝害上瘟疫的可怕又烦人的幻象。他对沙特尔的南塔想了很多。那座杰作，虽然式样有些陈旧，却是大约二百年前修建的呢。

他记得十分清晰，他对那座塔的属意之点就在从方塔向八角尖顶的过渡。在塔楼的顶部，坐落在四角上的是向外呈对角的小尖塔。在方形每一边的中间的同一高度上，是外形与小尖塔相似的屋顶窗。这八个尖顶与其背后升在塔楼的八个侧坡相配，使人眼难以觉察从正方形向八边形的变化。

然而，按照十四世纪的标准，沙特尔塔楼未免粗矮了。梅尔辛的塔楼将有细柱和大窗，既减轻了下面立柱的承重，又因为能让风穿过而减少了压力。

他在岛上自己的工作间做了个描图地面。他兴致勃勃地策划着细节：把老的大教堂狭窄的锐尖窗加宽两倍和四倍，做成新塔楼的大窗，使成排的立柱和柱头具有时代感。

他在高度上迟疑不决。他无法计算塔楼需要多高才能从穆德福德路口远远看到，只能靠试验和差错来实现了。他完成石砌塔楼之后，要竖起一个临时的尖顶，然后在晴天到穆德福德去确定能否看得到。大教堂是建在高地上的，而大道在穆德福德刚好升起一些，然后才下坡到河的渡口。他的本能告诉他，只要比沙特尔的塔楼建得再高一些——比方说四百英尺左右吧——就足够了。

索尔兹伯里大教堂的塔楼高达四百零四英尺。

梅尔辛打算把他的塔楼建到四百零五英尺。

他俯身在描图地面上绘制屋顶小尖塔时，比尔·瓦特金来了。"你觉得这个怎么样?"梅尔辛问他，"顶上要不要有个十字架，指向天空呢? 要不就装个天使，俯视我们大家?"

"都不要，"比尔说，"那不好造。"

梅尔辛站起身，左手握着一把直尺，右手拿着铁制尖头画针，"你怎么这么说呢?"

"菲利蒙兄弟找过我，我觉得应该让你尽快知道。"

"那只蛇蝎是怎么说的?"

"他假装友好。他想给我出个对我有利的好主意。他说，我要是支持由你设计的塔楼是不明智的。"

"为什么呢?"

"因为会得罪戈德温副院长，他会毫不考虑地不同意你的方案的。"

梅尔辛毫不奇怪。若是马克·韦伯当上会长，镇上权势的均衡就会改变，梅尔辛就可能赢得建造新塔楼的任命。但马克之死意味着局面对他不利。虽说他一直抱着希望，如今却感到了沉重失望的深痛。"我估计他会任命埃尔弗里克吧?"

"有这意思。"

“他为什么从不吸取教训呢?”

“一个人傲慢自大时，就要超出常规了。”

“教区公会会给埃尔弗里克先设计的短粗的小塔楼付款吗?”

“很可能。他们不会为那个方案激动，但他们会弄到钱的。他们不顾一切地以他们的大教堂感到骄傲。”

“埃尔弗里克的无能几乎断送了那座大桥!”梅尔辛气愤地说。

“他们知道的。”

他听凭自己受伤害的感情流露出来。“我要是没找出塔楼的毛病，可就要塌了——而且可能造成整座大教堂的坍塌。”

“他们对这个也清楚得很。但他们不愿意因为副院长待你不公就跟他作对。”

“当然不会了。”梅尔辛说，仿佛他认为这完全合理；不过他隐藏起了他的苦涩。他对王桥的贡献比戈德温要多，而镇上的人却不肯为他争一争，他对此感到受了伤害。但他也深知，大多数人在大多数情况下都照他们自己的眼前利益行事。

“人们不知好歹，”比尔说，“我很难过。”

“是啊，”梅尔辛说，“没什么。”他瞥了一眼比尔，然后就把目光移开了；跟着他撇下了他的绘图工具，便走开了。

在黎明赞美晨祷期间，凯瑞丝往中殿一瞥，惊讶地看到在北通道处，面对绘有基督升天的一堵墙，跪着一名妇女。她身旁有一支蜡烛，在摇曳的烛光中，凯瑞丝辨出了那矮胖的身材和突出的下巴，那是玛奇·韦伯。

在整个晨祷过程中，玛奇都待在那里，全不顾赞美诗，显然沉浸于祈祷之中。或许她在祈求上帝原宥马克的罪孽，让他安息——就凯瑞丝所知，马克并没有什么罪孽。更可能的是，玛奇在请求马克从精神世界里为她送来好运。玛奇打算在两个大孩子的帮助下继续做绒布生意。一个商人死去，留下了孤儿寡母和繁荣的产业，这种时候她要继续经营可是非同一般。不过，她毫无疑问地需要她的亡夫对她的努力的祝福。

但是这一解释仍使凯瑞丝不大满意。在玛奇的姿态中还隐寓着更强烈的含义：她那样一动不动暗示着巨大的激情，仿佛她在祈求上天给她特别重要的赐福。

晨祷结束后，修士和修女们鱼贯走出。凯瑞丝走出队列，穿过宽阔阴暗的中殿，向烛光走去。

玛奇听到她的脚步声就站起身来。她认出凯瑞丝的面容后，便用责备的语气说："马克死于瘟疫，是吧？"

原来如此。"我想是吧。"凯瑞丝说。

"你可没告诉我。"

"我也没把握，而且我也不想吓唬你——更不消说整个镇子了——因为那也只是猜测。"

"我听说是从布里斯托尔传来的。"

看来镇上人已经在议论此事了。"还有伦敦。"凯瑞丝说。她是从一个朝圣者的嘴里听说的。

"对我们大伙会发生什么事呢？"

一阵难过刺中凯瑞丝，如同心痛。"我不知道。"她只好撒谎了。

"我听说，这病从一个人传到另一个人。"

"好多病都是这样。"

玛奇逼问过后，脸上露出了求告的神色，让凯瑞丝十分伤心。她几乎耳语着问："我的孩子们会死吗？"

"梅尔辛的妻子害了这病，"凯瑞丝说，"她死了，她全家也都死了，可梅尔辛病好了，洛拉根本就没得病。"

"这么说，我的孩子们可以平安无事了？"

凯瑞丝可没这么说过。“可能吧。也许有人会染病，别人却没事。”

这样的回答没有让玛奇感到满意。如同大多数病人一样，她想得到的是肯定而不是可能的答复。“我能做什么来保护他们呢?”

凯瑞丝看着基督的画像。“你做了你能做的一切。”她说。她开始控制不住自己了。当她喉头处涌起一阵啜泣时，她赶紧转过脸去遮掩自己的感情，并且快步走出了大教堂。

她在修女回廊中坐了片刻，让自己镇定下来，然后像往常这个时刻一样，前往医院了。

梅尔没在那里。她大概被叫去看护镇上的一位病人了。凯瑞丝接手，监督为客人和病人供应早餐，察看四处都清洁一新，检查那些病人。忙碌的工作减轻了她对玛奇的忧心。她给老朱莉读了一首圣诗。一切杂务都处理过后，梅尔依旧没有露面，于是凯瑞丝便去找她。

她发现她在宿舍里，趴在她的床上。凯瑞丝的心跳加速了。“梅尔！你没事吧?”她说。

梅尔翻过身来。她面色苍白，汗水淋漓。她咳嗽着，没有说话。

凯瑞丝跪在她身边，把一只手放到她额头上。“你发烧了，”她说着，强压下呕吐似的涌在腹中的恐惧，“什么时候开始的?”

“我昨天就咳嗽了，”梅尔说，“不过我睡了一整夜，今天早晨才起来。后来我走进食堂吃早餐的时候，突然觉得要呕吐。我去了厕所，然后回到这里就躺倒了。我还以为一直睡着呢……什么时候了?”

“第三次祈祷的钟声就要响了。不过你可以不去。”凯瑞丝自忖，这可能就是一般的病症。她摸摸梅尔的脖颈，然后拉下她的袍服。

梅尔无力地笑着。“你是不是要看看我的胸脯?”

“对。”

“你们修女都是这样子。”

凯瑞丝没发现皮疹。或许只是感冒而已。“哪儿痛吗?”

“我的腋下有一处地方一碰就疼。”

这并没有给凯瑞丝提供多少判断，腋下或腹股沟肿痛不仅是瘟疫也是其他疾病的症状。“咱们快到医院去吧。”她说。

梅尔抬起头时，凯瑞丝看到了枕头上的血渍。

她感到震惊，似是挨了一击。马克·韦伯就曾咯血。而梅尔正是他初发病时第一个看护他的人——她在凯瑞丝去的前一天就到了他家。

凯瑞丝隐藏着恐惧，帮梅尔起身。泪水涌进她的眼眶，但她控制着自己。梅尔用一只手臂搂着凯瑞丝的腰，把头靠在她肩上，仿佛她走路需要搀扶。凯瑞丝搂着梅尔的肩头。她们一起走下楼梯，穿过修女回廊，来到医院。

凯瑞丝扶着梅尔来到靠近圣坛的一处席垫上。她从回廊的泉水中取来一杯凉水。梅尔解渴地喝了下去。凯瑞丝用玫瑰水擦拭了她的面部和颈项。过了一会儿，梅尔似是入睡了。

第三次祈祷的钟声响了。凯瑞丝通常都有理由缺席这一活动，但今天她觉得有必要安静一会儿。她走进了向教堂行进的修女的队伍。灰色的旧石今天看上去又冷又硬。她随声唱着，而内心却在翻腾。

梅尔得了瘟疫。虽然未见皮疹，但她已发烧、口渴和咯血。她恐怕活不成了。

凯瑞丝有一种可怕的负罪感。梅尔全心爱恋着她。凯瑞丝却始终未能回报她的爱，没有用梅尔渴望的方式满足她。如今梅尔已经在弥留了。凯瑞丝希望她能有不同的结果。她本该能让梅尔幸福的。她应该能够拯救她的生命。她在唱圣歌时哭了，希望注意到她的泪水的人会以为她沉迷于宗教而感动呢。

祈祷仪式结束时，她看到一名见习修女正在交叉甬道南门外焦急地等她。“医院里有些急事要找你。”那姑娘说。

凯瑞丝发现玛奇·韦伯在那里，面色吓得苍白。

凯瑞丝不必问玛奇的需要了。她提起她的药箱，两人便奔了出去。她们在刺骨的十一月寒风中穿过大教堂的绿地，前往主街上的韦伯家。楼上，玛奇的孩子们都守在起居室里。两个大孩子坐在桌旁，面色惊惧；两个小男孩都躺在地上。

凯瑞丝迅速地检查了他们。四个孩子全在发烧。女孩在流鼻血。三个男孩在咳嗽。

他们的肩颈部位都有黑紫色的皮疹。

玛奇说：“都是那样，对吧？这就是马克致死的病。孩子们都得了瘟疫了。”

凯瑞丝点点头。“我很难过。”

“我巴不得我也死呢，”玛奇说，“这样我们全家就在天上团聚了。”

五九

在医院里，凯瑞丝按照梅尔辛告诉她的实施了预防。她裁了亚麻布条给修女们，让她们在处理患瘟疫的病人时包住口鼻。她还规定每个人在接触病人后要用醋水洗手。修女们的手都皲裂了。

玛奇把她的四个孩子送了进来，跟着自己也病倒了。老朱莉的床挨着马克·韦伯弥留时的床，如今她也染病了。凯瑞丝对他们都无能为力。她擦拭他们的面部让他们凉爽些，她用回廊处的清冽泉水给他们喝，她清洗他们带血的呕吐物，然后只有眼看着他们等死。

她忙得顾不上想自己会死。她在镇上人的眼中观察到他们看见她抚弄死亡患者的眉毛时那种恐惧的钦敬，但并不认为自己是个无私的烈士。她视自己为不喜欢光想而愿意行动的那种人。她和大家一样，也被这样的问题纠缠着：下一个会轮到谁呢？但她坚定地把这想法排除出头脑。

戈德温副院长来看望病人，他拒绝戴面罩，说那是女人的无稽。他做出与先前一样的诊断，认为是热血症，处方是放血，吃酸苹果和羊肚。

其实病人吃什么已经无所谓了，因为他们最后会把什么都吐出来的；但凯瑞丝认定，放血只能使病情恶化。他们已经失血过多了：他们咳嗽时咯血，呕吐时吐血，小便中便血。但修士们是经过训练的医生，她不得不遵从他们的指示。她看到一名修士或修女跪在病人床边，握住伸直的胳膊，用一把锋利的小刀切进静脉，托着那条胳膊看着一品脱或者更多的宝贵的血液滴进地上的盆中时，已经顾不上生气了。

凯瑞丝终于坐到了梅尔身边，握着她的一只手，也不在乎是否有人不赞成了。为了减轻她的痛苦，她给了她一小点兴奋剂，那还是玛蒂教她从罂粟中提取的呢。梅尔还在咳嗽，但她已经不那么难受了。咳嗽了一阵之后，她的呼吸会轻松一小会儿，她就能说话了。“为加来的那一夜，我要谢谢你，”她耳语说，“我知道你并不当真感到高兴，我可是升天一样呢。”

凯瑞丝竭力不哭出来。“对不起，我没能照你想的去做。”

“不过，你是以你的方式爱我的。我知道。”

她又咳嗽起来了。那一阵过去之后，凯瑞丝从她唇上拭去血迹。

“我爱你。”梅尔说，闭上了眼睛。

凯瑞丝听凭泪水流下，此时她已不在乎谁看到了或者人们会说什么了。她透过泪水观察着梅尔，只见她面容越来越苍白，呼吸越来越浮浅，直到最后她停止了呼吸。

凯瑞丝依旧待在垫旁的地上，仍然握着死者的手。梅尔还这么漂亮，哪怕像现在这样，惨白而僵硬。在凯瑞丝心目中，只有另一个人像梅尔那样爱她，那就是梅尔辛。说来有多奇怪，她对他也回绝了。她心想，她大概有毛病了；某种灵魂上的畸形妨碍了她像别的女性一样，高兴地拥抱爱情。

夜深之后，马克·韦伯的四个孩子死了；老朱莉也死了。

凯瑞丝心神错乱了。她难道就无能为力了吗？瘟疫传播迅猛，夺去了一个又一个生命。就像监禁在牢狱里的人不知哪个同牢人是下一个被送上绞架的。王桥会不会像佛罗伦萨和波尔多一样，尸体塞满街道呢？下一个星期六就有大教堂外面绿地上的集市了。在步行范围之内的各村庄会有上百人来这里做买做卖，而且会在教堂和客店里与镇上的人相混杂。有多少人会在回家后一病不起？她感到对可怕的力量如此痛苦绝望的时候，总算明白了，人们何以会伸出双手，声称一切都听命于那个精神世界。不过这从来不是她的诉求。

修道院中的任何人一死，就总有一种特殊的葬礼，全体修士和修女都要参加，而且要对逝去的灵魂额外祈祷。梅尔和老朱莉都被大家所爱，因为朱莉心地善良，而梅尔面貌姣好，许多修女都哭了。玛奇的孩子们也一并安葬，结果好几百名镇民都来了。玛奇本人病得太重，还躺在医院里。

天色铅灰，众人都聚集在墓地里。凯瑞丝觉得她能在寒冷的北风中嗅到雪味。约瑟夫兄弟致安葬祷词，六具棺材下到了墓穴中。

人群中有一个声音道出了大家心中的问题。“约瑟夫兄弟，我们是不是都要死了？”

约瑟夫在修士医生中是最受欢迎的。他如今年近六旬，牙全脱了，既有聪慧的头脑，在看护病人时又给人温馨。这时他说："我们都有一死，朋友，但谁也不知道死于何时。所以我们随时都该准备去见上帝。"

面包师贝蒂开口了，还是那种刨根问底的提问。"我们能对瘟疫怎么办呢？"她说，"这是瘟疫，不是吗？"

"最好的防备就是祈祷，"约瑟夫说，"万一上帝决定把你带走，就到教堂来忏悔你的罪孽吧。"

贝蒂可不是这么轻易能搪塞的。"梅尔辛说，在佛罗伦萨，人们都待在家里，避免接触病人。这个主意好吗？"

"我不这么认为。佛罗伦萨人逃过瘟疫了吗？"

大家都看着梅尔辛，他抱着洛拉站着。"没有，他们没有逃过，"他说，"不过，要是他们不这样做，大概会死更多人。"

约瑟夫摇起头。"若是你们待在家里，就不能去教堂了。神圣是最好的良药。"

凯瑞丝不能再沉默了。"瘟疫从一个人传给另一个人，"她愤愤地说，"要是你远离他人，就更有机会躲开传染。"

戈德温副院长说话了。"这么说，女人如今都成医生了，是吧？"

凯瑞丝不理睬他。"我们应该取消集市，"她说，"可以救人一命。"

"取消集市！"他嘲讽地说，"我们该怎么办？派人到各个村子去吗？"

"关上城门，"她答道，"封锁桥梁。不准所有的陌生人进来。"

"可是镇上已经有病人了。"

"关闭一切客栈。取消一切公会会议。婚礼上谢绝宾客。"

梅尔辛说："在佛罗伦萨，他们连市议会的会议都取消了。"

埃尔弗里克开口了。“照这样，人们怎么做生意呢?”

“你要是做生意，你就会死，”凯瑞丝说，“而且还会引起你的妻子儿女都要死。自己挑吧。”

面包师贝蒂说：“我不想关我的店——那会损失很多钱的。可我还是要关店，救我自己的命要紧。”凯瑞丝的希望此时又升起了，但贝蒂随后又发话了。“医生们怎么说？他们最清楚了。”凯瑞丝哼出了声。

戈德温副院长说：“瘟疫是上帝差遣来惩治我们的罪孽的。这个世界变得恶毒了。异端，淫荡和不敬圣行。男人质疑权威，女人招摇身体，儿童不听父母的话。上帝动怒了，他们的气愤是可畏的。不要想逃避他的处罚！你无处可藏的。”

“我们该怎么办呢?”

“你们要想活命，就该到教堂去，忏悔你的罪孽，祈祷，过较好的生活。”

凯瑞丝知道，争论是无用的，不过她还是说：“一个挨饿的人应该去教堂，但他也要吃饭。”

塞西莉亚嬷嬷说：“凯瑞丝姐妹，你不要再说了。”

“可我们能救下这么多——”

“这就够了。”

“这事关生死!”

塞西莉亚压低了声音。“可是没人听你说。住口吧。”

凯瑞丝知道塞西莉亚是对的。无论她争论多久，人们只信教士的话，而不信她。她咬住嘴唇，不再说话。

瞎子卡吕斯唱起一支圣歌，修士们开始列队返回教堂。修女们紧随其后，人群散开了。

她们穿过教堂进入修女回廊时，塞西莉亚嬷嬷打起了喷嚏。

每天晚上，梅尔辛都要在贝尔客栈的房间里把洛拉放到床上。他会给她唱歌，背诗，或讲故事。这是她跟他说话的时间，问他出自三岁孩子之口的意想不到的奇怪问题，有些是孩子气的，有些还很深刻，有些则是胡搅蛮缠。

今晚，他在唱一支歌谣时，她流下了眼泪。

他问她怎么了。

“朵拉怎么会死呢?”她呜咽着说。

原来如此。玛奇的女儿朵拉一直照看洛拉。她们在一起消磨时间，玩计算游戏，还互相编辫子。“她得了瘟疫。”梅尔辛说。

“我妈妈得了瘟疫。”洛拉说。她换成了还没忘光的意大利语。“大死症。”

“我也得过，可我好了。”

“莉比娅也得过。”莉比娅是她的木娃娃，从佛罗伦萨一路带来的。

“莉比娅得过瘟疫吗?”

“得过。她打喷嚏，发烧，还出红点，可是一个修女治好了她。”

“我很高兴。这就是说她没事了。谁都不会第二次得这种病的。”

“你没事了，是吧?”

“是的。”说到这里倒是个结束的好话头，“现在睡吧。”

“夜安。”她说。

他向屋门走去。

“贝茜没事吗?”她说。

“睡吧。”

“我爱贝茜。”

“那好啊。夜安。”他关上了房门。

楼下的店堂里空无一人。人们都紧张得不到人多的地方去了。尽管戈德温宣讲了一通，凯瑞丝的话还是深入了人心。

他嗅到了薄荷汤的香味。他随气味走去，进了厨房。贝茜正在火上的一只锅里搅着。“火腿炖豆汤。”她说。

梅尔辛坐在桌旁她父亲保罗的身边，保罗是个五十多岁的大汉子。他自己吃了些面包，保罗给他倒了一大罐淡啤酒。贝茜端来了汤。

贝茜和洛拉互相喜欢上了，这一点他看出来了。他雇了一个保姆，在白天照看洛拉，但贝茜常常在晚上照顾洛拉，洛拉愿意要她。

梅尔辛在麻风病人岛上有一所住房，可那地方太小，尤其不能和他在佛罗伦萨住惯的大宅第相比。他很高兴让吉米继续住在那儿。梅尔辛在贝茜这里很舒适。这里温暖又干净，而且有各色可口的饭菜和美酒。他每周六付费，但在其他方面，他都受到了家中人的待遇。他并不急于搬进自己的住处。

另一方面，他也不能永远在这里住下去。等他真的搬走的时候，洛拉可能因为撇下贝茜而不痛快。她长这么大，已经有太多的人离开了。她需要稳定。也许他该趁着她过于依恋贝茜之前，就在现在搬出去。

他们吃罢饭后，保罗回去上床了。贝茜又给了梅尔辛一杯淡啤酒，他们坐到了火边。“佛罗伦萨死了多少人?”她问。

“有几千吧。也许上万。没人计算过。”

“我不知道在王桥下一个是谁。”

“我成天都在琢磨。”

“可能就是我。”

“我也这么担心。”

“在我死以前，我愿意跟个男人再睡一次。”

梅尔辛微微一笑，但没有说话。

“自从我的理查死去以来，我就没跟过男人，都有一年多了。”

“你怀念他了。”

“你呢？你有多久没有女人了？”

自西尔维娅病后，梅尔辛就再没有性生活了。想起她，他感到刺痛般的悲伤。对她的爱他始终没有充分报答。“大概差不多吧。”他说。

“跟你妻子？”

“是啊，让她的灵魂安息吧。”

“没有爱已经好长时间了。”

“是啊。”

“可你不是那种随便跟人睡的人。你需要有人去爱。”

“你说得对。”

“我也一样，跟男人躺在一起妙极了，是这世上最美好的事，但一定要彼此真心相爱。我长这么大就有过一个男人，我丈夫。我从来没跟别人上过床。”

梅尔辛不知这话是否当真。他没有把握。贝茜看来很真诚。但一个女人家总会这样说的。

“你呢？”她说，“有过多少女人？”

“三个。”

“你妻子，还有之前的凯瑞丝，还有……谁呢？噢，我想起来了——格丽塞尔达。”

“我不想说都是谁。”

“甭操心啦，人人都知道的。”

梅尔辛悔恨地笑了笑。当然，确实是人人都知道。或许他们不肯定，但他们猜测，而且通常都能猜对。

“格丽塞尔达的小梅尔辛如今多大了——七岁？八岁？”

“十岁。”

“我的膝盖可有肉呢。”贝茜说。她拽起裙摆给他看。“我一直都讨厌我的膝盖，可理查原先倒挺喜欢的。”

梅尔辛看了看。她的膝盖肥厚有窝。他还看见了她白皙的大腿。

“他总是亲吻我的膝盖，”她说，“他是个温情的男人。”她整理了一下衣裙，仿佛要拽直，其实却撩了起来，一时之间他瞥见了她腿裆的那一片黑黑的诱人的阴毛。“他有时候会吻遍我的全身，特别是在洗澡以后，我挺喜欢那样子的。我喜欢一切。一个男人可以对爱她的女人随便怎么做。你同意吗?”

已经走得够远了。梅尔辛站起了身。“我认为你大概是对的，不过这样的谈话只能导致一种结果，所以在我犯下罪孽之前我得上床去了。”

她冲他伤感地一笑。“睡个好觉，”她说，“你要是感到孤独，我就在这火边。”

“我会记住的。”

她们把塞西莉亚嬷嬷放到一张床上，而不是垫子上，还把床安置在紧靠圣坛前的地方——医院中最神圣的地方。修女们整日整夜地轮着班围着她的床唱着圣歌，念着祷词。总有一个人用凉玫瑰水给她擦脸，总有一杯清澈的泉水放在她身边。这一切都不管用。她和别人一样迅速衰竭，鼻腔和阴道在出血，呼吸越来越吃力，口渴难解。

她打喷嚏后的第四天，叫来了凯瑞丝。

凯瑞丝困得难忍。白天过得精疲力竭：医院里人满为患。她沉在一个梦境中：王桥的全部儿童都害上了瘟疫，她在医院里跑来跑去看护他们时，突然意识到自己也染上了。其中一个孩子紧拽着她的衣袖，但她却没在意，而是拼命想弄明白，她自己病成这样，又该如何应对所有的病人——随后她醒悟到有人在摇她的肩膀，而且越来越急切，说道：“醒醒，姐妹，请吧，副院长嬷嬷需要你！”

她一下醒来。一名见习修女手拿一支蜡烛跪在她床边。“她怎么样了?”凯瑞丝问。

“她越发不好了，但她还能说话，她要你。”

凯瑞丝起床，穿上鞋。那是个酷寒之夜。她穿的是她的修女袍服，她从床上拽起毯子，裹在肩头。随后便跑下石阶。

医院里净是奄奄待毙的人。地面上的垫子排得像是鱼刺，以便那些能够坐直的病人看见圣坛。家人都围在床边。空气中有一股血腥味。凯瑞丝从门边的一个篮子里取出一块干净亚麻布，包住自己的口鼻。

四名修女跪在塞西莉亚的床边，唱着圣歌。塞西莉亚闭目仰卧，起初凯瑞丝还怕自己来得太晚了。后来，这位老副院长似乎觉察到了她在身边。她转过脸来，睁开了眼。

凯瑞丝坐在床边。她用一块布蘸了碗里的玫瑰水，从塞西莉亚的上唇抹掉了一道血渍。

塞西莉亚的呼吸很痛苦。在喘气的间歇，她说：“有人从这种可怕的疫病中活下来了吗?”

“只有玛奇·韦伯。”

“就是那个不想活的人。”

“她的孩子全死了。”

“我也活不了多久了。”

“别这么说。”

“你忘记自己的身份了。我们做修女的对死亡无所畏惧。我们一生都在渴望在天上与耶稣会合。死到临头时，我们是欢迎的。”说了这么长一段话让她声嘶力竭。她抽动着身子咳嗽起来。

凯瑞丝从她的下颏上擦去血。“是的，副院长嬷嬷。可是活下来的人会哭泣的。”泪水涌进了她的眼中。她已经失去了梅尔和老朱莉，而现在，她就要失去塞西莉亚了。

“别哭嘛。哭是别人做的。你要坚强。”

“我不明白为什么。”

“我认为上帝想由你接替我的位置，担任副院长。”

凯瑞丝心想，如此看来，上帝作出了一个十分古怪的选择。上帝通常都要挑选对其观念正统的人。不过她早已学会，说这类话是毫无意义的。“若是众姐妹选中我，我就尽力而为。”

“我看她们会选你的。”

“我敢说伊丽莎白姐妹愿意被考虑在内。”

“伊丽莎白很机灵，但你有爱心。”

凯瑞丝低下了头。塞西莉亚或许是对的。伊丽莎白太过苛刻。凯瑞丝是管理女修道院的最佳人选，即使她对把生命消耗在祈祷和颂诗上表示怀疑。她笃信学校和医院。上天保佑，可不要让伊丽莎白关闭了医院。

“还有一件事。”塞西莉亚压低了声音，凯瑞丝只好俯身靠近，“安东尼副院长弥留之际告诉我的。他始终保守那个秘密直到最后时刻，现在我也要照做了。”

凯瑞丝不清楚自己是不是愿意承受这样一个秘密的重负。然而，垂死的病榻似乎压倒了这种疑虑。

塞西莉亚说：“老国王并没有摔死。”

凯瑞丝大惊失色。事情发生在二十多年以前，但她仍记得那谣传。弑君是最难以想象的犯上之罪，何况谋杀与背叛两条弥天大罪相结合，更是双重暴行。哪怕知晓这样一件事都十分危险。难怪安东尼要坚守这一秘密了。

塞西莉亚继续说：“王后和她的情夫莫蒂默想摆脱爱德华二世。

王位继承人是个小男孩。莫蒂默就成了只缺名分的国王。不料，不像他所期望的那么久——年轻的爱德华三世成人太快了。”她又咳嗽起来，这一次益发虚弱了。

“我还是个少女的时候，莫蒂默被处决了。”

“即使是爱德华也不想让别人知道他父亲的真情。所以这秘密就不为人知了。”

凯瑞丝吓了一跳。伊莎贝拉王后依然健在，以国王尊敬的母后的身份，住在诺福克的奢靡环境中。若是人们发现她手上有她丈夫的血渍，就要有一场政治地震了。凯瑞丝了解这一点都感到是罪过。

“这么说，他是被谋杀的了?”她问。

塞西莉亚没有作答。凯瑞丝使劲盯着她。女副院长僵卧不动，她的面容没有了表情，双眼望着上方。她逝去了。

六〇

塞西莉亚死后那天，戈德温请伊丽莎白姐妹与他共同进餐。

这是个危险时刻。塞西莉亚之死使权力结构失衡。戈德温需要女修道院，因为男修道院自身难以生存：他始终未能成功地改善其财务。然而，大多数修女如今都对他用掉她们的钱愤愤不平，对他恨之入骨。若是她们受到一个一心报复的副院长——或许是凯瑞丝吧——的控制，可能就意味着修道院寿终正寝了。

他还害怕瘟疫。他要是患上病可怎么办？菲利蒙要是死了该怎么办？这般梦魇的闪现使他坐卧不宁，但他总算把这些忧虑置诸脑后。他决心不让瘟疫打乱他的长期目标。

女修道院副院长的选举是当务之急。他有过幻觉：修道院关闭，他本人丢脸地离开了王桥，被迫成为别处的一个普通修士，屈从一个管教和羞辱他的副院长。当真出现了那种情况，他觉得他可能会自杀的。

另一方面，这既是个威胁，也是个机遇。若是他把握得巧妙，就可能有一个同情他并乐于受他指挥的女副院长。伊丽莎白是他最好的赌注。

她会成为一个专横的领导，一个会坚守个人威望的人。但他可以跟她合作。她是个不甘寂寞的人：当年凯瑞丝打算核查金库时，就是她给他通风报信的，那件事便是个明证。她可以与他联盟。

她高昂着头走了进来。她心知自己已在刹那间变得举足轻重，为此洋洋得意，戈德温把这一切都看在眼里。他不清楚她肯不肯接受他的提议进行合作，因此内心焦虑。她可能得小心应付。

她四下打量着宏大的餐厅。“你修了座豪华的宫殿。”她这样说，似是提醒他是她帮他弄到了钱。

他想起来，这座寓所虽然已建成一年，但她从来没到过这里边。他主张在修道院的修士区是不应有女性的。在此之前，只有彼得拉妮拉和塞西莉亚在这里受到过接待。他说：“谢谢你。我相信这地方为我们赢得了贵族和掌权人的尊敬。我们已经在这里款待过蒙茅斯大主教。”

他用光了修女们的最后一枚佛罗伦萨金币买下了有先知生活场景的壁毯。她端详着但以理在狮穴中的画面。“这幅挺好的。”她说。

“来自法兰西的阿拉斯。”

她扬起了一条眉毛。“柜橱下面是你的猫吗?”

戈德温不耐烦了。“我轰不走它。”他撒谎说。他把它赶出了房间。修士是不该养宠物的，但他觉得那只猫的存在可以给他安慰。

他们坐到了宴会长桌的一端。他恼恨一个女人坐在这里就餐，仿佛她和男人可以平起平坐；但他隐藏了他的不自在。

他准备了一道昂贵的菜肴：猪肉加姜汁苹果。菲利蒙给他们斟了加斯科涅葡萄酒。伊丽莎白尝了尝猪肉，说："很好吃。"

戈德温对食物不大在意，只想用来打动人，但菲利蒙却贪馋地大吃大嚼。

戈德温进入了正题。"你打算怎样赢得选举？"

"我相信我比凯瑞丝姐妹竞选力强。"她说。

戈德温觉察到她提到那个名字时强压下的冲动。显然她仍旧对梅尔辛因为钟情凯瑞丝而拒绝了她感到气愤难平。如今她又要和这个老对手一决高低了。他心想，她会为获胜而不顾一切的。

这样就好。

菲利蒙跟她说："你为什么认为自己强呢？"

"我比凯瑞丝年长，"伊丽莎白说，"我当修女的时候更长，当女修道院官员也早。而且我生长在一个深信宗教的家庭。"

菲利蒙不认可地摇着头。"这些都没用。"

她扬起两道眉毛，为他的唐突惊了一下，戈德温希望菲利蒙不要过于鲁莽。他想对他耳语：我们需要她屈从，别让她翻脸。

菲利蒙毫不容情地说了下去。"你只比凯瑞丝多一年的经历。而且你的主教父亲——愿他的灵魂安息——对你也不利。毕竟，主教是不该有孩子的。"

她脸红了。"副院长还不该养猫呢。"

"我们谈的不是副院长。"他不耐烦地说。他的姿态蛮横无理，而戈德温却在规避。戈德温善于掩饰他的敌意，扮出一副友好的嘴脸，但菲利蒙始终没学会那门艺术。

然而，伊丽莎白冷冷地接过了话头。"这么说，你请我到这里来是为了告诉我我无法取胜了？"她转向戈德温说，"你用姜汁这么贵的调料做菜，不见得只为了这烹调而得意吧？"

"一点不错，"戈德温说，"我们想让你当上女修道院的副院长，我们要尽一切努力帮你的忙。”

菲利蒙说：“我们打算以实事求是的眼光看待你的前景为开始。凯瑞丝是人人都喜欢的人——修女、修士、商人和贵族。她的工作是个极大的优势。大多数修士和修女，上百个镇民，都曾抱病到医院来，得到过她的帮助。对照起来，他们都难得见到你。你是司库嘛，自然地被认为冷漠和精于计算。”

“我感谢你的坦率，”伊丽莎白说，“也许我现在就该放弃。”

戈德温看不出她是不是在说反话。

“你赢不了，”菲利蒙说，“可她能败。”

“别玩这种猜谜游戏了，真让人烦，”伊丽莎白干脆地说，“跟我明说，你们要达到什么目的。”

戈德温心想，我现在明白她为什么没人缘了。

菲利蒙假装没注意她的口吻。“接下来的几个星期里，你的任务是击退凯瑞丝，”他说，“你要把她的形象从可爱、勤奋、热心的姐妹，变成一个妖魔。”

伊丽莎白的眼睛中闪过一道急切的亮光。“这可能吗?”

“有我们的帮助就成。”

“接着说下去。”

“她还吩咐修女们在医院戴亚麻布面罩吗?”

“是的。”

“还要洗手?”

“是的。”

“在盖伦或任何其他医学权威著作中都没有这种做法的基础，当然在《圣经》里就更没有了。看来只是一种迷信。”

伊丽莎白耸了耸肩。“意大利医生显然相信瘟疫在空气中传播。你在看视或触摸病人时，或者吸过他们的呼气时，就会染病。我看不出怎么——”

“意大利人是从哪儿得来的这主意呢?”

“大概只是凭观察病人吧。”

“我听梅尔辛讲过，意大利医生是仅次于阿拉伯人的最好的医生。”

伊丽莎白点点头。“我也听说过。”

“如此看来，戴面罩这一套玩艺儿很可能来自穆斯林。”

“可能吧。”

“换句话说，这是异教徒的货色。”

“我想是吧。”

菲利蒙向后一靠，像是证明了一个要点。

伊丽莎白还没有弄明白。“所以我们说凯瑞丝把异教徒的迷信引进了女修道院，就可以胜过她了?”

“不完全是，”菲利蒙狡猾地一笑，说，“我们说她在使用巫术。”

她这才恍然大悟了。“当然！我几乎忘了这一招了。”

“你还在审讯她时，作过证明呢!”

“那是好久以前了。”

“我倒认为，你从来没有忘记，你的对手曾经遭到犯罪的指控。”菲利蒙说。

戈德温回想起，菲利蒙自己是始终对此耿耿于怀的。了解他人的弱点，无耻地加以揭发，正是他的特长。戈德温有时对菲利蒙太过怨毒都有负罪感。但他这种怨毒对戈德温大有用场，因此戈德温也就总是把这种内疚压抑下去。还有谁能想出这种招数来毒害修女们的头脑，加害她们钟爱的凯瑞丝呢?

一名见习修士端来了苹果和奶酪，菲利蒙又斟了酒。伊丽莎白说道：“好吧，这倒有道理。你想没想好具体做法，我们如何办成这件事呢?”

“重要的是先做好准备，”菲利蒙说，“在大多数人信以为真之前，千万别正式进行这种指责。”

戈德温佩服地想，菲利蒙在这方面真有一套。

伊丽莎白说：“你有什么高见让我们成功？”

“行动胜于言词。你自己先拒绝戴面罩。要是有人问起，你就耸耸肩，平静地说你听说这是穆斯林的做法，而你宁愿用基督徒的保护措施。鼓励你的朋友们拒绝面罩，表示对你的支持。也别太经常洗手。当你注意到人们接受凯瑞丝的观念时，就不赞成地皱皱眉头——但是什么也别说。”

戈德温点头赞同。菲利蒙的狡猾，有时到了天才的水平。

“我们连异端都不提吗？”

“你想谈多少就谈多少，但不要直接涉及凯瑞丝。说说你听到一个异教徒在另一个城市被处死了，或者说，就算在法兰西吧，一个妖魔的崇拜者使整个女修道院堕落了。”

“我可不想说些子虚乌有的事情。”伊丽莎白固执地说。

菲利蒙有时忘记了，并非所有的人都像他那样厚颜无耻。戈德温连忙发话说：“当然不啦——菲利蒙的意思只是如果你听到过这样的事情，你就重申一下，提醒修女们注意到眼前的危险。”

“好极了。”申初经的钟声响了，伊丽莎白站了起来。“我不能错过这一祈祷。我不想让人注意到我缺席并猜测我到了这里。”

“太对了，”戈德温说，“反正我们已经谈妥了。”

她点点头。“不戴面罩。”

戈德温看出来她仍心怀疑虑。他说：“你不会以为面罩有效吧，嗯？”

“不，”她答道，“不，当然不啦。面罩怎么会有用呢？”

“太对了。”

“谢谢你们的午餐。”她走了出去。

戈德温觉得进展顺利，但依旧放心不下。他忧虑地对菲利蒙说："伊丽莎白靠她一己之力不见得能说服人们：凯瑞丝还是个女巫。"

"我同意。我们可能需要助她一臂之力。"

"也许要靠布道？"

"没错。"

"我要在大教堂的布道坛上讲讲瘟疫。"

菲利蒙深思着。"直接攻击凯瑞丝可能有危险。那会适得其反的。"

戈德温同意了。若是他和凯瑞丝公开冲突，镇上人很可能会支持她。"我不会提及她的名字。"

"只要播下怀疑的种子，让人们自行得出结论好了。"

"我要斥责异教、妖魔崇拜和异端行为。"

戈德温的母亲彼得拉妮拉走了进来。她背驼得厉害，要靠两根拐杖走路，但她那颗大头仍然自信地从嶙峋的肩头向前伸着。"事情进展得怎么样了？"她说。她曾经催促戈德温攻击凯瑞丝，并且认可了菲利蒙的计划。

"伊丽莎白会完全按我们的愿望去做。"戈德温得意地说。他乐意给她好消息。

"好的。现在我想跟你谈点别的事。"她转过脸对着菲利蒙说："我们不需要你在这儿。"

一时之间，菲利蒙一副被伤害的样子，就像是一个孩子挨了意外的巴掌。他待人不管不顾，自己倒容易受到伤害。不过，他很快就恢复了常态，做出对她的倨傲顺从甚至有些开心的样子。"当然啦，夫人。"他带着夸张的必恭必敬说。

戈德温对他说："替我主持一下申初经，行吗？"

"好极了。"

他走了以后，彼得拉妮拉坐在大餐桌旁，说道："我知道是我催促你培养那年轻人的才华，可是我必须承认，如今他让我起鸡皮疙瘩了。"

"他比先前更有用了。"

"你绝不能当真信赖一个无情的人。他既然肯背叛别人，为什么不会背叛你呢？"

"我要记住这一点。"戈德温说，不过他觉得他眼下已经和菲利蒙绑到了一起办事，没有他简直难以想象了。然而，他不想把这想法告诉他母亲。他换了个话题问："你要不要来一杯葡萄酒？"

她摇了摇头。"我已经太容易醉倒了。坐下来听我说。"

"好吧，母亲。"他挨着她坐到桌旁。

"我想要你趁这场瘟疫还没闹得更厉害之前，离开王桥。"

"我不能那么做。可是你能走——"

"我没关系！反正我已经离死不远了。"

这念头让戈德温极度惊惧。"别这么说！"

"别犯傻了。我已经六十岁了。瞧瞧我嘛——我站都站不直了。到我走的时候了。可你才四十二岁——而且你前途无量！你可能当上主教，大主教，甚至红衣主教。"

像往常一样，她为他抱的无止境的野心，使戈德温感到迷惑。他当真能够做红衣主教吗？或者只是做母亲的盲目呢？他还真不清楚。

"我不想让你在达到目标之前就死于瘟疫。"她把话说完了。

"母亲，你不会死的。"

"别谈我！"她气恼地说。

"我不能离开镇子。我要落实修女们不选凯瑞丝当副院长。"

"让她们尽快选完。要是办不到，你无论如何都要走，让选举由上帝决定吧。"

他害怕瘟疫，可他也担心失败。“她们要是选了凯瑞丝，我就可能失掉一切了！”

她的声调软了下来。“戈德温，听我说。我只有一个孩子，就是你。失去你我受不了。”

她的腔调突然这么一变，惊得他说不出话了。

她继续说：“我求你了，离开这镇子，到瘟疫传不到你的地方去。”

他还从来没见过她求人。这让人泄气。他感到畏惧了。为了止住她，他说：“让我想想看。”

“这场瘟疫，”她说，“就像树林里的狼。你要是看见它，就不会多想——你会逃命。”

戈德温在圣诞节前的礼拜天做了布道。

天气干燥，高高的白云给寒冷的苍穹加上了顶盖。大教堂的中央塔楼由鸟巢式的绳索和树枝构成的脚手架遮挡着，那是埃尔弗里克从上向下的拆毁工程。在绿地的集市上，冻得发抖的商贩和一些老主顾做着些零散的生意。在市场外面，墓园里打了霜的冬草，被一万多座新坟的褐色长方形所覆盖。

但教堂里依旧挤满了人。戈德温在晨祷时注意到的墙壁内侧的霜，到他进入教堂举行圣诞祈祷时，已经被上千个身体的温度融化了。他们身穿厚实的土色外衣和斗篷，挤作一团，就像牛圈里的牛。他知道，他们是因为瘟疫才来的。镇上数千人的教众又从周围的村落中增加了好几百人，全都是来寻求上帝的保护的，那场疫病已经至少打倒了镇上每条街道和乡村的一户人家。戈德温心怀同情。近来他一直都在狂热地祈祷。

通常只有前面的人才庄重地跟着念祷词。后面的人则和他们的朋友及邻居闲聊，孩子们更是在最后面嬉戏。但今天，中殿里鸦雀无声。所有的脑袋都转向修士和修女，以非同一般的专注看着他们进行典礼。人群都严肃谨慎地低声呼应着祷词，迫切地要获得他们所期盼的神圣的保护。戈德温打量着他们的面孔，琢磨着他们的表情。他看到的是恐惧。他们和他一样，都心惊胆战地猜想，下一个会是谁打喷嚏，或者流鼻血，或者生出黑紫色的皮疹。

在最前方，他看到了威廉伯爵和他的夫人菲莉帕，以及两个长大的儿子罗兰和理查，与小得多、只有十四岁的女儿奥狄拉。威廉照他父亲罗兰的同样风格统治全郡：请求秩序和正义，手段坚决，偶尔甚至残酷。他面带忧戚之色：在他的伯爵领地内爆发了瘟疫，无论他如何严厉，也是控制不了的。菲莉帕用一只手臂搂着小姑娘，仿佛要保护她。

挨着他们的是拉尔夫爵士，天奇的领主。拉尔夫从来不善于掩饰感情，此刻面露惊恐。他的年轻妻子怀抱着一个小男婴。戈德温最近给他赐了教名，按他的祖父叫作杰拉德。祖父和祖母莫德就站在近旁。

戈德温的目光沿着那排人扫过去，看到了拉尔夫的哥哥梅尔辛。梅尔辛从佛罗伦萨归来时，戈德温曾经希望凯瑞丝会悔弃誓言，离开女修道院。他以为她只做市民妻子可能会少惹麻烦。但这事没有发生。梅尔辛拉着他那意大利小女儿的手。他们身旁是贝茜的父亲保罗·贝尔，已经染上了瘟疫。

不远的地方是梅尔辛看不起的那家子：埃尔弗里克，他的女儿格丽塞尔达，他们取名叫梅尔辛的十岁的男孩，还有石匠哈罗德，是格丽塞尔达放弃了对原先的梅尔辛的希望之后嫁的丈夫。挨着埃尔弗里克的是他的续弦妻子，戈德温的表妹艾丽丝。埃尔弗里克一直抬着头。他在拆毁塔楼时为十字甬道搭了个临时的顶篷，他不是在欣赏他的工作，就是在担心别出事。

惹人注目地缺席的是夏陵主教，蒙斯的亨利。通常在圣诞节是由主教布道的。然而他却没来。众多教士死于瘟疫，所以主教显然是忙于巡视教区并寻找代替的人。已经有议论说，要放宽教士的标准，任命二十五岁以下者甚至私生子担任教职。

戈德温迈步向前准备说话。他肩负着棘手的使命。他需要在王桥大多数居民中激起恐惧与愤恨。他还要不提她的名，甚至不让人们认为他对她敌视地做到这一点。他要把他们的愤怒转向她，而且还要让他们相信，这是他们自己的看法，而不是他的主意。

并非每一项祈祷都有布道的。只有大批群众出席的主要的庄重仪式，他才向教众演说，之后也不总做布道。往往有一些公告，从大主教或国王那里来的有关国家大事的消息——军事胜利，税收问题，王室成员的生卒。但今天很特殊。

“什么是疾病?”他说。教堂中已是一片寂静，这时教众都一动不动了。他提出的问题正是人人所想。

“上帝为什么派来疾病和瘟疫折磨和杀死我们?”他看到了他母亲的目光，她站在埃尔弗里克和艾丽丝身后，他突然想起她不久人世的预告。一时之间，他因恐惧而浑身僵硬，麻木得说不下去了。教众不安地动着，等着。他知道他正在失去人们的注意力，便感到恐慌，这使他益发麻木。但那时刻过去了。

“疾病是对罪孽的惩罚。”他接着说。这些年来，他已形成了一种布道的风格。他不像托钵修士默多那样是个夸夸其谈的人。他布道时更像是交谈，听起来如同娓娓说理，而不是蛊惑煽动。他不清楚这有多么适合他要掀起他们的那种痛恨的感情。不过菲利蒙说，在他听来更有说服力。

“瘟疫是一种特殊的疾病，因此我们知道，上帝在对我们施加一种特殊的惩罚。”人群中传来异口同声的嘀咕和哀叹之间的声音。这正是他所想听的。他受到了鼓舞。

“我们应该扪心自问，我们犯下了什么罪孽，才招致这样的惩罚。”他说到这里，注意到玛奇·韦伯单独站着。上一次她来教堂，还有丈夫和四个孩子。他想指出，她致富是使用了用巫术调制的染料，但他决定不用这一招。玛奇备受大家的爱戴和尊敬。

“我要对你们说，上帝是为了异端才惩罚我们的。世上——在这镇子里——甚至今天在这伟大的教堂内——有些人质疑上帝的神圣教会及其教长的权威。他们怀疑圣餐把面包变成了基督的真实身体；他们否认弥撒对死者的功效；他们宣称在圣徒的雕像面前祈祷是偶像崇拜。”这些都是在牛津的学生教士当中经常争论的异端。在王桥，没什么人在意这种辩论，戈德温在人群的面孔上看到了失望和厌倦的神色。他感觉到他又一次失去了他们，感到内心中升起了惊恐。他绝望地补充说：“就在这座镇子中，有人使用巫术。”

这一下抓住了大家的注意力。众人齐声喘气。

“我们应该对伪宗教不懈地斗争，”他说，“记住只有上帝才能治愈疾病。祈祷、忏悔、圣餐、苦行——这都是基督精神认可的办法。”他稍稍提高了声调，“其余的全是亵渎！”

他觉得这么讲还不够明确，他需要所谓更具体的东西。

“既然上帝给我们送来了惩罚，而我们却要逃避这一惩罚，我们是不是在违背他的意旨呢？我们可以向上帝祈祷，要求原宥我们，或许以他的英明，他会治愈我们的疾病。但异端的疗法只能使情况恶化。”听众着迷了，他要再加一把火。“我警告你们，魔咒，求仙，非基督教的妖术，尤其是异教措施——全都是巫术，统统要被上帝的神圣教会所禁止。”

他今天的真正听众是他身后站在唱诗班席上的三十二名修女。到目前为止，只有少数几个表示反对凯瑞丝而支持伊丽莎白——她们拒戴面罩抵抗瘟疫。照此判断，凯瑞丝会轻而易举地赢得下周的选举。他要给修女们一个明晰的信息：凯瑞丝的医疗观念是异教的。

“谁犯有这种措施的罪孽……”他顿了顿以增加效果，还俯身向前盯着教众，“……镇上有谁……”他转过身来向着背后唱诗班席上的修士和修女们，“……甚至在修道院里……”他扭回身，“我说，谁犯有这种措施的罪孽，都该加以回避。”

他又顿了顿以加强效果。

“愿上帝对他们的灵魂发发慈悲吧。”

六一

保罗·贝尔在圣诞节前三天安葬。在十二月份的寒冷中站在他那严霜覆盖的坟墓前的所有送葬人都应邀到贝尔客栈小酌，以示对他的怀念。他的女儿贝茜如今成了店主。她不想独自悲凄，因此就慷慨地拿出店里最好的淡啤酒招待大家。琴手列尼用他的五弦琴演奏出伤心的曲调，送葬的宾客们在微醺之后，却伤感地落下了眼泪。

梅尔辛带着洛拉坐在角落里。在前一天的集市上，他从科林思那里买了些香甜的葡萄干——一种费钱的奢侈品。他一边和洛拉吃着，一边教她数数。他给自己数了九粒，但给她计数时，却漏掉了双数，数着：“一、三、五、七、九。”

“不对!”她说，“不对了!”她知道他只是在逗她，便哈哈大笑了。

“我给咱俩都数出了九粒啊。”他分辩说。

“可是你得的多呢!”

“唉，这是怎么回事啊?”

“你没数对，真笨。”

“那么，最好你自己数吧，看看能不能数得比我好。”

贝茜和他们坐在一起。她穿着她最好的衣裙，穿在身上有点紧。“能给我一些葡萄干吗？”她说。

洛拉说：“能，可是别让我答数。”

“放心吧，”贝茜说，“我知道他的把戏。”

“给你，”梅尔辛对贝茜说：“一、三、九、十三——噢，十三太多了。我最好收回一些。”他取回了三粒葡萄干。“十二、十一，十。好啦，你现在有十粒了。”

洛拉觉得这简直让人笑破肚皮。“可是她只得到一粒！”她说。

“我又数错了吗？”

“就是嘛！”她看着贝茜，“我们知道他的把戏。”

“那你就自己数吧。”

门开了，吹进了一股冰冷的空气。凯瑞丝裹着一件厚重的斗篷走了进来。梅尔辛喜上眉梢：他每次看到她，都庆幸她还活着。

贝茜谨慎地看着她，还是表示了欢迎。“你好，姐妹，”她说，“你记着我父亲，心太好了。”

凯瑞丝说：“你失去了他，我很难过。他是个好人。”她同样不失客套。梅尔辛明白，这两个女人因为他的缘故，互相视为情敌。他不明白自己究竟做了什么让她们对他如此一往情深。

“谢谢你，”贝茜对凯瑞丝说，“你要不要来一杯淡啤酒？”

“你真好心，可我不喝了。我要和梅尔辛谈一谈。”

贝茜看着洛拉。“我们在火上烤栗子好吗？”

“好啊，太好了！”

贝茜领着洛拉走了。

“她们处得挺好。”凯瑞丝说。

梅尔辛点点头。“贝茜是热心肠，自己又没有孩子。”

凯瑞丝面带戚容。“我也没孩子……但我可能没有热心肠。”

梅尔辛拍拍她的手。“我心里有数，”他说，“你心肠热着哪，可你要照看的不是一两个孩子，而是十几个大人呢。”

“你真好，能够这样善解人意。”

“这是实情，就是嘛。医院的事怎么样?”

“难以忍受。那地方净是要死的人，除了埋葬他们，我无能为力。”

梅尔辛感到一阵温情涌起。她总是那么能干，这么可靠，但她的口气泄露了她的内心：既然不肯向别人，她只有向他表露了。“你的样子很疲惫。”他说。

“是啊，上帝晓得。”

“我揣摩你也在为选举的事担心。”

“我来就是为这事找你帮忙的。”

梅尔辛迟疑了。他被矛盾的心情撕扯着。他的一部分愿意让她满足抱负，当上副院长。可那样一来，什么时候她才能成为他的妻子呢？他还有一种见不得人的私心，希望她在选举中失败，放弃她的誓言。无论如何，他都要对她要求的任何帮助给予满足，就是因为他爱她。“好吧。”他说。

“昨天戈德温的布道词伤害了我。”

“难道你永远摆脱不掉那老掉牙的巫术谴责吗？实在是荒谬透顶!”

“老百姓是愚蠢的。那篇布道对修女们冲击很大。”

“本来就是有意的嘛，当然啦。”

“这是毫无疑问的。本来只有几个人相信伊丽莎白那番我的亚麻布面罩是异端的鬼话。只有她的几个密友不用面罩：克莱西、艾莲、珍妮、罗西和西蒙妮。但别人听到了从大教堂圣坛上发出的信息，情况就变了。听得入神的姐妹现在都不戴面罩了。有几个为了回避这种显而易见的选择，干脆就不进医院了。只有几个人还戴面罩：我和四个与我关系密切的修女。”

“我原也担心这个。”

“如今，塞西莉亚嬷嬷、梅尔和老朱莉全都死了，只有三十二名修女有资格选举了。我需要有十七票才能获胜。伊丽莎白原先有五个铁杆支持者。这次布道给她加上了十一人。算上她自己那票，整好十七票。我只有五票，即使动摇的人都投我的票，我也得输。”

梅尔辛为她而感到愤愤不平。她为女修道院做了这么多事之后却遭到这样的拒斥，实在太伤人了。“你能做些什么呢?”

“主教是我的最后希望了。要是他出面反对伊丽莎白，并宣布他不会批准她的当选，对她的支持就会散摊，我就还有机会。”

“你怎么才能影响他?”

“我不能，可是你能——或者，教区公会至少还能。”

“我也这么想……”

“他们今天晚上要开会，我想你要到会。”

“是的。”

“好好想想吧。戈德温已经把这镇子快整死了。他和伊丽莎白过从甚密——她家是修道院的佃户，戈德温一向照顾他们。要是她成了女修道院副院长，她就会像埃尔弗里克一样成了附庸。戈德温在修道院内外就没人反对了。王桥也就此完蛋了。”

“这倒是实情，可是公会的人肯不肯同意向主教说情……”

她突然露出极端伤心的神情。“先试试看。要是他们都不同意你，只好算了。”

她的绝望感动了他，他愿意做出更乐观的样子。“我当然会努力的。”

“谢谢你。”她站起身，“你对这件事肯定内心矛盾。感谢你做我真诚的朋友。”

他苦笑了一下。他想做她的丈夫，而不是她的朋友。但说他是什么他都接受。

她出门走进了严寒。

梅尔辛来到壁炉边，和贝茜及洛拉坐到一起，并且尝了尝烤好的栗子，但他心不在焉。戈德温的影响邪恶有害，可他的势力照样没停止膨胀。这是怎么回事呢？大概是因为他是个有野心而没有良心的人吧——多强烈的结合啊。

夜幕降临，他把洛拉放上床，付钱请一位邻居的女儿照看她。贝茜把店务交给吧女塞尔莉。他们穿上厚实的斗篷，就沿着主街，来到公会大厅，出席教区公会的仲冬会议。

在长室的尽头，放着一桶季节性的淡啤酒，供会员饮用。梅尔辛心想，这种提神的东西在这个圣诞节似乎有一种不得已的功能。在为保罗·贝尔守灵期间，人们一个劲儿狂饮，而那些跟在梅尔辛后边进来的人又急着把他们的大杯子灌满，仿佛他们有一周没喝过似的。或许是为了让自己不想瘟疫的事吧。

贝茜是四个新介绍入会的人之一。其他三人都是死去的主要会员的长子。梅尔辛明白，戈德温作为镇民的太上皇，一定会高兴又增加了一笔继承税的收入的。

日常事务处理完毕之后，梅尔辛提出了女修道院副院长选举的话题。

“这与我们无关。”埃尔弗里克马上说。

“恰恰相反，选举结果会影响本镇今后若干年，甚至几十年的商务，”梅尔辛争论说，“女副院长是王桥最富有和最有权的人之一，我们应该尽可能推出一个不会束缚我们生意的人。”

“可是我们无能为力啊——我们又没有选举权。”

“我们有影响。我们能够向主教请愿。”

“这事以前可从没干过。”

“这不能成为托辞。”

比尔·瓦特金插口说：“候选人是谁？”

梅尔辛回答说：“抱歉，我还以为你知道呢。凯瑞丝姐妹和伊丽莎白姐妹。我认为我们应该支持凯瑞丝。”

“你还用说嘛，”埃尔弗里克说，“而且我们都知道缘由！”

响起了一片笑声。人人都清楚梅尔辛和凯瑞丝若即若离的长时间的恋爱关系。

梅尔辛微微一笑。“接着笑吧——我不在乎。只是要记住，凯瑞丝成长在羊毛商之家，而且帮助过她父亲，因此她懂得商人们面对的问题和挑战——而她的对手是个主教的女儿，更会同情修道院副院长。”

埃尔弗里克脸红了——梅尔辛觉得，一方面是因为他喝下的淡啤酒，但主要还是气恼。“你为什么跟我过不去，梅尔辛？”他说。

梅尔辛吃了一惊。“我还以为是另一码事呢。”

“你勾引了我女儿，又拒绝娶她。你设法不让我修桥。我原以为我们已经甩掉你了，结果你又回来了，在桥的裂缝上羞辱了我。你刚回来几天，就想把我从会长的位置上拉下来，用你的朋友马克来顶替。你甚至暗示，大教堂的裂缝是我的过错，尽管建筑时我还没出生。我只是修理了一下，你为什么跟我过不去呢？”

梅尔辛不知该怎么说了。埃尔弗里克难道不知道他是怎么对待梅尔辛的吗？但梅尔辛不想在教区公会的大庭广众面前和他争论这个——那样太孩子气了。“我没跟你过不去，埃尔弗里克。我当学徒时，你是个凶暴的师傅，你是个凑数的建筑匠师，如今你又跟上了戈德温，不过我反正没跟你过不去。”

一个新会员铁匠约瑟夫说：“你们在教区公会里就是做这些事——进行无聊的争论吗？”

梅尔辛觉得受了委屈，并不是他引起这种个人恩怨的。但他要是这么说，看上去仍像是在纠缠个人恩怨。所以他就不再说什么了，不过心想，埃尔弗里克一向狡猾。

“乔[①]是对的，”比尔·瓦特金说，“我们来这里可不是为了听埃尔弗里克和梅尔辛吵嘴的。”

比尔一意把他和埃尔弗里克等量齐观，让梅尔辛感到难办。一般地讲，公会会员们喜欢他而对埃尔弗里克感到不快，从桥梁裂缝的争论以来就是这样了。实际上，若是马克健在的话，他们就会让埃尔弗里克下台了。可是事情发生了变化。

梅尔辛说：“我们能不能回到这个问题上：就是为凯瑞丝当女副院长一事去吁请主教呢？”

“我反对，”埃尔弗里克说，“戈德温副院长想要伊丽莎白当。”

一个新的声音发言了。“我赞成埃尔弗里克。我们不想跟副院长神父争论。”那是蜡烛商马塞尔，他有合同，要为修道院提供蜡烛。戈德温是他的最大买主。梅尔辛对此并不奇怪。

然而，接下来发言的人却让他大吃一惊。那是建筑匠师杰列米阿，他说：“我认为我们不该倾向被斥为异端的人。”他还向地板一左一右啐了两口唾沫，并在胸前画了十字。

梅尔辛惊愕之下一时答不出话来了。杰列米阿一向迷信，畏首畏尾，但梅尔辛从来没想到，他竟然发展到背弃他的师傅的地步。

这时轮到贝茜挺身为凯瑞丝辩护了。“那种指控始终就荒唐可笑。”她说。

“可也从来没被驳倒过。”杰列米阿说。

梅尔辛瞪着他，但杰列米阿没有看他的目光。“你脑子里想的是什么，吉米？”梅尔辛说。

“我不想死于瘟疫，”杰列米阿说，“你听了布道了。谁使用了异教的疗法就该走开。我们谈的是请求主教任命她当副院长——那就不是让她走开了！”

---

① Joe，上文“约瑟夫”（Joseph）的昵称。

有一阵低声议论表示赞同，梅尔辛意识到，舆论的主流变了。其余的人虽然不像杰列米阿那样轻信，但也都跟他一样心怀恐惧。这场瘟疫吓坏了他们大家，让他们丧失了理智。戈德温的布道比梅尔辛想象的还要奏效。

他都想放弃了——这时他想到了凯瑞丝，想到了她那疲惫与失落的样子，于是他又努力了一下。“我在佛罗伦萨已经经历了一次了，”他说，“我现在提请你们注意，教士和修士不会拯救任何人不死于瘟疫的。你们把这镇子拱手交给了戈德温，到头来会一无所获的。”

杰列米阿说：“这说法听起来太像亵渎神灵了。”

梅尔辛四下看了一圈。别人都同意杰列米阿。他们吓得不会有条理地思维了。他再也无能为力了。

他们决定不对女副院长的选举采取行动，不久之后，会议便不欢而散，会员们从炉火中取了燃柴，照着路回家。

梅尔辛觉得太晚了，没法通知凯瑞丝了——修女和修士一样，天一黑就上床，凌晨就起身的。然而，有一个裹着羊毛大披风的身影候在公会大厅之外，他吃了一惊，火把照亮的是凯瑞丝烦恼的面孔。“怎么样了？”她焦虑地问。

“我失败了，”他说，“真对不起。”

火把的光照着她那受伤的面容。“他们说些什么？”

“他们不想插手。他们信了布道词。”

“一群傻瓜。”

他们沿着主街并肩走着。在修道院门口，梅尔辛说：“离开修道院吧，凯瑞丝。不是为了我，而是为了你自己。你在伊丽莎白手下没法工作的。她恨你，你想干什么她都会挡道的。”

“她还没取胜呢。”

“她会的，不过——这是你自己说的。背弃你的誓言，嫁给我吧。”

“婚姻也是一种誓言。既然我能打破我对上帝的誓言，你为什么会相信我对你的承诺呢？”

他笑了。“我宁可冒险一试。”

“让我想想看。”

“你已经想了几个月了，”梅尔辛不高兴地说，“你要是现在不离开修道院，你就永远离不开了。”

“我现在不能离开。人们比任何时候都更需要我。”

他有点生气了。“我不会永远求下去的。”

“我知道。”

“事实上，过了今晚，我就不会再求你了。”

她哭了。“真对不起，可是我不能在瘟疫肆虐时撇下医院不管。”

“医院。”

“还有镇上的人。”

“可你自己呢？”

他手中火把的光照着她的泪水闪亮。“他们太需要我了。”

“他们，所有的都算，全是忘恩负义的人——修女、修士、镇民。我算知道了，天啊。”

“这没有任何区别。”

他点点头，接受了她的决定，按下了他自私的气恼。“你既然这么想，你就尽你的职责吧。”

“感谢你的理解。”

“我希望事情能有转机。”

“我也这样希望。”

“你最好拿上这火把吧。”

“谢谢你。”

她从他手中接过燃着的树枝，就转身走开了。他目送着她，心想：就这样结束了吗？就完了？她以她特有的大步向前走去，坚定而自信，但她的头却垂着。她穿过门洞，消失不见了。

贝尔客栈的灯光透过百叶窗和门缝欢快地闪亮着。他走了进去。

最后几位顾客醉醺醺地在道别，塞尔莉收拾着杯子，擦着桌子。梅尔辛察看了一下洛拉，她睡得很沉，他给那个照看她的姑娘付了钱。他想上床，但他明知他睡不着。他太心烦意乱了。他今晚怎么会失去耐心了呢？平素里并没有这样啊。他生了气。但他的气来自怕，现在他平静下来，才算想通。在其深处，他害怕凯瑞丝会染上瘟疫死掉。

他坐在客栈客厅的一条板凳上，脱下了靴子。他待在那里，直愣愣地瞪着炉火，想不通自己何以不能完成他在生活中最想完成的一件事。

贝茜走进来，挂起她的斗篷。塞尔莉走了，贝茜锁上了店门。她拿过她父亲总用的那把大椅子，坐到了梅尔辛的对面。“对于公会会议上的事我很难过。”她说，“我说不清谁是谁非，可我知道你很失望。”

“无论如何我都要感谢你支持了我。”

“我总是支持你的。”

“也许我该停止为凯瑞丝作战了。”

“我同意。但我看得出你很伤心。”

“又伤心又气恼。我似乎浪费了半辈子时间等候凯瑞丝。”

“爱永远不是浪费。”

他惊讶地抬头看着她。过了一会儿，他说：“你是个聪明人。”

“除了洛拉，这店里没别人了，”她说，“所有基督徒客人都离开了。”她从椅子中站起来，跪在他面前。“我愿意让你舒服，”她说，“我做什么都行。”

他端详着她那友善的圆脸，感到自己的身体激动得有了呼应。他已经有好久没有搂抱过女性柔软的身体了。可是他摇了摇头。“我不想利用你。”

她莞尔一笑。“我没要你娶我。我甚至不要求你爱我。我刚刚埋葬了我父亲，而你因凯瑞丝而感到失望，咱们俩都需要有人相拥着温暖一下。”

“麻醉一下痛苦，就像喝一杯葡萄酒。”

她抓过他的一只手，吻着手掌。“比酒强多了。”她说。她拉着他的手按到她的乳房上。她的乳房又大又软，他边抚弄边叹气。她仰起脸，他俯下身吻了她的嘴唇。她发出愉快的小声呻吟。那亲吻真是美妙极了，就像热天喝了冷饮，他不想停下来。

最后，她喘着粗气从他身边挣脱了。她站直身子，从头上脱掉她的羊毛衣裙。她赤裸的胴体在炉光中泛着玫瑰色。她周身都是曲线：圆圆的臀部，圆圆的肚皮，圆圆的双乳。他依旧坐着，把双手放到她的腰际，把她拉向自己。他亲吻着她肚皮温软的肌肤，然后又亲吻她双乳的粉色乳头。他抬头看着她绯红的面容。“你想到楼上去吗？”他低声问。

“不，”她娇喘着说，“我等不了那么长了。”

六二

女修道院副院长的选举在圣诞节后一天举行。那天早晨，凯瑞丝情绪十分低落，几乎起不了床了。黎明的晨祷钟响起，她禁不住把头放在毯子下，说她感觉不适。但这么多人都在等死，她装不下去，于是她最后还是强制自己起了床。

她与伊丽莎白并肩带着队列，拖着脚步绕过回廊冰冷的石板地，向教堂走去。这种安排之所以能达成一致，是因为两人谁都不肯把带队的位置让给另一个，她们如今正在竞选嘛。但凯瑞丝已经不在意了。结果早已不言自明。在整个唱诗和读经的过程中，她都站在唱诗班席中打着呵欠，冷得发抖。她很气愤，今天再过些时候，伊丽莎白就要被选作副院长了。凯瑞丝怨恨那些修女拒绝她，她痛恨戈德温对她抱着敌意，她也鄙视镇上的商人们不肯介入。

她觉得她的生活仿佛就是一场失败。她未能建成她梦寐以求的医院，如今更是永远休想了。

她也埋怨梅尔辛，给她提供了她无法接受的东西。他并不理解。对他而言，他俩的婚姻对他的建筑师的生涯是个附属品。而对她呢，结婚意味着取代她奉献了自己的工作。因此她才犹豫这许多年。并非她不想要他，她渴望他的那种饥渴劲头简直让她难以忍受。

她哼唧着最后一句应声，然后便机械地率队走出了教堂。当她们又一次绕过回廊时，她身后有人打起了喷嚏。她情绪低落之极，甚至都不想回头看看是谁了。

修女们爬上楼梯返回宿舍。凯瑞丝走进房间之后，听到了粗声喘气，这才想起来，有人没能去晨祷。她的蜡烛照出来是见习修女管理人西蒙妮姐妹——一位倔强的中年妇女，平日里很自觉，不会装病的。凯瑞丝在自己脸上蒙上一条亚麻布，跪在西蒙妮的垫子旁边。西蒙妮正在出汗，样子很害怕。

凯瑞丝问：“你觉得怎么样？”

“糟透了，”西蒙妮说，“我做了个怪梦。”

凯瑞丝摸了摸她的前额。她烧得烫手。

西蒙妮说：“我能喝点什么吗？”

“稍等。”

“但愿只是感冒。”

“你当然只是发烧啦。”

“不过，我没染上瘟疫，是吧？还不至于那么糟吧。”

“我们反正得把你送到医院去，”凯瑞丝闪烁其词地说，“你能走吗？”

西蒙妮挣扎着站了起来。凯瑞丝从床上取下一条毯子，裹到西蒙妮的肩头。

她们朝屋门走时，凯瑞丝听到了一声喷嚏。这一次她看清了是胖胖的总管罗西姐妹打的。凯瑞丝使劲盯着罗西，她显得很害怕。

凯瑞丝随便叫来一个修女。“克莱西姐妹，你把西蒙妮送到医院去，我要看看罗西。”

克莱西搀着西蒙妮的胳膊，带她下楼去。

凯瑞丝把蜡烛举到罗西的面前。她也在发汗。凯瑞丝把她的袍服拉下脖颈。她的双肩和胸口有紫色的小斑点皮疹。

“别，”罗西说，“请你不要。”

“可能什么事没有呢。”凯瑞丝哄骗她。

“我不想死于瘟疫！”罗西嘶哑着声音说。

凯瑞丝平和地说：“镇静点，跟我来。”她用力拉住罗西的手。

罗西不让她拉。“不用，我不会有事的！”

“设法说一句祷告吧，”凯瑞丝说，“圣母马利亚，来。”

罗西开始祈祷，片刻之后，凯瑞丝能够带她走开了。

医院中挤满了垂死的病人和他们的家属，天还没亮透，但大多数人都醒着。空气中有强烈的汗臭．呕吐物和血腥味。房间由牛油灯和圣坛上的蜡烛照得若明若暗。几个修女在看护病人，给他们送水，为他们擦洗。有的戴了面罩，有的没戴。

约瑟夫兄弟也在，他是最年长的修士医生和最受爱戴的人。他在为首饰行会的会长银匠里克尽最后的仪式：他俯身听取那人耳语着的忏悔，周围是他的子孙们。

凯瑞丝给罗西腾出一块地方，并说服她躺下。一个修女给她端来了一杯清澈的泉水。罗西一动不动地躺着，眼睛却在不停地左顾右盼，她知道自己的命运，因此心怀恐惧。“约瑟夫兄弟一会儿就来看你。”凯瑞丝告诉她。

“你是对的，凯瑞丝姐妹。”罗西说。

“你这是指的什么？”

“西蒙妮和我都在伊丽莎白姐妹最初的朋友之列，都拒绝戴面罩——瞧瞧我们怎么样了。”

凯瑞丝没想到这一点。难道要用这些与她意见相左的人的死来可怕地证明她是正确的吗？她宁可错了，也不愿她们死掉。

她去看望西蒙妮。她躺在那里，握着克莱西的手。西蒙妮比罗西年长，也比她平静，但她的目光中也有恐惧的神色，紧攥着克莱西的手十分用力。

凯瑞丝瞥了一眼克莱西。她的上唇上方有一处深色的血渍。凯瑞丝伸出手去，用衣袖替她抹掉。

克莱西也在拒用面罩的最初几人之列。

她看着凯瑞丝袖子上的污渍，问道：“那是什么？”

“血。”凯瑞丝说。

选举在正餐之前一小时在食堂里举行。凯瑞丝和伊丽莎白并肩坐在房间一端的桌后，修女们成排地坐在板凳上。

一切都已改变。西蒙妮、罗西和克莱西受瘟疫之害，躺在了医院里。而在这食堂内，另两个从一开始就拒绝面罩的修女艾莲和珍妮，也显露出早期症状：艾莲打喷嚏，而珍妮在盗汗。从一开始就不戴面罩处理瘟疫死者的约瑟夫兄弟终于也未能幸免。剩下来的修女们在医院里全都重新戴上了面罩。如果说面罩乃是支持凯瑞丝的象征的话，她已经获胜了。

大家都紧张而焦躁。前任司库和最年长的修女贝丝姐妹，读了一段祷词，算是宣布开会。几乎不等她读完，好几名修女当即发言，嗓门最大的是前任司膳玛格丽特姐妹。“凯瑞丝是对的，伊丽莎白错了！”她用压倒别人的声音叫道，“那些不戴面罩的人眼下全要死了。”

众人异口同声地表示赞同。

凯瑞丝说：“我倒巴不得是另一种情况呢。我宁愿要罗西、西蒙妮和克莱西坐在这儿，投我的反对票。”她真心这么想。她为人们死去感到心中难过。这让她感到其他一切都是小事一桩。

伊丽莎白站起了身。“我提议我们推迟选举，”她说，“三位修女已死，还有三人躺在医院。我们应该等到瘟疫过去再说。”

这倒出乎凯瑞丝所料。她原以为伊丽莎白无力避免失败呢——可是她错了。此时此刻，没人会投伊丽莎白的票，但她的支持者宁可从根本上避免再作任何选择。

凯瑞丝不再冷漠了。她猛然想起她想做女副院长的全部理由：改进医院，教授更多的女孩子读书识字，为镇子的繁荣尽一己之力。若是伊丽莎白当选，结局将是一场大灾难。

伊丽莎白当即得到老贝丝姐妹的支持。“我们不该在一场惊慌失措中举行选举，做出在事情平息之后感到后悔的选择。”她的发言听起来像是经过排练：伊丽莎白显然策划在先。但凯瑞丝心神不定地想，这样说并非没有道理。

玛格丽特愤愤地说：“贝丝，你这么讲，只是因为你明知伊丽莎白会落选。”

凯瑞丝控制着自己没有发言，因为如若说话反倒会引出不利于她的论点。

娜奥米姐妹不属于任何一派，她说：“问题在于，我们没有头领。塞西莉亚嬷嬷——愿她的灵魂安息，在娜达莉死后始终没任命一名副院长助理。”

“这事有那么严重吗?”伊丽莎白问。

“有!”玛格丽特说,“我们连谁率队走在前面都定不下来!”

凯瑞丝决定冒险指出一个现实问题。“有一长串决议需要做呢,尤其是死于瘟疫的女修道院地产佃户的继承权问题。没有副院长的状况拖久了是有很多难处的。”

艾莲姐妹本是伊丽莎白的五名密友之一,此时却反对推迟选举了。“我讨厌选举。”她说。她打了个喷嚏,然后接着说:“选举挑动了姐妹间彼此反对,造成了反目成仇。我愿意把这事了结,以便我们能同心协力地面对这场可怕的瘟疫。”

这番话引起了支持的欢呼声。

伊丽莎白气恼地瞪着艾莲。艾莲看到了她的目光,说:“你们瞧啊,我连说这么一句平和的话都要招致伊丽莎白瞪我,仿佛我背叛了她似的!”

伊丽莎白垂下了眼睛。

玛格丽特说:“好啦,咱们选举吧。赞成伊丽莎白的,说一声‘赞成’。”

一时之间,没有人说话。随后贝丝轻声说了一声“赞成”。

凯瑞丝等候着其他人说话,但贝丝是唯一一个出声的人。

凯瑞丝的心跳加速了。她是否就要实现她的抱负了呢?

玛格丽特说:“谁赞成凯瑞丝?”

当即有了呼应:一片声音高喊:“赞成!”在凯瑞丝听来,几乎所有的修女都投了她的票。

她心想:我成功了。我成了女修道院副院长。这下我们当真能着手大干一番了。

玛丽格特说:“在这种情况下——”

一个男人的声音突然说:“等一等!”

好几名修女喘着气，一个还尖叫了一声。她们全看着门口。菲利蒙站在那里。凯瑞丝揣摩，他大概一直在外面偷听。

他说："在你们走得更远之前——"

凯瑞丝不能容忍这个。她站起来，打断他的话。"你怎么胆敢进入女修道院！"她说，"你没有获准，也不受欢迎。现在就离开！"

"我是受到副院长大人委派——"

"他没有权利——"

"他是王桥的教会首脑，在没有女修道院副院长和副院长助理之际，他有权管修女。"

"我们不再没有副院长了，菲利蒙兄弟。"凯瑞丝挺身向他走去，"我刚刚当选。"

修女们都痛恨菲利蒙，大家群起欢呼。

他说："戈德温神父不同意这次选举。"

"太迟了。告诉他，凯瑞丝嬷嬷现在掌管女修道院——而且她赶你出去。"

菲利蒙退着向外走。"你们的选举在没得到主教的认可之前，你还不是副院长！"

"出去！"凯瑞丝说。

修女们齐声呼应。"出去！出去！出去！"

菲利蒙吓慌了。他不习惯遭到蔑视。凯瑞丝又冲他迈进一步，他又朝后退了一步。他被这场面惊呆了，吓坏了。众人的呼喊声更高了。他猛地调转身，抱头鼠窜了。

修女们欢呼大笑着。

但凯瑞丝明白，他临走时扔下的那句话是实情。她的当选还要经过亨利主教的认可。

而戈德温一定会竭尽全力阻止主教的认可。

镇上的一队志愿者在河对岸的荒芜林地中清理出一英亩土地，戈德温也在把新地开辟为墓园的进程中。城墙之内的教堂墓园都已用光，大教堂墓场的余地在迅速缩减。

在刺骨的严寒中，戈德温迈步走在那地方的边界上，他喷洒的圣水触地即冻成冰凌，跟在他身后的修士和修女唱着圣歌。虽说仪式尚未结束，掘墓人已经动手挖土了。一堆堆新土在边缘笔直的坑旁整齐地排成一行行，相隔尽可能地紧凑，以节省地面。但一英亩的墓地不够维持太久，人们已经开始清理另一块林地了。

在这种时刻，戈德温不得不保持镇定。瘟疫一如涌来的潮水，一无阻挡地淹没了沿途所有的人。在圣诞节前的一周里，修士们已经掩埋了上百人，这几个月还在增加。约瑟夫兄弟在昨天死去，还有两名修士现在正在卧病。什么时候才算了结呢？难道世人都要死吗？戈德温本人能逃过此劫吗？

他惊惧之中停下了脚步，盯着用来洒圣水的金质洒水器，仿佛他想不通那物件怎么会到了他手中。一时之间他慌乱得迈不动步了。这时，走在队列最前面的菲利蒙轻轻地从后面推了他一把。戈德温踉跄向前，重新边走边洒圣水。他得把这些骇人的念头逐出脑海。

他把思绪转向修女们的选举。他的布道起初的反应十分有利，他以为伊丽莎白胜券在握了。形势急转直下，凯瑞丝的人缘恢复迅猛，使他措手不及。菲利蒙技穷的干扰成了出手过迟的绝望之招。戈德温每想到此，就恨不得高声尖叫。

但是事情还没有完。凯瑞丝虽然蔑视菲利蒙，不过在亨利主教批准之前，她无法认为她的地位已经稳固。

不幸的是，戈德温至今还没机会巴结亨利。这位不讲英语的新主教只来过王桥一次。由于他是新人，菲利蒙还来不及弄清他有什么致命的弱点。但他是个男人，又是个教士，因此他理应站在戈德温一边反对凯瑞丝。

戈德温已经给亨利写了信，说凯瑞丝迷惑了众修女相信她能挽救她们不致死于瘟疫。他讲述了凯瑞丝的过去：八年前受控为异教徒，并被审判和判刑，后得到塞西莉亚的解救。他希望亨利能到王桥来，以他的头脑坚定地对凯瑞丝作出预判。

可是亨利什么时候会来呢？主教缺席了大教堂的圣诞节仪式是极其罕见的。能干又难以捉摸的副主教劳埃德来信解释说，亨利在忙于任命教士替代死于瘟疫的人。劳埃德可能反对戈德温：他是威廉伯爵的人，由于威廉已故的兄弟理查而得到了他的地位；而且威廉和理查的父亲罗兰伯爵本来也痛恨戈德温。但劳埃德不会作决定，只有亨利才会。前景难以预卜。戈德温感到他失去了控制。他的前途受到了凯瑞丝的威胁，他的生命也受到了无情的瘟疫的威胁。

奉献仪式快结束时，下起了小雪。就在清理完的地面之外，七支送葬队伍都站立不动，等待仪式准备完毕。在戈德温的信号下，他们向前行进了。第一具尸体已在棺材里，其余的裹着尸衣停在尸架上。在好时日，棺材对有钱人都是奢侈品，但眼下木材昂贵，制棺人也忙不过来，只有非常有钱的富户才买得起木头棺材下葬。

在第一支队伍的前头是梅尔辛，他的红铜色须发上蒙着雪花。他抱着他的小女儿。戈德温推断，棺材中富有的死者应该是贝茜·贝尔。贝茜死时没有亲属，把客栈留给了梅尔辛。戈德温酸溜溜地想，钱简直像湿叶子一样沾到了那人的身上。梅尔辛已经拥有了麻风病人岛和在佛罗伦萨挣下的钱，如今又得到了王桥最忙碌的客栈。

戈德温之所以知道贝茜的遗嘱，是因为修道院有权征收遗产税，并从那地价中拿到很大的比例。梅尔辛毫不迟疑地用佛罗伦萨金币支付了那笔钱。

瘟疫后果中的一项好处是修道院一下子有了大量现金。

戈德温给七位死者一次性地主持完了下葬典礼。如今这已经成了规矩：上下午各举行一次葬礼，而不论死者人数多少。王桥的教士数量不足以为每一个亡人单独举行葬礼。

这种想法又勾起了戈德温的恐惧感。他磕磕巴巴地念着祷文，却看到自己躺在其中一个墓穴中；随后他才又把持住自己继续读下去。

葬礼终于结束，他率领着修士和修女的队伍返回大教堂。他们走进教堂，在中殿解散了队伍。修士们回到他们平日的岗位。一名见习修女慌慌张张地走到戈德温跟前说："副院长神父，你到医院来一下好吗？"

戈德温不喜欢由见习生传达命令式的口信。"干吗？"他厉声问。

"对不起，神父，我也不知道——我只是听吩咐来叫你。"

"我尽快到就是了。"他烦躁地说。其实他并没有什么要紧事要做，只是要表明他要在大教堂里耽搁一下，和伊莱兄弟谈修士袍服的事。

过了一会儿，他才穿过回廊，进入医院。

修女们簇拥在圣坛前架起的一张床边。她们一定有个重要的病人，他心想。他不知道那是谁。一个看护修女转过来面对着他。她的口鼻上戴着面罩，但他从他和他们家人都有的那双闪着金光的碧眼中认出来：她是凯瑞丝。尽管他只看得到她的一小部分面孔，还是在她的眼神中注意到了一种古怪的表情。他本想看到厌恶和轻蔑，结果却是悲悯。

他怀着惶惑的心情走近床边。别的修女看到他都敬畏地向边上移开了。跟着，他就看到了病人。

是他母亲。

彼得拉妮拉的大脑袋躺在一个白枕头上。她在出汗，从鼻孔中一直向外淌一细道鲜血。一个修女在抹去血迹，但随抹随流。另一个修女给病人端来一杯水。彼得拉妮拉皱巴的脖颈皮肤上有一片紫色皮疹。

戈德温像挨了打似的哭出了声。他恐惧地瞪着眼睛。他母亲用难过的眼神盯着他。不消怀疑了：她已倒在了瘟疫的危害中。“不!”他嚎叫着，“不！不!”他感到胸口有一阵难忍的痛楚，如同被捅了一刀。

他听到身边的菲利蒙用恐惧的声音说：“保持镇静啊，副院长神父。”可他做不到。他张开嘴想尖叫，但出不来声。他突然感到魂飞魄散，控制不了行动了。随后，地上升起一团黑雾，吞噬了他，把他的躯体渐渐吞没，直到他的口鼻之上，使他无法呼吸，随后又升到他的眼睛，使他眼前一团漆黑；他终于失去了知觉。

戈德温在床上躺了五天。他没有进食，只是在菲利蒙把杯子凑到他嘴边时才喝一点水。他无法正常思考。他也不能动，似乎是没办法决定做什么。他抽泣着入睡，醒来再接着抽泣。他模糊地感到一个修士触摸他的额头，取了尿样，诊断为脑炎，并为他放了血。

后来，在十二月的最后一天，满脸惊恐的菲利蒙给他带来了消息：他母亲死去了。

戈德温起了身。他给自己刮了脸，穿上一件新袍服，前往医院。

修女们已为尸体洗净穿衣完毕。彼得拉妮拉的头发梳理整齐，身穿一件昂贵的意大利绒裙。看到她面孔死白，双目紧闭的样子，戈德温感到让他躺倒的那种痛楚又出现了；但这一次他能顶住了。

“把她的遗体送到大教堂去吧。”他吩咐道。通常，陈尸于大教堂是只有修士、修女、高级教士和贵族才有的荣誉；但戈德温知道，没人会斗胆反对他这样做。

当她被送进教堂，放到圣坛前面之后，他跪倒在她身边，祈祷着。祷告帮他平息了恐惧，他逐渐理清了该做些什么。等他站起来的时候，便吩咐菲利蒙马上在会议厅召开一次会议。

他觉得浑身颤抖，但他知道必须振作起来。他一向擅长说服别人。现在他要把这种能力用到极致。

修士们集合好之后，他给他们读了《创世记》中的一段。“这些事以后，神要试验亚伯拉罕，就呼叫他说：‘亚伯拉罕。’他说：‘我在这里。’神说：‘你带着你的儿子，就是你独生的儿子，你所爱的以撒，往摩利亚地去，在我所要指示你的山上，把他献为燔祭。’亚伯拉罕清早起来，备上驴，带着两个仆人和他儿子以撒，也劈好了燔祭的柴，就起身往神指示他的地方去了[1]。”

戈德温从书上抬起眼。修士们都神情专注地凝视着他。他们都熟知亚伯拉罕和以撒的故事。他们更大的兴趣在他，戈德温的身上。他们警觉而谨慎，不知下一步是什么。

“亚伯拉罕和以撒的故事教导了我们什么呢？”他为制造效果反诘道，“上帝让亚伯拉罕杀死他的儿子——不但是他的长子，而且是他的独子，在他年届一百时把儿子烧死。亚伯拉罕反对了吗？他请求开恩了吗？他跟上帝争辩了吗？他指出了杀死以撒是谋害，是杀子，是可怕的罪孽了吗？”戈德温让这个问题悬念一会儿，然后低头看书，又读道：“亚伯拉罕清早起来，备上驴……”

他又抬起头来。“上帝也会试验我们。他可能命令我们进行看似错误的做法。也许他会要我们去做看似罪孽的事情。在这种时

---

① 见《旧约·创世记》第二十二章前三节。

候，我们应该牢记亚伯拉罕。”

戈德温讲话时用的是他所知的他最具说服力的布道方式，顿挫有致又娓娓动听。他从八边形的会议厅中一片静谧看得出，他已经使他们全神贯注：没人骚动，没人交头接耳，也没人不安。

“我们不该询问，”他说，“我们不该争论。当上帝引导我们时，我们都应该追随——他的愿望，无论在我们无力的头脑中看似多么愚蠢，多么罪过，或多么残忍。我们懦弱而卑微。我们的理解力低下。不该由我们做出决定或选择。我们的职责很简单。那就是服从。”

随后他告诉了他们，他们要怎么做。

天黑之后，主教到达了。当队伍进入修道院地界时，已经快到半夜了：他们由火把伴随。修道院中的人已经入睡了几个小时，但还有一伙修女在医院中上班，其中一个跑来叫醒凯瑞丝。“主教到了。”她说。

“他找我干吗？”凯瑞丝睡眼惺忪地问。

“我不知道，副院长嬷嬷。”

她当然不知道。凯瑞丝赶紧起床，披上一条斗篷。

她在回廊中停住脚步。她长长地喝了一通水，狠吸了几口夜间的冷空气，清醒了一下她昏睡的头脑。她想给主教留个好印象，以便在认可她当选女修道院副院长一事上不至节外生枝。

劳埃德副主教已经在医院里了，他面色疲惫，尖头的长鼻子冻得通红。“过来向你的主教致意。”他不高兴地说，仿佛她该不睡觉守候在这里似的。

她随他向外走去。一个手执火把的仆人站在门外。他们穿过绿地来到骑在马上的主教面前。

他是个小个子男人，却戴着一顶大帽子，他看上去营养丰富。

凯瑞丝用诺曼法语说："欢迎到王桥修道院来，主教大人。"

亨利怒冲冲地说："你是什么人?"

凯瑞丝以前见过他，但没和他说过话。"我是凯瑞丝姐妹，当选的女修道院副院长。"

"女巫。"

她的心往下一沉。戈德温准是已经设法毒害了亨利的头脑，反对她了。她觉得很气愤。"不，主教大人，这里没有女巫，"她话中的尖酸多于谨慎，"只有一群修女在为受瘟疫之害的镇子竭尽全力。"

他不理睬这番话。"戈德温副院长在哪里?"

"在他的宅第里。"

"没有，他不在!"

劳埃德副主教解释说："我们已经到过那儿了。那房子是空的。"

"真的?"

"是的，"副主教气恼地说。"是真的。"

这时，凯瑞丝瞥见了戈德温的猫：尾尖上是显眼的白色。见习生们都叫它"大主教"。那只猫走过大教堂的西侧，向立柱间的空处窥视，仿佛在寻找它的主人。

凯瑞丝吃了一惊。"真奇怪……或许戈德温决定与其他修士一起睡在宿舍里了。"

"他为什么要这么做?我希望没发生什么不妥的事情。"

凯瑞丝摇头表示没有。主教怀疑有男女之事，但戈德温没有那种罪孽的倾向。"他母亲染上瘟疫时，他反应失常，昏厥倒地了。他母亲今天去世了。"

"若是他身体不适，我倒认为他更可能要睡在自己的床上了。"

什么事都可能发生。戈德温因彼得拉妮拉患病而稍有出轨。凯瑞丝说："主教大人是否肯和他的一个助手说话呢？"

亨利不快地回答："我要是能找到一个倒好了！"

"或许我带劳埃德副主教到宿舍去……"

"你愿意的话，马上就去！"

劳埃德从一个仆人手中接过一根火把，凯瑞丝便带他快步穿过大教堂，走过回廊。如同修道院在夜间这种时刻一样，那地方阒无声息。他们来到通向宿舍的楼梯脚下，凯瑞丝便站住了。"你最好独自上去，"她说，"修女是不该看见床上的修士的。"

"当然。"劳埃德举着火把走上楼梯，把她撇在黑暗中。她满心狐疑地等候着。她听到他高叫："喂？"有一种莫名其妙的静谧。过了一会儿之后，他用一种古怪的声音向下面叫她："姐妹？"

"在呢？"

"你可以上来了。"

她觉得很困惑，爬上楼梯，进入了宿舍楼。她站在劳埃德身边，靠摇曳的火把光向房间里窥视。修士们的草荐整齐地沿墙排成两行——但上面都没有人。"这里一个人都没有。"凯瑞丝说。

"连个魂都没有，"劳埃德同意说，"到底出了什么事？"

"我不知道，不过我猜得出来。"凯瑞丝说。

"那就请启发我一下吧。"

"难道不是显而易见的吗？"她说，"他们已经跑掉了。"

肯·福莱特 作品

Ken Follett

无尽世界

World without End - III

上海译文出版社

[英]肯·福莱特——著 胡允桓——译

第六部分

一三四九年一月至一三五一年一月

六三

戈德温跑走时，把修士们的珍宝中一切值钱的东西和全部文档都随身带上了。其中也包括修女们从来未能从他上锁的柜子里取走的记录。他还拿走了圣物，连阿道福斯圣徒遗骨这一无价之宝的匣子都没落下。

凯瑞丝在事发后的上午发现了此事。那天是一月一日割礼节。她和亨利主教及伊丽莎白姐妹一起去了南交叉甬道的藏宝室。亨利对她的态度一本正经到僵硬的地步，这令她担忧；不过他性格乖戾，大概对别人都如此吧。

吉尔伯特·赫里福德被剥下的人皮依旧钉在门上，只是已渐渐变硬发黄，散发着微弱而明显的霉味。

但门没有关。

他们走了进去。自从戈德温窃取了修女的一百五十镑修建他的宅第以来，凯瑞丝还没进过这房间。因为自那次事件之后，她们就修了自己的金库。

当即一眼就看出发生什么事了。掩饰地下拱室的石板被抬起来而没有恢复原状，铁箍的柜子的顶盖掀开着。拱室和柜子已然空无一物。

凯瑞丝感到她对戈德温的轻蔑已经得到证实。他身为受过训练的医生、修士首领的教士，竟然在人们最需要他的时候逃走。这一下，所有的人肯定都会看清他的真实本性了。

劳埃德副主教怒气冲天。

“他把什么都拿走了!”

凯瑞丝对亨利说：“就是这个人想让你宣告我的当选无效。”

亨利主教哼了一声没作评论。

伊丽莎白竭力为戈德温的行径寻找托词。“我肯定，副院长大人带走珍宝是出于安全的考虑。”

这一下刺激得主教开了腔。“废话，”他干脆地说，“若是你的仆人偷光了你的钱袋，一句话不说就不见了，他不是保护你钱财的安全，他是盗窃。”

伊丽莎白又换了一种辩白。“我相信这是菲利蒙的主意。”

“那个副院长助理?”亨利满脸轻蔑，“负责的是戈德温，而不是菲利蒙。戈德温应该承担责任。”

伊丽莎白不再说话。

凯瑞丝心想，戈德温应该已经从他母亲的去世中恢复过来，至少暂时如此。能够说服修士一个不剩地追随他是个相当大的成功。她想不出他们能跑去哪里。

亨利主教也在思考着同一个问题。“这帮丧家之徒跑哪儿去了呢?”

凯瑞丝想起梅尔辛曾劝她离开。他说过，到威尔士或爱尔兰去，找一处一两年之内都不见陌生人的偏僻村庄。她对主教说：“他们会藏在某个人迹罕至的与世隔绝的地方。”

“弄清确切的地方。”他说。

凯瑞丝意识到，戈德温这一逃跑，对她当选的一切反对之声都已消失。她感到了胜利，竭力不喜形于色。“我要在镇上询问一下，”她说，“应该有人看见他们出走的。”

“好的，”主教说，“不过，我认为他们不会很快就回来，所以在这一时期，你得尽你所能在没有男人的情况下做好一切。由修女们尽量正常地继续下去。如果你找得到一个活着的教区教士就让他到大教堂来做弥撒。你不能做弥撒，但你能听忏悔——由于神职人员有众多死亡，大主教给予特许。”

凯瑞丝不会让他略过她当选的问题。“你认定我做副院长了吗?”她问。

“当然啦。”他不耐烦地说。

“这样看来，在我接受这一荣誉之前——”

“你没什么决定要做，副院长嬷嬷，”他气恼地说，“服从我是你的职责。”

她极其渴望这一位置，但她决定装出另一副样子。她要提出一个难以企及的条件。“我们生活在特别时期，是吧?”她说，“你给予了修女们听取忏悔的权利。你已缩短了教士的培训时间，但你对他们任命的迅速依旧赶不上瘟疫造成的死亡，这是我听到的。”

“你是不是把教会面临的困难有意用来达到你自己的某些目的?”

“不是，但是需要你做些事情使我得以执行你的指示。”

亨利叹了口气。他显然不想这样被追问着谈话。不过，恰如凯瑞丝预见的，他需要她胜过她需要他。“好吧，你说是什么?”

“我想要你召集一次教会法庭，重新审理我的巫术一案。”

“为了上天的缘故，为什么呢?”

“当然是明确我无辜。这件事不办，我就难以实施权力。任何不同意我的决定的人都会指出我受过指控，从而轻而易举地拆我的墙脚。”

劳埃德副主教那当书记的小算盘使他同意这个主意。“把这件事一劳永逸地妥善解决只有好处，主教大人。”

“那好吧。”亨利说。

“谢谢你。”她感到一阵轻松愉快，还低下头去，唯恐喜形于色。“我要尽最大努力为王桥女修道院副院长这一职务增光。”

“抓紧时间调查戈德温的去向，我希望在我离开镇子之前，能有个答复。”

“教区公会的会长是戈德温的一个密友。要是有人知道他们的下落的话，就应该是他。我这就去见他。”

“请你马上去吧。”

凯瑞丝走了。亨利主教毫无魅力，但看来还干练，她觉得她可以跟他合作。或许他是那种人：以事情的是非曲直为基础作出决定，而不是站在他认为可以引为同盟的人的一边。那将是一个令人兴奋的变化。

经过贝尔客栈时，她禁不住想过去告诉梅尔辛她的好消息。然而，她觉得她还是要先找到埃尔弗里克。

在“神圣灌木”旅馆前面的街上，她看到染匠邓肯躺在地上。她妻子温妮坐在小店门外的板凳上，哭泣着。凯瑞丝以为那人大概是受了伤，但温妮说：“他喝醉了。”

凯瑞丝吃了一惊。“还没到吃正餐的时间呢！”

“他叔叔染匠彼得害了瘟疫，故去了。他的妻子儿女也全都死了，所以邓肯就继承了他的全部家财，可他只知道把钱花到酒上。我不知道该怎么办呢。”

“咱们把他送回家去，”凯瑞丝说，“我来帮你扶他起来。”她俩一边一个架着邓肯的胳膊，扶他站好。他站直之后，她们便半拖半搀地沿街送他回家。她们放他躺倒在地，给他盖上一条毯子。温妮说：“他每天都是这样。他说不值得干活了，因为我们都会害瘟疫死掉的。我该怎么办呢？”

凯瑞丝寻思了片刻。“现在趁他睡着，把钱埋进花园里。等他清醒了，就告诉他，他赌钱全输给一个小贩，而那人已经走掉了。”

“这倒可以做一下。”温妮说。

凯瑞丝穿过街道来到埃尔弗里克的家，走了进去。她姐姐艾丽丝正坐在厨房里缝袜子。自从艾丽丝嫁给埃尔弗里克以来，姐妹俩便疏远了，仅余的一点关系，也由于埃尔弗里克在异教审讯中作伪证反对凯瑞丝，而破坏殆尽了。艾丽丝被迫在妹妹和丈夫之间抉择，她便对埃尔弗里克忠心耿耿了。凯瑞丝虽然理解这一点，但这意味着她姐姐与她已形同路人。

艾丽丝见到她，赶紧放下缝活，站起身来。“你来这里干吗?”她说。

“修士们全都跑了，”凯瑞丝告诉她，“他们准是在夜里走的。”

“原来是这么回事!”艾丽丝说。

“你见到他们了吗?”

“没有，可我听到了一整队人马的声音。他们动静不大——这会儿我想起来，他们实际上是尽量悄无声息的——可你没法阻止马匹不出声，而人只是弄出沿街走路的声音。他们惊醒了我，可我没起身去看——天太冷了。就因为这，十年来你才头一次登我家的门吗?”

“你不知道他们打算跑掉?”

“他们是跑掉了吗?因为瘟疫?”

“我这样揣摩。”

“当然不是啦。没得病的医生们是干什么吃的?”艾丽丝对这种行为不解，完全是站在她丈夫保护人的一边，“我想不通。”

“我在琢磨埃尔弗里克是不是了解一些内情。”

“就算他知道，也没跟我说。”

“我在哪儿可以找到他?”

“在圣彼得教堂。银匠里克给教堂留下了些钱，那位教士决定把中殿的地面铺一铺。”

“我去问问他。”凯瑞丝想不好自己该不该做一点礼貌的姿态。艾丽丝没有亲生孩子，但有个继女。“格丽塞尔达还好吧？”凯瑞丝问。

“很好，很幸福。”艾丽丝的话中带一些挑战的味道，似乎她认定凯瑞丝巴不得格丽塞尔达倒霉呢。

“你的外孙呢？”凯瑞丝无法用那孩子的名字：梅尔辛。

“挺可爱的。另一个又快生了。”

“我为她高兴。”

“是啊，现在看来，她没嫁给你的梅尔辛倒是对了。”

凯瑞丝不肯再拖下去了。“我去找埃尔弗里克吧。”

圣彼得教堂在镇子的西头。凯瑞丝穿过弯曲的街道西行时，遇上了两个男人在斗殴。他们互相谩骂，还粗野地动起了拳头。两个女人，大概是他们的老婆，在高声辱骂，一小伙邻居则在看热闹。最近的一个住家的房门已经倒在地上。近旁是个细枝编的笼子，里面扣着三只活鸡。

凯瑞丝走到他们跟前，站到两人中间。“这会儿别打了，”她说，“我以上帝的名义命令你们。”

他们不用怎么劝就住手了。他们大概动了几下手就消掉了怒气，如今有个台阶停下正求之不得呢。他们各自退后，都垂下了手臂。

“这是怎么回事？”凯瑞丝质问。

他俩同时开口，还有他们的老婆。

“一次一个人说！”凯瑞丝说。她指着两个男人中个子大些的那个，那是个深发汉子，他的好模样被青肿的眼窝破坏了。“你是铁匠乔，是吧？解释一下吧。”

“托比·彼得森偷杰克·马洛的鸡，让我抓住了。他打破了门。”

托比是个小个子，却有一只斗鸡的勇气。他嘴唇还流着血，说着：“杰克·马洛欠我五先令——我拿那几只鸡有理！”

乔说：“杰克和他的全家两个星期之前得瘟疫死了。我从那时起就养着他的那几只鸡。要不是我，鸡早死了。要是说有人该拿这几只鸡，就是我了。”

凯瑞丝说：“好啦，你们俩都有理拿鸡，对吧？托比是因为那笔债，而乔是因为花钱养了那些鸡。”

他们听说两人都有理，都像是吃了一惊。

凯瑞丝说：“约瑟夫，从笼子里取出一只鸡。”

托比说：“等一等——”

“相信我，托比，”凯瑞丝说，“你知道我不会待你不公的，是吗？”

“好吧，我没法否认……”

乔打开鸡笼，抓着脚爪，拿出一只褐羽瘦鸡。那只鸡的头来回扭着，仿佛惊讶地看见这个世界上下翻了个儿。

凯瑞丝说：“现在把鸡交给托比的妻子。”

“什么？”

“我会骗你吗，约瑟夫？”

乔不甘心地把鸡递给了托比的老婆——一个绷着脸的那种好看女人。“那就拿着吧，简。”

简欣然接过了鸡。

凯瑞丝对她说：“现在，谢谢乔。”

简面带微怒，但还是说：“我谢谢你啦，约瑟夫铁匠。”

凯瑞丝说：“托比，现在把一只鸡给铁匠艾莉。”

托比顺从地笑着照做了。乔的老婆艾莉捧着怀孕的大肚子，笑着说：“谢谢你，托比·彼得森。”

他们都恢复了常态，开始认识到了自己刚才的愚蠢行为。

简说："第三只鸡怎么办?"

"我就要处理它了。"凯瑞丝说道。她瞧了瞧看热闹的人群，指着一个十一二岁、模样机灵的女孩。"你叫什么名字?"

"我叫杰西卡，副院长嬷嬷——治安官约翰的女儿。"

"把那只鸡送到圣彼得教堂去，交给迈克尔神父。就说托比和乔会去为贪心罪请求宽恕。"

"是的，嬷嬷。"杰西卡拿起第三只鸡走开了。

乔的妻子艾莉说："你可能还记得，凯瑞丝嬷嬷，你帮助过我丈夫的小妹妹米妮，那是在她让炉子烫了胳膊的时候。"

"噢，是的，我当然记得，"凯瑞丝说。她想起来，那次烫伤很吓人。"她如今该十岁了吧。"

"没错。"

"她挺好吧?"

"好极了，谢谢你，还有上帝的仁慈。"

"很高兴听到她好。"

"你愿意到我家来喝一杯淡啤酒吗，副院长嬷嬷?"

"我愿意啊，可是我正忙着呢。"她转身面对那两个男人，"上帝祝福你们，别再打架了。"

乔说："谢谢你。"

凯瑞丝走了。

托比在后边喊她："谢谢你，嬷嬷。"

她挥了挥手，头也没回地匆匆走了。

她注意到还有好几家的门像是被打破了，估计是在主人死后遭了劫。她心想，得有人管管这种事。但由于埃尔弗里克当着会长，副院长又不见人影，没人主动过问这些事。

她到了圣彼得教堂，看到埃尔弗里克带着一队铺地工和他们的学徒在中殿干活。四下里到处都码放着石板，人们在地面上做着准备工作：倒上沙子并用细棍刮平。埃尔弗里克在检查表面是否平整，使用的是一件很复杂的工具：一个木框中垂下一根线，头上吊着一个铅尖。那工具外形有点像微型绞架，使凯瑞丝想起，埃尔弗里克曾在十年前要为巫术把她绞死。她奇怪地发现自己对他并不憎恨。他干出那等事完全是由于猥琐和狭隘所致。她对他除去蔑视也就没有别的看法了。

她等他的活儿告一段落，便直截了当地问："你知道戈德温和所有的修士都跑了吗？"

她本想出其不意，但从他震惊的表情来看，他事先毫不知情。"他们为什么要……？什么时候……？噢，是昨天夜里？"

"你没看到他们？"

"我听说了一些情况。"

"我看到他们了。"一名铺地工说。他俯在他的铁锹上说话。"我从'神圣灌木'旅馆出来。天已经黑了，可他们举着火把。副院长骑着马，别人都步行，不过他们像是有行李：成桶的葡萄酒和一卷卷的干酪，还有些我不知道是什么东西。"

凯瑞丝已经知道了戈德温搬空了修士的食品贮藏室。他没有设法带走修女们的食物，因为是分别存放的。"当时几点？"

"不算很晚——大概是九十点钟吧。"

"你跟他们说话了吗？"

"只是道了句夜安。"

"有什么线索他们可能到哪儿去了吗？"

那工匠摇了摇头。"他们过了桥，可我没看清他们在绞架路口那儿走了哪条道。"

凯瑞丝转向埃尔弗里克。"回想一下过去的几天。戈德温对你说过什么，现在想起来可能跟出走有关的事吗？提到什么地名——

蒙茅斯、约克、安特卫普、不来梅吗？”

“没有。我没有线索。”由于没有事先得到通知，埃尔弗里克满脸不高兴，凯瑞丝由此推断，他讲的是实情。

要是埃尔弗里克觉得惊讶，别人就更不大可能知道戈德温的计划了。戈德温要逃避瘟疫，显然他不想别人追赶他，再把疾病带去。早早离开，到远处去，多在外边待些时间，这是梅尔辛说过的。戈德温可能去任何地方。

“要是从他或者别的修士那里听到什么，请你告诉我。”凯瑞丝说。

埃尔弗里克什么也没说。

凯瑞丝提高了嗓门，让所有的工人都能听到：“戈德温偷走了所有的珍贵饰物。”她说。人们愤慨地议论着。人们都觉得自己是大教堂饰物的主人——的确，比较富有的工匠都为这些珍宝出过钱。“主教想要他们回来。任何帮助戈德温的人，哪怕只隐瞒他们的去处，都是犯有渎神罪。”

埃尔弗里克神情困惑。他把他的生活置于巴结戈德温的基础之上。如今他的庇护人却跑了。他说：“说不定有些完全无辜的解释……”

“就算有，戈德温对谁也不说？哪怕留下一封信呢？”

埃尔弗里克语塞了。

凯瑞丝意识到，她必得对全体有头面的商人讲一讲，而且越早越好。“我希望你能召开一次会议。”她对埃尔弗里克说。随后她又想起了一个更有说服力的方式。“主教想要教区公会在今天正餐后开会。请通知各会员。”

“好吧。”埃尔弗里克说。

凯瑞丝心知，怀着好奇心，他们都会出席的。

她离开圣彼得教堂，返回修道院。她在经过白马客栈时，看到了一件事，便停下了脚步。一名少女在和一位年长些的男人说话，他们相互间的反应引起了凯瑞丝的暴怒。她一向对女孩子的脆弱感觉敏锐——或许是因为她联想起了自己的青春期，或许是因为她从来没有生下来的那个女孩。她躲进一个门洞，打量起他们。

那男人除了戴着顶昂贵的皮帽，衣着很寒碜。凯瑞丝不认识他，但猜测他是个壮工，那顶帽子是家传的。死了那么多人，留下了太多的奢侈品，时常都能看到这种古怪景象。那女孩也就是十四岁上下，面容姣好，少女身材，凯瑞丝不赞成地看着，她正在卖弄风情；只是不大成功。那男人从钱袋里取出钱，看样子在争论。随后那男人就抚弄起少女的雏胸。

凯瑞丝看够了。她大步走到他俩跟前。那男人看了一眼她的修女装束，便赶紧走开了。那女孩的样子既负疚又不满。凯瑞丝说：

“你在干什么呢——想出卖肉体吗？”

“没有，嬷嬷。”

“说实话！你为什么让他摸你的乳房？”

“我不知道该怎么办！我没有一点东西可吃，这会儿你又把他赶跑了。”她放声哭了起来。

凯瑞丝相信这女孩在挨饿。她面黄肌瘦。“跟我来，”凯瑞丝说，“我会给你吃的。”

她拉起少女的胳膊，领着她向修道院走去。“你叫什么名字？”她问。

“伊丝梅。”

“多大了？”

“十三岁。”

她们来到修道院，凯瑞丝带伊丝梅进了厨房，里面正在一名叫乌娜的见习修女的监督下准备修女的正餐。约瑟芬妮厨师害瘟疫躺倒了。“给这孩子一些面包和黄油。”凯瑞丝对乌娜说。

她坐在一旁看着女孩吃东西。伊丝梅显然已有好几天没有东西下咽了。她足足吃下一半四磅重的大面包，才放慢了速度。

凯瑞丝给她倒了一杯苹果汁。“你怎么会挨饿呢？”她问。

“我们全家人都死于瘟疫了。”

“你父亲是干什么的？”

“裁缝，我也能缝得很细密的，可是没人买布啊——他们可以从死人家中随便拿什么。”

“所以你才想出卖自己的肉体了。”

她垂下眼皮。“我很难过，嬷嬷。我太饿了。”

“这是你的头一次吗？”

她不敢看凯瑞丝，只是摇了摇头。

盛怒的泪水涌进了凯瑞丝的眼窝。什么样的男人肯和一个饥饿的十三岁女孩发生关系呢？“你愿意住在这里，和修女们在一起，并且在厨房干活吗？”她说，“你会有好多吃的。”

伊丝梅热切地抬眼看着。“噢，当然，嬷嬷，我愿意。”

“那你就留下来吧。就从帮忙准备修女的正餐开始。乌娜，这儿有个新的帮厨。”

“谢谢你，凯瑞丝嬷嬷，我太需要人手了。”

凯瑞丝离开厨房，一路思索着走过大教堂准备午时经祈祷。瘟疫不仅是身体上的疾病，这是她刚刚认识到的。伊丝梅逃过了病魔，可她的灵魂却陷入了危机。

亨利主教主持祈祷，凯瑞丝得以遐想。她决定，在教区公会的会议上，她要讲的不止是修士们逃跑的事。眼下应该把镇子组织起来，与瘟疫的后果斗争。可是怎么做呢？

她在午餐时把这些问题又思索了一遍。由于各种原因，这倒是个作出重大决策的大好时机。由主教在这里作她权力的后盾，她倒可以推行一些本来可能遇到反对的措施。

这也是她可以向主教索取的恰当时刻。这个主意给人很多遐想的空间……

饭后，她到副院长宅第去见住在那里的主教。他正和劳埃德副主教坐在桌旁。他们的饭食是由修女厨房提供的，他俩在那里喝着葡萄酒，修道院的一名仆人在清理餐桌。“我希望你吃得满意，主教大人。”她郑重地说。

他不像平素那么乖戾了。“午饭很好，谢谢你，凯瑞丝嬷嬷——那条狗鱼很可口。有什么跑掉的副院长的消息吗?”

“他似乎很留心地没对他的去向留下任何线索。”

“令人失望。”

“我在镇上走着四下打听时，看到了好几件令人烦恼的事情：一个十三岁的女孩在卖淫；两个平日守法的公民为了一个死者的财产动了手；一个男人大中午的醉得人事不省。”

“这都是瘟疫的恶果。哪儿都一样。”

“我相信我们得采取行动抵制这些恶果。”

他扬起了眉毛。看来他还没想到要采取行动。“怎么办呢?”

“男修道院副院长是王桥的大总管。是他负责这些事的。”

“可他跑掉了啊。”

“身为主教，你从技术上就是我们的正院长。我相信你应该在王桥长期待下来，管理起这座镇子。”

其实这是她最不想要的。所幸，主教同意的机会极小：他在别处的事情太多了。她只是想逼他无路可走。

他迟疑着，她一时之间担心她可能看错了他，他可能会接受这一建议呢。他随后说道：“不可能的。主教管区内的各个镇子都有同样的问题。夏陵更糟糕。我的教士们一个个死去之际，我得设法把基督教的机制拢在一起。我没有时间操心醉酒和卖淫的事。”

“也罢，得有人担起王桥副院长的职责。镇子需要道德上的领袖。”

劳埃德副主教插话说：“主教大人，这里还有个由谁来接管属于修道院的钱财，维护大教堂及其他建筑物，管理土地和农工……的问题。”

亨利说：“好吧，就由你来做这一切吧，凯瑞丝嬷嬷。”

她假作思考这一提议，仿佛她还没想到似的。“我能处理一切次要问题——经管修士们的钱财和土地——可是我无法做你能做的事，主教大人。我不能主持圣餐仪式。”

“我们已经讨论过那件事了，”他不耐烦地说，“我正在尽快地培训新教士。但别的事你都能做。”

“这简直像是你要我担起王桥副院长的职责了。”

“我正是这样想的。”

凯瑞丝谨慎地不流露出她的欢欣鼓舞。这事好得难以置信了。就各方面而言，她都有权管理，只是要把她不屑于管的事情除外。还有什么隐蔽的难点没想到的吗？

劳埃德副主教说：“你最好让我给她写一封信保证这一切，以备她需要强调她的权力之需。”

凯瑞丝说：“如果你想要这镇子遵从你的希冀，你就需要给他们一个印象：这是你个人的决定。教区公会的会议就要开始了。如果你愿意，主教，我希望你出席并当场宣布。”

“好吧，咱们就走。”

他们离开了戈德温的宅第，沿主街来到公会大厅。会员们全都等候听修士们的消息。凯瑞丝先发言，讲了她所知的情况。好几个人都看到或听说了头一天天黑之后的动静，不过，谁也没想到哪怕有一个修士出走呢。

她要求他们注意过路人的谈话，有没有见到路上有大批修士带着许多包裹行进。

“但我们必须做好准备，修士们可能不会很快回来。主教大人要宣告一些与此相关的事。”

亨利清了清嗓子，说：“我已经认可了选举凯瑞丝当女修道院副院长，我指定她为执行副院长。你们都要高兴地把她作为我的代表和一切事务的大总管来看待，只有专门任命的教士要做的事情不在其内。”

凯瑞丝注视着众人的面孔。埃尔弗里克愤愤不平。梅尔辛略带微笑：猜想她为这位置已经亲自出马，为她也为全镇庆幸；只有他嘴角沮丧的扭动声明，他明白这会使她远离他的怀抱。其余的人全都喜形于色。他们了解而且信赖她，她的一留和戈德温的一跑，更让他们对她忠诚。

她要充分发挥这一点。“在我上任执行副院长的第一天，有三件事我要紧急关照一下，”她说，“第一是酗酒。今天我见到染匠邓肯午饭前就在街道上不省人事了。我相信这说明了镇上的一种堕落气氛，这是在这次可怕的危机中我们最不应有的事。”

人们发出一片响亮的赞同声。教区公会是镇上商人中老成持重的人把持的。即使他们一早多喝了几杯，也会待在家里不让人看到。

凯瑞丝继续说：“我想给约翰治安官一项额外的职责，要求他逮捕白日酗酒的人。他可以把醉汉关进牢房，等醒过来再释放。”

连埃尔弗里克都点头称是了。

“第二是没有继承人的死者财产处理问题。今天上午，我发现铁匠约瑟夫和托比·彼得森为了属于杰克·马洛的三只鸡在街上打架。”

两个大男人为这种小事动手，这事引起人们哄堂大笑。

凯瑞丝对解决这一问题已胸有成竹。“原则上，这样的财产要转到领主名下，对王桥居民而言，就是修道院。然而，我不想让教堂建筑物里塞满旧衣服，因此我提议把这规矩改一改，不过问那些家产不足两镑的人。而死人家的两个近邻应该把房子锁起来，确保东西不被拿走；然后其家产应由教区教士登记造册，还要听取任何债权人的要求。在没有教士的地方，可以来找我。在一切债务都已偿还之后，死者的个人财产——衣物、家具、食品和饮料——就在邻居中均分，现金则上交给教区教堂。”

这一提议同样得到了广泛的赞同，大多数人纷纷点头称是。

“最后，我发现在白马客栈门外有一个十三岁的孤女想卖身。她叫伊丝梅，她这么做是因为没东西吃。”凯瑞丝以挑战的眼色扫视着房间。“谁能告诉我，在一个基督教化的镇子里，这种事是怎么发生的呢？她的全家都死光了——可他们就没有朋友和邻居了吗？是谁让一个孩子挨饿的呢？”

屠夫爱德华低声说：“裁缝家的那个伊丝梅是个行为不端的孩子。”

凯瑞丝不接受借口。“她才十三岁！”

“我只是想说，给了她东西，她可能也会踩在脚下的。”

“从什么时候开始，我们允许孩子为自己做出这种决定了？如果一个孩子是孤儿，我们每一个人都有责任照顾她。不然的话，我们的宗教信仰又何在呢？”

他们都面带着羞愧之色了。

“将来，只要有了孤儿，我要两家近邻把那孩子带给我。不能被安置在友善家庭里的孩子就住进修道院。女孩子可以和修女住，我们还要把修士宿舍改成男孩的卧室。他们都可以在上午上课，下午干些适当的活计。”

对此也都一致赞成。

埃尔弗里克说话了。“你说完了吗，凯瑞丝嬷嬷？”

“我说得差不多了，除非有人想对我的提议讨论些细节。”

没人发言了，会员们都在座位上挪动着，仿佛会议就要结束了。

这时，埃尔弗里克说："这里有些人可能记得，他们选了我当公会的会长。"

他的语气里愤愤不满。众人都坐立不安了。

"我们现在看到王桥的男修道院副院长犯有盗窃罪，而且未经审判就定罪了。"他继续说。

这番话效果很坏。不满的议论纷纷响起。没有人认为戈德温是清白的。

埃尔弗里克无视众人的情绪。"我们像奴隶似的坐在这里，听凭一个女人向我们宣讲这城里的法律。凭谁的权力要把醉汉关禁闭？是她的。谁是遗产继承的最终法官？是她。谁来安置城里的孤儿？还是她。你们来这里干吗的？你们不是男子汉吗？"

面包师贝蒂说："不是。"

男人们都哄堂大笑起来。

凯瑞丝决定不打断他。没有必要。她瞥了一眼主教，不知他是否会公开反对埃尔弗里克，只见他向后靠着，嘴巴紧闭：显然他也明白埃尔弗里克在打一场败仗。

埃尔弗里克提高了嗓门。"我说，我们反对一名女性副院长，哪怕是执行副院长，而且我们不承认女修道院副院长有权到教区公会来发号施令！"

好几个人嘀咕着不同意见。有两三个人还站起身，像是厌恶得要走。有人叫道："算了吧，埃尔弗里克。"

他还在坚持。"就是这个女人曾被证明施行巫术，并被判处死刑！"

这时，所有的人都站了起来。其中一个走出了门。

"回来！"埃尔弗里克嚷着，"我还没有结束会议呢！"

没人理睬他。

凯瑞丝在门口和人群走到一起。她朝主教和副主教走过去。她是最后离开的。她在出口处回头，看到了埃尔弗里克。他孤零零地坐在房间的尽头。

她走了出去。

六四

那是十二年前，戈德温和菲利蒙造访了林中圣约翰修道院的斗室。戈德温记得那里田地的整洁、篱笆的齐整、沟渠的清澈，以及果园中成排的苹果树，都给他留下了深刻的印象。如今还保持了原有的风貌。显然，白头扫罗也没变。

戈德温一行穿过上了冻的棋盘格般的田地，朝修道院的建筑群走去。他们走近时，戈德温看到了那里的一些发展。十二年前，那座有回廊和宿舍的小教堂曾由一些散乱的小型木头建筑环绕：厨房、马厩、奶房和面包坊。如今，那些不结实的木制外围建筑已经消失，与教堂连在一起的石头建筑院落相应地竖起。“这院子比先前更安全了。”戈德温评论说。

“我猜，是防御从对法战争归来的士兵的日益增加的不法行为。”菲利蒙说。

戈德温皱起了眉头。“我不记得请我批准过建筑项目啊。”

“是没有。”

“嗯。”不幸的是，他没法抱怨。可能有人会问，除非戈德温疏于监督，扫罗怎么会完成如此的工程而不为戈德温所知呢。

何况，这里符合他此行的目的，易于对外人封锁消息。

两天的行程让他平静了一些。母亲之死将他抛进了恐惧的狂乱。他在王桥待的每时每刻，都让他感到自己必死无疑。他总算控制住自己的感情，才在修士大会上讲了话，并组织了这次出走。尽管他讲得头头是道，仍有少数几个修士对逃跑心存疑虑。所幸，他们都发誓要服从，而且他们唯命是从的习惯也控制了局面。然而，直到他们一行人在火把照耀下渡过双桥，走进黑夜之前，他始终忐忑不安。

他依旧感到身临深渊。他不时地想起一些事，想问问彼得拉妮拉的主意好做出决定，随后才意识到他再也得不到她的忠告，这时极端痛苦便会升起，让他如骨鲠在喉。

他在逃离瘟疫——但他应该早在三个月前就采取这一行动，当时马克·韦伯刚死。他是不是太迟了？他压下恐惧。在他与世隔绝之前，是没有安全感的。

他把思绪强扭到当前。一年的这个季节，地里不见人，但在修道院前面有一码宽的熟土地上，他看到一小伙修士在干活：一人在钉马掌，另一个人在修犁，余下的一小组人在转动苹果压榨机的杠杆。

他们全都停下了手中的活计，惊愕地瞪着这群向他们走来的访客：二十个修士，六七个见习修士，四辆大车和十匹驮马。除去修道院的仆人，戈德温率队倾巢出动了。

在苹果压榨机处工作的修士当中，有一个人离开了同伴，走上前来。戈德温认出他就是白头扫罗。他们曾在扫罗一年一度拜访王桥时见过面，但此时戈德温才第一次注意到扫罗那醒目的浅黄色头发中有丝丝灰发。

二十年前，他们曾在牛津同窗。扫罗当年是学生中的佼佼者，头脑聪敏，能言善辩。他还是他们当中最虔诚的教徒。若是他不那么精神崇高，完全可以当上王桥修道院的副院长的，但他却从长远考虑他的前程，而没有将这种事情交由上帝去取舍。结果，当安东尼副院长辞世，举行副院长选举时，戈德温便轻易地挤掉了扫罗。

扫罗毕竟不是弱者。他那种正直不阿的品性，让戈德温畏惧三分。对于今天戈德温的计划，他会顺从配合呢，抑或制造麻烦呢？戈德温再次压下慌乱的心情，强作镇静。

他仔细地端详着扫罗的面孔。这位圣约翰修道院的副院长见到他颇感意外，不悦之色溢于言表。他认真地做出一副客气欢迎的模样，但是并无笑容。

在当年的选举活动中，戈德温曾使每个人都相信，他无意谋求那个职务，但他排除掉了一切其他合理的人选，其中也包括扫罗。扫罗是否怀疑过自己是如何被蒙蔽的呢？

“日安，副院长神父，”扫罗在走近时说道，“这可是飞来之福。”

看来他并不打算公开表示敌意。他无疑会认为，敌意的举止与他服从的誓言相牴牾。戈德温松了一口气。他说：“上帝祝福你，我的孩子。自从我造访我在圣约翰的孩子们以来，已经过去好久了。”

扫罗看着那些修士、马匹和装满供应品的车辆。“看来这不仅是一次简单的拜访。”他没有主动表示要帮戈德温下马。仿佛他需要一个解释，然后才会邀他们入内——这当然很可笑：他无权将他的上司拒之门外。

反正，戈德温已经有了解释。“你听说瘟疫的事了吗？”

“传言，”扫罗说，“很少有来访者给我们带来消息。”

这就好。把戈德温吸引到这里来的，正是这里缺少访客。“那种病害死了王桥的几百人。我担心会把修道院也抹掉了。所以我就把修士们都带到了这里。这恐怕是确保我们幸免于难的唯一途径了。”

“无论你们出于何种理由来访，你们在这里当然是受欢迎的。”

“这是不消说的。”戈德温僵硬地说。他被逼得要自我表白，使他十分恼怒。

扫罗像是在思虑。“我想不好让大家睡在哪里……”

“我来决定好了，”戈德温重新摆出一副上司的架式，说，“你的厨房为我们准备晚餐时，你可以带我四下看看。”他没用人扶就下了马，走进了修道院。

扫罗只好跟在后边。

整个地方有一种整洁但光秃的景象，表明扫罗严格执行修士清贫生活的誓言。但今天，戈德温倒是对这里随时都可对外封闭更感兴趣。所幸的是，扫罗重视秩序和控制的观念使他在规划建筑物时留下了极少的入口。只有三条路可以进入修道院：厨房、马厩或教堂。每处入口都设有牢固的大门，可以闩得严严实实。

宿舍很狭小，通常仅供九到十名修士居住，副院长也没有另外的卧室。唯一能够适合额外的二十名修士居住的地方是教堂。

戈德温想到要把宿舍占作己用，但那就没地方存放大教堂的珍宝了，而且他还想存在近处。幸好，小教堂还有一间小小的侧室可以关闭，戈德温就把那里设作他个人的私室。王桥其余的修士便在中殿压过的土地上面铺上草，充分利用了空间。

食品和酒水被存到厨房和地窖，但菲利蒙把饰物都拿到戈德温的卧室里来了。菲利蒙跟圣约翰的修士们聊过天。“扫罗有他一套管理方法，”他报告说，“他要求修士们对上帝和《圣本笃戒律》严格遵守，他们说，他并不让自己高高在上。他睡在宿舍，和别人吃一样的饭菜，总之是没有特权。不消说，大家都为此而爱戴他。不过，有一个修士时常受到惩罚——便是乔奎尔兄弟。”

“我记得他。”乔奎尔在王桥当见习修士时总是惹麻烦——迟到、邋遢、懒散和贪婪。他没有自制力，进入修道院生活大概是由于他不能自控而只好由别人加强对他限制的一种手段。“我怀疑他能对我们有所帮助。”

“给他半点机会，他就会出格，”菲利蒙说，“不过他没有威信。谁也不会跟他走的。”

“他们对扫罗就没有怨言吗？他有没有晚睡，逃避不愉快的杂活，或者自己喝葡萄美酒的行为？”

“显然一点没有。”

“嗯。”扫罗跟以往一样刚正不阿。戈德温感到失望，却并不奇怪。

在晚祷时，戈德温注意到圣约翰的修士是多么庄严穆，一丝不苟。多年来，他总是把问题修士送到这里来：反叛的，多病的，质疑教会教诲而对异端感兴趣的。扫罗从不抱怨，从来没退回过什么人。他似乎有本领把这样的人变成模范修士。

晚祷之后，戈德温打发大多数的王桥修士去食堂吃饭，只把菲利蒙和两个年轻力壮的修士留了下来。他们把教堂攫为己有之后，他吩咐菲利蒙看好从回廊来的入口，然后命令两个年轻修士移开雕花木制圣坛，在原地挖下坑。

坑挖到足够的深度之后，戈德温从他的房间拿来大教堂的饰物，准备埋到圣坛之下。但没等他干完，扫罗就来到门口。

戈德温听到菲利蒙说：“副院长大人愿意单独待一会儿。”

随后传来扫罗的声音。“那他该亲口告诉我。”

“他要我这么说。”

扫罗的声调提高了。“我不该被关在自己的教堂门外——至少不能受你之阻！”

“你是不是要对我，王桥的副院长助理动武呢？”

“你若是继续挡我的路，我就抓起你，把你扔进泉水里。”

戈德温出面了。他本想不让扫罗知道这件事的，但看来是不成了。“让他进来吧，菲利蒙。”他叫着。

菲利蒙让开路，扫罗阔步迈进。他看到了那些口袋，二话不说就打开一个袋口，向里面看着。“我的天!”他惊呼一声，抽出一件镀银的祭坛用瓶，“这都是些什么?”

戈德温本来禁不住要告诉他别多问上司的事。扫罗可能会接受这样的斥责，因为他笃信谦恭，至少也守本分。但戈德温不想让怀疑在扫罗的头脑中滋长，因此便说：“我随身带上了大教堂的珍宝。”

扫罗做出不屑的样子。“我认为这些华而不实的东西对一座宏伟的大教堂是适合的，但在林中简陋的小教堂来说就不得其所了。”

“你用不着看的，我打算藏起来。你知道藏宝之地并无妨碍，尽管我不想让你因知情而增加负担。”

扫罗仍然面带疑虑。“为什么要带出来呢?”

“为安全起见。”

扫罗不是轻易就说服得了的。“我很奇怪，主教竟然愿意把这些东西搬走。”

当然没有询及主教，但戈德温没有说。“在这种时刻，王桥的情况糟透了，我们不敢保证这些饰物即使在修道院中也是安全的。”

“不过总比这儿安全，是不是? 我们这里周围净是强盗，知道吗? 感谢上帝，你来时没在路上遇到他们。”

“上帝关照着我们。”

“但愿还有他的珍宝。”

扫罗的态度简直称得上犯上了，但戈德温并没有指责他，唯恐过激的反应会意味着罪孽。然而，他汗意到扫罗的恭顺是有限度的。或许扫罗终究还是知道，十二年前他受了蒙骗。

这时戈德温说道：“去告诉全体修士在晚饭后还待在食堂里，我这儿的事一完，就去对他们讲话。”

扫罗接受了这句打发话，出了门。戈德温赶紧埋好大教堂饰物、修道院文档、圣者的遗骸，以及几乎全部的钱财。那两个修士把土回填到洞里，把松土踩实，再把圣坛恢复原位。还剩下一些浮土，他们运到外面，扔掉了。

随后他们就来到食堂。由于增添了王桥的人，小房间此时拥挤不堪。一名修士站在读经台上，读着《马可福音》中的一段，戈德温走进来时，他就停止了。

戈德温示意那个读经人找地方坐下，就站到了他的位置上。“这是一次神圣的撤退，”他开始了演讲，“上帝送来了这场瘟疫来惩治我们的罪孽。我们为了涤除那些罪孽而远离那座城镇的腐败影响，来到了这里。”

戈德温没打算敞开讨论，但扫罗却高声说道：“具体是什么罪孽呢，戈德温神父？”

戈德温即席发挥说：“男人向上帝的神圣宗教的权威挑衅；女人变得淫荡；修士们未能与女性社会彻底隔绝；修女们求助于异端和巫术。”

“要多久才能涤除这些罪孽呢？”

“待到瘟疫消除，我们就获胜了。”

圣约翰的另一名修士发言了，戈德温认出正是乔奎尔，他是个与众不同的大个子，眼中有一种狂野的神色。“你要如何涤清你自己呢？”

戈德温没想到，这里的修士居然如此随便地诘问他们的上司。“依靠祈祷、沉思和斋戒。”

“斋戒是个好主意，”乔奎尔说，“我们没有多余的食物可以分享。”

这番话引起了低低的笑声。

戈德温担心，他可能会控制不住他的听众。他敲着经桌要大家肃静。“从现在起，任何从外部世界来的人对我们都是危险，”他说，“我要把地界的所有门户从里面日夜关牢。没有我本人的同意，谁也不准出去，这条禁令只有在紧急情况下才可通融。一切来访者都要加以拒绝。我们要把自己锁在院内，直到瘟疫过去。”

乔奎尔说：“但要是——”

戈德温打断他的话：“我没要求作评论，兄弟。”他扫视了一圈房间，瞪得他们个个都闭上了嘴。“你们都是修士，职责就是服从，”他说，“现在，我们来祈祷吧。”

危机在第二天就到来了。

戈德温察觉到，他的命令只是暂时被扫罗和其他修士接受了。大家当时都惊呆了，一时之间，他们没有想出直接的反驳；于是，由于缺乏强有力的反抗的理由，他们都本能地服从了他们的上司。但他深知，他们必得作出决定的时刻终会到来。他只是希望那时刻不要来得太快罢了。

他们唱颂着晨祷。小教堂里寒气逼人。经昨晚不舒服的一夜，戈德温周身僵硬生疼。他怀念他那设有壁炉和软床的宅第。冬日清晨的灰光开始在窗中出现时，教堂沉重的西门响起了敲击声。

戈德温心情紧张了。他本想再有一两天来巩固他的地位。

他示意修士们不理睬那敲门声，继续他们的祈祷。可这时敲门声又加上了叫嚷声。扫罗起身向门口走去，但戈德温迟疑片刻之后，用双手做了个手势让他坐下，扫罗服从了。戈德温决定稳坐不动。只要修士们没有行动，那些来犯者自会走开。

然而，戈德温开始明白，要劝人们不动声色绝非易事。

修士们都走了神，无法集中唱赞歌。他们彼此间悄声议论，并回头向西门望过去。歌声变得杂乱无章，终于彻底停住，只有戈德温一人还在唱。

他感到恼火。如果他们都听从他的指挥，就可以不去理睬干扰。他因他们的懦弱而生气，只好离开他的位置，沿着短短的中殿，向门口走去。门是上了闩的。他叫道："怎么回事？"

"让我们进去！"传进来闷声闷气的回答。

"你们不能进来，"戈德温回叫道，"走开。"

扫罗出现在他身旁。"你想把他们从教堂轰走吗？"他用一种可怖的声腔说。

"我告诉过你，"戈德温答道，"禁止来人。"

敲门声重新响起。"让我们进去！"

扫罗高叫道："你们是谁？"

一阵停顿之后，一个声音说："我们是绿林中人。"

菲利蒙开腔了。"强盗。"他说。

扫罗气愤地说："和我们一样的罪人，也是上帝的孩子。"

"那也不是让他们杀害我们的理由。"

"或许我们应该弄清那是不是他们的意图。"扫罗走到门右侧的窗口前。教堂的建筑很矮，窗架刚好在眼睛的水平之下。窗子上都没镶玻璃：只有半透明的亚麻布百叶遮着挡寒。扫罗打开百叶，踮起脚尖往外看。"你们为什么到这儿来？"他叫道。

戈德温听到了回答。"我们有一个人病了。"

戈德温对扫罗说："我来跟他们说话。"

扫罗瞪了他一眼。

"让开。"戈德温说。

扫罗不情愿地服从了。

戈德温高叫："我们不能让你们进来。走吧。"

扫罗不信任地看着他。"你要轰走一个病人吗？"他说，"我们是教士和医生！"

"要是那人得的是瘟疫，我们对他束手无策。让他进来，我们就要死了。"

"那就听凭上帝之手吧，这是毫无疑问的。"

“上帝并不允许我们自杀。”

“你并不知道那人哪儿不舒服。他也许是断了手臂呢。”

戈德温打开门左侧的那扇对应的窗子，向外看。他看到一伙六个粗鲁汉子围着一副担架站着，他们已把担架放到了教堂门前。他们的衣服贵重但肮脏，如同穿着礼拜日的最好的衣服随便地睡过觉。这是典型的强盗：他们偷了过路人的精美服装，很快就穿糟蹋了。这些人都装备着沉重的武器，有的佩着上好的宝剑、短刀和长弓，表明他们可能是散兵游勇。

担架上躺着的那个人冒着大汗——即使现在是一月份霜冻的清晨——而且鼻孔出血。戈德温猛然间不由自主地在想象中看到了他母亲垂死时在医院的景象：她上唇上的血流，任凭修女时时擦掉还在不断淌出。他可能会像那样死去的念头使他六神无主，简直想从王桥大教堂的屋顶上跳下去了。在短暂的极度痛苦中死去不是要比在疯癫、昏迷和难捱的口渴中熬上三五天再死强得多嘛。“那人害的是瘟疫!”戈德温惊叫着，他自己都听到声音中有歇斯底里的腔调。

一个强盗迈步向前。“我认识你，”他说，“你是王桥修道院的副院长。”

戈德温竭力使自己镇定下来。他又怕又怒地看着那人——显然是这伙人的头目。他扮出一副贵族的洋洋自得的样子，他原本英俊的面孔经过多年的野外生活已经改变。戈德温说：“你是什么人，竟然在修士唱着给上帝的赞歌时来砸一座教堂的大门?”

“有人叫我‘隐身者塔姆’。”那强盗回答。

修士们喘了一口粗气：“隐身者塔姆”是个传奇人物。乔奎尔兄弟叫道：“他们会把我们杀个精光的!”

扫罗绕到乔奎尔身边。“别出声，”他说，“要是上帝愿意，我们全都得死，可还没到时候呢。”

“是的，神父。”

扫罗回到窗跟前，说道：“你们去年偷了我们的鸡。”

“对不起，神父，”塔姆说，“我们饿坏了。”

“可你现在来求我帮忙了？”

“因为你布道说，上帝会宽恕的。”

戈德温对扫罗说：“让我来对付吧！”

扫罗内心的斗争明显地流露在脸上了，他的样子交错着耻辱和反抗；但最后他还是低下了头。

戈德温对塔姆说：“上帝宽恕真心悔改的人。”

“是啊，这个人叫‘林中胜者’，他真心悔改了他的许多罪孽。他愿意在教堂祈祷康复，如若不成，就死在圣地。”

另一个强盗打了个喷嚏。

扫罗从他窗前走开，面对戈德温站着，他的双手交叉在身后，说：“我们不能轰他走！”

戈德温尽量让自己平静下来。“你听到那声喷嚏了——你明白那是什么意思吗？”他转脸对着其余的修士，确保他们听到他下面的话：“他们全都染上瘟疫了。”

他们害怕地异口同声议论起来。戈德温就是要他们害怕。这样，如果扫罗决定不听他的，他们就会支持他。

扫罗说：“即使他们得了瘟疫，我们也该帮助他们。我们的生命不是我们自己的，不能像金子一样埋藏在地下保护起来。我们已经把自己交给了上帝。由他随意使用，当符合他的神圣目的时，他自会结束我们的生命。”

“让这伙强盗进来就是自杀。他们会把我们全都杀死的！”

“我们是上帝的人。对我们而言，死是与上帝的幸福团聚。我们有什么可怕的呢，副院长神父？”

戈德温意识到，他让人听起来是害怕了，而扫罗却讲得义正词严。他强迫自己显得镇定自若。“自己找死是一种罪孽。”

“但是如若在我们执行我们的神圣职责的过程中，死亡降临到我们面前，我们就高高兴兴地拥抱死亡。”

戈德温明白，他可以和扫罗辩论上一整天，也不会有什么结果。他不能用这种方法来强施他的权威。他关上了他那扇窗的百叶。“关上你那扇窗子，扫罗兄弟，到我这儿来。”他说。他看着扫罗，等候着。

扫罗迟疑了片刻，还是照做了。

戈德温说：“你的三句誓言是什么，兄弟？”

一阵沉默。扫罗知道事情到了哪一步。戈德温拒绝与他平起平坐。起初，扫罗似乎要拒绝作答，但他受过的训练占上了风，他说：“贫困、纯洁、服从。”

“你要服从谁呢？”

“上帝，以及《圣本笃戒律》，还有我的副院长。”

“而你的副院长此时此刻就站在你面前。你承认我吗？”

“承认。”

“你该说：‘承认，副院长神父。’”

“是的，副院长神父。”

“现在我来告诉你该做什么，你要服从。”戈德温向四下扫了一眼，“你们所有的人——回到你们的位子上去。”

一时之间是僵死的沉寂。没人挪步，也没人开口。戈德温揣摩，可能有两条路：屈从或哗变，秩序或混乱，胜利或失败。他屏住了呼吸。

终于，扫罗动了。他低着头，转身走了。他沿着短短的通道，回到他在圣坛前的位置。

其余所有的人也同样做了。

从门外又传来几声呼喊，但听起来是离去的叫嚷。强盗们大概明白了：他们无法强迫一位医生给他们生病的伙伴治病。

戈德温回到圣坛上，转过身面对着众修士。“我们来结束中断的赞歌。”他说完便唱了起来：

光荣归于圣父
以及圣子
还有圣灵

歌声依旧不连贯。修士们都过于激动，无法采取合适的态度。反正他们回到了原位，做着他们的常规一课。戈德温压住了局面。

如同在初始
如今依旧
且将永远如此
世界没有终止
阿门

“阿门。”戈德温重复着。

一个修士打了个喷嚏。

六五

戈德温逃走后不久，埃尔弗里克就死于了瘟疫。

凯瑞丝为他的遗孀艾丽丝感到难过；但除此之外，她不禁为他的去世而庆幸。他一贯欺弱媚强，而他在审讯她时说的那番假话几乎把她送上绞架。没有他这种人，世界会好一些。连他的建筑生意，由他的女婿石匠哈罗德接管之后，也会经营得好些。

教区公会选举梅尔辛担任会长，接替了埃尔弗里克的位置。梅尔辛说，如同在船沉时被推为船长。

随着一个接一个地死人，人们埋葬了他们的亲人、邻居、朋友、顾客、雇工，那种无时不在的恐怖似乎使许多人都野性大发，直到对任何暴力或残忍行为都无动于衷。那些认为自己要死的人完全失去了自制，不计后果地冲动行事。

梅尔辛和凯瑞丝携手奋争，力图在王桥维持正常的生活。在凯瑞丝的项目中，孤儿院是最为成功的。孩子们经历了瘟疫夺走双亲的磨难之后，为能在女修道院中安身感激涕零。而关爱他们，教他们读书识字唱赞歌，也使一些修女表现了长期压抑的母性本能。由于人少了，冬季贮存的食物显得十分丰盛。王桥修道院里充满了孩子们的欢声笑语。

镇上的事情要难办些。为争夺死者的财产而发生的口角斗殴持续不断。人们干脆就走进无人的住宅里，看上什么随手就拿。继承了钱财或装满布匹或粮食的孩子，有时被一些不知耻的邻人收留，贪图的就是占有那些遗产。凯瑞丝无奈地想着：什么都会化为乌有的前景是人们最无望的心理。

在防止公众行为的沉沦方面，凯瑞丝和梅尔辛只取得了部分成功。凯瑞丝对治安官约翰在镇压酗酒上的成果深感失望。大批的鳏夫寡妇像是公然寻求伴侣，在酒馆甚至门洞中，中年男女激情拥抱，已经司空见惯。凯瑞丝对这类事情本身倒没有多大反感，可是她发现，酗酒和公开放荡结合在一起往往导致斗殴。然而，梅尔辛和教区公会对此却无力制止。

在这一镇民需要精神支柱之时，修士们的出逃起到了反面作用。人人都感到沮丧涣散。上帝的代表们已经离去；全能的主已经抛弃了这座镇子。有人说，圣徒遗骸始终都带来福分，如今遗骸流失，他们的好运也就不再了。礼拜天祈祷仪式上缺了宝贵的十字架和蜡烛台，每周一次地提醒人们：王桥注定要黯淡了。因此何不在街上求一醉求一欢呢？

到一月中，王桥大约七千居民中已经至少损失了上千人。其他镇子也大体相仿。尽管有凯瑞丝发明的面罩，修女们的死亡人数还是偏高，无疑是由于她们不断地与瘟疫患者接触之故。本来有三十五名修女，如今只剩下了二十名。不过她们也听说了有的地方，修士和修女几乎死光，只剩几个，有时只有一个，维持着工作；因此她们认为自己算是幸运的了。与此同时，凯瑞丝缩短了见习期，加强了培训，以便在医院中有更多的帮手。

梅尔辛从“神圣灌木”旅馆雇来一个吧台服务生，让他负责贝尔客栈。他还找了一个叫玛蒂娜的十七岁姑娘当洛拉的保姆。

后来，瘟疫似乎缓解下来了。凯瑞丝发现，在圣诞节前每周都要埋葬一百人，这个数字在一月份降到了五十人，然后在二月份又降到了二十人。她乐观地希望，这场梦魇可能就要结束了。

在这一时期病倒的一个不幸的人，是个三十多岁的黑发男子，他原先可能面貌英俊。他是一名来访的客人。“昨天我以为自己感冒了，”他进门时说，“可我现在鼻孔出血，还止不住。”他用一块擦血的布凑在鼻孔处。

“我给你找个地方躺下吧。”她透过亚麻面罩说。

“是瘟疫吧，嗯？”他说，他的声音中有一种听天由命的平静，而不是通常的那种惊慌失措，这使她十分惊愕。“你能治一治吗？”

“我们能够让你舒服些，而且我们还能为你祈祷。”

“那没多大用处。我看得出来，连你自己都不信那一套。”

她很惊讶，他何以会如此轻易地就看出了她的心思。“你不知道你在说些什么，”她勉强地争辩说，“我是修女。我应该相信祈祷。”

“你跟我说实话吧，我还能活多久？”

她死盯着他。他冲她微笑着，她猜想那笑容大概融化过一些女性的心。“你为什么不害怕呢?”她说，“所有的人都怕得要死呢。”

“我不相信教士们对我说的话，”他用犀利的目光看着她，“而且我怀疑你也不相信。”

无论这个陌生人多么有魅力，她也无意与他讨论这个。“几乎凡是得了瘟疫的人都会在三五天内死去。”她唐突地说，“有少数人活了过来，但没人知道原因。”

他把这番话听了进去。“跟我想的一样。”

“你可以躺在这里。”

他又一次给了她一个调皮男孩式的微笑。“这会对我有好处吗?”

“要是你不马上躺下，你就会倒下的。”

“好吧。”他待在了她指给他的草荐上。

她给了他一条毯子。“你叫什么名字?”

“塔姆。”

她端详着他的面容。尽管很迷人，但她还是觉察到了一丝残忍。她心想，他可能诱惑过女人，若是不成，他就强奸她们。他的皮肤由于户外生活而饱经风雨，他还长着一个酒徒的红鼻子。他的衣服贵重而肮脏。“我知道你是谁了，”她说，“你难道不怕因罪孽而受到惩处吗?”

“我要是相信那一套，我也就不犯那些罪了。你怕在地狱遭火烧吗?”

这是个她一般要回避的问题，但她认为这个垂死的强盗应该得到一个真实答复。“我相信我的行为是我的一部分，”她说，“我在勇敢坚强地照看儿童、病人和贫民的时候，我就是个较好的人。而当我残忍、胆怯、说谎或醉酒时，我就变成了不那么有价值的人，而且我无法尊重自己。这是我所信奉的上天报应。”

他若有所思地看着她。“我要是二十年前遇到你就好了。”

她发出了不以为然的声响。“那时我才十二岁。”

他寓意深长地扬起了一道眉毛。

她打定主意就到此为止了。他开始挑逗了——而且她也开始为此高兴了。她转身走开了。

“你干这种工作是个勇敢的女人的作为，”他说，“你很可能为此死掉的。”

“我清楚，”她说，转过身来又面对着他，“但这是我的目标。我不能从需要我的人那里跑掉。”

“你们那位副院长好像不是这么想的。”

“他消失了。”

“人是不能消失的。”

“我是说，谁也不知道戈德温副院长和修士们跑到哪儿去了。”

“我知道。”塔姆说。

二月底的天气晴朗又温和。凯瑞丝骑着一匹深褐色的小马，离开王桥，前往林中圣约翰。梅尔辛骑着一匹黑色的矮脚马陪她同行。通常，一位行路的修女仅有一个男人陪伴，会让人惊讶，但这是非常时期。

由强盗引发的危险已经减退。“隐身者塔姆”在死前亲口告诉她，许多人都死于了瘟疫。再者，人口的突然下降，造成了全郡范围内的食品、酒水和布匹的过剩——这些东西平日里是强盗们要偷的。没有死于瘟疫的那些强盗可以走进无人的空城和废弃的村庄去取其所需。

凯瑞丝初次听到戈德温就在离王桥不过两天的路程时，很有些沮丧。她曾经设想，他一定跑到远处的一个地方，再也不回来了。然而，她乐于有机会收回修道院的钱财和珍宝，尤其是女修道院的卷宗，这些文件若遇到有关产业或权利的纠纷可就至关重要了。

无论什么时候，只要她能够面对戈德温，她就以主教的名义，收回修道院的财产。她有一封亨利写的信作她的后盾。如若戈德温仍要拒绝，那无疑就证明了：他是在行窃，而不是为保管。主教至此就可以采取合法行动将其收回——或者干脆带上一支武装的队伍来到林中教堂。

凯瑞丝虽因戈德温没有永远脱离她的生活而失望，却对面对这个虚伪懦夫的前景感兴趣。

在她骑马出城后，便回忆起她最后一次出远门，是与梅尔去法兰西——从各方面来看，那都是一次不折不扣的冒险。她想到梅尔时，有一种丧亲之痛。在死于瘟疫的所有的人当中，她最思念梅尔：她的美貌，她的善心，她的爱恋。

不过，两整天的路程，有梅尔辛陪在身边还是愉快的。沿着穿过林中的大路并肩骑行，他们不停地聊着，想到什么说什么，就像他们少年时期一样。

梅尔辛和以往一样，满脑子的主意。尽管瘟疫猖獗，他还在麻风病人岛建造店铺和客栈，他告诉她，他打算拆掉从贝茜·贝尔手中继承来的客栈，扩大一倍重建起来。

凯瑞丝猜测，他和贝茜是一对情侣——不然的话，她为什么要把财产留给他呢？但是凯瑞丝只有埋怨自己。她是梅尔辛真正想要的，贝茜只是第二位。两个女人都清楚这一点。即便如此，凯瑞丝听到梅尔辛和那个丰满的酒馆侍女上床时，照样又妒又气。

他们在正午时分停了下来，在一条小溪边休息。他们吃着面包、干酪和苹果，这些食物只有阔绰的行人才会携带。他们给马匹喂了些食物：要驮着一个男人或女人走整天的路，光吃草是不够的。他们吃完之后，便在阳光下躺了一会儿，但地面又冷又湿，睡不成觉，他们很快就爬起来，继续赶路了。

他们很快就回到少年时两小无猜的亲密无间。那时候梅尔辛总能逗她发笑，如今她也需要高兴一些，医院里每天都在死人啊。她很快就不再生贝茜的气了。

他们走着王桥的修士们走了几百年的老路，也在半程的老爷堡小镇的那家红牛客栈停下来过夜。他们晚饭吃了烤牛排，喝了烈啤酒。

到了这时候，凯瑞丝渴望他了。以往的十年仿佛从记忆中消失了，她巴望着把他搂进怀里，像过去那样销魂。但不可能。红牛客栈有两间卧室，分别为男女作集体客房——显而易见，这正是修士们选择此地过夜的理由。凯瑞丝和梅尔辛在楼梯拐角处分了手。凯瑞丝睡不着，听着一位骑士妻子的鼾声和一个卖调料的小贩的喘息；她触摸着自己，恨不得在她腿裆间的是梅尔辛的那只手。

她睁开眼时，身体困顿，情绪消沉，早餐的粥也是机械地咽下去的。但梅尔辛有她在身边却兴高采烈，她很快便振作起来了。到他们离开老爷堡时，他们就和头一天一样兴致勃勃地有说有笑了。

第二天的旅程要穿过密林，他俩一上午都没见别的路人的身影。他们的谈话都是关乎个人的情况。她听到了更多的他在佛罗伦萨的事情：他怎么认识西尔维娅的，她是个什么样的人。凯瑞丝本想问：跟她睡觉是什么样子？她和我有什么不同吗？怎么不同？但她控制住没有问，觉得那样有碍西尔维娅的隐私，哪怕西尔维娅已经不在人世。反正，她能从梅尔辛的语气中猜到不少。她觉察到，他和西尔维娅在床上如鱼得水，即使那种关系不如他和凯瑞丝这样感情强烈。

不习惯的马上骑行使她感到周身酸痛，因此下马就餐让她轻松不少。他们吃完午饭，便背靠着一棵粗树干坐在地上休息，在重新上路之前消化一下刚吃下的东西。

凯瑞丝在想着戈德温，不知道她在林中圣约翰会发现什么，这时她突然意识到，她和梅尔辛就要做爱了。她说不清她是怎么知道的——他们甚至没有触碰——但她对此毫不怀疑。她转脸去看他，明白他也同样感受到了。他诡秘地朝她一笑，她在他的眼里看到了十年的希望和悔恨，痛苦和泪水。

他拉起她的手，亲吻着她的手掌，然后舔着她手腕柔软的内侧，并且闭上了眼睛。“我能感到你的脉搏。”他悄声说。

“你从脉搏里说不出什么来，”她娇喘着说，“你要彻底地检查一下我。”

他吻着她的前额，她的眼皮和她的鼻子。“我希望你不要由于我看到你的赤裸的身体而发窘。”

“别犯愁——我不会在这种天气里脱光衣服的。”

他俩一起咯咯笑了。

他说：“也许你肯好心地提起你的袍服，以便我进一步检查。”

她伸手下去，抓住她的裙摆。她穿着齐膝的高筒袜。她缓缓地向上提起裙袍，露出她的脚踝，她的小腿，她的膝盖，然后是皮肤白皙的大腿。她觉得很好玩，但在心底深处，她担心他会不会看出十年来她身体发生的变化。她变得瘦了，可臀部却宽了。她的肌肤不如以前柔润光洁了。她的乳房不那么坚实高耸了。他会怎么想呢？她按下忧心，做起这游戏。“为了医疗的目的，这够了吗？”

“不大够。”

“可是我怕我没穿内裤——那种奢侈品被认为对我们修女是不宜的。”

“我们做医生的有责任非常彻底，无论我们觉得有多乏味。”

“噢，亲爱的，”她莞尔一笑说，“不知羞。那，好吧。”她看着他的脸，慢慢提起了裙子，直到腰际。

他凝视着她的躯体，她看得出他喘气变粗了。“噢，天，”他说，“这病很重的。事实上……”他抬头看着她的面孔，咽了一下唾沫，说：“我这玩笑开不下去了。”

她伸出双臂搂住他，把他的身体拉向自己，使足了力气抱紧他，牢牢地贴在一起，就像从水里救他出来。“跟我做爱吧，梅尔辛，”她说，“现在，赶快。”

林中圣约翰修道院在午后的阳光中显得十分静谧——凯瑞丝觉得，这确定无疑是有些不对头的迹象。这座小小的附属修道院有食物自给自足的传统，四周是雨水充沛的农田，需要人力耕耘。可是此时不见地里有人。

他们走近之后，便看到了紧靠教堂的墓地中有一排新坟。“看来瘟疫可能已经到了这里。”梅尔辛说。

凯瑞丝点了点头。“所以戈德温胆怯的出逃计划失算了。”她不禁有一丝复仇的快感。

梅尔辛说：“我不知道他本人是不是也害了病。”

凯瑞丝发现自己希望他害了病，但愧于启齿。

她和梅尔辛骑马绕过那静谧的修道院，来到显然是马厩的院落。门敞开着，马匹都放了出来，在环绕着一个池塘的草地上吃草。但不见有人出来帮助客人卸鞍。

他们走过空荡的马厩，进入修道院内部。

这里静得出奇，凯瑞丝怀疑是不是所有的修士都死光了。他们向厨房里窥视，凯瑞丝注意到不像应有的那样清洁，而面包房里则是清锅冷灶。他们的脚步声在清冷的灰色连拱廊中回响。随后，在接近教堂入口时，他们遇到了托马斯兄弟。

“你们找到我们了！”他说，“感谢上帝。”

凯瑞丝拥抱了他。她知道，女性的身体对托马斯并没有诱惑力。“我真高兴你还活着。”她说。

“我得了病，但是好了。”他解释说。

“幸存的人可不多。”

"我知道。"

"告诉我们发生了什么事。"

"戈德温和菲利蒙的如意算盘打得挺好，"托马斯说，"几乎没有预告。戈德温对修士们讲话，说了亚伯拉罕和以撒的故事，表明上帝有时候要我们去做看似错误的事情。然后他告诉我们，我们要在当夜出走。大多数修士巴不得远离瘟疫，而那些心存疑虑的人则受到指示，要记住他们服从的誓言。"

凯瑞丝点头说："我可以想象。他们在如此深怀一己之私的时刻，是不难服从这样的命令的。"

"我可不为自己骄傲。"

凯瑞丝碰了下他左臂的残肢。"我无意责怪你，托马斯。"

梅尔辛说："反正，我还是奇怪居然没人泄露目的地。"

"那是因为戈德温没告诉我们要到什么地方去。甚至在到达这里之后，我们中的大多数都不知道——我们只好问本地的修士这是什么地方。"

"可是瘟疫还是追上你们了。"

"你们已经看到墓地了。圣约翰的全体修士都埋在那里，除去扫罗副院长，他是埋在教堂里的。王桥的人也差不多死光了。疫病在这里爆发之后，只有少数几个跑掉了——天晓得他们后来怎么样了。"

凯瑞丝想起，托马斯一向有个特别亲密的修士，心肠特别好，比他要小几岁。她犹犹豫豫地问："马赛厄斯兄弟呢？"

"死了。"托马斯干脆地说；随后眼中就涌出了泪水，他尴尬地移开了目光。

凯瑞丝把一只手放到他肩头。"我十分难过。"

"那么多人都丧失了亲朋好友。"他说。

凯瑞丝想好，不再谈马赛厄斯恐怕更妥当。"戈德温和菲利蒙呢?”

“菲利蒙跑了，戈德温活得好好的——他没有染上病。”

“我有一封主教给戈德温的信。”

“我能想到。”

“你最好带我去见他。”

“他在教堂里。他在一间侧室里设了一张床。他认定那是他没得病的原因。跟我来。”

他们穿过回廊，进入了小小的教堂。这里的气味更像是宿舍。东端的《最后审判日》的壁画现在看上去贴切得令人郁闷。中殿地面上铺着草，散放着毯子，像是有一群人在这里睡过；但唯一存在的人是戈德温。他趴在圣坛前肮脏的地板上，两臂向外伸展着。一时之间，她还以为他死了呢，后来才明白，这只是极端悔过的姿态。

托马斯说：“你有客人，副院长神父。”

戈德温趴着没动。凯瑞丝原以为他是在故作姿态，但他的僵硬之中有些东西让她认为，他在真心诚意地寻求原宥。

这时他缓慢地站起来，转过身子。

凯瑞丝看到，他瘦削苍白，样子十分困顿和焦虑。

“是你。”他说。

“找到你了，戈德温。”她说。她不打算叫他神父。他是个无赖，她抓到了他。她深感满意。

他说：“我猜是‘隐身者塔姆’出卖了我。”

凯瑞丝注意到，他的思路如往常一样敏锐。“你想逃避正义，可是你失败了。”

“我没什么可畏惧正义的，”他挑衅地说，“我来到这里是希望能挽救我的修士们的性命。我只错在离开得太迟了。”

“一个正派人是不会在夜幕掩护下偷偷溜走的。”

“我不得不对我的目的地保密。要是让人跟踪我们到这里，我就前功尽弃了。”

“你偷盗大教堂的饰物可不是不得已的。”

“我没偷。我带着那些东西是为了安全保管。到了平安无事时，我自会归还原处的。”

“那么，你为什么谁也不告诉你把东西带走了？”

“我说了。我给亨利主教写了信。他没收到吗？”

凯瑞丝感到益发震怒了。难道戈德温当真要用这一招溜掉吗？“当然没有，”她说，“根本没收到什么信，而且我根本不相信送出过一封信。”

“也许是送信人没等送到就死于瘟疫了。”

“那这个消失了的送信人叫什么名字？”

“我从来不知道。是菲利蒙雇的人。”

“可菲利蒙不在这里——多巧啊，”她讽刺地说，“好嘛，你可以信口开河，但亨利主教指责你偷窃了珍宝，他派我到这里来把东西要回去。我有一封信，命令你马上把一切都交给我。”

“没这必要。我会亲手交给他。”

“这可不是你的主教命令你做的。”

“我会判断最好的方式。”

“你的拒绝就是盗窃的明证。”

“我有把握能说服亨利主教重新看待这件事。”

凯瑞丝灰心地想，麻烦在于，戈德温说不定还真能做到这一点。他会振振有词，而亨利像大多数主教一样，只要可能，通常都会回避面对事实。她觉得胜券似乎从手中溜走了。

戈德温认为，他已经扭转了局势，占了她的上风，还露出了一丝得意的微笑。这激怒了她，但她再没话好说。此时她能做的一切便是回去，向亨利报告事情的经过。

但她难以置信。戈德温当真会回到王桥，并恢复他的副院长职位吗？他如何能在王桥大教堂中高昂着头？他在对修道院、镇子和教会极尽破坏之能事之后，还怎么可能恢复常态呢？即使主教接受了他，镇上的人怕是也肯定会骚乱吧？前景是黯淡的，然而更奇特的事都发生过呢。难道就没有正义公道了吗？

她对他怒目而视。她琢磨，他脸上的得意之色和她自己失落的神情应该是相应的。

这时，她看到了事情的又一次转机。

在戈德温的上嘴唇上，就在他的左鼻孔的下面，有一缕血淌了下来。

第二天早晨，戈德温没有起床。

凯瑞丝戴上亚麻面罩，看护着他。她用玫瑰水洗了他的脸，在他想喝的时候，给了他稀释过的葡萄酒。她每次触摸过他，都要用醋洗手。

除去戈德温和托马斯之外，只有两名修士还留了下来，他们都是王桥的见习修士。他们也都因瘟疫而等死；所以她就把他们从宿舍搬到教堂里躺下，她也要看护他们，在光线昏暗的中殿里，她飘来飘去如同一个影子：她要从一个垂死者走向另一个垂死者，来回照顾他们。

她问戈德温，大教堂的珍宝藏在哪里，但他拒绝说。

梅尔辛和托马斯在修道院中四下搜寻。他们看的第一处地方就是圣坛下面。他们从松土判断，不久前在那里藏过东西。然而，他们挖出一个洞之后——托马斯用一只手还能挖得十分熟练——却一无所获。不管原先在那里藏过什么，已经被移走了。

他们在废弃的修道院的每一间响着回声的房间里检查着，甚至察看了面包房里的冷灶和已经干了的酒桶，但都没发现珠宝、遗骸或文件。

在第一夜之后，托马斯不动声色地搬出了宿舍——没人要他这么做——让梅尔辛和凯瑞丝单独睡在那里。他没有说什么，连个暗示的动作或眼神都没做。他俩感谢他这种考虑周到的纵容，便挤在一摞毯子下做起爱来。事后，凯瑞丝睁眼躺着。屋顶上什么地方栖息着一只猫头鹰，她听到了它的夜鸣，偶然还有它抓住的小动物的尖叫。她不知道她会不会怀孕。她不想放弃她的职业——但又经不住躺在梅尔辛怀里的诱惑。于是干脆不去想将来了。

第三天，当凯瑞丝、梅尔辛和托马斯在食堂吃午饭的时候，托马斯说："戈德温要喝水时，别给他，要逼他说出藏宝的地方才给他喝。"

凯瑞丝考虑着这一招。对付戈德温这完全合理。但也算得上折磨了。"我不能这么做，"她说，"我知道他活该遭这罪，可我还是不能这么做。要是一个病人想要喝的，我就该给他。在基督精神中还有比珠宝饰物更重要的东西。"

"你不欠他的情——他对你从来不讲情面。"

"我已经把教堂变成了医院，但我不愿让医院再变成刑讯室。"

托马斯像是还想接着争论，但梅尔辛摇着头劝止了他。"想想看，托马斯，"他说，"你最后看见那些东西是什么时候？"

"我们到这儿的当天夜晚，"托马斯说，"都在两三匹马驮着的皮口袋和箱子里。是和别的东西一起卸下来的，依我看是运进了教堂。"

"后来那些东西怎么样了？"

"我就再也没见到了。但在晚祷之后，我们都去吃晚饭了，我注意到戈德温和菲利蒙跟另两名修士朱雷和约翰都留在了教堂里。"

凯瑞丝说："我来猜猜看：朱雷和约翰全都年轻力壮。"

"就是。"

梅尔辛说："这么说，大概就是那会儿他们把珍宝藏在圣坛下了。可他们什么时候又挖出来了呢？”

“得趁教堂里没人的时候，这就肯定在就餐的时候。”

“他们还有不去吃饭的时候吗？”

“大概有好几次呢。戈德温和菲利蒙总像是规矩对他们真的不适用似的。在我的记忆中，他们不去吃饭和祈祷是常事。”

凯瑞丝说：“你记得朱雷和约翰还有第二次缺席吗？戈德温和菲利蒙还得需要帮手啊。”

“不一定，”梅尔辛说，“在松土上挖坑要容易得多。戈德温四十三岁，菲利蒙才三十四。他们要是当真想干，是可以不用帮手的。”

当晚，戈德温开始胡言乱语。有时候他像是引用《圣经》，有时候像是布道，有时候像是找借口。凯瑞丝听了一阵子，希望能有些线索。“伟大的巴比伦城倾倒了，所有的民族都遭到了她私通的神谴；从宝座上冒出了火光雷鸣；世上的一切商人全要落泪。忏悔吧，噢，忏悔吧，你们所有的妓女的母亲。私通的人！这一切全都是为了一个更高的目标，为了上帝的荣光，因为结局证明了手段。给我些喝的，看在上帝慈爱的分上。”他说胡话时的那种《启示录》式的语气大概是受到了壁画上的启示，画面上都是在地狱中受折磨的场景。

凯瑞丝把一只杯子端到他嘴边。“大教堂的饰物在哪里，戈德温？”

“我看到七盏镀金的烛台，全都镶有珍珠和钻石，用细密的亚麻布包着，紫的和红的，放在雪松木和檀香木和银子造的方舟里。我看见一个女人骑着一头猩红的动物，有七个头和十只角，装满了亵渎的名字。”[1] 中殿中回响着他的谵语。

接下来的一天，那两个见习修士死了。当天下午，托马斯和梅

---

① 本段和前面一段中戈德温的谵语夹杂着《新约·启示录》第十八、十九章的内容。

尔辛把他们葬进了修道院北边的墓地里。那是个阴湿寒冷的日子，但他们挖土累得汗流浃背。托马斯做了葬礼祈祷。凯瑞丝和梅尔辛站在坟旁。当一切都散乱之际，这一下葬仪式总算还有些正规的样子。在他们周围是除去戈德温和扫罗之外，全部其他修士的新坟。扫罗的遗体安葬在教堂东端唱诗班席的下面，那是最受尊敬的副院长才享有的荣幸。

下葬仪式之后，凯瑞丝回到教堂里盯着唱诗班席处扫罗的坟墓。教堂的那处地方铺着石板。石板显然要抬起来，才能挖下坟墓。石板盖回去时，有一块是经过打磨并镌上铭文的。

有戈德温在角落里胡说着长了七颗头的野兽，精神是难以专注的。

梅尔辛注意到她深思的神情，便追随着她的目光。他当即猜出来她在想什么。他用一种骇怕的音调说："戈德温总不会把珍宝藏在白头扫罗的棺材中吧？"

"修士亵渎坟墓是难以想象的，"她说，"另一方面，那些饰物又不会拿出教堂。"

托马斯说："扫罗是你们来前一个星期死的。菲利蒙在两天后失踪。"

"这么说，菲利蒙可能帮助戈德温挖了墓。"

"不错。"

他们三个互相看着，尽力不去听戈德温的疯话。

"要弄清只有一个办法。"梅尔辛说。

梅尔辛和托马斯拿起他们的木锨。他们抬起刻有铭文的石板及其周围的铺地石，动手挖地。

托马斯已经练就了单手干活的本领。他用他那只健全的胳膊把木锨插进土里，往上一翘，然后伸手顺着锨把一直摸到石板，一下就掀开了。由于多年这样活动，他的右臂肌肉十分发达。

然而，他们费了很长时间。如今许多坟墓都挖得很浅，但为了扫罗副院长，他们整整挖下去六英尺。外面天黑了下来，凯瑞丝拿来了蜡烛。壁画中的魔鬼似乎在摇曳的烛光中动了起来。

托马斯和梅尔辛两人全都站在洞里，从地面上只能看到他们的头部，这时梅尔辛说：“等等。这儿有东西。”

凯瑞丝看到了些泥污的白花花的东西，像是有时用来裹尸的浸了油的亚麻布。“你们找到遗体了。”她说。

托马斯说：“可是棺材哪儿去了？”

“他没装在箱子里吗？”棺材只有贵人才能用：穷人只用裹尸布一包了事。

托马斯说：“扫罗是装在棺材里的——我亲眼看见的。这林子中间有的是木头。所有的修士都装了棺材，直到塞拉斯兄弟病倒——他是木匠。”

“等一下。”梅尔辛说。他把木锨插到裹尸布下的土里，抬起一锨的高度。然后他用锨刃敲打着，凯瑞丝听到了木头与木头相碰的闷声。“这儿是棺材，在下面呢。”他说。

托马斯说：“遗体怎么到外边来了？”

凯瑞丝吓得身体一抖。

在远处的角落里，戈德温提高了声音。“他要在圣天使面前，在火与硫磺之中受痛苦。他受痛苦的烟往上冒，直到永永远远。”

托马斯对凯瑞丝说：“你能让他住嘴吗？”

“我身上没带药。”

梅尔辛说：“这里没什么超自然的事情。我的猜测是：戈德温和菲利蒙把遗体弄了出来——在棺材里装进了他们偷来的珍宝。”

托马斯已经镇定下来。“这么说，我们最好还是看看棺材里边。”

他们先把包着裹尸布的遗体挪开。梅尔辛和托马斯弯下腰去，分别抓住肩和膝，把尸体抬了起来。他们抬到齐他们肩高，接下来只好把尸体抛出来，扔到地板上了。落地时砰的一响。他们俩神色都有些畏惧。连不太相信所谓的灵魂世界的凯瑞丝，都被他们的举动吓了一跳，紧张地回头去看教堂的那些阴暗的角落。

梅尔辛清理掉棺盖上的浮土，托马斯则去拿一根铁棍。随后他们一起掀起了棺盖。

凯瑞丝在墓上举着两根蜡烛，让他们看得更清楚。

在棺材里是另一个包着裹尸布的尸体。

托马斯说："这可太奇怪了！"他的声音显然在发抖。

"我们明智地来看待这件事吧。"梅尔辛说。他的声音平静而镇定，但凯瑞丝——对他了解极深——却看得出来，他的表情是竭力做出来的。"棺材里是谁呢？"他说，"咱们来看看。"

他弯下腰，用两只手抓住裹尸布，从头部缝上的接口处扯开。尸体已经埋葬一周，有一股难闻的气味，但是在没火的教堂的冰冷的地下并没有腐败。即使在凯瑞丝的摇曳烛光中，也可以毫无疑问地辨出死者的模样：头部是一圈明显的浅黄头发。

托马斯说："是白头扫罗。"

"就在他自己的棺材里。"梅尔辛说。

凯瑞丝问："那另一具尸体是谁呢？"

梅尔辛把裹尸布在扫罗的头顶周围包好，重新扣好棺盖。

凯瑞丝跪在另一具尸体旁边。她曾经处理过许多死尸，但她从没有把一具尸体从坟墓中弄出来，所以她的双手在抖。不过，她还是揭开了裹尸布，露出了那人的面孔。让她恐怖的是，那双眼睛还睁着，像是瞪着看。她强使自己替他阖上了冰冷的眼皮。

那是个她认不出的大个子青年修士。托马斯从墓穴中踮起脚尖往外看了看，说："这是乔奎尔兄弟。他比扫罗副院长晚死了一天。"

凯瑞丝说："那他埋在……？"

"在墓地……我们都是这么认为的。"

"在棺材里吗？"

"是啊。"

"可是他在这儿。"

"他的棺材够重的，"托马斯说，"我帮着抬来着……"

梅尔辛说："我明白是怎么回事了。乔奎尔躺在这教堂里，装进棺材，等着埋葬。趁着别人吃午饭之机，戈德温和菲利蒙打开棺材，搬出了尸体。他们挖开扫罗的坟墓，把乔奎尔的尸体放到扫罗棺材的上面。他们封上了坟墓，随后把大教堂的珍宝放进乔奎尔的棺材再盖好。"

托马斯说："所以我们得挖开乔奎尔的墓。"

凯瑞丝抬头看了看教堂的窗户。一团漆黑。在他们挖开扫罗的墓时，天已经黑了下来。"我们可以留到明天再说吧。"她说。

两个男人都沉默了好长时间，随后托马斯开口说："咱们还是干完吧。"

凯瑞丝到厨房去，从柴堆里取出两根树枝，在火上点着，然后回到教堂。

他们向外走的时候，听到戈德温叫嚷："而上帝愤怒的葡萄压榨机被抛到了城外，葡萄淌出了鲜血，在地面上泛滥着，达到马勒的高度。"

凯瑞丝战栗了。这是圣约翰神启的恶劣意象，令她憎恶。她竭力不去想它。

他们在火把的红光中，快步走向墓地。远离教堂里的壁画和戈德温刺耳的疯言疯语，凯瑞丝舒心多了。他们找到了乔奎尔的墓碑，动手挖了起来。

两个男人已经为两个见习修士新挖了墓，还开挖了扫罗的坟。

从吃罢午饭以来，这已是他们第四次挖掘了。梅尔辛露出了疲劳的样子，托马斯也满头大汗。但他们依旧顽强地干着。洞穴慢慢地越来越深，旁边的土则越堆越高。终于，一锨下去碰到了木头。

凯瑞丝把撬板递给梅尔辛，随后便跪在坑口，手里依旧举着两根火把。梅尔辛撬开棺盖，把它抛出坟坑。

箱子里没有尸体。

里面摆放着的是袋子和箱子。梅尔辛打开一个皮口袋，取出了一个镶珠宝的十字架。“哈利路亚。”他疲惫地说。托马斯打开一个箱子，露出了一排羊皮纸卷，紧紧地排列着，如同柳条箱里的鱼：是文件。

凯瑞丝感到担忧的重负从肩头滚落了。她把女修道院的档案拿回来了。

托马斯把手伸出另一只口袋。他看着手里握的东西，原来是头骨。他害怕地叫了一声，松了手。

“阿道福斯圣徒，”梅尔辛用一种务实的口气说，“朝圣者跋涉几百英里，就为了摸一下盛他的骨骸的匣子。”他拿起那头骨。“我们真幸运。”他说，然后把它放回了袋子。

“我可以提个建议吗?”凯瑞丝说，“我们得用一辆车把这些东西全都运回王桥去。我们何不把它们仍然放在棺材里呢?一来已经安放好了，二来棺材可用来防盗。”

“好主意，”梅尔辛说，“我们把棺材从墓穴中抬出来就行了。”

托马斯返回修道院，取来了绳子，他们把棺材拽出了墓穴。他们重新装好棺盖，把绳子绕着捆在外边，以便在地上拖着，进入教堂。

就在他们要起身时，他们听到了一声尖叫。

凯瑞丝吓得喊出了声。

他们都向教堂望去。一个身影正向他们跑来，眼睛直愣愣地瞪着，嘴里往外淌着血。凯瑞丝有一阵十分惊恐，竟然相信了她以前听到的有关精灵的一切愚蠢的迷信。随后她意识到她看着的是戈德温。不知怎么他居然纠集起力气从等死的床上起来了。他跌跌撞撞地出了教堂，看到了他们的火把，此刻正发着疯朝他们跑来。

他们看着他，全都呆愣了。

他站住脚，看着棺材，又看着空空的墓穴，在摇曳的火把光中，凯瑞丝觉得在他那狰狞的脸上看到了一丝理解了的神情。随后他似乎失去了力量，垮倒了。他摔在了乔奎尔空墓穴旁边的地上，跟着滚过土岗，掉进了坑里。

他们都迈步向前，向墓穴中望着。

戈德温仰卧在里面，睁着无神的眼睛，向上看着他们。

六六

凯瑞丝刚一返回王桥，就决定再次离开。林中圣约翰留给她的印象，不是那个墓地，或者梅尔辛和托马斯挖出来的尸体，而是那片没人耕种的整齐的土地。当她身边有梅尔辛相伴和托马斯赶车相随，骑马回家时，她看到许多农田都是同样的景象，便预见到了危机。

修士和修女的大部分收入来自佃户。雇农们在属于修道院的土地上种庄稼、养牲畜，他们并不因骑士或伯爵的特权向这些贵族付费，而是向男女修道院副院长交租。依照传统，都要向大教堂缴纳他们收成的一定份额——十袋面粉，三只羊，一头小牛，一车洋葱——但如今，大多数人都缴现金了。

如果没人种地，也就没人交租，这是不言自明的。到时候，修女们吃什么呢？

她从林中圣约翰处取回的大教堂饰物、钱财和文卷，已经妥善地藏在一处新的秘密金库内，那还是塞西莉亚嬷嬷要杰列米阿在一处难以发现的地方修筑的。所有的饰物都已找到，只缺了一件金烛台，那是由王桥蜡烛匠人组成的蜡烛业行会捐赠的。那东西不见了。

凯瑞丝为圣者遗骸的重归举行了一次凯旋礼拜天祈祷。她让托马斯负责孤儿院中的男孩——其中一些人的年龄已达到健壮男性的标准了。她本人则进入了副院长的宅第，愉快地想着，已故的戈德温看到这里被一个女人所占有，该是多么又惊又怒。她在处理完这些细节之后，马上就到奥特罕比去了。

奥特罕河谷离王桥有一天的行程，那里土地十分肥沃。那是一百年前一位恶毒的老骑士在苟延残喘时为了让其一生的罪孽得到原宥而赠送给修女们的。沿奥特罕河的两岸，间隔竖立着五个村庄。河两岸和山坡低处布满大片良田。

农田分给不同的农户而划成条块。诚如她所担心的，许多地块没有耕种。瘟疫改变了一切，但没人动过脑子——或者是有勇气——从新的环境的角度认识农耕问题。凯瑞丝自己必须一力承担此责。她有一些粗略的设想，在推行过程中还需要加以细化。

陪伴她的是新近结束见习期的姐妹琼。琼精明强干，让凯瑞丝想起十年前的自己——并非在容貌上，因为她长着黑发蓝眼，而是她那好问的头脑和蓬勃的怀疑精神。

她们一路骑行，来到了最大的村子奥特罕比。整个河谷的总管威尔就住在紧靠教堂的一栋木头大房子里。他没在家，但她们在最远的地里发现他在种燕麦；他是个动作迟缓的大汉。旁边的地块留作休闲地，野草丛生，有几只羊在那里吃草。

总管威尔一年要到修道院好几次，通常都是去交各村的地租，所以他认识凯瑞丝；但在他家的耕地上遇见她，还是让他惊慌失措。“凯瑞丝姐妹!”他认出她来时惊呼一声，“什么风把你吹来啦?”

“我现在是凯瑞丝嬷嬷了，威尔，我来这里是为了察看女修道院的土地确实耕种了。”

“啊。”他摇起头，“我们在尽力，你看得出的，可是我们损失了这么多的人手，真是困难极了。”

总管总是把日子不好过挂在嘴边——但这一次却是千真万确。

凯瑞丝下了马。“跟我一起走着说吧，告诉我是怎么回事。”她看到几百码之外的缓坡上，有一个农夫在用八头牛拉着犁耕地。他叫住了耕牛，好奇地看着她，于是她就朝那里走过去。

威尔逐渐恢复了镇静。他走在她身边，说道:“像你这样为上帝服务的女性，当然是不能指望懂得多少耕地的事的;不过我要尽力给你说清一些细节。”

“这太好了。”遇到威尔这种类型的人，她从不摆架子。她早已发现，对这种人不要去刺激，而是要让他们有一种安全的错觉。这样，她就能获得更多的东西。“你在瘟疫中失去了多少人手?”

“噢，多着呢。”

“多少?”

“唉，让我算算看，有威廉·琼斯和他的两个儿子;然后是木匠理查，还有他老婆——”

“我用不着知道他们的名字，”她压着气恼说，“粗粗地说，有多少?”

“我得一个个想啊。”

他们来到了正犁着的地块。控制八头牛可是个技术活，能干这种活的人都是村民中脑子好使的。凯瑞丝和那个青年聊了起来。“奥特罕比村死于瘟疫的有多少人?”

“大概两百人吧，我得说。”

凯瑞丝打量着他。他矮小而健壮，留着浓密的金黄胡须。如同青年人常有的那样，他有一种自信的神气。“你是谁呢？”她问。

“我叫哈里，我父亲叫理查，圣姐妹。”

“我是凯瑞丝嬷嬷。你是怎么算出两百人这个数字的？”

“据我估算，在奥特罕比这儿有四十二个人死了。在汉姆小村和短亩村，同样糟糕，这就有一百二十人左右了。长水村完全躲过了这场疫病，但在老教堂村，除了老罗杰·布雷顿，所有的人全都死光了，差不多八十人吧，总计二百人。”

她转向威尔。“在整个河谷地区的总劳力有多少呢？”

“啊，让我想想看……”

耕地的哈里说：“在发病前差不多是一千人吧。”

威尔说：“这就是你看到我种自己那块地的原因了，本来都是雇工干的——可我如今没有雇工了。他们都死啦。”

哈里说：“要不就是到别处去挣更多的工钱了。”

凯瑞丝一下子重视起来。“噢，谁给更多的工钱呢？”

“邻近的河谷里一些比较有钱的农人呗，”威尔愤愤地说，“贵族一天付一便士，这是雇工们总能拿到也应该得到的工钱；可是有些人觉得他们可以随便出钱。”

“可是我估摸着，他们到底把庄稼种上了呀。”凯瑞丝说。

“可这里边有对也有错的，凯瑞丝嬷嬷。”威尔说。

凯瑞丝指着牧羊的休闲地。“那块地呢？为什么没耕啊？”

威尔说：“那是威廉·琼斯的地。他和他的儿子们都死了，他老婆去夏陵和她姐妹一起过了。”

“你找过新佃户吗？”

“找不到的，嬷嬷。”

哈里又插话了。“反正按原有的条款是不行了。”

威尔瞪了他一眼，但凯瑞丝说：“你的意思是什么呢？”

“物价在下降嘛，你看，哪怕是在粮食通常要卖得贵的春季。”

凯瑞丝点点头。人人都知道，市场就是这样子的：买主少，价格就跌。“可是人们总得过日子啊。”

“他们不想种小麦、大麦和燕麦——可是他们得照吩咐去种，至少在我们这河谷是这样。所以一个想租地的人宁可到别处去了。”

“那他们在别处会得到什么呢？”

威尔气愤地插话道：“他们想做高兴的事。”

哈里回答了凯瑞丝的问题。“他们想当自由的佃农，付现金地租，而不想当一周得在领主的土地上干一天活的雇农；他们要能种不同的庄稼。”

“什么庄稼？”

“大麻或亚麻，苹果或梨——那些他们知道能在市场上卖得掉的东西。没准儿每年都不一样。但这在奥特罕比是绝不允许的，”哈里似是镇静了一下，又接着说：“我这可不是冒犯你的神圣指令，副院长嬷嬷，也不是针对威尔总管，人人都知道他是个诚实的人。”

凯瑞丝弄明白了。总管总是保守的。在好年景，这没大关系：原有的就足够了。但如今是危机时期啊。

她摆出一副最权威的架式。“好吧，认真听着，威尔，现在我来告诉你，你要怎么办。”威尔面色惊惶：他原以为是找他商量而不是给他下命令的。“首先，你要停止耕种坡地。我们有现成的肥沃土地而不去耕种，那么做是愚蠢的。”

“可是——”

“先别说话，听我说。给每家佃户提供交换，用同样英亩数量的谷地里的好地换掉坡地。”

“那我们拿坡地怎么办？”

“变成牧场：低处放牛，高处放羊。那是用不了多少人手的，有几个男孩放牧就成了。”

“噢。”威尔说。他明显地要争论，但一时想不出反对的理由。

凯瑞丝继续说：“其次，对谷底里没有租出去的地，要提出一个自由的租用条款：愿租者只交现金地租。”一个自由的租用条款，意味着承租人不是雇工，而且不必在领主的土地上干活，结婚和盖住房都不必获准。他所做的一切只是交租。

“你把老规矩都废了。”

她指着那块休耕地。“老规矩把我的地都荒了。你能想出别的办法来克服这种现象吗?”

“唉。”威尔说罢停顿了好长时间；然后无言地摇摇头。

“再次，给肯在这些地里干活的人一天两便士工钱。”

“一天两便士!”

凯瑞丝感到，她无法靠威尔得力地推行这些变革。他会拖着腿找借口的。她转向那个自信的青年农人。她要让他当她变革的带头人。“哈里，我想让你在今后的几周里到郡里的每个集市去一下。把话传出去，任何流动的劳力都可以在奥特罕比好好地干。要是有雇工要赚工钱，我想要他们到这里来。”

哈里笑着点了头，尽管威尔依旧神色茫然。

“我想看到这一片沃土今年夏天长出庄稼来，”她说，“我都说清了吧?”

“清楚了，”威尔说，“谢谢你，副院长嬷嬷。”

凯瑞丝和琼姐妹把全部卷宗都验看了一遍，把每个文献的日期和主旨都记了下来。她决定把这些东西全部逐一誊抄一份——这本是戈德温提议的，不过他只是以此为借口，从修女的手中把它们占为己有。但这倒是个言之成理的主意。抄写的份数越多，有价值的文献就越难以丢失了。

她对注明一三二七年的一件事情产生了兴趣，文献中说，要把诺福克郡内林恩附近的一大片农田，叫作林恩田庄的，颁给修士。这份赐予的条件是：修道院要接受一个名叫托马斯·兰利爵士的骑士做见习修士。

凯瑞丝忆起了童年时代的那一天：她和梅尔辛、拉尔夫和格温达冒险进入了树林，亲眼看到了托马斯受伤，致使他失去了一条胳膊。

她把那文献拿给琼看，琼耸耸肩，说："当一个人从富裕家庭变成修士时，这种赠予是常事呢。"

"可是看看是谁赠予的吧。"

琼又看了一遍。"伊莎贝拉王后！"伊莎贝拉是爱德华二世的未亡人和爱德华三世的生母。"她对王桥的兴趣何在呢？"

"或者是对托马斯感兴趣？"凯瑞丝说。

几天之后，她有机会弄清了。林恩田庄的总管安德鲁来到王桥，作两年一次的拜望。他是诺福克人，年过五旬，自田庄赠给修道院以来，一直在那里主事。如今他头发已白，身体发福，这使凯瑞丝相信，尽管有瘟疫，但林恩田庄依旧兴旺如昔。因为诺福克在好几天的路程之外，而且交租是以现金的形式，而不必一路赶着装满产品的牛车而来。安德鲁带来的是值三分之一镑的新金币，上面铸的是爱德华国王站在船甲板上的图像。凯瑞丝清点了钱币并交给琼收进新金库之后，对安德鲁说："二十二年前伊莎贝拉王后为什么要把这处田庄赐予我们呢，这事你知道吗？"

令她惊诧的是，安德鲁那张粉红色的面孔变得苍白了。他好几次想用假话来搪塞，然后才说："王后陛下的决定，可不是我等该问的。"

"那当然，"凯瑞丝用一种让他放心的口气说，"我只是对她的动机感到好奇。"

"她是个笃神的女性，做过许多虔诚的举动。"

凯瑞丝心想，谋杀亲夫就是一例；可她嘴里却说："然而，她为托马斯而有此举，其中定有理由。"

"他跟成百人所做的一样，求王后开恩，而她也大度地予以恩准，伟大的女性有时就是这样。"

"通常都是在她们与求告者有某种关联的时候。"

"不，不，我肯定其中没有关联。"

他如此急于辩白反倒让凯瑞丝肯定他在撒谎，而且确信他不会跟她说实话了，因此她就放下这个话题，打发安德鲁到医院去吃晚饭了。

次日一早，她在回廊里遇到了托马斯兄弟——修道院里硕果仅存的修士。他样子十分恼火地问："你干吗要盘问安德鲁·林恩？"

"因为我觉得好奇。"她说，心中一惊。

"你打算干吗？"

"我不打算做任何事。"她受到了他那种咄咄逼人的态度的冒犯，但她不想和他争吵。为了放松这种紧张气氛，她坐到连拱廊外圈的一道矮墙上。一道春日的阳光勇敢地射进这处四方院子。她用一种聊天的口气说："这是怎么回事？"

托马斯干巴巴地说："你干吗要调查我？"

"我没调查你，"她说，"冷静点。我正在查阅全部文档，列出清单，并誊写副本。我看到了一份文件，让我困惑不解。"

"你在探究与你毫无关系的事。"

她生气了。"我是王桥女修道院的副院长，也是男修道院的执行副院长——这里的一切对我都无秘密可言。"

"好吧，你要是着手发掘那一切老东西，你会后悔的，我向你保证。"

这话听起来像是威胁，但她决定不去刺激他。她试着另辟蹊径。“托马斯，我原以为咱们是朋友。你没权利禁止我做任何事，而且即使你想禁止我，我也很失望。难道你不信任我吗？”

“你不知道你在追究的是什么。”

“这倒启发了我。伊莎贝拉王后跟你、我和王桥有什么关系呢？”

“没有关系。她如今是个老妇人了，过着退隐的生活。”

“她现年五十二岁。她曾废黜了一个国王，要是她想做，还能再废黜一个。而且她与我的修道院有着某种长期不为人知的关系，是你坚决要向我保密的。”

“是为了你好。”

她没有理睬。“二十二年前，有人试图谋杀你。是不是那个未能杀成你的同一个人出资让你进了修道院呢？”

“安德鲁要回林恩，并向伊莎贝拉报告，你问过这些问题——你想到这个了吗？”

“她为什么那么在意？人们为什么这么畏惧你，托马斯？”

“我死的时候，就有了全部答案了。到那时候就什么都不重要了。”他转过身就走开了。

午餐的钟声响了。凯瑞丝深思着来到副院长的宅第。戈德温的那只猫——“大主教”卧在门限上。猫瞪了她一眼，她把它轰开了。她不愿意它待在住处。

她养成了每天和梅尔辛一起就餐的习惯。按照传统，副院长都定期与会长共同进餐，但每日如此却是非比寻常——谁让这是非常时期呢。无论如何，这都是她的托词——若是有人找茬的话；不过倒是没人寻衅。与此同时，他俩还期盼着另一次出行的借口，以便能够再次单独在一起。

他从麻风病人岛的建筑工地上满身泥污地进了屋。他已经不再要求她放弃誓言，离开修道院了。他似乎至少一时之间满足于每天同她会面，并希望将来有机会能够更加亲密。

修道院的一名女佣为他们端来了火腿炖冬季的青菜。那侍女下去之后，凯瑞丝把文件的事和托马斯的反应告诉了梅尔辛。“他了解一桩秘密，若是泄露出去，就能把老王后毁了。”

“我认为这是对的。”梅尔辛沉思着说。

“一三二七年万圣节那天，我跑走以后，他抓住了你，是吧？”

“是啊。他要我帮他埋了一封信。我只好发誓保守秘密——直到他死，然后我就要把信挖出来，交给一个教士。”

“他告诉我，到他一死，我的全部问题就得到解答了。”

“我认为那封信是他对他的敌人的威胁。他们应该知道，他死后，信的内容才会揭示。所以他们害怕杀死他——事实上，他们要确保他活得好好的，才帮他当了王桥的修士。”

“这事还重要吗？”

“在我们埋藏了那封信的十年之后，我对他讲，我从来没把那秘密泄露出去，他便说：‘假如你提起，你就没命了。’这句话比我发的那个誓还让我害怕。”

“塞西莉亚嬷嬷告诉我，爱德华二世不是自然死亡。”

“她怎么会知道这种事？”

“我叔叔安东尼告诉她的。因此我估摸这秘密是：伊莎贝拉王后把她丈夫谋杀了。”

“全国有一半人都是这么认为的。但要是有证明的话……塞西莉亚说了他是怎么遇害的了吗？”

凯瑞丝竭力思索着。“没说。我现在回想起来，她当时是这么说的：‘老国王不是摔死的。’我问她，他是不是被谋害的——但她没回答就死去了。”

“不过，若不是掩盖什么丑闻，何必为此编造出一个虚假的故事呢？”

“而托马斯的信件准是证明了这是丑闻，而且王后就参与其中。”

他们在思索的沉默中吃完了午餐。在修道院的日程表上，饭后的一小时是用来休息或阅读的。凯瑞丝和梅尔辛通常都要拖延一会儿。然而今天，梅尔辛惦记着新客栈正在抬上去的房梁的角度，那座客栈取名作“桥”，就建在麻风病人岛上。他俩如饥似渴地亲吻着，但他推开她，便匆匆赶回工地了。凯瑞丝心情怅惘地打开了一本题为《医术》的书，那是古希腊医师盖伦一部著作的拉丁文译本。那是世界医学的奠基石，她读这部著作是想弄清教士们在牛津和巴黎都学了些什么；不过到现在为止，她没发现什么于她有益的东西。

那侍女回来收拾桌子。“请你叫托马斯兄弟来这儿见我。”凯瑞丝说。她想确信，尽管有那番有摩擦的谈话，他们依旧是朋友。

托马斯未到之前，外面有一阵骚动。她听到人喊马嘶，说明一位贵族要引人注目了。过了不久，门给推开，走进来的是拉尔夫·菲茨杰拉德爵士，天奇的领主。

他满脸怒气，但凯瑞丝装作没注意到的样子。“你好，拉尔夫，”她尽可能友好地说，“这可是意外之喜，欢迎你到王桥来。”

“别提那个了。”他粗暴地说。他走到她座位的跟前，气势凌人地站在近处。“你知不知道你把全郡的农人都毁了？”

另一个身影随着他进来，站在门口，那是个大块头小脑袋的家伙，凯瑞丝认出来是他长期的跟班阿兰·弗恩希尔。两个人都佩剑带刀。凯瑞丝敏锐地意识到，她在这宅第里是独自一人。她竭力想缓和那局面。“你要不要来点火腿，拉尔夫？我刚吃完午饭。”

拉尔夫可不想转移目标。“你一直在偷走我的农民！”

“农民[①]还是雉鸡[②]？”

阿兰·弗恩希尔哈哈大笑。

拉尔夫脸红了，样子更危险了，凯瑞丝后悔她开了那个玩笑。“要是你拿我打趣，你会后悔的。”他说。

凯瑞丝倒了一杯淡啤酒。“我没有取笑你，”她说，“把你想的如实跟我说吧。”她把那杯淡啤酒递给他。

她发抖的手暴露了她的恐惧，但他没接那酒，而是冲她晃着一根指头。“雇工都从我的那些村子里跑了——我一打听，才知道他们都搬到属于你的村子里了，为的是赚高的工钱。”

凯瑞丝点点头。“要是你在卖一匹马，有两个人想买，你会不会卖给出价高的那个人呢？”

“那不一样。”

“我认为一样。喝点淡啤酒吧。”

他突然伸手一挥，从她手里打掉了啤酒。杯子掉在地上，淡啤酒洒到了铺草上。“他们是我的雇工。”

她的手青肿了，但她竭力不去顾及那疼痛，她弯下腰去，拣起杯子，放到侧桌上。“不一定吧，”她说，“要说他们是雇工，可你没有给他们土地，因此他们有权到别处去。”

“我还是他们的领主，妈的！还有一件事，有一天我向一个自由人提供租佃，可他拒绝了，就是因为能从王桥修道院得到更好的条款。”

“还是一样，拉尔夫。我需要我能得到的一切人，所以我给了他们想要的。”

“你是个女人，你没把问题想透彻。你看不出，最终会让大家都对同样的农人付出更多。”

---

①②原文分别为“peasants”和“pheasants”，读音相近。

“不一定。高工钱可能会吸引眼下没活干的人——比如说，强盗，或者在瘟疫后的空无一人的村子，四下觅食的流浪汉。还有一些现在是雇工却可能成为佃户的人，他们更卖力地干活，因为他们种上了自己的地。”

他用拳头砸在桌子上，她被这突然的声响惊得眨了下眼睛。“你没有权利改变老章程!”

“我认为我有这权利。”

他紧抓着她袍服的前襟。“哼，我是不会容忍这件事的!”

“把你的手放开，你这笨蛋。”她说。

就在这时，托马斯兄弟走了进来。“你叫我来——这魔鬼在这儿干吗呢?”

他神气十足地走进房间，拉尔夫像是突然被火烫了似的松开了凯瑞丝的袍服。托马斯没有武器，而且只有一条胳膊，但他先前制伏过拉尔夫一次；拉尔夫害怕他。

拉尔夫后退了一步，随后意识到他露出了惧色，不禁满脸羞惭。“我们在这儿没事了!”他大声说着，转向门口。

凯瑞丝说：“我在奥特罕比和别的地方的作为是完全合法的，拉尔夫。”

“打乱了自然秩序!”他说。

“没有法律反对这样做。”

阿兰为他的主人打开了房门。

“你等着瞧。”拉尔夫说罢，便走了出去。

六七

一三四九年三月，格温达和伍尔夫里克随内森总管到诺斯伍德小镇的周中集市去。

他们现今为拉尔夫爵士干活了。到这时为止，格温达和伍尔夫里克都逃过了瘟疫，但拉尔夫的好几个雇工都病死了，所以他需要人手；于是韦格利的总管内森，便主动带着他们前往。他付得起正常工钱，而珀金除去管饭，什么也不给。

他们刚一宣布要去给拉尔夫干活，珀金就发现他能够支付他们正常的工钱了——但为时已晚。

这一天，他们拉着从拉尔夫的森林运来的一车木头到诺斯伍德去卖，那地方从来就是个木材市场。萨姆和大卫两个男孩跟他们一起去：留在家中会没人照看的。格温达信不过她父亲，而她母亲两年前就死了。伍尔夫里克的双亲已经去世好久了。

市场上有好几个韦格利的乡亲。加斯帕德神父在为他的菜园买种子，格温达的父亲乔比正在出售刚刚猎杀的兔子。

总管内森是个后背歪扭的小个子，他举不起木头。他跟买主做交易，由伍尔夫里克和格温达搬木头。中午时分，他给了他们一便士，到广场周围一家小店“老橡树”去买午饭。他们买了韭菜烧咸肉，跟两个儿子分吃。八岁的大卫还是儿童的胃口，但十岁的萨姆长得很快，他那肚子总也填不饱。

他们正吃着，远远听到了一阵对话，引起了格温达的注意。

有一伙青年站在角落里，大罐喝着淡啤酒，他们全都衣衫破烂，只有一个长着浓密黄胡子的人穿着富裕农民或乡村工匠才有的上等装束：皮裤、高靴和一顶新帽。引起格温达竖起耳朵听的那句话是：“我们在奥特罕比给雇工一天两便士的工钱。”

她使劲听，想得到更多的消息，可是只抓到了片言只语。她已听说，由于瘟疫而缺少人手，有些雇主出了多于一天一便士的传统工钱。她对这种传闻将信将疑，因为听起来好得不像真的了。

她当时没有跟伍尔夫里克说什么，她丈夫并没有听见那些有魔力的词句，但她的心跳加速了。她和全家人多年来吃苦受穷，难道生活的转机来了吗？

她必将弄清更多的消息。

他们吃完之后，就坐在店外的一条板凳上看着俩儿子和别的孩子绕着据之起了店名的老橡树的粗大树干瞎跑。“伍尔夫里克，”她悄声说，“我们俩要是每人每天能挣上两便士怎么样？”

“怎么挣法？”

“到奥特罕比去。”她把听来的话告诉了他，“这可能是我们新生活的开始。”她结束了她的话。

“那样，我岂不是永远要不回我父亲的土地了吗？”

她恨不得能揍他一棍子。他当真还想着那件事发生吗？他该有多傻啊！

她竭力把语气放温柔。“从你失去遗产起，已经十二年了，”她说，“在这期间，拉尔夫越来越有势力了。从来就没有一点迹象他会对你发慈悲。你认为还有机会吗？”

他没有回答这个问题。“我们住在哪儿呢？”

“在奥特罕比该有房子的。”

“可拉尔夫肯让我们走吗？”

“他拦不住我们。我们是雇工，不是农奴。这你是知道的。”

“可拉尔夫知道吗？”

“咱们不给他反对的机会就是了。”

“我们怎样才能办到呢？”

“嗯……”她还没想透彻，但这时她明白必须当机立断了。“我们可以今天从这儿走。”

这是个骇人的想法。他俩长这么大都住在韦格利。伍尔夫里克甚至没搬过家。如今他们却在考虑住到一个从未见过的村子，甚至不回去说声再见。

但伍尔夫里克担心的是别的事。他指着广场对面蜡烛店前的驼背的总管。“内森会说什么呢?”

“我们别告诉他我们的打算。我们给他编个故事——就说我们由于某种原因，想在这儿过夜，明天再回去。这样的话，就没人知道我们在哪儿了。而且我们再也不回韦格利了。”

“再也不回去了。”伍尔夫里克沮丧地说。

格温达控制着她的不耐烦。她了解她的丈夫。伍尔夫里克一旦上路是绝不止步的，但他要用很长时间才会作出决定。他最终会绕回到这个主意上来的。他不是死脑筋，只是小心谨慎，要考虑周详。他不喜欢匆匆得出结论——而她却认为这是唯一的出路。

那个留着黄胡子的青年从“老橡树”里出来了。格温达四下观望:视界内没有韦格利的老乡。她站起身，拦住那人。“我听你说什么雇工一天能挣两便士，是吗?”她说。

“没错，太太，”他答道，“在奥特罕河谷里，从这儿向西南只消走半天。我们需要能得到的一切人手。”

“你是谁啊?”

“我是奥特罕比的扶犁手。我叫哈里。”

格温达推断着:奥特罕比应该是个繁荣的大村子，自己就有个扶犁手。大多数扶犁手都要给几个村子干活的。“领主是谁呢?”

“王桥女修道院的副院长。”

“凯瑞丝!”这可是个绝好的消息。凯瑞丝是信得过的。格温达的精神益发振奋了。

“对，她就是现任的女副院长，”哈里说，“一个非常果断的女子。”

“我知道。”

“她想有人耕她的地，这样才能让姐妹们吃饱肚子，而且她不听借口。”

“在奥特罕比有房子给雇工们住吗?还是带着家口的?”

“多的是。不幸啊，我们死于瘟疫的人太多啦。”

“你说就在这儿的西南方？”

“走向南的大路到贝特福德，然后再沿奥特罕河向上游走。”

格温达又小心起来了。“我不打算去。”她连忙说。

“啊。那是当然。”其实他并不信她的话。

“我真的是替一个朋友打听的。”她转身走了。

“好吧，告诉你的朋友尽量早来——我们还有春耕和播种等着干完呢。”

“好的。”

她觉得有点晕眩，像是喝了一大口烈酒。一天两便士——给凯瑞丝干活——离拉尔夫、珀金和风骚的安妮特有好几英里远！简直是梦。

她回来坐到伍尔夫里克身边。“你都听见了？”她问他。

“听见了。”他说。他指着小店门口站着的一个人影。“他也听见了。”

格温达看过去。那是她父亲。

“把那匹马套上缰。”在下午过半时，内森对伍尔夫里克说，“该回家了。”

伍尔夫里克说：“我们得要这一星期来的工钱了。”

“你们会像往常一样在星期六拿到工钱，”内森不容商量地说，“别废话了。”

伍尔夫里克并没有向马匹走去。“我要麻烦你今天就给我钱，”他坚持着，“我知道你有钱，你把木头都卖光了。”

内森转过身来，直瞪着他。“你为什么要早拿钱？”他气呼呼地说。

“因为我今晚不和你回韦格利了。”

内森这时吃了一惊。“为什么不?”

格温达答话了。“我们要到梅尔库姆去。”她说。

“什么?”内森勃然大怒。“你这种人到梅尔库姆去是没有事情的。”

“我们遇到一个渔夫，他需要人手，一天给两便士。”格温达早编好了这个故事，以防引人嗅出气味。

伍尔夫里克补充说：“向拉尔夫老爷致意，愿上帝在将来与他同在。”

格温达又找补说：“不过我们可不愿再见到他了。”她说这话时就为了听听那甜美的句子：再也不见拉尔夫了。

内森气恼地说：“他可能不希望你们走的!”

“我们不是农奴，我们又没地。拉尔夫禁止不了我们。”

“你是农奴的儿子。”内森对伍尔夫里克说。

“可拉尔夫不承认我有继承权，”伍尔夫里克答道，“他如今没法要求我效忠了。”

“一个穷人要坚持自己的权利可是件危险的事。”

“那倒是，”伍尔夫里克承认说，“不过我反正要这么做的。”

内森受挫了。“你会听到更多的这种话的。”他说。

“你要我把马拴到车上吗?”

内森一脸苦相。他本人做不来这种事。由于驼背，他干复杂的体力活都有困难，何况那匹马比他还高。“好吧，当然。”他说。

“我很乐意帮忙。你肯先把钱给我吗?”

内森面带怒容，掏出他的钱袋，数好了六枚银便士。

格温达接过钱，伍尔夫里克把马套上车。

内森二话没说就赶着车走了。

“好啦!”格温达说，“总算办妥了。”她看着伍尔夫里克。他咧开嘴笑着。她问他：“怎么回事?”

“我也不知道，”他说，“我觉得像是套了多年的颈箍，一下子被拿掉了。”

“好啊。”这正是她想要他感受的，“现在咱们找个地方过夜吧。”

“老橡树”在市场广场上占据了最好的位置，价钱因此最高。他们在小镇里四下寻找便宜些的地方。最终他们进了“门宅”小店，格温达和他们谈妥了他们四口人的食宿——当天的晚饭，地面上一领草席和次日的早餐——花一便士。两个男孩要是得走整整一上午，就必须睡好，吃饱早餐。

她高兴得难以入睡。她也有所担忧。她在带着全家人走上什么路呢？她只是听了一个陌生人的一句话：她们到了奥特罕比之后会得到什么。她实在应该再落实一下然后迈出这一步。

但是她和伍尔夫里克已经陷在那个坑里足足十年了，何况奥特罕比的扶犁手哈里又是第一个给他们指明出路的人呢。

早餐供应得还凑合：稀粥和加水的苹果汁。格温达买了一大条新面包，准备全家在路上吃，伍尔夫里克则把他那只皮口袋装满了清凉的井水。他们在日出后一小时就出了城门，踏上向南去的大路了。

他们走在路上的时候，她想到了她父亲乔比。他一听说她没回韦格利，就会想起他听到的谈话，猜到她去了奥特罕比。他不会被梅尔库姆的说法所愚弄：他本人是个出色的骗子，经验老到，这样简单的小把戏绝蒙不了他。不过，会有人想到跟他打听她的去处吗？人人都知道，她从来不和她父亲说话。而且，就算他们当真问到他，他会把他的怀疑全盘托出吗？也许，他的一丝残存的父爱会使他保护她吧？

她对此无能为力，所以干脆不去考虑他了。

那是个行路的好天气。地面松软，有不久前的雨水湿润着，因此不见尘土，而且天气干燥，阳光适度，不冷也不热。两个孩子很快就走累了，尤其是小的那个大卫，不过伍尔夫里克善于用歌曲和童谣转移他们的注意力，还考问他们知不知道树木的名称，跟他们做数字游戏，给他们讲故事。

格温达简直难以相信他们的决定。昨天的这一时刻，还觉得他们的生活永远都改变不了：苦工、受穷，没有指望，会是他们一辈子的命运。而如今，他们正在奔向新生活的大路。

她想到了她和伍尔夫里克住了十年的那所房子。她没有丢下很多东西：几个做饭的锅，一堆新劈的木柴，半块火腿和四条毯子。她除去身上穿的再没有别的衣服，伍尔夫里克和孩子们也一样，没有珠宝、缎带、手套或梳子。十年前，伍尔夫里克在院子里养过鸡和猪，但是在赤贫的日子里，都逐渐把它们吃掉或卖掉了。他们那点家当，在奥特罕比那充满希望的地方，一星期的工钱就可以买好补齐了。

按照哈里的指点，他们在奥特罕河的一处泥泞渡口过河来到南面的大路上，然后向西，沿河向上游走。他们越往前走，河流越窄，直到两条山脉夹着的土地。“真棒，多肥的土地啊，”伍尔夫里克说，“只是耕起来要用重犁了。”

中午时分，他们来到了有石头教堂的大村庄。他们到达教堂紧邻的一栋木材加灰浆的房子门前。格温达慌里慌张地敲着门。难道会有人告诉她，扶犁手哈里不知道自己在说些什么，这里根本就没有活计？难道她让全家走了半天却一无所获？要是返回韦格利，求内森总管再重新收留他们该有多么羞辱啊。

一个灰发老妇来到门口。她盯着格温达，那怀疑的目光是一切地方的村民看陌生人时都会有的。“嗯？”

“午安，太太，”格温达说，“这里是奥特罕比吗？”

“是啊。”

"我们是找活干的雇工。扶犁手哈里告诉我们到这儿来的。"

"是吗?"

格温达不知道是出了什么岔子，还是这老妇人就是坏脾气。她几乎把这个问题问出口了。她控制住自己，改口说："哈里住在这房子里吗?"

"当然不，"那老妇答道，"他只是个扶犁手。这里是总管的家。"

格温达猜想，总管和扶犁手有些不和。"这么说，我们也许该见见总管。"

"他不在这儿。"

格温达耐心地说："你能不能发发善心，告诉我们在哪儿能找到他?"

那妇人指着山谷对面。"北地。"

格温达转身去看所指的方向。待她再转回来，那老妇已经进了房子不露面了。

伍尔夫里克说："她像是不高兴见到我们。"

"老年妇女都不喜欢变动，"格温达评论说，"咱们把总管找出来吧。"

"孩子们都累了。"

"他们很快就能休息了。"

他们迈步穿过田地。田垄上一片忙碌景象。儿童们在犁过的地里拣着石子，妇女们在撒种，男人们在用大车运粪肥。格温达看到了远处的耕牛，八头犍牛在湿润、沉重的土地上耐心地拉着犁。

他们遇到了一伙男女正在使劲地移动陷在沟里的一部马拉耙。格温达和伍尔夫里克伸手帮忙，把耙往沟外推。伍尔夫里克宽大的后背扭转了局面，耙给推出了沟。

所有的村民都转过来打量着伍尔夫里克。一个脸上一侧因一块旧烫伤而破了相的高个子男人友好地说："你是个有用的伙计——你是谁？"

"我是伍尔夫里克，我妻子叫格温达。我们是找活儿干的雇工。"

"你正是我们需要的人，伍尔夫里克，"那人说，"我是卡尔·沙夫茨别里。"他伸出手来握手。"欢迎到奥特罕比来。"

拉尔夫在八天之后就来了。

伍尔夫里克和格温达已经搬进了一栋修理得很好的小屋，里面有石砌的烟囱和楼上的卧室，他们可以和孩子们分开睡觉了。他们受到了年长而且保守的村民存有戒心的接纳——尤其是总管威尔和他的妻子维，就是他们刚到的那天态度粗暴的那个老妇人。但扶犁手哈里和年纪较轻的人则对这样的变革很兴奋，而且乐于在地里有了帮手。

他们照约定一天拿到两便士的工钱，格温达急切地盼望着他们干满了一星期活的第一个周末，到时候他俩每人都能拿到十二便士——一先令啊！——比他们先前挣的最高的工钱都要高一倍呢。他们该怎么花这一笔钱呢？

无论伍尔夫里克还是格温达都没在韦格利之外的地方干过活，他们惊讶地发现，村子和村子并不一样。这里的最高掌权人是王桥的女修道院副院长，这就是不同的原因。拉尔夫的统治是个人专横式的：求他点事简直就是冒险。对比起来，奥特罕比的人似乎在大多数情况下好像都知道女副院长所想，遇到争执他们就会揣摩，若是请她裁决，她会怎么说。

这类轻微的分歧，在拉尔夫到来时就发生了。

夕阳西下，他们都从地里向家中走：大人们干活都累了，孩子们在前头跑着，扶犁手哈里赶着没卸轭的牛群殿后。脸上有烫伤的卡尔·沙夫茨别里和伍尔夫里克及格温达一样，都是新来的，他在清晨抓了三条鳗鱼给家里人当晚饭，因为那天刚好是星期五。问题在于：雇工是否和佃户同样有权在斋戒日里从奥特罕河里捕鱼。扶犁手哈里说，这种特权扩展到了奥特罕比的全体居民。总管太太维则说，佃户对地主享有惯常的定例，而雇工却没有，有额外义务的人应该有额外的权利。

人们把威尔总管叫来作决定，他的裁决却不同于他妻子。“我相信副院长嬷嬷会说，若是教会希望人们吃鱼，那么就该给他们提供吃的鱼。”他说，当即被大家一致接受了。

格温达向村子望去，她看到了两个骑马的人。

一股冷风猛然吹了过来。

来人在田地对面的半英里开外，正在与村民们走的小路成角度地斜插向住宅。她看得出他们有武器。他们骑着高头大马，而且衣着臃肿——好斗的人通常都穿着厚厚的衲袄。她用臂肘捅了捅伍尔夫里克。

“我已经看见了。”他阴沉着脸说。

这种人到一个村子不会是没目的的。他们轻贱种庄稼和养家畜的百姓。他们来的目的通常只是为了从农人手中拿走他们高傲得不肯自己动手制作的东西：面包、肉类和饮料。他们自视的权利和自定的价格，总是与农民的看法有出入；因此麻烦是不可免的。

又过了一会儿，所有的村民都看到了他们，人群立刻安静下来。格温达注意到，哈里轰着牛群稍稍转了下方向，朝村子的远端走去，不过她无法当即猜出其原因。

格温达肯定，这两个人是来找外逃的雇工的。她暗自祈祷，他们会是卡尔·沙夫茨别里或别的新来的人原先的雇主。然而，当村民们走近那两个骑马的人时，她认出了拉尔夫·菲茨杰拉德和阿兰·弗恩希尔，她的心沉了下去。

这正是她畏惧的时刻。她早已知道，拉尔夫总有机会会发现他们跑去的地方：她父亲可能猜得到，而且不能指望他会闭口不说。虽说拉尔夫无权把他们带回去，但他是骑士，是贵族，这种人通常都是为所欲为的。

要跑已经来不及了。人群走在宽阔的耕地之间的小径上：如若有人从中外逃，拉尔夫和阿兰会一眼看到并追将上去；那样一来，格温达和她的家人就会失去和其他村民在一起而可能多少有一些的保护了。他们在开阔地里无处可走了。

她叫着她的俩儿子："萨姆！大卫！过来！"

他们要么是没听见，要么是不想回来，还在继续向前跑。格温达去追他们，可他们以为这是在做游戏，竭力跑着让她抓不到。这会儿他们已经到了村边了，而她却觉得没力气去捉他们了。她几乎带着哭腔喊道："回来！"

伍尔夫里克接过手去。他越过她，毫不费力地赶上了大卫。他把那孩子揽到了怀里。但他来不及捉萨姆了，那孩子高声笑着跑进了分散的住房中。

两个骑马的人在教堂边拉住了缰绳。在萨姆向他们跑来时，拉尔夫催马向前，然后从鞍上俯身，抓住了那孩子的衬衣。萨姆吓得一声大叫。

格温达尖声惊呼。

拉尔夫把孩子放到马的颈后。

伍尔夫里克挟着大卫，赶过来拦在拉尔夫马前。

拉尔夫说："我猜，这是你的儿子吧。"

格温达吓坏了。她担心她的儿子。拉尔夫若是攻击一个孩子未免有失尊严，但难免出个事故。而且还有另一层危险。

伍尔夫里克看到拉尔夫和萨姆在一起，就可能明白他们是父子。

萨姆当然还是个小男孩，有儿童的身体和面容，但他长着拉尔夫的粗硬头发和深色眼睛，他那瘦瘦的肩膀也又宽又方。

格温达瞅着她丈夫。伍尔夫里克的表情中没有迹象表明他看出了在她看来是如此明显的事实。她扫视着其他村民的面孔。他们似乎对这赤裸裸的事实不以为意——只有总管老婆维是例外，她死盯着格温达看。那老悍妇说不定猜出了些什么。不过别人倒是一时还没看出端倪。

威尔来到前面，对两个不速之客开了口。“日安，老爷们。我叫威尔，是奥特罕比的总管。我请你——”

“闭嘴，总管。”拉尔夫说。他指着伍尔夫里克。“他在这儿干什么？”

别的村民明白过来，他们并不是老爷发怒的目标，格温达感到紧张气氛稍有缓解。

威尔回答：“老爷，他是个雇工，经王桥女修道院副院长的许可受雇——”

“他是个逃工，他得回去。”拉尔夫说。

威尔心中害怕，说不出话来了。

卡尔·沙夫茨别里说：“你有什么权力这样要求？”

拉尔夫窥视着卡尔，像是记起了他的容貌。“当心点你的舌头，不然我就把你另一边脸也破掉相。”

威尔紧张地说：“我们可不愿意看到流血。”

“算你聪明，总管，”拉尔夫说，“这个傲慢的农民是谁？”

“甭管我是谁，骑士，”卡尔不客气地说，“我知道你是什么人。你是拉尔夫·菲茨杰拉德，我见过你在夏陵的法庭上被判犯有强奸罪，并处以死刑。”

“可我没死，对吧？”拉尔夫说。

“不过，你是该死的。而且你对雇工是没有领主权的。要是你想动武，你就会受到一次厉害的教训。”

好几个人都长出了一口气。这样对一个武装的骑士讲话，可有点胆大妄为。

伍尔夫里克说：“别说了，卡尔。我可不想让你为我的缘故死掉。”

“不是为了你的缘故，”卡尔说，“要是让这个恶棍把你拖走，下一周就会有人冲我而来。我们得团结一致。我们不是孤立无助的。”

卡尔是条大汉，和伍尔夫里克一样宽，却比他还要高，格温达看得出，他是说话算数的。她胆怯了。他们要是打起来，就会是一场恶斗——而她的萨姆还在拉尔夫的马上呢。“我们跟上拉尔夫走算了，”她痛不欲生地说，“那样会好些。”

卡尔说：“不，不能那样。我不准他把你们带走，不管你愿不愿意我这样。这也是为了我自己。”

人群中一片低声赞同。格温达四下看了一圈。大多数男人都握着锨或锄，而且看样子随时都会挥动起来，尽管脸上有害怕的神色。

伍尔夫里克转过身背对着拉尔夫，急切地低声说：“女人们，带上孩子去教堂——马上!”

好几名妇女抓起学步的小孩，用胳膊夹着大些的孩子。格温达待在原地没动，好几个年轻妇女也和她一样坚持着。村民们本能地靠拢，肩并着肩。

拉尔夫与阿兰惊慌失措了。他们没料到会面对着一群五十多人的好斗的农民。不过，他们骑在马上，所以随时都可以想跑就跑。

拉尔夫说：“好吧，也许我就只把这男孩带回韦格利吧。”

格温达吓得大口喘气。

拉尔夫接着说：“之后，要是他的父母想要他，可以回到他们所属的地方去。”

格温达简直要发狂了。拉尔夫抓着萨姆，他随时都可以拍马就走。她发出了一声歇斯底里的尖叫。她已经想好了，要是他调转马头，她就扑向他，尽力把他拖下马鞍。她向前迈了一步。

这时，她看到了拉尔夫和阿兰身后有一群牛。扶犁手哈里正赶着这群牛从远端穿村而来。八头庞大的牲畜笨拙地走向教堂前的这块地方，然后停了下来，呆呆地四下张望，不知该向哪里走。哈里站在牛群后。拉尔夫和阿兰发现自己处于三角形的包围圈里，被村民、牛群和石砌教堂堵在中间。

格温达猜测，哈里早就想好了这一招，来制止拉尔夫挟持伍尔夫里克和她本人跑走。但这一招对目前的局面照样管用。

卡尔说："把孩子放下，拉尔夫老爷，然后好好走你的。"

格温达心想，麻烦在于拉尔夫要是退让，就难以不丢脸。他会做些什么举动，避免显得愚蠢，那是骄傲的骑士最怕的了。他们整天都谈着他们的荣誉，其实不值分文——只要合适，他们就会把荣誉丢尽。他们真正推崇的是他们的尊严。他们宁死也不肯受辱。

那局面僵持了一阵子：挟持着孩子骑在马上的骑士；反叛的村民和默默的牛群。

后来拉尔夫把萨姆放到了地上。

格温达的眼睛里涌出了舒心的泪水。

萨姆跑到她身边，两臂搂着她的腰，放声哭了。

村民们都松了口气，男人们放下了他们的锨和锄。

拉尔夫一提缰绳，叫着"吁！吁！"马向后退去。他一踢马刺，直对着人群冲来。众人散开了。阿兰骑马紧随其后。村民们只好让出一条路，结果在泥地上乱糟糟地摔了屁股墩。他们是互相绊倒的，奇怪的是，没人让马踢着。

拉尔夫和阿兰骑出村子时放声大笑，仿佛整个这场对阵只不过是一个大玩笑。

但实际上，拉尔夫丢了脸。

格温达敢肯定，这就意味着他还会回来。

六八

伯爵城堡丝毫未变。梅尔辛回忆起，十二年前，他曾奉命拆除老城堡，建起适合伯爵在和平的乡间度日的新型现代宫殿。但他婉拒了那项工程，更想设计王桥的新桥。似乎从那时起，该项工程就萎缩了，因为这里依旧是那道“8”字形的城墙，外有两座吊桥，以及隐蔽在上层环路中的旧式暗碉——里面已经住进了人家，他们如同惊惧的野兔一样躲在洞穴的尽头，并不知道再没有狐狸的威胁了。这地方大概同阿莲娜女士和建筑匠师杰克的时代相差无几。

梅尔辛是和凯瑞丝一起来的，凯瑞丝是应伯爵夫人菲莉帕太太之召。威廉伯爵病倒了，菲莉帕认为她丈夫患了瘟疫。凯瑞丝心情抑郁。她原以为瘟疫已经过去。在王桥，已经有六个星期没人害那病而死亡了。

凯瑞丝和梅尔辛是当即就出发的。然而，送信人从伯爵城堡到王桥路上就花去两天，而他俩抵达城堡还要耗去相同的时间，因此很可能是伯爵已经归天或者只在苟延残喘。“我所能做的一切只能是给他一些罂粟精，减少些他临终的痛楚，”凯瑞丝在路上这样说。

“你做得比那要多，”梅尔辛当时说，“你的在场就给人慰藉。你态度平静又懂得医道，你说的他们都懂，都是有关肿胀、精神错乱和疼痛的事——你并不想用些哄人的术语来引起他们的注意，那只会使他们感到自己无知和无力，吓得不知所措。你只要在场，他们就觉得已经尽到了一切力量；这正是他们所要的。”

“我希望你说得对。”

梅尔辛的说法算是保守的。他曾不止一次地看到，经过凯瑞丝一阵子劝慰，一个狂躁的男人或女人就会变得理智，能够应对任何情况了。

自从瘟疫传入以来，她的天赋得以发挥，赢得了几乎是神奇的名声。方圆若干英里之内，无人不知她和她那些修女，她们不顾个人安危，甚至在修士们出逃之后，始终坚持照看病人。他们认为她是个圣者。

城堡院落内部的气氛十分压抑。那些执行日常公务的人都在各尽其责：取木柴和水，喂马和磨刀，烤面包和杀家畜。其余的许多人——书记员、武装人员、送信人——则散坐在四周，无所事事，只候着病房中传来的消息。

梅尔辛和凯瑞丝穿过内桥走进城堡时，白嘴鸦呱呱叫着，算是欢迎却带着嘲讽。梅尔辛的父亲杰拉德爵士总是宣称自己是杰克和阿莲娜之子托马斯伯爵的直系后裔。当梅尔辛数着通向大厅的台阶，小心翼翼地踏上由千万双靴子踩出来的光滑的坑坑洼洼时，他心想，他的先人大概就踏过这些旧石头。对他而言，这种念头即使有趣，也微不足道。与他相比，他弟弟拉尔夫倒是迷恋于恢复家族先前的光荣。

凯瑞丝走在他前面，她上台阶时臀部的扭动，使他不禁咧嘴笑了。他无法和她夜夜同眠共枕，这使他沮丧，但他们单独相聚的少有的机会让他更加激动。昨天，他俩度过了一个温和的春日午后，在阳光下的林中空地上销魂，他们的马匹则在近处吃草，毫不理睬他们的激情。

这是一种古怪的关系，而她则是一个非同寻常的女性：一个怀疑宗教大部分教诲的女修道院副院长；一个反对医生临时整治手段的受拥戴的医者；一个只要能逃离修道院就会激情不已地与她的男人做爱的修女。梅尔辛告诉自己：如果我想有正常的关系，我本应该找个正常的姑娘的。

大厅里到处是人。有些人在干活：铺下新草，添柴蓄火，准备餐桌；其余的人就在听候差遣。这间长屋子的尽头，靠近通向伯爵私人住区的楼梯脚边，梅尔辛看到坐着一位衣裙华贵的大约十三岁的少女。她站起身，迈着相当端庄的步伐，向他们迎面走来，梅尔辛醒悟到，她准是菲莉帕夫人的女儿。她像她母亲一样，身材高挑，呈葫芦形曲线。“我是奥狄拉小姐。”她说话时有一丝地道的菲莉帕式的高傲。尽管她很沉静，但她那年轻的眼圈却因为哭泣而红肿。“你一定是凯瑞丝嬷嬷了。感谢你来探视我父亲。”

梅尔辛说：“我是王桥教区公会的会长，桥梁匠师梅尔辛。威廉伯爵怎么样了?”

“他病得很厉害，而且我的两个哥哥也都倒下了。”梅尔辛回忆起，伯爵和夫人有两个男孩，大概是十九、二十岁上下吧。“我母亲请副院长女士马上到他们那儿去。”

凯瑞丝说：“那是当然。”

奥狄拉上了楼。凯瑞丝从她的袋子里掏出一条亚麻布，挡着口鼻系紧，然后跟了上去。

梅尔辛坐到一条板凳上等候。虽说他安于偶尔一次的男欢女爱，但并没阻止他热切地寻求额外的机会，他用急切的目光巡视着这建筑，推测着睡眠的安排。不幸的是，这房子的布局是传统式的。这间大屋子，也就是大厅，是几乎所有人吃饭和睡觉的地方。楼梯大概通向一个屋顶室，即伯爵和伯爵夫人的卧室。现代城堡都有整套的房间供家人和客人居住，但这里像是没有这样奢侈的设计。今夜，梅尔辛和凯瑞丝可能得在这大厅的地板上并排而卧，但除去睡觉，他们什么也做不成，否则定会引起流言。

过了一会儿，菲莉帕夫人从屋顶室出来，走下楼梯。她像个女王似的进入房间，明知所有的目光都集中到了她身上，梅尔辛总是心中这样暗想。她神态的尊贵只会益发突出她那诱人的浑圆的臀部和高耸的胸脯。不过今天，她平素安详的面容稍显异样，几绺头发从头饰中散落出来，给她那心烦意乱的神态平添了迷人的妖娆。

梅尔辛站起身，毕恭毕敬地望着她。

她说："正如我担心的，我丈夫得了瘟疫；我的两个儿子也一样。"

周围的人垂头丧气地咕哝着。

当然，这可能只是那传染病的最后残存；不过也可能很容易地成为新的爆发的起点——梅尔辛心想，全靠上帝保佑了。

他问："伯爵感觉如何？"

菲莉帕挨着他坐到了板凳上。即使她沉溺在悲痛中，他也正迷恋着凯瑞丝，他依旧感到了她女性的磁力。"你的俩儿子呢？"他又问。

她低头看着膝头，仿佛在琢磨织进她蓝色裙袍的金银线图案。"和他们的父亲一样。"

梅尔辛安慰着说："这对你太难过了，夫人，太难过了。"

她审慎地瞥了他一眼。"你可不像你弟弟，是吧？"

梅尔辛知道，拉尔夫以他自己那种鬼迷心窍的方式暗恋着菲莉帕多年了。她是不是意识到了？梅尔辛不晓得。他心想，拉尔夫倒是挑对了。若是你想有一种无望的爱，挑一个非同一般的女性，倒是蛮不错的。"拉尔夫和我是大不一样的。"他不带感情地说。

"我记得你少年时的样子。你胆子够大的——你告诉我要买一块绿绸子配我的眼睛。后来你弟弟就动手打架了。"

"我有时认为，兄弟俩中的弟弟故意要与哥哥相反，只是为了显示其不同。"

"我这两个儿子还真是这样。罗洛像他父亲和祖父一样，意志坚强，处事果断；而里克则心地善良，乐于助人。"她哭了起来，

"噢，上帝，我就要失去他们父子三人了。"

梅尔辛握住她的一只手。"你没法说会发生什么，"他轻柔地说，"我在佛罗伦萨染上了瘟疫，可我活下来了。我女儿根本就没得病。"

她抬头看着他。"你妻子呢?"

梅尔辛低头看着他们握在一起的手。他看到菲莉帕的手明显比他的褶皱多，哪怕他们的年龄差距只有四岁。他说："西尔维娅死了。"

"我祈祷上帝让我也得病吧。若是我的家人都死了，我也愿意走了。"

"肯定不会的。"

"贵族妇女嫁给她们不爱的男人是命运——可是你看，我嫁给威廉算够幸运的了。虽然是别人给我选择了他，但我从一开始就爱着他。"她没法继续说下去了，"我无法忍受有别人……"

"你这会儿当然是这么想。"梅尔辛揣度，她丈夫还活着的时候这样讲不大相宜。但她已悲痛过度，就顾不上风范，说出了心里所想的而已。她竭力使自己镇定下来。"你呢?"她说，"你再婚了吗?"

"没有。"他难以解释，他正和王桥的女修道院副院长有着恋情。"不过，我觉得我是能再娶的，只要那合适的女人……愿意。你到最后可能也会这么想的。"

"可是你不明白。作为没有继承人的伯爵的遗孀，我只能嫁给爱德华国王为我选中的人。而国王是不会考虑我的愿望的。他只关心谁会继任为夏陵伯爵。"

"我懂了。"梅尔辛先前没想到这一点。他能够设想，那个一心爱着前夫的寡妇对一桩安排下的婚姻会特别生厌的。

"我的第一个丈夫还活着的时候我就谈另一个丈夫是多么骇人

啊，”她说，“我不知道是什么控制了我。”

梅尔辛同情地拍拍她的手。“这是可以理解的。”

楼梯顶部的门打开了，凯瑞丝出来了，一边用一块布擦干她的手。梅尔辛突然感到握着菲莉帕的手不自在。他不由得想甩掉她的手，但意识到那会看起来太负疚，就阻住了那冲动。他对凯瑞丝微微一笑，说：“你的病人怎么样了？”

凯瑞丝的目光落到了他们握在一起的手，但没有说什么。她走下楼梯，解着亚麻面罩。

菲莉帕从容地抽出了她的手。

凯瑞丝取下面罩，说：“很抱歉，不得不告诉你，夫人，威廉伯爵去世了。”

“我需要一匹新马。”拉尔夫·菲茨杰拉德说。他心爱的坐骑“怪兽”越来越老了。这匹精神十足的栗色马左后腿扭伤了，好几个月才好，现在那条腿又瘸了。拉尔夫感到难过。“怪兽”还是他当青年扈从时罗兰伯爵送给他的，从那时起就没离开过他，还上过对法战争的战场。这匹马还可以让他再骑上几年，在他的领地里从一村逍遥地逛到另一村，但参与狩猎的日子算是结束了。

“我们明天就到夏陵的集市上再买一匹。”阿兰·弗恩希尔说。

他们在马厩里，察看“怪兽”的鬃毛。拉尔夫喜欢马厩。他欣赏那里的土味，马匹的力和美，也乐于与那些沉浸在体力活动中的粗鲁汉子为伴。马厩还把他带回他的青年时代，那时的世界似乎只是个简朴的地方。

开始他并没有响应阿兰的提议。阿兰并不知道的是，拉尔夫没有买马的钱。

瘟疫最初曾让他发了财，靠的是继承税：通常由父传子的一代继承的土地，在几个月之内就换两三次手，而每一次他都会有一笔收入——按传统是一匹好马，但往往用现金支付。可是后来土地由于缺乏人手耕种而荒废了。同时，农产品价格又降低了。结果就是拉尔夫的收入无论是现金还是实物都大大减少了。

他心想，事情糟糕透顶，骑士都买不起马了。

这时他想起，内森总管今天该到天奇大厅里交韦格利的季度贡赋了。每年春季，那村子就必须为其领主提供二十四只一岁的小羊。可以把它们赶到夏陵的市场上出售，卖的钱即使不足以买一匹狩猎的马，也可以买一匹坐马了。“好吧，”拉尔夫对阿兰说，“咱们去看看，韦格利的总管是不是到这儿了。”

他们走进了大厅。这是个妇女的活动区，拉尔夫的情绪一下子就低落了。蒂莉坐在壁炉边，喂着他们三个月的儿子杰里。尽管蒂莉年龄尚小，母子二人都生气勃勃，十分健康。她那轻盈的少女身材奇迹般地变化了：她如今有了一对饱胀的乳房，奶头又大又挺，那婴儿正贪馋地吮着。她的肚皮松垂着，如同老妇人。拉尔夫已经好几个月没有和她同床，说不定永远都不会了。

不远处坐着婴儿随着取名的祖父杰拉德爵士，还有莫德太太。拉尔夫的父母如今年老体衰，但他们每天早晨都要从村里的住所来大厅看孙子。莫德说，小家伙模样像拉尔夫，但他却看不出相似之处。

拉尔夫看到内森也在大厅里，心里很高兴。

驼背总管一下子从板凳上蹦起来。“日安，拉尔夫爵士。”他说。

拉尔夫观察到，内森用一种惭愧的目光看着他。“你这是怎么了，内森？”他问道，“你把我的羊带来了吗？”

“没有，老爷。”

“为什么他妈的没有？”

“我们一只都没有了，老爷。韦格利没有剩下一只羊，只有些老母羊了。”

拉尔夫没有想到。“有人偷走了吗？”

“没有，可是已经给了您一些羊了，是作为遗产贡物在羊主人死时交的，后来，我们找不到一个佃户肯接管牧羊人杰克的土地，许多羊在过冬时死掉了。再后来，今年春天没人管羊羔的事，所以我们就损失了大部分羊羔和一些母羊。”

“可这是不可能的！”拉尔夫气汹汹地说，“要是佃农们都让牲畜死掉，贵族该怎么活呢？”

“我们原以为瘟疫在一月和二月份减轻后会过去的，现如今像是又回来了。”

拉尔夫控制住一次恐惧的战栗。他和大家一样，曾经感谢上帝让他逃过了瘟疫。难道当真又返回了？

内森继续说：“珀金这个星期死了，还有他老婆佩姬、他儿子罗勃和他女婿比利·霍华德。只留下安妮特和需要经营的全部土地，她大概是力所不及了。”

“好吧，那总该有和财产相应的遗产贡赋吧。”

“会有的吧，等我找到肯接手的佃户再说吧。”

议会正在通过新的法令，制止雇工在国内游荡要求更高的工钱。这条法令一经形成，拉尔夫就要强制执行，把他的雇工都弄回来。他如今明白了，即使到了那时，他也难以找到佃户。

内森说：“我估摸您已经听说伯爵死了的事了。”

“没有！”拉尔夫又吃了一惊。

“什么？”杰拉德爵士问，“威廉爵士死了？”

“得了瘟疫。”内森解释说。

蒂莉说：“可怜的威廉叔叔！”

婴儿感到了她的情绪，抽泣起来。

拉尔夫用压倒那乱哄哄的声音说：“什么时候死的？”

“就在三天以前。”内森答道。

蒂莉把奶头塞进婴儿嘴里，让他闭上了嘴。

“所以威廉的长子是新伯爵了，”拉尔夫沉思着，“他还不足二十岁呢。”

内森摇起头。“罗洛也死于瘟疫了。”

“那就是小儿子——”

“也死了。”

“两个儿子！”拉尔夫心跳加速了。他始终梦想着当夏陵的伯爵。如今瘟疫给了他机遇。何况瘟疫还提高了他的当选概率，因为这一头衔的许多条件相仿的候选人都已经死掉了。

他迎到了他父亲的目光。杰拉德爵士也出现了同样的念头。

蒂莉说：“罗洛和里克都死了——这太可怕了。”她开始哭起来。

拉尔夫不理睬她，竭力想着全部的可能性。“咱们数一数，还有哪些亲戚活着呢？”

杰拉德对内森说：“我猜伯爵夫人也死了吧？”

“没有，老爷。菲莉帕夫人还健在。还有她的女儿奥狄拉。”

“啊！”杰拉德说，“这么说，无论国王选中谁，都要娶菲莉帕，以成为伯爵。”

拉尔夫恍然大悟。他从少年时就梦想着娶菲莉帕夫人。如今有了机遇，他的野心可以一箭双雕地实现了。

但他是已婚的。

杰拉德说：“就是这么回事了。”他向椅子上一靠，他的激动来得疾，也去得快。

拉尔夫看了看蒂莉，她正一边喂奶一边哭泣。她年龄只有十五岁，个子勉强五英尺高，却如同一座城堡，矗立在他和他梦寐以求的前途之间。

他痛恨她。

威廉伯爵的葬礼在王桥大教堂举行。除去托马斯兄弟，已经没有修士了，不过亨利主教主持了仪式，修女们唱了圣歌。菲莉帕夫人和奥狄拉小姐都戴着厚厚的面纱，跟在棺材后面。拉尔夫发现，尽管在场的人都演戏似的穿着黑色丧服，却缺乏出席要人葬礼惯有的庄重感情，历史时刻流逝的场景如同大河的流淌。每天到处都有人死去，连贵族的死亡如今也司空见惯了。

他不晓得，与会的人群中是否有人受到了感染，甚至此时此刻就在通过他的呼吸或眼中看不见的目光传播着疾病。想到这里，拉尔夫不禁发抖。他曾多次面临死亡，学会了在战斗中控制畏惧情绪；但疫病这敌人却是无法对垒的。瘟疫这个杀手从背后捅你一刀，不等你看到它就早已溜走了。拉尔夫打了个冷战，竭力不去想它。

拉尔夫身边是高个子的格利高里·朗费罗爵士，这位律师此前曾多次介入与王桥相关的诉讼。格利高里如今是国王枢密院的一员，该机构由一群技术专家组成，为王室出谋划策——不是就国王应做之事，那是议会的功能，而是就国王应如何办成那些事情提出建议。

王家通告常常在教堂的祈祷活动，尤其像这样的重大仪式上宣布。今天，亨利主教便借机解释了新的雇工法令。拉尔夫猜想，是格利高里爵士带来了这一消息，并留下来看看人们接受时的反应。

拉尔夫认真地听着。他从未被议会召去过，但他曾对威廉爵士和彼得·杰夫里斯爵士谈及劳动危机，威廉是上院成员，彼得则是下院中夏陵的代表；因此他了解讨论的情况。

“每个人都必须为他居住地的领主工作，而不准迁往另一村或为另一主人工作，除非他的领主豁免他。”主教说。

拉尔夫欢欣鼓舞。他早就知道会有这样的法令，但他还是为终于成为官方法令而庆幸。

在瘟疫之前，从来没有过劳动力短缺的现象。相反，许多村庄都劳力过剩，不知应该如何处理。当无地的人找不到付工钱的工作时，便只好求告于领主发善心——无论帮不帮忙，对领主都是很棘手的事情。因此，他们若是愿意迁到别处，领主会如释重负，当然就不需要动用法律来限制他们出走。眼下雇工们都处于主动地位——这种局面显然不容许继续下去。

主教宣讲之后，与会的人们发出赞同的议论声。王桥镇民本身受影响不大，但那些从乡下赶来参加葬礼的人，主要都是雇主而不是雇工。新法律就是由他们为自己制定的。

主教继续说："现在，要求、提供或接受高于一三四七年同等工作的工钱，都是犯罪。"

拉尔夫点头同意。连待在村里没走的雇工都在要求涨工钱。他希望，这一法律会制止这股风气。

格利高里爵士与他目光相通。"我看到你点头了，"他说，"你是赞成的吧？"

"正是我们所需要的，"拉尔夫说，"我会在接下来的几个星期里强制执行这条法律。有两三个从我领地外逃的人，我特别要带回来的。"

"要是可以的话，我就跟你一起去，"那律师说道，"我倒要看看事情是如何办理的。"

六九

奥特罕比的教士死于了瘟疫，从那时起教堂里就一直没有祈祷活动了；因此，礼拜天上午，教堂的钟声响起时，格温达很感惊奇。

伍尔夫里克先去打探，回来报告说，有一个游方教士德瑞克神父到来了；于是格温达迅速地给孩子们洗好了脸，全家就出门了。

那是个春季的大晴天，沐浴在阳光下的小教堂的灰色旧石头，清晰醒目。全体村民都出动了，好奇地想一睹新来的教士。

德瑞克神父原来是个十分健谈的城里教士，他那身衣装对一座乡村教堂来讲，显得过分华丽。格温达不知道他的来访会有什么特殊意义。难道是有什么原因使得教会的上层忽然想起了这一教区的存在吗？她告诉自己遇事总往最坏处想是个坏习惯，但她照样感到有什么不对头。

她和伍尔夫里克及孩子们站在中殿，看着那教士完成一套仪式，她那种不祥的预感越来越强烈了。通常，教士在祈祷或颂诗时都要看着听众，以强调这一切都是为了他们，而不是他本人和上帝之间的私下交流；但德瑞克神父的目光掠过了他们的头顶。

她很快就明白了。在祈祷结束时，他告诉大家，国王和议会通过了一条新法律。“需要的话，无地雇工应该留在原地，为领主干活。”他说。

格温达发火了。“这怎么可以？”她高叫道，“在艰苦的日子里，领主没有义务帮助雇工——这我知道，我父亲就是个没地的雇工，没活干的时候，我们就得挨饿。所以嘛，领主什么都不给雇工，让雇工怎么对他效忠？”

一片同意之声响起，那教士只好提高了他的嗓门。“这是国王的决定，而国王是由上帝选中来统治我们的，所以我们都要照他的意愿办事。”

“国王能改变几百年的习俗吗？”格温达坚持己见。

“眼下是困难时刻。我知道，你们当中有许多人是最近这几个星期才来到奥特罕比的——”

“受到扶犁手的邀请的。”卡尔·沙夫茨别里的声音打断了教士的话。他那带疤的脸气得涨红了。

“受到全村人的邀请，”那教士承认说，“而且他们对你们的到来感激不尽。但国王以他的英明来治国，他要停止这类事。”

“穷人就该永远受穷。”卡尔说。

“上帝这样规定的。人人各就其位。”

扶犁手哈里说：“上帝规定没有，我们没有人手该怎么犁地？要是新来的人全得走，我们就永远干不完这活了。”

“大概不是所有的新来的人都得走吧，”德瑞克说，“新法律说，只有需要的话，他们才得回家。”

这话让人们安静了下来。移民们都在尽量盘算他们的领主能不能找到他们的下落；本地人则不知有多少劳力会离开这里。但格温达清楚她自己会有什么前途。拉尔夫迟早会回来找她和她的家人。

到这时，她已决定他们一家得离开。

那教士退了下去，教众们开始向大门移动。“我们得离开这里，”格温达对伍尔夫里克低声说，“要赶在拉尔夫回来抓我们之前。”

“我们到哪儿去呢？”

“我也说不上——不过那样会好些。要是我们自己都不晓得到哪儿去，就更没人知道了。”

“可我们怎么过活呢？”

“我们可以再找一个需要劳力的村子。”

“我不知道，有许多这样的村子吗？”

他总是比她的思路慢。“应该有许多的，”她耐心地说，“国王不只是为奥特罕比才通过这条法令的。”

“那当然。”

“我们应该今天就走，”她果断地说，“今天是礼拜天，所以我们没有丢掉任何工作。”她瞥了一眼教堂的窗户，估摸一下时间。“现在还没到中午——天黑以前我们可以赶不少路呢。谁知道呢，我们没准明天一早就能在新地方干活了。”

“我同意，”伍尔夫里克说，“谁知道拉尔夫多快就会行动。”

“跟谁也别说什么。我们回家去，把我们要带的东西收拾好，然后就溜走。”

“好吧。”

他们走到教堂门口，迈进了室外的阳光之中，格温达看到，已然太晚了。

教堂外有六个人骑在马上等着：拉尔夫，他的扈从阿兰，一个身穿伦敦服饰的高个子男人，还有三个脏兮兮的带疤汉子，一看就知是从下级酒馆中花几便士雇来的流氓打手。

拉尔夫迎着格温达的目光，得意地笑了。

格温达绝望地环顾四周。几天之前，村里人曾经并肩对抗拉尔夫和阿兰——但今天却不一样了。他们要面对的是六个人，而不是两个人。村民们刚从教堂出来，两手空空，而先前他们是从地里回来，手中握着工具。而最重要的，第一次他们相信他们这一边有权利，而今天他们都没有把握了。

好几个人遇到她的目光，马上就移开了。这证实了她的担心。村民们今天是不会动手了。

格温达失望之极，感到周身无力。她害怕自己会摔倒，就靠在教堂门口的石件上支撑。她的心变成了沉重、湿冷的东西，如同冬日坟墓中的一块泥土。一种阴暗的无助完全攫住了她。

他们自由了几天。但那只是一场梦。而如今那梦做完了。

拉尔夫骑马慢慢地穿行在韦格利村中，拽着脖子上套着绳索的伍尔夫里克。

他们是在黄昏时到达的。为了赶路，拉尔夫让两个小孩子骑到了雇来的打手的马上。格温达则走在后面。拉尔夫没费事去捆她。她肯定会跟着她的孩子们的。

由于那天是礼拜天，韦格利的大多数人都没在家中，而是在户外享受着阳光，这时，拉尔夫出现了。他们都惧怕地默默无声地望着这凄惨的队伍。拉尔夫希望，伍尔夫里克那受辱的样子会震慑别的为了高工钱而要出走的人。

他们来到了拉尔夫搬到天奇大厅之前住过的领主的小住宅。他给伍尔夫里克松了绑，打发他和他的家人回他们的旧家。他给雇来的打手付了款，便带着阿兰和格利高里爵士进了领主宅第。

为准备他随时到来，屋里保持得很整洁。他吩咐维拉拿来葡萄酒并准备吃饭。现在天色已晚，来不及回天奇了；天黑之前是赶不回去的。

格利高里坐下去，伸出他的两条长腿。他似乎是那种到哪里都要让自己舒服的人。他的深色直发，如今夹杂了灰色，但他的长鼻子和宽鼻孔依旧给他一种目空一切的外观。“你觉得这一进展如何?”他说。

拉尔夫回来的一路上都在思考新法令的事，他已经有了答案。“不会行之有效的。”他说。

格利高里扬起了两条眉毛。“噢?”

阿兰说：“我同意拉尔夫爵士。”

“理由呢?”

拉尔夫说：“首先，难以发现外逃者跑到什么地方去了。”

阿兰插话说：“我们找到了伍尔夫里克是撞大运。有人听到他和格温达商量去哪儿了。”

“其次，”拉尔夫接着说，“抓到他们太费事。”

格利高里点点头。“我估计我们花了一整天。”

“而且我还得花钱雇打手，给他们弄马匹。我没法把我的时间和金钱都花在四下追捕外逃的雇工上。”

“我明白。”

“再次，有什么办法制止他们下个星期不再外逃呢?”

阿兰说：“要是他们不说跑到哪儿去，我们可能永远都找不到他们。”

“唯一可行的办法，”拉尔夫说，“是有人能够到一个村子里，找出谁是移民，并加以处罚。”

格利高里说：“你说的像是一种雇工委任。”

“没错。在每个郡里指定一个专门小组，找十几个人从一村到一村去搜查外出的人。”

“你想让别人为你做这件事。”

这是一种奚落，但拉尔夫小心地不露出受到刺激的样子。“倒不一定——如果你愿意，我倒可以成为其中的一员。这不过是办这件事的一种方式。你不能用一次就割一叶草的办法来收割一块地里的草。”

“有意思。”格利高里说。

维拉拿来一个罐子和几只杯子，为他们三个人一一斟上葡萄酒。

格利高里说：“你是个精明的人，拉尔夫爵士。你不是议员吧，嗯?”

“不是。”

“可惜。我认为国王会感到你的主意大有帮助的。”

拉尔夫尽量不让高兴的心情外露。“你想得很好。”他俯身向前，“如今威廉伯爵死了，当然留下了空缺——”他看到门开了，就收住了嘴。

内森总管进来了。“要是让我说的话，拉尔夫老爷，干得漂亮!”他说，“伍尔夫里克和格温达回到了圈里，两个最能干活的人让我们弄回来了。”

拉尔夫因为内森在这样紧要的当口打断了他的话头很不痛快。他烦躁地说：“我相信这一下村里就会交更多的贡物了吧。”

“是的，老爷……要是他们待下来的话。”

拉尔夫皱起了眉头。内森当即抓住了他地位上的弱点。他该怎么把伍尔夫里克控制在韦格利呢？他总不能把一个人整天整夜地拴在犁上吧？

格利高里对内森说：“告诉我，总管，你有什么好主意提给你家老爷吗？”

“有的，老爷，我有。”

“我就觉得你会有的。”

内森把这当作邀请。他面对着拉尔夫说：“有一件事你能做，那样就可以保证把伍尔夫里克留在韦格利，到死都不会走。”

拉尔夫感到了蹊跷，但只好说：“接着说。”

“把他父亲原有的土地还给他。”

若不是不想给格利高里一个坏印象，拉尔夫就会对他大叫大嚷了。他控制住自己的怒气，坚决地说：“我不这么看。”

“这些土地我找不到佃户，”内森坚持着，“安妮特经管不了，而且她也没有男性亲人活着了。”

“我不管，”拉尔夫说，“他反正不能拥有那块地。”

格利高里说：“为什么不呢？”

拉尔夫不想承认，他还是因为十二年前的那次斗殴而记伍尔夫里克的仇。格利高里已经对拉尔夫形成了好感，拉尔夫不想破坏这种印象。一名骑士竟然为了少年时的一次争斗而采取违背自己利益的行为，国王的法律顾问该作何感想呢？他用一句花言巧语的借口搪塞了过去。“那样倒像是为伍尔夫里克的出走奖励他呢。”他最后这样说。

“恐怕不会吧，”格利高里说，“从内森所说的看来，你要给他的东西是别人不想要的。”

“都一样。这会给别的村民一个错误的信号。”

“我看你是多虑了。”格利高里说。他不是那种圆滑得把想法憋在心里的人。“人人都知道你紧缺佃户，”他继续说，“大多数地主都这样。村民们会认为，你只是照你个人的利益行事，而伍尔夫里克不过是幸运地沾光罢了。”

内森找补说：“伍尔夫里克和格温达要是得到了自己的土地，就会加倍卖力工作的。”

拉尔夫觉得无处可退了。他竭力要在格利高里眼里留下好印象。关于伯爵一事，他才开始，还没有结束。他不能因为伍尔夫里克就因小失大。

他只得让步。

“也许你是对的。”他说。他明白他是咬着牙说这番话的，就干脆做出一副若无其事的样子。“毕竟，他给抓了回来，并且受了羞辱。也就够了。”

“我看是足够了。”

“好吧，内森。”拉尔夫说。他一时语塞了，他对满足伍尔夫里克的一心期望痛恨之极。但这是更重要的。“告诉伍尔夫里克，他可以收回他父亲的土地了。”

“我要在天黑之前把这事办妥。”内森说完就走了。

格利高里说：“你刚才说的伯爵爵位是怎么回事?”

拉尔夫谨慎地拣起这个话题。“罗兰伯爵在克雷西战场上阵亡之后，我原以为国王可能会考虑任命我做夏陵伯爵的，尤其是我救了年轻的威尔士亲王一命。”

“但罗兰正正经经地有子嗣，有儿子，还有两个孙子呢。”

“没错。可如今三个人都死了。”

“嗯。”格利高里从他的杯子里饮了一大口，“这葡萄酒很好。”

“加斯科涅出产的。”拉尔夫说。

“我估计是运到梅尔库姆的。”

“是的。”

“味真美啊。”格利高里又喝了些。他像是要说什么，因此拉尔夫就保持着沉默。格利高里用了很长时间斟词酌句，最后才说：“在王桥一带的某个地方，有一封信，是不该存在的。”

拉尔夫感到神秘了。如今要有什么事了呢？

格利高里继续说：“多年来，这份文献在一个信得过的人的手里，出于各种复杂的原因，保存得很安全。然而，最近提出了某些问题，暗示我，这项秘密有被泄露的危险。”

这一切都太不可思议了。拉尔夫迫不及待地说：“我不明白。谁问及了尴尬的问题呢？”

“王桥的女修道院副院长。”

“噢。”

“可能她只是得到了某种暗示，她的问题可能无害。但国王的朋友们担心，那封信可能已经落入她的手中。”

“信里说了什么呢？”

格利高里又一次吃力地推敲着，如同小心地踮着脚尖踩着石头渡过一条急流。“文件涉及国王敬爱的母后。”

“伊莎贝拉王后。”人们都说，那老巫婆还健在，住在林恩她的城堡里，过着奢侈的生活，靠阅读她母语法文的小说消磨光阴。

“简言之，”格利高里说，“我要弄清女副院长是否握有这封信。但不能让人知道我的兴趣。”

拉尔夫说：“我看要么你到修道院去彻底搜查修女的住处……要么就是把那文献送到你手上。”

“第二种办法吧。”

拉尔夫点点头。他开始领悟了格利高里想让他做的事。

格利高里说：“我已经谨慎地询问过，发现没人确切知道修女的宝库在什么地方。”

“修女们，或其中的某些人，应该知道。”

“可是她们不肯说。不过，我知道你是个行家……能够说服人们说出秘密。”

看来格利高里知道了拉尔夫在法兰西干过的事情。拉尔夫意识到，这场谈话绝不是自然地随便扯的。格利高里准是早就策划好了。事实上，说不定这才是他来到王桥的真正原因。拉尔夫说：“我也许能帮助国王的朋友们解决这个问题……”

“好的。”

“……如果我得到承诺，以夏陵伯爵作为对我的奖励。”

格利高里皱起眉头。“新伯爵必须娶原来的伯爵夫人。”

拉尔夫决定掩饰他的急切心情。本能告诉他，格利高里对一个好色之徒——哪怕只是部分如此——是不会尊重的。“菲莉帕夫人比我大五岁，但我对她没有反感。”

格利高里怀疑地斜睨着他。“她是个非常漂亮的女人，”他说，“无论国王把她赏给谁，那人都该自视走运的。”

拉尔夫意识到他走得太远了。“我不想表现得无所谓，”他连忙说，“她确实是个美人。”

“可是我知道你是已婚的，”格利高里说，“我没弄错吧？”

拉尔夫看了阿兰的目光，明白他极其好奇地想听听拉尔夫接下来会说什么。

拉尔夫叹了口气。“我妻子病得很厉害，”他说，“她没有多少日子可活了。”

格温达点燃了老宅子厨房里的火，这地方伍尔夫里克从降生起就一直住着。她找到了他做饭的锅，在一只里装满井水，扔进去一些早季洋葱，这是炖菜的第一步。伍尔夫里克又拿进来一些木柴。孩子们高高兴兴地跑到外边和他们的老朋友玩耍，一点不懂得落到他们家头上的悲剧有多深沉。

外面的天色已经黑了下来，格温达忙着干家务活。她尽量不去想。涌进她脑海的每一件事只让她感到更糟：前途，以往，她丈夫，她本人。伍尔夫里克坐在一边看着炉火。他们谁也没说话。

他们的邻居大卫·乔恩斯拿着一大罐淡啤酒来了。他妻子死于瘟疫，可他那长大了的女儿乔安娜也跟着他进来了。格温达看到他们并不高兴：她想独自消化这悲惨境地。但他们是好意，不可能把他们踢出去。格温达闷闷不乐地抹去几只木杯上的尘土，大卫给每个人都倒了淡啤酒。

“事情走到这一步，我们很难过，不过见到你们还是挺高兴的。”他们喝着淡啤酒，他这样说。

伍尔夫里克只用一大口就喝干了他杯中的淡啤酒，伸出杯子再要。

过了一会儿，亚伦·阿普尔特里和他妻子乌拉进来了。她提着一篮子小面包。“我知道你没有面包，所以我就做了一些。”她说。她给大家递了一圈，屋里便充满了诱人口水的香味。大卫·乔恩斯给他们倒了些淡啤酒，他们就坐了下来。“你们哪儿来的勇气跑走的?”乌拉佩服地问，“要是我，还不得吓死!”

格温达讲起他们冒险的故事。杰克和伊莱·富勒从磨坊回来，带来了一盘蜂蜜烤梨。伍尔夫里克吃得很多，酒量很大。气氛轻松了，格温达的情绪也提高了些。更多的邻居来了，每一家都带着礼物。当格温达讲到奥特罕比的村民如何用锨和锄吓退了拉尔夫和阿兰时，大家都笑得坐不稳了。

随后她讲到今天的事情，她的情绪又低落了。“什么都跟我们作对，”她痛苦地说，“不仅是拉尔夫和他的打手，还有国王和教会。我们无路可走了。”

邻居们都阴沉着脸，点着头。

“后来，当他用一根绳子套住我的伍尔夫里克的脖子……”她内心充满了凄惨的绝望。她的声音嘶哑了，再也讲不下去了。她喝了一口淡啤酒，又试着说：“当他用一根绳子套住伍尔夫里克的脖子——他可是我所知道，也是大家都知道的最强壮、最勇敢的汉子，像拖着牲口一样拽着走过村子，那个没心肝、没脑子的恶霸拉尔夫握着绳子——我只想天塌下来把我们都杀死算了。”

这些气话够强烈的，但大家都赞同了。在上层人能够对农民所做的一切中——让他们忍饥挨饿，对他们实行欺诈，对他们打骂、掠夺——最坏的便是侮辱他们。他们是绝不会忘记的。突然间格温达想让邻居们走了。太阳已经落下，外边已是傍晚。她需要躺下来，闭上眼，独自思索。她甚至都不想跟伍尔夫里克说话。她正要请大家走的时候，内森总管走了进来。

房间里立刻悄无声息了。

“你想要干吗？”格温达说。

“我给你带来好消息了。”他快活地说。

她做了个苦相。“今天对我们是不能有好消息的。”

“我不同意。你还没听我说呢。”

“好吧，是什么？”

“拉尔夫老爷说，伍尔夫里克可以收回他父亲的土地了。”

伍尔夫里克一跃而起。“当佃户？”他说，“不是只做工了？”

“按照你父亲同样的条款，当佃户。”内森兴致勃勃地说，如同他本人在作出让步，而不单单在传达消息。

伍尔夫里克高兴得满脸放光。“太棒了！”

“你接受吗?”内森快活地说，仿佛这只是个手续。

格温达说:“伍尔夫里克！别接受!”

他莫名其妙地看着她。像往常一样，他未能当即看清背后的实质。

“讨论一下那些条款!”她低声催促他，“别像你父亲一样成了农奴。要求自由租佃，没有封建义务。你再也不会处于这么强有力的讨价还价的地位了。跟他谈判!”

“谈判?”他说。他挥了下手，然后就忘乎所以地只顾高兴了。“这事我巴望了十二年的时间了。我不打算谈判了。”他转向内森。“我接受。”他说，还举起了酒杯。

大家都一致欢呼起来。

七〇

医院里再度人满为患了。本来在一三四九年头三个月似是已经退潮的瘟疫，又以加倍的毒害反弹了。在复活节礼拜天的次日，凯瑞丝疲惫不堪地看着呈人字形密集排列在一起的草垫，其间隙之小，戴着面罩的修女们只好小心翼翼地迈步。不过，在外圈走动要稍稍便当些，因为病床边的家属很少。与濒死的亲人坐在一起是危险的——会让你也感染上瘟疫——人们只好变得不近人情了。这场传染病初发时，人们都毫无顾忌地与他们亲爱的人待在一起：母亲与孩子，丈夫与妻子，中年人与他们年长的父母，爱克服了恐惧。但如今情况变了。最强有力的家庭纽带被死亡之酸严重地腐蚀了。现在，一个确诊的病人由母亲或父亲，丈夫或妻子送来，送病人的亲属就转身走掉，毫不理会追随他们出门的可怜的哭叫。只有戴着面罩，以醋液洗手的修女们对这种病公然蔑视。

令人惊讶的是，凯瑞丝不乏帮手。女修道院欣喜地迎来批批见习修女，顶替已死修女的位置。其中的部分原因就是凯瑞丝圣者般的声誉。而修道院也经历了类似的复苏，托马斯现今有了一班待训的见习修士了。他们都在一个趋向疯狂的世界中寻求秩序。

这次的瘟疫击中了镇上一些先前逃过传染的头面人物。凯瑞丝为治安官约翰的去世悲伤不已。她从来对他那种粗暴但及时的维护正义的做法没有什么好感——他总是用棍子击中肇事者的头部，然后再问问题——但没有了他，要想维护秩序就更难了。面包师胖贝蒂，这位在每一次镇子狂欢中烘烤特殊面包的面包师，在教区公会会议上提出尖锐问题的人，死了；她的生意只好无奈地由四个吵闹不休的女儿瓜分。酿酒师迪克是凯瑞丝父亲一辈的最后一人，又是他的懂得怎样赚钱和怎样花钱的一个伙伴，也死了。

凯瑞丝和梅尔辛曾以取消主要公共集会的办法，减缓了疫病的蔓延。在大教堂里没有大型的复活节列队行进，而且这次圣灵降临节时也不举办羊毛交易会了。每周一次的集市只安排在城墙外的"情人地"，而且大多数镇民也不到场。凯瑞丝在瘟疫第一次到来时就想采取的这些措施，被戈德温和埃尔弗里克否决掉了。据梅尔辛所说，一些意大利城市甚至关闭他们的城门长达三四十天。现在要将疫病拒之城门以外为时已晚，但凯瑞丝依旧认为，严格限制会挽救生命。

她不需要解决的问题便是钱。越来越多的人由于没有活下来的亲人而把财产遗赠给女修道院，而许多新来的见习修女也带来了土地、羊群、果园和金子。女修道院从来没这么富裕过。

这总算是个小小的慰藉吧。她有生以来第一次感到疲惫——不仅源自繁忙的工作，也来自精力的衰竭，意志力的短缺和逆境的销蚀。这次瘟疫来势猛于以往，一星期内就死了两百人，她都不知道该如何顶下去了。她的肌肉酸痛，头部作痛，有时视力都模糊了。到哪里是尽头呢？她沮丧地猜测着。大家都会死吗？

两个男人踉踉跄跄地穿过门洞，他们身上都是血渍。凯瑞丝急忙上前。还没等她走到可以触摸到的距离，她已经嗅到他们身上那股甜腐的酒气了。虽然还不到吃饭时间，可他俩却已醉得不省人事了。她哀叹一声：这种现象已经屡见不鲜了。

她大体上认识这两个人：巴内和卢，受雇于爱德华屠宰场的两名健壮年轻人。巴内的一条胳膊垂着不动弹，大概是断了。卢的脸上有一处重伤：鼻子破了，一只眼流着液体，样子吓人。两个人似乎都醉得不知道疼了。“打了一架，”巴内口齿不清地说，词句勉强能听懂，“我没想动手这么重。他是我最好的朋友。我爱他。”

凯瑞丝和内莉姐妹把两个醉汉放倒在相邻的两床草垫上。内莉检查了巴内，说他的胳膊没断，只是脱了臼，便派了一个见习修女去请外科医生理发师马修，让他设法给巴内的胳膊复位。凯瑞丝给卢洗了脸。她对他的眼睛已经无力救治：流出的液体像是煮软的鸡蛋。

这类事让她气恼。这两个受罪的人既没有害病也不是意外受伤：他们只是因饮酒过量而互相伤害。在第一波瘟疫后，她曾设法动员镇民恢复法律和秩序；但第二波却对人们的精神造成了可怕的伤害。当她再次呼吁恢复文明举止时，反应相当冷淡。她不知道下一步该怎么办，而且她已精疲力竭。

在她观察着并肩躺在地面上的两名重伤号时，她听到从外面传来的奇特声响。她一时间像是返回到三年前的克雷西战场上，听到了爱德华国王向敌阵中发射石弹的新机器发出的骇人的轰鸣。过了一会儿，那声音重新响起，她才听清楚原来是鼓声——实际上是好几面鼓各敲各的，毫无节奏。随后她又听到钟管齐鸣，乱糟糟的音响没有形成任何旋律；再后是嘶哑的叫喊和哭声，可能是得意，可能是痛苦，也可能二者兼而有之。其狂吼之声颇似打仗，只是没有致命箭矢的呼啸，也没有伤马的嘶鸣而已。她皱着眉头，走出大门。

一群四十名左右的人已经来到了大教堂的绿地，跳着疯狂、古怪的舞步。有些人奏着乐器，或者模仿着乐器的声音，反正嘈杂声中既无曲调又无和谐。他们身上浅色的轻薄衣装不是扯了就是脏了，有些人还半裸着，随意地暴露出身体的私处。那些没有乐器的人都拿着鞭子。一群镇民跟随在后，又惊又奇地瞪眼看着。

这群跳舞的人由托钵修士默多带领，他比先前更胖了，但扭摆起来却精力充沛，汗水从他的脏脸上涌出，淌下纠缠着的胡须。他带着人们来到大教堂的正西门，然后转过身来面对着人们。“我们都有罪孽！”他吼着。

跟随他的人叫喊着呼应他，口齿含混地或尖叫，或低哼。

“我们肮脏！”他激动得发抖地说，“我们沉迷在淫风邪欲之中，如同猪在污泥里边。我们因情欲而颤抖，向肉欲去俯首。我们得瘟疫是活该！”

“对！”

“我们该怎么办呢？”

“遭罪！”他们叫道，“我们活该遭罪！”

一个追随者冲到前面，手中还挥舞着皮鞭。那根鞭子上有三条皮带，每条的绳节上都拴着尖利的石子。他扑倒在默多的脚下，开始鞭打自己的后背。皮鞭抽破他那薄料衣袍，在皮肉上抽出血来。他痛苦地哭叫着，默多的其余追随者则同情地哼唧着。

这时一名妇女来到前面。她把衣裙从上往下拉到腰际，转身露出赤裸的乳房给人看，然后用一根类似的皮鞭抽打自己的光背。追随者又哼唧起来。

当这群人成一排或双排鞭打自己时，凯瑞丝看到他们的皮肤上都有青紫的肿起或半愈合的伤口：他们此前已经这样做过，有些人还做过多次。他们是不是从一个镇子走到另一个镇子，重复着这种表演呢？既然有默多参与其间，她肯定有人迟早会开始敛财。

在围观的人群中，突然有一名妇女尖叫着跑到前面："我也一样，也该遭罪！"凯瑞丝惊讶地认出，那是蜡烛匠马塞尔受气的年轻妻子马蕾德。凯瑞丝想象不出，她曾犯过多少罪孽，不过她或许终于找到了个机会让她的生活添点色彩。她扒光了衣服，一丝不挂地站在那托钵修士的面前。她的皮肤光洁无瑕，她的样子确实很美。

默多端详了她好长时间，然后说道："亲吻我的脚。"

她跪倒在他面前，不顾羞耻地把她的光屁股暴露给人群，低下脸，凑向他的一双脏脚。

他从另一个悔罪者的手中接过一根鞭子递给她。她鞭打着自己，然后痛苦地尖叫，她洁白的皮肤上当即显出红色的鞭痕。

又有好几个人从人群中迫不及待跑到前面，他们多是男人，而默多则对他们每一个人都施行了同样的仪式。很快就成了一场狂闹。在他们不鞭打自己时，就打起鼓、撞起钟，跳着快步的魔舞。

他们的行为疯狂得毫无节制，但凯瑞丝的职业目光看出来，鞭打虽然有戏剧性，无疑也造成痛苦，但看来并无大伤害。

梅尔辛出现在凯瑞丝身旁，问她："你对这种事怎么看？"

她皱着眉头说："怎么会让我这么气愤呢？"

"我不知道。"

"要是人们愿意鞭打自己，我为什么要反对呢？也许这样使他感到好受些。"

"我同意你的看法，不过，"梅尔辛说，"只要有默多搅和进去，通常都会有欺诈的成分了。"

"倒还不是。"

她认为，这种情绪绝不是悔罪。这些跳舞的人并没有深刻反思他们的生命，为犯下的罪孽感到哀伤或后悔。真心悔罪的人都是沉思默想，不事张扬的。凯瑞丝在这样的气氛中觉察到的却大不相同。这里是激动。

"这是一种道德败坏。"她说。

"只是没有饮酒，他们全都陷入自污中了。"

"而且这其中有一种痴迷。"

"但没有性。"

"等着吧。"

默多带领着队伍又出发了，朝修道院区域之外走去。凯瑞丝注意到一些自鞭赎罪的人掏出碗来，向人群要钱了。她猜测，他们会这样穿过镇上的几条主要街道。他们大概会在一些较大的客栈前完成这次游行，在那里享用人们给他们买下的食物和饮品。

梅尔辛触了下她的胳膊。"你面色苍白，"他说，"你感觉怎样?"

"只是疲乏。"她简短地说。无论她感觉如何，她都得不管不顾地继续承担责任，提醒她过于疲劳对她无济于事。然而，他能注意到她的身体状况，毕竟是一片好心，于是她用柔和的声音说："到副院长的住所来吧。快到午饭时间了。"

他们在那支队伍消失后，走过绿地。他们步入宅第。刚刚只有他们两人时，凯瑞丝就伸出双臂搂住梅尔辛，亲吻起来。她突然感到非常强烈的肉体要求，便把舌头伸进他的嘴里，因为她知道他喜欢这样。他也呼应着用双手握住她的双乳，轻柔地捏着。他们从来没在这宅子里如此亲吻过，凯瑞丝模糊地想着，是不是托钵修士默多的狂闹唤醒了她平素的压抑。

"你的肌肤发热了。"梅尔辛在她耳畔说。

她想让梅尔辛拉下她的袍服，用嘴含住她的奶头。她感到自己正在失控，有可能会毫无忌惮地就在这地面上忘情作乐，这地方可是太容易被发现了。

这时一个女孩的声音说："我可不是诚心偷看的。"

凯瑞丝大吃一惊。她负疚地一下子从梅尔辛身边跳开。她转过身来，寻找那个说话的人。在房间的尽里头，坐在一条板凳上的是一个抱着婴儿的年轻妇女。原来是拉尔夫·菲茨杰拉德的妻子。"蒂莉!"凯瑞丝叫道。

蒂莉站起身来。她的样子又累又怕。"我很抱歉惊动了你。"她说。

凯瑞丝松了口气。蒂莉曾在修女学校中就读，并在女修道院生活了多年，她很喜欢凯瑞丝。可以相信她不会为她目睹的亲吻大惊小怪。可是她在这儿做什么呢？"你没事吧？"凯瑞丝说。

"我有点累。"蒂莉说。她摇晃了一下，凯瑞丝赶紧扶住她的胳膊。

婴儿哭了。梅尔辛接过孩子，很内行地摇着。"好啦，好啦，我的小侄子。"他说。哭声变成了柔和的不高兴的抽泣。

凯瑞丝对蒂莉说："你怎么到这儿来的？"

"走路。"

"从天奇大厅？还抱着杰里？"孩子现在已经六个月，抱着不轻的。

"我走了三天。"

"我的天。出什么事了吗？"

"我是逃出来的。"

"拉尔夫怎么没追你呢？"

"追了，跟阿兰一块。我藏进了树林里，他们就过去了。杰里真乖，一点没哭。"

那幅画面让凯瑞丝喉头发紧。"可是……"她咽了下去，"可是你为什么要逃跑呢？"

"因为我丈夫想杀死我。"蒂莉说，跟着就涌出了泪水。

凯瑞丝扶她坐下，梅尔辛给她端来了一杯葡萄酒。他们让她抽泣着。凯瑞丝挨着她坐到板凳上，伸出一只手臂搂着她的肩头，而梅尔辛则哄着婴儿杰里。当蒂莉终于哭出声时，凯瑞丝说："拉尔夫干了什么？"

蒂莉摇摇头。"没干什么。只是他瞪我的那副样子。我知道他想谋害我。"

梅尔辛咕哝着："我要是能说我弟弟不会那么做倒好了。"

凯瑞丝说："可他为什么要做这样可怕的事情呢？"

"我也不知道，"蒂莉悲惨地说，"拉尔夫去参加威廉叔叔的葬礼，那儿有一个从伦敦来的律师，格利高里·朗费罗爵士。"

"我认识他，"凯瑞丝说，"一个聪明人，可我不喜欢他。"

"事情就从那开始了。我有一种感觉，这事全都跟格利高里有关。"

凯瑞丝说："你不该因为你凭想象的事，就抱着孩子走这么长的一路。"

"我知道这事听起来是出乎想象，可是他就坐在那里，愤恨地瞪着我。一个男人怎么会那样看他妻子呢？"

"唉，你算是来对地方了，"凯瑞丝说，"你在这里是安全的。"

"我能待在这儿吗？"她请求说，"你不会打发我回去吧，嗯？"

"当然不会。"凯瑞丝说。她迎着梅尔辛的目光。她知道他在想什么。给蒂莉保障未免莽撞。逃亡的人可以在教堂里得到避难，这是一般原则，但一座女修道院有没有权利庇护一位骑士的妻子，并无限期地让她离开他，就很难说了。何况，拉尔夫当然有资格让她交出婴儿，因为那是他的儿子和继承人。无论如何，凯瑞丝在她的语气里加足了信心，她说："你可以待在这里，待多久都成。"

"噢，谢谢你。"

凯瑞丝无声地祈祷着，让她能够信守诺言。

“你可以住在医院楼上的一间专用客房。”她说。

蒂莉面有疑色。“要是拉尔夫来了可怎么办?”

“他不敢。不过要是你想觉得更安全些，你可以用塞西莉亚嬷嬷原来的房间，在修女宿舍的尽头。”

“那好极了。”

修道院的一名侍女进来摆桌子准备吃午饭。凯瑞丝跟蒂莉说：“我这就带你去食堂。你可以和修女们一起就餐，然后回宿舍休息。”她站起身。

她突然感到晕眩。她把一只手放到桌子上稳住身体。还抱着婴儿杰里的梅尔辛，焦急地说：“怎么了?”

“我过一会儿就会好的，”凯瑞丝说，“我只是太累了。”

跟着她就倒在了地上。

梅尔辛感到一阵极度的痛苦。一时之间他目瞪口呆。凯瑞丝从来没生过病，从来没有无助过——她是个照顾病人的人。他无法想象她成为疫病的牺牲品。

那时刻眨眼就过去了。他压下恐惧之心，小心地把婴儿交给了蒂莉。

那侍女不再摆桌，而是呆立着，吃惊地盯着地板上凯瑞丝失去知觉的身体。梅尔辛有意让自己的声音平静而急切地对她说：“跑到医院去，告诉她们，凯瑞丝病倒了。把乌娜姐妹叫来。现在就去，尽快!”她匆匆跑了。

梅尔辛跪在凯瑞丝身旁。“你听得见我的声音吗，我亲爱的?”他说。他拿起她没有知觉的手，轻拍着，然后又触触她的面颊，再抬起她的眼皮。她已经失去了知觉。

蒂莉说：“她得了瘟疫了，是吗?”

“噢，上帝。”梅尔辛把凯瑞丝揽进怀里。他人矮体瘦，但他总能举起重物，建筑用的石材和木梁。他轻松地抬起她，站起身，然后把她轻轻地放在桌子上。“别死，”他悄声说，“求你别死。”

他亲吻着她的额头。她的皮肤倒是热的。他们不久前拥抱时他就感觉到了，但当时激动得没有担忧。或许这正是她如此热情的原因：发烧会有这种作用。

乌娜姐妹进来了。梅尔辛看到她感激不尽，不禁热泪盈眶。她是个年轻修女，刚结束见习期才两年，但凯瑞丝对她的看护技能评价很高，并盘算着有朝一日让她负责医院。

乌娜用一块亚麻布包上口鼻，在颈后系了个结。然后她摸了凯瑞丝的前额和面颊。“她打过喷嚏吗?”她问。

梅尔辛擦了下眼睛。“没有。”他答道。他有把握不会不注意的：打喷嚏是个不祥之兆。

乌娜拉下凯瑞丝袍服的前襟。在梅尔辛看来，她的小小的乳房暴露在外，一定会痛苦难堪。但他高兴地看到，她前胸上没有黑紫色的皮疹。乌娜又给她拽好衣服。她察看着凯瑞丝的鼻孔。“没有出血。”她说。她摸着凯瑞丝的脉搏，沉思着。

过了一会儿，她抬头看着梅尔辛。“可能不是瘟疫，可看上去她病得很重。她发烧，脉搏过速，呼吸不深。把她抬到楼上去，放她躺倒，用玫瑰水给她擦脸。看护她的人一律都要戴上面罩，并且洗手，就当她是得了瘟疫。这也包括你。”她给了他一块亚麻布条。

他在戴面罩时，泪水淌下了他的面颊。他把凯瑞丝抱到楼上，把她放到她房间里的垫子上，把她的袍服拉直。修女们拿来了玫瑰水和醋液。梅尔辛把凯瑞丝有关蒂莉的指示告诉她们，她们就引着年轻的母亲和婴儿到宿舍去了。梅尔辛坐到凯瑞丝身旁，用蘸了玫瑰水香液的布片轻拭着她的额头和面颊，祈祷她清醒过来。

她终于醒了。她睁开眼睛，困惑地皱起眉头，然后露出忧虑的神色，说：“出什么事了?”

“你昏倒了。”他说。

她挣扎着要坐起来。

“别动，”他说，“你病了。大概不是瘟疫，但你病得不轻。”

她一定感到无力了，因为她二话没说就又躺回到枕头上了。“我只要休息一个小时。”她说。

她在床上躺了两个星期。

三天之后，她的眼白变成了深黄色，乌娜姐妹说，她害的是黄疸病。乌娜准备了加蜜而变甜的草药汤剂，让凯瑞丝一天三次趁热服下。凯瑞丝的烧退了，但仍很虚弱。她每天都是焦虑地询及蒂莉，乌娜回答她的问题，但拒不讨论女修道院生活的其他方面的事务，以免凯瑞丝感到劳累。凯瑞丝也无力与她争执。

梅尔辛没有离开副院长的宅第。白天，他坐在楼下，近得可以听到她的呼唤，而他的工友们则来向他请教他们在建或在拆的各种建筑物的事情。入夜，他躺在她身旁的垫子上，睡得很浅，她呼吸的每次变化或她在床上的每次翻身，他都会醒来。洛拉睡在隔壁的房间。

第一个星期的周末，拉尔夫露面了。

“我妻子失踪了。”他走进副院长宅第的大厅时说道。

梅尔辛正在一块大石板上画图，抬起头来，说：“你好啊，兄弟。”他觉得拉尔夫面色鬼祟。显然，他对蒂莉的失踪抱着混杂的感情。他不喜欢她，但在另一方面，没有哪个男人会愿意他的妻子出走的。

梅尔辛负疚地想，说不定我也同样有着混杂的感情呢。毕竟是我帮助他的妻子离开了他。

拉尔夫坐到一条板凳上。“你有葡萄酒吗？我渴坏了。”

梅尔辛到侧厨处，给他倒了一大杯。他脑子里掠过一个念头，就说他不知道蒂莉会在哪里，但他的本性又反对他对自己的亲弟弟说谎，尤其是此事如此重大。再者，蒂莉待在修道院也无法保密：这么多的修女、见习修女和雇佣都在这里见过她。梅尔辛心想，除非在极端紧急的情况下，诚实总是最好的。他把杯子递给拉尔夫，说："蒂莉带着婴儿待在修道院这儿。"

"我就知道她可能在这儿。"拉尔夫左手举起杯子，露出三根缺指的残指。他长饮了一口。"她怎么了？"

"她从你身边跑了，拉尔夫。"

"你早该告诉我。"

"我感到很难办。可我又不能出卖她。她害怕你。"

"为什么站在她一边跟我作对呢？我是你的弟弟啊！"

"因为我了解你。要说她害怕，总会有理由的。"

"这是不能容忍的。"拉尔夫做出一副气愤的样子，但他的表演却缺乏说服力。

梅尔辛不清楚他的真实感情是什么。

"我们不能赶她走，"梅尔辛说，"她要求避难。"

"杰里是我的儿子和继承人。你不能把他和我分开。"

"不是无限期的嘛，不会的。如果你启动法律程序，我肯定你会胜诉。可你也不会想把他和他母亲拆开吧，会嘛？"

"要是他回了家，她也会回去的。"

这倒可能是真的。梅尔辛正想另寻途径来劝说拉尔夫，这时托马斯兄弟带着阿兰·弗恩希尔进来了。他用他那一只手握着阿兰的胳膊，像是怕他跑掉。"我发现他在窥探。"他说。

"我只是在四下瞅瞅，"阿兰分辩说，"我觉得修道院空荡荡的。"

梅尔辛说："你已经看到了，不是那么回事。我们现有一名修士，六名见习修士和二三十个孤儿呢。"

托马斯说：“反正他没在男修道院，他在修女的活动区。”

梅尔辛皱起了眉头。他能听到远处唱圣歌的声音。阿兰溜进来的时间恰到好处：所有的修女和见习修士都在大教堂里做午时祈祷。在这段时间，修道院的大部分建筑物都空无一人。阿兰可能畅行无阻地四下走动了好一会儿了。

这可不像好奇的闲逛。

托马斯补充说：“所幸，厨房的一个帮工看到了他，就来教堂把我叫了出来。”

梅尔辛不知道阿兰一直在寻找什么。找蒂莉吗？他肯定没有胆量在光天化日之下把她从女修道院抓出来。他转向拉尔夫。“你们俩有什么打算？”

拉尔夫把问题推给阿兰。“你以为你在干什么呢？”他气恼地说，不过，梅尔辛觉得那生气的样子是假装的。

阿兰耸耸肩。“我只是在等待的时候四下转转。”

这是说不过去的。闲着的武装人员等候他们的主人都待在马厩和客栈，而不是修道院的回廊。

拉尔夫说：“好啦……别再这么干了。”

梅尔辛意识到，拉尔夫会一口咬定这种说法。他伤心地想，我对他实言相告，可他对我并不以诚相待。他回到那个更重要的话题。“你干吗不让蒂莉自己待上一阵子？”他对拉尔夫说，“她在这儿会蛮好的。也许，过上一段时间，她就明白了你对她并无恶意，会回到你身边的。”

“太丢人了。”拉尔夫说。

“也不见得。一个贵族妇女如果感觉有必要退隐一段时间，有时就会在修道院中过上几个星期的。”

“通常都是在她守寡或者她丈夫上前线打仗的时候。”

“不过也并非总是这样。”

“在没有明显的理由时，人们总会说，她是想离开她丈夫。”

“那又能坏到哪儿去？你可能有时候也愿意离开妻子一段时间呢。”

“也许你是对的。”拉尔夫说。

梅尔辛对这一反应感到一惊。他没想到拉尔夫这么轻易地就被劝服了。过了一会他的惊讶劲头才算过去。随后他说：“就是嘛。给她三个月时间，然后再来，跟她谈一谈。”梅尔辛有一种感觉：蒂莉绝不会回头的，但至少这一建议可以推迟一下危机。

“三个月，”拉尔夫说，“好吧。”他站起身要走。

梅尔辛握了他的手。“母亲和父亲怎么样了？我有几个月没见他们了。”

“越来越老啦。父亲现在不出屋了。”

“等凯瑞丝一见好，我就过去看望他们。她得了黄疸病，正在恢复呢。”

“替我向她问好。”

梅尔辛到门口，目送拉尔夫和阿兰骑马而去。他感到心烦意乱。拉尔夫打算要干点什么，不是把蒂莉弄回去这么简单。

他回到他画的图上，却好长时间瞪着图什么都没看见。

两个星期结束时，凯瑞丝显然大有起色了。梅尔辛疲惫不堪，却满心喜悦。像是得到赦免似的，他把洛拉早早哄上床，便第一次来到户外。

这是个暖和的春季黄昏，阳光和温和的空气使他头脑清新。他自己的贝尔客栈关门重修了，但“神圣灌木”旅馆却生意兴隆，顾客都坐在门外的板凳上喝着酒。享受好天气的人那么多，以致梅尔辛停下来，向喝酒人打听，今天是什么节日，因为他觉得自己可能忘记了日期了。“现在天天都在过节，”一个人说，“我们都要死于瘟疫了，干活又有什么用？来杯淡啤酒吧。”

“不啦，谢谢。”梅尔辛继续前行。

他注意到，许多人都穿着奇装异服，华丽的头饰和绣花的齐膝外衣都是他们平素里穿不起的。他揣摩他们的这些服饰是继承来的，或许是从富人尸体上扒下来的。其效果是梦魇般的光怪陆离：丝绒帽子扣在脏发上，金丝和食渍混在一起，破袜子上套着缀珠宝的鞋子。

他看到两个男人全穿着女装：拖地长裙和女式头巾。他们挽着胳臂沿主街走着，犹如商人的太太们炫耀她们的财富——但他们毫不含糊地是男性：粗手大脚，下颏上长着胡须。梅尔辛感到晕头转向，仿佛什么都不足信了。

随着夜色渐浓，他过桥来到麻风病人岛。他在岛上的两桥之间，修起了一条街的店铺和客栈。工程已经结束，但房子还没有租出去：门窗钉着木板，将游民拒之屋外。这里除去兔子没人居住。梅尔辛估摸，这些房子要等到瘟疫终止，王桥恢复常态，才能不再空着。若是瘟疫始终不走，房子就永远不会有人；果真如此，出租他的房产恐怕是他最不操心的事了。

他在城门要关时，返回了旧城。白马客栈里像是举行着什么大型联欢。那栋房子灯火通明，人群在门前的道路上挤作一团。“这儿干什么呢?”梅尔辛向一个饮酒的人打听。

“年轻的大卫害了瘟疫，他没有继承人来接手这客栈，所以他就把所有的淡啤酒都发送了，”那人说，高兴得咧嘴笑着，“你有本事喝多少就喝吧，白送的!”

他和许多别人显然都在按照同样的原则办事，其中十多个人已经醉醺醺的了。梅尔辛在人群中推开一条路。一个人在敲鼓，其余的在跳舞。他看到了一圈人，便从他们的肩头向圈里望去，想弄明白他们藏着些什么。一个二十岁上下喝得烂醉的女人正俯身在一张桌上，由一个男人从后边插进她。另有好几个男人显然在排队等候。梅尔辛恶心地转过身。在房子的侧面，由几只空桶半遮着的地方，他的目光落在富有的马贩子乌济·奥斯特拉身上，他正跪在一个比他年轻的男人身前，嘬着他的生殖器。这也是违法的，事实上惩罚是处死，但显然没人在乎了。乌济已经成婚，也在教区公会里，他看到了梅尔辛的目光，但并没有停下来，而是更加激动地接着干，仿佛被人看到更加来劲了。梅尔辛摇着头，惊诧不已。就在客栈的门外有一桌残羹冷炙：烤肉的骨头，熏鱼，布丁和奶酪。一条狗立在桌上正吃着一块火腿。一个男人正往一碗炖菜里呕吐。在白马客栈门边，店主大卫坐在一把大木椅上，手里拿着一大杯葡萄酒。他又打喷嚏又出汗，有症候特点的鼻血一直在流，可他还在环顾四周，为胡闹的人喝彩。他似乎想在瘟疫夺去他的生命之前，先用饮酒自杀。

梅尔辛感到厌恶，便离开那场面，赶回修道院去了。

出乎他意料的是，他发现凯瑞丝已经起身并穿戴整齐了。“我好多了，”她说，“我打算明天就恢复我往常的工作。”看到他将信将疑的神色，她又找补了一句：“乌娜姐妹说我能行。”

“要是你肯听另一个人的话，那你还不能恢复正常。”他说；她哈哈笑了。这模样让他的眼中充满了泪水。她已经有两个星期没有笑过了，有一阵子他真不知道他还能不能再听到她的声音了。

“你到哪儿去了？”她问道。

他告诉了她，他在镇上遛弯的情况，还有他看到的讨厌的景象。“倒是没有一件事是恶意的，”他说，“可我真不知道他们下一步会干出什么事来。当对他们来说一切禁忌都不存在的时候，他们会不会动手互相杀害呢？”

一名厨房帮佣端来一大盆汤给他们当晚饭。凯瑞丝小心翼翼地喝着。有好长时间，她对任何食物都觉得恶心。然而，她像是感到这韭葱汤还可口，竟然喝了一整碗。

侍女清理完桌子之后，凯瑞丝说："我病的时候，想了很多要死的事。"

"你没要人找教士来。"

"不管我身体是好是坏，我从不相信上帝会被最后一分钟的改变心肠所愚弄。"

"那又想些什么呢？"

"我自问是否有什么当真要后悔的事。"

"有吗？"

"有的是呢。我不是我姐姐的好朋友。我没有子女。我把我母亲去世那天我父亲给她买的猩红外衣弄丢了。"

"你是怎么弄丢的？"

"我进女修道院时，不准我带上那件衣服。我不知道它的下落了。"

"你最后悔的事是什么呢？"

"有两件。我没能建起我的医院；我跟你在床上的时间太少了。"

他扬起了眉毛。"好嘛，第二件事是很容易弥补的。"

"我知道。"

"那些修女们呢？"

"谁也不再关注了。你看到了镇上是一副什么样子。在这女修道院里，我们都忙于处理要死的人，顾不上旧的清规戒律了。琼和乌娜每天夜里都在医院楼上的一个房间里同宿。这没什么关系。"

梅尔辛皱起眉头。"说来也怪，她们这么做，可是半夜照旧去教堂祈祷。她们怎么调和这两种行为呢？"

"听着。《路加福音》说：'有两件衣裳的，就分给那没有的。'你以为夏陵的主教身上穿满了一件件的袍服就能自圆其说吗？人人都从教会的教诲取其所需，而对不合意的部分不屑一顾。”

“你呢？”

“我也一样，不过我讲真诚。因此我要做你的妻子，跟你一起生活，要是有人质问我，我就说这是非常时期。”她站起身，走到门前，把门闩上。“你已经在这里睡了两个星期了。别搬走了。”

“你用不着把我锁在这里，”他笑着说，“我会心甘情愿地留下来的。”他伸出双臂搂住了她。

她说：“我们刚要开始那种事，跟着我就晕倒了。蒂莉妨碍了我们。”

“你当时在发烧。”

“要是这么说，我还在烧呢。”

“或许我们该在中止的地方重新开始吧。”

“我们先上床吧。”

“好的。”

他俩拉着手，一起走上楼去了。

七一

拉尔夫和他的人隐身在王桥北边的树林里等待着。五月时节，晚上很长。夜幕降临后，拉尔夫鼓励别人小憩一会儿，由他坐着观察。

同他一起的有阿兰·弗恩希尔和四名雇来的人，他们都是从国王的军队复员、在和平时期生活无着的战士。阿兰在格洛斯特的“红狮”客栈雇下了他们。他们不知道拉尔夫是何许人，也没在白天见过他的真面目。他们只照吩咐去做，拿到钱，而不问问题。

拉尔夫睁着眼，无意识地算起了过去的时间，这是他随国王在法兰西征战时练就的。他早已发现，要是他太努力地计算过去多少小时了，反倒会心存疑虑；但是，如果他只是那么一猜，他脑子里想到的倒总不差分毫。修士们用燃烛标上圆箍计算钟点，或是用中间有窄颈的玻璃沙漏装上沙子或水来计时；但拉尔夫脑子里自有更好的量度。

他背靠一棵大树，坐得笔直，眼睛则盯着他们点着的一堆篝火。他能听见灌木丛中小动物的窸窣声，和食肉猫头鹰偶尔的叫声。这里是静静的黑夜，有的是时间思索。觉察到危险迫近，会使大多数人一跃而起，对他却是安抚。

今夜的主要冒险，实际上并非来自战斗。会有一些徒手搏斗，但敌人不过是肥胖的镇民或软皮肤的修士。真正的风险是拉尔夫可能被认出来。他要做的事情会让人震惊，会被人们激愤地在这片土地上，乃至全欧洲的每一座教堂里谈论。启发拉尔夫这样做的格利高里·朗费罗，会用最高的声音谴责这一行径。事情如有败露，拉尔夫就成了反面角色，会被绞死的。

但如果他成功了，就会当上夏陵伯爵。

他盘算之时，已是子夜两点了，他叫醒了其他人。

他们把马拴在树林里，徒步走出林地，沿大路向城里进发。阿兰像在法兰西作战时一样，携带着装备。他有一部短梯、一盘绳索和一只铁爪，都是他们在诺曼底攻城时用过的。他的腰带上还别着石匠用的凿和锤。他们或许用不上这些工具，但他们懂得有备无患。

阿兰还有好几个大口袋，用一捆绳子紧紧缠成一束。

他们看到城池时，拉尔夫发给每人一个只露出眼睛和嘴巴的面具，大家都戴好了。拉尔夫左手还戴了只无指手套，以掩盖他那容易引人注意的缺了三个指头的残手。他这样就完全不会被认出了——当然除非他被活捉。

他们的靴子上还都套上毡靴，在膝盖处系紧，以便行动无声。

王桥已经有几百年没有受到军队的攻击了，防卫十分松懈，尤其自瘟疫袭来之后，更形同虚设。然而，通向镇子的南入口关得死死的。在梅尔辛那座大桥的进城一端是一座石砌门楼，装着坚实的木门。但河流只在镇子的东、南两面护住城池。西、北两面不需要桥，保护设施是一段失修的城墙。这是拉尔夫从北边接近的原因。

低矮的民房蜷缩在城墙外侧，如同肉铺后门卧着的狗。阿兰好几天之前，在他俩来到王桥打探蒂莉消息的那天，就已侦察好路径。此时，拉尔夫和雇来的人随着阿兰，尽量不出声地穿行于陋屋之间。哪怕是郊外的贫儿，一旦警醒，也会发出警报的。一条狗叫了起来，拉尔夫紧张了，可是有人骂了那畜生，狗就安静了。过了一刻，他们来到一处城墙塌陷的地方，很轻易地就爬过了坍倒的石堆。

他们发现身处在一些仓库背后的窄巷之中。原来刚好进了城墙的北门。拉尔夫知道，城门的岗亭里有一名哨兵。六个人悄无声息地走过去。虽说他们此时已在城里，哨兵若是看到他们，也会盘问，而如果对他们的回答不满意，他就会呼救。不过，让拉尔夫放心的是，那人坐在一条板凳上，倚着岗亭的侧墙，正在酣睡，一支残烛的弱光照亮了他身边的一个架子。

拉尔夫反正决定不冒险惊醒那人了。他踮着脚尖走近，侧身进入岗亭，用一柄长刀划开了那哨兵的喉咙。那人醒来，疼得想叫，但涌出嘴的只有血了。他倒地之后，拉尔夫抓着他有好几分钟，等他断气。随后他把尸体拖起来，顶着岗亭的墙戳立着。

他在那死人的外衣上擦干了刀刃上的血，放进刀鞘。

封闭城门洞的大型双扇门内侧，是一个只容一人通过的窄洞。拉尔夫拔下小门的门闩，准备事后迅速撤离。

六个人悄无声息地沿着通向修道院的街道走去。

天上没有月亮——这是拉尔夫挑上今夜行动的原因——但他们

仍可被星光模糊地照出来。他焦虑地看着街道两侧住宅楼上的窗子。若是没入睡的人刚好向外看，就会发现六个蒙面人毫无疑问地为非作歹的样子。所幸，天气不算太暖和，人们不会在夜间开窗入睡，所有的百叶窗都阖着。不管怎样，拉尔夫还是把兜头帽尽量向前拽，指望这样能遮住脸并挡住面具，跟着他示意其余人照样做了。

这座城市是他度过少年时期的地方，街道是他所熟悉的。他的哥哥梅尔辛依旧住在城里，只不过拉尔夫不确切知道他的住处罢了。

他们沿着主街走下去，经过已经在夜晚关门上锁好几个小时的“神圣灌木”旅馆。他们转向大教堂的围墙。入口有高大的包铁木门，但门一直开了多年了，因为合页已生锈，不能动了。

修道院里一片漆黑，只从医院的窗子里透出一星昏光。拉尔夫推测，这该是修士和修女睡得最死的时候。再过一小时左右，他们就得被叫起来做晨祷，那是要在黎明之前开始和结束的。

已经侦察过修道院的阿兰，带领一行人绕过教堂的北侧。他们悄悄地走过墓地，穿过副院长的宅第，然后转身沿大教堂东侧及河岸间的狭长窄地前行。阿兰把短梯抵在一道空墙上，悄声说：“修女活动区。跟我来。”

他爬上墙头，越过屋顶。他的脚踩在石瓦上没出什么声响。所幸他不必使用铁爪，否则会砰的一响，惊动人的。

其余的人都跟着他，拉尔夫殿后。

到了里面，他们从屋顶上跳下，轻轻地落在四方院子的草皮上。到了这里，拉尔夫警觉地察看着四周回廊的规则的石柱。拱门像是更夫似的瞪着他，但是什么也没有受到惊动。修士和修女们不准养狗，倒真是件好事。

阿兰带他们绕过暗影重重的走道，穿进一道沉重的门。“厨房。”他悄悄说。房间被一个大炉子的木柴昏暗地照着。“慢点走，别撞倒任何瓶瓶罐罐。”

拉尔夫等了一会儿，让他的眼睛调整过来。很快他就看清了一张大桌子，七个大桶和一摞炊具的轮廓。“找个地方坐下或躺倒，尽量让自己舒服一点，”他对他们说，“我们要待到她们都起来进入教堂呢。”

向厨房外窥视了一个小时之后，拉尔夫数着从宿舍出来，缓步穿过回廊，走向大教堂的修女们，她们有些人拿着灯，在拱顶投射出古怪的身影。“二十五个。”他对阿兰耳语。如他所料，蒂莉不在她们中间。贵妇访客是不必参加半夜的祈祷的。

她们都消失之后，他行动了。别人留在后边。

只有两处可能是蒂莉睡觉的地方：医院和修女宿舍。拉尔夫已经猜到，她在宿舍会觉得更安全，便先到那里去。

他轻轻走上石头台阶，他的靴子上仍套着毡子套鞋。他向宿舍里偷窥。里边只有一支蜡烛照亮。他曾希望，所有的修女都进了教堂，因为他不想让闲杂人搅乱了局势。他担心会有一两个修女因为生病或偷懒留下来。但房间是空的——连蒂莉也不在。他正要撤退时，忽然看到尽头有一道门。

他轻轻走到宿舍里头，拿起那支蜡烛，然后悄悄地走进那门洞。摇曳的烛光照着他妻子靠在枕头上的年轻的头，她的头发散落在脸上。她那样子既无辜又漂亮，拉尔夫一时间有些自责了，他只好提醒自己，由于她挡在他发迹的路上，他是多么恨她。

他的儿子杰里那婴儿，躺在她身边的一张小床上，闭着眼，张着嘴，平静地睡着。

拉尔夫爬到近处，用一个迅猛的动作，把右手捂到了蒂莉的嘴上，惊醒了她，同时也让她出不了声。

蒂莉大睁着眼睛，恐惧地瞪着他。

他放下了蜡烛。在他的口袋里放着各式各样的小物件，包括破布和皮条。他把一块破布塞进蒂莉的嘴里让她出不了声。尽管他戴着面具和手套，他还是觉得她认出了他，哪怕他一声未吭。也许她能像狗一样嗅出他的气味吧。没有关系。她是不会告诉别人的了。

他用皮条捆住她的手脚。她这会儿倒没挣扎，但过一会儿就会的。他检查了一下堵她嘴的破布塞得紧不紧，然后就定下心来等着。

他能够听到从教堂传来的歌声：强有力的女声合唱，夹杂着想和她们配合的几个破嗓子的男声。蒂莉一直用祈求的大眼睛紧盯着他。他把她转过身去，以免看到她的脸。

她早已猜测到他要杀她了。她看出了他的心思。她准是个女巫。或许所有的女人都是女巫。反正，她几乎就在他刚形成这一念头时就看破了他的意图。她开始盯着他，尤其在夜晚，她那双恐惧的眼睛一直随着他在屋里转，也不管他做什么。夜间，他躺下睡觉时，她在他身边挺着身子，保持警觉；早晨他起身时，她必定已经下了地。经过这样的几天之后，她就不见了。拉尔夫和阿兰四处寻觅不见，后来他听到传闻，说她在王桥修道院里避难。

这倒干脆符合了他的计划。

婴儿在睡梦中抽着鼻子，在拉尔夫看来像是要哭。要是修女们这时刚好回来该怎么办；他从头到尾想了一遍。可能会有一两个修女到这里看看蒂莉是否需要帮助。他决定把她们杀死算了。这又不是第一次。他在法兰西就杀过几个修女。

他终于听到她们拖着脚步回到了宿舍。

阿兰会在厨房里盯着，在她们回来时计算着人数。等她们全都平安地走进房间，阿兰和另外四个人就会拔出剑，采取行动。

拉尔夫把蒂莉抬起来。她脸上淌着泪水。他把她转过去背对着他，然后用一条胳膊揽着她的腰把她举起，放到他的臀部。她像个孩子一样轻。

他抽出了他的长匕首。

他听到外面一个男人说："别出声，不然就杀死你!"他知道那是阿兰，虽然他的声音让面具堵着。

这是个要紧的时刻。这些建筑物里还有别人——修女们和医院里的病人们，修士活动区里的修士们——拉尔夫不想让他们出现，把局面复杂化。

尽管阿兰发出了警告，但还是有好几声惊呼和吓着了的尖叫——但拉尔夫觉得还不算太响。到此为止，一切顺利。

他把门一下敞开，臀上驮着蒂莉，迈步进了宿舍。

他可以借修女们的灯光看清屋里。在房间尽头，阿兰挟着一个女人，他的刀子抵住她的喉咙，和拉尔夫挟着蒂莉的姿势一样。还有两个男人站在阿兰身后。另两个雇来的人该是在楼梯脚下守着。

"听我说。"拉尔夫发话道。

他一开口，蒂莉就痉挛地扭了一下。她已经辨出了他的声音。不过这没关系，反正还没有别人听出来。

一阵可怕的寂静。

拉尔夫说："你们谁是司库?"

没人吱声。

拉尔夫用他的刀尖触了一下蒂莉的喉咙。她开始挣扎，但她过于娇小，他毫不费力就控制住了她。他想，现在，对，现在是杀她的时候了；但他犹豫着。他已经杀过许多人，有男也有女，但突然之间，似乎把刀子捅进一个他曾拥抱过、亲吻过、睡过觉、还给他生了孩子的女人温暖的身体，有点可怕。

他告诉自己，何况，若是有一个修女死了，对她们就更有震慑力。

他对阿兰点了下头。

阿兰用力一割，他挟着的那个修女的脖子就给划开了。如注的血流从她的脖子喷到了地上。

有人尖叫了一声。

那不仅是一声尖叫，而是纯粹被吓得发出的非常响亮的号叫，甚至会把死人唤醒的，那叫声持续着，直到一个雇来的打手用他的棍棒狠狠地打在呼叫者的头部，使她昏厥倒地，血汩汩地淌下面颊。

拉尔夫又问："你们谁是司库？"

晨祷钟响，凯瑞丝溜下床时，梅尔辛短时间醒了一下。他像往常一样，翻了个身，打了个盹，所以等她回来时，好像她才走开了一两分钟。她回到床上时，身上很冷，他把她拉过来，用双臂搂住她。他俩时常会醒着一会儿，聊聊天，再云雨一番，然后入睡。这是梅尔辛最满意的时刻。

她紧紧地偎依着他，她的乳房舒服地贴在他的胸前。他吻着她的前额。等她暖和过来，他就伸手到她的腿裆，轻柔地摸着那里的软毛。

可是她特想说话。"你听到昨天的传闻了吗？城北树林里有强盗。"

"看来不大可能。"他说。

"我不知道。那一面的城墙都朽了。"

"他们要偷什么呢？他们想要的东西伸手一拿就成了。他们要是需要肉，地里有的是没人看管的牛羊，都是没主儿认领的。"

"所以才奇怪嘛。"

"这些日子，偷盗就像趴在篱笆上吸邻居家的空气一样了。"

她叹了口气。"三个月之前，我还以为这场可怕的瘟疫过去了呢。”

“我们又死掉了多少人?”

“从复活节以来，我们又埋了上千人了。”

在梅尔辛看来大体正确。“我听说别的镇子也相仿。”

她在黑暗中点头时，他感到她的头发抵到了他的肩头。她说：“我相信差不多有四分之一的英格兰居民已经死去了。”

“在教士中要超过一半了。”

“那是因为每当他们主持祈祷时，都要和那么多人接触。他们难以逃避。”

“所以半数的教堂都关闭了。”

“若是你问我，我倒认为这是好事。我敢说，人群传播瘟疫比什么都快。”

“反正大多数人对宗教已经失去崇敬了。”

对凯瑞丝而言，这算不上重大悲剧。她说：“他们或许会不再相信那些鬼话医术了，并且开始思考什么样的疗法有实效。”

“你是这么说，可普通百姓难以分辨：什么是真正的治疗，什么是假冒的鬼话。”

“我可以给你四条规律。”

他在黑暗中笑了。她总是那么有条理。“说吧。”

“第一：要是有十多种不同的处方治疗一种病症，你就可以确定，没有一种是有效的。”

“为什么?”

“因为若是有一种有效，人们就会忘记其余的了。”

“有道理。”

“第二：只是因为一种处方不讨人喜欢，并不意味着就有好处。生的百灵鸟脑子对喉咙肿痛毫无作用，哪怕造成严重的喘息；而一杯热水调蜜却使你平复。”

“这倒新鲜。”

“第三：人和动物的粪便从来对谁都没用处。通常只能加剧病情。”

“这话听起来舒服。”

“第四：如果那药方外观与疾病相像——鸫鸟带斑点的羽毛对疱疹，或者再比如说，羊尿对黄疸——大概都是异想天开的废话了。”

“你应该就此写一本书。”

她嘲讽地哼了一声。“大学推崇的是古希腊的教科书。”

“不是写给大学生的。而是写给你这样的人——修女和助产妇，理发师和女智者。”

“女智者和助产妇是不识字的。”

“有些人识字，另一些则可以让人读给她听。”

“我估摸人们可能喜欢告诉他们如何应对瘟疫的小册子。”

她有一会儿陷入了沉思。

在寂静之中，传来一声尖叫。

“这是怎么回事？”

“听着像是被猫头鹰抓住的小地鼠。”她说。

“不，不像。”他说着就起床了。

一名修女迈步向前，对拉尔夫开口讲话了。她很年轻——修女们差不多都很年轻——长着黑发蓝眼。“请不要伤害蒂莉，”她乞求说，“我是琼姐妹，是司库。我们可以把你想要的都给你。请不要再做任何暴力行为了。”

“我是‘隐身者塔姆’，”拉尔夫说，“开修女金库的钥匙在哪儿？”

“都在我的腰带上。”

“带我到那儿去。”

琼迟疑着。她大概觉察到，拉尔夫并不晓得金库在哪里。在他们事先踩点的那次，阿兰在被抓住以前，已经把女修道院侦察得相当彻底了。他摸清了他们溜进来的路径，挑好厨房是最佳的藏身之处，还找到了修女宿舍的地点；但他未能找到金库。琼显然不想暴露其所在。

拉尔夫没时间耽搁了。他不知道谁可能听到那声尖叫。他把他的刀尖紧抵着蒂莉的喉咙，直到流出血来。“我想到金库去。”他说。

“好吧，只是不要伤害蒂莉！我给你带路。”

“我本来就知道你会的。”拉尔夫说。

他留下了两个雇来的人在宿舍里看着修女们别出声。他和阿兰带着蒂莉跟着琼走下台阶，前往回廊。

在楼梯脚下，另两个雇来的人正用刀尖扣住另外的三个修女。拉尔夫猜测，她们是在医院里值班的，过来想弄清那尖叫声。他很高兴：另外的威胁消除了。可是修士们在哪儿呢？

他打发那三个修女上楼进了宿舍。他留下一个受雇的在楼梯脚下警戒，带上另一个跟着他。

琼带着他们进了食堂，其地点恰好在宿舍楼下的一层。她手中摇曳的灯光照出了搁板桌、板凳、讲经台和绘有耶稣参加婚宴的壁画。

在食堂的尽里面，琼搬开一张桌子露出了地面上的一扇活板门。上面有个钥匙眼，和普通门上的没什么两样。她用一把钥匙在锁里转了一下，就抬起了活板门。门下是一道狭窄的螺旋形石阶。她走下石阶。拉尔夫留下那雇来的人警戒，笨手笨脚地挟着蒂莉往下走，阿兰紧随着他。

拉尔夫到了石阶的底部，满意地四下看了看。这里是圣地中的圣地，修女们的秘密金库。这里是个像地牢一样的狭窄的地下室，只是修得较好而已：墙是细方石砌的。那些光滑的正方形石块如同用在大教堂里的一样，地面上严丝合缝地铺着石板。空气清凉干燥。拉尔夫把捆得像只鸡似的蒂莉，放到了地板上。

房间里的大部分都被一只巨大的带盖的箱子占满了，那只箱子似是装着巨大的棺材，用链子扣在墙里的一个环上。此外就没有多少东西了：两条板凳，一张写字台和一个放满羊皮纸卷的架子，大概是女修道院的账簿。墙上的一个钩子吊着两件羊毛外衣，拉尔夫猜想是为司库及其助手在冬季最冷的月份在这下边工作时穿的。

那只箱子太大，不可能搬下石阶，应该是以散件的形式搬来，再就地组装的。拉尔夫指了指合页，琼用她腰带上的另一把钥匙打开了。

拉尔夫往里面看着。都是羊皮纸卷，多达好几十，显然都是女修道院拥有的产业及权利的证明文件和契约；一堆皮革和木头匣子无疑装的是珠宝饰物；而另一个小些的柜里大概盛着钱。

这一刻他必得精细一点。他的目标是那些文献，但他不想太露骨。他要偷偷地拿，但表面上又不能让人看出来。

他命令琼打开那个小柜子。里面盛的是几枚金币。拉尔夫不解何以只有这么少的钱。或许更多的藏在了这间屋子里的别处，可能就在墙石背后。然而，他还在不停地琢磨：他只是装作对钱感兴趣。他把金币倒进腰带上的钱袋里。与此同时，阿兰则打开一个大口袋，动手往里装大教堂的饰物。

已经让琼看到了这些，拉尔夫就命令她回到石阶上面去。

蒂莉还在现场，大睁着恐惧的双眼盯着看，其实她看到什么已经没有关碍了。她绝不会有机会告诉别人的。

拉尔夫拉开了另一个口袋，把羊皮纸卷尽快地往里装。

他们把一切都装妥之后，拉尔夫要阿兰用他的锤和凿砸开木柜。他从钩子上取下羊毛外衣，卷成一捆，拿着蜡烛，用火尖把那衣捆点着。羊毛当即燃烧起来。他把从柜子上拆下的木头堆到着火的羊毛上。火苗很快就欢快地着起来，烟气直冲他的喉咙。

他看了下躺在地上孤立无援的蒂莉。他抽出了刀子。这时，他再一次犹豫不决了。

从副院长宅第，有一座小门直通会议室，而那里又与大教堂的北交叉甬道相连。梅尔辛和凯瑞丝循着这条路径去找寻发出尖叫的地方。会议室是空的，他们又进了教堂。他们只有一支蜡烛，烛光太暗，无法照亮宽阔的内部，于是便站在十字通道的正中，仔细地聆听。

他们听到，一个门闩咔嗒一响。

梅尔辛问：

“谁在那儿?”声音由于恐惧而发抖，让他很难堪。

“托马斯兄弟。”他们听到了答话。

声音来自南交叉甬道。过了一会儿，托马斯就走进了他们烛光的亮处。“我觉得我听到有人尖叫。”他说。

“我们也听到了。但这教堂里没有人。”

“咱们往四下看看。”

“那些见习修士和男孩子们怎么样了?”

“我告诉他们回去睡觉。”

他们穿过南交叉甬道，进入了修士活动区。他们还是没见人影，也没听到声音。他们从那里沿着一条通道，穿过厨房贮藏室来到医院。病人们都正常地躺在床上，有的在睡，有的在动，有的在痛苦地呻吟——但是，梅尔辛过了一会儿才反应过来：房间里没有修女。

“这可怪了。”凯瑞丝说。

尖叫声可能发自这里，但这儿并没有发生紧急情况，也没有任何惊扰的迹象。

他们走进厨房，不出所料，这里也不见一人。

托马斯深深地嗅了嗅，像是要辨出什么气味。

梅尔辛说："怎么回事?"他发现自己在耳语。

"修士们都是干干净净的，"托马斯咕哝着回答，"有很脏的人来过这里。"

梅尔辛丝毫嗅不出什么不寻常的气味。

托马斯拣起一把切肉刀，就是厨师用来切肉劈骨的那种刀。

他们向厨房门口走去。托马斯举起他断残的左臂，做了个警告的姿势，他们都站住了。在修女的回廊中有微弱的光亮。似乎来自回廊近端的壁龛。梅尔辛猜测，那是远处一支蜡烛的反光。可能来自修女的食堂，或者来自通向她们宿舍的石阶；或者来自两处。

托马斯脱掉他的便鞋，向前走去，他的光脚在石板地上没有发出一点响声。他融进了回廊的阴影中。在他缓缓移向壁龛时，梅尔辛只能勉强看出他的身形。

一股轻淡却刺鼻的气味进入了梅尔辛的鼻孔。不是刚才托马斯在厨房里觉察出的肮脏身体的气味，而是完全不同又新出现的气味。过了一会儿，梅尔辛才辨出那是烟味。

托马斯准是也嗅到了，因为这时他紧贴在墙上一动不动了。

一个看不到的人吃惊地低哼了一声，随后便有一个身影从壁龛跃到回廊的走道，虽然影影绰绰却看得分明，弱光勾出了一个男人的侧影：他戴着一个头套，把头脸包得严严实实。那人转身要向食堂门口跑去。

托马斯的刀砍了下去。

切肉刀在暗中忽地一闪，随后是惊心动魄的砰的一声，刀便劈入了那人的身体。那人发出一声又怕又疼的惨叫。就在他倒地的时候，托马斯再次挥刀，那人的叫声变成了令人发指的咯咯声，然后就停止了。他那没了生命的身躯咕咚一声撞到了石板地上。

待在梅尔辛身边的凯瑞丝，被恐惧攫住了。

梅尔辛向前跑去。“怎么回事?”他叫道。

托马斯转身面对着他，用刀做了个回去的动作。“别出声!”他嘘声说。

光线在刹那间改变了。回廊突然之间被一束火光照得通明。

有人迈着沉重的脚步从食堂跑了出来。那是条大汉，一只手提着一个口袋，另一只手举着一个火把。他的模样像个鬼魂，随后梅尔辛才明白，他戴着一个粗劣的头套，上面只有眼洞和口洞。

托马斯迎头拦住那个跑着的人，举起了他的切肉刀。但他稍迟了一点，没等他挥刀，那人撞向他，把他撞飞出去。

托马斯被撞到了一根柱子上，听响声像是他的头碰上了石头。他摔倒在地，失去了知觉。那跑着的人也身体不稳，跪倒在地。

凯瑞丝推开梅尔辛，跪在托马斯身边。

又有好几个人露面了，他们都蒙着脸，有的举着火把。在梅尔辛看来，有的从食堂出来，别的则从宿舍的石阶上下来。就在这时，他听到了妇女们的尖叫声和哭喊声。一时之间，现场一片混乱。

梅尔辛冲到凯瑞丝身边，想用自己的身体保护她，不致受到乱跑的人的冲撞。

入侵的人看到他们的同伴倒下，全都停下不跑，猛然的震惊使他们呆立不动了。靠他们火把的亮光，他们看出来那人已定死无疑：他的脖子几乎给划透了，他的鲜血喷涌到了回廊的石头地面上。他们向四下打量，头摇来摇去，从头罩的眼洞里向外窥视，如同溪水里的鱼。

其中一个人看到了托马斯的切肉刀，被血染红了，撂在地面上靠近托马斯和凯瑞丝的地方，那人指着刀让别人看。他气愤地哼了一声，抽出了长剑。

梅尔辛为凯瑞丝担心。他向前一步，引来持剑人的目光。那人举剑向梅尔辛逼近。梅尔辛后退着，把那人从凯瑞丝身旁引开。随着她摆脱了危险，他感到更为自己害怕了。他倒退着走，浑身吓得直抖，脚下滑进了死人的血泊里。他的两脚从身下飞出，人便仰摔在地了。

持剑人居高临下地站在他面前，高举着剑，准备杀他。

这时，另外一个人来干涉了。他是几个人中最高的，移动的速度快得惊人。他用左手抓住要杀梅尔辛的那人高举起的胳膊。他大概有点权威，因为他没有发话，只是向两边摇着他那戴头套的头表示不同意，持剑人就顺从地放下了剑。

梅尔辛注意到，救他的人左手戴着无指手套，但右手却没戴。

这一举动只延续了从一数到十的时间，而且来得快，去得疾。一个戴头套的人转向厨房，拔腿就跑，其他人都随他而去。梅尔辛明白了：他们定是计划好要从那条路撤走：厨房有座门，通向大教堂绿地，那是最便捷的一条退路。他们跑得不见了，没有了他们手中的火把，回廊里又漆黑一片了。

梅尔辛站着没动，不知如何是好。他该去追那些入侵者，到楼上的宿舍去看看修女们为什么尖叫，还是去找找着火的地方呢？

他跪在凯瑞丝身房。“托马斯还活着吧？”他问。

“我认为他是撞了头了，他失去了知觉，但他还有呼吸，而且没有流血。”

梅尔辛听到身后有琼姐妹那熟悉的声音。“帮帮我，求你了！”他转过身。她站在食堂门口，面孔被她手中的烛光照得怪模怪样，她的头上卷动着烟雾，如同戴了一顶时尚的帽子。“看在上帝的分上，快来！”

他站直身体。琼又返回食堂不见了，梅尔辛跑过去跟上了她。

她的烛光闪着混乱的阴影，但他勉强没有倒在家具上，一路随着她到了屋子的尽头。烟是从地上的一个洞里喷出来的。梅尔辛当即看出，洞是一个仔细的建筑匠干的活：洞口正方，边缘整齐，活板门也很工整。他猜想这里是修女们的隐蔽金库，由杰列米阿秘密修建的。可惜今晚被强盗们找到了。

他吸了一肚子烟，呛得直咳嗽。他想不出下边是什么在燃烧，为什么会失火，但他不打算弄清了——看来实在危险。

这时琼向他高叫："蒂莉在这里边呢！"

"亲爱的上帝。"梅尔辛绝望地说，跟着便走下了台阶。

他只好憋着呼吸。他透过浓烟窥视。尽管他心惊胆战，他那建筑匠师的目光还是注意到了螺旋形的石阶修得精湛，每一级大小和形状都一样，而且都与前面一级保持同样的角度；因此，尽管他看不到脚下，仍然能够信心十足地一级一级地向下走。

他很快就到达了地下室。他能够看到靠近房间中间的火焰。热量极大，他知道他只能挺住一小会。烟很浓。他依旧憋着气，但这时眼睛开始流泪了，视线也模糊了。他用袖子抹了抹眼睛，向烟雾中看去。蒂莉在哪儿呢？他看不到地面。

他蹲下身去。视力稍有改进：低处的烟要淡一些。他手脚并用地在周围挪动，眼睛紧盯着屋角，看不见的地方就用两手去扫着摸。"蒂莉！"他叫着，"蒂莉，你在哪儿？"烟呛进了喉咙，他一阵咳嗽，就算她回答了，也被咳嗽声淹没了。

他再也坚持不下去了。他咳嗽得直抽搐，似乎每吸一口气都会呛进更多的烟。他泪水直流，几乎看不见了。他在绝望之中，向火极近地靠过去，火苗都烤焦他的衣袖了。他若是抗不住，失去了知觉，就会定死无疑了。

这时，他的手触到了肉体。

他抓住了。那是一条人腿，一条细小的腿，一个姑娘的腿。他把她向自己拉过来。她的衣服都让火烤着了。他难以看清她的脸，也不知道她还有没有知觉，但她的手脚都被皮条捆着，因此她无法自主活动。他竭力忍住咳嗽，把双臂伸到她身下，把她抬起来。

他刚一站直身体，烟就浓得什么都看不见了。突然之间，他记不起台阶在哪个方向了。他从火苗边跌跌撞撞地躲开，一头撞到了墙上，简直要把蒂莉松手扔下了。是左还是右？他向左走，来到一个屋角。他想了一下，又迈动了脚步。

他觉得自己像是淹在水里了。他的力气耗光了，他跪了下去。这一下救了他。他又一次发现，离地面一近，就能看得清楚些了，这时，一道石阶出现了，如同是上天显圣，就在他面前。

他竭力不松开蒂莉柔软无力的躯体，跪着向前走到台阶处。他用了最后一点力气，站起身子。他把一只脚放到最低一级台阶上，挣扎着把身体向上拔；随后又试着迈上了上一级。他止不住地咳嗽着，强制自己向上爬，直到没了台阶。他摇晃着，跪倒在地，撂下了蒂莉，自己瘫倒在食堂的地面上。

有人向他俯下身来。他唾沫四溅地说："盖上活板门——把火灭掉！"紧跟着，他听到砰的一声，木门阖上了。

他被人撑着腋下搀了起来。他睁了一会儿眼睛，看到了凯瑞丝朝下颠倒的面孔；随后他的视线便模糊了。她在地上拖着他。烟稀少了，他才得以把空气吸进肺里。他感到从室内来到户外，吸到了清新的夜间空气。凯瑞丝把他放下来，他听到她的脚步声又返回食堂里去了。

他喘气，咳嗽，又喘气，又咳嗽。他的呼吸缓慢地恢复了正常。他的眼睛不再流泪，他看到天破晓了。淡淡的晨曦让他看到了围他站着的一圈修女。

他坐起了身子。凯瑞丝和另一个修女把蒂莉拖出了食堂，放在了他身边。凯瑞丝朝她俯下身去。梅尔辛想说话，却引起了一阵咳嗽，他又试了一次。“她怎么样了？”

“她被刀子刺进了心脏。”凯瑞丝说，跟着就哭了起来。“在你找到她之前，她就已经死了。”

七二

梅尔辛对着明亮的白昼睁开了眼。他醒得很晚：阳光射进卧室窗户的角度，告诉他此时上午已经过半。他回想着前一夜里的事情。如同做了一个噩梦，有一阵子，他已觉得那一切并没有当真发生。但他呼吸时胸口疼痛，而且他面部的皮肤也在灼痛。蒂莉惨死的可怕景象又回到他眼前。还有内莉姐妹也死了——她们都是无辜的青年女子啊。上帝怎么会听凭这种事情发生呢？

当他的目光落到把一个托盘放到床边的小桌上的凯瑞丝身上时，他明白了他是怎么醒的了。她虽然背对着他，但他仍然从她拱起的肩头和头部的姿态看出，她在生气。这是不奇怪的。她在为蒂莉哀伤，也在为女修道院的神圣和安全遭到破坏而气愤。

梅尔辛起了床。凯瑞丝把两个凳子拉到桌边，他俩全都坐下了。他柔情地端详着她的面孔。她的眼圈发黑。他不知道她是不是没睡觉。她脸上有一抹灰，他便舔湿了拇指，轻轻替她抹掉了。

她端来了带新鲜黄油的刚烤的面包和一罐苹果汁。梅尔辛觉得自己又渴又饿，便狼吞虎咽起来。凯瑞丝憋着一肚子气，什么也没吃。

梅尔辛满嘴面包，他问：“托马斯今天早晨怎么样了？”

“他在医院躺着呢。他碰伤了脑袋，可他能够连贯地说话和回答问题，看来他的头脑不会有长期损害。”

“那就好。应该对蒂莉和内莉的死有个调查。”

“我已经给夏陵的治安官送去了信。”

“他们大概会归咎于‘隐身者塔姆’。”

“‘隐身者塔姆’已经死了。”

他点点头。他知道接下来会是什么。吃了早餐，他的精神已经提起来了，但这一下又沉了下去。他咽下了嘴里的东西，便把盘子推开了。

凯瑞丝接着说：“不管昨天夜里来的是谁，反正他是要掩盖他的身份的，所以才说了谎——却不知道塔姆三个月前就死在我们医院了。”

“你以为可能是谁呢?”

“是我们认识的人——所以才戴头套的!”

“差不多。”

“强盗是不戴头套的。”

这是真的。他们逍遥法外，根本不在乎谁了解他们和他们犯下的罪恶。昨夜的闯入者却不同。头套有力地暗示了，他们是头面人物，生怕被认出来。

凯瑞丝继续着毫不容情的逻辑分析。“他们杀死内莉以迫使琼打开金库——但他们没必要杀死蒂莉：当时他们已经进了金库嘛。他们是出于别的原因想要她死的。而且他们不满足于让她遭烟呛和烧死：他们还捅了她致命的一刀。出于某种理由，他们一定要确证她已死掉。”

“那又能告诉你什么呢?”

凯瑞丝没有作答。“蒂莉早就认为拉尔夫想谋害她。”

“我知道。”

“一个戴头套的人想把你干掉，就在那一个瞬间。”她的话音在喉咙里哽住了，她只好停下来。她喝了一口梅尔辛的那杯苹果汁，使自己镇定了一下；然后才接着说："可是那头目制止了他。他为什么要这么做？他们已经杀害了一名修女和一位贵族妇女——为什么会顾忌杀死仅仅是建筑匠师的人呢？"

"你认为他是拉尔夫。"

"你不这么认为吗？"

"我也是。"梅尔辛沉重地叹了口气，"你看到他的无指手套了吗？"

"我注意到了他戴着手套。"

梅尔辛摇了摇头。"只戴了一只。戴在左手上。而且不是分指手套，是无指手套。"

"以掩盖他的残指。"

"我无法确定，而且我们当然不能证明什么，可我对此坚信无疑。"

凯瑞丝站起身。"咱们查看一下损失吧。"

他们来到修女活动区。见习修士和孤儿们正在清理金库，把一袋袋烧成炭的木头和灰烬搬到螺旋形台阶的上面，把没有彻底毁掉的东西交给琼姐妹，并把瓦砾运到垃圾堆。

梅尔辛看到了摆在食堂一张桌子上的大教堂的饰物：金银烛台、十字架和圣器，一件件全都做工精美，缀着宝石。他很奇怪。"难道他们没拿走这些东西？"他说。

"拿走了——可他们像是转念一想，又把它们扔到城外的一条沟里了。一个进城卖鸡蛋的农人今天早晨在路上发现了。所幸他是个诚实的人。"

梅尔辛拿起一个金制水盆，是专门用来在做弥撒时洗手的水盆，制成小公鸡的形状，项部的羽毛都是精雕细刻得十分漂亮的。"这样的东西是难以出售的。只有少数人买得起，而且其中的大部分都会猜到这些东西是偷来的。"

"窃贼可以熔掉后再当金子卖嘛。"

"显然他们认为那样做太麻烦了。"

"大概是吧。"

她还是没有信服。梅尔辛也没有：他自己的解释也不完全吻合。这次抢劫是经过精心策划的，这一点显而易见。那么盗贼们为什么事先没有想好饰品的问题呢？要么偷走要么留下不动呢？

凯瑞丝和梅尔辛走下台阶，进入了库室，梅尔辛蓦然想起昨夜的严峻考验，又后怕地感到胃抽痛了。更多的见习修士在用水桶和拖把清洗着墙壁和地面。

凯瑞丝吩咐见习修士们上去休息片刻。当只剩下她和梅尔辛时，她从木架上取下一段木片，用来撬起脚下的一块石板。梅尔辛此前没有注意到那块石板不像别的那样严丝合缝，而是在四周留着缝隙。这时他看到下面是一个宽敞的拱洞，放着一个木匣。凯瑞丝把手伸出洞里，拽出了那匣子。她从腰带上取下一把钥匙，把匣子打开。里面装满了金币。

梅尔辛奇怪了。"他们没找到这里！"

"还有三处隐蔽的拱洞，"凯瑞丝告诉他，"一处在地下，另两处在墙里。他们全没找到。"

"他们无法努力去找。大多数珍宝都有藏匿之处。人们都清楚。"

"尤其是强盗。"

"如此看来，现金不是他们的第一目标。"

"一点不错。"凯瑞丝锁上匣子，把它推回拱室。

"如果他们不想要饰物，而且也对彻底搜查金库找寻隐蔽的拱洞拿到现金没有足够的兴趣的话，他们到这儿来到底要干吗呢？"

"为了杀死蒂莉。抢劫不过是掩护。"

梅尔辛思索着。"他们没必要有一个巧妙伪装的故事，"他停顿了一会儿之后说，“若是他们只想杀蒂莉，完全可以在宿舍里办妥，到修女们做完晨祷返回时，早已远走高飞了。他们要是下手仔细的话——比如说，用羽毛枕闷死她——我们甚至弄不准她是不是被谋害的。那样看起来会像是她在睡梦中死去的。”

“那就解释不了这场袭击了。他们收手时几乎一无所获——只拿走了几枚金币而已。”

梅尔辛四下打量着这间地下室。“卷宗呢？”他问。

“准是被烧掉了。那倒关系不大。我已经全部复制过了。”

“羊皮纸不好烧的。”

“我从来没试过点燃它。”

“羊皮纸遇火会烤焦，收缩变形，但是烧不成的。”

“或许那些卷宗已经从废墟里捡回来了。”

“咱们去看看。”

他俩爬上石阶，离开了地下拱室。来到回廊之后，凯瑞丝问琼：“你在灰堆里发现羊皮纸了吗？”

她摇摇头。“一点也没有。”

“你会不会漏掉了呢？”

“我看不会——除非烧成了灰渣。”

“梅尔辛说，羊皮纸烧不着。”她转过去面对着他，“谁会想要我们的卷宗呢？对别人没有任何用处的。”

梅尔辛沿着他自己的思维逻辑去想，看看能够引到哪里。“或许是他们想要一份文献，是你们保存的——或者你们可能保存的，或者他们认为你们可能保存的。”

“那会是什么呢？”

梅尔辛皱起了眉头。“文献是意在公布的。把某种事写下来的全部主旨，是让人们在将来能够看到。而一份秘密文件则是很不一般的东西……”这时他想起了一件事。

他拉着凯瑞丝离开琼，和她散步，绕过回廊，直到他确信没人能够偷听的地方。这时他才说："不过，当然，我们的确知道一件秘密文献。"

"就是托马斯埋在树林里的。"

"就是。"

"可是为什么有人会以为这东西可能藏在女修道院的金库里呢?"

"嗯，想想看。最近有什么事可能引起这一猜疑吗?"

凯瑞丝的脸上浮起一道阴郁的神色："噢，我的天。"她惊呼一声。

"有这样的事。"

"我跟你说过，林恩田庄是多年以前由伊莎贝拉王后为接受托马斯一事颁赐给我们的。"

"你还跟谁说过这件事?"

"对了——林恩的总管。托马斯为我这么做很生气，说是会引起严重后果。"

"因此有人担心你会掌握着托马斯的密信。"

"拉尔夫吗?"

"我认为拉尔夫并不知道那封信。我是咱们几个孩子中唯一一个看到托马斯埋信的。他当然绝不会提及此事。拉尔夫应该是本着另一个人的利益行事的。"

凯瑞丝神色慌张。"伊莎贝拉王后?"

"或者是国王本人。"

"有没有可能是国王本人命令拉尔夫闯进女修道院的呢?"

"不会亲自下令的，不可能。他会利用一个中间人，一个忠心耿耿、野心勃勃又不会疑虑重重的人。我在佛罗伦萨遇到过这种人，他们周旋于要人的宫殿之外。他们是社会渣滓。"

“我想不出会是谁。”

“我觉得我能猜出来了。”梅尔辛说。

两天之后，格利高里·朗费罗在韦格利那栋领主的木造小宅第里会见了拉尔夫和阿兰。韦格利比天奇更能掩人耳目。在天奇的大厅里，有太多的人注视着拉尔夫的一举一动：仆人啦，扈从啦，他的父母啦。而在韦格利这里，农人们都有他们各自的累断腰的事情要做，没人会向拉尔夫询及阿兰背的那口袋里面的东西。

“我估摸一切都是按计划行事的。”格利高里说。女修道院遭劫的新闻一下子就传遍了全郡。

“没什么大困难。”拉尔夫说。他对格利高里缄默的反应感到不快。经历这一切周折之后才把那些卷宗弄到手，格利高里应该高兴才是。

“治安官当然已经宣布要调查了。”格利高里阴郁地说。

“他们都归咎于强盗了。”

“你没被认出来？”

“我们都戴了头套。”

格利高里奇怪地看着拉尔夫。“我原来不知道你妻子就待在修道院。”

“一次有用的巧合，”拉尔夫说，“让我得以一石二鸟。”

那奇特的目光逼视得更紧了。这律师心里想什么呢？他是打算装作对拉尔夫杀妻之举感到震惊吗？果真如此，拉尔夫就想当即指出，在女修道院发生的一切，格利高里都是同谋——他其实是教唆犯。他没有权利来说三道四。拉尔夫等待着格利高里开口。但在长时间沉默之后，他只说了一句：“咱们来看看这些文档吧。”

他们打发管家维拉去干一件需要时间的差事，拉尔夫又让阿兰站在门口，防止闲人。然后，格利高里才小心翼翼地把文档从袋里取出放到桌上。他自己摆好舒服的姿势，便开始查阅。有些是卷起来并用绳捆着的，另一些是一张张摞起来的，只有少数装订成册。他打开一份，在从敞开的窗户中射进来的强烈阳光下，读了几行，然后扔回口袋，再拿另一份。

拉尔夫并不知道格利高里在查找什么。他只说过可能使国王难堪。拉尔夫想象不出，凯瑞丝能有什么文献竟会让国王难堪。

他瞅着格利高里逐篇查阅感到心烦，但他不打算离开。他已经把格利高里想要的送到了，他准备坐在这里，直到格利高里认定了他的那一半交易。

这位高个子的律师耐心地查阅下去。有一份卷宗引起了他的注意，他一直读到底，但随后还是扔回袋里，和别的归在一起了。

拉尔夫和阿兰上个星期在布里斯托尔度过了大部分时间。人们不大会要他们解释他们在那儿干什么，但他们仍十分小心。除去到王桥去的那天夜里，他们每夜都要狂饮。他们的酒友会记得他们尽情饮酒，而不大可能想起那一星期有一夜拉尔夫和阿兰不在——或者，即使他们想到了，肯定也不清楚那夜是复活节后的第四个星期三还是圣灵降临节前两天的星期四。

终于，桌面清理干净了，口袋又重新装满了。拉尔夫问："你没找到想要的东西吗?"

格利高里没有回答这个问题。"你把一切全都带回来了?"

"一切。"

"那好。"

"这么说你没找到了?"

格利高里一如既往地斟词酌句。"那特定的文献没在这里。然而，我确实读到了一项契约，大约可以解释为什么这一……问题……在最近几个月里又重新提起。"

"这么说你满意了。"拉尔夫执意地说。

“是的。”

“而国王也不必再焦虑了。”

格利高里露出不耐烦的样子。“你就不必关注国王的焦虑了。那是我的事。”

“那我就能指望马上得到报答了。”

“噢，对，”格利高里说，“到收获季节，你就是夏陵的伯爵了。”

拉尔夫感到了满足的兴奋。夏陵伯爵——终于到手了。他赢得了长期渴求的奖赏，而他的父亲也能活着听到这消息了。“谢谢你。”他说。

“我要是你，”格利高里说，“我就要去向菲莉帕女士求爱。”

“向她求爱？”拉尔夫惊问。

格利高里耸了耸肩。“当然，在这件事上她没有真正的选择，不过，手续还是要履行的。告诉她，国王已经答应你向她求婚了。你要说你希望她学会像你爱她那样爱你。”

“噢，”拉尔夫说，“好吧。”

“把她当作一件礼物吧。”格利高里说。

七三

蒂莉葬礼的那天清早，凯瑞丝和梅尔辛在大教堂的屋顶上相会了。

屋顶别有天地。计算石板的面积，是修道院学校的高等数学课中的一道常有的几何练习题。工匠们需要用于维修的常用通道，因此就要有连接斜坡和边缘、角落和集水孔、塔楼和尖顶、天沟和滴水嘴的走道和梯子的网络。十字塔楼尚未竣工，但从西侧外面的顶上鸟瞰的景色仍是令人难忘。

修道院已经忙碌了起来，这将是一个大型葬礼。蒂莉生前并不起眼，但如今她成了一次臭名远扬的谋杀的牺牲品，在一座女修道院中遇害的贵族妇女，连那些没跟她说过三个字的人都要为她哀悼。凯瑞丝本不愿意鼓励这些悼念的人，因为那要冒传染瘟疫的危险，但她也无能为力。

主教已经到来，住在副院长宅第的最好房间里——所以凯瑞丝和梅尔辛要分开过夜，她睡在修女宿舍里，而他和洛拉住在“神圣灌木”旅馆。悲痛的鳏夫拉尔夫在医院楼上的一间私人房间中留宿。他的婴儿杰里由修女们照看。菲莉帕女士和她女儿奥狄拉，作为死者仅有的活着的亲属，也待在医院中。

无论梅尔辛还是凯瑞丝都没有在拉尔夫昨天抵达时和他说话。他们无可奈何，没办法为蒂莉伸张正义，因为他们什么都无法证明；但反正他们了解真相。到此刻为止，他们没有把他们相信的事对任何人讲：那样毫无意义。在今天的葬礼期间，他们只能对拉尔夫装出一切正常的样子。这可不容易。

当显要人士还在睡觉时，修女们和修道院的雇工们就已经紧张地忙着葬礼正餐了。面包房冒着烟，几十条四磅重的长长的小麦面包都已装进烤炉。两个汉子在滚着一桶新葡萄酒来到副院长的住所。好几名见习修女在绿地摆放条凳和搁板桌，准备接待参加葬礼的普通宾客。

当太阳在河对岸升起，把黄色的光芒斜射到王桥镇建筑物的屋顶时，凯瑞丝琢磨着泛滥九个月的瘟疫给这镇子留下的痕迹。从这个高度，她能看到成排住房间的空隙，就像坏牙似的。当然，木头房子一直在垮塌——因为失火，雨淋，不当的结构，或者只是因为年久失修。如今不同的是，没人操心修理的事。要是你的住房倒了，只消搬到同一条街上的一处空房就成了。唯一还在修造的人就是梅尔辛，在人们眼里，他是钱太多了，而且是个疯狂的乐观主义者。

隔河相望，掘墓人已经在又一处新开辟的墓地里工作了。瘟疫毫无怜悯之意。何时为止呢？难道所有的住房要一座座地不断倒塌，直到一座不剩，镇子变成破瓦焦木的荒野，只有无人问津的大教堂矗立在中间，周围是上百英亩的墓园才算罢休吗？

“我不会让这种情况发生的。”她说。

梅尔辛起初没听明白。“葬礼吗？”他皱着眉头说。

凯瑞丝做了个手势，一挥之中把镇子和外部世界全都包了进去。“一切。酒鬼互相伤害。父母把生病的孩子抛在我的医院门口。在白马客栈外的一张桌子处，男人们排队去干一个酒醉的女子。家畜死在草场上。半裸的悔罪者鞭打着自己，然后向旁观者领小钱。而最糟糕的是，一位年轻的母亲在我的修道院里被残忍地杀害了。我不在乎我们是不是都将死于瘟疫。只要我们还活着，我就不会让我们的世界乱成一片。”

“你打算做些什么呢？”

她感激地对梅尔辛莞尔一笑。大多数人都会告诉她说，她无力与这种局面抗争，他却随时都信任她。他看着小尖塔上的那些石雕天使，他们的面孔在两百年的风吹雨打中都变得模糊了，她还想到了推动大教堂建筑者的那种精神。“我们要在这里重建秩序和常规。我们要强制王桥人重返正常，不管他们愿不愿意。我们要不顾瘟疫肆虐，重建这座城镇及其生活。”

“好啊。”他说。

“这正是动手的时刻。”

“因为人人都为蒂莉事件愤怒了。”

“还因为想到武装的人能在夜里进城随便杀人这件事都惊惧不已。他们觉得人人自危了。”

“你要怎么做呢？”

“我要告诉他们，这种事再也不会发生了。”

“这种事再也不会发生了!”她高呼，她的声音响彻墓地，在大教堂古旧的灰色墙壁上回荡。

在教堂里的祈祷仪式中是从来不安排妇女说话的，但墓地旁的典礼是一片灰色地带，是发生在教堂外的庄严时刻，在这种时刻，诸如死者家属这样的世俗人士有时也演讲或出声祈祷。

无论如何，凯瑞丝是在冒险。亨利主教在主持，背后是劳埃德副主教和牧师会成员克劳德。劳埃德已主持教区多年，而克劳德则是亨利来自法兰西的同事。在如此显赫的高层神职人员面前，一名修女居然做出事先未安排的演讲，可是莽撞的。

当然，这种看法对凯瑞丝而言是不屑一顾的。

她是在那个小棺材正在放下墓穴时发言的。好几名教众已经开始哭泣了。人群至少有五百多，但他们听到她的声音都没有作声。

“武装人员夜间进入我们的镇子，还在女修道院杀了一名年轻的女子——我对此不会容忍。”她说。

人群中发出一阵低声的赞同议论。

她提高了嗓门。“修道院对此不会容忍——主教对此不会容忍——王桥的男男女女都对此不会容忍!”

支持的声音响亮了，人群高呼“不!”和“阿门!”

“人们说瘟疫是上帝送来的。我说，上帝送来雨，我们就找了避雨的地方。上帝送来冬天，我们就搭起炉子。上帝送来杂草，我们就连根拔掉。我们应该自卫!”

她瞥了一眼亨利主教。他一脸茫然。他事先不知道有这样的布道，若是请他批准，他会拒绝的；但他看得出来，凯瑞丝有群众站在她一边，他没有胆量去干预。

“我们能做什么呢?”

她向四下巡视一遭。所有的面孔都期待地对着她。他们不知道如何是好，但他们想从她嘴里得到答案。只要可以给他们希望，她说什么他们都会欢呼的。

“我们应重修城墙!”她高呼道。

人们欢声雷动，表示赞同。

“一道比破旧倒塌的旧城墙更高大、更牢固和更长的新城墙。”她迎到了拉尔夫的目光，“一道让杀人犯进不来的城墙!”

人群高叫：“对!”拉尔夫移开了目光。

“我们还要选一名新的治安官，组织一支由助理及哨兵组成的队伍，来维护法律并强化良好秩序。”

“对!”

“今晚教区公会将开会，拟出切实可行的细目，公会的决议将在下个礼拜天在教堂中宣读。谢谢大家，愿上帝为你们祝福。”

在副院长宅第的大餐厅里举行的葬礼宴会上，亨利主教坐在首席。他的右手是夏陵守寡的伯爵夫人菲莉帕女士。她身边就座的是主要的悼念人，蒂莉居丧的鳏夫拉尔夫·菲茨杰拉德爵士。

拉尔夫坐到菲莉帕身边喜出望外。他可以趁她专注于食物时偷窥她的胸脯，每当她俯身向前时，他都得以从她薄薄的夏服的方领口处窥视下去。她还不知情，但那一刻已为时不远，到时候他会要让她脱下衣服，赤身裸体地站在他面前，他就可以尽情观看那对优美健硕的乳房的全部了。

他注意到，由凯瑞丝提供的午宴丰富而不靡费。饭菜中没有全鹅或糖塔，但有充足的烤肉、白煮鱼、新烤的面包、豆类和春季浆果。他为菲莉帕盛了些由鸡肉末加杏仁奶做的汤。

她悲切地对他说：“这是一场大悲剧。我对你表示最深切的同情。”

人们都十分动情，以致在某个片刻，拉尔夫竟然自以为是一桩可怕的丧亲之痛可怜的牺牲品，乃至忘记了他自己正是那个把刀子刺入蒂莉年轻心脏的凶手。“谢谢你，”他郑重地说，“蒂莉太年轻了。不过我们这些当兵的已经习惯于突然死亡了。有一天，一个人会救助你的生命，并发誓要保持永久的友谊和忠诚；可另一天，他就会心脏中箭倒下，你也就此忘掉了他。”

她古怪地看了他一眼，让他联想起格利高里爵士凝视他的样子，也是既好奇又疏远，他不明白，这和他对蒂莉之死的态度有什么关系，是她这一死才激起了如此反应。

菲莉帕说：“你有个男孩。”

“杰里。今天修女们在照看他，但明天我就要把他带回到天奇大厅去。我要找一个奶妈。”他看到一个机会，赶紧埋下伏笔，“当然啦，他需要有个人给他当个合适的妈妈。”

“是的。”

他回想起她自己的丧亲之痛。“你理解失去配偶是什么滋味。”

“我有幸和我亲爱的威廉过了二十一年日子。”

“你一定很孤独。”这可能不是恰当的求婚时刻，但他想把谈话切近主题。

“确实。我失去了三个亲人——威廉和我们的两个儿子，城堡显得这么空荡荡的。”

“不过，也许不会太久了。”

她瞪着他，好像她无法相信自己的耳朵，而他也明白他说了冒犯的话。她转过脸去和另一面的亨利主教谈话了。

拉尔夫的右侧是菲莉帕的女儿奥狄拉。“你愿意来一点这种馅饼吗?”他对她说，“是用孔雀和野兔肉做的。”她点点头，他便给她切了一块。

“你多大了?”他问。

“今年就十五了。”

她长得很高，已经有了她母亲的身材：丰满的胸脯和宽宽的女性臀部。“你看上去还要大些。”他看着她的乳房说。

他本意是要奉承她——年轻人通常都愿意看着老成——但她脸一红，就扭过头去了。

拉尔夫低头看着盘中的食物，把一块姜汁猪肉切开。他闷闷不乐地吃着。他在格利高里说的求爱上做得不好。

凯瑞丝坐在亨利主教的左边，梅尔辛作为公会会长坐在她的另一侧。挨着梅尔辛的是格利高里·朗费罗爵士，自他三个月前来参加威廉伯爵的葬礼以来，一直没离开过这一带。凯瑞丝强按对他的反感：她不愿与杀人的拉尔夫和那个几乎肯定唆使他下手的人同桌就餐。但她在这顿饭席上有工作要做。她有一个复兴这座城镇的计划。重建城墙只是第一部分。而为了第二部分，她必须把亨利主教争取过来。

她为主教倒了一高脚杯清澈的加斯科涅红葡萄酒，他长长地饮了一口。他抹了抹嘴，说：“你做了一次很好的布道。”

“谢谢您，”她说，已经注意到了他的恭维背后不同意的讽刺意味，“这镇子中的生活正在堕落到混乱和淫乱的地步，如果我们要纠正，就需要激励镇民。我确信您是同意的。”

“问我同不同意你的话为时已晚。不过，我是同意的。”亨利是个实用主义者，不会重整旗鼓再打失败的战斗的。她原指望的就是这个。

她给自己加了些用辣椒和丁香烤的苍鹭，但没有马上吃；她要说的话太多了。“我的计划里还不仅只有城墙和治安人员呢。”

“我想也不止。”

“我相信，您作为王桥的主教，应该有全英格兰最高的大教堂。”

他扬起了眉毛。“这我可没期望。”

“两百年前，这里是英格兰最重要的修道院之一。应该重振辉煌了。一座新的教堂塔楼会象征其新生——包括您在主教中间的声望。”

他苦笑了一下，其实他是高兴的。他明知这是在奉承他，但他喜欢听。

凯瑞丝说：“塔楼也会给镇子振威。能够从远处就看见这座塔楼，就可以帮助朝圣者和商人们找到来这里的路。”

“你如何为此付款呢？”

“修道院很富有。”

他又一次惊讶了。“戈德温副院长抱怨缺钱呢。”

“他是个不可救药的管理人。”

“他给我的印象像是十分精明。”

“他给很多人都留下那种印象，可他作出了一切错误的决定。一上台，他就拒绝修整磨坊，那本来是可以给他带来一笔收入的；他又把钱用在盖这座宅第上，这是没有任何回报的。”

“情况是如何改变的呢？”

“我解雇了大部分总管，用愿意变革的较年轻的人替代。我把差不多半数的土地变成草场，在这些劳力短缺的日子里，要易于经管些。余下的，我以货币地租形式出租，而且不附加惯有的义务。而且我们还都从继承税和因瘟疫去世的无嗣的人的遗赠中获利。如今男修道院和女修道院一样富有了。”

“这么说，所有的佃户都是自由的？”

“大部分吧。他们不用每周一天在地主不出租的土地上干，不用给地主用车运干草，不在地主的地里看羊，也不用做一切繁杂的劳役，只要付钱就行了。他们更喜欢这样，当然也让我们的生活更简化了。”

“好多地主——尤其是大修道院——痛斥这种出租方式。他们说这样把农人都毁了。”

凯瑞丝耸了耸肩。“我们损失了什么呢？强加的不准些许变更的权利，那种权利有利于部分农奴却压制了另外一些，让他们全都服服帖帖。修士和修女们不该强制农民。庄户人懂得该种什么和在市场上能卖什么，他们可以自主之后干得更好了。”

主教一副将信将疑的样子。“这么说，你觉得修道院能够出得起钱修新塔楼？”

她猜测，他原以为她会开口向他要钱。“是的——再加镇上商人们的一些资助。这正是您能帮我的地方。”

“我原想会有些事情的。”

“我不是找您要钱。我想找您要的可比钱还值钱呢。”

“我倒要听听。”

“我想向国王申请一张自治市的文书。”凯瑞丝说这话时，感到自己的手抖了起来。她又想起了十年前她和戈德温的那一场争论，结果以她被诬为使用巫术而告终。当时的问题本来就是自治市文书，为了那场奋争，她几乎送了命。如今的环境已经根本不同了，但那纸文书的重要性并未减少。她只好放下刀叉，把双手在膝头上紧握，来稳住两手不抖。

“我明白了。”亨利含糊其辞地说。

凯瑞丝使劲吸了口气，继续说：“这对镇子的商业活动的振兴是很根本的，长期以来，王桥镇被修道院陈腐的规矩拖住了后腿。历任副院长都小心谨慎，墨守成规，他们本能地对任何变更或革新都要说不。商人们可是以变求活的——他们总在寻找新的赚钱的途径，或者至少是寻找好的途径。如果我们想让王桥人助资修建新塔楼，我们就该给予他们所需要的达到兴旺繁荣的自由。”

“一纸自治市文书？”

“镇子应该有自己的法庭，制定自己的规章，而且要由一个合适的公会来治理，而不是我们如今这样的教区公会，毫无实权。”

“可是国王会批准吗?”

“是国王就喜欢自治市，因为能交很多税金。但在以往，王桥的修道院副院长始终反对这一纸文书。”

“你认为副院长们都太保守。”

“胆小怕事。”

“好嘛，”主教笑着说，“你是从来没被指责过胆小怕事的。”

凯瑞丝抓住她的主旨不放。“我认为一纸文书对我们修建新塔楼是根本必要的。”

“是的，我能理解这一点。”

“这么说，您同意吗?”

“对建塔楼，还是要文书?”

“两件事拆不开。”

亨利看来开心了。“你是不是在和我做一笔交易，凯瑞丝嬷嬷?”

“您要是愿意的话。”

“好吧。给我修一座塔楼，我来帮你弄到那张文书。”

“不。必须是前后调过来。我们首先需要文书。”

“所以我该信任你喽。”

“很难吗?”

“说实在的，不难。”

“那好。我们就这样说定了。”

“是的。”

凯瑞丝俯身向前，越过梅尔辛望过去。“格利高里爵士?”

“啊，凯瑞丝嬷嬷，什么事?”

她强迫自己对他彬彬有礼。“您尝过这道甜汁烹兔吗? 我推荐这道菜。”

格利高里接过盆来，取了一些。“谢谢你。”

凯瑞丝对他说：“您会记得王桥不是自治市。”

“我当然记得。”在十多年前，格利高里曾用这一事实在王家法庭上就染坊一案挫败了凯瑞丝。

“我们的主教认为，现在是我们请求国王颁一纸文书的时候了。”

格利高里点点头。“我相信，国王会以赞成的态度看待这一请求的——尤其在以正确的途径呈送给他的情况下。”

凯瑞丝希望她的不屑不要流露在面容上，她说：“或许您肯赏光指点我们一下。”

“我们可不可以之后再加以详谈？”

格利高里当然要索贿，不过他无疑会称之为律师的费用。“没问题。”她说，压下去了一次战栗。

仆人开始清理食物。凯瑞丝低头看着她的盘子。她什么都没吃。

“我们两家是亲戚，”拉尔夫在对菲莉帕女士说，“当然不算很近，”他连忙又补上一句，“不过我父亲是阿莲娜女士和建筑匠师杰克之子、那位夏陵伯爵的嫡系后裔。”他隔着桌子望着他哥哥，公会会长。“我觉得我继承了伯爵的血性，而我哥哥则继承了建筑匠师的机巧。”

他睨着菲莉帕的脸色，看看她如何接受。她似乎没有往心里去。

“我是在你已故的公公，罗兰老伯爵的府上长大的。”他继续说道。

“我记得你是个侍从。”

“我在伯爵的麾下，在国王的军队中，在法兰西作战。在克雷西一役中，我救了威尔士亲王一命。”

“我的天，多么辉煌啊。”她客套地说。

他在设法让她看待他时平起平坐，这样，到他告诉她，她要做他的妻子时，才会更自然。但他看来没能跟她沟通。她只是显得对他的谈话的唐突感到厌烦和一些困惑。

饭后甜食端了上来：糖汁草莓、蜜饯薄饼、枣和葡萄干，以及加料葡萄酒。拉尔夫喝干了一杯葡萄酒，又斟了一杯，希望这红酒能够帮他在菲莉帕面前放松一些。他也说不准，他何以感到和她谈话如此困难。因为这是他妻子的葬礼吗？因为菲莉帕是伯爵夫人吗？还是因为他曾经无望地暗恋了她多年，而无法相信，如今她终于当真要成为他的妻子了？

“你离开这里之后，要回到伯爵城堡吗？”他问她。

“是的。我们明天出发。”

“你要在那里待好久吗？”

“我还能去哪里呢？”她皱起眉头，“你问这干吗？”

“如果可以的话，我要到那儿去拜访你。”

她的回答冷若冰霜，“为什么目的呢？”

“我要跟你讨论一个此时此地不宜谈的题目。”

“你到底是什么意思？”

“我要在过几天之后来看你。”

她有点动气了，她提高嗓音说：“你可能会有什么话要和我说呢？”

“我说过了，今天说不合适。”

“因为这是你妻子的葬礼吗？”

他点点头。

她面色苍白了。“噢，我的天，”她说，“你不会是提出……”

“我告诉过你了，我不想现在讨论。”

“可是我得知道!”她高叫道，“你是不是打算向我求婚?”

他犹豫着，耸耸肩，然后点点头。

“但是凭的什么?”她说，“你可一定需要国王的恩准的!”

他看着她，扬了一下眉毛。

她突然站起身。“不!”她说。桌子周围的人都看着她。她瞪着格利高里。“这是真的吗?”她说，“国王打算把我嫁给他吗?”她轻蔑地用拇指指着拉尔夫。

拉尔夫感到刺痛了。他没想到她的反应会如此强烈。他就这么让人讨厌吗?

格利高里用谴责的目光瞪着拉尔夫。

“这不是提这件事的时刻。”

菲莉帕叫道：“看来这是真的了！上帝救救我!”

拉尔夫看到了奥狄拉的眼神。她正畏惧地盯着他。他到底做了什么惹她这么讨厌他?

菲莉帕说：“我无法容忍。”

“为什么?”拉尔夫说，“有什么错到这种地步了？你有什么权利如此小看我和我的家庭?”他环顾着四周的宾客：他的哥哥，他的同盟格利高里，主教，女修道院副院长，低级别的贵族和城里的头面人物。他们一个个噤若寒蝉，被菲莉帕突发的火气所震惊和困扰。

菲莉帕不理睬他的问题。她面对着格利高里说：“我不会的!我不愿意，你听见我的话没有?”她气得脸色发白，泪水流下了面颊。拉尔夫心想，即使她把他斥拒和羞辱得如此难堪，她依旧是那么美丽动人。

格利高里冷漠地说：“这不是由你决定的事，菲莉帕女士，当然也不是我能决定的。国王会按照他的意旨行事的。”

“你可以强迫我穿上嫁衣，你还可以把我送上婚礼的走道，”菲莉帕愤愤地说。她指着亨利主教，“但当主教问我，我是否愿意嫁给拉尔夫·菲茨杰拉德时，我不会说是的！我不会！绝不，绝不，绝不！”

她气汹汹地走出屋去，奥狄拉紧跟着她。

宴会结束后，镇上的人都回了家，贵宾们也回房睡了。凯瑞丝监督着清理工作。她为菲莉帕感到难过，深深的难过，因为她知道——而菲莉帕还蒙在鼓里——是拉尔夫杀害了他的第一个妻子。但她关注的是整个镇子的命运，而不只是一个人的前途。她的脑子里想的全是对王桥的设想。事情进展得比她预料的要好。镇民们热烈支持她，而主教对她提议的一切也都同意了。或许，尽管瘟疫还在肆虐，文明会重返王桥。

在后门外堆着骨头和面包屑，她看到戈德温的猫“大主教”正灵敏地挑着一只鸭子的骨架。她把它轰跑了。那猫蹿出几码之后就慢慢腾腾地踱起步子，白色的尾尖高傲地竖着。

她一边认真地思索着如何落实亨利已经赞同的变革，一边走上宅第的楼梯。她没有停顿地就打开了她与梅尔辛共用的卧室的房门，迈步走了进去。

她一时间感到了迷乱。两个男人站在屋子中间。她想到：我一定是走错了房子，而且一定是进错了房间。随后才记起来，这是她的房间，作为宅第中最好的卧室理所当然地让给主教了。

那两个男人是亨利和他的助手、牧师会成员克劳德。凯瑞丝过了一会儿才意识到，那两个人正赤裸着全身，相互搂抱着亲吻呢。

她惊慌地瞪着他们，“啊”了一声。

他俩没听到门响。在她出声之前，他们也不知道被人看到了。当他们听到她惊诧的喘气声时，全都转过来面对着她。一副可怕的负罪表情掠过亨利的面孔，他的嘴张开着。

“对不起!”凯瑞丝说。

两个人一下就分开了，仿佛可以就此否认正在干的事情；随后他们才想到他们都光着身子。亨利是个胖子，肚皮圆圆的，肥胳膊肥腿，胸口上长着灰毛。克劳德年纪轻些也瘦削些，体毛很少，只在腿裆有一丛栗色阴毛。凯瑞丝从来没有同时看到过两个翘起的阴茎。

“我请你们原谅!”她克制着尴尬说，“我错了。我要忘掉。”她意识到话已经唠叨了，而且他们都目瞪口呆了。这已经无妨了：随便谁说什么都不会扭转局面了。

她清醒过来之后，就退出了房间，把门砰地关上了。

梅尔辛和玛奇·韦伯一起离开了宴会。他喜欢这个前面突着下颏，后面翘着臀部的胖墩墩的小个子女人。他佩服她在丈夫和子女死于瘟疫之后的行事做派。她仍坚持做着生意：织布和照凯瑞丝的配方染红布。她对他说：“凯瑞丝是好样的。她跟往常一样，是正确的。我们不能这样下去。”

“尽管出了这么多事，你还照样坚持。”他说。

“我唯一的问题是要找干活儿的人手。”

“大家都一样，我也找不到工匠。”

“生羊毛很便宜，而富人照样愿意出高价买好的红绒布，”玛奇说，“我要是能生产得更多，我就能卖得更多。”

梅尔辛思虑着说：“知道吗，我在佛罗伦萨见过一种快速织机——一台脚踏织机。”

“噢?”她惊奇地看着他，“我从来没听说过。”

他想不出该怎样解释才好。“在任何织机中，你都要在框架上拉抻许多线，形成你们所称的经线，在一根线下而在另一根线上，这样一下一上地从这一边到另一边，然后再返回才织成布。”

“那是简单的织机的原理，没错。我们的要比那种强。”

“我知道。为了加速这一过程，你们把每隔一条的经线连到一个移动的叫作综片的一根杆上，这样，你在来回移动综片时，就有一半的经线比其余的高了出来。之后，用不着一上一下、一上一下地动了，你就可以简单地把布片上的线在一次轻易的动作中直直地穿过空隙。然后你就把综片放到经线下，让它们往回穿越。”

“没错。顺便说一句，布片上的线是绕在筒管上的。”

“每次你把筒管从左到右穿越经线时，都得把它放下来，然后再用双手移动综片，再拿起筒管，把它从右边移到左边。”

“就是这么回事。”

“在一台脚踏织机里，你用双脚移动综片。这样就不必把筒管放下了。”

“真的？我的天！”

“这就不一样了，是吧？”

“大不一样了。你可以织快一倍——也许还要多！”

“这正是我所想的。要不要我给你做一台让你试试？”

“好啊，请吧！”

“我记不准那脚踏织机的构造了。我想，那踏板启动一套滑轮和杠杆系统……”他皱着眉头思索着，“反正，我肯定能把它琢磨出来。”

近黄昏的时候，凯瑞丝走过了图书馆，她在路上遇到了牧师会的克劳德正拿着一本小书往外走。他迎着她的目光，便站住了。双方都当即想到了一小时前凯瑞丝撞上的场面。起初，克劳德样子发窘，但之后，嘴角挤出一丝强笑。他伸手到脸前去遮掩，显然觉得笑得没道理。凯瑞丝记起，两个赤身裸体的男人当时是如何惊慌失措，她也感到内心涌起笑声是欠妥的。一时冲动之下，她说出了脑子里想到的话："你们俩那会儿的样子真可笑极了！"克劳德不禁咯咯地笑了，凯瑞丝也忍俊不禁笑出声来，这一下彼此给弄得更尴尬，直到他们笑得止不住地搂在一起，脸上都笑出了泪水。

当晚，凯瑞丝把梅尔辛带到了修道院地界的西南角，沿河岸种着青菜的地方。空气温暖，潮湿的土地散发着新作物的芬芳。凯瑞丝看到了春季的洋葱和小萝卜。"看来，你弟弟要当夏陵伯爵了。"她说。

"要是菲莉帕女士能够出力阻止就不行了。"

"一位伯爵夫人只能照国王的旨意行事，对吧？"

"理论上，所有的妇女都要听男人的，"梅尔辛苦笑着说，"不过，有的人也蔑视常规。"

"我想不出你指的是谁。"

梅尔辛的情绪陡然变了。"这是什么世道，"他说，"一个男人谋杀了他的妻子，而国王却选他当上了最高级的贵族。"

"这类事我们都晓得，"她说，"但发生在你们家，还是令人震惊。可怜的蒂莉。"

梅尔辛揉揉眼睛，像是为了看清楚。"你把我带到这儿来干吗？"

"谈谈我计划中的最后一部分：新医院。"

"啊。我在纳闷……"

"你能把它建在这里吗？"

梅尔辛四下打量着。"我看不出有什么不成的。这是个坡地，但整个修道院都是建在一块坡地上的，何况我们谈的不是另建一座大教堂。新医院是一层的还是两层的？"

"一层。但我想把房子盖成分隔的中型房间，每间病房有四或六张床，这样，疾病就不会从一个病人那儿迅速地传给医院里所有的人了。医院应该有自己的药房——一个光线好的大房间——用来准备药品，外面还要有一块药圃。还要有一处宽敞、通风的厕所，备有水管，易于保持清洁。事实上，整座医院都该有大量的照明和空间。但是，最重要的一点，新医院必须离修道院的其余建筑至少一百码以外。我们必须把病人同健康人隔离开来。这是最关键的一点。”

“明天上午我就画草图。”

她向四下张望了一下，看到没人看他们，就亲吻了他。“这将是我一生工作的终点，你明白吗？”

“你才三十二岁——谈一生工作的终点是不是早了点？”

“还没发生呢嘛。”

“不会太久的。我要在为新塔楼挖掘地基的同时着手建医院的事。随后，医院一建成，我就能把我的工匠转移到大教堂的工程上去了。”

他们开始往回走。她看得出来，他的真正热情是在塔楼上。“塔楼要有多高？”

“四百零五英尺。”

“索尔兹伯里的是多高？”

“四百零四英尺。”

“所以，它一准是全英格兰最高的建筑了。”

“在有人建出更高的以前，这个数字最高。”

她想，这样他也就实现了他的抱负。她挽起他的胳膊， 路走回副院长的宅第。她感到幸福。这有点怪，是吧？几千王桥人死于了瘟疫，而且蒂莉又被谋害了，可凯瑞丝仍感到有希望。当然是因为她有个计划。每逢她有个计划时总会感觉好些。新的城墙，治安队伍，塔楼，自治市的文书，还有其中最为重要的新医院：她怎么会有时间组织这一切呢？

她与梅尔辛挽臂而行，一直走进了副院长住所。亨利主教和格利高里爵士在那里，正和第三个人深谈，那人背对着凯瑞丝。即使从那新来者的背后，也有一种不愉快的似曾相识的感觉，凯瑞丝不自在地战抖了一下。随后那人转过身来，她看到了他的面孔：嘲讽，得意，轻蔑，充满恶意。

那是菲利蒙。

七四

亨利主教和其他客人次日上午离开了王桥。几天来一直睡在修女宿舍的凯瑞丝，在早餐后返回了副院长的宅第，上楼进了她的房间。

她发现菲利蒙在屋里。

这是两天来她因她的卧室里有男人而第二次受惊了。不过，菲利蒙是单独一人，而且穿戴整齐，正站在窗边看着一本书。她从他的侧影看出，过去这六个月的考验，让他消瘦了不少。

她问："你在这儿干什么?"

他装出对这问话感到吃惊的样子。"这是副院长的房子，我为什么不能在这儿?"

"因为这不是你的房间!"

"我是王桥修道院的副院长助理。我并没有被撤职。副院长已经死了。还有谁该住在这儿?"

"当然是我啦。"

"你连个修士都不是。"

"亨利主教任命我做执行副院长——而且昨晚，尽管你已回来，他并没有把我解职。我是你的上司，你应该服从我。"

"可你是个修女，你应该跟修女们住在一起，而不该住在修士这儿。”

“我已经在这儿住了几个月了。”

“你自己？”

凯瑞丝看出来，她立足不稳。菲利蒙知道，她和梅尔辛一直多少像是夫妻那样生活。他们一向谨慎，不张扬他们的关系，但人们都在猜测这类事，何况菲利蒙对弱点有一种野兽般的本能。

她考虑着。她可以坚持要菲利蒙当即离开这座房子。必要时，她还可以把他赶出去：托马斯和那些见习修士会服从她，而不听菲利蒙的。但之后呢？菲利蒙会竭尽全力地要人们注意梅尔辛和她在这宅第中的一举一动，他会制造一场轩然大波，镇民中的头面人物会各站一边。大多数人会支持凯瑞丝，几乎她做什么都成，她的威信已经到了这一步；但也会有人刺探她的行为。两派的冲突会削弱她的权威，破坏她想做的一切事情。所以，最好的还是认输。

“你可以住这间卧室，”她说，“但不能占大厅，我要用来和镇民中的头面人物和来访的要人开会。你在参加教堂的祈祷时间之外，要待在修士活动区里，而不准在这儿。副院长助理是没有宅第的。”她不给他留争论的机会，说完就转身走了。他赢了，但她保存了体面。

昨天夜里，她回想起菲利蒙有多么狡猾。被亨利主教盘问时，他似乎对他做的每一件不光彩的事都有花言巧语的解释。他如何说明他放弃在修道院的职责而跑到林中圣约翰去是正确的举动？修道院处于极端危险之中，挽救修道院的唯一途径就是出逃，根据就是那种说法：早走，到远处去，多待些时间。这仍是公认的逃避瘟疫的唯一可靠手段。他们仅有的错误就是在王桥待得太久了。那么，为什么没人把这一计划报告主教呢？菲利蒙感到遗憾，但他和别的修士只能听从戈德温副院长的命令。那么，为什么在瘟疫追上他们时，又从圣约翰跑走了呢？他应上帝之召去给蒙茅斯的人布道，而戈德温是准许他离开的。托马斯兄弟怎么会不知道这一准许，而且事实上坚决否认有准许一说？别的修士没被告知戈德温的决定，以免产生嫉妒。那么，为什么菲利蒙又离开了蒙茅斯？他遇到了托钵修士默多，默多告诉他王桥修道院需要他，而他则认为这是上帝的新召唤。

凯瑞丝的结论是：菲利蒙逃避瘟疫，直到他意识到他是侥幸没染上那病的一个。随后他从默多口中得知，凯瑞丝和梅尔辛睡在副院长的宅第里，他马上就明白了，他该如何利用这一局面东山再起。这其间与上帝毫不相干。

然而亨利主教却听信了菲利蒙的故事。菲利蒙小心地在阿谀奉承时显得卑微谦恭。亨利不了解这个人，未能看透表象。

她把菲利蒙撂在宅第里，就向大教堂走去。她爬上西北塔楼中又长又窄的螺旋楼梯，在工匠阁楼里找到了梅尔辛，他正借助从西北的高窗进来的光线，在描图地面上画草图。

她满怀兴趣地看着他做完的部分。她发现读图总是很困难的。在灰泥上刮出的细线，需要凭借看图人的想象，转换成有门窗的厚石墙。

在她读图的时候，梅尔辛期待地看着她。他显然在等待着一次大反应。

起初，她被那幅草图搅得昏头转向。看着一点不像医院嘛。她说："你已经画好了……一个回廊！"

"没错，"他说，"一座医院为什么一定是个又长又窄的房间，跟教堂的中殿似的呢？你想要那地方又明亮又通风。因此，我就没把房间都挤在一堆，而是让它们围成四边形。"

她看出来了：方形的草地，建筑物在周围，各座门开向有四或六张床的房间，修女们在连拱廊的遮蔽下，从一个房间走到另一个房间。"太鼓舞人了！"她说，"我是永远想不出来的，但这座医院一定很完美。”

“你可以在四方院子里种药草，那儿，植物能得到日照，但又背风。园子中间会有一个喷泉，提供新鲜的水，水穿过南面的厕所一翼，流进河里。”

她感情充沛地亲吻了他。“你真聪明!”这时她想起了那些消息得告诉他。

他准是看出她拉着长脸，因为他说:“怎么回事?”

“我们得搬出宅第了，”她说，她跟他讲了她和菲利蒙的谈话，以及她让步的理由，“我预见到的是同菲利蒙的主要冲突——我不想让他拿这件事作文章。”

“这样是明智的。”他说。他的声调是通情达理的，但她从他的表情上知道，他很气愤。他盯着他的草图，其实并没有当真去想那图。

“还有别的事呢，”她说，“我们正在告诉大家，他们必须生活得尽量正常——在街上要守规矩，恢复真正的家庭生活，不再酗酒胡闹。咱们就该树立榜样才是。”

他点点头。“一位女副院长和情人同居，我看是不论怎么都说不过去的。”他说。他那平和的语气再次与他气恼的表情相抵触了。

“我很抱歉。”她说。

“我也一样。”

“不过我们不想拿我们要做的一切来冒险——你的塔楼，我的医院，镇子的前途等等一切。”

“当然啦。不过我们牺牲了我们共同的生活。”

“也不完全。我们得分开睡觉，这是很痛苦的，但我们还会有许多机会在一起的。”

“在哪里呢?”

她耸耸肩。“比如说，在这儿吧。”一股淘气劲头攫住了她。她离开他走到屋子的那头，缓缓地拽起她袍服的裙摆，又走到楼梯顶部的门口。“我看不见有人来。”她边说边把衣服撩到腰际。

“反正你能听到有人来的，”他说，“楼梯底部的门一开就有动静。”

她弯下腰，假意去向楼梯下望着。“从你那儿能看到什么不寻常的东西吗？”

他扑哧笑了。她总能用些好玩的招数使他转怒为喜。“我能看到有东西在向我挤眼。”他笑着说。

她向他走回来，仍旧把裙袍撩在腰际，还得意地笑着。“你看，我们用不着把什么都舍弃。”

他坐在一条板凳上，把她搂近前。她叉开两腿，跨着他的大腿，降下身子，坐到他膝头。“你最好弄张草垫到这儿来。”她说，声音已随着欲望变粗了。

他抚弄着她的乳房。“我怎么解释在匠人的阁楼需要一张床呢？”他喃喃地说。

“就说工匠们需要有个软地方放工具。”

一个星期之后，凯瑞丝和托马斯·兰利去视察城墙的修复工程。工程虽然很大，但很简单，一旦扯的线都正确了，实际的石工可以由没经验的青年石匠和学徒完成。工程开工得这样快，凯瑞丝很高兴。在多事之秋，城镇能够自卫是很必要的——但她还有一个更重要的动机。她希望，由镇民来抵御外来的骚扰会自然地导向在他们自己之间必须要有秩序和良好举止的新意识。

她觉得命运把她推上这一角色颇有讽刺性。她本人从来就不遵守规矩。她一向蔑视教条和嘲弄常规。她认为她有权制定自己的规矩。可是在这里，她却要取缔寻欢作乐。说来神奇，迄今没人称她是伪君子。

事实是，在一种无政府状态中，有些人借机发迹了，其他人却没有。梅尔辛就是那种不受约束但过得更好的人。她想起他刻的聪明的童女和愚拙的童女的像。雕像是以前谁也没见过的另类作品——因此，埃尔弗里克以此为借口砸毁了。规章只能束缚梅尔辛的手脚。但像屠宰工巴内和卢这样的人，只能靠法律制止他们酒后斗殴，互相伤害。

无论如何，她的地位是动摇的。当你要推行法律和秩序时，很难说清：那些规矩实际上不只适用于你个人。

她在和托马斯返回修道院时，心中一直在反复思考着这个问题。在大教堂外面，她看到琼姐妹在不安地来回踱步。

“菲利蒙把我气坏了，”她说，“他声称你偷了他的钱，我该还给他！”

“心平气和些吧。”凯瑞丝说。她引着琼进入教堂的门廊，俩人坐到一条石凳上。“深深吸一口气，告诉我是怎么回事。”

“第三次祈祷后，菲利蒙来到我面前，说是他需要十先令给阿道福斯圣徒的神龛买蜡烛。我说这事得问你。”

“太对了。”

“他就一下子来了气，嚷嚷说，那是修士们的钱，我没有权利拒绝他。他要我的钥匙，我琢磨他是想从我手里把钥匙抢走，就明确告诉他，给了他也没用，因为他不知道金库在哪儿。”

“这可是保密的高招。”凯瑞丝说。

托马斯就站在她的一旁听着。他说：“我注意到他趁我不在院里的时候这么做——胆小鬼。”

凯瑞丝说：“琼，你拒绝了他绝对正确，我很难过他要欺负你。托马斯，去找他，带他到宅第来见我。”

她离开他们，深思着走过墓地。菲利蒙显然想找茬。但他不是那种她可以轻易制服的一时逞凶的恶棍。他是个诡计多端的对手，她要步步小心。

她打开副院长住所的大门时，菲利蒙就在大厅里，坐在长桌的首席。

她在门口站住脚。“你不该在这儿的，”她说，“我专门告诉过你——”

“我在找你。”他说。

她意识到她该把房子的大门锁上的。不然的话，他总会有借口嘲弄她的命令的。她压制着怒气。“你找我找错地方了。”她说。

“可是，我还是找到你了，不是吗？”

她打量着他。从他回来后，他刮了脸，剪了发，还穿了一件新袍服。他浑身上下都像个修道院的官员，冷静又威严。她说：“我已经和琼姐妹谈过了。她很恼火。”

“我也一样。”

她意识到，他坐在大椅子上，而她却站在他面前，仿佛他是主事的，她倒成了请示的人。他在操纵这类事情上真是机灵之极。她说：“你要是需要钱，可以找我！”

“我是副院长助理！”

“而我是执行副院长，我就是你的上司。”她提高了嗓音，“因此，你第一件要做的，就是和我说话时得站着！”

他被她的声音震住了，想要发作；随后他控制住自己。他以一种侮辱性的迟缓，从椅子上站了起来。

凯瑞丝坐到他那位置上，让他站着。

他像是厚颜无耻。“我听说你在使用修道院的钱修建新塔楼。”

“依照主教的命令，不错。”

一丝烦恼掠过他的面容。他本来指望巴结主教，让主教和他联合起来反对凯瑞丝。早在孩提时代，他就没完没了地拍有权势的人的马屁。他就是靠这一招进的修道院。

他说："我应该有权接触修道院的钱财的。这是我的权利。修士们的财产应该由我掌管。"

"你上次掌管修士财产时，就偷盗了。"

他脸色苍白了：这一箭射中了要害。"可笑，"他怒气冲冲地说，竭力掩饰他的窘态，"戈德温副院长拿去妥善保管了。"

"好啊，在我当执行副院长时，谁也休想来个妥善保管。"

"你至少该把饰物交给我，它们都是神圣的珍宝，要由教士而不是女人掌握的。"

"托马斯一直处理得很妥当，取出来为祈祷使用，完事再存进我们的金库。"

"还不尽如人意——"

凯瑞丝想起了一件事，便打断了他的话。"何况，你还没有归还你拿走的全部东西。"

"钱——"

"饰物。有一个金烛台不见了，是烛台行会的赠品。下落呢？"

他的反应出乎她所料。她原以为他又会大发雷霆地抵赖呢。但他面带窘色地说："那东西始终存在副院长的房间里。"

她皱起眉头。"并且……？"

"我把它和其余的饰物分开存放的。"

她吃了一惊。"你是不是在说，你一直保存着那只烛台？"

"戈德温要我照管。"

"这么说，你带着它一路到了蒙茅斯和别的地方？"

"这是他的愿望。"

这简直是弥天大谎，而且菲利蒙心里也明白。事实是他偷了那只烛台。"还在你手里吗？"

他不自在地点了点头。

就在这时，托马斯走了过来。"你在这儿！"他对菲利蒙说。

凯瑞丝说：“托马斯，到楼上去，搜查菲利蒙的房间。”

“我要找什么？”

“丢失的那只金烛台。”

菲利蒙说：“没必要搜了。你会在祷告台那儿看到的。”

托马斯上楼去，回来时已经拿着那烛台了。他把烛台交给凯瑞丝。烛台很重。她好奇地端详着。座上用小字镌刻着烛台行会十二个成员的名字。菲利蒙要它做什么呢？显然不是为了卖掉或是熔掉：他有充分的时间处理，但他没这么做。他似乎就是想拥有一只他自己的金烛台。他独自在屋里时，要盯着摸着它吗？

她瞅着他，看到他眼里充满了泪水。

他问：“你打算从我手里把它拿走吗？”

这是个愚蠢的问题。“当然啦，”她回答说，“这东西属于大教堂，不该放在你的房间。烛台匠们赠送它是为上帝的荣光和美化教堂的祈祷活动，不是为了满足某一个修士的个人愉悦的。”

他没有争论。他面露失落，但没有悔意。他并不明白他做错了事。他的悲哀并不是因为错误行为而悔恨，而是为从他手中取走的东西而抱憾。她意识到，他不知羞耻。

“我认为，有关你掌管修道院财宝的问题，因此可以结束了，”她对菲利蒙说，“现在你可以走了。”他便出去了。

她把烛台交还给托马斯。“把这个拿给琼姐妹，告诉她收好，”她说，“我们要告诉烛台匠们，东西已经找到，下个礼拜天就用。”

托马斯走了。

凯瑞丝待在原地思考着。菲利蒙恨她。她马上探究其原因：他树立敌人，比吉卜赛人交朋友还快。但他是个死敌而且肆无忌惮。他显然已打定主意利用一切机会找她的茬子。事情绝不会好起来的。她每次在这种小冲突中胜他一筹，他的怨恨就会增加一分。但她若是让他占了上风，他只能得意地益发不顺从。

这将是一场血战，她还看不出结果。

自鞭赎罪的教徒在六月份一个星期六的晚上卷土重来。

凯瑞丝正在手稿室中写她的书。她决定从瘟疫及如何应对写起，然后再写较次要的疾病。她在描述她引进王桥医院的亚麻布面罩一段。难以解释的是：这种面罩有功效，但并不能彻底免除感染。唯一有把握的保险措施，就是在瘟疫到来之前离开镇子，并且要等到它过去了之后再回来，然而，对大多数人而言，无法作此抉择。部分的防护措施，对那些相信神秘疗法的人来说，是个困难的观念。实情是，一些戴面罩的修女依旧得了瘟疫，但比起不戴面罩的人来说，还是要少多了。她决定把面罩比作盾牌。一块盾牌不能保证一个人免遭攻击，但肯定能给予他有价值的保护，因此战士赴战场都要携带盾牌。她正在往一张未用过的羊皮纸上写下这些内容，就听到自鞭赎罪的教徒沮丧的呻吟。

鼓声听着像醉汉的脚步声，风笛声则像一个生灵在受煎熬，钟声却如同葬礼的拙劣模仿。她走出去时，队伍刚好走进大教堂的地界。这次的人数更多，足有七八十，而且似乎比先前更加狂野：他们的头发又长又脏，他们的衣服只是些破布片，他们的尖叫益发疯狂。他们已经在城里转了一圈，集结了长长的人流尾随着，有些人在开心地观望，有一些人则参与其中，撕扯着衣服，抽打着自己。

她原本没想到会再次看到他们。教皇克雷芒六世曾谴责过这种自鞭赎罪的行径。但他远在阿维尼翁，何况还需要别人来维护他的统治。

托钵修士默多和先前一样率领着他们。当他走近大教堂的西门时，凯瑞丝惊讶地看到，大门大敞四开。这事没有得到她的允许。托马斯不询及她，是不会把门打开的。菲利蒙难辞其咎。她想起，菲利蒙外出期间曾经偶遇默多。她猜测，默多提前跟菲利蒙对这次活动打了招呼，并且一起策划了把这些自鞭者引进教堂。菲利蒙无疑会争辩说，他是修道院中唯一被任命为教士的人，因此，他有权决定做什么样的祈祷。

但菲利蒙是出于什么动机呢？他为什么如此器重默多和自鞭者呢？

默多率领着队伍穿过高大的中央门洞，进入了中殿。镇上的人随后拥了进来。凯瑞丝迟疑着不想搅进这种行径，但她又觉得需要了解他们要做些什么，于是便不情愿地尾随着人群也跟了进去。

菲利蒙在圣坛上，托钵修士默多站到了他身旁。菲利蒙伸出双手要大家安静，随后说道："我们今天到这里来是为了忏悔我们的劣行，改过我们的罪孽，并且用苦行来赎罪。"

菲利蒙不会布道，他的话引起了开心的反应；但善于蛊惑的默多当即接过话头。"我们忏悔我们的思想淫荡，我们的行为肮脏！"他高叫道，人群也呼喊着表示赞同。

整个进程和先前一样，被默多的讲话煽动得发狂的人们，拥到了前面，叫喊着他们都是罪人，并鞭打着自己。镇上人着迷地看着他们的赤身裸体和残害自身的行为。这是一种表演，但鞭打却是动真格的，凯瑞丝看到自鞭者的鞭痕和创口，不由得发抖。有些人已经多次自鞭，身上已是伤痕累累。其余的只有最近的伤口，这么一打，伤口又迸裂了。

镇上人很快就参与其中了。他们向前挤的时候，菲利蒙拿出一个敛钱的钵盂；凯瑞丝才明白，他的动机是钱。只有在菲利蒙的钵盂里放进一枚钱币之后才准忏悔和亲吻默多的脚。默多睨着收入的钱，凯瑞丝揣摩，这两个人会在事后分赃。

随着越来越多的镇民上前，鼓声和笛声也渐入高潮。菲利蒙的钵盂很快就盛满了。那些得到"原宥"的人，就随着音乐发狂地手舞足蹈。

最后，所有的自鞭者都在跳舞，再没人向前了。音乐进入高潮后，戛然而止，这时，凯瑞丝注意到，默多和菲利蒙已经不见了。她估摸他们从南交叉甬道溜出去，在修士回廊里数他们敛来的钱了。

闹剧结束了。舞者全都精疲力竭地倒在了地上。围观的人开始散去，从几处敞开的大门走进夏夜的清新空气之中。不久之后，默多的追随者恢复了力气，也离开了教堂，凯瑞丝便走了出来。她看到大多数自鞭者都朝“神圣灌木”旅馆去了。

她松了一口气，回到清凉静谧的女修道院。黄昏降临，修女们参加了晚祷，吃完晚餐。在上床之前，凯瑞丝去察看了医院。里面依旧人满为患，瘟疫势头不减。

她发现这里无懈可击。乌娜姐妹遵循着凯瑞丝的原则：戴面罩，不放血，绝对清洁。凯瑞丝正要去睡觉，一个自鞭赎罪者给送了进来。

那是一个在“神圣灌木”旅馆晕过去、一头撞到板凳上的男人。他的后背还在流血，凯瑞丝估计，失血和撞头是他失去知觉的双方面原因。

乌娜在他无知觉的情况下用盐水给他洗了伤口。为了让他醒过来，她用火烤一只鹿角，用那气味熏他的鼻子。随后，她让他喝下两品脱兑了肉桂和白糖的水，以补充他体内的缺液。

但这个人只是第一个。又有好几个男女给送了进来，他们都因失血、过量的烈酒和在事故或斗殴中受伤而遭罪。自鞭赎罪者的放荡，使得星期六晚上的病人增加了十倍之多。还有一个男人由于鞭打次数太多，后背已经腐烂。最后，过了半夜了，一名妇女因被捆绑之后遭到鞭打和强奸而给送到医院。

凯瑞丝不由得怒火中烧，一边和其他修女照看这些病人。所有这些伤害，都是由默多这样的人所散布的邪恶的宗教观引起的。他们说，瘟疫是上帝对罪孽的惩罚，但人们可以用另一种惩罚自己的方式来躲避瘟疫。仿佛上帝像是一个报复心切的魔鬼，玩弄着具有发疯规则的游戏。凯瑞丝相信，上帝的正义感比起一伙男孩子的十二岁领头人该是更明智练达的。

她一直工作到礼拜天清早的晨祷时刻，随后才去睡了两个小时。她起床之后，便去见梅尔辛。

他如今住在麻风病人岛上他建好的最大一所宅子里。它位于南岸，矗立于一个新栽了苹果树和梨树的宽阔的花园中。他雇了一对中年夫妇照看洛拉并管理那地方。他们名叫阿诺德和艾米莉，而彼此之间则用阿恩和埃姆相称。凯瑞丝发现埃姆在厨房，埃姆指点她到花园去。

梅尔辛在用一根尖棍在秃地上划出字母，让洛拉看她的名字写成什么样，他在字母“O”上画出一张人脸，逗得她哈哈大笑。她有四岁了，是个长着淡黄皮肤和褐色眼睛的漂亮小姑娘。

凯瑞丝看着他们，心中油然升起一阵懊悔。她和梅尔辛同床快半年了。她不想要孩子，因为那将意味着她全部抱负的终止；而另一方面，她也为未能怀孕而遗憾。她为此不安，这大概正是她铤而走险的原因。但她毕竟没有怀孕。她不知道是不是她失去了怀孕的能力。或许“智者”玛蒂十年前给她服的堕胎药，在某种程度上伤害了她的子宫。她像素常一样，总想对人体及病患了解更多。

梅尔辛亲吻了她，他们随意散步，而洛拉则在他们前面跑着，玩着她自编的多样又费解的游戏，其中还有和每一棵树谈话的情节。花园散发着自然的气息：全部的植物都是新栽的，土壤是从别处用车运来的，以改善岛上的多石地面。“我来跟你谈谈自鞭赎罪人的事。”凯瑞丝说，然后就给他讲了昨晚医院里的情况。“我想在王桥禁止他们活动。”她结束说。

“好主意，”梅尔辛说，“整个闹剧不过是给默多凑钱的把戏。”

“还有菲利蒙。是他拿着钵盂的。你能跟教区公会谈一谈吗?”

“当然。”

身为执行副院长，凯瑞丝处于整个领地的首脑的地位，从理论上说，她不必咨询任何人，本人就能禁止自鞭者的活动。然而，她的自治市申请书已在国王面前，她希望不久就能把镇政府移交给公会，因此她把当前的局势视为一种过渡。再者，在试图强制推行一项规定之前取得支持总是高明的。

她说：“我想由治安官把默多及其追随者在午祷之前押送出城。”

“菲利蒙会气急败坏的。”

“他不该不和别人商量就自作主张地打开教堂。”凯瑞丝明知道会有麻烦，但她不能听凭菲利蒙反对她为镇子办正事，“我们有教皇站在我们一边。若是我们处理得谨慎而且动作迅速，我们就能赶在菲利蒙吃完早餐之前解决问题。”

“好吧，”梅尔辛说，“我要设法把公会的人在‘神圣灌木’聚齐。”

“我要在一小时后和你在那儿碰头。”

教区公会和镇上的一切组织一样非常松垮了，但一小伙商界精英还是从瘟疫中挺了过来，其中包括玛奇·韦伯、贾克·切波斯托夫和屠宰场主爱德华。新治安官，也就是约翰的儿子芒戈也到场了，他的人候在外面等待指示。

讨论没费多少时间，市民中的头面人物中没有一个参与过那种胡闹的，而且他们一致不赞成这种公开闹剧。教皇的训示也强化了他们的决定。凯瑞丝以副院长的身份正式宣布了不准当街鞭笞、公开赤裸，闹事者将由治安官在任何三名公会成员的指示下驱逐出城的细则。公会随后通过了一项决议，支持这一新法律。

芒戈跟着就到楼上去，把默多从床上拉了起来。

默多没有乖乖地走。走下楼梯时，他一路又哭又闹，又是祷告又是诅咒。芒戈的两名助手拽着他的胳膊，半拖着把他押出了客栈。在街上他闹得更厉害了。芒戈走在前头，公会众会员随在后边。默多的一些支持者过来抗议，结果连他们自己都被押解了。在这一群人沿主街向梅尔辛的大桥行进时，少数镇民也跟在了后边。没有一个市民反对这一行动，而菲利蒙根本就没露面。连昨天鞭打过自己的人今天都二话没说，脸上全都露出了感到羞愧的样子。

人群过了大桥，群众开始散去。见到听众越来越少，默多也安静多了。他那种大义凛然变成了闷声闷气的狠毒。在双桥的远端把他释放后，他在郊区跌跌撞撞、头也不回地溜了。他的一小撮门徒心怀忐忑地尾随着他。

凯瑞丝有一种感觉：她再也不会见到他了。

她对芒戈和他的手下表示了感激，就返回女修道院了。

在医院里，乌娜让头天夜里事件的病人出院，为新的瘟疫患者腾出地方。凯瑞丝在医院里一直工作到中午，才怀着感激的心情离开，率队进入教堂做礼拜天的主祷。她觉得自己在期盼着那一两个小时的颂歌和祈祷以及烦人的布道：对她而言，总算可以静静地休息一下。

菲利蒙带领着托马斯和见习修士走进来时一副怒气冲天的样子。他显然已经听说了驱逐默多的事。他无疑把那些自鞭赎罪者当作凯瑞丝无法过问的他个人的财源了。那个希望破灭了，他气得脸色直发青。

凯瑞丝一时弄不清他在气恼之中会做出什么举动。随后她想：随他去吧。他就是不做这个，也会做那个。无论她做什么，菲利蒙迟早总会跟她生气的。为此忧虑毫无意义。

在祈祷过程中她打了盹，睁眼时他已开始布道。讲坛似乎使他更无魅力，而且他的布道词总的来说也没得到什么呼应。然而，今天他宣称他要以私通的题目来开场，竟然抓住了听众的注意力。

他读的经文从圣保罗的第一封信到早期在科林斯的基督徒的一首韵文。他读的是拉丁文，然后又翻译出来，用毫不含糊的语调说：“现在我给你们写的是：不要与私通者交往！”

他不厌其烦地阐述着交往的含义。“不要和他们一起吃饭，不要和他们一起喝酒，不要和他们一起生活，不要和他们交谈。”但凯瑞丝焦急地想知道，他打算接下去往哪里引。他肯定不敢从讲坛上直接攻击她吧？她的目光越过唱诗班的席位瞥向在另一端与见习修士在一起的托马斯，看到他面带忧虑的神色。

她又回过头来望着菲利蒙那张愤然发青的脸，便明白他什么都做得出来了。

“我这是指的谁呢？”他很有技巧地问，“并不是指圣徒指名道姓的那些外人。他们是要由上帝来裁决的。但是，他说了，你们就是你们周围人当中的法官。”他指着教众。“你们！”他又低头去读经文：“从你们当中把那个恶毒的人赶出去！”

教众鸦雀无声。他们都意识到，这篇布道不是通常那种一般性的鼓励人有良好举止的说辞。菲利蒙要传达一个信息。

“我们应该四下打量我们自己，”他说，“在我们镇子上——在我们的教堂里——在我们的修道院中！这里面有没有私通者呢？如果有，就应该把他们亮出来！”

凯瑞丝心想，他无疑指的是她了。而且所有比较精明的镇民都会得出同样的结论。可她又能做什么呢？她难以挺身立起和他争辩。她甚至不能走出教堂去，因为那只能突显他的论点，使最愚昧的教众都能明了，他这番指责的靶子就是她。

于是她只能克制自己听下去。菲利蒙从来没讲得这样好过。他既不迟疑又不磕绊，他条理分明，嗓音生动，成功地改变了素常那种干巴巴的单调。对他来说，仇恨成了激励的力量。

当然，没人能把她赶出修道院。即使她是个不称职的女副院长，主教也会让她干下去，就是因为教士的缺乏已有很长一段时间了。全国的教堂和修道院纷纷关闭，因为没人主持祈祷或者唱圣诗。主教们忙于任命更多的教士、修士和修女，而不是裁减他们。反正，哪个主教要是想赶走凯瑞丝，镇上人会群起反对的。

尽管如此，菲利蒙的布道是破坏力极大的。如今会让镇上的头面人物更难以对凯瑞丝和梅尔辛的双宿双飞视而不见了。这种事败坏人们的声誉。比起对女人来，他们对男人性关系的不检点还能谅解。而且，她还痛苦地意识到，她的地位会招致伪君子这样的责难。

她咬紧牙关坐在那里熬完了那长篇演说——那只是将同样的信息叫得更响——和余下的祈祷。修女和修士们刚一列队出了教堂，她就来到她的药房，坐下来给亨利主教写信，要求他把菲利蒙调往另一座修道院。

相反，亨利倒提升了他。

那是在驱逐托钵修士默多的两个星期之后，他们都在大教堂北交叉甬道里。夏日炎炎，但教堂里依旧那么凉爽。主教坐在一把雕花木椅上，其余的人都坐在板凳上：菲利蒙、凯瑞丝、副主教劳埃德和牧师会成员克劳德。

“我任命你为王桥修道院的副院长。”亨利对菲利蒙说。

菲利蒙高兴得堆起笑容，并得意地瞥了凯瑞丝一眼。

她惊得目瞪口呆。两个星期之前，她给亨利列举了一长串理由，指明不该允许菲利蒙在这里继续担任负责职务——开始讲的就是他偷窃金质烛台的行为。但看来，她的信适得其反。

她张嘴要反对，但亨利瞪了她一眼，并举起一只手，她于是决定保持沉默，等着听他还要说什么。他继续对菲利蒙讲下去。“我这样做，不是因为你回来后的表现，而恰恰是在忽略你的所作所为。你一向是作恶多端惹是生非的人，若不是教会极缺人手，我一百年也不会提拔你。”

那么为什么现在却提拔了呢？凯瑞丝纳闷。

“但我们必须要有一位男副院长。并非不满意女副院长代行那个职务，她的能力是不容置疑的。”

凯瑞丝宁肯他任命托马斯。但她知道，托马斯一定会拒绝。他在十二年前那场继任安东尼副院长的残酷斗争中受了伤害，当时就发誓绝不再卷入副院长选举一事了。事实上，主教很可能已经同托马斯谈过，只是凯瑞丝并不知情，而且通过谈话了解到了托马斯的决心。

“然而，你的任命是有条件限制的，”亨利对菲利蒙说，“首先，在王桥获得其自治市的文书之前，你的这一职务是不会被批准的。你不能管理这座镇子，而且我也不会将你置于那一地位的。因此，在这过渡期间，凯瑞丝嬷嬷继续作为执行副院长，而你则住在修士宿舍中。这座宅第要锁上。若是你在等候期表现不轨，我就收回任命。”

菲利蒙听后感到受了伤害，面带怒容，但他紧闭双唇。他知道他胜利了，也就不打算再就这些条件争论了。

“其次，你将有你们自己的金库，但托马斯兄弟要担任司库，没有他知情和同意，不准花钱，也不准改动原有的项目。再说一句，我已命令修建一座新塔楼，我也批准了根据建桥匠师梅尔辛准备的方案付款。修道院将从修士的基金中支付这笔款项，无论菲利蒙还是任何其他人都无权更动这一安排。我不想见到塔楼半途而废。”

凯瑞丝心怀感激地想，梅尔辛会至少满足他的希望了。

亨利转向凯瑞丝。“我还有一项指令要发表，是有关你的，副院长嬷嬷。”

她心想，会是什么呢？

“一直有一种私通的指责。”

凯瑞丝盯着主教，心里想到她惊见他和克劳德的时刻。他怎么敢提出这个问题？

他继续说："对于过去我什么也不谈了。但是在将来，王桥的女副院长和一个男人保持一种关系是不可能的。"

她想说：可是你和你的娈童还住在一起呢！然而，她猛然注意到亨利的表情。那是一种求告的神色，他在求她不要指责那件他深知会使他像是伪君子的事情。她一下子恍然悟到，他明知他的做法有欠公允，但他别无选择。菲利蒙迫使他处于如此尴尬的境地。

她照样禁不住想刺他一下，驳他几句。但她控制住了自己。那样毫无益处。亨利已经走投无路，他也已经尽力而为了。凯瑞丝紧紧咬住牙根。

亨利说："我可不可以听到你的保证，凯瑞丝嬷嬷，从此刻起，绝不会再有指责的空子了？"

凯瑞丝垂下眼皮看着地面。她曾经有过这样的境地。她又一次面临着抉择：放弃她迄今努力的一切——医院、自治市文书、塔楼——抑或与梅尔辛分手。而且，她又一次选择了她的工作。

她抬起目光，直视着他的眼睛。"是的，主教大人，"她说，"你可以得到我的保证。"

她在医院里，当着众人的面，和梅尔辛讲话。她身体发抖，泪水欲流，可是她不能和他私下里会面啊。她深知，若是他俩单独相处，她的决心会动摇，她会伸出双臂搂住他，告诉他，她爱他，并且答应要离开女修道院，嫁给他。于是她给他带话，并在医院门口向他致意，然后用一种公事公办的口气和他讲话，双臂紧紧地扣在胸前，这样就不至于禁不住要用深情的姿态伸出手去，触摸她如此爱恋的他的躯体。

她跟他讲完主教的最后要求和她的决定之后，他看她的那副样子像是能杀了她。“这是最后一次了。”他说。

“你是什么意思?”

“你要是这样做，就是永远的了。我不会再围着你转，指望有朝一日你会成为我的妻子。”

她觉得他仿佛击中了她。

他继续说着，故意把每句话说得都像是一记重拳。“如果你说的是真话，我就要从现在起把你忘掉。我已经三十三岁了，我不会永远这样下去——我父亲在五十八岁的时候就不行了。我要另娶别人，生更多的孩子，在我的花园里过幸福的日子。”

他描绘的画面折磨着她。她咬着嘴唇，竭力憋着自己的哀伤，但热泪还是滚下了她的面颊。

他毫无悔意。“我不会浪费我的生命去爱你，”他说，她觉得仿佛他在用刀刺她，“离开女修道院，现在，要不就在那儿待一辈子。”

她想不错眼珠地盯着他。“我不会忘记你的。我会永远爱你。”

“可还不够。”

她沉默了很长时间。她知道，不像是那样的。她的爱既非无力亦非不足。她只是面临着无法的抉择。但看来争论也无济于事。“你当真这么认定?”她说。

“这似乎显而易见。”

她点点头，其实她并不真正同意。“我很难过，”她说，“我活这么大，没有比这再难过的了。”

“我也一样，”他说完便转身走出了医院。

七五

格利高里·朗费罗爵士终于返回了伦敦，但他回来得惊人地快，如同他像个皮球似的在那座大都市的城墙上弹了回来。他在天奇大厅晚餐时分露了面，满脸备受折磨的样子，扁平的鼻孔中喘着粗气，长长的灰发因出汗而绞作一团。他走进来时，缺少了往常那种目空一切、唯我独尊的神气。拉尔夫和阿兰正站在一座窗前，观赏着一把新式的宽刃短刀。格利高里一语不发，高大的身躯一屁股坐进拉尔夫的雕花大椅中：不管发生了什么情况，他还是那样高傲地不请自坐。

拉尔夫和阿兰期待地望着他。拉尔夫的母亲挑剔地吸着鼻子：她不喜欢没教养的举止。

格利高里终于开了口："国王不喜欢不服从。"

这话吓了拉尔夫一跳。

他焦急地瞅着格利高里，并且自问他究竟做了什么会被国王视为不服从。他想不出一件来。他紧张地说："我很遗憾，国王陛下不高兴——我希望与我无关。"

"已经把你卷进去了，"格利高里烦恼地说得不清不楚，"连我也捎带上了。国王认为，当他的意愿受挫时，就是立下了不好的先例。"

"我很同意。"

"所以你和我要在明天离开这里，骑马到伯爵堡去见菲莉帕女士，让她嫁给你。"

原来如此，拉尔夫大大松了口气。对于菲莉帕的执拗，秉公而论，他不能负任何责任——尽管什么公道对国王并无区别。不过，从字里行间判断，他猜想，挨批的人是格利高里，所以眼下格利高里决心挽救国王的计划，也给自己挣回一点面子。

格利高里的话语中充满了怒气的威胁。他说："等我把她的事了断了，我向你保证，她会求你娶她的。"

拉尔夫想象不出，这怎么能办成。正如菲莉帕本人指出的，你可以领着一个女人踏上婚礼殿堂的通道，但你不能强迫她说“我愿意”。他对格利高里说：“有人告诉我，寡妇拒婚的权利实际上是由大宪章保障的。”

格利高里狠狠地瞪了他一眼，“用不着提醒我。我就是向国王陛下提起这个才犯了错误的。”

拉尔夫想不出，在这种情况下，格利高里打算用什么威胁或许诺使菲莉帕屈服于他的意志。就他本人而言，要想娶她，他是无计可施了。只有将她强行劫持到一个孤立的教堂里，由大大地贿赂了一笔钱的教士对她的“不，绝不”的高声叫喊装聋作哑一招了。

第二天一早，他们只带了很少的随从便出发了。这正是收获季节，在田地里，男人们在收割高大的黑麦秆，而妇女则跟在后边捆麦穗。

近来，拉尔夫对收获担心的时间要多于对菲莉帕的顾及。倒不是因为气候——其实是蛮不错的，而是因为瘟疫。他的佃户太少，而雇工几乎为零。许多雇工被凯瑞丝副院长那样不讲情面的地主从他手里偷走，她还诱使别的地主提出高工钱和吸引人的租佃条款。拉尔夫在无路可走的情况下给了他的农奴以自由条款，就是说，他们没有在他的土地上干活的义务——这一安排使拉尔夫在收获时节的人手所剩无几。结果，他的一些庄稼很可能会烂在地里。

不过，他觉得，如果他能娶到菲莉帕，他的难处就会过去。他将有比他目前控制的多十倍的土地，外加十多项其他收入，包括法庭、森林、市场和磨坊。而他的家族也就会在贵族中重振旗鼓。杰拉德爵士将在去世前成为一位伯爵的父亲。

他还是想不出格利高里脑子里打的什么主意。菲莉帕已经为自己立下了挑战的任务，她要公然蔑视格利高里的骇人的意志和强力的关系。拉尔夫可不愿意处于和她一样的境地。

快到正午的时候，他们抵达了伯爵城堡。雉堞上白嘴鸦的吵闹声总是让拉尔夫回忆起他在这里为罗兰伯爵当侍从的年月——他有时觉得，那是他有生以来最幸福的时期。但如今没有伯爵，这地方冷清得很。在低院里没有侍从做野蛮的游戏，也没有战马在马厩外被照看和踏圈时的嘶鸣，也没有武装人员在城堡的台阶上掷骰子。

菲莉帕和奥狄拉以及几个女侍在那间旧式的大厅里。母女二人并肩坐在一台织机前的板凳上，一起织着一幅挂毯。挂毯完成之后，会是一幅展现森林风光的图景。菲莉帕在用褐色的丝线织树干，奥狄拉则用鲜绿色织树叶。

“真棒，但需要更多的生气，”拉尔夫用欢快友好的声腔说，“几只鸟和兔啦，也许可以再有几只狗追逐一头鹿。”

菲莉帕和往常一样，对他不理不睬。她站起身，后退几步，躲开了他。那姑娘也照样离开了。拉尔夫注意到，母女二人身高相仿。菲莉帕问：“你来这里干吗？”

拉尔夫不痛快地想，随你怎么看吧。他半转过身让开她。“格利高里爵士在这儿有话跟你说。”他说罢，便走到一扇窗前向外看，像是很烦躁的样子。

格利高里很正经地向两位女士致意，说他希望没有打扰她们。这是废话——他其实对她们的清静不管不顾——但这番礼数似乎平息了菲莉帕，她请他就座。他随后说道：“国王对你不高兴了，伯爵夫人。”

菲莉帕垂下头。“我当真十分抱歉，惹得陛下不快。”

“他想奖赏他的忠仆拉尔夫爵士，赐他为夏陵伯爵。与此同时，他还为你找了一位年轻力壮的夫君，为你女儿找了一个好继父。”菲莉帕战栗了一下，但格利高里没有理睬，“他对你执拗的违抗很不解。”

菲莉帕露出了怯意，这在她是理所当然的。若是她有个兄弟或叔叔为她挺身而出，事情就会不同了，可是瘟疫夺走她全家人的性命。作为一个没有男性亲人的妇女，她没人出面在国王震怒时保护她。“他要怎么做呢?”她忧虑地问。

“他没有提到‘背叛’这个词……还没有。”

拉尔夫不敢肯定菲莉帕会不会依法被论背叛罪，但这样的威胁还是让她面色苍白了。

格利高里继续说：“他要我第一步先跟你讲道理。”

菲莉帕说：“当然，国王把婚姻视为政治问题——”

“就是政治问题，”格利高里打断她的话，“若是你这漂亮的女儿异想天开地爱上了一个厨房打杂女仆的迷人的儿子，你就会像我说你一样对她说，贵族妇女是不能嫁给她们的意中人的；你还会把她锁在她的房间里，并在她的窗外鞭打那男孩，直到他永远放弃她为止。”

菲莉帕的样子像是受到了羞辱。她不愿意由一个不过是律师的人对她指手画脚地讲她地位的职责。“我懂得一位贵族寡妇的义务，”她高傲地说，“我是位伯爵夫人，我祖母是伯爵夫人，而我姐姐在死于瘟疫之前也是伯爵夫人。然而婚姻不仅是政治，也是心的问题。我们女人将自己交给男人，他们是我们的老爷和主人，他们还有责任明智地决定我们的命运；我们请求，我们心中的感受不要被全然忽略。这样的请求通常是会被听取的。”

拉尔夫看得出，她恼火了，但依旧在克制，不过充满了蔑视。“明智”一词有一种讽刺意味。

“在正常时期，你或许是对的，但这是特别的年头，”格利高里回答说，“通常，当国王环顾周围，想找一个人做合格的伯爵时，他会看到十几个聪明、强壮、精力充沛的人，忠于他，而且迫切地尽其所能为他效忠，他可以信心十足地任命任何一个。但如今，由于这么多最优秀的男人被瘟疫击倒，而国王如同在黄昏时分才去集市的主妇——只好剩下什么要什么了。”

拉尔夫看出了论据之有力，但同时也感到受辱。然而他装作没有理会。

菲莉帕换了方法。她挥手招呼一个女仆进前，吩咐道："给我们拿一罐上好的加斯科涅葡萄酒来，请吧。格利高里爵士要在这里用餐，所以我们要准备些应时的羊肉，加大蒜和迷迭香一起做。"

"是，夫人。"

格利高里说："你太周到了，伯爵夫人。"

菲莉帕不会卖俏。要她假装只是要殷勤待客，而非别有用心，简直是太难了。她回过头来马上重拾话题。"格利高里爵士，我必须告诉你，我的心，我的灵魂，和我的全部自己都反对嫁给拉尔夫·菲茨杰拉德爵士的前景。"

"可是为什么呢？"格利高里说，"他是和别人一样的男人啊。"

"不，他不是。"她说。

他们谈论着拉尔夫，仿佛他并不在场似的，这使他深感受辱。但菲莉帕已经不顾一切了，想说什么都口无遮拦；而他也好奇地想听一听，到底他身上的什么东西讨她如此厌恶。

她停顿下来，整理一下思绪。"若是我使用强奸犯、用刑人、杀人犯……这些字眼可能过于抽象。"

拉尔夫大惊失色。他并不认为自己是那样的人。当然，他在为国王服役时曾经动刑折磨过人，他也曾强奸过安妮特，在他当强盗时，还杀过好些个男男女女，乃至儿童……至少，他安慰自己，菲莉帕看来并没猜到，他就是那个杀害了他自己妻子蒂莉的蒙面人。

菲莉帕说了下去："人类内心里有一种东西阻止他们做出这种行径。感受他人的痛苦，是一种能力……不，是一种必需。这是发自内心的。你，格利高里爵士，不会强奸一个妇女，因为你会感受她的悲苦和凄绝，你会和她一同难过，这会迫使你手下留情。你，出于同样的原因，也不会去折磨或谋杀他人。一个没有心肝去感受他人痛苦的人不是人，哪怕他能用两腿直立行走和开口讲英语。”她俯身向前，压低了声音，但即便如此，拉尔夫依旧听得一清二楚。“我是不会和一个动物睡在一张床上的。”

拉尔夫脱口叫道：“我不是动物！”

他指望格利高里会支持他。相反，格利高里似乎让步了。“这是你最后的决定吗，菲莉帕女士？”

拉尔夫大吃一惊。格利高里难道打算就这样让事情过去了，哪怕有一半要当真呢？

菲莉帕对格利高里说：“我需要你回到国王那里，告诉他，我是他忠顺的臣民，而且我渴望得到他的眷顾，但我不能嫁给拉尔夫，哪怕天使长加百列命令我。”

“我明白了。”格利高里站起身，“我们不留下用膳了。”

就这么完啦？拉尔夫还等着格利高里拿出他的惊人的秘密武器，某种无法抗拒的诱饵或恐吓。难道这位机灵的朝廷律师当真有愧于他那昂贵的锦缎衣袍了吗？

菲莉帕同样惊讶地发现，这场争论竟然戛然而止了。

格利高里向门口走去，拉尔夫无可奈何地只好跟着。菲莉帕和奥狄拉目送着他们两个，不知对这样冷漠的离去该当如何。女侍臣们哑口无言。

菲莉帕说：“请你求国王开恩。”

“他会的，女士，”格利高里说，“他全权地要我告诉你这些，因为你太执拗了，他不会强迫你嫁给一个你讨厌的男人的。”

“谢谢你！”她说，“你救了我一命。”

拉尔夫要开口抗辩。他是得到承诺的！他犯下亵渎和谋杀的罪行才获此奖赏的。总不致现在就剥夺掉吧？

但格利高里先说话了。“要不，”他说，“按照国王的旨意，就让拉尔夫娶你的女儿。”他顿了顿，手指着站在母亲旁边的身材高挑的十五岁姑娘。“奥狄拉。”他说，似乎还有必要再强调一下他所说的是谁。

菲莉帕喘着气，奥狄拉尖叫出来。

格利高里鞠了一躬。“再见，二位。”

菲莉帕高喊：“等等！”

格利高里置若罔闻，拔腿走了出去。

拉尔夫不知所措地跟在后边。

格温达醒来时浑身困乏。这是收获时节，在这漫长的八月的白昼里，她把每一个小时都花在地里了。伍尔夫里克从日出到天黑，整天不知疲倦地挥动镰刀，割下庄稼。格温达的活计是捆扎。一整天里，她都得弓腰驼背地收集割下的庄稼，弯腰去收，弯腰去收，直到背疼得冒火。到天黑得看不见的时候，她踉踉跄跄地回到家，就倒在了床上，顾不上做饭，让他们父子仨在食橱里找到什么吃什么吧。

伍尔夫里克天刚亮就醒了，他的动静惊动了格温达的酣睡。她挣扎着下了地。他们都需要好好吃一顿早饭，她把冷羊肉、面包、黄油和啤酒摆到桌上。十岁的萨姆起来了，但只有八岁的大卫，还得叫醒，拉他下床。

“这块地从来没有夫妻二人耕种的。”他们边吃，格温达边发着牢骚。

伍尔夫里克却态度乐观。“桥塌的那年，你我就是靠咱俩自己把庄稼收回来的。”他兴致勃勃地说。

“当时年轻，要比现在小十二岁呢。”

“可你现在更漂亮了。”

她没心情调笑。“就在你父亲和兄弟都活着的时候，你们还在收获季节雇工呢。”

“算啦。这是咱们自己的地，我们自种自收，自己获益，用不着干一天活一个便士的小钱了。我们干得越多，得到的也就越多。这不正是你一直想要的么，是吧？”

“我一直想要独立和自给自足，不知你是不是这意思。”她走到门口，“刮的是西风，天上有一些云。”

伍尔夫里克面带忧容。“我们需要两三天之内别下雨。”

“我看会吧。来，小子们，该下地啦。你们可以走着吃嘛。”她把面包和肉捆进一只口袋做他们的午饭，这时，内森总管一瘸一拐地走进了门。“噢，别！”她说，“今天不行——我们差不多可以把我们的庄稼收完了！”

“老爷也有庄稼要收嘛。”总管说。

跟在内森身后进来的是他十岁的儿子乔纳森，大家都叫他乔诺，他一进门就对着萨姆做起鬼脸。

格温达说：“再给我们三天干自己地里的活。”

“甭跟我争论这个，”内森说，“你们一星期该给老爷干一天活，在收获季节该是两天。今明两天，你们就在‘溪地’收他的大麦吧。”

“第二天通常都算了。这样做已经好多年了。”

“那是在人手多的时候。现在老爷都急死了。这么多人都签了自由佃租的条款，他简直没人给他收庄稼了。”

“这么说，那些跟你谈妥，要求免除他们例责的人，倒得了便宜，而像我们这些接受了老条款的人，反倒受罚要在老爷的地里干上两倍的活儿了。”她埋怨地看着伍尔夫里克，想起了她要他和内森讲条件时，他根本不听她的。

“差不多就是这样。”内森漫不经心地说。

“见鬼。”格温达说。

“别骂街，”内森说，“你们会得到一顿免费午餐。有白面包和一桶新鲜淡啤酒。这还不够吸引人的吗?”

“拉尔夫老爷用燕麦喂马,是为了骑得狠。”

“别拖了,现在就去吧!”内森出了门。

他儿子乔诺冲着萨姆吐舌头。萨姆想抓住他,但乔诺溜掉了,追着他父亲跑了。

格温达疲惫地和一家人跋涉着穿过田野,来到拉尔夫的大麦迎风摇摆的地里。他们动手干起活来。伍尔夫里克割,格温达捆。萨姆跟在后面拣她漏掉的麦秆,搜集到一起,等到凑齐一捆,就交给她捆。大卫矮小灵活,他把麦秆编成粗绳,用来捆麦子。那些依旧按老章程签约的家庭,和他们一起劳作着,而那些较机灵的佃户则收割自己的庄稼。

太阳升到头顶上,内森赶着车,后面载着一只桶来了。他说的不错,给每家一大块可口的新鲜白面包。大家都吃着自己那一份,之后大人们都躺在阴凉处休息,孩子们则嬉戏。

格温达正在打盹,猛听到孩子们的尖叫声。她马上从声音听出来,并不是她的孩子发出的,但她照旧一跃而起。她看到她儿子萨姆正跟乔诺打架。虽说他们年龄和身量大体相仿,萨姆却把乔诺撂到地上,毫不留情地拳打脚踢。格温达向孩子们奔去,但伍尔夫里克动作更快,他一把抓住萨姆的一只手,把他拽了起来。

格温达难过地看着乔诺。那孩子口鼻流血,一只眼窝发了炎,已经肿了起来,他捧着肚子,哼哼唧唧地哭着。格温达见过多次男孩间的打架,但这次不同,乔诺给结结实实地揍了一顿。

格温达盯着她十岁的儿子看。他的脸上没有一点痕迹:看来乔诺似是没打中一拳。萨姆对他的行为毫不后悔,反倒洋洋得意。这样的表情似曾相识,格温达搜索枯肠,想找到那相似之处。她没过多久就回忆起来,是谁在打人之后就是这副模样了。

她曾在拉尔夫·菲茨杰拉德,也就是萨姆的生身父亲的脸上,看到过同样的表情。

拉尔夫和格利高里造访了伯爵城堡的两天之后，菲莉帕女士来到了天奇大厅。

拉尔夫已经在考虑娶上奥狄拉的前景了。她是个漂亮少女，不过在伦敦只要花上几便士就能买到漂亮少女。拉尔夫已经经历过娶一个比小孩子稍大的人了。在初始的激情过后，他就对她厌烦和恼火了。

他一时想不好是否娶了奥狄拉，也把菲莉帕弄到手。娶了女儿，再把母亲占为情妇的念头，让他兴奋不已。他甚至可以一起占有她们两个。他就曾有一次在加来与一对母女妓女同时性交，其中的乱伦成分激起了他伤风败俗的快感。

但是反思起来，他知道那是不会发生的。菲莉帕绝不会同意这样的做法。他可以找办法强制她，但她不会轻易受欺负的。“我不想娶奥狄拉。”在他们从伯爵城堡回家的路上，他这样告诉过格利高里。

“你用不着娶她。”格利高里当时说，但拒不详述。

菲莉帕没带奥狄拉，而是带着一名女侍臣和一名护卫来的。在她进入天奇大厅时，总算没有那样傲气凌人。拉尔夫心想，她看着都不美了：她显然已经两夜没睡了。

他们刚刚坐下用餐：拉尔夫、阿兰、格利高里，以及一小伙扈从，还有一位总管。菲莉帕是屋里唯一的女性。

她一直走到格利高里跟前。

他先前对她表现出来的礼数全然不见了。他没有站起身，只是粗鲁地上上下下打量着她，仿佛她是个心怀悲痛的侍女。“怎么？”他终于开了尊口。

“我要嫁给拉尔夫。”

“噢!”他用一种嘲讽的惊讶说，“现在，想通了?”

“是的。比起把我的女儿牺牲给他，我宁可自己嫁他。”

“我的女士，”他讽刺地说，“你似乎以为，国王带你到一张桌前，桌上摆满了美味，要你挑你最中意的。你错了。国王是不问你喜欢不喜欢的。他只下旨意。你不服从一道旨意，他就再下另一道。他不给选择的。”

她垂下目光，“我对自己的举止十分抱歉。请饶过我女儿吧。”

“要是我说了算，我可以回绝你的请求，作为对你不让步的惩罚。不过你或许该向拉尔夫爵士求告了。”

她看着拉尔夫。他在她的眼神中看到了怒气和绝望。他感到得意。她是他见过的最高傲的女人，而他击碎了她的骄傲。他真想马上就和她躺到床上。

不过，事情还没完。

他说：“你有什么话要跟我说吗?”

“我道歉。”

“过来。”拉尔夫坐在桌子的首席，她走过去，站到他身边。他抚弄着椅子扶手上刻着的一只狮子的头部。“说下去。”他说。

“我很抱歉我先前蔑视了你。我愿意收回我所说的一切。我接受你的求婚。我要嫁给你。”

“可我还没重新求婚呢。国王命令我娶奥狄拉。”

“如果你请国王恢复他原先的计划，他肯定会恩准的。”

“而这就是你求我做的喽。”

“是的。”她直视着他的眼睛，咽下了她最后的羞辱，“我在请求你……我在乞求你。拉尔夫爵士请你要我做你的妻子吧。”

拉尔夫站起身，把椅子向后一推。“那就吻我吧。”

她闭上了眼睛。

他伸出左臂，搂住她的双肩，把她拉向自己。他亲吻了她的嘴唇。她毫无反应地屈从了。他伸出右手去挤弄她的一只乳房。如他一向想象的，她的乳房又挺又沉。他的那只手沿着她的身体一路摸下去，直到两腿之间。她缩了一下，在他的怀里依旧没有抵抗，他把那只手掌抵在她的腿裆。他用手攥住她那鼓鼓的三角区的软绵绵的肉。

然后，他保持着这个姿势，但不再亲吻，转过头来，看着他的朋友们。

七六

在拉尔夫被任命为夏陵伯爵的同时，一名叫作戴维·凯尔利昂的青年成了蒙茅斯的伯爵。他只有十七岁，而且与死去的伯爵只是远亲，因为所有的近亲都在瘟疫中死光了。

那一年圣诞节的几天之前，亨利主教在王桥大教堂主持了一次祈祷，祝福两位新伯爵。事后，戴维和拉尔夫成为梅尔辛在公会大厅举办的宴会上的贵宾。商人们同时庆祝了王桥获颁自治市文书。

拉尔夫认为戴维格外幸运。这小子从未出过国门，也从未上战场打过仗，却在十七岁时成为一名伯爵。拉尔夫却随爱德华国王横扫整个诺曼底，在一场又一场战役中冒着生命危险，还失去了三根手指，并在国王的军队中服役期间犯下了无数罪行，却还得等到年满三十二岁，才当上伯爵。

不过，他终于成功了，如今身穿昂贵的用金银丝线编织的锦缎外套，坐在亨利主教身边的席位上。认识他的人把他指给陌生人，富有的商人为他让路，在他经过时毕恭毕敬地向他鞠躬致意，侍女们给他的杯中斟酒时紧张得手直发抖。他父亲杰拉德爵士已经卧床不起，顽强地滞留着生命，他说："我是伯爵的后裔，也是伯爵的父亲。我心满意足了。"那可真是让拉尔夫感到十分满足。

拉尔夫急于要和戴维谈雇工的问题。眼下秋收已毕，秋耕也已完成，问题暂时得到缓解，一年的这个季节，昼短天寒，没有多少地里活可干了。不幸的是，春耕刚一开始，土地松软得可以播种，麻烦就又来了：雇工们说又要为更高的工钱动荡，一旦遭到拒绝，就会非法跑掉，奔向更肯出钱的雇主。

制止这种动向的唯一途径，是贵族们联合起来，坚定地抵制较高的工钱，并拒绝雇用外逃的人。这正是拉尔夫想和戴维说的。

然而，这位蒙茅斯的新伯爵却无意和拉尔夫攀谈。他倒是对拉尔夫的继女，与他年纪相当的奥狄拉兴致盎然。拉尔夫琢磨，他俩以前曾经见过面：菲莉帕和她的前夫威廉常去城堡做客，当时戴维一直是老伯爵的扈从。不管他们以往如何，现在却是朋友了：戴维侃侃而谈，而奥狄拉则洗耳恭听一词一句——赞同他的观点，慨叹他的故事，附和着他的笑话。

拉尔夫一向都嫉妒能迷惑女性的男人。他哥哥就有这种本领，结果就能吸引那些最漂亮的女子，尽管他是个个子矮小，长着红发，貌不出众的男人。

拉尔夫也为梅尔辛难过。自从罗兰伯爵任命拉尔夫为护卫而贬斥梅尔辛是个木匠学徒之日起，梅尔辛便一蹶不振了。尽管他是哥哥，反倒是拉尔夫注定要当上伯爵。此时梅尔辛坐在戴维伯爵的另一侧，只能以充其量是个会长——而且具有魅力来自我安慰了。

拉尔夫甚至对自己的妻子都没有魅力。她难得和他讲话。她跟他的狗说的都更多些。

拉尔夫自问，这是怎么回事呢：一个男人可以那样渴望得到一件东西，就像他渴望得到菲莉帕一样，但等他当真到手之后，却又那么得不到满足？他从十九岁当扈从的时候就恋慕着她。如今，在成婚三个月之后，他倒一心想摆脱她了。

不过，他难以抱怨。菲莉帕尽职尽责地做着妻子。她把城堡管理得井井有条，自她的前夫在克雷西战役后被任命为伯爵以来，她一直这样做着。供应订购了，账款付齐了，衣服缝好了，壁炉点燃了，食品和酒水在餐桌上从不缺少。而且她对拉尔夫的性欲也百依百顺。他想怎么干就怎么干：扯开她的衣服，把他的几个手指粗暴地插进她体内，让她站直或从背后来满足他——她从无怨言。

但她从不呼应他的抚弄。她的嘴唇从不跟着他的动，她的舌头从不伸进他嘴里，她也从不抚摸他的肌肤。她在手头放着一小瓶杏仁油，只要他想要性生活，她就用那油来涂遍她那毫无反应的躯体。他在她身上呻吟时，她像死尸般地僵卧着。他一滚下她的身体，她马上就去洗净全身。

这一婚姻的唯一好事是奥狄拉很喜爱小杰里。那婴儿激发了她刚有的母性本能。她愿意和他说话，给他唱歌，摇着他入睡。她给了他那种母爱，是他从雇来的保姆那里永远得不到的。

但拉尔夫依旧懊悔。菲莉帕丰满的肉体，本是他多年来渴望地盯视的，如今都反抗他了。他已经好几个星期没碰她了，而且永远都不会了。他瞧着她沉甸甸的乳房和圆滚滚的臀部，却暗想起蒂莉苗条的身材和少女的肌肤。蒂莉是他用尖利的长刀从她肋骨下一直捅到她跳动的心脏致死的。那种罪行他一直不敢承认。他揪心地盘算着，他要在炼狱里为此遭多久的罪呢？

主教一行要住在副院长的宅第里，蒙茅斯的人员住满了修道院的客房，因此，拉尔夫和菲莉帕以及他们的仆从就住进了一座客栈。拉尔夫挑中了他哥哥拥有的重建的贝尔客栈。那是王桥唯一的三层建筑，底层有一大间宽敞的屋子，楼上是男女住房，顶层则是六间分隔开的客房。宴会散席后，拉尔夫和他的部下来到这家客栈，在壁炉前落座，又叫了酒来，便开始掷骰子。菲莉帕留在原处，和凯瑞丝谈话，并陪伴着奥狄拉和戴维伯爵。

拉尔夫及其一伙吸引了一群倾慕他们的青年男女，在虚度时光随手花钱的贵族周围这是常事。拉尔夫在饮酒的畅快和赌博的刺激中逐渐忘记了他的烦恼。

他注意到有一个金发的青年女子，在他痛快地在一掷骰子中输了几枚银币的赌注时，用思慕的表情瞅着他。他招呼她挨着他坐在板凳上，她告诉他她名叫艾拉。在几次紧张的时刻，她都抓紧了他的大腿，仿佛提心吊胆之下的不自主动作，其实她大概完全清楚她在做什么——女人通常都是心里明白的。

他逐渐对赌博失去了兴趣，而把注意力转移到她身上。他在结识艾拉之时，他的人还在赌着。她的一切都是菲莉帕所缺乏的：快活，性感，让拉尔夫着迷。她多次触碰他和她自己——她时时把头发从脸上撩开，然后拍着他的胳膊，再用手捂着自己的喉咙，还戏弄地推着他的肩膀。她似是对他在法兰西的经历兴趣十足。

惹拉尔夫心烦的是，梅尔辛进了客栈，并且坐到他身旁。梅尔辛没有亲自经营贝尔客栈——他把这里租给了面包师贝蒂最小的女儿——但他很希望他的租客取得成功，便问拉尔夫是否对一切都感到满意。拉尔夫介绍了他的女伴，而梅尔辛只用应付的口气说了句，“噢，我认识艾拉。”这种不客气的态度是很少有的。

今天只是兄弟俩自蒂莉死后见的第三或第四面，前几次，比如在拉尔夫和菲莉帕的婚礼上，几乎都没时间交谈。但拉尔夫从他哥哥看他的眼神中，照样明白了，梅尔辛怀疑他是杀死蒂莉的凶手。那种无言的想法是一种赫然逼近的存在，虽然没说出口却总也摆脱不掉，如同在一家贫苦农户的单间陋室中挤着一头奶牛一般。若是挑明了，拉尔夫觉得就会是他们交谈的最后一次了。

因此，今晚像是两人一致同意似的，兄弟俩又一次交换了几句没什么意思的无聊话，然后梅尔辛就走了，说是他还有工作要做。拉尔夫当时就纳闷，十二月的一个傍晚，他还能有什么活要干。他当真不清楚，梅尔辛是如何打发他的时间的。他不打猎，不主持法庭，也不随侍国王。可能花上一整天，而且天天不断地画图和监督工匠们吗？这样过日子会把拉尔夫逼疯的。而且他也闹不清，梅尔辛从他的行业中挣了多少钱。拉尔夫本人一向缺钱，哪怕他在天奇当领主的时候。梅尔辛似乎从来不缺钱。

拉尔夫把他的注意力回到艾拉身上。“我哥哥脾气有些不好。”他抱歉地说。

“那是因为他已有半年没个女人了。”她咯咯笑着，“他曾经追过女副院长，但是在菲利蒙回来以后，她只好把他甩了。”

拉尔夫假装吃了一惊。“修女是不该有人追的。”

“凯瑞丝嬷嬷是个出色的女人——可是她痒得厉害，这可以从她走路的样子上看出来。”

拉尔夫从一个女人嘴里听到如此直白的话，一下子来劲了。“一个男人这样太糟糕了，”他意味深长地说，“这么长时间竟然没有女人。”

“我也这么看。”

“这会造成……挺起的。”

她把头向一边一歪，扬起了两道眉毛。他瞥了一眼自己的腿根。她随着他的目光看下去。“噢，亲爱的，”她说，“看来不舒服了吧。”她把一只手放在他挺起的阴茎上。

就在这时，菲莉帕出现了。

拉尔夫惊呆了。他感到又窘又怕，同时又因为在乎菲莉帕是否看到他的举动而生自己的气。

她说：“我要上楼去了——噢。”

艾拉没有松手。事实上，她一边轻柔地攥着拉尔夫的那家伙，一边抬头看着菲莉帕，还得意地笑容满面。

菲莉帕的脸刷地红了，满是耻辱和厌恶的神情。

拉尔夫张开嘴要说话，却不知道说什么才好。他不肯向他的泼辣的妻子道歉，认为她这是自取其辱。但他觉得有点蠢：跟一个客店妓女坐在一起，让她握着他的家伙，而他的妻子伯爵夫人就站在他俩跟前，显得很尴尬。

这场面只持续了片刻。拉尔夫憋闷地哼了一声，艾拉咯咯笑着，菲莉帕“噢”了一下，那腔调中充满了怒火和憎恶。菲莉帕随即转身走开，头部扬得不自然地高。她走到宽阔的楼梯跟前，拾级而上，那种高雅的姿态如同山坡上的一只鹿，头也不回地消失在视界以外了。

拉尔夫感到又气又愧，尽管他认为没必要有这两种感觉。然而，他对艾拉的兴致显而易见地消退了，他把她的手拿开了。

“再喝一点葡萄酒吧。”她说，一边从桌上的罐子里倒酒，但拉尔夫觉得一阵头疼，便把木质酒杯推开了。

艾拉把一只手放到他胳膊上拉住他，用暖融融的低声说：“别在这要紧时候撇下我，你知道，你已经让我整个人都激动起来了。”

他甩脱了她，站起身来。

她板起面孔，说：“行啊，你最好还是给我点什么，算作补偿吧。”

他把手伸进钱袋，掏出了一把银便士。他根本不看艾拉，只把钱往桌上一扔，也不管是太多还是太少。

她连忙把那些银币都收起来。

拉尔夫离开她，上楼去了。

菲莉帕已经上床，坐在床上，背靠着床头板。她已脱掉了鞋，但衣服全都在身。拉尔夫进屋时，她责难地瞪着他。

他说：“你没有权利跟我生气！”

“我没生气，”她说，“倒是你生气了。”

她总能把语锋一转，就变成了她对他错的局面。

不等他想出答话，她说：“你愿意我离开你吗？”

他吃惊地瞪着她。他无论如何都没想到这件事。“你要到哪儿去？”

“这儿，”她说，“我不会当修女，可我还是能够住在女修道院里。我只带上几个人：一个侍女，一个秘书和我的忏悔神父。我已经和凯瑞丝说好了，她愿意接受。”

“我的前妻就这样做过。人们会怎么想？”

“许多贵族妇女都在她们一生中的某段时间里，到女修道院过退隐生活，有暂时的，也有长久的。人们会认为你拒绝我是因为我过了怀孩子的年龄——我很可能就是的。话说回来，你还在乎别人说什么吗？”

他脑海闪过一个念头：看到杰里失去了奥狄拉，他会难过的。但摆脱菲莉帕那高傲和不满的前景无法抗拒。“好吧，还有什么事阻挡你吗？蒂莉可从来没得到同意的。”

“我想先看着奥狄拉订婚。”

“跟谁？”

她看了他一眼，像是嫌他太蠢。

“噢，”他说，“我猜是年轻的戴维。”

“他爱上了她，而我认为他们倒是天生的一对。”

“他还不够年龄——他得请示国王。”

“所以我才跟你说嘛。你肯不肯陪他去见国王，为支持这场婚姻说两句话？你若是为我办这件事，我发誓从今以后绝对不会求你了。我会心平气和地离开你。”

她没有要他作出任何牺牲。与蒙茅斯结盟只能对拉尔夫有益无害。“而你要离开伯爵城堡，搬进女修道院？”

“是的，奥狄拉一结婚，我马上就走。”

拉尔夫明白，这是一场梦的终结，那是一场把他抛进酸楚、凄凉的现实的梦。他完全应该承认失败，再从头开始。

“好吧，”他说，心里夹杂着悔恨和解脱的感情，“一言为定。”

七七

一三五〇年的复活节早早就到来了，在耶稣受难日那天的晚上，梅尔辛的炉子里燃着旺火。桌上摆的是冷盘晚餐：熏鱼、软干酪、新鲜面包、梨和一大瓶莱茵河白葡萄酒。梅尔辛穿着干净的内衣和一件新的黄色袍子。房子已打扫过了，侧柜上的一个瓶子里插着黄水仙。

梅尔辛独自一人。洛拉和他的仆人阿恩和埃姆在一起。他们的小屋在花园尽头，但五岁的洛拉喜欢整宿待在那里。她管这叫去朝圣，还拿着一个旅行袋，里面装着她的梳子和一个她最珍爱的玩具娃娃。

梅尔辛打开一扇窗户，向外张望。一股冷风从南岸的草地吹过河来。傍晚的最后余晖正在暗淡下去，光线似乎落出天空，沉入了水中，在一片漆黑中消逝了。

他觉察到一个蒙头的身影，从女修道院走了出来。他看到那身影踏过在大教堂绿地上踩出的一条对角线，匆匆越过贝尔客栈的灯火，走下泥泞的主街，那人的面孔遮着，跟谁也不搭话。他想象那人已经来到前滩。是不是向侧面的冰冷、漆黑的河里瞥了一眼，并在刹那间想起了曾因绝望过度而竟有了自毁的念头呢？果真如此，那瞬间的回忆也很快就消失了，因为那人已经踏上了他的大桥的鹅卵石路了。那人走过了全部桥面，来到了麻风病人岛上；又从那里离开主路，穿过一片矮树丛，踏过野兔啃过的灌木丛生的草地，绕过原来麻风病人旧屋的废墟，到达河的西南岸边；随后便敲了下梅尔辛的房门。

他关上窗户等待着。没有敲门声。他巴望过切，定好的时间还没到呢。

他禁不住想喝些酒，但他没喝：一个仪式已经定好，他不想改变程序。

过了一会儿之后，敲门声传来。他打开门。她进到屋里，把兜头帽向左一推，并从肩头脱下厚厚的灰斗篷。

她比他高出一英寸也许还要多些，而且年龄也要大上几岁。她的面容骄傲，甚至高傲，但此刻她的笑靥如太阳一般发散着温暖。她穿着一件王桥红的鲜亮裙袍。他伸出双臂搂住她，把她那丰满诱人的躯体紧紧贴向自己，亲吻着她张开的嘴。“我亲爱的，”他说，“菲莉帕。”

他们就在地上，连衣服都等不及脱，马上云雨起来。他对她如饥似渴，而她对他只能说是更加急不可待。他把她的斗篷铺在草上，她撩起裙袍就躺下了。她像个溺水的人一样抱紧他，两腿夹紧他的两腿，她的双臂把他压向她柔软的肉体，她的脸埋在他的颈根里。

她曾经告诉他，在她离开拉尔夫，搬进修道院时，还以为直到修女们为安葬摆布她的尸体之前再没人会触碰她。这念头简直要梅尔辛落泪了。

从他这方面来说，他对凯瑞丝爱恋之切，使他觉得不会有别的女人引起他的激情了。无论于他还是于菲莉帕，他们爱情的到来犹如一份意外大礼，仿佛在灼热的沙漠中涌出的一股清凉的甘泉，他俩得以像渴得濒死的人似的痛饮。

事后，他们交缠在一起，躺在炉边，喘着粗气。这时他记起了他们的第一次。她刚搬进修道院不久，就对新塔楼的修建感到兴趣。她是个喜欢做事的女性，把漫长的时间只用作祈祷和静思，实在不够充实，让她感到烦闷。她喜欢那座图书馆，但不可能整日里坐在那里阅读。她到工匠阁楼来看他，他把设计图指给她看。她很快就形成了每天都来的习惯，在他工作时和他谈天。他一向钦佩她的学识和能力，而在阁楼的亲密环境中，他逐渐认识到在她庄重的举止下面的温情、慷慨的精神气质。他发现，她有一种活泼的幽默感，他也学会了如何让她开怀大笑。她以一种浑厚又多彩的笑声呼应着他，使他想到同她做爱。有一天，她夸赞了他。“你是个善良的人，”她说，“这样的人太少了。”她的肺腑之言感动了他，他亲吻了她的手。这是一种爱慕的姿态，她若是不愿意，是可以拒绝的，也就没有戏剧性的下文了：她只消把手抽回去，后退一步，他就会明白，他的做法过分了。但她没有拒绝。相反，她握住他的手，眼睛里流露着像是爱的神情凝视着他，于是他就抱住她，亲吻起她的嘴唇。

他们就在阁楼的草垫上做爱，事后他才想起来，还是凯瑞丝鼓励他在这儿铺上垫子，还开玩笑说，工匠们需要一个软地方放他们的工具。

凯瑞丝不知晓他和菲莉帕的事。除去菲莉帕的侍女和阿恩及埃姆，谁也不知道。天一黑她就到医院楼上的私室上床，那也是修女们回宿舍的时间。她趁她们入睡时溜出来，走的是屋外的楼梯，那里只供重要客人上下，而无需穿过普通人的区域。她在天亮前原路返回，此时修女们正在颂晨祷，她随后在早餐时露面，如同她整宿都待在她房间里。

他很奇怪地发现，在凯瑞丝最终离开他不及一年的时间里，他就能爱上另一个女人。他当然没有忘记凯瑞丝。相反，他每天都会思念她。他感到急于告诉她一些已经发生的趣事，他也想听听她对一个纠结问题的意见，他还觉得他正按照她的设想在完成某项任务，比如用温酒仔细擦洗洛拉的油腻的膝盖。后来他在许多天里都见到她。新医院即将落成，但大教堂的塔楼尚未动工，而凯瑞丝密切关注着这两大建筑工程。修道院失去了控制镇上商人的权力，然而，凯瑞丝对梅尔辛及公会为创建一座自治市的一切机制所做的工作兴致勃勃——建立新的法庭，策划一项羊毛交易，鼓励工匠行会编纂标准和措施。但他想到她时，总有一种苦涩的回味，如同喝完酸啤酒留下的苦味。他曾全身心地爱着她，而她却最终拒绝了他。就像回忆一场以战斗告终的幸福的一天似的。

“你认为我特别容易被不自由的女性所吸引吗?”他随口问菲莉帕。

“不，怎么会呢?”

“说来有些古怪，在爱恋一位修女十二年，又孤身独处了九个月之后，我竟然倒在了我弟媳的裙下。”

“别这么称呼我，”她急忙说，“那不是婚姻。我嫁给他是违背我自己的意愿的，我和他同床不过几天，他若是永远不再见我，他会高兴的。”

他抱歉地拍拍她的肩头。“不过，我们还是得严守秘密，就像我先前和凯瑞丝一样。”他没有说出口的是，做丈夫的若是抓住了妻子的奸情，依法是有权杀死她的。梅尔辛从来没听过这样的实例，当然更没有在贵族间发生过，但拉尔夫的傲气是可怕的。梅尔辛知道，也告诉了菲莉帕，是拉尔夫杀害了他的前妻蒂莉。

她说：“你父亲无指望地爱着你母亲有好长时间，是吧?”

“是啊!”梅尔辛几乎忘却了那段往事了。

“而你又爱上了一位修女。”

“我弟弟多年渴望着你，一位贵族的幸福婚配的妻子。如教士们所说，父亲的罪孽在儿子身上看得到。算了，别谈这个了。你要吃些晚餐吗?”

“再过一会儿。”

“还有什么事你要做吗?”

“你知道的。”

他当然知道。他跪在她的两腿间，亲吻着她的小腹和大腿。这是她的特殊嗜好，她总想要第二次。他开始用舌头挑弄她。她呻吟着，按着他的脑后。“对，”她说，“你知道我多么喜欢这样，尤其是在我体内注满了你的精液的时候。”

他抬起头来。“我知道。”他说，然后就又低下头继续亲吻了。

春季带来了瘟疫的缓解。依然有人死去，但新发的病例少了。复活节的礼拜天，亨利主教宣布，今年将照旧举办羊毛交易集市。

在同一次祈祷中，六名见习修士宣誓成为正式修士。他们全都经过了超短的见习期，但亨利急于增加王桥的修士人数，他说，同样的做法遍及全国。此外，还任命了五名教士——他们也是从一个速成培训项目中获益的——并即赴周边乡村顶替瘟疫中死去的教士。两名王桥的修士从大学归来，他们在三年之内——而不是平素的五或七年——就拿到了医生的学位。

新医生是奥斯丁和塞姆。凯瑞丝对他们的记忆相当模糊：三年前她在担任客房长时，他们去了牛津的王桥学院。复活节星期一的下午，她带他们看了一圈几近完工的新医院。由于当天放假，没有工人上班。

这两个人都有一种趾高气扬的神情，似乎是大学里随着医学理论和对加斯科涅葡萄酒的嗜好一并注入其毕业生的。不过，多年与病人打交道，才树立了凯瑞丝的自信，她简洁明了地描述了医院的设备及她拟就的管理方式。

奥斯丁是个专注的瘦削青年，一头金发正在变稀。他对创新的呈方圈的房间布局印象深刻。而比他年长些的圆脸的塞姆，似乎并不热衷于学习凯瑞丝的经验：她注意到，在她说话时，他总是东张西望。

“我主张，医院应该永远保持清洁。”她说。

“依据何在呢?”塞姆用一种降尊纡贵的口吻问,仿佛问一个小女孩:为什么要打玩具娃娃多丽的屁股。

“清洁是一种品质。”

“啊,所以说与体液的平衡完全无关喽。”

“我说不明白。我们不大在意体液。那种理念在抵抗瘟疫中的无效是有目共睹的。”

“扫地是成功的喽?”

“最低程度,一个清洁的房间能提升病人的情绪。”

奥斯丁插话说:“你必须承认,塞姆,牛津的某些大师与副院长嬷嬷持有相同的新观念。”

“那是一小伙异端。”

凯瑞丝说:“要点是,把患有传染病的病人与其余的人隔离开。”

“达到什么目的呢?”塞姆问。

“限制这种传染病的蔓延。”

“那这样的病又是如何传染的呢?”

“没人知道。”

塞姆的嘴漾起一丝得意的微笑。“那么我可以请教,你怎么知道用什么方法来制止其传播呢?”

他以为他已经驳倒了她——那是他们在牛津学的一项主要技能——但她更加清楚。“从经验上看,”她说,“一个牧羊人并不理解羊羔在母羊子宫里成长的秘密,但他懂得,只要不让公羊到地里去,这种事就不会发生。”

“嗯。”

凯瑞丝不喜欢他那一声“嗯”的方式。她心想,他很聪明,但他的聪明从未脚踏实地。在这种知识分子和梅尔辛类型的人的对比中,她颇受震动。梅尔辛的知识面很广,他掌握复杂事物的思维能力出众——但他的智慧从不会远离物质世界的现实，因为他清楚地知道，若是他出错了，他的建筑物就会坍塌。她父亲埃德蒙就一直喜欢这样：聪敏但讲求实际。塞姆和戈德温及安东尼一样，只知常常抓住体液不放，而不顾他的病人的死活。

奥斯丁咧嘴大笑。“她在这儿制住你了，塞姆，”他说，他的沾沾自喜的朋友未能镇住这位没读过大学的妇女，显然让他很开心，“我们可能不确知疾病是怎么传播的，但是，把病人和健康人隔离开，总没坏处的。”

女修道院的司库琼姐妹打断了他们的谈话。“奥特罕比的总管要见你，凯瑞丝嬷嬷。”

“他带来那群小牛了吗？”奥特罕比每逢复活节应该为修女们供应十二头一岁的小牛。

“带来了。”

“把牲畜拴进栏里，再请总管到这儿来。”

塞姆和奥斯丁告辞了，凯瑞丝便去察看厕所的石板地。总管在那里找到了她。来人是扶犁手哈里。她解雇了对改革反应迟钝的老总管，把村里最精明强干的这位青年提拔上来了。

他和她握了手，他这样做有点过分热络了，但凯瑞丝喜欢他，并不介意。

她说：“这事办得不妥，尤其是马上就要春耕了，你却不得不赶着一群牛大老远地跑这儿来。”

“就是嘛。”他说。如同大多数扶犁手一样，他也是宽肩粗臂，需要有技术也需要有力气，也能赶着村里公有的一组八头牛在湿地里拉动沉重的犁。他似是随身带来了户外的健康空气。

“你们难道不愿意交现金吗？”凯瑞丝说，“大多数领主的贡赋如今都交现钱了。”

“那当然更便当啦。”他带着农民的精明眯缝起眼睛，“可是要交多少钱呢？”

“一头一岁的小牛在市场一般出价十到十二先令，不过这个季节里落价了。”

“现价——只有一半了。三镑可以买下十二头小牛。”

“或者用六镑就足够一年的了。”

他龇牙笑了，很高兴这样商量着办事。“那就是你的事了。”

“可你们情愿付现金。”

“要是能把数定下来的话。”

“按八先令算吧。”

“可照这样，要是一头小牛的价只是五先令，我们村里人到哪儿去弄那份多余的钱呢？”

“我来告诉你吧。将来，奥特罕比可以缴给女修道院五镑或十二头小牛——你们看着办吧。”

哈里盘算着，想找找有什么隐藏的麻烦，但没有找到。“好吧，”他说，“咱们把这条协议封定，好吗？”

“怎么封定呢？”

出乎她意料，他亲吻了她。

他用两只粗手扳住她瘦削的肩头，低下头来，把他的嘴唇压到她的嘴唇上。若是塞姆兄弟这么做，她会退缩的。但哈里就不同了，或许她一直被他那种阳刚的健壮朝气所引动。别管什么理由吧，她乖乖地接受了那亲吻，听凭他把她那不抵制的身躯拉向他，她抵着他长着髭须的嘴，动起自己的唇。他把身体紧抵着她。这样她就能感到他的勃起了。她意识到，他会高高兴兴地就在这厕所铺了石板的地面上弄到她，想到这里她便清醒了。她挣脱了亲吻，把他推开。“打住！”她说，“你知道你在做什么吗？”

他泰然地说：“亲亲你啊，亲爱的。”

她意识到问题了。毫无疑问，有关她和梅尔辛的流言蜚语已四下传播：在夏陵他俩大概是两位最出名的人物了。哈里既不确知实情，那些谣传就足以让他胆大妄为了。这种事会破坏她的权威。她必须当即把它压下去。“你绝不准再做这样的事了。”她尽量严厉地说。

“你好像喜欢这个！”

“那你的罪孽就更大了，因为你引诱一个弱女子违背她神圣的誓言。”

“可我爱你。”

她明白，这是实话，而且她还能猜出原因。她曾巡视过他的村子，明察秋毫，并让农民屈从于她的意志。她看出了哈里的潜能，把他提升到他的伙伴之上。他准是把她看作女神了。他爱上她也就没什么大惊小怪的了。她最好还是尽早地摆脱这种爱情。“你要是再跟我这样说话，我就在奥特罕比另找一个总管了。”

“唔。”他说，这么说比指责他的罪孽更有效地制止了他。

“现在，回家去吧。”

“好吧，凯瑞丝嬷嬷。”

“给你自己另找个女人吧——最好是没有发誓保持女贞的女人。”

“绝不啦。”他说，但她并不相信他。

他走了，但她留在原地没动。她感到心绪不宁，欲火上升。若是她能肯定一时间独处，她会触摸自己的。这是九个月来她第一次为肌体的欲望所烦恼。和梅尔辛最终分手之后，她陷入了一种中性状态，不再想性的事。她和其他修女的关系给了她温馨和情感：她对琼和乌娜都喜爱，不过她俩对她的爱都没有像梅尔那样以躯体的方式来表达。她的心随其他激情而跳动；新的医院、塔楼和城镇的复苏。

想到塔楼，她就离开医院，走过绿地，前往大教堂。梅尔辛已经在教堂外面、旧塔楼的地基周围开挖了四个大洞，其深度是人们所不曾见过的。他还造了大吊车把洞里的土提出来。整个多雨的秋季，牛车整天隆隆驶过主街，越过大桥的第一段，把泥土堆在多石的麻风病人岛上。他们再从岛上的梅尔辛的码头装上建筑石料，再上坡拉回来，把石头卸在教堂周遭的地面上，越堆越高。

冬季的霜冻期一过，他的石匠们就开始垒地基。凯瑞丝来到大教堂的北侧，从中殿外墙和北交叉甬道外墙所形成的角度向洞内俯瞰。洞深得令人晕眩。底部已经铺满了整齐的石料，切成方形的石头由薄薄的灰浆砌就，垒成了笔直的垂线。由于旧地基不适用，新塔楼是建在自身完全独立的新地基上的。它将在教堂现有的围墙外升起，因此就不必破坏埃尔弗里克所拆除的旧塔楼上层的高处部分。只是在完工后，梅尔辛才会拆掉埃尔弗里克在十字通道上方的临时屋顶。这是典型的梅尔辛式设计：简单又彻底地对地基这一单一问题的出色解决。

如同在医院一样，在这个复活节星期一，也没有建筑匠在工作，但是她看到洞内有动静，这才意识到在地基上有人在走动。过了一会儿，她认出来那是梅尔辛。她走到石匠们使用的一架由绳子和木棍做成的不结实得吓人的软梯，摇摇晃晃地爬了下去。

她很高兴来到了洞底。梅尔辛笑容满面地扶她下了梯子。“你脸色有点苍白。”他说。

“到下边来可真够长的。你这儿进展得怎么样了？”

“挺好。要干很多年呢。”

“为什么？医院看起来要复杂得多，可是都完工了。”

“有两个原因。越往高处砌，能在上面干活的石匠就越少了。眼下我有十二个人打基础。可升得越高，就越窄了，就没地方容下这么多人了。另一个原因是灰浆要长时间才能定型。我们得用一个冬天等它干硬，然后上面才经得住这么大的重量。”

她根本没怎么听。她端详着他的脸，想起了他们在副院长宅第里在晨祷和诵诗之间做爱的情况：第一道曙光从敞开的窗户射进来，落在他们赤裸的身体上，如同为他们赐福。

她拍了拍他的胳膊。“是啊，医院就用不了这么长时间了。”

“到圣灵降临节你们就能搬进去了。”

“我真高兴。虽说我们因瘟疫而有些延缓：死的人还是少了。”

“感谢上帝，”他热烈地说，“或许就要结束了。”

她凄凉地摇摇头。“先前我们就曾以为它过去了，还记得吗？大概是去年这会儿吧。后来又变本加厉地回来了。”

“上天不容啊。”

她用手掌摸了摸他的面颊，触着他那尖硬的胡子。“至少你是平安的。”

他看上去有些不快。“医院一完工，我们就能开展羊毛交易了。”

“我希望，你想得对，生意很快就要有起色了。”

“要是还没生意，我们无论如何都活不成了。”

“别这么说。”她吻了他的面颊。

“我们应该按照我们还要活下去的设想来行动。”他激动地说，仿佛她惹他心烦了，“但实情是我们也不知道。”

“咱们别想最坏的了。”她用双臂搂住他的腰，拥抱了他，把她的乳房贴着他瘦削的身体，感到他坚硬的骨骼抵着她渴求的肉体。

他粗暴地推开了她。她往后踉跄了几步，几乎摔倒了。“别这样！”他叫道。

她惊愕的程度犹如被扇了一记耳光。“这是怎么回事？”

“别碰我！”

“我只是……”

“就是别这么做！你在九个月之前就结束了咱们的关系。我说过是最后一次了，我说话当真。”

她想不通他的气愤。“可我只是抱了抱你。”

“哼，那也不要。我不是你的情人。你没有权利这样。”

“我没权利碰你吗?”

“没有!”

“我觉得我不需要什么批准。”

“你当然知道。你不让别人碰你的。”

“你不是别人。你不是生人。”但在她这样说的时候，她明知道，她错了，而他是对的。是她拒绝了他，但她并没有接受其结果。同从奥特罕比来的哈里的相遇燃起了她的欲火，她来找梅尔辛想发泄一下。她告诉自己说，她触摸他只是表达深情厚谊，但这是自欺欺人。她待他的态度犹如他还是她的人，犹如有钱又有闲的贵妇放下一本书又拿起来一样轻易。这么长时间以来，她都不给他触摸她的权利，如今只因为一个肌肉饱满的扶犁青年吻了她，她就想恢复这一特权，当然就错了。

即便如此，她还是期待着梅尔辛能够温情脉脉地指出这一点。可他却敌对而粗暴。她若是把对他的友情也像爱情一样抛却呢？泪水涌进了她的眼睛。她转身离开他，向梯子走回去。

她发现往上爬梯子太困难了。这是个令人疲惫的活动，何况她又没了力气呢。她中途停下来歇口气，并且往下看。梅尔辛站在软梯脚下，用他的体重稳住梯子不摇晃。

当她差不多爬到顶的时候，她又往下看了。他还在那儿。在她看来，若是她跌下去，她的不幸就会了结。那是要从高处跌到那些无情的石头上的。她会当场死去。

梅尔辛似乎觉察到了她在想些什么，因为他不耐烦地摇了一下，示意她该赶快上去，离开软梯。她虑及她若是这样自杀，他会如何痛不欲生，一时之间她倒得意地想象着他的悲痛和负疚了。她觉得上帝绝不会在来世惩罚她的——果真有来世的话。

随后她便攀上最后几级，并且站到了实地上。刚才的她一时糊涂，多么愚蠢啊。她不打算结束她的生命。她还有太多的事要做呢。

她回到女修道院。已是晚祷时间了，她率队走进大教堂。她做年轻的见习修女时，很讨厌把时间浪费在祈祷上。事实上，塞西莉亚嬷嬷也特意给她些工作，使她有托词逃避了大部分祈祷的时间。如今她却欢迎有这样的机会让自己休息和反思。

她认定这个下午是个情绪低落的时刻，但她会克服的。反正，在她唱着颂歌时发现，她已经把泪水压回去了。

修女们的晚饭是熏鳗鱼，味道浓重又有嚼头，并不是凯瑞丝爱吃的。今晚她反正也不觉得饿。她只吃了一些面包。

饭后她来到了药房。两名见习修女在那里抄录凯瑞丝的书。她在圣诞节后不久就写完了。许多人都想要一本：药剂师、女修道院副院长、理发师，甚至还有一两位医生。抄录这本书，成了想在医院工作的修女的部分培训课程。手抄本很便宜——书不算厚，又没有精美的插图，也没有昂贵的墨水——求购似乎没有止境。

三个人就使房间很挤了。凯瑞丝期盼着新医院中那间宽敞明亮的药房。

她想独自待一会儿，就打发那两名见习修女走了。然而，她却不得安静，没过多久，菲莉帕女士就走了进来。

凯瑞丝对这位矜持的伯爵夫人从来缺乏热情，只是同情她的处境，故此乐于为任何逃避拉尔夫这样的丈夫的女性提供避难所。菲莉帕是个容易应付的客人，要求很少，大部分时间都待在自己的房间里。她对修女们的祈祷和自我克制的生活兴趣有限——在所有的人当中也只有凯瑞丝理解了。

凯瑞丝邀她坐在挨着条凳的板凳上。

菲莉帕尽管举止高雅，却是出奇直爽的女性。她开门见山地说："我想要你别去招惹梅尔辛。"

"什么?"凯瑞丝觉得又吃惊又被冒犯。

"你当然得和他谈话啦，可你不该亲吻他或触摸他。"

"你怎么敢这么说?"菲莉帕知道了什么——又为什么要在乎呢?

"他已经不再是你的情人了。别再烦他了。"

梅尔辛大概是跟她讲了今天下午的口角。"可他为什么要告诉你……?"她的问题还没有出口，她就已经猜到答案了。

菲莉帕接下来的话更证实了。"他不是你的，他如今是我的了。"

"噢，我的天!"凯瑞丝目瞪口呆了，"你和梅尔辛?"

"对。"

"你们……你们实际上已经……"

"是的。"

"我可不知道!"她有一种遭人背叛的感觉，尽管她明知自己没有权利，这事什么时候发生的呢?"可是怎么……在哪儿……"

"你用不着了解详情。"

"当然不用了。"她推测是在麻风病人岛上他的住宅里。大概在夜间。"多久了……"

"那没关系。"

凯瑞丝可以估摸出来。菲莉帕住到这里还不足一个月。"你倒是行动蛮快的。"

这样的嘲弄毫无价值，菲莉帕有风度地不予理睬。"他为了留住你肯做出一切的。但你抛弃了他。现在就放开他吧。在你之后，他很难再爱别人了——但他还是做到了。你难道要干涉吗?"

凯瑞丝想气愤地驳斥她，满怀怒火地告诉她，她无权颐指气使，无权提出道德要求——但麻烦的是菲莉帕是对的。凯瑞丝必得放掉梅尔辛，永远放弃。

她不想在菲莉帕面前流露她的伤心。“请你现在就离开我好吗?”她说这话时是想试一下菲莉帕式的自尊，“我想独自待一会儿。”

菲莉帕可不是轻易任人摆布的。她反倒又坚持了一次：“你会照我说的做吗?”

凯瑞丝不喜欢被逼无奈，但她已了无情绪。“当然。”她说。

“谢谢你。”菲莉帕走了。

凯瑞丝确信菲莉帕已经走得远了听不见时，就放声大哭了。

七八

菲利蒙担任副院长并不比戈德温强到哪里去。他被经营修道院产业的挑战压倒了。凯瑞丝在担任执行副院长期间，开列了修士们主要财源的清单：

一、租金；

二、(十户区的)商业及手工业分红；

三、未租出土地的农业收益；

四、磨面坊及其他工业磨坊的利润；

五、水面过路费和地面售鱼分红；

六、市场的摊位费；

七、审判程序收益——法庭的诉讼费及罚金；

八、来自朝圣者及其他人的虔诚赠助；

九、出售书籍、圣水、蜡烛等的收益。

她把这一清单给了菲利蒙，他却掷还给她，如同受到了羞辱。戈德温只在这一点上胜过菲利蒙：他表面总会做得周全，他会感激她，然后不动声色地将她的清单丢在一旁。

在女修道院，她已推行了一种新的记账方法，那是她帮她父亲做生意时从博纳文图拉·卡罗利那里学到的，如今引了进来。老办法只是简单地在羊皮纸上记下每一笔交易的简目，以便于翻阅查对。意大利体系则是在左侧记载收入，而在右侧记下支出，在页末写下总计。收支总数的差额表明了盈亏。琼姐妹热情地接受了这种方法，但当她主动向菲利蒙讲解时，却被草率地拒绝了。他认为别人的主动帮助，是对他的能力的侮辱。

他只有一种天赋，和戈德温如出一辙：有本事摆布他人。他精明地排除新来的修士，把思想新颖的医生奥斯丁兄弟和另两名聪明的青年打发到林中圣约翰修道院去，那里远处偏僻之地，无法挑战他的权威。

然而，菲利蒙如今成了主教的麻烦。亨利既然任命了他，就只好同他打交道。镇子已经独立了，而凯瑞丝有了她的新医院。

医院将在圣灵降临节那天由主教奉献，那一天总是在复活节的七个星期之后。在那之前，凯瑞丝把她的设备及供应搬进了新药房。里面有宽松的地面供两个人坐在板凳上备药，还能容下第三个人坐在写字台边。

凯瑞丝在配制一份催眠剂，乌娜在研磨干药草，一个名叫格丽塔的见习修女在抄写凯瑞丝的著作，这时一个见习修士抬着一个小橱柜走了进来。他叫乔西亚，是个十几岁的男孩，人们都习惯称他为乔西。他来到三名女性跟前，显得很尴尬。“我把这个放哪儿？”他问。

凯瑞丝看着他。“那是什么？”

“一个橱柜。”

“我能看出来。”她耐心地说。某个人学会了读和写，不幸的是，并不能使他聪明。“这橱柜里装的什么？”

“书。”

“你干吗给我搬来一橱柜书呢？”

“我是奉命行事。”他过了一会儿意识到，这样的回答并没有提供充分的信息，便补充说，“是塞姆兄弟说的。”

凯瑞丝扬起了眉毛。“是塞姆当礼物送给我这些书的吗？”她打开了橱柜。

乔西避而没答这个问题就溜走了。

这些书全是医学课本，都是用拉丁文写的。凯瑞丝从头到底翻了一遍。都是经典著作：阿维森纳的《医典》，希波克拉底的《饮食与卫生》，盖伦的《论医学分类》和艾萨克·朱迪亚乌斯所著的《尿》。全都是写于三百多年以前的著作。

乔西抱着另一个橱柜又回来了。

“这又是什么？”凯瑞丝问。

“医疗器械。塞姆兄弟说不许你动。他会来把这些东西放在适当的地方的。”

凯瑞丝惊愕了。“塞姆想把他的书和器械放到这里？他打算在这儿工作吗？”

乔西当然对塞姆的意图一无所知。

没等凯瑞丝再说什么，塞姆就由菲利蒙陪着来了。塞姆跟着就四下看了看房间，二话不说，就动手打开他的东西。他把凯瑞丝的一些容器从一个架子上取下来，把他的书摆上去。他取出割开静脉的几把利刃和用来检查尿样的水滴形的玻璃瓶。

凯瑞丝不温不火地说：“你是不是打算在这医院里待很长时间，塞姆兄弟？”

菲利蒙显然已经料到这个意味深长的问题，便替他作答了。

“还能在哪儿呢？”他说。他的腔调中含着怒气，好像凯瑞丝已经向他挑战了。“这里是医院，难道不是吗？而塞姆是这修道院里唯一的医生。人们要是不找他，谁给看病呢？”

刹那间，药房似乎是不那么宽敞了。

凯瑞丝什么还都没说，一个陌生人进来了。“托马斯兄弟要我来这里，”他说，“我是药剂师乔纳斯，从伦敦来的。”

这位生客是个五十岁上下的男人，身穿绣花外衣，头戴一顶毛皮帽。凯瑞丝注意到他常挂着的笑容和可亲的举止，便猜测他是以售货为生的。他握了手，然后打量着房间，明显赞许地朝凯瑞丝摆放整齐、贴了标签的瓶瓶罐罐点着头。“太了不起了，”他说，“我在伦敦之外，从来没见过这么井井有条的药房。”

“你是个医生吗，先生？”菲利蒙问。他的语气很谨慎：他不确知乔纳斯的地位。

“药剂师。我在史密斯菲尔德有一座店铺，紧挨着圣巴塞洛缪医院。我不想自吹，可我的店是伦敦城里同类店里最大的。”

菲利蒙松了一口气。药剂师不过是个商人，在社会等级上还要低于修道院副院长。他以轻蔑的暗示说：“是什么风把伦敦最大的药剂师吹到我们这儿来了？”

“我想得到一本《王桥灵方》。”

“什么？”

乔纳斯会意地笑着。“你过于谦恭了，副院长神父，可是我看到这位见习修女正在你们的药房这儿抄写那书呢。”

凯瑞丝说：“那本书？可不叫灵方。”

“可里面包含着治百病的药方。”

她意识到，其中肯定有什么理由。“你是怎么知道这本书的？”

“我四处周游，寻找稀少的草药和其他配料，家里的店由儿子们照料。我在南安普顿遇到一位修女，她给我看了一个抄本，她把那书叫作‘灵方’，还告诉我是在王桥编写的。”

“那位修女是克劳迪娅姐妹吗？”

“就是。我求她把书借给我，只要够我抄完的时间就行了，但她不肯放手。”

“我记得她。”克劳迪娅曾经到王桥来朝圣，住在女修道院，还不顾个人安危地看护患瘟疫的病人。凯瑞丝为了答谢她，就给了她一本抄本。

“一部杰出的著作，”乔纳斯热情地说，“而且还是用英文写的！”

“是给不是教士的看病的人用的，他们不太用拉丁文的。”

“这样的书不管用什么文字写的，都是独一无二的。”

“是这么不同寻常吗？”

“按题分类！”乔纳斯情绪高涨，“各章不按体液或疾病分类，而是考虑病人的痛苦。因此，无论顾客说他犯胃疼、出血、发烧、腹泻或打喷嚏，你都可以找到相关的那页！”

菲利蒙不耐烦地说：“只适合药商和他们的顾客吧，我敢说。”

乔纳斯像是没听出话中的嘲笑意味。“我估摸，副院长神父，你是这部无价之宝的作者吧？”

“当然不是！”他说。

“那又是谁……？”

“我写的。”凯瑞丝说。

“一位妇女！”乔纳斯大吃一惊，“可你又是从哪里得到这一切资料的呢？实际上在任何一本教科书里可都没有出现过。”

“那些旧教科书从来没给我证明过是有用的，乔纳斯。最初由王桥的一位女智者叫玛蒂的教了我配药，她伤心地离开了这里，因为怕被当作女巫处死。我从我的前任女修道院副院长塞西莉亚嬷嬷那学到了更多的东西。但是搜集处方和疗法并不困难。人人都知道上百种。难处在于从各种方法中辨别出少数有效的精华。我多年来一直对试用过的每一种处方的效果加以记载。在我的书里，我只写进了由我亲眼目睹的一次又一次行之有效的那些方法。”

“我能和你本人面谈真是不胜荣幸之至。”

“好吧，我可以给你一本我的书了。能够有人如此远道而来求这一本书，我也受宠若惊呢！”她打开了一个柜子，“这本原来是要给我们的林中圣约翰修道院的，不过他们可以等一等，拿下面抄好的一本。”

乔纳斯像手捧圣物一样接过了那本书。“我实在感激不尽呢。”他掏出一个软皮口袋，递给了凯瑞丝，“为表达我的谢意，请接受我们全家给王桥修女们的一点不成敬意的礼物。”

凯瑞丝解开那口袋，取出了用绒布包着的小物件。她打开绒布，发现里边是一个镶嵌了宝石的金制十字架。

菲利蒙的眼睛贪婪得发亮了。

凯瑞丝大惊。“这可是个贵重的礼物！”她惊呼道。她意识到这不是外观迷人的问题。她补充说：“你们家可是过于慷慨了，乔纳斯。”

他做出一个不必客气的姿态。“感谢上帝，我们生意兴隆。”

菲利蒙嫉妒地说：“那——就为了一个老妇人的灵丹妙药的一本书！”

乔纳斯说：“啊，副院长神父，你当然超脱于这类事情啦。我们可不指望到达你那样高的精神境界。我们也不想理解体液的事。就像小孩子要吮吸破了的指头一样，因为那样可以缓解疼痛，因此，我们经营药剂只是因为能治病。至于这些药为什么和如何有效，我们都留给那些比我们伟大的头脑去分析。上帝的创造太神秘了，不是我们这种人能弄懂的。”

凯瑞丝觉得乔纳斯的话中露骨地语含讽刺。她看到乌娜憋着笑。塞姆也听出了嘲弄的贬义，目中闪着怒火。但菲利蒙并没注意到，反倒因为受到恭维而消了气。他脸上掠过了一道狡猾的神色，凯瑞丝猜想，他在打主意如何才能从这本书的声誉中分一杯羹——也为自己弄上一个镶珠宝的十字架。

羊毛交易集市一如既往地在圣灵降临节那天开幕。按传统，那该是医院忙碌的一天，这一年也不例外。上年纪的人经过长途跋涉来到集市就病倒了；婴幼儿由于水土不服得了腹泻；成年男女则由于在客栈里饮酒过度，伤了自己，也互相伤害。

凯瑞丝第一次能够把病人分成两类。患瘟疫的病人数量急速下降，其他患有反胃和疱疹这类疾病的人都去了当天一早由主教正式祝福开幕的新医院。由于事故和斗殴而受伤的人都在旧医院治疗，以免感染。那种因拇指错位来到修道院转而死于肺炎的日子，已经一去不复返了。

危机在圣灵降临节这一天到来了。

刚过中午，凯瑞丝饭后散步来到集市，并四下瞧瞧。与旧日相比要安静许多，那时节数百名来客和几千名镇民不仅在大教堂的绿地，还要在几条主要街道上拥来挤去。然而，今年的集市在上一年取消之后，总算好过预期。凯瑞丝揣摩，人们已经注意到了瘟疫的泛滥在减弱。那些至今幸免于难的人认为自己不会受感染了——有些是这样，但另一些人则不然，因为瘟疫还在致人于死地。

玛奇·韦伯的绒布是集市上谈论的焦点。由梅尔辛设计的新型织机不仅织得快——还便于织出复杂的图案。她已经卖掉一半存货了。

凯瑞丝在和玛奇谈话。玛奇的话让她不好意思，跟以前一样，她总是说，没有凯瑞丝，她还是一文不名的织工。凯瑞丝正要像往常一样不让她这么说的时候，她们听到了叫嚷声，一场斗殴开始了。

凯瑞丝马上辨出了好斗青年的深沉的喉音。声音来自三十码外的一家淡啤酒馆附近。叫嚷的声音很快就越来越大，还加进了一个青年女子的尖叫。凯瑞丝匆忙赶到事发地点，希望在失控之前加以制止。

她晚了一步。

打斗已经发生了。镇上的四个小流氓正在跟一伙农民——从他们土气的衣服看得出来，大概都是来自一个村子的——剧烈厮杀。一个漂亮姑娘——无疑就是刚刚尖叫的那人，正拼命分开两个毫不容情地斗殴的男人。镇上的一个青年抽出了一把刀，农民则手握沉重的木锹。凯瑞丝赶到时，更多的人分别加入了各自一方。

她转向跟在后边的玛奇。“找个人去叫治安官芒戈，尽快。他大概在公会大厅的地下室呢。”玛奇拔腿就跑了。

斗殴越来越凶残了。好几个城里小子拔出了刀子。一个农家小伙倒在地上，一条胳膊上血流如注，另一个则不顾脸上的一道口子，继续打斗着。就在凯瑞丝旁观的时候，又有两个镇上的小子抬腿踢着躺在地上的农民。

凯瑞丝又迟疑了一下，然后便迈步向前。她抓住最近一个斗殴者的衬衫。“面包师家的威利，马上住手!”她用最威严的语气喊道。

几乎立见成效。

威利吃了一惊，从他的对手跟前向后退开，他歉疚地看着凯瑞丝。她刚张开嘴准备再讲，可就在这时，一柄木锹本来肯定对准威利的，却重重地打在了她的头上。

这一下直打得她天旋地转。她的视力模糊了，身体也站不稳了，她只晓得随后便倒在了地上。她头晕眼花地躺在那里，竭力想恢复神志，周围的世界却似乎摇晃起来。跟着便有人挟起她腋下，把她拖开了。

“你受伤了吗，凯瑞丝嬷嬷?”声音很熟悉，但她对不上号了。

她的头脑终于清晰了，她在救助她的人的帮助之下，挣扎着站起身，这时她才认出那人是肌肉强健的粮食商玛格·罗宾斯。“我只是有点晕，”凯瑞丝说，“我们得制止这些男孩子互相杀戮。”

“治安官都来了。让他们来处理吧。”

没错，芒戈和六七名助手，个个都一路挥舞着棍棒，赶来了。他们冲进了打架的人群，不分青红皂白地朝那些人的头上砸去。他们造成的伤害不亚于原先的斗殴，而且他们的出现把阵容也搅乱了。那些小子们吓慌了手脚，有些趁乱跑掉了。没出几分钟，斗殴便停止了。

凯瑞丝说：“玛格，跑到女修道院去，找到乌娜姐妹，要她带上纱布快来。”

玛格赶紧去了。

还能走路的伤者迅速走开了。凯瑞丝开始检查那些留下来的人。一个肚子上挨了一刀的青年农民正在用力把肠子揉进去：看来他没多大希望了。一个胳膊上被砍了一道口子的，若是凯瑞丝能为他止血的话，还能活下去。她解下他的腰带，扎住他的上臂，勒紧到血流减缓成细线。“就这样待着别动。”她嘱咐完他，就往前走到一个像是断了指骨的镇上男孩跟前。她的头还在疼，但她不去理睬。

乌娜带着好几位修女来了。紧跟着，理发师马修提着他的口袋也到了。他们一齐动手包扎伤者。在凯瑞丝的指挥下，主动来帮忙的人挑出重伤号，把他们抬到女修道院去。“把他们送到旧医院，别去新医院。”她说。

她从跪姿一站起来，立刻感到一阵晕眩。她拽住乌娜，稳住自己。“你怎么了?”乌娜问。

“一会儿就好了。咱们还是快回医院去吧。”

她们在市场摊位中间的缝隙中穿行到了旧医院。她们一进去，当即发现里面没有一个伤员。凯瑞丝动火了。“这些蠢货全都把人送错了地方。”她说。要人们学会区别安置的重要性还要假以时日，她总算明白了。

她和乌娜来到了新医院。进门处要穿过一座宽大的拱门。她们进去的时候，正遇到那些帮忙的人出来。“你们把他们送错了地方！”凯瑞丝愠怒地说。

一个人说：“可是，凯瑞丝嬷嬷——”

“别争了，没时间啦，”她不耐烦地说，“赶紧把他们抬到旧医院去。”

她走进回廊，看到臂上开了口子的青年正被抬进一个她知道住了五个瘟疫患者的房间。她疾速跑过院子。“站住！”她怒气冲冲地叫道，“你们知道自己在干什么吗？”

一个男人的声音说：“他们在执行我的指令。”

凯瑞丝站住脚，四下一看。原来是塞姆兄弟。“别干蠢事了，”她说，“他受了刀伤——你想让他死于瘟疫吗？”

他的圆脸涨红了。“我以为，我的决定用不着经你批准吧，凯瑞丝嬷嬷。”

这真是愚昧，她不予理睬。“所有这些受伤的男孩一定要远离瘟疫患者，不然会受感染的！”

“我看你是操劳过度了。我建议你去躺一会儿。”

“躺一会儿？”她已经愤怒了，“我刚刚包扎了所有这些人——现在我要好好照顾他们了。可不是在这儿！”

“感谢你的急救，嬷嬷。你现在可以走开，由我来彻底检查这些病人。”

“你这白痴，你会害死他们的！”

“请在冷静下来之前离开医院。”

“你不能把我从这儿赶出去，你这浑小子！我是用修女的钱盖的这所医院。这儿由我负责。”

“是吗？”他冷冷地说。

凯瑞丝意识到，她虽然没有预见到这一时刻，他却早已料到。他面红耳赤，但他控制着自己的感情。他是个有想法的男人。她停下来迅速动着脑筋。她四下打量，看到修女们和帮忙的人都在观望，等待会有什么结果。

“我们得看护这些孩子，”她说，“我们站在这儿争论的时候，他们会因失血过多而死去。我们一时先让步吧。”她提高了嗓音。“请把他们原地放下。”天气很温暖，没必要把病人放进屋里。“我们先来看一下他们的需要，然后再决定把他们安置在什么地方。”

帮忙的和修女们都了解并且尊重凯瑞丝，而塞姆对他们来说只是新人；他们都欣然服从她。

塞姆看到自己受到打击，脸上掠过愤怒不已的神色。“在这种环境下，我没法给病人看病。”他说完，便大步走了出去。

凯瑞丝很是吃惊。她本来以自己的让步来给他留面子，却没想到他会在一怒之下，撇下病人，扬长而去。

接下来的几个小时，她都忙于给他们洗伤处，缝伤口，调配安定的草药和舒心的饮料。理发师马修在她身边工作，接上断骨，复位关节。马修如今已年届五旬，不过他儿子路加已经有了相应的技术给他帮忙了。

他们忙完了，天色已经凉快地进入了傍晚。他们都坐在回廊的围墙上休息。琼姐妹给他们拿来了清凉的苹果汁。凯瑞丝的头依旧在疼。她刚才忙得顾不上，可现在就疼得难受了。她决定早早上床休息。

大家正喝着苹果汁，年轻的乔西来了。“主教大人要你在方便的时候到副院长宅第去见他，副院长嬷嬷。”

她烦恼地哼了一声。无疑是塞姆去告状了。这是她最不希望的了。“告诉他，我马上就到。”她说。她又压低声音补充了一句：“但愿把这事了断算了。”她喝完她的苹果汁就走了。

她疲惫地走过绿地。摊主们都在为入夜打点着：盖上货物，锁上屋门。她穿过墓地，进入了宅第。

亨利主教坐在桌子的首席，牧师会的克劳德与副主教劳埃德和他在一起。菲利蒙和塞姆也在场。戈德温那只叫“大主教”的猫，卧在亨利的膝头，看样子挺自在。主教说：“请坐吧。”

她坐在克劳德旁边。他和蔼地说：“你样子很疲乏，凯瑞丝嬷嬷。”

“一下午我都在包扎那些大打出手的蠢小子。我自己头上还挨了一下呢。”

“我们听说那场斗殴了。”

亨利补充说：“还有在医院里的那场争论。”

“我想这就是我在这儿的原因吧。”

“对。”

“新医院的全部理念就是把病人和传染病隔离开——”

“我知道争论的是什么了。”亨利打断了她的话。他对全体在场的人说着。“凯瑞丝吩咐把打架中受伤的人送到旧医院。塞姆违背了她的指示。他们当着众人的面发生了不应有的争吵。”

塞姆说：“我为此道歉，主教大人。”

亨利似是没有听见。“在我们继续谈论之前，我想澄清一些事情。”他看了看塞姆，又看了看凯瑞丝，然后又看着塞姆。“我是你们的主教，也当然是王桥修道院的院长。我有全权对你们发号施令，而服从我则是你们的职责。你接受这一点吗，塞姆兄弟？”

塞姆低头鞠躬。“我接受。”

亨利又转向凯瑞丝。“你呢，副院长嬷嬷？”

这当然没有争论的余地。亨利完全在理。“我接受。”她说。她信心十足地想，亨利不致愚蠢到强制受伤的小痞子去染上瘟疫吧。

亨利说：“请允许我陈述一下这场争论。新医院是用修女的钱，按照凯瑞丝嬷嬷的特殊要求修建的。她设想为瘟疫患者和其他患者——按照她的说法他们的病可能会传给健康人——提供一处地方。她相信隔离这两种病人是必要的。她认为在任何情况下她都有权坚持要使她的计划得以实行。这么说对吗，嬷嬷？”

“对。”

“凯瑞丝设想她的计划时，塞姆兄弟不在这里，所以没法和他商议。然而他在大学里研读了三年医学，还获得学位。他指出，凯瑞丝没受过培训，而且，除去她从实践经验中获取的东西之外，也不大懂病理。他是个合格的医生，而且不仅如此，他还是修道院里，或者确切地说是整个王桥唯一的医生。”

“一点不错。”塞姆说。

“你怎么能说我没受过培训？”凯瑞丝爆发了，“经过多年来我治疗病人之后——”

“请安静些。”亨利说，声音几乎没有提高；他那平和的语气中有一种东西使凯瑞丝闭上了嘴。“我就要提到你治病的经历了。你在这里的工作无法估量。你对瘟疫——如今还在我们这里——的精心治疗远近闻名。你的经验和实践知识是无价之宝。”

“谢谢你，主教。”

“另一方面，塞姆是教士，是大学毕业生——还是男人。他带回来的学问对一座修道院医院的恰当管理是根本性的。我们不希望失去他。”

凯瑞丝说：“大学里的一些大师同意我的方法——可以问问奥斯丁兄弟嘛。”

菲利蒙说：“奥斯丁兄弟已经被派往林中圣约翰修道院去了。”

“而现在我们知道其中的原因了。”凯瑞丝说。

主教说：“是由我来作出裁决，而不是奥斯丁或者大学里的大师。”

凯瑞丝意识到，她对这样的摊牌毫无准备。她筋疲力尽，她还头疼，而且她难以理清思绪。她身处一场权力之争当中，自己却没有战略。若是她有充分警觉的话，主教唤她时，她就不会应召而来。她就该上床休息，让头疼好了，到早晨起来再补充些营养，要等到想好作战方案之后再面见亨利。

是不是为时已晚呢？

她说：“主教，我觉得今晚讨论这件事不合适。或许我们可以推迟到明天，等我身体好些再说。”

“没必要了，”亨利说，“我已听取了塞姆的抱怨，而且我也了解你的观点。再说，明天一早我就要走了。”

凯瑞丝明白，他已经打定了主意。她再说什么也没用了。可是他是如何决定的呢？他要踏上哪条路呢？她当真不晓得。何况她已累得做不成任何事情，只有坐听她的命运了。

“人类是软弱的，”亨利说，“我们知道，诚如先知保罗所指出的：我们仿佛对着镜子观看，模糊不清①。我们犯错，我们迷路，我们推理不当。我们需要帮助。所以上帝才把他的教会，还有教皇、教士制度，给了我们——来指引我们，因为我们自己的智谋不足而且有误。如果我们按照自己的思路办事，我们就会失败。我们该向权威咨询。”

凯瑞丝得出结论，看来他是要支持塞姆了。他怎么会这么蠢呢？

可他就是这样蠢。“塞姆兄弟在大学里大师的监督下，研读过

---

① 典出《新约·哥林多前书》第十三章第十二节。

古代医学课本。他的课程是由教会出资的。我们应该接受教会的权威，因而也应该接受他的权威。他的判断不能服从于一个没受过教育的人，而不论她是如何的勇气十足和值得尊敬。他的决定才该是主导的。”

凯瑞丝感到身心俱疲，病体难支，她简直为这次接见的结束感到高兴。塞姆胜利了；她失败了；她只想躺倒睡觉。她站起身来。

亨利说：“我很抱歉让你失望了，凯瑞丝嬷嬷……”

她往外走时，他的话音越来越远了。

她听到菲利蒙说：“目空一切。”

亨利平静地说：“由她去吧。”

她走到门口，就头也不回地出去了。

她在慢慢地走过墓地时，这件事的全部意义对她变得明朗了。塞姆要负责医院了。她得服从他了。不同类型的病人不会隔离了。不会戴面罩和用醋液泡手了。体弱的人会因放血而更弱；挨饿的人会因洗肠而更瘦；伤口会因敷上动物粪便制成的泥罨而导致化脓。没人会在乎清洁卫生和新鲜空气了。

她走过回廊，上了楼梯，穿过宿舍，回到她自己的房间，一路上跟谁都没说话。她趴在床上，头一阵阵地疼痛。

她失去了梅尔辛，她又失去了医院，她已失去了一切。

她知道，头部的伤可能会致命。或许她会就此睡下去，永远不醒了。

也许那样才最好。

七九

梅尔辛的果园是一三四九年栽种的。一年之后，大部分树都长了起来，繁茂的枝叶散乱地伸展着。有两三棵还在挣扎着成长，只有一棵是彻底死掉了。他并没有指望有哪棵树很快结果，可是到了七月，有一株幼树出他意料地结出了十多个小小的深绿色的梨，虽说个头很小，硬得像石子，却肯定到秋天就能成熟。

一个礼拜天的下午，他把这些小梨指给洛拉看，小姑娘却拒不相信它们会长成她爱吃的香甜多汁的果子。她觉得——或者假装觉得——他又在逗她玩。当他问她，她想象中成熟的梨从哪儿来的，她责难地看着他，说："市场啊，真傻!"

他想，有一天她也会成熟的，虽然还难以想象她瘦骨嶙峋的身体会丰满起来长成妇女的柔软轮廓。他不知道她会不会给他生外孙。她现在五岁，所以那一天也就是十多年之后了。

他一心想着成熟的事，看到菲莉帕穿过花园向他走来，当时便感到她的乳房真是太浑圆丰满了。大白天她来找他很不寻常，他想不出是什么原因把她带到这里。为了怕别人看见，他只文雅地吻了她的面颊，就像是夫兄给弟妹的那样，不会引起议论的。

她神情很烦，他意识到，这几天来她一直比平素要含蓄多思。她在草地上坐到他身边后，他说："你有心思?"

"我从来不善于委婉地说出什么消息，"她说，"我怀孕了。"

"好上帝啊!"他惊得都没控制自己的反应，"真没想到，因为你告诉我……"

"我知道。我肯定自己年龄太大了。我的月经周期不正常已经有两三年了，后来干脆彻底停了——我这么以为的。可是我现在早晨呕吐，而且我的乳头还胀疼。"

"你走进花园时我注意到你的乳房了。但是，你确实能肯定吗?"

"我先前怀过六次孕了——三个孩子和三次流产——我知道那种感觉。绝对没有疑问。"

他笑了。"好啊，我们就要有孩子了。"

她没有跟着笑。“别高兴。你还没想透全部含义。我是夏陵伯爵的夫人。我从十月份起就没有和他睡过，从二月份起就和他分居了，可是在七月份我却有了两个月或者最多三个月的身孕。他和全世界的人都会明白，这孩子不是他的，夏陵的伯爵夫人犯下了通奸罪。”

“可他不致……”

“杀死我？他已经杀死了蒂莉，是不是？”

“噢，我的上帝。是啊，他杀了她。可是……”

“而若是他杀了我，也就杀了我的孩子。”

梅尔辛想说这不可能，拉尔夫不致做这样的事——不过他也知道另一种可能。

“我得决定怎么办。”菲莉帕说。

“我认为你不该吃药来堕胎——那太危险了。”

“我不会吃药的。”

“那么说你想要这孩子了？”

“是的。可是又该怎么办呢？”

“要不你就待在女修道院，偷着养这孩子？那地方有的是瘟疫造成的孤儿。”

“可保不了密的是母爱。人人都会知道这孩子是我特别关爱的。之后拉尔夫就会发现了。”

“你说得对。”

“我可以一走了之——从这里消失。到伦敦、约克、巴黎、阿维尼翁去。谁也不知道我去哪儿了，这样拉尔夫就绝不能追踪我了。”

“我可以和你一起走。”

“那样的话，你就无法完成你的塔楼了。”

“而且你也会想念奥狄拉的。”

菲莉帕的女儿嫁给戴维伯爵有六个月了。梅尔辛可以想象，离开她对菲莉帕有多难。何况，要他放弃他的塔楼会极其痛苦也是实情。他长大成人之后，一心就想要建造英格兰最高的塔楼。如今总算动工了，放弃这工程会让他伤心透顶的。

想到塔楼就联想到凯瑞丝。他的直觉告诉他，这条消息会让她一蹶不振的。他已有好几个星期没见到她了；在羊毛集市上她头部挨了那一重击之后，一直卧病在床，如今虽已痊愈，却极少出修道院了。他猜测，她可能在某种权力斗争中失败了，因为医院现在由塞姆兄弟主持了。菲莉帕怀孕一事对凯瑞丝将是又一个毁灭性的打击。

菲莉帕补充说："而且奥狄拉也怀孕了。"

"这么快！这可是好消息。又多了一条理由让你不能流亡，再不见她或你的外孙了。"

"我不能跑掉，也不能躲藏。不过，若是我不采取措施，拉尔夫就会杀死我。"

"应该有一条出路的。"梅尔辛说。

"我只能想到一个答案。"

他盯着她。他意识到，她早已想好了。她在有了解决办法之后才把问题告诉他。但她谨慎地向他表明，一切现成的答案都是错的。这就意味着她确定的计划是他不会喜欢的。

"告诉我吧。"他说。

"我们得让拉尔夫认为孩子是他的。"

"这样你就不得不……"

"对。"

"我明白了。"

想到菲莉帕要去和拉尔夫睡觉，梅尔辛觉得堵心。倒不是有多少妒意，当然那也是一个因素。使他备感压抑的是，她会有多么可怕的感受。她从身体和情感上都对拉尔夫极端厌恶。梅尔辛对此很理解，虽说不是他的亲身感受。他长这么大，始终经受着拉尔夫的残忍，而这个残忍的人就是他的弟弟，而且无论拉尔夫做什么，这个事实终是抹不掉的。无论如何，想到菲莉帕要迫不得已地强制自己和世界上她最痛恨的男人去发生性行为，都让他难受。

“但愿我能想到一个更好的办法。”他说。

“我也一样啊。”

他紧盯着她。“你已经决定了？”

“是的。”

“我非常难过。”

“我也是。”

“可是会成功吗？你能……诱惑他吗？”

“我不知道，”她说，“可我总得试一下啊。”

大教堂是对称的。石匠阁楼在西翼的东北塔楼上，俯瞰北门。与之相对的西南塔楼也有一个大小和形状相仿的房间，俯瞰回廊。那里用来贮存很少派用场的价值不大的物品。放在那儿的有用于神秘剧的全部服装和象征性道具，以及不算没用的各类东西：木制的烛台，生锈的铁链，破裂的瓶罐，还有一本书，精制的羊皮纸年久腐烂，以致上面那么认真写的字都模糊难辨了。

梅尔辛到那里去是为了用垂下长线上的尖头铅锤，测一下墙有多直；就在那里的时候，他有了一桩发现。

墙上有些裂缝。有裂缝不一定是不结实的迹象：只有经验老到的目光才能对此作出解释。所有的建筑物都在移动，裂缝可能只表明结构在如何调节着随之而变。梅尔辛判断，这间贮藏室墙壁上的大多数裂纹都是无害的。但有一道缝隙的尺寸让他费解，看上去不正常。再看之后他就明白了：有人利用一道自然裂缝，把一块小石头弄松了。他把那块石头取了下来。他马上看明白了，他发现了某个人的秘密藏窟。石头后面是一个贼人藏赃的地方。他把里边的东西一件件取出。有一个镶了一大块绿宝石的女用胸针，一个银扣，一条丝围巾，还有一卷抄了赞美诗的羊皮纸。在最里边，他找到了一件东西，对那贼的身份提供了线索。那是洞里唯一不值钱的东西。就是一块磨光的木头，表面上刻的字母是："M：Phmn：AMAT。"

M是个首写字母。Amat是拉丁文的"爱"。而Phmn肯定是菲利蒙了。

一个名字以M打头的人，男孩也罢，女孩也罢，曾经爱过菲利蒙，并且给了他这件东西；他就把它和他偷来的东西一起藏在了这里。

菲利蒙自幼就被谣传是个三只手。在他身旁，总有丢失东西的事发生。看来这是他的藏赃之地。梅尔辛想象着，他大概是在夜里，一路爬到这上边，取出石头，把他的赃物凝视一遍。这无疑是一种病癖。

从来没有菲利蒙有情人的传闻。如同他的师父戈德温一样，他是为数不多的性爱很弱的男人。但有人在某段时间里爱恋上了他，他便珍藏了这一记忆。

梅尔辛把东西完全按照原来的位置一一放好——他对这类事情有极好的记忆力。他把那块松动的石头也嵌进原处。随后，他思绪重重地离开了那房间，沿螺旋形楼梯返回了。

菲莉帕回了家，拉尔夫大出意外。

那是湿润的夏季里难得的一个晴天，他本来要架鹰出猎的，但却没去成，这让他很气恼。夏收就要开始了，伯爵领地中总共二三十个管家、总管和乡长的大多数人都紧急求见他。他们都有同样的问题：地里的庄稼已经成熟，但缺乏足够的男女劳力去收割。

他是无能为力的。他已经抓紧一切机会处置那些违令外出谋求更高工钱的雇工——但能够抓到的少数人在从他们的收入中交掉罚款之后就又跑了。因此，他的总管们不得不勉为其难。但是，他们都想向他诉苦，而他也一筹莫展，只好听着，同意他们的权宜之计。

大厅里挤满了人：总管、骑士和士兵，两三个教士和十几个闲散的仆人。大家都不出声时，拉尔夫猛然听到外面车声辚辚，而叫停的声音听起来不像是警告。他抬头一看，只见菲莉帕站在门口。

她开口先吩咐仆人。“玛莎！这桌子吃完饭还脏着呢。弄点热水来，好好擦洗一下，现在就去。迪基——我刚刚看到伯爵最心爱的马匹满身像是昨天的泥土，你却在这里削木棍。回到马厩你的岗位上去，把那匹马刷洗干净。你，小子，把那只小狗弄出去，它正在地上撒尿呢。只有一条狗可以待在厅里，就是伯爵的猛犬，这你是知道的。”仆人们立即行动起来，连那些她没有指名道姓的都找到活儿干了。

拉尔夫倒不介意菲莉帕对家中仆人发号施令。没有女主人摆布他们，他们都偷懒了。

她走到他跟前，行了个深深的屈膝礼，对长期在外才回归而言，倒是很合体统的。她没有主动去吻他。

他平淡地说：“这……出乎意料。”

菲莉帕不悦地说：“看来我根本不该赶那么远的路回来。”

拉尔夫心里哼了一声。“什么风把你吹到这儿来了？”他说。他敢说，无论是什么原因，就会有麻烦了。

“我的英格斯比采邑。”

菲莉帕有她自己的少量产业，在格洛斯特郡的那几个村庄给她而不是给伯爵纳贡。自她出走住到女修道院后，那些村子的总管都到王桥去拜望她，直接和她结算他们应付的权益，这些都是拉尔夫知道的。唯独英格斯比是例外。那处采邑把贡赋交给他，再由他转给她——而从她走后，他就忘记转交了。“妈的，”他说，“这事我给忘了。”

“这也没什么，”她说，“你要想的事多着呢。”

这是令人惊讶的和解态度。

她上楼到私室去，他也就继续他的工作了。在另一位总管列举成熟的庄稼地并抱怨缺少收割的人手时，他想道，半年的分居让她容光焕发了不少。不过，他仍希望她不要有久住的计划。夜里睡在她身边，如同与一头死奶牛做伴。

她在晚餐时候又露面了。她坐在拉尔夫旁边，就餐中间，她彬彬有礼地同几位来访的骑士说话。她一如既往地冷漠内敛——既不热情，也不幽默——但他没看出他们婚后她所表现出来的难容的冰冷痛恨。那种情绪已经消失，或者至少深藏不露了。吃完饭之后，她又回房去了，留下拉尔夫和骑士们饮酒。

他想到了她计划经常回来的可能性，但最终他还是打消了这个念头。她永远都不会爱他哪怕喜欢他。只不过是长期的分居把她怨恨的边缘磨钝了。那种突出的内心感情恐怕永远都不会离开她了。

他估摸他上楼时她已入睡，但他没想到的是，她身穿一件象牙色的亚麻睡袍坐在写字台旁，仅有的一支蜡烛把柔和的光线投到她那高傲的五官和浓密的深发上。在她面前，是女孩子的字体写的一封长信，他猜是来自奥狄拉，如今的蒙茅斯伯爵夫人的。菲莉帕正在写回信。像大多数贵族一样，她向书记口述公事信函，但私信都由她亲笔来写。

他走进衣帽间，然后出来脱掉他的外衣。时值夏季，他通常都穿着内衣睡觉。

菲莉帕写完了信，站起身——碰翻了桌上的墨水瓶。她往后一跳，已经太晚了。不知怎的，墨水朝她洒来，在她的白色睡袍上染了一大片黑渍。她诅咒了一声。他却暗自开心：她对小事从不马虎，此刻却泼洒了墨水，看着委实可笑。

她迟疑了片刻，然后从头上脱掉睡袍。

他惊愕了。她通常是不那么快地脱掉衣服的。他明白了，她是让墨水弄得惊慌失措了。他盯着她赤裸的身体。她在女修道院发福了些：她的乳房比先前像是更大更圆了，她的小腹微显隆起，她的臀部有着一条诱人的翘起的曲线。连他自己都没想到，他感到下身起来了。

她弯腰从铺石板的地面上用捆扎起来的睡袍抹去墨渍。她在擦地时，乳房抖动着。她转过身去，他看到了她丰满后身的全貌。若不是他对她了解至深的话，准会疑心她想挑起他的欲火。但菲莉帕从来不想挑逗任何人，更不消说他了。她只不过是狼狈不堪，尴尬至极罢了。而这恰恰更刺激了他在她擦地时盯着她暴露无遗的裸体。

他已经好几个星期没有女人了，何况最后那个是索尔兹伯里的令人十分不满的妓女。

到菲莉帕站直身体时，他那家伙已经挺起了。

她看到他在盯着她看。“别瞅我，”她说，“上床去吧。”她把脏污的睡袍扔到待洗衣物的大篮子里。

她走到衣橱跟前，打开了盖子。她去王桥时把她大部分服装都留在那里了：住在女修道院里，哪怕是贵族客人，也不宜穿得太绚丽的。她又找出了一件睡袍。在她把衣服拉出来时，拉尔夫的目光在她身上扫来扫去。他盯着她那高耸的乳房，覆盖着黑毛的隆起的阴部，他的嘴发干了。

她注意到了他的目光。“你别碰我。”她说。

要是她不这么说，他大概就会躺下睡觉了。但她这么迅捷的反应刺激了他。“我是夏陵伯爵，而你是我妻子，”他说，“我想什么时候碰你就什么时候碰你。”

“你不敢。”她说完就转过身去穿睡袍。

这一下可激怒了他。就在她举起衣服，想从头上套下去的时候，他抽了她屁股一巴掌。那是抽在光皮肤上的狠狠的一巴掌，他知道把她打疼了。她跳起来，还叫出了声。“这就叫不敢。”他说。她转过身来面对着他，嘴角露出反抗的意味，他冲动之下，挥拳打在她嘴上。她被打得后退几步，摔倒在地。她连忙用两只手去捂嘴，血从指间淌下。但她仰卧在地，浑身赤裸，大腿叉开，他能看到她腿裆处阴毛丛生的三角区，那道裂缝微张，看上去就像是在招迎。

他趴到了她身上。

她拼死推拒，但他比她块头大，而且孔武有力。他毫不费力地就制服了她的抵抗。跟着他就进入了她的身体。她那儿很干，却不知为什么反倒让他激动。

很快就完事了。他喘着粗气，滚下她的身体。过了一会儿，他看了看她。她的嘴上有血。她并没有回望他；她的眼睛紧闭着。但他似乎看到她脸上有一种奇特的表情。他想了一会儿，终于明白了；之后他比先前更感困惑了。

她看上去有些得意。

梅尔辛知道菲莉帕已经回到王桥，因为他看到她的侍女在贝尔客栈里。他期待着他的情人能在当晚到他住处来，结果却失望了——她没有来。他觉得，她无疑是感到尴尬了。没有一位女士在做了她这种事后会舒服的，哪怕有着不得已的理由，哪怕她热恋的男人知情并理解。

又一个晚上过去了，她还是没露面。随后到了礼拜天，他肯定会在教堂见到她。可是她没来祈祷。一位贵族缺席礼拜天的弥撒简直闻所未闻。是什么原因妨碍了她呢？

祈祷之后他打发洛拉跟阿恩和埃姆一起回家，然后便穿过绿地，来到旧医院。楼上有为重要客人备下的三个房间。他上了户外楼梯。

在走廊里他与凯瑞丝面对面地相遇了。

她并没有劳神问他在这里做什么。“伯爵夫人不想让你见她，不过你倒大概该去见她。”她说。

梅尔辛注意到她说话的古怪次序：不是“伯爵夫人不想见你”，而是“伯爵夫人不想让你见她”。他看着凯瑞丝手里的盆。里面有一块血染的布片。他心里一怕。“出什么事了？”

“没什么大不了的，”凯瑞丝说，“婴儿无妨。”

“感谢上帝。”

“不用说，你是那婴儿的父亲了？”

“请你千万别让别人听到你这话。”

她面带哀伤。“这些年来你我都在一起，而我只怀过一次孕。”

他移开了目光。“她住在哪个房间？”

“对不起，我谈起了我自己。我是你最没兴趣的人了。菲莉帕女士在中间那个房间。”

他虽然惦记着菲莉帕，但还是注意到了她声音中压抑不住的凄凉，便停下了脚步。他触了触凯瑞丝的胳膊。“请不要认为我对你没有兴趣，”他说，“我始终关心着你的事和你是不是高兴。”

她点点头，泪水涌进了她的眼睛。“我知道，”她说，“我太自私了。去看看菲莉帕吧。”

他离开了凯瑞丝，走进了中间那房间。菲莉帕正跪在祷告台前，背对着他。他打断了她的祈祷。“你没事吧？”

她站起来，转过身面对着他。她的脸上乌七八糟。她的嘴唇肿得有平日的三倍，还结着厚痂。

他猜想，凯瑞丝给她洗过了伤口——所以盆里的布片上才有血迹。“出什么事了？”他说，“你还能讲话吗？”

她点点头。“我的话音听起来怪怪的，可我还能讲话。”她的话音很含糊，但还能听明白。

“你怎么伤成这样了？”

“我的脸难看极了，但伤得不重。除此之外，我挺好的。”

他伸出双臂搂住她。她把头靠在他肩上。他就这样搂着她，等候着。过了一会儿，她哭了出来。她哭泣得直抖，他摩挲着她的头发和后背。他说：“好啦，好啦。”并且亲吻着她的额头，不过并没想让她不作声。

她的哭泣慢慢地止住了。

他说：“我能亲你的嘴吗？”

她点点头。“轻一点。”

他用自己的嘴唇轻摩着她的嘴唇。他尝到了杏仁味：凯瑞丝给伤口敷了油。“告诉我事情的经过吧。”他说。

“成功了。他上当了。他肯定会以为孩子是他的了。”

他用指尖轻触她的嘴。“这是他干的？”

“别生气。我设法挑动他，我成功了。他打了我，我倒挺高兴。”

“高兴？为什么？”

“因为他以为他得强迫我。他相信不动粗我就不会驯服。他一点都想不到我成心引诱他。他永远都不会怀疑真相的。这就是说，我安全了——我们的孩子也安全了。”

他把一只手放到她肚皮上。“可你为什么不来看我呢？”

“就是这副模样？”

“在你受伤之后，我更想和你在一起了。”他把手移到她的乳房上，“何况我这么想念你。”

她把他的手拿开。“我不能像个妓女似的送往迎来。”

“噢。”他还没想到这一层。

“你理解吗？”

“我能吧。”他看得出，一位女性会感到下贱——而一个男人做同样的事情可能会得意。“可是要过多久……？”

她叹了口气，走开了。“不是多久的问题。”

“你这话是什么意思呢？”

“咱们已经说好，要向世人宣布这是拉尔夫的孩子，而且我敢肯定他会相信的。这样他就会想要把孩子带大。”

梅尔辛感到沮丧了。“我还没想得这么细，不过我以为你还能住在女修道院呢。”

“拉尔夫不肯答应他的孩子在女修道院养大的，尤其要是男孩的话。”

“那你怎么办呢，回伯爵城堡吗？”

“是啊。”

孩子当然还算不上什么；不算是人，甚至不能算婴儿，只是菲莉帕肚子里的一块肉。然而梅尔辛依旧感到伤悲的刺痛。洛拉早已成为他生活中的一大乐趣，他一直切盼着再有一个孩子。

不过至少他还有菲莉帕能够在他身边再待些时日。“你什么时候走？”他问。

“马上。”她说。她看到了他的脸色，泪水涌进了她的眼睛。“我没法告诉你我有多难过——可我只会感到错了，跟你亲热过后又计划回到拉尔夫身边。跟任何两个男人都是一样的。而你们是兄弟俩这一事实只能使事情更丑陋。”

他的眼睛因泪水而模糊了。“这么说咱俩已经了结了？就现在？”

她点点头。“还有一件事我得告诉你，我们永远不能再做情人的另一个理由，我已经忏悔了我的奸情。”

梅尔辛知道，菲莉帕有她自己个人的忏悔神父，对高级贵族妇女这是很恰当的。自她来到王桥，那神父就一直与修士们住在一起，对人数稀少的修士队伍倒是个讨人欢迎的补充。现在她已经跟他讲了自己的风流韵事。梅尔辛希望他能严守忏悔的秘密。

菲莉帕说：“我已经得到了赦免，我就不该再继续那种罪孽了。”

梅尔辛点点头。她是对的。他们俩都有罪。她背叛了她的丈夫，而他则背叛了他的弟弟。她还有个借口：她是被迫出嫁的。他却没有丝毫托词。一个美貌女子爱上了他，他也回报了她的爱，尽管他无权这样做。她此刻感受到的悲哀与失落的痛苦煎熬，是这种行为的自然结果。

他端详着她——冷静的灰绿色眼睛，挨过打的嘴唇，具有成熟美的身体——意识到他已经失去了她。或许他从来没有真正拥有过她。在任何情况下，这总是错的，如今已经过去。他想说话，说一句道别的话，但他的喉咙似乎卡住了，什么也说不出来了。他简直都哭不出来了。他转过身去，向门口摸索而去，不知怎么出的屋。

一名修女拿着一个罐子沿走廊而来。他看不清那是谁，但当她说了“梅尔辛吗？你没事吧？”的时候，他辨出了那是凯瑞丝的声音。

他没有回答。他向相反的方向走去，穿过门洞，下了屋外的楼梯。他不在乎有谁看到而公然哭泣着，一边穿过大教堂的绿地，走过主街，过桥回到他的岛上。

八〇

一三五〇年九月天气阴冷，但依旧有一种令人愉快的感觉。当潮湿的麦穗在周围的乡村中收割下来的时候，王桥只有一个人死于瘟疫：那就是玛吉·泰勒，一位六十岁的裁缝。十月、十一月和十二月，都没人患那种病了。梅尔辛感激不尽地想，看来那病算是过去了——至少眼下如此。

多年来，不安分、谋进取的人们从乡村流入城镇，而这股移民潮，在瘟疫期间反过来倒流了，近来，又重新返回。他们来到王桥，搬进空房子，装修一新，给修道院付房租。有些人做起了新生意——烤面包、酿酒、做蜡烛——补充因业主及后人都已死去而消亡的行当。身为公会会长的梅尔辛废除了多年来由修道院制定的获得经营许可的漫长过程，使开店或设摊容易多了。每周一次的集市繁忙热闹起来了。

梅尔辛把他在麻风病人岛建好的店铺、住房和客栈一个接一个地租了出去，他的房客不是想发迹的新来的人，就是想找个好地点的原有的业主。横穿岛子、连接两桥的大路，成了镇上主路的延长线，因此也就成了首屈一指的商产——诚如梅尔辛十二年前所预见的那样，可当年人们还认为他把光秃的石头地当作他筑桥的工钱是发疯呢。

冬天临近，从镇上千家万户升起的烟重新悬在上空，形成低矮的褐色云层；但人们照旧工作、买卖、吃喝。在客栈里掷骰子，在礼拜天上教堂。公会大厅自教区公会变成自治市公会以来，举办了第一次圣诞夜晚宴。

梅尔辛邀请了修道院的男、女副院长。他们已失去掌控商人的权力，但仍属镇上最重要的人物。菲利蒙来了，但凯瑞丝谢绝了邀请：她已经令人担忧地退避了一切。

梅尔辛坐在玛奇·韦伯的旁边。她如今是王桥最富的商人和最大的雇主，说不定在全郡都是首屈一指。她是副会长，若不是妇女担任会长职务非同小可，她可能早就当上正职了。

在梅尔辛的众多生意中，有一家作坊是制作脚踏织机的，这种机器大大改进了“王桥红”的质量。玛奇买下了他的大半产品，而来自远如伦敦的手工业商人则订购了余下的产品。这种织机结构复杂，要求制作精准，装配严密，因此梅尔辛只能雇用找得到的最出色的木工；虽然他对成品的要价要高出成本的一倍以上，但人们仍迫不及待地向他付款。

好几个人都曾暗示，他该娶玛奇，但这个主意无论对他还是她都没有诱惑力。她再也找不到一个堪与马克相比的男人：既有巨人般的身材，又有圣哲般的气质。她本来是矬墩子，近日来越发胖了。如今在她四十多岁的年纪上，已经长成了那种从肩到臀上下一般粗的水桶身材。享受吃喝如今是她的最大乐趣。梅尔辛看着她吞下蘸苹果和丁香汁的姜煨火腿，心想，吃喝和挣钱就是她生活的全部了。

晚宴临近结束时，他们喝了加上糖和香料的葡萄酒。玛奇一阵鲸饮之后，打了个饱嗝，在板凳上向梅尔辛凑近。“我们得对医院做点什么。”她说。

“哦?”他没料到会有问题，“眼下瘟疫已经结束，我觉得人们不那么需要医院了。”

“他们当然需要啦，”她说得很快，“他们还会发烧、腹痛和得癌症。女人想怀孕却不能，或者会遇到难产。儿童会烫伤或者从树上掉下来。男人会被马甩下或者被敌人刺伤或者被他们生气的老婆打破了头——”

“好啦，我弄明白了，”梅尔辛说，被她的喋喋不休逗乐了，“那问题是什么呢?”

“没人肯去医院了。他们不喜欢塞姆兄弟，而且更重要的，他们不信任他的学识。在我们都忙着应付瘟疫的时候，他在牛津读那些古旧的教科书，而他的疗法还是放血和拔火罐那一套，谁都不再信服了。他们想要凯瑞丝出马——可她拒不露面。”

“人们生病时，要是不去医院怎么办呢?”

“他们去找理发师马修，或者药剂师塞拉斯，或者一个擅长妇女问题的新来的聪明人玛拉。”

“那你操心的是什么呢?”

“他们开始抱怨修道院了。要是他们从修士和修女那儿得不到帮助，他们说，他们又何必要为修建塔楼交费呢?”

“噢。”塔楼是个巨大的工程。没有哪一个人能够担起其费用的。把男、女修道院和城镇的财力加在一起才是资金的唯一出路。若是镇上撤资，工程就会受到威胁。“好吧，我明白了，”梅尔辛忧心忡忡地说，“这是个问题。”

凯瑞丝从头到尾坐在那里参与圣诞节祈祷，她心想，对大多数人来讲，这一年不坏。人们以惊人的速度适应着瘟疫造成的灾难。这场疾病不但造成了可怕的死亡，使文明生活几近崩溃，而且也带来了大动荡的机遇。按照她的估算，几乎半数人口都死掉了；但有一个好处却是：剩下的农人只耕种着最肥沃的土地，因此每个人生产的都更多了。尽管有雇工法和拉尔夫伯爵这样的贵族对此强制执行，她仍满意地看到，人们继续奔向工钱最高，也就是通常最高产的土地去。粮食丰富，牛羊也再次在成群增加。女修道院又兴旺起来，而且由于凯瑞丝在戈德温出走之后，在重组修女事务的同时，也重组了修士事务，修道院也出现百年以来最繁荣的局面。财富创造了财富，乡下的好日子为城镇带来了更多的生意，因此，王桥的工匠和店主们开始重振旗鼓。

在祈祷结束后，修女们离开教堂时，菲利蒙叫住了她。“我需要和你谈一谈，副院长嬷嬷。请你到我住处来好吗?”

曾经有一段时间，她都毫不迟疑地礼貌地接受这样的要求，但那样的日子已经一去不复返了。“不，”她说，“我看算了吧。”

他的脸立刻红了。“你不能拒绝和我谈话!”

“我没拒绝和你谈话。我只是拒绝到你的宅第去。我不愿像个下级似的听你召唤。你想谈什么?”

“医院。一直都有人抱怨。”

“跟塞姆兄弟去说吧——他在那儿负责，这事你清楚得很。”

“难道跟你就没道理好讲吗?”他气恼地说，“要是塞姆能够解决这问题，我就跟他而不是跟你说了。”

这时，他们已来到修士回廊。凯瑞丝坐到四方院子的矮墙上。石头冰凉。“我们就在这儿谈吧。你有什么话要和我说?”

菲利蒙很烦恼，但他还是让步了。他站在她面前，这会儿他倒像是下级了。他说：“镇上人对医院不高兴。”

“我毫不奇怪。”

“梅尔辛在公会的圣诞宴会上向我抱怨。他们再也不来这里看病了，而是去看药剂师塞拉斯那样的庸医。”

“与塞姆相比并不差。”

菲利蒙意识到有好几个见习修士站在附近，聆听这场争论。“走开，你们都走开，”他说，“去学习吧。”

他们都急忙走了。

菲利蒙对凯瑞丝说：“镇上人认为你应该在医院。”

“我也这么认为。但我不会照塞姆的方法做的。至少，他的疗法不见成效。而更多的时候，他那一套只能使病人恶化。所以人们生病时就不再来这儿了。”

“你的新医院病人寥寥无几，我们把它用作客房了。这事不让你心烦吗?”

这句嘲弄一箭中的。凯瑞丝忍气吞声，移开了目光。“这让我伤心透了。”她平静地说。

“那就回来吧。想办法和塞姆妥协一下。当初你刚来这里的时候，也是在修士医生手下工作的。约瑟夫兄弟当时是这里的首席医生。他受到的训练和塞姆是一样的。”

“你说得对。在那些日子，我们就觉得修士们有时候弊大于利，但我们还能和他们共事。大多数时间，我们并不完全照他们的吩咐去做。”

“你不能认定他们总是错的。”

“没有。有时候他们还是能治好病的。我记得约瑟夫打开一个男人的头颅，抽出造成难忍的疼痛的积液——那次让人难忘。”

“现在就照样做吧。”

“不再可能了。是塞姆结束了这一切，对吧？他把他的手术设备搬进药房，并且负起了医院的责任。我敢肯定，他这样做是你唆使的。事实上，很可能就是你的主意。”她从菲利蒙的表情看出来，她的判断完全正确，“你和他策划把我排挤出去。你们成功了——而如今你们自食其果了。”

“我们可以恢复老制度。我会让塞姆搬出去。”

她摇起头。“还有别的变化呢。我从瘟疫中学到了很多。我比以前更有把握地说，医生的办法可能是致命的。我不会出于和你妥协的缘故而杀害病人的。”

“你没有认识到事情已成燃眉之急。”他露出淡淡的沾沾自喜的表情。

看来，还有别的事。她一直纳闷，他为什么把这件事提出来。为医院的事操心不像他一向的做派：他从来不大在意治病的事。他一心只关注什么可以提高他的地位并维护他那脆弱的自尊。“好吧，”她说，“你葫芦里卖的什么药？”

“镇上人在议论要削减修新塔楼的资金一事。他们说，他们既然从我们这儿得不到想要的东西，又何必为大教堂额外破费呢？如今镇子是自治市了，我这个副院长再也不能强迫他们出钱了。”

“要是他们不出钱……?”

“你的心上人梅尔辛就不得不放弃他心爱的工程。”菲利蒙得意洋洋地说。

凯瑞丝看得出，他以为这是他的王牌。而且事实上，确有一段时间，这一揭示会震动她。但现今已不再如此了。“梅尔辛不再是我的心上人了，是吧，”她说，“也是你终止了我们的关系。”

他脸上闪过惊慌失措的表情。“可主教已经对这座塔楼用上心思了——你不能冒险行事!”

凯瑞丝站起身。“我不能吗?”她说，“为什么不能?”她转过身，朝女修道院走去。

他目瞪口呆了。他在她身后喊道:“你怎么这么不顾后果?”

她本来想不搭理他，随后改了主意，决定解释一下。她转回身来。“你知道，我原先珍视的一切全都从我这里被夺走了，”她用一种务实的口气说。“而当你失去一切——”她的面容开始变化，她的声音嘶哑了，但她努力说下去，“当你失去一切的时候，你也就没任何可失去的了。”

在一月份下了头场雪。雪在大教堂的屋顶上形成了一层厚毯，把塔尖上那些精细的雕刻都盖平了，还把西门上天使和圣徒的雕像的面部都遮住了。新塔楼地基的石件上都蒙着草，以防护新砌的灰浆不受冬天的霜冻，现在草上又覆盖了一层雪。

修道院中没有多少壁炉。厨房当然有火，所以见习修士总喜欢在厨房工作。但是大教堂里没火，而修士和修女们每天都得在那里待上七八个小时。教堂失火烧毁，往往是由于一些修士冻得受不了，就把炭火盆带进建筑物，从火里飞出的火星直抵木头天花板。当修士和修女们不在教堂里或劳动时，他们照理该在户外的回廊中散步和阅读。让他们感到舒适的唯一地方是回廊边上的一间温暖的小屋，在最恶劣的天气里，那儿会点火。他们获准从回廊进入那间温暖的小屋里稍待片刻。

凯瑞丝一如既往地藐视规章和传统，允许修女们在冬天穿羊毛长袜。她不相信上帝需要他的仆人生冻疮。

亨利主教对医院忧心忡忡——或者说得确切些，担心他的塔楼受到威胁。他乘着一辆座位上有靠垫、蒙着涂蜡帆布车篷的沉重的木头大车来了。陪他一起到来的有牧师会的克劳德和副主教劳埃德。他们在副院长宅第只稍事停留，烘干身上的衣服并喝了杯葡萄酒暖和了一下，当即召集了有菲利蒙、塞姆、凯瑞丝、乌娜、梅尔辛和玛奇参加的紧急会议。

凯瑞丝明知这是浪费时间，但她还是去了：这比拒绝要省事得多，那样将会造成她坐在女修道院应付没完没了的传信要求、命令，乃至对她的威胁。

她眼望着雪花飘过结冰的窗户，这时主教沉闷地总结了一场她委实不感兴趣的争吵。“这场危机是由凯瑞丝嬷嬷不忠实和不服从的态度引发的。”亨利说。

这话刺激她作出了回应。“我在这医院里工作了十年了，”她说，“我的工作和我之前塞西莉亚嬷嬷的工作，才使这医院在镇上人中间有了声誉。”她毫不客气地用一根手指点着那主教。“你改变了这医院。别多责怪别人。你坐在那把椅子里，宣布塞姆从此负责。现在你要对你的愚蠢决定负责任。”

“你该服从我!”他说，声音已经由于受挫而升高到了尖叫，“你是修女——你宣过誓的。”那咬牙切齿的声音惊动了那只猫“大主教”，它站起来，走出了屋。

“我明白，”凯瑞丝说，“这就把我置于一个无法容忍的境地。”她说话时事先毫无准备，但话既出口，她意识到并非真的考虑不周，事实上是几个月来酝酿成熟的结果。“我再也不能用这种方法为上帝服务了，”她继续说着，她的语气平和，但心怦怦直跳，“所以我决定放弃我的誓言，并且离开女修道院。”

亨利不觉地站了起来。“你不准！”他大叫道，“我不准你放弃你的神圣誓言。”

“但是，我认为上帝会的。”她说，根本不掩饰她的轻蔑。

这使他更恼火了。“这种个人能够与上帝交流的念头是恶毒的异端。自从瘟疫以来，这种松懈的言论太多了。”

“你是否认为，会出现这种情况，是因为当人们在瘟疫期间到教会来寻求帮助，可是往往发现教会的教士和修士……”她说到这里，眼睛看着菲利蒙，“……却像胆小鬼一样出逃了呢？”

亨利举起一只手，制止了菲利蒙的气愤答话。“我们可能有错误，无论如何，只有通过教会及其教士，世间的男女才能靠拢上帝。”

“你当然会这么看，”凯瑞丝说，“可这并不使其正确。”

“你是魔鬼！”

牧师会的克劳德插话了。“考虑到一切方面，我的主教大人，您和凯瑞丝之间的公开争吵，于事无补。”他向她友好地微微一笑。自从那天她看到他和主教亲吻而什么也没说以来，他对她一直相当友善。“她目前的不合作态度应该是与她多年来的奉献，有时是英勇的服务大相径庭的。何况人们都爱戴她呢。”

亨利说：“可是，我们若是解除她的誓言又会怎么样呢？那又会如何解决这问题呢？”

在这当儿，梅尔辛头一次开口发言。“我有个建议。”他说。

大家都看着他。

他说：“让镇上再建一所新医院。我会在麻风病人岛上捐赠一大片地。这所医院由一群修女在其中任职，她们构成新的人群，与修道院分开。她们当然处于夏陵主教的精神权威之下，但与王桥修道院或修道院的任何医生毫无关系。在新医院中设一位俗世的监护人，这个人应该是镇上的头面人物，由公会推选，并任命医院的女副院长。”

大家很长时间都保持沉默，消化着这一创新的建议。凯瑞丝受到震惊。一座新医院……设在麻风病人岛上……由镇上人出资……由一批新型修女在其中任职……与修道院没有关联……

她扫视四周的人。菲利蒙和塞姆显而易见地仇恨这个主意。亨利、克劳德和劳埃德一派茫然。

最后，主教说道：“这位监护人应该十分有权——代表镇民，交付账款，并任命女副院长。谁出任这一职务都将掌控医院。”

“是的。”梅尔辛说。

“若是我批准一所新医院，镇民们会心甘情愿地为塔楼继续付款吗？”

玛奇·韦伯首次开口。“要是指定了正确的监护人，就没问题。”

“这个人该是谁呢？”亨利说。

凯瑞丝意识到，大家的目光都朝向了她。

几个小时之后，凯瑞丝和梅尔辛都裹着厚斗篷，穿着靴子，穿过雪地向那小岛走去，他在岛上指给她看他想好的地点。新医院的选址在岛的西侧，离他的住宅不远，可以俯视那条河。

她对她生活中的这一突变依旧感到晕眩。她就要从她做修女的誓言中解脱出来了。经过几乎十二年之后，她将重新成为一名普通市民。她觉得自己能够考虑毫无痛苦地离开修道院。她所挚爱的人全部死去了：塞西莉亚嬷嬷、老朱莉、梅尔、蒂莉。她对琼姐妹和乌娜姐妹也都十分喜欢，但不可同日而语。

何况她还要负责一所医院。她有权任命和解聘这座新机构的女副院长，她将得以根据瘟疫时期成熟起来的新理念来管理这所医院。主教对此一一点头赞同。

“我看我们还可以再次使用回廊的布局，”梅尔辛说，“你在那儿负责的那段时间，那种布局看来行之有效。”

她凝视着那一层平坦无痕的雪地，惊叹他想象出墙壁和房间的能力——而她只能看到一片白茫茫的地面。“进口的拱门几乎当作大厅来使用了，”他说，“那是人们候诊和修女们对病人初检以决定怎么治疗他们的地方。”

“你愿意把那里扩大些？”

“我认为那里应该是一个真正的接待厅。”

“好吧。”

她有些茫然。“简直难以置信。一切都按照我的愿望实现了。”

他点点头。“我就是这么做的。”

“真的？”

“我自问，你需要什么，然后我就想好如何加以实现。”

她盯视着他。他说得轻描淡写，仿佛只是解释了一下引导他得出结论的推论过程。他似乎没想到这对她是何等事关重大：他一直惦记着她的希望和如何实现她的希望。

她说：“菲莉帕已经生完孩子了吗？”

“生了，一个星期以前。”

“她生的是男孩还是女孩？”

“男孩。”

“给你道喜了。你看到他了吗？”

“没有。在世人的眼睛里，我只是他的伯父。拉尔夫还给我送来了一封信呢。”

“他们给他起名字了吗？”

“罗兰，随着老伯爵的名字叫的。”

凯瑞丝改换了话题。“河水流到这段下游就不很纯净了。医院可真是需要净水的。”

“我要铺设一条管道从远远的上游为你引来净水。”

雪下得稀了，随后便停了，他们便看到了岛上清晰的景色。

她对他莞尔一笑。“你对一切问题都有答案。”

他摇了摇头。“这些都是容易的问题：清洁的水，通风的房间，接待大厅。”

“那么，难题是什么呢?”

他转过身来面对着她。他的红胡须上缀着雪花。他说：“就像：她还爱我吗?”

他们彼此凝视了好久。

凯瑞丝感到了幸福。

第七部分

一三六一年三月至十一月

八一

伍尔夫里克四十岁的时候，在格温达眼里仍然是世界上最英俊的男人。他那黄褐色的头发中已夹杂起些许银丝，但这却使他不仅显得强壮，也显得睿智了。他年轻的时候肩膀很宽，到了腰部却急剧变窄，现在腰不那么细了，反差也不那么大了——不过他干起活儿来仍然可以一个人当两个人使。而且他永远比她年轻两岁。

她觉得自己变化不那么大。她那头黑发恐怕到了晚年也不会变白。她的体重也不比二十年前重，尽管生了孩子后她的乳房和肚子都比以前松弛了许多。

只有当她看到自己的儿子戴夫，看到他光滑的皮肤和健步如飞的活力时，她才会想起自己的年龄。戴夫今年二十岁，简直跟她在那个年龄时一模一样，只不过他是个男的。那时候她也像他一样，脸上没有一丝皱纹，走路时快活地迈着大步。不分寒暑地终日在地里劳作，使得她现在手上布满了皱纹，面颊也变得很红很粗糙，这些提醒着她走路时要慢一些，要保存体力了。

戴夫像她一样是个小个子，也一样头脑精明，总给人一种猜不透的感觉：由于他是老小，她从来摸不清他究竟在想什么。萨姆则正相反：又高又壮，呆头呆脑，连一句谎都不会撒，可又有那么一点野性难驯，格温达把这点归咎于他的生父：拉尔夫·菲茨杰拉德。

已经有好几年了，两个孩子都跟着伍尔夫里克一起在地里干活儿——直到两个星期前，萨姆突然不见了。

他们知道他为什么走。整个冬天他一直在说要离开韦格利，到能挣更多工钱的村子去。春耕一开始，他就失踪了。

格温达明白他想挣更多的工钱是无可厚非的。虽说离开自己的村庄，或者接受高于一三四七年标准的工钱，都是非法的，但全国各地不安分的年轻人都无视这条法律，而急需人手的农夫们也愿意雇他们。像拉尔夫伯爵这样的地主，除了咬牙切齿外，对此也无可奈何。

萨姆没说过他要去哪里，走时连一声招呼也没打。如果戴夫这么做，格温达会相信他一定经过了深思熟虑，认定了这是最好的选择。但她敢说萨姆只不过是一时冲动。有人跟他提起了一个村庄，第二天一早他醒来，就立刻动身去了。

她一再劝说自己不必担心。他都二十二岁了，长得身材高大，没人敢剥削他，也没人敢欺负他。但她毕竟是他的母亲，她的心在隐隐作痛。

她寻思着，如果她找不着他，别人也休想找着他，这样也好。但她仍然渴望知道他在哪里过活，有没有找到一个好东家，别人待他好不好。

那年冬天，伍尔夫里克为他那些越发多沙的地新做了一张轻型犁。春天的一天，格温达和他一起去诺斯伍德买铁犁头，那是他们没法自己做的零件。像往常一样，一小伙韦格利村的乡亲们结伴去赶集。为玛奇·韦伯操作漂洗机的杰克和伊莱要添置给养：他们没有自己的地，因而所有吃的都得买。安妮特和她十八岁的女儿阿玛贝尔用板条箱装了十几只母鸡去卖。内森乡长也和他儿子乔诺一起去。萨姆儿时的对头乔诺这会儿也已经长大了。

安妮特依然向迎面而来的所有漂亮男人抛着媚眼，而他们大多傻傻地一笑，也回个媚眼。在去诺斯伍德的一路上，她都在和戴夫搭话。虽然他还不到她年龄的一半，她却不时地假笑着，把头甩来甩去，还假装嗔怪地拍打着他的胳膊，就仿佛她才二十二岁而不是四十二岁。格温达心中不快地想道，她已经不是姑娘家了，可她好像一点儿也不明白。安妮特的女儿阿玛贝尔像安妮特以前一样漂亮。她故意和她妈妈拉开一段距离，好像因为她而尴尬。

上午过了一半时，他们到了诺斯伍德。伍尔夫里克和格温达买好东西后，就去老橡树酒馆吃午饭。

就格温达记忆所及，酒馆外一直有一棵古老的橡树，一棵枝干很难看的、低矮、茂密的树，冬天像个弯腰驼背的老人，夏天却投下宜人的浓浓荫翳。她的儿子们小时候就围着树追逐嬉闹。但树一定是死了或者摇晃不稳了，因为它已被砍掉，现在只剩下了树桩，直径竟和伍尔夫里克的身高差不多。顾客们拿它来当椅子或桌子，还有一位筋疲力尽的车夫，竟把它当床，躺在了上面。

有一个坐在树桩边缘的人，正用大杯子喝着淡啤酒，是扶犁手哈里，奥特罕比的乡长。

格温达的思绪一下子回到了十二年前。那强烈地刺激着她的头脑，竟使她热泪盈眶的，是希望，是那天早晨她们全家从诺斯伍德出发，穿过森林前往奥特罕比迎接新生活时，从她心底涌起的希望。然而还不到两个星期，那希望就粉碎了，伍尔夫里克被用绳子套着脖子牵回了韦格利村——一想起那情景，她至今仍怒火中烧。

但自那以后，拉尔夫也不能为所欲为了。形势逼迫他把伍尔夫里克父亲的土地归还了他，尽管伍尔夫里克不够机灵，没有像他的一些邻居们那样赢得自由佃农的身份，但这对格温达来说，是个虽说代价惨重可还算满意的结果。格温达很高兴他们现在毕竟是佃农而不再是雇农了，伍尔夫里克实现了自己的梦想，但她仍然渴望着更多的独立性——一个免除了封建义务的佃农身份，只需用现金交租，全部协议都写入采邑卷宗，任何老爷也别想反悔。这是大多数农奴都向往的，而且许多人自瘟疫以后也得到了。

哈里热情地向他们打招呼，并坚持为他们买了淡啤酒。伍尔夫里克和格温达在奥特罕比短暂居留后不久，哈里就被凯瑞丝嬷嬷提升为乡长，他现在仍然担任着这一职务，尽管凯瑞丝嬷嬷早已还了俗，琼嬷嬷现在担任着副院长。从哈里的双下巴和啤酒肚来看，奥特罕比现在仍然很富裕。

他们正准备同韦格利村的乡亲们一起离去，哈里压低声音对格温达说道："有个叫萨姆的小伙子正在给我干活儿。"

格温达的心里咯噔一声。"我儿子萨姆？"

"这怎么可能呢？不是。"

格温达糊涂了。那你提他干什么？

但哈里敲了敲自己的酒糟鼻，格温达意识到他在故作神秘。"这个萨姆向我保证说，他的主人是一位我从来没听说过的汉普郡的骑士，他准许他离开自己的村庄到别处干活儿，而你儿子的主人是拉尔夫伯爵，从来不准手下的雇农离开。我当然不能雇你们家的萨姆了。"

格温达明白了。如果有人正儿八经地问起，这便是哈里的托词。"哦，他在奥特罕比。"

"在'老教堂'，山谷里的一个小村子。"

"他好吗？"她急切地问道。

"好极了。"

"谢天谢地。"

"他是个棒小伙儿、好劳力，不过他挺爱跟人吵架。"

她了解这一点。"他住的房子暖和吗？"

"他住在一对好心肠的老夫妇家。老夫妇的儿子到王桥给皮匠当学徒去了。”

格温达还有一打问题想问，但她突然发现驼背的内森乡长正倚着酒馆的门柱打量着她。她强忍着才没骂出声来。她有那么多事情想知道，但她不敢让内森知晓哪怕一点点萨姆在哪里的线索。她应当对自己已经了解到的情况知足了。让她兴奋的是，至少她知道了可以在哪里找到他。

她转过身去背对着哈里，努力装作漫不经心地结束了一场无关紧要的谈话。但在转身的一刹那，她又从嘴角里挤出一句话来：“别让他跟人打架。”

“我尽力而为吧。”

她马马虎虎地挥了下手，就跟在伍尔夫里克后面走了。

大家一起步行回家的路上，伍尔夫里克把沉重的犁头扛在肩上，并不显得怎么费力。格温达急切地想告诉他这个消息，但不得不等到大家在路上散开，她和她丈夫与别人拉开了几码距离之后。她小声地讲述了与哈里的谈话。

伍尔夫里克放下了心。“至少咱们知道这孩子去哪儿了。”他说，尽管肩扛重负，却呼吸自如。

“我想去一趟奥特罕比。”格温达说。

伍尔夫里克点了点头。“我猜你就会去的，”他很少顶撞她，但这时还是表达了担心，“不过，这很危险。你必须确保不能让任何人知道你去哪儿了。”

“没错。尤其是不能让内森知道。”

“那你打算怎么办？”

“他肯定会注意到我有几天不在村里。咱们得想个说法。”

“咱们可以说你病了。”

“那太冒险了。他可能会来家里看的。”

“要么说你回娘家了。”

“内森不会相信的。他知道我从来不在那儿多待一会儿。”她咬着指甲上的逆刺，绞尽脑汁地想着。在冬天漫漫的长夜里，人们围坐在炉火旁讲着寓言神话，故事里的人物总是不假思索地相信别人的谎话，但现实中的人们却不那么容易受骗。“咱们可以说我去王桥了。”她最终说道。

“去做什么?”

“也许，可以说我去买产蛋的母鸡了。”

“你可以向安妮特买嘛。”

“大家都知道，我不会买那母狗的任何东西的。”

“这倒是真的。”

“而且内森知道我一直是凯瑞丝的朋友，他会相信我会在她家住几天的。”

“好吧。”

这并不是个很好的理由，但她想不出更好的了，而她迫不及待地想看到她儿子。

第二天一早她就走了。

她悄悄地离开屋子时，天还没亮。她裹着厚厚的斗篷以抵御三月的寒风。在一片漆黑中，她凭借摸索和记忆蹑手蹑脚地穿过村子。她可不希望还没出村就被人撞见和盘问。不过这时候还没人起床呢。内森乡长家的狗低低地吠了几声，就辨出了她的脚步声。她听见它摇摆着的尾巴敲打在木狗舍的壁上发出的轻轻的声响。

她离开了村子，沿着大路穿过田野。破晓时分，她已经走出了一英里外。她回头看了看身后的大路，空空如也，没有人跟踪她。

她嚼了点儿僵硬的面包皮当早餐。上午过了快一半时，她在韦格利到王桥的大路和诺斯伍德到奥特罕比的大路交叉口的一个小酒馆歇了歇脚。酒馆里没有她认识的人。她一边紧张地注视着门口，一边吃了碗炖咸鱼，喝了一小杯苹果汁。每当有人进门，她都连忙遮住自己的脸，但每次进来的都是陌生人，也没有人注意她。她迅速地离开了，走上了通向奥特罕比的大路。

她到达山谷时，下午已过了一半。她上次来这里，已是十二年前了，但这地方没怎么变化。瘟疫后这里的复苏快得令人惊叹。除了有几个小孩子在屋子周围玩耍之外，大部分村民都在干活儿，有人犁地，有人撒种，也有人在照料新生的羊羔。他们知道她是个陌生人，在田里远远地注视着她，心里猜测着她会是什么人。如果走近了，他们中的一些人会认出她来。尽管她在这里只待了十来天，那却是一段令人难忘的日子，他们会记得的。乡下人很少能遇见那样激动人心的事情。

她沿着在两道山之间的平地上蜿蜒的奥特罕河，穿过主村，经过一串她在这里时知晓了名字的小村落——汉姆、短亩和长水，来到了最小也最远的村落：老教堂。

离村子越近，她的心情就越激动，连双脚的酸痛都忘记了。"老教堂"是个很小的村子，只有三十来间简陋的房子，没有一间大到可以做地主的府邸，甚至连乡长的宅子都做不了。然而，顾名思义，这里有一座老教堂。格温达猜想它足有好几百年历史了。教堂有一座低矮的塔楼和一个很短的中殿，都是粗石料建成的。厚厚的墙上有几扇很小的方形窗，显然是胡乱地砌上去的。

她继续向前走向田地，没有在意远处牧场上的一群牧羊人：精明的扶犁手哈里是不会把大个子萨姆浪费在这样轻松的活计上的。他一定是在耙地，或者在疏通沟渠，或者帮着掌控一组八头牛拉的犁。她逐个地扫视着三块田地，寻找着一群头戴暖和的帽子，脚蹬沾满泥的靴子，相互大声吆喝着的男人，寻找着一个比其他人高出一头的小伙子。她扫视了一遍，并没有看到她儿子，心里不禁又担忧起来。他会不会已经被抓回去了？会不会又跑到别的村子去了？

她在一排正把粪肥撒入新犁出的沟里的男人中找到了他。尽管天很冷，他却把外衣脱了。他挥动着一把木锨，背部和胳膊上的肌肉在他的旧亚麻布衬衫下不时地隆起和收回。一想到这样的一个人是从她自己小小的躯体里生出来的，她心里充满了骄傲。

当她走近时，所有的人都抬眼看着她。他们凝视的目光中充满了好奇：她是什么人？来这里干什么？她径直走向了萨姆，一把抱住了他，丝毫没在乎他浑身散发着马粪的臭味。“你好，妈妈。”他说，于是其余的人都大笑起来。

她不明白他们为什么这样开心。

一个一只眼眶里没有眼珠的瘦而结实的男人说道：“好了，好了，萨姆，这下你就没事了。”他们又一次大笑起来。

格温达明白了，像萨姆这样的大个子，竟然有她这样一位矮小的母亲，大老远跑来查看他的情况，就仿佛他还是个任性的孩子，他们觉得很好笑。

“你怎么找到我的？”萨姆问。

“我在诺斯伍德的集市上遇见了扶犁手哈里。”

“我希望没人跟踪你来这儿。”

“我天不亮就出村了。你爸爸跟人家说我到王桥去了。没人跟着我。”

他们交谈了几分钟，萨姆说他得回去干活儿了，不然别人会不高兴，说他把活儿都甩给了他们。“你回村里去吧，去找莉莎老太太，”他说，“她住在教堂对面。告诉她你是谁，她会给你吃喝的东西的。我黄昏时回去。”

格温达瞟了一眼天空。这是个阴沉的下午，再过一小时左右，这些人就不得不收工了。她在萨姆的面颊上吻了一下，就离开了他。

她在一所比村里大多数房子都稍大一些的房子里找到了莉莎——她有两间屋子而不是一间。老太太向格温达介绍了她丈夫罗布，他是个瞎子。正如萨姆所说的，莉莎很好客：她把面包和浓汤端上了桌子，又倒了一杯淡啤酒。

格温达问起了他们的儿子，这下子打开了莉莎的话匣子。她滔滔不绝地说起了他，从婴儿时期一直说到了当学徒，直到老头儿严厉地打断了她。他只说了一个字："马。"

他们安静了下来，格温达听到了小跑的马蹄有节奏的哒哒声。

"是匹小马，"瞎子罗布说道，"一匹驯马，或者矮种马。对贵族和骑士来说太小了，不过有可能骑马的是一位太太。"

格温达吓得打起了寒战。

"一个小时内来了两位客人，"罗布说，"一定有关联。"

这正是格温达所害怕的。

她站起身来望了望门外。一匹健壮的黑矮马正沿着房子间的小路跑了过来。她立刻认出了骑马的人，心里不禁一沉：这是乔诺总管，韦格利乡长的儿子。

他是怎么找到她的？

她想赶紧闪回屋，但他已经看见了她。"格温达！"他高喊着，勒住了马。

"你这魔鬼。"她说。

"我不明白你在这儿干什么呢。"他嘲讽地说道。

"你怎么到这儿来的？没有人跟着我呀。"

"我父亲派我去王桥，看看你在那里捣什么鬼，但我在十字路口的酒馆停了停，有人记得你走上了去奥特罕比的路。"

她不知道她能否骗得过这个精明的小伙子。"我就不能来这儿看看我的老朋友吗？"

"你没有理由，"他说，"你那个逃亡的儿子呢？"

"他不在这儿，虽然我原本也希望他在这儿。"

他稍稍迟疑了一下，好像是觉得她说的有可能是真话。但他随即说道：“也许他藏起来了。我要找找。”他一踢马肚，继续向前。

格温达目送着他走了。她没能骗过他，但也许让他对自己的想法不那么肯定了。如果她能抢先找到萨姆，就有可能把他藏起来。

她匆匆同莉莎和罗布打了个招呼，便连忙穿过小屋，从后门走了出去。她贴着树篱穿过了田野，然后回头看了一眼村子方向，看到一个骑着马的人也出了村，但与她行进的方向并不同。天色正在变黑，她想自己矮小的身躯以黑糊糊的树篱为背景，也许分辨不出。

她遇到萨姆他们时，他们正往回走，木锨扛在肩上，靴子上粘着厚厚的粪肥。远远地乍一看，萨姆俨然就是拉尔夫：那高大的身材、自信的大步，还有结实的脖子上帅气的头颅，简直一模一样。但从他说话的神态上，她又能看出伍尔夫里克的影子：那摆头的姿势、羞涩的微笑，还有那激愤的手势，全都是跟他的养父学的。

那些人看见了她。她刚一来就逗乐了他们，于是，那个独眼的人喊了声：“你好，妈妈！”他们全都大笑起来。

她把萨姆拉到一边，说：“乔诺管家来了。”

“见鬼！”

“我很抱歉。”

“你说过没人跟踪你的！”

“我没看见他，但他摸到了我走过的路。”

“该死。现在我怎么办？我不回韦格利去！”

“他正找你呢，但他出村后往东去了，”她扫了一眼正在变黑的四周，但看不清多少东西，“要是咱们赶紧回到‘老教堂’，就能把你藏起来——也许，在教堂里。”

“好吧。”

他们加快了脚步。格温达回头说道：“你们要是碰见一个叫做乔诺的总管……就说没见过韦格利的萨姆。”

“我们从来没听说过他，妈妈。”一个人说道，其他人全都附和着。农奴们通常都乐意相互帮助，和乡长斗争。

格温达和萨姆进村时没看到乔诺。他们径直奔向教堂。格温达心想他们也许能直接进去：乡下的教堂通常都空无一人，因而一般也都开着门。但假如这座教堂例外的话，她也不知道该怎么办。

他们在房屋间穿行着，已经能看见教堂了。当他们经过莉莎家的前门时，格温达看到了一匹黑色的矮马。她哼了一声。乔诺一定是借着薄暮绕了回来。他猜想格温达一定能找到萨姆并把他带回村，他的宝押对了。他像他父亲内森一样狡猾。

她抓住了萨姆的胳膊，催他赶紧走到路对面，钻进教堂——这时乔诺从莉莎的房子里走了出来。

“萨姆，”他说。“我猜你就在这儿呢。”

格温达和萨姆停住脚步，转过身来。

萨姆倚在自己的木锨上。“你想怎么着？”

乔诺胜利般地咧嘴一笑。“把你带回韦格利去。”

“我倒希望你试试。”

一大帮村民，大多是妇女，从村子的西边拥了过来，驻足观看这场争执。

乔诺走到他的矮马旁，从鞍囊里掏出了一副带链子的铁家伙。“我要给你戴上脚镣，识相的话就别反抗。”

格温达不明白乔诺怎么这么胆大。他真的以为单凭他自己就能逮捕萨姆吗？他的确壮得像头牛，但却没有萨姆高大。难道他指望村民们会帮他？法律的确是在他一边，但很少有农民会认为他办的事情是正当的，尤其是年轻人。他没意识到他的不利条件。

萨姆说：“咱们小时候，我就经常揍得你拉稀，今天我要再过过瘾。”

格温达不想让他们打斗起来。无论谁打赢，就法律而言，萨姆都不占理。他是个逃亡的农奴。她说："今天已经太晚了，哪儿也去不了了。咱们明天早上再商量，好吗？"

乔诺鄙夷地大笑起来。"像你偷偷地溜出韦格利一样，天不亮就让萨姆逃走？没门儿。他今晚得戴着脚镣睡觉。"

和萨姆一起干活儿的人们来到了，也都停下脚步，想看个究竟。乔诺说："所有守法的人都有责任帮助我逮捕这个逃亡的农奴，而任何妨碍我的人，也必将受到法律的严惩。"

"我能帮你，"那个独眼的人说道，"我帮你牵住马吧。"其他人都吃吃地笑起来。没有人支持乔诺，可是也没有人为萨姆辩解。

乔诺突然起动了。他两手握着铁镣，向萨姆迈出一步，弯下腰去，试图出其不意地锁住萨姆的双腿。

对于一个动作迟缓的老人，这招也许管用，但萨姆反应很快。他后退了一步，随即抬腿就是一脚，一只粘满污泥的靴子正踢在乔诺伸出的左臂上。

乔诺痛苦地呻吟了一声，勃然大怒。他收回右臂，把铁镣径直甩出，正奔萨姆的脑袋而去。格温达听到了一声惊恐的尖叫，意识到那是她自己发出的。萨姆飞快地又是向后一退，跳到了铁镣打不着的地方。

乔诺眼看这一击又要落空，便在最后一瞬撒了手。

铁镣飞过了空中。萨姆连忙躲闪，把头一扭，弯下腰来，但他没法完全躲过这一击。铁块击中了他的耳朵，铁链抽打在他的脸上。格温达大叫了一声，好像是她自己受了伤一样。旁观的人们都屏住了呼吸。萨姆踉跄了一下，铁镣落在了地上。有那么一瞬间，一切都仿佛静止了。血从萨姆的耳朵上和鼻子里涌了出来。格温达迈步走向他，张开了双臂。

但萨姆随即从震惊中恢复了过来。

他转身面对着乔诺，以一个漂亮的动作挥动了他那沉重的木锹。乔诺方才使出浑身气力抛出铁镣后，还没有完全站稳，因而无法躲闪。木锹的刃劈中了他头的侧部。萨姆身强力壮，木头敲击骨头的声音响彻了村子的街道。

乔诺还在晕头转向，萨姆便又给了他一击。这回木锹是当头落下的。萨姆是双臂一起挥动，木锹刃部朝下，重重地落在了乔诺的头顶上。这回的撞击声没有回响，更像是一记闷雷，格温达担心乔诺的头盖骨怕是裂开了。

乔诺重重地跪倒在地上，萨姆第三次击中了他，又是用橡木木锹使尽浑身气力的狠命一击，这回劈中了乔诺的前额。格温达绝望地心想，一把铁打的剑也不可能造成更大的伤害了。她迈步向前想拦住萨姆，但村民们已想到了她前面，因而出手更早。他们两人抓住萨姆的一只胳膊，把他拽开了。

乔诺躺在了地上，头枕在一片血泊中。这一幕让格温达恶心得想吐，而且她抑制不住地想象着这孩子的父亲内森闻讯后将会怎样地悲伤。乔诺的母亲在瘟疫中死了，因而她至少是不会受这伤痛的折磨了。

格温达能看出萨姆伤得不重。他在流血，但他仍然奋力挣扎着，想摆脱抓住他的人，继续攻击。格温达俯身看了看乔诺。他紧闭着双眼，一动不动。她把手放在了他的心口，什么也没感觉到。她又学着凯瑞丝的样子摸了摸他的脉，也是什么都没有。乔诺似乎也没了呼吸。

她明白这将是什么后果，开始抽泣了起来。

乔诺死了，萨姆成了杀人犯。

八二

一三六一年那年复活节的星期天，凯瑞丝和梅尔辛结婚整整十年了。

凯瑞丝站在大教堂里，注视着复活节的游行队伍，回忆起他们的婚礼。因为他们断断续续地相恋已有很久，他们都认为婚礼不过是对一个久已存在的事实的确认。他们错误地以为那只是一件悄无声息的小事，便计划在圣马可教堂举行一个不兴师动众的仪式，然后在贝尔客栈办一个简朴的宴会招待少数亲友。但是在婚礼的前一天，乔夫罗伊神父通知他们，据他估算，至少有两千人打算出席婚礼，他们不得不将仪式挪到了大教堂。后来他们发现，玛奇·韦伯在他们不知情的情况下，在教区公会大厅设了宴席招待镇上的头面人物，在“情人地”办了野餐会招待王桥的全体居民。于是，他们的婚礼最终成了当年最盛大的一场婚礼。

凯瑞丝一边回忆着，一边微笑起来。她穿着一件新的“王桥红”的罩袍，主教应当会认为这种颜色适合这样一位妇人。梅尔辛穿着一件图案华丽的意大利外套，是栗色的，上面绣着金丝线，喜气洋洋。他们后来都意识到，他们原本以为两人旷日持久的恋爱不过是私事，但在王桥居民们眼里，多年以来却都是跌宕起伏的好戏，所有的人都想庆祝其幸福的结局。

随着凯瑞丝的宿敌菲利蒙登上讲坛，她那幸福的回忆烟消云散了。凯瑞丝结婚这十年来，菲利蒙长得相当胖。他那剃得短短的修士头和刮得净净的脸更凸显出脖子上的一圈赘肉，那身教士袍也鼓得像个帐篷。

他做了一场反对人体解剖的布道。

他说，死者的遗体属于上帝。上帝指示基督徒要严格地按照专门的礼仪来埋葬遗体，灵魂获救的人要埋在神圣的墓地，而不可宽恕的人则埋在别处。对遗体做其他任何事情都是违背上帝的意志的。他以难得一见的激情说道，把遗体切开是亵渎神灵的行为。当他请求听众们想象遗体被切开，器官被分割，并被所谓的医学研究者们拿在手里把玩，是多么可怕的情景时，他的声音甚至颤抖了起来。他说，真正的基督徒都明白，那些食尸鬼一般的男女，是天理难容的。

凯瑞丝心想，“男女”这个词还很少从菲利蒙嘴里听到，这绝非无足轻重。她瞟了一眼紧挨着她站在中殿里的她丈夫，他扬着眉毛，一副不安的表情。

禁止检查尸体是明确的律条，是在凯瑞丝还不记事时就由教会提出的，但在瘟疫发生之后已经松弛了。开明的年轻教士们深知教会在瘟疫中是多么地对不起百姓，他们热切地希望改变教士们教授和实施医学的方式。然而，保守的高级教士们固守陈规，阻挠一切政策的改变。结果便是人体解剖在原则上是禁止的，在实践中却是容许的。

凯瑞丝的新医院从一开始就是实践人体解剖的。她在医院外面从不谈及此事：叨扰那些迷信的人们是毫无意义的。但她本人不放过任何一次实践的机会。

近年来，她通常是和一两名年轻的修士医生一起解剖人体。许多受过培训的医生除了在处理极其严重的伤口时，从来没见过人体内部。传统上，他们被准许切开的唯一畜体是猪。人们认为猪是身体结构与人最近似的动物。

对于菲利蒙的发难，凯瑞丝既感到迷惑又感到忧虑。她知道他一向恨她，尽管她始终不明白为什么。但自一三五一年大雪中的那次对峙后，他就不理她了。仿佛是为他失去了对小镇的权力作补偿，他在他的宅第里大肆置备起奢侈物品，如挂毯、地毯、彩绘玻璃窗、精致华美的手稿等等。他也变得越发地颐指气使，要求手下的修士和见习修士对他毕恭毕敬、俯首帖耳，他在做礼拜时穿着华丽的袍服，如果他需要去别的城镇，就坐着装饰得像公爵夫人的化妆室一样的彩车。

唱诗班席上有几位显赫的教会来宾出席了礼拜仪式——有夏陵的亨利主教、蒙茅斯的皮尔斯大主教，还有约克的雷金纳德会吏总——菲利蒙大概是想以慷慨激昂地宣讲保守教义来给他们留下深刻印象。但他是出于什么目的呢？难道他还想再获晋升？大主教病了——他是被抬进教堂的——但菲利蒙难道能觊觎那个职位？韦格利村乔比的儿子能当上王桥修道院副院长，已经近乎奇迹了。而且，从副院长升为大主教，可是个非同寻常的跳跃，就好比一名骑士没有做过男爵或伯爵就直接当上了公爵。只有天之骄子才能指望这样的腾飞。

然而，菲利蒙的野心是无边无际的。凯瑞丝心想，那不是因为他觉得自己出类拔萃。那是戈德温的想法，狂妄傲慢，自以为是。戈德温认为上帝让他当上副院长，是因为他是镇上最聪明的人。菲利蒙则恰恰相反，在他的内心里，他认为自己一无是处。他一生的奋斗就是要向自己证明：他并非一钱不值。他对于别人的拒绝非常敏感，他不能想象自己不胜任某个职位，无论那个职位多么崇高。

凯瑞丝考虑过礼拜仪式后同亨利主教谈谈。她可以提醒他王桥修道院副院长对于麻风病人岛上的圣伊丽莎白医院没有管辖权的那个十年协定。医院是由主教直接管辖的，因此对医院的任何攻击就是对亨利本人权利和特权的攻击。但是，她进一步一想，又意识到这样的抗议将使主教确信她在做人体解剖。这样，目前还只是捕风捉影、很可能被置之不理的猜测，就会变成昭然若揭、必须解决的事实。于是她决定保持沉默。

站在她身旁的还有梅尔辛的两个侄子，拉尔夫伯爵的儿子：十三岁的杰里和十岁的罗利[①]。两个男孩儿都在修士的学校里读书。他们住在修道院，但大部分课余时间都是在麻风病人岛上梅尔辛和

---

① Roley，罗兰(Roland)的昵称。

凯瑞丝的家中度过的。梅尔辛不时地把手抚在罗利的肩膀上。这个世界上只有三个人知道罗利不是他的侄子而是他的儿子。他们是梅尔辛本人、凯瑞丝，还有孩子的母亲：菲莉帕。梅尔辛努力不显露出对罗利的偏爱，但发现很难掩盖自己真实的感情，每当罗利学会了什么新本领，或者在学校里获得了好成绩时，他都格外高兴。

凯瑞丝经常想起她自己怀过又流产了的梅尔辛的孩子。她总是想象那是个女孩儿。凯瑞丝沉思着，如果她还活着，这会儿都该二十三岁了，很可能已经结婚，并有了自己的孩子。这想法就像一处老伤，虽然很痛，但因为时常发作，已经引不起悲伤了。

礼拜仪式结束后，他们一起离开。两个男孩像往常的星期天一样，应邀与他们共进午餐。走出大教堂后，梅尔辛回头看了看如今已高耸在教堂中央的塔楼。

他审视着自己即将完成的工程，对于某个只有他自己看得出来的瑕疵皱起了眉头，凯瑞丝则深情地凝望着他。自他十一岁起，她就认识他，并且几乎自那时起就爱上了他。他现在四十五岁了，额头部分已经开始谢顶，红色的头发在他头顶周围竖立着，像是拱起了一个卷曲的光轮。自从一截小小的雕梁被一个马虎的石匠从脚手架上掉落，砸到他的肩膀后，他的左臂就只能僵直地抬着了。但他仍然浑身洋溢着孩子气的热情，正是这种热情，三十多年前吸引了年方十岁的凯瑞丝。

她转身顺着他的目光望去。塔楼看上去匀称地立在中殿和侧翼交叉处的四边上，恰好占据了两个开间，不过实际上它的重量是由建在交叉甬道外部角上的巨大的扶壁支撑的。这些扶壁本身就是建在与原来的基础不同的新基础上的。塔楼看上去轻盈挺拔，有纤细的柱子，还有成组的窗户，天气好的时候可以透过窗户看见蔚蓝的天空。在塔楼的方顶上，网一样的脚手架正在搭起，准备建造最后部分——尖塔。

当凯瑞丝的视线回到地面上时，她看到她姐姐正在走过来。艾丽丝只比她大一岁，今年四十五岁，但凯瑞丝觉得她的样子简直像是要长一辈。艾丽丝的丈夫埃尔弗里克在瘟疫中死了，但她没有改嫁，变得邋里邋遢起来，好像她觉得寡妇就该这样。多年以前，凯瑞丝和艾丽丝因为埃尔弗里克对待梅尔辛的态度而争吵过。时间的流逝已经冲淡了她们彼此间的敌意，但艾丽丝在打招呼时，仍然带有怨气地仰着头。

和艾丽丝在一起的，是她的继女格丽塞尔达，不过她只比艾丽丝小一岁。格丽塞尔达的儿子叫做野种梅尔辛，站在她身旁，比她要高出一头。他是个外表迷人的高个儿小伙子——正像他的父亲，杳无音讯的瑟斯坦，而与建桥师梅尔辛一点儿也不像。和格丽塞尔达一起来的还有她十六岁的女儿：彼得拉妮拉。

格丽塞尔达的丈夫石匠哈罗德，在埃尔弗里克死后继承了他的产业。在梅尔辛看来，他是个不怎么样的建筑匠，但他混得不错，尽管他没能垄断当年使埃尔弗里克致富的修道院修缮和扩建工程。他站到了梅尔辛身旁，说："人们都说你盖尖塔的时候将不使用模架。"

凯瑞丝知道，模架又叫拱鹰架，是在灰泥未干之前支撑石头就位的木架。

梅尔辛说："在那么窄的尖塔里，没有地方放模架。再者说，它怎么支撑呀?"他的语气彬彬有礼，但他语速快捷，凯瑞丝能从中听出他不喜欢哈罗德。

"如果尖塔是圆形的，我还能相信。"

这道理凯瑞丝也明白。尖塔如果是圆形的，盖的时候可以将一圈石头垒在另一圈石头上面，每圈都比上一圈窄一些。那就不需要模架了，因为石圈是自我支撑的：石头不可能向内落下，因为它们彼此之间都有压力。而如果是任何带角的形状，就不可能这样了。

“你看过设计图了，”梅尔辛说，“尖塔是八角形的。”

在四方形的塔楼顶上盖带角的尖塔，只需将眼睛慢慢地向上移动，看到塔楼变成形状不同的越来越窄的尖塔，就会感到尖塔有沿对角线向外倾倒的趋势。梅尔辛模仿的是法国沙特尔大教堂的尖塔，但只有塔楼也是八角形的，这才行得通。

哈罗德说：“可你怎么才能不用模架就盖八角形的塔呢？”

“等着瞧吧。”梅尔辛说完，就走开了。

当他们走上主街时，凯瑞丝问道：“你为什么不告诉人们你打算怎么办呢？”

“这样他们就没法解雇我了，”他回答道，“我修这座桥的时候，刚刚把最难办的事情办完，他们就把我一脚踢开了，另雇了工钱低的人。”

“我记得这事。”

“这回他们就休想了，因为再没有人能盖那尖塔。”

“那会儿你还年轻。现在你是教区公会的会长了。没有人敢再解雇你了。”

“也许没有人敢。但最好是叫他们不能。”

在主街的尽头，老桥矗立的地方，有一座名唤“白马”的声名狼藉的小客栈。凯瑞丝看到梅尔辛十六岁的女儿洛拉正倚在酒馆的外墙上，和一帮年长的朋友们一起厮混。洛拉是个很招人的姑娘，长着橄榄色的皮肤和亮光光的黑头发，还有一张性感的大嘴巴和一双撩人的褐色眼睛。那群人正围在一起玩掷骰子游戏，他们都在从一只大桶里畅饮淡啤酒。凯瑞丝看到她的继女大白天当街纵酒，虽然不感到意外，却也很是难过。

梅尔辛勃然大怒。他走上前去抓住了洛拉的胳膊。“你最好是回家吃午饭去。”他厉声说道。

她一扬头，甩了甩浓密的黑发，显然是给别的什么人而不是她父亲看的。“我不想回家，我在这儿玩得挺高兴。”她说。

“我没问你想怎么样。”梅尔辛回答道。他一把把她从人群里拽了出来。

一个二十岁左右的漂亮小伙儿也走出了人群。他长着卷曲的头发，一脸嘲弄人的微笑，正用一根小树枝剔着牙。凯瑞丝认识他，他叫贾克·莱利，是个没有特定职业却似乎总是有钱花的小家伙。他从容地迈着步子。“怎么回事?”他说了一声。他说话时将那根小树枝伸到了嘴外，像是一种侮辱。

“不关你的鸟事。”梅尔辛说道。

贾克挡住了梅尔辛的去路。“可这姑娘不想走。”

“你最好别挡我的道儿，小子，除非你想在镇上的仓库里关上半天。”

凯瑞丝焦虑地呆立着。梅尔辛做得对：洛拉还有五岁才成年，梅尔辛有权管教她。但贾克是那种敢于不管不顾地顶撞他并甘心承担后果的年轻人。然而，凯瑞丝还是没有插嘴，她明白那样的话，梅尔辛也许会放过贾克，转而迁怒于她。

贾克：“我猜你是她父亲。”

“你完全明白我是谁，你要么叫我会长，跟我说话时放尊重些，要么就准备承担后果吧。”

贾克傲慢地瞪了梅尔辛一阵子，然后转过身去，漫不经心地说：“好吧，好吧。”

凯瑞丝舒了口气，这场对峙终于没能化为拳脚之争。梅尔辛从来没跟别人打过架，但洛拉却有可能气得他神经错乱。

他们一起向桥头走去。洛拉甩脱了她父亲抓着她的手，头也不回地径直走在前面，她双臂抱在胸前，低着头，皱着眉，怒气冲冲地嘟囔着。

他们已不是第一回看到洛拉和坏伙伴们在一起了。梅尔辛对于他的小女儿如此固执地要和这样的人厮混，感到既恐惧又气愤。当他们跟在洛拉后面过桥前往麻风病人岛时，梅尔辛问凯瑞丝：“她为什么要这样？”

“天知道。”凯瑞丝注意到这样的行为在失去了父母中一方的年轻人中非常普遍。自西尔维娅死后，洛拉先后由贝茜·贝尔、菲莉帕夫人、梅尔辛的管家埃姆，当然还有凯瑞丝本人照看过。也许她不知道该听谁的。但凯瑞丝没有把这个想法说出，因为那似乎在暗指梅尔辛是个不大称职的父亲。“我在她那年龄时，也和彼得拉妮拉姑姑打得昏天黑地。”

“为什么事？”

“差不多同样的事情。她不喜欢我和‘智者’玛蒂在一起。”

“那完全不同。你又没和小流氓们一起去泡下流酒馆。”

“彼得拉妮拉认为玛蒂是坏朋友。”

“那不一样。”

“我看差不多。”

“你从玛蒂那里学到了很多东西。”

洛拉无疑也从英俊的贾克·莱利那里学到了不少东西，但凯瑞丝没有把这个会火上浇油的想法说出口，梅尔辛已经怒不可遏了。

岛子现在已完全建设好了，成了王桥城不可或缺的一部分。岛上甚至有了自己的教区教堂。凯瑞丝和梅尔辛以前漫步过的荒地，现在已修起了一条步行小道，在房屋间延伸着，转着笔直的弯。野兔早就跑没了。医院占据了岛西端的大部分。虽然凯瑞丝每天都去那里，但当她看到那洁净的灰色石屋、一排排整齐的窗户和像士兵队列一样的烟囱，心头仍然会涌起一阵骄傲。

他们穿过一扇门，走进了梅尔辛的地盘。果园已经进入了成熟期，苹果树上开满了雪白的花朵。

像往常一样，他们从厨房的门进了屋。房子在临河的一面有一扇很气派的大门，但从来没人用过。凯瑞丝感到有些好笑地心想，即使是出色的建筑师也有考虑不周的时候，但她又一次决定，今天不把这样的想法说出口。

洛拉跺着脚跑上楼梯，回她自己的房间去了。

前屋里传来了一个女人的声音："你们好，各位!"两个男孩子惊喜地喊叫起来，冲进了客厅。那是他们的母亲菲莉帕。梅尔辛和凯瑞丝热情地同她打着招呼。

凯瑞丝嫁给梅尔辛后，就和菲莉帕成了妯娌，但她们昔日的对抗多年以来仍使凯瑞丝在见到菲莉帕时感到尴尬。最终是孩子们让她们完全和解了。先是杰里继而是罗利，都上了修道院的学校，梅尔辛照顾他的侄儿便是天经地义的，于是每当菲莉帕来到王桥，造访梅尔辛家也就顺理成章了。

起初，凯瑞丝对菲莉帕吸引梅尔辛与她发生了性关系感到忌妒。梅尔辛从来不假称他对菲莉帕的爱只是表面的。他显然仍在关心她。但菲莉帕如今已风光不在了。她今年四十九岁，但看上去还要更老。她的头发灰白了，脸上满是失意的皱纹。她现在只是为了孩子们活着。她是她女儿、蒙茅斯伯爵夫人奥狄拉家的常客；当她不在那里时，又经常到王桥修道院来看她的儿子。她尽量只和她丈夫拉尔夫一起在伯爵城堡里住很少的时间。

"我要带孩子们去夏陵，"她解释着她来的原因，"拉尔夫想带他们出席郡法庭审案。他说这是他们的教育中必不可少的一部分。"

"他说得对。"凯瑞丝说。杰里如果活得足够长，将成为伯爵，但假如他有个三长两短，罗利就将继承爵位。所以他们都需要熟悉法庭事务。

菲莉帕又补充了一句："我本想参加大教堂的复活节礼拜的，但我的车子在路上坏了一只轮子，不得不在外面住了一宿。"

"那么，既然你已经到了，就一起吃午饭吧。"凯瑞丝说。

他们一起走进了餐厅。凯瑞丝打开了临河的窗户，一股清冷但新鲜的空气涌了进来。她不知道梅尔辛会拿洛拉怎样。他一言未发，就让她一个人在楼上生闷气，这倒让凯瑞丝感到了一丝欣慰：一个阴沉着脸的少女上了餐桌，会毁了大家的兴致的。

他们吃着韭葱炖羊肉。梅尔辛倒了些红葡萄酒，菲莉帕大口地畅饮着。她变得很爱喝葡萄酒。也许这能抚慰她的心灵。

他们正吃着，埃姆神色慌张地进来了。“厨房门口有人要见太太。”她说。

梅尔辛不耐烦地问道：“哦，是什么人？”

“他不肯说出他的名字，但他说太太认识他。”

“是个什么样的人？”

“是个小伙子。从衣服上看，是个农民，不是城里人。”埃姆有些势利，不喜欢乡下人。

“嗯，听起来不像是坏人。让他进来吧。”

片刻之后，走进来一个把兜头帽拉得低低的，遮住了大半张脸的大个子。他把帽子拉开后，凯瑞丝认出是格温达的长子萨姆。

自他来到这个世界，凯瑞丝就认识他。她曾亲眼目睹他出生，看着他覆满黏液的小脑袋从他母亲小小的身躯中露出来。她一直看着他长大成人，变成了一个棒小伙儿。现在她能从他行走、站立和开口说话时微微一抬手的姿态，看出伍尔夫里克的影子。但她一直怀疑伍尔夫里克并非他真正的父亲——不过，尽管她和格温达很亲近，她却从来没向她提起过自己的疑虑。有些问题还是不问为好。然而，当她听说萨姆因为杀死乔诺总管而受到通缉时，这种怀疑又不可避免地回到她心头。因为萨姆天生就有些像拉尔夫。

现在他正向凯瑞丝走来。他像伍尔夫里克那样抬着手，犹豫了一下，然后双膝跪地。“求求你，救救我。”他说。

凯瑞丝吓了一跳。“我怎么救你？”

“把我藏起来。我已经跑了好几天了。我在夜里离开了老教堂村，整个晚上都在走，自那以后差不多就没停过。刚才我想在一个小酒馆里买点儿吃的，有人认出了我，我只好又跑了。”

看着他焦急而渴望的表情，凯瑞丝心头涌起了一阵怜惜。但她还是说：“可你不能藏在这里，你因为谋杀罪正受到通缉。”

“那不是谋杀，是搏斗。乔诺先动的手。他用铁镣打我——看。”萨姆摸了摸他脸上的两个地方：耳朵和鼻子，让他们看那两处结了痂的伤口。

凯瑞丝作为医生，不可能不注意到那两处伤都是五天前的，鼻子上那处已经很好地愈合了，而耳朵上那处实际上还需要缝针。但她现在首要考虑的是：萨姆不能待在这里。“你必须接受审判。”她说。

“他们会站在乔诺一边的，他们肯定那样。我是从韦格利逃走的，因为奥特罕比工钱更高。乔诺想把我抓回去。他们会说他有权锁一名逃犯。”

“你在打他之前就该想到这一点。”

萨姆责难地说道：“你在奥特罕比当修道院副院长的时候，也雇用逃亡者。”

凯瑞丝心中一痛。“是的，我雇逃亡者，却不雇杀人犯。”

“他们会绞死我的。”

凯瑞丝心如刀割。她怎么能赶他走呢？

梅尔辛说话了。“萨姆，你不能藏在这里，有两个原因。一个原因是，窝藏逃犯是犯法，尽管我很喜欢你母亲，我却不能为了你而违法。但是还有第二个原因，所有的人都知道你母亲是凯瑞丝的老朋友，如果王桥的治安官正在搜捕你，他们首先会来这儿找的。”

“是吗？”萨姆问道。

凯瑞丝知道，他比较迟钝——他的弟弟戴夫则聪明绝顶。

梅尔辛说："你再也找不出比这儿更糟糕的地方躲藏了。"他的语气软了下来，"喝杯葡萄酒，拿上一条面包，出城去吧，"他更加慈祥地说道，"我得去找芒戈治安官，报告说你来过这里，不过我可以走得慢些。"他在一个木杯里倒满了葡萄酒。

"谢谢你。"

"你唯一的希望是远走高飞，到没人认识你的地方去开始新生活。你是个壮小伙儿，总能找到活儿干的。到伦敦去，找一条船干吧。以后再别跟人打架了。"

菲莉帕突然开口了："我记得你的母亲……是格温达吧？"

萨姆点了点头。

菲莉帕转向凯瑞丝说道："我在卡斯特罕姆见过她，那时候威廉还活着。她来找我，是为了韦格利村那个被拉尔夫强奸了的姑娘。"

"她叫安妮特。"

"对。"菲莉帕又转向了萨姆，"你一定就是那会儿她怀里抱的孩子。你母亲是个好女人。为了她的缘故，我很遗憾你惹上了麻烦。"

大家都沉默了一阵子。萨姆喝干了杯中酒。凯瑞丝则在沉思着，菲莉帕和梅尔辛无疑也都在沉思着同样的问题，那就是时光的流逝，怎样把一个天真无邪的孩子变成了杀人犯。

在沉静中，他们听到了声音。

像是有几个人在厨房的门口。

萨姆像一头落入圈套的熊一样四下张望一番。一扇门通向厨房，另一扇通向房子的前面。他冲向了前门，一把拉开它，跑了出去。他头也不回地跑向了河边。

过了一会儿后，埃姆打开了通向厨房的那扇门，治安官芒戈走进了餐厅，身后拥着四名助手，他们全都拿着木棒。

梅尔辛指了指前门。“他刚离开。”

“小伙子们，追。”芒戈说道。他们全都穿过屋子，跑出了前门。

凯瑞丝一跃而起，也慌张地跑出门外，其余的人都跟着她。

房子建在一座只有三四英尺高的石崖上。河水从低矮的断崖脚下湍急地流过。往左边看，梅尔辛建的桥优雅地横跨在河面上；往右边看，则是一段泥泞的河滩。河的对面，埋葬瘟疫死者的老坟场里的树已经长出了叶子。破烂简陋的郊外小屋似杂草蔓延般在公墓的两旁盖了起来。

萨姆本来既可以往左跑也可以往右跑，凯瑞丝五内俱焚地看到他选错了方向。他跑向了右边，那是条绝路。她看见他沿着河的前滩跑着，靴子在泥中留下了大大的脚印。治安官们像猎犬追野兔一样追赶着他。她为萨姆感到难过，正像她一向为野兔感到难过一样。这与正义无关，只因为他是被猎捕者。

萨姆见无路可去，便趟入了水中。

芒戈本来一直站在房前铺砌的步道上观望，这时转向了相反的方向，往左边跑向了桥。

两名助手丢掉了棍子，脱下了靴子，甩掉了外衣，只穿着内衣跳进了河中。另两人站在岸上，好像不会游泳，也可能是不愿在这样的冷天里下水。两个下水的人则奋力游向了萨姆。

萨姆本来身强力壮，但他厚厚的冬衣浸透了水，变得累赘起来。凯瑞丝万分惊恐地眼看着两名助手逼近了他。

这时从另一个方向传来了一声大吼。芒戈已经到了桥上，正飞奔过桥。他看到有两名助手没有下水，就停下来招呼了他们一声。他们明白了他的手势，便向他跑去。他则继续过桥。

萨姆在那两个人就要追上他时游到了对岸。他站起了身，跌跌撞撞地趟过浅水。他甩了甩头，水顺着他的衣服流下。当他回头张望时，一名助手已经追到了他身旁。那人趔趄了一下，不小心向前倾了下身子。萨姆飞起一脚，用浸满了水的靴子重重地踢在了他脸上。那名助手惨叫了一声，向后倒下。

另一名助手要谨慎得多。他逼近了萨姆，又停住了脚，始终保持着距离。萨姆转身向前跑去，跑出了水，到了瘟疫死者坟场的草地上，但那助手紧追不舍。萨姆又停住了脚，那助手也停下了。萨姆明白过来他在戏弄自己。他愤怒地大吼一声，扑向了对手。那助手转身就跑，但他后面就是河，他趟进了浅水中，速度慢了下来，结果萨姆追上了他。

萨姆抓住那人的肩膀，把他扳了过来，用头狠狠地撞了他一下。凯瑞丝隔着河都听到了一声破裂声，那可怜的人鼻子被撞破了。萨姆甩开了他，他倒在了河里，鲜血漫到了水面上。

萨姆又转身上了岸——但是芒戈已经候在了那里。这回萨姆处在了前滩的坡下，地势不利，身后又被河拦住。芒戈猛扑向他，又突然停住，放他向前，随即举起了沉重的木棒。他虚晃一招，萨姆躲闪了一下，紧接着芒戈挥出了真正一击，正打在萨姆的头顶上。

这一下看来着实不轻。凯瑞丝心头一紧，屏住了呼吸，像是自己被击中了一样。萨姆疼得大声嚎叫着，用手抱住了头。惯于与身强力壮的小伙子交手的芒戈又给了他一棒子，这回打在了他毫无防护的肋部。萨姆倒在了水中。那两个从桥上跑过来的助手恰好赶到。他们同时扑向了萨姆，在浅水中抓住了他。另外两个被萨姆打伤的人报复了起来，在他们的同伴按住他的同时，狠命地踢他、揍他。直到萨姆再无还手之力时，他们才直起身来，把他拖出了水。

芒戈麻利地把萨姆的双手捆在背后。接着治安官们便押着逃犯回城了。

“多么可怕呀，”凯瑞丝说道，“可怜的格温达。”

八三

在郡法庭开庭的日子里，夏陵镇洋溢着一股狂欢节的气氛。广场四周所有的旅店客栈都忙碌不堪，店内的餐厅里挤满了穿着各自最好的衣服的男男女女，大声吆喝着点吃点喝。镇上自然会借这个机会举办一个集市。广场本身就密密麻麻地挤满了各种各样的货摊，以致走上几百码路都得花半个小时。除了合法的摊位外，还有成群的游商小贩在其中窜来窜去，有托着托盘卖小圆面包的面包师傅，有当街卖艺的小提琴手，有缺胳膊断腿瞎眼睛的乞丐，有卖弄着胸脯的妓女，有跳舞的狗熊，还有讲道的托钵修士。

拉尔夫伯爵是能够迅速穿过广场的为数不多的人物之一。他骑在马上，有三名骑士在前面开路，一群仆从在后面跟随。他的扈从们像犁铧犁地一般穿过喧嚣拥挤的人群，横冲直撞地将所有挡在前面的人驱向旁边，丝毫不顾忌他们的安全。

他们策马上山来到郡守的城堡。他们招摇地在院子里盘桓了一圈后才下马。扈从们立刻叫喊起马夫和脚夫。拉尔夫很愿意人们都知道他来了。

他心里有些惴惴不安。他的宿敌的儿子就要以谋杀罪受到审判了。他眼看着就能以想象得到的最快意的方式复仇了，但他又有些担心落空。他如此心神不宁，以致自己都感到有些羞耻：他不愿意手下的骑士们知道这事对他有多么重要。他小心翼翼地隐藏着，就连阿兰·弗恩希尔，他都不愿意让他知道自己多么渴望绞死萨姆。他害怕在最后一刻出岔子。再没有人比他更了解司法机制是多么的不牢靠：毕竟，他本人就曾经两度逃脱了绞架。

他将在审判时坐在法官席上，这是他的权利。他将竭尽全力确保万无一失。

他把马缰交给了一名马夫，然后四下望了望。这座城堡不是军事堡垒。尽管建得也很坚固，把守也很严密，但更像一座有院子的酒馆。夏陵的郡守可以安居其中，不必担心被他逮捕的人的亲戚前来报复。城堡中有地牢监禁犯人，也有客房可供来访的法官平安地休息。

伯纳德郡守把拉尔夫领到了他的屋中。郡守是国王派驻本郡的代表，既负责收税，也负责行政、司法事务。这是个油水很大的职位，不仅有俸禄，也能源源不断地收取礼品和贿赂，还能从罚金和没收的保释金中提成。郡守与伯爵的关系往往不好：伯爵地位要高，但郡守有独立的司法权。伯纳德是个与拉尔夫年纪相仿的富裕羊毛商，他对待拉尔夫既有同僚情谊，又谦恭驯顺，让人颇有些不自在。

菲莉帕在专为他们留出的客房里等着拉尔夫。她那灰白色的长发挽成了一个精致的发型，她穿着昂贵的外衣，却是用极土气的灰色和褐色的料子裁成的。昔日傲慢的风度为她赢得了冰美人的声誉，如今却使她看上去不过是个乖戾暴躁的老太太。人们或许会以为她是拉尔夫的母亲呢。

拉尔夫向他的儿子杰里和罗利打了招呼。他不知道究竟该怎样同孩子们打交道。他一向很少见到他们：他们幼年时，当然是女人在照看，而现在他们又在修士的学校里读书。他同他们说话时，多少有些像对待手下的扈从，有时候对他们发号施令，有时候又和蔼地开起玩笑。他心想，也许等他们再大些，就容易交谈了。但这似乎无所谓：无论他做什么，他们都视他为英雄。

“明天你们将坐在法庭里的法官席上，”他说，“我想让你们看看怎样伸张正义。”

年龄稍大的杰里问道：“今天下午我们可以到集市上转转吗?”

“可以——让迪基跟你们一起去。”迪基是伯爵城堡的一名仆役，“给，拿点儿钱去花吧。”他给了他俩一人一把银便士。

孩子们出去了。拉尔夫坐在了屋子的另一端，菲莉帕的对面。他从不碰她，而且总是和她保持距离，以免不小心碰上。他确信她的穿着和举止像个老太太是为了确保自己对他没有吸引力。她还每天都去教堂。

对于两个共同生育了一个孩子的人来说，这真是一种奇怪的关系，但他们已经这样相处了好多年，并且似乎也不大会改变了。至少这让他可以无所顾忌地去挑逗勾引年轻女仆，或者去酒馆里嫖娼。

然而，他们却不得不商量孩子的事情。菲莉帕很有眼光，多年以来，拉尔夫已经意识到，当菲莉帕有不同意见时，与其武断地作出决定，再同她争吵，还不如先和她好好商量。

于是拉尔夫说道：“杰拉德年龄已经够大，可以做一名护卫了。”

菲莉帕说：“我同意。”

“好！”拉尔夫说道。他很感意外——他原本以为要费一番口舌的。

“我已经向戴维·蒙茅斯提起过他了。”她补充了一句。

这句话解释了她为什么会心甘情愿。她先走了一步。“我明白。”拉尔夫说道，心中加紧盘算着。

“戴维同意了，还建议我们一等他满十四岁就把他送过去。”

杰里现在只有十三岁。菲莉帕实际上把他离开的时间推迟了将近一年。但这并不是拉尔夫非常担心的事情。蒙茅斯伯爵戴维娶了菲莉帕的女儿奥狄拉。“做护卫会促使一个男孩变成男子汉，”拉尔夫说，“但杰里到了戴维手下，日子会很容易混。他的继姐喜欢他——也许会袒护他。那样他就经不起摔打了。”他沉思了片刻，又说：“我猜这就是你想送他去那里的原因吧？”

她没有否认，但又说道："我以为你会很高兴加强你与蒙茅斯伯爵的联盟的。"

她说得对。戴维是拉尔夫在贵族中最重要的盟友。把杰里送进蒙茅斯家，就等于在两位伯爵间添了条新纽带。戴维也许会喜欢这孩子。过些年后，也许戴维的儿子也会送到拉尔夫的伯爵城堡来做护卫。这样的家族联系，价值是不可估量的。"你能保证孩子在那边不被惯坏吗？"

"当然能。"

"嗯，那就好。"

"好的。我很高兴来安排这件事。"菲莉帕站起了身。

但拉尔夫的话还没完。"那么罗利呢？他也可以去，那样的话，他俩就在一起了。"

拉尔夫能看出，菲莉帕完全不喜欢这个主张，但她很聪明，没有和他正面交锋。"罗利还有点儿小，"她说，似乎在思考这个问题，"他还没学好功课呢。"

"学习功课对于贵族来说远不如学习打仗重要。毕竟，他是爵位的第二继承人，万一杰里有个……"

"上帝不会容许那种事情发生的。"

"但愿如此。"

"不过，我仍然认为他该等到十四岁。"

"我不知道。罗利总有些女人气。有时候他会让我想起我的哥哥梅尔辛。"他看出她眼里闪过了一丝恐惧，但他猜想她是舍不得小儿子。他本想继续说下去，只为折磨折磨她，然而十岁对于做一名护卫来说也的确太小了。"咱们走着瞧吧，"他含糊地说道，"他早晚得刚强起来。"

"时候到了，他会的。"菲莉帕说。

法官刘易斯·阿宾登老爷不是本地人，是伦敦国王法庭的一名律师，奉旨出巡到各郡法庭审理重案。他胖得像头肥牛，面色白里透红，还留着一副精致的小胡子。他比拉尔夫小十岁。

拉尔夫一再告诫自己不要吃惊。他今年四十四岁。他这代人有一半已经被瘟疫夺去了性命。然而，每当他见到有权有势的人比自己年轻，仍然会感到讶异。

他们和杰里、罗利一起，在法庭客栈的一间侧室中，等待着陪审团集合，嫌犯被从城堡中提来。交谈中拉尔夫了解到刘易斯老爷作为一名年轻护卫参加过克雷西战役，不过拉尔夫记不起他了。他对待拉尔夫小心翼翼，谦恭之极。

拉尔夫敏锐地试探着法官，想看看他有多难缠。“我们发现，雇农法令很难执行，”他说，“农民们一看到有办法赚钱，就全然不顾法律了。”

“每个挣非法工钱的逃亡者背后，都有一个付他们钱的雇主。”法官说。

“对极了！王桥修道院的修女们就从来不遵守这条法令。”

“可是很难起诉修女呀。”

“我不明白为什么。”

刘易斯老爷转换了话题。“你对今天早上这件案子格外感兴趣吗?”他问。也许有人告诉过他，拉尔夫伯爵行使自己坐在法官身旁的权利，还很少见。

“杀人犯是我村上的农奴，”拉尔夫承认说，“不过我今天出席的主要原因是让这两个孩子看看审判将怎样进行。等我一命呜呼后，他俩中的一个很可能会成为伯爵。明天，他们还要去观看绞刑。他们越早看到死人越好。”

刘易斯点头表示赞同。“贵族的儿子可不能心软。”

他们听见法庭的书记员敲响了木槌，隔壁房间里的喧嚣声静了下来。拉尔夫的担忧却没有减弱：他从刘易斯老爷的言谈中没有探听出什么。也许这本身就表明了他将难以施加影响。

法官打开了门并站到一旁，让伯爵走在前面。

房子的近端，两把大木椅摆放在讲台上，旁边有一张矮矮的长凳。当杰里和罗利在长凳上落座时，人群中传来了一阵兴味盎然的低语声。人们看到长大后将成为自己主子的孩子，总会饶有兴趣。但拉尔夫心想，还不止于此，这两个还不到青春期、满脸稚气的孩子，显然与处置暴力、偷盗和欺骗事务的法庭不大相称。他们看上去就像是猪舍里的羊羔。

拉尔夫坐在了两把椅子中的一把上，心里回想着二十二年前的那一天，也是在这个法庭，他作为被控强奸犯站在被告席上——对于一名领主来说，那真是个可笑的指控，而所谓的受害者竟是他自己的农奴。菲莉帕是那场控告的幕后黑手。哼，他已经让她为此尝到了苦头。

在那场审判中，陪审团刚刚宣判拉尔夫有罪，他便夺路而逃了，后来他获得了赦免，参加了国王的军队开赴法国。萨姆这回跑不了了：他没有武器，脚上还戴着铁镣。同法国人的战争似乎也暂时平息了，因而也不可能再有大赦。

宣读起诉书时，拉尔夫仔细地打量起萨姆。他的身材像伍尔夫里克而不像格温达，他是个高大的小伙子，长着一副宽肩膀。假如他出身高贵，倒真是块当战士的好料儿。虽然他的神情举止会让人想到伍尔夫里克，但他长得实际上并不像他。如同很多被指控的人一样，他装出了一副桀骜不驯的表情，掩盖着内心的恐惧。拉尔夫心想，当年我也是这样。

第一个作证的是内森总管。他是死者的父亲，但更重要的是，他证明了萨姆是拉尔夫伯爵的农奴，没有人准许他前往老教堂村。他说他派自己的儿子乔诺跟踪格温达，就是想找到逃亡者。他不讨人喜欢，但他的悲痛却显然是发自内心的。拉尔夫很高兴：这是无可辩驳的罪证。

萨姆的母亲站在他身旁，她的头顶才和她儿子的肩膀一般高。格温达长得不漂亮：她的两只黑眼睛离得太近，又配上了一只鹰钩鼻子，加之前额和下巴向后倾斜得太厉害，使她看上去像只神情坚定的啮齿类动物。然而，格温达身上也有极其性感的一面，哪怕她已人到中年。拉尔夫和她睡觉，已过了二十多年了，可他依然记得她，宛若昨日。他们是在王桥贝尔客栈的一间屋子里做的爱，当时她是跪在床上的。他的脑海里依然能浮现出当时的情景，一想到她那娇小的身躯，他又兴奋起来。他回忆着，她有一头非常浓密的黑头发。

突然，他们的目光相遇了。她迎着他的凝视，似乎在猜测他正想什么。那天晚上在床上，一开始她神情冷漠、一动不动地被动地接受着他的插入，因为是他在逼迫她，但到了后来，某种奇妙的东西征服了她，尽管违背她自己的意愿，她却和他一起有节奏地动了起来。她一定也记起了同样的事情，因为她的脸上明白地现出了羞耻的表情，她迅速地把头扭开了。

在她另一边的也是个小伙子，大概是她的二儿子。这个儿子更像她，长得又矮又瘦，脸上却透着股机灵劲儿。他以一种全神贯注的注视迎接了拉尔夫的目光，好像他很好奇伯爵这会儿在想什么，并认为自己能从拉尔夫的脸上找到答案。

但拉尔夫最感兴趣的还是他们的父亲。自一三三七年羊毛集市上他们打架以来，拉尔夫就一直痛恨伍尔夫里克。他本能地摸了摸被打折的鼻子。近年来又有好几个其他人打伤过他，但还没有人这么严重地伤过他的自尊。不过，拉尔夫对伍尔夫里克的报复也够厉害的。他心想，我剥夺了他的继承权足有十年。我睡了他的老婆。当他试图阻止我逃出这座法庭时，我给他脸上留下了那道疤。当他试图逃亡时，我把他锁回了家。现在我又要绞死他儿子了。

伍尔夫里克比以前胖了些，却不显老。他留着黑白混杂的胡子，但没有掩盖住拉尔夫留给他的那道长长的剑伤。他的脸饱经风霜、密布皱纹。格温达显得怒气冲冲，伍尔夫里克却显得悲痛欲绝。当老教堂村的村民们作证说萨姆是用一把橡木锨砍死乔诺时，格温达眼中闪烁出桀骜的光，伍尔夫里克却痛苦地皱起了眉头。

陪审团主席问萨姆那时候是否一直提心吊胆，害怕丧命。

拉尔夫很是不快。这个问题有替凶手找借口之嫌。

一个独眼的瘦瘦的农民回答道："他不害怕乡长，一点儿也不。不过，我想他怕他母亲。"人们纷纷窃笑起来。

陪审团主席又问，是否乔诺挑起的争斗。这又是一个让拉尔夫心烦的问题，暗示着对萨姆的同情。

"挑起争斗？"那个独眼的人说，"只不过是用铁镣打了他的脸，如果你把这叫做挑起争斗的话。"人们哄堂大笑起来。

伍尔夫里克显得迷惑不解。他的表情在说，我儿子眼看着性命难保，人们怎么还笑得出来？

拉尔夫越发感到焦虑了。这个陪审团主席看来靠不住。

轮到萨姆作证了。拉尔夫注意到这年轻人一说起话来更像伍尔夫里克。那翘起的头和那手势，都让人一下子想到伍尔夫里克。萨姆说他提出第二天一早再见乔诺，但乔诺的回答却是想给他戴铁镣。

拉尔夫对法官耳语起来。"这些都无所谓，"他强压着怒火说道，"不管他害不害怕，不管是不是他挑起的争斗，不管他说没说第二天早上再见。"

刘易斯老爷一言不发。

拉尔夫说："明明白白的事实是，他是个逃亡者，他杀死了去抓他的人。"

"他当然是这么干的。"刘易斯老爷谨慎地答了一句，让拉尔夫丝毫不能放心。

在陪审团讯问萨姆时，拉尔夫扫视起旁听席。梅尔辛夫妇在人群中。凯瑞丝在做修女前，穿着很是时尚，还俗后她又恢复了原状。今天她穿着一件用鲜艳的蓝绿两种颜色的料子做成的长袍，披着有毛皮镶边的"王桥红"斗篷，还戴着一顶小圆帽。拉尔夫记得凯瑞丝从小就和格温达是朋友，实际上那天他们是一起在林子里目睹了托马斯·兰利杀死了两名士兵。为了格温达的缘故，梅尔辛和凯瑞丝一定希望萨姆会被从轻发落。拉尔夫心想，但这事和我有关，那就没门。

继凯瑞丝后担任女修道院副院长的琼嬷嬷也在法庭上，大概是因为女修道院是奥特罕比山谷的所有者，因而也就是萨姆的非法雇主。拉尔夫心想，琼应当和凶手一起站在被告席上；然而当他的目光与她相遇时，她责难地白了他一眼，似乎她认为这起命案是他拉尔夫，而非她本人的过错造成的。

王桥男修道院副院长没有现身。萨姆是菲利蒙副院长的外甥，但菲利蒙并不想让人们注意到他是一个杀人犯的舅舅这一事实。拉尔夫记得，菲利蒙曾经拥有过保护他妹妹的热情，但大概是被岁月消磨掉了。

萨姆的外祖父，声名狼藉的乔比，却来了。他已是个白发苍苍的老人，佝偻着身子，牙齿全脱落了。他来干什么？多年来他一直和格温达不睦，似乎对他外孙也没多少感情。他也许是想趁人们全神贯注于审判之时，从他们的钱包里偷几个子儿。

萨姆站在台下，刘易斯老爷简短地讲了话。他的概括让拉尔夫高兴了起来。"韦格利的萨姆是不是逃亡者？"他问道，"乔诺总管有没有权利逮捕他？萨姆是不是用他的木锨杀死了乔诺？如果对这三个问题的回答都是肯定的，那么萨姆就犯有杀人罪。"

拉尔夫既意外又欣慰。他根本没有纠缠于萨姆是否受到了挑衅。这法官太棒了！

“你们的判决如何？”法官问道。

拉尔夫看了看伍尔夫里克。他像是五雷轰顶一般。这就是冒犯我的人的下场，拉尔夫心想，他真想大声地喊出来。

伍尔夫里克和他目光相遇了。拉尔夫紧盯着他，想看穿他在想什么。他这会儿会是什么心情？拉尔夫看出那是恐惧。伍尔夫里克从来没在拉尔夫面前显示过恐惧，但现在他崩溃了。他的儿子就要死了，这给了他致命一击。拉尔夫凝视着伍尔夫里克那惊惶的眼神，深深地陶醉于一种满足感。二十四年了，他心想，我到底打垮了你。终于，你害怕了。

陪审团商量了起来。主席似乎在和其他人争论。拉尔夫不耐烦地看着他们。法官都发话了，他们还敢说三道四？但陪审团显然是意见不一。拉尔夫心想，煮熟的鸭子，难道还会飞吗？

他们似乎得出了结论，不过他猜不出哪派意见占了上风。主席站起了身。

“我们认为韦格利的萨姆犯有杀人罪。”他说。

拉尔夫又把目光紧盯在他的宿敌身上。伍尔夫里克看上去就像是被捅了一刀。他面色苍白，双目紧闭，似乎疼痛难当。拉尔夫努力克制着，才没有喜形于色。

刘易斯老爷转向了拉尔夫。拉尔夫这才把目光从伍尔夫里克身上移开。“你对判决意下如何？”法官问道。

“对我来说，只有一种选择。”

刘易斯老爷点了点头。“陪审团没有要求从轻发落。”

“他们不希望一个杀死了执法者的逃亡者逍遥法外。”

“那么，这就是最终的判决喽？”

“当然。”

法官转身面向法庭。拉尔夫又一次把目光锁定于伍尔夫里克。所有其他人则都看着刘易斯老爷。法官说道：“韦格利的萨姆，你杀死了你的乡长的儿子，本庭判处你死刑。你将在明天凌晨于夏陵市场广场被处以绞刑，愿上帝宽恕你的灵魂。”

伍尔夫里克趔趄了一下。他的小儿子一把抓住了他的胳膊，扶他站直，否则他一定会摔倒在地上。让他倒下吧，拉尔夫很想说，他完了。

拉尔夫又看了看格温达。她握着萨姆的手，眼睛却瞪着拉尔夫。她的表情让他吃惊。他本以为会看到悲伤、眼泪、尖叫、歇斯底里。但她却平静地瞪着他。她的目光中闪烁着仇恨，但是还有：轻蔑。她不像她丈夫，她没有垮。她不相信这事已定。

拉尔夫惊慌地心想，她像是还藏着一手。

八四

萨姆被带走后，凯瑞丝已泪流满面，梅尔辛却不能装出痛心疾首的样子。这对格温达来说是个噩耗，他也为伍尔夫里克感到非常难过。然而，对世界上的其他人来说，绞死萨姆并不是坏事。乔诺总管是在执法。这也许是条糟糕的法律，是条不公平的法律，是条压迫人的法律——但萨姆也没有权利杀死乔诺。毕竟，内森总管也失去了儿子。虽然没有人喜欢内森，却不能否定这一事实。

一个窃贼被押到了长凳前，梅尔辛和凯瑞丝离开法庭，走进了客栈的餐厅。梅尔辛要了些葡萄酒，给凯瑞丝斟了一杯。过了一会儿，格温达来到他们的桌旁。“现在是中午，”她说，“我们还有十八个小时救萨姆。”

梅尔辛惊讶地看着她。“你有什么办法？”他问。

“我们必须让拉尔夫去求国王赦免他。”

这似乎根本不可能。“你怎么才能说服他那样做?”

“我当然不能,”格温达说,“但是你能。”

梅尔辛感到上了圈套。他认为萨姆不应当被赦免，但另一方面，他又很难拒绝一位母亲的央求。他说:“我曾经替你求过我弟弟——你还记得吧?”

“当然,”格温达说,“为伍尔夫里克继承他父亲土地的事。”

“他断然地拒绝了我。”

“我知道,”她说,“但你得试试。”

“我恐怕不是合适人选。”

“那他还能听得进谁的话呢?”

她说得对。梅尔辛的成功几率不大，但其他人就更没有可能了。

凯瑞丝能看出梅尔辛不情愿，但她帮格温达求起了情。“求求你，梅尔辛,”她说,“想想假如这是洛拉你会怎么感觉。”

他本想说女孩子不会打架，但马上就意识到对洛拉来说，一切都有可能。他叹了口气，说:“我觉得这是白费口舌。”但他看了看凯瑞丝。“不过，为了你的缘故，我会试试的。”

格温达说:“你干吗不现在就去?”

“拉尔夫还在法庭上呢。”

“现在已经到午饭时间了。他们马上就会结束的。你可以在私室等他呀。”

他不能不佩服她的韧劲。“好吧.”他说.

他离开了餐厅，绕到了客栈后。一名卫兵守在法官的私室外。“我是伯爵的哥哥,”梅尔辛对卫兵说,“王桥教区公会的梅尔辛会长。”

“是，会长先生，我认识您,”卫兵说道,“您可以在里面等。”

梅尔辛走进小屋坐下。开口央求他弟弟让他非常不舒服。他们俩已疏远了几十年。拉尔夫早已变得让梅尔辛认不出。梅尔辛不认识这个能强奸安妮特、杀死蒂莉的人。这样的人怎么可能是当年梅尔辛称之为弟弟的那个男孩子？自他们的父母离世后，他们除了在正式场合，根本不见面，即使在正式场合，也极少交谈。以为他会利用他们的关系牟取私利，实在是想当然。他不会为格温达这样做的。但为了凯瑞丝，他不得不这样做。

他没有等太久。只过了几分钟，法官和伯爵就进来了。梅尔辛注意到随着年纪增长，他弟弟的脚跛得更厉害了——这是法国战争给他留下的伤。

刘易斯老爷认识梅尔辛，和他握了手。拉尔夫也和他握了手，然后揶揄地说道："我哥哥来看我，真是难得的喜事呀。"

这嘲讽并非不公平，梅尔辛点头承认了。"不过，"他说，"我想如果有什么人有面子向你求情的话，也就是我了。"

"你有什么需要求情的？你杀人了？"

"还没有。"

刘易斯老爷咯咯地笑了起来。

拉尔夫说："那是什么事？"

"你我都从小就认识格温达。"

拉尔夫点了点头。"我还用你做的弓射死了她的狗。"

梅尔辛倒忘了这事。他这才意识到，那就是拉尔夫后来转变的早期征兆之一。"也许你可以因此赏她个人情。"

"我想内森总管儿子的命比那条倒霉的狗的命要贵，你觉得呢？"

"我不是求你别的。只不过你可以用现在的仁慈补偿那时的残忍嘛。"

"补偿？"拉尔夫说道，他的声音中升起了怒气，梅尔辛立刻明白自己的使命失败了。"补偿？"他敲了敲自己被打折的鼻子，"我该为这个得到什么补偿？”他伸出一根手指，气势汹汹地指着梅尔辛，“我告诉你我为什么不能赦免萨姆。因为今天我在法庭上看到了伍尔夫里克的脸，当他儿子被宣布犯有杀人罪时，你知道我看见了什么？恐惧。那个傲慢无礼的农民终于怕我了。他到底服了。”

“他在你眼里那么重要吗？”

“为了看他那副表情，我不惜绞死六个人。”

梅尔辛准备放弃了，但他一想到格温达的悲伤，便又试了一次。“如果你已经征服了他，你的心愿就已经实现了，是吧？”他分辩道，“那就放过那孩子吧。求求国王赦免他。”

“不。我要让伍尔夫里克永世不得翻身。”

梅尔辛真后悔来了这趟。向拉尔夫施压只会使他更加顽固。拉尔夫报复心如此之重，又如此歹毒，让梅尔辛深感震惊。他再也不想同他弟弟说话了。这种感觉他非常熟悉，拉尔夫没少让他这样过，然而一次次地看清他的真面目仍然让他一次次地惊骇。

梅尔辛转过身去。“好吧，我不能不试试，”他说，“再见。”

拉尔夫又变得和颜悦色起来。“来城堡吃午饭吧，”他说，“郡守摆下了盛宴。带凯瑞丝一起来吧。咱们可以好好谈一谈。菲莉帕跟我一起来了——你喜欢她，对吧？”

梅尔辛一点儿也不想去。“我去问问凯瑞丝吧。”他说。他知道凯瑞丝宁愿同路济弗尔[①]共进午餐。

“那就回头见吧。”

梅尔辛像逃跑一般离开了。

他回到了餐厅。当他穿过屋子时，凯瑞丝和格温达都满怀期望地看着他。他摇了摇头。“我竭尽了全力，”他说，“我很抱歉。”

---

① Lucifer，早期基督教作品中对堕落以前的撒旦的称呼。

格温达预料到了这结果。她感到失望，但并不意外。她觉得自己必须先通过梅尔辛试试，因为她手头的另一副药太猛了。

她草草地谢了梅尔辛，就离开了客栈，前往山上的城堡。伍尔夫里克和戴夫去了郊外的一家小酒馆，他们在那里可以花很少钱吃顿饱饭。伍尔夫里克不太擅长这种事。同拉尔夫这样的人谈判，他的力气和诚实是派不上用场的。

而且，她甚至都不能让伍尔夫里克知道她希望凭什么来说服拉尔夫。

她正往山上走，就听到了背后的马蹄声。她停住脚转过身，看到拉尔夫带着扈从和法官一起疾驰而来。她一动不动地站着，两眼瞪着拉尔夫，以确保他在经过时能注意到自己的眼神。他会猜到她是来找他的。

几分钟后她走进了城堡的院子，但通向郡守官邸的路被栅栏挡住了。她径直来到主楼的门廊，对大厅的门官说道："我是韦格利村的格温达。请通报拉尔夫伯爵我需要单独见他。"

"好的，好的，"门官说，"看看你周围吧：这些人都需要见伯爵、法官或者郡守。"

院子里站着二三十人，有的手里还攥着成卷的状纸。

格温达下定了决心，纵然冒再大的危险，也要把儿子从绞架上救下来——但除非她能在天亮前同拉尔夫说上话，否则她连机会都没有。

"要多少钱？"她问门官。

他看了看她，模样不那么凶蛮了。"我不能保证他会见你。"

"你可以把我的名字告诉他。"

"两先令。二十四个银便士。"

这不是个小数目，但格温达的包里装着家里全部的积蓄。然而，她还不打算就这么把钱交出去。"我叫什么名字？"她问。

“我不知道。”

“我刚才告诉过你了。如果你都没记住，你怎么告诉拉尔夫伯爵我的名字。”

他耸了耸肩。“你再告诉我一遍吧。”

“韦格利村的格温达。”

“好的。我会向他提起的。”

格温达把手伸进了包里，掏出了一把小银币，点出了二十四枚。这是一个雇农四个星期的工钱。格温达想着她为挣到这笔钱付出的艰辛劳动。现在，这个游手好闲、盛气凌人的门官却什么也不用做就要得到这笔钱了。

门官伸出了手。

她问：“我叫什么名字？”

“格温达。”

“哪个村的格温达？”

“韦格利。”他又补了一句，“今天上午审的杀人犯就是你们村的，是吧？”

她把钱给了他。“伯爵会见我的。”她尽可能有力地说道。

门官把钱装进了口袋。

格温达退到了院子里，不知道自己的钱会不会打水漂。

过了一会儿后，她看到了一个宽肩膀上顶着个小脑袋的熟悉的身影：阿兰·弗恩希尔。这可真是走运。他正从马厩那边走向大厅。院子里的其他请愿者都不认识他。格温达走到了他面前。“你好，阿兰。”她说。

“现在是阿兰老爷了。”

“祝贺你。你能告诉拉尔夫说我想见他吗？”

“我不用问你有什么事吗？”

“就说我想单独见他。”

阿兰扬了扬眉毛。“请别见怪，不过你上回还是个姑娘家。现在可老了二十多岁了。”

“咱们还是由他来决定，好吗?”

“当然。”他带有侮辱意味地咧嘴一笑，“我知道他还记得贝尔客栈的那天下午。”

没错，那天阿兰也在场。他亲眼目睹了格温达脱去衣服，还紧盯着她赤裸的身体看。他看着她走向床，跪在垫子上，把脸扭向了一边。当拉尔夫说她从后面看更好看时，他还猥亵地大笑呢。

她忍住了厌恶，藏起了羞耻。“我希望他记得。”她尽量不动声色地说道。

其他请愿者也意识到阿兰一定是个重要人物。他们也围了过来，向他央告乞求。阿兰推开了他们，走进了大厅。

格温达静下心来等。

一个小时过去了，拉尔夫显然不打算在午饭前见她。她找到了一块不那么泥泞的地面，背靠着石墙坐下了，但她的眼睛一刻也没有离开大厅的门口。

第二个小时过去了，第三个小时也过去了。贵族的午餐经常会持续整整一下午。格温达不明白他们怎么能一连吃喝那么长时间。难道他们不会撑着?

她这一天还一点儿东西没吃呢，但她紧张得根本没觉得饿。

四月的天气阴沉沉的，天很早就开始黑下来。格温达坐在冰凉的地上瑟瑟发抖，但她一直坐在那里。这是她唯一的机会。

仆人们出来点亮了院子四周的火炬。一些房间的百叶窗后面也亮起了灯。夜幕降临了，格温达意识到离天亮只有十二个小时左右了。她想着这时正坐在城堡下面地牢里某间牢房地上的萨姆，不知道他冷不冷。她强忍着眼泪。

事情还没完，她对自己说，但她的勇气在减弱。

一个高大的身影挡住了最近一支火炬的光。她抬起头来，看到了阿兰。她的心跳加剧了。

“跟我来吧。”他说。

她一跃而起，走向了大厅的门。

“不是那边。”

她诧异地看着他。

“你说要单独见他，不是吗?”阿兰说，“他不打算在和伯爵夫人共用的房间里见你。这边来吧。”

她跟着他穿过了马厩附近的一扇小门。他领着她经过了几间房子，又上了一段楼梯。他打开了一间狭小的卧室的门。她走了进去。阿兰没有跟她进去，而是在外面关上了门。

这是一间低矮的屋子，几乎完全被一张床塞满。拉尔夫只穿着内裤站在窗前。他的靴子和外衣都堆在地上。他的脸喝得通红，但他的声音既清晰又镇定。“脱掉你的衣服。”他说，面带的微笑表示他已有所预料。

格温达说：“不。”

他似乎吓了一跳。

“我不会脱掉我的衣服的。”她说。

“那你为什么对阿兰说想单独见我?”

“以便让你以为我想和你性交。”

“可如果不……你来这儿干什么?”

“求你去要国王赦免萨姆。”

“而你却不肯献身于我?”

“我为什么要献身于你?我已经那样做过一回了，而你违背了诺言。你破坏了交易。我把身子给了你，你却没把我丈夫的土地给他。”她故意让拉尔夫从她的声音中听出轻蔑来，“你还会那样做的。你的信誉已经一钱不值了。你让我想起了我父亲。”

拉尔夫勃然作色。对一位伯爵说他不值得信任，是一种侮辱，而把他和一个在森林里逮松鼠的无地雇农相比，更是严重冒犯。他愤愤地说道："你以为这样就能说服我吗？"

"不。但你会去请求赦免的。"

"为什么？"

"因为萨姆是你的儿子。"

拉尔夫紧盯了她一会儿。"哈，"他鄙夷地说道，"你以为我会相信吗？"

"他是你的儿子。"她重复了一遍。

"你没法证明。"

"是的，我没法，"她说，"但你知道在萨姆出生前九个月，我和你在王桥的贝尔客栈睡过觉。不错，我也和伍尔夫里克睡过觉。可你们谁是他的父亲呢？的确，他有些习性像伍尔夫里克——那是二十二年中学来的。可你看看他的模样。"

她从拉尔夫的表情看出他陷入了沉思，知道自己的话击中了要害。

"最重要的是，想想他的性格吧，"她穷追猛打地说道，"你听到了审判时的证词。萨姆可不是像伍尔夫里克那样只想把乔诺打跑。他不是打倒他再把他扶起来，伍尔夫里克会那样做的。伍尔夫里克身强力壮，也容易动怒，但他心肠软。萨姆可不是。萨姆是用木锨打乔诺的，那一下子能把任何人打昏；接着，还没等乔诺倒下，萨姆就又打了他一下，虽然他已经无力还手了，可这下更狠；再接着，就在乔诺歪歪斜斜地马上要倒在地上时，萨姆又打了一下。要不是老教堂村的农民们扑过去抓住了他，他还会用那把血淋淋的木锨继续打，直到把乔诺的脑袋拍个稀巴烂。他想杀人！"她意识到自己在哭，便用袖子抹了抹眼泪。

拉尔夫紧盯着她，一副震惊的样子。

“他那杀人的天性从哪里来，拉尔夫？”她说，“想想你自己的黑心肠吧。萨姆是你的儿子。求上帝宽恕我，他也是我儿子。”

格温达走后，拉尔夫坐在小屋的床上，凝视着蜡烛的火苗。这可能吗？在对格温达合适的情况下，她当然会撒谎。没必要相信她。但萨姆是拉尔夫的儿子，可能性和是伍尔夫里克的儿子一样大。他们都在那关键时刻和格温达睡过觉。真相也许永远弄不清。

然而，萨姆是他的儿子，单是这种可能性就让拉尔夫的心中充满了恐惧。难道他要绞死的是他自己的儿子吗？他为伍尔夫里克准备的严厉惩罚也许要降临到他自己头上。

已经入夜了。绞刑将在天亮时执行。拉尔夫没有多长时间决断了。

他端起蜡烛离开了小屋。他来这里本是为获得肉欲的满足，却得到了生命的震撼。

他走到屋外，穿过院子，来到了地牢。房子的一层是郡守下属的办公室。他走进屋，对值班的人说道：“我想见见杀人犯，韦格利的萨姆。”

“遵命，我的爵爷，”狱卒说道，“我给您带路。”他端着盏灯，把拉尔夫领到隔壁屋里。

地上有格栅，气味恶臭。拉尔夫通过格栅向下一望。牢房有九到十英尺深，墙是石头砌的，地上很脏。里面没有家具，萨姆背靠着墙，坐在地上。他身旁有一个木头做的罐子，大概盛着水。地上的一个小坑似乎就是茅坑。萨姆抬头瞟了一眼，就漠然地扭过头去了。

“打开。”拉尔夫说。

狱卒用钥匙开了锁，装着铰链的格栅弹了起来。

“我要下去。”

狱卒吓了一跳，但不敢跟伯爵顶嘴。他搬过了一架靠在墙上的梯子，放进了牢房里。“多加小心，我的爵爷，”他怯怯地说道，“您记住，这恶棍可是无所顾忌了。”

拉尔夫端着蜡烛，顺着梯子爬了下去。臭味令人作呕，他却毫不在意。他下到梯子底部后，转过身来。

萨姆厌恶地抬头看了他一眼，说：“你想干什么？”

拉尔夫注视着他。他俯下身子，把蜡烛凑近萨姆，仔细地端详起他的五官，努力地与自己照镜子时看到的那张脸对比着。

“你要怎样？”萨姆问道。拉尔夫目不转睛的凝视让他有些害怕。

拉尔夫没有回答。这是他自己的儿子吗？他心想，有可能。很有可能。萨姆是个帅小伙儿，而拉尔夫年轻时，在鼻子被打折前，人人也都说他英俊。早先在法庭上，拉尔夫就觉得萨姆的脸在让他想起什么人，这时他全神贯注，绞尽脑汁地想着萨姆会让他想到谁。直直的鼻子，瞪大的黑眼睛，一头会让少女们钦羡的浓密头发……

他想起来了。

萨姆像拉尔夫自己的母亲，已故的莫德太太。

“我的天哪。”他叫了一声，但声音像是在耳语。

“什么？”萨姆说道，声音中流露出了恐惧。“你想怎样？”

拉尔夫必须说话了。“你母亲……”他刚一开口，声音就变小了。他的喉咙因为激动而哽住了，使他难于发声。他又试了一遍。“你母亲为你求情了……很有说服力。”

萨姆警觉了起来，什么也没说。他以为拉尔夫是来戏弄他的。

“告诉我，”拉尔夫说，“你用木锹打乔诺时……你是想打死他吗？你要说实话，你已经没什么可害怕的了。”

“我当然是想打死他，”萨姆说，“他想抓我。”

拉尔夫点了点头。“我也会那么想的。”他说。他停顿了一下，打量了一番萨姆，又说：“我也会那么想的。”

他站起身来，转向了梯子，犹豫了一下，然后又转过身来，把蜡烛放在了萨姆旁边的地上。然后他爬了上去。

狱卒又重新把格栅锁上。

拉尔夫对他说：“绞刑取消了。这个犯人将得到赦免。我这就去跟郡守说。”

他离开时，狱卒打了个大大的喷嚏。

八五

梅尔辛和凯瑞丝从夏陵回到王桥后，发现洛拉失踪了。

在他们家服务已久的仆人阿恩和埃姆等在花园的门口，看上去像是一整天都呆立在那里。埃姆刚一开口就泣不成声了，阿恩告诉了他们这个消息。“洛拉不见了，”他发狂地说道，“我们不知道她去哪儿了。”

梅尔辛一开始没明白过来。“晚饭的时候她就会回来的。”他说，“别担心，埃姆。”

“可她昨晚就没回来，今天白天也没回来。”埃姆说。

梅尔辛这才明白了他们的意思。她跑了。一阵恐惧像冬日的寒风一样令他浑身发凉、心头发紧。她才十六岁呀。有好长一阵子他没法理性地思考，只是在脑海里勾勒着她的模样。她不是孩子了，也还没到成年，像她母亲一样长着撩人的黑褐色眼睛和性感的大嘴，还有一副无忧无虑、故作自信的表情。

当他恢复了理智后，他问自己哪里做错了。自洛拉五岁起，他就时常在外出时把她留给阿恩和埃姆照顾几天，从来没出过岔子。难道有什么情况发生变化了？

他意识到，自两个星期前的复活节星期天，他抓着她的胳膊把她从白马客栈门外她那些狐朋狗友们身旁拽开后，他就几乎没和她说过话。全家人吃饭时，她在楼上生闷气，甚至在萨姆被捕时都没露面。几天后，当梅尔辛和凯瑞丝和她吻别，动身前往夏陵时，她仍在怄气。

负疚感刺痛了他。他待她太粗暴了，是他赶走了她。不知道西尔维娅的魂灵是否正看着他，因为他没有照顾好他们的女儿而鄙视他呢？

他又想起了洛拉的那些狐朋狗友们。“那个叫贾克·莱利的家伙一定跟这事有关，”他说，“你去找过他吗，阿恩？”

“没有，主人。”

“我最好是现在就去。你知道他住在哪里吗？”

“他在圣保罗教堂后面渔贩家隔壁租房子住。”

凯瑞丝对梅尔辛说：“我跟你一起去。”

他们过了桥回到城里，向西走去。圣保罗教区囊括了码头一带各类匠人的作坊，有屠宰场、锯木场、手工作坊、皮匠作坊，自“王桥红”发明后，染匠作坊像九月的蘑菇一般激增起来。梅尔辛径直走向圣保罗教堂的矮塔，越过这一片低矮的房屋屋顶，能够看到矮塔的塔尖。他循着气味找到了渔贩家，敲响了隔壁破旧的大房子的门。

是萨尔·索耶斯开的门，她是个穷寡妇，丈夫是个打零工的木匠，死于瘟疫。“贾克有时候回来，有时候不回来，没准儿，会长先生，”她说，“这回我有一个星期没见他了。只要他付房钱，我从来不管他。”

凯瑞丝问：“他走的时候，洛拉跟他在一起吗？”

萨尔小心翼翼地斜睨了梅尔辛一眼。“我不喜欢说别人坏话。”她说。

梅尔辛说："请把你知道的事情告诉我。我不会生气的。"

"她通常都跟他在一起。不管贾克要她干什么，她都会去干。我不会再多说什么了。如果你们找到贾克，你们就能找到她。"

"你知道他可能去哪里吗?"

"他从来不说。"

"你能想到有什么人会知道吗?"

"除她之外，他从不把朋友带到这里来。但我相信他的伙伴们通常都能在白马客栈找到。"

梅尔辛点了点头。"我们去那儿看看。谢谢你，萨尔。"

"她会一切都好的，"萨尔说，"她只不过要野一段时间。"

"但愿像你说的那样。"

梅尔辛和凯瑞丝又往回走，来到河边离桥不远的白马客栈。梅尔辛回忆起在瘟疫最为严重的时期，他亲眼所见发生在这里的纵酒狂欢，当时垂死的客栈主人大卫·白马拿出了他所有的淡啤酒供大家免费畅饮。这地方此后沉寂了好多年，但现在又成了热闹的酒馆。梅尔辛经常想这地方为什么受欢迎，却百思不得其解。酒馆的屋子又狭小又肮脏，还经常发生打斗。平均每年都有一个人被杀死在这里。

他们走进了一间烟雾弥漫的屋子。下午才过了一半，已经有十几个懒散的酒客坐在长凳上了。还有一小群人聚在一张十五子棋棋盘旁，桌上的几小堆银便士显然是赌注。一个名叫乔伊的红脸颊妓女见有新客人进来，满怀期望地抬起头来，但当她看清来者是什么人后，又恢复了原先那种懒洋洋的神态。在一个角落里，一个男人正在给一个女人展示一件看上去很贵的外衣，显然是在推销，但他一看见梅尔辛，就赶紧把衣服折起来，收到了看不见的地方。梅尔辛猜这是偷来的赃物。

店主埃文正吃着一块煎咸肉，作为推迟的午餐。他站起身来，在外套上擦了擦手，有些不安地说道："日安，会长先生——很荣幸您光临小店，要我给您斟一壶淡啤酒吗？"

"我是来找我女儿洛拉的。"梅尔辛直截了当地说道。

"我已经有一个星期没看见她了。"埃文说。

梅尔辛想起，萨尔也说有一个星期没见贾克了。他对埃文说："她可能和贾克·莱利在一起。"

"是的，我注意到他俩很友好，"埃文的回答很得体，"贾克走了也有一个星期了。"

"你知道他去哪里了吗？"

"贾克是个口紧的家伙，"埃文说，"如果你问他夏陵有多远，他都会摇摇头，皱皱眉，说这不关他的事，他没必要知道。"

妓女乔伊一直在听他们交谈，这时插嘴了："不过，他出手可大方，"她说，"该公平还是得公平。"

梅尔辛瞪了她一眼。"他的钱从哪儿来？"

"马，"她说，"他在乡下四处转悠，从农民手里买小马驹，再到城里卖了。"

他的马也许是从不留神的旅客那里偷来的，梅尔辛烦躁地想道。"他会不会现在就去办这事了——买马？"

埃文说："很有可能。马上就有一连串集市要举行了。他可能是添货去了。"

"洛拉可能跟他一起去了。"

"我不想惹您生气，会长先生，但这很可能。"

"惹我生气的不是你。"梅尔辛说。他草草地点了点头以示告别，就离开了酒馆，凯瑞丝跟在他身后。

"看看她干的这事，"他气愤地说道，"她跟贾克跑了。她大概还以为这是场美妙的历险呢。"

"恐怕这回你说得对，"凯瑞丝说，"但愿她没怀孕。"

"但愿最坏不过如此吧。"

他们不自觉地一起往家走去。过桥的时候，梅尔辛在桥的最高点停住脚，越过郊区低矮的屋顶眺望起远处的森林。他年少的女儿就和一个面目不清的马贩子在那里的某个地方。她身处危险中，他却没办法保护她。

第二天一早，梅尔辛来到大教堂，想检查新塔楼的工程进度，却发现所有的工作都停了下来。"这是副院长的命令。"梅尔辛问托马斯兄弟时，他这样答道。托马斯已经将近六十岁了，而且老态龙钟，他那战士的体型已经无迹可寻，如今弓腰驼背，步履蹒跚。"南廊有塌方。"他补充了一句。

梅尔辛瞟了法国人巴泰勒米一眼，他是个饱经风霜的诺曼底老石匠，这时正坐在客房外磨一把凿子。巴泰勒米摇了摇头。

"那次塌方已经是二十四年前的事了，托马斯兄弟。"梅尔辛说。

"啊，是的，你说得对，"托马斯说，"我的记性不如从前了，你知道。"

梅尔辛拍了拍他的肩。"咱们都老了。"

巴泰勒米说："如果你想见副院长的话，他在塔楼上。"

梅尔辛当然想见。他走进了北交叉甬道，穿过一座小拱门，爬上了墙里的一条窄窄的螺旋梯。当他穿过旧的交叉路口，走进新塔楼时，石头的颜色由乌云般的灰黑色变成了清晨天空那种明亮的珍珠色。这是一段长长的阶梯：塔楼已经有三百多英尺高了。然而，他却健步如飞。十一年了，他几乎每天都要爬这段阶梯，而且每次爬时，阶梯都会再增高些。他突然想到，如今体态已非常臃肿的菲利蒙，一定是有什么极其重要的原因，才会拖着他那肥胖的身躯爬上这么多级台阶。

在距塔顶不远的地方，梅尔辛穿过了一间装有一个巨大轮子的房间。这是一个有两人高的木制旋转提升机械，用于把石头、灰泥和木材吊到需要的地方。塔尖完工后，轮子也将永久保留在那里，以供后代的建筑匠维修时使用，直到末日审判的号声吹响。

他来到了塔顶，一股地面上感觉不到的凛冽寒风正在劲吹着。塔的最高层内部有一圈围起的步道。八角形的孔的四周，已经为建造尖塔的石匠们搭起了脚手架。附近堆着一堆切割好的石块，一块木板上还有一堆已经变干从而没用了的灰泥。

这里没有工匠。菲利蒙副院长和石匠哈罗德一起站在远端。他们谈得正酣，但一看见梅尔辛，就做贼心虚地闭上了嘴。梅尔辛不得不在风中大喊着，让他们听见自己的话。“你们为什么要停工?”

菲利蒙的回答是早已准备好的。“你的设计有问题。”

梅尔辛看了看哈罗德。“你是说有人不明白吗?”

“有经验的人说这个样子没法建。”菲利蒙挑衅般地说。

“有经验的人?”梅尔辛轻蔑地重复了一遍，“王桥有谁有经验?有谁建过桥?有谁和佛罗伦萨的大建筑师们一起工作过?有谁去过罗马、阿维尼翁、巴黎、鲁昂?这位哈罗德当然没有了。别见怪，哈罗德，可你连伦敦都没去过。”

哈罗德说：“不是我一个人认为在没有模架的情况下是不可能建八角形的塔楼的。”

梅尔辛本想说些讽刺的话，但克制住了自己。他意识到，菲利蒙一定还另有手段。这位副院长蓄意挑起争端，必然是拥有比石匠哈罗德的意见更强大的武器。他大概已经赢得了一些公会成员的支持——但他是怎么得手的呢?准备声称梅尔辛的尖塔不可能建成的其他建筑匠一定是获得了什么好处。可能是提供给他们的建筑项目。“到底是什么?”他问菲利蒙，“你打算建的是什么?”

“我不明白你的意思。”菲利蒙盛气凌人地说道。

“你已经另有建筑项目了。你给了哈罗德和他的朋友们一些活儿。是什么建筑?”

“你在说什么?”

“是为你自己建一座更大的宫殿?还是建一座新的会议室?总不会是医院吧，我们已经有三座医院了。说吧，你最好还是告诉我。除非你心里有鬼。”

菲利蒙被激怒了，答道:“修士们希望建一座圣母堂。”

“啊。”这倒说得通。对圣母的膜拜正变得越来越流行。教会高层首肯是因为崇拜马利亚的浪潮多少抵消了自瘟疫以来便折磨着教会会众的怀疑论调和异端邪说。无数的大小教堂都在其建筑的最东端——也是最神圣的地方——增建了一个专门供奉圣母的小礼拜堂。梅尔辛不喜欢这种建筑:因为大多数教堂的圣母堂都一眼就能看出是后添加的，而且也的确如此。

菲利蒙的动机是什么?他总是在努力迎合某些人——这是他惯用的伎俩。在王桥建一座圣母堂无疑将取悦保守的高级教士。

这是菲利蒙在这方面采取的第二个行动。在复活节星期天，他在大教堂的讲坛上谴责了人体解剖。梅尔辛意识到，他在发动一场战役。但目的是什么呢?

梅尔辛决定在看清菲利蒙的意图前先不轻举妄动。他没有多说一句话，便离开了塔顶，沿着一系列梯子和阶梯下到了地面上。

梅尔辛在午饭时间赶回了家。几分钟后，凯瑞丝从医院回来了。“托马斯兄弟情况更糟了，”他对凯瑞丝说，“能为他做些什么吗?”

她摇了摇头。“人的衰老是没法救治的。”

“他跟我说南廊塌方了，好像是昨天才塌的一样。”

“这是典型症状。他记得遥远的过去的事情，却不知道今天正发生着什么事。可怜的托马斯。他的病情也许会迅速加剧。不过至少他身处熟悉的环境中。修道院这几十年没什么大变化。他的日常生活恐怕也同从前差不多。这对他有好处。”

他们坐下来吃着韭菜和薄荷炖的羊肉，梅尔辛向凯瑞丝讲述了上午的事情。几十年来，他们一直在同王桥修道院的副院长斗争：先是安东尼，继而是戈德温，现在是菲利蒙。他们本以为获得了国王的自治特许将结束这场旷日持久的战斗。这当然大有裨益，但看来菲利蒙还没有放弃争斗。

“我倒并不担心尖塔，”梅尔辛说，“亨利主教会否定菲利蒙的决定的，只要他一听说，就会立刻下令恢复工程的。亨利想当英格兰最高的大教堂的主教。”

“菲利蒙一定也知道这点。”凯瑞丝若有所思地说道。

“也许他只是想摆个建圣母堂的姿态，因为尝试而获得赞许，再把没有建成归咎于其他人。”

“也许吧。”凯瑞丝心怀疑虑地说道。

“但他真正的目的是什么呢?”在梅尔辛的心中，这是更为重要的问题。

“菲利蒙所做的一切，都是受让他觉得自己重要这一动机驱使的，”凯瑞丝把握十足地说道，“我猜想他是在谋求晋升。”

“那他在指望什么职位呢？蒙茅斯的大主教好像快死了，但菲利蒙肯定不能打那个主意吧?”

“他一定知道些我们不知道的事情。”

不等他们再多说什么，洛拉走了进来。

梅尔辛的第一反应是一阵强烈的宽慰，他险些流下了眼泪。她回来了，她平安地回来了。他上下打量了她一番。她没有受伤的迹象，步履轻快有力，只不过她的脸上还是通常那副闷闷不乐、冷若冰霜的表情。

凯瑞丝先说了话。“你回来了！”她说，“我太高兴了！”

“是吗?”洛拉说。她经常说觉得凯瑞丝不喜欢她。虽然梅尔辛不会上当，但凯瑞丝却会起疑，因为她对不是洛拉的生母非常敏感。

“我们都很高兴，”梅尔辛说，“你吓坏我们了。”

“为什么?”洛拉把斗篷挂在挂钩上，就坐在了桌旁。“我一切都非常好。”

“可我们不知道啊，所以我们非常担忧。”

“你们没必要嘛，”洛拉说，“我能照顾好自己。”

梅尔辛强压住怒火。“我不大相信你能。”他尽可能温和地说道。

凯瑞丝连忙插嘴，想降降温。“你到哪儿去了?”她问，“你出去了两个星期。”

“不同的地方。”

梅尔辛追问道：“你能给我们举一两个例子吗?”

“穆德福德路口、卡斯特罕姆、奥特罕比……”

“你都干什么了?”

“你们是在盘问我吗?”洛拉生气地说道，“我必须回答所有这些问题吗?”

凯瑞丝把一只手放在梅尔辛的胳膊上以示劝阻，然后对洛拉说：“我们只是想知道你有没有过危险。”

梅尔辛说：“我还想知道你跟谁一起旅行的。”

“没什么特别的人。”

“那就是说，是贾克·莱利?”

她耸了耸肩，显得有些发窘。“是。”她说，好像这是细枝末节。

梅尔辛本打算原谅她、拥抱她，她却不让他这样做。他努力保持着语气柔和，问道：“你和贾克是怎么睡的?”

"这不关你的事！"她大喊道。

"不，关我的事！"梅尔辛也咆哮起来，"这是我的事，也是你继母的事。假如你怀孕了，谁来照看你的孩子？你敢肯定那个贾克能把一切都安排好吗？他准备好做丈夫和父亲了吗？你跟他谈过这些吗？"

"别说了！"她吼道，然后放声大哭，跺着脚跑上楼去。

梅尔辛说："有时候我真希望咱们都住在一间屋里——那她就没法耍心眼儿了。"

"你对她不够温和。"凯瑞丝语气柔和地表达了自己的异议。

"那我该怎么办？"梅尔辛说，"你看她说话的态度，好像她什么都没做错似的。"

"不过，她了解实情，所以她才大哭的。"

"噢，见鬼。"他说。

有人敲门，一个见习修士从门后探出头来。"请原谅我打搅您，会长先生，"他说，"格利高里·朗费罗老爷来修道院了，他希望您在方便的时候尽快赏光，有要事相商。"

"讨厌，"梅尔辛说，"告诉他我马上就到。"

"谢谢您。"见习修士说完，就走了。

梅尔辛对凯瑞丝说："也许这正好让她有时间冷静冷静。"

"你也该冷静冷静。"凯瑞丝说。

"你不是站在她一边说话吧，呃？"梅尔辛有点生气地说。

凯瑞丝微笑着碰了碰他的胳膊。"我永远站在你一边，"她说，"不过我记得十六岁的姑娘是什么样。对于她和贾克的关系，她像你一样担忧。但她不肯承认，哪怕是对她自己，因为那会伤她的自尊。所以她气恼你说出了实情。她围绕着自己的自尊心建起了一道脆弱的防线，你却把它撕裂了。"

"我该怎么办？"

“帮她建一道更好的防线。”

“我不明白你的意思。”

“你会明白的。”

“我得去见格利高里老爷了。”梅尔辛站起了身。

凯瑞丝伸出双臂搂住他，吻了吻他的嘴唇。“你是个尽心尽力的好人，我整个心都在爱你。”她说。

这使他沮丧的心情得到了极大的安慰，当他大步流星地过桥走上主街来到修道院时，他的心平静了下来。他不喜欢格利高里。这个人狡诈、无耻，为他的国王主子效劳时不择手段，就像戈德温当副院长时菲利蒙伺奉他那样。梅尔辛不安地思忖着格利高里想同他谈什么。很可能是税的问题——这永远是国王忧心的事情。

梅尔辛首先来到副院长宅第，菲利蒙显得很高兴见到他，告诉他格利高里老爷在大教堂南侧的修士宿舍里。梅尔辛不知道他做了什么，竟获得了在那里讲演的权利。

这位律师也老了。他的头发白了，高高的个子佝偻了，深深的皱纹像括弧一样在那个时常发出哧声的鼻子两侧展开，还有一只眼睛也浑浊了。但另一只眼睛依然相当锐利，尽管他和梅尔辛已经十年没见了，却一眼就认出了他。“会长先生，”他说，“蒙茅斯的大主教去世了。”

“愿他的灵魂安息。”梅尔辛像条件反射一般说道。

“阿门。国王陛下鉴于我要路经他的王桥自治市，要求我代表他问候你，并向你通报这一重要消息。”

“我很感激。大主教的去世并不令人意外。他一直在患病。”梅尔辛疑惑地心想，国王让格利高里来见他，当然不会只是传达一条令人感兴趣的消息。

“如果你不介意的话，我要说你是个足智多谋的人，”格利高里爽快地说道，“我在二十多年前首先认识了尊夫人。自那以后，我就看到你们二位步步为营，稳扎稳打，最终控制了王桥镇。你得到了你所心仪的一切：桥、医院、自治特许，而且你们二位也终成眷属。你不仅意志坚定，而且很有耐心。”

格利高里的语气是居高临下的，但梅尔辛还是从他的奉承中听出了一丝敬佩。他不断地告诫自己保持警惕：像格利高里这样的人的赞扬，肯定是怀有目的的。

“我还顺路看望了阿伯加文尼修道院的修士们，他们必须投票选出一位新的大主教。”格利高里靠在了椅子上，“几百年前，当基督教刚刚传入英格兰时，修士们就是通过选举产生他们的上司的。”解释是老年人的习惯，梅尔辛回想着：格利高里年轻时可没这么啰嗦。“如今，主教和大主教位高权重，当然不能再由一小股与世隔绝的虔诚空想家们来选择了。国王作出了他的选择，而教皇陛下批准了国王的决定。”

梅尔辛心想，就连我都知道事情绝没有那么简单。通常都要经过一番较力的。但他什么也没说。

格利高里继续说道：“不过，修士们的选举仪式还得举行，控制它比废除它要容易。所以我来了。”

“那么你是来告诉修士们选谁的。”梅尔辛说。

“坦白地说，是这样的。”

“你会叫他们选谁呢？”

“我没说过吗？就是你们的亨利主教呀。他是个出色的人才：忠诚、可信，从来不惹麻烦。”

“噢，天哪。”

“你不高兴吗？”格利高里脸上轻松的表情烟消云散了，变得聚精会神起来。

梅尔辛意识到这才是格利高里来这里的真正目的：探查以梅尔辛为代表的王桥人对他的计划的感受，看看他们是否会反对他。梅尔辛整理着思路。产生一位新主教有可能危及尖塔的建设和医院的前景。“亨利是王桥力量平衡的关键，”他说，“十年前，商人、修士和医院之间达成了一种休战协议。结果，三方都得到了巨大繁荣。”为了迎合格利高里的兴趣——也就是国王的兴趣——他又补充了一句：“这种繁荣保证了我们能缴这么高的税。”

格利高里点了一下头，表示承认。

“亨利的离去显然会使我们之间稳定的关系产生疑问。”

“我想，恐怕是要看谁接替他吧？”

“的确如此。”梅尔辛说。他想：现在咱们该说说关键问题了。“你心目中有什么人选吗？”他问。

“显见的人选是菲利蒙副院长。”

“不！”梅尔辛惊呆了，“菲利蒙！为什么？”

“他非常保守，在如今这个怀疑论调和异端邪说甚嚣尘上的时候，这一点对于教会高层来说很重要。”

“当然。现在我明白他为什么要在布道时反对解剖了。还有他为什么要建圣母堂了。”梅尔辛心想，我早该预料到才对。

“而且他还到处宣扬他不会影响教士们的税收——这是经常引发国王和一些主教之间冲突的根源之一。”

“菲利蒙早就有预谋了。”梅尔辛对自己的麻痹大意深感懊悔。

“我想，自大主教患病起就有了。”

“这真是大难临头了。”

“你为什么这么说？”

“菲利蒙心狠手辣、睚眦必报。他要是当上主教，肯定把王桥搅得鸡犬不宁。我们必须阻止他。”他直视着格利高里的眼睛，“你为什么要来这里预先警告我？”他刚问出这个问题，就自己想到了答案。“你也不希望菲利蒙得逞。用不着我来告诉你他有多麻烦——你已经领教过了。不过你没法直率地否决他，因为他已经赢得了某些高级教士的支持。”格利高里笑而不答，梅尔辛认为这意味着自己猜对了。“那么你想要我做什么呢?”

“假如我是你，”格利高里说，“我首先要另找一位候选人来顶替菲利蒙。”

有道理。梅尔辛沉思着，点了点头。“我要考虑一下。”他说。

“好的。”格利高里站起了身，梅尔辛意识到会谈结束了。“考虑好后，请把你的决定告诉我。”格利高里补充了一句。

梅尔辛一路沉思着，离开修道院，走回麻风病人岛。他可以提议谁来做王桥主教呢？镇民们一向与劳埃德副主教相处融洽，但他太老了——如果让他当选，弄不好一年后就得重选一次。

直到他到家时，他仍然没有想出合适人选。他在客厅里找到凯瑞丝，正要问她，她却先开了口。她站在那里，面色苍白，一副吓坏了的样子。她说：“洛拉又不见了。”

八六

教士们说礼拜天是休息日，可格温达从来没休息过。今天，在教堂里做过礼拜，又吃过午饭后，她和伍尔夫里克一起在屋后的花园里干活儿。这是个很不错的花园，有半英亩大。园里有一个鸡舍、一棵梨树和一个谷仓。在远端的一块菜地里，伍尔夫里克犁着沟，格温达播撒着豌豆种。

男孩子们都到邻村去参加足球比赛了，这是他们星期天通常的消遣。足球对于农民来说，相当于贵族的马上比武：都是在模仿战斗，有时候还会真的有人受伤。格温达心里祈祷着她的儿子们能够完好无损地回家。

今天萨姆很早就回来了。“球爆了。”他气恼地说道。

“戴夫呢?”格温达问。

“他没去踢球。”

“我还以为他跟你在一起呢。”

“没有，他经常一个人溜走。”

“这我倒不知道。”格温达皱起了眉，“他去哪儿了?”

萨姆耸了耸肩。“他没跟我说。”

他也许是去见女孩子了，格温达心想。戴夫对所有的事情都保密。如果是去见女孩子，那么是谁呢？韦格利村合适的姑娘不多。那些从瘟疫中幸存下来的都迅速结了婚，好像是急于为这片土地添丁进口；而自那以后出生的女孩子还都太小。也许他是在森林中约好的地点，去会邻村的某个姑娘了。这样的约会像人的头疼脑热一样普遍。

几个小时后，戴夫回来了，格温达正等着他。他丝毫没想否认自己溜走了。“如果你们愿意，我带你们去看看我在干什么，”他说，“我没法永远保密。跟我来吧。”

格温达、伍尔夫里克和萨姆都跟着他去了。人们都严格遵守安息日的规定，地里没人干活。四个人在料峭的春风中走过百亩时，看到那里已经荒芜了。有不少狭长的地都被撂了荒：仍然有些村民地多得顾不过来了。安妮特就是其中之一——她只有十六岁的女儿阿玛贝尔帮她。除非她能雇个人，但这很难。她那畦燕麦地就长满了杂草。

戴夫领着他们走进森林中大约半英里，在一块人迹罕至的空地前停下。“就是这里。”他说。

格温达半天没明白过来他在说什么。她面前的这块地，大树之间长满低矮的灌木，并没有什么特别之处。她再定睛一看那灌木，才发现这是一种她从没见过的植物。它的茎是方的，叶子是尖的，每四片叶子长成一簇。它们覆盖了地面，使她觉得这是一种匍匐植物。灌木的一侧有一堆拔起的杂草，说明戴夫刚才是来除草的。

“这是什么?”她问。

“这叫茜草。上次咱们去梅尔库姆时，我从一个水手那儿买了种子。”

“梅尔库姆?”格温达说，“那都是三年前了。”

“它就长了这么长时间。”戴夫微笑起来。“起初我还担心它们根本活不了。那水手告诉我需要沙质的土壤，不怕蔽光。我挖出了这片空地，播下了种子，但第一年只长出了三四根很弱的苗。我以为我的钱全白花了。但第二年，根在地下蔓延开，发了芽，今年就长满了这块地。”

格温达很惊讶她的孩子居然瞒了她这么长时间。“可是茜草有什么用呢?”她问，“很好吃吗?”

戴夫大笑起来。“不，这不是吃的。你把根挖出来，晒干后研成粉，就成了一种红色的染料。非常贵。王桥的玛奇·韦伯花七先令才买一加仑。”

这价钱可真不得了，格温达心想。最贵的谷物麦子，大概是卖七先令一夸脱，一夸脱是六十四加仑。“这价钱是麦子的六十四倍呀!”她说。

戴夫又微笑起来。“所以我才种它呢。”

“所以你才种什么呢?”一个新的声音响了起来。他们全都转过身去，结果看到了内森总管，他俯身弯腰躲在一棵山楂树后，脸上带着胜利的笑容：他把他们逮了个正着。

戴夫马上回答道：“这是一种药草，叫做……沼地草。”他说。格温达能看出他是现编的，内森是不会相信的。“能治我妈妈的气胸。”

内森看了看格温达。“我没听说她有气胸呀。”

“冬天时会犯。”格温达说。

“一种药草?”内森怀疑地说道，“这块地种的够全王桥的人吃了。而你还在除草，还想收得更多。”

“我喜欢把事情做好。”

这样的回答软弱无力，内森根本没在意。“这是一种未经授权的作物，”他说，“首先，农奴种什么，需要得到许可——不能想种什么就种什么。那样就全乱了。其次，农奴不能开垦领主的森林，哪怕是种药草。”

他们都无言以对。这是规定，令人沮丧：农民们经常能了解到一些需求量很大但不大常见，因而价钱很高的作物，如果种了就能赚些钱，例如能做绳子的大麻、能做昂贵内衣的亚麻、能取悦阔太太们的樱桃，但领主和乡长们出于本能的保守，往往都不允许。

内森的表情充满了恶毒。“一个儿子是逃亡者兼杀人犯，”他说，“另一个儿子公然藐视领主。瞧瞧这一家人。”

内森有理由气愤，格温达心想。萨姆杀了乔诺却毫发无损，内森无疑会至死都痛恨他们一家。

内森弯下腰，粗暴地从地上拔起一撮草。“咱们采邑法庭上见，这就是证据。”他满意地说道，然后转过身，磕磕绊绊地走过林间。

格温达一家跟在后面。戴夫毫不畏惧。“内森会罚款，我交，”他说，“交完了之后还能赚钱。”

“要是他命令捣毁这些茜草怎么办?”格温达问。

“怎么捣毁?”

“用火烧或者用马踏。”

伍尔夫里克插话了：“内森不会那样做的。村民们不会支持。这种事情一般都是罚款了事。”

格温达说：“我就是担心拉尔夫伯爵会怎么说。”

戴夫挥手做了个反对的手势。“伯爵不可能管这样的小事。”

“拉尔夫对咱们家特别感兴趣。”

“是的，的确如此，”戴夫若有所思地说道，“我还是不明白他为什么赦免萨姆。”

这孩子不傻。格温达说：“可能是菲莉帕太太说服了他。”

萨姆说：“她记得你，妈妈。我在梅尔辛家时她告诉我的。”

“我一定是做过什么让她喜欢的事情，”格温达一边现编，一边说道，“也可能她只是同情我，出于一个母亲对另一个母亲的同情。”这理由并不充分，但格温达也编不出更好的了。

自萨姆被释放以来，他们已经一起讨论了好几次拉尔夫赦免萨姆的可能原因。格温达装作像其他人一样糊涂。幸好伍尔夫里克不是个疑心重的人。

他们回到了家。伍尔夫里克看了看天，说天还能亮一个小时，便走进花园继续播种豌豆。萨姆主动去给他帮忙。格温达坐下给伍尔夫里克补一只袜子上的破口。戴夫在格温达对面坐下，说：“我还有个秘密要告诉你。”

格温达笑了笑。她不介意儿子有秘密，只要他愿意告诉妈妈。“说吧。”

“我恋爱了。”

“太好了！”她俯身亲了一下他的面颊，“我真为你高兴。她是个什么样的姑娘？”

“她很美。”

在看到茜草之前，格温达一直在猜想戴夫可能是在与邻村的姑娘约会。她的直觉是正确的。“我早就有感觉。”她说。

“是吗？”他似乎有些不安。

“别担心，没有出任何岔子。我只是觉得你在和什么人约会。”

“我们一起去了我种茜草的那片空地。这种事情一般都是从那样的地方开始的。”

“你们交往了多久了？”

“一年多了。”

“那么，是当真的。”

“我要娶她。”

“我很高兴。”她慈爱地望着他，“你才二十岁，不过，如果找到了合适的人，这年龄也够了。”

“我很高兴你这么想。”

“她是哪个村的？”

“就是咱们村，韦格利。”

“哦？”格温达吃了一惊。她想不出本村有什么合适的姑娘。“是谁？”

“妈妈，就是阿玛贝尔。”

“不行！”

“别喊。”

“安妮特的女儿不行！”

“你不要发怒嘛。”

“不要发怒！”格温达竭力想使自己平静下来。她像被人扇了一巴掌一样震惊。她连做了好几次深呼吸。“听着，”她说，“我们和那家人不和，已经有二十多年了。安妮特那头母牛伤透了你父亲的心，后来也一直不让他消停。”

“我很抱歉，但那都是过去的事情了。”

“不是——安妮特仍然不放过任何机会对你父亲卖弄风情！”

“那是你们的问题，不是我们的。”

格温达站起身来，她缝补的袜子和针线从腿上滑到了地上。“你怎么能这样对我？要那条母狗成为我们家的一员！我的孙子是她的外孙。她可以随随便便进出我们家，用她的妖气来愚弄你父亲，然后再嘲笑我。”

“我又不是要娶安妮特。”

“阿玛贝尔也不是什么好货。瞧她那德性——跟她母亲一个样儿。”

“她不是，实际上——”

“你不能那样做！我绝对不允许！”

“你不能不允许，妈妈。”

“哦，我当然能——你还太小。”

“我用不了多久就会长大的。”

伍尔夫里克的声音在门口响起。“你们都在嚷嚷什么？”

“戴夫说他想娶安妮特的女儿——但我不会允许的。”格温达的声音不断升高，终于尖叫起来，“决不！决不！决不！”

拉尔夫伯爵让内森总管大吃了一惊，他说他要亲自去看看戴夫种的那种奇异的作物。内森是在到伯爵城堡例行公干时，顺口提起这件事的。未经准许在森林里开垦一小块地是极其轻微的违法行为，通常都是罚款了事。内森是个粗人，平素只对贿赂、佣金之类感兴趣，拉尔夫对格温达一家成见极深：他痛恨伍尔夫里克，对格温达居心不良，而现在又暴露出他是萨姆生父的可能，内森却丝毫没注意到。所以当拉尔夫说等他下次去韦格利一带，要亲眼去看看那作物时，内森吓了一跳。

从复活节到圣灵降临节之间一个晴朗的日子里，拉尔夫带着阿兰·弗恩希尔一起骑马从伯爵城堡前往韦格利村。他们来到那个作为领主宅第的小木屋时，看到了女管家维拉，她已经弓腰驼背，鬓发斑白，但仍在忙前忙后。他们命令她准备午饭，然后就找到内森，跟着他进了森林。

拉尔夫认出了这种植物。他不是农民，但能分辨出不同灌木间的差别，他在行军作战途中看到过不少不是英格兰原产的农作物。他从马鞍上弯下腰来，拔起了一把。“这是茜草，”他说，“我在佛兰德斯见过，长成后能制作成同名的红色染料。”

内森说："他跟我说这叫沼地草，是治气胸的。"

"我相信这的确也是药材，但人们种它可不是为了这个。他的罚金会是多少？"

"通常都是一先令。"

"那远远不够。"

内森的神情紧张了起来。"规矩一坏，竟然捅出这么大的娄子来，爵爷，我……"

"没关系。"拉尔夫说。他一踢马肚，马小跑着穿过空地中央，践踏着灌木。"来吧，阿兰。"他叫了一声。阿兰也模仿着他。两人策马兜着小圈慢跑着，踏平了地上的作物。没过一会儿，全部的灌木就都被摧毁了。

拉尔夫能看出，即便这些都是非法种植的作物，内森仍然为它们的被毁而感到惊骇。农民最见不得农作物被糟蹋。拉尔夫从法国学到，打击敌国士气最好的办法就是把他们即将收割的庄稼在地里烧掉。

"这就行了。"他说。他很快就变得烦躁起来。他为戴夫无视领主，擅自种植这些作物而感到气愤，但这并不是他来韦格利的主要原因。他真正的目的是想再看看萨姆。

他们骑马回村时，他扫视着田野，寻找着一个长着浓密黑发的高个儿小伙子。由于萨姆身材高大，在一群驼背扛着木锨的发育不良的农奴中会非常惹眼的。他远远地看见了他，在"溪地"。他收住了缰绳，目光越过狂风劲吹的田野，凝视着这个长到了二十二岁他却从不知道的儿子。

萨姆和那个他以为是他父亲的人——伍尔夫里克——一起用一张马拉的轻犁犁着地。他们一定是出了什么差错，不时地停下来调整着马具。当他们俩在一起时，很容易看出他们的差异。伍尔夫里克的头发是黄褐色的，萨姆却是黑色的；伍尔夫里克的身子横竖一般粗，像头牛，萨姆肩膀很宽，但有些含胸，像匹马；伍尔夫里克的动作又慢又小心，萨姆则又快又优雅。

看着一个陌生人，心里却想着这是我的儿子，这真是世界上最奇怪的感觉。拉尔夫自信绝无妇人之仁。如果同情或悔恨之类的情感能影响他，他也就没有今天了。然而发现了萨姆却似乎要让他丧失男人气概。

他强迫自己离开，策马慢跑着回到村里，然而他又一次屈从了自己的好奇心和感情，派内森去找萨姆，把他带到领主宅第来。

他不清楚自己究竟想拿这孩子怎么样：和他聊天，挑逗他，邀他共进午餐，还是别的？他本该想到格温达是不会给他自由选择的机会的。她和内森、萨姆一起来了，伍尔夫里克和戴夫也跟着他们进来了。“你想要我儿子干什么？”格温达质问道。她的语气就好像拉尔夫并非她的领主，而是和她地位相当似的。

拉尔夫并没有事先考虑过，便说道：“萨姆可不是生就要做一个锄地的农奴的。”他看到阿兰·弗恩希尔吃惊地望着他。

格温达也现出了迷惑的表情。“我们生就做什么，只有上帝知道。”她慢吞吞地说道，拖延着时间。

“如果我想了解上帝的事情，我会去问教士，而不是问你，”拉尔夫对她说，“你儿子是块当战士的料。我不用祈祷就能看出来——这对我是显而易见的，任何身经百战的老兵都是如此。”

“不，他不是个能打仗的人，他是个农民，也是农民的儿子，他命定要像他父亲一样种庄稼、养牲口。”

“别在乎他父亲。”拉尔夫想起了格温达在夏陵郡守的城堡里劝说他赦免萨姆时所说的话。“萨姆有杀人的天性，”他说，“对于一个农民来说，这太危险了，但对于一名士兵来说，这是无价的品质。”

格温达开始揣度拉尔夫的意图，她似乎吓坏了。“你到底想干什么？”

拉尔夫已经意识到按照这个逻辑他将得出什么结论。“让萨姆做个有用的人，而不是危险的人。让他学习武艺。”

“荒唐，他已经太大了。”

“他二十二岁。是有点晚。不过他很健壮。他能行。”

“我看不出他怎么才能行。”

格温达假装在挑萨姆的毛病，但拉尔夫猜透了她的心思，知道她打心眼里反对这个主意。这反倒让他更坚定了。他面带着胜利的微笑说道：“这很容易。他可以住到伯爵城堡去，做个护卫。”

格温达的样子就像是被刺了一刀。她的眼睛闭上了一会儿，她那橄榄色的脸变得苍白。她嘴唇动着说“不”，却没有任何声音发出来。

“他已经跟你过了二十二年了，”拉尔夫说，“够长的了。”现在该轮到我了，他心想，嘴上却说道：“现在他是个男子汉了。”

因为格温达一时哑了口，伍尔夫里克发话了。“我们不同意，”他说，“我们是他的父母，我们不准许他去。”

“我没问你同意不同意，”拉尔夫轻蔑地说道，“我是你的伯爵，你是我的农奴。我不是在请求你，而是在命令你。”

内森总管插话了：“而且，萨姆已经过了二十一岁，所以该由他自己作决定，而不是他父亲。”

他们全都转向了萨姆。

拉尔夫不敢肯定会有什么结果。做一名护卫是许多年轻人梦寐以求的，无论出自哪个阶层，但他不知道萨姆是否也这样。比之在田地里累折腰，城堡中的生活奢侈气派，激动人心；但士兵也经常死得很早——或者比这还糟——缺胳膊断腿地回家，悲惨的后半生就只能在小酒馆的门外乞食了。

然而，拉尔夫一看到萨姆的脸就明白了他的心思。萨姆笑得很灿烂，眼睛里闪烁着热切的光芒。他迫不及待地想去了。

格温达终于发出了声音。“别去，萨姆!”她说，“别受诱惑。别让你妈妈看到你被箭射瞎眼睛，或者被法国骑士的剑砍伤，再或者被他们的马蹄踩残废。”

伍尔夫里克也说：“别去，儿子。留在韦格利，长命百岁吧。”

萨姆脸上又现出了疑惑的神情。

拉尔夫说：“好了，小伙子。以前你一直听你妈妈的，还听这个把你养大的农民爸爸的。但现在该你自己拿主意了。你想怎么办？是在韦格利村过一辈子，和你弟弟一起种地？还是离开？”

萨姆只犹豫了一会儿。他负疚地看了一眼伍尔夫里克和格温达，然后转向拉尔夫。“我去，”他说，“我要做一名护卫，谢谢你，我的爵爷!”

“好小伙子。”拉尔夫说。

格温达放声大哭。伍尔夫里克搂住了她。他抬眼看着拉尔夫，问：“他什么时候走？”

“今天，”拉尔夫说，“午饭后他可以跟我和阿兰一起骑马回伯爵城堡。”

“别那么急。”格温达哭叫道。

但没人听她的。

拉尔夫对萨姆说：“回家去拿上你想拿的所有东西。和你妈妈一起吃顿午饭。然后回到这儿来，在马厩等我。内森会去征用一匹马，送你去伯爵城堡。”他转过身，表示和萨姆一家说完了话。“现在，我的午饭呢？”

伍尔夫里克、格温达和萨姆都出去了，戴夫却留了下来。难道他已经知道自己的作物被踏平了？还是有别的什么事？“你还有什么要求？”拉尔夫问。

“爵爷，我想求您开恩。”

拉尔夫简直不敢相信这是真的。一个胆敢不经准许就在森林里种茜草的无法无天的农民，居然乞求起来。这是多么令人愉快的一天呀。“你没法当护卫，你继承了你妈妈的身材。”拉尔夫对他说，阿兰则在一旁大笑起来。

“我想娶安妮特的女儿阿玛贝尔。”那年轻人说。

“那你妈妈可不会高兴啊。”

“我只差一岁就成年了。”

拉尔夫当然非常了解安妮特。他差点儿为了她的缘故而被绞死。他这辈子和她的纠葛一点儿也不比和格温达少。他记得她的所有家人都在瘟疫中死了。“安妮特还有一些他父亲留下的地。”

“是的，爵爷，她愿意在我娶了她女儿后把那些地转让给我。”

这样的请求通常是不会被拒绝的，不过所有领主都会为此收一笔税，叫做“过户费”。然而，领主也没有义务非要同意。领主们有权凭一时心血来潮拒绝这样的请求，从而毁掉一个农奴的一生，这是农民们最大的苦恼之一。但这也给了主子们一个行之有效的约束手段。

“不，”拉尔夫说，“我不会把那些地转给你的。”他咧嘴一笑，“你和你的新娘可以去吃茜草嘛。”

八七

凯瑞丝必须阻止菲利蒙当主教。这是他迄今最大胆的行动，但他准备得格外细致，而且他有机会。若是他得逞了，他就会再度控制医院，也就有了摧毁她毕生心血的权力。但他还可能变本加厉。他会恢复旧日黑暗的正统教义，会在村庄里任命像他本人一样心狠手辣的教士，会关闭为女孩子们开办的学校，会反对跳舞。

她在选择主教问题上没有发言权，但有办法施加压力。

她第一个游说的是亨利主教。

她和梅尔辛前往夏陵的主教宅第去见他。路上，梅尔辛仔细打量着每一个进入视野的黑头发姑娘，当路旁没有姑娘时，他就扫视森林。他在寻找洛拉，但当他们抵达夏陵时，却连她的影子也没看见。

主教宅第坐落在中心广场上，在教堂的对面，羊毛交易楼的旁边。今天不是集日，所以广场上人很少，那个永久树立在那里的绞刑架便显得格外醒目，在警告着坏人们：看看郡民们将怎样对付不法之徒。

主教宅第是座朴实无华的石砌建筑。底层有一个厅和一个礼拜堂，二层有几间办公室和几间私人住房。亨利主教给这座宅第带来了一种凯瑞丝认为大概是法国式的风格。每间屋子似乎都能入画。主教宅第的装饰丝毫不铺张奢华，不像菲利蒙在王桥的宅第，到处是地毯、挂毯和珠宝，让人想起强盗的洞穴。然而，亨利的房子中也有一些极具艺术性的物件，使房中的一切都显得令人愉快，比如：一座能映照从窗外射来的光的银烛台；一张闪闪发光又古色古香的橡木桌；没有点燃的壁炉上摆放着春天的花朵；墙上挂着绣有大卫和约拿单故事的小幅挂毯。

亨利主教不是敌人，但在很大程度上也不是盟友，当他们在厅里等候时，凯瑞丝不安地想道。他也许会说他将努力超脱于王桥的争执之上。如果以更大的恶意来揣度他，那么无论他作出什么决定，都会坚定不移地关注自己的利益。他不喜欢菲利蒙，但他不会让这一点来影响他的判断的。

亨利进来时，像往常一样，克劳德教士跟在后面。这两人都不显老。亨利比凯瑞丝稍大一点，克劳德可能要小十岁，但两人看上去都像是小伙子。凯瑞丝注意到，教士通常都会比贵族显得年轻许多。她怀疑这是因为大多数教士——除少数道德极其败坏者外——

都过着有节制的生活。他们的禁食制度迫使他们在星期五、圣徒节，以及整个大斋节期间，都只能吃鱼和蔬菜，理论上他们也不允许喝醉酒。贵族和他们的妻子正相反，纵情吃肉，豪饮狂欢。他们的脸上布满皱纹，他们的皮肤易于脱落，他们的身材大多佝偻，而教士们在他们平静、简朴的一生的晚年，仍大多保持着匀称的体型和敏捷的身姿，恐怕这就是原因。

梅尔辛祝贺亨利被提名为蒙茅斯大主教，随即直截了当地进入了正题："菲利蒙副院长停止了塔楼的建造。"

亨利刻意以一种不偏不倚的语调问道："有什么原因吗？"

"有一个借口，也有一个理由，"梅尔辛说，"借口是设计存在缺陷。"

"那么所谓的缺陷是什么呢？"

"他说没有模架的话没法建造八角形的尖塔。通常的确是这样，但我想出了一个办法。"

"什么……？"

"非常简单。我先建一座圆形的尖塔，那不需要模架，然后在它外面用石头和灰泥再砌一个八角形的薄薄的包层。从视觉上看，尖塔是八角形的，但从结构上讲，它其实是圆锥形的。"

"你跟菲利蒙说了这办法了吗？"

"没有。如果我说了，他会另找借口的。"

"他真正的理由是什么？"

"他想另建一座圣母堂。"

"啊。"

"这是他讨好高级教士的行动之一。上次雷金纳德会吏总来王桥，他布道反对人体解剖。他还对国王的顾问说他不会反对教会征税。"

"他的目的是什么？"

“他想做夏陵的主教。”

亨利一扬眉毛。“菲利蒙一向胆大，我承认这点。”

克劳德首次开口了。“你怎么知道的？”

“格利高里·朗费罗告诉我的。”

克劳德看着亨利说：“如果是这样的话，格利高里会知道的。”

凯瑞丝能看出亨利和克劳德都没有预料到菲利蒙如此野心勃勃。为了确保他们不要忽视问题的严重性，她说：“如果菲利蒙得逞了，你作为蒙茅斯大主教，就得没完没了地评判菲利蒙主教和王桥镇民之间的纠纷。你知道以往发生过多少这样的摩擦吗？”

克劳德说：“我们当然知道。”

“我很高兴我们的看法是一致的。”梅尔辛说。

克劳德沉思着，说：“我们必须另提一位候选人。”

凯瑞丝正等着这句话。“我们心中已经有一个人选了。”她说。

克劳德问：“谁？”

“你。”

屋里一阵沉寂。凯瑞丝能看出克劳德喜欢这主意。她猜想他也许私下里很妒羡亨利的晋升，怀疑自己是否注定一辈子要当亨利的助手。他对主教这个职位胜任有余。他非常熟悉主教教区，并且已经在处理大多数行政事务了。

然而，两个人此刻肯定都在思考他们的私生活。凯瑞丝确信他们的关系形同夫妻：她亲眼看到过他俩亲嘴。但最初浪漫的冲动已经过去几十年了，她的直觉在告诉她，他们能够忍受暂时的分别。

她说：“你们还会一起处理很多事情的。”

克劳德说：“大主教有很多理由访问王桥和夏陵。”

亨利说：“王桥的主教也需要经常来蒙茅斯。”

克劳德说：“做主教是一个很大的荣誉。”他的眼里闪烁着快乐的光芒，又说，“特别是在大主教你的领导下。”

亨利将眼光移开，假装没注意到这句话的双关意味。“我觉得这是个高明的主意。”他说。

梅尔辛说：“王桥教区公会将支持克劳德——这点我可以保证。不过你，亨利大主教，必须向国王提出这个建议。”

“当然。”

凯瑞丝问：“我可以再提一个建议吗？”

“请讲。”

“也给菲利蒙另外安排个位置。我不知道是否合适，比如林肯郡的副主教。他会喜欢的，不过那会让他远离这儿。”

“好主意，”亨利说，“如果他在两个职位上都获得了提名，那么获得哪个职位的可能性就都在下降。我会留心一切动向的。”

克劳德站起身来。“这太让人兴奋了，”他说，“你们愿意和我们共进午餐吗？”

一个仆人走了进来，对凯瑞丝说道：“外面有人找你，夫人。是个小男孩儿，不过他好像很伤心。”

亨利说：“让他进来吧。”

一个约摸十三岁的男孩儿走了进来。他浑身很脏，穿的衣服却不便宜，凯瑞丝猜他家境不错，但遭了什么难。“你能去我们家一趟吗，凯瑞丝嬷嬷？”

“我已经不是修女了，孩子，不过你有什么事？”

男孩儿说得很快：“我爸爸、妈妈，还有我哥哥，全都病了，我妈妈听人说你到主教宅第来了，就让我来请你。她知道你帮助穷人，不过她付得起钱。你能去一趟吗？求求你。”

这样的请求对凯瑞丝来说可不少见，无论她去哪儿，都带着一个药箱。“我当然能去，孩子，”她说，“你叫什么？”

“贾尔斯·斯派塞，嬷嬷，我领你去，我等着你。”

"好的，"凯瑞丝转身对主教说道，"你们请先用午餐吧，我会尽快赶回来的。"说罢她拎起药箱，跟着小男孩出去了。

夏陵之存在，是因为有小山上的郡守城堡，正如王桥之存在是因为有修道院一样。市场广场附近是镇上头面人物们的大房子。这些人有羊毛商、郡守属下的官员、国王的官员如验尸官等。稍远一点是比较富裕的商人和工匠的住宅，如金匠、裁缝和药师等。贾尔斯的父亲是个香料商，正如他的姓氏所表明的①。贾尔斯领着凯瑞丝来到这个地区的一条街上。像这个阶层大多数人家的房子一样，贾尔斯家的房子一楼也是石头建的，用做库房和店面，上面居住用的楼层则是用相对不那么结实的木材建的。今天店面关门上锁。贾尔斯领着凯瑞丝从外面的楼梯上了楼。

她刚一进门，就闻到了一股熟悉的疾病的气味。她迟疑了一下。这是一种特殊的气味，触动了她记忆中的某根弦，使她感到一阵莫名的恐惧。

她没多想，就走过起居室进了卧室，于是她找到了可怕的答案。

屋子四周的垫子上躺着三个人：一个和她年龄相仿的女人、一个稍微老一点的男人，还有一个少年。那个男人病得很重。他躺在那里呻吟着，因为发烧而大汗淋漓。他的衬衣自脖子处敞开着，能看到他胸部和喉咙上有很多黑紫色的斑点。他的嘴唇上和鼻孔中都有血迹。

他得的是瘟疫。

"到底复发了，"凯瑞丝说，"上帝帮帮我。"

有那么一阵子，她吓得呆若木鸡。她一动不动地站着，凝视着眼前的情景，感到无能为力。她一直认为，从理论上讲，瘟疫是会

① 贾尔斯的姓氏斯派塞原文为"spicers"，意为"香料商"。

复发的——这也是她写她那本书的一半原因——然而她仍然没有做好心理准备，来应对再度看到那种皮疹、高烧和鼻血的惊愕。

那女人用臂肘支撑着，爬起身来。她病得还没有那么重：她出了皮疹，也发了烧，但似乎还没有流血。“看在上帝的分上，给我点儿喝的。”她说。

贾尔斯拿起了一罐葡萄酒，凯瑞丝终于清醒了过来，身子也不再动弹不得了。“别给她喝葡萄酒——那样她会更渴的，”她说，“我看见别的屋子里有淡啤酒——给她盛一杯来。”

那女人紧盯着凯瑞丝。“你就是那位副院长，是吗？”她说。凯瑞丝没有纠正她。“人们都说你是圣人。你能治好我们家的病吗？”

“我会试试的，但我不是圣人，只是一个观察过病人和健康人的女人。”凯瑞丝从包里掏出了一条亚麻布，系在了自己的嘴上和鼻子上。有十年了，她没再见过一起瘟疫病例，但她已经养成了在治疗传染病人时预先作防护的习惯。她把一块干净的布在玫瑰水中浸湿，擦洗了那女人的脸。像往常一样，这些动作使病人平静了下来。

贾尔斯端着一杯淡啤酒回来了，那女人喝了起来。凯瑞丝吩咐贾尔斯：“让他们尽量多喝水，不过只能给他们喝淡啤酒或者兑了水的葡萄酒。”

她又挪向了那位父亲。他活不了太久了。他说话不连贯，眼睛也不能紧盯着凯瑞丝。她为他洗了脸，擦去了他鼻子和嘴周围已经变干了的血迹。最后，她来到了贾尔斯的哥哥身旁。他是最近刚刚染上病的，还在打喷嚏，但在他的年龄已经能意识到自己的病有多么严重，他看上去非常害怕。

她做完这一切后，对贾尔斯说：“尽量让他们舒服些，多给他们水喝。你也没有别的事可做了。你还有什么亲戚吗？叔叔或姨妈？”

“他们全都在威尔士。”

凯瑞丝在脑子里记下了，她要告诉亨利主教，他也许需要安置一名孤儿了。

“妈妈说要付你钱。”男孩儿说。

“我没有为你们做太多事情，”凯瑞丝说，“你给我六便士就可以了。”

他母亲的床边有一个皮钱袋。他掏出了六枚银便士。

那女人又撑起了身子。这回她的语气平静多了。她问：“我们得的是什么病？”

“我很遗憾，”凯瑞丝说，“这是瘟疫。”

那女人露出听天由命的神色，点了点头。“这正是我所担心的。”

“你们难道没从上次的瘟疫发作看出症状来吗？”

“我们住在威尔士的一个小镇——我们躲过了上次。我们全都会死吗？”

凯瑞丝认为在这样重大的问题上瞒哄病人并无好处。“有人活下来了，”她说，“不过，不多。”

“那就求上帝可怜可怜我们吧。”那女人说。

“阿门。”凯瑞丝说。

在返回王桥的路上，凯瑞丝一直在忧郁地沉思着瘟疫的事情。无疑，这场瘟疫将会像上次一样迅猛流行，会夺去成千上万条性命。想到这点，她简直要发狂。瘟疫像战争一样，是无情的屠杀，只不过战争是人类引起的，而瘟疫不是。她该做些什么呢？她决不能坐视十三年前那场惨剧重演。

瘟疫无法救治，但她已找到了能够延缓其凶猛地传播的办法。当她的马小跑着穿过崎岖的林间小路时，她思索着自己到底对这种病了解多少，能有什么办法与之搏斗。梅尔辛看出了她心事重重。他非常冷静，也许已猜到了她在想什么。

他们到家后，她向他解释了她想怎么办。“会有人反对的，”他警告说，“你的这个计划，手段太激烈了。上次瘟疫中没有丧失亲友的人们会认为他们是不会感染的。他们会说你反应过火的。”

“这正是你能帮我的地方。”她说。

“那样的话，我提议，咱们把有可能反对的人分开，分别去劝说他们。”

“好的。”

“你需要争取三部分人：教区公会成员、修士，还有修女。先从教区公会开始吧。我来召集个会——我将不邀请菲利蒙。”

如今教区公会的会议已经在布匹交易中心举行了。这是在主街上新建的一座大型石头建筑。它的落成使得商人们即使在恶劣的天气下也能做生意了。其建筑经费是由“王桥红”的利润支付的。

但在会议召开前，凯瑞丝和梅尔辛已经分别会见了公会的主要成员，预先争得了他们的支持。这是梅尔辛很久以前就学会的一种策略。他的信条是：“除非结果十拿九稳，否则决不召开会议。”

凯瑞丝本人去见了玛奇·韦伯。

玛奇又结了婚。让所有的人都感到有趣的是，她迷倒了一个像她的前夫一样英俊，还比她小十五岁的农民。他叫安塞尔姆，似乎很倾慕她，尽管她像以前一样胖，还挑选了很多稀奇古怪的帽子来遮盖她头上的白发。更加令人惊奇的是，她在四十多岁时又怀了孕，生下了一个健康的女婴塞尔玛，如今已经八岁了，上了修女们开的学校。抚育孩子并没有妨碍玛奇做生意，在安塞尔姆的襄助下，她继续主宰着“王桥红”的市场。

她仍然住在主街上的那幢大房子里。那是她和马克刚刚开始从织布和染布赢利时搬进去的。凯瑞丝看到她和安塞尔姆刚刚收下了一批交货的红布，正在底层已经过度拥挤的库房中寻找着存放它们的地方。“我在为羊毛集市备货。”玛奇解释道。

凯瑞丝等着她检查完货物交割，然后她们一起上了楼，留下安塞尔姆在店里打理。凯瑞丝一进起居室，便清晰地记起了十三年前的那一天，她被请到这里来看马克——王桥第一位因瘟疫去世的人。一阵悲痛涌上她的心头。

玛奇注意到她的表情。“你怎么了?”她问。

你的心事也许能瞒过男人，却休想瞒过女人。“十三年前我来过这间屋子，因为马克病了。”凯瑞丝说。

玛奇点了点头。“那是我一生中最悲惨的一段日子的开始，”她用平淡的语气说道，“那时候，我有一个很棒的丈夫，还有四个健康的孩子。三个月后我成了没有孩子的寡妇，什么活头也没有了。”

“一段伤心的日子。”凯瑞丝说。

玛奇走到了餐具柜旁，那里面有一个罐子和好几只杯子，但她没有给凯瑞丝倒什么饮料，而是呆呆地站着，凝视着墙。“我该不该告诉你点儿奇怪的事情?”她说，“他们死后，我再听到主祷文，就说不出阿门了。”她咽了咽口水，声音变得更加平静了，“要知道，我明白那句拉丁文的意思。我父亲教过我。*Fiat voluntas tua*：‘愿你的意旨成全。’我说不出来。上帝夺走了我的家庭，这是非常残酷的刑罚——我不能就这么认了。”她回忆着，眼睛里涌出了泪水。“我不愿意上帝的意旨成全，我想要回我的孩子。‘愿你的意旨成全。’我知道我会下地狱的，但我还是说不出阿门来。”

凯瑞丝说：“瘟疫又来了。”

玛奇踉跄了一下，她紧紧抓住餐具柜才站稳了身子。她那结实的身躯突然之间显得非常虚弱，当她脸上自信的神情消退后，她看上去也老多了。“不。”她说。

凯瑞丝拽过了一张长凳，扶着玛奇的胳膊帮她坐下。“我很抱歉让你受惊了。”她说。

“不，”玛奇又说了一遍，“不能再复发了。我不能再失去安塞尔姆和塞尔玛。我受不了了。我受不了了。”她脸色非常苍白，凯瑞丝也开始担心她会再受到什么伤害。

凯瑞丝从罐子里倒了一杯葡萄酒，端给了玛奇。她机械地喝了下去，脸上恢复了些血色。

“现在我们对瘟疫的了解已经比以前多了，”凯瑞丝说，“也许我们可以和它斗。”

“和它斗？怎么斗？”

“这就是我要来告诉你的。你现在感觉好些了吗？”

玛奇终于直视着凯瑞丝的眼睛了。“和它斗，”她说，“我们当然必须这么做。告诉我怎么办吧。”

“我们得封城。关上城门，叫男人们把守城墙，阻止任何人进城。”

“可城里的人得吃饭呀。”

“可以叫人把给养品送到麻风病人岛上，让梅尔辛来做中间人，负责给钱——他上次感染了瘟疫，但活了下来，到现在为止还没有人能感染两次呢。商人们可以把货物放到桥上。等他们走后，城里的人可以出城来取食品。”

“人们可以离开城市吗？”

“可以，但是就不能回来了。”

“那羊毛集市怎么办？”

“这恐怕是最难办的事情，”凯瑞丝说，“必须取消了。”

“可是这样一来王桥的商人们就会损失好几百镑呢！”

“总比死要好呀。”

“如果我们照你说的做了，就能避开瘟疫吗？我的家人就能活下来吗？”

凯瑞丝犹豫了一下，抵御着通过撒谎给人吃定心丸的诱惑。“我不能保证，”她说，“瘟疫也许已经来到我们中间了。此时此刻河边某个小茅屋里也许就有人快要死了，而身旁没有任何人能帮他。所以我担心我们也许没法全都逃过这一劫。但我相信我的办法能在最大程度上保证到圣诞节时，安塞尔姆和塞尔玛仍然在你身边。”

“那就这么办。”玛奇坚定地说道。

“你的支持至关紧要，”凯瑞丝说，“坦率地讲，羊毛集市取消了，你比其他任何人的损失都大。因此，人们更可能相信你的话。我需要你来讲一讲情况有多么严重。”

“放心吧，”玛奇说，“我会告诉他们的。”

“一个很不错的主意。”菲利蒙副院长说道。

梅尔辛深感意外，他记得菲利蒙没有一次爽快地同意过教区公会的建议。“那么你会支持了？”他问道，以确保自己没有听错。

“是的，没错。”副院长说道。他正吃着一碗葡萄干，他把满满的一大把塞进嘴里，大嚼特嚼起来，却没有请梅尔辛吃。“当然，”他说，“这不适用于修士。”

梅尔辛叹了口气。他早该想到的。“恰恰相反，这适用于任何人。”他说。

“不，不，”菲利蒙用一种大人教训小孩子的口气说道，“教区公会没有权力限制修士的行动。”

梅尔辛注意到菲利蒙脚下有一只猫，非常肥，也像他一样，长着一张猥琐的脸。这只猫很像戈德温的那只“大主教”，但那只猫肯定早就死了。这只也许是它的后代。梅尔辛说：“教区公会有权力关闭城门。”

“但我们也有来去自由的权利。我们不能听从教区公会的命令——这太荒唐了。”

“即便如此，教区公会仍然要控制全城。我们已经决定，在瘟疫流行期间，不许任何人进城。”

“你不能替修道院定规矩。”

“但我能为这座城定规矩，而修道院恰好在城里。”

“你是在跟我说假如我今天离开了王桥，明天你就不让我进来了吗？”

梅尔辛迟疑了。让王桥修道院的副院长站在城门外请求进城，哪怕只是想一想，也够让人难堪的。他一直希望说服菲利蒙接受这一限制，并不想把教区公会的意志强加于人。然而，他尽可能地使自己的回答听上去斩钉截铁。“正是。”

“我要向主教申诉。”

“请告诉他，他不能进入王桥。”

凯瑞丝发现，女修道院的人员十年来几乎没什么变化。所有女修道院基本上都是这样：既然进去了，就该在里面待上一辈子。琼嬷嬷仍然是副院长，乌娜姐妹在塞姆兄弟的监督下掌管着医院事务。如今已很少有人来这里就医了，大部分人都选择了凯瑞丝在岛上开办的医院。那些来找塞姆的病人主要是因为极其虔信宗教，他们在厨房旁边的旧医院里得到治疗，新建的楼是用来接待客人的。

旧的药房现已被用作女副院长的办公室。凯瑞丝和琼、乌娜、塞姆一起在里面坐下，她说明了自己的计划。“老城外面的人如果得了瘟疫，可以到岛上我的医院里去治，”她说，“瘟疫流行期间，我和修女们昼夜都待在医院里。任何人不得离开，只除了极少数侥幸康复的人。”

琼问：“老城里面的人怎么办？”

“假如我们采取了这些预防措施后，瘟疫仍然袭进了城里，你们这里接纳不了太多患者。教区公会规定，瘟疫患者及其家人将被隔离在他们的家中。这一规定适用于所有居住在发现了瘟疫的房子中的人，无论是父母、子女、祖父母，还是仆人、学徒。任何被发现离开了这样的房子的人都将被绞死。”

“这太粗暴了，”琼说，“但如果能避免像上次瘟疫流行时那样死那么多人的话，值得一试。”

“我知道你是个明白人。”

塞姆一言不发。瘟疫复发的消息看来重挫了他的傲气。

乌娜问：“如果患者们被隔离在家中，他们怎么吃饭呢？”

“邻居们可以把食物放在他们的门阶上。但任何人不得进去，只有做医生的修士和修女们除外。他们可以看病人，但不得接触健康人。他们从修道院去患者家，从患者家回修道院，中间不得再进入任何其他房子，甚至不能同街上的任何人说话。他们应当无论何时都戴上面罩，每次接触病人后，都必须用醋洗手。”

塞姆似乎被吓坏了。“这能保护我们吗？”

“在一定程度上能，”凯瑞丝说，“但不完全能。”

“那样我们照顾病人，岂不是非常危险！”

乌娜回答了他。“我们不害怕，”她说，“我们期待着死。对我们来说，那是企盼已久的和基督的团聚。”

“是的，那当然。”塞姆说。

第二天，所有的修士离开了王桥。

八八

格温达看到拉尔夫对戴夫的茜草的所为后，感到锥心之痛，怒不可遏。肆意地摧毁庄稼是罪孽。地狱中应该专门为那些糟蹋农民辛苦所得的贵族专设一处惩罚地。

然而戴夫并没有沮丧。“这没什么，”他说，“茜草值钱的是根，他没有伤到根。”

“可你付出了多少辛苦呀。”格温达愤愤地说道，但随即又高兴了起来。

实际上，这种灌木恢复得非常迅猛。拉尔夫可能不知道茜草是在地下繁殖的。整个五月和六月，随着瘟疫复发的消息不断传到韦格利，茜草的根又发了新芽，到了七月初，戴夫认为该是收割的时候了。一个星期天，格温达、伍尔夫里克和戴夫花了一下午时间挖出了根。他们先松了植物周围的土壤，然后把它们拔了出来，除去了枝叶，让根上只连着一小段茎。格温达一辈子都在干这种腰酸背疼的活儿。

他们留下了一半的茜草没动，希望它们明年还能再生。

他们推着满满一手推车茜草根，从森林里回到了韦格利，然后在谷仓里卸了车，把茜草根在干草棚里散开晾干。

戴夫不知道他什么时候才能卖出他的收获。王桥封城了。当然，那里的人们仍然要买东西，但只能通过掮客。戴夫干的是全新的事情，他需要向买主说明情况，而通过中间人传话是令人尴尬的。但他也许不得不试试。不过他需要先把茜草根晾干，再把它们研成粉末，反正这也需要时间。

戴夫没再提起阿玛贝尔，但格温达敢肯定他仍然在跟她约会。他装出了一副乐于听天由命的样子。如果他当真放弃了那姑娘，他会愤愤不平地抹眼泪的。

格温达所能希望的便是在他长到不需要父母允许便能结婚的年龄前，他能了断和那姑娘的恋情。他们家将和安妮特家联姻，哪怕只是想一想，她都受不了。安妮特一直在羞辱她。她不停地挑逗伍尔夫里克，而他对她那愚蠢的调情，也始终是傻傻地笑着。安妮特已经四十多岁了，她那红润的面颊已现出了破败的血管，她那秀丽的卷发中也出现了缕缕灰发。她的行为已不仅仅是令人尴尬，简直是荒唐可笑，可伍尔夫里克的反应，就好像她还是个姑娘家似的。

而现在，格温达心想，我儿子又掉进了同样的陷阱。一想到这儿，她就想啐上一口。阿玛贝尔看上去正像二十五年前的安妮特，一副漂亮的脸蛋，一头随风飘动的卷发，一个长长的脖颈，一对窄窄的白肩膀，小小的乳房就像母女俩在市场上卖的鸡蛋。她甩头发的姿势也和她母亲一样，并且也使她母亲的那种小伎俩：用假做嗔怪的眼神看着男人们，用手背拍打他们的胸，看上去像是重重的一击，其实却是轻轻的爱抚。

不过，戴夫至少在身体上还是安然无恙的。她更不放心的是萨姆。他现在和拉尔夫伯爵一起住在城堡里，学习做一名武士。她上教堂时，祈祷他千万不要在打猎、学剑和比武时受伤。二十二年来，她天天能看到他，可突然之间他就被人家从她身边夺走了。做女人真难呀，她心想。你全心全意地爱着你的孩子，可突然有一天他就离开了你。

一连几个星期，她都在找理由，想到伯爵城堡去看看萨姆。随即她就听到了瘟疫肆虐的消息，这使她下定了决心。她要在收庄稼之前去。伍尔夫里克将不陪她去：地里有太多的活儿需要他干了。她反正不怕单独出行。“太穷了，没的可抢；太老了，没人强奸。”她自嘲道。但真正的原因是她在这两方面都不好对付。她还带了把长长的刀子。

七月里炎热的一天，她穿过了伯爵城堡的吊桥。门楼的城垛上像哨兵一样立着一只乌鸦，太阳照在它乌黑的羽毛上闪闪发光。乌鸦叫了起来，仿佛在警告她，那声音就像是：“走吧，走吧！”当然，她已经逃过瘟疫一次了，但那也许是因为走运：她来这里，是冒着生命危险的。

下层院子里一切如常，只是稍微有些安静。一个砍柴人在面包房前卸着一辆满载着木柴的车子，一名马夫在马厩前为一匹满身尘土的马卸着马鞍，但是没有往日的喧闹声。她注意到小教堂的西门外聚着一小群人，便穿过地面像火烤一般的院子去看个究竟。“里面是得了瘟疫的人。”一名女仆回答了她的提问。

她走进了门，感到心头像是压了一块沉重无比的冰块。

地上排开了十到十二个草垫。像医院里一样，每个草垫上的人都能看到圣坛。大约一半的病人似乎都是小孩子。有三名成年病人。格温达揪着心，扫视了他们一遍。

他们都不是萨姆。

她跪在地上，说了句感谢的祷词。

出了教堂后，她又走到了刚才说过话的那个女人身旁。“我找韦格利来的萨姆，”她说，“他是名新护卫。”

那女人指了指通向里面院子的桥。“到主楼去问问吧。”

格温达顺着她指的路走去。桥上的哨兵没有搭理她。她爬上了主楼的台阶。

巨大的厅里又黑又冷。一条大狗躺在壁炉冰冷的石头上。四周的墙边摆着长凳，屋子的远端有一对大大的扶手椅。格温达注意到椅子没有靠垫，也没有椅套，墙上也没有挂饰。她猜想菲莉帕夫人很少住在这里，因而对装饰也不上心。

萨姆和三个比他更年轻的人坐在窗前。一副铠甲按照从面罩到胫甲的顺序摆放在他们面前的地上。每个人都在擦着一部分。萨姆正用一块光滑的卵石刮着胸甲，试图除去铁锈。

她站在那里看了他一会儿。他穿着新衣服，是夏陵伯爵手下那种红黑相拼的制服。颜色与他那黝黑而英俊的外貌很般配。他看上去很轻松，和其他人一起，一边干着活儿，一边随意地聊着天。他的样子很健康，看来吃得不错。这正是格温达所希望的，但她还是感到了一阵有悖常情的失望，他在没有她照料的情况下居然过得这么好。

他一抬眼看到了她，脸上的表情先是惊讶，继而是高兴，随即又变成了调皮。“小伙子们，”他说，“我在你们中间年龄最大，你们恐怕都以为我能照顾自己了吧，可事情并不是这样。无论我走到哪里，我妈妈都要跟着我，来看看我是不是一切都好。”

他们看着她，大笑起来。萨姆放下了手中的活儿，走了过来。母子俩在通向上层房间的楼梯旁角落里的一张长凳上坐下了。“我在这里过得很好，”萨姆说，“这里的大部分时间，所有的人都在玩游戏。我们打猎、放鹰，举行摔跤和马术比赛，还踢足球。我学了很多东西！整天和一帮少年人待在一起有点儿让人尴尬，不过我受得了。我只不过必须掌握在骑马的同时使用剑和盾的本领。”

她注意到，他说话的方式已经变化了。他不再用农民说话那种慢吞吞的节奏了。他在说“放鹰”和“马术”时还使用了法语。他正在渐渐地融入贵族生活。

“那么，你们都干什么活儿呢？”她问，“不能总是玩呀。”

“是的，有很多活儿。”他指了指正擦铠甲的其他人，“但是比犁地和耙地还是轻松多了。”

他问起了他弟弟，她告诉了他家里的全部情况：戴夫的茜草又再生了，他们挖出了根，戴夫依然和阿玛贝尔纠缠在一起，迄今为止还没人得瘟疫。他们正交谈着，她开始觉得有人在注视他们，她知道这并非幻觉。又过了一会儿，她回头看了看。

拉尔夫伯爵正站在楼梯顶端一扇敞开的门前。他显然是从自己的屋里走出来的。她不知道他已经看了她多久了。她迎住了他的目光。他紧紧地盯着她，她不明白这有什么意味，她看不懂。过了一会儿，她开始觉得这目光中有一种令人很不舒服的亲密感，于是她扭开了头。

当她再次回头时，他已经离开了。

第二天，当她在返家的路上走到一半时，一个骑马的人从后面疾驰而来。他起初骑得很快，继而放慢了速度，最后停了下来。

她的手伸向了腰间的长刀。

骑马的人是阿兰·弗恩希尔老爷。“伯爵想见你。”他说。

“那他最好是自己来，而不是派你来，”她回答道。

“你一向回答得很巧妙，是不是？你觉得这会让你上面的老爷们高兴吗？”

阿兰说得有道理。这让她很是吃惊，也许是因为这么多年来他一直是拉尔夫的亲密扈从，而她从来没听见他说过什么在理的话。如果她当真聪明的话，她就该奉承像阿兰这样的人，而不是取笑他们。“好吧，”她厌倦地说道，“伯爵要见我，难道要让我一路走回城堡去吗？”

“不。他在森林里有间小屋，离这儿不远，他打猎时有时候会在那儿休息一下。他现在就在那里。”他指了指路旁的森林。

格温达对此很不高兴，但作为农奴，她没有权利拒绝她的伯爵的召唤。不管怎么说，如果她拒绝的话，她能肯定阿兰会把她打倒在地，捆绑起来，用马驮到那里去。“好吧。”她说。

“如果你愿意的话，跳上马来，坐到我前面。”

“不了，谢谢。我还是自己走吧。”

一年中的这个时候，地上的灌木非常茂密。格温达跟在马后进了森林，沿着马从荨麻和蕨类中踩出的路走着。他们身后的路很快就又被草木掩盖了。格温达心里惴惴不安地想着，究竟是什么让拉尔夫心血来潮，安排了这次林中会见。她觉得，这对她或她的家庭绝非好事。

他们走了大约四分之一英里，来到了一座茅草屋顶的矮房子前。如果不是事先知道，格温达会以为这是护林官的茅舍呢。阿兰把马缰绳拴在一棵小树上，领她进了屋。

这地方像格温达在伯爵城堡中看到的一样，一副毫无装饰、只求实用的样子。地面是夯实的土，墙是都不能算完工的抹灰篱笆，屋顶实际上就是茅草的另一面。家具也很简单：一张桌子，几只长凳，还有一张简易的木床，上面铺着草垫。后面还有一扇半开的门，里面是个小厨房。拉尔夫的仆人大概就是在这里为他和他打猎的随从们准备吃喝。

拉尔夫坐在桌前，桌上摆着一杯葡萄酒。格温达站在他对面，等着他发话。阿兰斜倚在她背后的墙上。“这么说，阿兰找到你了。”拉尔夫说。

“这里没有别人了吗？”格温达不安地说道。

“只有你、我和阿兰。”

格温达的担忧又加剧了一分。“你为什么要见我？”

“当然，是谈谈萨姆的事情。”

“你已经把他从我身边夺走了。还有什么可说的？”

“他是个棒小伙儿，你知道……我们的儿子。”

“别这么说。”她看了看阿兰。他一点儿也没显出惊讶，显然他已经知道这个秘密了。她非常沮丧。伍尔夫里克肯定是根本不知道的。“别说他是我们的儿子，”她说，“你根本没养育他。是伍尔夫里克把他养大的。”

“我怎么养育他？我连他是我儿子都不知道！但我正在弥补失去的时光。他过得不错，他告诉你了吗？”

“他和别人打斗吗？”

“当然。松鼠还要打斗呢。这是在为战争做训练。你该问他打赢了没有。”

“这不是我想让他过的生活。”

“这是他命中注定要过的生活。”

“你叫我来，就是想炫耀炫耀吗？”

“你干吗不坐下说话呢？”

她很不情愿地在他对面坐下。他往一个杯子里倒满了葡萄酒，推到她面前。她视若无睹。

他说：“既然我已经知道了我们有个共同的儿子，我想我们应该更亲密一些。”

“不了，谢谢。”

“你真让人扫兴。”

“你让我有兴致吗？你是我一辈子的灾星。我巴不得从来没见过你。我不想跟你亲密。我想离你越远越好。哪怕你去了耶路撒冷，我都不觉得远。”

拉尔夫的脸气得铁青，格温达后悔言辞太过夸张了。她记起了阿兰的责备，希望自己说话时不是脱口而出，而是能冷静些，不带那些刻薄的俏皮话。但是再没有人能像拉尔夫那样能激起她的怒火了。

“你难道看不出吗？”她努力用通情达理的口吻说道，“你恨我丈夫有多久了？足足有二十五年。他打伤了你的鼻子，你划破了他的脸。你先是不让他继承遗产，后来被迫归还了他们家的土地。你强奸了他曾经爱过的女人。他逃跑了，你用绳子套着他的脖子把他拽了回来。发生了所有这些事情后，即便你我共同生了一个儿子，我们也没法成为朋友了。”

“我不那么认为，”他说，“我想我们不仅可以做朋友，还可以做情人。”

“不！”从阿兰策马领她进入森林起，她打心底担忧的就是这个。

拉尔夫的脸上露出了微笑。“你干吗不脱了衣服呢？”

她紧张了起来。

阿兰在她背后俯下身子，麻利地抽走了她腰带里的长刀。他显然已预谋了好久，动作之快让她根本来不及反应。

但拉尔夫说："不，阿兰——这没必要。她会心甘情愿的。"

"决不!"她说。

"把刀还给她，阿兰。"

阿兰很不情愿地掉转了刀头，手握着刀刃，把刀柄递还给了格温达。

她一把抓过了刀，一跃而起。"你们可以杀了我，但是以上帝的名义发誓，我会拉上你们中的一个一起走的。"她说道。

她举着刀后退了一步，与他们拉开距离，准备搏斗。

阿兰向门口迈了一步，准备打掉她手里的刀。

"别拦着她，"拉尔夫说，"她哪儿也不会去的。"

她不明白拉尔夫为什么会这么自信，但他绝对大错特错了。她会冲出这间小屋，拼尽全力地逃跑，除非她被撂倒了，否则谁也别想拦住她。

阿兰停在了原地。

格温达走到了门口，背对着门，用手从身后拉开了简易的木闩。

拉尔夫说："伍尔夫里克还不知道，是吧？"

格温达愣住了。"还不知道什么？"

"他还不知道我是萨姆的父亲。"

格温达的声音低得就像耳语。"是的，他不知道。"

"我想不出如果他知道了真相，会怎么想。"

"那会要了他的命的。"

"我也是这么想。"

"求求你不要告诉他。"她乞求道。

"我不会的……只要你照我说的做。"

她有什么办法呢？她知道拉尔夫对她有性的欲望。她曾经利用这一点，孤注一掷地闯入郡守城堡去见他。多年以前他们在贝尔客栈的遭逢，对她来说是噩梦般的记忆，而在他的印象中却是黄金般的一刻，也许还随着岁月的流逝而升华了。而又是她，使他产生了重温那一刻的念头。

这是她自己的过错。

她能不能想出什么办法让他幡然省悟呢？“我们都不是多年前那样的人了，”她说，“我已经不再是天真无邪的少女了。你应该去和你那些女仆们风流风流。”

“我不想要年轻的女仆们，只想要你。”

“不，”她说，“求求你了。”她强忍着泪水。

但他非常坚决。“脱掉你的衣服。”

她把刀插进鞘中，解开了腰带的扣子。

八九

梅尔辛一睡醒，就想洛拉。

她失踪至今已经三个月。他给格洛斯特、蒙茅斯、沙夫茨伯里、埃克塞特、温切斯特和索尔兹伯里的市政当局都写了信。作为王桥这样的大城市的教区公会会长，他的信都引起了重视，并且得到了慎重的答复。只有伦敦的市长没有帮助。他说实际上伦敦半数的少女都是从父母身边逃跑而来的，市长没有义务把她们送回家。

梅尔辛还亲自去夏陵、布里斯托尔和梅尔库姆寻找过。他同每个酒馆的老板交谈，详细地向他们描述洛拉的情况。他们全都看见过很多黑头发的姑娘，通常都有一个或者叫贾克，或者叫杰克，或者叫乔克的英俊的流浪汉陪同，但谁也不敢肯定他们看到的就是梅尔辛的女儿，或者听到过洛拉这个名字。

贾克的一些朋友也都带着一名或两名女友消失了。其他失踪的女子都比洛拉大几岁。

洛拉可能已经死了——梅尔辛明白这一点——但他不肯放弃希望。她不大可能染上瘟疫。瘟疫新近的爆发正在城市和乡村肆虐着，夺走了大部分十岁以下儿童的性命。但是上一波瘟疫的幸存者，例如洛拉和他本人，一定都是因为某种原因对这种病有抵抗力的人，或者说像他本人，是有力量从这种病中康复的人——不过这后一种人非常稀少——这些人这回都不会感染。然而，对于一个离家出走的十六岁少女来说，瘟疫仅仅是危险之一，每当凌晨时分梅尔辛思虑起洛拉会有什么遭遇时，他那丰富的想象力就会剧烈地折磨他。

瘟疫在王桥算不上肆虐。就梅尔辛通过隔着城门与玛奇·韦伯相互喊话得知，老城中每一百座房子中才有一座有人染病。玛奇·韦伯目前在城墙里代理会长一职，而梅尔辛则打理城墙外的事情。王桥的郊区，以及其他城镇，大约有五分之一的人染病。但是凯瑞丝的办法是能够最终战胜瘟疫，还是仅仅能延缓其发展呢？瘟疫会不会一直持续下去，最终摧毁她设置的屏障呢？这次瘟疫的危害会不会最终像上次一样大？在瘟疫的这次爆发结束前——而这可能是几个月，也可能是几年——这些问题他们都无法回答。

他长叹一声，从他那孤零零的床上起了身。自封城后他就没再见过凯瑞丝。她住在医院里，离梅尔辛的房子只有几码之遥，但她却不能回来。人们只准进医院，不准出来。凯瑞丝认为她只有和修女们并肩战斗，才有可能获得信任，因此她坚持住在那里。

看上去，梅尔辛有半辈子都没有和她生活在一起，但这丝毫无助于他适应当下的生活。实际上，人到中年之后，他比年轻时更加疼爱她了。

他的仆人埃姆比他起得早。他看到她在厨房里剥兔子皮。他吃了一片面包，喝了些淡啤酒，就出了门。

贯穿全岛的主路上已经挤满了农民和他们装载着各种生活日用品的小车。梅尔辛和一群助手与他们挨个儿谈话。那些带来了已经谈妥价格的标准产品的人最好办：梅尔辛让他们穿过内桥，把东西放在门楼紧锁的门前，等他们空着手回来时，把钱付给他们。对于那些带来诸如水果和蔬菜等季节性产品的人，他会先谈定价格，再让他们把货送过桥去。一些特殊的寄售产品，必须提前几天达成交易，他才能下订单，例如：给皮匠们送来的兽皮；给已经在亨利主教的命令下恢复了塔楼尖顶建设的石匠们送来的石料；给珠宝匠们送来的银料；给城里的制造业者们送来的铁、钢、大麻和木料——这些制造业者们即使已经与大部分客户断绝了联系，仍不得不坚持生产。最后，还有一次性产品，梅尔辛必须听从城里相关人员的指示。今天来的有一名小贩，想把意大利锦缎卖给城里的一名裁缝；还有给屠户送来的一头一岁的公牛；再有就是韦格利的戴夫。

梅尔辛听了戴夫的讲述，既惊讶又高兴。他钦佩这小伙子购买茜草种子种植以生产昂贵染料的胆识。听说拉尔夫曾试图摧毁这一计划，他一点也不奇怪：拉尔夫像大多数贵族一样，蔑视一切与生产和贸易相关的事物。但戴夫有勇有谋，最终坚持了下来。他甚至还付钱给一位磨坊主，把晒干的茜草根研成了粉。

“事后磨坊主清洗了磨石，他的狗喝了流下来的水，”戴夫告诉梅尔辛，“结果整整一个星期那狗撒的尿都是红色的，所以我们知道这染料能行!”

现在他推着手推车来了，车上满载着旧的四加仑的面粉袋，里面满都是他认为非常珍贵的茜草染料。

梅尔辛叫他挑出一袋，拎到城门口去。他们到达那里后，梅尔辛呼叫了城门另一侧的哨兵。那人爬上城垛，向下观望。“这个包是给玛奇·韦伯的，”梅尔辛喊道，“务必交给她本人，能做到吗，哨兵?”

“没问题，会长老爷。”哨兵说。

像往常一样，一些乡村的瘟疫患者被亲戚抬到了岛上。大多数人现在都已明白了瘟疫是无法医治的，因而只是任由他们心爱的人死去，但也有不少人或是无知或是极度乐观，寄希望于凯瑞丝能创造出奇迹来。病人被放在医院门口，就像生活日用品被放在城门口一样。到了晚上，当亲人们离开后，修女们再出来把他们抬进去。不时有万分幸运的病人存活下来，恢复了健康，但绝大多数病人都是从后门抬出去的，被葬在了医院楼远端新建的墓地里。

中午时，梅尔辛请戴夫共进午餐，吃的是兔肉馅饼和新摘的豌豆。戴夫告诉梅尔辛他爱上了母亲宿敌的女儿。“我不知道妈妈为什么恨安妮特，但都是很久以前的事情了，而且跟我或者阿玛贝尔没有一点儿关系。”他说道，语气中充满了年轻人对不讲理的父母的气愤。梅尔辛同情地点了点头，戴夫问：“你父母也像这样干涉过你吗?”

梅尔辛思索了片刻。“是的，”他说，“我本想做一名护卫，再做一名骑士，终身为国王而战。可他们却让我给木匠做学徒，我当时伤透了心。不过，事实证明，这样对我很不错。”

但这件轶事并没有让戴夫高兴起来。

下午，岛上通向内桥的道路封锁了，城门却打开了。成群的挑夫走出来，收拾了城门口留下的所有东西，抬到了城里的目的地。

然而没有玛奇·韦伯关于染料的口信传出。

那天梅尔辛还有一位客人。黄昏将近，贸易逐渐结束时，克劳德教士来了。

克劳德的朋友和恩主亨利主教已就任蒙茅斯大主教。然而，接替他担任王桥主教的人选还未确定。克劳德想担任这个职务，他去伦敦见了格利高里·朗费罗爵士，在返回蒙茅斯的途中经过王桥。

他目前仍在蒙茅斯担任亨利的助手。

“国王欣赏菲利蒙在教会税收问题上的立场，”他吃着冷兔肉馅饼，用高脚杯喝着梅尔辛最好的加斯科涅葡萄酒，说道，“高级教士们则喜欢他反对人体解剖的布道和修建圣母堂的计划。而在另一方面，格利高里不喜欢菲利蒙——说他不可信。结果国王推迟了决定，下令王桥修道院的修士们在流亡林中圣约翰修道院期间不得举行选举。”

梅尔辛说：“我想，在瘟疫流行、城市封闭的情况下，国王认为没必要选定主教。”

克劳德点头表示同意。“我也取得了些成果，虽然不大，”他继续说道，“英国驻教皇处大使一职出现了空缺。受到任命的人将被派驻阿维尼翁。我推荐了菲利蒙。格利高里似乎很感兴趣。至少，他没有反对。”

“太好了！”一想到菲利蒙有可能被送到如此遥远的地方去，梅尔辛顿时来了精神。他真希望能在这件事上帮克劳德些忙，但他已经给格利高里写过信，请求支持教区公会了，而他的影响力也就这么大。

“还有一条消息——实际上，是个令人悲痛的消息，”克劳德说，“我在去伦敦的路上，路过了林中圣约翰修道院。亨利在名义上仍然是修道院的院长，他派我去申斥菲利蒙未经许可就擅自迁移。结果却纯粹是浪费时间。不管怎么说，菲利蒙采用了凯瑞丝的预防办法，根本不让我进门，不过我们隔着门谈了话。迄今为止，还没有修士染上瘟疫。但你的老朋友托马斯兄弟却因为年老而去世了。我很遗憾。”

“愿上帝让他的灵魂安息，”梅尔辛悲伤地说道，“他到后来身体已非常虚弱了。思维能力也丧失了。”

“搬到林中圣约翰修道院去也许对他没有好处。”

“当我还是个年轻的建筑匠时，他鼓励过我。”

“奇怪的是，上帝有时候把好人收走了，却把坏人给我们留下。”

克劳德第二天一早就离开了。

梅尔辛正照例打理着一天的事务，一个推车运货的人从城门返回时带来了口信。玛奇·韦伯上了城楼，要见梅尔辛和戴夫。

“你说她是要买我的茜草吗?”当他们走上内桥时，戴夫问道。

梅尔辛也不知道。“但愿如此。”他说。

他们并肩站在紧闭的城门前，抬头望去。玛奇在城墙上俯身喊道：“这东西是从哪儿来的?”

“是我种的。”戴夫说。

“你是谁?”

“我是韦格利的戴夫，伍尔夫里克的儿子。”

“哦——是格温达的孩子?”

“对，是她的老二。”

“嗯，我试过你的染料了。”

“能行，是吧?”戴夫热切地问道。

“太淡了。你是不是把根整个儿研碎了?”

“是的——我还能怎么办呢?”

“你该先把壳去掉，然后再研。”

“我不知道该这么办，”戴夫顿时沮丧起来，“这粉不好吗?”

“我说过了，太淡了。我不能付给你纯正染料的价钱。”

戴夫一副垂头丧气的样子，梅尔辛深深地同情他。

玛奇问：“你总共有多少粉?”

“像你拿去的那种四加仑的口袋，还有九袋。”戴夫没精打采地说道。

“我按正常价钱的一半付你——三先令六便士一加仑。一袋是十四先令，十袋正好是七镑。”

戴夫又顿时喜笑颜开了。梅尔辛真希望凯瑞丝也在场，能分享一下这快乐。“七镑!”戴夫重复了一遍。

玛奇还以为他嫌少，说：“我不能再付更多钱了——这染料不够强。”

但是对戴夫来说，七镑就算是发财了。即使按时价算，这都是一个雇农好几年的收入。他看了看梅尔辛。“我有钱了!”他说。

梅尔辛大笑着说道：“可别一下子都花了。”

第二天是礼拜日。梅尔辛去岛上的小教堂做了晨祷。这座小教堂供奉的是匈牙利的圣伊丽莎白，是医疗人员的保护神。然后他回了家，从园丁的棚子里拿了把结实的橡木锨。他把木锨扛在肩上，步行穿过外桥，走过郊区，思绪也回到了遥远的过去。

他努力想回忆起三十四年前他和凯瑞丝、拉尔夫，还有格温达一起在森林中走过的路，但似乎不可能。森林里除了鹿迹根本没有路。当年的小树已长得高大挺拔，而原本参天的橡树却被国王的伐木工砍倒了。然而，让他惊奇的是，仍然有一些可供辨认的地标存留了下来，有一股从地下汩汩而出的清泉，他记得十岁的凯瑞丝曾跪在那里饮过水；有一块巨大的石头，她说简直像是从天堂里掉下来的；还有一个两侧都非常陡峭的小山谷，底部是一片沼泽，使她的靴子里渗进了泥。

他一边走着，孩提时代的那一天的记忆变得越来越清晰。他记起了小狗“蹦蹦”跟着他们，而格温达又跟着她的小狗。他又一次感受到凯瑞丝听懂了他的玩笑时给他带来的快乐。当他想起他当着凯瑞丝的面使用自己制作的弓是多么无能，而他弟弟运用那武器又是多么轻松时，他的脸红了。

他想起最多的，还是小时候的凯瑞丝。那时他们还年幼，但他仍然为她的机智、她的大胆，以及她毫不费力就成了他们的头儿的那种气质所倾倒。那不是爱情，但也是一种不无爱的成分的迷恋。

回忆分散了他寻找路径的注意力，他找不到那片空地了。他开始感到自己仿佛置身于一个完全陌生的所在——紧接着，突然之间，他的眼前出现了一片空地，他明白自己找对了地方。那片灌木已经扩展得很大了，橡树的树干也更粗了，空地上开满了夏天的野花。一三二七年十一月的那一天却不是这样。但他毫不怀疑这就是那片空地：这就像是一张多年未见的熟悉的脸，虽然起了变化，却绝不会认错。

当年又瘦又小的梅尔辛爬进了那片灌木中，躲避踩踏着草木跑来的大人们。他还记得筋疲力尽、气喘吁吁的托马斯靠在了那棵橡树上，拔出了剑和匕首。

在他的脑海中，那天的事情又重演了一遍。两个身穿黄绿相拼的制服的人追上了托马斯，要他交出一封信来。托马斯告诉他们有人藏在灌木丛中窥视着他们，从而分散了两个人的注意力。梅尔辛以为他和其他孩子都必死无疑了——然而当时只有十岁的拉尔夫杀死了其中一名士兵，表现出了日后在法国战争中使他如鱼得水的果敢和敏捷。托马斯结果了另一名士兵，但在此之前他受了伤——尽管得到了王桥修道院医院的救治，或许也正因为这种救治——最终导致他失去了左臂。再后来，梅尔辛帮助托马斯埋藏了那封信。

就在这里，托马斯当时说。在橡树前面。

梅尔辛现在明白了，信里藏着秘密，一个让高层人士惧怕的惊天大秘密。这个秘密保护了托马斯，不过他不得不躲进了一座修道院度过余生。

如果你听说我死了，托马斯对当时还是个孩子的梅尔辛说道，我希望你挖出这封信，把它交给一位教士。

现在，已是成人的梅尔辛举起了木锨，挖了起来。

他不敢肯定托马斯是否希望他这样做。这封被埋起的信，是防备托马斯死于非命的，却不是防备他在五十八岁上寿终正寝的。那么他是否还希望把信挖出来呢？梅尔辛不知道。他要在读过信后再决定怎么办。他无法克制自己的好奇心，迫切想知道信里到底写了些什么。

他记不大清楚把那个包埋在哪里了，第一次挖掘没有挖到。他才挖了十八英寸就知道挖错地方了：他能肯定当年那个坑只挖了一英尺深。他向左挪了几英寸，又挖了起来。

这回挖对了。

一英尺下，木锨触到了什么东西，不是土壤。那东西是软的，但不能弯曲。他把木锨扔到一边，用手指在坑里刨了起来。他摸到了一块年代久远、已经腐烂的皮子。他轻轻地拂去了上面的土，把那东西拾了起来。那正是多年前托马斯系在腰带上的皮包。

他在上衣上擦了擦沾满泥的双手，打开了包。

里面有一个用油布做的小包，依然完好无损。他松开了包上的拉绳，把手伸了进去，从里面掏出了一张卷成了卷、外面封着蜡的羊皮纸。

他想轻轻地打开纸卷，但手一碰到，蜡就碎了。他小心翼翼地用手指展开纸卷。纸卷完好无损：在土里整整埋了三十四年，真是不可思议。

他马上看出这不是正式文件，而是私人信件。他能分辨出那上面是一位有教养的贵族虽然潦草却很用心写就的笔迹，而不是教士工整的文书。

他读了起来。抬头是这样写的：

发自英格兰国王爱德华二世，于巴克利堡；由他忠实的仆人托马斯·兰利大人亲手转交；致他心爱的长子爱德华；致以国王的祝福和父亲的慈爱。

梅尔辛顿时害怕起来。这是老国王致新国王的信。他拿着纸片的手颤抖了起来。他抬眼扫视了一遍四周的林木，仿佛有什么人躲在灌木丛中窥视着他。

我亲爱的儿子：你很快就会听说我死了。要知道那不是真的。

梅尔辛皱起了眉。他没想到会是这样的内容。

你的母后，我心爱的妻子，起了歹心，指使夏陵伯爵罗兰和他的儿子，派人来这里刺杀我。但是托马斯事先警告了我，刺客被杀死了。

这么说，托马斯不是刺客，而是国王的救星了。

你的母亲一次没能得手，肯定还会再派人来，因为只要我活着，她和她的奸夫就不得安宁。所以我和一名被杀死的刺客换了衣服。这个人和我身材相仿，面貌也大致相似。我买通了一些人，要他们坚称那就是我的尸体。你母亲看到尸体后会明白真相的，但她会将错就错，因为如果人们都以为我死了，就没人能打着我的旗号来反叛或对抗王权了。

梅尔辛大吃了一惊。全国的人都以为爱德华二世死了。整个欧洲都被骗了。

但他后来又会怎样呢？

我不告诉你我要去哪里，但我打算离开我的英格兰王国，再也不回来了。不过，我的儿子，但愿我有生之年还能再见到你。

托马斯为什么要把信埋起来，而不是送出去呢？因为他担心自己的性命，并把这封信视为保护自己的强大武器。一旦伊莎贝拉王后坚持伪称自己的丈夫已经死了，她就得处理为数不多的那些了解真相的人。梅尔辛于是想起了在他还是个少年时，肯特伯爵因为坚称爱德华二世还活着，被控谋反而遭到斩首。

伊莎贝拉王后派人追杀托马斯。他们在王桥镇外抓住了他。但托马斯在时年十岁的拉尔夫帮助下，反倒杀死了他们。后来，托马斯一定威胁过要揭穿整个阴谋——而且他有证据，就是老国王的信。那天晚上，托马斯躺在王桥修道院的医院时，与王后，或者更准确地说，是王后的代理人——罗兰伯爵及其儿子——进行了谈判。他承诺保守秘密，条件是要接受他做一名修士。他在修道院里会感到安全——而且，为了防备王后在别人的劝诱下食言，他说信藏在一个安全的地方，一旦他死了就会暴露。于是王后不得不保证他的生存。

王桥修道院老副院长安东尼了解一些内情，他在临死时告诉了塞西莉亚嬷嬷。而当塞西莉亚嬷嬷也躺在了临终的病榻上时，她又向凯瑞丝透露了部分真相。梅尔辛心想，人们也许会把秘密保守上几十年，但在死到临头时，都会感到必须说出实情。凯瑞丝也看到了那份以接受托马斯做修士为条件将林恩田庄交给修道院的文件。梅尔辛现在明白了为什么凯瑞丝对这份文件漫不经心的询问竟然引发了轩然大波。格利高里·朗费罗老爷竟然劝动拉尔夫闯进修道院，偷走了修女们的所有文件，期望找到那封信。

那么这片羊皮纸的杀伤力是否已随着时间的流逝而减弱了呢？伊莎贝拉很长寿，但她已经在三年前过世了。爱德华二世几乎可以肯定也死了——如果他还活着，他现在得有七十七岁了。当世人都以为他父亲死了，老国王却还活着，爱德华三世会害怕这一真相揭露吗？他如今已是位不可一世的君王，没人能对他构成重大威胁，但他会因此而感到巨大的尴尬和羞耻。

那么梅尔辛该怎么办呢？

他原地不动，在森林中繁盛的野花碧草中伫立了良久。最终他卷起了那片纸，把它放回包中，又把包塞进了旧皮囊里。

他把皮囊放回了坑中，重新埋了起来，又把自己起初挖错的那个坑也填满了土。他把两个坑上的土都抚平了，又从灌木上扯下了些叶子，散布在橡树前。他后退几步，端详了一番自己的活计，感到很满意：如果只是不经意地瞟上一眼，根本看不出这里有人挖过坑。

接着他转身离开了空地，回家去了。

九〇

八月末时，拉尔夫伯爵在他长期的扈从阿兰·弗恩希尔老爷和他新发现的儿子萨姆的陪同下，巡视了夏陵周围他的领地。尽管萨姆已长大成人，他仍然喜欢让这个儿子随侍左右。他的另外两个儿子杰里和罗利，做这样的事情还太小。萨姆并不知道拉尔夫是他的父亲，而拉尔夫也很愉快地保守着这个秘密。

他们所到之处看到的情景让他们触目惊心。拉尔夫的农奴正成百上千地死去，或在垂死当中，地里的庄稼根本无人收割。在他们从一地到另一地的途中，拉尔夫越来越生气，也越来越沮丧。他的冷嘲热讽让他的随从噤若寒蝉，他的坏脾气也使他的马好似惊弓之鸟。

在每座村庄，以及归农奴所有的土地中，都有若干英亩的土地是伯爵个人专有的，应当由伯爵的雇农耕种，一些农奴也有义务每星期为伯爵劳动一天。如今这些土地是所有土地中境况最糟的。他的许多雇农，还有一些应当为他出工的农奴，都已经死了。还有一些农奴在上次瘟疫流行后，通过谈判得到了更优惠的租赁条件，因而已无义务再为领主劳动了。最糟糕的是，当下还根本雇不到劳力。

拉尔夫来到韦格利时，在领主宅第后面转了一圈，看了看由木头建成的巨大谷仓。往年的这时候，谷仓里早就堆满了等待碾磨的谷物——然而现在却空空如也。甚至还有一只猫在一座干草棚中生了一窝小崽。

“我们拿什么做面包？”他冲内森总管咆哮道，“没有大麦酿啤酒，我们喝什么？看在上帝的分上，你得想点儿办法呀。”

内森看上去很是蛮横。“我们所能做的，就是重新分配土地。”他说。

拉尔夫为他的无礼很感吃惊。内森一向是阿谀奉承的。这时内森瞪了一眼年轻的萨姆，于是拉尔夫明白了这个马屁精变化的原因。内森对萨姆杀了他儿子乔诺一向怀恨在心。拉尔夫不仅没有惩罚萨姆，而且先是赦免了他，继而又让他当上了护卫。怪不得内森看上去愤愤不平呢。

拉尔夫说：“村里一定有那么一两个年轻人可以多种几亩地的。”

“啊，是的，但他们不愿意交过户费。”内森说。

“他们想白白地得到土地？”

“是的。他们能看出你现在地太多而人手不够，他们明白自己有条件讨价还价。”以往内森一向是热衷于斥责桀骜不驯的刁农的，现在却似乎也为拉尔夫的窘境而感到幸灾乐祸了。

“他们这个样子，就好像英格兰是他们的，而不是贵族的。”拉尔夫气愤地说道。

“这实在是不像话，爵爷，”内森的语气谦恭多了，但他脸上又浮现出一副狡黠的神情，“比如，伍尔夫里克的儿子戴夫想娶阿玛贝尔，并接手她母亲的土地。这样倒也合理：安妮特的土地一向管理得不好。”

萨姆开腔了。“但我父母不会付过户费的——他们一向反对这桩婚事。”

内森说：“不过，戴夫自己付得起。”

拉尔夫很是诧异。“怎么回事？”

“他卖出了在森林里种的新作物。”

“茜草。显然我们踩踏得很不彻底。他卖了多少钱？”

“谁也不知道。不过格温达买了头小奶牛，伍尔夫里克买了把新刀……礼拜天上教堂时，阿玛贝尔围了条新围巾。”

而内森肯定也得到了一笔不菲的贿赂，拉尔夫心想。“戴夫胆大妄为，我本不想纵容他，”他说，“但我没办法。就把那些地给他吧。”

“那你就得特许那桩他父母反对的婚事了。”

戴夫曾为此求过拉尔夫，但拉尔夫拒绝了他，不过那是瘟疫复发前的事情了，现在拉尔夫正急需人手。他很不情愿改变这样的决定，但这是不得不付出的小小代价。“我准许他。”他说。

“太好了。”

“不过咱们去看看他。我要亲口对他说。”

内森大吃了一惊，但他当然不会反对。

拉尔夫的真实意图是想再见见格温达。她身上有某种气质总是令他欲火中烧。他们上次在狩猎小屋的遭遇，并没有让他的满足持续太长时间。自那以后一连好几个星期，他都时常想起她。如今那些他平素交欢的女子，比如年轻的娼妓、酒馆的荡妇、青春的侍女等，已经刺激不起他的兴趣了。尽管在他行事时她们都故作欢颜，他却明白她们都是为了事后他给的钱。而格温达正相反，她毫不掩饰自己对他的憎恶，对他触碰的反应是战栗和痉挛。奇怪的是，这却令他兴奋不已，因为格温达是诚实的，那体验便也是真实的。他们在狩猎小屋的那次相会之后，他给了她一袋银便士，她却狠狠地掷还给他，竟然把他的胸脯都砸肿了。

“他们今天在‘溪地’，正翻他们收割的大麦呢，”内森说，“我领你去。”

拉尔夫和随从跟着内森出了村，沿着大片农田边上的小河向前走去。韦格利一向多风，但今天夏日的微风又轻柔又温暖，就像格温达乳房给人的感觉。

有几条狭长的田地里，庄稼已经收割了，但在另外一些田地里，拉尔夫绝望地看到已经熟过了头的燕麦、大麦和野草混杂在一起。有一片黑麦田已经收割了，却没有打捆，结果黑麦散了一地。

一年前他还以为他在财务上的一切麻烦都已经了结了。他从最近一次法国战争中凯旋时带回了一名俘虏——纳沙泰尔侯爵，谈定赎金为五万镑。然而侯爵家筹不起这笔钱。在普瓦捷战役中被威尔士亲王俘获的法国国王约翰二世，也发生了同样的情况。国王约翰在伦敦住了四年，名义上是囚徒，实际上舒舒服服地住在兰开斯特公爵所建的萨伏伊新宫中。国王的赎金被降低了，但迄今仍没有交齐。拉尔夫曾派阿兰·弗恩希尔去了趟纽沙特，重新商谈侯爵的赎金，阿兰把价码降到了两万镑，可侯爵家还是交不起。继而侯爵死于瘟疫，拉尔夫重新陷入了困境，不得不惦记起庄稼的收成来。

时值日中，农民们都在田间地头吃着午餐。格温达、伍尔夫里克和戴夫在一棵树下席地而坐，吃着生洋葱和冷猪肉。他们看见有人骑马而来，都站了起来。拉尔夫径直奔向格温达一家，挥手叫其他人走开。

格温达穿着一件宽松的绿色连衣裙，遮掩了她的体形。她的头发束在脑后，使她的脸更像老鼠了。她的手很脏，指甲缝里全是泥。然而，当拉尔夫打量起她时，他在想象中看到的却是她赤身裸体，躺在床上等着他，一副无可奈何又愤恨厌恶的表情。他的欲火又被激发了起来。

他把目光从她身上移开，转向了她丈夫。伍尔夫里克平视着他，神情不卑不亢。他那黄褐色的胡子已经有些斑白，但还没有遮掩住拉尔夫留给他的剑痕。“伍尔夫里克，你儿子想娶阿玛贝尔，还想接管安妮特的土地。”

格温达答话了。她向来做不到只在别人问话时才开腔。“你已经偷走了我的一个儿子了——你还想偷走另一个吗？”她愤愤地说道。

拉尔夫没理她。“谁来缴租地继承税呢？”

内森插嘴说：“共三十先令。”

伍尔夫里克说：“我没有三十先令。”

戴夫平静地说道：“我能付。”

面对这么一大笔钱他竟然不动声色，想必茜草卖得很不错，拉尔夫心想。“很好，”他说，“那样的话——”

戴夫打断了他的话。“可是你有什么条件呢？”

拉尔夫感觉到自己脸红了。“你什么意思？”

内森又插嘴了。“当然，和安妮特掌管那些地的条件一样。”

戴夫说：“那我谢谢伯爵了，我不能接受他的这份好意。”

拉尔夫说：“你到底想怎样？”

“我愿意接管这些地，我的爵爷，但只愿意做自由的佃农，缴现金地租，不承担例定劳役。”

阿兰老爷恶狠狠地问道：“你敢和夏陵伯爵讨价还价吗？你这胆大包天的狗崽子！”

戴夫吓了一跳，但并没有畏缩。“我没想冒犯你，爵爷。但我想自主决定种我能卖得出去的庄稼。我不想种内森总管根本不看市场价格就选的庄稼。”

拉尔夫心想，戴夫继承了格温达的那股子顽固劲儿。他气愤地说道：“内森表达的是我的意愿！你难道认为你比伯爵还明白吗？”

“请原谅，爵爷，但你既不耕地也不去市场。”

阿兰的手伸向了他的剑鞘。拉尔夫看见伍尔夫里克瞟了一眼他的长柄大镰刀。那镰刀倒在地上，锋利的刀刃在阳光下闪闪发光。在拉尔夫的另一边，年轻的萨姆的坐骑不安地蹦跳着，透露出骑手的紧张。拉尔夫心想，假如真的打起来了，萨姆会站在他的主人一边，还是站在他的家庭一边？

拉尔夫并不想打斗。他想把庄稼收割了，而杀死农民只会使事情更麻烦。他用手势制止了阿兰。“瘟疫就是这样败坏了人心，”他厌烦地说道，“我答应你的要求，戴夫，因为我不得不这么办。”

戴夫吸了口气，说道：“能写下来吗，爵爷？”

“你还想要一个副本，是吗？”

戴夫点了点头，不敢多说了。

“你怀疑你的伯爵说的话吗？”

“不，爵爷。”

“那你还要成文的租约？”

“以免将来有人不相信。”

农民们在要副本时都这么说。他们的言外之意是，如果租约白纸黑字地写下来，地主就没法轻易变卦了。这又是对由来已久的传统的破坏。拉尔夫本不想再作让步——然而，又一次，如果他想把庄稼收了，他就别无选择。

这时他突然想到，可以利用这一情况达到他的另一个目的，于是他高兴了起来。

“好吧，”他说，“我可以给你一份文字租约。但我不希望男人在收割季节离开田地。你妈妈可以在下星期来伯爵城堡取这份文件。”

在一个骄阳似火的日子，格温达步行前往伯爵城堡。她知道拉尔夫叫她来的目的，一想到可能发生的情况，她就心烦意乱。当她穿过吊桥走进城堡时，门楼上的乌鸦好像也在嘲笑她。

太阳无情地炙烤着院子，城墙又阻挡了微风。护卫们在马厩外玩着游戏，萨姆在他们当中，玩得非常专注，没有注意到格温达。

他们把一只猫绑在一根柱子上齐眼高的地方。猫的头和腿都可以动。一名护卫必须反绑双手杀死这只猫。格温达以前看过这游戏。护卫要达到目的，唯一的办法就是用头去撞那可怜的畜生，但猫会本能地自卫，抓、打袭击者的脸。这回的挑战者是一名约摸十六岁的少年，正在柱子附近逡巡着，而那只惊恐万状的猫则紧紧地盯着他。突然，那男孩儿一扬头，前额撞进了猫的胸口，那畜生则猛地一挥利爪。护卫疼得尖叫起来，向后一跳，两颊涌出了鲜血，其他护卫全都大笑着哄叫起来。挑战者被激怒了，又一次扑向柱子，用头撞向了猫。这回他被抓得更狠，头也撞伤了，其他人笑得越发开心了。第三回，男孩儿多加了小心。他迫近后，先虚晃了一招，猫的爪子挥空了。这时他发出了准确的一击，正中猫的头部。鲜血从猫的嘴里和鼻孔里喷了出来，它耷拉下脑袋，失去了知觉，但仍在呼吸。男孩儿又用头撞出了最后一击，最终杀死了猫，其他人欢呼着，鼓起掌来。

格温达感到一阵恶心。她并不太喜欢猫——她更喜欢狗——但是无论看到什么样无助的生灵受折磨，都是令人难受的。她猜想男孩子们做这样的游戏，是在为到战场上杀人和伤人做准备。难道非这样不可吗？

她没有同儿子说话，就向前走去，汗流浃背地穿过第二座桥，爬上楼梯，来到了里面的门楼。这座大厅里却冷得瘆人。

她很高兴萨姆没有看见她。她想尽可能长地躲开他，不希望他怀疑出了什么岔子。萨姆不是非常敏感，但他有可能察觉出母亲的忧虑。

她对大厅的门官说明了来意，他答应转告伯爵。“菲莉帕太太在家吗?”格温达满怀希望地问道。如果伯爵夫人在，拉尔夫也许会收敛一些。

然而门官摇了摇头。“她在蒙茅斯她女儿那里。”

格温达冷冷地点了点头，坐下来等。她忍不住回想起她在狩猎小屋中与拉尔夫的遭遇。当她凝视着大厅毫无装饰的灰墙时，眼前便浮现出了拉尔夫的样子，他贪婪地微微张着嘴，正注视着她脱衣服。正如和心仪的人做爱让人快乐一样，和仇恨的人交媾令人作呕。

二十多年前，当拉尔夫第一次胁迫她时，她的身体背叛了自己，尽管她经受着精神的折磨，却感到了肉体的欢愉。在森林里和强盗阿尔文也发生了同样的情况。但这回和拉尔夫在狩猎小屋却没有这种体验了。她把变化归因于年纪。当她还是个春心荡漾的少女时，肉体的动作能够激发本能的反应——一种她无法抑制的感觉，尽管这让她更加羞愧。现在，她已经成熟了，身体不再那么脆弱敏感了，反应也就不再是本能的了。至少她对此感到欣慰。

大厅远端的楼梯通向伯爵的房间。上上下下的人络绎不绝，有骑士、仆人、佃农、管家……一个小时后，门官叫她上去了。

她本来担心拉尔夫就在此时此地强迫她性交，却发现他公务正繁忙，于是松了口气。和他在一起的有阿兰老爷，还有两个担任文书的教士手拿纸笔坐在桌旁。其中一位教士递给她一个羊皮纸卷。

她没有打开看，因为她不识字。

“拿去吧，”拉尔夫说道，“现在你的儿子是个自由的佃农了。你不是一直盼望着这一天吗?”

拉尔夫知道，她想得到的是自身的自由，但她始终没有得到——不过拉尔夫说得对，戴夫得到了。这意味着她的一生并非完全没有意义。她的孙儿们将是自由独立的，愿意种什么就可以种什么，只要交了租金，剩下的就全归自己了。他们将不用体验格温达从小经受过的贫困和饥饿的苦日子了。

那么她所经受的一切值得吗？她不知道。

她拿起羊皮纸卷向门口走去。

阿兰跟在她身后，在她出门时低声说道：“今晚留在这里，住在大厅。”城堡里的绝大多数居民都睡在大厅里，“明天午后两点到狩猎小屋。”

她想不答话就走。

阿兰伸手拦住了她。“明白了吗?”他问。

“明白了，”她低声说道，“明天下午我到那里。”

他放她走了。

她直到晚上才同萨姆说上话。护卫们整个下午都在玩各种暴力游戏。她很高兴能有时间一个人待着。她独自坐在冷森森的大厅里想心事。她努力想说服自己，与拉尔夫性交对她并无损害。毕竟，她已经不是处女了。她都结婚二十多年了，做爱也不下千次了。只消几分钟，事情就完了，不会留下任何疤痕。做完了忘了就行了。

直到下一次。

这是最糟糕的。他会不断地逼她。只要伍尔夫里克还活着，他以揭露萨姆父亲的秘密相威胁，就会让她害怕。

拉尔夫肯定不久就会对她厌倦，再去找他那些身体紧绷的酒馆少女们，是吧?

“你怎么了?”薄暮时分，护卫们来吃晚饭时，萨姆问道。

“没什么，”她慌忙说道，“戴夫给我买了头小奶牛。”

萨姆看上去有些羡慕。他正过着快活的日子，但护卫是没有工钱的。他们基本上不需要钱——吃、喝、住、穿都是供给的——但是，年轻人仍然喜欢钱包里能有几便士。

他们谈起了戴夫即将来临的婚礼。“你和安妮特都要当奶奶了，”萨姆说，“你该跟她讲和了。”

“别说傻话，”格温达断然说道，“你根本不明白是怎么回事。”

晚饭上来时，拉尔夫和阿兰从屋里出来了。所有的居民和来客都聚在大厅里。厨房的杂役端上来三条用香草烤制的狗鱼。格温达坐在桌子末端附近，远远地离开拉尔夫。他也没有正眼看她。

晚饭后，她睡在了地板上的草垫上，萨姆睡在她旁边。能像萨姆小时候那样挨着他睡，让她很是快慰。她回忆起萨姆幼年时，在静谧的夜晚，他酣睡时发出的轻柔而满足的鼾声。她的思绪飘散开来，思忖着孩子们长大后，是怎样违逆父母的意愿。她自己的父亲想把她当商品买卖，她愤怒地拒绝了。现在她的两个儿子也都走上了各自的人生之路，却都不是她所规划的。萨姆要做骑士，戴夫想娶安妮特的女儿。她心想，早知道他们是这样，还会不会那么热切地生养他们呢?

她梦见她来到了拉尔夫的狩猎小屋，却没有看见他，而他的床上卧着一只猫。她知道自己必须杀死那只猫，但她的双手被反绑着，于是她用头去撞那只猫，直到把它撞死。

她醒来时，思忖着自己能不能在狩猎小屋里杀死拉尔夫。

多年以前，她杀死过阿尔文。她把他自己的刀插进了他的喉咙，又推进到他的脑袋里，直到刀尖从他的眼睛里伸出来。她还杀死了小贩西姆。她把他的头按在水里，尽管他拼命地挣扎，她仍然死死地按住，直到他的肺里灌满河水死去。假如拉尔夫一个人来狩猎小屋，那么她也许能瞅准机会杀死他。

但他不会一个人来。伯爵从来不会独自去任何地方。他会像从前一样由阿兰陪护。他只带一名随从出游，已经是很不寻常的了，他不可能单独出行。

她能把他们俩都杀死吗？再也没有人知道她将在那里见到他们。假如她能杀了他们，她只需不慌不忙地走回家去，甚至都不会有人怀疑她。没有人了解她的动机——这是个秘密，这一点很关键。也许会有人意识到她当时离小屋不远，但他们只会问她是否看到过形迹可疑的人在附近出没——谁也不会想到人高马大的拉尔夫会死于一个身材矮小的中年妇女之手。

她能做到吗？她思来想去，但打心底明白这是没有希望的。他们都是惯于厮杀的勇士。二十多年来，他们早已身经百战，最近的一仗就是前年冬天打的。他们的反应极其敏捷。他们的还击是致命的。许多法国骑士都想杀死他们，却反而送了自己的性命。

她也许能够通过用计，出其不意地杀死他们中的一个，却不可能把两人都杀死。

她将不得不屈服于拉尔夫。

她面色严峻地走出门去，洗了洗脸和手。当她回到大厅里时，厨房的杂役正在端上黑麦面包和淡啤酒做早餐。萨姆把一片干硬的面包浸入淡啤酒中想泡软。“你又是这么一副表情，”他说，“你到底怎么了？”

“没什么。”她说。她掏出刀子切下了一片面包。“我今天得走好长一段路啊。”

“你就是为这个担心吗？其实你不用一个人走呀。好多女人都愿意结伴而行的。”

“我比别的女人都能吃苦。”她很高兴他能关心她。这是他真正的父亲拉尔夫根本做不到的。伍尔夫里克到底对这孩子产生了些影响。但他觉察出她的表情，揣测着她的心思，这让她很是不安。“你用不着为我担心。”

“我可以陪你回去，”他说，“我想伯爵肯定会让我去的。他今天不需要任何护卫——他要和阿兰一起去什么地方。”

这是格温达最不希望的事情。如果她不能按时赶到聚会地点，拉尔夫就会披露秘密。格温达很容易想象他会怎样地以此为乐。他会毫不犹豫地这样做的。“不啦，”她坚定地说道，“你留在这里。没准儿伯爵什么时候就会找你的。”

“他不会找我的。我可以陪你走。”

“我绝对不许你这么做。”格温达咽下了嘴里的面包，又把剩下的面包塞进了腰包里。“你关心我，是个好孩子，但你没必要陪我走。”她吻了吻他的面颊，“照顾好你自己吧。不要冒任何不必要的危险。如果你为我着想，就好好地活着。”

她迈步走了。走到门口时，她回了下头。他正若有所思地打量着她。她强迫自己挤出了一副她希望能显得轻松的笑容，然后就出去了。

路上，格温达开始担忧会有人发现她和拉尔夫的私通。这样的事情向来是纸包不住火的。她已经在那儿密会过他一次了，她马上又要来第二次，而且她担心今后还会有更多这样的事情。没准儿哪天就会有人发现她在回家路上，一到某个地方就会离开大路折进森林，便会因此而心生疑窦。如果有人在不适当的时候碰巧闯进了狩猎小屋，会怎么样？有多少人会注意到，每当格温达从伯爵城堡回韦格利，拉尔夫就会和阿兰一起出去？

正午之前，她在一个小酒馆停下，喝了点儿淡啤酒，吃了点奶酪。为了安全起见，行路的人们在离开这样的地方时往往是结伴而行，但她故意磨蹭到所有的人都走了，才一个人上路。当她来到该折进森林的地方时，她前后张望了半天，以确保没人在注意她。她觉得四分之一英里外的林子里好像有动静，便仔细往那片模模糊糊的区域张望了一番，想看清楚到底是什么在动，但那里没人。她觉得自己神经过敏了。

她艰难地在夏天茂盛的灌木丛中穿行着，又思忖起杀死拉尔夫的事情。假如万幸，阿兰不在，她能找到机会吗？但是阿兰是这个世界上唯一知道她到这里来会拉尔夫的人。如果拉尔夫被杀死了，阿兰当然知道是谁干的。因此她必须连他一起杀了。但这似乎根本不可能。

小屋外有两匹马。拉尔夫和阿兰在屋里，坐在一张小桌前，面前还摆着吃剩的午饭：半条长面包、一根火腿的骨头，奶酪的外壳，还有一只葡萄酒瓶。格温达在身后关上了门。

“她来了，很守信用。”阿兰满意地说道。显然他承担让她准时来到这里的任务，他很欣慰她遵从了命令。“正好做你的饭后甜点，”他说，“就像葡萄干一样，虽然起了皱，但很甜。”

格温达对拉尔夫说：“你干吗不让他在外面待着？”

阿兰站起了身。“说话总是这么难听，”他说，“你就不能学乖点儿吗？”但他还是离开了房间，走进了厨房，把门从背后重重地关上。

拉尔夫对她微笑了一下。“到这边来。”他说。她顺从地向他走近了一些。“如果你愿意，我会叫阿兰别那么粗鲁的。”

“千万别这样！”她惊恐地说道，“如果他突然对我好起来，别人会起疑心的。”

“那随你的便吧。”他抓住了她的手，想把她再拉近一些，“坐到我的腿上。”

“我们不能快点儿把事做完吗？”

他大笑起来。“这就是我喜欢你的地方——你可真实在。”他站起身来，扶着她的双肩，凝视着她的眼睛，然后他低头吻了她一下。

这是他头一回这样做。他们性交了两次都没有接吻过。这让格温达越发厌恶起来。当他的嘴唇压在她的嘴唇上时，她觉得这是比他的阳物插进她体内更大的侮辱。他张开了嘴，她闻到了他带着奶酪味的气息。她挣脱了，感到一阵恶心。“不。”她说。

“别忘了你这样会失去什么。”

“别这样。”

他开始发怒了。“我非要不可！”他大声说道，“把衣服脱了。”

“放我走吧。”她说。他嘴里也开始说着什么，但她提高了声音压过了他的话。墙很薄，她知道厨房里的阿兰能听见她在哀求，但她顾不上了。“别逼我，我求你了！”

“你说什么都没用，”他咆哮道，“上床去！”

“求求你放过我吧！”

前门突然打开了。

格温达和拉尔夫都转过身来，瞪大了眼睛。

是萨姆。

格温达叫道：“噢，天哪，不！”

三个人都僵直地呆立了片刻。就在这一瞬间，格温达猛然明白了是怎么回事。萨姆一直在为她担忧，他没有听从她的叮嘱，而是自伯爵城堡起就跟着她。他一直处于她看不见的地方，但也始终没落下太远。他看见她离开大路进了森林——她回头时也看到了一丝动静，然而她忽略了。他找到了小屋，比她晚到了一两分钟。他一定是站在外面听到了叫喊声。拉尔夫在逼迫格温达屈从于不情愿的性行为，这是显而易见的——不过，闪电般地过了一遍他们说过的话后，格温达意识到他们并没有提及她不得不屈从的真正原因。秘密还没有泄露——还没有。

萨姆拔出了剑。

拉尔夫一跃而起。当萨姆扑过来时，拉尔夫也拔出了自己的剑。萨姆挥剑砍向拉尔夫的头，拉尔夫一抬手，刚好挡开了这一击。

格温达的儿子正试图杀他的父亲。

萨姆的处境极度危险。他比个孩子大不了多少，而和他交手的却是一位能征惯战的悍将。

拉尔夫大叫一声："阿兰!"

格温达马上明白过来，萨姆要对付的还不止是一个人，而是两名高手。

她冲到了屋子的另一端。当厨房的门就要打开时，她站到了门背后，身子紧贴在墙上，从腰带上拔出了那柄长匕首。

门大大地张开了，阿兰跨进了屋里。

他打量着两个打斗的人，但没有看见格温达。他停顿了片刻，观察着眼前的情景。萨姆的剑又一次划过空中，这回是奔着拉尔夫的脖子而去的，但拉尔夫又一次用自己的剑挡开了这一击。

阿兰立刻看明白了，他的主人正受到猛烈的攻击。他把手伸向了鞘中自己的剑，并且向前迈了一步。这时格温达的匕首插进了他的后腰。

她使出了一个长年在地里劳作的农民的全部力气，把刀往里一推，又往上一挑，穿透了阿兰背部的肌肉，又向上刺破了他的肝、肠和肺。她还想刺透他的心。刀子有十英寸长，又尖又利，切割着他的器官，但还没能立刻要他的命。

他疼得惨叫一声，又突然安静下来。他踉踉跄跄地转过身来抓住了她，以一个摔跤手的搂抱动作把她拽向了自己。她又刺了他一刀，这回刺进了肚子。她又同样地把刀往上一挑，刺向了他致命的器官。他的嘴里喷出了鲜血。他趔趄了一下，双臂垂向了体侧。他以一种全然无法相信的眼神，盯着这个不起眼儿的小个子女人良久。接着他闭上了眼睛，倒在了地上。

格温达又打量起另外两人。

萨姆在攻击，拉尔夫在躲闪。萨姆步步进逼，拉尔夫节节后退。萨姆又挥出了一剑，拉尔夫又躲过了一击。拉尔夫拼命抵挡着，却不进攻。

拉尔夫害怕杀死自己的儿子。

萨姆不知道他的对手就是自己的父亲，因而没有这样的顾虑，他奋勇向前，猛打猛攻。

格温达知道这种情况不可能持久，他们中的一个人会刺伤另一个人，继而这就将变成一场殊死搏斗。她举起了自己血淋淋的刀子，全神贯注地寻找着机会，准备像刺穿阿兰那样刺穿拉尔夫。

“等一等。”拉尔夫举起左手说道。然而萨姆怒不可遏，依然奋不顾身地扑向他。拉尔夫抵挡着，又说了一声：“等一等！”他已累得气喘吁吁，但最终还是从嘴里挤出了一句话：“有些事情你不知道。”

“我知道的够多了！”萨姆吼道，格温达能听出他那成人的嗓音里透射出了孩子气的歇斯底里。他又挥出了一剑。

“你不知道！”拉尔夫喝道。

格温达知道拉尔夫想对萨姆说什么。他要说的是我是你父亲。

绝不能让他说出口。

“听我说！”拉尔夫说道，萨姆终于停下了。他后退了一步，不过依然举着剑。

拉尔夫大口喘着粗气。他调整着呼吸准备说话，然而，就在他停顿的工夫，格温达冲向了他。

拉尔夫转过身子面对着她，同时挥剑向右平着画了道弧线。他的剑刃击中了她的刀刃，震落了她手中的刀。她彻底失去了防卫能力，她知道拉尔夫只要回手一击，她就必死无疑了。

但是，自萨姆拔出剑以来，这是拉尔夫第一次门户大开。他的身前毫无防备。

萨姆一个箭步上前，把剑刺进了拉尔夫的胸膛。

锋利的剑尖刺破了拉尔夫轻薄的夏装，从他的左胸骨处扎进了他的体内。剑刃一定是穿过了两根肋骨间，因为又向里陷了很深。萨姆发出了一声残忍的号叫，以示欢呼。他又使劲把剑向里扎去。拉尔夫被推得踉踉跄跄地向后退着，肩膀重重地撞在了身后的墙上，但萨姆还在向前推，使出了浑身的力气。剑似乎一路穿透了拉尔夫的胸部。当剑尖从他的背后穿出，扎进木墙时，发出了奇特的“砰”的一声。

拉尔夫的眼睛紧盯着萨姆的脸，格温达知道他在想什么。拉尔夫明白自己受了致命的伤。在他生命的最后几秒钟，他清楚他是被自己的儿子杀死的。

萨姆松开了剑，但剑并没有掉下来，而是嵌在了木头中，把拉尔夫钉在了墙上，模样非常可怕。萨姆后退了一步，大惊失色。

拉尔夫还没有死。他的胳臂虚弱地挥动了一下，试图把剑从自己的胸中拔出，但他已经无法协调自己的动作了。格温达脑中闪过了一个可怕的念头，觉得他有点像那只被护卫们绑在柱子上的猫。

她弯下腰，迅速地从地上捡起了她的匕首。

就在这时，令人难以置信的是，拉尔夫又开口说话了。

“萨姆，”他说，“我是……”这时一股鲜血从他的嘴里喷出，打断了他的话。

谢天谢地，格温达心想。

鲜血戛然而止，正如喷出时一样快，于是他又开口了。“我是……”

这回是格温达阻止了他。她向前一蹿，把匕首刺入了他的口中。他发出了一声可怕的咕哝。刀子扎进了他的喉咙。

她松开刀子，后退了一步。

她惊恐万分地看着自己的作为。这个折磨了她这么久的人像被钉在十字架上一样钉在了墙上，一支剑插在他的胸上，一把刀插在他的口中。他发不出声音了，但他的眼睛还在转，表明他还没有死。他来回打量着格温达和萨姆，眼神中既有痛苦，也有惊骇，还有绝望。

格温达和萨姆呆呆地僵立着，紧盯着他，沉默着，等待着。

终于，他的眼睛闭上了。

九一

九月中，瘟疫开始消退了。随着旧的病人死去，又没有新的病人进来，凯瑞丝的医院逐渐空了。腾空的病房得到了彻底的打扫和擦洗，壁炉里燃起了杜松木，使医院里充满了秋天浓郁的芳香。十月初，最后一名死者被安葬在医院的墓地里。当四名强壮的年轻修女将裹尸布包裹的尸体放进墓穴时，一轮雾气腾腾的红日升起在王桥大教堂的上方。死者是一位驼背的奥特罕比织工，然而当凯瑞丝凝视着墓穴时，她看到的却是她的宿敌——瘟疫——躺在冰冷的土中。她低声说道：“你是真的死了，还是会卷土重来呢？”

葬礼之后，修女们回到医院时，已经无事可做了。

凯瑞丝洗了洗脸，梳了梳头，穿上了她早就为这一天准备好的新衣服。这是一件鲜艳的“王桥红”连衣裙。随后，半年以来第一次，她走出了医院。

她立刻走进了梅尔辛的花园。

他的梨树在朝阳之下投射出长长的阴影。树叶已开始发红变脆，还有一些熟透了的果子挂在树枝上，滚圆饱满，但已变成了棕色。园丁阿恩正用斧子砍着柴。他看到凯瑞丝，先是吓了一大跳，继而明白过来她的出现意味着什么，于是他的脸上绽开了灿烂的笑容。他扔下斧子跑进了屋里。

厨房里，埃姆正用旺火熬着粥。她看到凯瑞丝，就像是看到了天使，激动得吻起了她的手。

凯瑞丝上了楼，走进了梅尔辛的卧室。

他穿着内衣站在窗前，正端详着屋前湍急奔流的河水。他转过身来面向着她。她看着他那张熟悉然而不同于常人的脸，那闪烁着睿智的眼神，还有那透着幽默感的翘起的嘴唇，她的心颤抖了起来。他那金褐色的眼睛亲切地望着她，他咧开嘴，现出了欢迎的微笑。他没有显出惊讶：他一定早就注意到送到医院来的病人越来越少，他已经预料到她就要回来了。看他的神情，就像是一个实现了愿望的人。

她走到窗前，站在他身旁。他搂住了她的肩膀，她也搂住了他的腰。她觉得他那红色的胡子比六个月前又多了一些灰色，而他头上的那圈头发又向后退去了不少，除非这是她的想象。

有那么一会儿，他俩全都凝望着河流。在昏暗的晨曦中，河水呈现出铁灰色。水面无休无止地流动着，时而像镜子一样明亮，时而又幽暗得深不可测，气象万千。河水总是在变化着，然而永远是同一条河。

“总算过去了。”凯瑞丝说道。

然后他俩拥吻在一起。

梅尔辛宣布专门举行一场秋季集市，以庆祝王桥城的重开。集市在十月的最后一个星期举行。羊毛交易季已经过去了，但不管怎么说，羊毛已经不再是王桥交易的主要商品了，成千上万的人们来这里，都是要买如今让这个城市闻名的那种红布。

礼拜六，在集市开幕的晚宴上，教区公会专门向凯瑞丝致了敬。尽管王桥并没有完全逃过瘟疫，但损失比其他城市小得多，大多数居民都认为，正是由于凯瑞丝的预防措施，他们才保住了性命。在所有的人眼里她都是英雄。教区公会的人们坚持表彰她的功绩。玛奇·韦伯特意修改了晚宴的仪程，为凯瑞丝颁发了一枚金钥匙，是王桥城门钥匙的象征。梅尔辛深感骄傲。

第二天是礼拜日，梅尔辛和凯瑞丝来到了大教堂。修士们还在林中的圣约翰教堂，因而礼拜是由城里圣彼得教区教堂的米歇尔神父主持的。夏陵伯爵夫人菲莉帕出席了礼拜。

梅尔辛自拉尔夫的葬礼后一直没见过菲莉帕。人们没有为他的弟弟和她的丈夫流太多眼泪。伯爵应当正式安葬于王桥大教堂，但由于封城，拉尔夫被埋在了夏陵。

他的死因依然是个秘密。他的尸体是在一个狩猎小屋中发现的，胸部被刺穿了。阿兰·弗恩希尔躺在附近的地上，也是死于刺伤。两个人似乎共进过午餐，因为桌上还有饭食的残余。现场显然发生过搏斗，但不清楚拉尔夫和阿兰是在相互打斗中给对方造成了致命伤害，还是有外人涉入。没有东西丢失：两具尸体上都发现了钱，两人精良的武器都在他们身旁，两匹昂贵的战马也在屋外的空地上吃着草。因此，夏陵的验尸官倾向于认为两人是互殴致死的。

然而从另一个角度想想，这事也没什么神秘的。拉尔夫是个暴虐成性的人，他死于非命，丝毫也不奇怪。耶稣说过：凡动刀的，必死在刀下——尽管在爱德华三世统治下，教士们不经常引用这句话。如果说这事有什么非同寻常的，那就是拉尔夫经历过那么多宏大战役，经历过那么多浴血厮杀，经历过法国骑兵那么多猛烈冲锋，都活了下来，最后却死在了家门口的一场争斗中。

让梅尔辛奇怪的是他自己居然在葬礼上泣不成声。他不明白自己为什么伤心。他弟弟是个恶贯满盈的坏人，他的死是百姓的福气。自他杀死蒂莉后，梅尔辛就和他疏远了。那还有什么可难过的？最终，梅尔辛明白了，让他悲伤的是拉尔夫本有可能成为别样的人——一个暴力倾向得到控制而不是放纵的人；一个好斗精神受到正义感而不是个人荣耀驱使的人。拉尔夫也许曾有可能成为这样的人的。当他俩五六岁，在泥水中划木船时，拉尔夫并不是暴戾恣睢的。这就是梅尔辛哭泣的原因。

菲莉帕的两个儿子都出席了葬礼，今天也跟着她参加了礼拜。长子杰里是拉尔夫和可怜的蒂莉所生。幼子罗利，所有的人都以为是菲莉帕为拉尔夫所生，实际上却是梅尔辛的骨肉。幸运的是，罗利并不像梅尔辛那样是个活泼、精明的红头发矮个子。他将像他母亲一样长成个雍容威严的大个子。

罗利手里攥着一个木雕。他郑重地送给了梅尔辛。木雕上是一匹马。梅尔辛意识到，一个十岁的孩子能刻成这样，实属难能可贵。大多数孩子刻的动物，都是四蹄牢牢地定在地上，罗利却让马动了起来，四蹄分别蹬开在不同位置，马鬃也在风中飞扬着。这孩子继承了他生父把复杂的物体在三维空间形象化的特长。梅尔辛感到喉咙不期然地哽住了。他俯下身子亲了亲罗利的额头。

他向菲莉帕感激地微笑了一下。他猜想一定是她鼓励罗利把这匹木雕马给他的，她明白这对他有什么意义。他又瞟了一眼凯瑞丝，看出她也明白这其中的意味，不过她什么也没说。

大教堂里的气氛是欢快的。米歇尔神父不是一个口若悬河的布道者，整个弥撒过程中，他的声音都低得像是喃咕。但修女们的歌唱仍像以前一样优美，阳光透过颜色浓烈的彩绘玻璃照射进来，也使人们的心情更加愉快。

礼拜之后，他们呼吸着秋天清新的空气，到集市上转了转。凯瑞丝挽着梅尔辛的胳膊，菲莉帕走在他的另一侧。两个孩子在前面跑着，菲莉帕的卫士和侍女则在后面跟着。梅尔辛看到生意很兴旺。本城的手艺人和商人已着手重新创业了。王桥从这次瘟疫中复兴，一定比上次要快。

教区公会的高级会员们四处走动着，检查着各种度量衡器。一包羊毛的重量、一块布的尺寸、一蒲式耳的容积等等，都有标准，因而人们知道他们买了多少。梅尔辛鼓励公会会员们大张旗鼓地进行这种检查，以便买主们看到王桥城对商人们的监督是多么严格。当然，如果公会会员们当真怀疑有人作假，他们会小心谨慎地检查，如果确实在作假，就会悄悄地取消他的摊位。

菲莉帕的两个儿子兴奋地在货摊间跑着。梅尔辛注视着罗利，悄悄地对菲莉帕说："拉尔夫已经去了，还有什么理由不让罗利知道真相呢？"

菲莉帕陷入了沉思。"我也想告诉他——可那样是对他好，还是对我们好？十年了，他一直以为拉尔夫是他的父亲。两个月前他还在拉尔夫的墓旁痛哭。现在突然告诉他，他是别人的儿子，他怎么受得了？"

他们说话的声音很低，但凯瑞丝还是能听到，她说："菲莉帕说得对。你得为孩子着想，不能光想着你自己。"

梅尔辛明白她俩说得有理。这是这个快乐的一天中一点小小的美中不足。

"另外还有一个原因，"菲莉帕说，"格利高里·朗费罗上星期来看我。他说国王想立杰里为夏陵伯爵。"

"他才十三岁呀！"梅尔辛说。

"虽然男爵之位不能继承，但伯爵一旦受封，爵位一向是世袭的。不管怎么说，接下去的三年，将由我来管理伯爵领地。"

"拉尔夫出征法国时，一向就是由你代管。幸亏国王没有要你再嫁。"

她做了个鬼脸。"我太老了。"

“那么罗利就是伯爵领地的第二世袭人了——如果我们保守秘密的话。”梅尔辛心想，假如杰里有个三长两短，我儿子就要当夏陵伯爵了。真想不到！

“罗利将是一位很好的统治者，”菲莉帕说，“他很聪明，意志也很坚强，而且他还不像拉尔夫那么残暴。”

拉尔夫的恶劣天性早有征兆：在他十岁时，也就是罗利现在的年龄，他就射杀过格温达的狗。“不过罗利也许想做别的事情。”他又看了一眼那匹木雕马。

菲莉帕微笑了一下。她很少微笑，然而一旦露出笑容，可真是迷人。梅尔辛心想：她还是那么美。她说：“好好欣赏欣赏，为他骄傲吧。”

梅尔辛回想起拉尔夫当上伯爵时，他父亲是多么骄傲。然而他知道自己是永远不会那么想的。无论罗利做什么，只要他做得好，梅尔辛都会骄傲的。这孩子也许会当一名石匠，去刻天使和圣徒。也许他会成为一位贤明的贵族。他甚至还可能做些什么他父母根本预料不到的事情。

梅尔辛邀请菲莉帕和孩子们共进午餐。他们一起离开了大教堂，迎着前来赶集的车水马龙走上了桥，来到麻风病人岛，穿过花园，进了屋。

他们在厨房里看到了洛拉。

洛拉一看到父亲，就放声大哭起来。梅尔辛伸手搂住了她，她则伏在他的肩上呜咽起来。不管她去了哪里，她一定是好久没有洗澡了，因为她身上的气味简直像是从猪圈里带来的，但梅尔辛太高兴了，丝毫没有在乎。

过了好半天，洛拉才恢复了理智。当她终于能开口说话时，她说：“他们全都死了！”说罢她又大哭起来。又过了好一阵子，她再度平静下来，说话才连贯了一些。“他们全都死了，”她重复了一遍，极力克制着哽咽，“贾克、博约、内蒂和哈尔，约尼和凯尔基，还有费里特，一个接一个死了，不管我做什么，都没有用!”

梅尔辛听明白了，他们一直住在森林里，一群年轻人，想象着自己如同希腊神话中的仙女和牧羊人。细节也渐渐明晰了。小伙子们时而会猎到一头鹿，时而又会出去一整天，带回一桶葡萄酒和一些面包来。洛拉说他们是买来的，但梅尔辛猜想一定是从路人那里抢来的。洛拉想必是以为他们可以永远这样生活下去：她没想到到了冬天，情况就会不一样了。然而，最终是瘟疫，而不是天气，结束了他们这段浪漫的生活。“我害怕极了，”洛拉说，“我想见凯瑞丝。”

杰里和罗利在一旁听着，嘴张得大大的。他们打心底崇拜起他们的洛拉堂姐。尽管她是哭着跑回家来的，但她的历险故事，还是使她的形象在他们心目中变得高大起来。

“我再也不想体验这种滋味了，”洛拉说，“眼睁睁地看着我的朋友们病倒、死去，却一点儿办法也没有。”

“我能理解，”凯瑞丝说，“我母亲死的时候，我也是这种感觉。”

“你能教我给人看病吗?”洛拉对她说，“我想像你一样，能真正地帮助病人，而不是只给他们唱唱赞美诗，给他们看天使的图画。我想弄懂骨骼和血液，了解药草和其他能救人的东西。当有人得病时，我希望能做些什么。”

“如果你愿意，我当然可以教你，”凯瑞丝说，“我很高兴。”

梅尔辛大为惊讶。多年来，洛拉一直性格叛逆，脾气暴躁，她不服管教的部分原因便是她认为继母凯瑞丝不是真正的母亲，因而没必要予以尊重。她的这一转变让梅尔辛非常高兴。他觉得这么长时间的担惊受怕都可以忽略不计了。

过了一会儿后，一名修女走进了厨房。“小安妮·琼斯突然昏倒了，我们不知道是什么原因，”她对凯瑞丝说，“你能来一趟吗?”

“当然。”凯瑞丝说。

洛拉说：“我能跟你一起去吗?”

“不，”凯瑞丝说。“现在你该上第一堂课了：你必须变得干干净净的。去洗个澡吧。明天你可以跟我一起去。”

她刚要走，玛奇·韦伯进来了。“你们听说了吗?”她面色严峻地说道，“菲利蒙回来了。”

戴夫和阿玛贝尔于礼拜天在韦格利的小教堂举行了婚礼。

菲莉帕太太准许他们使用领主宅第举办婚宴。伍尔夫里克杀了一头猪，在院子里生火烤起了全猪。戴夫买了些甜葡萄干，安妮特把它们烤进了小圆面包里。婚宴上没有淡啤酒——因为大麦大都因为没人收割而烂在了地里——不过菲莉帕派萨姆回家了，还让他带着一桶苹果酒作为礼物。

格温达仍然每天都会想起狩猎小屋中的那一幕。半夜里她会在黑暗中看到拉尔夫。她的刀插在他的嘴里，刀把露在他褐色的牙齿外，萨姆的剑把他钉在墙上。

当她和萨姆冷漠地把刀剑从拉尔夫身上拔下来后，拉尔夫的尸体倒在了地上，看上去两个死人好像是相互杀死了对方。格温达把他俩原本干净的兵器染上了血，又放回了原处。走出小屋后，她又松开了拴马的绳子，这样两匹马就可以多活几天，直到有人找到它们了。随后她就和萨姆离开了。

夏陵的验尸官曾怀疑伯爵之死与强盗有关，但最终作出了格温达期望的结论。没有人怀疑她和萨姆。他俩逃脱了杀人罪名。

她把她和拉尔夫之间的事编了个故事告诉了萨姆。她假称这是拉尔夫第一次强迫她。他只是威胁说如果她不从就杀了她。萨姆因为自己杀了个伯爵而感到惊骇，但他毫不怀疑自己做的是正义的事情。他的确是块当兵的料，格温达意识到：他永远不会因为杀人而痛悔的。

她也不会，尽管她每每都是以厌恶的情绪回忆起那些场景。她杀死了阿兰·弗恩希尔，并给了拉尔夫最后一刀，但她从来没有遭受过悔恨的折磨。没有了这两个人，这世界更美好。拉尔夫死的时候很痛苦，因为他知道是他自己的儿子刺穿了他的心，这是他罪有应得。她坚信总有一天，她亲手所为的这些场景不会再在夜里来打扰她了。

她把这些记忆从脑中驱走，环视起领主宅第大厅里狂欢的村民们。

猪已经吃完了。男人们在喝着最后一点苹果酒。亚伦·阿普尔特里吹起了风笛。自安妮特的父亲珀金死后，村里就没有鼓手了。格温达心想戴夫今晚会不会敲鼓呢。

伍尔夫里克像往常一样，在灌了一肚子酒后就想跳舞。格温达陪着他跳了头几曲，一边努力跟着他腾跃的步伐，一边大笑着。他把她举起来，抛向空中，又紧紧抱住她，再放到地上，只为了大步围着她转圈。他没有节奏感，但他的热情却富于感染力。几曲跳罢，格温达便直叫累极了，于是他又和他的新儿媳阿玛贝尔跳了起来。

接下去，他当然要和安妮特一起跳了。

舞曲刚一停，他就放开了阿玛贝尔，眼光落在了安妮特身上。安妮特坐在大厅一侧的长凳上。她穿着一件绿色连衣裙，是只有少女们才穿的那种短短的连衣裙，为的是炫耀她那小巧玲珑的脚踝。连衣裙是旧的，但她在胸部绣了几朵黄色和粉色的花儿。像往常一样，有几绺卷发从她的发束中散落出来，垂在她的脸上。她二十年前这样打扮还差不多，现在她已经太老了，但她并没意识到这一点，伍尔夫里克也没意识到。

当他俩开始翩翩起舞时，格温达竭力装出一副轻松愉快的样子，但她意识到自己的表情也许更像是一副怪相，于是她也不装了。她把目光从他俩身上移开，注视起戴夫和阿玛贝尔。阿玛贝尔也许不会像她母亲那样。她有时也像安妮特一样卖弄风情，但格温达从没看见过她真正和别人调情。此时此刻，她似乎对谁都不感兴趣，只全神贯注于她的丈夫。

格温达又扫视了一遍屋子，看到了她的另一个儿子萨姆。他和一群小伙子坐在一起，正连说带比划地讲着一个故事。他假装紧攥着一匹马的缰绳，差点儿要翻身落马了。小伙子们全都听得入了迷。他们恐怕都很羡慕他能当上护卫。

萨姆仍然住在伯爵城堡。菲莉帕太太留用了大部分护卫和士兵，她需要他们陪她儿子杰里骑马打猎，练习使用矛和剑。格温达希望在菲莉帕主事期间，萨姆能够学到一些本该由拉尔夫教给他的智慧和仁慈。

再没有别人可关注了，格温达的目光又回到了她丈夫和他曾经想娶的女人身上。正如格温达所担心的，安妮特正把伍尔夫里克的活力最大限度地激发出来，让他如醉如痴。当他们分开跳时，她向他抛着媚眼，而当他们又抱在一起时，格温达心想，她简直像件湿衬衫一样紧紧贴着他。

这支舞似乎要没完没了地跳下去了，阿普尔特里不停地用他的风笛重复着那欢快的旋律。格温达了解自己丈夫的情绪，她看到他眼里闪烁着那种一向是在他要拉她睡觉时才出现的光芒。格温达愤怒地心想，安妮特完全知道她在干什么。她不停地在长凳上挪动着，希望音乐赶快停止，以便自己的怒火不要喷发出来。

然而，当乐声在高潮中戛然而止时，她的怒气却沸腾到了极点。她下定决心要把伍尔夫里克拉回身边坐下，让他冷静下来。在下午接下去的时间里，她一定要看紧他，那就平安无事了。

但就在这时，安妮特吻了他。

当他的手还搂在她的腰上时，她踮起了脚尖，抬起了脸，重重地吻了一下他的嘴唇，虽然短暂，但却结实。格温达再也受不了了。

她从长凳上一跃而起，大步穿过了大厅。当她走过新郎新娘身旁时，她儿子戴夫看出她的表情不对，试图阻止她，但她根本没理睬他。她直奔伍尔夫里克和安妮特。他们两人仍在相互凝视着，傻傻地微笑着。格温达用手指扒拉开安妮特的肩膀，大声喝道："放开我丈夫！"

伍尔夫里克说："格温达，请——"

"什么也别说，"格温达说，"离这婊子远点儿。"

安妮特的眼里也闪起怒火。"可没有人因为跳舞而被称为婊子。"

"我敢肯定你知道婊子都干什么。"

"你怎么敢这么说话！"

戴夫和阿玛贝尔来劝架了。阿玛贝尔对安妮特说："妈，别吵架。"

安妮特说："不是我要吵架，是格温达要吵！"

格温达说："我可没想勾引别人的丈夫。"

戴夫说："妈妈，你把婚礼都搅和了。"

格温达怒火中烧，根本听不进去。"她一向这样。二十三年前，她一脚踹了他，可她从来不让他消停！"

安妮特哭了起来。格温达一点儿也不奇怪。安妮特的眼泪一向是她大行其道的又一件武器。

伍尔夫里克伸手去拍安妮特的肩膀，格温达厉声喝道："别碰她！"他的手像烫着了一样赶紧缩了回来。

"你不明白。"安妮特抽泣道。

“我太明白你了。”格温达说。

“不，你不。”安妮特说。她擦了擦眼泪，出乎格温达意外地直视着她。“你不明白你已经赢了。他是你的了。你不知道他多么崇拜你、尊敬你、佩服你。你没注意到当你和别人说话时，他在怎样看着你。”

这话倒吓了格温达一跳。“是吗。”她咕哝了一句，但不知道还能再说些什么。

安妮特继续说道：“他正眼看过年轻女人吗？他背着你偷偷摸摸干过什么吗？过去二十年，你们有多少个晚上没有一起睡——两个？还是三个？你难道看不出，只要他活着，就不会爱别的女人了吗？”

格温达看了伍尔夫里克一眼，知道她说的都是实话。实际上这是显而易见的。她明白这点，别人也都明白。她竭力回想着她为什么会对安妮特如此恼怒，却一下子想不出理由来了。

舞会中断了，亚伦也放下了风笛。村民们全都围住了这两个女人，新郎新娘的母亲。

安妮特说：“当我还是个姑娘时，我又傻又自私，作出了一个愚蠢的决定，失去了我认识的最好的男人。而你得到了他。有时候我经不起诱惑，会想象事情是另一个样子，他是我的。所以我冲他微笑、拍他的胳膊，他也对我很友好，因为他知道他伤了我的心。”

“是你自己伤了你的心。”格温达说。

“是的。而你是因为我的愚蠢而得益的幸运女孩儿。”

格温达哑口无言了。她从来没把安妮特看作一个可怜的人儿。在她眼里，安妮特始终是个强大、可怕的人物，总是在琢磨着把伍尔夫里克偷回去。但这种情况却绝对不会发生。

安妮特说：“我知道伍尔夫里克一对我好，你就生气。我也总对自己说不要再这样了，可我管不住自己。你难道非要因为这个而恨我吗？别让这事破坏了婚礼的气氛，毁了咱们都想要的孙子。你就不能不把我当成一辈子的仇敌，而是当作一个不好的姐妹，虽然有时候做些错事，让你不高兴，但还是得做一家人吗？”

她说得对。格温达一向认为安妮特是个脸蛋漂亮但没脑子的女人，可在这件事情上安妮特却比她要明智，格温达感到有些惭愧。“我不知道，”她说。“也许我可以试试。”

安妮特上前一步，吻了吻格温达的面颊。格温达感觉到安妮特已经泪流满面了。“谢谢你。”安妮特说道。

格温达迟疑了一下，然后伸出胳膊，搂住了安妮特瘦骨嶙峋的肩膀，紧紧地抱住她。

在她们周围，所有的村民都鼓掌欢呼起来。

又过了一会儿，乐声重新响了起来。

十一月初，菲利蒙为瘟疫的结束举行了一次感恩礼拜。亨利大主教和克劳德副主教都来了。还有格利高里·朗费罗老爷。

梅尔辛心想，格利高里来王桥，一定是来宣布国王决定的主教人选的。按照规矩，他将告诉修士们国王提名了某个人，然后由修士们决定是选这个人还是选其他什么人，但通常修士们都会把票投给国王选中的人。

梅尔辛从菲利蒙脸上读不出任何信息，他猜想格利高里还没有透露国王的决定。这一决定对梅尔辛和凯瑞丝至关重要。如果克劳德得到了这一职位，他们的麻烦就结束了。克劳德温和善良，通情达理。而如果菲利蒙当上主教，他们就将面临旷日持久的争执和官司。

亨利主持了礼拜，但菲利蒙作了布道演讲。他感谢上帝回应了王桥修士们的祈祷，使全城没有饱受瘟疫的肆虐。他没有提及修士们丢下市民不管，自顾逃往了林中圣约翰修道院，也没有提及是凯瑞丝和梅尔辛把城门关闭了六个月，才帮助上帝回应了修士们的祈祷。听他的讲演，就好像是他拯救了王桥一样。

“我受不了了，”梅尔辛对凯瑞丝说，根本没想压低声音，“他完全是歪曲事实!”

“你消消气，”凯瑞丝说，“上帝了解真相，人们也都心里有数。菲利蒙骗不了任何人。”

无疑，她说得对。一场战役之后，胜利一方的士兵总会感谢上帝，但他们仍然明白优秀的将军和蹩脚的将军之间的差异。

仪式结束后，梅尔辛作为教区公会会长，应邀到副院长宅第与大主教共进午餐。他坐在了克劳德副主教身旁。感恩祈祷刚一结束，一片嘈杂的交谈声便爆发出来。梅尔辛压低声音，急切地向克劳德问道：“大主教知道国王选中什么人做主教了吗?”

克劳德几乎让人无法觉察地点了点头。

“是你吗?”

克劳德的摇头同样是幅度小到了极致。

“那么，是菲利蒙?”

又是一下轻微的点头。

梅尔辛的心一沉。国王怎么能选中菲利蒙这样既愚蠢又懦弱的人，而不是聪明能干的克劳德呢？但他知道答案：菲利蒙的牌打得好。“格利高里已经通知修士们了吗?”

“还没有，”克劳德把脸凑近，说道，“他也许今天晚餐后会非正式地告诉菲利蒙，明天早晨再在全体修士大会上宣布。”

“这就是说我们到今晚之前还有时间。”

“做什么?”

“要他改变主意。”

“这不可能。”

“我要试试。”

“你不会成功的。”

“请记住，我已经无路可退了。”

梅尔辛无心于美食，只吃了很少一点，竭力保持着克制，直到大主教起身后，他才同格利高里说话。“你愿意和我一起在大教堂里走走吗？我有件事情要告诉你，你肯定会非常感兴趣的。”他说。格利高里点了点头。

他们并肩走到了中殿。梅尔辛相信即使有人潜藏在四周，也不可能听到他们的谈话。他深吸了一口气。他将做的事是非常危险的。他要改变国王的意志。如果他失败了，他会被判谋反——这是死罪。

他说：“很久以来就有传言说，王桥的某个地方存在一份国王很希望销毁的文件。”

格利高里的脸像石头一样毫无表情，但嘴里却说：“说下去。”这就相当于证实了梅尔辛的说法。

“这份文件为一位新近去世的骑士所有。”

“是吗？”格利高里说道，大吃了一惊。

“你显然清楚地知道我在说什么。”

格利高里像个律师一样答道：“这么说吧，为了方便谈话，姑且算我知道吧。”

“我愿意为国王效劳，把那份文件还给他——不管那份文件上写的是什么。”虽然他对文件的内容一清二楚，但为谨慎起见，他也像格利高里一样佯装不知。

“国王会感谢的。”格利高里说。

“怎么感谢？”

“你有什么想法？”

“提名一位比菲利蒙更体贴王桥人的主教。”

格利高里严厉地看着他。“你想勒索英格兰国王吗？”

梅尔辛明白，这就是危险所在。“我们王桥人都是商人和手艺人，”他说道，竭力想使自己的话听上去合情合理，“我们买，我们卖，我们做生意。我刚才只不过是想同你做一笔交易。我想卖给你一样东西，我向你报了价。这不是勒索，不是强迫。我没有发出任何威胁。如果你不想要我卖的东西，那这事就到此为止。”

他们来到了圣坛旁。格利高里凝视着高高在上的十字架。梅尔辛明白他在盘算什么。他在想，是逮捕梅尔辛，把他带到伦敦严刑拷打，直到他说出那份文件在哪里；还是让国王另外提名一位王桥主教，更为简单更为方便？

两人沉默了良久。大教堂里很冷，梅尔辛拉紧了斗篷。格利高里最终说道：“文件在哪里？”

“就在附近。我可以带你去。”

“很好。”

“那么我们的交易呢？”

“如果文件正是你说的那份，我将代表我方履行协议。”

“让克劳德副主教做主教？”

“是的。”

“谢谢你，”梅尔辛说，“我们需要走一段路，到森林里去。”

他们并肩走上主街，过了桥。他们呼出的气体在空气中形成了白雾。当他们走进森林时，冬日的阳光几乎没有带来什么温暖。几个星期前刚刚来过，这回梅尔辛很容易就找到了路。他认出了泉水、巨石和泥泞的山谷。他们很快就来到了阔大的橡树所在的那片空地。梅尔辛径直来到他挖出过纸卷的地方。

让他沮丧的是，他发现有人抢先来过这里。

他曾经仔细地把松软的土抚平，还在上面覆盖了树叶，尽管如此，还是有人发现了这个地方。地上有一个一英尺深的坑，坑旁有一堆新挖的土。坑里空空如也。

他凝视着坑，大惊失色。“噢，见鬼。”他说。

格利高里说：“我希望这不是什么把戏……”

“让我想想。”梅尔辛打断了他的话。

格利高里闭上了嘴。

“只有两个人知道这事，”梅尔辛一边说，一边绞尽脑汁地想着，“我没跟任何人说过，所以一定是托马斯说的。他死前得了老年痴呆症。我想是他说漏了嘴。”

“但他会跟谁说呢？”

“托马斯死前的几个月都住在林中的圣约翰修道院，修士们不许任何人进去，所以他一定是跟某个修士说了。”

“那里有多少修士？”

“二十个左右。但没几个人了解背景，不能明白一个老人念叨一封被埋的信有什么意义。”

“这就好，但那封信现在在哪里？”

“我想我知道，”梅尔辛说，“再给我一次机会吧。”

“好的。”

他们走回了城里。当他们过桥时，太阳正照在麻风病人岛上。他们走进黑漆漆的大教堂，来到西南塔楼，攀上了一条狭窄的楼梯，前往存放神秘剧表演服装的小屋。

梅尔辛有十一年没有来这里了，但积满灰尘的储藏室一向不会有多大变化，尤其是在大教堂里，这座也不例外。他找到了墙上那块松动的石头，把它抽了出来。

菲利蒙的所有宝贝都在这块石头后，包括刻在木头上的爱情短柬。这些东西当中，有一个油布的小包。梅尔辛打开了包，从里面掏出了一个羊皮纸卷。

“我想是这样，”他说，“菲利蒙在托马斯糊涂之后，从他嘴里探听到了这个秘密。”毫无疑问，菲利蒙保留这封信，是想在主教人选不是他时，用作讨价还价的筹码的——然而现在，却被梅尔辛派上了用场。

他把纸卷递给了格利高里。

格利高里展开了纸卷，一边读着，脸上现出了惊恐之色。“天哪，”他说，“那些传言居然是真的。”他把纸片重新卷了起来，脸上的神情就像是踏破铁鞋无觅处，得来全不费功夫。

“这是你想要的东西吗？”梅尔辛问。

“哦，是的。”

“国王会表示感谢喽？”

“会万分感谢的。”

“那么协议……”

“会遵守的，”格利高里说，“克劳德将成为你们的主教。”

“感谢上帝。”梅尔辛说。

八天之后，凯瑞丝一大早正在医院里教洛拉扎绷带，梅尔辛进来了。“我有个东西想让你看看，”他说，“咱们去趟大教堂吧。”

这是一个晴朗却寒冷的冬日。凯瑞丝裹上了一件厚厚的红斗篷。他们过桥进城时，梅尔辛停住了脚步，手指向前方。“尖塔落成了。”他说。

凯瑞丝抬头一望。她能透过仍然围绕着尖塔的蜘蛛网般的脚手架，看出它的形状。尖塔高耸入云，又极其精美。她的目光随着圆锥形的塔尖向上望去，觉得它似乎会无限地延伸上去。

她说：“这是英格兰最高的建筑吗？”

他笑了笑。“是的。”

他们走上主街，走进大教堂。梅尔辛带路，走上了中央塔楼墙内的楼梯。梅尔辛惯于爬楼，但当他们来到塔楼顶部的露天处，也就是围绕着尖塔基座的过道时，凯瑞丝已是气喘吁吁。这里的风强劲又寒冷。

在凯瑞丝喘息之际，他们观赏起四周的景色。整个王桥城在北边和西边展开：主街、商业区、河流，还有医院所在的小岛。上千座烟囱在冒着烟。微缩的人们匆匆地从街上走过，或步行或骑马或推着手推车，或背着工具袋或挎着装有食品的篮子或扛着沉重的大包。男人、女人和孩子，无论胖瘦，无论穿得破破烂烂还是衣着暖和贵重，大多是褐色和绿色的，但时而也有一抹璀璨的孔雀蓝或鲜艳的“王桥红”闪过。看着他们，凯瑞丝惊叹不已：每个人都有着不同的人生，每个人的经历都纷繁复杂，都有着跌宕起伏的过去和充满挑战的未来，有着幸福的回忆和难言的忧伤，有着许多朋友、敌人和心爱的人。

“好了吗?”梅尔辛问。

凯瑞丝点了点头。

他领她上了脚手架。脚手架是用绳子和木条绑扎的，不是固定的。她一向害怕这样的东西，但她不愿说，因为如果梅尔辛能爬上去，她就也能。风吹得整个脚手架都有些摇摆，凯瑞丝斗篷的下摆像船帆一样拍打着她的腿。尖塔像塔楼一样高，而爬绳梯要费劲得多。

他们爬到一半时，停下来休息了一会儿。“这座尖塔很简单，”梅尔辛说，他根本不需要喘气，“就是一个圆，在上面塑了几个角。”凯瑞丝明白了，她看到过的其他尖塔都有像编织一样的装饰，有彩色的石头和瓦片做成的条饰，还有像窗户一样的壁凹。梅尔辛设计之简明，正是他的尖塔看上去像是在无限上升的原因。

梅尔辛往下一指。“嘿，快看那边!”

“我不想往下看……”

“我想，是菲利蒙正要动身去阿维尼翁。”

这她可不能不看。她站在一块较宽的木板上，但仍然不得不双手紧紧地握住一根向上的杆子，才敢确信自己不会掉下去。她使劲地咽了口唾沫，眼睛才沿着塔楼垂直的一面向下望去。

但眼前的情景让她觉得冒险是值得的。一辆由两头牛拉着的小车停在副院长宅第前。准备护卫菲利蒙的一名修士和一名士兵都骑在马上，耐心地等待着。菲利蒙站在小车旁，王桥的修士们一个接一个地上前吻他的手。

所有的人都告别完后，塞姆兄弟递给他一只黑白色的猫，凯瑞丝认出，这是戈德温的猫“大主教”的小崽。

菲利蒙爬进了车里，车夫抽了牛一鞭子。车子缓缓地驶出了门，走上了主街。凯瑞丝和梅尔辛一直目送着牛车过了桥，消失在郊外。

“谢天谢地，他总算走了。”凯瑞丝说。

梅尔辛抬头一望。“离塔顶不远了，”他说，“你马上就要成为英格兰站得最高的女人了。”他又开始向上爬去。

越往上爬风越大，凯瑞丝尽管害怕，但也很高兴。这是梅尔辛的夙愿，由他亲手实现了。此后几百年内，方圆好几英里的人们，每天都能看到这座尖塔，他们会打心底感叹，多么美啊！

他们爬到了脚手架顶部，站在了环绕着尖塔塔顶的台子上。凯瑞丝努力不去想这台子没有能保护他们不掉下去的栏杆。

尖塔的顶部是一个十字架，从地面上看很小，但凯瑞丝这时看出十字架比她自己都要高。

“尖塔的顶上都要有十字架，”梅尔辛说，“这是惯例。但十字架的刻法就各自不同了。沙特尔大教堂的十字架上刻着太阳。我也另有设计。”

凯瑞丝看到，在十字架的底部，梅尔辛放置的是一个真人大小的石头天使。跪在地上的天使并没有抬头仰望十字架，而是目光向西，俯视着王桥城。凯瑞丝再仔细一看，发现天使的形象也不符传统。小小的圆脸显然是一位女性，五官端正，留着短发，使她隐隐约约地感到这是一张熟悉的脸。

接着她认出了，这正是她自己的脸。

她大吃了一惊。“他们会允许你这么干吗?”她说。

梅尔辛点了点头。“半座城的人都认为你已经是一位天使了。”

“可我不是。”她说。

“不是，”他说着，脸上又浮现出那种令她心醉神迷的微笑，“但你是大家见过的最接近于天使的人。”

一阵狂风突然咆哮起来。凯瑞丝一把抓住梅尔辛。他紧紧地抱住她，两脚叉开，泰然自若地稳稳站住。狂风来得快，去得也疾，但梅尔辛和凯瑞丝仍然紧紧地相拥在一起，站立在世界之巅，很久很久。

致谢

我主要的历史顾问是山姆·科恩、杰弗里·欣德利和玛里琳·利文斯通。王桥修道院地基的弱点，大致是根据西班牙维多利亚的圣母马利亚教堂的情况所写，我非常感谢圣母马利亚教堂基金会工作人员的帮助以及给予我的灵感，尤其是卡洛斯·罗德里戈·德·迭戈和翻译路易斯·里维罗。我还得到了约克大教堂工作人员的帮助，尤其是约翰·大卫。英国剑桥菲茨威廉博物馆的马丁·艾伦友好地允许我接触了爱德华三世时的钱币。在法国的圣米歇尔山，我得到朱迪斯修女和弗朗索瓦修士的大力协助。和以前一样，纽约作家协助机构的丹·斯塔瑞继续帮助我进行调查研究。我的文学顾问有艾米·伯科尔、莱斯利·盖尔曼、菲利斯·格雷恩、尼尔·奈伦、伊莫金·泰勒以及阿尔·朱克曼。朋友和家人的意见及批评也让我受益匪浅，尤其要感谢芭芭拉·福莱特、伊曼纽尔·福莱特、马里-克莱尔·福莱特、艾瑞卡·庄、托尼·麦克沃尔特、克里斯·曼纳斯、詹恩·特纳以及金·特纳。